OUTLANDER

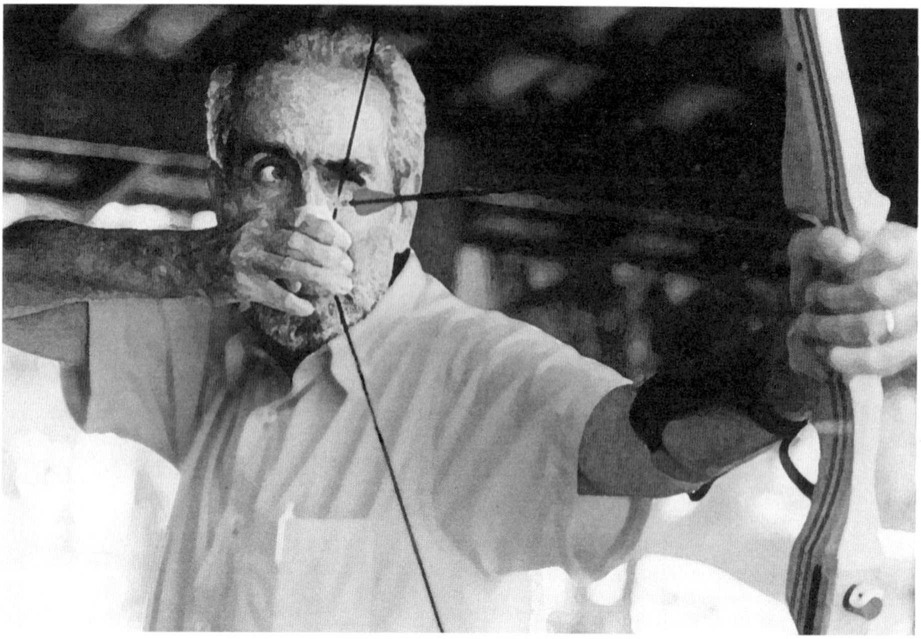

O Arqueiro

Geraldo Jordão Pereira (1938-2008) começou sua carreira aos 17 anos, quando foi trabalhar com seu pai, o célebre editor José Olympio, publicando obras marcantes como *O menino do dedo verde*, de Maurice Druon, e *Minha vida*, de Charles Chaplin.

Em 1976, fundou a Editora Salamandra com o propósito de formar uma nova geração de leitores e acabou criando um dos catálogos infantis mais premiados do Brasil. Em 1992, fugindo de sua linha editorial, lançou *Muitas vidas, muitos mestres*, de Brian Weiss, livro que deu origem à Editora Sextante.

Fã de histórias de suspense, Geraldo descobriu *O Código Da Vinci* antes mesmo de ele ser lançado nos Estados Unidos. A aposta em ficção, que não era o foco da Sextante, foi certeira: o título se transformou em um dos maiores fenômenos editoriais de todos os tempos.

Mas não foi só aos livros que se dedicou. Com seu desejo de ajudar o próximo, Geraldo desenvolveu diversos projetos sociais que se tornaram sua grande paixão.

Com a missão de publicar histórias empolgantes, tornar os livros cada vez mais acessíveis e despertar o amor pela leitura, a Editora Arqueiro é uma homenagem a esta figura extraordinária, capaz de enxergar mais além, mirar nas coisas verdadeiramente importantes e não perder o idealismo e a esperança diante dos desafios e contratempos da vida.

OUTLANDER

A LIBÉLULA NO ÂMBAR

LIVRO 2

DIANA GABALDON

ARQUEIRO

Título original: *Dragonfly in Amber*

tradução: Geni Hirata

preparo de originais: Flávia de Lavor

revisão: Fernando Lizardo

imagem de capa: Cortesia de Outlander © 2016 Sony Pictures Television Inc.
Todos os direitos reservados. Starz, marcas relacionadas
e todas as imagens são propriedade da Starz Entertainment, LLC.

adaptação de capa: Rodrigo Rodrigues

adaptação de miolo: Ana Paula Daudt Brandão

impressão e acabamento: Lis Gráfica e Editora Ltda.

Este livro foi impresso com o papel Ivory Slim 58 g/m² fornecido pela Tecpel.

CIP-BRASIL. CATALOGAÇÃO NA PUBLICAÇÃO
SINDICATO NACIONAL DOS EDITORES DE LIVROS, RJ

G111o Gabaldon, Diana
Outlander: a libélula no âmbar/ Diana Gabaldon; tradução de Geni Hirata. São Paulo: Arqueiro, 2018.
880 p.; 16 x 23 cm. (Outlander; 2)

Tradução de: Dragonfly in amber
Sequência de: Outlander: a viajante do tempo
Continua com: Outlander: o resgate no mar
ISBN 978-85-8041-789-0

1. Ficção americana. I. Hirata, Geni. II. Título. III. Série.

17-46595 CDD: 813
CDU: 821.111(73)-3

Todos os direitos reservados, no Brasil, por
Editora Arqueiro Ltda.
Rua Funchal, 538 – conjuntos 52 e 54 – Vila Olímpia
04551-060 – São Paulo – SP
Tel.: (11) 3868-4492 – Fax: (11) 3862-5818
E-mail: atendimento@editoraarqueiro.com.br
www.editoraarqueiro.com.br

A meu marido, Doug Watkins,
em agradecimento pela matéria-prima

PRÓLOGO

Acordei três vezes de madrugada. Na primeira, de tristeza, depois de alegria e, finalmente, de solidão. As lágrimas de uma profunda perda acordaram-me devagar, banhando meu rosto como o toque reconfortante de um pano úmido em mãos tranquilizadoras. Virei o rosto no travesseiro molhado e naveguei por um rio salgado para dentro das cavernas da dor relembrada, para as profundezas subterrâneas do sono.

Despertei, então, de pura alegria, o corpo arqueado nos espasmos da união física, sentindo o toque de seu corpo ainda na minha pele, morrendo ao longo dos caminhos dos meus nervos como as ondulações da consumação espalhando-se a partir do cerne do meu ser. Repeli a consciência, virando-me outra vez, buscando o cheiro pungente e penetrante do desejo satisfeito de um homem e, nos braços reconfortantes do meu amado, adormeci.

Na terceira vez, acordei sozinha, além do alcance do amor ou do sofrimento. A visão das rochas estava nítida em minha mente. Um pequeno círculo, pedras verticais no topo de uma colina verde e íngreme. O nome da colina é Craigh na Dun; a colina das fadas. Alguns dizem que a colina é encantada, outros, que é amaldiçoada. Todos têm razão. Mas ninguém conhece a função ou o propósito das pedras.

Exceto eu.

PARTE I

Através de um espelho, às escuras.

Inverness, 1968

1

CONFERINDO A LISTA DE COMBATENTES

Roger Wakefield parou no meio da sala, sentindo-se cercado. Achou a sensação absolutamente justificável, já que realmente *estava* cercado: de mesas abarrotadas de bibelôs e suvenires; de mobílias pesadas, no estilo vitoriano, repletas de paninhos de renda nos braços e encostos das poltronas, de capas de veludo e mantas de lã xadrez; de minúsculos tapetes trançados, espalhados pelo lustroso assoalho de madeira, ardilosamente à espera de uma oportunidade para deslizar sob um pé desavisado. Cercado por doze aposentos de móveis, roupas e papéis. E livros – meu Deus, os livros!

O gabinete onde estava possuía três paredes forradas de estantes de livros, cada qual abarrotada muito além do limite de sua capacidade. Romances de mistério em brochura acumulavam-se em pilhas vistosas, espalhafatosas, em frente a tomos encadernados em couro, espremidos contra seleções do clube do livro, volumes antigos surrupiados de extintas bibliotecas, e milhares e milhares de folhetos, panfletos e manuscritos costurados à mão.

A situação não era muito diferente no restante da casa. Livros e papéis amontoavam-se em toda superfície horizontal e todos os armários rangiam e guinchavam nas dobradiças. Seu falecido pai adotivo vivera uma vida longa e plena, uns bons dez anos a mais do que os setenta que lhe eram biblicamente designados. E em oitenta e tantos anos, o reverendo Reginald Wakefield nunca jogara nada fora.

Roger conteve o ímpeto de sair correndo porta afora, pular em seu Morris Minor e voltar para Oxford, abandonando a residência paroquial e todo seu conteúdo à mercê dos vândalos e das intempéries. Acalme-se, disse a si mesmo, inspirando fundo. Você consegue lidar com isto. Os livros são a parte mais fácil; é só questão de organizá-los, depois chamar alguém e mandar levá-los embora. É bem verdade que vão precisar de um caminhão do tamanho de um vagão de trem, mas pode ser feito. Roupas – sem problema. A Oxfam receberá o lote inteiro.

Ele não sabia o que a ONG iria fazer com um monte de ternos de sarja preta e coletes do final dos anos 1940, mas talvez os necessitados não fossem tão exigentes. Começou a respirar um pouco melhor. Havia tirado um mês de licença do departamento de história de Oxford a fim de resolver os negócios do reverendo.

Talvez, afinal de contas, isso fosse suficiente. Em seus momentos de maior depressão, parecia-lhe que a tarefa poderia levar anos.

Dirigiu-se a uma das mesas e pegou uma pequena travessa de porcelana. Estava repleta de pequenos retângulos de metal; *gaberlunzies*, os distintivos retangulares de chumbo que as paróquias forneciam aos mendigos andarilhos como uma espécie de licença para pedir esmolas. Uma coleção de garrafas de cerâmica vitrificada estava postada junto ao abajur, ao lado de uma surrada caixa de rapé, ornamentada em prata. Doá-los a um museu?, pensou em dúvida. A casa estava cheia de artefatos jacobitas; o reverendo fora um historiador amador, o século XVIII o seu território de caça favorito.

Estendeu a mão involuntariamente e seus dedos acariciaram a superfície da caixa de rapé, seguindo os contornos negros das inscrições – os nomes e datas dos Diáconos e Tesoureiros da Associação de Alfaiates de Canongate, Edimburgo, 1726. Talvez ele devesse guardar algumas das melhores aquisições do reverendo... mas em seguida recuou, balançando a cabeça decididamente.

– Nada disso, rapaz – disse em voz alta. – Isso pode levar à loucura.

Ou no mínimo à vida incipiente daqueles ratos que carregam e escondem pequenos objetos. Se começasse a guardar coisas, iria acabar ficando com tudo, morando naquela casa monstruosa, cercado de gerações de quinquilharias.

– E falando sozinho também – murmurou ele.

A ideia de gerações de entulho o fez lembrar-se da garagem, e sentiu certa prostração nos joelhos. O reverendo, que na realidade era tio-avô de Roger, adotara-o aos 5 anos, depois que seus pais morreram na Segunda Guerra Mundial: sua mãe na Blitz, seu pai nas águas escuras do Canal. Com seu usual instinto de preservação, o reverendo guardara todos os pertences dos pais de Roger, embalados em caixas de madeira e de papelão e enfurnados nos fundos da garagem. Roger tinha certeza de que ninguém abrira nenhuma daquelas caixas nos últimos vinte anos.

Roger proferiu a lamúria do Velho Testamento diante da ideia de ter que manusear toda a *memorabilia* de seus pais.

– Ah, meu Deus! – exclamou ele em voz alta. – Qualquer coisa, menos isso!

A observação não teve a intenção de ser uma prece, mas a campainha tocou como que em resposta, fazendo Roger morder a língua de susto.

A porta da casa costumava emperrar com o tempo úmido, o que significava que ficava emperrada durante a maior parte do ano. Roger libertou-a com um rangido lancinante e deparou-se com uma mulher à soleira.

– Pois não, o que deseja?

Era de altura mediana e muito bonita, dando a impressão de uma boa constituição física sob o linho branco, tudo encimado por cabelos castanhos cacheados abundantes, presos numa espécie de coque rebelde. E no meio de tudo, o mais extraordinário par de olhos claros, da cor do xerez envelhecido.

Os olhos ergueram-se rapidamente dos tênis tamanho 42 para o rosto dele, uns 30 centímetros acima do dela. O sorriso enviesado ampliou-se.

– Detesto começar logo com um clichê – disse a mulher –, mas, Santo Deus, como você cresceu, Roger!

Roger sentiu-se enrubescer. A mulher riu e estendeu a mão.

– Você *é* o Roger, não é? Meu nome é Claire Randall, uma velha amiga do reverendo. Mas não vejo você desde que tinha 5 anos.

– Hã... a senhora disse que *era* uma amiga do meu pai? Então já sabe...

O sorriso desapareceu, substituído por um ar de tristeza.

– Sim, lamentei profundamente a notícia. Coração, não foi?

– Hã, sim. Muito repentino. Acabo de chegar de Oxford para começar a lidar com... tudo. – Abanou a mão vagamente, englobando a morte do reverendo, a casa às suas costas e todo seu conteúdo.

– Pelo que eu me lembro da biblioteca de seu pai, a pequena tarefa deve ocupá-lo até o próximo Natal – observou Claire.

– Nesse caso, talvez não devêssemos estar perturbando-o – disse uma voz doce, com sotaque americano.

– Ah, me esqueci – disse Claire, virando-se parcialmente para a jovem que até então se mantinha fora do campo de visão de Roger, no canto do pórtico de entrada. – Roger Wakefield, minha filha, Brianna.

Brianna Randall deu um passo à frente, um sorriso tímido. Roger fitou-a por um instante, depois se lembrou de suas boas maneiras. Recuou um passo e abriu a porta de par em par, perguntando-se exatamente quando ele havia trocado a camisa.

– De modo algum, de modo algum! – disse ele, fervorosamente. – Estava mesmo querendo fazer uma pausa. Entrem, por favor.

Fez um gesto, sinalizando para que as duas mulheres seguissem pelo corredor em direção ao gabinete do reverendo, notando que a filha, além de ser razoavelmente atraente, era uma das jovens mais altas que ele já vira de perto. Ela devia ter facilmente mais de 1,80 metro, pensou, vendo sua cabeça no mesmo nível do topo do porta-chapéus do vestíbulo quando ela passou por ele. Inconscientemente, ele empertigou-se, alcançando toda a sua altura de 1,92 metro. No último instante, abaixou-se, para não bater a cabeça na viga da porta do gabinete quando entrou no aposento, seguindo as mulheres.

• • •

– Eu queria ter vindo antes – disse Claire, acomodando-se melhor na enorme poltrona bergère.

A quarta parede do gabinete do reverendo tinha janelas que iam do chão ao teto, e a luz do sol cintilava do prendedor de pérolas em seus cabelos castanho--claros. Os cachos começavam a se desprender de seu confinamento e ela distraidamente enfiou um deles atrás da orelha enquanto falava.

– Na verdade, já tinha providenciado tudo para vir no ano passado, mas houve uma emergência no hospital em Boston. Eu sou médica – explicou ela, sorrindo discretamente diante do olhar de surpresa que Roger não conseguiu disfarçar. – Mas lamento não ter vindo. Queria muito ter visto seu pai outra vez.

Roger perguntou-se por que teriam vindo agora, sabendo que o reverendo estava morto, mas pareceu-lhe indelicado questionar. Em vez disso, perguntou:

– Vieram passear um pouco, então?

– Sim, viemos de carro de Londres – respondeu Claire. Sorriu para a filha. – Queria que Bree conhecesse o país. Você não imaginaria, ouvindo-a falar, mas ela é tão inglesa quanto eu, embora nunca tenha morado aqui.

– É mesmo? – Roger lançou um olhar para Brianna. Ela de fato não parecia inglesa, pensou; fora a altura, possuía uma vasta cabeleira ruiva, solta sobre os ombros, e rosto de traços fortes e angulosos, com o nariz longo e reto, talvez um pouco comprido demais.

– Nasci nos Estados Unidos – explicou Brianna –, mas tanto meu pai quanto minha mãe são... eram... ingleses.

– Eram?

– Meu marido morreu há dois anos – explicou Claire. – Você o conheceu, eu acho. Frank Randall.

– *Frank* Randall! Claro! – Roger deu um tapa na testa e sentiu seu rosto esquentando quando Brianna deu uma risadinha. – Devem me achar um completo idiota, mas acabo de me lembrar de vocês.

O nome explicava muita coisa; Frank Randall fora um eminente historiador e um grande amigo do reverendo; durante anos, trocaram informações secretas sobre os jacobitas, embora fizesse pelo menos dez anos desde a última visita de Frank Randall à residência paroquial.

– E então, vão visitar os locais históricos perto de Inverness? – arriscou Roger. – Já estiveram em Culloden?

– Ainda não – respondeu Brianna. – Pensamos em ir mais para o final da semana. – Seu sorriso em resposta foi apenas cordial, nada mais.

– Marcamos um passeio pelo lago Ness hoje à tarde – explicou Claire. – E talvez viajemos de carro até Fort William amanhã ou fiquemos apenas andando por Inverness. A cidade cresceu muito desde a última vez em que estive aqui.

– E quando foi? – Roger imaginou se deveria oferecer seus serviços como guia turístico. Na realidade, não deveria perder tempo, mas os Randall tinham sido grandes amigos do reverendo. Além do mais, uma viagem de carro a Fort William na companhia de duas mulheres encantadoras parecia uma perspectiva muito mais atraente do que limpar a garagem, que era a tarefa seguinte em sua lista.

– Ah, há mais de vinte anos. Já faz muito tempo. – Houve um tom estranho na voz de Claire que fez Roger olhar para ela, mas ela fitou seus olhos com um sorriso.

– Bem – arriscou ele –, se houver alguma coisa que eu possa fazer por vocês enquanto estiverem nas Terras Altas...

Claire ainda estava sorrindo, mas algo em seu rosto mudou. Ele chegou a pensar que ela estivera esperando uma abertura. Ela lançou um olhar para Brianna, depois se voltou de novo para Roger.

– Já que tocou no assunto – disse ela, o sorriso ampliando-se.

– Ah, mamãe! – exclamou Brianna, empertigando-se na cadeira. – Não vá incomodar o sr. Wakefield! Olhe só quanta coisa ele tem a fazer! – Abanou a mão abarcando o gabinete atulhado, com suas caixas abarrotadas e infindáveis pilhas de livros.

– Ah, não é incômodo nenhum! – protestou Roger. – Então... do que se trata?

Claire lançou um olhar de reprimenda à filha.

– Eu não estava pretendendo dar uma pancada na cabeça dele e arrastá-lo daqui – disse ela, ironicamente. – Mas ele pode muito bem conhecer alguém que possa ajudar. É um pequeno projeto histórico – explicou a Roger. – Preciso de alguém que seja bem versado nos jacobitas do século XVIII. O príncipe Charles Edward Stuart e todo aquele pessoal.

Roger inclinou-se para a frente, interessado.

– Jacobitas? – disse ele. – Esse período não é uma das minhas especialidades, mas sei um pouco a respeito. Difícil não saber, morando tão perto de Culloden. Foi onde a última batalha foi travada, conforme já deve saber – explicou a Brianna. – Onde os partidários do príncipe Charles se confrontaram com o duque de Cumberland e foram completamente massacrados.

– Exato – disse Claire. – E isso, de fato, tem a ver com o que desejo descobrir. – Enfiou a mão na bolsa e retirou um papel dobrado.

Roger abriu-o e passou os olhos pelo conteúdo. Era uma lista de nomes, talvez uns trinta, todos homens. No alto da folha, havia um cabeçalho: REVOLUÇÃO JACOBITA, 1745 – CULLODEN.

– Ah, a rebelião de 45? – disse Roger. – Esses homens lutaram em Culloden, não foi?

– Sim – respondeu Claire. – O que eu quero descobrir é quantos homens desta lista sobreviveram àquela batalha.

Roger esfregou o queixo enquanto lia a lista.

– É uma pergunta simples – disse ele –, mas a resposta pode ser difícil de ser encontrada. A quantidade de homens dos clãs das Terras Altas que seguiam o príncipe Charles mortos no campo de batalha de Culloden foi tão alta que eles não foram enterrados individualmente. Acabaram colocados em sepulturas coletivas, com uma única pedra gravada com o nome do clã como marco.

– Eu sei – disse Claire. – Brianna não esteve lá, mas eu estive... há muito tempo. – Ele pensou ter vislumbrado uma sombra fugaz atravessando os olhos dela, embora tivesse sido rapidamente ocultada quando ela voltou a enfiar a mão na bolsa. Não era de se admirar, pensou. O Campo de Culloden era um lugar emocionante; ele mesmo chorou ao ver aquela grande extensão de terra pantanosa e lembrar-se da bravura e da coragem dos escoceses das Terras Altas que jaziam massacrados sob o capim.

Ela desdobrou várias outras folhas datilografadas e entregou-as a ele. Um dedo longo e branco percorreu a margem de uma das folhas. Belas mãos, observou Roger; delicadamente torneadas, bem-cuidadas, com uma única aliança em cada mão. A de prata na mão direita chamava especialmente a atenção; uma aliança jacobita larga, no padrão entrelaçado das Terras Altas, adornada com flores de cardo.

– Esses são os nomes das esposas, pelo que sei. Achei que isso talvez pudesse ajudar, já que se os maridos tiverem sido mortos em Culloden, provavelmente veríamos essas mulheres se casando de novo ou emigrando para outro lugar mais tarde. Esses registros com toda a certeza devem existir nos livros da paróquia, não? São todos da mesma paróquia. A igreja ficava em Broch Mordha, a uma boa distância ao sul daqui.

– É uma ideia bastante útil – disse Roger, ligeiramente surpreso. – É o tipo de coisa na qual um historiador teria pensado.

– Não sou nenhuma historiadora – disse Claire secamente. – Por outro lado, quando se vive com um, aprende-se alguns truques.

– Sem dúvida. – Um pensamento ocorreu a Roger e ele se levantou de sua cadeira. – Estou sendo um péssimo anfitrião; por favor, permita-me servir-lhes um drinque e depois podem me contar mais a respeito disso. Talvez eu mesmo possa ajudá-las.

Apesar da desordem, ele sabia onde as garrafas de bebidas ficavam guardadas e rapidamente suas visitas estavam servidas de uísque. Colocou bastante soda no uísque de Brianna, mas notou que ela apenas o tocou com os lábios, como se seu copo contivesse formicida em vez do melhor Glenfiddich de puro malte. Claire, que pedira seu uísque puro, parecia apreciá-lo bem mais.

– Bem. – Roger retomou seu lugar e pegou os papéis outra vez. – É um problema interessante, em termos de pesquisa histórica. Disse que esses homens pertenciam à mesma paróquia? Devem ter pertencido a um único clã ou tribo. Vejo que vários tinham o sobrenome Fraser.

Claire balançou a cabeça afirmativamente, as mãos cruzadas no colo.

– Vinham todos da mesma propriedade, uma pequena fazenda nas Terras Altas chamada Broch Tuarach e conhecida na região como Lallybroch. Faziam parte do clã Fraser, embora nunca tenham jurado lealdade formalmente a lorde Lovat como chefe. Esses homens participaram da Revolução desde o início, lutando na Batalha de Prestonpans, enquanto os homens de Lovat só chegaram pouco antes de Culloden.

– É mesmo? Interessante. – Em circunstâncias normais do século XVIII, esses pequenos arrendatários teriam morrido onde viviam, sido sepultados lado a lado no cemitério da vila e cuidadosamente incluídos nos registros da paróquia. Entretanto, a tentativa do príncipe Charles de recuperar o trono da Escócia em 1745 interrompeu o curso normal dos acontecimentos de modo drástico.

Na fome que se seguiu ao desastre de Culloden, muitos escoceses das Terras Altas emigraram para o Novo Mundo, outros foram abandonando os desfiladeiros e os pântanos em direção às cidades, em busca de alimento e emprego. Alguns permaneceram, agarrando-se teimosamente às suas terras e tradições.

– Daria um artigo fascinante – disse Roger, pensando em voz alta. – Seguir o destino de um grupo de indivíduos, descobrir o que aconteceu a cada um deles. Seria menos interessante se todos tivessem *realmente* morrido em Culloden, mas é provável que alguns tenham conseguido escapar. – Estaria disposto a aceitar o projeto como uma trégua bem-vinda ainda que não tivesse sido Claire Randall quem tivesse pedido.

– Sim, acho que posso ajudá-la com isso – disse ele, sentindo-se recompensado com o sorriso caloroso com que ela o brindou.

– Verdade? Que maravilha! – exclamou ela.

– Será um prazer – disse Roger. Dobrou o papel e colocou-o sobre a mesa. – Vou começar logo a trabalhar nisso. Mas, diga-me, como foi a viagem de Londres até aqui?

A conversa versou sobre questões gerais, conforme as mulheres Randall presenteavam-no com histórias de sua viagem transatlântica e do trajeto de carro de Londres até ali. A atenção de Roger desviou-se ligeiramente quando ele começou a planejar a pesquisa para aquele projeto. Sentia-se levemente culpado por tê-lo aceitado; na verdade, não devia comprometer seu tempo. Por outro lado, era um assunto interessante. E talvez ele pudesse aliar o projeto à necessária tarefa de limpeza do material do reverendo; ele sabia com certeza que havia 48 caixas de papelão na garagem, todas etiquetadas JACOBITAS, MISCELÂNEA. A simples lembrança desse fato foi suficiente para provocar nele uma sensação de vertigem.

Com um violento esforço, arrancou a mente da garagem, descobrindo, então, que a conversa sofrera uma mudança brusca de rumo.

– Druidas? – Roger sentia-se tonto. Espiou com desconfiança dentro do copo, tentando verificar se havia realmente acrescentado soda à sua bebida.

– Não ouviu falar deles? – Claire pareceu ligeiramente decepcionada. – Seu pai, o reverendo, os conhecia, embora apenas extraoficialmente. Talvez achasse que não valia a pena contar-lhe; ele considerava o assunto uma espécie de piada.

Roger coçou a cabeça, despenteando os cabelos negros e espessos.

– Não, honestamente não me lembro. Mas tem razão, ele não devia achar que o assunto fosse sério.

– Bem, não tenho certeza se é. – Ela cruzou as pernas. Um raio de sol cintilou ao longo de sua meia de seda, ressaltando a delicadeza da ossatura longilínea. – Quando estive aqui pela última vez com Frank... Meu Deus, isso foi há 23 anos!... o reverendo disse-lhe que havia um grupo local de, bem, druidas modernos, acho que podem ser chamados assim. Não faço a menor ideia da autenticidade desse grupo. É provável que não sejam mesmo genuínos.

Brianna estava inclinada para a frente agora, interessada, o copo de uísque esquecido entre as mãos.

– O reverendo não podia reconhecê-los oficialmente... por causa de paganismo e tudo isso, você sabe... mas sua governanta, a sra. Graham, estava envolvida com o grupo, então ele ouvia falar de suas andanças de vez em quando e dera uma dica a Frank de que haveria uma espécie de cerimônia no amanhecer do Beltane, isto é, no Primeiro de Maio.

Roger meneou a cabeça, tentando adaptar-se à ideia da velha sra. Graham, aquela mulher extremamente digna e respeitável, participando de rituais pagãos e dançando em volta de círculos de pedras ao nascer do sol. Tudo que ele próprio conseguia se lembrar de cerimônias druidas era que algumas delas envolviam queimar vítimas em gaiolas de vime, em sacrifício, o que parecia um comportamento ainda mais improvável para uma senhora escocesa e presbiteriana de idade avançada.

– Há um círculo de pedras verticais no topo de uma colina, bem perto daqui. Então nós fomos lá antes do nascer do sol para... bem, espioná-las – continuou ela, encolhendo os ombros, como se quisesse se desculpar. – Sabe como são os acadêmicos, não têm nenhum escrúpulo quando se trata do próprio campo de trabalho, quanto mais uma noção de sensibilidade social.

Roger contraiu-se ligeiramente diante de tal observação, mas balançou a cabeça, concordando a contragosto.

– E lá estavam elas – disse Claire. – Inclusive a sra. Graham, todas enroladas em lençóis brancos, entoando cânticos e dançando no meio do círculo de pedras. Frank ficou fascinado – acrescentou com um sorriso. – E realmente *era* impressionante, até para mim.

Parou por um instante, observando Roger de forma especulativa.

– Ouvi dizer que a sra. Graham faleceu há alguns anos. Mas imagino... sabe se ela possuía algum parente? Acredito que a participação nesses grupos geralmente seja hereditária, talvez haja uma filha ou neta que possa me contar um pouco a respeito.

– Bem – disse Roger devagar. – Há uma neta, seu nome é Fiona, Fiona Graham. Na realidade, ela veio dar uma ajuda aqui na casa depois que a avó morreu. O reverendo estava de fato muito idoso para ficar totalmente sozinho aqui.

Se havia alguma coisa capaz de afastar sua visão da sra. Graham dançando envolta num lençol, era a ideia de Fiona, de 19 anos, como guardiã de uma antiga sabedoria mística, mas Roger refez-se heroicamente e continuou:

– Receio que ela não esteja aqui no momento. Mas eu poderia mandar chamá-la para vir falar com você.

Claire abanou a mão delgada, descartando a ideia.

– Não precisa se incomodar. Uma outra hora. Nós já tomamos demais do seu tempo.

Para desalento de Roger, ela colocou o copo vazio na mesinha entre as cadeiras e Brianna acrescentou seu próprio copo, ainda cheio, demonstrando o que lhe pareceu uma certa ânsia. Ele notou que Brianna Randall roía as unhas. Essa pequena prova de imperfeição lhe deu coragem para dar o próximo passo. Ela o intrigava e ele não queria que ela fosse embora sem ter certeza de que voltaria a vê-la.

– Por falar em círculos de pedra – disse ele rapidamente –, acho que conheço o que você mencionou. É um belo cenário e não fica muito longe da cidade. – Sorriu diretamente para Brianna Randall, notando que ela possuía três pequenas sardas no alto da maçã do rosto. – Acho que vou começar este projeto com uma viagem até Broch Tuarach. Fica na mesma direção do círculo de pedras, então talvez... aaahh!

Com um movimento brusco e repentino de sua volumosa bolsa, Claire Randall lançou os dois copos de uísque para longe da mesa, encharcando o colo e as coxas de Roger de uísque puro e muita soda.

– Ah, sinto muito – desculpou-se ela, obviamente envergonhada. Abaixou-se e começou a recolher os pedaços de cristal estilhaçado, apesar dos esforços não muito coerentes de Roger para tentar impedi-la.

Brianna, aproximando-se para ajudar com um punhado de guardanapos de linho que pegara de cima do aparador, dizia:

– Francamente, mamãe, não sei como é que deixam você fazer cirurgias. Não dá para confiar a você nada menor do que uma cesta de pão. Veja, você encharcou os sapatos dele de uísque! – Abaixou-se no chão e começou a enxugar energicamente o uísque derramado, catando também os fragmentos de cristal. – E as calças também!

Arrancando um novo guardanapo da pilha sobre seu braço, ela lustrou com cuidado as pontas dos sapatos de Roger, a cabeleira ruiva flutuando de forma delirante em torno de seus joelhos. Sua cabeça erguia-se enquanto espreitava as coxas de Roger, aplicando o guardanapo nas manchas molhadas no veludo das suas calças com energia. Roger cerrou os olhos e pensou freneticamente em terríveis colisões de carros na autoestrada, em formulários de imposto de renda e em monstros devoradores do espaço – qualquer coisa que o impedisse de dar um completo vexame enquanto o hálito quente de Brianna Randall penetrava como uma névoa pelo tecido molhado de suas calças.

– Hummm... talvez seja melhor você mesmo terminar de limpar. – A voz veio de algum lugar ao nível de seu nariz e ele abriu os olhos, deparando-se com um par de olhos de um azul profundo fitando-o acima de um amplo sorriso. Segurou frouxamente o guardanapo que ela lhe oferecia, respirando como se tivesse acabado de ser perseguido por um trem.

Abaixando a cabeça para esfregar as calças, viu Claire Randall observando-o com uma expressão mista de compaixão e divertimento. Não havia nada mais visível em sua expressão; nada daquele lampejo que achara ter visto em seus olhos logo antes da catástrofe. Perturbado como estava, provavelmente não passara de produto de sua imaginação, pensou. Afinal, por que ela haveria de fazer aquilo de propósito?

– Desde quando você se interessa por druidas, mamãe? – Brianna parecia disposta a encontrar algo hilário na ideia; eu a vira mordendo a parte interna das bochechas enquanto eu conversava com Roger Wakefield, e o sorriso que ela disfarçara na ocasião agora estava estampado em seu rosto. – Vai levar seu próprio lençol e se unir a elas?

– Deve ser mais interessante do que as reuniões da equipe do hospital toda quinta-feira – disse. – Porém, um pouco frio.

Ela soltou um riso chiado, assustando dois pássaros grandes, dois chapins-reais de cabeça preta, do caminho à nossa frente.

– Não – disse, retornando ao ar sério. – Meu interesse não é tanto pelas mulheres druidas. Há uma pessoa que eu conhecia na Escócia que gostaria de encontrar, se puder. Não tenho o endereço dela, não tenho contato com ela há mais de vinte anos, mas ela se interessava por coisas estranhas como magia negra, crenças antigas, folclore. Esse tipo de coisa. Houve uma época em que morou perto daqui; achei que se ainda estivesse pela região, pudesse estar envolvida com um grupo como esse.

– Qual o nome dela?

Balancei a cabeça, agarrando o prendedor de cabelo frouxo que escorregava pelos meus cachos. Ele deslizou pelo meio dos meus dedos e caiu no capim alto à margem do caminho.

– Droga! – exclamei, inclinando-me para procurá-lo. Meus dedos estavam trêmulos enquanto tateava pelos talos densos tendo dificuldade para recuperar o prendedor, escorregadio com a umidade do capim molhado. A lembrança de Geillis Duncan me deixava nervosa, mesmo agora.

– Não sei – respondi, afastando os cachos do meu rosto afogueado. – Quer dizer, faz tanto tempo, tenho certeza de que deve ter um nome diferente agora. Ela era viúva; deve ter se casado outra vez ou estar usando seu nome de solteira.

– Ah. – Brianna perdeu o interesse no assunto e continuou a caminhar em silêncio por algum tempo. De repente, disse: – O que achou de Roger Wakefield, mamãe?

Lancei-lhe um olhar; suas bochechas estavam rosadas, mas podia ser por causa do vento da primavera.

– Parece um bom rapaz – respondi com cautela. – Sem dúvida, é inteligente; é um dos mais jovens professores de Oxford. – Sobre a sua inteligência, eu já sabia; perguntava-me se ele teria alguma imaginação. Geralmente, os tipos cultos e estudiosos não tinham. Mas um pouco de imaginação seria útil.

– Os olhos dele são incríveis – disse Brianna, ignorando sonhadoramente a questão da inteligência. – Não são os mais verdes que já viu?

– Sim, são impressionantes – concordei. – Sempre foram assim. Lembro-me de que me chamaram a atenção quando o conheci em criança.

Brianna olhou para mim, franzindo o cenho.

– Francamente, mamãe! Você tinha que dizer: "Meu Deus, como você cresceu", quando ele nos atendeu à porta? Que vergonha!

Eu ri.

– Bem, a última vez em que o vi ele batia na altura do meu umbigo, e de repente me vejo levantando a cabeça para ver seu nariz – disse, defendendo-me. – Não pude deixar de observar a diferença.

– Mamãe! – Mas ela ria alegremente.

– Ele também tem um bumbum muito bonito – acrescentei, só para fazê-la continuar a rir. – Notei quando se inclinou para pegar o uísque.

– Mããããeeee! As pessoas vão ouvi-la!

Havíamos chegado ao ponto de ônibus. Havia duas ou três mulheres e um senhor idoso de terno de tweed de pé junto à placa; viraram-se para olhar para nós quando nos aproximamos.

– É aqui o ponto do ônibus de turismo para o lago Ness? – perguntei, passando os olhos pela confusa profusão de anúncios e avisos pregados na tabuleta.

– Ah, é, sim – respondeu uma das senhoras amavelmente. – Deve chegar em mais ou menos dez minutos.

Ela olhou Brianna de cima a baixo, tão obviamente americana em suas calças jeans e jaqueta branca. O detalhe patriótico final era acrescentado pelo rosto afogueado, vermelho por causa do riso preso.

– Vão visitar o lago Ness? É a primeira vez?

Sorri para ela.

– Desci o lago de barco com meu marido há vinte e poucos anos, mas esta é a primeira viagem de minha filha à Escócia.

– Ah, é mesmo? – Isso atraiu a atenção das outras senhoras que se amontoaram à nossa volta, repentinamente acolhedoras, oferecendo sugestões e fazendo perguntas, até que o enorme ônibus amarelo dobrou a esquina, soltando descargas do motor.

Brianna parou antes de subir os degraus, admirando o pitoresco desenho das curvas verdes em forma de serpentina, ondulando por um lago de tinta azul cercado de pinheiros negros.

– Isso vai ser divertido – disse ela, rindo. – Acha que veremos o monstro?

– Nunca se sabe – respondi.

• • •

Roger passou o restante do dia em estado de abstração, vagando distraidamente de uma tarefa a outra. Os livros a serem empacotados para doação à Sociedade para a Preservação de Antiguidades escorregavam de sua caixa cheia demais; a velha caminhonete do reverendo estava parada na entrada da casa com o capô aberto, no meio de uma inspeção do motor; e uma xícara pela metade de chá com leite sem a nata jazia junto ao seu cotovelo, enquanto ele fitava, com olhos vidrados e inexpressivos, a chuva que caía no início da noite.

Ele deveria dar cabo da tarefa de desmantelar o âmago do gabinete do reverendo. Não os livros; por mais penosa que fosse a empreitada, era apenas uma questão de decidir quais guardar para si mesmo e quais despachar para a SPA ou para a velha biblioteca da universidade do reverendo. Não, mais cedo ou mais tarde ele teria que enfrentar a enorme escrivaninha, com papéis saindo de cada uma das imensas gavetas e projetando-se de suas dezenas de escaninhos. Ele teria que retirar, organizar e desfazer-se de toda a quinquilharia que decorava a parede de cortiça de um dos lados do aposento. Uma missão capaz de assombrar o mais destemido dos espíritos.

Além da total falta de vontade de iniciar a tediosa tarefa, Roger era contido por outro fator. Ele *não queria* estar fazendo tudo aquilo, por mais necessário que fosse; queria estar trabalhando no projeto de Claire Randall, seguindo o rastro dos homens dos clãs que lutaram em Culloden.

Era um projeto interessante por si só, embora provavelmente um trabalho de pesquisa sem grande valor. Mas não era esse o motivo. Não, pensou, se quisesse ser sincero consigo mesmo: ele queria dedicar-se ao projeto de Claire Randall para poder ir à pousada da sra. Thomas e colocar seus resultados aos pés de Brianna Randall, como os cavaleiros faziam com as cabeças de dragões. Ainda que não obtivesse resultados dessa escala, ansiava ardentemente por um pretexto para vê-la e conversar com ela outra vez.

Ela o fazia lembrar-se de uma pintura de Bronzino, concluiu. Tanto ela quanto sua mãe davam uma estranha impressão de terem sido de algum modo delineadas, desenhadas com pinceladas tão vigorosas e com detalhes tão delicados que se destacavam do fundo, como se tivessem sido esculpidas na paisagem. Mas Brianna possuía aquelas cores vivas e aquele ar de absoluta presença física que fazia as modelos de Bronzino parecerem segui-lo com os olhos, prestes a falar de suas molduras. Nunca vira uma pintura de Bronzino fazendo caretas diante de um copo de uísque, mas se houvesse uma, tinha certeza de que seria exatamente como Brianna Randall.

Bem, pro inferno – disse ele em voz alta. – Não vai levar tanto tempo assim para dar uma espiada nos registros da Casa Culloden amanhã, certo? Quanto a você – disse, dirigindo-se à escrivaninha e sua profusa carga –, pode esperar mais um dia. E você também – disse à parede, retirando desafiadoramente um romance policial da estante. Olhou à sua volta de forma beligerante, como se desafiando todas as peças do mobiliário a objetar, mas não se ouviu nenhum som além do zumbido do aquecedor elétrico. Desligou-o e, com o livro embaixo do braço, deixou o gabinete, apagando a luz.

Um minuto depois, retornou, atravessando o aposento no escuro, e resgatou a lista de nomes de cima da mesa.

– Bem, pro inferno! – exclamou ele outra vez, enfiando o papel no bolso da camisa. – Não vou querer esquecer a maldita lista pela manhã. – Deu um tapinha no bolso, sentindo o papel estalar bem em cima do seu coração, e subiu para a cama.

Voltamos do lago Ness ofegantes por causa do vento e enregeladas pela chuva para o reconfortante aconchego de uma comida quente e uma lareira acesa na sala de estar. Brianna começara a bocejar em cima dos ovos mexidos e logo desculpou-se e subiu para tomar um banho quente. Permaneci na sala por mais alguns instantes, conversando com a sra. Thomas, a dona da pousada, e já eram quase dez horas quando subi para o meu próprio banho e minha camisola.

Brianna costumava dormir cedo e acordar cedo; sua respiração suave saudou-me quando abri a porta do quarto. Ela dormia cedo e também dormia profundamente; movimentei-me com todo cuidado pelo quarto, pendurando minhas roupas e arrumando nossos pertences, mas não havia risco de acordá-la. A casa foi ficando silenciosa conforme eu fazia minhas arrumações, de modo que o murmúrio de meus movimentos começou a parecer alto demais aos meus ouvidos.

Trouxera comigo vários livros de Frank, pretendendo doá-los à biblioteca de Inverness. Estavam habilmente arrumados no fundo de minha mala, formando uma base para os itens que estavam em cima, os mais passíveis de serem amassados. Retirei-os um a um, colocando-os sobre a cama. Cinco volumes encadernados, brilhantes em suas capas protetoras de plástico transparente. Objetos pesados, sólidos; quinhentas ou seiscentas páginas cada um, fora os índices e ilustrações.

Eram as Obras Completas de meu falecido marido, nas edições comentadas. Os elogios da crítica cobriam as orelhas da sobrecapa, com os comentários de cada renomado especialista na área de história. Nada mau para a obra de toda uma vida, pensei. Um feito do qual se orgulhar. Compacto, sólido, altivo.

Empilhei os livros cuidadosamente sobre a mesa ao lado de minha mala, a fim de não esquecê-los pela manhã. Os títulos nas lombadas eram diferentes, é claro, mas empilhei-os de modo que os nomes "Frank W. Randall" nas extremidades ficassem alinhados de modo uniforme, um acima do outro. Reluziam como uma joia na pequena poça de luz formada pelo abajur da mesinha de cabeceira.

A pousada estava em silêncio; ainda não era a alta estação e os poucos hóspedes existentes já haviam se recolhido há muito tempo. Na outra cama de solteiro, a respiração de Brianna fez um leve ruído e ela se virou, deixando longas mechas de cabelos ruivos cobrirem seu rosto adormecido. Um pé longo e nu projetava-se de debaixo das cobertas e eu o cobri delicadamente.

O impulso de tocar uma criança adormecida nunca desaparece, ainda que a criança seja muito maior do que a mãe, e ela mesma uma mulher – ainda que jovem. Alisei seus cabelos para trás, afastando-os do rosto, e acariciei sua cabeça. Ela sorriu em seu sono, um breve reflexo de satisfação, desfeito quase no mesmo instante em que surgiu. Meu próprio sorriso demorou-se enquanto eu a observava. Sussurrei aos seus ouvidos surdos de sono, como já fizera tantas outras vezes:

– Meu Deus, você é tão parecida com ele.

Engoli em seco, para livrar-me do nó que se formava em minha garganta – já se tornara quase um hábito, a essa altura – e peguei meu penhoar nas costas da cadeira. Fazia um frio glacial nas Terras Altas escocesas em abril, mas eu não estava pronta ainda para procurar o santuário acolhedor da minha cama de solteiro.

Eu havia pedido à proprietária para deixar a lareira acesa na sala de estar, assegurando-lhe de que apagaria o fogo antes de me recolher. Fechei a porta devagar, ainda observando os longos membros esparramados na cama, as cascatas de sedosos cabelos ruivos derramadas na colcha azul de matelassê.

– Também não é nada mau para a obra de uma vida inteira – sussurrei para o corredor escuro. – Talvez não tão compacta, mas absolutamente altiva.

A pequena sala de estar estava às escuras e acolhedoramente aquecida, o fogo reduzido ao clarão estável de uma chama ao longo da espinha dorsal da tora principal. Puxei uma pequena poltrona para a frente da lareira e apoiei os pés na grade de proteção. Dava para ouvir todos os pequenos e costumeiros sons da vida moderna à minha volta; o zumbido surdo da geladeira no subsolo, o chiado e o murmúrio do aquecimento central, que fazia da lareira um conforto, não uma necessidade; o ronco rápido e abafado de um ou outro carro na rua.

Entretanto, sob tudo aquilo, havia o profundo silêncio de uma noite das Terras Altas. Fiquei sentada absolutamente imóvel, tentando senti-lo. Fazia vinte anos que o sentira pela última vez, mas o poder calmante da escuridão ainda estava lá, protegido entre as montanhas.

Enfiei a mão no bolso do meu penhoar e retirei a folha de papel dobrada – uma cópia da lista que eu dera a Roger Wakefield. Estava escuro demais para ler na claridade fraca do fogo da lareira, mas eu não precisava ver os nomes. Desdobrei o papel sobre meu joelho recoberto de seda e permaneci ali, sentada, olhando cegamente as linhas de caligrafia ilegível. Corri os dedos devagar sobre o papel, murmurando o nome de cada um dos homens para mim mesma, como uma prece. Eles pertenciam à fria noite de primavera, mais do que eu. Mas continuei fitando as chamas, deixando a escuridão lá de fora vir preencher os espaços vazios dentro de mim.

E pronunciando seus nomes como se os invocasse, comecei a dar os primeiros passos para trás, atravessando o vazio da escuridão em direção ao lugar onde me aguardavam.

2

A TRAMA SE COMPLICA

Roger deixou a Casa Culloden na manhã seguinte com doze páginas de anotações e uma sensação crescente de assombro. O que a princípio parecera uma tarefa razoavelmente simples de pesquisa histórica, agora estava apresentando algumas reviravoltas certamente muito estranhas.

Ele encontrara apenas três dos nomes da lista de Claire Randall na relação de mortos em Culloden. Isso, por si só, não era nada extraordinário. O exército de Charles Stuart raramente tivera uma relação coerente de alistamento, uma vez que os chefes de clãs aparentemente se uniam ao príncipe quando lhes dava na veneta e muitos iam embora sem nenhum aviso prévio, antes que os nomes de seus homens pudessem ser inscritos em qualquer documento oficial. Os registros do exército das Terras Altas, desordenados, para dizer o mínimo, haviam praticamente se desintegrado nos últimos dias da Revolução; afinal, não fazia sentido manter uma folha de pagamentos se não havia como pagar aos homens inscritos.

Encolheu o corpo longilíneo com todo o cuidado e enfiou-se no seu velho Morris, abaixando a cabeça automaticamente para não bater no teto. Tirando a pasta de debaixo do braço, abriu-a e examinou as páginas que copiara, franzindo a testa. O estranho é que quase todos os homens da listagem de Claire realmente *tinham* aparecido em outra lista do exército.

Nos diferentes escalões do regimento de um determinado clã, os homens podem ter desertado assim que as dimensões do iminente desastre se tornavam evidentes; não teria sido nada incomum. Não, o que tornava todo o problema tão incompreensível era que os nomes na lista de Claire haviam aparecido - completos e por extenso - como parte do regimento do senhor de Lovat, enviado no fim da campanha para cumprir uma promessa de apoio feita aos Stuart por Simon Fraser, lorde Lovat.

Entretanto, Claire afirmara com convicção - e uma olhada nas folhas originais confirmava isso - que esses homens eram todos provenientes de uma pequena propriedade chamada Broch Tuarach, bem ao sul e a oeste das terras dos Fraser - na verdade, nos limites das terras do clã MacKenzie. Mais do que isso, ela dissera que esses homens já faziam parte do exército das Terras Altas desde a Batalha de Prestonpans, ocorrida no início da campanha.

Roger balançou a cabeça. Aquilo não fazia nenhum sentido. É bem verdade que Claire podia ter confundido a época - ela mesma dissera que não era uma historiadora. Mas seguramente não erraria o local. E como era possível que homens da propriedade de Broch Tuarach, que não haviam feito juramento de lealdade ao chefe do clã Fraser, estivessem à disposição de Simon Fraser? É verdade que lorde Lovat era conhecido como "a Velha Raposa", e com toda razão, mas Roger duvidava que mesmo o temível conde fosse dotado de astúcia suficiente para conseguir tal proeza.

Com o cenho franzido, Roger deu partida no carro e saiu do estacionamento. Os arquivos da Casa Culloden eram tristemente incompletos; a maior parte, cartas pitorescas de lorde George Murray, queixando-se de problemas de suprimento, e coisas que ficavam bem nas exposições do museu para agradar os turistas. Ele precisava de muito mais do que isso.

- Espere aí, rapaz - advertiu a si próprio, estreitando os olhos no retrovisor ao fazer a curva. - Você tem que descobrir o que aconteceu àqueles que *não* bateram as botas em Culloden. Que diferença faz como chegaram lá, desde que tenham saído inteiros da batalha?

Mas não conseguia deixar a questão de lado. Era uma circunstância muito estranha. Os nomes se embaralhavam com enorme frequência, especialmente nas

Terras Altas, onde metade da população em determinado momento parecia ter recebido o nome de "Alexander". Em consequência, os homens eram habitualmente conhecidos pelo nome de seu lugar de origem, assim como pelo nome do clã ou por seus sobrenomes. Às vezes, só pelo nome do lugar. "Lochiel", um dos mais proeminentes chefes jacobitas, era na verdade Donald Cameron, *de* Lochiel, o que o distinguia perfeitamente das centenas de outros Cameron chamados Donald.

E todos os homens das Terras Altas que não tinham sido denominados Donald ou Alec, foram chamados de John. Dos três nomes da lista de Claire que ele havia encontrado nos registros de óbito, um era Donald Murray, o outro era Alexander MacKenzie Fraser e o outro, John Graham Fraser. Todos sem nenhum nome do lugar de origem anexado; apenas o nome e o regimento ao qual pertenciam. O regimento do senhor de Lovat, o regimento Fraser.

Mas sem o nome do local de nascimento, ele não podia ter certeza de que esses fossem os mesmos homens da lista de Claire. Havia pelo menos seis John Fraser na relação de mortos e mesmo isso estava incompleto; os ingleses davam pouca atenção ao rigor ou à precisão – a maioria dos registros fora compilada depois da ocorrência dos fatos, por chefes de clãs contando o número de presentes e verificando quem não voltara para casa. Muitas vezes, o próprio chefe do clã não retornara para casa, o que complicava a questão.

Passou a mão com força pelos cabelos num gesto de frustração, como se massagear o couro cabeludo pudesse estimular o cérebro. E se os três nomes *não fossem* dos mesmos homens, o mistério apenas se aprofundava. Cerca da metade do exército de Charles Stuart fora massacrada em Culloden. E os homens de Lovat estavam no meio de tudo isso, bem no centro da batalha. Era inconcebível que um grupo de trinta homens tivesse sobrevivido naquela posição sem nem uma baixa. Os homens do senhor de Lovat uniram-se mais tarde à Revolução; enquanto a deserção predominara em outros regimentos, que já serviam há tempo suficiente para ter alguma ideia do que os aguardava, os Fraser permaneceram excepcionalmente leais – e sofreram as consequências.

Um sonoro barulho de buzina vindo de trás o assustou, tirando-o de sua concentração, e ele saiu para o acostamento para deixar um caminhão grande e apressado passar num estrondo. Pensar e dirigir não eram atividades compatíveis, concluiu. Acabaria esmagado contra um muro de pedra se continuasse daquele jeito.

Ficou sentado imóvel por uns instantes, refletindo. Seu impulso natural era ir à pousada da sra. Thomas e dizer a Claire o que ele havia encontrado até agora. O fato de que isso pudesse significar mais alguns momentos na presença de Brianna Randall tornava a ideia ainda mais atraente.

Por outro lado, todos os seus instintos de historiador clamavam por mais dados. E não achava que Claire fosse a pessoa indicada para fornecê-los. Não conseguia imaginar por que ela confiara aquela tarefa a ele e, ao mesmo tempo, por que atrapalhara sua conclusão fornecendo-lhe informações erradas. Não era sensato, e Claire Randall parecera-lhe uma pessoa eminentemente sensata.

Além disso, houve aquele incidente com o uísque. Seu rosto ficou afogueado com a lembrança. Tinha certeza de que ela agira de propósito – e como não parecesse ser o tipo de pessoa que se desse a piadas bobas, sentia-se compelido a presumir que ela fizera aquilo para impedi-lo de convidar Brianna a Broch Tuarach. Ela queria mantê-lo longe do lugar ou apenas impedi-lo de levar Brianna lá? Quanto mais pensava no incidente, mais convencido ficava de que Claire Randall estava escondendo alguma coisa de sua filha, mas não conseguia imaginar o que poderia ser. Menos ainda podia imaginar que relação isso teria com ele ou com o projeto que assumira.

Desistiria da tarefa, se não fosse por dois motivos. Brianna e simples curiosidade. Queria saber o que estava acontecendo e com toda a certeza pretendia descobrir.

Batia levemente o punho cerrado no volante, pensando, ignorando a precipitação dos veículos em trânsito. Finalmente, tomada a decisão, ligou o motor outra vez e retornou à estrada. Deu a volta no trevo seguinte e rumou para o centro da cidade de Inverness, para a estação de trem.

O Escocês Voador poderia levá-lo a Edimburgo em três horas. O curador responsável pelos Arquivos Stuart fora um grande amigo do reverendo. E ele tinha uma pista para começar, por mais surpreendente que fosse. A relação dos nomes que integravam o regimento do senhor de Lovat mostrava que aqueles trinta homens estavam sob o comando de um capitão James Fraser – de Broch Tuarach. Esse homem era o único elo aparente entre Broch Tuarach e os Fraser de Lovat. Perguntou-se por que James Fraser não constava na lista de Claire.

O dia estava ensolarado; um acontecimento raro para meados de abril, e Roger procurou aproveitar ao máximo, girando a manivela para abaixar a minúscula janela do lado do motorista para que o vento refrescante zumbisse ao seu ouvido.

Tivera que pernoitar em Edimburgo e voltar tarde no dia seguinte. Ficara tão cansado da longa viagem de trem que não fizera muito mais do que tomar a sopa quente que Fiona insistira em preparar e logo em seguida desabar na cama. Hoje, no entanto, acordara com energia e determinação renovadas e, de carro, dirigira-se para a cidadezinha de Broch Mordha, próxima ao local onde ficava a propriedade chamada Broch Tuarach. Se Claire Randall não queria que a filha fosse a Broch Tuarach, nada impedia que *ele* desse uma olhada no local.

Ele realmente encontrou a própria Broch Tuarach, ou assim presumia; havia uma enorme pilha de pedras desmoronadas, cercando o remanescente de uma das antigas *brochs* circulares, ou torres, usadas no passado distante tanto para moradia como para defesa. Seus conhecimentos de gaélico eram suficientes para saber que o nome significava "torre de frente para o norte" e perguntou-se distraidamente como uma torre circular pôde receber tal denominação.

Havia uma mansão e construções anexas perto dali, também em ruínas, embora em muito melhor estado do que a torre. A placa de um agente imobiliário, quase ilegível pela ação do tempo, permanecia pregada numa estaca perto do portão de entrada do pátio. Roger parou numa elevação, acima da casa, olhando ao redor. À primeira vista, não parecia haver nada que justificasse o fato de Claire querer impedir a filha de ir ao local.

Estacionou o Morris no pátio de entrada e desceu do carro. Era um belo lugar, porém muito isolado; depois que saíra da autoestrada, levara aproximadamente 45 minutos de cuidadosas manobras para conduzir seu Morris pela estrada rural, estreita e cheia de valas, sem danificar o tanque de óleo.

Não entrou na casa; com certeza estava abandonada e provavelmente o estado precário era perigoso – não haveria nada lá dentro. Entretanto, o nome FRASER estava esculpido na verga acima da porta e o mesmo nome adornava a maioria das pequenas pedras tumulares no que devia ter sido o cemitério da família – as que eram legíveis. Isso não ajudava muito, refletiu. Nenhuma daquelas pedras ostentava os nomes dos homens da lista. Teria que prosseguir pela estrada; de acordo com o mapa rodoviário, a vila de Broch Mordha ficava a aproximadamente 5 quilômetros dali.

Como temia, a igrejinha da vila caíra em desuso e fora derrubada há muitos anos. Batidas persistentes nas portas provocaram olhares desinteressados, expressões avessas e, finalmente, uma especulação incerta de um fazendeiro idoso de que os antigos registros da paróquia pudessem ter ido para o museu de Fort William, ou talvez até para Inverness; havia um ministro mais acima naquela direção que colecionava esses papéis velhos.

Cansado e empoeirado, mas não desanimado, Roger arrastou-se de volta ao carro, abrigando-se no beco ao lado do pub da vila. Esse era o tipo de empecilho que frequentemente acometia a pesquisa histórica de campo e ele já estava acostumado. Uma rápida caneca de cerveja – bem, duas, talvez, o dia estava extraordinariamente quente – e retomaria o caminho para Fort William.

Seria bem feito para ele, refletiu amargamente, se no final das buscas, visse que os registros que procurava tinham estado o tempo todo nos arquivos do reverendo. Era o que dava negligenciar seu trabalho para sair à caça do impossível só para impressionar uma garota. Sua viagem a Edimburgo pouco adiantara além de servir para eliminar os três nomes que encontrara na Casa Culloden; verificou que os três homens eram provenientes de regimentos diferentes, não do grupo de Broch Tuarach.

Os Arquivos Stuart ocupavam três aposentos inteiros, bem como incontáveis embalagens no subsolo do museu, de modo que ele dificilmente poderia alegar ter feito um estudo completo. Ainda assim, encontrara uma segunda via de uma folha de pagamentos que vira na Casa Culloden, registrando o alistamento dos homens como parte de um regimento sob o comando geral do senhor de Lovat – o filho da Velha Raposa, que teria sido o Jovem Simon. O velhaco dividira seu voto, pensou Roger; enviou o herdeiro para lutar pelos Stuart e ele próprio permaneceu em casa, alegando o tempo inteiro ter sido um súdito leal do rei Geordie. Pouco lhe adiantou.

Esse documento registrava o Jovem Simon Fraser como comandante e não fazia nenhuma menção a James Fraser. Entretanto, um certo James Fraser era mencionado em inúmeros despachos, memorandos e outros documentos do exército. Se fosse o mesmo homem, ele tinha sido bastante atuante na campanha. Ainda assim, apenas com o nome "James Fraser" era impossível saber se era o mesmo de Broch Tuarach; James era um nome tão comum nas Terras Altas quanto Duncan ou Robert. Em apenas um lugar havia um James Fraser relacionado aos nomes do meio, o que poderia ajudar na identificação, mas esse documento não fazia nenhuma menção a seus homens.

Deu de ombros, espantando com irritação uma nuvem repentina de pequeninos e vorazes mosquitos. Analisar aqueles registros de forma coerente levaria vários anos. Sem conseguir afugentar os mosquitinhos, abaixou-se e entrou no ambiente escuro do pub, típico de uma cervejaria, deixando-os girando em círculo do lado de fora, numa nuvem frenética de perplexidade.

Bebericando a cerveja amarga e fresca, reviu mentalmente os passos que dera até ali e as opções que se abriam. Ainda tinha tempo de ir a Fort William, embora significasse voltar bem tarde a Inverness. E se Fort William não oferecesse nenhum resultado, então uma boa varredura nos arquivos do reverendo seria o próximo passo lógico, embora irônico.

E depois? Esvaziou o caneco das últimas gotas de cerveja e fez um sinal para o proprietário, pedindo outro. Bem, se fosse necessário, um passeio por todo cemitério e adro de igreja nas vizinhanças de Broch Tuarach seria provavelmente o melhor a se fazer em curto prazo. Duvidava que as Randall fossem permanecer em Inverness nos próximos dois ou três dias, aguardando pacientemente os resultados.

Enfiou a mão no bolso à procura de seu caderninho de notas, a marca registrada de todo historiador. Antes de deixar Broch Mordha, ele deveria ao menos dar uma olhada no que restava do antigo pátio de igreja. Nunca se sabe o que poderia ser encontrado e ao menos o pouparia de precisar voltar.

Na tarde seguinte, as Randall foram tomar chá com Roger a seu convite, para ouvirem o relato de seus progressos.

– Encontrei vários dos nomes de sua lista – disse a Claire, conduzindo-as ao gabinete. – É muito estranho, mas ainda não encontrei nenhum que tenha com certeza morrido em Culloden. Achei que três deles sim, mas constatei depois que eram homônimos.

Lançou um olhar à dra. Randall. Ela estava de pé, absolutamente imóvel, uma das mãos agarrada com força ao encosto de uma bergère, como se tivesse se esquecido de onde estava.

– Hã, não quer se sentar? – convidou Roger e, com um pequeno sobressalto de surpresa, ela fez um sinal com a cabeça e sentou-se abruptamente na beiradinha da poltrona. Roger a fitou, intrigado, mas continuou, apanhando sua pasta com anotações da pesquisa e entregando-a a Claire.

– Como eu disse, é estranho. Não consegui localizar todos os nomes. Acho que vou ter que fuçar os registros paroquiais e os cemitérios próximos a Broch Tuarach. Encontrei a maioria desses registros entre a papelada de meu pai. Mas seria de se imaginar que eu me depararia com um ou dois óbitos em batalha, pelo menos, considerando-se que todos estiveram em Culloden. Especialmente se, como você disse, pertenciam a um dos regimentos Fraser; quase todos eles estiveram no centro da contenda, onde a luta foi mais demolidora.

– Eu sei. – Alguma coisa em sua voz o fez voltar-se para ela, estarrecido, mas seu rosto ficou invisível quando ela se curvou sobre a escrivaninha. A maioria dos registros eram cópias, feitas à mão pelo próprio Roger, já que a exótica tecnologia de fotocópias ainda não chegara até o arquivo do governo que guardava os Arquivos de Stuart, mas havia algumas folhas originais, desenterradas do estoque de documentos do século XVIII do falecido reverendo Wakefield. Ela examinou os arquivos com delicadeza, tendo cuidado para não tocar no frágil papel mais do que o necessário.

– Tem razão, é mesmo estranho.

Agora ele percebia emoção em sua voz – era agitação, mas misturada a satisfação e alívio. De algum modo, ela já esperava – ou torcia – por isso.

– Diga-me... – Ela hesitou. – Os nomes que encontrou. O que aconteceu a eles, se não morreram em Culloden?

Ficou ligeiramente surpreso que a questão parecesse tão importante para ela, mas gentilmente pegou a pasta onde guardara suas anotações de pesquisa e a abriu.

– Dois deles estavam na relação de passageiros de um navio; emigraram para a América logo depois de Culloden. Quatro morreram de causas naturais cerca de um ano mais tarde. Não é de se admirar, houve uma terrível fome depois de Culloden, e muita gente morreu nas Terras Altas. E esse aqui eu encontrei no registro de uma paróquia, não a paróquia de onde ele era oriundo. Mas tenho quase certeza de que se trata de um dos seus homens.

Foi somente quando a tensão abandonou os ombros de Claire que ele notou que ela estivera tensa.

– Quer que eu continue procurando os demais? – perguntou ele, esperançoso de que a resposta fosse "sim". Observava Brianna por cima do ombro da mãe. Estava parada junto à parede de cortiça, parcialmente virada, como se não estivesse interessada no projeto de sua mãe, mas podia ver uma pequena ruga vertical entre suas sobrancelhas.

Talvez pressentisse o mesmo que ele, o estranho ar de agitação contida que cercava Claire como um campo magnético. Ele o notara desde o instante em que ela entrara no aposento, e suas revelações apenas fizeram aumentá-lo. Imaginava que, se a tocasse agora, uma grande faísca elétrica saltaria entre eles.

Uma batida na porta do gabinete interrompeu seus pensamentos. A porta se abriu e Fiona Graham entrou, empurrando um carrinho de chá, inteiramente equipado com bule, xícaras, pequenos guardanapos de renda, três tipos de sanduíches, bolo de frutas com creme, pão de ló, tortinhas de geleia, bolinhos e manteiga caseira.

– Hummm! – exclamou Brianna ao ver o carrinho. – Tudo isso é para nós ou você está esperando mais dez pessoas?

Claire Randall examinou os preparativos para o chá, sorrindo. O campo magnético ainda estava lá, mas amortecido por um grande esforço. Roger podia ver uma de suas mãos apertada com tanta força nas dobras de sua saia que os contornos de sua aliança penetravam na pele.

– Este chá está tão completo que não vamos ter que comer durante semanas – disse ela. – Que maravilha!

Fiona abriu um largo sorriso de contentamento. Ela era baixa, gorda e bonita como uma pequena galinha marrom. Roger suspirou por dentro. Embora estivesse satisfeito em poder oferecer hospitalidade a suas convidadas, tinha plena consciência de que a natureza extravagante do lanche era destinada à sua apreciação, não à delas. Fiona, de 19 anos, tinha uma premente ambição na vida. Casar-se. De preferência com um profissional. Dera uma olhada em Roger quando ele chegou uma semana antes para cuidar dos assuntos do reverendo e concluíra que um professor assistente de história era a melhor perspectiva que Inverness oferecia.

Desde então, ele vinha sendo empanturrado como um ganso de Natal, seus sapatos eram engraxados, os chinelos e escova de dente guardados, a cama arrumada, o casaco escovado e o jornal da tarde comprado e colocado ao lado do prato, o pescoço massageado quando ficava trabalhando em sua escrivaninha por longas horas e ele era alvo de perguntas constantes sobre seu conforto físico, estado de espírito e saúde em geral. Nunca antes fora exposto a tal bombardeio de prendas domésticas.

Em resumo, Fiona estava enlouquecendo-o. Seu atual estado desgrenhado e com a barba por fazer era mais uma reação à sua perseguição implacável do que um sinal do desleixo natural típico dos homens temporariamente livres das exigências do trabalho e da sociedade.

A ideia de estar unido a Fiona Graham pelos laços sagrados do matrimônio deixava-o enregelado até a medula. Ela o deixaria louco em um ano com seu excesso de atenções. Além disso, havia Brianna Randall, que agora fitava contemplativamente o carrinho de chá como se não soubesse por onde começar.

Mantivera sua atenção firmemente concentrada em Claire Randall e seu projeto, evitando olhar para Brianna. Claire era adorável, com o tipo de bela ossatura e pele translúcida que a faria permanecer quase a mesma aos 60 anos como era aos 20. Mas olhar para Brianna deixava-o ligeiramente ofegante.

Ostentava o porte de uma rainha, e não era curvada como a maioria das mulheres altas. Notando as costas eretas e a postura graciosa de sua mãe, podia ver de onde vinha aquele atributo em particular. Mas não a altura extraordinária, a cascata de cabelos ruivos até a cintura, com reflexos dourados e acobreados, mechas cor de âmbar e de canela, ondulando-se naturalmente em torno do rosto e dos ombros como um manto. Os olhos, de um azul tão escuro que, dependendo da luz, até pareciam negros. Nem aquela boca larga e generosa, com o lábio inferior carnudo, que convidava a beijos mordiscados e mordidas de paixão. Tudo isso deve ter sido herdado de seu pai.

No geral, Roger sentia-se até satisfeito por seu pai não estar presente, já que sem dúvida teria adotado uma indignação paternal diante do tipo de pensamentos que Roger estava cultivando; pensamentos que ele temia desesperadamente que se revelassem em seu rosto.

– Chá, hein? – disse ele calorosamente. – Esplêndido. Maravilhoso. Parece delicioso, Fiona. Hã, obrigado, Fiona. Eu, bem, acho que não precisamos de mais nada.

Ignorando a deixa nada sutil para ir embora, Fiona assentiu graciosamente em agradecimento aos elogios das convidadas, dispôs os guardanapos e xícaras com hábil economia de movimentos, serviu o chá, passou a primeira travessa de bolo e preparou-se para permanecer ali indefinidamente, presidindo a cerimônia como dona da casa.

– Passe um pouco de manteiga em seus bolinhos, Rog... quero dizer, sr. Wakefield – sugeriu ela, espalhando-a nos bolinhos sem esperar por sua resposta. – Está magro demais, precisa se alimentar bem. – Olhou de maneira conspiratória para Brianna Randall, dizendo: – Sabe como são os homens; nunca comem direito se não tiverem uma mulher cuidando deles.

– Que sorte ele ter você para cuidar dele – respondeu Brianna educadamente.

Roger respirou fundo e flexionou os dedos várias vezes, até o ímpeto de estrangular Fiona passar.

– Fiona – disse ele. – Você poderia, hã, poderia me fazer um pequeno favor?

Ela iluminou-se como uma daquelas lanternas de abóbora usadas no Dia das Bruxas, o sorriso aberto num esgar ansioso diante da ideia de fazer alguma coisa por ele.

– Claro, Rog... sr. Wakefield! Qualquer coisa!

Roger ficou um pouco constrangido, mas afinal, argumentou, era para o bem dela tanto quanto para o dele. Se ela não saísse dali, em breve ele não conseguiria responder por seus atos e acabaria cometendo algum desatino do qual ambos se arrependeriam.

– Ah, obrigado, Fiona. Não é nada de especial; é que eu pedi um pouco de... de... – pensava freneticamente, tentando lembrar-se do nome de um dos comerciantes da vila – tabaco, da loja do sr. Buchan, na High Street. Você poderia ir lá pegá-lo para mim? Adoraria usar meu cachimbo depois de um chá maravilhoso como este.

Fiona já desamarrava o avental – um avental de rendas e babados, Roger notou com desagrado. Cerrou os olhos por um instante, aliviado, quando a porta do gabinete fechou-se atrás de Fiona, que por ora havia negligenciado o fato de ele não fumar. Com um suspiro de alívio, voltou-se para retomar a conversa com suas convidadas.

– Você estava perguntando se eu queria que procurasse o restante dos nomes da minha lista – disse Claire, quase de imediato. Roger teve a estranha impressão de que ela compartilhava seu alívio com a saída de Fiona. – Sim, gostaria muito. Se não for muito trabalho.

– Não, não! Absolutamente – disse Roger, com uma ponta de falsidade. – Com muito prazer.

A mão de Roger pairou, indecisa, acima da variedade de opções no carrinho de chá, depois se abaixou para pegar a garrafa de cristal de uísque Muir Breame doze anos. Depois do entrevero com Fiona, achava que merecia um drinque.

– Aceitam uma dose de uísque? – perguntou às convidadas amavelmente. Notando a expressão de desagrado no rosto de Brianna, acrescentou rapidamente: – Ou então um pouco de chá?

– Chá – respondeu Brianna, aliviada.

– Não sabe o que está perdendo – disse Claire à filha, inalando os vapores do uísque avidamente.

– Ah, sim, eu sei – retrucou Brianna. – É por isso que estou recusando. – Encolheu os ombros e ergueu uma das sobrancelhas em direção a Roger.

– É preciso ter 21 anos para beber legalmente em Massachusetts – explicou Claire a Roger. – Ainda faltam oito meses para Bree, de modo que ela realmente não está acostumada com uísque.

– Você age como se fosse um crime não gostar de uísque – protestou Brianna, sorrindo para Roger por cima da xícara de chá.

Ele próprio ergueu as sobrancelhas em resposta.

– Minha cara – disse ele com ar severo. – Estamos na *Escócia*. É claro que não gostar de uísque é um crime!

– Ah, é mesmo? – disse Brianna com doçura, numa perfeita imitação do sotaque escocês ligeiramente arrastado de Roger. – Bem, esperrro que não seja um crrrime capital, cerrrto?

Pego de surpresa, ele conteve uma risada enquanto engolia um trago do uísque e engasgou-se. Tossindo e batendo no peito, olhou para Claire, compartilhando a piada. Um sorriso forçado pairava nos lábios de Claire, mas seu rosto ficara completamente lívido. Então ela pestanejou, o sorriso voltou com mais naturalidade e o momento passou.

Roger surpreendeu-se com a facilidade com que a conversa fluía entre eles – tanto sobre trivialidades quanto em relação ao projeto de Claire. Brianna obviamente se interessava pelo trabalho do pai e sabia bem mais a respeito dos jacobitas do que sua mãe.

– É surpreendente como conseguiram chegar até Culloden – disse ela. – Sabia que os homens das Terras Altas venceram a batalha de Prestonpans com menos de dois mil homens? Contra um exército inglês de oito mil? Incrível!

– Bem, e a Batalha de Falkirk também foi praticamente assim – acrescentou

Roger. – Em menor número, com menos armas, marchando a pé... era de se supor que nunca conseguiriam fazer o que fizeram... mas conseguiram!

– Ahã – disse Claire, bebendo um grande gole de seu uísque. – Conseguiram.

– Estive pensando – disse Roger a Brianna, com um ar afetadamente descontraído. – Gostaria de vir comigo visitar alguns dos locais... campos de batalha e outros lugares? São interessantes e tenho certeza de que você ajudaria muito na pesquisa.

Brianna riu e ajeitou os cabelos para trás, já que pareciam ter a tendência de cair em seu chá.

– Não sei quanto à ajuda, mas adoraria ir.

– Ótimo! – Surpreso e exultante por ela ter aceitado seu convite, Roger tentou pegar a garrafa de uísque e quase a derrubou. Claire segurou-a agilmente e encheu seu copo com precisão.

– É o mínimo que posso fazer, depois de tê-lo derramado da última vez – disse ela, sorrindo em resposta aos agradecimentos de Roger.

Vendo-a agora, tranquila e relaxada, Roger inclinava-se a duvidar de suas desconfianças anteriores. Teria sido apenas um acidente, afinal? Aquele rosto calmo e atraente nada revelava.

Meia hora depois, a mesa de chá estava uma desordem, a garrafa de uísque vazia e os três sentados, compartilhando um estado de estupor de puro contentamento. Brianna remexeu-se uma ou duas vezes, olhou para Roger e por fim perguntou se poderia usar o lavabo.

– Ah, o banheiro? Claro. – Ergueu-se com esforço, sentindo-se pesado de bolo de frutas e pão de ló de amêndoas. Se não fugisse logo de Fiona, estaria pesando 150 quilos antes de voltar para Oxford.

– É do tipo antigo – explicou ele, apontando para o fim do corredor, em direção ao banheiro. – Com uma caixa d'água no teto e uma cordinha para puxar.

– Vi umas assim no Museu Britânico – disse Brianna, assentindo. – Só que não faziam parte do acervo, estavam no toalete feminino. – Hesitou, depois perguntou: – Você não tem o mesmo tipo de papel higiênico do Museu Britânico, tem? Porque nesse caso, tenho lenços de papel na bolsa.

Roger fechou um dos olhos e olhou para ela com o outro.

– Ou esse é um anacoluto muito estranho – disse ele – ou eu bebi muito mais do que pensava. – De fato, ele e Claire haviam dado conta do Muir Breame com muito sucesso, embora Brianna tivesse se limitado ao chá.

Claire riu, ouvindo a conversa, e levantou-se para entregar a Brianna várias folhas de lenços de papel que pegou em sua bolsa.

– Não vai ser papel encerado gravado com "Propriedade do Governo de Sua

Majestade", como o do Museu, mas é provável que não seja muito melhor – disse à filha. – O papel higiênico inglês geralmente é um tanto áspero.

– Obrigada. – Brianna pegou os lenços de papel e dirigiu-se à porta, mas então virou para trás. – Por que as pessoas fariam deliberadamente um papel higiênico que parece uma lixa? – perguntou ela.

– O coração de nossos homens é de carvalho – entoou Roger –, mas o traseiro é de aço inoxidável. Fortalece o caráter nacional.

– No caso dos escoceses, imagino que funcione como um anestesiante hereditário dos nervos – acrescentou Claire. – O tipo de homem que consegue montar um cavalo usando um kilt tem o traseiro duro como o couro de uma sela.

Brianna deu uma risadinha chiada.

– Detestaria ver o que usavam como papel higiênico naquela época – disse ela.

– Na verdade, não era tão ruim assim – disse Claire, causando surpresa. – As folhas do verbasco são realmente muito boas; quase tão macias quanto lenços de papel de folha dupla. E no inverno ou dentro de casa, em geral usava-se um pedaço de pano úmido; não muito higiênico, mas bastante confortável.

Roger e Brianna olharam-na boquiabertos por um instante.

– Hã... li num livro – disse ela, ficando espantosamente vermelha.

Enquanto Brianna, ainda contendo o riso, afastava-se à procura do banheiro, Claire permanecia de pé junto à porta.

– Foi muita gentileza sua nos receber com tanta atenção – disse ela, sorrindo para Roger. A momentânea perturbação desaparecera, substituída por sua serenidade de costume. – E muita bondade ter descoberto o paradeiro daqueles nomes para mim.

– Foi um prazer – assegurou-lhe Roger. – Uma boa alternativa às teias de aranha e bolas de naftalina. Eu a informarei assim que tiver descoberto mais alguma coisa a respeito de seus jacobitas.

– Obrigada. – Claire hesitou, olhou para trás e abaixou a voz. – Na verdade, agora que Bree se ausentou um instante... há uma coisa que queria lhe pedir, em particular.

Roger pigarreou e ajeitou a gravata que colocara em homenagem à ocasião.

– Peça – disse ele, sentindo-se alegremente expansivo com o sucesso do chá. – Estou inteiramente ao seu dispor.

– Você perguntou a Bree se ela iria com você fazer pesquisa de campo. Eu queria lhe pedir... há um lugar onde eu preferia que você não a levasse, se não se importar.

Sinais de alarme dispararam imediatamente na cabeça de Roger. Iria descobrir o segredo sobre Broch Tuarach?

– O círculo de pedras verticais que chamam de Craigh na Dun. – O rosto de

Claire estava sério quando se inclinou um pouco mais perto de Roger. – Há uma razão importante, ou eu não lhe pediria. Eu mesma quero levar Brianna ao círculo, mas receio que não possa lhe contar a razão no momento. Contarei no devido tempo, mas não agora. Promete?

Os pensamentos corriam céleres pela mente de Roger. Então não era de Broch Tuarach que ela queria manter a jovem distante, afinal de contas! Um dos mistérios estava esclarecido, apenas para dar lugar a outro ainda maior.

– Se assim deseja – disse ele finalmente. – É claro.

– Obrigada. – Ela tocou em seu braço, levemente, e virou-se para ir embora. Vendo sua silhueta recortada contra a luz, Roger lembrou-se repentinamente de uma pergunta que queria lhe fazer. Talvez o momento não fosse o mais apropriado, mas não faria mal perguntar.

– Ah, dra. Randall... Claire?

Claire voltou-se para ele. Sem Brianna por perto para desviar sua atenção, podia ver que Claire Randall era, ela mesma, uma mulher muito bonita. Seu rosto estava afogueado do uísque e seus olhos possuíam uma cor castanho-dourada muito peculiar, como âmbar em cristal.

– Em todos os registros que encontrei relativos a esses homens – disse Roger, escolhendo as palavras com cuidado –, havia menção a um certo capitão James Fraser, que parece ter sido o líder. Mas ele não estava em sua lista. Fiquei pensando, você tinha conhecimento dele?

Ela ficou paralisada por um instante, fazendo-o se lembrar da forma como se comportara quando chegara ali naquela tarde. Mas após um instante, estremeceu ligeiramente e respondeu com aparente tranquilidade:

– Sim, eu tinha conhecimento dele – falou calmamente, mas todo o sangue fugira de seu rosto e Roger pôde notar uma palpitação rápida na base de sua garganta. – Não o coloquei na lista porque eu já sabia o que tinha acontecido com ele. Jamie Fraser morreu em Culloden.

– Tem certeza?

Como se estivesse ansiosa para ir embora, Claire pegou sua bolsa e lançou um olhar ao corredor, em direção ao banheiro, onde o chocalhar metálico de uma maçaneta antiga indicava os esforços de Brianna para sair.

– Sim – respondeu ela, sem olhar para trás. – Absoluta certeza. Ah, sr. Wakefield... quero dizer, Roger.

Virou-se de repente, fixando nele aqueles olhos de cor estranha. Naquela luz, pareciam quase amarelos, pensou; os olhos de um felino, os olhos de um leopardo.

– Por favor – disse ela –, não mencione Jamie Fraser à minha filha.

• • •

Era tarde e Roger deveria estar na cama há muito tempo, mas via-se incapaz de dormir. Quer fosse por causa da irritação com Fiona, das intrigantes contradições de Claire Randall ou da euforia diante da perspectiva de fazer pesquisa de campo com Brianna, ele estava totalmente desperto e com grandes possibilidades de assim permanecer. Em vez de debater-se, virar-se na cama ou contar carneirinhos, decidiu dar uma boa serventia à sua vigília. Uma busca minuciosa nos papéis do reverendo provavelmente o faria dormir depressa.

A luz do quarto de Fiona no final do corredor ainda estava acesa, mas ele desceu as escadas na ponta dos pés, para não perturbá-la. Em seguida, acendendo a luz do gabinete, permaneceu parado por um instante, contemplando a magnitude da tarefa à sua frente.

A parede de cortiça exemplificava a mente do reverendo. Cobrindo inteiramente um dos lados do cômodo, era um quadro imenso que media uns 5 metros por 7. Rigorosamente, nenhum pedacinho da cortiça ficava visível sob as camadas e camadas de papéis, bilhetes, fotografias, folhas mimeografadas, contas, recibos, penas de pássaros, bordas rasgadas de envelopes ostentando selos postais interessantes, etiquetas de endereços, chaveiros, cartões-postais, elásticos e outras parafernálias, tudo preso com tachas ou amarrado com pedaços de barbante.

Havia alguns pontos onde as quinquilharias atingiam doze camadas de profundidade e, ainda assim, o reverendo sempre fora capaz de colocar o dedo certeiro no item que desejava. Roger achava que a parede devia ter sido organizada segundo algum princípio subjacente tão sutil que nem os cientistas da NASA seriam capazes de discerni-lo.

Roger fitou a parede com um olhar dúbio. Não havia um ponto lógico por onde começar. Estendeu a mão sem muita certeza para uma lista mimeografada das datas de reunião da Assembleia Geral, enviada pelo escritório do bispo, mas sua atenção foi atraída pelo desenho a pastel de um dragão, completo, com rolos artísticos de fumaça projetando-se das ventas fumegantes e chamas verdes lançando-se da boca escancarada.

O nome ROGER estava escrito em letras maiúsculas grandes e irregulares no pé da folha. Lembrou-se vagamente de ter explicado que o dragão expelia fogo verde porque só comia espinafre. Deixou a lista da Assembleia Geral em seu lugar mais uma vez e afastou-se da parede. Poderia cuidar daquela parte mais tarde.

A escrivaninha, um móvel enorme de carvalho e tampo corrediço, com pelo menos quarenta escaninhos abarrotados até a borda, era comparável a uma torta com muito recheio. Com um suspiro, Roger puxou a surrada cadeira de escritório e sentou-se para organizar todos os documentos que o reverendo julgara valer a pena guardar.

Uma pilha de contas a pagar. Outra de papéis de caráter oficial: documentos de automóvel, relatórios de agrimensores, certificados de inspeção do prédio. Outra pilha para registros e anotações históricas. Outra para lembranças familiares. E outra – sem dúvida a maior de todas – de papéis sem valor, a serem destinados ao lixo.

Absorto em sua tarefa, não ouviu a porta abrir-se às suas costas nem passos aproximando-se. De repente, um grande bule de chá surgiu ao seu lado na escrivaninha.

– Hein? – Empertigou-se, pestanejando.

– Achei que gostaria de um pouco de chá, sr. Wake... quero dizer, Roger. – Fiona colocou sobre a escrivaninha uma pequena bandeja com uma xícara e pires e um prato de biscoitos.

– Ah, obrigado. – Estava realmente com fome e lançou um sorriso amistoso a Fiona, o qual provocou um repentino afluxo de sangue em suas bochechas claras e rechonchudas. Aparentemente estimulada pela reação dele, não se retirou, mas empoleirou-se na borda da escrivaninha, observando-o extasiada enquanto ele prosseguia em seu trabalho, entre bocadas de biscoito de chocolate.

Sentindo obscuramente que deveria reconhecer sua presença de alguma forma, Roger ergueu um biscoito parcialmente consumido e murmurou:

– Muito bom.

– Verdade? Fui eu mesma que fiz, sabe. – O rubor nas bochechas de Fiona acentuou-se. Uma garota atraente. Pequena, arredondada, com cabelos escuros cacheados e grandes olhos castanhos. De repente flagrou-se se perguntando se Brianna Randall saberia cozinhar, e balançou a cabeça para afastar tal visão.

Aparentemente tomando a reação como um gesto de descrença, Fiona inclinou-se para mais perto.

– Não, é verdade. É uma receita de minha avó. Ela sempre disse que eram os preferidos do reverendo. – Os grandes olhos castanhos toldaram-se de leve. – Ela me deixou todos os seus livros de receita e seus pertences. Eu era a única neta, sabe.

– Lamento muito por sua avó – disse Roger com sinceridade. – Foi rápido, não foi?

Fiona balançou a cabeça cheia de pesar.

– Ah, sim. Em pé o dia inteiro, logo após o jantar disse que se sentia um pouco cansada e subiu para deitar-se. – A jovem ergueu os ombros e deixou-os cair. – Dormiu e nunca mais acordou.

– Uma boa maneira de fazer a passagem – disse Roger. – Ainda bem. – A sra.

Graham já era um patrimônio da casa antes mesmo da chegada de Roger, um garoto assustado de 5 anos, órfão há pouco tempo. Já de meia-idade naquela época e viúva com filhos adultos, ainda assim lhe proporcionava um abundante e sólido suprimento de afeto maternal durante as férias escolares, quando Roger voltava à casa paroquial. Ela e o reverendo formavam um par estranho e, no entanto, definitivamente haviam conseguido transformar a velha casa num lar.

Emocionado com suas lembranças, Roger estendeu o braço e apertou a mão de Fiona. Ela correspondeu, os olhos castanhos repentinamente enternecidos. A boca pequena e rósea abriu-se um pouco e ela se inclinou em direção a Roger, o hálito quente em sua orelha.

– Ah, obrigado – falou Roger inesperadamente. Retirou sua mão como se tivesse se queimado. – Muito obrigado. Pelo... o... hã, chá e tudo o mais. Bom. Estava bom. Muito bom. Obrigado. – Ele virou-se e estendeu a mão, apressado para pegar outra pilha de papéis e disfarçar seu constrangimento, agarrando um rolo de recortes de jornais de um escaninho escolhido ao acaso.

Desenrolou os recortes amarelados e espalhou-os sobre a escrivaninha, mantendo-os abertos com as palmas das mãos. Franziu o cenho ostensivamente, como se estivesse em profunda concentração, e inclinou ainda mais a cabeça em cima do texto manchado. Após um instante, Fiona levantou-se com um profundo suspiro e seus passos recuaram em direção à porta. Roger não ergueu a cabeça.

Exalando, ele cerrou os olhos por alguns instantes e ofereceu uma pequena prece em agradecimento por ter escapado por um triz. Sim, Fiona era atraente. Sim, ela sem dúvida era uma excelente cozinheira. Era também enxerida, intrometida, irritante e com ideia fixa em casamento. Coloque a mão naquela pele rósea outra vez e no mês seguinte já estarão publicando os proclamas. Mas se houvesse algum proclama a ser anunciado, o nome ligado a Roger Wakefield no registro da paróquia seria o de Brianna Randall caso ele pudesse ter alguma influência no assunto.

Perguntando-se quanta influência ele realmente *teria*, Roger abriu os olhos e pestanejou. Pois ali, diante dele, estava o nome que visualizara num edital de casamento – Randall.

Não, é claro, Brianna Randall. Claire Randall. A manchete dizia DE VOLTA AO MUNDO DOS VIVOS. Embaixo, via-se uma foto de Claire Randall, vinte anos mais jovem, porém com praticamente a mesma aparência atual, exceto a expressão. Fora fotografada sentada, absolutamente ereta em sua cama de hospital, os cabelos desgrenhados e esvoaçados, a boca delicada firmemente cerrada e aqueles olhos extraordinários olhando diretamente para a câmera.

Com uma sensação de choque, Roger folheou rapidamente o maço de recortes, depois voltou para lê-los com todo cuidado. Embora os jornais tivessem tratado a história com o maior sensacionalismo possível, os fatos eram escassos.

Claire Randall, mulher do renomado historiador dr. Franklin W. Randall, desaparecera durante suas férias na Escócia, em Inverness, no final da primavera de 1945. O carro que estava dirigindo foi encontrado, mas ela própria sumira sem deixar vestígios. Todas as buscas foram inúteis, a polícia e o desesperado marido concluíram que Claire Randall fora assassinada, talvez por um mendigo errante, e seu corpo ocultado em algum lugar nos penhascos rochosos da área.

E em 1948, três anos depois, Claire Randall retornara. Fora encontrada, desgrenhada e vestida de trapos, vagando perto do local onde desaparecera. Embora aparentasse estar em bom estado físico, ainda que um pouco subnutrida, a sra. Randall parecia desorientada e confusa.

Erguendo ligeiramente as sobrancelhas à ideia de Claire Randall um dia ter estado confusa e incoerente, Roger folheou o restante dos recortes de jornais. Continham pouco mais do que a informação de que a sra. Randall estava sendo tratada no hospital local por exposição ao tempo e choque. Havia fotografias do marido, Frank Randall, aparentemente radiante. Mas ele parecia mais perplexo do que radiante, pensou Roger de modo crítico, não que alguém pudesse culpá-lo.

Examinou as fotos com curiosidade. Frank Randall fora um homem esbelto, bonito, com ar aristocrático. Moreno, com uma beleza extravagante, que se evidenciava nos ângulos de seu corpo, parado à porta do hospital, surpreendido pelo fotógrafo enquanto ia visitar sua mulher que acabara de ressurgir.

Observou a linha do maxilar longo e estreito, a curva da cabeça, e percebeu que buscava traços de Brianna em seu pai. Intrigado pelo pensamento, ergueu-se e apanhou um dos livros de Frank Randall da estante. Voltando-se para a sobrecapa do livro, encontrou uma fotografia melhor. Era um retrato de Frank Randall, colorido e em close. Não, os cabelos eram definitivamente castanho-escuros, e não ruivos. A gloriosa cabeleira flamejante devia ter vindo de um avô ou avó, bem como os olhos azul-escuros, rasgados como os de um gato. Eram lindos, mas em nada se assemelhavam aos de sua mãe. E tampouco aos de seu pai. Por mais que tentasse, Roger não conseguia identificar nada da deusa flamejante no rosto do famoso historiador.

Com um suspiro, guardou o livro e juntou os recortes de jornais. Precisava realmente parar de sonhar acordado e dar prosseguimento ao trabalho, ou iria ficar sentado ali pelos próximos doze meses.

Estava prestes a colocar os recortes na pilha de recordações quando um deles, com a manchete SEQUESTRADA PELAS FADAS?, chamou sua atenção.

Ou melhor, não o recorte, mas a data que aparecia logo acima da manchete: 6 de maio de 1948.

Recolocou o recorte na pilha vagarosamente, como se fosse uma bomba que pudesse explodir em sua mão. Cerrou os olhos e tentou evocar a conversa anterior que tivera com as Randall. "É preciso ter 21 anos para beber legalmente em Massachusetts", dissera Claire. "Ainda faltam oito meses para Brianna." Vinte, então. Brianna Randall tinha 20 anos.

Incapaz de contar regressivamente com suficiente rapidez, levantou-se e começou a remexer no calendário perpétuo que o vigário mantinha num espaço livre só para ele na parede atulhada. Encontrou a data e ficou parado com o dedo bem em cima, o sangue fugindo de seu rosto.

Claire Randall retornara de seu misterioso desaparecimento desgrenhada, subnutrida, confusa... e grávida.

Com o passar do tempo, Roger enfim conseguiu dormir, mas em consequência das horas insones, acordou tarde, os olhos pesados e uma dor de cabeça incipiente, que nem um banho frio nem a vivacidade de Fiona durante o café da manhã conseguiram dissipar.

A sensação era tão opressiva que ele abandonou seu trabalho e saiu de casa para dar uma volta. Caminhando sob uma chuva fina, viu que o ar fresco melhorara a dor de cabeça, mas infelizmente desanuviara sua mente o suficiente para fazê-lo começar a pensar novamente nas implicações da descoberta da noite anterior.

Brianna não sabia. Isso era bastante evidente pelo modo como falava de seu falecido pai – ou sobre o homem que ela *achava* ser seu pai, Frank Randall. E, presumivelmente, Claire não queria que ela soubesse ou a própria teria contado à jovem. A menos que esta viagem à Escócia tivesse o objetivo de ser um prelúdio a tal confissão. O pai verdadeiro devia ter sido um escocês; afinal, Claire desaparecera – e reaparecera – na Escócia. Ele ainda estaria aqui?

Esse era um pensamento assombroso. Teria Claire trazido sua filha à Escócia a fim de apresentá-la ao seu verdadeiro pai? Roger balançou a cabeça, duvidando. Atitude terrivelmente arriscada. Seria muito perturbadora para Brianna e extremamente dolorosa para a própria Claire. Deixaria o pai apavorado também. E a garota era obviamente devotada a Frank Randall. Como iria se sentir, sabendo que o homem que amara e idolatrara por toda a sua vida, na verdade não tinha nenhum laço de sangue com ela?

Roger sentiu-se mal por todos os envolvidos, inclusive ele próprio. Não pedira para ter nenhuma participação naquilo e gostaria de estar no mesmo estado de abençoada ignorância do dia anterior. Gostava de Claire Randall, gostava muito dela, e achava detestável o fato de ter cometido adultério. Ao mesmo tempo, ele zombava de si por seu sentimentalismo antiquado. Quem saberia como fora a vida dela com Frank Randall? Talvez houvesse tido uma boa razão para fugir com outro homem. Então por que teria voltado?

Suando e deprimido, Roger voltou para casa. Tirou o casaco no corredor e subiu para tomar um banho. Às vezes, o banho servia para acalmá-lo, e ele sentia muita necessidade de ser reconfortado.

Correu a mão pela fileira de cabides no closet, tateando em busca do ombro felpudo de seu velho roupão branco de banho. Então, parando por um instante, enfiou a mão ainda mais para o fundo do armário, arrastando os cabides ao longo do suporte até pegar o que queria.

Examinou o surrado e antigo robe com ternura. A seda amarela do fundo desbotara para um tom de ocre, mas os pavões multicoloridos continuavam tão altaneiros como sempre, abrindo suas caudas com arrogante indiferença, fitando o observador com seus olhos como miçangas negras. Levou o tecido macio ao nariz e inalou profundamente, cerrando os olhos. O ligeiro perfume de Borkum Riff e uísque derramado trouxeram de volta o reverendo Wakefield de maneira que nem mesmo a parede de quinquilharias de seu pai conseguira fazer.

Muitas foram as vezes em que sentira exatamente aquele aroma reconfortante com um toque inconfundível de colônia Old Spice, seu rosto de encontro à seda macia e escorregadia, os braços gorduchos do reverendo envolvendo-o de modo protetor, prometendo-lhe refúgio. Dera todas as outras roupas de seu pai para a Oxfam, mas por algum motivo não conseguira abrir mão daquele robe.

Num impulso, jogou o robe por cima dos ombros nus, um pouco surpreso com o seu leve calor, como a carícia de dedos por sua pele. Remexeu os ombros confortavelmente sob a seda, depois enrolou o robe bem apertado em torno do corpo, amarrando a faixa com um nó frouxo.

Com o olhar atento a alguma aparição súbita de Fiona, percorreu o corredor do andar superior em direção ao banheiro. O aquecedor de água postava-se contra a cabeceira da banheira, como o guardião de uma fonte sagrada, atarracado e eterno. Outra de suas lembranças de juventude era o terror semanal de tentar acender o aquecedor com um acendedor de sílex para esquentar a água de seu banho – o gás escapando, passando por sua cabeça com seu silvo ameaçador, enquanto suas mãos, ineficientes, suadas de medo de explosão e morte iminente, escorregavam no metal do acendedor.

Há muito tempo transformado em automático por uma operação em seu misterioso interior, o aquecedor agora gorgolejava baixinho para si, o bocal do gás em sua base rugindo e soprando com a chama oculta sob a tampa de metal. Roger girou a torneira "quente" rachada até onde era possível, acrescentou uma meia-volta da torneira "fria", depois ficou de pé diante do espelho, se observando enquanto esperava a banheira encher.

Não havia nada muito errado com ele, refletiu, encolhendo a barriga e empertigando-se diante do espelho de corpo inteiro pregado atrás da porta. Firme. Em boa forma. Pernas longas, mas não um varapau. Talvez um pouco magricela nos ombros? Franziu a testa com ar crítico, girando o corpo esbelto de um lado a outro.

Correu a mão pela espessa cabeleira negra até ficar eriçada como um pincel de barba, tentando visualizar-se com uma barba e cabelos compridos, como alguns de seus alunos. Ficaria com uma aparência arrojada ou meramente antiquada? Talvez um brinco, já que estava pensando nisso. Ficaria com um ar de pirata, como Edward Teach ou Henry Morgan. Franziu as sobrancelhas e arreganhou os dentes.

– Grrrrr – rosnou ele para a imagem refletida.

– Sr. Wakefield – disse a imagem.

Roger deu um pulo para trás, assustado, e bateu o dedo do pé contra o protuberante suporte em forma de pata de animal da antiga banheira.

– Ai!

– O senhor está bem, sr. Wakefield? – perguntou o espelho. A maçaneta de porcelana da porta chacoalhou.

– Claro que estou! – retrucou ele com impaciência, lançando um olhar furioso para a porta. – Vá embora, Fiona, estou tomando banho!

Ouviu-se uma risadinha do outro lado da porta.

– Ooooh, dois em um único dia. Alguém está muito vaidoso, não? Quer um sabonete de essência de louro? Está lá no armário, se quiser.

– Não, não quero – disse ele entre dentes. O nível da água tinha alcançado o meio da banheira e ele fechou as torneiras. O silêncio repentino foi calmante e ele respirou fundo, inalando o vapor da água. Contraindo-se um pouco diante da temperatura quente, entrou na água e sentou-se cautelosamente, sentindo um leve suor começar a porejar em seu rosto conforme o calor percorria seu corpo.

– Sr. Wakefield? – A voz estava de volta, trinando do outro lado da porta como um pintarroxo incômodo.

– Vá *embora*, Fiona – disse ele, rangendo os dentes; em seguida, deixou-se afundar, recostando-se na banheira. A água fumegante ergueu-se ao redor, reconfortante como os braços de uma amante. – Tenho tudo de que preciso.

– Não, não tem – retorquiu a voz.

– Tenho, sim. – Seus olhos varreram a impressionante coleção de frascos, vidros e apetrechos alinhados na prateleira acima da banheira. – Xampu, três tipos. Condicionador. Creme de barbear. Barbeador. Sabonete para o corpo. Sabonete para o rosto. Loção pós-barba. Colônia. Desodorante. Não me falta nada, Fiona.

– E toalhas? – perguntou a voz, com um tom açucarado.

Depois de uma olhadela desesperada pelo banheiro completamente desprovido de toalhas, Roger fechou os olhos, cerrou os dentes e contou até dez bem devagar. Vendo que não era suficiente, continuou contando até vinte. Depois, sentindo-se em condições de responder sem espumar pela boca, disse calmamente:

– Está bem, Fiona. Coloque-as em frente à porta, por favor. E depois, por favor... por favor, Fiona... *vá embora.*

Veio um ruído farfalhante do lado de fora, depois sons de passos afastando-se com relutância, e Roger, com um suspiro de alívio, entregou-se às alegrias da privacidade. Paz. Tranquilidade. Nada de Fiona.

Agora, capaz de pensar mais objetivamente sobre a perturbadora descoberta, viu-se mais do que curioso sobre o verdadeiro e misterioso pai de Brianna. A julgar pela filha, o homem deve ter tido um raro grau de beleza física; teria apenas isso sido suficiente para atrair uma mulher como Claire Randall?

Já se perguntara se o pai de Brianna teria sido um escocês. Morava – ou *teria morado* – em Inverness? Imaginou que tal proximidade devia explicar o nervosismo de Claire e o ar de quem guardava segredos. Mas explicaria os pedidos intrigantes que ela lhe fizera? Não queria que ele levasse Brianna a Craigh na Dun nem que mencionasse o capitão dos homens de Broch Tuarach a sua filha. Mas por que não?

Um pensamento repentino o fez sentar-se ereto na banheira, agitando e espirrando negligentemente a água contra as laterais de ferro fundido. E se ela não estivesse preocupada com o soldado jacobita do século XVIII, mas *apenas com seu nome*? E se o homem que concebera sua filha em 1947 também se chamasse James Fraser? Era um nome bastante comum nas Terras Altas.

Sim, pensou, isso poderia muito bem explicar sua atitude. Quanto ao desejo de Claire de mostrar, ela própria, o círculo de pedras à filha, talvez também estivesse ligado ao mistério de seu pai; talvez tivesse sido lá que ela conhecera o sujeito ou que Brianna fora concebida. Roger sabia muito bem que o círculo de pedras era comumente usado como ponto de encontro; ele mesmo levara garotas lá quando estava no colégio, confiando no ar de mistério pagão do círculo para relaxar a timidez de ambos. Sempre funcionava.

Teve uma visão repentina e surpreendente das pernas alvas e elegantes de Claire Randall presas num abandono selvagem ao corpo nu, estendido, de um homem ruivo, os dois corpos escorregadios da chuva e sujos da grama esmagada, contorcendo-se em êxtase entre as pedras verticais. A visão era tão chocante em sua especificidade que o deixou trêmulo, o suor escorrendo pelo peito para desaparecer na água fumegante do banho.

Meu Deus! Como poderia fitar Claire Randall nos olhos na próxima vez em que se encontrassem? E o que diria a Brianna? "Leu algum livro interessante ultimamente?" "Viu algum filme bom?" "Você sabe que é ilegítima?"

Balançou a cabeça, tentando clareá-la. A verdade é que ele não sabia como agir a seguir. Era uma situação confusa. Não queria ter nenhuma participação naquela história, no entanto, ao mesmo tempo, queria. Gostava de Claire; gostava de Brianna também – muito mais do que simplesmente gostar, para dizer a verdade. Queria protegê-la e evitar que tivesse qualquer sofrimento. No entanto, parecia não haver nenhuma forma de consegui-lo. Só lhe restava ficar de boca fechada até que Claire Randall concluísse o que quer que tivesse planejado. E então estar por perto para juntar os pedaços.

3

MÃES E FILHAS

Imaginava exatamente quantas minúsculas lojas de chá existiam em Inverness. A High Street é alinhada, dos dois lados, por uma fileira de pequenos cafés e lojas para turistas, até onde a vista pode alcançar. Desde que a rainha Vitória tornou as Terras Altas seguras para os viajantes dando sua aprovação real ao lugar, os turistas têm afluído para o norte em bandos cada vez maiores. Os escoceses, desacostumados a receber qualquer coisa do sul que não fossem invasões armadas e interferência política, enfrentaram o desafio magnificamente.

Não se podia andar mais do que alguns metros pela rua principal de qualquer cidade das Terras Altas sem encontrar uma loja vendendo biscoitos amanteigados; lenços bordados com cardos; gaitas de foles de brinquedo; brasões de clãs de alumínio fundido; abridores de cartas na forma das antigas espadas escocesas de dois gumes; bolsinhas de moedas imitando as bolsas de pelo que os escoceses usam na frente dos kilts; e uma atordoante variedade de falsos tartãs de clãs, adornando cada objeto concebível feito de tecido – de bonés, gravatas e guardanapos até cuecas de náilon, daquelas com abertura em forma de Y invertido, feitas com um xadrez tipo "Buchanan" amarelo, particularmente horroroso.

Examinando um sortimento de toalhas de chá pintadas com uma ilustração terrivelmente malfeita do monstro do lago Ness cantando "Auld Lang Syne", pensei comigo mesma que Vitória era a responsável por tudo aquilo.

Brianna caminhava devagar pelo corredor estreito da loja, a cabeça inclinada para trás enquanto fitava, espantada, a diversidade de mercadorias penduradas nas vigas do teto.

– Acha que são *naturais*? – perguntou ela, apontando para um conjunto de chifres de veado presos numa armação, as pontas das galhadas enfiando-se com curiosidade por uma floresta completa de bordões de gaitas de foles.

– Os chifres de veados? Ah, sim. Não acredito que a tecnologia da indústria de plásticos já tenha atingido *essa* perfeição – respondi. – Além do mais, veja o preço. Qualquer coisa acima de 100 libras muito provavelmente não é sintética.

Os olhos de Brianna arregalaram-se e ela abaixou a cabeça.

– Nossa! Acho que, em vez disso, vou levar um corte de tartã para Jane fazer uma saia.

– Um tartã de lã de boa qualidade não vai custar muito menos – falei secamente –, mas será bem mais fácil de levar para casa no avião. Então vamos atravessar a rua até a loja do fabricante de kilts; eles terão a melhor qualidade.

Começou a chover – é claro –, e nós enfiamos nossos pacotes embrulhados em papel embaixo de nossas capas de chuva que eu prudentemente insistira que usássemos. Brianna achou graça.

– A gente fica tão acostumada a chamar essas capas emborrachadas de capotas que até se esquece de como se chamam realmente. Não me surpreende que tenha sido um escocês a inventá-las – acrescentou ela, erguendo os olhos para a cortina de água que caía da borda da marquise. – Aqui chove o tempo *todo*?

– Praticamente – disse, olhando de um lado a outro através do aguaceiro para os carros que se aproximavam. – Embora eu sempre tenha achado o sr. Macintosh um tipo um tanto covarde; a maioria dos escoceses que conheci eram relativamente impermeáveis à chuva. – Mordi o lábio repentinamente, mas Brianna não notara o deslize, embora pequeno; examinava a enxurrada que corria pela sarjeta e que chegaria à altura do tornozelo.

– Vou lhe dizer uma coisa, mamãe, acho melhor irmos para o cruzamento. Não vamos conseguir atravessar aqui, fora da faixa de pedestres.

Anuindo com um movimento da cabeça, segui-a rua acima, o coração batendo sob efeito da adrenalina embaixo da cobertura pegajosa da minha capa. *Quando você vai acabar com isso?*, reclamava minha mente. *Não pode ficar policiando suas palavras e engolindo metade das frases que começa a dizer. Por que não contar a ela logo?*

Ainda não, pensei comigo. Não sou covarde – ou, se sou, isto não vem ao caso. Mas ainda não chegou exatamente a hora. Eu queria que ela conhecesse a Escócia primeiro. Não esta parte – quando passamos por uma loja oferecendo uma ampla variedade de botinhas de tartã para crianças –, mas o campo. E Culloden. Mais do que tudo, quero poder lhe contar o final da história. E para isso preciso de Roger Wakefield.

Como se meus pensamentos o tivessem invocado e materializado, o teto laranja de um Morris surrado chamou minha atenção no estacionamento à esquerda, brilhando como um cone de tráfego na chuva brumosa.

Brianna também o vira – não podia haver muitos carros em Inverness naquele lamentável estado e naquela cor específica – e apontou para ele, dizendo:

– Veja, mamãe, não é o carro de Roger Wakefield?

– Sim, acho que é – disse. Havia um café à direita, de onde o cheiro de pãezinhos frescos, torradas e café flutuava para a rua, misturando-se ao ar puro e chuvoso. Agarrei o braço de Brianna e puxei-a para dentro do lugar.

– Acho que estou com fome – expliquei. – Vamos tomar chocolate quente com biscoitos.

Ainda criança o suficiente para se deixar tentar por chocolate e bastante jovem para estar disposta a comer a qualquer hora, Bree não protestou, mas sentou-se imediatamente e pegou a folha de papel verde manchada de chá que fazia as vezes de cardápio diário.

Eu não queria especificamente chocolate quente, mas precisava de um ou dois minutos para pensar. Havia uma grande placa na parede de concreto do estacionamento do outro lado da rua que dizia ESTACIONAMENTO EXCLUSIVO PARA A FERROVIA, seguido de várias ameaças em letras minúsculas quanto ao que aconteceria aos veículos das pessoas que estacionassem ali sem serem passageiros do trem. A menos que Roger soubesse alguma coisa sobre as forças da lei e da ordem em Inverness que eu não sabia, as chances eram de que ele havia tomado um trem. Admitindo-se que ele tivesse ido a algum lugar, tanto podia ser Edimburgo quanto Londres. O pobre rapaz estava levando o projeto de pesquisa a sério.

Nós mesmas havíamos tomado o trem em Edimburgo. Tentei me lembrar do horário dos trens, sem nenhum sucesso.

– Será que Roger voltará no trem da tarde? – perguntou Bree, fazendo eco a meus pensamentos de forma tão surpreendente que me fez engasgar com o chocolate quente. O fato de ela estar pensando no reaparecimento de Roger me fez perguntar o quanto ela estaria de fato interessada no jovem sr. Wakefield.

Aparentemente, bastante.

– Eu estava pensando – disse ela de modo casual –, talvez devêssemos comprar alguma coisa para Roger Wakefield enquanto estamos na rua, como agradecimento pelo projeto que ele está pesquisando para você.

– Boa ideia – disse, achando graça. – De que você acha que ele gostaria?

Ela franziu a testa enquanto bebericava seu chocolate, como que buscando inspiração.

– Não sei. Algo bonito; parece que esse projeto pode dar muito trabalho. – Ergueu os olhos para mim subitamente, as sobrancelhas arqueadas. – Por que pediu a ele? – perguntou ela. – Se queria localizar pessoas do século XVIII, há empresas que fazem isso. Mapas genealógicos e coisas assim, quero dizer. Papai sempre usava a Scot-Search se tivesse que descobrir uma genealogia e estivesse sem tempo para fazer ele mesmo.

– Sim, eu sei – disse, respirando fundo. Estávamos pisando em areia movediça ali. – Este projeto... era algo especial para... para o seu pai. Ele iria querer que Roger Wakefield cuidasse disso.

– Ah. – Ela ficou em silêncio por um instante, observando a chuva respingar e formar gotículas nas janelas do café.

– Você sente falta do papai? – perguntou ela de repente, o nariz enfiado na xícara, as pestanas abaixadas para evitar olhar para mim.

– Sim – disse. Corri o dedo indicador pela borda de minha xícara, limpando um pingo de chocolate que havia derramado. – Nós nem sempre nos demos bem, você sabe disso, mas... sim. Nós nos respeitávamos; isso vale muito. E gostávamos um do outro, apesar de tudo. Sim, eu sinto a falta dele.

Ela meneou a cabeça, calada, e colocou a mão sobre a minha, apertando-a de leve. Envolvi meus dedos nos dela, longos e quentes, e ficamos ali sentadas, momentaneamente ligadas, tomando pequenos goles de chocolate quente em silêncio.

– Sabe – falei por fim, empurrando minha cadeira para trás com um rangido de metal sobre linóleo –, tinha me esquecido de uma coisa. Preciso colocar uma carta para o hospital no correio. Pensei em fazer isso no caminho para a cidade, mas me esqueci. Se eu correr, acho que ainda pego o último malote que sai hoje. Por que você não vai para a loja de kilts? É logo ali mais abaixo na rua, na outra calçada. Encontro-me com você lá depois que sair do correio, está bem?

Bree pareceu surpresa, mas assentiu prontamente.

– Ah. Está certo. Mas o correio não fica longe daqui? Vai ficar encharcada.

– Tudo bem. Eu pego um táxi.

Deixei uma nota de uma libra na mesa para pagar o lanche e vesti a capa de novo.

Na maioria das cidades, a reação costumeira dos táxis à chuva é desaparecerem, como se fossem solúveis em água. Em Inverness, no entanto, tal comportamento acarretaria rapidamente a extinção da espécie. Eu havia caminhado menos de um quarteirão quando encontrei dois táxis pretos, pequenos e robustos, furtivamente emboscados na porta de um hotel. Acomodei-me no interior aquecido, cheirando a tabaco, com uma aconchegante sensação de familiaridade. Além do espaço maior para as pernas e do conforto, os táxis britânicos tinham um cheiro diferente dos táxis americanos; uma dessas minúcias da qual eu nunca percebera sentir falta nos últimos vinte anos.

– Número 64? É a velha casa paroquial, não é?

Apesar da eficiência da calefação do carro, o motorista estava enrolado até as orelhas num cachecol e num casaco grosso, com um gorro achatado protegendo o topo de sua cabeça das correntes de vento extraviadas. Os escoceses modernos haviam se tornado mais frágeis, refleti; muito diferentes da época em que os vigorosos homens das Terras Altas dormiam nas urzes com nada além de uma camisa e uma manta escocesa. Por outro lado, eu também não estava ansiosa para ir dormir nas urzes com uma manta úmida. Fiz um sinal para o motorista com a cabeça e partimos espirrando água.

Senti-me um pouco subversiva, fugindo sorrateiramente para entrevistar a governanta de Roger enquanto ele estava fora e, no processo, enganando Bree. Por outro lado, seria difícil explicar a qualquer um dos dois precisamente o que eu estava fazendo. Não havia determinado ainda exatamente como ou quando eu lhes diria o que tinha a dizer, mas eu sabia que ainda não havia chegado a hora.

Meus dedos tatearam o interior do bolso da minha capa, tranquilizados pelo barulho do papel do envelope da Scot-Search. Embora eu não tivesse prestado muita atenção ao trabalho de Frank, conhecia a empresa, que mantinha um quadro de meia dúzia de pesquisadores profissionais especializados em genealogia escocesa; não o tipo de firma que lhe dá uma árvore genealógica mostrando seu parentesco com um antigo rei da Escócia e ponto final.

Eles haviam feito seu trabalho minucioso e discreto sobre Roger Wakefield. Eu sabia quem eram seus pais e avós até a sétima ou oitava geração. O que não sabia era como ele era. O tempo me daria a resposta.

Paguei a corrida e fui chapinhando pelo caminho inundado até os degraus da velha casa do reverendo. O pórtico estava seco e, depois de ter tocado a campainha, tive a oportunidade de sacudir grande parte da água da minha capa antes de a porta ser aberta.

Fiona recebeu-me com um sorriso radiante; ela possuía o tipo de rosto redondo, alegre, cuja expressão natural era sorridente. Vestia jeans e um avental cheio de babados, e o cheiro de detergente de limão e de fornadas de pães e biscoitos soprava de suas pregas como incenso.

– Ora, sra. Randall! – exclamou ela. – Posso ajudá-la de alguma forma?

– Acho que talvez possa, Fiona – respondi. – Queria conversar com você sobre sua avó.

– Tem certeza de que está bem, mamãe? Eu poderia ligar para Roger e pedir-lhe para irmos amanhã se quiser que eu fique aqui com você. – Brianna pairava à soleira da porta do quarto da pousada, uma expressão de ansiedade na testa franzida. Estava vestida para caminhar, de botas, jeans e suéter, mas acrescentara a esplêndida echarpe de seda azul e laranja que Frank comprara para ela em Paris, pouco antes de sua morte há dois anos.

"Exatamente da cor dos seus olhos, princesinha", dissera ele, sorrindo enquanto passava a echarpe em torno de seus ombros. Era uma brincadeira entre eles, o "princesinha", quando Bree ultrapassara os modestos 1,77 metro de Frank aos 15 anos. Entretanto, era assim que ele a chamava desde criança, e a ternura do tratamento permaneceu mesmo quando ele passou a ter que erguer o braço para tocar a ponta do seu nariz.

A parte azul da echarpe é que era de fato da cor dos olhos dela; cor dos lagos e dos céus de verão escoceses, e do azul-escuro de montanhas distantes. Eu sabia que ela adorava a echarpe e refiz minha avaliação de seu interesse em Roger Wakefield vários pontos para cima.

– Não, eu vou ficar bem – afirmei. Abanei a mão na direção da mesinha de cabeceira, adornada com um pequeno bule de chá, mantido aquecido com todo o cuidado por uma tampa de crochê no bico, e um porta-torradas de prata, também conservando cuidadosamente as torradas. – A sra. Thomas me trouxe chá e torradas; talvez eu consiga comer um pouco mais tarde. – Esperava que ela não pudesse ouvir o ronco no meu estômago vazio embaixo das cobertas, registrando uma descrença perplexa diante dessa perspectiva.

– Então está bem. – Virou-se, relutante, da porta. – Mas vamos voltar direto de Culloden.

– Não precisam se apressar por minha causa – disse enquanto ela se afastava.

Esperei até ouvir o barulho da porta da rua se fechar para ter certeza de que ela já havia saído. Somente então enfiei a mão na gaveta da mesinha de cabeceira para pegar a enorme barra de chocolate com amêndoas que eu tinha escondido ali na noite anterior.

Restabelecidas as relações cordiais com meu estômago, recostei-me no travesseiro, observando preguiçosamente a névoa cinzenta se espessar no céu lá fora. A ponta de um ramo florescente de tília batia contra a vidraça às vezes; o vento estava aumentando. O quarto estava bem aquecido, com a saída da calefação central roncando ao pé da cama, mas ainda assim estremeci. Estaria frio no Campo de Culloden.

Talvez não tão frio como estivera em abril de 1746, quando o príncipe Charles Edward conduziu seus homens àquele campo, para se defrontarem com a congelante mistura de chuva com neve e o rugido do fogo dos canhões ingleses. Os relatos da data informavam que o frio era cortante e que os escoceses feridos foram amontoados com os mortos, encharcados de chuva e sangue, à espera da compaixão dos conquistadores. O duque de Cumberland, no comando do exército inglês, não tivera nenhuma clemência com os vencidos.

Os mortos foram empilhados como lenha e queimados para impedir a disseminação de doenças e dizia-se que muitos dos feridos tiveram destino semelhante, sem a bênção de um tiro de misericórdia. Todos eles jaziam agora além do alcance da guerra ou do tempo, sob o gramado do Campo de Culloden.

Eu vira o lugar uma vez, há quase trinta anos, quando Frank me levara até lá em nossa lua de mel. Agora, Frank também estava morto e eu trouxera minha filha de volta à Escócia. Eu queria que Brianna conhecesse Culloden, mas nada no mundo me faria colocar os pés naquele lugar fatal outra vez.

Achei melhor permanecer na cama, para manter a credibilidade sobre a repentina indisposição que me impedira de acompanhar Brianna e Roger em sua expedição; a sra. Thomas podia dar com a língua nos dentes caso eu me levantasse e fizesse um pedido de almoço. Espiei dentro da gaveta; mais três barras de doces e um romance policial. Com sorte, me ajudariam a atravessar o dia.

O romance era muito bom, mas o zunido do vento cada vez mais forte do lado de fora era hipnótico e o abraço da cama quente era acolhedor. Adormeci tranquilamente, para sonhar com homens das Terras Altas vestidos de kilt e o som aveludado de conversas em escocês, a fala macia puxando os "erres" em volta de uma lareira, como o zumbido de abelhas nas urzes.

4

CULLODEN

– Que carinha gorducha e malvada! – Brianna inclinou-se para espreitar, fascinada, o manequim de casaco vermelho ameaçadoramente postado em um dos lados do saguão do Centro de Visitantes de Culloden. A figura tinha menos de 1,60 metro, peruca empoada empurrada hostilmente para a frente por cima da fronte baixa e bochechas caídas, pintadas de rosa.

– Bem, ele era um sujeito baixo e gordo – concordou Roger, divertindo-se. – Mas um general e tanto, ao menos em comparação com seu elegante primo lá do outro lado.

Abanou a mão indicando a figura mais alta de Charles Edward Stuart do outro lado do saguão, o olhar fidalgo perdido ao longe, sob o chapéu de veludo azul com sua fita branca, ignorando orgulhosamente o duque de Cumberland.

– Era chamado de "Billy, o Carniceiro". – Roger indicou o duque, impassível em suas calças brancas na altura dos joelhos e casaco coberto de galões dourados. – E com muita razão. Além do que fizeram aqui – Ele fez um gesto largo abrangendo toda a extensão do terreno verdejante lá fora, agora sombreado pelas nuvens escuras no céu –, os homens de Cumberland foram responsáveis pelo pior reinado de terror jamais visto nas Terras Altas. Perseguiram os sobreviventes da batalha, empurrando-os de volta para as montanhas, queimando e saqueando em seu caminho. Mulheres e crianças foram deixadas para morrer de fome e os homens abatidos, onde estivessem, sem nenhuma preocupação de descobrir se haviam ou não lutado por Charles. Um dos contemporâneos do duque disse que "ele criava um deserto e chamava aquilo de paz". Acho que o duque de Cumberland ainda é bastante impopular por aqui.

Isso era verdade; o curador do museu, um amigo de Roger, dissera-lhe que, enquanto a figura do príncipe Charles era tratada com respeito reverente, os botões do casaco do duque desapareciam frequentemente e a própria figura era alvo de muitas piadas ofensivas.

– Ele disse que uma vez chegou aqui mais cedo e, quando acendeu a luz, deparou-se com uma genuína adaga das Terras Altas enfiada na barriga de Sua Excelência – contou Roger, meneando a cabeça na direção do homenzinho gordo. – Disse que levou um tremendo susto.

– Posso imaginar – murmurou Brianna, olhando para o duque com as sobrancelhas erguidas. – As pessoas ainda levam isso tão a sério?

– Ah, sim. Os escoceses têm memória longa e não são um povo que perdoa com facilidade.

– Verdade? – Olhou-o com curiosidade. – Você é escocês, Roger? Wakefield não soa como um nome escocês, mas há alguma coisa na maneira como fala do duque de Cumberland... – Havia um sorriso quase imperceptível no canto de sua boca e ele não tinha certeza se ela estava caçoando dele, mas respondeu com toda a seriedade.

– Ah, sim. – Sorriu. – Sou escocês. Wakefield não é meu verdadeiro nome, sabe. O reverendo me deu seu nome quando me adotou. Ele era tio de minha mãe. Quando meus pais morreram na guerra, ele me trouxe para viver com ele. Mas o meu nome original é MacKenzie. Quanto ao duque de Cumberland... – Ele meneou a cabeça para a janela de vidro laminado, através da qual os monumentos do Campo de Culloden eram perfeitamente visíveis. – Há uma lápide de clã lá fora com o nome MacKenzie gravado e muitos parentes meus enterrados embaixo.

Estendeu a mão e deu um piparote nas franjas de uma dragona dourada, deixando-a balançar-se.

– Não levo a questão a um nível tão pessoal quanto algumas pessoas, mas também não me esqueci. – Estendeu a mão para ela. – Vamos lá fora?

Estava frio do lado de fora, com rajadas de vento que açoitavam duas bandeiras militares esvoaçando no alto de mastros fincados de cada um dos lados do terreno. Uma amarela, outra vermelha, assinalavam as posições dos dois comandantes atrás de suas tropas, esperando o desfecho da batalha.

– Bem longe do caminho, pelo que vejo – observou Brianna secamente. – Sem nenhum perigo de estar na rota de uma bala perdida.

Roger notou que ela tremia e puxou a mão em seu braço para junto do seu corpo, trazendo-a para mais perto. Pensou que iria explodir com a repentina onda de felicidade que o fato de tocá-la lhe proporcionava, mas tentou disfarçar refugiando-se num monólogo histórico.

– Bem, era assim que os generais comandavam as tropas naquela época, da retaguarda. Especialmente Charles; fugiu em tamanha disparada no fim da batalha que deixou para trás seu conjunto de piquenique de prata de lei.

– Um conjunto de *piquenique*? Ele trouxe um piquenique para a batalha?

– Ah, sim. – Roger descobriu que ele gostava muito de ser escocês para Brianna. Em geral, esforçava-se para modular seu sotaque segundo o genérico "discurso de Oxbridge", de Oxford e Cambridge, que usava na universidade, mas agora estava deixando-o correr a rédeas soltas só para ver o sorriso que atravessava o rosto de Brianna ao ouvi-lo.

– Sabe por que o chamavam de "Prince Charlie"? – perguntou Roger. – Os ingleses sempre acharam que era um apelido carinhoso, mostrando o quanto seus homens o amavam.

– E não era?

Roger balançou a cabeça.

– Na verdade, não. Seus homens o chamavam de príncipe *Tcharlach* – soletrou a palavra cuidadosamente – que é a forma gaélica de Charles. *Tcharlach mac Seamus,* "Charles, filho de James". Na realidade, muito formal e respeitoso. A questão é que *Tcharlach* em gaélico soa muito parecido com "Charlie" em inglês.

Brianna riu.

– Então ele nunca foi "Bonnie Prince Charlie"?

– Não na época. – Roger encolheu os ombros. – Agora ele é, obviamente. Um desses pequenos erros históricos que é aceito como fato. Há muitos iguais a esse.

– E você é um historiador! – disse Brianna, com ar de troça.

Roger sorriu ironicamente.

– É por isso que eu sei.

Prosseguiram devagar pelos caminhos de cascalhos que atravessavam o campo de batalha, Roger indicando as posições dos diferentes regimentos que haviam lutado ali, explicando a ordem de batalha, recontando pequenas anedotas dos comandantes.

Enquanto caminhavam, o vento amainou e o silêncio do campo começou a se afirmar. Gradualmente, a conversa entre eles também cessou, até trocarem apenas algumas palavras de vez em quando, em voz baixa, quase sussurrando. O céu estava carregado e cinzento de nuvens de horizonte a horizonte e tudo sob sua abóbada parecia emudecido, restando apenas o murmúrio das plantas da charneca falando com as vozes dos homens que as alimentavam.

– Este é o lugar denominado "Poço da Morte". – Roger inclinou-se junto à pequena fonte. Mal cobrindo sequer uma área de 30 centímetros de lado, era um laguinho de águas escuras, brotando de debaixo de uma formação rochosa. – Um dos chefes escoceses morreu aqui. Seus seguidores lavaram o sangue de seu rosto com a água desta fonte. E lá estão os túmulos dos clãs.

As pedras tumulares dos clãs eram grandes rochas de granito cinza, arredondadas pelo tempo e manchadas de liquens. Estavam assentadas em lotes de grama lisa e macia, espalhadas por uma grande extensão na periferia do terreno. Cada uma ostentava um único nome, o entalhe tão desgastado pelo tempo que se tornaram quase ilegíveis em alguns casos. MacGillivray. MacDonald. Fraser. Grant. Chisholm. MacKenzie.

– Olhe – disse Brianna, quase num sussurro. Apontou para uma das pedras.

Um punhado de galhos finos, cinza-esverdeado, jazia ali; algumas das primeiras flores da primavera misturavam-se, murchas, aos pequenos galhos.

– Urzes – disse Roger. – São mais comuns no verão, quando florescem. Então você vê montículos como esse diante da pedra de cada clã. Roxas e, aqui e ali, um galho de urze branca. O branco significa sorte e também majestade, realeza; era o emblema de Charles, ela e a rosa branca.

– Quem as coloca ali? – Brianna agachou-se sobre os tornozelos, junto ao caminho, tocando os galhos delicadamente.

– Visitantes. – Roger agachou-se ao lado dela. Correu o dedo pelas letras desgastadas na pedra, FRASER. – Descendentes das famílias dos homens que foram mortos aqui. Ou simplesmente aqueles que gostam de lembrá-los.

Ela olhou-o de soslaio, os cabelos esvoaçando ao redor do rosto.

– Você já fez isso?

Ele abaixou os olhos, sorrindo para as mãos soltas entre os joelhos.

– Já. Suponho que seja muito sentimental, mas faço isso, sim.

Brianna voltou-se para o bosque cerrado de plantas da charneca que ladeava o caminho no outro lado.

– Mostre-me qual é a urze – disse ela.

No caminho de volta para casa, a melancolia de Culloden dispersou-se, mas a sensação de sentimentos compartilhados permaneceu, e eles conversaram e riram juntos como velhos amigos.

– Que pena que mamãe não pôde vir conosco – observou Brianna quando entraram na rua da pousada.

Embora gostasse muito de Claire Randall, Roger não concordava absolutamente que era uma pena que ela não tivesse vindo com eles. Três, pensou ele, teria sido uma multidão, com certeza. Mas emitiu um grunhido evasivo, e pouco depois perguntou:

– Como está sua mãe? Espero que não esteja seriamente doente.

– Ah, não, é apenas uma indisposição estomacal; ao menos, foi o que ela disse.

Brianna franziu o cenho por um instante, depois voltou-se para Roger, colocando a mão de leve sobre sua perna. Ele sentiu os músculos estremecerem do joelho à virilha e teve grande dificuldade de prestar atenção ao que ela dizia. Ainda falava de sua mãe.

– ... acho que ela está bem – concluiu ela. Balançou a cabeça e o brilho do cobre cintilou das ondulações dos seus cabelos, mesmo à luz turva do carro. – Não sei. Ela parece muito preocupada. Não exatamente doente, é mais como se estivesse preocupada com alguma coisa.

Roger sentiu um peso repentino na boca do estômago.

– Hummm – disse ele. – Talvez por estar afastada do trabalho. Tenho certeza de que vai ficar tudo bem. – Brianna sorriu para ele com gratidão quando pararam em frente à pequena casa de pedras da sra. Thomas.

– Foi maravilhoso, Roger – disse ela, tocando levemente em seu ombro. – Mas não havia muita coisa lá para auxiliar no projeto da mamãe. Posso ajudá-lo a colocar a mão na massa?

Roger sentiu o espírito consideravelmente mais leve e sorriu para ela.

– Acho que isso pode ser arranjado. Quer vir amanhã e dar uma busca na garagem comigo? Se o que você quer é se sujar, dificilmente vai conseguir algo mais apropriado.

– Ótimo. – Ela sorriu, apoiando-se no carro para voltar a olhar para dentro. – Talvez mamãe queira ajudar também.

Ele sentiu os músculos do rosto se retesarem, mas continuou sorrindo vivamente.

– Certo – disse ele. – Ótimo. Assim espero.

Na verdade, Brianna acabou indo sozinha à casa paroquial no dia seguinte.

– Mamãe está na biblioteca pública – explicou ela. – Consultando velhos catálogos telefônicos. Ela está tentando localizar alguém que conhecia.

O coração de Roger deu um pequeno salto diante do que ouviu. Ele verificara o catálogo telefônico do reverendo na noite anterior. Havia três registros com o nome "James Fraser" e mais dois com o primeiro nome diferente, mas a inicial do meio "J".

– Bem, espero que ela o encontre – disse ele, ainda tentando parecer descontraído. – Tem certeza de que quer ajudar? É um trabalho maçante e sujo. – Roger olhou em dúvida para Brianna, mas ela assentiu, confirmando, nem um pouco aflita diante da perspectiva.

– Eu sei. Eu costumava ajudar meu pai às vezes, vasculhando registros antigos e procurando notas de rodapé. Além do mais, o projeto é da mamãe; o mínimo que posso fazer é oferecer meu apoio.

– Está bem. – Roger abaixou os olhos para sua camisa branca. – Deixe-me trocar de roupa e iremos dar uma olhada.

A porta da garagem rangeu, gemeu, então se rendeu ao inevitável e lançou-se subitamente para cima, entre guinchos agudos de molas e nuvens de poeira.

Brianna abanou as mãos diante do rosto, tossindo.

– Credo! – exclamou ela. – Quanto tempo faz desde que alguém entrou neste lugar?

– Séculos, imagino. – respondeu Roger distraidamente. Passeou a lanterna pelo interior da garagem, iluminando por breves instantes pilhas de caixas de papelão e engradados de madeira, antigos baús de viagens de navio salpicados de etiquetas descascadas e fardos amorfos cobertos com lona. Aqui e ali, pernas de móveis viradas para cima despontavam na obscuridade como os esqueletos de pequenos dinossauros projetando-se de suas formações rochosas nativas.

Havia uma espécie de fresta no entulho; Roger foi avançando lentamente naquela direção e logo desapareceu em um túnel delimitado por sombras e poeira; seu progresso era assinalado pelo pálido círculo de luz de sua lanterna à medida que surgia intermitentemente no teto. Finalmente, com um grito de triunfo, agarrou a ponta de uma corda pendurada acima dele e de repente a garagem foi iluminada pelo clarão de uma enorme lâmpada.

– Por aqui – disse ele, reaparecendo bruscamente e puxando Brianna pela mão. – Há uma espécie de clareira nos fundos.

Havia uma mesa antiga encostada na parede dos fundos. Talvez originalmente a peça central da sala de jantar do reverendo Wakefield, evidentemente sofrera diversas e sucessivas encarnações como mesa de cozinha, bancada de ferramentas, cavalete de serrador e mesa de pintura antes de ir repousar naquele santuário empoeirado. Acima da mesa, havia uma janela recoberta de teias de aranha, através da qual uma claridade turva incidia sobre a superfície retalhada e manchada de tinta.

– Podemos trabalhar aqui – disse Roger, arrancando um banquinho da confusão e limpando-o superficialmente com um grande lenço. – Sente-se e vou ver se consigo abrir um pouco a janela; caso contrário, vamos ficar sufocados aqui dentro.

Brianna assentiu, mas, em vez de sentar-se, começou a cutucar com curiosidade as pilhas de entulho mais próximas enquanto Roger empurrava a armação empenada da janela. Ele podia ouvi-la às suas costas, lendo as etiquetas em algumas das caixas.

– Aqui é de 1930 a 1933 – disse ela. – E aqui de 1942 a 1946. O que são?

– Diários – disse Roger, grunhindo enquanto escorava os cotovelos no peitoril imundo da janela. – Meu pai, quero dizer, o reverendo, sempre mantinha um diário. Atualizava-o toda noite após o jantar.

– Parece que ele encontrou muitas coisas sobre as quais escrever. – Brianna colocou várias caixas no chão, empilhando-as ao lado a fim de inspecionar a camada seguinte. – Aqui está um monte de caixas com nomes nas etiquetas: "Kerse", "Livingston", "Balnain". Paroquianos?

– Não. Vilas. – Roger interrompeu seus esforços por uns instantes, arquejante. Limpou a testa, deixando uma listra de sujeira ao longo da manga da camisa. Felizmente, ambos vestiam roupas velhas, adequadas para remexer na imundície. – São anotações sobre a história de várias vilas das Terras Altas. Algumas dessas caixas, na verdade, acabaram como livros; você pode encontrá-los em algumas lojas para turistas pelas Terras Altas.

Ele virou-se para um quadro de onde pendia uma variedade de ferramentas dilapidadas e selecionou uma enorme chave de fenda para ajudá-lo em seu ataque à janela.

– Procure as que dizem "Registros Paroquiais" – aconselhou ele. – Ou as que têm nomes de vilas na região de Broch Tuarach.

– Não conheço nenhuma das vilas da região – ressaltou Brianna.

– Ah, sim, ia me esquecendo. – Roger enfiou a ponta da chave de fenda entre as bordas da esquadria da janela, escavando sem piedade as muitas camadas de pintura antiga. – Procure os nomes de Broch Mordha... hã, Mariannan e... ah, St. Kilda. Há outras, mas sei que essas tinham igrejas razoavelmente grandes que foram fechadas ou demolidas.

– Certo. – Afastando uma aba solta de lona, Brianna de repente deu um salto para trás com um grito agudo.

– O quê? O que foi? – Roger virou-se imediatamente na direção de Brianna, a chave de fenda em riste.

– Não sei. Alguma coisa saiu correndo quando toquei na lona – disse ela, apontando, e Roger abaixou sua arma, aliviado.

– Ah, isso? Um camundongo, provavelmente. Talvez um rato.

– Um *rato*! Há *ratos* aqui? – A agitação de Brianna era visível.

– Bem, espero que não, porque se houver, terão comido os registros que estamos procurando – retrucou ele. Entregou-lhe a lanterna. – Tome, ilumine qualquer canto escuro; ao menos, não será pega de surpresa.

– Muito obrigada. – Brianna aceitou a lanterna, mas continuou olhando as pilhas de caixas com alguma relutância.

– Bem, então prossiga – disse Roger. – Ou vai querer que eu declame uma sátira do rato agora mesmo?

O rosto de Brianna iluminou-se num sorriso largo.

– Uma sátira do rato? O que é isso?

Roger adiou sua resposta, por tempo suficiente para uma nova tentativa de abrir a janela. Empurrou até sentir os bíceps forçando o tecido das mangas da camisa, mas finalmente, com um guincho agudo, a janela cedeu e uma revigorante corrente de ar fresco soprou para dentro da garagem pela abertura de 15 centímetros que ele criara.

– Nossa, assim é bem melhor. – Ele se abanou exageradamente, rindo para Brianna. – Bem, vamos continuar?

Ela entregou-lhe a lanterna e recuou um passo.

– Que tal *você* encontrar as caixas e *eu* examiná-las? E o que é uma sátira do rato?

– Covarde – disse ele, curvando-se para inspecionar embaixo da lona. – Uma sátira do rato é um antigo costume escocês; se houvesse ratos ou camundongos em sua casa ou celeiro, você podia fazer com que fossem embora compondo um poema, ou cantando, para dizer aos ratos como a comida era pouca onde eles estavam e como era boa em algum outro lugar. Você lhes dizia para onde deveriam ir e como chegar lá. Acreditava-se que, se a sátira fosse bastante boa, eles iriam embora.

Ele puxou uma caixa com a etiqueta JACOBITAS, MISCELÂNEA e carregou-a para a mesa, cantando:

Vocês ratos, são muitos e demais,
E se querem jantar mais,
Vocês têm que sair, têm que sair.

Largando a caixa sobre a mesa com um baque surdo, fez uma mesura em resposta à risada de Brianna e voltou para as pilhas, continuando numa voz retumbante:

Vão para a horta dos Campbell,
Onde não há nenhum gato na linha
E a couve cresce verdinha.

Vão e encham a pança,
Não fiquem aqui comendo minhas galochas.
Vão embora, ratos, vão!

Brianna deu uma risada resfolegante, divertindo-se.

– Você acabou de inventar isso?

– Claro. – Roger depositou mais uma caixa sobre a mesa com um floreio. – Uma boa sátira do rato sempre deve ser original. – Lançou um olhar às compactas fileiras de caixas de papelão. – Depois dessa atuação, não deve haver mais nenhum rato num raio de quilômetros deste lugar.

– Ótimo. – Brianna retirou um canivete do bolso e cortou a fita adesiva que fechava a caixa mais alta. – Você devia cantar uma dessas lá na pousada; mamãe diz que tem certeza que há camundongos no banheiro. Alguma coisa roeu sua caixa de sabonete.

– Só Deus sabe o que seria preciso para desalojar um camundongo capaz de comer sabonete; está muito além dos meus frágeis poderes, eu acho. – Ele rolou um pufe esfarrapado de trás de uma pilha oscilante de enciclopédias obsoletas e deixou-se cair pesadamente ao lado de Brianna. – Tome, fique com os registros das paróquias, são um pouco mais fáceis de ler.

Trabalharam a manhã inteira num agradável companheirismo, descobrindo de vez em quando uma passagem interessante, uma ou outra traça e recorrentes nuvens de poeira, mas quase nada de valor para o projeto em questão.

– É melhor pararmos para almoçar – disse Roger finalmente. Sentia uma forte relutância em entrar de novo na casa, onde mais uma vez ficaria à mercê de Fiona, mas o estômago de Brianna começou a roncar quase tão alto quanto o dele próprio.

– Tá. Podemos trabalhar mais um pouco depois de comermos, se você não estiver exausto. – Brianna levantou-se e espreguiçou-se, seus punhos fechados quase tocando as vigas do teto da velha garagem. Ela limpou as mãos nas pernas da calça jeans e mergulhou pelo meio das pilhas de caixas.

– Ei! – Ela parou de repente, perto da porta. Roger, atrás dela, teve que estancar bruscamente, o nariz quase tocando a sua cabeça.

– O que foi? – perguntou ele. – Outro rato? – Observou com aprovação que o sol iluminava sua trança espessa com reflexos de cobre e ouro. Com uma pequena auréola dourada de poeira ao seu redor e a luz do sol do meio-dia recortando a silhueta do perfil de nariz longo, ele achou que ela parecia bem medieval; Nossa Senhora dos Arquivos.

– Não. Olhe isso, Roger! – Ela apontou para uma caixa de papelão no meio de uma pilha. Na lateral, na escrita forte e preta do reverendo, via-se uma etiqueta com uma única palavra: "Randall".

Roger sentiu uma estocada, um misto de empolgação e apreensão. O entusiasmo de Brianna era genuíno.

– Talvez tenha o que estamos procurando! – exclamou ela. – Mamãe disse que era algo em que meu pai estava interessado. Talvez ele já tivesse consultado o reverendo.

– É possível. – Roger refreou a sensação repentina de terror que o acometeu à vista do nome na etiqueta. Ajoelhou-se para retirar a caixa. – Vamos levá-la para dentro de casa. Podemos examiná-la depois do almoço.

• • •

A caixa, uma vez aberta no gabinete do reverendo, continha uma estranha miscelânea. Havia velhas cópias xerocadas de páginas de diversos registros paroquiais, duas ou três listas de chamada do exército, várias cartas e papéis dispersos, um bloco de notas pequeno e fino, encadernado em papelão cinza, um maço de fotografias antigas com as quinas amassadas e uma pasta dura com o nome "Randall" gravado na capa.

Brianna pegou a pasta e abriu-a.

– Ora, veja só, é a árvore genealógica do papai! – exclamou ela. – Olhe. – Passou a pasta a Roger. Dentro, viam-se duas folhas de pergaminho grosso, com as linhas da descendência cuidadosamente traçadas horizontalmente e para baixo. O ano de início era 1633; a última entrada, ao pé da segunda folha, dizia:

Frank Wolverton Randall casa-se com Claire Elizabeth Beauchamp, 1937

– Feita antes de você nascer – murmurou Roger.

Brianna espreitou por cima do ombro de Roger conforme o dedo dele percorria lentamente as linhas do mapa genealógico.

– Já vi isso; papai tinha uma cópia em seu gabinete. Costumava mostrá-la para mim o tempo todo. A dele, entretanto, tinha meu nascimento no fim. Esta deve ser uma cópia antiga.

– Talvez o reverendo tenha feito um pouco de pesquisa para ele. – Roger devolveu a pasta a Brianna e pegou um dos papéis da pilha sobre a mesa. – Bem, aqui está uma verdadeira relíquia de família para você – disse ele. E percorreu com o dedo o brasão de armas gravado em alto-relevo no alto da folha. – Uma carta-patente, assinada por Sua Majestade, o rei George II.

– George *Segundo*? Nossa, isso foi antes até da Revolução Americana.

– Bem antes. Data de 1735. Em nome de Jonathan Wolverton Randall. Reconhece o nome?

– Sim. – Brianna meneou a cabeça, fiapos soltos de cabelo caíam sobre seu rosto. Alisou-os para trás despreocupadamente e pegou a carta. – De vez em quando papai falava sobre ele; um de seus poucos ancestrais que ele conhecia bem. Era capitão no exército que lutou contra o príncipe Charles Edward em Culloden. – Ergueu os olhos para Roger, piscando. – Na verdade, acho que foi morto nessa batalha. Mas não teria sido enterrado lá, não é?

Roger balançou a cabeça.

– Creio que não. Foram os ingleses que limparam o local depois da batalha.

Despacharam a maioria de seus mortos de volta para casa para serem enterrados; os oficiais, pelo menos.

Foi impedido de continuar suas observações pela súbita aparição de Fiona no vão da porta, segurando um espanador como um estandarte de batalha.

– Sr. Wakefield – chamou ela. – Está aí o homem que veio para levar a caminhonete do reverendo, mas ele não consegue dar partida no motor. Ele pergunta se pode lhe dar uma mãozinha.

Roger levantou-se, sentindo-se culpado. Tinha levado a bateria a uma oficina para testá-la e ela ainda estava no banco de trás de seu próprio Morris. Não era de se admirar que a caminhonete do reverendo não quisesse pegar.

– Vou ter que ir lá resolver isso – disse a Brianna. – Talvez demore um pouco.

– Tudo bem. – Sorriu para ele, os olhos azuis estreitando-se. – Devo ir também. Mamãe já deve ter voltado. Pensamos em ir a Clava Cairns, caso dê tempo. Obrigada pelo almoço.

– O prazer foi todo meu. E de Fiona. – Roger lamentou não poder oferecer-se para acompanhá-la, mas o dever o chamava. Lançou um olhar à papelada espalhada sobre a escrivaninha, depois juntou tudo e depositou de volta na caixa.

– Pronto – disse. – Todos os registros de sua família estão aqui. Leve com você. Talvez sua mãe esteja interessada.

– Verdade? Bem, obrigada, Roger. Tem certeza?

– Absoluta – disse ele, colocando a pasta com o mapa genealógico cuidadosamente em cima. – Ah, espere. Talvez nem tudo. – A pontinha do bloco de notas cinza despontava de baixo da carta-patente; puxou-o e arrumou os papéis revirados novamente na caixa. – Parece um dos diários do reverendo. Não imagino o que possa estar fazendo aí, mas acho que é melhor guardá-lo junto aos outros; a sociedade histórica disse querer todos eles.

– Ah, claro. – Brianna levantara-se para ir embora, segurando a caixa contra o peito, mas hesitou, olhando para ele. – Quer... gostaria que eu voltasse?

Roger sorriu. Havia teias de aranha nos cabelos dela e uma listra de sujeira ao longo do nariz.

– Nada me deixaria mais satisfeito – disse ele. – Vejo-a amanhã, então?

O pensamento de Roger continuou no diário do reverendo, durante toda a maçante tarefa de fazer a velha caminhonete pegar e a subsequente visita ao avaliador de antiguidades que viera para separar as peças antigas valiosas do refugo e fixar um valor sobre a mobília do reverendo para leilão.

A distribuição dos pertences do reverendo deu a Roger uma sensação de aflita melancolia. Era, afinal de contas, o desmantelamento de sua própria infância tanto quanto a limpeza de quinquilharias inúteis. Quando finalmente sentou-se no gabinete após o jantar, não soube dizer se foi curiosidade a respeito dos Randall que o compeliu a pegar o diário ou simplesmente a necessidade premente de recuperar uma tênue conexão com o homem que fora seu pai por tantos anos.

Os diários eram meticulosamente anotados, as linhas regulares de tinta registrando todos os acontecimentos importantes da paróquia e da comunidade à qual o reverendo Wakefield pertencera durante tantos anos. A sensação do diário simples e cinza em suas mãos e a vista de suas páginas evocaram em Roger uma visão imediata do reverendo, a cabeça calva brilhando à luz do abajur da escrivaninha enquanto ele registrava laboriosamente as ocorrências do dia.

"É uma questão de disciplina", explicara ele a Roger em determinada ocasião. "Há um grande benefício em manter alguma atividade regular que ordene a mente. Os monges católicos realizam cerimônias religiosas em horas predeterminadas do dia, os sacerdotes têm seus breviários. Receio que eu não tenha o talento para uma devoção tão imediata, mas anotar os acontecimentos cotidianos ajuda a clarear a mente. Assim, posso fazer minhas preces noturnas com o coração tranquilo."

Um coração tranquilo. Roger gostaria, ele mesmo, de conseguir ter um coração tranquilo, mas a serenidade o abandonara desde que encontrara aqueles recortes de jornais na escrivaninha do reverendo.

Abriu o diário ao acaso e lentamente virou as páginas, buscando uma menção ao nome "Randall". A capa do diário identificava o período: janeiro-junho de 1948. Embora o que dissera a Brianna sobre a sociedade histórica fosse verdade, essa não fora sua motivação principal para ficar com o caderno de notas. Em maio de 1948, Claire Randall retornara de seu misterioso desaparecimento. O reverendo conhecia bem os Randall; tal acontecimento com certeza fora mencionado no diário.

Como previsto, as anotações de 7 de maio diziam:

> *Visita a Frank Randall esta noite; o problema com sua mulher. Tão doloroso! Eu a vi ontem – muito frágil, com os olhos arregalados. Senti-me constrangido ao seu lado, pobre mulher, embora ela conversasse de maneira sensata.*
>
> *Capaz de transtornar qualquer um, tudo que ela passou – o que quer que tenha sido. Terríveis mexericos sobre o caso – foi muita imprudência do dr. Bartholomew revelar que ela está grávida. Muito difícil para Frank – e para ela, é claro! Tenho pena de ambos.*

A sra. Graham está doente esta semana – não poderia ter escolhido momento pior; temos o bazar na semana que vem e a varanda está cheia de roupas doadas...

Roger folheou as páginas depressa procurando a próxima menção aos Randall. Encontrou-a um pouco adiante, na mesma semana.

10 de maio – Jantar com Frank Randall. Estou fazendo o possível para me associar publicamente a ele e a sua mulher; faço-lhe companhia por mais ou menos uma hora todos os dias na esperança de aplacar um pouco os mexericos. Agora, reduziram-se praticamente a piedade; espalhou-se o boato de que está louca. Conhecendo Claire Randall, não sei se não ficaria mais ofendida em ser considerada demente do que em ser considerada imoral – mas precisa necessariamente ser um ou outro?

Tentei inúmeras vezes conversar com ela sobre suas experiências, mas ela não fala nada a respeito. Conversa normalmente sobre qualquer outro assunto, mas sempre dá a impressão de estar pensando em outra coisa.

Não posso me esquecer de pregar neste domingo sobre os males das intrigas e mexericos – embora receie que chamar atenção para o caso com um sermão só vá piorar tudo.

12 de maio – ... Não consigo deixar de pensar que Claire Randall não *está louca. Já ouvi o boato, é claro, mas não vejo nada em seu comportamento que pareça sequer instável.*

Acredito que ela esteja guardando um terrível segredo; um segredo que está decidida a não revelar. Conversei – informalmente – sobre isso com Frank; ele mostrou-se reticente, mas estou convencido de que ela contou-lhe alguma coisa. *Tentei deixar claro que gostaria de ajudar no que me for possível.*

14 de maio – Uma visita de Frank Randall. Surpreendente. Ele pediu minha ajuda, mas não entendo por que me fez tal pedido. No entanto, parece muito importante para ele; mantém um rígido autocontrole, mas está tenso como uma corda de violino. Receio a liberação – se vier.

Claire já está em condições de viajar – ele pretende levá-la de volta para Londres esta semana. Assegurei-lhe de que comunicaria quaisquer resultados por carta, para seu endereço na universidade; nenhuma alusão sobre isso à sua mulher.

Tenho vários documentos interessantes sobre Jonathan Randall, embora não consiga imaginar o significado que o antepassado de Frank possa ter para este triste caso. Sobre James Fraser, conforme eu disse a Frank – nem a mais leve menção; um completo mistério.

Um completo mistério. Sob muitos aspectos, pensou Roger. O que Frank Randall teria pedido ao reverendo para fazer? Aparentemente, descobrir o que pudesse sobre Jonathan Randall e James Fraser. Portanto, Claire contara a seu marido sobre James Fraser – contara-lhe alguma coisa, ao menos, se não tudo.

Mas que conexão imaginável poderia haver entre um capitão do exército inglês, morto em Culloden em 1746, e o homem cujo nome parecia inexplicavelmente ligado ao mistério do desaparecimento de Claire em 1945 – e o outro mistério, da relação de parentesco de Brianna?

O restante do diário estava repleto dos registros de costume dos acontecimentos da paróquia; a embriaguez crônica de Derick Gowan, culminando na remoção do cadáver desse paroquiano das águas do rio Ness no fim de maio; o casamento realizado às pressas de Maggie Brown e William Dundee, um mês antes do batizado de sua filha, June; a cirurgia para retirada do apêndice da sra. Graham e as tentativas do reverendo de lidar com o consequente afluxo de travessas cobertas trazidas pelas generosas senhoras da paróquia – Herbert, o cachorro do reverendo na época, parece ter sido o beneficiário da maioria delas.

Lendo as páginas, Roger flagrou-se sorrindo ao perceber o vívido interesse do reverendo por ver seu rebanho voltar à vida nas palavras do velho ministro. Folheando, quase deixara passar a última anotação referente ao pedido de Frank Randall.

18 de junho – Recebi um curto bilhete de Frank Randall, avisando-me de que a saúde de sua mulher é precária; a gravidez é de risco e ele pede minhas preces.

Respondi garantindo-lhe minhas preces e meus melhores votos para ambos. Anexei também as informações que obtive até agora para ele; não sei para que servem, mas isso cabe a ele julgar. Contei-lhe a surpreendente descoberta do túmulo de Jonathan Randall em St. Kilda; perguntei-lhe se queria que eu fotografasse a lápide.

Era tudo. Não havia mais nenhuma menção aos Randall nem a James Fraser.

Roger colocou o diário sobre a mesa e massageou as têmporas; ler as linhas de caligrafia inclinada causara-lhe uma leve dor de cabeça.

Afora ter confirmado suas suspeitas de que um homem chamado James Fraser estava envolvido em tudo aquilo, a questão permanecia tão inescrutável quanto antes. O que, em nome de Deus, Jonathan Randall tinha a ver com a história e por que estava enterrado em St. Kilda? A carta-patente dera o local de nascimento de Jonathan Randall como sendo em uma propriedade em Sussex; como ele foi acabar no cemitério de uma remota igreja escocesa? É bem verdade que não era tão longe assim de Culloden - mas por que não foi enviado de volta para Sussex?

- Vai precisar de mais alguma coisa esta noite, sr. Wakefield? - A voz de Fiona arrancou-o de suas meditações estéreis. Empertigou-se na cadeira, piscando, e deparou-se com ela segurando uma vassoura e um pano.

- O quê? Ah, não. Não, obrigado, Fiona. Mas o que você está fazendo com todos esses apetrechos? Não está limpando ainda, a essa hora da noite, não é?

- Bem, é por causa das senhoras da igreja - explicou Fiona. - Lembra-se que disse a elas que podiam realizar sua reunião mensal aqui amanhã? Achei melhor arrumar um pouco.

As senhoras da igreja? Roger encolheu-se diante da ideia de quarenta donas de casa, transbordando simpatia, abatendo-se sobre a casa numa avalanche de conjuntinhos de tweed e pérolas cultivadas.

- Vai acompanhar as senhoras no chá? - perguntava Fiona. - O reverendo sempre o fazia.

A ideia de receber Brianna Randall e as senhoras da igreja simultaneamente era mais do que Roger podia considerar com serenidade.

- Hã, não - disse ele bruscamente. - Tenho... tenho um compromisso amanhã. - Pousou a mão sobre o telefone, semioculto em meio ao entulho na escrivaninha do reverendo. - Se me der licença, Fiona, tenho que dar um telefonema.

Brianna entrou devagar no quarto, sorrindo consigo. Ergui os olhos do meu livro e arqueei uma sobrancelha, em sinal de indagação.

- Telefonema de Roger? - perguntei.

- Como sabia? - Pareceu surpresa por um instante, depois riu, tirando o robe. - Ah, porque ele é o único rapaz que conheço em Inverness?

- Não achei que nenhum dos seus amigos iria fazer uma ligação internacional de Boston - disse. Dei uma olhada no relógio sobre a mesa. - Ao menos, não a esta hora, de qualquer modo. Todos eles devem estar no treino de futebol agora.

Brianna ignorou o comentário e enfiou os pés embaixo das cobertas.

– Roger nos convidou para ir até um lugar chamado St. Kilda amanhã. Disse que é uma igreja antiga interessante.

– Já ouvi falar – disse, bocejando. – Tudo bem, por que não? Levarei minha prensa de plantas; talvez consiga encontrar alguma vagem de ervilhaca. Prometi levar algumas sementes para o dr. Abernathy usar em sua pesquisa. Mas se vamos passar o dia lendo lápides antigas, vou desistir desde já. Desencavar o passado é um trabalho árduo.

Uma centelha repentina atravessou o rosto de Brianna e eu achei que estivesse prestes a dizer alguma coisa. Mas ela apenas assentiu e estendeu o braço para apagar a luz, o sorriso furtivo ainda escondido nos cantos de sua boca.

Permaneci deitada, olhando para cima na escuridão, ouvindo seus movimentos leves ao virar-se na cama, os quais gradualmente deram lugar às cadências regulares da respiração durante o sono. St. Kilda, hein? Nunca estive lá, mas já tinha ouvido falar do lugar; era uma velha igreja, como dissera Brianna, há muito abandonada e fora da rota dos turistas – apenas um ou outro pesquisador ia lá ocasionalmente. Seria essa a oportunidade que eu estava esperando?

Eu teria Roger e Brianna juntos lá, e a sós, com poucas chances de interrupção. E talvez fosse um lugar apropriado para contar-lhes – entre os paroquianos há muito falecidos de St. Kilda. Roger ainda não verificara o paradeiro do restante dos homens de Lallybroch, mas era quase certo que ao menos tivessem deixado o Campo de Culloden vivos e isso era tudo que eu precisava saber agora. Eu já podia contar a Bree o final da história.

Senti a boca seca ao pensar na conversa que teríamos. Como eu encontraria as palavras certas? Tentei visualizar o desdobramento da conversa; o que eu diria e como eles reagiriam, mas a imaginação me falhou. Mais do que nunca me arrependi de minha promessa a Frank, que me impedira de escrever ao reverendo Wakefield. Se o tivesse feito, ao menos Roger já poderia saber a verdade. Ou talvez não; o reverendo poderia não acreditar em mim.

Revirava-me na cama, inquieta, em busca de inspiração, mas o cansaço me dominava. Finalmente, desisti e virei-me de costas, fechando os olhos para a escuridão acima de mim. Como se meus pensamentos tivessem evocado o espírito do reverendo, uma citação bíblica insinuou-se na minha consciência quase adormecida: *Suficientes para o dia*, a voz do reverendo parecia murmurar-me, *suficientes para o dia são seus próprios males*. Então adormeci.

• • •

Acordei nas sombras da escuridão, as mãos agarradas às cobertas, o coração batendo com tanta força que me fazia latejar como a pele de um tambor.

– Meu Deus! – exclamei.

A seda da minha camisola estava quente e pegajosa; olhando para baixo, pude divisar meus mamilos projetando-se por baixo do tecido, duros como bolas de gude. Os espasmos trêmulos ainda ondulavam pelos meus pulsos e coxas, como os tremores de terra secundários que se seguem a um terremoto. Esperava não ter gritado. Provavelmente, não; podia ouvir a respiração de Brianna, tranquila e regular do outro lado do quarto.

Deixei-me cair no travesseiro outra vez, tremendo de fraqueza, a repentina onda de calor banhando minhas têmporas de suor.

– Jesus H. Roosevelt Cristo – balbuciei minha expressão preferida, respirando fundo enquanto meu coração lentamente retornava ao normal.

Um dos efeitos de um ciclo de sono interrompido é que se para de sonhar coerentemente. Através dos longos anos de cuidados maternos e depois de estágio, residência e plantões noturnos, eu me acostumara a cair imediatamente no sono quando me deitava, com sonhos que não passavam de fragmentos e lampejos, centelhas nervosas na escuridão, como sinapses disparadas a esmo, recarregando-se para o trabalho do dia que logo recomeçaria.

Nos anos mais recentes, com a retomada de algo mais parecido com um horário normal, eu começara a sonhar outra vez. Os tipos comuns de sonhos, fossem pesadelos ou sonhos bons – longas sequências de imagens, perambulações pelas entranhas da mente. E eu também estava familiarizada com esse tipo de sonho; era comum ao que se podia chamar educadamente de períodos de privação.

Com frequência, entretanto, tais sonhos vinham flutuando, suaves como o toque de lençóis de cetim e, se me acordavam, eu logo voltava a dormir, vagamente arrebatada por uma lembrança que não duraria até a manhã seguinte.

Esse fora diferente. Não que eu me lembrasse muito a respeito, mas tinha a vaga sensação de mãos que me agarravam, rudes e prementes, não seduzindo, mas exigindo. E uma voz, quase gritada, que ecoava nas câmaras internas dos meus ouvidos, juntamente às batidas do meu coração.

Coloquei a mão no peito, sobre a pulsação galopante, sentindo o volume macio do meu seio sob a seda. A respiração de Brianna contraiu um ronronar suave, depois retomou a cadência regular. Lembro-me de ficar ouvindo com atenção aquele som quando ela era pequena; o ritmo lento, rouco, que me tranquilizava, ressoando pelo quarto escuro, regular como o batimento cardíaco.

Os próprios batimentos do meu coração desaceleravam-se sob minha mão, sob a seda rosa-choque, da cor da bochecha corada de um bebê adormecido. Quando você segura uma criança contra o seio para alimentá-la, a curva da pequenina cabeça reproduz exatamente a curva do seio que ela suga, como se essa nova pessoa de fato espelhasse a carne de onde provém.

Os bebês são macios. Qualquer um que olha para eles pode ver a pele macia e frágil e conhecê-la pela suavidade de uma pétala de rosa que convida ao toque. Mas quando você convive com eles e os ama, sente a maciez penetrando, a carne da bochecha gorducha trêmula como um pudim, o leque sem ossos das mãos minúsculas. Suas juntas são borracha derretida e, mesmo quando você os beija com força, na paixão de amar sua existência, seus lábios afundam e parecem nunca encontrar o osso. Segurando-os contra o corpo, eles derretem-se e amoldam-se, como se pudessem, a qualquer momento, fluir de volta para dentro do seu ventre.

Entretanto, desde o início, existe um pequeno vestígio de aço dentro de cada criança. Aquilo que diz "eu sou" e forma a essência da personalidade.

No segundo ano, os ossos endurecem e a criança fica de pé, o crânio desenvolvido e sólido, um capacete protegendo o delicado conteúdo. E o "eu sou" cresce também. Olhando para elas, você quase consegue enxergá-lo, rijo como cerne, brilhando através da pele translúcida.

Os ossos da face emergem aos seis e a alma fixa-se aos sete. O processo de encapsulamento continua, atingindo o pico na concha lustrosa da adolescência, quando então toda a maciez é ocultada sob as camadas nacaradas das múltiplas personalidades novas que os adolescentes experimentam para se protegerem.

Nos anos seguintes, o endurecimento se espalha do centro, à medida que a pessoa encontra e fixa as facetas da alma, até que o "eu sou" esteja definido, delicado e detalhado como um inseto no âmbar.

Pensei que já houvesse ultrapassado esse estágio há muito tempo, tivesse perdido todo vestígio de maciez e estivesse bem estabelecida em meu caminho em direção a uma meia-idade de aço inoxidável. Mas agora achava que a morte de Frank havia me fraturado de alguma forma. E as rachaduras estavam se alargando, de tal modo que já não conseguia remendá-las com a negação. Eu trouxera minha filha de volta à Escócia, ela com seus ossos fortes como o espinhaço das montanhas das Terras Altas, na esperança de que sua concha fosse suficientemente forte para sustentá-la enquanto o centro de seu "eu sou" ainda fosse alcançável.

Entretanto, meu próprio âmago não resistia mais no isolamento do "eu sou", e eu não possuía nenhuma proteção para me defender da brandura que vinha do interior. Já não sabia o que eu era ou o que ela seria; somente o que eu tinha que fazer.

Eu havia retornado, e sonhara mais uma vez, no ar frio das Terras Altas. E a voz do meu sonho ainda ecoava pelos meus ouvidos e meu coração, repetindo-se junto ao som da respiração de Brianna, adormecida.

– Você é minha – dissera a voz. – Minha! E eu não a deixarei ir embora.

5

AMADA ESPOSA

O adro de St. Kilda repousava silenciosamente sob o sol. Não era plano – ocupava um platô escavado na encosta da colina por algum capricho geológico. O terreno se inclinava e ondulava, de modo que as lápides ficavam ocultas em pequenos côncavos ou projetavam-se de repente do topo de uma elevação. O deslocamento da terra havia movido muitas, inclinando-as, como se estivessem embriagadas ou derrubando-as completamente, deixando-as estateladas e quebradas na relva crescida.

– Está um pouco abandonado – disse Roger, como se estivesse se desculpando.

Pararam junto ao portão do pátio da igreja, examinando a pequena coleção de pedras antigas, parcialmente cobertas de mato e sombreadas pela fileira de gigantescos teixos, plantados há muito tempo como quebra-vento contra as tempestades que avançavam do mar do Norte. Nuvens se aglomeravam agora, ao longe, sobre o estuário distante, mas o sol brilhava ali no alto da colina e o ar estava parado e quente.

– Meu pai costumava reunir um bando de homens da igreja uma ou duas vezes por ano e trazê-los aqui para manter o lugar em ordem, mas receio que ultimamente tenha ficado abandonado. – Ele tentou abrir o portão grande e coberto, notando a dobradiça quebrada e o encaixe do trinco pendurado por um único prego.

– É um lugar lindo e tranquilo – Brianna esgueirou-se com cuidado pelo portão cheio de farpas. – Realmente antigo, não?

– Sim, é. Papai achava que esta igreja presbiteriana foi construída no local de outra igreja ou até mesmo de um tipo de templo mais antigo. É por isso que está aqui num lugar tão inconveniente. Um dos amigos dele de Oxford estava sempre ameaçando vir aqui fazer escavações para ver o que havia embaixo, mas obviamente nunca conseguiu permissão das autoridades da Igreja, embora o lugar esteja desconsagrado há anos.

– É uma subida e tanto – O rubor do esforço começava a desaparecer do rosto de Brianna conforme ela se abanava com um guia de informações turísticas. – Mas é lindo.

Observou a fachada da igreja com aprovação. Construída numa abertura natural do rochedo, suas pedras e vigas tinham sido colocadas à mão, as fissuras vedadas com turfa e barro, de modo que parecia ter brotado ali, como uma parte natural da escarpa. Entalhes antigos decoravam o umbral da porta e a moldura da janela, alguns ostentando os símbolos do cristianismo, outros visivelmente muito mais antigos.

– A sepultura de Jonathan Randall está lá? – Apontou para o cemitério da igreja, visível além do portão. – Mamãe vai ficar tão surpresa!

– Sim, acho que sim. Eu mesmo nunca a vi. – Ele esperava que a surpresa fosse agradável; quando mencionou o túmulo cautelosamente para Brianna pelo telefone na noite anterior, ela ficara entusiasmada.

– Já ouvi falar de Jonathan Randall – dizia a Roger. – Papai sempre o admirou; falava que ele era uma das poucas pessoas interessantes na árvore da família. Acho que foi um bom soldado; papai tinha referências de um monte de condecorações e honrarias que ele obteve.

– É mesmo? – Roger olhou para trás, à procura de Claire. – Sua mãe precisa de ajuda com aquela prensa de plantas?

Brianna balançou a cabeça.

– Não. É que ela encontrou uma planta à beira do caminho à qual não pôde resistir. Logo estará aqui.

Era um lugar silencioso. Até os pássaros estavam se aquietando à medida que se aproximava o meio do dia, e os arbustos verde-escuros que debruavam o platô permaneciam imóveis, sem nenhuma brisa para balançar seus galhos. Sem as feridas de sepulturas novas ou os enfeites de flores de plástico como testemunha de luto recente, o cemitério da igreja respirava apenas a paz dos que haviam morrido há muito tempo. Afastados da luta e das dificuldades, somente o aspecto factual de suas vidas continuava para dar o conforto de uma presença humana nos montes solitários de uma terra deserta.

O progresso dos três visitantes era lento; vagaram sem rumo pelo antigo adro, Roger e Brianna parando para ler em voz alta inscrições esquisitas nas pedras gastas pelo tempo, Claire, sozinha, abaixando-se de vez em quando para cortar uma amostra de trepadeira ou arrancar uma pequena planta florida pelas raízes.

Roger inclinou-se sobre uma lápide e, rindo, acenou para Brianna, chamando-a para ler a inscrição.

– "Aproxime-se e leia, mas sem o chapéu" – leu ela. – "Aqui jaz Bailie William Watson / Famoso por suas ideias / e moderação na bebida." – Brianna ergueu-se depois de examinar a pedra, o rosto afogueado, incapaz de conter o riso. – Sem datas. Quando será que William Watson viveu?

– Século XVIII, provavelmente – respondeu Roger. – A maioria das lápides do século XVII está gasta demais para se poder ler e ninguém foi enterrado aqui nos últimos duzentos anos. A igreja foi desconsagrada em 1800.

Um instante depois, Brianna deixou escapar um grito abafado de surpresa.

– Aqui está! – Ergueu-se e acenou para Claire, que estava de pé do outro lado do pátio, espreitando curiosamente um punhado de folhas verdes que segurava em uma das mãos. – Mamãe! Venha ver isto!

Claire acenou de volta e caminhou até onde eles estavam, ao lado da lápide quadrada e lisa, pisando cautelosamente entre os túmulos.

– O que é? – perguntou ela. – Encontrou um túmulo interessante?

– Acho que sim. Reconhece este nome? – Roger recuou um passo, para que ela pudesse ter uma visão clara.

– Jesus H. Roosevelt Cristo! – Ligeiramente surpreso, Roger olhou para Claire e ficou espantado ao notar como ficara pálida. Fitava a pedra castigada pelo tempo e os músculos de sua garganta movimentavam-se num ato convulsivo de deglutição. A planta que arrancara estava amassada em sua mão, esquecida.

– Dra. Randall... Claire... você está bem?

Por um instante, seus olhos cor de âmbar ficaram vazios e ela pareceu não ouvi-lo. Em seguida, piscou e olhou para ele. Ainda estava pálida, mas parecia melhor agora; novamente senhora de si.

– Estou bem – afirmou ela, a voz sem expressão. Inclinou-se e correu os dedos pelas letras gravadas na pedra como se as lesse em Braille.

– Jonathan Wolverton Randall – disse ela, baixinho –, 1705-1746. Eu lhe disse, não foi? Seu filho da mãe, eu *disse* a você! – Sua voz, tão inexpressiva um momento antes, transformara-se de súbito, agora vibrante, repleta de uma ira contida.

– Mamãe! Você está bem? – Brianna, obviamente transtornada, puxava sua mãe pelo braço.

Roger observou que era como se uma sombra tivesse toldado os olhos de Claire; o sentimento que brilhara ali foi escondido de repente assim que ela voltou subitamente à percepção das duas pessoas que a fitavam, perplexas. Sorriu, um esgar breve, mecânico, e meneou a cabeça.

– Sim. Sim, claro. Estou bem. – Sua mão abriu-se e o talo de folhas amassadas caiu ao chão.

– Achei que ficaria surpresa. – Brianna olhava com preocupação para a mãe. – Não é um antepassado do papai? O soldado que morreu em Culloden?

Claire lançou um olhar para a lápide próxima a seus pés.

– É, sim – disse ela. – E ele *está morto*, não é?

Roger e Brianna trocaram um olhar. Sentindo-se responsável, Roger tocou o ombro de Claire.

– O dia está um pouco quente – disse ele, tentando falar num tom descontraído e prático. – Acho melhor entrar na igreja e aproveitar a sombra. Há uns entalhes muito interessantes na pia batismal.

Claire sorriu para ele. Um sorriso verdadeiro desta vez, um pouco cansado, mas eminentemente equilibrado.

– Vão vocês – disse ela, incluindo Brianna com uma inclinação da cabeça. – Preciso de ar. Vou ficar por aqui mais um pouco.

– Vou ficar com você. – Brianna pairava ao seu redor, claramente relutante em deixar a mãe sozinha, mas Claire recobrou tanto sua serenidade quanto seu ar de comando.

– Bobagem – disse ela com rispidez. – Estou perfeitamente bem. Vou sentar-me à sombra daquelas árvores ali. Vá com ele. Prefiro ficar um pouco sozinha – acrescentou com firmeza ao ver Roger abrir a boca para protestar.

Sem mais comoção, virou-se e se afastou em direção à linha de teixos escuros que margeava o cemitério a oeste. Brianna hesitou, vendo-a se afastar, mas Roger segurou a jovem pelo braço e a conduziu em direção à igreja.

– É melhor deixá-la sozinha – murmurou ele. – Afinal, sua mãe é médica, não é? Ela saberá se está bem.

– Sim... creio que sim. – Com um último olhar perturbado à figura de Claire cada vez mais distante, Brianna permitiu que ele a levasse dali.

A igreja não passava de um salão vazio de assoalho de madeira, com a pia batismal abandonada, mas deixada em seu lugar apenas porque não podia ser removida. A bacia rasa fora entalhada do ressalto de pedra que percorria um dos lados do aposento. Acima da bacia, o rosto esculpido de St. Kilda contemplava inexpressivamente o teto, os olhos piedosos virados para cima.

– No começo, provavelmente era uma deusa pagã – disse Roger, traçando o contorno da escultura com o dedo. – É possível ver onde acrescentaram o véu e a touca de freira à figura original, isso sem mencionar os olhos.

– Como ovos escaldados – concordou Brianna, revirando seus próprios olhos numa imitação. – Que entalhe é aquele? Assemelha-se muito aos padrões daquelas pedras dos povos pictos que se vê perto de Clava.

Caminharam despreocupadamente ao longo dos paredões da igreja, respirando o ar empoeirado, examinando os entalhes antigos nas paredes de pedra e lendo as pequenas placas de madeira afixadas por membros da congregação há muito desaparecidos, em memória de ancestrais desaparecidos há mais tempo ainda. Falavam em voz baixa, ambos atentos a qualquer som vindo do pátio, mas tudo estava silencioso e aos poucos começaram a relaxar outra vez.

Roger seguiu Brianna em direção à frente do altar, observando os cachos de cabelo que escapavam de sua trança grudarem, úmidos, em seu pescoço.

Tudo que restava agora no frontal da igreja era uma simples prateleira de madeira acima do buraco de onde o retábulo fora removido. Ainda assim, Roger sentiu uma espécie de calafrio percorrer sua espinha ao permanecer parado ali, ao lado de Brianna, de frente para o altar desaparecido.

A pura intensidade de seus sentimentos parecia ecoar no lugar vazio. Esperava que ela não pudesse ouvi-los. Conheciam-se há pouco mais de uma semana, afinal, e mal tiveram qualquer conversa particular. Ela ficaria constrangida, sem dúvida, ou assustada, se soubesse o que ele sentia. Ou pior ainda, ela daria risada.

No entanto, quando ele lhe lançou um olhar furtivo, o rosto dela estava calmo e sério. Também olhava para ele, com uma expressão no azul-escuro de seus olhos que o fez virar-se para ela e segurá-la entre os braços sem pensar.

O beijo foi breve e delicado, pouco mais do que a formalidade que encerra uma cerimônia de casamento e, no entanto, tão impressionante em seu impacto como se tivessem selado um compromisso solene.

As mãos de Roger soltaram-na, mas o calor dela permaneceu em suas palmas, lábios e corpo, como se ainda a tivesse nos braços. Ficaram parados por um instante, os corpos mal se roçando, respirando o hálito um do outro e, então, ela deu um passo para trás. Ainda podia senti-la sob suas mãos. Dobrou os dedos, cerrando os punhos, não querendo que a sensação se dissipasse.

O ar parado da igreja estilhaçou-se repentinamente, os ecos de um grito espalhando as partículas de poeira. Sem parar para pensar, Roger já estava lá fora, correndo, tropeçando e saltando por cima de pedras tombadas, em direção à linha escura de teixos. Abriu caminho pelo meio dos ramos cobertos de ervas sem se preocupar em segurar os pequenos galhos farpados para Brianna logo atrás.

Pálido nas sombras, viu o rosto de Claire Randall. Completamente exangue, parecia um fantasma contra os ramos escuros do teixo. Ficou parada por um momento, oscilando, depois caiu de joelhos na grama, como se suas pernas não conseguissem mais sustentá-la.

– Mamãe! – Brianna ajoelhou-se ao lado da figura encolhida, esfregando uma de suas mãos frouxas. – Mamãe, o que foi? Está se sentindo fraca? Devia colocar a cabeça entre os joelhos. Vamos, por que não se deita?

Claire resistia aos esforços da filha para ajudá-la e a cabeça caída endireitou-se sobre o pescoço fino outra vez.

– Não quero me deitar – disse ela, arquejante. – Eu quero... ah, meu Deus! Ah, meu Deus do céu! – Ajoelhada na grama alta, estendeu a mão trêmula para a superfície da lápide. Era de granito, uma placa simples.

– Dra. Randall! Claire? – Roger apoiou-se sobre um joelho, do outro lado de Claire, colocando a mão sob o outro braço dela para apoiá-la. Estava assustado de verdade com seu aspecto. Uma película de suor brotara em suas têmporas e ela parecia prestes a desmaiar. – Claire – repetiu ele, ansiosamente, tentando acordá-la do transe hipnótico em que caíra. – O que foi? Você conhece este nome? – Enquanto falava, suas próprias palavras ressoavam em seus ouvidos. *Ninguém foi enterrado aqui desde o século XVIII,* dissera a Brianna. *Ninguém foi enterrado aqui nos últimos duzentos anos.*

Os dedos de Claire afastaram os dele e tocaram a pedra, carinhosamente, como se tocando tecido humano, percorrendo as letras com delicadeza, os sulcos rasos com o desgaste do tempo, mas ainda nítidos.

– "JAMES ALEXANDER MALCOLM MACKENZIE FRASER" – leu em voz alta. – Sim, eu o conheço. – Sua mão desceu pela pedra, afastando a grama espessa e alta ao redor, ocultando a linha de letras menores em sua base.

– "Amado esposo de Claire" – leu ela.

– Sim, eu o conheci – repetiu ela, tão baixo que Roger mal conseguiu ouvi-la. – Eu sou Claire. Ele foi meu marido. – Ergueu os olhos, fitando diretamente o rosto de sua filha, branco e perplexo acima do seu. – E seu pai – concluiu.

Roger e Brianna olharam-na, atônitos, e o cemitério ficou em silêncio, exceto pelo farfalhar dos teixos acima.

– Não! – exclamei, enfurecida. – Pela quinta vez, não! Não quero um copo d'água. Não estou com insolação. Não estou com tontura. Não estou doente. E não perdi a cabeça tampouco, embora imagine que seja o que estão pensando.

Roger e Brianna trocaram olhares que deixavam claro que era precisamente aquilo mesmo que estavam pensando. Os dois, reunindo esforços, me tiraram do cemitério e me levaram de volta para o carro. Recusei-me a ser levada a um hospital, de modo que voltamos para a residência paroquial. Roger me dera uma dose de uísque para me reanimar, mas seus olhos estavam sobre o telefone agora, como se imaginasse se deveria pedir uma ajuda adicional – como uma camisa de força, por exemplo.

– Mamãe – falou Brianna com voz suave, para me acalmar, e estendeu o braço para afastar seus cabelos do rosto. – Você está transtornada.

– Claro que estou transtornada! – retorqui. Inspirei fundo, com um longo e trêmulo suspiro, e cerrei os lábios, até achar que tinha condições de falar calmamente. – É claro que estou transtornada – recomecei –, mas não estou louca. – Parei, lutando para manter o controle. Não era desse modo que planejara lhe contar. Não sabia ao certo como planejara, mas não era assim, deixando a verdade escapar sem nenhuma preparação ou tempo para organizar meus próprios pensamentos. Ver aquela maldita sepultura desfizera qualquer plano que eu pudesse ter esboçado.

– Droga, Jamie Fraser! – exclamei, furiosa. – O que estava fazendo lá, de qualquer modo? Fica a *quilômetros* de Culloden!

Os olhos de Brianna quase saltavam das órbitas e a mão de Roger pairava sobre o telefone. Parei bruscamente e tentei me controlar.

Fique calma, Beauchamp, eu falava para mim mesma. Respire fundo. Uma vez... duas vezes... mais uma vez. Melhor. Vamos. É muito simples; tudo que precisa fazer é lhes contar a verdade. Foi para isso que veio à Escócia, não foi?

Abri a boca, mas nenhum som foi emitido. Fechei a boca, os olhos também, esperando que a coragem voltasse se eu não pudesse ver os dois rostos lívidos diante de mim. Apenas... deixe-me... contar-lhes... a verdade, rezei, sem a menor ideia de para quem dirigia minha prece. Para Jamie, pensei.

Eu tinha contado a verdade uma vez antes. Não me saí bem.

Cerrei minhas pálpebras com mais força. Novamente pude sentir o cheiro de álcool dos ambientes de hospital e sentir a estranha fronha engomada sob meu rosto. Do corredor lá fora veio a voz de Frank, engasgada de raiva e perplexidade.

– O que quer dizer com não pressioná-la? Não *pressioná-la*? Minha mulher desaparece por quase três anos, retorna imunda, maltratada e *grávida*, pelo amor de Deus, e eu não devo fazer *perguntas*?

E a voz do médico, murmurando, tentando acalmá-lo. Captei as palavras "delírio" e "estado traumático" e "deixe para mais tarde, meu caro, espere um pouco" enquanto a voz de Frank, ainda esbravejando e interrompendo o médico, era firmemente arrastada para o fim do corredor. Aquela voz tão familiar, que reacendia a tormenta de dor, raiva e pavor dentro de mim.

Enrosquei-me numa posição defensiva, o travesseiro apertado contra o peito, mordendo-o com todas as forças até sentir a fronha de algodão ceder e a textura macia de penas ranger entre meus dentes.

Eu rangia os dentes agora, em detrimento de uma nova obturação. Parei e abri os olhos.

– Ouçam – disse, da forma mais sensata possível. – Sinto muito, sei o que parece. Mas é verdade e não há nada que eu possa fazer a respeito.

Meu discurso em nada contribuiu para devolver a confiança a Brianna, que se aproximou mais de Roger. Este último, entretanto, tinha perdido o tom nauseado e exibia sinais de cauteloso interesse. Seria possível que ele realmente tivesse imaginação suficiente para ser capaz de apreender a verdade?

Extraí esperança de sua expressão e abri os punhos cerrados.

– São aquelas malditas pedras – disse. – Sabe, o círculo de pedras verticais, na colina das fadas, a oeste?

– Craigh na Dun – murmurou Roger. – Aquela?

– Certo. – Soltei a respiração ruidosamente. – Você deve conhecer as lendas a respeito das colinas de fadas, não? Sobre pessoas que ficam presas em colinas pedregosas e acordam duzentos anos mais tarde?

Brianna parecia cada vez mais alarmada.

– Mamãe, eu realmente acho que você devia subir e se deitar – disse ela. Começou a erguer-se da cadeira. – Posso chamar Fiona...

Roger colocou a mão em seu braço para impedi-la.

– Não, espere – disse ele. Olhou para mim, com o tipo de curiosidade reprimida que um cientista demonstra quando coloca um novo slide no microscópio. – Prossiga – disse para mim.

– Obrigada – agradeci secamente. – Não se preocupe, não vou começar a dizer baboseiras sobre fadas; achei simplesmente que gostaria de saber que existe uma base verdadeira nas lendas. Não faço a menor ideia do que de verdade existe lá em cima, ou como funciona, mas o fato é... – Respirei fundo. – Bem, o fato é que atravessei uma maldita fenda numa pedra daquele círculo em 1945 e acabei na encosta lá embaixo em 1743.

Era exatamente o que eu dissera a Frank. Ele me fitara, perplexo, por um instante, pegara um vaso de flores da mesinha de cabeceira e o estilhaçara no chão.

Roger parecia um cientista cujo novo micróbio tivesse conseguido permanecer vivo. Eu me perguntava o porquê, mas estava envolvida demais no esforço para encontrar palavras que fizessem um pouco de sentido.

– A primeira pessoa com quem me deparei foi um oficial inglês da cavalaria, um dragão, em traje completo – disse. – O que de certa forma me deu a impressão de que havia alguma coisa errada.

Um sorriso repentino iluminou o rosto de Roger, embora Brianna continuasse me olhando, aterrorizada.

– Imagino que não era para menos.

– O problema é que eu não podia voltar, sabe. – Achei melhor dirigir minhas observações a Roger, que ao menos parecia disposto a ouvir, quer acreditasse ou não em mim.

– A questão é que naquela época as senhoras não andavam por aí sem escolta e, se o fizessem, não era usando vestidos estampados e mocassins – expliquei. – Todo mundo que eu encontrava, a começar pelo capitão dos dragões, sabia que havia algo de errado comigo, mas não sabiam o quê. Como poderiam? Não podia explicar-lhes melhor do que estou fazendo agora, e asilos para lunáticos na época eram locais bem menos agradáveis do que são hoje. Nada de trançar cestos – acrescentei, num esforço para pilheriar. Não fui muito bem-sucedida; o rosto de Brianna contorceu-se numa careta e pareceu mais preocupado do que nunca.

– Esse dragão... – disse, e um ligeiro tremor me percorreu diante da lembrança de Jonathan Wolverton Randall, capitão da Oitava Companhia dos Dragões de Sua Majestade. – No começo, achei que estivesse tendo alucinações, porque o homem parecia-se muito com Frank; à primeira vista, achei que fosse ele. – Lancei um olhar para a mesa onde havia um dos livros de Frank, com a fotografia de um homem de rosto fino, moreno e atraente na contracapa.

– É muita coincidência – disse Roger. Seus olhos estavam alerta, fixos nos meus.

– Bem, era e não era – falei a ele, desviando meus olhos da pilha de livros com dificuldade. – Você sabe que ele era um antepassado de Frank. Todos os homens dessa família têm uma forte semelhança... física, pelo menos – acrescentei, pensando nas marcantes diferenças em outros aspectos que não os físicos.

– Como... como ele era? – Brianna parecia estar saindo de seu estupor, ao menos ligeiramente.

– Era um maldito pervertido – respondi. Dois pares de olhos arregalaram-se e voltaram-se um para o outro com um olhar idêntico de consternação.

– Não precisam ficar horrorizados – disse. – Havia perversão no século XVIII; isso não é novo, vocês sabem. Só que naquela época era pior, talvez porque ninguém realmente se importasse, desde que tudo fosse mantido decente e tranquilo nas aparências. E Black Jack Randall era um soldado; comandava uma guarnição nas Terras Altas, encarregada de manter os clãs sob controle; tinha uma autonomia considerável para suas atividades, todas oficialmente sancionadas. – Bebi um gole revigorante do copo de uísque que eu ainda segurava.

– Ele gostava de ferir as pessoas – expliquei. – Sim, gostava muito disso.

– Ele... feriu você? – Roger colocou a pergunta com certa delicadeza, após uma pausa perceptível. Bree parecia retesar-se, a pele das bochechas se esticando.

– Não diretamente. Ou, ao menos, não muito. – Balancei a cabeça. Podia sentir um frio na boca do estômago, que o uísque não era capaz de aplacar. Jack Randall atingira-me ali com um soco certa vez. Pude senti-lo na minha lembrança, como a dor de um ferimento há muito curado. – Ele tinha gostos bem ecléticos. Mas era Jamie que ele... queria. – Em nenhuma circunstância eu teria usado a palavra "amava". Senti um nó na garganta e sorvi as últimas gotas de uísque. Roger pegou a garrafa, uma das sobrancelhas erguidas interrogativamente, e eu assenti, estendendo o copo.

– Jamie. Jamie Fraser? E ele era...

– Ele era meu marido – completei.

Brianna balançou a cabeça como um cavalo procurando afastar as moscas.

– Mas você *tinha* um marido – disse ela. – Não podia... mesmo se... quero dizer... você *não podia.*

– Fui obrigada – disse sem rodeios. – Não o fiz de propósito, afinal.

– Mamãe, não dá para se casar acidentalmente! – Brianna estava perdendo sua postura de enfermeira gentil com uma doente mental. Achei que talvez fosse um bom sinal, ainda que a alternativa fosse raiva.

– Bem, não foi exatamente um acidente – corrigi. – Mas foi uma alternativa melhor do que ser entregue a Jack Randall. Jamie casou-se comigo para me proteger e foi muita generosidade da parte dele – concluí, fitando Bree por cima do meu copo. – Ele não precisava fazer aquilo, mas fez.

Tentei conter a lembrança de nossa noite de núpcias. Ele era virgem; suas mãos tremiam quando me tocaram. Eu também tinha medo... por razões melhores. Depois, ao amanhecer, ele me abraçara, costas nuas contra peito nu, suas coxas quentes e fortes atrás das minhas, murmurando entre os cachos do meu cabelo: "Não tenha medo. Agora somos nós dois."

– Veja bem – voltei-me de novo para Roger –, eu não podia voltar. Estava fugindo do capitão Randall quando os escoceses me encontraram. Um grupo de ladrões de gado. Jamie estava com eles, era o povo de sua mãe, os MacKenzie de Leoch. Não sabiam o que ou quem eu era, mas me levaram com eles como prisioneira. E mais uma vez eu não tive como fugir.

Lembrei-me de minhas tentativas frustradas de fugir do Castelo Leoch. Depois, o dia em que contei a verdade a Jamie e ele – sem acreditar, do mesmo modo que Frank não acreditara, mas ao menos se dispusera a agir como se acreditasse – me levara de volta à colina e ao círculo de pedras.

– Ele achava que eu era uma bruxa, talvez – disse, os olhos fechados, sorrindo levemente à ideia. – Agora acham que você está louca; na época, achavam que você era uma bruxa. Tradições culturais – expliquei, abrindo os olhos. – Hoje em dia chamam de psicologia o que então era chamado de magia. Na verdade, não há muita diferença.

Roger meneou a cabeça, parecendo um pouco abalado.

– Eles me julgaram por bruxaria – disse. – Na vila de Cranesmuir, logo abaixo do castelo. Mas Jamie salvou-me e então eu lhe contei. E ele me levou para a colina e me disse para voltar. Voltar para Frank. – Parei e respirei fundo, lembrando-me daquela tarde de outubro, quando o controle sobre meu destino, há tanto tempo arrancado de mim, fora repentinamente atirado de volta em minhas mãos, e a escolha não me foi dada, mas exigida de mim.

"Volte!", dissera ele. "Não há nada aqui para você! Nada, a não ser perigo."

Eu perguntara: "Não há realmente nada aqui para mim?" Honrado demais para falar, ainda assim ele respondeu, e eu fiz minha escolha.

– Era tarde demais – disse, fitando minhas mãos, abertas sobre meus joelhos.

O dia escurecia com a iminência da chuva, mas as minhas duas alianças de casamento ainda brilhavam na luz fraca, ouro e prata. Eu não retirei a aliança de ouro de Frank da mão esquerda quando me casei com Jamie, e, sim, passei a usar a aliança de prata de Jamie no anelar da mão direita, todos os dias dos vinte e tantos anos desde que ele a colocara ali.

– Eu amava Frank – falei em voz baixa, sem olhar para Bree. – Eu o amava muito. Mas a essa altura, Jamie era meu coração e o ar que eu respirava. Não podia deixá-lo. Eu *não podia* – disse, erguendo a cabeça de repente para Bree, numa súplica. Ela retribuiu o olhar, o rosto impassível.

Abaixei os olhos para minhas mãos outra vez e continuei:

– Ele me levou para sua terra natal, Lallybroch. Um lindo lugar.

Cerrei os olhos de novo a fim de fugir do olhar de Brianna e evoquei deliberadamente a imagem de Broch Tuarach, Lallybroch, para as pessoas que moravam ali. Uma bela fazenda das Terras Altas, com bosques e riachos; até mesmo com um pedaço de terreno fértil, raro nas Terras Altas. Um lugar tranquilo, adorável, encerrado entre montanhas, acima de um desfiladeiro que o mantinha isolado das rixas recorrentes que perturbavam a região. Entretanto, até mesmo Lallybroch mostrara ser apenas um santuário temporário.

– Jamie era um fora da lei – disse, vendo por trás de minhas pálpebras cerradas as cicatrizes do açoitamento que os ingleses haviam deixado em suas costas. Uma rede de finas linhas brancas que teciam uma teia nos ombros largos como uma grade marcada a ferro em brasa. – Sua cabeça estava a prêmio. Um de seus próprios colonos o traiu para os ingleses. Eles o capturaram e o levaram para a prisão de Wentworth para enforcá-lo.

Roger soltou um assovio longo e baixo.

– Um inferno de lugar – observou ele. – Já esteve lá? As paredes devem ter 3 metros de espessura.

Abri os olhos.

– Têm sim – disse secamente. – Estive dentro delas. Mas até mesmo as paredes mais grossas têm portas. – Senti uma fagulha da chama de coragem desesperada que me levara para dentro da prisão de Wentworth em busca do meu coração. *Se fiz isso por você*, falei silenciosamente a Jamie, *posso fazer o que é necessário agora. Mas me ajude, maldito escocês, me ajude!* – Consegui tirá-lo de lá – disse, respirando fundo. – O que restara dele. Jack Randall comandava a guarnição de Wentworth. – Eu não queria relembrar as imagens que minhas palavras haviam trazido de volta, mas elas se recusavam a desaparecer. Jamie, nu e ensanguentado, no chão da Mansão Eldridge, onde encontráramos abrigo.

"Não deixarei que me levem de volta, Sassenach", dissera-me ele, os dentes cerrados contra a dor, enquanto eu consertava os ossos esmagados dos dedos de sua mão e limpava os ferimentos. "Sassenach." Chamara-me assim desde o primeiro instante; a palavra gaélica para um forasteiro, um estranho. Um inglês. Primeiro, de troça; depois, afetuosamente.

E eu impedi que o encontrassem; com a ajuda de um parente, um membro do clã Fraser chamado Murtagh, consegui fazê-lo atravessar o Canal até a França e escondê-lo no Mosteiro de St. Anne de Beaupré, onde um de seus tios Fraser era abade. Mas, uma vez ali em segurança, descobri que salvar sua vida não era o fim da minha tarefa.

O que Jack Randall lhe infligira marcara sua alma a fundo, do mesmo modo que as tiras do açoite haviam penetrado em suas costas, deixando cicatrizes indeléveis. Não sabia ao certo, nem mesmo agora, o que eu tinha feito quando evoquei seus demônios e os enfrentei sozinha, na escuridão de sua mente; há bem pouca diferença entre medicina e magia quando se trata de certos tipos de cura.

Eu ainda podia sentir a pedra dura e fria que me feria e a força da fúria que eu extraíra dele, as mãos que se fecharam em volta do meu pescoço e a criatura ardendo em febre que me perseguira na escuridão.

– Mas eu consegui curá-lo – disse, num sussurro. – Consegui trazê-lo de volta para mim.

Brianna balançava a cabeça devagar, desnorteada, mas com uma inclinação teimosa da cabeça que eu conhecia muito bem. "Os Graham são ignorantes, os Campbell, enganadores, os MacKenzie são encantadores, porém dissimulados, e os Fraser são teimosos", dissera-me Jamie certa vez, dando-me sua interpretação das características gerais dos clãs. Não estava muito errado, na verdade; os Fraser *eram* extremamente teimosos, principalmente ele. E Bree.

– Não acredito nisso – disse ela sem rodeios. Sentou-se mais empertigada, olhando-me atentamente. – Acho que você andou pensando demais naqueles homens de Culloden – disse. – Afinal, você tem estado sob muita tensão nos últimos tempos e talvez a morte de papai...

– Frank não era seu pai – disse de chofre.

– Era, sim! – devolveu ela imediatamente, tão depressa que nos assustou.

Frank, com o tempo, acatou a insistência dos médicos de que qualquer tentativa de "forçar-me a aceitar a realidade", conforme dissera um deles, poderia ser danosa à minha gravidez. Ouviram-se muitos murmúrios nos corredores – e gritos, de vez em quando –, mas ele desistiu de perguntar-me a verdade. E eu, com a saúde frágil e o coração partido, desisti de contar-lhe.

Não iria desistir desta vez.

– Prometi a Frank – disse. – Há vinte anos, quando você nasceu. Tentei deixá-lo, mas ele não permitiu que eu fosse embora. Ele a amava. – Senti a voz abrandar-se ao olhar para Brianna. – Ele não conseguia acreditar na verdade, mas sabia, é claro, que não era seu pai. Pediu-me para não lhe contar, para deixar que ele fosse seu pai enquanto vivesse. Depois disso, ele falou, ficaria a meu critério. – Engoli em seco, umedecendo os lábios. – Eu devia isso a ele – disse. – Porque ele amava você. Mas agora Frank está morto e você tem o direito de saber quem é. Se duvida, vá à National Portrait Gallery. Eles têm lá um retrato de Ellen MacKenzie; a mãe de Jamie. Ela está usando este colar. – Toquei o colar de pérolas em meu pescoço. Uma fileira de pérolas barrocas de água doce dos rios da Escócia, separadas por bolinhas de ouro perfuradas. – Jamie o deu para mim no dia do nosso casamento.

Olhei para Brianna, sentada ereta e tensa, os ossos do rosto inflexíveis em protesto.

– Leve um espelho com você – disse. – Dê uma boa olhada no retrato e depois se olhe no espelho. Não é uma semelhança absoluta, mas você se parece muito com sua avó.

Roger olhou para Brianna como se nunca a tivesse visto. Olhou de mim para ela várias vezes e, depois, como que tomando uma decisão, repentinamente empertigou os ombros e se levantou do sofá onde estivera sentado ao seu lado.

– Tenho algo que acho que você deveria ver – disse ele com firmeza. Atravessou rapidamente o aposento até a antiga escrivaninha de tampo corrediço e retirou um maço preso com elástico de recortes amarelados de jornal de um dos escaninhos. – Depois de lê-los, olhe as datas – disse a Brianna, entregando-lhe o maço de recortes. Em seguida, ainda de pé, virou-se para mim e avaliou-me de cima a baixo, com o olhar longo e desapaixonado que reconheci como sendo de um estudioso, treinado em objetividade. Ele ainda não acreditava, mas tinha imaginação suficiente para duvidar.

– Mil setecentos e quarenta e três – disse ele, como se falasse consigo mesmo. Balançou a cabeça, admirado. – E eu achava que fosse um homem que você tivesse conhecido aqui em 1945. Meu Deus, eu *jamais* poderia imaginar... bem, Cristo, quem poderia?

Surpreendi-me.

– Você sabia? Sobre o pai de Brianna?

Ele meneou a cabeça para recortes de jornais nas mãos de Brianna. Ela ainda não os examinara, mas olhava fixamente para Roger, em parte com raiva e em parte perplexa. Eu podia notar a tempestade avolumando-se em seus olhos e assim, pensei, Roger também. Ele desviou o olhar apressadamente, voltando-se de novo para mim com uma pergunta:

– Então aqueles homens cujos nomes você me deu, aqueles que lutaram em Culloden... você os *conheceu*?

Relaxei, quase imperceptivelmente.

– Sim, eu os conheci. – Ouviu-se o estrondo de um trovão a leste e a chuva irrompeu, fustigando com força as longas vidraças que cobriam um dos lados do gabinete do chão ao teto. A cabeça de Brianna estava abaixada sobre os recortes de jornal, seus longos cabelos ocultando-lhe o rosto, exceto a ponta de seu nariz, muito vermelha. Jamie sempre ficava vermelho quando estava furioso ou aborrecido. Eu estava completamente familiarizada com a visão de um Fraser à beira da explosão.

– E você esteve na França – murmurou Roger como se falasse consigo mesmo, ainda me examinando atentamente. O choque que se via em seu rosto desfazia-se, dando lugar à conjectura e a uma espécie de empolgação. – Não creio que tenha conhecido...

– Sim, conheci – disse a ele. – Foi para isso que fomos a Paris. Eu contara a Jamie sobre Culloden, a Conspiração de 1745, e o que iria acontecer. Fomos para Paris para tentar dissuadir Charles Stuart.

PARTE II

Os pretendentes ao trono

Le Havre, França

fevereiro de 1744

6
PROVOCANDO MAROLAS

– Pão – balbuciei debilmente, mantendo os olhos bem cerrados.

Não houve reação do objeto grande e quente ao meu lado, além do sopro quase imperceptível de sua respiração.

– Pão! – repeti, um pouco mais alto. As cobertas da cama subiram e desceram de repente e eu agarrei a beirada do colchão e enrijeci todos os meus músculos, esperando estabilizar as guinadas dos meus órgãos internos.

Ruídos de alguém andando às tontas e remexendo atrapalhadamente com as mãos vieram do outro lado da cama, seguidos do deslizamento de uma gaveta, de uma exclamação abafada em gaélico, do baque surdo e macio de pés descalços em pranchas de madeira e, depois, do afundamento do colchão sob o peso de um corpo maciço.

– Tome, Sassenach – disse uma voz ansiosa, e eu senti o toque de uma crosta de pão seco em meu lábio inferior. Estendendo as mãos às cegas, sem abrir os olhos, agarrei o pedaço de pão e comecei a mastigá-lo com cuidado, forçando cada mordida que me engasgava a descer pela garganta seca. Sabia muito bem que não devia pedir água.

As bolas ressecadas de farelos de pão gradualmente desciam pela minha garganta e acomodavam-se em meu estômago, onde permaneciam como pequenos montes de lastro. Os movimentos das minhas ondas internas que me causavam ânsias de vômito aos poucos se acalmaram e, por fim, minhas vísceras pararam, ancoradas. Abri os olhos, deparando-me com o rosto ansioso de Jamie Fraser pairando alguns centímetros acima de mim.

– Ahh! – exclamei, sobressaltada.

– Tudo bem? – perguntou ele.

Quando assenti e debilmente comecei a sentar-me, ele passou o braço pelas minhas costas para me ajudar. Sentando-se ao meu lado na cama rústica da estalagem, puxou-me delicadamente para junto de si e alisou meus cabelos desgrenhados pela noite de sono.

– Pobrezinha – disse ele. – Um gole de vinho ajudaria? Há um frasco de vinho do Reno no meu alforje.

– Não. Não, obrigada.

Tive um leve estremecimento à ideia de beber vinho do Reno, a simples menção do vinho fazia-me sentir o cheiro de seus vapores escuros e adocicados, e forcei-me a sentar ereta.

– Logo ficarei bem – disse, com uma animação forçada. – Não se preocupe, é normal as mulheres grávidas sentirem enjoo de manhã.

Com um olhar descrente em minha direção, Jamie ergueu-se e foi pegar suas roupas no banco junto à janela. A França em fevereiro é congelante e as janelas de vidro bolha estavam recobertas com uma espessa camada de cristais de gelo.

Ele estava nu e uma onda de arrepio roçou seus ombros e eriçou os pelos ruivo-dourados dos seus braços e pernas. Entretanto, acostumado ao frio, ele nem tremeu nem se apressou enquanto vestia a camisa e calçava as meias. Parando no meio do ato de se vestir, voltou até a cama e me abraçou rapidamente.

– Volte a dormir – sugeriu ele. – Vou mandar a camareira subir para acender a lareira. Talvez consiga descansar um pouco depois de comer. Não vai mais sentir enjoo agora, não é? – Eu não tinha certeza, mas balancei a cabeça com confiança para tranquilizá-lo.

– Não, acho que não. – Lancei um olhar à cama; as colchas, como a maioria das cobertas fornecidas pelas hospedarias, não eram muito limpas. Ainda assim, as moedas de prata da bolsa de Jamie haviam nos assegurado o melhor quarto da estalagem e a cama estreita era forrada de penas de ganso em vez de lã ou palha.

– Hummm, talvez eu realmente me deite um pouco – murmurei, tirando os pés do chão gelado e enfiando-os embaixo das colchas, à cata dos últimos vestígios de calor. Meu estômago parecia ter se acalmado suficientemente para eu arriscar um gole de água e, assim, enchi uma caneca do jarro rachado do quarto.

– Em que você estava pisoteando? – perguntei, bebendo cuidadosamente. – Não há aranhas aqui, há?

Enrolando o kilt em volta da cintura, Jamie balançou a cabeça.

– Ah, não – disse ele. As mãos ocupadas, ele inclinou a cabeça em direção à mesa. – Era só um rato. Acho que estava atrás do pão.

Olhando para baixo, vi a forma cinza e lânguida no assoalho, uma pequena pérola de sangue brilhando no focinho. Dei um salto da cama bem a tempo.

– Tudo bem – falei debilmente alguns instantes depois. – Não tem mais nada no meu estômago para vomitar.

– Lave a boca, Sassenach, mas não engula água, pelo amor de Deus. – Jamie segurou a caneca para mim, limpou minha boca com um pano como se eu fosse uma criança pequena e suja, em seguida ergueu-me nos braços e colocou-me com cuidado de volta na cama. Franziu o cenho para mim com ar de preocupação.

– Talvez seja melhor eu ficar aqui – disse ele. – Posso mandar avisar.

– Não, não, eu estou bem – disse. E estava. Por mais que me esforçasse para não vomitar pela manhã, não conseguia manter nada no estômago por muito tempo. No entanto, depois que a crise passava, sentia-me completamente restaurada. Fora um gosto amargo na boca e os músculos abdominais um pouco doloridos, sentia-me perfeitamente normal. Joguei as cobertas para o lado e levantei-me para comprovar.

– Está vendo? Vou ficar muito bem. E você precisa ir; afinal, não pode deixar seu primo esperando.

Estava começando a me sentir animada outra vez, apesar do ar frio zumbindo por baixo da porta e sob as pregas da minha camisola. Jamie ainda hesitava, relutando em me deixar, e eu me aproximei e abracei-o com força, tanto para assegurar-lhe de que eu estava bem como porque ele estava deliciosamente quente.

– Brrr – disse. – Como é que você pode estar quente como uma torrada vestindo apenas um kilt?

– Também estou de camisa – protestou ele, sorrindo para mim.

Ficamos abraçados por um instante, desfrutando o calor um do outro no frio tranquilo do começo de uma manhã na França. No corredor, os ruídos da camareira com sua caixa de gravetos para a lareira se aproximavam.

Jamie remexeu-se um pouco, pressionando o corpo contra o meu. Por causa das dificuldades de viajar no inverno, ficamos quase uma semana na estrada de St. Anne a Le Havre. E entre as chegadas tarde da noite em hospedarias lúgubres, molhados, sujos e trêmulos de fadiga e frio, além do despertar cada vez mais atabalhoado à medida que meus enjoos matinais pioravam, nós mal havíamos nos tocado desde nossa última noite no mosteiro.

– Vem para a cama comigo? – convidei, ternamente.

Ele hesitou. A força de seu desejo era evidente através do tecido de seu kilt e suas mãos estavam quentes sobre a pele fria das minhas, mas ele não fez menção de me tomar nos braços.

– Bem... – disse ele, em dúvida.

– Você também quer, não? – provoquei, deslizando a mão fria sob seu kilt para me certificar.

– Ah! Hã... sim. Sim, quero. – A prova evidente confirmava tal declaração. Ele gemeu baixinho quando coloquei a mão entre suas pernas. – Ah, meu Deus. Não faça isso, Sassenach. Não vou conseguir tirar as mãos de você.

Abraçou-me com força, envolvendo-me com seus longos braços e puxando meu rosto contra as dobras de sua camisa, macias e brancas como a neve, com o perfume suave da roupa lavada e engomada pelo irmão Alfonse no mosteiro.

– Por que deveria? – disse, a voz abafada no linho da camisa. – Você tem um tempinho, não tem? É apenas uma cavalgada curta até as docas.

– Não é isso – disse ele, ajeitando meus cabelos rebeldes.

– Ah, estou gorda demais? – Na realidade, minha barriga estava quase plana e eu estava mais magra do que o normal por causa dos enjoos. – Ou será que...?

– Não – disse ele, sorrindo. – Você fala demais. – Inclinou-se e me beijou, depois me ergueu nos braços e sentou-se na cama, segurando-me em seu colo. Deitei-me e puxei-o resolutamente para cima de mim.

– Claire, não! – protestou ele quando comecei a abrir a fivela de seu kilt.

Olhei-o espantada.

– Mas por que não?

– Bem – disse ele, constrangido, corando um pouco. – A criança... quero dizer, não quero machucá-la.

Eu ri.

– Jamie, você não pode machucá-la. Ainda não tem o tamanho da ponta do meu dedo. – Ergui o dedo para ilustrar, depois o usei para traçar o contorno farto e curvo de seu lábio inferior. Ele agarrou minha mão e inclinou-se bruscamente para me beijar, como se quisesse aplacar a cócega provocada pelo toque do meu dedo.

– Tem certeza? – perguntou ele. – Quero dizer... fico pensando que ele não iria gostar de ser jogado de um lado para o outro...

– Ele nem vai notar – assegurei-lhe, as mãos novamente ocupadas com a fivela de seu kilt.

– Bem... se você tem certeza.

Ouviu-se uma batida decidida à porta e, com um impecável senso de oportunidade gaulês, a camareira entrou empurrando a porta, de costas, arranhando descuidadamente a madeira com uma tora de lenha quando se virou. Pelas superfícies marcadas da porta e do batente, tudo indicava que aquele era seu método de operação costumeiro.

– *Bonjour*, monsieur, madame – murmurou ela, com um cumprimento de cabeça em direção à cama enquanto arrastava os pés até a lareira. Tudo bem para *algumas* pessoas, dizia sua atitude, mais eloquente do que as palavras. Acostumada a essa altura à naturalidade com que as criadas tratavam a visão dos hóspedes de uma estalagem em qualquer condição de roupas de dormir, simplesmente murmurei "*Bonjour*, mademoiselle" em resposta e deixei-a prosseguir. Também larguei o kilt de Jamie e deslizei para baixo das cobertas, puxando a colcha para cima para esconder minhas bochechas ruborizadas.

Possuidor de mais sangue-frio, Jamie colocou uma das almofadas estrategicamente sobre o colo, apoiou os cotovelos em cima dela, descansou o queixo nas palmas das mãos viradas para cima e começou a conversar amistosamente com a camareira, elogiando a cozinha da casa.

– E de onde vocês compram o vinho, mademoiselle? – perguntou ele educadamente.

– Aqui e ali. – Ela deu de ombros, enchendo os espaços sob os pedaços de madeira de gravetos com grande prática. – Onde for mais barato. – O rosto gordo da mulher enrugou-se ligeiramente quando lançou um olhar de soslaio a Jamie de onde estava, junto à lareira.

– Foi o que imaginei – disse ele, rindo para ela, que resfolegou, achando graça.

– Aposto que posso manter o preço que estão pagando e dobrar a qualidade – sugeriu ele. – Diga à sua patroa.

Uma das sobrancelhas ergueu-se com ceticismo.

– E qual é o seu preço, monsieur?

Ele fez um gesto inteiramente gaulês de autossacrifício.

– Nada, mademoiselle. Vou visitar um parente que vende vinho. Talvez eu possa levar um novo negócio para ele e assim garantir as boas-vindas, não é?

Ela concordou meneando a cabeça, vendo a sabedoria de suas palavras, e resmungou quando se levantou dos joelhos.

– Muito bem, monsieur. Falarei com a *patronne*.

A porta fechou-se com um baque atrás da criada, ajudada por um hábil giro de seu quadril ao passar. Colocando a almofada de lado, Jamie levantou-se e começou a afivelar o kilt outra vez.

– Aonde você pensa que vai? – protestei.

Abaixou os olhos para mim e um sorriso relutante curvou sua boca.

– Ah. Bem... tem certeza de que está disposta, Sassenach?

– Estou, se você estiver – respondi, incapaz de resistir.

Fitou-me severamente.

– Só por isso, eu deveria sair imediatamente – disse ele. – No entanto, ouvi dizer que deve-se fazer as vontades das mulheres grávidas. – Deixou o kilt cair no chão e sentou-se ao meu lado apenas de camisa, a cama rangendo sob seu peso.

Seu hálito ergueu-se numa leve nuvem quando afastou a colcha e abriu a parte da frente da camisola, expondo meus seios. Inclinando a cabeça, beijou cada um, tocando os mamilos delicadamente com a língua, fazendo-os intumescerem como por magia, um rosa-escuro avolumando-se contra a pele branca do meu seio.

– Meu Deus, são tão lindos – murmurou ele, repetindo o processo do outro lado. Segurou-os com as duas mãos em concha, admirando-os. – Estão mais pesados – disse ele –, só um pouco. E os mamilos estão mais escuros também. – Seu dedo indicador traçou a curva de um único pelo fino e claro que erguia-se perto da aréola escura, prateado à luz branca da manhã.

Levantando a colcha, rolou o corpo para o meu lado e eu me virei, encaixando-me em seus braços, agarrando as curvas sólidas de suas costas, deixando minhas mãos envolverem os músculos firmes de suas nádegas. Sua pele nua estava fria pelo ar matinal, mas a pele arrepiada alisou-se sob o calor do toque de minhas mãos.

Tentei trazê-lo imediatamente para mim, mas ele resistiu delicadamente, forçando-me a deitar no travesseiro enquanto mordiscava meu pescoço e orelhas. Uma de suas mãos deslizou pela minha coxa, o tecido fino da camisola escorregando em ondas macias conforme ele avançava.

Sua cabeça abaixou-se mais e suas mãos carinhosas abriram minhas coxas. Estremeci por um momento quando o ar frio atingiu a pele nua de minhas pernas, depois relaxei completamente sob a exigência quente de sua boca.

Seus cabelos estavam soltos, ainda não os prendera na nuca com um laço como costumava usar durante o dia, e os fios ruivos e macios roçavam minhas coxas, excitando-me. O peso sólido de seu corpo descansava confortavelmente entre minhas pernas, as mãos grandes envolvendo a curva dos meus quadris.

– Hummm? – Um som interrogativo veio lá de baixo.

Arqueei meus quadris em resposta e uma breve risadinha roçou minha pele com seu calor.

As mãos deslizaram para baixo dos meus quadris e me ergueram. Deixei-me relaxar e o pequeno tremor cresceu e se espalhou, elevando-se em segundos a um prazer que me deixou lânguida e ofegante, a cabeça de Jamie descansando em minha coxa. Ele esperou um instante para que eu me recobrasse, acariciando a curva de minha perna antes de retornar à sua tarefa autoimposta.

Alisei para trás os cabelos esparramados, acariciando aquelas orelhas, tão inadequadamente pequenas e bem torneadas para um homem tão corpulento e rústico. A curva superior ardia com um róseo translúcido e amortecido, e eu corri o polegar pelo contorno.

– São pontudas – disse. – Só um pouco. Como as de um fauno.

– Ah, é? – disse ele, interrompendo seu trabalho por um instante. – Você quer dizer como as de um pequeno veado ou aquelas coisas que se vê nas pinturas clássicas com pernas de bode, perseguindo mulheres nuas?

Ergui a cabeça e olhei para baixo, pelo tumulto de cobertas reviradas, camisola e corpos nus, para os olhos felinos azul-escuros, brilhando acima dos cachos úmidos de cabelos castanhos.

– Se a carapuça serve, use-a. – Deixei minha cabeça cair de volta sobre o travesseiro conforme a risada abafada que se seguiu vibrou pela minha pele agora extremamente sensível. – Ah! – exclamei, esforçando-me para erguer-me. – Ah, nossa. Jamie, venha cá.

– Ainda não – disse ele, fazendo alguma coisa com a ponta da língua que fez meu corpo contorcer-se incontrolavelmente.

– Agora – pedi.

Ele não se deu ao trabalho de responder e eu já não tinha mais fôlego para falar.

– Ah! – exclamei, pouco depois. – Isso é...

– Hummm?

– Ótimo – murmurei. – Venha cá.

– Não, eu espero – disse ele, o rosto invisível por trás do emaranhado ruivo e cor de canela. – Gostaria que eu...

– Jamie. Eu quero você. Venha *cá*.

Com um suspiro de resignação, ergueu-se sobre os joelhos e permitiu que eu o puxasse para cima, assentando-se por fim com o peso sobre os cotovelos, mas confortavelmente sólido em cima de mim, ventre e lábios unidos. Ele abriu a boca para protestar, mas beijei-o prontamente e ele deslizou entre minhas coxas antes que pudesse se controlar. Gemeu baixinho de prazer involuntário ao entrar em mim, os músculos retesando-se ao agarrar meus ombros.

Era gentil e sereno, parando de vez em quando para me beijar de modo apaixonado, movendo-se de novo apenas diante da minha urgência silenciosa. Corri as mãos suavemente pela curva de suas costas, com cuidado para não pressionar as feridas novas, ainda cicatrizando-se. Os músculos longos de suas coxas tremeram ligeiramente contra os meus, mas ele continha-se, sem querer mover-se tão depressa quanto precisava.

Ergui meus quadris contra ele, para trazê-lo mais fundo.

Ele cerrou os olhos e sua testa franziu-se um pouco em concentração. A boca estava entreaberta e sua respiração veio pesada.

– Não posso... – disse ele. – Ah, meu Deus, não posso mais. – Suas nádegas contraíram-se de repente, tensas sob minhas mãos.

Suspirei de puro prazer e puxei-o com força contra mim.

– Você está bem? – perguntou ele, alguns instantes depois.

– Não vou quebrar, sabe – disse, sorrindo, fitando-o nos olhos.

Ele soltou um riso rouco.

– Talvez não, Sassenach, mas talvez *eu* possa quebrar. – Abraçou-me com força, o rosto pressionado contra meus cabelos. Puxei a colcha e enrolei-a em volta de seus ombros, fechando-nos num bolsão de calor. O calor do fogo na lareira ainda não havia alcançado a cama, mas o gelo na janela estava se derretendo e as bordas da fina camada de orvalho congelado estavam se transformando em diamantes reluzentes.

Ficamos deitados em silêncio por algum tempo, ouvindo o estalido das achas de macieira que queimavam na lareira e os sons longínquos da estalagem conforme os hóspedes acordavam. Ouviam-se chamados das sacadas em todos os lados do pátio interno, o barulho dos cascos dos cavalos nas pedras lodosas lá fora e um ou outro guincho que vinha de baixo, dos porquinhos que a proprietária estava criando na cozinha, atrás do fogão.

– *Très français, n'est-ce pas?* – disse, sorrindo diante das vozes altercadas que se infiltravam pelas tábuas do assoalho, uma discussão amigável para saldar as contas entre a mulher do estalajadeiro e o negociante de vinhos.

– Filho doente de uma puta bexiguenta – desferiu a voz feminina. – O conhaque da semana passada parecia mijo de cavalo.

Eu não precisei ouvir a resposta para imaginar o dar de ombros que a acompanhou:

– Como poderia saber, madame? Depois do sexto copo, tudo tem o mesmo sabor, não é?

A cama sacudiu-se um pouco quando Jamie riu também. Ele ergueu a cabeça do travesseiro e aspirou com prazer o cheiro de presunto frito que se infiltrava pelas frestas do assoalho.

– Sim, é a França – concordou ele. – Comida, bebida... e amor. – Deu um tapinha no meu quadril desnudo antes de cobri-lo com a camisola amassada.

– Jamie – sussurrei –, você está feliz com isso? Com o bebê? – Perseguido na Escócia, impedido de voltar ao próprio lar e apenas com vagas perspectivas na França, seria compreensível se ele não estivesse muito entusiasmado com a aquisição de mais uma responsabilidade.

Ele ficou em silêncio por um instante, apenas abraçando-me com mais força, depois soltou um breve suspiro antes de me responder:

– Sim, Sassenach. – Sua mão desceu pelo meu corpo e acariciou delicadamente minha barriga. – Estou feliz. E orgulhoso como um garanhão. Mas também estou apavorado.

– Com o parto? Eu vou ficar bem. – Não podia culpá-lo por sua apreensão; a própria mãe morrera de parto e o nascimento de uma criança e suas complicações eram a principal causa de morte das mulheres naquela época. Ainda assim, eu mesma tinha alguns conhecimentos e não pretendia me expor de forma alguma ao que passava por cuidados médicos ali.

– Sim, isso... e tudo o mais – disse ele em voz baixa. – Quero protegê-la, Sassenach. Estender meu corpo sobre você como um manto e servir de escudo para você e a criança. – Sua voz era rouca e suave, ligeiramente embargada. – Eu faria qualquer coisa por você... e no entanto... não há nada que eu *possa* fazer. Não importa o quanto eu seja forte ou o quanto queira ajudá-la; não posso acompanhá-la aonde você tem que ir... nem ajudá-la de nenhuma forma. E pensar em tudo que pode acontecer, e eu, impotente, sem poder fazer nada... sim, eu tenho medo, Sassenach. – No entanto – virou-se para mim, a mão pousada delicadamente sobre meu seio –, quando penso em você amamentando meu filho... sinto-me leve como uma bolha de sabão, achando que vou explodir de alegria.

Apertou-me contra o peito e eu o abracei com todas as minhas forças.

– Ah, Claire, meu coração dói de tanto amar você.

Dormi por mais algum tempo e acordei sem pressa, ouvindo o repicar de um sino de igreja na praça ali perto. Recém-saída do Mosteiro de St. Anne, onde todas as atividades do dia eram realizadas ao ritmo de sinos, automaticamente olhei pela janela para avaliar a intensidade da luz e adivinhar a hora do dia. Uma luz branca e brilhante, uma janela livre de cristais de gelo. Então os sinos tocavam pelo Angelus; era meio-dia.

Espreguicei-me, desfrutando o prazer abençoado de não ter que me levantar logo. A gravidez me deixava cansada pela manhã e o esforço da viagem aumentara minha sensação de fadiga, fazendo-me apreciar duplamente o longo descanso.

Chovera e nevara sem parar durante toda a viagem, conforme as tormentas de inverno castigavam a costa francesa. Ainda assim poderia ter sido pior. A princípio, pretendíamos ir para Roma, e não Le Havre. Seria uma viagem de três ou quatro semanas naquelas condições de tempo.

Diante da perspectiva de ter que ganhar a vida no estrangeiro, Jamie obteve uma recomendação como intérprete a James Francis Edward Stuart, o rei exilado da Escócia – ou simplesmente o Cavaleiro de São Jorge, o Pretendente ao Trono, dependendo do lado que você estava –, e havíamos decidido nos unir à corte do Pretendente perto de Roma.

Nesse ponto, era uma ideia bastante viável; estávamos prestes a partir para a Itália quando o tio de Jamie, Alexander, o abade de St. Anne, nos convocou a seu gabinete.

– Recebi um recado de Sua Majestade – anunciou ele sem preâmbulos.

– Qual deles? – perguntou Jamie. A leve semelhança familiar entre os dois homens era ressaltada pela postura, ambos estavam sentados absolutamente empertigados em suas cadeiras, os ombros retos. Com relação ao abade, a postura devia-se ao ascetismo natural; com relação a Jamie, devia-se ao cuidado para que seus recentes ferimentos em processo de cicatrização não roçassem a madeira do encosto da cadeira.

– Sua Majestade o rei James – respondeu seu tio, enrugando a testa ligeiramente para mim. Tive o cuidado de manter o rosto inexpressivo; minha presença no gabinete do abade Alexander era uma prova de confiança e eu não queria fazer nada que a colocasse em risco. Ele me conhecia há apenas seis semanas, desde o dia seguinte ao Natal, quando apareci em seu portão com Jamie, que estava quase morto devido às torturas e à prisão. O conhecimento posterior provavelmente dera ao abade alguma confiança em mim. Por outro lado, eu ainda era inglesa. E o nome do rei inglês era George, e não James.

– Sim? Então, ele não está precisando de um intérprete? – Jamie ainda estava magro, mas andara trabalhando ao ar livre com os irmãos que cuidavam dos estábulos e das plantações do mosteiro e seu rosto estava recuperando os matizes de sua cor natural saudável.

– Ele está precisando de um servo leal... e de um amigo. – O abade Alexander bateu os dedos em uma carta dobrada que repousava sobre sua escrivaninha, o lacre quebrado. Ele franziu os lábios, olhando de mim para seu sobrinho e de novo para mim. – O que vou dizer a vocês agora não pode ser repetido a ninguém – disse ele com ar severo. – Logo será do conhecimento geral, mas por enquanto...

Tentei mostrar uma expressão confiável e discreta. Jamie apenas assentiu, com um toque de impaciência.

– Sua Alteza, o príncipe Charles Edward, deixou Roma e chegará à França dentro de uma semana – informou o abade, inclinando-se ligeiramente para a frente, como se quisesse enfatizar a importância do que estava revelando.

E era importante. James Stuart deslanchara uma tentativa malsucedida de recuperar o trono em 1715 – uma operação militar mal planejada que fracassara quase de imediato por falta de apoio. Desde então – segundo Alexander –, o exilado James da Escócia trabalhava incansavelmente, escrevendo sem parar a seus amigos monarcas, e particularmente a seu primo, Luís da França, reiterando a legitimidade de sua reivindicação ao trono da Escócia e da Inglaterra, e da posição de seu filho, o príncipe Charles, como sucessor desse trono.

– Seu primo real Luís tem se mostrado, para grande preocupação de Sua

Majestade, surdo a essas reivindicações inteiramente justas – dissera o abade, franzindo o cenho para a carta como se ela fosse o próprio Luís. – Se ele agora chegou à compreensão de suas responsabilidades na questão, isso é motivo de grande júbilo entre aqueles que prezam o direito sagrado à realeza.

Entre os jacobitas, ou seja, os seguidores de James. Entre os quais contava-se o abade Alexander do Mosteiro de St. Anne – nascido Alexander Fraser da Escócia. Jamie me dissera que Alexander era um dos correspondentes mais assíduos do rei exilado, a par de tudo que dizia respeito à causa dos Stuart.

– Ele ocupa uma boa posição para isso – Jamie me explicara enquanto discutíamos a empreitada em que estávamos prestes a embarcar. – O sistema de mensageiros do papa atravessa a Itália, a França e a Espanha mais depressa do que praticamente qualquer outro. E os mensageiros do papa não podem ser detidos por oficiais da alfândega de nenhum governo, de modo que as cartas que transportam dificilmente são interceptadas.

James da Escócia, exilado em Roma, era fortemente apoiado pelo papa, em cujo interesse estava ver uma monarquia católica restaurada na Inglaterra e na Escócia. Portanto, a maior parte da correspondência particular de James era transportada pelo mensageiro papal – e passada pelas mãos de partidários leais dentro da hierarquia da Igreja, como o abade Alexander de St. Anne de Beaupré, com quem se podia contar para comunicar-se com os seguidores do rei na Escócia com menos risco do que enviando as cartas abertamente de Roma a Edimburgo e às Terras Altas.

Observei Alexander com interesse enquanto ele discorria sobre a importância da visita do príncipe Charles à França. O abade era um homem troncudo, mais ou menos da minha altura, moreno e consideravelmente mais baixo do que seu sobrinho, mas compartilhava com ele os olhos ligeiramente oblíquos, a inteligência aguda e o talento para discernir motivações ocultas que pareciam caracterizar os Fraser que eu conhecia.

– Portanto – concluiu ele, alisando a barba farta, castanho-escura –, não sei dizer se Sua Alteza está ou não na França a convite de Luís ou se veio sem ser convidado, como representante de seu pai.

– Isso faz uma certa diferença – observou Jamie, erguendo uma das sobrancelhas ceticamente.

Seu tio concordou meneando a cabeça, e um sorriso enviesado se esboçou brevemente em meio à barba espessa.

– É verdade, rapaz – disse ele, deixando que uma leve indicação de seu escocês nativo emergisse no meio de seu inglês sempre formal. – É bem verdade. E é aí que você e sua mulher podem ser úteis, se assim o desejarem.

A proposta era simples; Sua Majestade o rei James pagaria as despesas da viagem e mais uma certa quantia se o sobrinho de seu mais leal e estimado amigo Alexander concordasse em viajar a Paris para dar assistência a seu filho, Sua Alteza o príncipe Charles Edward, em qualquer aspecto que o último pudesse requerer.

Fiquei perplexa. Pretendíamos originalmente ir para Roma porque este parecia o melhor lugar para perseguir nosso objetivo: impedir o segundo levante jacobita - o de 1745. Do meu próprio conhecimento de história, sabia que a conspiração, financiada pela França e realizada por Charles Edward Stuart, iria muito além da tentativa de seu pai em 1715 - mas não suficientemente longe. Se os acontecimentos se desdobrassem como eu achava que aconteceria, as tropas sob o comando do príncipe Charlie seriam fragorosamente derrotadas em Culloden em 1746 e os habitantes das Terras Altas ainda sofreriam as repercussões da derrota dois séculos depois.

Agora, em 1744, aparentemente o próprio Charles estava apenas começando sua busca de apoio na França. Que ocasião seria melhor para tentar impedir uma rebelião do que ao lado de seu líder?

Virei-me para Jamie, que olhava por cima do ombro do tio, para um pequeno santuário embutido na parede. Seus olhos repousavam sobre a imagem recoberta de ouro da própria St. Anne e o ramalhete de flores da estufa colocado aos pés dela, enquanto seus pensamentos trabalhavam por trás do rosto impassível. Finalmente, ele piscou uma vez e sorriu para o tio.

– Qualquer tipo de assistência que Sua Alteza possa requerer? Sim – disse ele serenamente –, acho que posso fazer isso. Nós iremos.

E viemos. No entanto, em vez de seguir direto para Paris, primeiro descemos pela costa a partir de St. Anne até Le Havre, para nos encontrarmos com o primo de Jamie, Jared Fraser.

Jared era um próspero imigrante escocês, importador de vinhos e outras bebidas alcoólicas, com um pequeno armazém e uma grande residência em Paris, além de um enorme armazém aqui em Le Havre, onde pedira a Jamie que o encontrasse quando este lhe escrevera para dizer que estávamos a caminho de Paris.

Suficientemente descansada agora, começava a sentir fome. Havia comida sobre a mesa; Jamie provavelmente pedira à camareira para trazê-la enquanto eu dormia.

Eu não possuía nenhum robe, mas meu pesado manto de viagem de veludo vinha a calhar; sentei-me e puxei o tecido quente e pesado sobre os ombros antes de me levantar para me aliviar, acrescentar mais uma tora de lenha ao fogo e sentar-me novamente para tomar meu café da manhã tardio.

Mastiguei pãezinhos duros e presunto cozido com satisfação, engolindo-os com o leite da jarra que haviam fornecido. Esperava que Jamie também estivesse sendo bem alimentado; ele insistira que Jared era um bom amigo, mas eu tinha minhas dúvidas sobre a hospitalidade de alguns parentes de Jamie, já tendo conhecido alguns deles a esta altura. É bem verdade que o abade nos recebera muito bem – até o ponto em que um homem na posição do abade pode receber bem um sobrinho fora da lei com uma mulher suspeita que surgem diante dele inesperadamente. Mas nossa estada com os familiares da mãe de Jamie, os MacKenzie de Leoch, por pouco não me matara no outono anterior, quando fui presa e julgada como bruxa.

– É bem verdade – disse – que esse Jared é um Fraser, e eles parecem um pouco mais confiáveis do que seus parentes MacKenzie. Mas você já se encontrou com ele antes?

– Morei com ele durante algum tempo quando tinha 18 anos – disse-me ele, pingando cera derretida em sua resposta e pressionando o anel de casamento de seu pai na poça cinza-esverdeada resultante. Um pequeno cabochão de rubi, o engaste gravado com o lema do clã Fraser, *je suis prest*: "Estou pronto." – Ele quis que eu ficasse com ele quando vim a Paris terminar meus estudos e conhecer um pouco do mundo. Ele foi muito bom para mim; um grande amigo de meu pai. E não há ninguém que conheça melhor a sociedade parisiense do que o homem que lhe vende bebida – acrescentou ele, arrancando o anel da cera endurecida. – Quero conversar com Jared antes de entrar na corte de Luís ao lado de Charles Stuart. Gostaria de sentir que tenho alguma chance de sair de lá outra vez – concluiu ironicamente.

– Por quê? Acha que haverá dificuldades? – perguntei. "Qualquer tipo de assistência que Sua Alteza possa requerer" parecia uma proposta bastante ampla.

Sorriu diante do meu olhar preocupado.

– Não, não espero nenhuma dificuldade. Mas o que é que a Bíblia diz, Sassenach? "Não deposite sua confiança em príncipes"? – Levantou-se e me deu um beijo rápido na testa, guardando o anel de volta na bolsa do seu kilt. – Quem sou eu para ignorar a palavra de Deus, hein?

Passei a tarde no quarto lendo um dos herbários que meu amigo, o irmão Ambrose, enfiara em minhas mãos como presente de despedida, e depois fazendo os consertos necessários com linha e agulha. Nenhum de nós dois possuía muitas roupas e, embora houvesse vantagens em viajar com pouca bagagem, isso significava que meias furadas e bainhas desfeitas requeriam atenção imediata. Minha caixinha de linhas e agulhas era quase tão preciosa para mim quanto o pequeno baú em que carregava ervas e remédios.

A agulha entrava e saía do tecido, cintilando à luz da janela. Perguntava-me como estaria indo a visita de Jamie a Jared. Perguntava-me mais ainda como seria o príncipe Charles. Seria o primeiro personagem histórico famoso que eu conheceria e, enquanto eu sabia que não devia acreditar em todas as lendas que haviam surgido (não *haviam*, mas *iriam surgir*) em torno dele, a realidade do homem era um mistério. A Revolução de 45 iria depender quase inteiramente da personalidade desse jovem em particular – a derrota ou a vitória. Se chegaria sequer a acontecer, iria depender dos esforços de outro jovem – Jamie Fraser. E de mim.

Ainda estava concentrada em meus remendos e pensamentos, quando passos pesados no corredor fizeram-me perceber que já era tarde. O gotejar de água das calhas diminuía conforme a temperatura caía e as chamas do sol poente brilhavam nas lanças de gelo que pendiam do teto. A porta abriu-se e Jamie entrou.

Sorriu vagamente em minha direção, depois parou imóvel junto à mesa, o rosto pensativo, como que tentando se lembrar de alguma coisa. Tirou a capa, dobrou-a, colocou-a com todo o cuidado sobre o pé da cama, empertigou-se, marchou até o outro banco, sentou-se com grande precisão e cerrou os olhos.

Permaneci sentada, imóvel, a costura esquecida no colo, observando seus movimentos com grande interesse. Após alguns instantes, ele abriu os olhos e sorriu para mim, mas não disse nada. Inclinou-se para a frente, examinando meu rosto com muita atenção, como se não me visse há semanas. Finalmente, uma expressão de profunda revelação atravessou seu rosto e ele relaxou, os ombros curvando-se enquanto apoiava os cotovelos nos joelhos.

– Uísque – disse ele, com imensa satisfação.

– Entendo – disse cautelosamente. – Muito?

Ele balançou a cabeça devagar de um lado a outro, como se estivesse muito pesada. Eu quase podia ouvir o conteúdo chocalhando lá dentro.

– Eu, não – disse ele, pronunciando as palavras distintamente. – Você.

– *Eu?* – perguntei, indignada.

– Seus olhos – disse ele, com um sorriso de felicidade. Seus próprios olhos estavam meigos e sonhadores, enevoados como um lago de trutas sob a chuva.

– Meus olhos? O que meus olhos têm a ver com...

– São da cor do uísque de excelente qualidade, com o sol brilhando através deles por trás. Hoje de manhã, achei que pareciam xerez, mas me enganei. Xerez, não. Conhaque, não. É uísque. Essa é a cor. – Pareceu tão satisfeito ao dizer aquilo que não pude deixar de rir.

– Jamie, você está muito bêbado. O que andou fazendo?

Seu rosto alterou-se, assumindo uma expressão ligeiramente carrancuda.

– Não estou bêbado.

– Ah, não? – Deixei a costura de lado e aproximei-me para colocar a mão em sua fronte. Estava fria e úmida, embora o rosto estivesse afogueado. Ele passou os braços em volta da minha cintura imediatamente e me puxou para junto de si, esfregando o nariz de modo afetuoso no meu peito. O cheiro de bebidas misturadas emanava de sua boca como uma névoa tão espessa que era quase visível.

– Venha para mim, Sassenach – murmurou ele. – Minha mulher de olhos de uísque, meu amor. Deixe-me levá-la para a cama.

Achei discutível a questão de quem ia levar quem para a cama, mas não contestei. Não importava por qual motivo ele achava que iria para a cama, contanto que chegasse lá. Curvei-me e coloquei o ombro por baixo de seu braço para ajudá-lo a se levantar, mas ele inclinou-se para se livrar de minha ajuda, erguendo-se lenta e majestosamente à própria custa.

– Não preciso de ajuda – disse ele, levando a mão à corda na gola da camisa. – Já lhe disse, não estou bêbado.

– Tem razão – retruquei. – "Bêbado" não chega nem perto de descrever seu estado atual. Jamie, você está completamente embriagado.

Seus olhos percorreram a frente de seu kilt, atravessaram o assoalho e subiram pela frente da minha camisola.

– Não, não estou – disse ele, com grande dignidade. – Já me aliviei lá fora. – Deu um passo em minha direção, incandescente de paixão. – Venha para mim, Sassenach. Estou pronto.

Achei que "pronto" era um pouco de exagero em determinado aspecto; conseguira abrir metade dos botões e a camisa caía, enviesada, por um dos ombros, mas talvez ele não fosse além disso sem ajuda.

Em outros aspectos, entretanto... o peito largo estava exposto, exibindo o pequeno vale no centro onde eu costumava descansar meu queixo, e os pelos curtos e encaracolados saltavam alegremente em volta de seus mamilos. Viu-me admirando-o e esticou-se para pegar minha mão, levando-a ao seu peito. Senti seu calor sob minha mão e me aproximei instintivamente. O outro braço envolveu-me com força e ele inclinou-se para me beijar. Fez um serviço tão completo que me senti ligeiramente embriagada, só em compartilhar seu hálito.

– Está bem – falei, rindo. – Se você está pronto, eu também estou. Mas deixe-me despi-lo primeiro, já costurei o suficiente por hoje.

Ficou parado enquanto eu o despia, quase imóvel. Também não se mexeu enquanto eu cuidava de minhas roupas e puxava as cobertas.

Subi na cama e virei-me para olhá-lo, avermelhado e magnífico à luz do pôr do sol. Era belamente esculpido, como uma estátua grega, o nariz longo e reto, as maçãs do rosto proeminentes como um perfil em uma moeda romana. A boca larga, macia, fixara-se num sorriso sonhador e os olhos rasgados exibiam um olhar distante. Estava perfeitamente imóvel.

Fitei-o com certa preocupação.

– Jamie, como exatamente você conclui se está bêbado ou não?

Despertado pela minha voz, cambaleou perigosamente para um lado, mas segurou-se na borda do consolo da lareira. Seus olhos vagaram pelo quarto, depois se fixaram em meu rosto. Por um instante, resplandeceram límpidos e cristalinos de inteligência.

– Ah, fácil, Sassenach. Se você consegue ficar em pé, não está bêbado. – Soltou a borda do consolo da lareira, deu um passo em minha direção e desmoronou lentamente no chão em frente à lareira, os olhos vazios e um sorriso largo e meigo no rosto sonhador.

– Ah! – exclamei.

O coro dos galos lá fora e o barulho de panelas no andar de baixo acordaram-me logo após o nascer do sol no dia seguinte. A figura ao meu lado deu um salto, despertando bruscamente, depois parou, quando o movimento repentino chocalhou seus miolos.

Ergui-me sobre um cotovelo para examinar o que sobrou dele. Não estava tão mal assim, pensei com senso crítico. Seus olhos estavam cerrados com força contra alguns raios desgarrados de luz do sol e os cabelos projetavam-se em todas as direções, como os espinhos de um ouriço, mas a pele estava pálida e límpida e as mãos agarradas à colcha estavam firmes.

Ergui uma das pálpebras, espreitei lá dentro e disse de brincadeira:

– Alguém em casa?

O olho gêmeo daquele que eu espreitava abriu-se devagar, para acrescentar seu olhar maligno ao primeiro. Deixei a mão cair e sorri sedutoramente para ele.

– Bom dia.

– Isso, Sassenach, é inteiramente uma questão de opinião – disse ele, fechando os olhos outra vez.

– Você faz ideia de quanto pesa? – perguntei, em tom casual.

– Não.

A brusquidão da resposta sugeria que ele não só não sabia, como não se importava, mas insisti em meus esforços.

– Algo em torno de 100 quilos, calculo. Quase tanto quanto um javali de bom tamanho. Infelizmente, eu não tinha nenhum ajudante de caçador para pendurá-lo de cabeça para baixo numa vara e carregá-lo para casa para o barraco de defumação.

– Como conseguiu me trazer para a cama?

– Não trouxe. Eu não conseguia removê-lo do lugar, então simplesmente o cobri com uma colcha e o deixei perto da lareira. Você voltou à vida e arrastou-se para cima da cama por conta própria, em algum momento no meio da noite.

Ele pareceu surpreso e abriu um olho outra vez.

– Eu fiz isso?

Confirmei meneando a cabeça e tentei alisar os cabelos espetados sobre a orelha esquerda.

– Ah, sim. Você estava muito obstinado.

– Obstinado? – Franziu a testa, pensando, e espreguiçou-se, erguendo os braços acima da cabeça. Então pareceu perplexo.

– Não. Eu não poderia.

– Sim, pôde. Duas vezes.

Estreitou os olhos para baixo de seu peito, como se buscasse confirmação dessa afirmação improvável, depois olhou novamente para mim.

– Verdade? Bem, isso não é justo, não me lembro de nada. – Hesitou por um instante, parecendo envergonhado. – E foi tudo bem? Não fiz nenhuma bobagem?

Deixei-me cair ao seu lado e aconcheguei minha cabeça na curva de seu ombro.

– Não, não chamaria de bobagem. Mas você não estava a fim de muita conversa.

– Graças a Deus pelas pequenas bênçãos – disse ele, uma risadinha retumbando pelo seu peito.

– Hummm. Você não conseguia dizer nada além de "eu amo você", mas repetiu isso sem parar.

A risadinha retornou, mais alta desta vez.

– Ah, é mesmo? Bem, poderia ter sido pior, imagino.

Inspirou fundo, depois parou. Virou a cabeça e cheirou desconfiadamente o tufo macio de pelos cor de canela sob seu braço erguido.

– Nossa! – exclamou ele. Tentou me empurrar. – Não coloque a cabeça perto da minha axila, Sassenach. Estou cheirando a javali morto há uma semana.

– E conservado no conhaque depois – concordei, aconchegando-me mais. – Aliás, como é que você conseguiu ficar... hã... tão bêbado e fedorento?

– A hospitalidade de Jared. – Ajeitou-se nos travesseiros com um profundo suspiro, o braço em volta do meu ombro. – Ele me levou até as docas para me mostrar seu armazém. E o depósito onde ele guarda os vinhos raros, o conhaque português e o rum jamaicano. – Riu levemente, recordando-se. – O vinho não foi tão ruim, porque você só prova e cospe no chão depois de encher a boca. Mas nenhum de nós dois podia desperdiçar o conhaque dessa forma. Além disso, Jared disse que você tem que deixá-lo descer devagar pela garganta para poder apreciá-lo bem.

– E quanto conhaque você apreciou? – perguntei com curiosidade.

– Perdi a conta depois da segunda garrafa. – Nesse momento, um sino de igreja começou a soar ali perto; a convocação para a missa matinal. Jamie sentou-se com um salto, olhando espantado para a janela, completamente iluminada pelo sol. – Meu Deus, Sassenach! Que horas são?

– Umas seis horas, eu acho – respondi, intrigada. – Por quê?

Ele relaxou um pouco, embora permanecesse sentado.

– Ah, tudo bem, então. Pensei que fosse o sino do Angelus. Perdi completamente a noção do tempo.

– Eu diria que sim. E isso importa?

Numa explosão de energia, livrou-se das cobertas e levantou-se. Cambaleou por um instante, mas recuperou o equilíbrio, embora tenha levado as duas mãos à cabeça, para se certificar de que ainda estava presa ao corpo.

– Sim – respondeu ele, um pouco ofegante. – Temos um compromisso esta manhã nas docas, no armazém de Jared. Nós dois.

– É mesmo? – Eu também me levantei e tateei em busca do urinol embaixo da cama. – Se ele pretende completar o serviço, não acho que iria querer testemunhas.

A cabeça de Jamie saltou da gola de sua camisa, as sobrancelhas erguidas.

– Completar o serviço?

– Bem, a maioria dos seus outros parentes parecem querer matar você ou a mim; por que não Jared? Parece-me que ele começou bem, envenenando-o desse jeito.

– Muito engraçado, Sassenach – disse ele, secamente. – Tem alguma coisa decente para vestir?

Eu vinha usando um vestido largo e prático de sarja cinza em nossas viagens, adquirido através dos bons préstimos do frade esmoler do Mosteiro de St. Anne, mas também levava o vestido com o qual fugira da Escócia, um presente de lady Annabelle MacRannoch. Um bonito vestido de veludo verde que me fazia parecer um pouco pálida, mas que era muito elegante.

– Acho que sim, se não estiver muito manchado da água salgada do mar.

Ajoelhei-me ao lado do pequeno baú de viagem, desdobrando o veludo verde. Ajoelhando-se ao meu lado, Jamie levantou a tampa do meu baú de remédios, analisando as camadas de frascos, caixas e embrulhos de ervas em pedaços de gaze.

– Você tem alguma coisa aqui para uma terrível dor de cabeça, Sassenach?

Espreitei por cima de seu ombro, depois enfiei a mão na caixa e toquei em um frasco.

– Marroio-branco talvez ajude, embora não seja o melhor. E chá de casca de salgueiro com sementes de funcho funciona muito bem, mas leva algum tempo para a infusão. Já sei, vou preparar uma receita de fígado macerado. Excelente para curar ressaca.

Ele voltou um olho azul desconfiado para mim.

– Parece horrível.

– E é – confirmei animadamente. – Mas vai se sentir muito melhor depois de vomitar.

– Hummm. – Levantou-se e empurrou o urinol para mim com o dedão do pé. – Esse negócio de vomitar de manhã é para *você*, Sassenach – disse ele. – Acabe logo com isso e vista-se. Eu vou tolerar a dor de cabeça.

Jared Munro Fraser era um homem magro, pequeno, de olhos negros, que possuía mais do que uma leve semelhança com seu primo distante Murtagh, o membro do clã Fraser que nos acompanhara até Le Havre. Assim que vi Jared, majestosamente em pé no vão das portas de seu armazém, de modo que o fluxo contínuo de estivadores carregando barris era obrigado a contorná-lo, a semelhança me pareceu tão forte que pisquei e esfreguei os olhos. Murtagh, até onde eu sabia, ainda estava na hospedaria, cuidando de um cavalo que mancava.

Jared possuía os mesmos cabelos escuros, escorridos, e os mesmos olhos penetrantes; a mesma estrutura musculosa, semelhante a um macaco. Mas as semelhanças terminavam aí e, conforme nos aproximávamos, Jamie cavalheirescamente abrindo caminho para mim pela multidão com os ombros e os cotovelos, pude ver também as diferenças. O rosto de Jared era oval, em vez de parecer cortado a machadinha, com um alegre nariz arrebitado que efetivamente arruinava o ar digno conferido a distância pelo traje de corte excelente e pelo porte ereto.

Era um próspero comerciante, em vez de um ladrão de gado, e também sabia sorrir – ao contrário de Murtagh, cuja expressão natural era de invariável rabugice. Um amplo sorriso de boas-vindas espraiou-se em seu rosto enquanto éramos empurrados e acotovelados rampa acima em sua direção.

– Minha cara! – exclamou ele, agarrando-me pelo braço e arrancando-me com destreza do caminho de dois estivadores musculosos que giravam um barril gigantesco pela imensa porta. – Que prazer conhecê-la finalmente!

O barril batia com estrondo nas pranchas de madeira da rampa e pude ouvir a agitação do líquido em seu interior quando passou por mim.

– O rum você pode tratar assim – observou Jared, prestando atenção ao desajeitado progresso do barril imenso pelos obstáculos do enorme depósito –, mas não o vinho do Porto. Sempre vou buscá-lo eu mesmo, juntamente às garrafas de vinho. Na realidade, eu estava saindo para receber uma nova remessa do vinho do Porto Belle Rouge. Estariam interessados em me acompanhar?

Olhei para Jamie, que assentiu, e partimos imediatamente no rastro de Jared, desviando-nos do retumbante tráfego de barris e tambores, carroças e carrinhos de mão, e homens e meninos de todos os tipos. Carregavam rolos de tecidos, caixas de grãos e outros gêneros alimentícios, rolos de cobre martelado, sacas de farinha e qualquer outro produto que pudesse ser transportado de navio.

Le Havre era um importante centro de comércio marítimo e as docas eram o coração da cidade. Um cais longo e sólido corria por quase 400 metros ao longo da margem do porto; píeres menores projetavam-se do cais e, ao longo destes, viam-se ancorados bergantins e brigues de três mastros, barcos leves a remo e pequenas galés – um leque completo dos navios que abasteciam a França.

Jamie continuava me segurando com força pelo cotovelo, a melhor maneira de me afastar do caminho de carrinhos de mão, barris rolando, comerciantes e marujos descuidados que vinham em nossa direção, inclinados a não olhar por onde passavam, mas a confiar exclusivamente no *momentum* para atravessar a confusa barreira das docas.

Conforme abríamos nosso caminho pelo cais, Jared gritava educadamente ao meu ouvido do outro lado, apontando objetos de interesse à medida que passávamos e explicando a história e a propriedade dos vários navios de maneira desarticulada, em *staccato*. O *Arianna*, ao qual estávamos a caminho, era na realidade um dos navios de Jared. Os navios, pelo que entendi, deviam pertencer a um único proprietário, em geral uma companhia de mercadores, que os possuíam coletivamente, ou, de vez em quando, a um capitão que contratava sua embarcação, tripulação e serviços para uma viagem. Vendo o número de navios pertencentes a companhias comparados aos relativamente poucos pertencentes a indivíduos, comecei a formar uma ideia muito respeitosa do valor de Jared.

O *Arianna* estava no meio da fileira de navios ancorados, perto de um grande depósito com o nome FRASER pintado a cal, em letras inclinadas. Ao vê-lo, senti uma estranha emoção, um repentino sentimento de união e afinidade, percebendo que aquele também era o meu nome e, com isso, reconhecendo o parentesco com aqueles que o usavam.

O *Arianna* era um navio de três mastros, com uns 18 metros de comprimento e uma proa larga. Havia dois canhões na lateral virada para a doca; para o caso de saque em alto-mar, imaginei. Por todo o convés, fervilhava uma multidão de homens, presumivelmente com algum propósito definido, embora não parecesse mais do que um formigueiro sob ataque.

Todas as velas estavam amarradas, mas a maré, subindo, balançava o navio ligeiramente, lançando o gurupés em nossa direção. Era decorado com uma carranca de expressão demoníaca; com seu formidável peito nu e madeixas encaracoladas, tudo borrifado de sal, aquela senhora não parecia gostar muito da brisa do mar.

– É uma beleza, não é? – perguntou Jared, abanando a mão num gesto amplo. Presumi que ele se referia ao navio, e não à carranca.

– Uma maravilha – disse Jamie educadamente. Percebi o olhar temeroso que ele lançou à linha-d'água do navio, onde pequenas ondas cinza-escuras lambiam o casco. Pude notar que ele torcia para que não tivéssemos que subir a bordo. Um guerreiro valoroso, brilhante, destemido e arrojado no campo de batalha, Jamie Fraser era também um homem de terra firme.

Não sendo definitivamente um daqueles inquebrantáveis marinheiros escoceses, verdadeiros lobos do mar que caçavam baleias de Tarwathie ou viajavam pelo mundo em busca de riqueza, sofria de enjoo no mar de forma tão aguda que nossa travessia do Canal em dezembro quase o matara, fraco como estava na ocasião em consequência da tortura e da prisão. E embora não fosse esta a intenção da orgia de bebidas de ontem com Jared, não é provável que o tivesse tornado mais apto a navegar.

Pude ver recordações sombrias atravessando seu rosto enquanto ouvia seu primo exaltar a robustez e a velocidade do *Arianna* e me aproximei o suficiente para sussurrar-lhe:

– Certamente não enquanto estiver ancorado, não é?

– Não sei, Sassenach – respondeu ele, lançando ao navio um olhar no qual o asco e a resignação misturavam-se facilmente. – Mas suponho que logo descobriremos. – Jared já estava no meio da prancha de embarque, cumprimentando o capitão com sonoros gritos de boas-vindas. – Se eu ficar verde, pode fingir desmaiar ou algo assim? Vou causar má impressão se vomitar nos sapatos de Jared.

Dei uns tapinhas em seu braço para tranquilizá-lo.

– Não se preocupe. Tenho fé em você.

– O problema não sou *eu* – disse ele, com um olhar derradeiro e demorado à terra firme. – É meu estômago.

Entretanto, a embarcação permaneceu confortavelmente estável sob nossos sapatos e tanto Jamie quanto seu estômago comportaram-se briosamente – ajudados, talvez, pelo conhaque que o capitão nos serviu.

– Um excelente produto – disse Jamie, passando o copo de leve sob o nariz e fechando os olhos em sinal de aprovação às emanações densas e aromáticas. – Português, não?

Jared riu, encantado, e cutucou o capitão.

– Está vendo, Portis? Eu disse a você que ele tinha um paladar apurado! Só o provou uma vez antes!

Mordi a parte interna da minha bochecha e evitei o olhar de Jamie. O capitão, um tipo grandalhão, de aparência imunda, parecia entediado, mas riu educadamente para Jamie, exibindo três dentes de ouro. Um homem que gostava de manter sua riqueza por perto.

– Humpf – resmungou ele. – Esse rapaz vai manter seus porões vazios, não é?

Jared pareceu repentinamente constrangido, um leve rubor surgindo sob a pele curtida de seu rosto. Notei, fascinada, que uma de suas orelhas era furada para um brinco e me perguntei exatamente que tipo de passado o levara ao seu sucesso atual.

– Sim, bem – disse ele, denunciando pela primeira vez um leve sotaque escocês –, isso ainda vamos ver. Mas eu acho... – Correu os olhos pelo porto, para a atividade que se desenrolava no cais, depois de volta para o copo do capitão, esvaziado com três grandes goles enquanto o restante de nós bebericava o conhaque bem devagar. – Hã, sabe, Portis, poderia nos deixar usar sua cabine por um instante? Gostaria de conversar com meu sobrinho e sua mulher... e acho que, pelo barulho que estou ouvindo o porão da popa está tendo uma certa dificuldade com as redes de carga. – Essa observação habilmente acrescentada foi suficiente para fazer com que o capitão Portis saísse disparado da cabine, como um javali ao ataque, a voz rouca exaltada num patoá hispano-francês, que eu, por sorte, não compreendi.

Jared caminhou delicadamente até a porta e fechou-a com firmeza atrás da figura volumosa do capitão, reduzindo substancialmente o nível de barulho. Retornou à minúscula mesa do capitão e, cheio de cerimônia, encheu outra vez todos os nossos copos antes de falar. Em seguida, olhou de Jamie para mim e sorriu mais uma vez, numa súplica sedutora.

– É um pouco mais precipitado do que eu pretendia fazer tal pedido – disse ele. – Mas vejo que o bom capitão de certa forma já me denunciou. A verdade é que – ergueu o copo de modo que os reflexos aquosos do porto trespassassem o conhaque, atingindo as manchas de luz ondulantes produzidas pelos acessórios de bronze da cabine – preciso de um homem.

Ele inclinou a borda do copo na direção de Jamie, depois o levou aos lábios e tomou um gole.

– Um bom homem – reforçou ele, abaixando o copo. – Sabe, minha cara – disse, fazendo uma ligeira mesura para mim –, tenho a oportunidade de fazer um investimento excepcional em um novo estabelecimento vinícola na região de Moselle. Mas a missão de avaliar o empreendimento não é de tal sorte que eu me sinta confortável a ponto de confiá-la a um subordinado; eu mesmo precisaria ver as instalações e supervisionar seu desenvolvimento. A tarefa exigiria vários meses.

Olhou, pensativo, para dentro do copo, agitando delicadamente o líquido castanho e fragrante, de modo que seu perfume encheu a minúscula cabine. Eu não havia bebido mais do que alguns pequenos goles do meu copo, mas comecei a me sentir um pouco tonta, mais em virtude de uma crescente empolgação do que da bebida.

– É uma oportunidade boa demais para deixar escapar – disse Jared. – E há a chance de fazer vários contratos novos com as vinícolas ao longo do Reno; os produtos de lá são excelentes, mas relativamente raros em Paris. Meu Deus, eles venderiam entre a nobreza como neve no verão! – Seus astutos olhos negros brilharam por um momento, com visões de poder e riqueza, depois faiscaram de humor ao olharem para mim.

– Mas... – disse ele.

– Mas – concluí para ele – você não pode abandonar seus negócios aqui sem alguém para administrá-los.

– Inteligência, assim como beleza e charme. Parabéns, primo. – Inclinou a cabeça bem cuidada em direção a Jamie, uma das sobrancelhas arqueada num sinal de cômica aprovação.

– Confesso que estava um pouco perdido, sem saber como deveria colocar a questão – disse ele, depositando o copo sobre a pequena mesa com o ar de um homem que coloca de lado as frivolidades sociais em prol da seriedade dos negócios. – Mas quando você escreveu de St. Anne, dizendo que pretendia visitar Paris...

Hesitou por um instante, depois sorriu para Jamie, com um peculiar meneio das mãos.

– Sabendo que você, meu rapaz – disse, indicando Jamie –, tem uma ótima cabeça para números, senti-me fortemente inclinado a considerar sua chegada como uma resposta às minhas preces. Ainda assim, achei que talvez fosse melhor nós nos encontrarmos e reatarmos nossos laços antes que eu desse o passo de lhe fazer uma proposta definitiva.

Quer dizer, achou melhor ver o quanto *eu* era apresentável, pensei cinicamente, mas sorri para ele mesmo assim. Meus olhos encontraram os de Jamie e uma de suas sobrancelhas se levantou. Esta era nossa semana de propostas, evidentemente. Para um fora da lei sem posses e uma inglesa suspeita de espionagem, nossos serviços pareciam estar sendo bem requisitados.

A proposta de Jared era mais do que generosa; em troca do trabalho de Jamie administrando o ramo francês dos negócios pelos próximos seis meses, Jared não só lhe pagaria um salário, como deixaria a casa de Paris, com todos os empregados, à nossa disposição.

– De modo algum, de modo algum – disse ele, quando Jamie tentou protestar contra essa estipulação. Pressionou um dedo na ponta do nariz, sorrindo sedutoramente para mim. – Uma bela mulher para realizar jantares é uma grande vantagem no negócio de vinhos, primo. Você não faz ideia de quanto vinho você pode vender se deixar os clientes o degustarem primeiro. – Balançou a cabeça decisivamente. – Não, será um grande serviço para mim se sua mulher se dispuser a fazer festas e receber pessoas.

A ideia de promover grandes jantares para a sociedade parisiense era na realidade um pouco assustadora. Jamie olhou para mim, as sobrancelhas erguidas interrogativamente, mas eu engoli em seco e sorri, meneando a cabeça em consentimento. Era uma boa oferta; se ele sentia-se competente para assumir a administração de um negócio de importação, o mínimo que eu poderia fazer era organizar jantares e atualizar meu francês para conversas animadas.

– Certamente – murmurei, mas Jared já assumira minha concordância como certa e prosseguia, os olhos negros e decididos fixos em Jamie.

– Depois, achei que talvez fossem precisar de algum tipo de moradia, em benefício dos outros interesses que os trazem a Paris.

Jamie sorriu evasivamente, o que fez Jared dar uma risada e pegar seu copo de conhaque. Também haviam servido um copo d'água a cada um de nós, para limpar o paladar entre um gole e outro, e Jared pegou um desses com a outra mão.

– Bem, um brinde! – exclamou ele. – À nossa parceria, primo! E à Sua Majestade! – Ergueu o copo numa saudação, depois passou-o ostensivamente por cima do copo de água e levou-o aos lábios.

Observei aquele estranho comportamento com surpresa, mas aparentemente significava alguma coisa para Jamie, pois ele sorriu para Jared, pegou seu próprio copo e passou-o por cima da água.

– À Sua Majestade! – repetiu ele. Depois, vendo-me fitá-lo, confusa, ele sorriu e explicou: – À Sua Majestade... do outro lado da água, Sassenach.

– Hã? – exclamei, então, por fim compreendendo o significado do gesto. – Ah! – O rei do outro lado da água, o rei James. O que explicava em parte a urgência da parte de todo mundo para ver Jamie e a mim estabelecidos em Paris, o que de outra forma teria parecido uma improvável coincidência.

Se Jared também era um jacobita, então sua correlação com o abade Alexander seria muito provavelmente mais do que uma coincidência; as probabilidades eram de que a carta de Jamie anunciando nossa chegada viera junto a uma de Alexander, explicando a incumbência que recebera do rei James. E se nossa presença em Paris vinha a calhar para os próprios planos de Jared, tanto melhor. Com uma súbita admiração pelas complexidades da rede jacobita, ergui minha taça e bebi à Sua Majestade do outro lado da água – e à nossa nova sociedade com Jared.

Jared e Jamie, em seguida, sentaram-se para discutir os negócios e logo estavam debruçados sobre folhas de papel recobertas de anotações a tinta, evidentemente notas de cargas e de despacho de mercadorias por via marítima. A minúscula cabine recendia a tabaco, emanações de conhaque e marinheiro sujo, e comecei a me sentir ligeiramente enjoada outra vez. Vendo que minha presença não seria necessária por algum tempo, levantei-me em silêncio e subi para o convés.

Tive a precaução de evitar a briga que ainda continuava em torno da portinhola de carga na parte posterior do navio e escolhi meu caminho entre rolos de cordas, objetos que presumi serem cunhos de mareação e pilhas desordenadas de tecido de velas, até um lugar tranquilo na proa. Dali, a vista do porto era completa e desobstruída.

Sentei numa arca com as costas apoiadas no balaústre, desfrutando a brisa marinha e os odores de peixe e de alcatrão de navios e docas. Ainda estava frio, mas com meu manto bem enrolado no corpo, eu estava bem aquecida. A embarcação oscilava devagar, sendo levantada pela maré; eu podia ver as fitas de algas nos pilares dos píeres mais próximos erguerem-se e bailarem sinuosamente, obscurecendo as manchas brilhantes e negras de mexilhões em meio a elas.

Lembrei-me dos mexilhões no vapor que eu havia comido no jantar do dia anterior e de repente me senti faminta. Os absurdos contrastes da gravidez pareciam me manter sempre consciente de minha digestão; se não estava vomitando, estava com uma fome voraz. A ideia de comida me levou a pensar em cardápios, o que remeteu à consideração das festas e jantares que Jared mencionara. Jantares, hein? Parecia uma estranha maneira de começar a tarefa de salvar a Escócia, mas na verdade eu não conseguia pensar em nada melhor.

Ao menos, se eu tivesse Charles Edward sentado à mesa à minha frente, poderia ficar de olho nele, pensei, sorrindo para mim mesma diante da piada. Se ele mostrasse sinais de pegar um navio para a Escócia, quem sabe eu poderia colocar alguma coisa em sua sopa.

Talvez isso não fosse tão engraçado assim, afinal de contas. O pensamento me fez recordar Geillis Duncan e meu sorriso desapareceu. Mulher do procurador fiscal em Cranesmuir, assassinara o marido colocando cianureto em pó em sua comida durante um banquete. Acusada de bruxaria pouco tempo depois, fora detida quando eu estava com ela, e eu mesma também fui levada a julgamento; um julgamento do qual Jamie me resgatara. As lembranças de vários dias presa na escuridão fria do buraco dos ladrões em Cranesmuir ainda eram muito recentes, e de repente o vento pareceu-me demasiado frio.

Estremeci, mas não tanto pelo frio. Não conseguia pensar em Geillis Duncan sem aquele calafrio na espinha. Não tanto pelo que ela havia feito, mas por quem ela fora. Uma jacobita, também; alguém cujo apoio à causa Stuart fora mais do que levemente tingido de loucura. Pior ainda, ela era o que eu era – uma viajante através do círculo de pedras.

Eu não sabia se ela viera para o passado como eu, acidentalmente, ou se sua jornada fora deliberada. Também não sabia precisamente *de onde* ela viera. Entretanto, a última visão que tive dela, gritando de modo desafiador para os juízes que a condenariam à fogueira, era a de uma mulher alta, clara, os braços estendidos acima do corpo, mostrando em um dos deles a reveladora cicatriz de uma vacina. Automaticamente, procurei a pequena marca redonda de pele áspera no meu próprio braço, sob as dobras reconfortantes de meu manto, e estremeci quando a encontrei.

Minha atenção foi desviada dessas tristes lembranças por um crescente alvoroço no píer ao lado. Um bando de homens aglomerara-se junto à prancha de embarque de um navio, gritando e se empurrando. Não era uma briga; olhei a altercação, protegendo meus olhos da luz com a mão, mas não vi nenhum soco sendo desferido. Em vez disso, parecia haver um esforço em abrir caminho pela multidão agitada até as portas de um grande armazém na extremidade superior do píer. A multidão resistia tenazmente a esse esforço, voltando como uma grande onda após cada empurrão.

Jamie logo surgiu atrás de mim, seguido de perto por Jared, que estreitou os olhos para o tumulto lá embaixo. Absorvida pela gritaria, eu não o ouvi se aproximar.

– O que é? – perguntei, levantando-me e apoiando-me em Jamie para me proteger da crescente oscilação do navio sob meus pés. Assim de perto, senti seu cheiro; ele havia tomado banho na estalagem e tinha um cheiro aconchegante de limpeza, com um toque de sol e poeira. O olfato aguçado era outro efeito da gravidez, aparentemente; eu podia sentir o cheiro de seu corpo mesmo entre a miríade de aromas e odores fétidos do porto, assim como se pode ouvir uma voz baixa junto ao ouvido no meio de uma multidão barulhenta.

– Não sei. Algum problema com o outro navio, ao que parece. – Ele segurou-me pelo cotovelo, para me firmar. Jared virou-se e gritou uma ordem em francês chulo a um dos marujos próximos. O sujeito prontamente saltou por cima do corrimão e deslizou por uma das cordas até o cais, o rabo de cavalo típico dos marinheiros balançando-se acima da água. Observamos do convés quando ele se juntou à multidão, cutucou outro homem nas costelas e recebeu uma resposta, acompanhada de expressivas gesticulações.

Jared franziu a testa quando o homem de rabo de cavalo desvencilhou-se da multidão na rampa de embarque. O marinheiro disse-lhe alguma coisa no mesmo francês ordinário e rápido demais para que eu pudesse entender. Após mais algumas palavras de conversa, Jared virou-se bruscamente e veio postar-se ao meu lado, as mãos esbeltas agarradas ao corrimão.

– Ele diz que há alguma doença a bordo do *Patagônia*.

– Que tipo de doença? – Não pensara em trazer minha caixa de remédios, de modo que pouco poderia fazer de qualquer modo, mas estava curiosa. Jared pareceu preocupado e infeliz.

– Receiam que seja varíola, mas não sabem. O inspetor e o capitão do porto foram chamados.

– Gostaria que eu desse uma olhada? – ofereci-me. – Talvez eu possa ao menos dizer se é uma doença contagiosa ou não.

As sobrancelhas mal delineadas de Jared desapareceram sob a franja negra e lisa de seus cabelos. Jamie pareceu ligeiramente constrangido.

– Minha mulher é uma grande curandeira, primo – explicou ele, mas depois se voltou e balançou a cabeça para mim. – Não, Sassenach. Não seria seguro.

Eu conseguia enxergar perfeitamente a rampa do *Patagônia*; agora a multidão recuava depressa, tropeçando e pisando nos pés uns dos outros. Dois marinheiros desceram do convés, um pedaço de lona erguida entre eles como uma espécie de maca. O tecido branco de vela curvava-se pronunciadamente sob o peso do homem que carregavam, e um braço nu queimado de sol balançava da rede improvisada.

Os marinheiros usavam tiras de pano amarradas por cima do nariz e da boca e mantinham o rosto afastado da maca, balançando a cabeça conforme resmungavam um para o outro, manobrando seu fardo sobre as pranchas lascadas. A dupla passou sob os olhares fascinados da multidão e desapareceu em um armazém próximo.

Tomando uma rápida decisão, virei-me e rumei em direção à rampa da popa do *Arianna*.

– Não se preocupe! – gritei para Jamie por cima do ombro. – Se for varíola, eu não posso pegar! – Um dos marinheiros, ouvindo-me, parou boquiaberto, mas eu apenas sorri para ele e segui em frente.

A multidão estava em silêncio agora, não mais fazendo tumulto para lá e para cá, e não foi muito difícil abrir caminho entre os grupos de marinheiros murmurando entre si, muitos dos quais franziam o cenho ou pareciam espantados enquanto eu passava por eles. O armazém estava abandonado; nenhum fardo ou tonel preenchia as sombras ressoantes do imenso espaço vazio, mas os cheiros de madeira serrada, carne defumada e peixe pairavam no ar, facilmente distinguíveis da multiplicidade de outros odores.O doente fora largado com pressa perto da porta, sobre um monte de palha de enchimento descartada. Seus acompanhantes me empurraram ao passar por mim quando entrei, ansiosos para saírem dali.

Aproximei-me do doente cautelosamente, parando a certa distância. Ele ardia em febre, a pele com um estranho tom vermelho-escuro e com uma grossa crosta de pústulas brancas. Ele gemia, irrequieto, balançando a cabeça de um lado a outro, a boca entreaberta movendo-se como se buscasse água.

– Arranje-me um pouco de água – disse a um dos marinheiros mais próximos. O homem, um sujeito baixo, musculoso, com a barba untada e penteada em espetos ornamentais, apenas me fitou, como se um peixe tivesse lhe dirigido a palavra.

Dando-lhe as costas com impaciência, ajoelhei-me ao lado do doente e abri sua camisa imunda. Ele fedia de modo abominável; provavelmente já não era asseado desde o começo e fora deixado para apodrecer em sua própria imundície, seus companheiros temerosos de tocar nele. Os braços estavam razoavelmente limpos, mas as pústulas cobriam-lhe o peito e a barriga, e a pele queimava ao toque.

Jamie entrara enquanto eu examinava o doente, acompanhado de Jared. Com eles, via-se um sujeito pequeno, com rosto em formato de pera, trajando um vistoso casaco de oficial ornamentado com festões dourados, e dois outros homens – um era um nobre ou burguês rico, a julgar pelas roupas; o outro, um sujeito alto e magro, obviamente um homem do mar por sua compleição. Provavelmente, o capitão do navio empestado, se fosse esse o caso.

E parecia ser. Eu já tinha visto quadros de varíola muitas vezes antes nas regiões primitivas do mundo às quais meu tio Lamb, um eminente arqueólogo, me levara na minha infância. Este homem não urinava sangue, como às vezes acontecia quando a doença atacava os rins, mas fora isso apresentava todos os sintomas clássicos.

– Receio que seja varíola – disse.

O capitão do *Patagônia* soltou um grito de angústia e avançou na minha direção, o rosto desfigurado, erguendo a mão como se fosse me agredir.

– Não! – berrou ele. – Mulher idiota! *Salope! Femme sans cervelle!* Quer me arruinar?

A última palavra soou como um gargarejo quando a mão de Jamie fechou-se em sua garganta. A outra mão segurava o homem pela frente da camisa, torcendo-a com força e levantando o sujeito do chão.

– Gostaria que se dirigisse à minha mulher com mais respeito, monsieur – disse Jamie, sem se alterar. O capitão, o rosto ficando roxo, conseguiu fazer um curto e espasmódico meneio de cabeça e Jamie o largou. Ele deu um passo para trás, chiando como um asmático, esfregando a garganta, e foi se afastando de lado, para trás de seu companheiro, como se buscando refúgio.

O atarracado oficial inclinava-se cautelosamente sobre o homem doente, segurando um grande recipiente de prata contendo substâncias aromáticas. Do lado de fora, o nível de barulho reduziu-se de repente quando a multidão recuou da entrada do armazém para deixar entrar mais uma cama de lona.

O homem diante de nós sentou-se abruptamente, assustando o pequeno oficial de tal modo que ele quase caiu. O homem olhou ao redor do armazém com os olhos esbugalhados, depois seus olhos reviraram-se para trás e ele caiu de volta na palha, como se tivesse sido abatido por uma alabarda. Não era o caso, mas o resultado foi quase o mesmo.

– Está morto – disse, desnecessariamente.

O oficial, recuperando a dignidade junto a seu recipiente aromático, aproximou-se mais uma vez, olhou o defunto atentamente, empertigou-se e anunciou:

– Varíola. A senhora tem razão. Desculpe-me, monsieur *le comte*, mas conhece a lei como todo mundo.

O homem a quem ele se dirigiu suspirou impacientemente. Lançou-me um olhar, franzindo a testa, depois balançou a cabeça para o oficial.

– Tenho certeza de que isso pode ser providenciado, monsieur Pamplemousse. Por favor, um instante para uma conversinha particular... – Fez um gesto indicando a barraca deserta do contramestre que ficava a alguns metros de distância, uma pequena estrutura abandonada dentro da construção maior. Um nobre tanto pelos trajes quanto pelo título, monsieur *le comte* era um tipo elegante e esbelto, com sobrancelhas grossas e lábios finos. Toda a sua postura proclamava que era um homem acostumado a ser obedecido.

Mas o pequeno oficial recuava, as mãos estendidas à sua frente numa atitude de autodefesa.

– *Non*, monsieur *le comte* – disse ele. – *Je le regrette, mais c'est impossible.* Não pode ser feito. Muita gente já sabe do ocorrido. A notícia já se espalhou por todo o porto a essa altura.

Olhou desamparadamente para Jamie e Jared, depois agitou a mão vagamente em direção à porta do armazém, onde as cabeças sem rosto dos espectadores eram mostradas em silhueta, o sol do final de tarde coroando-os com auréolas douradas.

– Não – repetiu ele, as feições rechonchudas endurecendo-se com determinação. – Vai me desculpar, monsieur... e madame – acrescentou tardiamente, como se me visse pela primeira vez. – Devo dar início às medidas legais para destruição do navio.

O capitão emitiu outro grito engasgado e agarrou o oficial pela manga do casaco, mas o outro desvencilhou-se e saiu às pressas do armazém.

O ambiente ficou um pouco tenso depois de sua partida, com monsieur *le comte* e seu capitão lançando-me um olhar furioso, Jamie fitando-os de modo ameaçador, e o morto olhando cega e fixamente para o teto 12 metros acima.

O conde deu um passo em minha direção, os olhos faiscando.

– Tem alguma ideia do que acaba de fazer? – rosnou ele. – Estou avisando-a, madame. Vai pagar pelo que fez hoje!

Jamie lançou-se na direção do conde, mas Jared foi mais rápido, puxando Jamie pela manga da camisa, empurrando-me delicadamente na direção da porta e murmurando alguma coisa ininteligível para o aflito capitão, que apenas balançou a cabeça em resposta.

– Pobre-diabo – disse Jared do lado de fora, balançando a cabeça. – Caramba! – Fazia frio no píer, com um vento gelado e cinzento chacoalhando os navios ancorados, mas Jared enxugou o rosto e o pescoço com um grande e esquisito lenço vermelho de lona que tirou do bolso do casaco. – Vamos, rapaz, vamos procurar uma taverna. Preciso de uma bebida.

Escondidos em segurança no salão superior de uma das tavernas à beira do cais, com um jarro de vinho sobre a mesa, Jared deixou-se cair numa cadeira, abanando-se, e expirou ruidosamente.

– Meu Deus, que sorte! – Serviu uma boa quantidade de vinho na sua caneca, jogou-a fora e serviu outra. Vendo-me olhá-lo, espantada, riu e empurrou o jarro em minha direção. – Bem, há o vinho, moça – explicou ele –, e há aquilo que você bebe para tirar a poeira. Beba de um gole só, antes de ter tempo de sentir o gosto e ele cumprirá sua finalidade muito bem. – Seguindo seu próprio conselho, esvaziou a caneca e estendeu o braço para o jarro outra vez. Comecei a ver exatamente o que acontecera a Jamie no dia anterior.

– Boa sorte ou má sorte? – perguntei a Jared, curiosa. Presumia que a resposta fosse "má", mas o ar de exultação jovial do comerciante parecia pronunciado demais para ser atribuído ao vinho tinto, que se assemelhava fortemente a ácido de bateria. Coloquei minha própria caneca sobre a mesa, esperando que o esmalte dos meus dentes continuasse intacto.

– Má para St. Germain, boa para mim – disse ele sucintamente. Levantou-se de sua cadeira e espreitou pela janela.

– Ótimo – disse, sentando-se outra vez com ar de satisfação. – Já terão terminado de tirar o vinho e guardá-lo no armazém quando o sol se puser. São e salvo.

Jamie recostou-se na cadeira, examinando seu primo com uma das sobrancelhas arqueadas e um sorriso.

– Devemos supor que o navio de monsieur *le comte* St. Germain também carregava bebidas, primo?

Um sorriso de orelha a orelha em resposta exibiu dois dentes de ouro na arcada inferior, o que fez Jared parecer ainda mais um pirata.

– O melhor vinho do Porto envelhecido de Pinhão – disse ele alegremente. – Custou-lhe uma fortuna. Metade da produção das vinícolas Noval e mais nenhum disponível por um ano.

– E suponho que a outra metade do porto Noval é a que está sendo descarregada no seu armazém? – Eu começava a entender seu deslumbramento.

– Certo, moça, absolutamente certo! – disse Jared com uma gargalhada, quase abraçando a si mesmo de alegria. – Faz ideia de por quanto esse vinho vai ser vendido em Paris? – perguntou, inclinando-se para a frente e batendo a caneca na mesa. – Um estoque limitado e eu com o monopólio? Meu Deus, já fiz todo o lucro do ano!

Levantei-me e fui eu mesma olhar pela janela. O *Arianna* estava ancorado, já perceptivelmente mais elevado na água, enquanto as enormes redes de carga desciam balançando-se pelo pau de carga montado no convés da popa, para serem descarregadas com todo cuidado, garrafa por garrafa, nos carrinhos de mão para o transporte até o armazém.

– Sem querer prejudicar o contentamento geral – disse, um pouco timidamente –, mas você mencionou que o vinho do Porto veio do mesmo lugar que o carregamento de St. Germain?

– Sim. – Jared veio colocar-se ao meu lado junto à janela, estreitando os olhos para a procissão de carregadores lá embaixo. – Noval produz o melhor Porto de toda a Espanha e Portugal. Eu gostaria de ter comprado toda a produção engarrafada, mas não tive capital suficiente. Por quê?

– É que, se os navios estão vindo do mesmo lugar, há uma possibilidade de que alguns de seus marinheiros também tenham contraído varíola – disse.

O pensamento empalideceu o rubor causado pelo vinho no rosto magro de Jared e ele estendeu a mão para beber um gole restaurador.

– Meu Deus, que ideia! – exclamou ele, respirando fundo ao colocar a caneca sobre a mesa. – Mas acho que está tudo bem – disse, procurando se tranquilizar. – Metade do vinho já foi descarregado. Mas é melhor eu falar com o capitão, de qualquer forma – acrescentou, franzindo a testa. – Vou dizer para ele pagar os homens e dispensá-los assim que o descarregamento tiver terminado... e se alguém parecer doente, pode receber seu dinheiro e ir embora imediatamente. – Virou-se, decidido, e deixou o salão como uma flecha, parando no vão da porta apenas o suficiente para gritar: – Peçam o jantar! – Em seguida, desapareceu escada abaixo fazendo o estardalhaço de um pequeno bando de elefantes.

Voltei-me para Jamie, que fitava bestificado o interior de sua caneca de vinho intocado.

– Ele não devia fazer isso! – exclamei. – Se houver varíola a bordo, ele poderá espalhá-la por toda a cidade ao liberar homens contaminados.

Jamie assentiu devagar.

– Então suponho que devemos torcer para que seu navio não tenha varíola – observou ele serenamente.

Voltei-me para a porta sem saber ao certo o que fazer.

– Mas... não deveríamos fazer alguma coisa? Eu poderia ao menos ir dar uma olhada em seus homens. E dizer-lhes o que fazer com os corpos dos homens do outro navio...

– Sassenach. – A voz profunda ainda estava serena, mas guardava um tom inconfundível de advertência.

– O que foi? – Virei-me e o encontrei inclinado para a frente, olhando-me por cima de sua caneca. Fitou-me pensativo por um instante antes de falar.

– Acha que aquilo que nos propusemos a fazer é importante, Sassenach?

Minha mão soltou-se da maçaneta da porta.

– Impedir os Stuart de deflagrar uma rebelião na Escócia? Sim, claro que acho. Por que pergunta?

Ele meneou a cabeça, paciente como um instrutor de um aluno retardado.

– Sim, muito bem. Se acha, então você virá aqui, se sentará e beberá vinho comigo até Jared voltar. Se não acha... – Parou e soltou um longo suspiro, o qual agitou um cacho de cabelos ruivos sobre sua testa. – Se não acha, então você descerá para um cais cheio de marinheiros e comerciantes que acreditam que a presença de mulheres perto de navios é o máximo de azar, e que já estão espalhando o boato de que você colocou uma maldição no navio de St. Germain, e você, então, lhes dirá o que devem fazer. Com sorte, ficarão com medo demais de você para estuprá-la antes de cortar sua garganta e atirá-la na água, e a mim depois de você. Se o próprio St. Germain não estrangulá-la primeiro. Você não viu a expressão dele?

Voltei para a mesa e sentei-me, meio abruptamente. Meus joelhos estavam um pouco vacilantes.

– Eu vi – respondi. – Mas ele poderia...? Ele não faria...

Jamie ergueu as sobrancelhas e empurrou uma caneca de vinho para mim.

– Ele poderia e faria, se achasse que pudesse ser resolvido discretamente. Pelo amor de Deus, Sassenach, você custou ao sujeito quase a renda de um ano inteiro! E ele não parece do tipo que aceita esse tipo de perda serenamente. Se você não tivesse dito ao capitão do porto que era varíola, bem alto diante de testemunhas, alguns subornos discretos teriam resolvido a questão. Do jeito que foi, por que você acha que Jared nos trouxe aqui para cima tão depressa? Pela qualidade da bebida?

Meus lábios endureceram, como se eu realmente tivesse bebido uma boa quantidade do ácido da jarra.

– Você está querendo dizer... que estamos correndo perigo?

Jamie recostou-se no espaldar da cadeira, assentindo.

– Agora você entendeu – disse ele com delicadeza. – Acho que Jared não quis assustá-la. Acredito que ele tenha ido arranjar um tipo de guarda para nós, além de cuidar de sua tripulação. Ele provavelmente estará a salvo, todos o conhecem e sua tripulação e seus carregadores estão todos lá fora.

Esfreguei as mãos sobre a pele arrepiada dos meus braços. Havia um fogo intenso na lareira e o salão estava quente e enfumaçado, mas eu sentia frio.

– Como pode saber tanto sobre o que o conde St. Germain faria? – Eu não duvidava de Jamie em absoluto, lembrava-me muito bem do olhar sombrio e maligno que o conde me lançara no armazém, mas perguntava-me como ele conhecia o sujeito.

Jamie tomou um pequeno gole do vinho, fez uma careta e colocou a caneca sobre a mesa.

– Para começar, ele tem a reputação de violento... e outras coisas. Ouvi falar dele quando morei em Paris, embora tenha tido a sorte de não me meter em encrenca com o sujeito na ocasião. Depois, Jared passou algum tempo ontem me avisando para ter cuidado com ele. O conde é o principal concorrente de Jared em Paris.

Descansei os cotovelos sobre a velha mesa e coloquei o queixo nas mãos entrelaçadas.

– Acho que atrapalhei tudo, não foi? – falei com tristeza. – Fiz você começar mal nos negócios.

Ele sorriu, depois se levantou e parou atrás de mim, inclinando-se para passar os braços ao meu redor. Eu ainda estava um pouco abatida com as suas recentes revelações, mas senti-me melhor com a força de seus braços e o volume de seu corpo atrás de mim. Ele me beijou de leve no topo da cabeça.

– Não se preocupe, Sassenach – disse ele. – Sei cuidar de mim mesmo. E também posso cuidar de você... e você vai me permitir. – Havia um sorriso em sua voz, mas uma indagação também. Assenti, meneando a cabeça e deixando-a recostar-se em seu peito.

– Eu vou permitir – disse. – Os cidadãos de Le Havre simplesmente vão ter que correr o risco com a varíola.

Passou-se quase uma hora até Jared voltar, as orelhas vermelhas do frio, mas a garganta sem cortes e aparentemente em boas condições. Fiquei feliz ao vê-lo.

– Está tudo bem – anunciou ele, radiante. – Nada além de escorbuto e as gripes e resfriados de costume a bordo. Nenhuma varíola. – Olhou à volta do salão, esfregando as mãos. – E o jantar?

Suas bochechas estavam avermelhadas e ele parecia alegre e bem-disposto. Ao que parecia, lidar com adversários nos negócios que resolviam as disputas matando fazia parte da rotina daquele comerciante. E por que não?, pensei cinicamente. Afinal, ele era um maldito escocês.

Como para confirmar meu ponto de vista, Jared pediu o jantar, obteve um excelente vinho para acompanhar mediante a simples providência de mandar alguém ir buscar no seu armazém e acomodou-se para uma discussão genial pós-refeição com Jamie sobre as maneiras e meios de lidar com comerciantes franceses.

– Bandidos – disse ele. – Qualquer um deles é capaz de esfaqueá-lo pelas costas assim que o vir. Malditos ladrões. Nunca confie neles. Metade antes, metade depois da entrega, e jamais permita que um fidalgo pague a crédito.

Apesar das garantias de Jared de que deixara dois homens de vigia lá embaixo, eu ainda estava um pouco nervosa e, após o jantar, posicionei-me ao lado da janela, de onde podia ver as idas e vindas ao longo do píer. Não que minha vigilância fosse adiantar muito, pensei; um de cada dois homens nas docas parecia um assassino para mim.

Nuvens carregadas fechavam-se sobre o porto; iria nevar outra vez esta noite. As velas enrizadas balançavam-se violentamente ao vento cada vez mais forte, batendo nos mastros com um barulho que quase sobrepujava os gritos dos carregadores. O porto fulgurava com um momento de incandescência verde e opaca à medida que o sol poente era empurrado para dentro d'água por nuvens insistentes.

Conforme escurecia, a agitação de um lado a outro arrefeceu, os carregadores com seus carrinhos de mão desapareceram pelas ruas que levavam à cidade, e os marinheiros sumiram pelas portas iluminadas de estabelecimentos como aquele onde eu me encontrava. Ainda assim, o lugar estava longe de ser um deserto; em particular, ainda havia uma pequena aglomeração perto do desafortunado *Patagônia*. Os homens, numa espécie de uniforme, formavam um cordão ao pé da rampa de embarque; sem dúvida, para impedir que alguém subisse a bordo ou retirasse a carga. Jared explicara que os integrantes saudáveis da tripulação teriam permissão de descer a terra, mas não poderiam trazer nada do navio com eles, a não ser as roupas que vestiam.

– Melhor do que estariam sob os holandeses – disse ele, coçando os pelos negros, curtos e eriçados que começavam a emergir ao longo dos maxilares. – Se chega um navio proveniente de um porto onde se sabe que há algum tipo de praga, os malditos holandeses fazem os marinheiros nadarem nus até a costa.

– Como eles conseguem roupas quando chegam a terra? – perguntei, curiosa.

– Não sei – disse Jared distraidamente –, mas como encontrarão um bordel assim que pisarem em terra, acho que não precisam de nenhuma... Perdão, minha cara – acrescentou apressadamente, lembrando-se de repente de que falava com uma senhora.

Encobrindo seu constrangimento momentâneo com cordialidade, levantou-se e veio espreitar pela janela ao meu lado.

– Ah – disse ele. – Estão se preparando para incendiar o navio. Considerando-se o que está carregando, é melhor que primeiro o reboquem para o meio da enseada, a uma boa distância do porto.

Cabos usados para rebocar haviam sido amarrados ao condenado *Patagônia*. E vários barcos pequenos tripulados por remadores aguardavam em prontidão, à espera de um sinal. Este era dado pelo capitão do porto, cujos festões dourados mal eram perceptíveis, apenas uma leve cintilação à luz agonizante do dia. Ele gritou, acenando ambas as mãos devagar, para a frente e para trás, acima da cabeça, como um sinalizador com suas bandeirolas.

Seu grito foi ecoado pelos capitães dos barcos a remo e das galés. Lentamente, conforme se retesavam, os cabos começaram a se erguer da água, fazendo-a escorrer pelas grossas espirais de cânhamo com um barulho audível no repentino silêncio que assaltara as docas. Os gritos vindos dos rebocadores foi o único som que se ouviu quando o casco escuro do navio condenado rangeu, estremeceu e virou-se na direção do vento, as enxárcias gemendo enquanto ele partia em sua última e breve viagem.

Deixaram-no no meio da enseada, a uma distância segura dos outros navios. Os conveses haviam sido embebidos em óleo e, quando os barcos de reboque foram dispensados e as galés afastadas, a figura pequena e redonda do capitão do porto ergueu-se do banco do pequeno barco a remo que o levara para fora do porto. Inclinou-se, aproximou a cabeça de uma das figuras sentadas, depois se ergueu com a chama brilhante e repentina de uma tocha em uma das mãos.

O remador às suas costas afastou-se para um lado quando ele levou o braço às costas e lançou a tocha – uma clava pesada envolvida em trapos embebidos em óleo, que foi rodopiando no ar, o fogo reduzindo-se a uma chama azulada, até aterrissar fora do alcance da vista, atrás da balaustrada. O capitão do porto não aguardou para ver os efeitos de sua ação; sentou-se imediatamente, gesticulando como um alucinado para o remador, que começou a movimentar os remos, fazendo o barquinho partir em disparada pelas águas escuras.

Por longos momentos, nada aconteceu, mas a multidão nas docas continuou parada, imóvel, murmurando em surdina. Pude ver o reflexo pálido do rosto de Jamie, flutuando acima do meu no vidro escuro da janela. O vidro estava frio e enevoou-se depressa com nossa respiração; limpei-o com a ponta do meu manto.

– Veja – disse Jamie, num sussurro. A chama correu subitamente por trás da balaustrada, uma pequena linha azul e brilhante. A seguir, uma centelha, e as enxárcias à frente lançaram-se no ar, linhas vermelho-alaranjadas contra o céu. Um salto silencioso, e as labaredas começaram a dançar ao longo dos parapeitos encharcados de óleo. Uma vela dobrada faiscou e explodiu em chamas.

Em menos de um minuto, as enxárcias da mezena haviam pegado fogo e a vela mestra abriu-se, suas amarras destruídas, um lençol caindo em chamas. Depois, o fogo se espalhou depressa demais para que seu progresso pudesse ser acompanhado; tudo pareceu incendiar-se ao mesmo tempo.

– Agora – disse Jared repentinamente. – Vamos descer. Os porões vão pegar fogo em um minuto e essa será a melhor hora para escapar daqui. Ninguém nos verá.

Ele tinha razão; quando deslizamos com toda a cautela para fora da taverna, dois homens materializaram-se ao lado de Jared – marinheiros que trabalhavam para ele mesmo, armados com pistolas e aguilhões de marlim –, porém ninguém mais notou nossa presença. Todos estavam voltados para a enseada, onde a superestrutura do *Patagônia* era visível agora como um esqueleto negro dentro de um corpo de chamas ondulantes. Ouviu-se uma série de estalos, tão seguidos uns dos outros que soavam como rajadas de metralhadora. Em seguida, uma estrondosa explosão ergueu-se do centro do navio num chafariz de fagulhas e madeira incandescente.

– Vamos. – A mão de Jamie agarrou meu braço com firmeza e eu não fiz nenhum protesto. Seguindo Jared, escoltados pelos marinheiros, abandonamos o cais furtivamente, como se tivéssemos sido nós a deflagrar o incêndio.

7

AUDIÊNCIA REAL

A casa de Jared em Paris ficava na rue Tremoulins. Era uma área próspera, com casas de fachada de pedra e três, quatro e cinco andares, coladas umas nas outras. Aqui e ali, uma casa muito grande erguia-se solitária em seu jardim, mas, em geral, um ladrão de porte razoavelmente atlético poderia pular de telhado em telhado sem nenhuma dificuldade.

– Hummm – foi a observação solitária de Murtagh, ao observarmos a casa de Jared. – Encontrarei meu próprio alojamento.

– Se o deixa nervoso ter um teto decente sobre sua cabeça, companheiro, pode dormir nos estábulos – sugeriu Jamie. Abriu um largo sorriso para seu pequeno e circunspecto padrinho. – Mandaremos o criado levar seu mingau numa bandeja de prata.

Dentro, a casa era mobiliada com confortável elegância, embora, conforme pude perceber mais tarde, fosse espartana em comparação à maioria das casas da nobreza e dos burgueses ricos. Suponho que isso em parte se devesse ao fato de a casa não ter nenhuma presença feminina. Jared nunca se casara, embora não mostrasse nenhum sinal de sentir falta de uma esposa.

– Bem, ele tem uma amante, é claro – explicou Jamie quando especulei sobre a vida privada de seu primo.

– Ah, claro – murmurei.

– Mas ela é casada. Jared contou-me certa vez que um homem de negócios jamais devia se envolver com mulheres solteiras. Disse que elas exigem demais do seu tempo e dão despesa. E se você se casa com elas, vão gastar todo seu dinheiro e você vai acabar pobre.

– Bela opinião ele tem sobre as mulheres – comentei. – O que ele acha de você ter se casado, apesar de todos esses conselhos úteis?

Jamie riu.

– Bem, para começar, eu não tenho nenhum dinheiro, portanto não posso ficar mais pobre. Ele acha que você é muito decorativa, mas disse que eu preciso comprar-lhe um vestido novo.

Abri a saia de meu vestido de veludo verde, mais do que um pouco enxovalhada.

– Acho que sim – concordei. – Ou vou andar por aí enrolada num lençol depois de algum tempo. Este já está ficando apertado na cintura.

– No restante também – disse ele, rindo ao me olhar de cima a baixo. – Recuperou seu apetite, Sassenach?

– Ah – reagi friamente. – Sabe muito bem que Annabelle MacRannoch possui o tamanho e o formato do cabo de uma pá, enquanto eu não.

– Você, não – concordou ele, avaliando-me com aprovação. – Graças a Deus. – Deu uns tapinhas com intimidade no meu traseiro.

– Devo me reunir com Jared no armazém hoje de manhã para examinarmos os livros da contabilidade, depois vamos visitar alguns de seus clientes para ele me apresentar. Vai ficar bem aqui sozinha?

– Sim, claro – respondi. – Vou explorar um pouco a casa e conhecer os empregados. – Eu havia conhecido os empregados em conjunto quando chegamos no fim da tarde de ontem, mas como fizemos uma refeição leve em nosso quarto, não vi mais ninguém desde então, além do criado de libré que trouxera o jantar e da camareira que viera de manhã cedo para abrir as cortinas, arrumar e acender a lareira e levar o urinol. Acovardei-me um pouco à ideia de repentinamente estar no comando de toda uma criadagem, mas tranquilizei-me pensando que não poderia ser muito diferente do que dirigir serventes de hospital e enfermeiras novatas, como já fizera anteriormente, como enfermeira-chefe numa base militar francesa em 1943.

Depois da partida de Jamie, sem pressa, fiz toda a toalete que podia ser feita com água e um pente, que eram os únicos implementos de que eu dispunha para me arrumar. Se Jared falava a sério sobre a realização de jantares, eu podia ver que um vestido novo seria apenas o começo.

Na verdade, eu possuía numa gaveta lateral da minha caixa de remédios os raminhos desfiados de salgueiro com que limpava meus dentes. Retirei um deles da caixa e comecei o trabalho, meditando sobre a incrível sorte que nos levara ali.

Praticamente impedidos de viver na Escócia, teríamos que encontrar um lugar para criar nosso futuro, fosse na Europa ou emigrando para a América. Considerando-se o que eu agora sabia sobre a atitude de Jamie em relação a navios, não estava nem um pouco surpresa por ele ter preferido a França desde o começo.

Os Fraser tinham laços poderosos com a França; muitos deles, como o abade Alexander e Jared Fraser, tinham feito a vida ali, raramente, ou talvez nunca, retornando à sua Escócia natal. E também havia muitos jacobitas, Jamie me dissera, que haviam seguido seu rei ao exílio e agora viviam da melhor forma que podiam na França ou na Itália, enquanto aguardavam a reabilitação da Casa Stuart.

– Sempre se discute o assunto – dissera ele. – Nas casas, principalmente, não nas tavernas. E é por isso que nada acontece. Quando a discussão chega às tavernas, você sabe que é sério.

– Diga-me – perguntei, observando-o sacudir a poeira do casaco –, todos os escoceses já nascem com conhecimento de política ou é só você?

Ele riu, mas logo ficou sério ao abrir o enorme armário e pendurar o casaco, que tinha um ar desgastado e patético ali, sozinho no enorme espaço que recendia a um aroma agradável e intenso de cedro.

– Bem, vou lhe dizer, Sassenach, eu preferia não saber. Mas nascido onde nasci, em meio aos MacKenzie e aos Fraser, não tive muita escolha. E você não passa um ano na sociedade francesa e dois anos no exército sem aprender a ouvir o que está sendo dito, o seu significado e como diferenciar os dois. Na época em que estamos, entretanto, não sou só eu; não existe proprietário de terras nem colono nas Terras Altas que possa passar ao largo do que está por vir.

– Do que está por vir. – O que *estava* por vir?, perguntei-me. O que *viria*, caso não fôssemos bem-sucedidos em nossos esforços ali, era uma rebelião armada, uma tentativa de restaurar a monarquia Stuart, liderada pelo filho do rei exilado, príncipe Charles Edward Casimir Maria Sylvester Stuart.

– Príncipe Charlie – sussurrei para mim, olhando minha imagem refletida no enorme tremó, um aparador com espelho alto, ocupando o espaço da parede entre duas janelas. Ele estava ali, agora, na mesma cidade, talvez a uma pequena distância. Como seria ele? Só conseguia imaginá-lo em termos de seu retrato histórico habitual, que mostrava um jovem atraente, ligeiramente efeminado, de cerca de 16 anos, lábios cheios e rosados e cabelos empoados, conforme a moda da época. Ou as pinturas imaginadas, mostrando uma versão mais robusta, brandindo uma espada de folha larga enquanto descia de um barco nas costas da Escócia.

Uma Escócia que ele iria arruinar e deixar devastada na luta para retomar o trono para seu pai e para si. Fadado ao fracasso, atrairia apoio suficiente para dividir o país e comandaria seus partidários por uma guerra civil até um final sangrento no campo de batalha de Culloden. Depois, ele fugiria de volta para a segurança da França, mas o castigo de seus inimigos seria aplicado àqueles que ele deixaria para trás.

Era para evitar esse desastre que nós tínhamos vindo para a França. Parecia inacreditável, quando se pensava sobre isso na paz e no luxo da casa de Jared. Como era possível impedir uma rebelião? Bem, se os levantes eram fomentados nas tavernas, talvez pudessem ser evitados em mesas de jantar. Encolhi os ombros para a imagem no espelho, soprei um cacho desgarrado que cobria um dos olhos e desci para angariar as boas graças da cozinheira.

A criadagem, a princípio inclinada a me ver com desconfiança temerosa, logo percebeu que eu não tinha nenhuma intenção de interferir em seu trabalho e relaxou em um estado de espírito de cautelosa e obsequiosa cordialidade. No começo, eu imaginara, no meu estado de entorpecimento e cansaço, que havia pelo menos uma dúzia de criados alinhados no vestíbulo para minha inspeção. Na verdade, havia dezesseis deles, contando-se o cavalariço, o moço da estrebaria e o amolador de facas, que eu não notara na formação geral. Eu estava ainda mais impressionada com o sucesso de Jared nos negócios, até perceber como os criados ganhavam pouco: um par de sapatos novos e 2 libras francesas por ano para os criados de libré, um pouco menos para as arrumadeiras e ajudantes de cozinha, um pouco mais para personagens de categoria superior como madame Vionnet, a cozinheira, e o mordomo, Magnus.

Enquanto eu examinava o funcionamento dos arranjos domésticos e armazenava as informações que pudesse colher em casa por meio dos mexericos das arrumadeiras, Jamie saía com Jared todo dia, visitando clientes, conhecendo pessoas. Ao estabelecer essas ligações sociais, que poderiam ser valiosas para um príncipe exilado, ele preparava-se para "dar assistência ao príncipe". Era entre os convidados aos jantares que poderíamos encontrar aliados – ou inimigos.

– St. Germain? – disse, captando repentinamente um nome familiar no meio da tagarelice de Marguerite, enquanto ela lustrava o assoalho de parquê. – O conde St. Germain?

– *Oui*, madame. – Era uma jovem baixa, gorducha, com um rosto estranhamente achatado e olhos esbugalhados que a faziam parecer um linguado, mas era amável e ansiosa para agradar. Ela franziu os lábios num pequeno círculo, anunciando a revelação de algum mexerico realmente escandaloso. Mostrei-me o mais interessada possível.

– O conde, madame, tem péssima reputação – disse ela afetadamente.

Como isso também se aplicava – segundo Marguerite – a quase todos que vinham ao jantar, arqueei as sobrancelhas, à espera de mais detalhes.

– Ele vendeu a alma ao diabo, sabe – confidenciou ela, abaixando a voz e olhando ao redor como se o cavalheiro pudesse estar espreitando por trás do ressalto da lareira. – Ele celebra a Missa Negra, em que o sangue e a carne de crianças inocentes são compartilhados entre os seres diabólicos!

Belo espécime você escolheu para transformar em inimigo, pensei comigo.

– Ah, todo mundo sabe, madame – assegurou-me Marguerite. – Mas não importa; as mulheres são loucas por ele, mesmo assim; aonde quer que ele vá, elas se jogam para cima dele. Mas, por outro lado, ele é rico. – Obviamente, esta última qualificação era ao menos suficiente para contrabalançar, se não ultrapassar, o fato de beber sangue e comer carne humana.

– Que interessante – falei. – Mas eu pensava que monsieur *le comte* fosse um concorrente de monsieur Jared; ele também não importa vinhos? Por que monsieur Jared o convidou, então?

Marguerite ergueu os olhos do assoalho e riu.

– Ora, madame! Para que monsieur Jared possa servir o melhor Beaune durante o jantar, dizer a monsieur *le comte* que acabou de adquirir dez caixas e, ao fim da refeição, presenteá-lo generosamente com uma garrafa para ele levar para casa!

– Entendi – disse, rindo. – E monsieur Jared também é da mesma forma convidado para jantar com monsieur *le comte*?

Ela meneou a cabeça, confirmando, o lenço branco nos cabelos sacudindo-se acima da garrafa de óleo e do esfregão.

– Ah, sim, madame. Mas não com a mesma frequência!

O conde St. Germain felizmente não fora convidado para o jantar desta noite. Jantamos simplesmente, *en famille*, de modo que Jared pudesse ensaiar Jamie nos detalhes finais a serem resolvidos antes de sua partida. Desses, o mais importante era o *lever* (levantar-se) do rei, em Versalhes.

Ser convidado para o *lever* do rei era uma significativa marca de consideração, Jared explicou durante o jantar.

– Não com você, rapaz – disse ele gentilmente, apontando um garfo para Jamie. – Comigo. O rei quer se assegurar de que eu volte da Alemanha. Ou ao menos Duverney, o ministro das Finanças. A última onda de impostos atingiu duramente os comerciantes e muitos estrangeiros foram embora, com os efeitos danosos sobre o Tesouro Real que você bem pode imaginar. – Fez uma careta ao pensar em impostos, franzindo o cenho para o filhote de enguia em seu garfo. – Pretendo partir segunda-feira. Só estou esperando a notícia de que o *Wilhelmina* chegou a salvo em Calais; em seguida, partirei. – Jared abocanhou mais um pedaço de enguia e meneou a cabeça para Jamie, falando com a boca cheia. – Estou deixando os negócios em boas mãos, rapaz; não tenho nenhuma preocupação nesse aspecto. Mas precisamos conversar um pouco sobre outras questões antes da minha partida. Combinei com o conde Marischal que iremos com ele a Montmartre daqui a dois dias para que você faça uma visita de cortesia a Sua Alteza, o príncipe Charles Edward.

Senti um súbito baque de empolgação na boca do estômago e troquei um olhar breve com Jamie. Ele assentiu para Jared, como se isso não fosse nada de mais, mas seus olhos cintilavam de expectativa quando olhou para mim. Então, esse era o começo de tudo.

– Sua Alteza vive uma vida muito reservada em Paris – dizia Jared enquanto caçava o último pedaço de enguia, escorregadia de manteiga, em volta da borda do prato. – Não seria apropriado que ele frequentasse a sociedade enquanto o rei não recebê-lo oficialmente. Assim, Sua Alteza raramente sai de casa e convive com poucas pessoas, exceto os partidários de seu pai que vão visitá-lo.

– Não foi o que ouvi dizer – interrompi.

– O quê? – Dois pares de olhos perplexos voltaram-se em minha direção e Jared abaixou seu garfo, abandonando o último pedaço de enguia à própria sorte.

Jamie arqueou uma das sobrancelhas em minha direção.

– O que você ouviu, Sassenach, e de quem?

– Dos criados – disse, concentrando-me na minha própria enguia. Vendo Jared franzir o cenho, ocorreu-me pela primeira vez que não devia ser muito apropriado à dona da casa ficar de mexericos com as arrumadeiras. Ora, para o inferno, pensei com rebeldia. Não me restava muita coisa a fazer.

– A arrumadeira diz que Sua Alteza o príncipe Charles tem visitado a princesa Louise de La Tour de Rohan – revelei, arrancando um pedaço de enguia do garfo e mastigando devagar. Estava deliciosa, mas era uma sensação desagradável engolir os bichos inteiros, como se a criatura ainda estivesse viva. Engoli cuidadosamente. Até então, tudo bem.

– Na ausência do marido da princesa – acrescentei delicadamente.

Jamie parecia se divertir, Jared parecia horrorizado.

– A princesa de Rohan? – perguntou Jared. – Marie-Louise-Henriette-Jeanne de La Tour d'Auvergne? A família do marido dela é muito ligada ao rei. – Esfregou os dedos nos lábios, deixando um brilho amanteigado em volta da boca. – Isso pode ser muito perigoso – murmurou ele, como se falasse consigo mesmo. – Será que o pequeno idiota... não. Certamente ele tem mais juízo. Deve ser apenas inexperiência; ele não tem vivido muito em sociedade e as coisas são diferentes em Roma. Ainda assim...

Parou de murmurar e virou-se para Jamie de modo resoluto.

– Essa será sua primeira tarefa, meu rapaz, a serviço de Sua Majestade. Você tem mais ou menos a mesma idade de Sua Alteza, mas tem a experiência e a capacidade de julgamento do tempo que passou em Paris. E a educação que eu lhe dei, devo me vangloriar. – Sorriu brevemente para Jamie. – Pode se tornar amigo de Sua Alteza; facilitar tanto quanto possível seu trato com os homens que poderão lhe ser úteis. Já conheceu a maioria deles a essa altura. E explique a Sua Alteza, o mais diplomaticamente possível, que o galanteio na direção errada pode causar danos consideráveis aos objetivos de seu pai.

Jamie meneou a cabeça distraidamente, com toda a certeza pensando em outra coisa.

– Como a nossa copeira soube das visitas de Sua Alteza, Sassenach? – perguntou ele. – Ela não sai de casa mais do que uma vez por semana para ir à missa, não é?

Balancei a cabeça e engoli o bocado seguinte antes de responder.

– Até onde pude apurar, nossa ajudante de cozinha ouviu isso do amolador de facas, que ouviu do rapaz da estrebaria, que ouviu do cavalariço do vizinho. Não sei quantas pessoas há nesse meio, mas a casa dos Rohan fica a três portas daqui. Imagino que a princesa também saiba tudo a nosso respeito – acrescentei animadamente. – Ao menos é provável que saiba, se conversa com sua ajudante de cozinha.

– Uma lady *não* fica de mexericos com as empregadas – disse Jared friamente. Estreitou os olhos para Jamie numa súplica silenciosa para que controlasse melhor sua mulher.

Pude ver o canto da boca de Jamie contorcer-se, mas ele meramente bebeu um gole de seu Montrachet e mudou de assunto para uma discussão sobre a mais recente iniciativa de Jared; um carregamento de rum a caminho da Jamaica.

Quando Jared tocou o sino para que a mesa fosse tirada e o conhaque servido, pedi licença e saí. Uma das idiossincrasias de Jared era o gosto por longas e escuras cigarrilhas para acompanhar seu conhaque, e eu tinha a distinta sensação de que, cuidadosamente mastigadas ou não, as enguias que eu comera não iriam gostar de serem defumadas.

Deitei-me na cama e tentei, com limitado sucesso, não pensar em enguias. Fechei os olhos e tentei pensar na Jamaica – em lindas praias brancas sob o sol tropical. Mas a ideia da Jamaica levou-me a pensar no *Wilhelmina,* e a ideia de navios me fez pensar no mar, que me levou diretamente de volta a imagens de gigantescas enguias, enroscando-se e serpenteando por ondas verdes, subindo e descendo. Saudei com alívio a chegada de Jamie, sentando-me na cama quando ele entrou.

– Ufa! – Ele recostou-se contra a porta fechada, abanando-se com a ponta solta de seu jabô. – Sinto-me como uma salsicha defumada. Eu gosto do Jared, mas ficarei muito satisfeito quando ele tiver levado suas malditas cigarrilhas para a Alemanha.

– Bem, não chegue perto de mim se estiver cheirando a cigarrilha – pedi. – As enguias não gostam de fumaça.

– Não as culpo nem um pouco por isso. – Tirou seu casaco e desabotoou a camisa. – Acho que é um plano, sabe – confidenciou ele, indicando a porta com um movimento da cabeça enquanto tirava a camisa. – Como acontece com as abelhas.

– Abelhas?

– Quando você leva uma colmeia de um lugar para outro – explicou ele, abrindo a janela e pendurando a camisa do lado de fora, na tranca do batente. – Você enche um cachimbo do tabaco mais forte que puder encontrar, enfia o cachimbo na colmeia e sopra fumaça lá dentro, nos favos. Todas as abelhas caem, atordoadas, e você então pode levá-las para onde quiser. Acho que é isso que Jared faz com seus clientes; enche-os de fumaça até ficarem entorpecidos e terem assinado pedidos com o triplo da quantidade de vinho que pretendiam encomendar antes de recuperarem os sentidos.

Dei uma risadinha e ele abriu um largo sorriso, colocando o dedo nos lábios quando ouviu os passos leves de Jared começando a descer o corredor, passando diante de nossa porta e seguindo em direção ao próprio quarto.

Passado o perigo de ser descoberto, ele veio e esticou-se ao meu lado, vestindo apenas kilt e meias.

– Não está insuportável? – perguntou ele. – Posso dormir na saleta de vestir, se estiver. Ou colocar a cabeça para fora da janela para arejar.

Cheirei seus cabelos, onde o odor do tabaco se infiltrara nas ondas ruivas. A luz de vela projetava reflexos dourados nas mechas vermelhas e eu as despenteei com os dedos, sentindo sua maciez e volume, tocando o crânio duro e sólido embaixo.

– Não, não está insuportável. Então, você não está preocupado com a partida de Jared dentro de pouco tempo?

Ele beijou minha testa e deitou-se, a cabeça sobre a almofada. Sorriu para mim, balançando a cabeça.

– Não. Já fui apresentado a todos os principais clientes e capitães, conheço todos os homens dos armazéns e as autoridades, tenho as listas de preços e os inventários dos estoques na memória. O que resta a aprender sobre o negócio, terei que aprender trabalhando. Jared não pode me ensinar mais nada.

– E o príncipe Charles?

Ele semicerrou os olhos e soltou um pequeno grunhido de resignação.

– Sim, bem. Quanto a isso, tenho que deixar nas mãos de Deus, não nas de Jared. E acho até que será mais fácil se Jared não estiver por perto para ver o que estou fazendo.

Deitei-me ao seu lado e ele virou-se para mim, passando o braço em volta da minha cintura de modo que ficássemos bem juntos.

– O que *vamos* fazer? – perguntei. – Tem alguma ideia, Jamie?

Eu sentia seu hálito quente em meu rosto, cheirando a conhaque, e inclinei a cabeça para cima para beijá-lo. Sua boca grande e macia abriu-se sobre a minha e ele demorou-se no beijo por um instante antes de responder.

– Ah, eu tenho algumas ideias – disse ele, afastando-se com um suspiro. – Só Deus sabe no que vão dar, mas eu tenho algumas ideias.

– Conte-me.

– Hummm. – Ajeitou-se mais confortavelmente, virando-se de costas e envolvendo-me com um braço, minha cabeça em seu ombro.

– Bem – começou ele –, a meu ver, é uma questão de dinheiro, Sassenach.

– Dinheiro? Pensei que fosse uma questão de política. Os franceses não querem James reabilitado porque isso causará problemas aos ingleses? Do pouco que me recordo, Luís queria... *irá* querer – corrigi-me – que Charles Edward distraia o rei George do que Luís está tramando em Bruxelas.

– Eu acho que ele quer – disse ele –, mas restaurar uma monarquia exige dinheiro. E o próprio Luís não tem tanto dinheiro a ponto de usá-lo de um lado para travar guerras em Bruxelas e de outro para financiar invasões à Inglaterra. Ouviu o que Jared disse sobre o Tesouro Real e os impostos?

– Sim, mas...

– Não, não será Luís quem fará isso acontecer – disse ele, esclarecendo-me. – Embora ele tenha uma contribuição a dar, é claro. Não, há outras fontes de recursos que James e Charles também irão tentar, que são as famílias de banqueiros franceses, o Vaticano e a corte de Espanha.

– Então acha que James está cobrindo o Vaticano e a corte espanhola e Charles, os banqueiros franceses? – perguntei, interessada.

Ele meneou a cabeça, fitando os painéis esculpidos do teto. Os painéis de nogueira eram de um marrom-claro e suave à luz bruxuleante das velas, com rosetas mais escuras e fitas entrelaçando-se em cada canto.

– Sim, é o que penso. Tio Alex mostrou-me a correspondência de Sua Majestade o rei James, e eu diria que os espanhóis são sua melhor chance, a julgar por ela. O papa sente-se obrigado a apoiá-lo, você sabe, tratando-se de um monarca católico. O papa Clemente apoiou James por muitos anos e, agora que Clemente está morto, Bento continua a apoiá-lo, mas não em um nível tão alto quanto antes. Mas tanto Felipe da Espanha quanto Luís são primos de James; é para o dever de sangue dos Bourbon que ele está apelando. – Sorriu ironicamente para mim, com um olhar de esguelha. – E pelo que andei vendo, posso dizer-lhe que o sangue real corre bem fino quando se trata de dinheiro, Sassenach.

Erguendo um pé de cada vez, ele retirou as meias com apenas uma das mãos e atirou-as sobre a banqueta do quarto.

– James conseguiu algum dinheiro da Espanha há trinta anos – observou ele. – Uma pequena frota de navios e alguns homens. Foi a Revolução de 1715. Mas ele não teve sorte e as forças de James foram derrotadas em Sheriffsmuir antes mesmo que o próprio chegasse. Portanto, eu diria que os espanhóis provavelmente não estão muito ansiosos para financiar uma segunda tentativa de restauração dos Stuart, não sem uma boa chance de que possa ser bem-sucedida.

– Então Charles veio para a França para tentar convencer Luís e os banqueiros – ponderei. – E segundo o que eu sei de história, será bem-sucedido. O que nos deixa em que pé?

Jamie tirou o braço do meu ombro e espreguiçou-se, fazendo o colchão inclinar-se com sua mudança de posição.

– Coloca-me vendendo vinho para banqueiros, Sassenach – disse ele, bocejando. – E você conversando com arrumadeiras. E se soprarmos bastante fumaça, talvez nós consigamos atordoar as abelhas.

Pouco antes da partida de Jared, ele levou Jamie à pequena casa em Montmartre onde Sua Alteza, príncipe Charles Edward Casimir etc. Stuart estava residindo, aguardando para ver o que Luís faria por um primo pobre com aspirações ao trono.

Eu os acompanhara até a porta, ambos vestidos em seus melhores trajes, e passei o tempo em que ficaram fora imaginando o encontro, perguntando-me como teria sido.

– Como foi? – perguntei a Jamie, assim que ficamos a sós quando ele retornou. – Como ele é?

Ele coçou a cabeça, pensando.

– Bem – disse ele, finalmente –, ele estava com dor de dente.

– O quê?

– Foi o que ele disse. E parecia realmente muito doloroso; seu rosto estava contorcido para um dos lados, com o maxilar um pouco inchado. Não sei dizer se ele é sempre assim frio e formal ou se não conseguia falar de dor, mas não disse muita coisa.

Depois das apresentações formais, de fato, os homens mais velhos, Jared, o conde Marischal e um sujeito com uma aparência um tanto desalinhada chamado informalmente de "Balhaldy", começaram a se aproximar e a falar de política escocesa, deixando Jamie e Sua Alteza mais ou menos entregues a si mesmos.

– Tomamos um copo de conhaque – relatou Jamie obedientemente, diante de minha insistência. – Eu lhe perguntei o que estava achando de Paris e ele disse que estava achando um pouco monótono e sentindo-se confinado. Depois, conversamos sobre caçadas. Ele prefere caçar com cachorros a caçar com batedores, e eu disse que também prefiro. Em seguida, disse-me quantos faisões havia abatido em uma única caçada na Itália. Falou da Itália, até dizer que o ar frio que entrava pela janela estava fazendo sua dor de dente piorar. Não é uma casa muito bem construída; apenas uma pequena vila. Então bebeu um pouco mais de conhaque por causa de seu dente e eu lhe falei sobre a caça ao veado nas Terras Altas e ele disse que gostaria de experimentar isso um dia e me perguntou se eu era bom no arco. Eu disse que era, e ele disse que esperava que tivesse a oportunidade de me convidar para caçar com ele na Escócia. Mais tarde, Jared disse que precisava passar no armazém na volta, então Sua Alteza me estendeu a mão, eu a beijei e partimos.

– Hummm – disse.

Embora a razão afirmasse que naturalmente os famosos, ou futuramente famosos ou possivelmente famosos, de qualquer modo, deveriam ser como pessoas comuns em seu comportamento diário, eu tinha que admitir que achei o relatório do príncipe um pouco decepcionante. Ainda assim, Jamie fora convidado a retornar. O importante, conforme ele ressaltou, era tornar-se próximo de Sua Alteza a fim de ficar de olho em seus planos à medida que algum se desenvolvesse. Eu me perguntava se o rei da França causaria uma impressão um pouco mais forte pessoalmente.

Não demoramos muito a descobrir. Uma semana mais tarde, Jamie levantou-se na madrugada fria e escura e vestiu-se para o longo trajeto até Versalhes para assistir ao *lever* do rei. Luís sempre acordava às seis horas da manhã. A essa hora, os poucos privilegiados escolhidos para comparecer à cerimônia de toalete do rei já deviam estar reunidos na antecâmara, prontos a seguir a procissão de nobres e auxiliares que eram necessários para ajudar o monarca a saudar o novo dia.

Acordado nas primeiras horas da madrugada por Magnus, o mordomo, Jamie saiu da cama aos tropeções, sonolento, e se aprontou, bocejando e resmungando.

Àquela hora, minhas entranhas estavam tranquilas e eu me comprazia naquela sensação deliciosa que se sente quando observamos alguém ter que fazer alguma coisa desagradável que nós mesmos não somos obrigados a fazer.

– Observe tudo atentamente – aconselhei, a voz rouca de sono. – Para poder me contar tudo depois.

Com um grunhido sonolento de concordância, ele inclinou-se para me beijar, depois saiu arrastando os pés, a vela na mão, para mandar que aprontassem os cavalos. A última coisa que ouvi antes de me deixar afundar de novo no sono foi a voz de Jamie no andar térreo, repentinamente nítida e alerta no ar cortante da noite, trocando despedidas com o cavalariço na rua, em frente à casa.

Considerando-se a distância de Versalhes e a possibilidade – sobre a qual Jared já avisara – de serem convidados a ficar para o almoço, não fiquei surpresa quando ele não voltou antes do meio-dia, mas não pude deixar de ficar curiosa e esperei com crescente impaciência até ele chegar – finalmente – quase na hora do chá.

– E como foi o *lever* do rei? – perguntei, aproximando-me para ajudar Jamie a tirar o casaco. Usando as justas luvas de pele de porco, obrigatórias segundo a moda na corte, ele não conseguia desabotoar os botões de prata, decorados com um brasão no veludo escorregadio.

– Ah, agora está bem melhor – disse ele, flexionando os ombros largos de alívio quando os botões se libertaram. O casaco estava apertado demais em seus ombros; removê-lo de seu corpo foi como descascar um ovo. – Interessante, Sassenach – disse ele, em resposta à minha pergunta –, ao menos na primeira hora ou um pouco mais.

À medida que a procissão de nobres entrava no quarto de dormir oficial, cada qual portando seus apetrechos para o ritual diário – toalha, navalha, caneca, o selo real etc. –, os auxiliares abriam as cortinas pesadas que impediam a entrada da luz do alvorecer, desvelavam os cortinados da majestosa cama real e expunham o rosto de *le roi Louis* ao olho interessado do sol nascente.

Ajudado a assumir uma posição sentada na beira da cama, o rei ali permaneceu bocejando e esfregando o queixo espetado com a barba por fazer, enquanto seus auxiliares passavam um robe de seda, pesado com bordados de prata e ouro, pelos ombros reais; em seguida, os ajudantes ajoelharam-se para retirar as grossas meias de flanela com que o rei dormia, substituindo-as por meias de seda, compridas e mais leves, e finalizando com chinelos macios forrados de pelo de coelho.

Um a um, os fidalgos da corte vieram se ajoelhar aos pés do soberano para cumprimentá-lo respeitosamente e perguntar como Sua Majestade havia passado a noite.

– Não muito bem, eu diria – Jamie interrompeu o relato para observar. – Ele parecia ter dormido pouco mais de uma ou duas horas, e um sono repleto de pesadelos.

Apesar dos olhos injetados e da papada caída, Sua Majestade meneou a cabeça graciosamente para seus cortesãos, depois se levantou devagar e fez uma ligeira mesura para os convidados privilegiados ao fundo do aposento. Um desalentado aceno de mão convocou um dos auxiliares do cerimonial, o qual conduziu Sua Majestade a uma cadeira que já o aguardava. Ele sentou-se e cerrou os olhos, desfrutando dos cuidados ministrados por seus auxiliares, enquanto os visitantes eram conduzidos, um de cada vez, pelo duque d'Orleans para se ajoelhar diante do rei e saudá-lo com algumas palavras. Petições formais seriam apresentadas mais tarde, quando haveria a chance de Luís estar suficientemente acordado para ouvi-las.

– Eu não estava lá para fazer nenhum pedido, somente para assinalar o meu favoritismo – explicou Jamie –, então apenas me ajoelhei e disse: "Bom dia, Vossa Majestade", enquanto o duque dizia ao rei quem eu era.

– O rei lhe disse alguma coisa? – perguntei.

Jamie riu, as mãos entrelaçadas atrás da cabeça enquanto se alongava.

– Ah, sim. Abriu um dos olhos e me fitou como se não acreditasse.

Com o olho ainda aberto, Luís examinou o visitante de cima a baixo com uma espécie de débil interesse, depois comentou:

– Você é grande, hein?

– Eu disse: "Sim, Vossa Majestade" – relatou Jamie. – Em seguida, ele perguntou: "Você sabe dançar?", e eu disse que sim. Então ele fechou o olho outra vez e o duque fez sinal para que eu voltasse ao meu lugar.

Encerradas as apresentações, os ajudantes do ritual monárquico diário, cerimoniosamente assistidos pelos principais nobres da corte, passaram à toalete do rei. Enquanto o faziam, os diversos peticionários adiantavam-se a um sinal do duque d'Orleans, para murmurar ao ouvido do rei enquanto ele virava a cabeça, a fim de acomodar a navalha, ou dobrava o pescoço para que sua peruca fosse ajustada.

– Ah, é? E você foi honrado com a permissão de ajudar Sua Majestade a assoar o nariz? – perguntei.

Jamie riu, estendendo as mãos entrelaçadas até os nós dos dedos estalarem.

– Não, graças a Deus. Afastei-me sorrateiramente para perto do armário, tentando parecer parte da mobília, com aqueles duques e condes anõezinhos todos olhando-me de soslaio, como se a nacionalidade escocesa fosse alguma doença contagiosa.

– Bem, ao menos pôde ver tudo com a sua altura?

– Ah, sim. Isso eu fiz, até quando ele sentou-se na sua *chaise percée.*

– Ele fez realmente isso? Diante de todo mundo? – Eu estava fascinada. Já lera sobre isso, é claro, mas achava difícil de acreditar.

– Ah, sim, e todo mundo se comportando exatamente como fizeram quando ele lavou o rosto e assoou o nariz. O duque de Neve teve a inacreditável honra – acrescentou ele com ironia – de limpar o traseiro de Sua Majestade. Não notei o que o duque fez com a toalha; levou-a para fora e mandou recobrir de ouro, sem dúvida.

– E foi um negócio muito cansativo – acrescentou ele, dobrando o corpo e colocando as mãos no chão para alongar os músculos das pernas. – Levou uma eternidade; o homem é preso como uma coruja.

– Preso como uma coruja? – perguntei, achando graça da comparação. – Constipado, você quer dizer?

– Sim, com prisão de ventre. Não é de se admirar, considerando-se o que se come na corte – acrescentou ele criticamente, esticando-se para trás. – Uma dieta terrível, só creme e manteiga. Ele devia comer mingau de aveia toda manhã. Resolveria o problema. Muito bom para os intestinos, sabe.

Se os escoceses eram teimosos a respeito de alguma coisa – e, de fato, tendiam a ser teimosos sobre muitas coisas, verdade seja dita –, eram em relação às virtudes do mingau de aveia no desjejum. Após milhares de anos vivendo numa terra tão pobre onde havia pouco para se comer além de aveia, tinham convertido a necessidade em virtude e insistiam que gostavam daquilo.

Jamie agora se atirara ao chão e fazia os exercícios da Royal Air Force que eu lhe recomendara para fortalecer os músculos das costas.

Voltando à sua observação anterior, perguntei:

– Por que você disse "preso como uma coruja"? Já ouvi alguma coisa referente a coruja, mas significando bêbado, não constipado. As corujas têm prisão de ventre?

Completando sua série de exercícios, ele virou-se e ficou deitado no tapete, ofegante.

– Ah, têm. – Deixou escapar um longo suspiro e recuperou o fôlego. Sentou-se e afastou os cabelos dos olhos. – Ou talvez não, mas é isso o que dizem. As pessoas dizem que as corujas não têm ânus, de modo que não podem expelir o que comem, como os ratos, hein? Assim, os ossos e pelos ingeridos são transformados numa bola, a qual depois a coruja vomita, não sendo capaz de se livrar dela pela outra extremidade.

– Verdade?

– Ah, sim, é verdade. É assim que você acha uma árvore de corujas; olha embaixo da árvore procurando bolotas no chão. As corujas fazem uma sujeira terrível – acrescentou ele, afastando o colarinho do pescoço para o ar entrar. – Mas elas têm ânus – informou-me. – Uma vez eu abati uma da árvore com uma atiradeira e olhei.

– Um garoto com uma mente curiosa, hein? – brinquei, rindo.

– Certamente, Sassenach. – Riu. – E elas também defecam. Uma vez, passei um dia inteiro sentado embaixo de uma árvore de corujas com Ian, só para me certificar.

– Nossa, você *deve* ter sido muito curioso mesmo – observei.

– Bem, eu queria saber. Ian não queria ficar sentado quieto por tanto tempo e eu tive que dar uns cascudos nele para ele parar de se mexer. – Jamie riu, recordando-se. – Assim, ele ficou ali parado comigo até acontecer, e então pegou um punhado de bolotas de coruja, enfiou-as pela gola da minha camisa e saiu correndo como uma bala. Meu Deus, ele corria como o vento. – Uma sombra de tristeza atravessou seu rosto, a lembrança do amigo de infância com asas nos pés confundindo-se a recordações mais recentes de seu cunhado, mancando rigidamente, embora de bom humor, sobre uma perna de pau, resultado de uma bala recebida numa guerra estrangeira.

– Deve ser horrível viver assim – comentei, tentando distraí-lo. – Não observando corujas, quero dizer, mas como o rei. Sem nenhuma privacidade, em nenhum momento, nem mesmo para fazer as necessidades.

– É verdade – concordou Jamie. – Mas por outro lado, ele é o rei.

– Hummm. E suponho que o poder, o luxo e tudo o mais compensem muita coisa.

Ele deu de ombros.

– Bem, se compensam ou não, é a sua parte no seu acordo com Deus, e ele não tem escolha a não ser fazer o melhor possível. – Pegou seu xale xadrez, passou a ponta pelo cinto e jogou-o nas costas.

– Deixe-me ajudá-lo. – Peguei o broche de prata em forma de anel e prendi o tecido flamejante em cima do ombro. Ele arrumou o drapeado, alisando a lã de cores vivas entre os dedos.

– Eu também tenho um acordo semelhante, Sassenach – disse ele serenamente, abaixando os olhos para mim. Sorriu ligeiramente. – Embora graças a Deus isso não signifique convidar Ian a limpar meu traseiro para mim. Mas eu nasci senhor de terras. Sou o responsável por aquelas propriedades e pelas pessoas que vivem lá, e tenho que fazer o melhor possível em relação a elas.

Estendeu o braço e tocou de leve em meus cabelos.

– Foi por isso que fiquei feliz quando você disse que nós viríamos para ver o que poderíamos fazer. Porque há uma parte de mim que não gostaria de mais nada além de levar você e a criança para um lugar bem distante, para passar o resto da vida trabalhando com a terra e os animais, para chegar ao final do dia e me deitar ao seu lado, e dormir tranquilo a noite inteira.

Os olhos de um azul profundo estavam perdidos em pensamento, enquanto a mão retornava às pregas de seu xale, acariciando o xadrez vívido do tartã dos Fraser, com a fina listra branca que distinguia Lallybroch das outras tribos e famílias.

– Mas se o fizesse – continuou ele, como se falasse mais consigo mesmo do que comigo –, uma parte de minha alma se sentiria renegada e eu acho... eu acho que sempre ouviria as vozes do meu povo me chamando.

Pousei a mão em seu ombro e ele ergueu os olhos, um ligeiro sorriso enviesado na boca marcante.

– Eu também acho – concordei. – Jamie... o que quer que aconteça, o que quer que possamos fazer... – Parei, buscando as palavras. Como ocorrera tantas vezes antes, a absoluta enormidade da tarefa que havíamos assumido me deixava perplexa e sem fala. Quem éramos nós para alterar o curso da história, para mudar o curso dos acontecimentos, não para nós mesmos, mas para príncipes e camponeses, para toda a nação escocesa?

Jamie colocou sua mão sobre a minha e apertou-a com confiança.

– Ninguém pode pedir mais de nós do que o melhor que possamos fazer, Sassenach. Não. Se houver derramamento de sangue, ao menos ele não estará em nossas mãos, e queira Deus que não chegue a isso.

Pensei nas lápides dos clãs, cinzentas e solitárias na charneca de Culloden e nos homens das Terras Altas que estariam sepultados nelas caso fracassássemos.

– Queira Deus – repeti.

8

FANTASMAS E CROCODILOS

Entre audiências reais e as exigências diárias dos negócios de Jared, Jamie parecia estar achando a vida atarefada. Toda manhã, ele desaparecia com Murtagh logo após o desjejum para verificar as novas entregas no armazém, fazer inventários, visitar as docas no Sena e conduzir uma turnê pelo que parecia ser, segundo sua descrição, tavernas extremamente desagradáveis.

– Bem, ao menos você tem o Murtagh – observei, encontrando consolo no fato –, e vocês dois não podem se meter em muita confusão em plena luz do dia. – A julgar pela aparência, ninguém daria nada pelo magro, mas rijo homenzinho. Seus trajes diferenciavam-se daqueles dos vagabundos nas docas somente pelo fato de a parte de baixo ser de xadrez de tartã, mas eu havia atravessado metade da Escócia com Murtagh para resgatar Jamie da prisão de Wentworth e não havia nenhuma outra pessoa no mundo a quem eu confiaria seu bem-estar.

Depois do almoço, Jamie fazia suas rondas de visitas – sociais e profissionais, ambas em número crescente – e em seguida se retirava para seu gabinete por uma ou duas horas com os livros de registros de contas, antes do jantar. Ele estava muito ocupado.

Eu não. Alguns dias de educada escaramuça com madame Vionnet, a cozinheira-chefe, deixaram claro quem estava no comando da casa, e não era eu. Madame vinha à minha sala de estar toda manhã para me consultar sobre o cardápio do dia e me apresentar a lista de despesas necessárias para abastecer a cozinha – frutas, legumes, manteiga e leite de uma fazenda logo na saída da cidade, entregue fresco todas as manhãs, peixe fisgado no Sena e vendido num carrinho de mão na rua, junto com mexilhões frescos que projetavam suas curvas negras e seladas de montes de plantas aquáticas murchas. Eu examinava as listas por pura formalidade, aprovava tudo, elogiava o jantar da noite anterior e nada mais. Fora uma ou outra chamada para abrir o armário de roupas de cama e mesa, a adega, o porão ou a despensa com uma chave do meu molhe, meu tempo era todo meu, até a hora de me vestir para o jantar.

A vida social da residência de Jared continuava quase a mesma de quando ele estava morando ali. Eu ainda estava cautelosa quanto a promover reuniões sociais em larga escala, mas realizávamos jantares íntimos todas as noites, aos quais compareciam nobres, cavalheiros e damas, jacobitas pobres no exílio, comerciantes ricos e suas esposas.

Entretanto, descobri que comer e beber e se preparar para comer e beber não era de fato uma ocupação satisfatória. Fiquei tão irrequieta que Jamie por fim sugeriu que eu o ajudasse a fazer os lançamentos nos livros de escrituração contábil para ele.

– Melhor fazer isso do que ficar aí se mordendo – disse ele, olhando criticamente para minhas unhas roídas. – Além do mais, você tem uma letra melhor do que a dos funcionários do armazém.

E foi assim que fui parar no gabinete, diligentemente debruçada sobre os enormes livros da contabilidade, quando o sr. Silas Hawkins chegou no final de uma tarde com uma encomenda de dois tonéis de conhaque da região de Flandres. O sr. Hawkins era um inglês corpulento e próspero; emigrante como Jared, especializara-se na exportação de conhaques franceses para sua terra natal.

Imaginei que um comerciante aparentemente abstêmio teria alguma dificuldade em vender vinhos e outras bebidas alcoólicas a granel. O sr. Hawkins era afortunado nesse aspecto, já que exibia faces rosadas permanentemente e o sorriso alegre de um festeiro. Entretanto, Jamie me contara que o sujeito nunca testava as próprias mercadorias e na verdade raramente bebia alguma coisa além de cerveja escura e pouco refinada, embora seu apetite para comida fosse uma lenda nas tavernas que visitava. Uma expressão calculista e alerta espreitava no fundo de seus olhos castanhos e brilhantes, por trás da cordialidade serena que azeitava suas transações.

– Meus melhores fornecedores, posso afirmar – declarou ele, assinando um grande pedido com um floreio. – Sempre confiáveis, sempre de primeira qualidade. Sentirei muito a falta de seu primo em sua ausência – disse, fazendo uma mesura para Jamie –, mas ele fez uma boa escolha ao indicar um substituto. Um escocês sempre mantém os negócios em família.

Os olhos pequenos e brilhantes demoraram-se no kilt de Jamie, o vermelho dos Fraser vívido contra os lambris de madeira escura da sala de visitas.

– Acabam de chegar da Escócia? – perguntou o sr. Hawkins descontraidamente, enfiando a mão dentro do casaco.

– Não, já estou na França há algum tempo. – Jamie sorriu, encerrando o assunto. Pegou a caneta de pena do sr. Hawkins, mas achando-a rombuda demais para o seu gosto, deixou-a de lado, pegando outra nova do buquê de penas de ganso que saltava de um pequeno jarro de vidro sobre o aparador.

– Ah. Vejo pela sua roupa que é um escocês das Terras Altas; achei que talvez pudesse me informar sobre os sentimentos que predominam atualmente naquela região do país. Ouvem-se muitos boatos, sabe. – O sr. Hawkins afundou-se na cadeira diante do aceno de Jamie, o rosto redondo, rosado, aparentemente concentrado na volumosa bolsa de couro que retirara do bolso.

– Quanto aos boatos, bem, esse é o estado normal das coisas na Escócia, não? – disse Jamie, afiando a pena nova com atenção. – Mas sentimentos? Não, se quer dizer política, receio que eu mesmo não dê muita atenção a isso. – O pequeno canivete fazia um som agudo de corte conforme as lascas duras eram talhadas da haste grossa da pena.

O sr. Hawkins retirou várias moedas de prata de sua bolsa, empilhando-as cuidadosamente numa coluna perfeita entre os dois homens.

– Verdade? – disse ele, quase distraidamente. – Se assim for, é o primeiro escocês das Terras Altas que conheço que pensa assim.

Jamie terminou de apontar a pena e ergueu a ponta da caneta, estreitando os olhos para avaliar o ângulo do corte.

– Hummm? – disse ele vagamente. – Ah, bem, tenho outras questões com que me preocupar; administrar um negócio como este exige todo nosso tempo, como o senhor mesmo sabe, imagino.

– É verdade. – O sr. Hawkins recontou as moedas de sua pilha e retirou uma, substituindo-a por duas menores. – Ouvi dizer que Charles Edward chegou há pouco tempo a Paris – disse ele. Seu rosto redondo de beberrão não demonstrava mais do que um leve interesse, mas os olhos estavam alertas em suas bolsas de gordura.

– Ah, sim – murmurou Jamie, o tom de sua voz deixando em aberto se isso era o reconhecimento de um fato ou meramente uma expressão de educada indiferença. Tinha o pedido de compra diante dele e assinava cada folha com excessivo cuidado, desenhando as letras em vez de rabiscá-las apressadamente, como era de costume. Um homem canhoto, forçado em criança a escrever com a mão direita, ele sempre achara as letras difíceis, mas quase nunca se importunava com isso.

– Então não compartilha das afinidades de seu primo nessa direção? – Hawkins empertigou-se um pouco na cadeira, observando o topo da cabeça inclinada de Jamie, numa postura naturalmente neutra.

– Isso é algo do seu interesse, senhor? – Jamie ergueu a cabeça e fitou o sr. Hawkins diretamente nos olhos com um olhar azul e sereno. O gordo comerciante retribuiu o olhar por um instante, depois abanou a mão rechonchuda num gesto de quem descarta a pergunta.

– De modo algum – disse ele afavelmente. – É que estou familiarizado com as inclinações jacobitas de seu primo, ele não faz nenhum segredo delas. Só estava me perguntando se todos os escoceses tinham a mesma opinião na questão das pretensões dos Stuart ao trono.

– Se conhece bem os escoceses das Terras Altas – disse Jamie secamente, entregando-lhe uma cópia do pedido –, deve saber que é raro encontrar dois deles que concordem com alguma coisa além da cor do céu, e mesmo isso está sujeito a questionamento de vez em quando.

O sr. Hawkins riu, a pança de homem próspero sacudindo-se sob o colete, e enfiou o documento dobrado no casaco. Vendo que Jamie não estava disposto a continuar nessa linha de conversa, interrompi-os nesse ponto com uma oferta hospitaleira de Madeira e biscoitos.

O sr. Hawkins pareceu tentado por um instante, mas depois balançou a cabeça pesarosamente, empurrando a cadeira para trás para se levantar.

– Não, não, muito obrigado, milady, mas não. O *Arabella* aporta nesta quinta-feira e eu tenho que estar em Calais para esperá-lo. E ainda há muito a fazer até eu poder colocar o pé na carruagem para partir. – Fez uma careta para um maço de ordens de compra e recibos que retirara do bolso, acrescentou o recibo de Jamie à pilha e enfiou-a em uma larga carteira de couro de viagem. – Ainda assim – disse ele, alegrando-se –, posso fazer alguns negócios no caminho. Devo visitar as hospedarias e tavernas entre Paris e Calais.

– Se vai parar em *todas* as tavernas entre aqui e a costa, só vai chegar a Calais no mês que vem – observou Jamie. Pegou sua própria moedeira da bolsa do kilt e arrastou a pequena pilha de moedas de prata para dentro.

– É verdade, milorde – disse o sr. Hawkins, franzindo a testa com tristeza. – Acho que devo omitir uma ou duas e visitá-las na volta.

– Certamente poderia enviar alguém a Calais em seu lugar, já que seu tempo é tão precioso, não? – sugeri.

Ele revirou os olhos expressivos, franzindo a boca pequena e jovial numa expressão o mais próxima possível da melancolia a que ele pôde chegar dentro das limitações de sua forma.

– Eu poderia fazer isso, milady. Mas o carregamento do *Arabella*, valha-me Deus, não pode ser confiado aos bons serviços de um funcionário. Minha sobrinha Mary está a bordo – confidenciou ele –, a caminho das costas da França neste momento. Tem apenas 15 anos e nunca se afastou de casa antes. Receio que não possa deixá-la encontrar o caminho para Paris por conta própria.

– Creio que não – concordei educadamente. O nome me pareceu familiar, mas eu não sabia explicar por quê. Mary Hawkins. Bastante comum; não conseguia ligar o nome a nenhum fato em particular. Ainda meditava sobre isso quando Jamie levantou-se para acompanhar o sr. Hawkins até a porta.

– Espero que a viagem de sua sobrinha seja agradável – disse educadamente. – Ela está vindo estudar? Ou visitar parentes?

– Está vindo para casar-se – disse o tio, satisfeito. – Meu irmão teve a felicidade de arranjar um casamento muito vantajoso para ela, com um membro da nobreza francesa. – Pareceu expandir-se de orgulho com o fato, os botões lisos de ouro esticando o tecido na cintura. – Meu irmão mais velho é baronete.

– Ela tem 15 anos? – perguntei, constrangida.

Eu sabia que casamentos com pouca idade não eram raros, mas 15 anos? Ainda assim, eu me casara aos 19. E novamente aos 27. Eu sabia muito mais aos 27.

– Hã, sua sobrinha conhece o noivo há muito tempo? – perguntei cautelosamente.

– Ela não o conhece. Na verdade – o sr. Hawkins inclinou-se para mais perto, colocando o dedo sobre os lábios e abaixando a voz –, ela nem sabe a respeito do casamento. As negociações ainda não estão concluídas, sabe?

Fiquei chocada e abri a boca para dizer alguma coisa, mas Jamie segurou meu cotovelo com força para me advertir.

– Bem, se o cavalheiro pertence à nobreza, talvez vejamos sua sobrinha na corte – sugeriu ele, empurrando-me com firmeza em direção à porta como a pá de uma máquina de terraplenagem.

O sr. Hawkins, movendo-se forçosamente para evitar que eu o pisasse, recuou, ainda falando:

– É bem verdade, milorde Broch Tuarach. De fato, eu consideraria uma grande honra que o senhor e sua senhora conhecessem minha sobrinha. Tenho certeza de que ela sentiria um grande conforto na companhia de uma conterrânea – acrescentou ele com sorriso bajulador para mim. – Não que eu queira me aproveitar do que não é mais do que uma relação de negócios, sem dúvida.

Pois sim que não queria se aproveitar, pensei, indignada. Você faria qualquer coisa para enfiar sua família na nobreza francesa, inclusive casar sua sobrinha com... com...

– Hã, afinal quem é o noivo de sua sobrinha? – perguntei sem rodeios.

O rosto do sr. Hawkins adquiriu um ar astuto e ele inclinou-se suficientemente perto para sussurrar com voz rouca ao meu ouvido:

– Na verdade, eu não deveria dizer nada até os papéis terem sido assinados, mas como é a senhora quem pergunta... posso dizer-lhe que é um membro da Casa de Gascogne. E um membro de posição realmente alta!

– Realmente – disse.

O sr. Hawkins saiu esfregando as mãos num verdadeiro frenesi de expectativa, e eu me virei imediatamente para Jamie.

– Gascogne! Ele deve estar se referindo... mas não é possível, é? Aquele velho nojento com manchas de rapé no queixo que veio jantar aqui na semana passada?

– O visconde de Marigny? – disse Jamie, sorrindo diante de minha descrição. – Acho que é ele mesmo; é viúvo e o único homem disponível da linhagem, até onde sei. Mas não acho que era rapé; é que a barba dele cresce daquele jeito. Um pouco roído pelas traças – admitiu –, mas deve ser um inferno fazer a barba com todas aquelas verrugas.

– Ele não pode casar uma menina de 15 anos com... com... *aquilo*! E sem nem ao menos consultá-la!

– Ah, acho que pode, sim – disse Jamie, com uma calma irritante. – De qualquer modo, Sassenach, não é da sua conta. – Segurou-me pelos dois braços com firmeza e sacudiu-me de leve. – Você me ouviu? Sei que parece estranho a você, mas é assim que as coisas são. Afinal – a boca larga curvou-se em um dos cantos –, você teve que se casar comigo contra a vontade. Ainda não se conformou com isso?

– Às vezes tenho dúvidas! – retruquei, com um safanão, tentando me desvencilhar, mas ele simplesmente me puxou, rindo, e me beijou. Após um instante, desisti de lutar. Relaxei em seus braços, admitindo a capitulação, ainda que temporária. Eu *iria* me encontrar com Mary Hawkins, pensei, e veríamos exatamente o que ela pensava de tal proposta de casamento. Se ela não quisesse ver seu nome em um contrato de casamento, ligada ao visconde de Marigny, então... De repente, fiquei rígida, afastando-me do abraço de Jamie.

– O que foi? – perguntou ele, alarmado. – Está se sentindo mal, Sassenach? Você ficou lívida de repente!

E não era de se admirar. Porque subitamente me lembrei de onde eu tinha visto o nome de Mary Hawkins. Jamie estava errado. Aquilo *era* da minha conta. Porque eu havia visto esse nome, manuscrito com base em calcografia, no topo de um mapa genealógico, a tinta envelhecida e desbotada pelo tempo, a cor original transformada num tom sépia. Mary Hawkins não estava destinada a ser a mulher do decrépito visconde Marigny. Ela iria se casar com Jonathan Randall, no ano de 1745 de Nosso Senhor Jesus Cristo.

– Bem, ela não pode, não é? Jack Randall está morto – Ele terminou de encher o cálice de conhaque e estendeu-o a mim. Sua mão estava firme na haste do cálice de cristal, mas a boca transformara-se numa linha cerrada e a voz dera à palavra "morto" um tom cortante e definitivo. – Deite-se com os pés para cima, Sassenach. Você ainda está pálida.

À sua intimação, levantei os pés e estiquei-me no sofá. Jamie sentou-se junto à minha cabeça e colocou a mão em meu ombro distraidamente. Seus dedos eram quentes e fortes, massageando com delicadeza a pequena cavidade da junta.

– Marcus MacRannoch disse-me que viu Randall ser pisoteado até a morte pelo gado nas masmorras da prisão de Wentworth – disse ele outra vez, como se quisesse se tranquilizar pela repetição. – "Como um boneco de trapos, envolto em sangue." Foi isso que sir Marcus disse. Ele afirmou com toda certeza.

– Sim. – Tomei um pequeno gole do meu conhaque, sentindo o sangue voltar ao meu rosto. – Foi o que ele me disse também. Não, tem razão, o capitão Randall está morto. É que fiquei abalada quando me lembrei subitamente de Mary

Hawkins. Por causa de Frank. – Olhei para minha mão esquerda, pousada sobre meu estômago. O fogo queimava na lareira e sua luz se refletiu na aliança lisa de ouro do meu primeiro casamento. A aliança de Jamie, de prata escocesa, brilhava no anelar da outra mão.

– Ah.

A mão de Jamie em meu ombro paralisou-se. Sua cabeça estava inclinada, mas ele ergueu os olhos para me encarar. Não falávamos de Frank desde que eu resgatara Jamie de Wentworth, nem a morte de Jonathan Randall fora mencionada entre nós. Na ocasião, parecera de pouca importância, exceto por significar que nenhum perigo nos ameaçava mais daquela direção. Desde então, eu evitava trazer qualquer lembrança de Wentworth a Jamie.

– Você sabe que ele está morto, não é, *mo duinne*? – sussurrou Jamie devagar, os dedos pousados no meu pulso, e eu sei que ele falava de Frank, não de Jonathan.

– Talvez não – respondi, os olhos ainda fixos na aliança. Ergui a mão, de modo que o metal brilhou na luz do final de tarde. – Se ele estiver morto, Jamie, se ele não vier a existir porque Jonathan está morto, então por que eu ainda tenho a aliança que ele me deu?

Ele fitou o anel e eu vi um pequeno músculo contorcer-se junto à sua boca. Vi que seu rosto também estava pálido. Não sabia se seria prejudicial para ele pensar em Jonathan Randall agora, mas não havia muita escolha.

– Tem certeza de que Randall não teve um filho antes de morrer? – perguntou ele. – Isso explicaria tudo.

– Sim, explicaria – disse. – Mas, não, tenho certeza de que não. Frank... – minha voz tremeu um pouco ao pronunciar seu nome e a mão de Jamie apertou meu pulso com mais força – Frank explicou-me com detalhes as circunstâncias trágicas da morte de Jonathan Randall. Disse que ele, Jack Randall, morreu no Campo de Culloden, na última batalha da revolução, e que seu filho nasceu alguns meses depois da morte do pai. Sua viúva casou-se outra vez, alguns anos mais tarde. Ainda que houvesse um filho ilegítimo, ele não estaria na linha de antepassados de Frank.

A testa de Jamie estava franzida e uma fina linha vertical corria entre as sobrancelhas.

– Poderia talvez ser um erro, que a criança não fosse de Randall? Frank pode descender apenas da linhagem de Mary Hawkins, pois sabemos que ela ainda vive.

Balancei a cabeça, desanimada.

– Não vejo como. Se você tivesse conhecido Frank... mas, não, acho que nunca lhe contei. Quando me deparei com Jonathan Randall pela primeira vez, pensei naquele instante que ele *era* Frank. Não eram iguais, é claro, mas a semelhança era... impressionante. Não, Jack Randall foi um antepassado de Frank, sem dúvida.

– Entendi. – Os dedos de Jamie haviam ficado úmidos; retirou-os do meu pulso e limpou-os distraidamente em seu kilt.

– Então... talvez a aliança não signifique nada, *mo duinne* – sugeriu ele meigamente.

– Talvez não. – Toquei o metal, quente como minha própria pele, depois deixei a mão cair desamparadamente. – Ah, Jamie, eu não sei! Eu não sei de nada!

Ele esfregou os nós dos dedos na ruga entre seus olhos, cansado.

– Nem eu, Sassenach. – Abaixou a mão e tentou sorrir para mim. – Mas uma coisa é certa – falou. – Você disse que Frank lhe contou que Jonathan Randall morreria em Culloden?

– Sim. Na verdade, eu mesma disse isso a Jack Randall, para assustá-lo, em Wentworth, quando ele me colocou para fora, na neve, antes... antes de voltar para você. – Seus olhos e sua boca cerraram-se num súbito espasmo e eu girei os pés para o chão, alarmada.

– Jamie! Você está bem? – Tentei colocar a mão em sua cabeça, mas ele afastou-se, levantando-se e dirigindo-se à janela.

– Não. Sim. Tudo bem, Sassenach. Passei a manhã toda escrevendo cartas e minha cabeça parece prestes a explodir. Não se preocupe. – Afastou-me com um gesto, pressionando a testa contra a vidraça fria da janela, os olhos fechados. Continuou a falar, como se quisesse distrair-se da dor.

– Então se você... e Frank... sabiam que Jack Randall morreria em Culloden, mas nós sabemos que ele já morreu... então pode ser feito, Claire.

– O que pode ser feito? – Eu o rondava, ansiosa, querendo ajudá-lo, mas sem saber o que fazer. Claramente, ele não queria ser tocado.

– O que você sabe que acontecerá pode ser modificado. – Ergueu a cabeça da janela e sorriu para mim, com um ar cansado. Seu rosto ainda estava pálido, mas os vestígios do espasmo momentâneo haviam desaparecido. – Jack Randall morreu antes do devido tempo e Mary Hawkins se casará com outro homem. Ainda que isso signifique que seu Frank não nascerá... ou talvez nasça de alguma outra maneira – acrescentou ele, para me confortar –, também significa que temos uma chance de sermos bem-sucedidos naquilo que pretendemos fazer. Talvez Jack Randall não tenha morrido no Campo de Culloden porque a batalha que deveria ocorrer ali nunca acontecerá.

Pude ver o esforço que ele estava fazendo para se virar, para se aproximar de mim e envolver-me em seus braços. Abracei-o pela cintura, de leve, sem me mexer. Ele abaixou a cabeça, repousando a testa sobre meus cabelos.

– Sei que isso deve fazê-la sofrer, *mo duinne*. Mas não lhe dá alívio saber o bem que pode advir daí?

– Sim – murmurei por fim de encontro às pregas de sua camisa. Desvencilhei-me delicadamente de seus braços e coloquei a mão em seu rosto. A ruga entre suas sobrancelhas estava mais funda e seus olhos meio desfocados, mas ele sorriu para mim. – Jamie – disse –, vá para a cama se deitar. Mandarei um recado aos d'Arbanville avisando que não poderemos ir esta noite.

– Ah, não – protestou ele. – Vou ficar bem. Eu conheço este tipo de dor de cabeça, Sassenach; é por ter ficado escrevendo muito tempo e uma hora de sono vai curá-la. Vou subir agora.

Virou-se em direção à porta, depois hesitou e voltou-se outra vez, com um meio sorriso.

– E se eu gritar no meu sono, Sassenach, apenas coloque a mão sobre mim e diga "Jack Randall está morto". Tudo ficará bem comigo outra vez.

Tanto a comida quanto a companhia na casa dos d'Arbanville foram boas. Chegamos em casa tarde da noite e eu caí num sono profundo assim que minha cabeça encostou no travesseiro. Dormi um sono sem sonhos, mas acordei repentinamente no meio da noite, sentindo que havia algo errado.

A noite estava fria e a colcha de penas de ganso havia escorregado para o chão, como costumava acontecer, deixando apenas o fino cobertor de lã sobre mim. Rolei na cama, semiadormecida, buscando o calor do corpo de Jamie. Ele não estava ali.

Sentei-me, procurando-o, e o vi quase imediatamente acomodado na banqueta encaixada sob a janela, a cabeça entre as mãos.

– Jamie! O que foi? Está com dor de cabeça outra vez? – Tateei à cata da vela, pensando em ir buscar minha caixa de remédios, mas algo na maneira como estava sentado me fez abandonar a busca e ir para perto dele na mesma hora.

Ele respirava com dificuldade, como se tivesse corrido e, apesar do frio, seu corpo estava encharcado de suor. Toquei seu ombro e encontrei-o rígido e frio como uma estátua de metal.

Ele contraiu-se ao toque de minha mão e pôs-se de pé num salto, os olhos arregalados e fundos no quarto às escuras.

– Não quis assustá-lo – desculpei-me. – Você está bem?

Imaginei por um instante se ele não estaria com sonambulismo porque sua expressão não mudava; olhava direto através de mim e, o que quer que estivesse vendo, o apavorava.

– Jamie! – disse incisivamente. – Jamie, acorde!

Então ele piscou e me viu, embora seu rosto mantivesse a expressão desesperada de um animal caçado.

– Estou bem – disse ele. – Estou acordado. – Falava como se quisesse se convencer do fato.

– O que foi? Teve um pesadelo?

– Um sonho. Sim. Foi um sonho.

Dei um passo adiante e coloquei a mão em seu braço.

– Conte-me. Irá embora se você me contar.

Ele me segurou com força pelos braços, tanto para me impedir de tocá-lo quanto para se apoiar. Era noite de lua cheia e eu podia ver que cada músculo de seu corpo estava tenso, rígido e imóvel como uma pedra, mas pulsando de furiosa energia, pronto para explodir em ação.

– Não – disse ele, ainda parecendo aturdido.

– Sim – insisti. – Jamie, fale comigo. Conte-me. Conte-me o que está vendo.

– Não consigo... ver nada. Nada. Não consigo enxergar.

Puxei-o, virando-o das sombras do quarto para encarar o luar claro que entrava pela janela. A claridade pareceu ajudar, pois sua respiração arrefeceu e, aos poucos, as palavras dolorosamente entrecortadas vieram à tona.

Ele havia sonhado com as pedras da prisão de Wentworth. Enquanto falava, a sombra de Jonathan Randall entrou no quarto. E deitou-se, nu, na minha cama, em cima do cobertor de lã.

Havia o som de respiração rouca bem atrás dele e a sensação de pele encharcada de suor, deslizando contra a sua própria pele. Rangeu os dentes numa agonia de frustração. O homem atrás dele pressentiu o pequeno movimento e riu.

– Ah, nós ainda temos algum tempo antes de o enforcarem, meu rapaz – sussurrou ele. – Muito tempo para aproveitar. – Randall moveu-se repentina, rígida e bruscamente, e ele deixou escapar um gemido involuntário.

A mão de Randall acariciou seus cabelos para trás, afastando-os da testa e ajeitando-o atrás da orelha. O hálito quente estava junto ao seu ouvido e ele virou a cabeça para escapar, mas ele o seguiu nas palavras sussurradas.

– Já viu um homem enforcado, Fraser? – continuaram as palavras, sem aguardar pela resposta, e a mão delgada e longa envolveu sua cintura, acariciando a curva de sua barriga delicadamente, provocando-o cada vez mais para baixo a cada palavra. – Sim, claro que sim; você esteve na França, já viu desertores enforcados algumas vezes. Um homem enforcado esvazia os intestinos, não é? Conforme a corda aperta em volta do seu pescoço.

A mão o segurava, delicadamente, com firmeza, acariciando e esfregando. Ele agarrou a borda da cama com a mão que não fora dilacerada e enfiou o rosto no cobertor áspero, mas as palavras o perseguiram.

– Isso vai acontecer com você, Fraser. Só mais algumas horas e você sentirá o laço da forca. – A voz riu, satisfeita consigo mesma. – Você vai para a sua morte com a bunda ardendo do meu prazer, e quando liberar seus intestinos, será meu esperma que escorrerá pelas suas pernas e pingará no chão embaixo da forca.

Não emitiu nenhum som. Ele podia sentir o próprio cheiro, o corpo coberto de crostas de imundície da prisão, o cheiro cáustico do suor de medo e raiva. E também podia sentir o cheiro do homem atrás dele, o fedor do animal transpassando o perfume delicado da água de colônia de alfazema.

– O cobertor – disse ele. Seus olhos estavam fechados, o rosto tenso sob o luar. – Era áspero sob meu rosto, e tudo que eu podia ver eram as pedras da parede diante de mim. Não havia nada ali em que eu pudesse fixar minha mente... nada que eu pudesse ver. Assim, mantive os olhos cerrados e pensei no cobertor debaixo do meu rosto. Era tudo que eu podia sentir além da dor... e dele. Eu... me agarrei a isso.

– Jamie. Deixe-me abraçá-lo – falei num sussurro, tentando acalmar o furor que eu podia sentir correndo pelo seu sangue. Suas mãos agarravam meus braços com tanta força que eles ficaram dormentes, mas ele não permitia que eu me aproximasse. Mantinha-me à distância com a mesma força com que se agarrava a mim.

De repente, soltou-me, afastando-se com um salto e virando-se para a janela banhada pelo luar. Permaneceu ali, tenso e trêmulo, como a corda de um arco que tivesse acabado de lançar uma flecha, mas sua voz era calma.

– Não. Não vou usá-la dessa forma, Sassenach. Você não vai fazer parte disso.

Dei um passo em sua direção, mas ele me impediu com um movimento rápido. Voltou a virar o rosto para a janela, agora calmo e vazio como o vidro através do qual ele olhava.

– Vá para a cama, Sassenach. Deixe-me um pouco sozinho; logo estarei bem. Não há nada com que se preocupar agora.

Estendeu os braços, agarrando o batente da janela, encobrindo a luminosidade com seu corpo. Os músculos de seus ombros avolumaram-se e eu pude perceber que ele empurrava a madeira com todas as suas forças.

– Foi só um sonho. Jack Randall está morto.

• • •

Finalmente consegui dormir, com Jamie ainda parado à janela, olhando para fora, diretamente para a face da lua. Quando acordei ao amanhecer, ele dormia, curvado na banqueta da janela, enrolado em seu xale xadrez, com meu manto de viagem em volta das pernas para se aquecer.

Acordou com meus movimentos e me pareceu normal, com aquele seu jeito matinal irritantemente alegre. Mas eu não conseguia esquecer os acontecimentos da noite e depois do desjejum fui buscar minha caixa de remédios.

Para minha consternação, faltavam várias ervas de que eu precisava para o tônico para dormir que eu tinha em mente. Depois, entretanto, lembrei-me do homem de quem Marguerite me falara. Raymond, o comerciante de ervas, na rue de Varennes. Um bruxo, dissera ela. Um lugar que valia a pena ver. Muito bem. Jamie ficaria no armazém a manhã inteira. Eu tinha uma carruagem e um lacaio à minha disposição; resolvi ir à loja.

Um balcão de madeira limpo percorria o comprimento da loja de ambos os lados, com prateleiras com o dobro da altura de um homem estendendo-se do chão ao teto atrás do balcão. Algumas das prateleiras eram fechadas com portas de vidro com dobradiças, protegendo as substâncias mais raras e mais caras, imaginei. Cupidos gordos e dourados se espalhavam libidinosamente acima dos armários de prateleiras, tocando cornetas, agitando suas vestes diáfanas e, de um modo geral, parecendo ter bebido alguns dos produtos mais alcoólicos da loja.

– Monsieur Raymond? – perguntei educadamente à jovem mulher atrás do balcão.

– Maître Raymond – corrigiu-me ela. Limpou o nariz vermelho deselegantemente na manga do vestido e abanou a mão indicando os fundos da loja, onde nuvens sinistras de uma fumaça marrom flutuavam pela bandeira da meia-porta.

Bruxo ou não, Raymond tinha o cenário certo para bruxaria. Uma fumaça erguia-se de uma lareira de ardósia preta, enroscando-se sob as vigas pretas do teto baixo. Acima do fogo, uma prateleira de pedra perfurada aninhava alambiques de vidro, destiladores de cobre – vasilhames de metal com longos bicos, de onde substâncias sinistras pingavam em xícaras – e o que parecia ser uma pequena, porém útil destilaria. Aspirei o ar, cautelosamente. Entre os outros odores fortes na loja, um inebriante cheiro alcoólico distinguia-se claramente na direção do fogo. Uma fileira perfeita de frascos limpos ao longo de um aparador reforçava minhas desconfianças originais. Qualquer que fosse seu comércio em amuletos e poções, o mestre Raymond obviamente tinha um bem-sucedido negócio de licor de cereja de alta qualidade.

O próprio destilador estava curvado sobre o fogo, empurrando pedaços errátIcos de carvão de volta à lareira. Ouvindo-me entrar, aprumou-se e voltou-se para me cumprimentar com um sorriso amável.

– Como vai? – cumprimentei educadamente mirando o topo de sua cabeça. A impressão de que eu havia entrado no esconderijo de um mago era tão forte que eu não me surpreenderia se ouvisse um coaxar de sapo em resposta.

Na verdade, mestre Raymond não se parecia outra coisa senão um sapo grande e sorridente. Com menos de 1,50 metro de altura, peito redondo e pernas arqueadas, possuía a pele espessa e viscosa de um habitante dos pântanos, além de olhos pretos e amistosos, ligeiramente saltados. Fora o pequeno senão de que ele não era verde, tudo que lhe faltava eram verrugas.

– Madona! – exclamou ele, radiante. – Em que posso ter o prazer de servi-la? – Ele não possuía nem um dente, o que aumentava ainda mais a impressão de sapo, e eu fiquei olhando-o fixamente, fascinada.

– Madona? – disse ele, espreitando-me com um ar inquisitivo.

Percebendo subitamente o quanto eu estava sendo grosseira fitando-o daquela forma, atrapalhei-me, afogueada, e disse sem pensar:

– Só estava imaginando se já foi beijado por uma jovem princesa.

Fiquei ainda mais vermelha quando ele desatou a rir. Ainda com um largo sorriso, disse:

– Muitas vezes, senhora. Mas, pobre de mim, não adianta. Como bem pode ver. – E imitou o coaxar de um sapo.

Nós nos desmanchamos em incontidas gargalhadas, atraindo a atenção da vendedora, que espreitou por cima da meia-porta, espantada. Mestre Raymond abanou a mão para que ela fosse embora, em seguida caminhou mancando até a janela, tossindo e apoiando as mãos nos quadris. Abriu as vidraças, permitindo que um pouco da fumaça pudesse escapar.

– Ah, assim está bem melhor! – exclamou ele, inspirando profundamente o ar frio de primavera que penetrou no aposento. Virou-se para mim, alisando para trás os longos cabelos prateados na altura dos ombros. – Bem, madona. Já que somos amigos, talvez possa esperar um instante enquanto cuido de uma coisa.

Ainda corada, concordei imediatamente e ele virou-se para sua prateleira acima do fogo, ainda sacudindo-se de risadas enquanto enchia novamente o recipiente do alambique. Aproveitando a oportunidade para recobrar a compostura, andei a esmo pela sala de trabalho, olhando a surpreendente coleção de objetos desordenados.

Um crocodilo de bom tamanho, provavelmente empalhado, pendurava-se do teto. Observei, fascinada, as placas córneas da barriga amarela, duras e brilhantes como cera prensada.

– É de verdade? – perguntei, sentando-me à mesa arranhada de carvalho.

Mestre Raymond lançou um olhar para cima, sorrindo.

– Meu *crocodile*? Ah, sem dúvida, madona. Inspira confiança aos fregueses. – Fez um sinal com a cabeça indicando a prateleira que corria ao longo da parede, pouco acima da altura dos olhos. Estava repleta de botijas brancas de porcelana vitrificada, cada qual ornamentada com floreios dourados, flores e animais selvagens pintados, e um rótulo escrito em letras pretas e rebuscadas. Três das botijas mais próximas de mim estavam etiquetadas em latim, que traduzi com alguma dificuldade: sangue de crocodilo e o fígado e a bílis do mesmo animal, presumivelmente aquele que se balançava sinistramente acima de minha cabeça com a corrente de ar que soprava da loja principal.

Peguei uma das botijas, retirei a tampa e cheirei delicadamente.

– Mostarda – disse, torcendo o nariz – e tomilho. Em óleo de nozes, acho, mas o que usou para tornar o cheiro tão desagradável? – Inclinei a botija, examinando com ar crítico o líquido preto e lamacento.

– Ah, então seu nariz não é meramente decorativo, milady! – Um sorriso imenso cortou o rosto de sapo, revelando gengivas duras e azuladas.

– O material preto é a polpa estragada de uma cabaça – confidenciou ele, inclinando-se para mais perto e abaixando a voz. – Quanto ao cheiro... bem, na verdade é de fato sangue.

– Não de crocodilo – falei, erguendo os olhos.

– Tanto cinismo em alguém tão jovem – lamentou Raymond. – As damas e os cavalheiros da corte felizmente possuem uma natureza mais confiável, não que confiança seja a emoção que venha imediatamente à mente quando se trata da aristocracia. Não, na realidade é sangue de porco, madona. Porcos são bem mais disponíveis do que crocodilos.

– Hummm, sim – concordei. – Este deve ter lhe custado um bom dinheiro.

– Felizmente, eu o herdei do proprietário anterior junto com meu estoque atual. – Pensei ter visto um débil tremor de inquietação no fundo dos suaves olhos negros, mas nos últimos tempos eu me tornara excessivamente sensível a nuances de expressão de tanto observar as feições das pessoas nas festas em busca de pequenas pistas que pudessem ser úteis a Jamie em suas manipulações.

O pequeno e atarracado proprietário inclinou-se ainda mais para perto, colocando a mão sobre a minha, como se fosse me contar um segredo.

– Você é uma profissional, não é? – disse ele. – Devo lhe dizer, não parece.

Meu primeiro impulso foi retirar minha mão, mas o toque de sua mão era estranhamente reconfortante; bastante impessoal e, no entanto, inesperadamente caloroso e tranquilizador. Olhei os cristais de gelo recobrindo as bordas das vidraças da janela e pensei que aquilo já era demais; suas mãos sem luvas eram quentes, uma condição altamente incomum para qualquer pessoa naquela época do ano.

– Depende inteiramente do que queira dizer com o termo "profissional" – falei formalmente. – Sou uma curandeira.

– Ah, uma curandeira? – Inclinou-se para trás em sua cadeira, examinando-me com interesse. – Sim, foi o que pensei. Mais alguma coisa? Nada de ler a sorte, nada de feitiços de amor?

Senti uma momentânea dor de consciência ao recordar a época passada nas estradas com Murtagh, quando procurávamos Jamie pelas Terras Altas da Escócia, lendo a sorte e cantando como um casal de ciganos para poder comer.

– Nada desse tipo – respondi, corando ligeiramente.

– De qualquer modo, não é uma mentirosa profissional – disse ele, olhando-me com ar divertido. – Uma pena. Ainda assim, como posso ter o prazer de servi-la, senhora?

Expliquei minhas necessidades, e ele meneava a cabeça sabiamente enquanto escutava, os cabelos brancos e espessos balançando-se sobre os ombros. Não usava nenhuma peruca no recesso de sua loja nem empoava os cabelos. Eram escovados para trás, desde a testa alta e larga, e caíam lisos como uma vareta até os ombros, onde terminavam bruscamente, como se tivessem sido cortados com uma tesoura cega.

Era fácil conversar com ele, visto que possuía grande conhecimento sobre o uso de ervas e fitoterápicos. Pegou das prateleiras pequenos frascos de diferentes substâncias, sacudindo-os para retirar pequenas porções e esmagando as folhas na palma da mão para eu cheirar ou provar.

Nossa conversa foi interrompida pelo barulho de vozes altercadas na loja. Um lacaio elegantemente trajado se inclinou sobre o balcão, dizendo alguma coisa à jovem balconista. Ou melhor, tentando dizer alguma coisa. Suas débeis tentativas eram-lhe atiradas de volta por uma enxurrada de virulento dialeto provençal do outro lado do balcão. Era idiomático demais para que eu pudesse entender completamente, mas compreendi o teor geral de suas observações. Algo envolvendo repolhos e salsichas, nada lisonjeiro.

Eu estava refletindo sobre a estranha tendência dos franceses de se referirem a comida em qualquer tipo de discussão quando a porta da loja abriu-se repentinamente com uma forte pancada. Reforços se aproximaram rapidamente por trás do lacaio, sob a aparência de um tipo de personagem de bochechas pintadas de ruge e cheio de babados.

– Ah – murmurou Raymond, espreitando com interesse por baixo do meu braço o desenrolar do drama em sua loja. – A viscondessa de Rambeau.

– Você a conhece? – A balconista evidentemente conhecia, pois abandonou seu ataque ao criado de libré e recuou, encolhendo-se contra o armário de purgantes.

– Sim, senhora – disse Raymond, assentindo. – Ela é um pouco cara.

Entendi o que ele queria dizer quando a senhora em questão pegou a evidente fonte de discórdia, um pequeno jarro contendo uma planta em conserva, mirou e atirou-o com força e precisão consideráveis na porta de vidro do armário.

O barulho do impacto silenciou a comoção imediatamente. A viscondessa apontou um dedo longo e ossudo para a jovem.

– Você – disse ela, numa voz cortante como aparas de metal –, traga-me a poção negra. Imediatamente.

A jovem abriu a boca como se pretendesse protestar, depois, vendo a viscondessa levar a mão a outro míssil, fechou-a e saiu correndo para a sala dos fundos.

Antecipando-se à sua chegada, Raymond estendeu o braço resignadamente acima de sua cabeça e enfiou um frasco na mão da balconista quando ela atravessou a porta.

– Entregue-lhe isto – disse ele, encolhendo os ombros. – Antes que ela quebre mais alguma coisa.

Enquanto a balconista retornava timidamente à loja principal para entregar o frasco, ele virou-se para mim com uma expressão irônica.

– Veneno para uma rival – disse ele. – Ou ao menos é o que ela pensa.

– Ah, é mesmo? – exclamei. – E o que é na verdade? Cáscara-sagrada?

Olhou para mim, agradavelmente surpreso.

– Você é muito boa nisso – disse ele. – Um talento natural ou lhe ensinaram? Bem, não importa. – Abanou a mão grande, descartando o assunto. – Sim, isso mesmo, cáscara. A rival vai cair doente amanhã, sofrer visivelmente para satisfazer o desejo de vingança da viscondessa e convencê-la de que fez uma boa compra. Depois a vítima se recobrará, sem nenhum dano permanente, e a viscondessa atribuirá a recuperação à intervenção do padre ou a um antídoto feito por um feiticeiro contratado pela vítima.

– Hummm – disse. – E os danos à sua loja? – O sol do final de tarde brilhava nos fragmentos de vidro sobre o balcão e no único *écu*, uma antiga moeda francesa de prata que a viscondessa atirara como pagamento.

Raymond virou a palma da mão de um lado para o outro, no costume imemorial de indicar ambiguidade.

– Acaba ficando tudo igual – disse ele calmamente. – Quando ela voltar no mês que vem para um abortivo, eu cobrarei o suficiente não só para pagar os danos, mas para mandar fazer três armários novos. E ela pagará sem reclamar. – Sorriu brevemente, mas sem o humor demonstrado antes. – Tudo depende da hora certa, sabe.

Eu estava ciente dos olhos negros pestanejando com discernimento pela minha figura. Minha gravidez ainda não era visível, mas eu tinha certeza de que ele sabia.

– E o remédio que dará à viscondessa no mês que vem funciona? – perguntei.

– Tudo depende da hora certa – repetiu ele, inclinando a cabeça inquisitivamente para o lado. – Se administrado bem cedo, tudo irá bem. Mas é perigoso esperar muito tempo.

O tom de alerta em sua voz era claro e eu sorri para ele.

– Não é para mim – disse. – Só para saber.

Ele pareceu relaxar.

– Ah. Foi o que imaginei.

Um barulho prolongado vindo da rua anunciou a passagem da carruagem azul e prateada da viscondessa. O lacaio acenava e gritava de trás da carruagem, conforme os pedestres eram forçados a sair correndo para o abrigo de pórticos e becos a fim de não serem atropelados.

– *A la lanterne* – murmurei em voz baixa, repetindo a expressão gritada pela multidão ao escoltar as vítimas à guilhotina. Era raro que minha perspectiva incomum sobre assuntos corriqueiros me proporcionasse muita satisfação, mas esta certamente era uma dessas ocasiões. – Não pergunte por quem a carroça dos condenados clama – observei, voltando-me para Raymond. – Ela clama por ti.

Ele pareceu ligeiramente perturbado.

– Hã? Bem, de qualquer forma, a senhora estava dizendo que usa a betônica preta como purgativo? Eu costumo usar a branca.

– É mesmo? Por quê?

E sem mais nenhuma menção à viscondessa, nos sentamos para terminar minhas compras.

9

OS ESPLENDORES DE VERSALHES

Fechei a porta da sala de visitas silenciosamente atrás de mim e fiquei parada, imóvel por um instante, reunindo coragem. Ensaiei uma respiração funda para recobrar a serenidade, mas a pressão do espartilho com barbatanas de baleia fez o ar sair como uma respiração sufocada.

Jamie, imerso num punhado de notas de ordens de envio, ergueu a cabeça com o ruído e ficou paralisado, os olhos arregalados. A boca abriu-se, mas não emitiu nenhum som.

– Gosta? – Manuseando a cauda do vestido com um pouco de cautela, avancei pelo aposento, oscilando delicadamente como a costureira me instruíra, a fim de exibir as finas nesgas de seda plissada embutidas na sobressaia.

Jamie fechou a boca e piscou várias vezes.

– É... ah... vermelho, não? – observou ele.

– Um pouco. – *Sang-du-Christ*, para ser exata. Sangue de Cristo, a cor da moda desta temporada, ou assim me disseram.

– Nem toda mulher poderia usar esta cor, madame – dissera a costureira, a fala inalterada apesar da boca cheia de alfinetes. – Mas a senhora, com essa pele! Mãe de Deus, os homens vão se arrastar para baixo de sua saia a noite toda!

– Se algum tentar, pisarei nos dedos deles até esmagá-los – disse.

Afinal, esse não era absolutamente o efeito desejado. Mas eu realmente queria ser notada. Jamie insistiu para que eu mandasse fazer um traje que me destacasse na multidão. Apesar do torpor matinal, o rei havia evidentemente se lembrado de seu comparecimento ao *lever* e tínhamos sido convidados para um baile em Versalhes.

– Vou precisar da atenção dos homens ricos – dissera Jamie, fazendo planos comigo anteriormente. – E como eu mesmo não tenho uma posição notável nem poder, vamos ter que conseguir isso fazendo com que busquem minha companhia. – Deu um suspiro, olhando para mim, decididamente sem nenhum glamour em minha camisola de lã. – E receio que em Paris isso signifique frequentar um pouco a sociedade; aparecer na corte, se conseguirmos. Vão saber que sou escocês; será natural para as pessoas me perguntarem sobre o príncipe Charles e se a Escócia está esperando com ansiedade a volta dos Stuart. Então poderei assegurar-lhes discretamente que a maioria dos escoceses pagaria um bom dinheiro para *não* ter os Stuart de volta, embora a contragosto.

– Sim, é melhor ser discreto – concordei. – Ou o príncipe Charles pode soltar os cachorros em cima de você da próxima vez que for visitá-lo. – De acordo com seu plano de se manter bem-informado das atividades de Charles, Jamie fazia visitas semanais obrigatórias à pequena casa em Montmartre.

Jamie sorriu brevemente.

– Sim. Bem, no que diz respeito a Sua Alteza e aos partidários jacobitas, sou um leal simpatizante da causa Stuart. E como Charles Stuart não é recebido na corte e eu sou, as probabilidades de ele descobrir o que estou dizendo lá não são grandes. Os jacobitas em Paris mantêm-se, de um modo geral, reservados. Para começar, não têm o dinheiro necessário para frequentar os círculos da moda. Mas nós temos, graças a Jared.

Jared concordara – por razões inteiramente diversas – com a proposta de Jamie de ampliarmos seu círculo de relacionamentos comerciais, de modo que a nobreza francesa e os chefes das ricas famílias de banqueiros passassem a frequentar a casa. Nas reuniões sociais, seriam aliciados e seduzidos com vinho do Reno, boa conversa, bom entretenimento e grandes quantidades do bom uísque escocês que Murtagh passara as duas últimas semanas transportando pelo Canal e acompanhando por terra até nossas adegas.

– É o entretenimento de um tipo ou de outro que os atrai, sabe – dissera Jamie, esboçando planos no verso de um poema impresso que descrevia o caso escandaloso entre o conde de Sévigny e a mulher do ministro da Agricultura. – A nobreza só se preocupa com as aparências. Assim, para começar, precisamos oferecer-lhes alguma coisa interessante para admirarem.

A julgar pelo olhar estupefato em seu rosto, eu começara bem. Deslizei elegantemente pela sala, fazendo a imensa sobressaia balançar-se como um sino.

– Nada mau, hein? – perguntei. – Muito vistoso, de qualquer modo.

Ele recuperou a voz finalmente.

– Vistoso? – grasnou ele. – *Vistoso?* Meu Deus, posso ver cada centímetro seu, até a terceira costela!

Olhei para meu colo.

– Não, não pode. Não sou eu sob a renda, é um forro de *charmeuse* branco.

– Ah, bom, *parece* você! – Aproximou-se, inclinando-se para inspecionar o corpete do vestido. Olhou entre meus seios.

– Cristo, posso ver até o seu umbigo! Certamente você não pretende sair em público assim!

Irritei-me um pouco com o comentário. Eu mesma estava me sentindo meio nervosa com a transparência geral do vestido, apesar dos esboços que a costureira havia me mostrado. Mas a reação de Jamie me colocou numa atitude defensiva e, portanto, rebelde.

– Foi *você* quem me disse para chamar atenção – lembrei-lhe. – E isso não é absolutamente nada em relação à moda da corte. Acredite, eu serei a decência personificada comparada à madame de Pérignon e à duquesa de Rouen. – Coloquei as mãos na cintura e inspecionei-o friamente. – Ou vai querer que eu apareça na corte usando meu vestido de veludo verde?

Jamie desviou os olhos do meu *décolletage* e cerrou os lábios.

– Hummm – resmungou ele, com um ar escocês genuíno.

Tentando ser conciliatória, aproximei-me e coloquei a mão em seu braço.

– Vamos, Jamie – disse. – Você já esteve na corte; com certeza sabe como as mulheres se vestem. Sabe que não está terrivelmente exagerado para aqueles padrões.

Abaixou os olhos para mim e sorriu, um pouco envergonhado.

– Sim, é verdade. É que... bem, você é minha mulher, Sassenach. Não quero outros homens olhando para você da maneira como eu olhei para aquelas senhoras.

Eu ri e passei os braços ao redor de seu pescoço, puxando-o para me beijar. Ele me segurou pela cintura, os polegares inconscientemente acariciando a maciez da seda vermelha onde ela revestia meu torso. Suas mãos subiram, deslizando pelo tecido escorregadio, até minha nuca. A outra mão agarrou meu seio redondo e macio, saltando do arrocho do espartilho, voluptuosamente livre sob uma única camada de seda pura. Soltou-me por fim e empertigou-se, balançando a cabeça, em dúvida.

– Imagino que tenha que usar isso, Sassenach, mas pelo amor de Deus, tenha cuidado.

– Cuidado? Com o quê?

Sua boca contorceu-se num sorriso pesaroso.

– Por Deus, mulher, você não tem noção de sua aparência neste vestido? Dá-me vontade de cometer estupro agora mesmo. E esses malditos comedores de rã não têm meu comedimento. – Franziu a testa de leve. – Você podia... cobrir um pouco aí em cima? – Abanou vagamente a mão imensa na direção do próprio jabô de renda, preso com um alfinete de rubi. – Um babado... ou algo assim? Um lenço?

– Os homens não têm a menor noção de moda. Mas não se preocupe. A costureira disse que é para isso que serve o leque. – Com um rápido piparote, abri o leque enfeitado de rendas, que combinava com o vestido, um gesto que exigira quinze minutos de prática para aperfeiçoar, e abanei-o sedutoramente sobre o peito.

Jamie piscou pensativamente diante daquela performance, depois virou-se para pegar meu manto do armário.

– Faça-me um único favor, Sassenach – disse ele, cobrindo meus ombros com o pesado manto de veludo. – Arranje um leque maior.

No quesito de atrair a atenção, o vestido foi um sucesso absoluto. Quanto aos efeitos sobre a pressão sanguínea de Jamie, foi mais discutível.

Ele ficou pairando de modo protetor junto ao meu cotovelo, olhando ferozmente para qualquer homem que lançasse um olhar em minha direção, até que Annalise de Marillac, avistando-nos do outro lado do salão, veio flutuando em nossa direção, as feições delicadas emoldurando um sorriso de boas-vindas. Senti o sorriso em meu rosto congelar. Annalise de Marillac era uma "conhecida" de Jamie – segundo ele –, da época em que ele morou em Paris. Ela também era bonita, charmosa e primorosamente miúda.

– *Mon petit sauvage!* – disse ela, cumprimentando Jamie. – Tenho alguém que você precisa conhecer. Vários "alguéns", na verdade. – Inclinou a cabeça como uma boneca de porcelana na direção de um grupo de homens reunidos em torno de um tabuleiro de xadrez em um canto do salão, discutindo calorosamente sobre alguma coisa. Reconheci o duque d'Orleans e Gérard Gobelin, um banqueiro proeminente. Portanto, um grupo muito influente. – Venha jogar xadrez com eles – insistiu Annalise, pousando a mão de mariposa no braço de Jamie. – Será um bom lugar para Sua Majestade encontrá-lo mais tarde.

A presença do rei era esperada depois do jantar a que havia comparecido, dentro de uma ou duas horas. Nesse ínterim, os convidados vagavam de um lado a outro, conversando, admirando os quadros nas paredes, flertando por trás dos leques, consumindo balas e bombons, tortinhas de frutas e vinho, e desaparecendo a intervalos mais ou menos discretos em uma ou outra alcova pequena e fechada com cortinas. Esses pequenos compartimentos ficavam astuciosamente encaixados nos painéis de lambris dos salões, de tal forma que quase passavam despercebidos, a menos que você se aproximasse o suficiente para ouvir os ruídos que vinham lá de dentro.

Jamie hesitou, e Annalise puxou-o com mais firmeza.

– Venha – insistiu ela. – Não precisa temer por sua mulher. – Lançou um olhar de aprovação ao meu vestido. – Ela não vai ficar muito tempo sozinha.

– É isso que eu temo – balbuciou Jamie num sussurro. – Está bem, então, só um momento. – Desvencilhou-se momentaneamente da mão de Annalise e inclinou-se para sussurrar ao meu ouvido: – Se eu a encontrar numa dessas alcovas, Sassenach, o homem que estiver com você está morto. E quanto a você... – Suas mãos contorceram-se inconscientemente na direção do cinto de sua espada.

– Ah, não, não vai não – retruquei. – Você jurou sobre sua adaga que nunca mais bateria em mim. A adaga sagrada não está valendo mais nada?

Um sorriso relutante lhe repuxou a boca.

– Não, não vou bater em você, embora bem que gostaria.

– Ótimo. O que pretende fazer então? – perguntei, provocando-o.

– Pensarei em alguma coisa – respondeu ele, com certa crueldade. – Não sei o quê, mas você não vai gostar.

E com um último olhar penetrante ao redor e um aperto possessivo no meu ombro, deixou que Annalise o levasse dali, como um pequeno mas entusiástico rebocador puxando uma barca relutante.

Annalise tinha razão. Não mais desencorajados pela presença ostensiva de Jamie, os cavalheiros da corte caíram sobre mim como um bando de papagaios sobre um maracujá maduro.

Minha mão foi beijada inúmeras vezes e demoradamente retida, dezenas de cumprimentos floreados foram feitos e taças de vinho condimentado me foram trazidas numa procissão infindável. Após meia hora de atenções, meus pés começaram a doer. Assim como meu rosto, de tanto sorrir. E minha mão, de tanto abanar o leque.

Tive que admitir uma certa gratidão a Jamie pela intransigência na questão do leque. Cedendo às suas susceptibilidades, levara comigo o maior leque que eu possuía, uma coisa enorme, de uns 30 centímetros, pintado com o que pretendia ser uma cena de veados escoceses saltando pelo urzal. Jamie criticara o artista, mas aprovara o tamanho. Abanando graciosamente o leque, na tentativa de afastar as atenções de um ardoroso jovem vestido de púrpura, abri-o discretamente sob meu queixo para desviar farelos enquanto comia uma torrada com salmão.

E não apenas farelos de torrada. Enquanto Jamie, de seu lugar privilegiado 30 centímetros acima de mim, alegara ser capaz de ver meu umbigo, este estava a salvo do escrutínio dos cortesãos franceses, a maioria dos quais era mais baixa do que eu. Por outro lado...

Eu sempre gostara de aconchegar-me no peito de Jamie, meu nariz encaixando-se confortavelmente na pequena cavidade no centro. Alguns dos indivíduos mais baixos e mais ousados entre meus admiradores pareciam inclinados a desfrutar experiência semelhante. Tais atenções me mantinham ocupada, abanando o leque com força suficiente para lançar seus cachos para trás, descobrindo-lhes os rostos. Se isso não bastasse para desencorajá-los, eu fechava o leque com um estalo e batia-o vigorosamente em suas cabeças.

Foi um alívio considerável ouvir o criado de libré parado à porta empertigar-se repentinamente e entoar:

– *Sa Majesté, le roi Louis!*

Embora o rei possa acordar ao nascer do sol, aparentemente ele desabrochava à noite. Não muito mais alto do que o meu um metro e setenta, Luís chegou com a postura de um homem bem maior, olhando para a direita e para a esquerda, meneando a cabeça em elegante reconhecimento de seus súditos curvados em mesuras para cumprimentá-lo.

Esse, pensei, examinando-o de cima a baixo, estava muito mais de acordo com minhas ideias de como um rei *deveria* ser. Embora nada tivesse de particularmente atraente, agia como se o fosse; uma impressão intensificada não só pela suntuosidade de suas roupas, mas pela atitude dos que o cercavam. Usava a peruca penteada para trás como ditava a última moda e seu casaco era de veludo, bordado em toda a extensão com centenas de frívolas borboletas de seda. Era cortado na cintura, expondo um colete de luxuosa seda de cor creme com botões de diamantes combinando com as grandes fivelas em forma de borboleta em seus sapatos.

Os olhos escuros e velados varriam a multidão incansavelmente e o arrogante nariz Bourbon empinava-se como se quisesse detectar algum item de interesse.

Vestido de kilt e xale de tartã, mas com um casaco e colete de seda amarela reforçada, e com seus cabelos flamejantes soltos até os ombros, uma única trança pequena de um lado, de acordo com antigo costume escocês, Jamie definitivamente se qualificava. Ao menos, achei que tinha sido Jamie quem atraíra a atenção do rei, quando *le roi Louis* deu uma guinada de forma resoluta e veio em nossa direção, apartando a multidão diante dele como as ondas do mar Vermelho. Madame Nesle de La Tourelle, que reconheci de uma festa anterior, seguia-o de perto como um pequeno barco na esteira de um navio.

Eu havia me esquecido do vestido vermelho; Sua Majestade parou diretamente à minha frente e fez uma mesura exagerada, a mão sobre a cintura.

– *Chère* madame! – disse ele. – Estamos encantados!

Ouvi Jamie inspirar fundo, em seguida deu um passo à frente e fez uma reverência para o rei.

– Permita-me apresentar-lhe minha mulher, Vossa Majestade: a senhora de Broch Tuarach. – Ergueu-se e deu um passo para trás. Atraída por um ligeiro meneio da mão de Jamie, olhei para ele por um instante, sem compreender, até perceber repentinamente que ele estava me sinalizando para fazer uma reverência.

Dobrei o joelho automaticamente, esforçando-me para manter os olhos no chão e me perguntando para onde eu deveria olhar quando me erguesse outra vez. Madame Nesle de La Tourelle estava parada bem atrás de Luís, observando as apresentações com um olhar ligeiramente entediado no rosto. Os mexericos diziam que "Nesle" era a atual favorita do rei. Ela estava, conforme a moda vigente, usando um vestido cortado *embaixo* de ambos os seios, com um pedacinho de tecido transparente superposto, que obviamente só devia estar ali por questões de moda, já que não servia nem para aquecer nem para ocultar nada.

Entretanto, não foi nem o vestido nem a visão que ele oferecia que me abalaram. Os seios de "Nesle", embora razoavelmente adequados no tamanho, agradáveis nas proporções e encimados por grandes aréolas de uma cor marrom-clara, eram adornados com um par de joias de mamilo que fazia os engastes tornarem-se totalmente insignificantes. Um par de cisnes encravados de diamantes com olhos de rubi esticava seus pescoços um em direção ao outro, oscilando precariamente em seus poleiros de ouro no formato de um galho arqueado. O trabalho artístico era esplêndido e o material impressionante, mas o que me deixou um pouco tonta foi o fato de cada prendedor da joia, o poleiro de ouro, na realidade *atravessar* o mamilo. Na verdade, os mamilos estavam seriamente invertidos, mas o fato era disfarçado pela enorme pérola que cobria cada um, penduradas em uma fina corrente de ouro que formava uma alça de um lado a outro do galho arqueado.

Ergui-me, ruborizada e tossindo, e consegui pedir licença, segurando educadamente um lenço junto à boca enquanto recuava. Senti uma presença às minhas costas e parei exatamente a tempo de evitar uma colisão com Jamie, que observava a amante do rei sem nenhuma preocupação de fingir educadamente que não tinha notado.

– Ela disse a Marie d'Arbanville que mestre Raymond foi quem fez a perfuração dos mamilos para ela – observei, num sussurro. Seu olhar fascinado não se desviou.

– Devo marcar uma hora com ele? – perguntei. – Imagino que ele faria isso para mim se eu lhe desse a receita do tônico de cominho.

Jamie olhou para mim finalmente. Segurando-me pelo cotovelo, conduziu-me a uma das alcovas de descanso.

– Se você sequer *falar* com mestre Raymond outra vez – disse ele discretamente –, eu os perfurarei para você eu mesmo, com os dentes.

A essa altura, o rei já havia se dirigido ao Salão de Apolo, e o espaço vazio deixado por sua passagem foi logo preenchido por outras pessoas vindas da sala de jantar. Vendo Jamie absorto numa conversa com monsieur Genet, patriarca de uma rica família de armadores, olhei furtivamente ao redor, à procura de um lugar onde pudesse tirar meus sapatos por alguns instantes.

Uma das alcovas estava perto e, pela ausência de sons, desocupada. Despachei um insistente admirador com um pedido de um pouco mais de vinho e, em seguida, com uma olhadela à minha volta, deslizei para dentro da alcova.

Era mobiliada sugestivamente com um sofá, uma mesinha e duas cadeiras – mais adequadas para servir de suporte a peças de vestuário do que para servir de assento, pensei com ar crítico. Sentei-me ainda assim, arranquei os sapatos e coloquei os pés sobre a outra cadeira.

Um leve tinir das argolas da cortina atrás de mim anunciou que minha partida, afinal de contas, não passara despercebida.

– Madame! Finalmente estamos a sós!

– Sim, infelizmente – disse, suspirando. Era um dos incontáveis condes, pensei. Ou não, este era um visconde; alguém o apresentara a mim antes como o visconde de Rambeau. Um dos baixinhos. Lembrei-me de seus olhinhos como duas miçangas brilhantes, erguidos para mim extasiados de um ponto abaixo do leque.

Sem perder tempo, deslizou habilmente para a outra cadeira, levantando meus pés e colocando-os no colo. Agarrou ardentemente meus dedos revestidos de meias de seda contra a sua forquilha.

– Ah, *ma petite*! Quanta delicadeza! Sua beleza me deixa perturbado!

Achei que devia estar perturbado mesmo, se ele estava sob a ilusão de que meus pés eram particularmente delicados. Erguendo um deles aos lábios, mordiscou meus dedos.

– *C'est un cochon qui vit dans la ville, c'est un cochon qui vit...*

Arranquei meu pé de suas mãos e levantei-me apressadamente, um pouco atrapalhada com minhas anáguas volumosas.

– Por falar em *cochons* que moram na cidade – falei, um pouco nervosa –, acho que meu marido não ficaria nem um pouco satisfeito de encontrá-lo aqui.

– Seu marido? Ora! – Desprezou Jamie com um leve abano da mão. – Ele vai estar ocupado por algum tempo, tenho certeza. E enquanto o gato está fora... venha para mim, *ma petite souris*; deixe-me ouvi-la guinchar, minha ratinha.

Provavelmente pretendendo se fortalecer para a refrega, o visconde tirou uma caixa de rapé esmaltada do bolso, salpicou com destreza uma linha de grãos escuros ao longo das costas da mão e limpou-a delicadamente nas narinas.

Respirou fundo, os olhos brilhando de expectativa, depois virou a cabeça de modo brusco quando a cortina foi subitamente afastada com um chacoalhar de argolas de metal. Com a atenção desviada pela intrusão, o visconde espirrou diretamente no meu colo com considerável vigor.

Dei um berro.

– Seu homenzinho *nojento*! – disse e atingi-o em cheio no rosto com meu leque fechado.

O visconde cambaleou para trás, os olhos lacrimejando. Tropeçou nos meus sapatos tamanho 38 que estavam no chão e caiu de cabeça nos braços de Jamie, parado na entrada.

– Bem, você *realmente* conseguiu atrair uma certa dose de atenção – falei finalmente.

– Hump – disse ele. – O *filho da mãe* teve sorte de eu não ter arrancado sua cabeça e o obrigado a engoli-la.

– Bem, teria sido um espetáculo interessante – concordei secamente. – Mas afundá-lo na fonte teve quase o mesmo efeito.

Ele ergueu os olhos, o ar carrancudo substituído por um riso relutante.

– Sim, bem. Afinal, eu não afoguei o sujeito.

– Tenho certeza de que o visconde agradece seu comedimento.

Ele bufou outra vez. Estava de pé no meio de uma sala de estar, parte de um pequeno *appartement* no palácio, para o qual o rei, depois que parou de rir, nos enviara, insistindo que não deveríamos empreender a viagem de volta a Paris nesta noite.

– Afinal, *mon chevalier* – dissera ele, examinando a figura enorme, escorrendo água, no terraço –, ficaríamos extremamente aborrecidos se você pegasse um resfriado. Tenho certeza de que, nesse caso, a corte seria privada de um bocado de divertimento e madame jamais me perdoaria. Não é, querida? – Ele estendeu o braço e beliscou madame de La Tourelle de brincadeira em um dos mamilos.

Sua amante pareceu ligeiramente aborrecida, mas sorriu obedientemente. Notei, entretanto, que assim que a atenção do rei se desviou, foi em Jamie que seu olhar se demorou. Bem, ele era impressionante, eu tinha que admitir, parado ali, escorrendo água à luz de tochas, com as roupas coladas ao corpo. Isso não queria dizer que eu gostasse do que ela estava fazendo.

Ele tirou a camisa molhada e a jogou numa pilha de roupas encharcadas. Era ainda mais impressionante sem ela.

– Quanto a você – disse ele, olhando-me de maneira sinistra. – Eu não lhe disse para ficar longe daquelas alcovas?

– Sim. Mas fora isso, sra. Lincoln, o que achou da peça? – perguntei educadamente.

– O quê? – Fitou-me como se eu tivesse acabado de perder a sanidade.

– Deixe pra lá; está um pouco fora de seu quadro de referência. Eu só quis dizer: encontrou alguém útil antes de ir defender seus direitos conjugais?

Ele esfregou os cabelos vigorosamente com uma toalha retirada do lavatório.

– Ah, sim. Joguei xadrez com monsieur Duverney. E ainda o derrotei e o deixei furioso.

– Ah, parece promissor. E quem é monsieur Duverney?

Atirou-me a toalha, rindo.

– O ministro francês das Finanças, Sassenach.

– Ah. E você está satisfeito porque o deixou com raiva?

– Ele ficou com raiva de si mesmo por perder, Sassenach – explicou Jamie. –

Agora ele não vai descansar enquanto não me derrotar. Vai nos visitar no domingo para jogarmos outra vez.

– Ah, muito bem! – disse. – E no processo você pode assegurar-lhe que as perspectivas dos Stuart são extremamente débeis e convencê-lo de que Luís não quer ajudá-los financeiramente, parente ou não.

Meneou a cabeça confirmando e penteou os cabelos úmidos para trás com as mãos. O fogo ainda não fora aceso e ele estremeceu ligeiramente.

– Onde aprendeu a jogar xadrez? – perguntei, curiosa. – Não sabia que você jogava xadrez.

– Colum MacKenzie me ensinou – disse ele. – Quando eu tinha 16 anos e passei um ano no Castelo Leoch. Tive tutores de francês, alemão, matemática e outras matérias, mas eu ia ao quarto de Colum toda noite jogar xadrez por uma hora. Não que ele necessariamente precisasse de uma hora para me derrotar – acrescentou com ar pesaroso.

– Não é de se admirar que jogue bem – disse. Colum, o tio de Jamie, vítima de uma enfermidade deformadora que o privava de quase toda sua mobilidade, compensava esse fato com uma mente que teria deixado Maquiavel com vergonha.

Jamie levantou-se e desabotoou o cinto de sua espada, estreitando os olhos para mim.

– Não pense que eu não sei o que você está pretendendo, Sassenach. Mudando de assunto e me lisonjeando como uma cortesã. Eu não lhe falei a respeito das alcovas?

– Você disse que não pretendia me bater – lembrei-o, sentando um pouco mais longe dele, só por segurança.

Ele bufou outra vez, atirando o cinto sobre a cômoda e deixando o kilt cair junto à camisa encharcada.

– Eu pareço o tipo de homem que bateria numa mulher grávida? – perguntou ele.

Olhei-o em dúvida. Completamente despido, com os cabelos em cachos ruivos e úmidos e as cicatrizes brancas ainda visíveis em seu corpo, ele parecia ter acabado de saltar de um navio viking, pensando em saque e estupro.

– Na verdade, você parece capaz de qualquer coisa – disse-lhe. – Quanto às alcovas, sim, você me avisou. Acho que deveria ter ido lá fora para tirar meus sapatos, mas como eu ia saber que o idiota iria me seguir e começar a morder meus dedos? E se não pretende me bater, o que exatamente tinha em mente? – Segurei os braços da cadeira com força.

Ele se deitou na cama e riu para mim.

– Tire seu vestido de prostituta, Sassenach, e venha para a cama.

– Por quê?

– Bem, eu não posso espancá-la nem jogá-la na fonte. – Deu de ombros. – Pretendia fazer um terrível sermão, mas não acho que vou conseguir manter os olhos abertos por tanto tempo. – Bocejou magnificamente, depois pestanejou e riu de novo para mim. – Lembre-me de fazer isso de manhã, está bem?

– Está melhor agora? – Os olhos azul-escuros de Jamie estavam turvos de preocupação. – Está certo você ficar assim tão enjoada, Sassenach?

Afastei os cabelos das minhas têmporas molhadas de suor e passei uma toalha úmida pelo rosto delicadamente.

– Eu não sei se está *certo* – disse fracamente –, mas ao menos acho que é normal. Algumas mulheres enjoam durante toda a gravidez. – Não era um pensamento agradável no momento.

Jamie olhou não para o relógio festivamente pintado que havia sobre a mesa, mas para fora da janela, para o sol, como de costume.

– Sente-se bastante bem para descer para o desjejum, Sassenach, ou devo dizer à camareira para trazer alguma coisa numa bandeja?

– Não. Estou muito bem agora. – E estava. À estranha maneira do enjoo matinal, assim que a inexorável náusea terminara de realizar seu objetivo, eu fiquei perfeitamente bem em questão de minutos. – Deixe-me apenas lavar a boca.

Quando me inclinei sobre a bacia, a água fria escorrendo pelo meu rosto, ouviu-se uma batida na porta do *appartement*. Provavelmente o criado que fora despachado à casa em Paris para trazer roupas limpas, imaginei.

Para minha surpresa, entretanto, era um cortesão, com um convite por escrito para o almoço.

– Sua Majestade almoçará hoje com um nobre inglês – explicou o cortesão – recém-chegado a Paris. Sua Majestade convocava diversos comerciantes ingleses proeminentes da *Cité* para o almoço a fim de proporcionar a Sua Excelência, o duque, a companhia de alguns compatriotas. E alguém observou a Sua Majestade que a madame sua esposa é uma dama inglesa também e, assim, deveriam ser convidados a comparecer.

– Muito bem – disse Jamie, depois de lançar um olhar para mim. – Pode dizer a Sua Majestade que ficaremos honrados em permanecer para o almoço.

Pouco depois, Murtagh chegou, circunspecto como sempre, carregando uma grande trouxa de roupas limpas, bem como minha caixa de remédios, conforme eu havia pedido. Jamie encaminhou-o à sala de estar para lhe dar instruções para o dia enquanto eu apressadamente tentava me enfiar num vestido limpo, pela primeira vez lamentando minha recusa em empregar uma criada de quarto. Sempre alvoroçados, o estado dos meus cabelos não melhorara depois de dormir bem abraçada a um escocês grande e úmido; os cachos embaraçados se eriçavam para todas as direções, resistindo a qualquer tentativa de domá-los com escova e pente.

Finalmente emergi na sala, afogueada e irritada com o esforço, mas os cabelos pelo menos aparentavam estar penteados. Jamie olhou para mim e murmurou qualquer coisa sobre ouriços em voz baixa, mas recebeu um olhar fulminante em resposta e teve o bom senso de calar-se.

Um passeio a pé pelos gramados, em meio aos canteiros de flores e fontes dos jardins do palácio, fez muito pela restauração da minha serenidade. A maioria das árvores ainda estava sem folhas, mas o dia estava inesperadamente quente para o final de março e o cheiro dos brotos despontando nos galhos era penetrante e fresco. Era quase possível sentir a seiva subindo pelas elevadas castanheiras e choupos que ladeavam os caminhos e abrigavam as centenas de estátuas de mármore branco.

Parei ao lado de uma estátua de um homem com uma túnica drapeada, uvas nos cabelos e uma flauta nos lábios. Um bode grande, sedoso, mordia vorazmente mais uvas que desciam em cascata pelas pregas de mármore da túnica.

– Quem é? – perguntei. – Pã?

Jamie balançou a cabeça, sorrindo. Ele vestia seu kilt velho e um casaco gasto, embora confortável, mas parecia-me muito melhor do que os cortesãos luxuosamente vestidos que passavam por nós em grupos tagarelas.

– Não, acho que existe uma estátua de Pã por aí, mas não é essa. Essa é um dos Quatro Humores do Homem.

– Bem, ele parece bem-humorado – brinquei, erguendo os olhos para o amigo sorridente do bode.

Jamie riu.

– E você é médica, Sassenach! Não é essa espécie de humor. Não conhece os quatro humores que compõem o corpo humano? Este representa o Sangue – indicou o flautista, depois apontou mais adiante – e aquele, a Melancolia. – Era um homem alto usando uma espécie de toga, segurando um livro aberto.

Jamie apontou para o outro lado do caminho.

– Lá está a Cólera. – Um jovem nu e musculoso, que sem dúvida tinha o cenho ferozmente carregado, sem tomar conhecimento do leão de mármore que estava prestes a mordê-lo na perna. – E aquela é a Fleuma.

– É mesmo? – Fleuma, um cavalheiro barbado, com um chapéu dobrado, tinha os braços cruzados e uma tartaruga aos pés.

– Hummm – observei.

– Os médicos não aprendem sobre os humores na sua época? – perguntou Jamie, curioso.

– Não – respondi. – Em vez disso, temos os germes.

– Verdade? Germes – disse ele consigo, experimentando a palavra, fazendo-a rolar na língua com um sotaque escocês, o que a fazia parecer extremamente sinistra. – Gerrrmes. E como são os germes?

Ergui os olhos para uma representação da América, uma jovem donzela casadoura, trajando saia e touca emplumadas, com um crocodilo aos pés.

– Bem, não dariam nem de longe estátuas tão pitorescas – disse.

O crocodilo aos pés da América me fez lembrar da loja de mestre Raymond.

– Falava a sério quando disse que não queria que eu fosse à loja de mestre Raymond? – perguntei. – Ou apenas não quer que eu perfure os mamilos?

– Definitivamente não quero que você perfure os mamilos – disse ele com firmeza, segurando-me pelo cotovelo e conduzindo-me apressadamente em frente, com receio de que eu pudesse extrair alguma ideia desagradável dos seios desnudos da América. – Mas também não quero que vá à loja do mestre Raymond. Há boatos sobre o sujeito.

– Há boatos sobre todo mundo em Paris – observei –, e eu poderia apostar que mestre Raymond conhece todos eles.

Jamie fez um sinal afirmativo com a cabeça, os cabelos brilhando na pálida luz de primavera.

– Ah, sim, imagino que sim. Mas acho que posso ficar sabendo o que for útil nas tavernas e salas de estar. Dizem que mestre Raymond está no centro de um determinado círculo, mas não de simpatizantes jacobitas.

– É mesmo? Quem, então?

– Cabalistas e ocultistas. Bruxos, talvez.

– Jamie, você não se preocupa seriamente com bruxas e demônios, não é?

Havíamos chegado à parte do jardim conhecida como "Tapete Verde". No começo da primavera, o verde do imenso gramado não passava de um tom desbotado, mas as pessoas reclinavam-se na grama ou vagueavam sem pressa, aproveitando o dia raro de tempo agradável.

– Bruxos, não – disse ele finalmente, encontrando um lugar perto de uma sebe de forsítea e sentando-se na grama. – O conde St. Germain, talvez.

Lembrei-me da expressão dos olhos escuros do conde St. Germain em Le Havre e estremeci, apesar do sol e do xale de lã que eu usava.

– Acha que ele está associado a mestre Raymond?

Jamie encolheu os ombros.

– Não sei. Mas foi você quem me contou os rumores sobre St. Germain, não foi? E se mestre Raymond fizer parte desse círculo, então acho que você deve ficar bem longe dele, Sassenach. – Lançou-me um sorriso enviesado. – Afinal, prefiro não ter que salvá-la da fogueira outra vez.

As sombras sob as árvores me fizeram lembrar da escuridão fria do buraco dos ladrões em Cranesmuir. Estremeci e aproximei-me mais de Jamie, saindo para a luz do sol.

– Também prefiro.

Os pombos cortejavam na grama sob um arbusto florescente de forsítea. As damas e os cavalheiros da corte desenvolviam atividades semelhantes nos caminhos que atravessavam os jardins de esculturas. A diferença principal é que os pombos eram mais discretos.

Uma aparição em seda na cor verde-água surgiu à retaguarda de nosso local de repouso, em espalhafatosas exclamações sobre o caráter divino da peça teatral da noite anterior. As três damas que acompanhavam o cavalheiro, embora não com tanto exagero, repetiam suas opiniões enfaticamente.

– Magnífica! Absolutamente magnífica, a voz de La Couelle!

– Ah, magnífica! Sim, excelente.

– Maravilhosa, maravilhosa! Magnífica é a única palavra para descrevê-la!

– Ah, sim, magnífica!

As vozes – dos quatro – eram estridentes como pregos sendo arrancados da madeira. Em contraste, o pombo fazendo sua parte a alguns metros de meu nariz tinha um arrulho baixo e doce, elevando-se de um rumor apaixonado, profundo, a um assobio ofegante enquanto estufava o peito e fazia repetidas reverências, colocando seu coração aos pés de sua amada, que até então não parecia muito interessada.

Olhei além do pombo, para o cortesão acetinado em verde-água, que voltara correndo para resgatar um lenço enfeitado de renda, timidamente deixado cair como isca por uma de suas companheiras.

– As mulheres chamam este tipo de "L'Andouille" – observei. – Por que será?

Jamie resmungou sonolentamente e eu abri um olho para seguir o cortesão que se afastava.

– Hummm? Ah, "A Salsicha". Significa que ele não consegue manter seu "Roger" nas calças. Você conhece o tipo... mulheres, lacaios, cortesãos, pajens. Cãezinhos de estimação também, se os boatos forem verdadeiros – acrescentou ele, estreitando os olhos na direção da seda verde-água que já desaparecera, e de onde uma dama da corte agora se aproximava, um feixe de pelos brancos e fofos agarrado protetoramente a seus fartos seios. – Imprudente. Eu não arriscaria o meu nem perto de uma dessas bolinhas de pelo esganiçadas.

– Seu "Roger"? – perguntei, achando graça. – Costumava ouvir chamarem-no de "Peter", de vez em quando. E os ianques, por alguma estranha razão, chamavam os seus de "Dick". Uma vez, chamei um paciente que estava me importunando de "Clever Dick", querendo dizer "engraçadinho", e ele quase rompeu os pontos de tanto rir.

Jamie também riu, espreguiçando-se voluptuosamente no sol de primavera. Piscou uma ou duas vezes e rolou sobre o corpo, rindo para mim de cabeça para baixo.

– Você causa o mesmo efeito em mim, Sassenach – disse ele. Alisei seus cabelos para trás, retirando-os de sua testa, e beijei-o entre os olhos.

– Por que os homens lhe dão nomes? – perguntei. – "John Thomas", por exemplo. Ou "Roger" também. As mulheres não fazem isso.

– Não? – perguntou Jamie, interessado.

– Não, claro que não. É mais fácil eu chamar meu nariz de "Jane".

Seu peito subiu e desceu enquanto ele ria. Rolei-me para cima dele, desfrutando do seu corpo sólido debaixo de mim. Pressionei meus quadris de encontro a ele, mas as camadas de anáguas entre nós transformaram o movimento mais em um gesto do que qualquer outra coisa.

– Bem – disse Jamie, de forma lógica –, o seu não fica subindo e descendo sozinho, afinal, nem vai em frente independentemente de sua própria vontade. Até onde eu saiba, pelo menos – acrescentou ele, arqueando uma das sobrancelhas inquisitivamente.

– Não, graças a Deus. Pergunto-me se os franceses chamam o deles de "Pierre" – disse, olhando para um almofadinha que passava em *moiré* verde forrado de veludo.

Jamie explodiu numa gargalhada que espantou os pombos do arbusto de forsítea. Saíram batendo as asas num farfalhar de indignação, espalhando penugens cinzentas em seu rastro. O cãozinho branco e felpudo, até então satisfeito em refestelar-se nos braços de sua dona como uma trouxa de trapos, acordou repentinamente, tomando consciência de suas responsabilidades. Saltou de seu ninho aconchegante como uma bola de pingue-pongue e saiu correndo atrás dos pombos, latindo como um louco, sua dona gritando da mesma forma atrás dele.

– Não sei, Sassenach – disse ele, recobrando-se o suficiente para enxugar as lágrimas. – O único francês que já ouvi dar um nome a isto chamou o seu de "Georges".

– *Georges!* – repeti, alto o suficiente para atrair a atenção de um pequeno grupo de cortesãos que passava por ali. Um deles, um espécime baixo, mas animado, vestindo um dramático cetim listrado de preto e branco, parou junto a nós e fez uma profunda saudação, varrendo o chão aos meus pés com seu chapéu. Um dos olhos ainda estava fechado do inchaço e havia uma marca roxa na ponte do seu nariz, mas seu estilo estava impecável.

– *À votre service,* madame – disse ele.

Eu poderia ter conseguido, se não fosse pelos malditos rouxinóis. O salão de jantar estava quente e apinhado de cortesãos e espectadores, uma das barbatanas da armação do meu vestido se soltara e agora fincava-se cruelmente sob o rim esquerdo toda vez que eu inspirava, e eu estava sofrendo da mais comum de todas as pragas da gravidez – a necessidade de urinar a cada intervalo de alguns minutos. Ainda assim, eu poderia ter conseguido. Era, afinal, uma grave violação das boas maneiras deixar a mesa antes do rei, embora o almoço fosse um acontecimento informal em comparação aos jantares convencionais frequentes em Versalhes – ou assim haviam me dado a entender. "Informal", entretanto, era um termo relativo.

É verdade, havia apenas três variedades de picles condimentados, e não oito. E um caldo leve, e não uma sopa grossa. A carne de cervo era apenas assada, não servida *en brochette*, e o peixe, embora saborosamente cozido no vinho, era servido em filés, e não inteiro, e montado num mar de mousse gelatinosa recheada de camarão.

Entretanto, como se frustrado por tanta simplicidade rústica, um dos chefs nos brindou com um encantador *hors-d'oeuvre* – um ninho habilmente construído com tiras finas de massa, ornamentado com raminhos verdadeiros de macieira em flor, na ponta dos quais estavam pousados dois rouxinóis, sem pele, assados recheados com maçã e canela, e depois recobertos com suas penas outra vez. E no ninho estava a família inteira de filhotes de rouxinol, minúsculos tocos de asas estendidas, bem tostadas e crocantes, a pele macia, depenada, besuntada de mel, bicos enegrecidos abertos, mostrando uma parte mínima, quase imperceptível, do recheio de pasta de amêndoas lá dentro.

Após uma volta triunfal pela mesa para exibir o acepipe – ao acompanhamento de murmúrios de admiração ao redor –, a iguaria foi colocada diante do rei, que se desviou de sua conversa com madame de La Tourelle por tempo suficiente para espetar um dos filhotes do passarinho do seu lugar no ninho e atirá-lo dentro da boca.

Croc, croc, croc, continuavam os dentes de Luís. Hipnotizada, eu observava os músculos de sua garganta se ondulando, e senti os fragmentos de pequenos ossos deslizarem pelo meu próprio esôfago. Dedos morenos estenderam-se para pegar outro filhote.

Nesse ponto, concluí que provavelmente havia coisas piores do que insultar Sua Majestade deixando a mesa, e saí em disparada.

Erguendo-se dos meus joelhos no meio dos arbustos alguns minutos depois, ouvi um som atrás de mim. Esperando encontrar o olhar de um jardineiro justificavelmente irado, virei-me com ar de culpa para deparar-me com o olhar de um marido irado.

– Droga, Claire, você tem que fazer isso o tempo todo? – perguntou ele.

– Em uma palavra: sim – respondi, deixando-me cair, exausta, na borda de um chafariz. Minhas mãos estavam úmidas e eu as sequei em minha saia. – Acha que eu fiz isso de brincadeira? – Sentia-me zonza e fechei os olhos, tentando recuperar meu equilíbrio interno antes de começar a tombar para dentro da fonte.

De repente, senti a mão de Jamie em meu cóccix, e meio que me apoiei, meio que caí em seus braços enquanto ele sentava-se ao meu lado e me abraçava.

– Ah, meu Deus. Desculpe-me, *mo duinne*. Você está bem, Claire?

Afastei-me o suficiente para erguer os olhos para ele e sorrir.

– Eu estou bem. Só um pouco tonta. – Estendi o braço e tentei desfazer a profunda ruga de preocupação em sua testa. Ele retribuiu o sorriso, mas a ruga permaneceu lá, uma linha fina e vertical entre as curvas espessas e ruivas de suas sobrancelhas. Ele enfiou a mão na água da fonte e passou-a suavemente em minhas bochechas. Eu devia estar bastante pálida. – Desculpe-me – acrescentei. – Realmente, Jamie, não pude evitar.

A mão molhada apertou minha nuca de forma reconfortante, vigorosa e firme. Um borrifo fino de gotículas saído da boca de um golfinho de olhos saltados cobriu meus cabelos.

– Ah, não ligue para o que digo, Sassenach. Não tive a intenção de repreendê-la. É só que... – Fez um gesto de impotência com a mão. – ... é que eu me sinto um idiota cabeça-dura. Vejo você sofrendo e eu sei que causei isso a você, e não há nada que eu possa fazer para ajudá-la. Então eu a culpo por isso e fico zangado e rosnando para você... Por que você simplesmente não me manda para o inferno, Sassenach? – desabafou ele.

Ri até minhas costelas doerem sob o espartilho apertado, apoiando-me em seu braço.

– Vá para o inferno, Jamie – disse finalmente, enxugando os olhos. – Vá direto para o inferno. Não passe pelo início, não receba 200 dólares – Continuei, numa referência à clássica carta do jogo Banco Imobiliário. – Pronto. Sente-se melhor agora?

– Sim, sinto-me – disse ele, a expressão desanuviando-se. – Quando você começa a falar como uma louca, sei que está bem. E você, Sassenach, sente-se melhor?

– Sim – respondi, endireitando-me e começando a observar o ambiente ao redor. As terras de Versalhes eram abertas ao público e pequenos grupos de comerciantes e trabalhadores misturavam-se estranhamente aos fidalgos alegremente coloridos, todos aproveitando o tempo bom.

De repente, a porta mais próxima que se abria para o terraço escancarou-se, derramando os convidados do rei no jardim numa onda de tagarelice. O êxodo do almoço aumentara com uma nova comitiva, aparentemente recém-saídos de duas grandes carruagens que eu podia ver passando pelos contornos do jardim em direção aos estábulos distantes.

Era um grande grupo de pessoas, homens e mulheres, sobriamente vestidos em comparação às cores vivas dos cortesãos à sua volta. No entanto, foi o som que produziam, em vez de sua aparência, que me chamara a atenção. O francês, falado por várias pessoas a uma certa distância, assemelhava-se à conversa grasnada de patos e gansos, com elementos nasais. O inglês, por outro lado, possuía um ritmo mais lento e muito menos subidas e descidas em suas entonações. Falado a uma certa distância, onde as vozes individuais são impossíveis de serem distinguidas, havia a monotonia amistosa e rouca do latido de um cão pastor. O efeito geral do êxodo em massa que no momento vinha em nossa direção era o de um grupo de gansos sendo conduzido ao mercado por um bando de cães.

O grupo de ingleses chegara, embora um pouco atrasado. Sem dúvida, estavam sendo educadamente enxotados para o jardim, enquanto o pessoal da cozinha preparava apressadamente outra refeição e arrumava de novo a colossal mesa para eles.

Passei os olhos pelo grupo, curiosa. O duque de Sandringham eu conhecia, é claro, já o tendo encontrado antes na Escócia, no Castelo Leoch. Sua figura com o peito estufado destacava-se facilmente, andando lado a lado com Luís, a peruca moderna inclinada numa atenção educada.

A maioria das outras pessoas me eram estranhas, embora eu achasse que a elegante dama de meia-idade que tinha acabado de atravessar as portas fosse a duquesa de Claymore, que eu ouvira falar que estava sendo esperada. A rainha, normalmente deixada para trás em alguma casa de campo para divertir-se da melhor maneira que pudesse, fora trazida às pressas para a ocasião. Conversava com a visitante, o rosto meigo e ansioso afogueado pela empolgação do evento a que não estava acostumada.

A jovem logo atrás da duquesa me chamou a atenção. Vestida com absoluta simplicidade, possuía o tipo de beleza que a faria destacar-se em qualquer multidão. Era graciosa, delicada, mas com uma figura agradavelmente arredondada. Os cabelos eram escuros, brilhantes, sem talco, e a pele alva mais extraordinária, ruborizada nas faces com um tom de rosa profundo e translúcido que a fazia parecer exatamente como uma pétala de flor.

Suas cores me fizeram lembrar de um vestido que tive em minha própria juventude, um vestido leve de algodão estampado com papoulas vermelhas. O pensamento, por alguma razão, provocou uma repentina e inesperada onda de lembranças nostálgicas e eu agarrei a borda do banco de mármore, as pálpebras marejadas de lágrimas de saudades. Devia ser pelo fato de ter ouvido o inglês simples e comum, pensei, após tantos meses entre a cadência da Escócia e o grasnido da França. Os visitantes soavam como se eu estivesse de volta ao lar.

Então eu o vi. Pude sentir todo o sangue esvair-se de minha cabeça conforme meus olhos traçavam, incrédulos, a elegante curva do crânio arrojado, de cabelos escuros, entre as perucas empoadas ao redor. Alarmes soaram em minha cabeça como sirenes de bombardeio aéreo enquanto eu lutava para aceitar e repelir as impressões que me assaltavam. Meu subconsciente viu a linha do nariz, pensou "Frank", e virou meu corpo para lançar-me em sua direção e abraçá-lo. "Não é Frank", emitiu o centro ligeiramente mais alto e mais racional do meu cérebro, estancando meus movimentos quando vi a curva familiar de uma boca, um meio sorriso esboçado. "Você *sabe* que não é Frank", repetiu o centro do meu cérebro, fazendo os músculos de minhas pernas paralisarem. Em seguida, a guinada para o pânico, o aperto das mãos, o nó no estômago, conforme os processos mais lentos do pensamento lógico sobrevinham obstinadamente no rastro do instinto e do conhecimento, ao ver a fronte alta e a inclinação arrogante da cabeça, assegurando-me do impensável. Não podia ser Frank. E se não era, então só poderia ser...

– Jack Randall. – Não foi minha voz que ouvi, mas a de Jamie, soando estranhamente calma e distante. Com a atenção atraída pelo meu comportamento estranho, ele olhara para onde eu estava olhando e vira o que eu acabara de ver.

Ele não se mexeu. Até onde eu podia ver em meio à minha crescente névoa de pânico, ele nem mesmo respirava. Eu estava vagamente consciente de um criado perto de mim, espreitando curiosamente a figura altaneira de um guerreiro escocês paralisado ao meu lado, silencioso como uma estátua do deus Marte. Mas toda minha preocupação estava voltada para Jamie.

Ele estava absolutamente imóvel. Imóvel como um leão quando se torna parte da planície, o olhar intenso e fixo como o sol que queima a estepe. E vi algo se mover nas profundezas de seus olhos. A intrigante contração do felino à espreita, a minúscula sacudidela do tufo de pelos na ponta da cauda, precursoras da carnificina.

Sacar armas na presença do rei era morte certa. Murtagh estava do outro lado do jardim, longe demais para ajudar. Mais dois passos trariam a voz de Randall ao alcance de nossos ouvidos. Ao alcance da espada. Coloquei a mão no braço de Jamie. Estava rígido como o aço do punho da espada sob sua mão. O sangue rugiu em meus tímpanos.

– Jamie – chamei. – Jamie! – E desmaiei.

10

UMA DAMA COM EXUBERANTES CABELOS CASTANHOS E CACHEADOS

Aos poucos, vim à tona de uma névoa amarela e tremeluzente, composta de luz do sol, poeira e lembranças fragmentadas, sentindo-me completamente desorientada.

Frank estava debruçado sobre mim, o rosto consternado de preocupação. Segurava minha mão... só que não era ele. A mão que eu segurava era muito maior do que a de Frank e meus dedos roçavam em pelos ásperos no pulso. As mãos de Frank eram lisas e macias como as de uma jovem.

– Está bem? – A voz era a de Frank, baixa e modulada.

– Claire! – Esta voz, mais áspera e gutural, não era absolutamente de Frank. Nem era uma voz modulada. Estava cheia de angústia e medo.

– Jamie. – Encontrei por fim o nome que combinava com a imagem mental que eu buscava freneticamente. – Jamie! Não... – Sentei-me num sobressalto, olhando desesperadamente de um para o outro. Estava no meio de um círculo de rostos curiosos, uma roda de duas ou três fileiras de cortesãos ao meu redor, com um pequeno espaço deixado para Sua Majestade, que se inclinava sobre mim, olhando-me com uma expressão de interesse e cuidado.

Dois homens estavam ajoelhados no chão de terra, ao meu lado. Jamie à direita, os olhos arregalados e o rosto pálido como as flores de espinheiro acima dele. E à minha esquerda...

– A senhora está bem, madame? – Os olhos claros cor de mel demonstravam apenas uma preocupação respeitosa, as sobrancelhas escuras e bem delineadas inquisitivamente arqueadas acima deles. Não era Frank, é claro. Nem era Jonathan Randall. Aquele homem era uns dez anos mais novo do que o capitão, talvez quase da minha idade, o rosto pálido e sem rugas de exposição ao tempo. Os lábios possuíam as mesmas linhas esculpidas a cinzel, mas não possuíam as marcas de crueldade que delineavam a boca do capitão.

– Você... – disse com a voz rouca, inclinando o corpo para longe dele. – Você é...

– Alexander Randall, escudeiro, madame – respondeu ele rapidamente, fazendo um gesto em direção à cabeça, como se fosse tirar um chapéu que não estava usando. – Acho que não nos conhecemos, não é? – disse, sem muita certeza.

– Eu... quero dizer... hã... não, não nos conhecemos – disse, deixando-me cair de volta nos braços de Jamie. O braço estava firme como uma grade de ferro, mas a mão que segurava a minha tremia, e eu puxei nossas mãos entrelaçadas para baixo das pregas da minha saia para esconder tal fato.

– Uma apresentação um tanto informal, sra., hã, não... é lady Broch Tuarach, não é? – A voz alta, sibilante, atraiu minha atenção para algum ponto acima e atrás de mim. Deparei-me com o semblante afogueado, querubínico, do duque de Sandringham espreitando com interesse por cima dos ombros do conde de Sévigny e do duque d'Orleans. Empurrou seu corpo desajeitado pela estreita abertura permitida e estendeu a mão para ajudar-me a levantar. Ainda segurando minha palma suada, inclinou a cabeça para Alexander Randall, escudeiro, que franzia o cenho, desconcertado.

– O sr. Randall trabalha para mim como secretário, lady Broch Tuarach. As Ordens Sagradas são uma vocação nobre, mas infelizmente a nobreza de propósitos não paga a conta do sapateiro, não é, Alex? – O jovem enrubesceu ligeiramente diante da alfinetada, mas inclinou a cabeça cortesmente para mim, aprovando a apresentação de seu empregador. Somente então percebi a vestimenta negra e sóbria e o colarinho branco que o identificavam como alguma espécie de sacerdote júnior.

– Sua Excelência tem razão, senhora. E assim sendo, devo considerar sua oferta de emprego com a mais profunda gratidão. – Um ligeiro endurecimento das linhas dos lábios durante o discurso pareceu indicar que a gratidão sentida talvez não fosse tão profunda assim, apesar das palavras amáveis. Olhei para o duque, deparando-me com seus pequenos olhos azuis enrugados contra o sol, a expressão impenetrável.

Essa pequena cena dramática foi interrompida pelas palmas do rei, convocando dois lacaios que, à ordem de Luís, seguraram-me pelos braços e obrigaram-me a sentar numa liteira, apesar dos meus protestos.

– Absolutamente, madame – disse ele, descartando tanto meus protestos quanto meus agradecimentos. – Vá para casa e descanse. Não queremos que esteja indisposta para o baile amanhã, *non*? – Os grandes olhos castanhos cintilaram para mim quando ele ergueu minha mão aos seus lábios. Sem tirar os olhos do meu rosto, inclinou-se formalmente para Jamie, que se recobrara o suficiente para fazer um educado discurso de agradecimento, e disse: – Eu talvez aceite seus agradecimentos, milorde, na forma de sua permissão para requisitar uma dança à sua adorável esposa.

Os lábios de Jamie se contraíram, mas ele fez uma reverência e disse:

– Minha mulher compartilha minha honra com a sua atenção, Vossa Majestade. – Lançou-me um olhar. – Se ela estiver suficientemente bem para comparecer ao baile amanhã à noite, tenho certeza de que ficará lisonjeada em dançar com Vossa Majestade.

Virou-se sem esperar uma licença formal para retirar-se e, com um movimento brusco da cabeça em direção aos carregadores da liteira, disse:

– Para casa.

Finalmente em casa depois de um percurso quente e aos solavancos pelas ruas que cheiravam a flores e a esgoto a céu aberto, despi meu pesado vestido e sua desconfortável armação em favor de uma camisola de seda.

Encontrei Jamie sentado junto à lareira apagada, os olhos cerrados, as mãos sobre os joelhos como se estivesse pensando. Estava pálido em sua camisa de linho, luminescente como um fantasma à sombra do console da lareira.

– Santa Mãe de Deus – murmurou ele, balançando a cabeça. – Meu Deus, foi por pouco. Estive por um fio de matar aquele homem. Já pensou, Claire, se você não tivesse desmaiado? Deus, *eu pretendia matá-lo*, com todas as minhas forças – extravasou de repente, estremecendo outra vez em reação.

– Venha, é melhor você colocar os pés para cima – insisti, empurrando um banquinho de madeira pesada e esculpida.

– Não, já estou bem – disse ele, descartando-o com um aceno. – Então... ele é irmão de Jack Randall?

– Acho extremamente provável – respondi secamente. – Afinal, não poderia ser ninguém mais.

– Hummm. Sabia que ele trabalhava para Sandringham?

Balancei a cabeça.

– Eu não sabia... não sei... nada a respeito além de seu nome e do fato de que é um padre. F-Frank não estava particularmente interessado nele, já que não era um antepassado direto seu. – O leve tremor de minha voz ao pronunciar o nome de Frank me denunciou.

Jamie colocou o frasco que segurava sobre o consolo e veio em minha direção. Inclinando-se de forma decidida, pegou-me no colo e aconchegou-me junto ao seu peito. Os aromas dos jardins de Versalhes exalaram-se pungentes e frescos das pregas de sua camisa. Ele beijou minha cabeça e voltou-se para a cama.

– Venha descansar sua cabeça, Claire – disse ele serenamente. – Foi um longo dia para nós dois.

Tive medo de que o encontro com Alexander Randall desencadeasse os pesadelos de Jamie outra vez. Não acontecia com frequência, mas de vez em quando eu o sentia acordar ao meu lado, o corpo tenso numa batalha repentina. Saía da cama, então, cambaleante, e passava o resto da noite junto à janela como se ela oferecesse uma fuga, recusando qualquer forma de consolo ou interferência. E pela manhã, Jack Randall e os outros demônios das horas sombrias já haviam sido obrigados a retornar para sua caixa, as tábuas pregadas e presas pelas cintas de aço da vontade de Jamie, e tudo voltara ao normal outra vez.

Mas Jamie adormeceu rapidamente e, quando apaguei a vela as tensões do dia já haviam desaparecido de seu rosto, deixando sua expressão serena e desanuviada.

Era uma bênção estar deitada, imóvel, com o calor crescendo em torno de meus braços e pernas frios, a miríade de pequenas dores nas costas, no pescoço e nos joelhos desaparecendo na suavidade do sono que se aproximava. Porém minha mente, livre do estado de alerta, repassava mil vezes a cena diante do palácio – a visão rápida de uma cabeça com fios escuros e testa alta, orelhas bem junto ao crânio e um maxilar bem delineado –, aquele primeiro e fulminante lampejo de reconhecimento equivocado que atingiu meu coração com um golpe de alegria e angústia. Frank, eu pensara. Frank. E era o rosto de Frank que eu via quando adormeci finalmente.

A sala de aula era uma daquelas bem características da Universidade de Londres; teto antigo de vigas e assoalhos modernos, linóleo arranhado por pés inquietos. Os assentos eram bancos antigos e lisos; carteiras novas eram reservadas para as aulas de ciência. A história teria que se contentar com madeira arranhada de sessenta anos; afinal, o assunto já estava determinado e não iria mudar – por que suas acomodações deveriam?

– Objetos de arte – dizia a voz de Frank – e objetos de uso. – Seus dedos longos tocaram a borda de um castiçal de prata, e o sol que penetrava pela janela cintilou no metal, como se o toque de sua mão fosse elétrico.

Os objetos, todos emprestados dos acervos do Museu Britânico, estavam alinhados ao longo da beirada da mesa, suficientemente perto para que os alunos na primeira fila pudessem ver as minúsculas rachaduras no marfim amarelado da caixa francesa de jogos de dama e xadrez, e as manchas de tabaco que escureciam as bordas do cachimbo branco de cerâmica. Um frasco de perfume inglês, ornamentado a ouro; um tinteiro folheado a bronze, com a tampa lavrada; uma colher de chifre rachada e um pequeno relógio de mármore enfeitado por dois cisnes.

Atrás da fileira de objetos, uma outra fileira, de retratos em miniatura, deitados na mesa, as feições dos retratados obscurecidas pelo reflexo da luz em suas superfícies.

Frank inclinava a cabeleira escura sobre os objetos, absorvido. O sol da tarde captou um reflexo avermelhado errante em seus cabelos. Ele levantou o cachimbo de argila, erguido na palma da mão como uma casca de ovo.

– Para alguns períodos da história – disse ele –, nós temos a própria história; o testemunho escrito das pessoas que viviam na época. Para outros, temos apenas os objetos do período, mostrando-nos como o homem vivia.

Levou o cachimbo à boca e fingiu tirar grandes baforadas, as sobrancelhas comicamente erguidas. Ouviram-se risadinhas abafadas na plateia e ele sorriu, então colocou o cachimbo de volta sobre a mesa.

– A arte e os objetos de arte – fez um gesto abrangente sobre a cintilante coleção – é o que vemos com mais frequência, as decorações da sociedade. E por que não?

Escolheu um rapaz de cabelos castanhos e ar inteligente para dirigir-se diretamente a ele. Um truque familiar aos professores experientes; escolha um membro da plateia para falar com ele como se estivessem só os dois. Instantes depois, passe para outro. E todos na sala se sentirão o foco de suas observações.

– São belos objetos, afinal de contas. – O toque de um dedo fez com que os cisnes do relógio começassem a girar, os pescoços curvilíneos majestosos numa procissão dupla. – Dignos de serem preservados. Mas quem iria se dar ao trabalho de guardar uma capa de bule velha e remendada ou um pneu gasto?

Desta vez, dirigia-se a uma bela loura de óculos, que sorriu e respondeu com uma pequena risada.

– Entretanto, são os objetos úteis, aqueles que não estão registrados em documentos, que são usados, quebrados e jogados fora sem maiores considerações, que contam a você como vivia o homem comum. As quantidades desses cachimbos, por exemplo, nos dizem algo a respeito da frequência e dos tipos de tabaco usados nas diferentes classes sociais, da alta – um dedo bateu na tampa de uma caixa de rapé esmaltada – à baixa. – O dedo prosseguiu para acariciar a haste longa e reta do cachimbo com afetuosa familiaridade.

Agora uma mulher de meia-idade, rabiscando freneticamente para anotar cada palavra, alheia ao olhar exclusivo em cima dela. As linhas se intensificaram nas laterais dos olhos sorridentes, castanho-dourados.

– Não precisa anotar *tudo*, srta. Smith – repreendeu ele. – Afinal, a aula dura uma hora, seu lápis não vai durar tanto tempo.

A mulher enrubesceu e largou o lápis, mas sorriu timidamente em resposta à amistosa expressão de riso no rosto magro e moreno de Frank. Agora ele cativara todos eles, aquecidos pela chama do bom humor, a atenção atraída pelos pequenos lampejos de objetos dourados e cintilantes. Sendo assim eles o seguiriam sem queixa ou cansaço, ao longo do caminho da lógica, até os bosques cerrados da discussão. Uma certa tensão abandonou seu pescoço quando sentiu a atenção dos alunos fixando-se nele.

– A melhor testemunha da história é o homem, ou mulher – um movimento da cabeça na direção da bela loura –, que a viveu, certo? – Sorriu e pegou a colher de chifre rachada. – Bem, talvez. Afinal, faz parte da natureza humana dourar a pílula quando sabe que alguém lerá o que você escreveu. As pessoas tendem a se concentrar nas coisas que consideram importantes e com frequência as embelezam um pouco para o consumo do público. É raro encontrar um Samuel Pepys que registre com igual interesse os detalhes de um desfile real e o número de vezes que ele é obrigado a usar o urinol todas as noites.

A risada desta vez foi geral e ele relaxou, apoiando-se informalmente na mesa, gesticulando com a colher.

– Igualmente, os adoráveis objetos, os artefatos artísticos são, em geral os mais preservados. Mas os urinóis e as colheres e os cachimbos baratos de argila podem nos dizer tanto ou mais a respeito das pessoas que os usaram. E quanto a essas pessoas? Pensamos nos personagens históricos como pessoas diferentes de nós mesmos, às vezes até um pouco mitológicos. Mas alguém jogou com isso – o esbelto dedo indicador tocou a caixa de jogos –, uma senhora usou isto – deu um leve empurrão no frasco de perfume –, aplicando uma pequena quantidade de perfume atrás das orelhas, nos pulsos... onde mais as senhoras presentes aplicam perfume?

Erguendo a cabeça de repente, ele sorriu para uma jovem loura e robusta na primeira fila, que ficou vermelha, abafou uma risadinha e tocou-se discretamente logo acima do V de sua blusa.

– Ah, sim. Bem ali. Ora, assim também a senhora a quem este objeto pertencia.

Ainda sorrindo para a jovem, abriu o frasco de perfume e passou-o delicadamente sob o nariz.

– Qual é, professor? Arpège? – Não tão tímida, essa aluna; cabelos escuros, como os de Frank, com olhos cinzentos que ostentavam mais do que uma alusão de flerte.

Ele fechou os olhos e inspirou profundamente, as narinas dilatando-se sobre a boca do frasco.

– Não. É L'Heure Bleu. Meu preferido.

Voltou-se novamente para a mesa, os cabelos caindo sobre a testa em concentração, enquanto sua mão pairava sobre a fileira de retratos em miniatura.

– Depois, há uma classe especial de objetos: retratos. Um pouco de arte e, ao mesmo tempo, o máximo que podemos ver das próprias pessoas. Mas até onde são reais para nós?

Ergueu um minúsculo retrato oval e virou-a para a turma, lendo a pequena etiqueta colada no verso.

– Uma dama, pintado por Nathaniel Plimer, assinado com iniciais e datado de 1786, com cabelos castanhos, cacheados, presos no alto da cabeça, usando um vestido cor-de-rosa e uma blusa com gola de babados, fundo de céu e nuvens.

Ergueu um retrato quadrado que estava ao lado do oval.

– Um cavalheiro, de Horace Hone, assinado com monograma e datado de 1780, com cabelos empoados presos num rabicho, usando casaco marrom, colete azul, jabô de tecido fino e uma insígnia de membro de uma ordem, provavelmente a Honorável Ordem de Bath.

O retrato em miniatura mostrava um homem de rosto redondo, a boca rosada fechada na pose formal dos retratos do século XVIII.

– Os artistas nós conhecemos – disse ele, recolocando o retrato sobre a mesa. – Assinaram seus trabalhos ou deixaram pistas de sua identidade nas técnicas e nos temas que usaram. Mas e as pessoas que eles pintaram? Nós as vemos, e mesmo assim não sabemos nada a respeito delas. Os estranhos penteados, as roupas esquisitas... não parecem pessoas que conheceríamos, não é? E a maneira como tantos artistas as pintaram, os rostos são todos iguais: rechonchudos e pálidos, a maioria, e não há muito mais que se possa dizer a respeito deles. Aqui e ali, um se destaca...

Estendendo a mão sobre a fileira, selecionou outro retrato oval.

– Um cavalheiro...

Ergueu a imagem em miniatura e os olhos azuis de Jamie chisparam sob a fulgurante cabeleira cor de fogo, desta vez penteada, presa numa trança amarrada com fita, um penteado formal a que ele não estava acostumado. O nariz cinzelado era atrevido acima da renda de seu colarinho e a boca larga parecia prestes a falar, ligeiramente curva num dos cantos.

– Mas *eram* pessoas reais – insistiu a voz de Frank. – Faziam praticamente as mesmas coisas que vocês fazem, exceto por alguns detalhes menos relevantes como ir ao cinema ou dirigir um carro pela estrada. – Ouviram-se alguns risos contidos entre os alunos. – Mas preocupavam-se com seus filhos, amavam seus maridos ou esposas... bem, às vezes... – Mais risadas. – Uma dama – disse ele em voz baixa, segurando o último retrato na palma da mão, encobrindo-o para o momento de apresentá-lo. – De cabelos castanhos, exuberantemente cacheados até os ombros, e um colar de pérolas. Sem data. Artista desconhecido.

Era um espelho, não uma miniatura. Minhas faces estavam afogueadas e meus lábios tremiam quando o dedo de Frank traçou delicadamente o contorno do meu queixo, a linha graciosa do meu pescoço. As lágrimas brotaram e escorreram pelo meu rosto quando ouvi sua voz, ainda lecionando, quando ele colocou a miniatura de volta sobre a mesa e eu fiquei olhando para cima, para o teto de vigas de madeira.

– Sem data. Desconhecida. Mas um dia... um dia ela foi real.

Senti dificuldade de respirar e pensei, a princípio, estar sendo esmagada pelo vidro sobre o retrato. Mas o material que pressionava meu nariz era macio e úmido, e eu virei a cabeça e acordei, sentindo o travesseiro forrado de linho molhado de lágrimas sob meu rosto. A mão de Jamie era grande e quente em meu ombro, sacudindo-me delicadamente.

– Calma, menina. Calma! Você só está sonhando. Eu estou aqui.

Aconcheguei o rosto no calor de seu ombro nu, sentindo as lágrimas deslizarem entre minha face e a pele dele. Agarrei-me com força à sua solidez e os sons da madrugada da casa de Paris vieram lentamente aos meus ouvidos, trazendo-me de volta à minha vida.

– Desculpe-me – murmurei. – Eu estava sonhando com... com...

Deu uns tapinhas nas minhas costas e enfiou a mão debaixo do travesseiro em busca de um lenço.

– Eu sei. Você estava chamando o nome dele. – Parecia resignado.

Deitei a cabeça novamente em seu ombro. Senti um cheiro quente e aconchegante, seu próprio cheiro sonolento misturado à fragrância de lençóis limpos de linho e colchas de penas de ganso.

– Desculpe-me – repeti.

Ele bufou com força, não foi propriamente uma risada.

– Bem, não vou dizer que não estou doente de ciúmes do sujeito – disse ele melancolicamente –, porque estou. Mas certamente não posso culpá-lo pelos seus sonhos. Ou suas lágrimas. – Seu dedo percorreu suavemente a trilha molhada em minhas bochechas, depois a enxugou com o lenço.

– Não?

Seu sorriso na penumbra era enviesado.

– Não. Você o amava. Não posso culpar nenhum dos dois por você sofrer com sua ausência. E sinto certo conforto em saber... – Hesitou e eu estendi a mão para afastar os cabelos desgrenhados do seu rosto.

– Saber o quê?

– Que se vier a acontecer, você vai sofrer por mim assim também – disse ele suavemente.

Pressionei o rosto com força contra seu peito, de modo que minhas palavras foram abafadas.

– Eu *não* vou chorar por você porque não vou precisar. Eu não vou perdê-lo, não vou! – Um pensamento me ocorreu e ergui os olhos para ele, a leve aspereza da barba por fazer sombreando seu rosto. – Você não teme que eu volte, não é? Não acha isso só porque eu... penso em Frank...

– Não. – Sua voz foi breve e suave, uma resposta imediata como o aperto possessivo de seus braços ao meu redor. – Não – disse ele outra vez, mais serenamente. – Nós estamos unidos, você e eu, e nada neste mundo me separará de você. – Sua mão ergueu-se para acariciar meus cabelos. – Lembra-se do voto de sangue que eu fiz a você quando nos casamos?

– Sim, acho que sim. "Sangue do meu sangue, ossos dos meus ossos..."

– "Eu lhe dou meu corpo para que sejamos um só" – concluiu ele. – Sim, e eu mantenho esse juramento, Sassenach, e você também.

Virou-me ligeiramente e sua mão fechou-se delicadamente sobre o pequeno volume no meu ventre.

– Sangue do meu sangue – murmurou ele – e ossos dos meus ossos. Você me carrega dentro de você, Claire, e não pode me abandonar, não importa o que aconteça. Você é minha, para sempre, quer queira ou não, quer me ame ou não. Minha, e eu não a deixarei partir. – Coloquei a mão sobre a dele, pressionando-a contra mim.

– Não – falei, num sussurro –, nem você pode me abandonar.

– Não – disse ele, esboçando um sorriso. – Pois tenho mantido o final do juramento também. – Segurou-me e inclinou a cabeça sobre meu ombro, para que eu pudesse sentir o hálito quente de suas palavras em meu ouvido, murmuradas na escuridão. – "Eu lhe dou meu espírito, até o fim de nossas vidas."

11

OCUPAÇÕES ÚTEIS

– Quem é aquele homenzinho estranho? – perguntei a Jamie com curiosidade. O sujeito em questão abria seu caminho lentamente em meio aos grupos de convidados reunidos no salão principal da casa dos Rohan. Parava por um instante, examinando um grupo com olhar crítico, depois ou encolhia um ombro ossudo e seguia em frente ou subitamente se aproximava de um homem ou mulher, exibindo alguma coisa diante do rosto e emitindo uma espécie de comando. O que quer que estivesse fazendo, sua ações pareciam ser motivo de grande diversão.

Antes que Jamie pudesse responder, o homem, um indivíduo pequeno, encarquilhado, em sarja cinza, detectou-nos e seu rosto se iluminou. Lançou-se sobre Jamie como uma minúscula ave de rapina abatendo-se de repente sobre um coelho grande e assustado.

– Cante – ordenou ele.

– Hein? – pestanejou Jamie para a pequena figura, perplexo.

– Eu disse "cante" – respondeu o sujeito, pacientemente. Cutucou o peito de Jamie com admiração. – Com uma caixa de ressonância como esta, você deve ter uma excelente intensidade de voz.

– Ah, tem, sim – intrometi-me, divertindo-me. – Pode-se ouvi-lo a três quarteirões de distância quando está furioso.

Jamie lançou-me um olhar hostil. O homenzinho contornava meu marido, medindo a largura de suas costas e batendo de leve nele como um pica-pau experimentando uma árvore de excelente qualidade.

– Eu não sei cantar – protestou ele.

– Bobagem, bobagem. Claro que sabe. E deve ter uma voz excelente de barítono – disse o homenzinho com aprovação. – Ótimo. É perfeito para o que eu precisava. Veja, vou ajudá-lo um pouco. Tente igualar este tom.

Extraindo agilmente um pequeno diapasão do bolso, bateu-o com habilidade contra uma pilastra e segurou-o junto ao ouvido esquerdo de Jamie.

Jamie revirou os olhos para o céu, mas deu de ombros e obedientemente emitiu uma nota. O homenzinho deu um salto para trás como se tivesse levado um tiro.

– Não! – exclamou ele, incrédulo.

– Receio que sim – disse, com compreensão. – Ele tem razão, sabe. Ele *realmente* não sabe cantar.

O homenzinho estreitou os olhos com ar acusador para Jamie, depois bateu o diapasão outra vez e segurou-o de forma convidativa.

– Mais uma vez – disse ele, tentando persuadir Jamie. – Apenas ouça e deixe um som igual sair.

Paciente como sempre, Jamie ouviu com toda atenção a nota "lá" do diapasão e arriscou outra vez, produzindo um som espremido entre um mi bemol e um ré sustenido.

– Não é possível – disse o homenzinho, desconsolado. – Ninguém pode ser tão desafinado, nem de propósito.

– *Eu* posso – disse Jamie alegremente, fazendo uma reverência para o homenzinho. A essa altura, começáramos a atrair uma pequena multidão de espectadores interessados. Louise de Rohan era uma grande anfitriã e seus salões atraíam a nata da sociedade parisiense.

– Sim, ele pode – assegurei ao visitante. – Ele não tem ouvido musical.

– Sim, estou vendo – disse o homenzinho, decepcionado. Então começou a me analisar especulativamente.

– Eu não! – disse, rindo.

– A senhora com certeza não é desafinada também, não é, madame? – Com os olhos cintilando feito uma cobra arrastando-se na direção de um pássaro hipnotizado, o homenzinho começou a vir na minha direção, o diapasão estremecendo como a língua de uma víbora.

– Espere um minuto – disse, esticando a mão para estancá-lo. – Quem é você exatamente?

– Este é Herr Johannes Gerstmann, Sassenach. – Com ar divertido, Jamie fez nova reverência para o sujeito. – O professor de canto do rei. Posso apresentá-lo à minha mulher, lady Broch Tuarach, Herr Gerstmann? – Sem dúvida, Jamie conhecia até o último membro da corte, por mais insignificante que fosse.

Johannes Gerstmann. Bem, isso explicava o leve sotaque que eu detectara sob a formalidade do francês falado na corte. Alemão, me perguntei, ou austríaco?

– Estou reunindo um pequeno coro improvisado – explicou o professor de música. – As vozes não precisam ser treinadas, mas devem ser fortes e verdadeiras. – Lançou um olhar de desilusão para Jamie, que apenas riu em resposta. Ele pegou o diapasão das mãos de Herr Gerstmann e segurou-o para mim com ar interrogativo.

– Ah, está bem – disse, e repeti o som do diapasão.

O que quer que tenha ouvido pareceu animar Herr Gerstmann, porque ele guardou o diapasão e espreitou-me com interesse. Sua peruca era ligeiramente grande demais e tendia a deslizar para a frente quando ele balançava a cabeça. E era o que ocorria agora, então ele puxou a peruca para trás de qualquer jeito, dizendo:

– Excelente tom, madame! Realmente muito bom, muito bom mesmo. Estaria familiarizada com *Le Papillon*? – Cantarolou uma passagem da música.

– Bem, ao menos já a ouvi antes – respondi cautelosamente. – Bem, quero dizer, a melodia; não sei a letra.

– Ah! Sem problemas, madame. O coro é pura simplicidade; assim...

Com o braço preso pela mão do professor de música, vi-me forçosamente conduzida em direção aos acordes de um cravo numa sala distante, Herr Gerstmann cantarolando ao meu ouvido como um zangão ensandecido.

Lancei um olhar impotente por cima do ombro para Jamie, que apenas riu e ergueu sua taça de *sorbet* numa saudação de despedida antes de voltar-se e entabular uma conversa com o jovem monsieur Duverney, filho do ministro das Finanças.

A casa dos Rohan – se fosse possível usar uma palavra simples como "casa" para descrever tal lugar – estava iluminada com lanternas penduradas por todo o quintal e bordas do terraço. Enquanto Herr Gerstmann rebocava-me pelos corredores, pude ver criados apressados entrando e saindo dos salões de jantar, estendendo toalhas de linho e arrumando a prataria para o banquete que seria servido mais tarde. A maior parte dos "salões" eram cômodos pequenos, íntimos, mas a princesa Louise de La Tour de Rohan era uma personalidade expansiva.

Eu tinha conhecido a princesa havia uma semana, em outra festa, e achei-a surpreendente. Rechonchuda e sem graça, possuía um rosto redondo, um queixo pequeno e esférico, olhos azul-claros e sem pestanas, e uma pinta falsa no formato de estrela a qual claramente não cumpria sua função de embelezar. Então esta era a mulher que seduzira o príncipe Charles, levando-o a ignorar os ditames da decência?, pensei, fazendo uma reverência na fila de recepção.

Ainda assim, ela possuía um ar enérgico e cheio de vida que era muito atraente, além de uma linda boca rosada. Na realidade, a boca era a parte mais animada da princesa.

– Ah, estou encantada! – exclamara ela, agarrando minha mão quando lhe fui apresentada. – Que maravilha poder conhecê-la! Meu marido e meu pai fazem elogios infindáveis a milorde Broch Tuarach, mas nada disseram de sua encantadora mulher. Estou absolutamente encantada com sua presença, minha cara senhora... tenho mesmo que dizer Broch Tuarach, ou posso dizer apenas lady Tuarach? Não sei se conseguiria me lembrar do nome todo, mas de uma única palavra, sem dúvida, ainda que tenha um som tão estranho. É escocês, não? Que encantador!

Na realidade, Broch Tuarach significa "torre voltada para o norte", mas se ela quisesse me chamar de "Lady Voltada para o Norte", por mim tudo bem. De fato, ela logo desistiu de tentar lembrar-se de "Tuarach" e desde então passou a chamar-me apenas de "*ma chère Claire*".

A própria Louise estava com o grupo de cantores na sala de música, agitando o corpo roliço de um a outro, conversando e rindo. Ao me ver, disparou pela sala tão depressa quanto suas saias permitiam, o rosto sem graça radiante de entusiasmo.

– *Ma chère Claire!* – exclamou ela, confiscando-me bruscamente de Herr Gertsmann. – Chegou bem na hora! Venha, tem que conversar com essa tola criança inglesa por mim.

A "tola criança inglesa" era de fato muito jovem; uma garota de não mais do que 15 anos, com os cabelos escuros penteados em cachos brilhantes, as bochechas tão afogueadas de constrangimento que me fez lembrar uma brilhante papoula. Na realidade, foram as maçãs do rosto que me fizeram lembrar da jovem que eu vira no jardim de Versalhes, pouco antes da perturbadora aparição de Alexander Randall.

– Madame Fraser também é inglesa – explicou Louise à jovem. – Ela logo a fará sentir-se em casa. Ela é tímida – continuou Louise, voltando-se para mim sem fazer uma pausa para respirar. – Converse com ela. Convença-a a cantar conosco. Garantiram-me que ela tem uma bela voz. Pronto, *mes enfants*, divirtam-se! – E com um tapinha de bênção, partiu para o outro lado da sala, exclamando, adulando, admirando-se com o vestido de uma recém-chegada, parando para afagar uma criança obesa sentada ao cravo, enrolando os cachos dos cabelos do menino nos dedos enquanto conversava com o duque de Castellotti.

– Dá até cansaço só de observá-la, não é? – disse em inglês, sorrindo para a jovem. Um leve sorriso surgiu em seus próprios lábios e ela assentiu rapidamente, mas não falou. Pensei que tudo aquilo devia ser um pouco assustador; as festas de Louise tendiam a fazer minha cabeça girar e a pequena papoula parecia ter acabado de sair da escola.

– Sou Claire Fraser – disse –, mas Louise não se lembrou de me dizer o nome da menina. – Parei, à espera, mas ela não respondeu. Seu rosto ficou ainda mais vermelho, os lábios pressionados com força e os punhos cerrados junto às laterais do corpo. Fiquei um pouco assustada diante de sua aparência, mas ela por fim conseguiu reunir forças para falar. Respirou fundo e ergueu o queixo como alguém prestes a subir ao cadafalso.

– M-m-meu nome é... M-M-M – começou, e logo compreendi o motivo de seu silêncio e de sua timidez. Ela fechou os olhos, mordendo o lábio com força, depois reabriu os olhos e heroicamente fez nova tentativa. – M-M-Mary Hawkins – conseguiu dizer. – Eu n-n-não sei cantar – acrescentou ela audaciosamente.

Se eu a achara interessante antes, agora estava fascinada. Então essa era a sobrinha de Silas Hawkins, a filha do baronete, a noiva prometida do visconde de Marigny! Parecia um peso considerável de expectativa masculina para uma menina tão jovem suportar. Olhei ao meu redor para ver se o visconde estava presente e fiquei aliviada ao descobrir que não estava.

– Não se preocupe com isso – falei, colocando-me diante dela para ocultá-la das levas de pessoas que agora enchiam a sala de música. – Não precisa falar se não quiser. Embora talvez devesse tentar cantar – disse, com um pensamento repentino. – Conheci um médico certa vez que era especializado no tratamento de gagueira; ele disse que as pessoas que gaguejam não o fazem quando estão cantando.

Os olhos de Mary Hawkins arregalaram-se de surpresa. Olhei ao meu redor e vi uma alcova próxima, com as cortinas cerradas, escondendo um sofá confortável.

– Por aqui – chamei, tomando-a pela mão. – Pode ficar sentada aqui, de modo que não terá que conversar com as pessoas. Se quiser cantar, pode sair quando começarmos; se não, apenas permaneça aqui até a festa acabar. – Ela fitou-me por um instante, depois me ofereceu um sorriso repentino e ofuscante em agradecimento e entrou na alcova.

Fiquei flanando de um lado a outro lá fora, a fim de evitar que algum criado enxerido perturbasse seu esconderijo, conversando com os que passavam.

– Você está linda esta noite, *ma chère*! – Era madame de Ramage, uma das damas de companhia da rainha. Uma mulher mais velha, respeitável, fora jantar à rue de Tremoulins uma ou duas vezes. Abraçou-me calorosamente, depois olhou ao redor para certificar-se de que não estávamos sendo observadas. – Esperava encontrá-la aqui, querida – disse ela, inclinando-se um pouco mais para perto e abaixando a voz. – Queria avisá-la para tomar cuidado com o conde St. Germain.

Virando-me parcialmente na direção do seu olhar, avistei o homem de rosto delgado que conheci nas docas de Le Havre entrando na sala de música, de braço dado com uma mulher mais jovem, vestida com elegância. Ele não me vira, aparentemente, e eu rapidamente me voltei outra vez para madame de Ramage.

– O que... ele... quero dizer... – Senti que estava ficando cada vez mais ruborizada, agitada com a chegada do soturno conde.

– Bem, sim, ouviram-no falando de você – disse madame de Ramage, gentilmente me ajudando a sair do meu estado de confusão. – Pelo que entendi, houve algum pequeno percalço em Le Havre?

– Algo do tipo – disse. – Tudo que fiz foi reconhecer um caso de varíola, mas isso resultou na destruição de seu navio e... ele não ficou nada satisfeito – concluí debilmente.

– Ah, então foi isso. – Madame de Ramage parecia satisfeita. Imaginei que sabendo da história direto da fonte, por assim dizer, dar-lhe-ia uma vantagem na troca de mexericos e informações que era o comércio da vida social parisiense.

– Ele tem andado por aí dizendo às pessoas que acredita que você seja uma bruxa – confessou ela, sorrindo e acenando para uma amiga do outro lado do aposento. – Que bela história! Ah, ninguém acredita nisso – assegurou-me. – Todo mundo sabe que se há alguém envolvido nessas questões é o próprio monsieur *le comte*.

– É mesmo? – Quis perguntar o que ela queria dizer com aquilo, mas nesse exato momento Herr Gerstmann alvoroçou-se, batendo palmas como se tocasse um bando de galinhas.

– Vamos, vamos, mesdames! – disse ele. – Já estamos completos. Vamos começar!

Enquanto o coral reunia-se apressadamente perto do cravo, olhei para trás, na direção da alcova onde deixara Mary Hawkins. Pensei ter visto a cortina se mexer, mas não tive certeza. E quando a música começou, e as vozes reunidas elevaram-se, pensei ter ouvido um soprano alto e claro na alcova – entretanto, mais uma vez, eu não tive certeza.

– Muito bem, Sassenach – disse Jamie quando voltei a me unir a ele, afogueada e ofegante, após a apresentação do coral. Riu para mim e deu uns tapinhas no meu ombro.

– Como poderia saber? – disse, aceitando uma taça de ponche de um criado que passava. – Você nem sabe distinguir as canções.

– Bem, de qualquer forma, você cantou bem alto – disse ele, sem se perturbar. – Eu consegui ouvir cada palavra. – Senti seu corpo retesar-se ligeiramente ao meu lado e virei-me para ver o que, ou quem, ele estava olhando.

A mulher que acabara de entrar era miúda, mal atingindo a primeira costela de Jamie, com mãos e pés como os de uma boneca e sobrancelhas delicadas como um ornamento chinês, arrematando olhos negros como jabuticabas. Avançou com um passo que reproduzia a própria leveza, de modo que ela parecia dançar pouco acima do chão.

– Annalise de Marillac – disse Jamie, admirando-a. – Não é encantadora?

– Ah, sim. – Algo em sua voz me fez olhar incisivamente para cima. Um tom rosado coloria a ponta de suas orelhas.

– E eu que pensava que você havia passado seus anos na França lutando, e não fazendo conquistas românticas – provoquei, com sarcasmo.

Para minha surpresa, ele achou graça. Ouvindo sua risada, a mulher voltou-se para nós. Um sorriso radiante iluminou seu rosto quando viu Jamie despontando acima da multidão. Virou como se viesse em nossa direção, mas teve a atenção desviada por um cavalheiro, de peruca e resplandecente em seu cetim lilás, que colocou a mão atrevidamente em seu braço delgado. Ela sacudiu o leque, faceira, para Jamie num gesto coquete de pesar antes de devotar sua atenção ao novo companheiro.

– O que há de tão engraçado? – perguntei ao vê-lo ainda rindo de orelha a orelha para as saias de renda suavemente oscilantes de sua amiga.

Recobrou a consciência de minha presença de forma repentina e sorriu para mim.

– Ah, nada, Sassenach. Apenas uma observação ao que você disse sobre lutar. Eu travei meu primeiro duelo, bem, na verdade, o único, por causa de Annalise de Marillac. Quando tinha 18 anos.

O tom de sua voz era ligeiramente sonhador, observando a cabeleira lustrosa e escura afastar-se, sacolejando, pela multidão, cercada onde quer que fosse por aglomerados brancos de perucas e cabelos empoados, com uma ou outra peruca modernamente tingida de rosa para variar.

– Um duelo? Com quem? – perguntei, olhando ao redor com cautela, à procura de algum admirador da boneca chinesa que pudesse se sentir inclinado a dar prosseguimento a uma antiga disputa.

– Ah, ele não está aqui – disse Jamie, seguindo meu olhar e interpretando-o corretamente. – Já morreu.

– Você o *matou*? – Agitada, falei um pouco mais alto do que pretendia. Quando algumas cabeças próximas voltaram-se com curiosidade em nossa direção, Jamie segurou-me pelo cotovelo e me fez dar meia-volta e seguir com pressa em direção às portas que se abriam para o terraço.

– Cuidado, Sassenach, fale mais baixo – disse ele pacificamente. – Não, eu não o matei. Bem que eu queria – acrescentou com sarcasmo –, mas não o fiz. Ele morreu há dois anos, de infecção na garganta. Jared contou-me.

Conduziu-me por um dos caminhos do jardim, iluminado por criados segurando lanternas, parados como postes a intervalos de 5 metros, do terraço ao chafariz na outra extremidade do caminho. No meio do grande espelho-d'água, quatro golfinhos lançavam lençóis de borrifos de água sobre um Tritão com ar enfurecido no centro, brandindo para eles um tridente um tanto ineficaz.

– Bem, não me deixe em suspense – insisti quando ficamos fora do alcance dos ouvidos dos grupos no terraço. – O que aconteceu?

– Está bem, então – disse ele, resignado. – Bem, você deve ter observado que Annalise é muito bonita, não?

– Ah, é mesmo? Bem, talvez, agora que você mencionou, eu enxergue algo do tipo – respondi docemente, provocando um olhar repentino e lancinante, seguido de um sorriso enviesado.

– Sim. Bem, eu não era o único jovem galante em Paris com a mesma opinião, nem o único a perder a cabeça por ela. Andava por aí numa espécie de estupor, tropeçando nos próprios pés. Esperava por ela na rua, na esperança de vê-la sair de casa para sua carruagem. Esquecia-me até de comer. Jared disse que meu casaco ficava pendurado em mim como num espantalho, e o estado do meu cabelo reforçava a comparação. – Levou a mão distraidamente à cabeça, dando uns tapinhas no rabicho impecável bem apertado na nuca e arrematado com uma fita azul.

– Esquecia-se de comer? Meu Deus, você estava mal mesmo – observei.

Ele reprimiu uma risadinha.

– Ah, sim. E pior ainda quando ela começou a flertar com Charles Gauloise. Veja bem – acrescentou ele, para fins de esclarecimento –, ela flertava com todo mundo, é verdade, mas ela o escolhia como seu acompanhante para jantar com frequência demais para o meu gosto, dançava demais com ele nas festas e... bem, para resumir, Sassenach, certa noite eu o flagrei beijando-a ao luar no terraço da casa do pai dela e o desafiei.

A essa altura, havíamos alcançado o chafariz em nosso passeio. Jamie parou e sentamo-nos na borda da fonte, no sentido do vento, antes dos repuxos que borrifavam da boca dos golfinhos. Jamie correu a mão pela água escura e a ergueu, de modo distraído, observando as gotas prateadas escorrerem pelos seus dedos.

– Duelar era ilegal em Paris na época, assim como hoje. Mas havia lugares para isso; sempre há. Cabia a ele escolher, e ele escolheu um lugar no Bois de Boulogne. Perto da estrada dos Sete Santos, mas oculto por uma cortina de carvalhos. A escolha da arma também cabia a ele. Eu esperava pistolas, mas ele escolheu espadas.

– Por que ele faria isso? Você devia ser uns 15 centímetros mais alto do que ele, ou mais. – Eu não era nenhuma especialista, mas era forçada a aprender um pouco sobre a estratégia e as táticas da luta de espadas; Jamie e Murtagh enfrentavam-se a cada dois ou três dias para não perderem a prática, colidindo-se, desviando-se e atacando para cima e para baixo no jardim, para absoluta satisfação dos criados, tanto homens quanto mulheres, que se acotovelavam nas sacadas para assistir.

– Por que ele escolheu espadins? Porque era muito bom com espadins. Além disso, acho que pensou que eu poderia matá-lo acidentalmente com uma pistola, embora soubesse que eu ficaria satisfeito só de tirar sangue dele com uma lâmina. Eu não pretendia matá-lo – explicou ele. – Apenas humilhá-lo. E ele sabia disso. Nosso Charles não era nenhum tolo – disse, balançando a cabeça melancolicamente.

A névoa do chafariz estava fazendo com que anéis dos meus cabelos escapassem do penteado, cacheando-se ao redor do meu rosto. Afastei uma mecha para trás, perguntando:

– E você o humilhou?

– Bem, eu o feri, ao menos. – Surpreendi-me ao ouvir um leve tom de satisfação em sua voz e ergui uma das sobrancelhas. – Ele havia aprendido a lutar com LeJeune, um dos melhores mestres espadachins da França. Foi como duelar com uma maldita pulga, e eu lutei com ele com a mão direita. – Passou a mão pelos cabelos outra vez, como se verificasse se continuavam presos. – Meus cabelos soltaram-se no meio da luta – disse ele. – A tira de couro que os prendia rompeu-se e estava ventando bastante, de modo que tudo que consegui ver foi o minúsculo vulto branco de Charles, saltando para a frente e para trás, como um peixinho de água doce. E foi assim que eu o peguei, finalmente: do modo como você espeta um peixe com uma adaga. – Deixou escapar um riso debochado.

– Ele soltou um berro como se eu o tivesse atravessado, embora eu soubesse que só o tinha picado em um braço. Finalmente, tirei os cabelos do rosto e olhei além dele, para Annalise parada lá na borda da clareira, com os olhos arregalados e escuros como este lago. – Abanou a mão, indicando a superfície negro-prateada ao nosso lado. – Assim, embainhei minha espada, arrumei os cabelos para trás e fiquei lá parado, em parte esperando que ela viesse se atirar nos meus braços, suponho.

– Hummm – disse, delicadamente. – E ela não o fez?

– Bem, eu não sabia nada a respeito de mulheres na época – disse ele. – Não, ela veio e se atirou sobre *ele*, é claro. – Emitiu um som escocês gutural, um som de desdém de si mesmo e de desgosto bem-humorado. – Ouvi dizer que se casou com ele um mês depois. Sim, bem. – Deu de ombros, com um sorriso pesaroso. – Assim, meu coração ficou partido. Voltei para a Escócia e durante semanas perambulei pelos cantos, desanimado e triste, até que meu pai perdeu a paciência comigo. – Riu. – Até pensei em virar um monge por causa disso. Uma noite, disse a meu pai durante o jantar que achava que talvez, na primavera, eu atravessaria o Canal e iria para a abadia tornar-me um noviço.

Ri diante da ideia.

– Bem, você não teria nenhuma dificuldade com o voto de pobreza; castidade e obediência poderiam ser mais difíceis. O que seu pai disse?

Ele riu, os dentes brancos no rosto sombrio.

– Ele estava tomando sopa. Colocou a colher sobre a mesa e olhou para mim por um instante. Depois suspirou, balançou a cabeça e disse: “Foi um dia muito difícil, Jamie." Então, pegou a colher outra vez e retornou ao seu jantar, e eu nunca mais disse uma palavra sobre o assunto.

Seus olhos percorreram o caminho meio inclinado que levava ao terraço, onde aqueles que não estavam dançando passeavam de um lado a outro, refrescando-se entre uma dança e outra, apreciando seu vinho e flertando por trás de leques. Suspirou nostalgicamente.

– Sim, uma jovem muito bonita, Annalise de Marillac. Graciosa como o vento e tão pequena que dá vontade de enfiá-la dentro da camisa e carregá-la como um gatinho de estimação.

Fiquei em silêncio, ouvindo a música ao longe, filtrando-se pelas portas abertas lá em cima, enquanto contemplava a brilhante chinela de cetim que envolvia meu pé tamanho 38.

Após um instante, Jamie apercebeu-se de meu silêncio.

– O que foi, Sassenach? – perguntou ele, colocando a mão em meu braço.

– Ah, nada – disse com um suspiro. – Só estava pensando que duvido que alguém um dia me descreva como "graciosa como o vento".

– Ah.

Sua cabeça estava parcialmente virada, o nariz longo e reto e o queixo firme iluminados por trás pela claridade da lanterna mais próxima. Pude ver um meio-sorriso em seus lábios quando se voltou para mim.

– Bem, vou lhe dizer, Sassenach, "graciosa" provavelmente não é a primeira palavra que me ocorre à mente quando penso em você.

Passou o braço por trás de mim, a mão quente e grande no meu ombro coberto de seda.

– Mas eu converso com você como se conversasse com minha própria alma – disse ele, virando-me para si.

Ergueu o braço e segurou meu rosto, os dedos tocando de leve minha têmpora.

– Ah, Sassenach – murmurou ele. – Seu rosto é meu coração.

Foi a mudança do vento, alguns minutos mais tarde, que nos separou finalmente com uma chuva fina do chafariz. Separamo-nos e nos levantamos, apressados, rindo com o frio repentino da água. Jamie inclinou a cabeça interrogativamente em direção ao terraço e eu tomei seu braço, assentindo.

– Então – observei enquanto subíamos devagar os amplos degraus até o salão de baile –, pelo que vejo, você sabe um pouco mais sobre as mulheres agora.

Ele riu, uma risada gutural e baixa, apertando o braço em torno de minha cintura.

– A coisa mais importante que aprendi sobre as mulheres, Sassenach, é qual escolher. – Afastou-se, fazendo uma reverência para mim, e com um gesto amplo indicando as portas abertas para a magnífica cena no interior, disse: – Concede-me a honra desta dança, milady?

Passei a tarde seguinte na casa dos d'Arbanville, onde encontrei novamente o mestre de canto do rei. Desta vez, tivemos tempo para uma conversa, que contei a Jamie após o jantar.

– Você o quê? – Jamie estreitou os olhos para mim, como se suspeitasse que eu estivesse lhe pregando uma peça.

– Eu disse que Herr Gerstmann sugeriu que eu poderia estar interessada em conhecer uma amiga dele. Madre Hildegarde é a encarregada do Hôpital des Anges, você sabe, o hospital de caridade que fica perto da catedral.

– Sei onde fica. – Sua voz era acentuada por uma falta geral de entusiasmo.

– Ele tinha a garganta inflamada e isso me levou a lhe dizer o que deveria tomar e a falar um pouco sobre remédios em geral, e em como eu era interessada em doenças e, bem, você sabe como uma coisa leva a outra.

– Com você, sempre leva – concordou ele, com distinto cinismo. Ignorei o tom de sua voz e continuei.

– Assim, vou ao hospital amanhã. – Estiquei-me na ponta dos pés para pegar minha caixa de remédios de sua prateleira. – Talvez eu não a leve comigo da primeira vez – disse, examinando o conteúdo pensativamente. – Poderia parecer muito intrometida. O que acha?

– Intrometida? – Ele parecia perplexo. – Está pensando em visitar o lugar ou em se mudar para lá?

– Hã, bem – disse. Respirei fundo. – Eu, hã, achei que talvez pudesse trabalhar lá regularmente. Herr Gerstmann diz que todos os médicos e curandeiros que vão lá trabalham como voluntários. A maioria não vai lá todos os dias, mas eu tenho tempo de sobra e poderia...

– Tempo de sobra?

– Pare de repetir tudo que digo – retruquei. – Sim, tempo de sobra. Sei que é importante comparecer a recepções, jantares e tudo isso, mas não ocupam o dia todo, ao menos, não precisa. Eu poderia...

– Sassenach, você está grávida! Não pretende sair para cuidar de mendigos e criminosos, não é? – Ele soava um pouco desamparado agora, como se imaginasse como lidar com alguém que acabou de enlouquecer bem diante dele.

– Eu não me esqueci – afirmei. Pressionei as mãos sobre minha barriga, baixando o olhar.

– Na verdade, ainda nem dá para notar; com um vestido largo posso escapar impune durante algum tempo. E não há nada de errado comigo, exceto o enjoo matinal. Não há nenhuma razão para eu não poder trabalhar por mais alguns meses.

– Nenhuma razão, exceto que eu não vou permitir que faça isso! – Como não teríamos visitas esta noite, ele tirara a echarpe do pescoço e abrira a gola da camisa ao chegar em casa. Eu podia ver a onda de cabelos ruivos avançando até seu pescoço.

– Jamie – protestei, procurando ser racional. – Você sabe o que eu sou.

– Você é minha mulher.

– Bem, isso também. – Afastei num acenar de desdém. – Sou enfermeira, Jamie. Uma curandeira. Você devia saber.

Ele ficou vermelho.

– Sim, sei. E porque você me curou quando eu estava ferido, eu deveria achar certo que você cuidasse de mendigos e prostitutas? Sassenach, você não conhece o tipo de gente que vai para o Hôpital des Anges? – Olhou-me com um olhar de súplica, como se esperasse que eu recobrasse o juízo a qualquer instante.

– Que diferença isso faz?

Olhou desesperadamente ao redor da sala, implorando o testemunho do retrato acima da lareira quanto à minha irracionalidade.

– Você pode pegar uma doença grave, pelo amor de Deus! Não tem nenhuma consideração pelo seu filho, ainda que não tenha nenhuma por mim?

Racionalidade parecia um objetivo cada vez menos desejável.

– Claro que tenho! Que tipo de pessoa irresponsável, insensível, você pensa que sou?

– O tipo que abandonaria o marido para ir brincar com esgoto na sarjeta! – retorquiu ele. – Já que perguntou. – Passou a enorme mão pelos cabelos, arrepiando-os no alto da cabeça.

– Abandoná-lo? Desde quando sugerir que preciso fazer alguma coisa é abandoná-lo? Não quero mais ficar apodrecendo no salão dos d'Arbanville, vendo Louise de Rohan entupir-se de doces e ouvindo poesia ruim e música pior ainda. Quero ser útil!

– Tomar conta da sua própria casa não é ser útil? Ser casada comigo não é ser útil? – O laço que amarrava seus cabelos desfez-se sob o estresse e os cachos espessos espalharam-se como uma auréola flamejante. Lançou-me um olhar penetrante, feito um anjo vingador.

– O que vale para um vale para o outro – retorqui friamente. – Ser casado *comigo* é ocupação suficiente para *você*? Não o vejo perambulando pela casa o dia todo, adorando-me. E quanto à casa, parvoíce!

– Parvoíce? O que é parvoíce? – perguntou ele.

– Tolice, bobagem. Besteira. Em outras palavras, não seja ridículo. Madame Vionnet faz tudo e faz centenas de vezes melhor do que eu faria.

Isso era uma verdade tão patente que o fez parar por um instante. Lançou-me um olhar furioso, rangendo o maxilar.

– Ah, é? E se eu proibi-la de ir?

Aquilo me paralisou por um instante. Empertiguei-me e olhei-o de cima a baixo. Seus olhos tinham a cor da ardósia cinza-escura, a boca larga e generosa apertada numa linha reta. Com os ombros largos e eretos, os braços cruzados sobre o peito como uma estátua de ferro fundido, "ameaçador" era a palavra certa para descrevê-lo.

– Você me *proíbe*? – A tensão entre nós crepitava. Eu queria piscar, mas não iria lhe dar a satisfação de interromper meu próprio olhar glacial. O que eu faria se ele me proibisse de ir? As opções corriam pela minha mente, tudo desde plantar o abridor de cartas de marfim entre suas costelas a atear fogo à casa com ele dentro. A única ideia que eu rejeitava completamente era a de ceder.

Ele parou e respirou fundo antes de falar. Seus punhos estavam cerrados junto às laterais do corpo e ele abriu as mãos num esforço consciente.

– Não – disse ele. – Não, eu não a proíbo. – Sua voz estremeceu um pouco com o esforço para controlá-la. – Mas e se eu lhe pedisse?

Abaixei os olhos e fitei seu reflexo no tampo lustrado da mesa. No começo, a ideia de visitar o Hôpital des Anges parecera-me meramente interessante, uma alternativa atraente para os infindáveis mexericos e intrigas mesquinhas da sociedade parisiense. Mas agora... podia sentir os músculos do meu braço avolumarem-se enquanto eu cerrava meus punhos. Eu não apenas *queria* trabalhar outra vez, eu *precisava*.

– Não sei – respondi finalmente.

Ele respirou fundo e soltou o ar devagar.

– Pensará nisso, Claire? – Podia sentir seus olhos em mim. Depois do que pareceu um longo tempo, assenti.

– Sim, pensarei.

– Ótimo. – A tensão quebrada, ele desviou-se, irrequieto. Ficou vagando pela sala de visitas, pegando pequenos objetos e devolvendo-os aleatoriamente, até parar junto à estante de livros, onde se apoiou, fitando sem ver os títulos nas capas de couro. Aproximei-me, hesitante, e coloquei a mão em seu braço.

– Jamie, eu não quis aborrecê-lo.

Abaixou os olhos para mim e lançou-me um sorriso oblíquo.

– Sim, bem. Eu também não quis brigar com você, Sassenach. Acho que estou irritadiço e muito sensível. – Deu uns tapinhas na minha mão como desculpas, depois se afastou e ficou parado, olhando sua escrivaninha.

– Você tem trabalhado demais – adverti, seguindo-o e procurando acalmá-lo.

– Não é isso. – Balançou a cabeça e estendeu a mão para abrir com um único golpe o enorme livro de contabilidade que estava no centro da escrivaninha. – O negócio de vinhos, ele vai bem. É muito trabalho, sim, mas não me incomodo. A questão é outra.

Fez um gesto indicando uma pequena pilha de cartas, seguras por um peso de alabastro para papel. Era um dos vários que Jared possuía, esculpido no formato de uma rosa branca, o emblema dos Stuart. As cartas que segurava eram do abade Alexander, do conde de Mar, de outros jacobitas proeminentes. Todas repletas de perguntas veladas, promessas nebulosas, expectativas contraditórias.

– Sinto-me como se estivesse lutando contra o vazio! – disse James, violentamente. – Queria uma luta de verdade, algo em que eu pudesse botar as mãos, algo que eu pudesse fazer. Mas isto... – Agarrou o punhado de cartas da escrivaninha e atirou-as para cima. Havia uma corrente de ar no aposento e os papéis ziguezaguearam loucamente, deslizando para baixo dos móveis e agitando-se sobre o tapete.

– Não há nada de palpável – disse ele, sentindo-se impotente. – Posso conversar com mil pessoas, escrever centenas de cartas, beber com Charles até perder a consciência e nunca saber se estou progredindo ou não.

Deixei as cartas espalhadas permanecerem onde estavam; uma das criadas poderia resgatá-las mais tarde.

– Jamie – falei suavemente. – Nós não podemos fazer nada além de tentar.

Ele sorriu debilmente, as mãos agarradas à escrivaninha.

– Sim. Fico contente que tenha dito "nós", Sassenach. Às vezes, sinto-me muito solitário com tudo isso.

Passei meus braços pela sua cintura e recostei o rosto contra as suas costas.

– Você sabe que eu não o deixaria sozinho nisso – disse. – Afinal, fui eu quem o meteu nessa história, para começar.

Pude sentir a ligeira vibração de uma risada sob meu rosto.

– Sim, é verdade. Não vou censurá-la por isso, Sassenach. – Virou-se, inclinou-se e me beijou de leve na testa. – Você parece cansada, *mo duinne*. Vá para a cama agora. Ainda tenho um pouco de trabalho para fazer, mas logo irei me juntar a você.

– Está bem. – Eu estava realmente cansada esta noite, embora a sonolência crônica do início da gravidez estivesse dando lugar a uma nova energia; eu estava começando a sentir-me alerta durante o dia, transbordando de necessidade de ficar ativa.

Parei à porta ao sair. Ele ainda estava parado junto à escrivaninha, fitando as páginas do livro de contabilidade aberto.

– Jamie?

– Sim?

– O hospital... eu disse que iria pensar no assunto. Pense também, certo?

Ele virou a cabeça, uma das sobrancelhas pronunciadamente arqueada. Em seguida, sorriu e meneou a cabeça de leve.

– Vou subir daqui a pouco, Sassenach – disse ele.

Ainda caía uma mistura de chuva e neve, e minúsculas partículas de gelo açoitavam ruidosamente as janelas e sibilavam no fogo da lareira enquanto o vento noturno virava e as empurrava pelo cano da chaminé. O vento estava intenso e gemia e rugia entre as chaminés, fazendo o quarto parecer ainda mais aconchegante em contraste. A própria cama era um oásis de calor e conforto, equipada com acolchoados de penugem de ganso, travesseiros enormes e fofos, e Jamie, emitindo fielmente Unidades Térmicas Britânicas como um aquecedor elétrico.

Sua mão grande e pesada acariciou de leve minha barriga, quente através da seda fina da minha camisola.

– Não, mais embaixo. Tem que apertar com um pouco mais de força. – Peguei sua mão e pressionei seus dedos para baixo, pouco acima do osso púbico, onde o útero começava a se tornar evidente, um inchaço duro e redondo, um pouco maior do que uma laranja.

– Sim, posso senti-lo – murmurou ele. – Ele está realmente aí. – Um sorrisinho de encantamento e reverência lhe repuxou o canto da boca e ele ergueu o rosto para mim, o olhar cintilante. – Você já pode senti-lo se mexer?

Balancei a cabeça.

– Ainda não. Mais um mês e pouco, eu acho, pelo que sua irmã Jenny me disse.

– Hummm – disse ele, beijando o minúsculo volume. – O que você acha de "Dalhousie", Sassenach?

– O que eu acho de "Dalhousie" como o *quê*? – perguntei.

– Ora, como um nome – disse ele. Deu um tapinha de leve no meu ventre. – Ele vai precisar de um nome.

– É verdade – disse. – Mas o que o faz pensar que seja um menino? Pode muito bem ser uma menina.

– Hã? Ah, sim, é verdade – admitiu ele, como se a possibilidade tivesse acabado de lhe ocorrer. – Ainda assim, por que não começar com nomes de meninos? Podíamos lhe dar o nome do seu tio que a criou.

– Hummm. – Franzi as sobrancelhas. Por mais que eu tivesse amado meu tio Lamb, não sabia se iria querer infligir nem "Lambert" nem "Quentin" a um pobre bebê indefeso. – Não, acho que não. Por outro lado, tampouco acho que gostaria de lhe dar o nome de um de *seus* tios.

Jamie acariciou minha barriga distraidamente, pensando.

– Qual o nome de seu pai, Sassenach? – perguntou ele.

Tive que parar um instante para me lembrar.

– Henry – respondi. – Henry Montmorency Beauchamp. Jamie, eu *não* vou dar o nome "Montmorency Fraser" a uma criança, de modo algum. Também não sou muito favorável a "Henry", embora seja melhor do que Lambert. Que tal William? – sugeri. – Como seu irmão. – Seu irmão mais velho, William, morrera ainda criança, mas vivera o suficiente para Jamie lembrar-se dele com grande afeto.

Franziu o cenho, absorto em seus pensamentos.

– Hummm – disse ele. – Sim, talvez. Ou poderíamos chamá-lo...

– James – disse uma voz oca e sepulcral, vinda da chaminé da lareira.

– *O quê?* – disse, sentando-me ereta na cama.

– James – disse a lareira, impacientemente. – James, James!

– Santo Deus! – exclamou Jamie, fitando as chamas saltitantes na lareira. Pude sentir os pelos em seu braço arrepiarem-se, duros como arame. Ficou sentado, paralisado por um instante; em seguida, ocorrendo-lhe um pensamento, pôs-se de pé num salto e dirigiu-se à janela que se projetava do telhado, sem se preocupar em vestir qualquer coisa por cima da camisa.

Ergueu a vidraça da água-furtada, deixando entrar uma rajada de ar frio, e esticou a cabeça para fora, na noite. Ouvi um grito abafado e em seguida um som arranhado pelas ardósias do telhado. Jamie inclinou-se ainda mais para fora, erguendo-se nas pontas dos pés, depois recuou devagar para dentro do quarto, molhado da chuva e grunhindo com o esforço. Arrastava com ele para dentro do quarto, os braços ao redor de seu pescoço, a figura de um rapaz atraente de roupas escuras, completamente encharcado, com um pano manchado de sangue enrolado em volta de uma das mãos.

O visitante colocou o pé no parapeito da janela e aterrissou desajeitadamente, estatelando-se no chão. Mas levantou-se logo e aos tropeções, fez uma mesura para mim, arrancando o chapéu desengonçado.

– Madame – disse ele, num francês de sotaque carregado. – Peço-lhe desculpas por chegar assim, sem cerimônia. É uma intrusão, mas é por necessidade que recorro a meu amigo James em hora tão imprópria.

Era um rapaz vigoroso, atraente, com abundantes cabelos castanho-claros cacheados e soltos sobre os ombros. E um rosto bonito, as faces afogueadas do frio e do esforço físico. Seu nariz escorria um pouco e ele o limpou nas costas da mão envolvida no pano, contraindo-se um pouco ao fazê-lo.

Jamie, com as sobrancelhas erguidas, saudou educadamente o visitante com uma reverência.

– Minha casa está ao seu dispor, Alteza – disse ele com um olhar que avaliava a desordem geral dos trajes do visitante. O laço da echarpe de seda do pescoço estava desfeito e as pontas soltas pendiam sobre o peito, metade dos botões estava abotoada de maneira torta e a braguilha de suas calças estava parcialmente aberta. Vi Jamie franzir a testa de leve diante disso e postar-se discretamente em frente ao rapaz para ocultar a indelicada visão de mim.

– Gostaria de apresentar-lhe minha esposa, Vossa Alteza – disse ele. – Claire, lady Broch Tuarach. Claire, este é Sua Alteza o príncipe Charles, filho do rei James da Escócia.

– Ah, sim – disse. – Foi o que imaginei. Hã, boa noite, Alteza. – Meneei a cabeça graciosamente, puxando as cobertas para cima. Imaginei que, nas atuais circunstâncias, eu podia dispensar a reverência de costume.

O príncipe aproveitara a prolixa apresentação de Jamie para ajeitar melhor as calças, e agora olhava para mim, repleto de dignidade real.

– O prazer é meu, madame – disse ele, e fez uma nova reverência, agora de uma forma muito mais elegante. Empertigou-se e ficou girando o chapéu nas mãos, obviamente pensando no que dizer em seguida. Jamie, parado ao lado dele, com as pernas nuas, olhava de mim para Charles, aparentemente constrangido também, sem saber o que dizer.

– Hã... – comecei, para quebrar o silêncio. – Sofreu um acidente, Alteza? – Balancei a cabeça, indicando o lenço amarrado em volta da mão, e ele abaixou os olhos como se somente agora notasse o problema.

– Sim – disse ele –, ah... não. Quero dizer... não é nada, milady. – Ficou ainda mais vermelho, olhando fixamente para a mão. Seus modos eram estranhos; algo entre raiva e constrangimento. Entretanto, eu conseguia ver a mancha de sangue espalhando-se no lenço e, assim, coloquei os pés para fora da cama, tateando em busca do meu robe.

– É melhor eu dar uma olhada nisso – ofereci.

O ferimento, exposto com alguma relutância pelo príncipe, não era grave, mas era incomum.

– Parece a mordida de um animal – comentei, incrédula, limpando delicadamente o pequeno semicírculo de perfurações na pele entre o polegar e o indicador. O príncipe Charles contraiu-se quando espremi o tecido ao redor, no intuito de limpar o ferimento através do sangramento, antes de enfaixá-lo.

– Sim – disse ele. – Uma mordida de macaco. Bicho nojento, infestado de pulgas! – explodiu. – Eu disse a ela para livrar-se dele. Com certeza o animal está doente!

Eu encontrara minha caixa de remédios e agora aplicava uma fina camada de unguento de genciana.

– Acho que não precisa se preocupar – disse, atenta ao meu trabalho. – Quer dizer, desde que ele não esteja infectado com raiva.

– Raiva? – O príncipe ficou lívido. – Acha que poderia estar? – Obviamente, ele não fazia a menor ideia do que era a doença, mas não queria ter nada a ver com ela.

– Tudo é possível – falei, animada. Surpresa com sua repentina aparição, somente agora eu estava começando a perceber que, no final das contas, pouparia muito trabalho a muita gente se aquele rapaz sucumbisse elegantemente a alguma doença rápida e mortal. Ainda assim, em meu coração eu era incapaz de lhe desejar gangrena ou raiva e, deste modo, enfaixei sua mão cuidadosamente com uma atadura limpa de linho.

Ele sorriu, inclinou-se numa mesura outra vez e agradeceu-me charmosamente numa mistura de francês e italiano. Ainda desculpando-se de modo efusivo pela visita inoportuna, foi rebocado com toda educação por Jamie, agora respeitavelmente vestido com seu kilt, para tomar uma bebida lá embaixo.

Sentindo o frio do quarto infiltrar-se pelo meu robe e minha camisola, enfiei-me de novo na cama e puxei as cobertas até o queixo. Então aquele era o príncipe Charles! Muito bonito; ao menos na aparência. Parecia muito jovem – muito mais novo do que Jamie, embora eu soubesse que Jamie era apenas um ou dois anos mais velho do que ele. Mas Sua Alteza realmente possuía modos encantadores e boa dose de dignidade e presunção, apesar dos trajes desalinhados. Seria isso suficiente para levá-lo à Escócia, à frente de um exército de restauração? Conforme eu cochilava, perguntava-me exatamente o que o herdeiro do trono da Escócia andara fazendo, perambulando pelos telhados de Paris no meio da noite, com uma mordida de macaco na mão.

A dúvida ainda estava na minha cabeça quando Jamie me acordou algum tempo depois ao deslizar para baixo das cobertas e plantar os pés grandes e congelados direto atrás dos meus joelhos.

– Não grite assim – disse ele. – Vai acordar os empregados.

– Que diabos Charles Stuart estava fazendo correndo pelos telhados com macacos? – perguntei, esquivando-me. – Tire esses malditos cubos de gelo de mim.

– Visitando sua amante – disse Jamie, de modo sucinto. – Está bem, pare de me chutar. – Ele retirou os pés e abraçou-me, tremendo de frio, quando me virei para ele.

– Ele tem uma amante? Quem? – Estimulada por sopros de frio e escândalo, fui despertando depressa.

– Louise de La Tour – explicou Jamie com relutância, em resposta à minha cutucada. Seu nariz parecia mais longo e afilado do que de costume, com as sobrancelhas grossas franzidas logo acima. Ter uma amante já era bastante ruim, em sua visão católica escocesa, mas era amplamente sabido que a realeza possuía certos privilégios a esse respeito. Entretanto, a princesa Louise de La Tour era casada. E realeza ou não, tomar uma mulher casada como amante decididamente era imoral, apesar do exemplo de seu tio Jared.

– Ah! – exclamei com satisfação. – Eu sabia!

– Ele diz que está apaixonado por ela – relatou ele sucintamente, puxando as cobertas até os ombros com um safanão. – Ele insiste em dizer que ela também o ama; diz que ela tem sido fiel apenas a ele nos últimos três meses. Essa é boa!

– Bem, às vezes acontece – falei, achando graça. – Então ele a estava visitando? Mas então como ele foi parar no telhado? Ele lhe contou isso?

– Ah, sim. Ele me contou.

Charles, fortalecido contra a noite com várias taças do melhor Porto envelhecido de Jared, mostrara-se bastante expansivo. A força do verdadeiro amor fora posta duramente à prova nesta noite, segundo Charles, pela devoção de sua enamorada a seu animal de estimação, um macaco um tanto mal-humorado que retribuía a antipatia de Sua Alteza e possuía meios mais concretos de demonstrar suas opiniões. Estalando os dedos sob o nariz do macaco num ato de deboche, Sua Alteza sofrera primeiro uma lancinante mordida na mão e, depois, a mordida ainda mais lancinante da língua de sua amante, exercida em amarga repreensão. O casal discutira acaloradamente, a ponto de Louise, princesa de Rohan, ordenar a Charles que desaparecesse de sua presença. Ele dissera que estava mais do que disposto a ir embora – para não retornar, enfatizou de modo dramático, nunca mais.

A partida do príncipe, entretanto, fora consideravelmente atrasada pela descoberta de que o marido da princesa retornara mais cedo de sua noite de jogatina e estava instalado com todo o conforto na antessala com uma garrafa de conhaque.

– Então – disse Jamie, sorrindo sem querer diante da ideia –, ele não queria ficar com ela, mas não podia sair pela porta. Assim, ele abriu a vidraça e pulou para o telhado. Desceu até quase à rua, disse, pelas calhas de escoamento da chuva; mas o guarda municipal apareceu e ele teve que arrastar-se para cima outra vez para ficar fora de suas vistas. Passou um mau bocado, segundo ele, desviando-se das chaminés e escorregando pelas ardósias molhadas, até que lhe ocorreu que nossa casa ficava a apenas três casas adiante e que os telhados eram suficientemente próximos para ele pular de um para o outro como se fossem folhas de ninfeias.

– Hummm – disse, sentindo o calor restabelecer-se em torno dos dedos dos meus pés. – Você o mandou para casa na carruagem?

– Não, ele levou um dos cavalos do estábulo.

– Se ele andou bebendo o Porto de Jared, espero que ambos consigam chegar a Montmartre – observei. – É uma boa distância.

– Bem, vai ser uma jornada longa e molhada, sem dúvida – disse Jamie, com a satisfação de um homem legalmente casado e virtuosamente enfiado numa cama quente com sua esposa. Apagou a vela e puxou-me para junto do seu peito, ficando de conchinha.

– Bem feito – murmurou ele. – Um homem deve se casar.

Os empregados acordaram antes de o sol nascer, limpando e lustrando em preparação para receber monsieur Duverney em um pequeno jantar particular à noite.

– Não sei para que se dão ao trabalho – disse a Jamie, deitada na cama, os olhos fechados, ouvindo o grande afã no andar de baixo. – Tudo que precisam fazer é tirar a poeira do tabuleiro de xadrez e deixar à mão uma garrafa de conhaque. Ele não vai notar mais nada mesmo.

Ele riu e inclinou-se para me dar um beijo de despedida.

– Está bem assim; vou precisar de um bom jantar se quiser continuar ganhando dele. – Deu um tapinha no meu ombro, despedindo-se. – Vou ao depósito, Sassenach, mas chegarei em casa a tempo de me vestir.

Em busca de alguma coisa para me tirar do caminho dos empregados, por fim decidi fazer com que um lacaio me conduzisse até a casa dos Rohan. Talvez Louise precisasse de um pouco de consolo, pensei, depois de sua discussão na noite anterior. A curiosidade vulgar, eu dizia a mim mesma com convicção, não tinha nada a ver com isso.

Quando retornei no final da tarde, encontrei Jamie relaxado numa cadeira perto da janela do quarto, com os pés apoiados em cima da mesa, o colarinho aberto e os cabelos desgrenhados, debruçado sobre um maço de folhas rabiscadas. Ergueu os olhos ao som da porta fechando-se e a expressão absorta desfez-se num largo sorriso.

– Sassenach! Aí está você! – Colocou os pés no chão e atravessou o aposento para me abraçar. Enterrou o rosto nos meus cabelos, aninhando-se, depois se afastou e espirrou. Espirrou outra vez e soltou-me para tatear em sua manga à procura de um lenço que carregava ali, ao estilo militar. – Que cheiro é este, Sassenach? – perguntou ele, pressionando o lenço de linho no nariz bem a tempo de abafar os resultados de outro espirro explosivo.

Enfiei a mão no decote do vestido e retirei o pequeno sachê do meio dos meus seios.

– Jasmim, rosas, jacintos e lírio-do-vale... ambrosia-americana também, ao que parece – acrescentei, enquanto ele bufava e resfolegava nas profundezas avantajadas do lenço. – Você está bem? – Olhei ao redor em busca de algum cesto de lixo e me decidi por jogar o sachê em uma caixa de papéis de carta sobre a minha escrivaninha do outro lado do aposento.

– Sim, tudo bem. E o aaa... aaaa... aaaTCHIM!

– Saúde! – Abri a janela de par em par e fiz sinal para que ele se aproximasse. Obedientemente, ele lançou a cabeça e os ombros para fora da janela, na garoa da tarde, inspirando lufadas de ar fresco, isento de jacinto.

– Ah, assim está melhor – disse ele com alívio, tirando a cabeça dos chuviscos alguns instantes depois. Seus olhos arregalaram-se. – O que está fazendo agora, Sassenach?

– Lavando-me – expliquei, lutando com os cordões nas costas do meu vestido. – Ou me preparando para isso, pelo menos. Estou coberta de óleo de jacinto – expliquei, enquanto ele pestanejava. – Se eu não me lavar para tirá-lo, é capaz de você explodir.

Ele enxugou o nariz, pensativo, e meneou a cabeça, concordando.

– Nisso você tem razão, Sassenach. Quer que eu mande o criado trazer água quente?

– Não, não se preocupe. Uma toalha úmida deve retirar quase tudo – assegurei-lhe, desabotoando e desamarrando minhas roupas o mais depressa possível.

Ergui os braços para trás, a fim de juntar meus cabelos e fazer um coque. De repente, Jamie inclinou-se para a frente e agarrou meu pulso, esticando meu braço para cima.

– O que está fazendo? – perguntei, levando um susto.

– O que *você* andou fazendo, Sassenach? – perguntou ele. Olhava fixamente para minha axila.

– Depilei – disse com orgulho. – Ou melhor, tirei com cera. Louise estava com sua *servante aux petits soins*, você sabe, sua ajudante de embelezamento. Ela estava lá hoje de manhã e me depilou também.

– Com cera? – Jamie olhou espantado para a vela no castiçal, junto ao jarro d'água, depois de novo para mim. – Você colocou cera nas axilas?

– Não esse tipo de cera – assegurei-lhe. – Cera de abelhas perfumada. A mulher aqueceu a cera, depois espalhou a cera morna na pele. Quando esfria, é só puxar – encolhi-me involuntariamente diante da lembrança –, e isso não é nenhum bicho de sete cabeças.

– Não conheço nenhum bicho com sete cabeças – disse Jamie com ar severo. – Por que diabos haveria você de fazer isso? – Olhou atentamente o local da operação, ainda segurando meu braço levantado no ar. – Isso não... doeu? Credo! – Deixou meu braço cair e recuou rápido. – Não doeu? – perguntou ele, o lenço no nariz outra vez.

– Bem, um pouco – admiti. – Mas valeu a pena, não acha? – perguntei, erguendo os dois braços como uma bailarina e girando de um lado a outro. – É a primeira vez que me sinto completamente limpa em meses.

– Valeu a pena? – exclamou ele, soando um tanto atordoado. – O que tem a ver com limpeza arrancar todos os pelos de debaixo dos braços?

Um pouco tardiamente, percebi que nenhuma mulher escocesa que eu conhecia empregava qualquer forma de depilação. Além disso, era quase certo que Jamie nunca estivera em contato suficientemente íntimo com uma parisiense de alta classe para saber que a maioria delas *se depilava*.

– Bem – disse, de repente compreendendo a dificuldade que um antropólogo enfrenta ao tentar interpretar os costumes mais singulares de uma tribo primitiva. – Cheira muito menos – acrescentei.

– E o que há de errado com o seu cheiro? – disse ele acaloradamente. – Ao menos você cheira como uma mulher, não como uma maldita flor de jardim. O que acha que eu sou, um homem ou uma abelha? Poderia se lavar, Sassenach, para que eu possa ficar a menos de dez passos de você?

Peguei uma pequena toalha como esponja e comecei a limpar o torso. Madame Laserre, a mulher encarregada dos cuidados de beleza de Louise, aplicara óleo perfumado em todo o meu corpo; esperava que saísse com facilidade. Era desconcertante vê-lo pairando ao meu redor, fora do alcance do cheiro, fitando-me como um lobo acuando sua presa.

Virei-me de costas para mergulhar a esponja na bacia e disse descontraidamente por cima do ombro:

– Hã, e depilei as pernas também.

Lancei um olhar furtivo a ele. O choque original transformou-se em uma expressão de total perplexidade.

– Suas pernas não tinham cheiro nenhum – disse ele. – A menos que tenha andado com bosta de vaca até os joelhos.

Virei-me e levantei minhas saias até os joelhos, apontando o dedão do pé para a frente a fim de exibir as curvas delicadas da minha perna.

– Mas ficaram tão mais bonitas – ressaltei. – Lisas e macias; não como as de um macaco peludo.

Ele abaixou os olhos para os próprios joelhos peludos, ofendido.

– E eu sou um macaco?

– Você, não. Eu! – exclamei, ficando exasperada.

– Minhas pernas são muito mais cabeludas do que as suas jamais serão!

– Bem, elas *devem* ser assim; você é homem!

Ele inspirou como se fosse responder, depois soltou o ar outra vez, balançando a cabeça e resmungando alguma coisa para si mesmo em gaélico. Atirou-se de volta na cadeira e recostou-se, observando-me através de olhos semicerrados e de vez em quando resmungando sozinho de novo. Resolvi não pedir uma tradução.

Depois que a maior parte do meu banho estava realizada no que pode melhor ser descrito como um ambiente carregado, decidi tentar a reconciliação.

– Poderia ter sido pior, sabe – disse, passando a esponja na parte interna da minha coxa. – Louise mandou remover *todos* os pelos do corpo dela.

Isso lhe causou um sobressalto que, por sua vez, o fez voltar ao inglês, ao menos temporariamente.

– O quê? Ela removeu os pelos da perereca? – disse ele, horrorizado a ponto de adotar uma vulgaridade que não lhe era própria.

– Aham – respondi, satisfeita por tal visão afastar suas atenções de minha própria condição inquietantemente pelada. – Cada pelo. Madame Laserre arrancou até mesmo os extraviados.

– Nosso Senhor Jesus Cristo! – Ele fechou os olhos com força, ou para evitar ou para melhor contemplar a perspectiva que eu descrevera.

Evidentemente, a última hipótese era a verdadeira, porque ele abriu os olhos outra vez e olhou-me, espantado, perguntando:

– E agora ela está andando por aí pelada como uma menina?

– Ela diz que os homens acham erótico.

Suas sobrancelhas quase se encontraram com a linha do couro cabeludo, um traço interessante para quem tinha a fronte tão classicamente alta.

– Gostaria muito que você parasse com esses resmungos – observei, pendurando a toalha no espaldar de uma cadeira para secar. – Não consigo entender nem uma palavra do que diz.

– É melhor que seja assim, Sassenach.

12

HÔPITAL DES ANGES

– Está bem – disse Jamie resignadamente durante o desjejum. Apontou uma colher para mim, avisando: – Pode ir, então. Mas Murtagh a acompanhará, além do lacaio; é uma vizinhança pobre ali perto da catedral.

– Irá me acompanhar? – Sentei-me empertigada, empurrando para longe a tigela de mingau que eu vinha examinando com pouco entusiasmo. – Jamie! Quer dizer que você não se importa que eu visite o Hôpital des Anges?

– Não sei se não me importo – disse ele, comendo uma colherada do próprio mingau metodicamente. – Mas acho que vou me importar muito mais se ele não for com você. E se você trabalhar no hospital, ao menos isso impedirá que passe todo o seu tempo com Louise de Rohan. Imagino que haja coisas piores do que conviver com mendigos e criminosos – disse, com ar soturno. – Pelo menos, espero, não vai voltar do hospital com suas partes íntimas depenadas.

– Farei todo o possível – assegurei-lhe.

Eu já convivera com muitas enfermeiras-chefe na minha época, e algumas realmente excelentes, que haviam elevado o trabalho ao nível de uma vocação. Com madre Hildegarde, o processo fora invertido, com resultados impressionantes.

Hildegarde de Gascogne era a pessoa mais adequada que eu podia imaginar para ser responsável por um lugar como o Hôpital des Anges. Com quase 1,80 metro de altura, sua figura ossuda e macilenta, embrulhada em metros de lã preta, assomava acima das irmãs enfermeiras como um espantalho num cabo de vassoura guardando uma plantação de abóboras. Carregadores, pacientes, freiras, serventes, noviças, visitantes, farmacêuticos, todos eram arrebatados pela força de sua presença aglomerando-se de forma organizada onde quer que madre Hildegarde decretasse.

Com sua altura, além de um rosto de uma feiura tão sublime a ponto de ser grotescamente belo, era óbvio o motivo pelo qual ela abraçara a vida religiosa – Cristo era o único homem de quem ela podia esperar alguma retribuição por seu amor.

Sua voz era gutural e ressonante; com seu sotaque nasalado de Gascogne, reverberava pelos corredores do hospital como o eco dos sinos da igreja ao lado. Pude ouvi-la algum tempo antes de vê-la, a voz sonora aumentando de volume conforme ela descia o corredor em direção ao escritório onde seis senhoras da corte e eu amontoávamo-nos atrás de Herr Gerstmann como habitantes de uma ilha à espera da chegada de um furacão, comprimidos atrás de uma frágil barricada.

Ela preencheu o vão da porta com um zumbido de asas de morcegos e abateu-se sobre Herr Gerstmann com um grito de êxtase, beijando-o sonoramente nas duas bochechas.

– *Mon cher ami!* Que prazer inesperado. E melhor ainda pelo caráter imprevisível. O que o traz a mim?

Endireitando-se, exibiu um amplo sorriso para o restante de nós. O sorriso permanecia largo enquanto Herr Gerstmann explicava nossa missão, embora uma adivinha menos experiente do que eu fosse capaz de notar o enrijecimento dos músculos das faces que o transformavam de uma graça social em um esgar de necessidade.

– Agradecemos muito seu cuidado e sua generosidade, mesdames. – A voz gutural, sonora, continuou com um gracioso discurso de gratidão. Enquanto isso, eu podia ver os olhos pequenos e inteligentes, fundos sob a fronte ossuda, indo e vindo apressadamente, decidindo a melhor forma de descartar-se daquele aborrecimento o mais rápido possível, mas ainda assim extraindo o dinheiro de que aquelas piedosas senhoras pudessem estar dispostas a abrir mão em proveito de suas almas.

Tendo chegado a uma conclusão, bateu palmas energicamente. Uma freira baixa, da ordem geral de Cock-Robin, surgiu no vão da porta como um boneco de molas saído de uma caixa.

– Irmã Angelique, tenha a bondade de conduzir estas senhoras ao dispensário – ordenou ela. – Dê-lhes roupas adequadas e em seguida mostre-lhes a enfermaria. Elas podem ajudar com a distribuição de comida aos pacientes, se estiverem dispostas. – Um ligeiro esgar da boca fina e larga deixou evidente que madre Hildegarde não esperava que a piedosa inclinação das senhoras sobrevivesse à visita à enfermaria.

Madre Hildegarde era uma sagaz juíza da natureza humana. Três das senhoras conseguiram ir até o fim da visita à primeira enfermaria, com seus casos de escrófula, sarna, eczema, fluxão e fétida piemia, antes de decidirem que suas inclinações caridosas poderiam ser inteiramente realizadas com uma doação ao Hôpital e voltarem voando ao dispensário para tirar a vestimenta de tecido rústico que haviam nos fornecido.

No centro da enfermaria seguinte, um homem alto e desengonçado, vestindo uma sobrecasaca preta, realizava o que parecia ser uma hábil amputação de uma perna; particularmente hábil porque o paciente não estava sedado de nenhuma forma visível e era contido no momento pelos esforços de dois robustos serventes e de uma freira de compleição sólida que estava sentada sobre o peito do paciente, suas saias amplas felizmente ocultando o rosto do homem.

Uma das senhoras atrás de mim soltou um pequeno grito engasgado; quando olhei à minha volta, tudo que vi foram as retaguardas um tanto largas de duas das pretensas samaritanas, com os quadris entalados lado a lado no estreito vão da porta que levava ao dispensário e à liberdade. Com um último puxão desesperado e o barulho de seda rasgada, elas conseguiram passar e precipitaram-se pelo corredor escuro, quase derrubando um servente que vinha trazendo uma bandeja com uma pilha alta de lençóis de linho e instrumentos cirúrgicos.

Olhei para o lado e achei graça ao ver que Mary Hawkins ainda estava ali. Um pouco mais branca do que as toalhas cirúrgicas de linho – que possuíam um vergonhoso tom de cinza, verdade seja dita – e um pouco verde em volta das narinas, mas ainda ali.

– *Vite! Dépêchez-vous!* – lançou o homem alto e sombrio num chamado imperioso, dirigido talvez ao abalado servente, que apressadamente remontou sua bandeja e correu para o local onde o cirurgião estava parado, o serrote de ossos na mão, pronto para cortar um osso de coxa exposto. O servente inclinou-se para amarrar um segundo torniquete acima do lugar da operação, o serrote desceu com um som áspero indescritível e eu tive pena de Mary Hawkins, virando-a na direção contrária. Seu braço tremia sob minha mão e os lábios de peônia estavam descorados e apertados como uma flor crestada pela geada.

– Gostaria de ir embora? – perguntei educadamente. – Tenho certeza de que madre Hildegarde poderia chamar uma carruagem para levá-la. – Olhei por cima do ombro para a escuridão vazia do corredor. – Receio que a condessa e madame Lambert já tenham partido.

Mary engoliu em seco audivelmente, mas endureceu o maxilar já firme com determinação.

– N-não – disse ela. – Se você ficar, eu fico.

Eu definitivamente pretendia ficar. A curiosidade e o ímpeto de me imiscuir nas operações do Hôpital des Anges eram fortes demais para compensar qualquer sentimento de piedade que eu pudesse nutrir pelas suscetibilidades de Mary Hawkins.

A irmã Angelique já havia seguido bem adiante antes de perceber que nós havíamos parado. Retornando, ficou pacientemente à nossa espera, um leve sorriso no rosto rechonchudo, como se esperasse que nós também fôssemos nos virar e sair correndo. Inclinei-me sobre um catre na altura do chão. Uma mulher muito magra estava deitada languidamente sob um único cobertor, os olhos embotados vagando por nós sem interesse. Não foi a mulher que atraiu minha atenção, mas o recipiente de vidro de forma estranha no chão, ao lado do catre.

O recipiente estava cheio de um líquido amarelo até a borda – urina, sem dúvida. Fiquei ligeiramente surpresa; sem testes químicos, ou sequer papel de tornassol, que utilidade poderia ter uma amostra de urina? Entretanto, pensando nas diversas enfermidades para as quais testava-se a urina, tive uma ideia.

Peguei o recipiente com todo cuidado, ignorando a exclamação de alarmado protesto da irmã Angelique. Cheirei o líquido com cautela. De fato; parcialmente obscurecido por ácidos vapores de amônia, o fluido tinha um cheiro doentiamente adocicado – mais ou menos como mel azedado. Hesitei, mas havia apenas uma maneira de me certificar. Com uma careta de nojo, enfiei a ponta de um dedo escrupulosamente no líquido e toquei-o de modo delicado em minha língua.

Mary, ao meu lado, olhando tudo com os olhos esbugalhados, engasgou-se ligeiramente, mas irmã Angelique observava com súbito interesse. Coloquei a mão na testa da mulher; estava fresca – nenhuma febre que explicasse o definhamento.

– Está com sede, madame? – perguntei à paciente. Eu já sabia a resposta antes mesmo que ela falasse, vendo a garrafa de água vazia perto de sua cabeça.

– Sempre, madame – respondeu ela. – E sempre com fome, também. No entanto, nenhuma carne se acumula nos meus ossos, por mais que eu coma. – Ergueu um braço fino como um galhinho, exibindo o pulso ossudo, depois o deixou cair como se o esforço a deixasse exausta.

Dei uns tapinhas delicados na mão esquálida e murmurei alguma coisa em despedida, meu entusiasmo por ter feito um diagnóstico correto praticamente dissipado pelo conhecimento de que não havia cura possível para diabetes melito nesta época; a mulher diante de mim estava condenada.

Desanimada, ergui-me para seguir irmã Angelique, que diminuiu seus passos apressados para caminhar ao meu lado.

– Sabe do que ela sofre, madame? – perguntou a freira, curiosa. – Apenas pela urina?

– Não somente por isso – respondi. – Mas, sim, eu sei. Ela tem – Droga! Como será que chamavam isso atualmente? – Ela tem... hã, doença do açúcar. Ela não consegue se nutrir daquilo que come e sente uma sede terrível. Consequentemente, produz grandes quantidades de urina.

A irmã Angelique meneava a cabeça, um olhar de intensa curiosidade estampado nas feições gorduchas.

– E sabe dizer se ela vai se recuperar, madame?

– Não, não vai – respondi sem rodeios. – Ela já está em estado terminal. Não deve durar nem mais um mês.

– Ah. – As sobrancelhas claras arquearam-se e o olhar de curiosidade foi substituído pelo de respeito. – Foi o que monsieur Parnelle disse.

– E quem é ele, quando está na casa? – perguntei petulantemente.

A roliça freira franziu a testa, confusa.

– Bem, em seu próprio estabelecimento, acho que ele é fabricante de fundas para hérnia e joalheiro. No entanto, quando vem aqui, em geral atua como "urinoscopista".

Senti minhas sobrancelhas erguerem-se.

– "Urinoscopista?" – perguntei, incrédula. – Existe isso de verdade?

– *Oui*, madame. E ele disse exatamente o que a senhora disse, sobre a pobre mulher que está definhando. Nunca ouvi falar de uma mulher que conhecesse a ciência da urinoscopia – disse a irmã Angelique, fitando-me com franca admiração.

– Bem, há mais coisas entre o céu e a terra do que sonha a vã filosofia, irmã – disse, afavelmente. Ela assentiu com seriedade, fazendo-me sentir um pouco envergonhada do meu gracejo.

– É verdade, madame. Poderia dar uma olhada no homem que está na última cama? Ele se queixa do fígado, eu acho.

Continuamos de uma cama a outra, fazendo o circuito completo de todo o enorme salão. Vimos exemplos de doenças que eu só vira nos livros de medicina, e todo tipo de ferimento traumático, desde machucados na cabeça infligidos em brigas de bêbados até um carroceiro cujo peito fora esmagado por um barril de vinho que rolara da carroça.

Parei junto a algumas camas, fazendo perguntas àqueles pacientes que pareciam em condições de responder. Eu podia ouvir Mary respirando pela boca atrás dos meus ombros, mas não verifiquei para ver se ela de fato estava bloqueando o nariz.

Ao final da visita, a irmã Angelique virou-se para mim com um sorriso irônico.

– E então, madame? Ainda quer servir ao Senhor ajudando os desafortunados?

Eu já estava enrolando as mangas do meu vestido.

– Traga-me uma bacia de água quente, irmã, e um sabão.

– Como foi a visita, Sassenach? – perguntou Jamie.

– Terrível! – respondi, irradiando contentamento.

Ele ergueu uma das sobrancelhas, sorrindo para mim enquanto eu me esparramava no sofá.

– Ah, então divertiu-se, hein?

– Ah, Jamie, foi tão bom me sentir útil outra vez! Limpei assoalho, dei mingau aos pacientes e, quando a irmã Angelique não estava olhando, consegui trocar alguns curativos sujos e lancetar um abscesso.

– Ah, ótimo – disse ele. – Lembrou-se de comer, em meio a todas essas frivolidades?

– Hã, não, para dizer a verdade, não – respondi, sentindo-me culpada. – Por outro lado, também me esqueci de ficar enjoada. – Como se tivesse sido relembrada de um crime, as paredes de meu estômago contraíram-se de súbito. Pressionei o punho cerrado sob meu esterno. – Talvez fosse bom comer alguma coisa.

– Talvez fosse mesmo – concordou ele, um pouco severo, levando a mão ao sino.

Ficou observando enquanto eu obedientemente comia torta de carne e queijo, descrevendo o Hôpital des Anges e seus internos com entusiástico detalhamento entre uma mordida e outra.

– Algumas enfermarias estão superlotadas: dois ou três numa cama, o que é terrível, mas... não quer um pouco? – Parei para perguntar. – Está muito boa.

Ele olhou o pedaço de torta que eu lhe estendia.

– Se for capaz de me contar sobre unhas dos pés gangrenadas antes que ela desça da minha garganta ao meu estômago, então sim.

Somente então notei a lividez de suas faces e a leve compressão de suas narinas. Servi uma caneca de vinho e entreguei a ele antes de pegar meu prato outra vez.

– E como foi o *seu* dia, querido? – perguntei.

O Hôpital des Anges tornou-se um refúgio para mim. A maneira franca, direta e simples das freiras e pacientes era um maravilhoso refresco da contínua tagarelice e das intrigas e mexericos das damas e cavalheiros da corte. Também tinha certeza de que, sem o alívio de permitir que meus músculos faciais relaxassem em suas expressões normais no hospital, meu rosto logo iria se congelar em uma expressão de permanente insipidez e afetação.

Vendo que eu parecia saber o que estava fazendo, sem exigir nada delas além de algumas ataduras e panos, as freiras rapidamente aceitaram minha presença. E após um choque inicial diante do meu sotaque e título, os pacientes também. O preconceito social é uma força poderosa, mas não resiste à simples competência quando é grande a demanda e pouca a oferta de capacidade e conhecimento.

Madre Hildegarde, apesar de muito ocupada, reservou um pouco mais do seu tempo para fazer o próprio juízo a meu respeito. No começo, ela nunca falava comigo além de um simples "*Bonjour*, madame", de passagem. Entretanto, eu com frequência sentia o peso daqueles olhinhos pequenos e astutos penetrando em minhas costas enquanto eu trabalhava – quando me inclinava sobre a cama de um velho com herpes-zóster ou espalhava unguento de aloé nas bolhas de uma criança queimada num dos frequentes incêndios domésticos que acometiam os bairros mais pobres da cidade.

Ela nunca dava a impressão de estar com pressa, mas cobria uma grande distância durante o dia, percorrendo as pedras cinzentas e planas das enfermarias do Hôpital com uma passada que avançava um metro de cada vez, seu pequeno cachorro branco, Bouton, correndo em seus calcanhares para conseguir acompanhá-la.

Muito diferente dos fofos cachorrinhos de colo tão populares entre as damas da corte, aquele parecia vagamente o resultado de um cruzamento de poodle com bassê, com pelos desgrenhados e ondulados, cujas franjas agitavam-se em volta de uma barriga grande e de pernas atarracadas e arqueadas. As patas, com os dedos abertos como um leque, e as unhas pretas, produziam um ruído seco e frenético nas pedras do assoalho conforme ele trotava atrás de madre Hildegarde, o focinho pontudo quase tocando as pregas negras e deslizantes de seu hábito.

– Isso é um *cachorro*? – perguntei a um dos serventes, surpresa, quando contemplei Bouton pela primeira vez, atravessando o Hôpital nos calcanhares de sua dona.

Ele fez uma pausa em sua tarefa de varrer o chão para olhar o rabo emplumado, cacheado, que desaparecia na enfermaria seguinte.

– Bem – disse ele em dúvida –, madre Hildegarde diz que é um cachorro. Não serei eu a negá-lo.

Quando me tornei mais amiga das freiras, serventes e médicos visitantes do Hôpital, ouvi várias outras opiniões a respeito de Bouton, de tolerantes a supersticiosas. Ninguém sabia ao certo onde madre Hildegarde o pegara, nem por quê. Ele já era membro do hospital há vários anos, com uma posição hierárquica – na opinião de madre Hildegarde, que era a única que contava – bem superior à das irmãs enfermeiras e igual à da maioria dos médicos e farmacêuticos visitantes.

Alguns desses últimos olhavam-no com desconfiada aversão, outros com alegre afabilidade. Um cirurgião referia-se a ele rotineiramente – longe dos ouvidos da madre superiora – como o "rato nojento", outro como "coelho fedido", e um fabricante de fundas para hérnia gordo e baixo cumprimentava-o abertamente como "monsieur Pano de Prato". As freiras consideravam-no algo entre uma mascote e um totem, enquanto o jovem padre da catedral ao lado, que fora mordido na perna quando veio administrar os sacramentos aos pacientes, confidenciou-me a própria opinião de que Bouton era um dos demônios menores, disfarçado de cachorro para seus próprios fins malignos.

Apesar do tom pouco lisonjeiro das observações do padre, achei que ele talvez fosse quem mais perto chegara da verdade. Pois após várias semanas observando a dupla, eu chegara à conclusão de que Bouton era na realidade um parente de madre Hildegarde.

Ela conversava com ele muitas vezes, não no tom com que as pessoas em geral falam com os cães, mas como alguém que discute questões importantes com um de seus pares. Quando ela parava ao lado de uma ou outra cama, Bouton geralmente pulava em cima do colchão, cheirando e focinhando o paciente espantado. Então sentava-se, normalmente sobre as pernas do paciente, latia uma vez e erguia os olhos inquisitivamente para a madre superiora, balançando o rabo sedoso e emplumado como se perguntasse a opinião dela sobre o diagnóstico – a qual ela nunca negava.

Embora eu estivesse curiosa a respeito desse comportamento, não tivera nenhuma oportunidade de observar aquela estranha dupla mais de perto, até determinada manhã escura e chuvosa em março. Eu estava ao lado da cama de um carroceiro de meia-idade, conversando informalmente com ele enquanto tentava descobrir o que diabos havia de errado com o sujeito.

Fora um caso que chegara na semana anterior. Ele ficara com a perna presa na roda da carroça ao descer de modo descuidado antes de o veículo ter parado completamente. Era uma fratura múltipla, mas pouco complicada. Eu recoloquei o osso no lugar e o ferimento parecia estar se curando bem. O tecido ostentava um rosado saudável, com uma boa granulação, nenhum mau cheiro, nenhum veio vermelho revelador, nenhum lugar extremamente dolorido, absolutamente nada que explicasse por que o sujeito ainda ardia em febre e produzia a urina escura e fétida de uma infecção persistente.

– *Bonjour*, madame. – A voz gutural e intensa soou acima de mim e eu ergui os olhos para a figura imponente de madre Hildegarde. Algo passou zumbindo pelo meu cotovelo e Bouton aterrissou no colchão com um baque surdo que fez o paciente gemer baixinho.

– O que acha? – perguntou madre Hildegarde. Eu não tinha a menor ideia se ela estava se dirigindo a mim ou a Bouton, mas aceitei o benefício da dúvida e expliquei o que havia observado.

– Então deve haver uma segunda fonte de infecção – concluí –, mas não consigo achá-la. Estou imaginando agora se ele não teria uma infecção interna que não está relacionada ao ferimento na perna. Uma leve apendicite ou uma infecção da bexiga, talvez, embora eu também não encontre nenhum ponto dolorido no abdômen.

Madre Hildegarde concordou.

– Uma possibilidade, sem dúvida. Bouton! – O cachorro inclinou a cabeça em direção à sua dona, que sacudiu o queixo alongado indicando o paciente. – *A la bouche,* Bouton – ordenou ela. Pisando com delicadeza, o cachorro enfiou o focinho redondo e negro que provavelmente era o responsável por seu nome no rosto do carroceiro. Os olhos do indivíduo, as pálpebras pesadas de febre, arregalaram-se com a intrusão, mas um rápido olhar à presença imponente de madre Hildegarde estancou qualquer queixa que ele pudesse estar pensando fazer.

– Abra a boca – instruiu madre Hildegarde e tal era a sua força de caráter que ele obedeceu, embora seus lábios se contorcessem com a proximidade do focinho de Bouton. Beijar o cachorro obviamente não constava em sua agenda de atividades desejáveis.

– Não – disse madre Hildegarde pensativamente, observando Bouton. – Não é isso. Procure em outro lugar, Bouton, mas com cuidado. Lembre-se de que ele tem a perna quebrada.

Como se de fato tivesse entendido cada palavra, o cachorro começou a cheirar o paciente curiosamente, enfiando o focinho em suas axilas, colocando as patas curtas em seu peito para investigar, focinhando delicadamente ao longo da virilha. Quando chegou à perna ferida, ele pisou com todo o cuidado sobre o membro antes de colocar o nariz na superfície das ataduras.

Retornou à área da virilha – bem, onde mais, pensei com impaciência, afinal, ele é um cão –, cutucou a parte de cima da coxa com o focinho, em seguida sentou-se e latiu uma vez, balançando o rabo triunfalmente.

– Pronto, aí está – disse madre Hildegarde, apontando para uma pequena crosta marrom logo abaixo da região inguinal.

– Mas isso já está quase curado – protestei. – Não está infeccionado.

– Não? – A freira alta colocou a mão sobre a coxa do paciente e apertou com força. Seus dedos vigorosos deixaram marcas na pele pálida, pegajosa, e o carroceiro berrou como uma *banshee*.

– Ah! – exclamou ela, satisfeita, observando as profundas marcas deixadas pelos seus dedos. – Uma bolsa de putrefação.

E era; a crosta soltara-se em um dos lados e uma exsudação espessa de pus amarelo revelou-se sob ela. Um pouco de exploração, com madre Hildegarde segurando o sujeito pela perna e pelo ombro, revelou o problema. Uma longa farpa de madeira, ao se soltar da roda estilhaçada da carroça, instalara-se fundo na coxa, de baixo para cima. Negligenciada por causa da entrada aparentemente insignificante do ferimento, passara despercebida pelo próprio paciente, para quem a perna inteira era uma grande dor. Enquanto a minúscula entrada da ferida cicatrizara bem, o ferimento mais profundo havia infeccionado e formado uma bolsa de pus em torno do elemento estranho, enterrado no tecido muscular, onde nenhum sintoma superficial era visível – para os sentidos humanos, ao menos.

Um pequeno trabalho com o bisturi para alargar a entrada do ferimento, uma rápida manobra com um par de fórceps longos, um puxão forte e hábil – e eu exibi uma lasca de madeira de cerca de 7 centímetros, coberta de sangue e secreção.

– Nada mau, Bouton – disse, com um sinal de aprovação. Uma longa língua cor-de-rosa estendeu-se alegremente e as narinas pretas fungaram em minha direção.

– Sim, ela é boa nisso – disse madre Hildegarde, e desta vez não havia dúvida a qual de nós dois ela estava se referindo, já que Bouton era macho. Bouton inclinou-se para a frente e fuçou delicadamente minha mão, depois lambeu meus dedos uma vez no reconhecimento recíproco de um colega de profissão. Contive a ânsia de limpar a mão no vestido.

– Surpreendente – disse, com sinceridade.

– Sim – concordou madre Hildegarde, despreocupada, mas com um tom inconfundível de orgulho. – Ele é muito bom em localizar tumores sob a pele também. E embora eu nem sempre saiba o que ele encontra nos odores do hálito e da urina, possui um certo tom de latido que indica sem sombra de erro a presença de um transtorno estomacal.

Sob as circunstâncias, eu não via razão para duvidar. Cumprimentei Bouton com uma inclinação da cabeça e peguei um frasco de erva-de-são-joão em pó para tratar a infecção.

– Agradeço a sua assistência, Bouton. Pode trabalhar comigo sempre que quiser.

– Muito sensato de sua parte – disse madre Hildegarde, com um lampejo de dentes fortes. – Muitos dos médicos e *chirurgiens* que trabalham aqui são menos propensos a tirar proveito das habilidades dele.

– Hã, bem... – Eu não queria depreciar a reputação de ninguém, mas meu olhar a monsieur Voleru do outro lado da sala deve ter sido bem eloquente.

Madre Hildegarde riu.

– Bem, nós aceitamos o que Deus nos envia, embora de vez em quando eu me pergunte se Ele os manda para nós apenas para mantê-los longe de problemas maiores em outro lugar. Ainda assim, a maioria de nossos médicos é melhor do que nada, ainda que apenas de forma marginal. Você – e os dentes cintilaram outra vez, fazendo-me lembrar de um simpático cavalo de tração – é muito melhor do que nada, madame.

– Obrigada.

– No entanto, andei pensando – continuou madre Hildegarde, observando-me enquanto eu aplicava o curativo com remédio –, por que você visita apenas os pacientes com contusões ou ossos quebrados? Você evita os que têm pústulas, tosses e febres, entretanto é mais comum que *les maîtresses* cuidem desses casos. Acho que nunca vi uma mulher *chirurgien* antes. – *Les maîtresses* eram as curandeiras sem licença, a maioria oriunda das províncias, que lidavam com ervas, poções e amuletos. *Les maîtresses sage-femme* eram as parteiras, o topo da pirâmide no que dizia respeito a curandeiras populares. Algumas eram dignas de mais respeito do que as profissionais licenciadas e de longe preferidas pelos pacientes das classes mais baixas, já que era mais provável que fossem mais capazes e muito menos dispendiosas.

Não me surpreendi por ela ter notado minhas preferências. Há muito eu compreendera que bem pouco de tudo que se passava no Hôpital escapava a madre Hildegarde.

– Não é falta de interesse – assegurei-lhe. – É que estou grávida, de modo que não posso me expor a nada contagioso, para o bem da criança. Ossos quebrados não se propagam por contágio.

– Às vezes, fico em dúvida – disse madre Hildegarde, lançando um olhar para uma maca que acabava de chegar. – Estamos tendo uma praga deles esta semana. Não, não vá. – Fez sinal para que eu voltasse. – A irmã Cecile cuidará disso. Ela a chamará se houver necessidade.

Os pequenos olhos acinzentados da freira olharam-me com uma mistura de curiosidade e apreciação.

– Então você não só é uma senhora da sociedade como está grávida, mas seu marido não se opõe a que venha aqui? Ele deve ser um homem extraordinário.

– Bem, ele é escocês – disse, à guisa de explicação, sem querer entrar na questão das objeções de meu marido.

– Ah, escocês. – Madre Hildegarde meneou a cabeça em sinal de compreensão. – Certamente.

A cama tremeu contra minha coxa quando Bouton deu um salto para o chão e saiu correndo em direção à porta.

– Ele sente o cheiro de um estranho – observou madre Hildegarde. – Bouton ajuda tanto o porteiro quanto os médicos. Receio que sem maior gratidão pelos seus esforços.

Os sons de latidos enfáticos e uma voz aguda de pavor atravessaram as portas duplas da entrada.

– Ah, é o padre Balmain outra vez! Desgraçado, será que não aprende a ficar parado e deixar Bouton cheirá-lo? – Madre Hildegarde voltou-se depressa para socorrer seu amigo, virando-se no último instante para sorrir sedutoramente para mim. – Talvez eu o mande aqui para ajudá-la com suas tarefas, madame, enquanto acalmo o padre Balmain. Embora certamente um homem santo, ele não consegue perceber de verdade o trabalho de um artista.

Caminhou a passos largos em direção à porta, com seu jeito tranquilo, sem pressa, e eu, com uma última palavra ao carroceiro, voltei-me para irmã Cecile e o caso mais recente na maca.

Jamie estava deitado no tapete da sala de estar quando cheguei em casa, com um menino sentado de pernas cruzadas no chão ao lado dele. Jamie segurava um bilboquê em uma das mãos e com a outra tapava um dos olhos.

– Claro que posso – dizia ele. – A qualquer dia, a qualquer hora. Observe.

Colocando a mão sobre o olho, fixou o outro intensamente no bilboquê e deu um impulso no receptáculo de marfim. A bola presa por um cordão saltou de seu encaixe com um movimento em arco e caiu, como se guiada por radar, voltando a aterrissar em seu encaixe com uma pancada certeira.

– Viu? – disse ele, retirando a mão do olho. Sentou-se e entregou o brinquedo ao menino. – Tome, tente. – Riu para mim e, como forma de cumprimento, enfiou a mão sob minha saia, agarrando meu tornozelo envolto em meia de seda verde.

– Está se divertindo? – perguntei.

– Ainda não – respondeu ele, dando um aperto no meu tornozelo. – Estava esperando por você, Sassenach. – Os dedos longos e quentes deslizaram mais para cima, tocando de brincadeira a curva da minha panturrilha, enquanto um par de límpidos olhos azuis erguia-se para mim, com ar de absoluta inocência. Seu rosto tinha uma listra de lama seca em um dos lados e havia manchas de sujeira na camisa e no kilt.

– É mesmo? – perguntei, tentando libertar minha perna de sua mão sem fazer alarde. – Pensei que seu pequeno companheiro de brincadeiras era toda a companhia de que precisava.

O garoto, sem entender nada do inglês em que a conversa era conduzida, ignorava-nos, atento à tarefa de tentar acertar o bilboquê com um dos olhos encoberto. Depois que as duas primeiras tentativas falharam, ele abriu o segundo olho e olhou fixamente para o brinquedo, como se o desafiasse a não funcionar. O segundo olho fechou-se outra vez, mas não completamente; uma pequena fenda permaneceu aberta, brilhando vigilante sob a franja espessa das pestanas escuras.

Jamie estalou a língua em sinal de reprovação e o olho fechou-se apressadamente.

– Não, Fergus, nada de trapaças, por favor – disse ele. – O que é justo é justo. – O garoto evidentemente captou o significado, ainda que não tenha entendido as palavras; riu timidamente, exibindo um par de dentes incisivos grandes, brancos, brilhantes e perfeitos como os de um esquilo.

A mão de Jamie exerceu uma puxada invisível, obrigando-me a chegar mais perto para evitar um tombo de cima dos meus saltos marroquinos.

– Ah – disse ele. – Este Fergus aqui é um homem de muitos talentos e um bom companheiro para as horas ociosas em que a mulher de um homem o abandona e o deixa entregue à própria sorte para ir atrás de seus próprios interesses em meio às vicissitudes da cidade. – Os dedos longos curvaram-se com delicadeza na cavidade atrás do meu joelho, fazendo cócegas sugestivamente. – Mas ele não está qualificado como parceiro para a brincadeira que tenho em mente.

– Fergus? – chamei, examinando o garoto e tentando ignorar o que acontecia lá embaixo. O menino devia ter 9 ou 10 anos, mas era pequeno para a idade e de ossos estreitos como um furão. Vestindo roupas velhas e limpas, muitos tamanhos maiores do que o dele, era também tipicamente francês, com a pele clara e amarelada e os olhos grandes e escuros de uma criança de rua de Paris.

– Bem, o nome dele na verdade é Claudel, mas decidimos que não soava muito másculo, então ele passará a se chamar Fergus. É um nome digno de um guerreiro.

Captando o som de seu nome – ou nomes –, o garoto ergueu os olhos e riu timidamente para mim.

– Esta é a madame – explicou Jamie ao menino, gesticulando em minha direção com a mão livre. – Pode chamá-la de milady. Acho que ele não conseguiria dizer "Broch Tuarach" – acrescentou para mim – ou, quanto a isso, nem mesmo Fraser.

– “Milady” está bem – disse, sorrindo. Contorci minha perna com mais força, tentando me livrar do aperto semelhante ao de sanguessugas. – Hã, *por quê*, se mal pergunto?

– Por que o quê? Ah, por que Fergus, você quer dizer?

– É isso mesmo que quero dizer. – Eu não sabia ao certo até onde seu braço iria alcançar, mas a mão deslizava devagar pela parte de trás de minha coxa. – Jamie, tire a mão daí agora mesmo!

Os dedos voaram para o lado e soltaram habilmente a liga de fitas que segurava minha meia. Esta escorregou pela minha perna e amontoou-se em volta do meu tornozelo.

– Animal! – Dei-lhe um chute, mas ele se esquivou, rindo.

– Ah, animal, hein? De que tipo?

– Um cão vira-lata! – retruquei, tentando me curvar para puxar minha meia para cima sem cair dos saltos dos sapatos. Fergus, após um breve e desinteressado olhar para nós, retomara suas tentativas com o bilboquê.

– E quanto ao garoto – continuou ele alegremente –, Fergus agora trabalha para mim.

– Fazendo o quê? – perguntei. – Já temos um garoto que limpa as espadas e botas e um que cuida dos estábulos.

Jamie meneou a cabeça.

– Sim, é verdade. Mas não temos um batedor de carteiras. Ou melhor, não tínhamos; agora, temos.

Inspirei fundo e soltei o ar devagar.

– Sei. Acho que seria tolice minha perguntar exatamente por que precisamos acrescentar um batedor de carteira à criadagem.

– Para roubar cartas, Sassenach – respondeu Jamie calmamente.

– Ah – disse, começando a entender.

– Não consigo extrair nada sensato de Sua Alteza. Quando está comigo, não faz outra coisa senão se lamentar sobre Louise de La Tour ou cerrar os dentes e blasfemar porque andaram discutindo outra vez. Em qualquer um dos casos, tudo que ele quer é se embebedar o mais rápido possível. Mar está perdendo a paciência com ele porque uma hora ele é arrogante, outra mal-humorado. E não consigo arrancar nada de Sheridan.

O conde de Mar era o mais respeitável jacobita escocês no exílio em Paris. Um homem cuja longa e ilustre juventude somente agora começava a resvalar para a velhice, ele fora o principal partidário do rei James na fracassada revolução de 1715 e seguira seu rei ao exílio após a derrota em Sheriffsmuir. Eu conhecera o conde e simpatizara com ele; já com uma certa idade, era um fidalgo, de maneiras educadas e elegantes, com uma personalidade tão ereta quanto sua espinha dorsal. Agora fazia o melhor possível - com pouca recompensa, ao que parecia - pelo filho de seu rei. Eu conhecera Thomas Sheridan também; o tutor do príncipe - um senhor idoso que lidava com a correspondência de Sua Alteza, traduzindo impaciência e ignorância em francês e inglês elegantes.

Sentei-me e puxei minha meia de volta para cima. Fergus, aparentemente imune à visão de pernas femininas, ignorou-me completamente, concentrando-se apenas no bilboquê.

- Cartas, Sassenach - disse ele. - Eu preciso das cartas. Cartas de Roma, lacradas com o selo dos Stuart. Cartas da França, cartas da Inglaterra, cartas da Espanha. Podemos consegui-las tanto da casa do príncipe, Fergus pode ir comigo como pajem, ou provavelmente do mensageiro papal que as traz; isto seria ainda melhor, porque teríamos a informação com antecedência.

- Então fizemos um trato - disse Jamie, meneando a cabeça na direção de seu novo empregado. - Fergus fará o melhor possível para obter o que eu preciso e eu lhe darei roupas, casa e comida e trinta *écus* por ano. Se for pego quando estiver trabalhando para mim, farei todo o possível para libertá-lo. Se não for possível, e ele perder uma das mãos ou uma das orelhas, então eu o manterei pelo restante da vida, já que ele não poderá mais continuar com sua profissão. E se for enforcado, então garanto que ele terá missas rezadas por sua alma durante o período de um ano. Acho que é justo, não?

Senti um frio percorrer minha espinha.

- Meu Deus, Jamie - foi tudo que consegui dizer.

Ele balançou a cabeça e estendeu a mão para pegar o bilboquê.

- Não peça a Deus, Sassenach. Reze por São Dimas. O patrono dos ladrões e traidores.

Jamie pegou o bilboquê das mãos do menino. Moveu o pulso com precisão e a bola de marfim ergueu-se numa parábola perfeita, recaindo em seu encaixe com uma pancada seca inconfundível.

- Sei - disse. Examinei o novo empregado com interesse enquanto ele pegava o brinquedo que Jamie lhe entregava e recomeçava suas tentativas, os olhos brilhando em concentração. - Onde você o arrumou? - perguntei com curiosidade.

- Encontrei-o num bordel.

- Ah, claro - disse. - Sem dúvida. - Examinei as manchas de poeira e lama em suas roupas. - Que você estava visitando por alguma razão de fato excelente, não?

- Ah, sim - disse ele. Endireitou-se, os braços em volta dos joelhos, rindo enquanto me observava ajeitar a liga. – Achei que você ia preferir me encontrar em tal estabelecimento do que ser encontrado em uma viela escura com a cabeça esmagada.

Vi os olhos de Fergus fixarem-se em um ponto um pouco adiante do bilboquê, mais precisamente em uma travessa de bolos confeitados que estava sobre uma mesa junto à parede. Uma língua pequena, rosada e pontuda lambeu o lábio inferior.

– Acho que seu *protégé* está com fome – disse. – Por que não lhe dá alguma coisa para comer e depois pode me contar o que diabos aconteceu esta tarde?

– Bem, eu estava a caminho das docas – começou ele, pondo-se de pé obedientemente –, e acabava de passar pela rue Eglantine quando comecei a detectar uma sensação estranha às minhas costas.

Jamie Fraser passara dois anos no exército da França, lutara e roubara com uma gangue de malfeitores escoceses e fora perseguido como um fora da lei ao longo dos charcos e montanhas de sua terra natal. Tudo isso o deixou com uma sensibilidade extremamente aguçada à sensação de estar sendo seguido.

Ele não sabia dizer se fora o som de uma passada perto demais ou a visão de uma sombra que não deveria estar ali ou algo menos tangível – o cheiro do mal no ar, talvez –, mas aprendera que o formigamento de advertência entre os cabelos de seu pescoço era um sinal de perigo que não devia ser ignorado.

Obedecendo prontamente aos ditames de suas vértebras cervicais, ele virou para a esquerda em vez de para a direita na esquina seguinte, agachou-se e contornou a barraca de um vendedor de moluscos marinhos, passou entre uma carroça cheia de bolos cozidos no vapor e outra de abobrinhas frescas e por fim entrou numa pequena salsicharia.

Encostado na parede junto à porta, ele olhou para fora através de uma cortina de carcaças de pato penduradas. Dois homens entraram na rua menos de um segundo depois, caminhando juntos, olhando rápido de um lado a outro.

Todo trabalhador em Paris carregava consigo as marcas de seu ofício e não foi preciso um faro muito apurado para detectar o cheiro de sal marinho naqueles dois. Se a pequena argola de ouro na orelha do homem mais baixo não fosse por si só uma perfeita denúncia, o profundo tom bronzeado de seus rostos teria deixado claro que eram marinheiros de alto-mar.

Acostumados às instalações confinadas dos navios e tavernas de beira de cais, os homens do mar raramente caminhavam em linha reta. Aqueles dois deslizavam pela viela apinhada como enguias pelo meio de rochas, os olhos saltando velozes entre mendigos, criadas, donas de casa, comerciantes; lobos do mar avaliando uma possível presa.

– Deixei que tivessem passado bem longe da loja – explicou Jamie – e estava prestes a sair e seguir na direção contrária, quando vi outro deles na entrada do beco.

Esse homem usava o mesmo uniforme dos outros dois; um longo cacho de cabelos ensebados em cada lado do rosto, uma faca de peixe ao lado do corpo e um ferrão de marlim do tamanho do braço de um homem atravessado no cinto. Robusto e atarracado, o homem permaneceu parado na extremidade do beco, defendendo sua posição contra as ondas fustigantes de comércio que fluíam e refluíam pela estreita passagem. Obviamente, fora deixado ali de guarda, enquanto seus companheiros investigavam mais adiante.

– Então fiquei pensando no que faria – disse Jamie, esfregando o nariz. – Eu estava bem seguro na loja, mas não havia uma saída pelos fundos e, assim que pisasse do lado de fora, eu seria visto. – Abaixou os olhos pensativamente, alisando o tecido vermelho de seu kilt em cima da coxa. Um enorme bárbaro ruivo chamaria a atenção, por mais compacta que fosse a multidão.

– Então o que fez? – perguntei. Fergus, ignorando a conversa, enchia os bolsos metodicamente com bolos, parando para uma mordida apressada de vez em quando. Jamie percebeu meu olhar na direção do menino e deu de ombros.

– Ele não costuma comer regularmente – disse ele. – Deixe-o.

– Está bem – concordei. – Mas continue, o que você fez?

– Comprei uma salsicha – disse ele prontamente.

Uma Dunedin, para ser preciso. Feita de carne de cervo, presunto e pato temperados e cozidos, recheada e secada ao sol, uma salsicha Dunedin media 50 centímetros de ponta a ponta e era tão dura quanto um bastão de carvalho envelhecido.

– Eu não podia sair com a espada em punho – explicou Jamie –, mas não gostava da ideia de passar pelo sujeito na viela sem ninguém às minhas costas e de mãos vazias.

Segurando a Dunedin como uma arma e mantendo um olhar atento à multidão que passava, Jamie caminhou audaciosamente pelo beco, em direção ao vigia na entrada.

O homem encarou-o com absoluta calma, não dando nenhum sinal de qualquer intenção maligna. Jamie poderia ter achado que sua premonição original estava errada se não tivesse visto os olhos do vigia moverem-se rapidamente para algum ponto acima do ombro de Jamie. Obedecendo aos instintos que o haviam mantido vivo até então, ele lançou-se para a frente, derrubando o vigia e escorregando sobre seu rosto nas pedras imundas do calçamento da rua.

A multidão dispersou-se diante dele com gritos de susto e ele rolou sobre si mesmo, colocando-se de pé bem a tempo de ver a faca que fora lançada, e por pouco não o atingira, estremecendo nas tábuas de uma barraca de fitas.

– Se eu tivesse alguma dúvida de que era a mim que eles queriam, já não tinha mais – disse ele secamente.

Continuara segurando a salsicha e agora achava uma utilidade para ela, golpeando com força o rosto de um dos atacantes.

– Acho que quebrei o nariz dele – disse ele pensativamente. – De qualquer modo, ele caiu para trás, e eu passei por ele e corri em disparada pela rue Pelletier.

Os transeuntes espalhavam-se diante dele como gansos, assustados com a visão de um escocês arremessando-se para a frente com toda a força, o kilt voando em torno dos seus joelhos em movimento. Ele não parou para olhar para trás; pelos gritos indignados dos passantes, sabia que os homens ainda estavam em seu encalço.

Aquela parte da cidade raramente era patrulhada pela guarda do rei e a própria multidão oferecia pouca proteção além de uma simples obstrução que pudesse atrasar seus perseguidores. Não era provável que alguém interferisse em defesa de um estrangeiro.

– Não há nenhuma viela saindo da rue Pelletier. Eu precisava pelo menos chegar a algum lugar onde pudesse arrancar minha espada e ter uma parede às costas – explicou Jamie. – Assim, empurrava as portas conforme ia passando, até que encontrou uma que se abriu.

Arremessando-se em um corredor sombrio, passando por um porteiro perplexo e atravessando uma cortina, atirara-se no centro de um aposento grande, bem iluminado, estancando com um rangido no meio de um dos salões de madame Elise, um cheiro forte de perfume.

– Entendi – falei, mordendo o lábio. – Eu, hã, espero que não tenha sacado sua espada lá dentro.

Jamie estreitou os olhos para mim, mas não se dignou a responder diretamente.

– Deixo por sua conta, Sassenach – disse ele secamente –, imaginar o que é chegar inesperadamente no meio de um bordel, de posse de uma enorme salsicha.

Minha imaginação mostrou-se à altura dessa tarefa e desatei a rir.

– Meu Deus, quisera ter visto essa cena! – disse.

– Graças a Deus que não viu! – rebateu ele ardorosamente. Um rubor furioso brilhou nas maçãs do seu rosto.

Ignorando observações das moradoras fascinadas, Jamie abriu caminho desajeitadamente em meio ao que ele descreveu, com um calafrio, como um "emaranhado de membros nus", até que viu Fergus junto a uma parede, olhando o intruso com olhinhos arregalados de espanto.

Apegando-se a essa inesperada manifestação de masculinidade, Jamie agarrou o garoto pelo ombro e implorou-lhe fervorosamente que lhe mostrasse a saída mais próxima, sem perda de tempo.

– Eu ouvia um tumulto estourando no corredor e compreendi que estavam atrás de mim. Eu não queria ter que lutar pela minha vida com um monte de mulheres nuas se intrometendo no caminho.

– Posso ver que a perspectiva devia ser assustadora – concordei, esfregando meu lábio superior. – Mas obviamente ele o tirou dali.

– Sim, ele não hesitou nem por um instante, o bravo menino. "Por aqui, monsieur!", disse ele, e subimos as escadas, atravessamos um quarto e saímos por uma janela em cima do telhado, e dali fomos embora. – Jamie lançou um olhar carinhoso a seu novo empregado.

– Sabe – observei –, há *algumas* mulheres que não acreditariam em uma única palavra de uma história como essa.

Os olhos de Jamie arregalaram-se de espanto.

– Não? Por que não?

– Provavelmente – disse secamente –, porque não são casadas com *você*. Fico satisfeita que você tenha escapado com sua virtude intacta, mas por enquanto estou mais interessada nos homens que o perseguiram até lá.

– Não tive muito tempo para pensar nisso na hora. E agora que tenho, ainda não sei dizer quem eram ou por que estavam atrás de mim.

– Assalto, você acha? – Os pagamentos em dinheiro do negócio de vinhos eram transportados entre o depósito de Fraser, a rue Tremoulins e o banco de Jared em cofres, fortemente protegidos por guardas. Ainda assim, Jamie chamava muito a atenção entre as multidões próximas das docas do rio e sem dúvida sabia-se que era um rico comerciante estrangeiro, rico em comparação com a maioria dos cidadãos daquelas vizinhanças.

Ele balançou a cabeça, batendo na frente da camisa para remover torrões de lama seca.

– Poderia ser, eu imagino. Mas não tentaram me abordar; pretendiam simplesmente me matar.

Seu tom de voz era bastante casual, mas senti um certo amolecimento nos joelhos e deixei-me afundar num sofá. Umedeci os lábios, secos de repente.

– Quem... quem você acha...?

Ele encolheu os ombros, enrugando a testa enquanto pegava um torrão de açúcar da travessa e engolia-o lambendo os dedos.

– O único homem em quem consigo pensar é no conde de St. Germain. Mas não sei o que ele ganharia me matando.

– Ele é concorrente de Jared nos negócios, você mesmo disse.

– Ah, sim. Mas o conde não tem interesse em vinhos alemães e não consigo imaginá-lo se dando ao trabalho de mandar me matar apenas para arruinar o novo empreendimento de Jared, fazendo-o voltar a Paris. Parece um pouco extremado – disse ele secamente –, mesmo para um homem com o temperamento do conde.

– Bem, você acha... – A ideia deixou-me ligeiramente nauseada e eu engoli em seco duas vezes antes de prosseguir. – Você acha que pode ter sido... vingança? Porque o *Patagônia* teve que ser incendiado?

Jamie balançou a cabeça, desnorteado.

– Suponho que sim, mas me parece muito tempo para esperar. E por que eu, por falar nisso? – acrescentou ele. – Foi você quem o enfureceu, Sassenach. Por que não assassiná-la, se era isso que ele queria?

A sensação de náusea piorou.

– Você tem que ser tão lógico assim, droga? – exclamei.

Ele notou minha expressão e acabou sorrindo, passando o braço ao meu redor para me consolar.

– Não, *mo duinne*. O conde tem um temperamento esquentado, mas não consigo vê-lo se dando ao trabalho e à despesa de matar qualquer um de nós dois apenas por vingança. Se isso trouxesse seu navio de volta, então sim, mas do jeito que é, acho que ele só pensaria que o preço de três assassinos de aluguel era jogar um bom dinheiro fora.

Deu um tapinha no meu ombro e levantou-se.

– Não, espero que tenha sido apenas uma tentativa de assalto. Não se preocupe com isso. De hoje em diante, levarei Murtagh para as docas comigo, por segurança.

Espreguiçou-se e sacudiu o resto da lama esfarelada de seu kilt.

– Estou decente para ir jantar? – perguntou ele, olhando criticamente para o peito. – Já deve estar quase pronta.

– O que está pronta?

Ele abriu a porta e um cheiro condimentado delicioso entrou imediatamente, vindo da sala de jantar lá embaixo.

– Ora, a salsicha, é claro – disse ele, com um amplo sorriso por cima do ombro. – Você não achou que eu iria desperdiçá-la, não é?

13

TRAPAÇAS

"Folhas de bérberis, três punhados em uma decocção, infusão por uma noite, despejada sobre meio punhado de heléboro-negro." Coloquei a lista de ingredientes sobre a mesa incrustada como se fosse ligeiramente pegajosa ao toque.

– Consegui a receita com madame Rouleaux. Ela é a melhor das fazedoras de anjos, mas até ela diz que é perigoso. Louise, tem certeza de que quer fazer isto?

Seu rosto redondo e rosado estava borrado e o polpudo lábio inferior tinha a tendência de estremecer.

– Que escolha eu tenho? – Ela pegou a receita da droga abortiva e fitou-a com fascinação e repulsa.

– Heléboro-negro – disse ela, com um calafrio. – Só o nome já soa como algo maligno!

– Bem, é uma droga muito forte – disse francamente. – Vai fazer você sentir como se suas entranhas estivessem saindo. Mas o bebê pode vir também. Nem sempre funciona. – Lembrei-me da advertência de mestre Raymond: *É perigoso esperar demais*, e perguntei-me com quanto tempo de gravidez ela estaria. Certamente não mais do que umas seis semanas; ela me contou tão logo suspeitou.

Olhou para mim, espantada, com os olhos vermelhos.

– Você já usou?

– Por Deus, não! – Eu mesma me surpreendi com a veemência de minha exclamação e respirei fundo.

– Não. Mas já vi mulheres que usaram no Hôpital des Anges. – Os aborteiros, os fazedores de anjos, em sua maioria atendem na privacidade dos lares, nos seus próprios ou de suas clientes. Seus sucessos não eram os que acabavam no hospital. Coloquei a mão discretamente sobre meu abdômen, como se quisesse proteger seu indefeso ocupante. Louise notou o gesto e encolheu-se no sofá, enterrando o rosto nas mãos.

– Ah, queria estar morta! – lamentou-se ela. – Por que, por que não pude ter a mesma sorte que você, carregando o filho de um marido que eu amasse? – Agarrou a barriga rechonchuda usando as duas mãos, fitando-a como se esperasse que a criança fosse espreitar entre seus dedos.

Havia inúmeras respostas a essa pergunta em particular, mas não achei que ela de fato quisesse ouvir nenhuma delas. Respirei fundo e sentei-me ao seu lado, dando uns tapinhas de consolo em seu ombro adamascado, sacudido pelo choro.

– Louise – disse. – Você quer a criança?

Ela ergueu a cabeça e fitou-me, perplexa.

– Mas é claro que quero! – exclamou ela. – É dele, é de Charles! É... – Seu rosto contorceu-se e ela abaixou a cabeça outra vez sobre as mãos, entrelaçadas com força sobre o ventre. – É minha – murmurou. Após um longo instante, ergueu o rosto banhado em lágrimas e com uma patética tentativa de se recompor, assoou o nariz na longa manga do vestido.

– Mas não adianta – disse ela. – Se eu não... – Olhou para a receita sobre a mesa e engoliu em seco. – Então Jules vai se divorciar de mim, vai me expulsar. Haveria um terrível escândalo. Eu poderia ser excomungada! Nem mesmo Deus poderia me proteger.

– Sim – disse. – Mas... – hesitei, depois deixei de lado a cautela. – Há alguma chance de fazer Jules acreditar que o filho é dele? – perguntei de uma vez.

Ela me olhou apalermada por um instante e tive vontade de sacudi-la.

– Não vejo como, a menos que... Oh! – Finalmente caiu em si e olhou para mim, horrorizada.

– Quer dizer, dormir com Jules? Mas Charles ficaria furioso!

– Charles – disse entre dentes – não está grávido!

– Bem, mas ele é... quer dizer... eu não poderia! – Mas a expressão de horror estava desvanecendo, sendo aos poucos substituída pela crescente compreensão da possibilidade.

Eu não queria pressioná-la; ainda assim, não via nenhuma razão para ela arriscar a própria vida em consideração ao orgulho de Charles Stuart.

– Você acha que Charles iria querer que você colocasse sua própria vida em risco? – disse. – Aliás, ele sabe a respeito da criança?

Ela meneou a cabeça afirmativamente, a boca meio aberta enquanto pensava, as mãos ainda entrelaçadas sobre a barriga.

– Sim. Foi por isso que brigamos da última vez. – Fungou. – Ele estava furioso; disse que tudo era culpa minha, que eu devia ter esperado até ele retomar o trono de seu pai. Então um dia ele seria rei e poderia vir e me tirar de Jules. Ele faria com que o papa anulasse meu casamento e seus filhos seriam os herdeiros da Inglaterra e da Escócia... – Ela sucumbiu outra vez, choramingando e lamuriando-se incoerentemente numa prega da saia.

Revirei os olhos, exasperada.

– Ah, pare com isso, Louise! – disse rispidamente. Ela levou um susto suficiente para fazê-la parar de chorar, ao menos por um momento, e eu me aproveitei do intervalo para enfatizar meu ponto de vista.

– Olhe – comecei, do modo mais persuasivo possível –, você não acha que Charles iria querer que você sacrificasse o filho dele, não é? Legítimo ou não? – Na verdade, eu achava que Charles seria favorável a qualquer medida que eliminasse a inconveniência de seu próprio caminho, independentemente dos efeitos que isso pudesse ter sobre Louise ou sobre seu suposto rebento. Por outro lado, o príncipe realmente possuía um acentuado veio romântico; talvez pudesse ser induzido a ver a situação como uma adversidade temporária comum a monarcas exilados. Obviamente, eu iria precisar da ajuda de Jamie. Fiz uma careta diante da pensamento do que ele pudesse dizer a respeito.

– Bem... – Louise hesitava, desejando desesperadamente ser convencida. Senti uma compaixão momentânea por Jules, príncipe de Rohan, mas a visão de uma jovem criada, morrendo numa prolongada e ensanguentada agonia em um colchão de palha no corredor de pedra do Hôpital des Anges estava brutalmente clara em minha mente.

Estava quase anoitecendo quando deixei a casa dos Rohan, arrastando os passos. Louise, palpitando de nervosismo, estava em seu quarto de vestir, a criada penteando seus cabelos para cima e arrumando-a em seu vestido mais ousado antes de ela descer para um jantar íntimo com o marido. Sentia-me completamente exausta e esperava que Jamie não tivesse levado ninguém para jantar em casa. Eu também precisava de um pouco de privacidade.

Ele não levara ninguém. Quando entrei no gabinete, ele estava sentado à escrivaninha, absorto em três ou quatro folhas de papel densamente escritas.

– Você acha que é mais provável que "o comerciante de peles" seja Luís da França ou seu ministro Duverney? – perguntou ele sem erguer os olhos.

– Bem, querido, obrigada, e *você*, como está? – ironizei.

– Bem – respondeu ele distraidamente.

Os tufos de cabelo do topo de sua cabeça estavam todos em pé; ele massageava o couro cabeludo vigorosamente enquanto eu o observava, o longo nariz enfiado no papel com uma expressão ameaçadora.

– Tenho certeza de que "o alfaiate de Vendôme" deve ser monsieur Geyer – disse ele, percorrendo as linhas da carta com o dedo – e "nosso amigo mútuo" poderia ser o conde de Mar ou talvez o enviado papal. Acho que o conde, pelo restante da carta, mas o...

– Que diabos é isso? – Olhei por cima de seu ombro e prendi a respiração quando vi a assinatura ao pé da carta. James Stuart, rei da Inglaterra e da Escócia pela graça de Deus.

– Santo Deus! Então funcionou! – Dando meia-volta, avistei Fergus, sentado num banco diante da lareira, laboriosamente enchendo a boca de doce. – Bom rapaz – disse, sorrindo para ele. Ele retribuiu com um largo sorriso, as bochechas estufadas como as de um esquilo, abarrotadas de torta de castanhas.

– Nós a pegamos do mensageiro papal – explicou Jamie, voltando à superfície o suficiente para perceber que eu estava ali. – Fergus tirou-a da sacola enquanto ele jantava numa taverna. Ele vai passar a noite lá, de modo que teremos que recolocá-la no lugar antes do amanhecer. Nenhuma dificuldade nisso, não é, Fergus?

O menino engoliu e balançou a cabeça.

– Não, senhor. Ele dorme sozinho, não confia que companheiros de quarto não vão roubar o conteúdo de sua sacola. – Riu desdenhosamente. – A segunda janela da esquerda, acima dos estábulos. – Abanou a mão leve, os dedos ágeis e sujos pegando outra torta. – Não é nada, senhor.

Tive a súbita visão daquela mão fina contorcendo-se, presa sobre um cadafalso, com a lâmina de um carrasco erguida acima do pulso estreito como um cabo de vassoura. Engoli em seco, contendo uma súbita golfada do meu estômago. Fergus usava uma medalhinha de cobre esverdeado em um cordão em volta do pescoço; a imagem de São Dimas, eu esperava.

– Bem – disse, respirando fundo para me estabilizar –, o que têm a ver esses comerciantes de peles?

Não havia tempo para nenhuma inspeção vagarosa. Por fim, fiz uma cópia rápida da carta e o original foi cuidadosamente dobrado outra vez, e seu selo original recolocado com a ajuda da lâmina de uma faca aquecida na chama de uma vela.

Observando a operação com ar crítico, Fergus balançou a cabeça para Jamie.

– O senhor tem o dom, milorde. É uma pena que uma de suas mãos seja aleijada.

Jamie olhou calmamente para sua mão direita. Na verdade, não estava danificada demais; dois dedos ligeiramente tortos, uma grossa cicatriz ao longo do dedo médio. O único dano maior fora no dedo anular, rigidamente esticado, a segunda junta tão esmagada que a cicatrização fundira dois ossos do dedo. A mão fora quebrada na prisão de Wentworth, há menos de quatro meses, por Jack Randall.

– Não tem importância – disse ele, sorrindo. Flexionou a mão e estalou os dedos de brincadeira para Fergus. – De qualquer jeito, minhas enormes patas são grandes demais para eu viver de bater carteira. – Ele havia recuperado um impressionante grau de movimentos, pensei. Ainda carregava as macias bolas de pano que eu fizera para ele, apertando-as discretamente centenas de vezes por dia enquanto realizava seus afazeres. E se os ossos rejuntados o incomodavam, ele nunca se queixava.

– Então vá agora – disse ele a Fergus. – Venha me ver quando tiver voltado a salvo, para que eu saiba que não foi apanhado pela polícia ou pelo dono da taverna.

Fergus torceu o nariz com desdém diante de tal ideia, mas assentiu, enfiando a carta com cuidado dentro de seu casaco antes de desaparecer pela escada dos fundos rumo à noite que era tanto seu elemento natural quanto sua proteção.

Jamie ficou olhando por um longo tempo na direção em que ele desaparecera, depois se voltou para mim. Na verdade, ele olhou de fato para mim pela primeira vez e suas sobrancelhas se ergueram repentinamente.

– Valha-me Deus, Sassenach! – exclamou ele. – Você está branca como minha camisa! Está bem?

– Apenas com fome – respondi.

Ele imediatamente mandou servir o jantar e comemos diante da lareira enquanto eu lhe contava sobre Louise. Para minha surpresa, apesar de cerrar as sobrancelhas diante da situação e murmurar palavras pouco elogiosas em gaélico, tanto a respeito de Louise quanto de Charles Stuart, ele concordou com minha solução para o problema.

– Achei que você fosse ficar aborrecido – disse, pegando um bocado do suculento *cassoulet* com um pedaço de pão. O feijão quente, temperado com bacon, encheu-me com uma sensação de tranquilo bem-estar. Estava frio e escuro lá fora, e barulhento com a ventania, mas estava quente e silencioso ali junto ao fogo com Jamie.

– Ah, porque Louise de La Tour vai impingir um bastardo a seu marido? – Jamie franziu o cenho para o próprio prato, passando o dedo pela borda para pegar o resto do caldo. – Bem, não sou muito a favor disso, Sassenach. É uma trapaça vergonhosa contra um homem, mas o que a pobre mulher poderia fazer? – Balançou a cabeça, depois lançou um olhar para a escrivaninha do outro lado do aposento e sorriu ironicamente. – Além disso, não cabe a mim bancar o moralista com o comportamento dos outros. Roubar cartas, espionar e tentar de um modo geral subverter um homem que minha família considera rei? Não gostaria que alguém me julgasse com base no que estou fazendo, Sassenach.

– Você tem um motivo muito bom para fazer o que está fazendo! – protestei.

Ele deu de ombros. A luz do fogo tremeluzindo em seu rosto encovava suas faces e lançava sombras nas órbitas dos olhos. Fazia-o parecer mais velho do que era; às vezes eu me esquecia que ele ainda não tinha 24 anos.

– Bem, sim. E Louise de La Tour também tem uma razão – disse ele. – Ela quer salvar uma vida, eu quero salvar dez mil. Isso me dá o direito de arriscar a vida do pequeno Fergus, o negócio de Jared e você? – Virou a cabeça e sorriu para mim, a luz refletindo na ponta do nariz longo e reto, brilhando como safira no único olho voltado para o fogo.

– Não, não vou perder meu sono por causa da necessidade de abrir as cartas de outra pessoa – disse ele. – Pode ficar muito pior do que isso antes de acabarmos, Claire, e não posso dizer com antecedência o que minha consciência aguentará; é melhor não colocá-la à prova cedo demais.

Não havia nada a ser dito quanto a isso; era tudo verdade. Estendi o braço e coloquei a mão em seu rosto. Ele colocou a própria mão sobre a minha, envolvendo-a por um instante, depois virou a cabeça e beijou minha palma com ternura.

– Bem – disse ele, respirando fundo e voltando ao trabalho. – Agora que já jantamos, vamos dar uma olhada nesta carta?

A carta estava codificada; isso era óbvio. Para frustrar possíveis interceptadores, explicou Jamie.

– Quem iria querer interceptar a correspondência de Sua Alteza? – perguntei. – Quero dizer, além de nós.

Jamie riu, achando graça de minha ingenuidade.

– Quase todo mundo, Sassenach. Os espiões de Luís, os espiões de Duverney, os espiões de Filipe da Espanha. Os senhores jacobitas e aqueles que acham que poderão se tornar jacobitas se o vento soprar na direção certa. Comerciantes de informações, que não se importam nem um pouco com quem possa morrer ou viver por causa disso. O próprio papa; o Santo Padre tem apoiado os Stuart no exílio há cinquenta anos e portanto imagino que fique de olho no que eles estão fazendo. – Tamborilou o dedo sobre a cópia que eu fizera da carta de James a seu filho. – O selo nesta carta já foi removido talvez umas três vezes antes de eu mesmo tirá-lo – disse ele.

– Compreendo – disse. – Não é de se admirar que James codifique suas cartas. Acha que pode descobrir o que ele diz?

Jamie pegou as folhas de papel, franzindo a testa.

– Não sei; algumas coisas, sim. Outras, não faço a menor ideia. Mas acho que talvez eu consiga decifrar se puder ver outras cartas enviadas pelo rei James. Verei o que Fergus pode fazer por mim nesse caso. – Dobrou a cópia e guardou-a cuidadosamente na gaveta, trancando-a em seguida. – Você não pode confiar em ninguém, Sassenach – explicou ele, vendo meus olhos se arregalarem. – Podemos perfeitamente ter espiões entre nossos empregados. – Deixou a pequena chave cair no bolso de seu casaco e estendeu o braço para mim.

Peguei o castiçal com uma das mãos e seu braço com a outra, e nos dirigimos para a escada. O restante da casa estava às escuras, os criados – todos, exceto Fergus – dormindo virtuosamente. Senti um leve arrepio ao pensar que um ou mais daqueles silenciosos seres adormecidos acima e abaixo poderiam não ser quem aparentavam.

– Isso não o deixa um pouco nervoso? – perguntei enquanto subíamos as escadas. – Nunca poder confiar em ninguém?

Ele riu baixinho.

– Bem, eu não diria *ninguém,* Sassenach. Há você; e Murtagh; e minha irmã Jenny e seu marido Ian. Eu confiaria minha vida a vocês. Coisa que já fiz, aliás, mais de uma vez.

Estremeci enquanto ele puxava as cortinas da enorme cama. O fogo fora abafado para a noite e o quarto começava a ficar frio.

– Quatro pessoas em quem você pode confiar não me parece muito – disse, desfazendo os cadarços do meu vestido.

Ele tirou a camisa pela cabeça e jogou-a sobre a cadeira. As cicatrizes em suas costas reluziram como prata sob a claridade fraca do céu noturno lá fora.

– Sim, bem – disse ele, de modo prático. – São quatro a mais do que Charles Stuart possui.

Havia um passarinho cantando do lado de fora, embora ainda faltasse muito tempo para o primeiro raio de luz da manhã. Um rouxinol, praticando seus trinados e gorjeios sem parar, empoleirado em uma calha em algum lugar na vizinhança escura.

Mexendo-se sonolentamente, Jamie esfregou o rosto contra a pele macia da minha axila recém-depilada, depois virou a cabeça e plantou um beijo delicado na cavidade quente, provocando um pequeno e delicioso calafrio ao longo da lateral do meu corpo.

– Hummm – murmurou ele, passando a mão de leve pelas minhas costelas. – Eu gosto quando você fica assim toda arrepiada, Sassenach.

– Assim? – falei, correndo as unhas da minha mão direita delicadamente sobre a pele de suas costas, o que na mesma hora causou uma onda de arrepio sob a provocação dos meus dedos.

– Ah.

– Ah, viu só? – retruquei suavemente, continuando a provocá-lo.

– Hummm. – Com um gemido de prazer, ele rolou de lado, envolvendo-me em seus braços quando o segui, comprazendo-me com o repentino contato de cada centímetro de toda a frente de nossos corpos nus, da cabeça aos pés. Ele estava quente como uma brasa, seu calor abafado durante a noite para reacender-se em chamas no frio escuro da madrugada.

Seus lábios cerraram-se com delicadeza sobre um mamilo e eu mesma gemi, arqueando-me ligeiramente para incentivá-lo a tomá-lo mais fundo em sua boca quente. Meus seios estavam ficando mais fartos e mais sensíveis a cada dia; meus mamilos doíam e formigavam às vezes sob os corpetes apertados dos meus vestidos, desejando ser sugados.

– Vai me deixar fazer isso depois? – murmurou ele, com uma leve mordida. – Quando a criança chegar e seus seios ficarem cheios de leite? Você vai me alimentar também, junto ao seu coração?

Segurei sua cabeça e acariciei-a, os dedos mergulhados nos cabelos macios como os de um bebê que cresciam abundantemente na base de seu crânio.

– Sempre – sussurrei.

14

MEDITAÇÕES SOBRE A CARNE

Fergus tornara-se um perito em sua profissão e quase todos os dias trazia uma nova seleção de cartas endereçadas ao príncipe Charles; às vezes, eu era pressionada a copiar tudo depressa antes da expedição seguinte de Fergus, quando ele devolveria os itens subtraídos, para depois roubar novas correspondências.

Algumas eram novos comunicados codificados enviados pelo rei James em Roma; Jamie separava as cópias dessas cartas para lê-las mais tarde com vagar. A maior parte da correspondência de Sua Alteza era inócua – bilhetes de amigos na Itália, um número crescente de contas dos comerciantes locais –, Charles gostava de roupas vistosas e botas finas, bem como de conhaque – e um ou outro bilhete de Louise de La Tour. Esses eram bastante fáceis de identificar; fora a caligrafia delicada e elegante que usava – suas cartas pareciam rastros de um passarinho, como se ele tivesse andado sobre elas –, Louise invariavelmente saturava o papel com o perfume de jacinto que era sua marca registrada. Jamie recusava-se terminantemente a lê-las.

– Não vou ler as cartas de amor do sujeito – disse ele com firmeza. – Até mesmo um conspirador tem que ter algum escrúpulo. – Espirrou e colocou a mais recente missiva de volta no bolso de Fergus. – Além do mais – acrescentou, de modo mais prático –, Louise lhe conta tudo, de qualquer maneira.

Isso era verdade; Louise tornara-se uma amiga íntima e passava quase tanto tempo na minha sala de estar quanto na sua própria, torcendo as mãos por causa de Charles, depois se esquecendo dele no fascínio de discutir as maravilhas da gravidez – *ela* nunca teve enjoos matinais! Apesar de ser cabeça de vento, eu gostava muito dela; ainda assim, era um grande alívio escapar de sua companhia para ir ao Hôpital des Anges toda tarde.

Embora fosse improvável que Louise jamais botasse os pés no Hôpital des Anges, eu não ficava sem companhia quando ia lá. Sem se deixar amedrontar pela primeira exposição ao Hôpital, Mary Hawkins reuniu coragem para me acompanhar outra vez. E depois de novo. Enquanto mal conseguisse obrigar-se a olhar diretamente para um ferimento ainda, era útil para dar colheradas de mingau às pessoas e varrer o chão. Aparentemente, ela considerava tais atividades uma mudança bem-vinda tanto às reuniões da corte quanto à vida na casa de seu tio.

Embora muitas vezes ficasse chocada com alguns comportamentos que via na corte – não que visse muito, mas chocava-se facilmente –, ela não deixava transparecer nenhum desagrado ou horror em particular à vista do visconde Marigny, o que me levara a concluir que sua malfadada família ainda não encerrara as negociações para o casamento – e portanto ainda não haviam lhe contado.

Essa conclusão nasceu um dia no final de abril, quando, a caminho do Hôpital des Anges, ela confidenciou-me, ruborizada, que estava apaixonada.

– Ah, ele é tão bonito! – disse ela, entusiasmada, a gagueira completamente esquecida. – E tão... bem, tão *espiritual* também.

– Espiritual? – disse. – Hummm, sim, que bom. – Particularmente, achei que essa qualidade em especial não seria a que encabeçaria minha lista de atributos desejáveis em um amante, mas os gostos diferem.

– E quem é o felizardo? – brinquei amavelmente. – Alguém que conheço?

O rubor intensificou-se.

– Não, acho que não. – Ergueu o rosto então, os olhos cintilando. – Mas... ah, eu não devia estar lhe contando isso, mas não consigo me conter. Ele escreveu a meu pai. Está voltando para Paris semana que vem!

– É mesmo? – Eis uma notícia interessante. – Ouvi dizer que o conde de Palles está sendo esperado na corte semana que vem – disse. – O seu pretendido faz parte de sua comitiva?

Mary pareceu horrorizada diante da sugestão.

– Um francês! Ah, não, Claire; realmente, como eu poderia me casar com um francês?

– Há alguma coisa errada com os franceses? – perguntei, um tanto surpresa com sua veemência. – Afinal, você fala francês. – Mas talvez esse fosse o problema; embora Mary falasse francês muito bem, sua timidez a fazia gaguejar ainda mais nessa língua do que em inglês. Eu me deparara com dois garotos da cozinha no dia anterior, divertindo-se com imitações perversas de "*la petite Anglaise maladroite*".

– Você não sabe sobre os franceses? – sussurrou ela, os olhos arregalados e horrorizados. – Ah, mas claro, você não poderia saber. Seu marido é tão amável e gentil... ele não, quer d-dizer, sei que ele n-não a perturba dessa forma... – Seu rosto estava coberto de um intenso vermelho do queixo à raiz dos cabelos, e a gagueira estava a ponto de sufocá-la.

– Quer dizer... – comecei, tentando pensar em algum modo delicado de fazê-la se soltar sem envolver-me em especulações sobre os hábitos dos franceses. Entretanto, considerando o que o sr. Hawkins me contara sobre o pai de Mary e seus planos para seu casamento, achei que talvez eu devesse tentar esclarecer algumas noções que ela evidentemente apreendera dos mexericos dos salões e vestiários. Eu não queria que ela morresse de medo se *realmente* viesse a se casar com um francês.

– O que eles f-fazem... na... na cama! – sussurrou ela com voz rouca.

– Bem – disse de modo pragmático –, há tantas coisas que se pode fazer na cama com um homem, afinal. E como eu vejo um grande número de crianças pela cidade, presumo que até mesmo os franceses são bem versados nos métodos ortodoxos.

– Ah! Crianças... bem, sim, é claro – disse ela vagamente, como se não visse muita ligação. – M-m-mas elas disseram – abaixou os olhos, envergonhada, e sua voz definhou ainda mais – q-q-que ele... a *coisa* de um francês, sabe...

– Sim, eu sei – disse, tentando ser paciente. – Até onde sei, são iguais a de qualquer outro homem. Ingleses e escoceses são igualmente equipados.

– Sim, mas eles, eles... c-c-colocam aquilo entre as p-p-pernas de uma senhora! Quero dizer, lá *dentro* dela! – Tendo finalmente conseguido concluir essa informação aos trancos, ela respirou fundo, o que pareceu acalmá-la, já que o vermelho escarlate de seu rosto recuou um pouco. – Um inglês, ou mesmo um escocês... ah, eu não quis d-dizer isso *dessa* forma... – Levou a mão à boca, consternada. – Mas um homem decente como seu marido, certamente n-nunca pensaria em forçar a esposa a suportar a-algo assim!

Coloquei a mão sobre meu ventre ligeiramente inflado e olhei-a pensativamente. Comecei a entender por que a espiritualidade tinha uma posição tão destacada no catálogo de virtudes masculinas de Mary Hawkins.

– Mary – disse –, acho que devemos ter uma conversinha.

Eu ainda estava sorrindo comigo mesma quando entrei no salão principal do hospital, meu próprio vestido coberto com uma sobreveste do mesmo tecido rústico e resistente do hábito de uma noviça.

Muitos dos *chirurgiens*, "urinoscopistas", especialistas em fraturas, clínicos e outros curandeiros doavam seu tempo e seus serviços como caridade; outros vinham para aprender ou aprimorar suas habilidades. Os pacientes desafortunados do Hôpital des Anges não estavam em posição de protestar por serem as vítimas de diferentes experiências médicas.

Fora as próprias freiras, o pessoal médico mudava quase diariamente, dependendo de quem não tivesse pacientes pagantes naquele dia ou de quem precisasse testar uma nova técnica. Ainda assim, a maioria dos médicos autônomos vinha o suficiente para eu aprender a reconhecer os mais assíduos imediatamente.

Um dos mais interessantes era o sujeito alto, emaciado, que eu vira amputar uma perna na minha primeira visita ao Hôpital. Depois de perguntar, fiquei sabendo que seu nome era monsieur Forez. A princípio um especialista em colocar ossos no lugar, de vez em quando ele tentava os tipos mais complicados de amputação, particularmente quando um membro inteiro, em vez de uma junta, estava envolvido. As freiras e serventes pareciam ter um certo temor de monsieur Forez; nunca pilheriavam ou trocavam piadas grosseiras com ele, como faziam com a maioria dos outros voluntários da assistência médica.

Monsieur Forez estava trabalhando hoje. Aproximei-me devagar, para ver o que ele estava fazendo. O paciente, um jovem operário, estava deitado, lívido e ofegante, num catre. Ele havia caído do andaime na catedral – sempre em construção – e quebrara um braço e uma perna. Eu podia ver que o braço não era nenhum desafio especial para um profissional em ossos – apenas uma simples fratura do rádio. A perna, no entanto, era outra história; uma impressionante fratura composta dupla, envolvendo tanto o meio do fêmur quanto a tíbia. Fragmentos pontiagudos de ossos projetavam-se da pele tanto na coxa quanto na canela, e a carne lacerada estava azulada com as contusões traumáticas em quase todo o aspecto superior da perna.

Eu não quis distrair a atenção do especialista em fraturas de seu caso, mas monsieur Forez parecia absorto em seus pensamentos, circundando devagar o paciente, indo para a frente e para trás, como um urubu, cauteloso, com receio de que a vítima ainda não estivesse realmente morta. Ele de fato parecia um urubu, pensei, com aquele nariz proeminente como um bico, os cabelos lisos e negros que ele usava sem talco, penteados para trás, presos num rabicho ralo na nuca. Suas roupas, também, eram pretas e sombrias, embora de boa qualidade – evidentemente ele tinha um trabalho lucrativo fora do Hôpital.

Por fim, decidindo o procedimento a seguir, monsieur Forez ergueu o queixo da mão e olhou ao redor, em busca de um assistente. Seus olhos pousaram em mim e ele fez sinal para que eu me aproximasse. Eu estava vestida com uma roupa de linho rústico usada pelas noviças e, perdido em sua concentração, ele não notou que eu não usava a touca e o véu de uma irmã enfermeira.

– Venha cá, *ma soeur* – ordenou ele, segurando o tornozelo do paciente. – Segure-o com firmeza bem atrás do calcanhar. Não faça pressão até que eu lhe diga, mas quando eu der o sinal, traga o pé direto em sua direção. Puxe bem devagar, mas com força. É necessário uma força considerável, compreende?

– Compreendo. – Segurei o pé conforme fora instruída, enquanto monsieur Forez dirigia-se com seu passo lento e desengonçado em direção à outra ponta do catre, olhando contemplativamente a perna quebrada.

– Tenho um estimulante aqui para ajudar – disse ele, tirando um pequeno frasco do bolso de seu casaco e colocando-o ao lado da cabeça do paciente. – Ele contrai os vasos sanguíneos na superfície da pele e conduz o sangue para dentro, onde pode ser mais útil ao nosso jovem amigo. – Assim falando, segurou o paciente pelos cabelos e introduziu o frasco na boca do rapaz, entornando o remédio habilmente garganta abaixo sem derramar uma gota.

– Ah! – exclamou ele satisfeito quando o rapaz engoliu e respirou fundo. – Isso vai ajudar. Agora, quanto à dor... sim, será melhor deixar a perna dormente, de modo que ele fique menos inclinado a resistir aos nossos esforços conforme a ajeitarmos.

Enfiou a mão no espaçoso bolso outra vez, agora retirando um pequeno alfinete de metal de cerca de 8 centímetros de comprimento, com uma ponta larga e chata. A mão ossuda, de juntas largas, tateou delicadamente a parte interna da coxa do paciente junto à virilha, seguindo a linha fina e azul de uma grande veia sob a pele. Os dedos hesitaram em sua exploração, pararam, apalparam num pequeno círculo, até que ele se decidiu por um ponto. Enfiando o dedo indicador na pele como se quisesse marcar o lugar, monsieur Forez levou a ponta do alfinete ao mesmo local. Outra rápida incursão no interior de seu bolso de surpresas produziu um pequeno martelo de metal, com o qual ele enfiou o alfinete direto dentro da pele com um único golpe.

A perna contorceu-se violentamente, depois pareceu relaxar até a total lassidão. O vasoconstritor administrado anteriormente parecia de fato estar funcionando; a perda de sangue pelos diversos tecidos dilacerados se reduzira consideravelmente.

– É impressionante! – exclamei. – O que fez?

Monsieur Forez sorriu timidamente, um leve rubor colorindo as faces azuladas de prazer com a minha admiração.

– Bem, nem sempre funciona tão bem – admitiu ele modestamente. – Tive sorte desta vez. – Apontou para o alfinete de metal, explicando: – Há um grande feixe de terminais nervosos ali, irmã, o que eu ouvi os anatomistas chamarem de *plexus*. Se tiver a felicidade de atingi-lo diretamente, pode entorpecer a maioria das sensações na extremidade inferior. – Empertigou-se abruptamente, percebendo que estava perdendo tempo em conversa que seria mais bem empregado em ação. – Vamos, *ma soeur* – ordenou ele. – De volta a seu posto! A ação do estimulante não dura muito tempo. Temos que trabalhar agora, enquanto o sangramento está estancado.

Quase aleijada, a perna foi endireitada com facilidade, as pontas estilhaçadas de osso recuando da pele. Seguindo as ordens de monsieur Forez, segurei o homem pelo torso enquanto ele manobrava o pé e a parte inferior da perna, de modo que aplicássemos uma tração constante, enquanto os pequenos ajustes finais eram feitos.

– É o bastante, irmã. Agora, por favor, apenas segure o pé com firmeza por um instante. – Um grito convocou um servente com duas talas fortes e tiras de pano para atar. Em poucos instantes, a perna estava perfeitamente imobilizada e os curativos dos ferimentos abertos firmemente presos com ataduras.

Monsieur Forez e eu trocamos um largo sorriso de felicitações por cima do corpo do paciente.

– Um belo trabalho – elogiei, ajeitando para trás uma mecha de cabelos que se soltara durante nossos esforços. Vi o rosto de monsieur Forez mudar de repente quando percebeu que eu não usava véu. Nesse exato instante, soou o badalar retumbante dos sinos anunciando as horas canônicas na igreja ao lado do hospital. Olhei boquiaberta para a janela alta no final da enfermaria, deixada sem vidro para permitir que os vapores insalubres pudessem dissipar-se. De fato, o oval de céu visível ostentava o tom azul-escuro do início da noite.

– Desculpe-me – disse, começando a me desvencilhar da veste sobreposta às minhas roupas. – Preciso ir imediatamente; meu marido vai ficar preocupado se eu for para casa tão tarde. Fico muito contente de ter tido a oportunidade de auxiliá-lo, monsieur Forez. – O especialista em fraturas observou aquele ato de me despojar do traje das freiras com patente espanto.

– Mas você... bem, não, claro que não é uma freira, eu devia ter notado isso... mas você... quem é você? – perguntou ele com curiosidade.

– Meu nome é Fraser – respondi sucintamente. – Olhe, eu realmente preciso ir, ou meu marido...

Ele empertigou-se em toda sua altura desengonçada e fez uma reverência com profunda seriedade.

– Eu consideraria um privilégio se me permitisse acompanhá-la até sua casa, madame Fraser.

– Oh... ora, obrigada – disse, sensibilizada com sua amabilidade. – Mas eu tenho um acompanhante – respondi, olhando vagamente ao redor em busca de Fergus, que assumia a tarefa de Murtagh de escoltar-me quando não precisava roubar alguma coisa. Ele estava lá, apoiado no batente da porta, remexendo-se de impaciência. Perguntei-me há quanto tempo ele estaria ali, as irmãs não permitiam sua entrada no salão principal ou nas enfermarias, sempre insistindo para que ele me aguardasse junto à porta.

Monsieur Forez examinou meu acompanhante com ar de dúvida, depois segurou-me com firmeza pelo cotovelo.

– Eu a acompanharei até sua porta, madame – declarou ele. – Esta parte da cidade é perigosa demais à noite para que a senhora saia apenas com a proteção de uma criança.

Pude ver Fergus encher-se de indignação por ser chamado de criança e apressou-se a protestar, dizendo que era um excelente acompanhante, sempre tendo o cuidado de guiar-me pelas ruas mais seguras. Monsieur Forez não prestou atenção a nenhum de nós dois, meramente meneando a cabeça de modo majestoso para a irmã Angelique enquanto me conduzia através das enormes portas duplas do Hôpital.

Fergus corria junto aos meus calcanhares, puxando a manga do meu vestido.

– Madame! – disse ele num sussurro ansioso. – Madame! Eu prometi ao patrão que a levaria para casa em segurança todos os dias, que não permitiria que se associasse a pessoas indesejáveis que...

– Ah, aqui estamos. Madame, sente-se aqui. O seu menino pode ocupar o outro assento. – Ignorando a tagarelice de Fergus, monsieur Forez pegou-o no colo e atirou-o sem cerimônias dentro da carruagem que o aguardava.

Era uma carruagem pequena e aberta, mas elegantemente equipada, com bancos forrados de veludo azul-escuro e uma pequena cobertura para proteger os passageiros de repentinas inclemências do tempo ou da água suja jogada do alto das janelas. Não havia nenhum brasão ou outra decoração na porta do veículo; monsieur Forez não pertencia à nobreza – devia ser um burguês rico, pensei.

Conversamos formalmente durante o trajeto, discutindo questões médicas, enquanto Fergus permanecia emburrado no canto, olhando com raiva por baixo da cabeleira embaraçada. Quando paramos na rue Tremoulins, ele saltou pela lateral, sem esperar que o cocheiro abrisse a porta, e disparou para dentro de casa. Fiquei olhando-o desaparecer, perguntando-me o que o afligia, depois virei para despedir-me de monsieur Forez.

– Não há de quê – assegurou-me ele gentilmente, em resposta aos meus profusos agradecimentos. – Sua residência fica no caminho que faço para minha casa, de qualquer modo. E eu não poderia confiar a pessoa de uma senhora tão encantadora às ruas de Paris a esta hora. – Ajudou-me a descer da carruagem e abria a boca para dizer mais alguma coisa quando o portão se abriu ruidosamente atrás de nós.

Virei-me a tempo de ver a expressão de Jamie mudar de leve aborrecimento a espantada surpresa.

– Ah! – exclamou ele. – Boa noite, monsieur. – Fez uma reverência para monsieur Forez, que retribuiu a saudação com grande solenidade.

– Sua esposa conferiu-me o grande prazer de entregá-la a salvo à sua porta, milorde. Quanto à sua chegada tardia, peço-lhe que coloque a culpa por isso em meus próprios ombros; ela estava gentilmente ajudando-me num pequeno trabalho no Hôpital des Anges.

– Foi o que imaginei – disse Jamie, resignado. – Afinal – acrescentou em inglês, erguendo uma das sobrancelhas para mim –, não se pode esperar que um simples marido exerça a mesma atração que um intestino inflamado ou uma mancha virulenta, não é verdade? – Mas o canto de sua boca contorceu-se e eu vi que ele não estava realmente aborrecido, apenas preocupado por eu não ter chegado em casa ainda; senti uma ponta de remorso por ter lhe causado preocupação.

Inclinando-se mais uma vez para monsieur Forez, segurou-me pelo braço e conduziu-me apressadamente pelo portão.

– Onde está Fergus? – perguntei assim que o portão se fechou atrás de nós. Jamie riu.

– Na cozinha, esperando o castigo, eu imagino.

– Castigo? O que quer dizer? – perguntei. Ele soltou uma risada inesperada.

– Bem – explicou ele –, eu estava sentado no gabinete, perguntando-me onde diabos você estaria e a ponto de ir eu mesmo até o Hôpital, quando a porta abriu-

-se com um safanão e Fergus entrou como uma flecha, atirando-se no chão aos meus pés, suplicando-me para matá-lo ali mesmo.

– Matá-lo? Por quê?

– Bem, isso foi o que eu mesmo lhe perguntei, Sassenach. Achei que talvez você e ele tivessem sido surpreendidos por ladrões no caminho. Há bandidos perigosos soltos pelas ruas, sabe, e eu achei que perdê-la dessa forma seria a única coisa que o faria se comportar daquele modo. Mas ele disse que você estava no portão, de modo que eu saí às pressas para ver se você estava bem, com Fergus nos meus calcanhares, tagarelando sobre trair minha confiança e não ser digno de me chamar de patrão e suplicando-me para espancá-lo até a morte. Achei meio difícil pensar ali no meio dos acontecimentos e então lhe disse que cuidaria dele depois e mandei que fosse para a cozinha.

– Minha nossa! – exclamei. – Ele realmente acha que traiu sua confiança só porque cheguei em casa um pouco tarde?

Jamie olhou-me de soslaio.

– É verdade. E aliás, traiu mesmo, deixando você voltar na companhia de um estranho. Ele jura que teria se atirado na frente dos cavalos antes de deixar você entrar na carruagem, mas *você* – acrescentou ele enfaticamente – parecia estar em boas relações de amizade com o sujeito.

– Bem, é claro que estava – disse, indignada. – Eu o estava ajudando a endireitar uma perna.

– Hummm.

Essa linha de argumentação pareceu-lhe pouco convincente.

– Ah, está bem – concordei relutantemente. – Talvez eu tenha sido um pouco imprudente. Mas ele parecia de fato uma pessoa inteiramente respeitável e eu *estava* com pressa de chegar em casa, sabia que você devia estar preocupado. – Ainda assim, agora eu desejava ter prestado um pouco mais de atenção aos puxões de minha manga e aos resmungos desesperados de Fergus. Na ocasião, só estava preocupada em chegar em casa o mais depressa possível. Você não vai bater nele, não é? – perguntei, alarmada. – Ele não teve nenhuma culpa, eu insisti em vir com monsieur Forez. Quer dizer, se alguém merece uma surra, sou eu.

Virando-se em direção à cozinha, Jamie arqueou uma sobrancelha ironicamente para mim.

– Ah, é mesmo – concordou ele. – No entanto, tendo jurado me abster de tais atos, acho que vou ter que me contentar com Fergus.

– Jamie! Você não faria isso! – Parei repentinamente, puxando seu braço. – Jamie! Por favor! – Então vi o sorriso oculto no canto de sua boca e suspirei de alívio.

– Não – disse ele, deixando que o sorriso se tornasse visível. – Não pretendo matá-lo, nem mesmo dar-lhe uma surra. Mas acho que vou ter que dar-lhe um ou dois puxões de orelha para salvar sua honra – acrescentou. – Ele acha que cometeu um crime capital não seguindo minhas ordens para protegê-la. Não posso deixar isso passar sem algum sinal de descontentamento oficial.

Parou diante da porta que dava para a cozinha para fechar os punhos da camisa e amarrar o xale no pescoço.

– Estou vestido decentemente? – perguntou ele, alisando os cabelos espessos e indisciplinados. – Talvez eu devesse buscar o casaco. Não sei o que é adequado para administrar uma repreensão.

– Você está ótimo – elogiei, reprimindo um sorriso. – Bem severo.

– Ah, isso é bom – disse ele, endireitando os ombros e contraindo os lábios. – Espero não dar uma risada, não ia ficar nada bem – murmurou, empurrando a porta que dava para a escada da cozinha.

Mas o ambiente na cozinha estava longe de ser hilário. Com nossa entrada, a tagarelice costumeira cessou imediatamente e houve uma corrida apressada do pessoal, aglomerando-se em um dos cantos. Todos ficaram imóveis por um instante e viu-se um ligeiro movimento entre duas ajudantes da cozinha. Logo, Fergus deu um passo à frente, colocando-se no espaço aberto diante de nós.

O rosto do menino estava lívido e manchado de lágrimas, mas ele não chorava agora. Com grande dignidade, fez uma reverência, primeiro para mim, depois para Jamie.

– Madame, monsieur, estou envergonhado – disse ele, em voz baixa, porém clara. – Não mereço estar a seu serviço, mas ainda assim suplico-lhe que não me mande embora. – Sua voz aguda tremeu um pouco diante da ideia e eu mordi o lábio. Fergus olhou para o lado, para a fileira de criados, como se buscasse apoio moral, e recebeu um sinal de incentivo de Fernand, o cocheiro. Respirando fundo para reunir coragem, aprumou-se e dirigiu-se diretamente a Jamie.

– Estou pronto para sofrer meu castigo agora, milorde – disse ele. Como se este tivesse sido o sinal, um dos lacaios deu um passo à frente do grupo imóvel, conduziu o garoto para a mesa de madeira limpa e, passando para o outro lado, pegou as mãos do menino, puxando-o até a metade da superfície da mesa e segurando-o estendido.

– Mas... – começou Jamie, desconcertado com a rapidez dos acontecimentos. Não conseguiu dizer mais nada antes de Magnus, o idoso mordomo, dar um passo solene para a frente e apresentar-lhe a cinta de couro utilizada para amolar as facas da cozinha, cerimoniosamente colocada sobre uma travessa de carne. – Hã... – balbuciou Jamie, olhando-me com ar desamparado.

– Hã – falei, recuando um passo. Estreitando os olhos, ele agarrou minha mão, apertando-a com força.

– Não, Sassenach – murmurou ele em inglês. – Se eu tenho que fazer isso, você tem que assistir!

Olhando desesperadamente de sua pretensa vítima para o instrumento de execução apresentado, hesitou por mais um instante, depois desistiu.

– Ah, que maldita situação! – sussurrou ele entre dentes em inglês, pegando a tira de couro oferecida por Magnus. Flexionou a cinta larga entre as mãos, hesitante. Com 8 centímetros de largura e 6 milímetros de espessura, era uma arma extraordinária. Obviamente desejando estar em qualquer outro lugar, ele avançou para o corpo de Fergus, inclinado de barriga para baixo sobre a mesa.

– Está bem, então – disse ele, olhando furiosamente em torno da cozinha. – Dez chicotadas e não quero ouvir nem um pio. – Várias criadas empalideceram visivelmente diante dessas palavras e agarraram-se umas às outras, mas fez-se um silêncio absoluto no enorme aposento quando ele ergueu a tira de couro.

O estalo resultante do impacto causou-me um sobressalto e houve alguns gritinhos de alarme entre as ajudantes de cozinha, mas nenhum som de Fergus. O corpinho estremeceu e Jamie cerrou os olhos por um instante, depois apertou os lábios e continuou a infligir o restante da pena, cada golpe a espaços regulares. Senti-me tonta e discretamente limpei as mãos úmidas de suor na saia. Ao mesmo tempo, senti uma incontrolável vontade de rir diante da terrível farsa da situação.

Fergus suportou tudo em total silêncio, e quando Jamie terminou e deu um passo para trás, pálido e suando, o pequeno corpo permaneceu tão imóvel que por um instante temi que ele tivesse morrido – de choque, se não por causa dos efeitos reais da surra. Mas, em seguida, um calafrio intenso pareceu percorrer a frágil compleição física de Fergus. O menino deslizou para trás e ergueu-se rigidamente, afastando-se da mesa.

Jamie lançou-se para a frente para segurá-lo pelo braço, alisando para trás os cabelos molhados de suor de sua testa ansiosamente.

– Você está bem, rapaz? – perguntou ele. – Meu Deus, Fergus, diga-me que está bem!

O garoto tinha os lábios lívidos e os olhos do tamanho de dois pires, mas sorriu diante da evidente boa vontade por parte de seu patrão, os dentes de coelho brilhando à luz do lampião.

– Ah, sim, senhor – disse ele, ofegante. – Estou perdoado?

– Nossa Senhora – murmurou Jamie, apertando o menino com força contra o peito. – Sim, claro que está, seu bobalhão. – Segurou o menino com o braço estendido e sacudiu-o levemente. – Nunca mais quero ter de fazer isso, ouviu?

Fergus assentiu, os olhos brilhando, depois se libertou da mão de Jamie e caiu de joelhos diante de mim.

– A senhora também me perdoa, madame? – perguntou ele, unindo as mãos formalmente diante de si e erguendo os olhos esperançosos, como um esquilo implorando por nozes.

Pensei que eu fosse falecer de tormento ali mesmo, mas reuni autocontrole suficiente para estender a mão para baixo e fazer o menino ficar de pé.

– Não há nada a perdoar – disse-lhe com firmeza, o rosto queimando.– Você é um garoto muito corajoso, Fergus. Bem... hã, por que você não vai jantar um pouco agora?

Diante disso, a atmosfera na cozinha desanuviou-se, como se todos tivessem dado um forte suspiro de alívio simultâneo. Os outros criados se adiantaram, murmurando ao mesmo tempo palavras de preocupação e de congratulações. Fergus foi então levado às pressas para uma recepção de herói, enquanto eu e Jamie batíamos em retirada apressadamente de volta aos nossos aposentos no andar superior.

– Ah, meu Deus! – exclamou Jamie, deixando-se afundar numa poltrona, como se estivesse completamente exausto. – Santo Cristo. Minha Nossa Senhora. Jesus, preciso de uma bebida. Não toque a sineta! – gritou, apavorado, embora eu não tivesse feito nenhum movimento em direção à corda da sineta. – Eu não suportaria encarar um dos empregados neste momento.

Levantou-se e começou a procurar no armário.

– Acho que tenho uma garrafa aqui.

De fato, tinha uma garrafa de excelente uísque envelhecido. Retirando a rolha com os dentes sem nenhuma cerimônia, reduziu o nível da bebida em mais de 2 centímetros, depois me passou a garrafa. Segui seu exemplo sem nenhuma hesitação.

– Nossa Senhora! – exclamei quando recuperei fôlego suficiente para falar.

– Pois é – disse ele, pegando a garrafa de volta e tomando outro gole. Colocando a garrafa na mesa, ele segurou a cabeça, passando os dedos pelos cabelos até ficarem eriçados, loucamente desgrenhados. Sorriu frouxamente. – Nunca me senti tão tolo em toda minha vida. Meu Deus, me senti um completo idiota!

– Eu também – disse, revezando-me na garrafa. – Mais ainda do que você, imagino. Afinal, foi tudo culpa minha. Jamie, lamento muito tudo isso, nunca imaginei...

– Ah, não se preocupe. – Com a tensão da última meia hora aliviada, ele apertou meu ombro afetuosamente. – Você não teria como adivinhar. Nem eu, por falar nisso – acrescentou ele, pensativo. – Acho que ele pensou que eu fosse mandá-lo embora e que iria ter que voltar às ruas... coitado. Não é de se admirar que tenha se achado com sorte por tomar uma surra em vez de ser despedido.

Estremeci levemente, lembrando-me das ruas que a carruagem de monsieur Forez percorrera. Mendigos cobertos de trapos e feridas se agarravam obstinadamente a seus territórios, dormindo no chão mesmo nas noites mais frias, com receio de que algum concorrente lhes roubasse uma esquina lucrativa. Crianças muito menores do que Fergus corriam pelo meio da multidão nos mercados como ratos esfomeados, os olhos sempre atentos a qualquer migalha que caísse, a qualquer bolso vulnerável. E para aqueles fracos demais para trabalhar, feios demais para se venderem nos bordéis ou simplesmente azarados demais – seria uma vida realmente curta e longe de qualquer alegria. Não era de se admirar que a perspectiva de ser atirado do luxo de três refeições por dia e roupas limpas de volta ao sórdido bordel tenha sido suficiente para fazer Fergus lançar-se numa crise de culpa desnecessária.

– Creio que sim – disse. A essa altura, minha ingestão da bebida declinara de grandes tragos a pequenos e educados goles. Continuei bebericando comedidamente, depois devolvi a garrafa, notando de modo distraído, que estava abaixo da metade. – Ainda assim, espero que você não o tenha machucado.

– Bem, sem dúvida ele vai ficar um pouco dolorido – disse ele, com forte sotaque escocês. Em geral quase imperceptível, seu sotaque sempre ficava mais pronunciado quando bebia muito. Balançou a cabeça, semicerrando os olhos para a garrafa para verificar o nível de bebida que restara. – Sabe, Sassenach, que nunca, até esta noite, eu havia percebido o quanto deve ter sido difícil para meu pai me bater? Sempre achei que eu é que ficava com a pior parte da história. – Inclinou a cabeça para trás e bebeu outra vez, depois colocou a garrafa na mesa e fitou o fogo com olhos vidrados. – Ser pai deve ser um pouco mais complicado do que eu pensava. Vou ter que pensar sobre isso.

– Bem, não pense demais – disse. – Já teve motivo suficiente para beber.

– Ah, não se preocupe – disse ele alegremente. – Tenho outra garrafa no armário.

15

NO QUAL A MÚSICA DESEMPENHA UM PAPEL

Ficamos acordados até tarde com a segunda garrafa, lendo e relendo a última das cartas roubadas do *chevalier* de St. George – também conhecido como Sua Majestade, James III – e as cartas ao príncipe Charles de partidários jacobitas.

– Fergus pegou um pacote grande, destinado a Sua Alteza – explicou Jamie. – Havia muita coisa nele e não pudemos copiar tudo suficientemente rápido, de modo que guardei uma parte para voltar da próxima vez.

– Veja – disse ele, extraindo uma folha da pilha e colocando-a no meu joelho –, a maioria das cartas está em código, como esta: "Ouvi dizer que as perspectivas para tetrazes são muito favoráveis este ano nas colinas acima de Salerno; os caçadores desta região deverão ser bem-sucedidos." Isso é fácil; é uma referência a Manzetti, o banqueiro italiano; ele é de Salerno. Descobri que Charles andou jantando com ele e conseguiu tomar emprestado quinze mil *livres*. Tudo indica que o conselho de James foi bom. Mas aqui...

Remexeu na pilha, retirando outra folha e continuou:

– Olhe isto – disse Jamie, entregando-me uma folha coberta com seus garranchos inclinados.

Espremi os olhos obedientemente para o papel, do qual eu só conseguia identificar algumas letras, ligadas a uma rede de setas e pontos de interrogação.

– Que língua é esta? – perguntei, examinando a folha. – Polonês? A mãe de Charles Stuart, a falecida Clementina Sobieski, era polonesa, afinal.

– Não, está em inglês – disse Jamie, rindo. – Não consegue lê-la?

– Você consegue?

– Ah, sim – disse ele orgulhosamente. – É uma linguagem cifrada, Sassenach, e não muito complicada. Veja, tudo que você precisa fazer é separar as letras em grupos de cinco, para começar, só que você não conta as letras Q nem X. Os Xs significam intervalos entre as frases e os Qs foram apenas inseridos aqui e ali para tornar tudo mais confuso.

– Se é o que diz... – retruquei, olhando da carta de aparência extremamente confusa, que começava com "Mrti ocruti dlopro qahstmin...", para a folha nas mãos de Jamie, com uma série de grupos de cinco letras escritas em uma única linha, letras isoladas, cuidadosamente registradas acima deles, uma de cada vez.

– Uma letra é apenas substituída por outra, mas na mesma ordem – explicava Jamie. – Portanto, se você tiver uma boa quantidade de texto para trabalhar e puder adivinhar uma ou outra palavra, tudo que precisa fazer é traduzir de um alfabeto para o outro, está vendo? – Sacudiu uma longa tira de papel sob meu nariz, com dois alfabetos registrados um em cima do outro, ligeiramente deslocados.

– Bem, mais ou menos – disse. – Mas imagino que você tenha entendido, que é o mais importante. O que diz a carta?

A expressão de vivo interesse com que Jamie acolhia todo tipo de quebra-cabeça esmaeceu um pouco e ele deixou a folha de papel cair sobre seu joelho. Olhou para mim, o lábio inferior preso entre os dentes em introspecção.

– Bem – disse ele –, isso é que é estranho. E, no entanto, não vejo como eu possa estar enganado. O tom das cartas de James, de um modo geral, sugere um caminho, mas esta carta cifrada expressa abertamente as ideias.

Os olhos azuis fitaram os meus por baixo das espessas sobrancelhas ruivas.

– James quer que Charles caia nas graças de Luís – disse ele devagar –, mas não está buscando apoio para uma invasão da Escócia. James não tem nenhum interesse em buscar a retomada do trono.

– O quê? – Arranquei o maço de cartas de suas mãos, meus olhos examinando febrilmente o texto rabiscado.

Jamie tinha razão; enquanto as cartas dos partidários falavam esperançosamente da iminente restauração dos Stuart, as cartas de James a seu filho não mencionavam nada disso, mas todas elas diziam respeito a Charles causar uma boa impressão em Luís. Até mesmo o empréstimo de Manzetti de Salerno fora buscado visando possibilitar a Charles viver com a aparência de um cavalheiro em Paris; não para financiar nenhum objetivo militar.

– Bem, estou achando que James é um homenzinho muito astuto – disse Jamie, batendo em uma das cartas. – Porque, veja bem, Sassenach, ele quase não possui nenhum dinheiro próprio; sua mulher era muito rica, mas tio Alex contou-me que ela deixou tudo para a igreja quando morreu. O papa é que vem mantendo James e todo o seu séquito. Afinal, ele é um monarca católico e o papa é obrigado a patrocinar seus interesses contra aqueles do Eleitorado de Hanover – disse ele referindo-se a George II, rei da Inglaterra e da Irlanda, e pertencente à Casa Hanover, da Alemanha, com direito a tomar parte na eleição de um novo imperador alemão.

Ele entrelaçou as mãos em volta de um dos joelhos, fitando pensativamente a pilha de papéis agora colocada entre nós no sofá, e prosseguiu:

– Filipe da Espanha e Luís, o Velho Rei, quero dizer, deram-lhe uma pequena quantidade de tropas e alguns navios, há trinta anos, com os quais tentara recuperar o trono. Mas tudo deu errado; o mau tempo naufragou alguns dos navios e o restante deles não dispunha de capitães e acabou aportando no lugar errado.

Tudo deu errado e, no fim, os franceses simplesmente zarparam de volta, sem que James sequer tivesse colocado os pés em solo escocês. Assim, provavelmente, nos anos que se seguiram, ele tenha desistido de qualquer ideia de voltar ao poder. Além disso, ele tinha dois filhos chegando à idade adulta e nenhuma forma de situá-los adequadamente na vida. Então eu me pergunto, Sassenach: o que eu faria em tal situação? A resposta seria que eu tentaria ver se meu bom primo Luís, que afinal é o rei da França, poderia estabelecer meu filho numa boa colocação, dar-lhe uma posição militar, talvez, e homens para comandar. Ser um general da França não é uma posição nada ruim na vida.

– Hummm... – Balancei a cabeça, pensando. – Sim, mas se eu fosse um homem muito esperto, eu não iria simplesmente até Luís suplicar, como um primo pobre. Eu enviaria meu filho a Paris e tentaria fazer com que Luís se visse forçado a aceitá-lo na corte. E, enquanto isso, manteria a ilusão de estar buscando ativamente a restauração da minha monarquia.

– Porque se James admitir abertamente que os Stuart nunca governarão a Escócia outra vez – acrescentou Jamie em voz baixa –, ele não terá mais nenhum valor para Luís.

E sem a possibilidade de uma invasão jacobita armada para conquistar os ingleses, Luís não teria nenhuma razão para dar a seu jovem primo Charles nada além da pequena pensão que a decência e a opinião pública o forçariam a oferecer.

Não era certo; as cartas que Jamie conseguira obter, algumas poucas de cada vez, só iam até janeiro último, quando Charles chegara à França. E, expressa em código, cifras e linguagem enigmática de um modo geral, a situação estava longe de estar clara. Entretanto, tudo considerado, as evidências realmente apontavam nessa direção.

E se o palpite de Jamie quanto aos motivos de Charles estivesse correto – então nossa tarefa já estava cumprida; na verdade, ela jamais existira realmente.

Repassando os acontecimentos da noite anterior, fiquei distraída durante todo o dia seguinte, na reunião matinal de Marie d'Arbanville para ouvir um poeta húngaro, em uma visita a um herborista da vizinhança a fim de comprar um pouco de valeriana e rizoma de lírio florentino e durante minhas rondas no Hôpital des Anges.

Finalmente, abandonei meu trabalho, com receio de machucar alguém acidentalmente em minha distração. Nem Murtagh nem Fergus haviam chegado ainda para me escoltar até em casa, assim tirei a veste usada sobre as roupas no hospital e sentei-me para esperar no escritório vazio de madre Hildegarde, que ficava logo no vestíbulo do Hôpital.

Já estava ali há mais ou menos meia hora, ociosamente dobrando o tecido do meu vestido entre os dedos, quando ouvi o cachorro do lado de fora.

O porteiro se ausentara, como quase sempre fazia. Saíra para comprar comida, sem dúvida, ou resolver uma pequena incumbência para uma das freiras. Como sempre em sua ausência, a guarda dos portais do Hôpital ficava a cargo das patas – e dentes – competentes de Bouton.

O primeiro latido de advertência foi seguido de um rosnado baixo e surdo que avisava ao intruso para permanecer onde estava, sob pena de desmembramento imediato. Levantei-me e enfiei a cabeça para fora da porta do escritório, para ver se o padre Balmain estava enfrentando o perigo do demônio outra vez, no desempenho de seus deveres sacramentais. Mas a figura delineada contra a enorme janela de vitrais do saguão de entrada não era o vulto magro do jovem padre. Era uma figura alta, cujo kilt em silhueta oscilou graciosamente em torno de suas pernas quando ele se afastou do pequeno animal de dentes arreganhados a seus pés.

Jamie pestanejou, parado abruptamente pelo ataque. Protegendo os olhos do reflexo ofuscante da janela, espreitou as sombras do interior.

– Ah, olá, cachorrinho – disse ele educadamente e deu um passo para a frente, os nós dos dedos estendidos para o animal.

Bouton elevou o rosnado alguns decibéis e ele recuou um passo.

– Ah, então é assim, não é? – disse Jamie. Fitou o cachorro com os olhos semicerrados. – Pense bem, meu rapaz – avisou ele, olhando-o com altivez do nariz longo e reto. – Sou muito maior do que você. Eu não arriscaria nenhuma ação precipitada, se estivesse no seu lugar.

Bouton mudou ligeiramente de lugar, ainda roncando como um Fokker a distância.

– E mais rápido, também – disse Jamie, simulando um salto para o lado. Os dentes de Bouton fecharam-se a poucos centímetros da perna de Jamie e ele recuou, apressado. Recostando-se contra a parede, cruzou os braços e balançou a cabeça para o cachorro. – Bem, você tem um bom argumento aí, admito. No que diz respeito a dentes, você tem vantagem sobre mim, sem dúvida. – Bouton inclinou uma das orelhas, desconfiado com aquele discurso amigável, mas voltou ao rosnado grave.

Jamie cruzou um pé sobre o outro, como alguém disposto a passar o tempo ali indefinidamente. A luz multicolorida da janela banhava seu rosto de azul, fazendo-o parecer uma das frias estátuas de mármore na catedral ao lado. Ele continuou a tentar acalmar o cão:

– Certamente você tem coisas mais importantes a fazer do que atormentar visitantes inocentes, não? – perguntou ele, em tom de conversa. – Já ouvi falar de você. É o famoso sujeito que fareja doenças, certo? Bem, por que está desperdiçando seu talento em coisas tolas como guardar a porta quando podia estar sendo muito mais útil cheirando dedos com gota e traseiros pustulentos? Responda-me, por favor!

Um latido agudo em reação ao seu ato de descruzar as pernas foi a única resposta.

Houve uma agitação de panos atrás de mim quando madre Hildegarde aproximou-se, vindo do interior do hospital.

– O que é? – perguntou ela, vendo-me espreitando do canto. – Temos visitas?

– Parece que Bouton está discutindo com meu marido – disse.

– Eu não tenho que aturar isso, sabe? – ameaçava Jamie. Sorrateiramente, levava uma das mãos ao broche que segurava seu xale xadrez no ombro. – Um rápido lançamento do meu xale e eu o terei amarrado como um... ah, *bonjour,* madame! – disse ele, mudando rapidamente para o francês ao avistar madre Hildegarde.

– *Bonjour*, monsieur Fraser. – Ela inclinou o véu graciosamente, mais para esconder o largo sorriso do que para cumprimentá-lo, pensei comigo mesma. – Vejo que já conhece Bouton. Está procurando sua esposa?

Essa parecendo ser a minha deixa, saí de dentro do escritório, colocando-me atrás dela. Meu devotado esposo olhou de Bouton para a porta do escritório, com certeza tirando conclusões.

– E exatamente há quanto tempo você estava em pé aí, Sassenach? – perguntou ele secamente.

– Bastante tempo – disse, com a arrogante autoconfiança de alguém que está nas boas graças de Bouton. – O que você teria feito com ele quando o tivesse enfaixado em seu xale?

– Iria atirá-lo pela janela e correr como um condenado – respondeu ele, com um rápido olhar de pavor diante da figura imponente de madre Hildegarde. – Ela por acaso fala inglês?

– Não, felizmente para você – respondi. Troquei para francês para fazer as apresentações. – *Ma mère, je vous présente mon mari, le seigneur de Broch Tuarach.*

– Milorde. – Madre Hildegarde já conseguira dominar seu senso de humor e cumprimentou-o com sua costumeira expressão de formidável cordialidade. – Vamos sentir falta de sua mulher, mas se a requisitar, é claro que...

– Não vim por causa de minha mulher – interrompeu-a Jamie. – Eu vim vê-la, *ma mère.*

Sentado no escritório de madre Hildegarde, Jamie colocou o feixe de papéis que carregava sobre a madeira lustrosa de sua escrivaninha. Bouton, mantendo um olhar cauteloso sobre o intruso, deitou-se aos pés de sua dona. Colocou o focinho sobre as patas, mas manteve as orelhas em pé, o lábio levantado junto a um dente canino, para a eventualidade de ser chamado a estraçalhar o visitante, membro a membro.

Jamie estreitou os olhos para Bouton, explicitamente afastando os pés do focinho preto e irrequieto.

– Herr Gerstmann recomendou-me que a consultasse, madre, a respeito destes documentos – disse ele, desenrolando o grosso feixe de papéis e aplainando-os com as palmas das mãos.

Madre Hildegarde fitou Jamie por um instante, uma das grossas sobrancelhas erguidas inquisitivamente. Em seguida, voltou sua atenção para o maço de papéis, naquele jeito típico dos administradores, que parecem estar inteiramente concentrados na questão à sua frente enquanto ainda mantêm sua sensível antena sintonizada para captar a menor vibração de emergência dos confins do Hôpital.

– É mesmo? – disse ela. Um dedo rombudo percorreu de leve as linhas da pauta de música, uma a uma, como se ouvisse as notas ao tocá-las. Com um estalido do dedo, a folha deslizou para o lado, expondo a seguinte parcialmente. – O que é que o senhor quer saber, monsieur Fraser?

– Não sei, madre. – Jamie inclinava-se para a frente, concentrado. Ele próprio tocou as linhas, passando o dedo de modo delicado nos borrões onde a mão de quem escrevera havia roçado descuidadamente na pauta antes de a tinta secar. – Há alguma coisa estranha nesta música, madre.

A boca generosa da freira moveu-se ligeiramente no que parecia um sorriso.

– É mesmo, monsieur Fraser? E entretanto, pelo que sei... por favor, não se ofenda... a música para o senhor é... uma fechadura para a qual o senhor não tem a chave, não é?

Jamie riu e uma freira que passava no corredor virou-se, surpresa com aquele som nos recessos do Hôpital. Era um lugar barulhento, mas raramente se ouvia uma risada.

– É uma descrição muito educada de minha inaptidão, madre. E absolutamente verdadeira. Se cantasse uma dessas peças – seu dedo, mais longo e mais delgado, mas quase do mesmo tamanho do dedo de madre Hildegarde, bateu no papel-pergaminho com um leve som sussurrante –, eu não saberia diferenciá-la do Kyrie Eleison ou de "La Dame fait bien", exceto pela letra – acrescentou ele com um sorriso.

Foi a vez de madre Hildegarde rir.

– Ora, ora, monsieur Fraser – disse ela. – Bem, ao menos o senhor presta atenção às letras! – Ela segurou o feixe de papéis e folheou-os com rapidez. Pude ver o ligeiro inflar de seu pescoço acima da faixa apertada de sua touca enquanto ela lia, como se estivesse cantando silenciosamente para si mesma, e um pé avantajado batendo de leve, como se marcasse o compasso.

Jamie permaneceu sentado absolutamente quieto em seu banco, a mão perfeita dobrada sobre a aleijada e ambas apoiadas em um dos joelhos, observando a freira. Os olhos azuis rasgados estavam fixamente concentrados e ele não prestava nenhuma atenção ao permanente barulho que vinha dos fundos do Hôpital. Pacientes berravam, serventes e freiras gritavam uns para os outros, familiares emitiam sons agudos de tristeza ou assombro e os ruídos mais baixos de instrumentos metálicos ecoavam das pedras antigas do edifício, mas nem Jamie nem madre Hildegarde se mexiam.

Finalmente, ela abaixou as folhas, espreitando-o por cima do maço. Seus olhos faiscavam e, de repente, ela parecia uma jovem.

– Acho que tem razão! – disse ela. – Não disponho de tempo agora para examiná-las com cuidado – olhou na direção da porta, por um momento bloqueada pela figura de uma servente passando apressada com um grande saco de gaze –, mas há algo estranho aqui. – Bateu as folhas sobre a mesa, ajeitando-as numa pilha arrumada. – É extraordinário – comentou.

– Seja como for, madre. Acredita que pode, com seu dom, discernir qual é esse padrão em particular? Seria difícil; tenho razões para supor que seja um código e que a linguagem da mensagem esteja em inglês, embora as letras das músicas estejam em alemão.

Madre Hildegarde emitiu um pequeno murmúrio de surpresa.

– Inglês? Tem certeza?

Jamie balançou a cabeça.

– Não, não tenho certeza, mas acho que é. Uma das razões é o país de origem; as canções foram enviadas da Inglaterra.

– Bem, monsieur – disse ela, arqueando uma das sobrancelhas. – Sua mulher fala inglês, certo? E imagino que estaria disposto a sacrificar sua companhia para que ela me auxilie na realização desse trabalho para o senhor, não?

Jamie olhou para ela, o ligeiro sorriso em seu rosto refletindo a expressão da madre superiora. Abaixou os olhos para os pés, onde os bigodes de Bouton estremeciam com o resquício de um rosnado.

– Vou fazer um acordo com a senhora, madre – disse ele. – Se o seu cachorrinho não morder meu traseiro na saída, pode contar com a ajuda de minha mulher.

Assim, naquela noite, em vez de retornar para casa, a residência de Jared na rue Tremoulins, jantei com as irmãs do Couvent des Anges em sua longa mesa de refeitório e, em seguida, retirei-me para o trabalho noturno nos aposentos particulares de madre Hildegarde.

O apartamento da madre superiora era composto de três cômodos. O mais externo era mobiliado como uma sala de estar, com um considerável grau de sofisticação. Afinal, era ali onde recebia visitas oficiais. O segundo aposento foi uma espécie de choque para mim, simplesmente porque eu não esperava algo assim. À primeira vista, tive a impressão de que não havia nada no pequeno quarto além de um grande cravo, feito de nogueira bem lustrada e decorado com pequenas flores pintadas à mão despontando de uma trepadeira retorcida que percorria a caixa sonora acima das brilhantes teclas de marfim.

Olhando com mais atenção, vi algumas outras peças de mobília pelo aposento, inclusive um conjunto de estantes de livros que cobria inteiramente uma das paredes, atulhada de obras de musicologia e manuscritos costurados à mão, muito semelhantes ao que madre Hildegarde agora colocava no suporte de partituras do cravo.

Ela fez sinal para que eu me sentasse em uma cadeira diante de uma pequena escrivaninha encostada a uma das paredes.

– Encontrará papel e tinta aí, milady. Bem, vejamos o que esta pequena peça musical pode nos contar.

A música fora escrita em papel-pergaminho grosso, as linhas das pautas nitidamente desenhadas a régua de um lado a outro da página. As notas, as claves, as pausas e os acidentes haviam sido desenhados com extremo cuidado. Aquela sem dúvida era uma cópia final limpa, não um rascunho ou uma melodia apressadamente rabiscada. No alto da página, via-se o título: "Lied des Landes". Uma Canção do Campo.

– O título, como vê, sugere algo simples, como uma *volkslied*, uma canção popular – disse madre Hildegarde, apontando um dedo indicador longo e ossudo para a página. – E, no entanto, a forma da composição é algo inteiramente diferente. Você sabe ler música? – A enorme mão direita, com nós dos dedos largos e unhas curtas, desceu sobre as teclas com um toque inacreditavelmente delicado.

Inclinando-me por cima do ombro de madre Hildegarde, cantei as primeiras três linhas da música, fazendo o melhor possível com minha pronúncia alemã. Então ela parou de tocar e virou-se para erguer os olhos para mim:

– Essa é a melodia básica. Depois, ela se repete em variações, mas que variações! Sabe, eu já vi algumas criações que me lembram esta aqui. De um velhinho alemão chamado Bach; ele me envia alguma coisa de vez em quando. – Agitou a mão negligentemente na direção de uma prateleira de manuscritos. – Ele as chama de "Invenções" e são realmente muito inteligentes, há variações em duas ou três linhas melódicas ao mesmo tempo. *Isto* – contraiu os lábios para a "Lied" diante de nós – é como uma imitação grosseira de uma de suas "Invenções". Na verdade, eu poderia jurar que... – Murmurando consigo mesma, arrastou o banco de nogueira para trás e dirigiu-se à prateleira, correndo o dedo rapidamente pelas fileiras de manuscritos.

Encontrou o que procurava e retornou ao banco com três peças musicais encadernadas.

– Estas são as peças de Bach. São bastante velhas, há anos não as vejo. Ainda assim, tenho quase certeza... – Deixou-se cair em silêncio, folheando depressa as páginas dos manuscritos de Bach sobre o joelho, uma de cada vez, de vez em quando olhando de novo para a "Lied" no cravo.

– Ah! – Ela deixou escapar um grito de triunfo e mostrou-me uma das peças de Bach. – Está vendo ali?

O papel tinha o título de "Variações Goldberg" numa caligrafia borrada, quase ilegível. Toquei o papel com certa reverência, engoli em seco e olhei de novo para a "Lied". Foi preciso apenas um instante de comparação para ver o que ela queria dizer.

– Tem razão, é a mesma! – exclamei. – Uma nota diferente aqui e ali, mas basicamente é a mesma do tema original da peça de Bach. Que estranho!

– Não é? – disse ela, em tom de grande satisfação. – Agora, por que este compositor anônimo está roubando melodias e tratando-as de modo tão esquisito?

Essa era sem dúvida uma pergunta retórica e não me preocupei em responder, mas fiz eu mesma outra pergunta:

– A música de Bach está muito em voga atualmente, madre? – Eu certamente não ouvira nenhuma nos salões musicais que frequentava.

– Não – disse ela, balançando a cabeça enquanto examinava a música. – Herr Bach não é muito conhecido na França. Acho que ele teve uma certa popularidade na Alemanha e na Áustria há quinze ou vinte anos, mas mesmo lá sua música não é muito executada em público. Receio que a música dele não seja do tipo que perdure; inteligente, mas sem sentimento. Humf. Está vendo aqui? – O dedo indicador rombudo bateu em três pontos, virando as páginas rapidamente. – Ele repetiu a mesma melodia, ou quase a mesma, mas mudou o tom a cada vez. Acho que talvez seja isso que tenha atraído a atenção de seu marido; é óbvio até mesmo para alguém que não lê música, por causa da mudança de sinais, a *note tonique.*

E era; cada mudança de tom era marcada por uma linha vertical dupla seguida de uma nova clave de sol e sinais indicando sustenidos e bemóis.

– Cinco mudanças de tom numa peça tão pequena – disse ela, batendo na última de novo para dar ênfase. – E mudanças que não fazem absolutamente nenhum sentido em termos musicais. Olhe, a linha básica é exatamente a mesma, entretanto passamos do tom de dois bemóis, que é o si bemol maior, para lá maior, com três sustenidos. Mais peculiar ainda, agora ele vai para uma armadura com dois sustenidos e, no entanto, usa o sol sustenido acidental!

– Muito estranho – disse. Adicionar um sol sustenido acidental ao segmento em ré maior acabava por tornar a linha melódica idêntica à do segmento em lá maior. Em outras palavras, não havia nenhuma razão plausível para ter mudado a armadura da clave. – Eu não sei falar alemão. Pode ler a letra da música, madre?

Ela meneou a cabeça, confirmando, as pregas de seu véu negro farfalhando com o movimento, os olhos pequenos fixos no manuscrito.

– Que letra realmente execrável! – murmurou para si. – Não que se espere uma grande poesia dos alemães em geral, mas realmente... ainda assim... – Interrompeu-se com uma sacudida do véu. – Devemos supor que se seu marido estiver correto em presumir que se trate de um tipo de código, a mensagem está embutida nestas palavras. Elas podem, portanto, não ter grande significado em si mesmas.

– O que diz? – perguntei.

– "Minha pastora com seus carneiros passeia saltitante pelas colinas verdejantes" – leu ela. – Uma péssima construção gramatical, embora, é claro, em geral se tome muita liberdade na composição de canções, se o autor da letra fizer questão que os versos rimem, o que normalmente acontece quando se trata de uma canção de amor.

– Sabe muito a respeito de canções de amor? – perguntei com curiosidade. Madre Hildegarde estava cheia de surpresas esta noite.

– Qualquer boa música é na essência uma canção de amor – respondeu ela de modo prosaico. – Mas quanto à sua pergunta, sim, já vi muitas. Quando eu era menina – exibiu seus grandes dentes brancos num sorriso, reconhecendo a dificuldade de imaginá-la criança –, eu era uma espécie de prodígio. Eu podia tocar de cor qualquer coisa que ouvisse e escrevi minha primeira composição aos 7 anos. – Fez um gesto indicando o cravo, o luxuoso acabamento em verniz brilhando lustroso. – Minha família é rica; se eu fosse homem, sem dúvida teria sido músico. – Falou de maneira indiferente, sem nenhum traço de arrependimento.

– Certamente poderia ter composto música se tivesse se casado, não? – perguntei, curiosa.

Madre Hildegarde abriu as mãos, grotescas à luz do lampião. Eu vira aquelas mãos arrancarem uma adaga presa a um osso, guiarem uma junta deslocada de volta ao seu alinhamento, segurarem a cabeça lambuzada de sangue de uma criança do meio das pernas da mãe. E eu vira aqueles dedos demorarem-se nas teclas de ébano com a delicadeza de uma mariposa.

– Bem – disse ela, após um instante de contemplação –, é culpa de Santo Anselmo.

– Ah, é?

Ela riu diante de minha expressão, seu rosto sem atrativos totalmente transformado de sua severa fachada pública.

– Ah, sim. Meu padrinho, o Velho Rei Sol – acrescentou ela despreocupadamente –, me deu um livro sobre a vida dos santos no dia do próprio santo do meu aniversário, quando fiz 8 anos. Era um lindo livro – disse, nostalgicamente –, com páginas douradas e uma capa toda ornamentada a ouro; era mais uma obra de arte do que uma obra literária. Ainda assim, eu o li. E embora tivesse gostado de todas as histórias, particularmente as dos mártires, houve uma frase na história de Santo Anselmo que pareceu provocar uma reação em minha alma.

Ela cerrou os olhos e inclinou a cabeça para trás, relembrando:

– Santo Anselmo era um homem de grande sabedoria e grande erudição, um Doutor da Igreja. Mas também um bispo, um homem que se preocupava com seu rebanho e procurava atender às suas necessidades terrenas, assim como às espirituais. A história contava em detalhes todas as suas obras e depois encerrava com as seguintes palavras: "E então ele morreu, ao fim de uma vida eminentemente útil, e assim obteve sua coroa no Paraíso."

Parou, flexionando um pouco as mãos nos joelhos, e continuou:

– Houve alguma coisa ali que exerceu uma forte atração em mim. "Uma vida eminentemente útil." – Sorriu para mim. – Eu poderia pensar em epitáfios muito piores do que esse, milady. – Espalmou as mãos de repente e estremeceu, um gesto estranhamente gracioso. – Eu queria ser útil – disse ela. Em seguida, des-

cartando a conversa fiada, voltou-se de súbito para a música no cravo outra vez.
– Bem. Obviamente, a mudança nas armaduras da clave, a *note tonique*... isso é que é estranho. O que podemos deduzir daí?

Fiquei boquiaberta com uma pequena exclamação de surpresa. Falando em francês como estávamos, eu não tinha notado. Mas observando madre Hildegarde enquanto contava sua história, eu estivera pensando em inglês e, quando olhei de novo para a música, compreendi.

– O que foi? – perguntou a freira. – Descobriu alguma coisa?

– O tom! – disse, rindo. – Em francês, um tom musical é a *note tonique,* mas a palavra para um objeto que abre uma tranca... – Apontei para o grande molhe de chaves, normalmente carregado em seu cinto, que madre Hildegarde colocara na prateleira quando entramos – chama-se *passe-partout,* não é?

– Sim – disse ela, olhando-me, perplexa. Em seguida, tocou na chave mestra. – *Une passe-partout.* Esta – disse, apontando para uma chave comum, com haste e dentes – é normalmente chamada de *clef.*

– Uma *clef*! – exclamei, entusiasmada. – Perfeito! – Enfiei o dedo na partitura diante de nós. – Veja, *ma mère,* em inglês as palavras são as mesmas: "*key*" dá o tom de uma peça musical e também quer dizer "chave", que abre fechaduras. Em francês, "*clef*" quer dizer "chave" de abrir e também "clave" de música. Então o "tom" da música também é a chave do código. Jamie *disse* que achava que era um código em inglês! Feito por um inglês com um senso de humor realmente diabólico – acrescentei.

Com essa pequena descoberta, o código tornou-se fácil de ser decifrado. Se quem o criara fora um inglês, a mensagem cifrada provavelmente estaria em inglês também, o que significava que as palavras em alemão eram fornecidas apenas como uma fonte de letras. E tendo visto os esforços anteriores de Jamie com alfabetos e troca de letras, foram necessárias apenas algumas tentativas para determinar o padrão do código.

– Dois bemóis significam que você deve pegar cada segunda letra, partindo do início do trecho musical – disse, rabiscando freneticamente os resultados. – E três sustenidos significa pegar cada terceira letra, partindo do final do segmento. Suponho que ele tenha usado alemão tanto para dissimulação quanto pelo fato de ser uma língua muito prolixa, onde são necessárias quase o dobro de palavras para dizer a mesma coisa em inglês.

– Seu nariz está sujo de tinta – observou madre Hildegarde. Espreitou por cima do meu ombro. – Faz sentido?

– Sim – confirmei, a boca repentinamente seca. – Sim, faz sentido.

Decifrada, a mensagem era breve e simples. Também profundamente perturbadora.

– "Os fiéis súditos de Sua Majestade da Inglaterra aguardam sua restauração legal. A quantia de 50 mil libras está à sua disposição. Como garantia de boa-fé, esta somente será paga pessoalmente, à chegada de Sua Alteza em solo inglês" – li. – E há uma letra sobrando, um S. Não sei se é uma espécie de assinatura ou apenas algo que a pessoa que escreveu precisou fazer para a palavra em alemão ficar correta.

– Hummm... – Madre Hildegarde olhou com curiosidade para a mensagem rabiscada, depois para mim. – Você já deve saber, é claro – disse ela, assentindo –, mas pode assegurar a seu marido que vou manter isso em segredo.

– Ele não teria pedido sua ajuda se não confiasse na senhora – protestei.

As sobrancelhas grosseiras ergueram-se até a borda de sua touca de freira e ela bateu de leve, mas com firmeza, no papel rabiscado.

– Se este for o tipo de atividade em que seu marido está empenhado, ele corre um sério risco em confiar em quem quer que seja. Assegure-lhe que fico sensibilizada com a honra – acrescentou ela secamente.

– Farei isso – disse, sorrindo.

– Ora, *chère* madame – disse ela, ao olhar para mim –, a senhora está muito pálida! Eu mesma costumo ficar acordada até tarde da noite quando estou trabalhando em uma nova composição, de modo que não presto muita atenção à hora, mas já deve ser muito tarde para você. – Ela olhou para a vela que marcava o passar das horas queimando em cima da mesinha junto à porta.

– Nossa! Está mesmo ficando tarde. Quer que eu chame a irmã Madeleine para levá-la ao seu quarto?

Jamie concordara, com alguma relutância, com a sugestão de madre Hildegarde de que eu passasse a noite no Couvent des Anges para não ter que voltar para casa pelas ruas escuras da cidade tarde da noite.

Balancei a cabeça. Estava cansada e minhas costas doíam de ficar sentada no banco, mas não queria ir para a cama. De qualquer modo, as implicações da mensagem musical eram perturbadoras demais para permitirem que eu conseguisse pegar no sono imediatamente.

– Bem, então vamos fazer um pequeno lanche, em comemoração ao nosso feito.

Madre Hildegarde levantou-se e dirigiu-se ao aposento externo, onde ouvi o toque de uma sineta. Pouco depois, uma das irmãs encarregadas de servir à mesa chegou com uma bandeja com leite quente e pequenos bolos glaçados, seguida de

Bouton. A irmã colocou um bolinho num pequeno prato de louça e depositou-o no chão diante dele como algo corriqueiro, pondo ao lado uma tigela de leite.

Enquanto eu tomava pequenos goles do meu leite quente, madre Hildegarde tirou a fonte de nossos esforços do suporte de partituras do cravo, colocou-a sobre a escrivaninha e, em seu lugar, arrumou uma folha de papel solta contendo o manuscrito de uma música.

– Vou tocar para você – anunciou ela. – Ajudará a tranquilizar sua mente para o sono.

A música era suave e calmante, com uma melodia que alternava soprano e baixo num padrão de agradável complexidade, mas sem o ímpeto de Bach.

– Essa composição é sua? – perguntei, aproveitando a pausa, quando ela ergueu as mãos à conclusão da peça.

Ela balançou a cabeça sem se virar:

– Não. É de um amigo meu, Jean Philippe Rameau. Um bom teórico, mas não compõe com muita paixão.

Devo ter cochilado, a música aquietando meus sentidos, pois acordei de repente ao murmúrio da voz de irmã Madeleine ao meu ouvido e sua mão, firme e quente, no meu braço, ajudando-me a me erguer e conduzindo-me para meu quarto.

Olhando para trás, pude ver a amplitude das costas vestidas de negro de madre Hildegarde e o movimento dos ombros vigorosos sob a cortina de seu véu enquanto tocava, alheia agora ao mundo além do santuário de seu quarto. Nas tábuas do assoalho, junto aos seus pés, estava Bouton, o focinho sobre as patas, o corpinho deitado reto como a agulha de uma bússola.

– Então – disse Jamie –, as coisas foram um pouco além de conversas... talvez.

– Talvez? – repeti. – Uma oferta de 50 mil libras me parece bastante definitiva. – Cinquenta mil libras, pelos padrões atuais, era a renda anual de um ducado de bom tamanho.

Ele ergueu uma das sobrancelhas cinicamente diante do manuscrito musical que eu trouxera comigo do convento.

– Ah, bem. Uma oferta como essa é bem segura, se está condicionada a Charles ou James colocarem o pé na Inglaterra. Se Charles estiver na Inglaterra, significa que conseguiu apoio suficiente de outros lugares para o levarem à Escócia primeiro. Não – disse ele, esfregando o queixo, pensativo –, o que é interessante a respeito desta oferta é que é o primeiro sinal definitivo que vemos de que os

Stuart, ou um deles ao menos, estão realmente se esforçando para montar uma tentativa de restauração de sua monarquia.

– Um deles? – repeti, percebendo a ênfase. – Quer dizer que acha que James não está metido nisso? – Olhei para a mensagem codificada com maior interesse ainda.

– A mensagem veio para Charles – relembrou-me Jamie – e veio da Inglaterra, não através de Roma. Fergus pegou-a de um mensageiro regular, num pacote com selos ingleses; não de um mensageiro papal. E tudo que vi nas cartas de James... – Balançou a cabeça, franzindo o cenho. Não havia se barbeado ainda e a luz da manhã capturava uma ou outra centelha de cobre entre os pelos ruivos e espetados de sua barba.

– O pacote já fora aberto; Charles já viu este manuscrito. Não havia nenhuma data, de modo que não sei há quanto tempo chegou para ele. Mas não há nenhuma referência em qualquer das cartas de James sobre quem pudesse ser o compositor, muito menos sobre qualquer promessa definitiva de apoio da Inglaterra.

Eu podia ver o rumo de seus pensamentos.

– E Louise de La Tour estava tagarelando sobre como Charles pretendia mandar anular seu casamento e tomá-la como sua esposa quando fosse rei. Então você acredita que Charles não estava falando apenas da boca para fora para impressioná-la?

– Talvez não – disse ele. Despejou água da jarra do quarto na bacia e lavou o rosto, preparando-se para fazer a barba.

– Então acha possível que Charles esteja agindo por conta própria? – perguntei, horrorizada e intrigada com a possibilidade. – Que James tenha armado uma farsa, fingindo começar uma tentativa de restauração, a fim de manter Luís impressionado com o valor potencial dos Stuart, mas...

– Mas Charles não está fingindo? – interrompeu Jamie. – Sim, é o que parece. Tem uma toalha aí, Sassenach? – Com os olhos bem apertados e o rosto pingando, tateava pela superfície da mesa. Afastei o manuscrito para um local seguro e encontrei a toalha, dobrada ao pé da cama.

Ele examinou a lâmina com ar crítico, concluiu que serviria e inclinou-se sobre minha penteadeira para se olhar no espelho enquanto aplicava sabão no rosto.

– Por que é incivilizado de minha parte tirar os pelos das minhas pernas e axilas e não é para você tirar os pelos do rosto? – perguntei, vendo-o esticar o lábio superior sobre os dentes enquanto raspava sob o nariz com movimentos curtos e delicados.

– Mas é – respondeu ele, estreitando os olhos para si no espelho. – Mas coça como o diabo se eu não o fizer.

– Alguma vez já deixou a barba crescer? – perguntei, curiosa.

– Não de propósito – respondeu ele com um ligeiro sorriso, enquanto raspava uma das faces –, mas já tive barba uma ou outra vez, quando não tinha como fazê-la, na época em que vivi como um fora da lei na Escócia. Quando cheguei ao ponto de ter que escolher entre fazer a barba num riacho gelado com uma lâmina cega ou me coçar, escolhi a coceira.

Ri, observando-o puxar a lâmina ao longo do maxilar com um único e longo movimento.

– Não consigo imaginá-lo com uma barba longa e cheia. Só o vi no estágio de barba curta e espetada.

Sorriu com um dos cantos da boca, erguendo o outro enquanto raspava sob a maçã do rosto alta e proeminente deste lado.

– Da próxima vez que formos convidados a Versalhes, Sassenach, pedirei para visitarmos o zoológico real. Luís tem uma criatura lá que um dos capitães de seus navios lhe trouxe de Bornéu, chamado orangotango. Já viu um desses?

– Sim – disse –, o zoológico de Londres tinha um casal, antes da guerra.

– Então sabe como eu fico de barba – disse ele, sorrindo para mim enquanto terminava com uma cuidadosa operação na curva do queixo. – Desgrenhado e velhaco. Mais ou menos como o visconde Marigny – acrescentou –, só que ruivo.

Como se o nome o tivesse lembrado, retornou ao tópico principal da conversa, limpando os restos de sabão do rosto com a toalha de linho.

– Então acho que o que devemos fazer agora, Sassenach, é vigiar de perto os ingleses em Paris. – Pegou o manuscrito da cama e folheou as páginas, pensativo. – Se alguém está realmente disposto a oferecer apoio nesta escala, acho que pode estar enviando um representante a Charles. Se eu fosse arriscar 50 mil libras, gostaria de ver o que estaria comprando com meu dinheiro, você não faria o mesmo?

– Sim, faria – respondi. – E por falar em ingleses, Sua Alteza patrioticamente compra seu conhaque de você e Jared ou ele por acaso patrocina os serviços do sr. Silas Hawkins?

– O sr. Silas Hawkins, que está tão ansioso para saber qual é o clima político nas Terras Altas escocesas? – Jamie balançou a cabeça para mim com admiração. – Eu que pensei que houvesse casado com você porque era dona de um belo rosto e de um traseiro gordo e bonito. E pensar que você também tem cérebro! – Agilmente se esquivou do tapa que mirei em sua orelha e riu para mim. – Eu não sei, Sassenach, mas vou descobrir antes de o dia acabar.

16

A NATUREZA DO ENXOFRE

O príncipe Charles *realmente* comprava seu conhaque do sr. Hawkins. Além desta descoberta, entretanto, fizemos pouco progresso no decurso das quatro semanas seguintes. Tudo continuava mais ou menos como antes. Luís da França continuava a ignorar Charles Stuart. Jamie continuava a administrar os negócios de vinho e a visitar o príncipe Charles. Fergus continuava a roubar cartas. Louise, princesa de Rohan, apareceu em público de braço dado com seu marido, melancólica, mas desabrochando fisicamente. Eu continuava a vomitar pela manhã, trabalhar no Hôpital à tarde e sorrir graciosamente à mesa de jantar à noite.

Ocorreram dois eventos, entretanto, que pareceram representar algum progresso em direção ao nosso objetivo. Charles, entediado com o confinamento, começou a convidar Jamie para ir às tavernas com ele à noite – em geral, sem a presença repressora e arbitrária de seu tutor, sr. Sheridan, que se professava velho demais para tais desvarios.

– Meu Deus, o sujeito bebe como uma esponja! – exclamara Jamie, voltando de uma dessas incursões cheirando a vinho barato. Examinou uma grande mancha sobre o peito de sua camisa com ar crítico.

– Vou ter que mandar fazer uma camisa nova – disse ele.

– Vale a pena – interferi –, se ele lhe contar alguma coisa enquanto está bêbado. De que ele fala?

– Caçadas e mulheres – disse Jamie sucintamente, e recusou-se firmemente a entrar em detalhes. Ou a política não tinha o mesmo peso de Louise de La Tour na mente de Charles ou ele era capaz de ser discreto, mesmo na ausência de seu tutor.

O segundo acontecimento foi que monsieur Duverney, o ministro das Finanças, perdeu no xadrez para Jamie. Não uma vez, mas repetidamente. Conforme Jamie previra, o efeito de perder servia apenas para tornar monsieur Duverney mais determinado a ganhar. Como consequência, éramos frequentemente convidados a Versalhes, onde eu circulava, colecionava mexericos e evitava alcovas, enquanto Jamie jogava xadrez, em geral atraindo uma multidão de admiradores para observar, embora eu particularmente não considerasse o xadrez um esporte para espectadores.

Jamie e o ministro das Finanças, um homem baixinho, roliço e de ombros caídos, estavam debruçados sobre um tabuleiro de xadrez, ambos aparentemente tão concentrados no jogo a ponto de ficarem alheios ao que se passava ao seu redor, apesar do murmúrio de vozes e do tilintar de copos logo acima de seus ombros.

– Nunca vi algo tão cansativo como o xadrez – murmurou uma das mulheres para outra. – E chamam a isso de diversão! Eu me divertiria mais vendo minha criada catando pulgas nos pajens negros. Ao menos eles dão uns gritinhos e umas risadinhas.

– Eu não me importaria em fazer o rapaz ruivo dar uns gritinhos e umas risadinhas – disse sua companheira, sorrindo sedutoramente para Jamie, que erguera a cabeça e olhava, distraído, além de monsieur Duverney. Sua companheira me avistou e deu um cutucão nas costelas da outra, uma loura sensual.

Sorri de modo agradável para ela, apreciando com certa maldade o profundo rubor que subiu de seu generoso decote, deixando sua pele coberta de manchas vermelhas. Quanto a Jamie, ela poderia ter enroscado seus dedos gorduchos nos cabelos dele que ele não lhe daria a menor atenção, tão absorto parecia estar.

Perguntei-me exatamente o que ocupava seus pensamentos. O estilo de monsieur Duverney era um jogo obstinado de cauteloso posicionamento, mas ele usava as mesmas manobras repetidamente. Os dois dedos do meio da mão direita de Jamie moveram-se ligeiramente contra a coxa, um breve estremecimento de impaciência logo disfarçada, e percebi que, no que quer que fosse que ele estivesse pensando, não era no jogo. Podia levar mais meia hora, mas ele tinha o rei de monsieur Duverney na palma da mão.

O duque de Neve estava de pé ao meu lado. Vi seus olhinhos escuros fixarem-se nos dedos de Jamie, depois desviarem-se rápido. Parou pensativamente por um instante, examinando o tabuleiro, depois se afastou sorrateiro para aumentar sua aposta.

Um criado de libré parou junto ao meu ombro e, de modo obsequioso, fez uma profunda mesura, oferecendo-me mais uma taça de vinho. Recusei com um gesto; já havia bebido o suficiente para sentir a cabeça leve e os pés perigosamente distantes.

Virando-me para procurar um lugar para me sentar, avistei o conde de St. Germain do outro lado do aposento. Talvez fosse para ele que Jamie estivera olhando. O conde, por sua vez, olhava para mim; na verdade, fitava-me com o olhar fixo e um sorriso. Não era sua expressão normal e não lhe caía bem. Eu não me importava com isso nem um pouco para ser franca, mas inclinei-me o mais educadamente possível em sua direção e em seguida enfiei-me no meio do grupo de mulheres, conversando sobre variados assuntos, mas tentando sempre que possível conduzir a conversa para assuntos da Escócia e de seu rei exilado.

De modo geral, as perspectivas de uma restauração da monarquia dos Stuart não pareciam preocupar a aristocracia da França. Quando mencionava Charles Stuart em uma ou outra ocasião, a reação costumeira era um revirar de olhos ou um dar de ombros, descartando o assunto. Apesar dos bons serviços do conde de Mar e de outros jacobitas parisienses, Luís recusava-se obstinadamente a receber Charles na corte. E um exilado sem dinheiro e sem as graças do rei não seria convidado pela sociedade para travar conhecimento com banqueiros ricos.

– O rei não ficou particularmente satisfeito com o fato de o primo ter chegado à França sem buscar sua permissão – disse-me a condessa de Brabant quando abordei a questão. – Já o ouviram dizer que, no que lhe diz respeito, a Inglaterra pode continuar protestante – confidenciou ela. – E se os ingleses queimarem no inferno com George de Hanover, tanto melhor. – Fez um beicinho de compaixão; era uma pessoa de bom coração. – Sinto muito. Sei que isso pode ser uma decepção para você e seu marido, mas realmente... – Encolheu os ombros.

Pensei comigo mesma que poderíamos acomodar esse tipo de decepção e saí ansiosamente à procura de mais rumores nessa linha, mas tive pouco sucesso naquela noite. Os jacobitas, pelo que pude apreender, eram um tédio.

– Torre para o peão cinco da rainha – murmurou Jamie mais tarde naquela noite quando nos preparávamos para ir para a cama. Estávamos hospedados no palácio outra vez. Como o jogo de xadrez se estendera até bem depois da meia-noite e o ministro não quis saber de empreendermos a viagem de volta a Paris a tal hora, fomos acomodados em um pequeno *appartement*, este um ou dois níveis acima do primeiro, percebi. Possuía uma cama com colchão de penas e uma janela que dava para o gramado e os jardins floridos ao sul.

– Torres, hein? – disse, deslizando para a cama e esticando-me com um gemido. – Vai sonhar com xadrez esta noite?

Jamie meneou a cabeça afirmativamente, com um bocejo que fez os ossos de seu maxilar estalarem e os olhos lacrimejarem.

– Sim, tenho certeza de que vou. Espero que não se incomode, Sassenach, se eu enroscar durante o sono.

Meus pés contorceram-se de pura alegria por não estarem presos em sapatos apertados e por estarem aliviados do meu peso crescente. Além disso, a parte inferior da minha coluna emitia choques agudos de uma dor ligeiramente agradável conforme se reajustava à posição de repouso.

– Você pode ficar de cabeça para baixo enquanto estiver dormindo, se quiser – falei, bocejando. – Nada me perturbará esta noite.

Nunca estive tão errada.

Eu sonhava com o bebê. Crescido, quase pronto para nascer, ele chutava e contorcia-se em minha barriga estufada. Minhas mãos envolveram o volume, massageando a pele esticada, tentando acalmar o turbilhão dentro de mim. Mas as contorções continuaram e, na maneira sossegada dos sonhos, percebi que não era o bebê, mas uma cobra que se retorcia em minha barriga. Encolhi o corpo, trazendo os joelhos para cima, ao mesmo tempo que lutava contra a serpente, as mãos tateando e golpeando, procurando a cabeça da besta que se arremessava e empurrava sob minha pele. Senti a pele quente ao toque e meus intestinos contraíram-se, transformando-se eles próprios em serpentes, mordendo e lançando-se de um lado para o outro conforme se entrelaçavam.

– Claire! Acorde! O que está acontecendo? – Seu chamado e as sacudidelas finalmente me acordaram para uma apreensão confusa do ambiente à minha volta. Eu estava na cama e era a mão de Jamie que estava em meu ombro e os lençóis de linho sobre mim. Mas as cobras continuavam a se contorcer em minha barriga e eu gemi alto, o som assustando-me quase tanto quanto a Jamie.

Ele arrancou as cobertas e virou-me sobre as costas, tentando puxar meus joelhos para baixo. Continuei teimosamente enrolada como uma bola, agarrando o estômago, tentando conter as dores agudas que me dilaceravam.

Puxou a colcha novamente sobre mim e saiu correndo do quarto, mal parando para pegar seu kilt de cima do banco.

Eu não tinha condições de prestar atenção a mais nada além do meu tumulto interior. Meus ouvidos retiniam e um suor frio banhava meu rosto.

– Madame? Madame?

Abri os olhos o suficiente para ver a criada designada para nosso *appartement*, os olhos arregalados e os cabelos desgrenhados, curvada sobre minha cama. Jamie, seminu e mais nervoso ainda, estava atrás dela. Fechei os olhos, gemendo, mas não antes de vê-lo agarrar a criada pelos ombros, com força suficiente para sacudir os cachos que haviam se soltado de sua touca de dormir.

– Ela está perdendo a criança? Está?

Parecia extremamente provável. Contorcia-me na cama, gemendo, o corpo encolhido ainda com mais força, como se quisesse proteger o fardo de dor que continha.

Ouviu-se um crescente burburinho de vozes no quarto, a maioria feminina, e várias mãos me examinavam e apertavam. Ouvi uma voz masculina em meio aos murmúrios; não era Jamie, algum francês. À ordem da voz, várias mãos agarraram-me pelos tornozelos e ombros e esticaram-me na cama.

Alguém enfiou a mão por baixo da minha camisola e examinou minha barriga.

Abri os olhos, ofegante, e vi monsieur Flèche, o médico real, ajoelhado ao lado da cama, o cenho franzido em concentração. Devia ter me sentido lisonjeada diante da generosidade do rei, mas não estava em condições de dar atenção ao fato. As características da dor pareciam estar mudando; embora crescesse em espasmos, era mais ou menos constante e, ainda assim, parecia estar se *movendo*, viajando de um ponto mais alto em meu abdômen para um ponto mais abaixo.

– Não é um aborto – assegurava monsieur Flèche a Jamie, que pairava ansiosamente acima de seu ombro. – Não há sangramento. – Vi uma das senhoras que acorreram fitando horrorizada as cicatrizes nas costas dele. Ela agarrou uma companheira pela manga, chamando sua atenção para o que via.

– Talvez uma inflamação da vesícula – dizia monsieur Flèche. – Ou um repentino ataque de fígado.

– Idiota – xinguei, entre dentes.

Monsieur Flèche olhou de modo arrogante para mim, do alto de seu volumoso nariz, acrescentando tardiamente o *pince-nez* de aro de ouro para aumentar o efeito. Colocou a mão em minha fronte pegajosa, incidentalmente fechando meus olhos para que eu não pudesse olhar para ele.

– Muito provavelmente o fígado – dizia ele a Jamie. – A pressão da vesícula causa este acúmulo de humores biliares no sangue, que causa a dor e uma diarreia temporária – acrescentou com grande autoridade, pressionando a mão com mais força conforme eu me debatia de um lado a outro. – Deve sofrer uma sangria imediatamente. Plato, a bacia!

Consegui libertar uma das mãos e, com um tapa, afastei a mão repressora de minha testa.

– Afaste-se de mim, charlatão miserável! Jamie! Não deixe que toquem em mim com isso!

Plato, o assistente de monsieur Flèche, avançava para mim com a lanceta e a bacia, enquanto as mulheres ao fundo soltavam exclamações e abanavam-se umas às outras, com receio de sucumbirem diante daquele drama.

Jamie, lívido, olhava desamparadamente de mim para monsieur Flèche e de novo para mim. Tomando uma decisão súbita, agarrou o desafortunado Plato e puxou-o para longe da cama, virou-o e empurrou-o para a porta, a lanceta espetada no ar. As criadas e damas da corte recuaram aos gritinhos.

– Monsieur! Monsieur *le chevalier*! – reclamava o médico. Encaixara a peruca profissionalmente na cabeça quando fora chamado, mas não tivera tempo de se vestir e as mangas do seu camisão batiam como asas enquanto seguia Jamie pelo quarto, agitando os braços como um espantalho tresloucado.

A dor voltou a aumentar, um torniquete apertando minhas entranhas, e eu arquejei e encolhi-me outra vez. Quando amainou um pouco, abri os olhos e vi uma das senhoras, os olhos vigilantes fixos em meu rosto. A expressão de quem chega à compreensão de um fato passou por suas feições e, ainda olhando para mim, inclinou-se para sussurrar alguma coisa ao ouvido de uma de suas companheiras. Havia barulho demais no quarto para que eu pudesse ouvir, mas li seus lábios com clareza.

– Veneno – disse ela.

A dor mudou-se bruscamente para mais baixo com um sinistro gorgolejo interior e eu finalmente compreendi do que se tratava. Não era um aborto. Nem apendicite, muito menos um ataque do fígado. Nem era exatamente veneno. Era cáscara-sagrada.

– Você! – berrei, avançando ameaçadoramente sobre mestre Raymond, agachado defensivamente atrás de sua mesa de trabalho, sob a égide protetora de seu crocodilo empalhado. – Você! Verme desgraçado, cara de sapo!

– Eu, madona? Não lhe fiz nenhum mal, fiz?

– Fora me causar uma violenta diarreia na presença de mais de trinta pessoas, me fazer pensar que estava tendo um aborto e quase matar meu marido de susto, absolutamente nenhum mal!

– Ah, seu marido estava presente? – mestre Raymond pareceu nervoso.

– Estava – garanti-lhe. Foi na verdade com considerável dificuldade que consegui impedir que Jamie fosse comigo à loja do boticário para extrair à força a informação que mestre Raymond possuía. Eu finalmente o persuadira a aguardar lá fora na carruagem enquanto eu falava com o proprietário anfíbio.

– Mas você não está morta, madona – salientou o pequeno herbalista. Ele não possuía sobrancelhas, mas arqueou um dos lados da testa ampla e enrugada. – E poderia estar, sabe disso.

Após a tensão da noite e do mal-estar físico que se seguira, eu havia negligenciado completamente esse fato.

– Então não foi apenas uma brincadeira de mau gosto? – perguntei, um pouco abalada. – Alguém de verdade queria me envenenar e eu não estou morta simplesmente porque você tem escrúpulos?

– Talvez meus escrúpulos não sejam inteiramente responsáveis por sua sobrevivência. E é possível que tenha sido uma brincadeira. Imagino que haja outros fornecedores de quem se pode comprar cáscara-sagrada. Mas eu vendi essa substância a duas pessoas no último mês e nenhuma das duas precisava dela.

– Sei. – Respirei fundo e limpei o suor de minha testa com a luva. Então tínhamos *dois* possíveis envenenadores à solta; exatamente o que precisávamos.

– Vai me dizer quem são? – perguntei sem rodeios. – Podem comprar de outra pessoa da próxima vez. Alguém sem os seus escrúpulos.

Ele assentiu, a boca grande de sapo torcendo-se enquanto pensava.

– É uma possibilidade, madona. Quanto aos verdadeiros compradores, duvido que essa informação a auxilie. Eram empregados; obviamente agindo segundo ordens de um patrão. Uma era a empregada da viscondessa de Rambeau; o outro, um homem que não reconheci.

Tamborilei os dedos sobre o balcão. A única pessoa que me fizera ameaças fora o conde de St. Germain. Poderia ele ter contratado um empregado anônimo para adquirir o que pensava ser veneno e depois ele próprio colocado a substância no meu copo? Tentando me recordar da recepção em Versalhes, achei bem possível. Os copos de vinho haviam sido passados em bandejas pelos criados; embora o próprio conde não tivesse se aproximado a menos de um metro de mim, não teria sido um grande problema subornar um criado para me dar uma determinada taça.

Raymond olhava-me com curiosidade.

– Eu lhe perguntaria, senhora, fez alguma coisa para antagonizar a viscondessa? Ela é uma mulher muito ciumenta; não seria a primeira vez que teria buscado minha ajuda para se livrar de uma rival, embora felizmente seus ciúmes tenham vida curta. O visconde é mulherengo, sabe. Há sempre uma nova rival para tirar seu pensamento da última.

Sentei-me, sem ser convidada.

– Rambeau? – disse, tentando ligar o nome a um rosto. Então as névoas da memória se dissiparam, revelando um corpo vestido com estilo e um rosto redondo e sem graça, ambos profusamente salpicados de rapé. – Rambeau! Bem, sim, eu o conheci, mas tudo que fiz foi dar-lhe um tapa no rosto com meu leque quando ele mordeu os dedos dos meus pés.

– Dependendo do estado de espírito, isso seria provocação suficiente para a viscondessa – observou mestre Raymond. – E se assim for, então acredito que provavelmente a senhora esteja a salvo de novos ataques.

– Obrigada – agradeci secamente. – E se não foi a viscondessa?

O pequeno boticário hesitou por um instante, os olhos apertados contra o clarão do sol matinal que brilhava através das vidraças em losangos atrás de mim. Então tomou uma decisão, e voltou-se para a mesa de pedra onde seus alambiques ferviam, sacudindo a cabeça para que eu o seguisse.

– Acompanhe-me, por favor. Tenho algo para a senhora.

Para minha surpresa, abaixou-se sob a mesa e desapareceu. Como ele não voltava, eu mesma me abaixei e espreitei lá embaixo. Uma camada de carvão em brasa brilhava na lareira, mas havia espaço dos dois lados. E na parede embaixo da mesa, oculta nas sombras, havia o espaço mais escuro de uma abertura.

Apenas com uma pequena hesitação, segurei as beiradas de minha saia e fui gingando atrás dele por baixo da mesa.

Do outro lado da parede, havia espaço suficiente para se ficar em pé, embora o cômodo fosse muito pequeno. A estrutura externa do prédio não revelava aquele espaço.

Duas das paredes do quarto oculto eram cobertas por uma prateleira semelhante a uma colmeia, cada compartimento imaculadamente limpo e cada qual exibindo o crânio de um animal. O impacto das paredes foi suficiente para me fazer dar um passo para trás; todos os olhos vazios pareciam concentrados em mim, os dentes arreganhados em cintilantes boas-vindas.

Pestanejei diversas vezes antes de conseguir localizar Raymond, agachado cautelosamente ao pé deste ossuário como o acólito residente. Ele mantinha os braços erguidos nervosamente à sua frente, olhando-me como se esperasse que eu fosse gritar ou atirar-me em cima dele. Mas eu já tivera visões muito mais apavorantes do que uma simples fileira de ossos polidos, por isso avancei calmamente para examiná-los mais de perto.

Ao que parecia, ele tinha tudo. Pequenos crânios de morcego, rato e víbora, os ossos transparentes, dentes pequeninos, espetados como pregos de ferocidade carnívora. Cavalos, dos imensos *percherons*, com maxilares maciços semelhantes a cimitarras, parecendo eminentemente apropriados para derrubar pelotões de filisteus, até os crânios de macacos, tão teimosamente resistentes em suas minúsculas curvas quanto os dos enormes cavalos de tração.

Exerciam uma certa atração, tão imóveis e tão belos, como se cada objeto ainda conservasse a essência de seu dono e os contornos dos ossos retivessem o fantasma da carne e do pelo que uma vez sustentaram.

Estiquei o braço e toquei um dos crânios, o osso não tão frio quanto eu teria imaginado, mas estranhamente inerte, como se o calor há muito desaparecido pairasse não muito longe dali.

Eu vira restos humanos tratados com muito menos reverência; os crânios dos primeiros mártires cristãos empilhados em montes nas catacumbas, os ossos das pernas atirados em pilhas como se fizessem parte de um jogo de varetas.

– Um urso? – perguntei, em voz baixa. Um grande crânio, este, os dentes caninos curvados para dilacerar, mas os molares estranhamente aplanados.

– Sim, madona. – Vendo que eu não tinha medo, Raymond relaxou. Sua mão flutuou no ar, mas roçando as curvas do crânio sólido, compacto. – Vê os dentes? Um consumidor de peixe, de carne – um dedo pequeno traçou a curva longa e maligna do canino, o serrilhado aplanado do molar –, mas um triturador de frutas silvestres, de larvas. Raramente passam fome, porque comem qualquer coisa.

Virei-me devagar de um lado a outro, admirando, tocando um ou outro, aqui e ali.

– São lindos – disse. Falávamos em voz baixa, como se o som mais alto de nossas vozes pudesse acordar os silenciosos crânios adormecidos.

– Sim. – Os dedos de Raymond tocava-os como os meus, acariciando os longos ossos frontais, percorrendo o delicado arco escamoso da face. – Eles guardam o caráter do animal. Pode-se ver bem como ele era, apenas pelo que restou.

Revirou um dos crânios menores nas mãos, indicando as protuberâncias na parte de baixo, como pequenos balões de paredes finas.

– Veja, o canal do ouvido entra aqui, de modo que os sons ecoam dentro do cérebro. Daí a audição aguçada dos ratos.

– *Tympanic bullae* – esclareci, assentindo.

– Hã? Meu latim é bem fraco. Meus nomes para essas coisas são... meus mesmos.

– Aqueles... – disse, apontando para cima. – Aqueles são especiais, não são?

– Ah, sim, madona. São lobos. Lobos muito antigos. – Pegou um dos crânios, manuseando-o com um cuidado reverente. O focinho era longo e canídeo, com caninos pesados e largos dentes carnívoros. A crista sagital erguia-se dominante da parte de trás do crânio, testemunha dos pesados músculos do pescoço vigoroso que um dia o sustentou.

Não eram de um branco suave e opaco como os demais crânios. Estes eram manchados e raiados de marrom, exibindo um reflexo luzidio de muito polimento.

– Estas feras não existem mais.

– Não existem mais? Estão extintas, você quer dizer? – Toquei-o mais uma vez, fascinada. – Em que lugar da face da Terra você os conseguiu?

– Não *na* face da Terra, mas debaixo dela. Vieram de um lamaçal de turfa, enterrados muito abaixo da superfície.

Olhando de perto, eu podia ver as diferenças entre estes crânios e os mais recentes e mais brancos na parede oposta. Estes animais eram maiores do que os lobos comuns, com mandíbulas que podiam quebrar os ossos das pernas de um alce em fuga ou rasgar a garganta de um cervo caído.

Estremeci ligeiramente ao toque, lembrando-me do lobo que eu matara fora da prisão de Wentworth e do restante da alcateia que me perseguiu na luz glacial do crepúsculo, há menos de seis meses.

– Não gosta de lobos? – perguntou Raymond. – No entanto, os ursos e as raposas não a perturbam? Também são caçadores, comedores de carne.

– Sim, mas não a minha – disse secamente, devolvendo-lhe o crânio antigo e escurecido pelo tempo. – Tenho muito mais simpatia pelo nosso amigo alce. – Dei umas pancadinhas no focinho alto e proeminente com certa afeição.

– Simpatia? – Os olhos negros e gentis examinaram-me com curiosidade. – É uma emoção incomum para se sentir por um osso, madona.

– Bem... sim – disse, ligeiramente envergonhada –, mas não parecem realmente apenas ossos, sabe. Quero dizer, você pode saber alguma coisa a respeito de cada um deles e ter a noção de como era o animal, olhando para esses crânios. Não são simplesmente objetos inanimados.

A boca sem dentes de Raymond abriu-se num largo sorriso, como se eu inadvertidamente tivesse dito alguma coisa que o agradou, mas não fez nenhum comentário.

– Por que possui todos esses? – perguntei subitamente, percebendo de repente que prateleiras de crânios de animais dificilmente seriam os acessórios usuais da loja de um boticário. Crocodilos empalhados, talvez, mas não toda aquela coleção.

Ele deu de ombros, bem-humorado.

– Bem, eles são uma espécie de companhia, enquanto trabalho. – Fez um gesto indicando uma bancada entulhada em um dos cantos. – E embora me falem de muitas coisas, não são barulhentos a ponto de atrair a atenção dos vizinhos. Venha cá – disse ele, mudando bruscamente de assunto. – Tenho algo para você.

Segui-o até um armário alto no lado oposto do aposento, imaginando o que seria.

Ele não era um naturalista, e certamente não um cientista, não da maneira como eu compreendia o termo. Não mantinha anotações, não fazia desenhos, nenhum registro que outros pudessem consultar e com os quais pudessem aprender. E entretanto, eu tinha a estranha convicção de que ele queria muito me ensinar coisas que sabia – uma simpatia por ossos, talvez?

O armário era pintado com inúmeros sinais estranhos, enroscados e espiralados, entre o que pareciam ser pentágonos e círculos; símbolos cabalísticos. Reconheci um ou dois, de alguns livros de referências históricas de tio Lamb.

– Interessa-se pela cabala? – perguntei, vendo os símbolos com certa diversão. Isso explicaria a sala de trabalho oculta. Embora houvesse um forte interesse em ocultismo entre alguns aristocratas e intelectuais franceses, era um interesse mantido absolutamente clandestino, por medo da coroa de espinhos da Igreja.

Para minha surpresa, Raymond riu. Seus dedos rombudos de unhas curtas pressionaram aqui e ali na frente do armário, tocando o centro de um símbolo, o prolongamento de outro.

– Bem, não, madona. A maioria dos cabalistas tende a ser um tanto patética, de modo que não busco sua companhia com frequência. Mas os símbolos de fato mantêm os curiosos longe do meu armário. O que, se pensar bem, não é pouco para alguns rabiscos pintados. Portanto, talvez os cabalistas tenham razão ao afirmar que estes sinais têm poder, não acha?

Sorriu para mim com uma expressão travessa, enquanto a porta do armário abria-se de par em par. Pude ver que era, na realidade, um armário com fundo falso; se algum intrometido ignorasse o aviso dos símbolos e meramente abrisse a porta, sem dúvida veria apenas o inofensivo conteúdo do armário de um boticário. Mas se a sequência certa de trancas ocultas fosse pressionada, as prateleiras internas também se movimentavam para fora, revelando uma profunda cavidade por trás.

Ele puxou uma das pequenas gavetas que enchiam a cavidade e esvaziou-a em sua mão. Remexendo no conteúdo, retirou uma única e grande pedra branca de cristal e entregou-a a mim.

– Para você – disse ele. – Para proteção.

– O quê? Magia? – perguntei cinicamente, virando o cristal na palma da mão.

Raymond riu. Estendeu a mão acima da escrivaninha e deixou um punhado de pequenas pedras coloridas cair pelo meio dos dedos, indo bater no manchado mata-borrão de feltro.

– Acho que pode chamar assim. Com certeza posso cobrar mais por isso quando o faço. – A ponta de um dedo catou um cristal esverdeado da pilha de pedras coloridas.

– Não possuem mais, e sem dúvida não menos, magia do que os crânios. Chame-as de ossos da terra. Guardam a essência da matriz em que cresceram e, quaisquer que tenham sido os poderes que possuíam, você os poderá encontrar aqui também. – Lançou um pequeno nódulo amarelo em minha direção.

– Enxofre. Triture-o com algumas outras substâncias, encoste um fósforo e ele explodirá. Pólvora. Isso é mágica? Ou será apenas a natureza do enxofre?

– Acho que depende apenas de com quem você estiver falando – observei, e seu rosto abriu-se num sorriso de satisfação.

– Se um dia quiser deixar seu marido, senhora – disse ele com uma risadinha –, pode ter certeza de que não morrerá de fome. Eu *disse* que você era uma profissional, não disse?

– Meu marido! – exclamei, empalidecendo.

De repente, minha mente encontrou sentido nos barulhos abafados que vinham da loja distante. Ouviu-se uma pancada retumbante, como de um punho grande se abatendo com força considerável sobre um balcão e o ribombar profundo de uma voz inclinada a não sofrer nenhuma interferência fez-se ouvir em meio à mistura de outras vozes.

– Santo Deus! Me esqueci de Jamie!

– Seu marido está aqui? – Os olhos de Raymond ficaram ainda mais esbugalhados e, se já não fosse tão pálido, eu pensaria que também ficou lívido.

– Eu o deixei lá fora – expliquei, agachando-me para atravessar de novo a abertura secreta. – Deve ter se cansado de esperar.

– Espere! – A mão de Raymond agarrou meu cotovelo, fazendo-me parar. Colocou a outra mão sobre a minha, a que segurava o cristal branco.

– Esse cristal. Eu disse que era para sua proteção.

– Sim, sim – disse com impaciência, ouvindo meu nome sendo gritado lá fora com crescente volume. – O que ele faz, então?

– É sensível a veneno, senhora. Mudará de cor na presença de vários compostos nocivos.

Isso me fez parar. Empertiguei-me e olhei-o diretamente nos olhos.

– Veneno? – disse, devagar. – Então...

– Sim, senhora. Talvez ainda corra perigo. – O rosto de sapo de Raymond tinha uma expressão sombria. – Não posso dizer ao certo, nem de que direção, porque não sei. Se eu descobrir, tenha certeza que lhe direi. – Seus olhos agitaram-se nervosamente na direção da entrada através da lareira. Uma série ribombante de golpes soou na parede externa. – Assegure a seu marido também, por favor, madona.

– Não se preocupe – disse a ele, agachando-me sob a verga baixa da lareira. – Jamie não morde... eu acho que não.

– Eu não estava preocupado com os *dentes* dele, senhora. – Ouvi atrás de mim enquanto eu saía gingando por cima das cinzas da lareira.

Jamie, no ato de erguer o punho de sua adaga para bater outra vez nos lambris da parede, avistou-me emergindo da lareira e abaixou-o.

– Ah, aí está você – observou ele serenamente. Inclinou a cabeça para o lado, observando-me limpar fuligem e cinzas da barra do meu vestido, depois cerrou as sobrancelhas ao ver Raymond espreitando com cautela por baixo da mesa de secagem. – Ah, e ali está nosso pequeno sapo também. Ele tem alguma explicação, Sassenach, ou devo pregá-lo lá fora com o resto? – Sem tirar os olhos de Raymond, meneou a cabeça em direção à parede da sala externa onde numerosos sapos e rãs secos estavam pregados em uma longa faixa de feltro pendurada na parede.

– Não, não – respondi apressadamente quando Raymond fez menção de se agachar de volta a seu santuário. – Ele me contou tudo. Na verdade, foi de grande ajuda.

Com certa relutância, Jamie guardou a adaga e estendeu a mão para ajudar Raymond a sair de seu esconderijo. Ele encolheu-se ligeiramente ao ver Jamie.

– Este homem é seu marido, madona? – perguntou ele, em tom de quem gostaria que a resposta fosse "não".

– Sim, é claro – respondi. – Meu marido, James Fraser, senhor de Broch Tuarach – disse, abanando a mão em direção a Jamie, embora certamente não pudesse estar me referindo a mais ninguém. Acenei na direção oposta. – Mestre Raymond.

– Foi o que pensei – respondeu Jamie secamente. Fez uma mesura e estendeu a mão para Raymond, cuja cabeça batia alguns centímetros acima da cintura de Jamie. Raymond tocou depressa a mão estendida e empertigou-se com um puxão, sem poder reprimir um leve calafrio. Fitei-o, espantada.

Jamie apenas ergueu uma das sobrancelhas, depois se inclinou para trás, apoiando-se na borda da mesa. Cruzou os braços.

– Muito bem – disse ele. – O que aconteceu?

Eu dei a maioria das explicações, Raymond contribuindo apenas com monossílabos de confirmação de vez em quando. O pequeno boticário parecia destituído de toda sua astúcia dissimulada e encolheu-se em um banco perto do fogo, os ombros arqueados com prudência. Somente quando terminei com uma explicação sobre o cristal branco, e a presumível necessidade de seus poderes, é que ele se mexeu e pareceu adquirir um pouco de vida novamente.

– É verdade, milorde – garantiu a Jamie. – Não sei, na realidade, se é sua esposa ou o senhor mesmo quem pode estar em perigo, ou talvez os dois juntos. Não ouvi nada específico, somente o nome "Fraser", ouvido em um lugar onde os nomes raramente são pronunciados com boas intenções.

Jamie lançou-lhe um olhar penetrante.

– Ah, é? E o senhor frequenta esses lugares, mestre Raymond? As pessoas de quem fala são seus parceiros?

Raymond sorriu, um pouco palidamente.

– Eu os descreveria melhor como concorrentes nos negócios, milorde.

Jamie emitiu um rosnado.

– Hummm. Sim, bem, e qualquer um que tentar alguma coisa vai receber uma resposta à altura. – Tocou a adaga em seu cinto e endireitou-se. – Ainda assim, agradeço-lhe pelo aviso, mestre Raymond. – Fez uma mesura para o boticário, mas não ofereceu a mão outra vez. – Quanto à outra questão – arqueou a sobrancelha em minha direção –, se minha mulher estiver disposta a perdoar seus atos, então não cabe a mim dizer mais nada. A não ser aconselhá-lo a entrar no seu pequeno buraco da próxima vez que a viscondessa entrar em sua loja. Vamos embora, Sassenach.

Enquanto chocalhávamos na carruagem de volta à rue de Tremoulins, Jamie permaneceu em silêncio, olhando fixamente para fora da janela enquanto os dedos rígidos da mão direita tamborilavam na coxa.

– Um lugar onde os nomes raramente são pronunciados com boas intenções – murmurou ele quando a carruagem virou na rue Gamboge. – O que isso pode significar?

Lembrei-me dos sinais cabalísticos no armário de Raymond e um pequeno calafrio arrepiou os pelos do meu braço. Lembrei-me do mexerico de Marguerite sobre o conde de St. Germain e do aviso de madame de Ramage. Falei a Jamie sobre eles e o que Raymond dissera.

– Pode ser que *ele* considere esses símbolos como pintura e decoração – concluí –, mas obviamente conhece pessoas que não pensam assim, ou quem será que ele está procurando manter longe de seu armário?

Jamie assentiu.

– Sim. Ouvi dizer alguma coisa pela corte, não muita, sobre tais atividades. Não prestei nenhuma atenção na ocasião, achando que eram apenas bobagens, mas agora vou investigar mais um pouco. – Riu de repente e puxou-me para junto de si. – Vou mandar Murtagh seguir o conde de St. Germain. Isso dará ao conde um demônio *de verdade* para ele brincar.

17

POSSESSÃO

Murtagh foi devidamente instruído para observar as idas e vindas do conde de St. Germain, mas além de reportar que o conde recebia um número infindável de pessoas em sua casa – de ambos os sexos e de todas as classes –, não detectou nada particularmente misterioso. No entanto, o conde realmente teve uma visita digna de nota: Charles Stuart, que estivera lá uma tarde, demorou-se uma hora e foi embora.

Charles começara a requisitar a companhia de Jamie com mais frequência em suas expedições pelas tavernas e submundo da cidade. Pessoalmente, eu achava que isso tinha mais a ver com a festa de Jules de La Tour de Rohan, realizada para comemorar o anúncio da gravidez de sua mulher, do que com qualquer influência sinistra do conde.

Essas expedições às vezes estendiam-se até muito tarde da noite e eu me acostumei a ir para a cama sem Jamie, acordando quando ele se enfiava na cama ao meu lado, o corpo frio de andar pela neblina da noite e o cheiro de fumaça de tabaco e bebida alcoólica impregnado em seus cabelos e em sua pele.

– Ele está tão desesperado por causa daquela mulher que acho que nem se lembra mais que é o herdeiro dos tronos da Inglaterra e da Escócia – disse Jamie ao retornar de uma de suas incursões noturnas.

– Nossa, ele deve estar mesmo muito perturbado – falei sarcasticamente.

– Esperemos que continue assim.

Uma semana depois, entretanto, acordei com a luz cinza e fria do amanhecer para encontrar a cama ao meu lado ainda vazia, o cobertor estendido e arrumado.

– Milorde Broch Tuarach está no gabinete? – Inclinei-me sobre o balaústre de camisola, assustando Magnus, que atravessava o saguão térreo. Talvez Jamie tivesse preferido dormir no sofá do gabinete para não me perturbar.

– Não, milady – respondeu ele, erguendo os olhos para mim. – Vim destrancar a porta da frente e vi que não tinha sido trancada. Milorde não veio para casa ontem à noite.

Sentei-me pesadamente no primeiro degrau da escada. Eu devia estar com um aspecto alarmante, porque o mordomo idoso praticamente correu escada acima até onde eu estava.

– Madame – disse ele, esfregando ansiosamente uma das minhas mãos. – Madame, a senhora está bem?

– Já estive melhor, mas não tem importância. Magnus, envie um dos lacaios até a casa do príncipe Charles em Montmartre imediatamente. Mande-o ver se meu marido está lá.

– Imediatamente, milady. E também mandarei Marguerite vir aqui cuidar da senhora. – Virou-se e desceu as escadas, apressado, os chinelos de feltro macios que ele usava para seus afazeres matinais fazendo um barulho suave e sussurrante no assoalho de madeira polida.

– E Murtagh! – gritei para Magnus enquanto se afastava. – O parente do meu marido. Diga-lhe para vir aqui, por favor! – O primeiro pensamento que atravessou minha mente foi que talvez Jamie tivesse passado a noite no palacete de

Charles; o segundo, que alguma coisa tivesse lhe acontecido, quer por acidente ou pela ação deliberada de alguém.

– Onde ele está? – A voz dissonante de Murtagh soou ao pé da escada. Ele obviamente acabara de acordar; seu rosto estava marcado por algo sobre o qual ele havia dormido e havia fragmentos de palha nas dobras de sua camisa ordinária.

– Como eu poderia saber? – retruquei. Murtagh sempre parecia desconfiar de todos por alguma coisa, e o fato de ter sido bruscamente acordado não contribuíra para melhorar seu costumeiro mau-humor. Ainda assim, sua presença era reconfortante; se houvesse alguma coisa desagradável no horizonte, Murtagh era a pessoa certa para lidar com isso.

– Ele saiu com o príncipe Charles ontem à noite e não voltou. É tudo que sei. – Ergui-me com dificuldade e me apoiei no corrimão do balaústre, alisando as dobras da minha camisola de seda. As lareiras tinham sido acesas, mas ainda não houvera tempo para aquecer a casa e eu tremia de frio.

Murtagh esfregou a mão no rosto para ajudá-lo a pensar.

– Hummm. Alguém foi a Montmartre?

– Sim.

– Então vou aguardar até voltarem com uma notícia. Se Jamie estiver lá, muito bem. Se não estiver, talvez saibam quando ele se separou de Sua Alteza, e onde.

– E se ambos tiverem desaparecido? E se o príncipe também não tiver voltado para casa? – perguntei. Se havia jacobitas em Paris, também havia aqueles contrários à restauração da monarquia dos Stuart. E embora assassinar Charles Stuart pudesse não garantir o fracasso de uma possível revolução escocesa, afinal, ele tinha um irmão mais novo, Henry, poderia contribuir para arrefecer o entusiasmo de James por tal aventura, caso ele tivesse algum para começar, pensei distraidamente.

Lembrei-me vividamente da história que Jamie me contara, do atentado contra a sua vida durante o qual ele conhecera Fergus. Assassinatos nas ruas estavam longe de ser algo incomum e havia gangues de rufiões que saíam à caça pelas ruas de Paris depois que escurecia.

– É melhor a senhora ir se vestir – observou Murtagh. – Posso ver sua pele arrepiada daqui.

– Ah! Sim, acho que sim. – Olhei para meus braços; eu estivera abraçando a mim mesma enquanto as suposições corriam pela minha mente, mas em vão; meus dentes começavam a bater.

– Madame! Assim a senhora vai pegar um resfriado! – Marguerite chegou esperneando na escada e eu permiti que ela me mandasse de volta para o quarto, olhando para trás para ver Murtagh lá embaixo, examinando cautelosamente a ponta de sua adaga antes de enfiá-la de volta na bainha.

– A senhora deveria estar na cama, madame! – repreendeu-me Marguerite. – Não é bom para a criança deixar-se resfriar assim. Vou buscar uma panela de aquecer a cama agora mesmo. Onde está seu robe? Vista-o imediatamente, sim, isso mesmo... – Vesti o pesado robe de lã por cima da fina camisola de seda, mas ignorei os conselhos de Marguerite para não abrir as janelas.

A rua do lado de fora estava começando a brilhar conforme o sol nascente iluminava as fachadas superiores das casas de pedra ao longo da rue de Tremoulins. Havia bastante atividade na rua, embora ainda fosse cedo; criadas e lacaios empenhados em esfregar escadas e polir os adornos de latão dos portões, vendedores de frutas, legumes e frutos do mar frescos em carrinhos de mão, anunciando suas mercadorias aos berros ao longo da rua, e as cozinheiras das mansões despontando de suas portas nos porões como um bando de djins, convocados pelos gritos dos vendedores ambulantes. Uma carroça de entrega carregada de carvão percorria lentamente a rua, puxada por um cavalo velho que parecia preferir estar em seu estábulo. Mas nenhum sinal de Jamie.

Finalmente, permiti que uma ansiosa Marguerite me persuadisse a voltar para a cama, para me aquecer, mas não consegui voltar a dormir. Cada som do andar térreo me sobressaltava, na esperança de que cada passo no calçamento da rua seria seguido pela voz de Jamie no vestíbulo embaixo. O rosto do conde de St. Germain insistia em se intrometer entre mim e meu sono. Único entre a nobreza francesa, ele possuía alguma ligação com Charles Stuart. Muito provavelmente estava por trás do atentado anterior contra a vida de Jamie... e contra a minha. Era conhecido por suas alianças indesejáveis. Seria possível que tivesse mandado eliminar tanto Charles quanto Jamie? Se suas motivações eram políticas ou pessoais, a essa altura não fazia a menor diferença.

Quando finalmente ouviram-se passos lá embaixo, eu estava tão absorta em visões de Jamie jogado numa sarjeta com a garganta cortada que não percebi que ele estava em casa até a porta do quarto se abrir.

– Jamie! – Sentei-me num salto com um grito de alegria.

Ele sorriu para mim, depois deu um imenso bocejo, sem fazer nenhum esforço para cobrir a boca. Pude ver a uma boa distância o interior de sua garganta e observei com alívio que não estava cortada. Por outro lado, ele parecia exausto. Deitou-se ao meu lado na cama e se espreguiçou, longa e sofridamente, em seguida relaxou com um gemido de satisfação.

– O que aconteceu com *você*?

Ele abriu um olho injetado.

– Preciso de um banho – disse ele, fechando-o outra vez.

Inclinei-me sobre ele e cheirei delicadamente. Meu nariz detectou o habitual cheiro enfumaçado de lugares fechados e lã úmida, enfatizando uma combinação realmente notável de odores alcoólicos – cerveja, vinho, uísque e conhaque –, que combinavam com a variedade de manchas na camisa. E para complementar com uma nota dissonante na mistura, uma terrível colônia barata, de uma pungência particularmente penetrante e repugnante.

– Precisa, mesmo – concordei. Arrastei-me para fora da cama e, enfiando a cabeça no corredor, gritei por Marguerite, a quem mandei trazer uma tina de banho e água suficiente para enchê-la. Como um presente de despedida do irmão Ambrose, eu possuía várias unidades de sabão refinado, feito com essência de rosas, e pedi-lhe que fosse buscá-los também.

Enquanto a criada começava a realizar a tediosa missão de trazer para cima as grandes canecas de cobre com água para o banho, voltei minha atenção para o brutamontes na cama.

Tirei seus sapatos e meias, depois abri a fivela de seu kilt, soltando-o. Suas mãos voaram como um reflexo para o meio das pernas, mas meus olhos estavam focalizados em outro lugar.

– *O que* aconteceu com você? – insisti.

Vários arranhões longos marcavam suas coxas, vergões vermelhos e inchados contra a pele clara. E no alto da parte de dentro de uma das pernas via-se o que não podia ser outra coisa senão uma mordida; as marcas dos dentes eram perfeitamente visíveis.

A empregada, despejando água quente, lançou um olhar de interesse à evidência e achou melhor contribuir com sua opinião para o delicado momento.

– *Un petit chien?* – perguntou ela. Um cachorrinho? Ou outra coisa. Embora eu não fosse fluente no idioma da época, eu aprendera que *les petits chiens* em geral andavam pelas ruas sobre duas pernas com as caras pintadas.

– Fora – falei sucintamente em francês, com a entonação da enfermeira-chefe. A criada pegou as canecas e deixou o aposento, fazendo beicinho. Voltei-me novamente para Jamie, que abriu um dos olhos e, depois de lançar um olhar para o meu rosto, fechou-o outra vez.

– E então? – perguntei.

Em vez de responder, ele estremeceu. Após um instante, sentou-se na cama e esfregou as mãos no rosto, a barba espetada fazendo um ruído áspero. Ergueu uma sobrancelha ruiva interrogativamente.

– Suponho que uma jovem senhora de boa família como você não estaria familiarizada com o significado alternativo para o termo *soixante-neuf*, estaria?

– Já ouvi a expressão – disse, cruzando os braços e olhando-o com certa desconfiança. – E posso perguntar exatamente onde *você* encontrou esse interessante número especificamente?

– Ele me foi sugerido, com certa ênfase, como uma atividade desejável por uma senhora que conheci ontem à noite.

– Por acaso foi essa senhora que o mordeu na coxa?

Olhou para baixo e esfregou a marca pensativamente.

– Hummm, não. Na verdade, não foi. Essa senhora parecia preocupada com números mais baixos. Acho que ela disse que se contentava com o seis e o nove podia ser esquecido.

– Jamie – disse, batendo o pé compassadamente. – O*nde* você esteve a noite toda?

Com as mãos em concha, ele pegou um bocado de água da bacia e jogou-a no rosto, deixando os fios d'água escorrerem entre os pelos ruivo-escuros de seu peito.

– Hummm... – disse ele, piscando e lançando gotículas de água das pestanas espessas –, bem, deixe-me ver. Primeiro, jantamos em uma taverna. Encontramos Glengarry e Millefleurs lá. – Monsieur Millefleurs era um banqueiro parisiense, enquanto Glengarry era um jovem jacobita, chefe de um ramo do clã MacDonell. Sendo um visitante em Paris, e não um residente, estava quase sempre na companhia de Charles nos últimos tempos, segundo Jamie. – E depois do jantar, fomos à casa do duque di Castellotti jogar cartas.

– E depois? – perguntei.

Uma taverna, aparentemente. E depois outra taverna. E depois um estabelecimento que parecia compartilhar algumas das características de uma taverna, mas era embelezado com o acréscimo de várias senhoras de aparência interessante e talentos ainda mais interessantes.

– Talentos, hein? – falei, com uma olhada para a marca em sua perna.

– Meu Deus, elas fizeram em público – disse ele, com um tremor diante da lembrança. – Duas delas, na mesa. Bem entre o lombo de carneiro e as batatas cozidas. Com a geleia de marmelo.

– *Mon Dieu* – disse a criada que acabara de retornar ao quarto, colocando no chão a caneca com mais água para o banho a tempo suficiente para se benzer.

– E você fique quieta – disse, repreendendo-a. Voltei minha atenção de novo para meu marido. – E depois?

Então aparentemente a ação tornou-se um pouco mais geral, embora ainda realizada de maneira bastante pública. Com o devido respeito às sensibilidades de Marguerite, Jamie esperou até ela se retirar para uma nova rodada de água e continuação do relatório:

– ... e então Castellotti levou a gorda de cabelos ruivos e a lourinha para um canto e...

– E o que *você* estava fazendo todo esse tempo? – interrompi a fascinante narrativa.

– Observando – disse ele, surpreso. – Não parecia decente, mas eu não tinha muita escolha, naquelas circunstâncias.

Eu andara remexendo na bolsa do seu kilt enquanto ele falava e agora retirava dali não só uma pequena carteira, como um largo anel de metal, decorado com um brasão. Experimentei-o em um dedo, com curiosidade. Era muito maior do que qualquer anel normal e ficou pendurado como uma argola no pino do jogo de malhas.

– A quem pertence isto aqui? – perguntei, exibindo o anel. – Parece o brasão do duque di Castellotti, mas a quem quer que pertença, deve ter dedos do tamanho de salsichas. – Castellotti era uma estiolada vagem italiana, com o rosto contraído de um homem com dispepsia crônica, e não era de se admirar, a julgar pela história de Jamie. Geleia de marmelo, francamente!

Ergui os olhos e me deparei com Jamie vermelho do umbigo à raiz dos cabelos.

– Hã... – balbuciou ele, com um interesse exagerado em uma mancha de lama em um dos joelhos – isso não é usado no dedo de um homem.

– Então, o que... oh! – Olhei para o objeto circular com renovado interesse. – Minha Nossa Senhora. Já tinha ouvido falar...

– Já? – disse Jamie, completamente escandalizado.

– Mas nunca vi um. Serve em você? – Estendi a mão para experimentar. Num rápido reflexo, ele colocou as mãos sobre suas partes privadas.

Marguerite, chegando com mais água, assegurou-lhe:

– *Ne vous en faîtes pas,* monsieur. *J'en ai déjà vu un.* – Não se preocupe, monsieur; eu já vi um.

Dividindo um olhar furioso entre mim e a criada, puxou uma coberta para cima do colo.

– Já foi bastante ruim ter passado a noite toda defendendo minha virtude – observou ele com certa aspereza –, sem que isso seja objeto de comentários pela manhã.

– Defendendo sua virtude, hein? – Comecei a atirar o anel de uma mão para outra despreocupadamente, pegando-o com os dedos indicadores. – Foi um presente? – perguntei. – Ou um empréstimo?

– Um presente. Não faça isso, Sassenach – disse ele, com um sobressalto. – Me traz lembranças.

– Ah, sim – disse, observando-o. – Agora, quanto a essas lembranças...

– Não *eu*! – protestou ele. – Certamente não acha que eu faria esse tipo de coisa, não é? Sou um homem casado!

– Monsieur Millefleurs não é casado?

– Ele não só é casado, como tem duas amantes – disse Jamie. – Mas ele é francês... é diferente.

– O duque di Castellotti não é francês, ele é italiano.

– Mas é um duque. Isso também é diferente.

– Ah, é? Pergunto-me se a duquesa pensa assim.

– Considerando algumas coisas que o duque alegou ter aprendido com a duquesa, eu imaginaria que sim. Esse banho não está pronto ainda?

Segurando a colcha em volta do corpo, arrastou os pés da cama até a tina fumegante e entrou. Tirou a colcha e sentou-se depressa, mas não depressa o suficiente.

– *Énorme!* – disse a criada, benzendo-se.

– *C'est tous* – falei, com determinação. – *Merci bien.* – Ela abaixou os olhos, ruborizou-se e saiu às pressas.

Quando a porta fechou-se atrás da criada, Jamie relaxou na tina, alta nas costas para permitir que a pessoa se recostasse. O sentimento na época parecia ser de que, uma vez que se teve o trabalho de encher a tina para um banho, era melhor aproveitá-lo. O rosto com a barba espetada pareceu assumir uma expressão de bem-aventurança e deixou-se afundar gradualmente na água fumegante, um fluxo de calor avermelhando sua pele. Seus olhos estavam fechados e uma fina camada de umidade brilhava nas maçãs do rosto largas e altas, e cintilava nas cavidades das órbitas.

– Sabão? – perguntou ele, esperançosamente, abrindo os olhos.

– Sim, sem dúvida. – Peguei uma barra e entreguei a ele, depois me sentei num banco ao lado da tina. Fiquei observando por algum tempo enquanto ele se esfregava meticulosamente, indo buscar uma toalhinha de banho e uma pedra-pomes, com a qual ele lixou escrupulosamente as solas dos pés e os cotovelos.

– Jamie – disse por fim.

– Sim?

– Não quero discutir seus métodos e concordamos que você tivesse que ir a alguns extremos, mas... você *realmente* teve que...

– O quê, Sassenach? – Ele parara de se lavar e me observava intensamente, a cabeça inclinada para o lado.

– Que... que... – Para meu aborrecimento, eu estava ficando tão vermelha quanto ele, mas sem o pretexto da água quente.

Sua enorme mão ergueu-se, escorrendo água, e pousou no meu braço. O calor úmido queimou minha pele através do tecido fino da manga.

– Sassenach, o que acha que andei fazendo?

– Hã, bem – hesitei, tentando inutilmente manter os olhos afastados das marcas em sua perna. Ele riu, embora não parecesse estar realmente achando graça.

– Ah, mulher de pouca fé! – disse ele ironicamente.

Afastei-me do alcance de seu braço.

– Bem – disse –, quando o marido de uma pessoa volta para casa coberto de mordidas e arranhões e fedendo a perfume barato, admite que passou a noite numa casa obscena e...

– E lhe diz francamente que passou a noite observando e não fazendo?

– Você não conseguiu essas marcas na perna observando! – retruquei rispidamente, cerrando os lábios em seguida. Senti-me como uma mulherzinha chata e ciumenta, e não gostei da sensação. Prometi a mim mesma agir com toda a calma, como uma mulher do mundo, dizendo a mim mesma que eu tinha absoluta confiança em Jamie e, só por segurança, que não se pode fazer omeletes sem quebrar os ovos. Ainda que alguma coisa *tivesse* de fato acontecido...

Alisei o lugar úmido em minha manga, sentindo o ar se esfriar através da seda refrescante. Esforcei-me para recuperar meu tom de voz calmo de antes.

– Ou essas são as cicatrizes de um honroso combate, adquiridas ao defender sua virtude? – De qualquer forma, o tom de voz ameno não se materializou. Ouvindo a mim mesma, tinha que admitir que o tom geral da minha voz era na verdade totalmente perverso. Eu já estava deixando de me importar.

Não sendo nenhum tolo em interpretar tons de vozes, Jamie estreitou os olhos para mim e pareceu prestes a responder. Inspirou fundo, depois aparentemente pensou melhor no que pretendia dizer e soltou o ar outra vez.

– Sim – disse ele com calma. Remexeu no fundo da banheira entre as pernas e finalmente trouxe à tona o sabão, uma bola rústica, branca e escorregadia. Estendeu-o para mim na palma da mão.

– Pode me ajudar a lavar o cabelo? Sua Alteza vomitou em mim na carruagem no caminho de volta para casa e eu estou fedendo um pouco, considerando-se tudo o que houve.

Hesitei por um instante, mas aceitei o ramo de oliveira, ao menos temporariamente.

Eu podia sentir a curva sólida de seu crânio sob os cabelos espessos e ensaboados, bem como o vergão da cicatriz que cortava a parte de trás de sua cabeça. Enfiei meus polegares com firmeza nos músculos do pescoço e ele relaxou um pouco sob minhas mãos.

As bolhas de sabão escorreram pelas curvas molhadas e brilhantes de seus ombros e minhas mãos as seguiram, espalhando a espuma escorregadia de modo que meus dedos pareciam flutuar na superfície da pele.

Ele *era* grande, pensei. Tanto tempo perto dele, eu tendia a esquecer seu tamanho até vê-lo repentinamente a distância, despontando entre homens menores, e eu ficava de novo surpresa com sua graciosidade e com a beleza de seu corpo. Mas agora ele estava sentado com os joelhos quase tocando o queixo e os ombros preenchiam a tina de um lado a outro. Inclinou-se um pouco para a frente para ajudar meus movimentos, expondo as hediondas cicatrizes em suas costas. Os vergalhões grossos e vermelhos do presente de Natal de Jack Randall destacavam-se sobre as finas linhas brancas dos açoites anteriores.

Toquei as cicatrizes delicadamente, meu coração apertado diante da visão. Eu vira aqueles ferimentos quando estavam em carne viva, eu o vi levado às raias da loucura pela tortura e pelo abuso. Mas eu o curara e ele lutara com todas as forças de um coração corajoso para curar-se física e moralmente, para voltar para mim. Tomada de ternura, afastei as mechas de cabelos espalhadas pelo pescoço e abaixei-me para beijar sua nuca.

Empertiguei-me bruscamente. Ele sentiu meu movimento e virou a cabeça.

– O que foi, Sassenach? – perguntou ele, a voz arrastada de sonolência e contentamento.

– Absolutamente nada – respondi, fitando as manchas roxas na lateral do seu pescoço. As enfermeiras nas dependências de Pembroke costumavam escondê-las com vistosas echarpes enroladas no pescoço na manhã seguinte a seus encontros com soldados da base próxima. Eu sempre achei que as echarpes na verdade tinham o objetivo de alardear, em vez de esconder.

– Nada, absolutamente nada – repeti, pegando a jarra d'água na mesinha. Colocada junto à janela, estava gelada ao toque. Passei para trás de Jamie e virei-a sobre sua cabeça.

Levantei a saia de seda da minha camisola para evitar a repentina onda que transbordou pelas bordas da tina. Ele tremia de frio e tentava falar, mas ainda estava chocado demais para formar qualquer das palavras que eu podia ver ganhando força em seus lábios. Eu fui mais rápida:

– Só observou, não é? – perguntei friamente. – Devo supor que não aproveitou nem um pouco, não é, coitado!

Ele enfiou-se de volta na tina com uma violência que fez a água derramar-se pelas bordas, batendo no assoalho de pedra, e virou-se para olhar para mim.

– O que quer que eu diga? – perguntou ele. – Se eu quis fazer sexo com elas? Sim, eu quis! O bastante para fazer minhas bolas doerem por não fazer. E o bastante para me fazer sentir enjoado com a ideia de tocar uma das vadias.

Afastou bruscamente os cabelos encharcados dos olhos, fitando-me furioso.

– É isso que queria saber? Está satisfeita agora?

– Na verdade, não – respondi. Meu rosto estava afogueado e encostei a bochecha contra a vidraça gelada da janela, as mãos agarradas ao peitoril.

– Aquele que olha para uma mulher com desejo em seu coração já cometeu adultério com ela. É assim que você vê isso?

– É como *você* vê?

– Não – respondeu ele secamente. – Não vejo assim. E o que você faria se eu *tivesse* dormido com uma prostituta, Sassenach? Me daria um tapa na cara? Me proibiria de entrar em seu quarto? Se afastaria da minha cama?

Virei-me e olhei para ele.

– Eu o mataria – disse entre dentes.

As duas sobrancelhas ergueram-se ao mesmo tempo e sua boca entreabriu-se de incredulidade.

– *Me* mataria? Meu Deus, se eu a encontrasse com outro homem, eu mataria *ele*. – Parou e um dos cantos de sua boca contorceu-se num trejeito. – Veja bem, eu não ficaria muito satisfeito com *você* tampouco, mas ainda assim, seria ele quem eu mataria.

– Típico dos homens – retruquei. – Nunca entendem nada.

Ele resfolegou com um humor amargo.

– É assim, hein? Então não acredita em mim. Quer que eu lhe prove, Sassenach, que não me deitei com ninguém nas últimas horas? – Levantou-se, a água escorrendo em cascatas pelas pernas longas. A luz da janela realçava os pelos ruivo-dourados de seu corpo e o vapor elevava-se de sua pele em filetes. Ele parecia uma figura recém-moldada em ouro. Olhei rapidamente para baixo.

– Ah! – exclamei, com o máximo de desdém possível de ser instilado em uma única sílaba.

– Água quente – disse ele laconicamente, saindo da banheira. – Não se preocupe, não vai demorar muito tempo.

– Isso – falei, com delicada precisão – é o que você pensa.

Seu rosto ficou ainda mais ruborizado e as mãos fecharam-se involuntariamente, cerrando os punhos.

– Não há como argumentar com você, não é? – reclamou ele. – Santo Deus, eu passei a noite dilacerado entre repulsa e agonia, atormentado pelos meus companheiros por ser tão maricas, depois chego em casa para ser atormentado por ser impuro! *Mallaichte bàs!*

Olhando desvairadamente ao redor, avistou suas roupas no chão perto da cama e estendeu-se para pegá-las.

– Então aqui está! – disse ele, tateando para pegar seu cinto. – Tome! Se sentir desejo é adultério e você me mataria por adultério, então é melhor fazer isso, não é? – Veio em minha direção segurando a adaga, uma peça de aço escuro de cerca de 25 centímetros de comprimento e atirou-a para mim, o cabo primeiro. Endireitou os ombros, apresentando toda a extensão do seu peito e olhou-me desafiadoramente.

– Vá em frente – insistiu ele. – Não pretende cometer perjúrio, espero. Sendo tão sensível à sua honra como esposa e tudo o mais, não é?

Era uma verdadeira tentação. Meus punhos cerrados tremiam ao lado do corpo com a vontade de pegar a adaga e plantá-la firmemente entre suas costelas. Somente a certeza de que, apesar de toda a sua dramatização, ele não me deixaria esfaqueá-lo, impediu-me de tentar. Já me sentia bastante ridícula sem ter que me humilhar ainda mais. Dei meia-volta e me afastei dele numa agitação de seda.

Após um instante, ouvi o barulho da adaga ao bater no assoalho. Permaneci em pé, sem me mexer, com os olhos fixos através da janela para o pátio lá embaixo. Ouvi um leve farfalhar atrás de mim e olhei para os vagos reflexos na janela. Meu rosto aparecia na vidraça como um oval difuso numa auréola de cabelos castanhos amarfanhados pela noite de sono. A figura nua de Jamie movia-se obscuramente no vidro como alguém visto dentro d'água, procurando uma toalha.

– A toalha está na prateleira de baixo da mesinha do jarro d'água – avisei, virando-me.

– Obrigado. – Largou a camisa suja com a qual começara cautelosamente a se secar e pegou a toalha, sem olhar para mim.

Enxugou o rosto, depois pareceu tomar uma decisão. Abaixou a toalha e olhou diretamente para mim. Dava para notar que ele lutava para controlar suas emoções e senti como se ainda estivesse olhando para as imagens refletidas na vidraça. O bom senso triunfou em nós dois simultaneamente.

– Desculpe-me – dissemos em uníssono. E rimos.

A umidade em sua pele molhou a seda fina, mas não me importei.

Minutos depois, ele balbuciou algo entre meus cabelos.

– O quê?

– Por pouco – repetiu ele, dando um passo atrás. – Foi por muito pouco, Sassenach, e isso me apavorou.

Olhei para a adaga, esquecida no chão.

– Apavorou? Nunca vi ninguém menos apavorado em toda minha vida. Você sabia muito bem que eu não faria isso.

– Ah, isso. – Riu. – Não, não acho que você me mataria, por mais que desejasse. – Ficou sério repentinamente. – Não, foi que... bem, aquelas mulheres. O que eu senti com elas. Eu não as desejava, de fato não...

– Sim, eu sei – disse, abraçando-o, mas ele não parou. Afastou-se de mim, parecendo perturbado.

– Mas o... o desejo, suponho que se possa chamar assim... era... muito parecido com o que às vezes sinto por você e isso... bem, não me parece direito.

Virou-se, esfregando os cabelos com a toalha de linho, de modo que sua voz soou um pouco abafada:

– Sempre achei que seria algo simples deitar-se com uma mulher – disse ele suavemente. – E no entanto... eu quero cair no chão a seus pés e adorá-la – largou a toalha e estendeu os braços, segurando-me pelos ombros –, e ainda assim quero forçá-la a ficar de joelhos diante de mim, segurá-la com as minhas mãos emaranhadas em seus cabelos, e sua boca a meu serviço... e eu quero as duas coisas *ao mesmo tempo*, Sassenach. – Correu as mãos para cima, enfiando-as nos meus cabelos, e segurou meu rosto entre elas, com força. – Eu não me compreendo mais, Sassenach! Ou talvez compreenda. – Soltou-me e virou-se de costas. Seu rosto já havia secado, mas ele pegou a toalha caída no chão e limpou a pele do maxilar, repetidamente.

A barba espetada fazia um som leve e áspero contra o linho fino. Sua voz ainda era baixa, quase inaudível a alguns passos de distância:

– Me dei conta dessas coisas, quero dizer, tomei conhecimento delas, logo depois... depois de Wentworth. – Wentworth. Onde ele dera sua alma para salvar minha vida e sofrera as torturas dos condenados para recuperá-la. – No começo, achei que Jack Randall houvesse roubado uma parte de minha alma e depois compreendi que era pior do que isso. Tudo aquilo era meu e apenas meu desde o início; ele só havia mostrado isso para mim e feito com que eu soubesse por mim mesmo. Foi isso que ele fez que não posso perdoar, e que sua alma apodreça por causa disso!

Abaixou a toalha e olhou para mim, o rosto com um ar cansado pelas tensões da noite, mas os olhos brilhantes de ansiedade.

– Claire. Sentir os ossos delicados do seu pescoço sob minhas mãos e essa pele macia e fina de seus seios, de seus braços... Deus, você é minha mulher, que eu venero e amo com todas as minhas forças, e ainda assim eu quero beijá-la com tanta força a ponto de machucar seus lábios macios e ver as marcas dos meus dedos na sua pele.

Largou a toalha. Ergueu as mãos e manteve-as no ar, trêmulas, diante do rosto. Em seguida, abaixou-as lentamente e descansou-as sobre minha cabeça como se me abençoasse.

– Quero segurá-la como um gatinho dentro da minha camisa, *mo duinne*, e ainda assim quero abrir suas pernas e atirar-me sobre você como um touro no cio. – Seus dedos contraíram-se em meus cabelos. – Eu não me compreendo!

Puxei minha cabeça para trás, libertando-me de suas mãos, e recuei um passo. O sangue parecia ter aflorado inteiramente à superfície da minha pele e um calafrio percorreu meu corpo à rápida separação.

– Acha que é diferente para mim? Acha que não sinto o mesmo? – perguntei. – Que às vezes não tenho vontade de mordê-lo com força suficiente para sentir o gosto de seu sangue ou arranhá-lo até você gritar?

Estendi a mão devagar para tocá-lo. A pele de seu peito estava úmida e quente. Somente a unha do meu dedo indicador tocou-o, logo abaixo do mamilo. De leve, mal roçando em sua pele, fiz a unha subir e descer, circundar, vendo o minúsculo botão de seu mamilo endurecer e erguer-se entre os pelos ruivos e encaracolados de seu peito.

A unha pressionou com um pouco mais de força, deslizando para baixo, deixando uma leve marca vermelha na pele clara. Meu corpo inteiro tremia, mas não me afastei.

– Às vezes quero cavalgá-lo como a um cavalo selvagem e finalmente domá-lo... sabia? Eu posso fazer isso, você sabe que posso. Arrastá-lo até o limite de suas forças e deixá-lo exausto e ofegante. Posso arrastá-lo até a beira do colapso, e às vezes me delicio com isso, Jamie, é verdade! E no entanto, tantas vezes desejo – minha voz entrecortou-se repentinamente e tive que engolir com força antes de continuar –, desejo... segurar sua cabeça contra meu peito e embalá-lo como uma criança e fazê-lo dormir.

Meus olhos estavam tão cheios de lágrimas que eu não conseguia ver o rosto dele com clareza; não podia ver se ele também chorava. Seus braços aninharam-me com força e o calor úmido de seu corpo envolveu-me como a aragem de uma monção.

– Claire, você me mata, com punhal ou sem ele – murmurou ele, o rosto enterrado em meus cabelos. Inclinou-se e pegou-me no colo, carregando-me para a cama. Caiu de joelhos, colocando-me sobre as cobertas amarfanhadas. – Você vai se deitar comigo agora – disse ele serenamente. – E eu a usarei como eu quiser. E se quiser se vingar por isso, cobre sua vingança e será bem-vinda, porque minha alma lhe pertence, com todos os seus recantos escuros.

A pele de seus ombros estava quente com o calor do banho, mas ele tremia como se sentisse frio quando minhas mãos deslizaram dali até o pescoço e eu o puxei para mim.

E quando finalmente concluí minha última vingança sobre ele, eu o embalei em meus braços, acariciando os cachos desgrenhados, ainda meio úmidos.

– E às vezes – murmurei para ele –, quisera eu que fosse você dentro de mim. Que eu pudesse guardá-lo dentro de mim e mantê-lo sempre seguro.

Sua mão, grande e quente, ergueu-se devagar da cama e segurou a curva redonda do meu ventre, acariciando-o e protegendo-o.

– Você me tem dentro de você, meu amor – disse ele. – Você me tem.

A primeira vez que senti foi quando estava deitada na cama na manhã seguinte, vendo Jamie se vestir para sair para o trabalho. Uma ligeira sensação de estremecimento, ao mesmo tempo inteiramente familiar e nova. Jamie estava de costas para mim enquanto se enfiava em sua camisa até os joelhos e esticava os braços, ajeitando as dobras do linho branco sobre a extensão dos ombros.

Permaneci absolutamente imóvel, aguardando, à espera que viesse outra vez. E veio, desta vez como uma série de movimentos rápidos e infinitesimais, como a explosão de bolhas subindo à superfície de um líquido gaseificado.

Lembrei-me subitamente da Coca-Cola; aquela bebida americana estranha, escura e borbulhante. Eu a experimentara uma vez quando jantava com um coronel americano, que a serviu como uma bebida fina – o que era, em tempos de guerra. Vinha em garrafas de vidro grosso e esverdeado, acaneladas e afuniladas, com uma cintura alta, de modo que a garrafa possuía a forma aproximada de um corpo feminino, com um volume arredondado logo abaixo do gargalo – ou pescoço – adelgaçando-se na cintura e abaulando-se outra vez embaixo.

Lembrei-me de como as milhões de minúsculas borbulhas afluíram rápido para o gargalo estreito quando a garrafa foi aberta, menores e mais delicadas do que as borbulhas do champanhe, explodindo alegremente no ar. Coloquei uma das mãos muito delicadamente sobre meu abdômen, bem acima do útero.

Lá estava. Não havia nenhuma sensação da presença dele, ou dela, como eu achava que haveria, mas sem dúvida havia a sensação de alguém. Imaginei se talvez os bebês não tivessem gênero – fora as características físicas – até o nascimento, quando o ato de expor-se ao mundo exterior os definiria para sempre como um ou outro.

– Jamie – disse. Ele amarrava os cabelos para trás, reunindo-os num punhado espesso na base do pescoço e atando-o com um cadarço de couro. Com a cabeça inclinada na tarefa, ergueu os olhos para mim por baixo das sobrancelhas e sorriu.

– Está acordada, hein? Ainda é cedo, *mo duinne*. Durma mais um pouco.

Eu ia contar-lhe, mas algo me impediu. Ele ainda não podia senti-lo, é claro, ainda não. Não que eu achasse que ele não fosse se importar, mas havia alguma coisa a respeito dessa primeira percepção que me pareceu repentinamente particular; o segundo segredo compartilhado entre mim e meu filho – o primeiro sendo nosso conhecimento de sua existência, o meu um conhecimento consciente, o do embrião apenas o fato de existir. O ato de compartilhar esse conhecimento nos ligava intimamente, como o sangue que circulava através de nós dois.

– Quer que eu trance seus cabelos para você? – perguntei. Quando ia às docas, às vezes ele me pedia para prender sua cabeleira ruiva numa trança apertada, à prova dos ventos fortes no convés e no cais. Sempre brincava que iria mergulhar o rabo de cavalo em alcatrão, como os marinheiros faziam, para resolver o problema de uma vez por todas.

Balançou a cabeça e estendeu a mão para pegar o kilt.

– Não, vou visitar Sua Alteza o príncipe Charles hoje. E embora haja um vento encanado em sua casa, acho que não soprará meus cabelos nos olhos. – Sorriu para mim, vindo colocar-se ao lado de minha cama. Viu minha mão pousada sobre o ventre e colocou a sua levemente por cima.

– Está se sentindo bem, Sassenach? O enjoo melhorou?

– Muito. – O enjoo matinal havia de fato diminuído, embora ondas de náusea ainda me acometessem de vez em quando. Descobri que não podia suportar o cheiro de tripa frita com cebolas e tive que banir esse prato popular do cardápio dos empregados, já que o cheiro infiltrava-se da cozinha no subsolo como um fantasma pelas escadas acima para atacar-me de surpresa quando eu abria a porta de minha sala de estar.

– Ótimo. – Ergueu minha mão e inclinou-se para beijar os nós dos meus dedos em despedida. – Volte a dormir, *mo duinne* – repetiu ele.

Fechou a porta delicadamente ao sair, como se eu já estivesse dormindo, deixando-me entregue ao silêncio do quarto ao amanhecer, com os ruídos do lufa-lufa doméstico seguramente mantidos do lado de fora pela pesada porta de carvalho.

Quadrados de pálida luz solar da janela de batente brilhavam na parede oposta. Seria um lindo dia, eu podia sentir, o ar de primavera esfuziante de calor e as flores das ameixeiras explodindo em rosa e branco, cheias de abelhas, nos jardins de Versalhes. Os cortesãos ficariam ao ar livre hoje, desfrutando do bom tempo tanto quanto os vendedores ambulantes que empurravam suas mercadorias em carrinhos de mão pelas ruas.

Eu também me regozijava, sozinha e ao mesmo tempo acompanhada, em meu tranquilo casulo de silêncio e calor.

– Olá – cumprimentei baixinho, uma das mãos sobre as asas de borboleta que batiam dentro de mim.

PARTE III

Falta de sorte

18

ESTUPRO EM PARIS

Houve uma explosão no Arsenal Real, no começo de maio. Soube mais tarde que um carregador descuidado descansara uma tocha no lugar errado e, um minuto depois, o maior sortimento de pólvora e armas de fogo de Paris fora pelos ares com um estrondo que assustou os pombos da Notre Dame.

Trabalhando no Hôpital des Anges, não ouvi a explosão propriamente dita, mas sem dúvida notei os ecos. Embora o Hôpital ficasse do outro lado da cidade em relação ao Arsenal, houve tantas vítimas da explosão que um bom número delas superlotou os outros hospitais e as excedentes foram levadas para nós, mutiladas, queimadas e gemendo na parte de trás de carroças ou em macas carregadas por amigos pelas ruas.

Já estava completamente escuro antes de a última vítima ser atendida e o último corpo envolto em ataduras ser delicadamente colocado entre as fileiras de pacientes sujos e anônimos do Hôpital.

Eu mandara Fergus para casa com a notícia de que chegaria tarde quando vi a magnitude da tarefa que aguardava as irmãs do des Anges. Ele voltara com Murtagh e os dois aguardavam nas escadarias da entrada para nos escoltar até em casa.

Mary e eu emergimos, exaustas, das portas duplas e encontramos Murtagh fazendo uma demonstração da arte de atirar facas para Fergus.

– Vamos, ande – dizia ele, de costas para nós. – O mais direto possível, quando eu contar até três. Um... dois... três! – No "três", Fergus lançou a enorme cebola branca que estava segurando, deixando-a bater e saltar no terreno irregular.

Murtagh permaneceu relaxado, o braço virado para trás numa posição negligente, a adaga segurada pela ponta entre os dedos. Quando a cebola passou girando, seu pulso fez um único movimento, rápido e certeiro. Nada mais se moveu, nada além de uma sacudidela em seu kilt, mas a cebola saltou de lado, atravessada pela adaga, e caiu mortalmente ferida, rolando debilmente na terra a seus pés.

– M-muito bem, Murtagh! – gritou Mary, sorrindo. Surpreso, Murtagh virou-se e eu pude ver o rubor subindo às suas faces magras à luz que atravessava as portas abertas atrás de nós.

– Hummm – disse ele.

– Desculpe-nos por ter demorado tanto – comecei. – Foi preciso algum tempo para que todos fossem medicados.

– Ah, claro – respondeu o pequeno escocês laconicamente. Virou-se para Fergus. – É melhor encontrarmos uma carruagem, garoto. É tarde para as senhoras irem a pé.

– Não há nenhuma aqui – disse Fergus, encolhendo os ombros. – Há uma hora que subo e desço a rua. Toda carruagem da Cité foi para o Arsenal. Mas talvez a gente consiga alguma coisa na rue du Faubourg St. Honoré. – Apontou mais para baixo na rua, para uma brecha estreita e escura entre edifícios que denunciava a presença de uma passagem para a rua seguinte. – É rápido por ali.

Após uma pequena pausa com o cenho franzido para pensar, Murtagh concordou.

– Está bem, garoto. Então vamos.

Estava frio na viela e eu podia ver meu hálito em pequenas baforadas brancas, apesar da noite sem luar. Por mais escuro que ficasse em Paris, sempre havia luz em algum lugar; o clarão de lampiões e velas filtrava-se pelas persianas e frestas nas paredes das casas de madeira; e sempre havia poças de luz em torno das barracas dos vendedores de rua e espalhadas pelas pequenas lanternas de metal e de chifre que se balançavam da traseira de carroças e dos mastros das carruagens.

A rua seguinte era de mercadores e aqui e ali os proprietários das diversas casas comerciais haviam pendurado lampiões de metal perfurado acima de suas portas e pátios de entrada das lojas. Não satisfeitos em confiar na polícia para proteger suas propriedades, vários homens de negócios frequentemente uniam-se e contratavam um vigia para tomar conta de seus edifícios à noite. Quando vi uma dessas figuras em frente à loja do fabricante de velas de navio, agachada nas sombras, em cima de uma pilha de lonas dobradas, meneei a cabeça em resposta ao seu ríspido: "*Bonsoir*, monsieur, mesdames."

Quando passamos pela loja do fabricante de velas, no entanto, ouvi um grito repentino de alarme do vigia.

– Monsieur! Madame!

Murtagh virou-se instantaneamente para enfrentar o desafio, a espada já silvando ao ser desembainhada. Mais lenta em meus reflexos, eu só estava parcialmente virada quando ele deu um passo à frente e meu olho avistou o tremular de um movimento no vão da porta atrás dele. O golpe pegou Murtagh pelas costas antes que eu pudesse gritar avisando-o e ele esparramou-se no chão de rosto para baixo, as pernas e os braços frouxos e sem forças, a espada e a adaga voando de suas mãos e batendo nas pedras com estrondo.

Abaixei-me depressa para pegar a adaga quando ela passou perto dos meus pés, mas um par de mãos segurou meus braços por trás.

– Cuide do homem – ordenou uma voz atrás de mim. – Depressa!

Debati-me nas mãos de meu captor; suas mãos desceram para meus pulsos, torcendo-os bruscamente, fazendo-me gritar. Viu-se um movimento branco, fantasmagórico, na rua sombria e o "vigia" curvou-se sobre o corpo de bruços de Murtagh, uma tira de pano branco nas mãos.

– Socorro! – gritei. – Deixe-o! Socorro! Bandidos! Assassinos! SOCORRO!

– Fique quieta! – Um rápido sopapo no meu ouvido fez minha cabeça girar por um instante. Quando meus olhos pararam de lacrimejar, pude divisar uma forma branca e longa como uma salsicha na sarjeta; Murtagh, enrolado e bem amarrado numa sacola de lona, das usadas para guardar velas de barcos. O falso vigia estava agachado em cima dele; levantou-se, sorrindo, e pude ver que ele estava mascarado, uma faixa de tecido escuro da testa ao lábio superior.

Um filete de luz proveniente da loja do fabricante de velas recaiu sobre seu corpo quando ele se levantou. Apesar da noite fria, ele não usava mais do que uma camisa que momentaneamente lançou um reflexo verde-esmeralda com a passagem da luz. Calças até os joelhos, presas com fivelas, e o que surpreendentemente pareciam ser meias de seda e sapatos de couro, não os pés descalços ou tamancos que eu esperava. Portanto, não eram bandidos comuns.

De relance, avistei Mary, ao lado. Uma das figuras mascaradas segurava-a firmemente por trás, um braço preso com força entre seu tórax e abdômen, a outra revolvendo-se sob suas saias como um animal entocando-se.

O homem diante de mim colocou uma das mãos de forma insinuante atrás da minha cabeça e me puxou mais para perto. A máscara cobria seu rosto da testa ao lábio superior, deixando a boca livre por razões óbvias. Enfiou a língua em minha boca, senti um gosto forte de bebida e cebolas. Engasguei, mordi sua língua e cuspi quando a removeu. Ele me deu uma forte bofetada, derrubando-me de joelhos na sarjeta.

Os sapatos com fivelas de prata de Mary chutavam perigosamente perto do meu nariz, enquanto o facínora que a segurava sem nenhuma cerimônia levantou suas saias até a cintura com um puxão. Ouviu-se o barulho de cetim rasgado e um grito agudo quando os dedos dele mergulharam entre suas coxas que se debatiam violentamente.

– Uma virgem! Peguei uma virgem! – proferiu ele, exultante.

Um dos homens fez uma reverência debochada para Mary.

– Mademoiselle, meus parabéns! Seu marido terá motivo para nos agradecer em sua noite de núpcias já que não encontrará nenhuma incômoda obstrução impedindo seu prazer. Mas não somos egoístas, não pedimos nenhum agradecimento pelo cumprimento de nossos deveres. A recompensa pelo serviço é o prazer em si.

Se eu precisasse de alguma coisa além da meia de seda para me dizer que nossos atacantes não eram bandidos de rua, esse discurso – saudado com estrondosas risadas – teria sido suficiente. Colocar nomes nos rostos mascarados era outra história.

As mãos que agarraram meu braço para me colocar de pé eram bem manicuradas, com um pequeno sinal, uma pinta falsa usada para embelezamento logo acima da forquilha do polegar. Vou me lembrar disso, pensei soturnamente. Se nos deixarem vivas depois, isso pode ser útil.

Outra pessoa agarrou meus braços por trás, puxando-os com tanta força que eu gritei. A postura assim forçada fez meus seios se sobressaírem no colete decotado, como se estivessem sendo oferecidos numa bandeja.

O homem que parecia a cargo das operações usava uma camisa folgada de cor clara, decorada com marcas escuras – bordados, talvez. Ela lhe dava uma silhueta imprecisa nas sombras, tornando difícil olhá-lo mais cuidadosamente. Entretanto, quando se inclinou para frente e correu um dedo avaliador por cima dos meus seios, pude ver os cabelos escuros emplastrados de brilhantina grudados na cabeça e sentir o cheiro forte do cosmético. Possuía orelhas grandes, melhores para segurar os cordões de sua máscara.

– Não se preocupem, mesdames – disse o da camisa com manchas escuras. – Não queremos lhes causar mal algum. Pretendemos apenas lhes proporcionar um pouco de delicado exercício, seus maridos ou noivos não precisam jamais saber, e depois nós as libertaremos. – Primeiramente, devem nos honrar com seus lábios doces, mesdames – anunciou ele, dando um passo para trás e puxando os laços de suas calças.

– Não esta daí – protestou o de camisa verde. – Ela morde.

– Não se ela quiser conservar seus dentes – retrucou seu companheiro. – De joelhos, madame, por favor. – Empurrou meus ombros para baixo com força e eu dei um safanão para trás, tropeçando. Agarrou-me para impedir que eu fugisse e o capuz da minha capa caiu, libertando meus cabelos. Os grampos haviam se soltado na luta e meus cabelos caíam nos ombros, mechas voando como estandartes no vento da noite, cegando-me conforme açoitavam meu rosto.

Cambaleei para trás, afastando-me do meu agressor, balançando a cabeça para livrar os olhos dos cabelos. A rua estava escura, mas eu podia ver algumas coisas na claridade fraca de lampiões que atravessava as persianas das vitrines das lojas ou na luminosidade da noite estrelada que clareava as sombras da rua.

As fivelas de prata de Mary refletiam a luz, esperneando. Ela estava de costas, debatendo-se, com um dos homens em cima dela, xingando enquanto lutava para descer as calças e controlá-la ao mesmo tempo. Ouviu-se o barulho de tecido rasgado e suas nádegas brilharam, brancas, num facho de luz do portão de um pátio.

Os braços de alguém me agarraram pela cintura e me arrastaram para trás, tirando meus pés do chão. Raspei o salto do meu sapato por toda a extensão da canela de sua perna e ele deu um berro agudo de raiva.

– Segure-a! – ordenou o da camisa com manchas escuras, saindo das sombras.

– Segure-a você! – Meu captor lançou-me sem a menor cerimônia nos braços do amigo e a luz do pátio brilhou nos meus olhos, cegando-me temporariamente.

– Santa Mãe de Deus! – As mãos que seguravam meus braços afrouxaram-se e eu me libertei com um safanão a tempo de ver o de camisa com manchas escuras, a boca aberta em horrorizada surpresa sob a máscara. Recuou, afastando-se de mim, benzendo-se enquanto recuava.

– *In nomine Patris, et Filii, et Spiritus Sancti* – balbuciava ele, repetindo o sinal da cruz sem parar. – *La Dame Blanche!*

– *La Dame Blanche!* – O homem atrás de mim repetiu o grito como um eco, a voz aterrorizada.

O de camisa com manchas escuras ainda recuava, agora fazendo sinais no ar que eram consideravelmente menos cristãos do que o sinal da cruz, mas que presumivelmente tinham a mesma função. Apontando o dedo indicador e o dedo mínimo para mim no antigo sinal de chifres contra o mal, ele desfilava ininterruptamente uma lista de autoridades espirituais, desde a Santíssima Trindade a poderes em um nível consideravelmente inferior, balbuciando os nomes em latim tão depressa que as sílabas se misturavam.

Permaneci de pé, parada no meio da rua, abalada e atordoada, até que um guincho terrível, vindo do chão, perto dos meus pés, me fez recobrar os sentidos. Ocupado demais com o que estava fazendo para prestar qualquer atenção a questões acima dele, o homem em cima de Mary emitiu um grito gutural de satisfação e começou a mover os quadris ritmadamente, ao acompanhamento dos gritos dilacerantes de Mary.

Agindo puramente por instinto, dei um passo na direção deles, lancei a perna para trás e chutei-o nas costelas com todas as minhas forças. O ar explodiu de seus pulmões com um perplexo "Uuuf!", e ele rolou para o lado.

Um de seus amigos lançou-se para frente e agarrou-o pelo braço, gritando ansiosamente:

– Levante-se! Levante-se! É *La Dame Blanche*! Corra!

Ainda mergulhado no frenesi do estupro, o homem olhava estupidamente e tentava voltar para Mary, que se torcia e contorcia freneticamente, tentando libertar as dobras de suas saias do peso que a mantinha presa. Tanto o de camisa verde quanto o de camisa com manchas escuras puxaram o atacante de Mary pelos braços, até conseguirem colocá-lo de pé. Suas calças rasgadas enrolavam-se em suas coxas, o pênis sujo de sangue tremendo entre as pontas soltas da camisa, numa ânsia indiferente ao que se passava ao redor.

O barulho de pés correndo e aproximando-se pareceu finalmente acordá-lo de seu estupor. Os dois ajudantes, ouvindo o barulho dos passos, largaram as armas e fugiram precipitadamente, deixando-o entregue à própria sorte. Com uma imprecação abafada, fugiu pelo beco mais próximo, saltando e mancando, enquanto tentava puxar as calças para a cintura.

– *Au secours! Au secours! Gendarmes!* – gritava uma voz ofegante pela viela, pedindo socorro, enquanto o dono da voz precipitava-se em nossa direção, tropeçando em lixo e entulho no escuro. Eu dificilmente imaginaria que um ladrão de rua ou outro patife qualquer estaria cambaleando por uma viela, gritando pela guarda civil, embora em meu atual estado de choque quase nada pudesse me surpreender.

No entanto, *fiquei* surpresa quando o vulto escuro que saiu da viela com as roupas esvoaçando mostrou ser Alexander Randall, envolto numa capa preta e com um chapéu de aba larga desabada. Olhou desesperadamente à volta do pequeno *cul-de-sac*; de Murtagh, parecendo um saco de lixo, para mim, paralisada e arquejante junto a uma parede, para a figura encolhida de Mary, quase invisível no meio das sombras. Ficou imóvel por um instante, desamparado, depois virou-se e subiu no portão de ferro do qual nossos atacantes haviam emergido. De cima do portão, conseguiu alcançar o lampião suspenso do caibro acima.

A luz foi um conforto; apesar do doloroso quadro que iluminava, ao menos bania as sombras furtivas que ameaçavam se transformar em novos perigos a qualquer momento.

Mary estava de joelhos, encolhida. A cabeça enterrada nos braços, ela tremia, em total silêncio. Um dos seus sapatos estava caído nas pedras do calçamento, a fivela de prata reluzindo na luz oscilante do lampião.

Como um pássaro de mau agouro, Alex precipitou-se ao seu lado.

– Senhorita Hawkins! Mary! Senhorita Hawkins! Está bem?

– De todas as perguntas idiotas! – exclamei com certa rispidez, enquanto ela gemia e se esquivava dele. – É claro que ela não está bem. Ela acaba de ser violentada. – Com um esforço considerável, arranquei-me da reconfortante parede às minhas costas e comecei a me dirigir a eles, observando com um distanciamento clínico que meus joelhos vacilavam.

Eles cederam completamente no momento seguinte, quando uma figura imensa, parecendo um morcego, desceu num voo rasante à minha frente, aterrissando nas pedras com um baque sólido.

– Ora, ora, vejam só quem chegou! – disse, começando a rir de uma maneira descontrolada. Um par de mãos grandes agarrou-me pelos ombros e administrou-me uma sacudidela.

– Fique quieta, Sassenach – disse Jamie, os olhos azuis com um brilho sombrio e perigoso à luz do lampião. Ele endireitou-se, as dobras de sua capa de veludo azul recaindo sobre seus ombros quando estendeu os braços na direção do telhado de onde saltara. Na ponta dos pés, ele conseguia tocar na borda do telhado.

– Bem, agora, desça! – disse ele impacientemente, olhando para cima. – Coloque os pés para fora da beirada, sobre meus ombros, e poderá deslizar para as minhas costas. – Com um ruído áspero de telhas soltas, uma pequena figura veio se contorcendo cautelosamente de costas, depois lançou-se sobre a figura alta como um macaco num galho.

– Muito bem, Fergus. – Jamie deu uma palmadinha de agrado no ombro do menino e mesmo na luz turva pude ver o brilho de satisfação que iluminou seu rosto. Jamie examinou o cenário com um olhar de estrategista e, murmurando uma palavra, enviou o garoto para a entrada da viela para vigiar a aproximação dos guardas. Tendo cuidado do essencial, agachou-se diante de mim outra vez.

– Você está bem, Sassenach? – perguntou ele.

– É muita gentileza sua perguntar – respondi educadamente. – Sim, obrigada. Mas ela não está tão bem. – Acenei vagamente em direção a Mary. Ela ainda estava encolhida como uma bola, tremendo como uma gelatina, esquivando-se dos esforços desajeitados de Alex de confortá-la.

Jamie não lhe destinou mais do que um rápido olhar.

– Estou vendo. Onde diabos está Murtagh?

– Lá – respondi, apontando. – Ajude-me a levantar.

Fui cambaleando até a sarjeta, onde o saco que continha Murtagh subia e descia como uma lagarta gigante, emitindo uma surpreendente mistura de imprecações abafadas em três línguas.

Jamie tirou sua adaga e, com o que pareceu uma desconsideração insensível com seu conteúdo, cortou o saco de uma ponta à outra. Murtagh saltou da abertura como um boneco de mola de sua caixa. Metade de seus cabelos negros e espetados foi emplastrada na cabeça por algum líquido malcheiroso em que o saco descansara. O resto da cabeleira estava em pé, emprestando um ar ainda mais feroz a um rosto já suficientemente belicoso por causa de um grande galo roxo na testa e um olho que escurecia rapidamente.

– Quem me atingiu? – rosnou ele.

– Bem, não fui eu – respondeu Jamie, erguendo uma das sobrancelhas. – Venha, companheiro, não temos a noite toda.

– Isso nunca vai funcionar – murmurei, enfiando alfinetes decorados com brilhantes aleatoriamente em meus cabelos. – Ela devia receber cuidados médicos, para começar. Ela precisa de um médico!

– Ela tem um – ressaltou Jamie, erguendo o queixo e espreitando o espelho enquanto dava o nó na echarpe de seda. – Você. – Com a echarpe amarrada, pegou um pente e passou-o apressadamente pelas ondas ruivas e espessas de seus cabelos.

– Não há tempo para fazer trança – murmurou ele, segurando os cabelos num grosso rabo de cavalo na nuca enquanto vasculhava uma gaveta. – Tem um pedaço de fita, Sassenach?

– Deixe que eu amarro. – Posicionei-me agilmente atrás dele, dobrando para dentro as pontas do cabelo e amarrando o conjunto com uma fita verde. – Que noite para dar um jantar!

E não era um jantar qualquer. O duque de Sandringham deveria ser o convidado de honra, com um pequeno porém seleto grupo para recebê-lo. Monsieur Duverney viria com seu filho mais velho, um proeminente banqueiro. Louise e Jules de La Tour também viriam, e os d'Arbanville. Apenas para tornar a festa mais interessante, o conde de St. Germain também fora convidado.

– St. Germain! – exclamara, atônita, quando Jamie me contou na semana anterior. – Para quê?

– Eu faço negócios com o sujeito – salientou Jamie. – Ele já esteve aqui para jantar, com Jared. Mas o que eu quero é ter a oportunidade de vê-lo conversar com você durante o jantar. Pelo que pude observar a respeito dele nos negócios, ele não consegue esconder seus pensamentos. – Pegou o cristal branco que mestre Raymond me dera e sopesou-o pensativamente na palma da mão.

– É muito bonito – dissera ele na ocasião. – Vou mandar embuti-lo em ouro para que você possa usá-lo ao pescoço. Brinque com ele durante o jantar até que alguém lhe faça perguntas a respeito, Sassenach. Então diga para que serve e olhe para o rosto de St. Germain enquanto explica. Se foi ele que lhe deu veneno em Versalhes, acho que veremos algum indício em sua expressão.

O que eu desejava no momento era paz, tranquilidade e uma privacidade total onde eu pudesse tremer como um coelho. O que eu tinha era um jantar com um duque que podia ser um jacobita ou um agente inglês, um conde que podia ser um envenenador e uma vítima de estupro escondida no andar de cima. Minhas mãos tremiam tanto que eu não conseguia fechar o cordão de onde pendia o cristal em sua montagem; Jamie colocou-se atrás de mim e, com um rápido movimento do polegar, encaixou o fecho com um estalido.

– Você não tem nervos? – perguntei-lhe.

Abriu um largo sorriso para mim no espelho e colocou as mãos sobre o estômago.

– Tenho, sim. Mas ele me ataca na barriga, não nas mãos. Tem algum remédio para dor de barriga?

– Ali. – Abanei a mão na direção da caixa de remédios que tinha deixado sobre a mesa depois de medicar Mary. – A garrafinha verde. Uma colher de sopa.

Ignorando a colher, ele virou o frasco e tomou vários goles. Abaixou o vidro e espreitou o líquido lá dentro.

– Credo, que gosto horrível! Já está pronta, Sassenach? Os convidados vão chegar dentro de poucos instantes.

Por enquanto Mary estava escondida num quarto de hóspedes no segundo andar. Examinei-a com cuidado para ver se tinha algum ferimento, os quais pareciam limitados a contusões e choque, depois lhe administrei uma dose tão grande de xarope de papoula quanto me pareceu viável.

Alex Randall resistira a todas as tentativas de Jamie de enviá-lo para casa e, em vez disso, ficou tomando conta de Mary, com instruções rígidas para mandar me chamar caso ela acordasse.

– Como é que aquele idiota estava lá? – perguntei, escarafunchando uma gaveta à procura de uma caixa de talco.

– Eu lhe fiz essa pergunta – respondeu Jamie. – Parece que o pobre tolo está apaixonado por Mary Hawkins. Segue-a por toda parte da cidade, abatido como uma flor murcha porque sabe que ela deverá se casar com Marigny.

Deixei cair a caixa de talco.

– *E-e-ele* está apaixonado por *ela*? – disse num chiado, abanando a nuvem de partículas esvoaçantes.

– É o que ele diz, e não vejo nenhuma razão para duvidar – disse Jamie, batendo vivamente no peito do meu vestido para retirar talco derramado. – Estava um pouco desnorteado quando me contou.

• • •

– Era de se imaginar. – À confusão de emoções conflitantes que me assolava eu agora acrescentava compaixão por Alex Randall. Obviamente, ele não teria falado com Mary, achando que a devoção de um empobrecido secretário não era nada comparada à riqueza e posição de um casamento com a Casa Gascogne. E agora o que deveria sentir, vendo-a submetida a um ataque brutal, praticamente debaixo do seu nariz?

– Por que diabos ele não se declarou? Ela teria fugido com ele na mesma hora. – Porque o pálido coadjutor inglês, é claro, devia ser o objeto "espiritual" da muda devoção de Mary.

– Randall é um cavalheiro – respondeu Jamie, entregando-me uma pena e um pote de ruge.

– Você quer dizer é que ele é um perfeito boboca – disse impiedosamente.

Jamie torceu o lábio.

– Bem, talvez – concordou ele. – Também é pobre. Não tem renda para sustentar uma esposa, caso a família dela a expulse, o que certamente fariam se ela fugisse com ele. E a saúde dele é frágil; seria difícil encontrar outro emprego porque o duque provavelmente o demitiria sem uma carta de referência.

– É capaz de um dos empregados a descobrir – comentei, retornando a uma preocupação anterior, a fim de desviar o pensamento dessa última manifestação de tragédia.

– Não, não encontrarão. Todos estarão ocupados servindo o jantar. E pela manhã, ela já deverá ter se recuperado o suficiente para voltar para a casa do tio. Mandei um recado – acrescentou ele – dizendo-lhe que ela ia passar a noite com uma amiga, já que era muito tarde. Não queria que saíssem à sua procura.

– Sim, mas...

– Sassenach. – Suas mãos em meus braços me fizeram parar e ele olhou por cima do meu ombro para fitar meus olhos no espelho. – Não podemos deixar que seja vista por ninguém até ela ser capaz de falar e agir normalmente. Se ficarem sabendo o que aconteceu a ela, sua reputação estará completamente arruinada.

– Sua reputação! Não é culpa *dela* ter sido estuprada! – Minha voz tremia ligeiramente e ele apertou as mãos em meus braços.

– Não é correto, Sassenach, mas é assim que é. Se souberem que ela já não é virgem, nenhum homem a aceitará. Ela cairá em desgraça e viverá como uma solteirona até o fim de seus dias.

Sua mão apertou meu ombro, deixou-o e retornou para ajudar a recolocar um grampo nos meus cabelos precariamente presos.

– É tudo que podemos fazer por ela, Claire – disse ele. – Evitar que a façam sofrer mais, curá-la da melhor forma que pudermos... e encontrar os porcos desgraçados que fizeram isso. – Virou-se e tateou na minha caixa de joias, à procura do alfinete de sua echarpe de seda. – Santo Deus – acrescentou ele suavemente, falando para o forro de veludo verde –, acha que eu não sei o que isso é para ela? Ou para ele?

Coloquei a mão sobre seus dedos que remexiam na caixa e apertei-os. Ele apertou os meus também, depois ergueu minha mão e beijou-a rapidamente.

– Deus, Sassenach! Seus dedos estão frios como a neve. – Virou-me e olhou ansiosamente para meu rosto. – Você está bem?

O que quer que tenha visto em meu rosto o fez murmurar "Santo Deus" outra vez, cair de joelhos e puxar-me contra a frente de babados de sua camisa. Abandonei a pretensa coragem e agarrei-me a ele, enterrando o rosto no calor engomado de seu peito.

– Ah, meu Deus, Jamie. Tive tanto medo. *Tenho* medo. Ah, meu Deus, queria que você pudesse fazer amor comigo agora.

Seu peito vibrou sob meu rosto com uma risada, mas ele me abraçou com mais força.

– Acha que ajudaria?

– Sim.

De fato, eu achava que não me sentiria a salvo outra vez enquanto não estivesse na segurança de nossa cama, com o silêncio protetor da casa à nossa volta. Queria sentir a força e o calor de Jamie me envolvendo e dentro de mim, reforçando minha coragem com a alegria de nossa união, com a certeza da posse mútua apagando o horror de me sentir impotente e quase estuprada.

Ele segurou meu rosto entre as mãos e beijou-me. Por um instante, o medo do futuro e o terror da noite se esvaíram. Em seguida, ele se afastou e sorriu. Pude perceber sua preocupação gravada nas linhas de seu rosto, mas não havia nada em seus olhos além de um minúsculo reflexo do meu rosto.

– Esse já é por conta, então – disse ele, suavemente.

Havíamos chegado ao segundo prato sem incidentes e eu começava a relaxar um pouco, embora minha mão ainda tivesse a tendência de tremer acima do *consommé*.

– Que fascinante! – respondi, em resposta a uma história do jovem monsieur

Duverney, a qual eu não estava ouvindo, meus ouvidos estando sintonizados para qualquer barulho suspeito lá em cima. – Fale-me mais a respeito.

Meus olhos encontraram-se com os de Magnus quando ele servia o conde de St. Germain, sentado à minha frente, e eu fiz-lhe um sinal de congratulações da melhor maneira que pude com um bocado de peixe na boca. Bem treinado demais para sorrir em público, ele fez uma respeitosa e quase imperceptível inclinação com a cabeça e continuou seu serviço. Minha mão dirigiu-se ao cristal no meu pescoço e eu o toquei ostensivamente enquanto o conde, sem nenhum sinal de perturbação nas feições sombrias, atacava a truta com amêndoas.

Jamie e o Duverney mais velho mantinham uma conversa particular na outra ponta da mesa, a comida ignorada enquanto Jamie rabiscava números com a mão esquerda em um pedaço de papel com um pedaço de giz. Xadrez ou negócios?, perguntava-me.

Como convidado de honra, o duque sentava-se no meio da mesa. Apreciara os primeiros pratos com o prazer de um *gourmand* inato e agora mantinha uma conversa animada com madame d'Arbanville, à sua direita. Sendo o duque obviamente o mais proeminente inglês em Paris na época, Jamie achava que valia a pena cultivar o relacionamento com ele, na esperança de descobrir qualquer boato que pudesse levar ao emissário da mensagem musical a Charles Stuart. Minha atenção, entretanto, invariavelmente vagava do duque para o cavalheiro sentado à sua frente – Silas Hawkins.

Achei que eu poderia morrer ali mesmo e evitar quaisquer outros problemas, quando o duque atravessou a porta, gesticulando informalmente por cima do ombro e dizendo:

– Sra. Fraser, conhece este aqui, o sr. Hawkins, não?

Os olhos azuis, pequenos e alegres do duque depararam-se com os meus com uma expressão de ingênua confiança de que seus caprichos seriam acomodados. Eu não tive escolha senão sorrir e menear a cabeça, assentindo, e dizer a Magnus que colocasse mais um lugar à mesa. Jamie, avistando o sr. Hawkins ao atravessar a porta da sala de estar, deu a impressão de estar precisando de outra dose de remédio para o estômago, mas recobrou-se o suficiente para estender a mão ao sr. Hawkins e encetar uma conversa sobre a qualidade das hospedarias na estrada para Calais.

Lancei um olhar para o relógio sobre o consolo da lareira. Quanto tempo até todos eles terem ido embora? Contei mentalmente o número de pratos já servidos e os que faltavam. Quase na hora do prato doce. Depois salada e queijos. Conhaque e café, Porto para os homens, licores para as damas. Uma ou duas horas de estimulante conversa. Não estimulante demais, Senhor, por favor, ou se demorariam até o amanhecer.

Agora falavam da ameaça de gangues de rua. Abandonei o peixe e peguei um pãozinho.

– E ouvi dizer que alguns desses bandos de vagabundos não são compostos de gentalha como seria de esperar, mas de jovens da nobreza!

O general d'Arbanville inflou os lábios diante da monstruosidade da ideia.

– Fazem isso para se divertir, uma brincadeira! Como se roubar cidadãos honestos e ultrajar as senhoras não passassem de uma briga de galos!

– Que extraordinário! – exclamou o duque, com a indiferença de um homem que nunca ia a nenhum lugar sem uma escolta considerável. A bandeja de petiscos pairava junto a seu queixo e ele raspou meia dúzia para seu prato.

Jamie olhou para mim e ergueu-se da mesa.

– Se me dão licença, mesdames, monsieurs – disse ele com uma mesura –, tenho um Porto especial que eu gostaria que Sua Excelência experimentasse. Vou buscar na adega.

– Deve ser o Belle Rouge – disse Jules de La Tour, lambendo os lábios na expectativa. – Um verdadeiro deleite o aguarda, Excelência. Nunca provei um vinho igual em nenhum outro lugar.

– Ah, é? Bem, logo provará, monsieur *le prince* – interrompeu o conde de St. Germain. – Algo ainda melhor.

– Certamente não há nada melhor do que o Belle Rouge! – exclamou o general d'Arbanville.

– Há, sim – declarou o conde, com um ar presunçoso. – Descobri um novo Porto, feito e engarrafado na ilha de Gostos, ao largo da costa de Portugal. Uma cor exuberante como a dos rubis e um sabor que faz o Belle Rouge parecer água colorida. Tenho um contrato para entrega da safra inteira em agosto.

– É mesmo, monsieur *le comte*? – Silas Hawkins ergueu as sobrancelhas espessas e grisalhas em direção à nossa ponta da mesa. – Então o senhor encontrou um novo sócio para investimentos? Eu havia entendido que seus próprios recursos estavam... esgotados, podemos assim dizer?, após a triste destruição do *Patagônia*. – Pegou um acepipe de queijo da travessa e lançou-o delicadamente na boca.

Os músculos dos maxilares do conde avolumaram-se e uma frieza repentina abateu-se sobre a nossa extremidade da mesa. Pelo olhar de esguelha do sr. Hawkins para mim e o leve sorriso que pairava furtivamente em sua boca ocupada em mastigar, estava claro que ele sabia tudo sobre meu papel na destruição do desafortunado *Patagônia*.

Minha mão buscou novamente o cristal ao meu pescoço, mas o conde não olhou para mim. Um rubor violento erguera-se da sua echarpe de seda e rendas ao pescoço, e ele olhou fixamente para o sr. Hawkins com evidente antipatia. Jamie tinha razão; não era um homem que soubesse esconder suas emoções.

– Felizmente, monsieur – disse ele, dominando sua ira com esforço aparente –, eu *realmente* encontrei um sócio disposto a investir neste empreendimento. Um compatriota, na realidade, de nosso amável anfitrião. – Meneou a cabeça ironicamente em direção à porta, onde Jamie acabara de surgir, seguido de Magnus, trazendo uma bela garrafa de Porto Belle Rouge.

Hawkins parou de mastigar por um instante, a boca repulsivamente aberta com interesse.

– Um escocês? Quem? Não pensei que houvesse nenhum escocês no ramo dos vinhos em Paris além da Casa Fraser.

Um brilho inconfundível de satisfação iluminou os olhos do conde quando mirou do sr. Hawkins para Jamie.

– Suponho que seja discutível se o investidor em questão poderia ser considerado escocês no momento; entretanto, ele é um compatriota do senhor de Broch Tuarach. Seu nome é Charles Stuart.

Essa notícia causou todo o impacto que o conde esperava. Silas Hawkins empertigou-se na cadeira com uma exclamação que o fez se engasgar com os remanescentes de comida em sua boca. Jamie, que estivera prestes a falar, fechou a boca e sentou-se, olhando o conde pensativamente. Jules de La Tour começou a aspergir exclamações e perdigotos e os dois d'Arbanville emitiram gritos de surpresa. Até o duque desviou os olhos de seu prato e pestanejou para o conde com interesse.

– Verdade? – disse ele. – Para mim, os Stuart eram pobres como ratos de igreja. Tem certeza de que ele não o está enganando?

– Não tenho nenhuma intenção de lançar calúnias ou levantar suspeitas – contribuiu Jules de La Tour –, mas é sabido na corte que os Stuart não possuem nenhum dinheiro. É verdade que vários seguidores jacobitas têm buscado fundos ultimamente, mas sem sorte, pelo que ouvi.

– É verdade – intrometeu-se na conversa o jovem Duverney, inclinando-se para a frente com interesse. – O próprio Charles Stuart teve uma conversa particular com dois banqueiros das minhas relações, mas ninguém está disposto a adiantar-lhe nenhuma soma vultosa em suas atuais circunstâncias.

Lancei um olhar breve a Jamie, que reagiu com um meneio quase imperceptível da cabeça. Essas eram boas notícias. Mas o que dizer da história do conde sobre um investimento?

– É verdade – disse ele belicosamente. – Sua Alteza conseguiu um empréstimo de quinze mil *livres* de um banco italiano e colocou toda a quantia à minha disposição para ser usada na contratação de um navio e na compra de toda a produção engarrafada dos vinhedos de Gostos. Tenho a carta assinada bem aqui. – Deu uns tapinhas no peito de seu casaco com satisfação, depois se recostou na cadeira e olhou triunfalmente ao redor da mesa, parando em Jamie.

– Bem, milorde – disse ele, com um gesto indicando a garrafa de vinho sobre a toalha branca em frente a Jamie –, vai nos permitir provar o famoso vinho?

– Sim, é claro – murmurou Jamie. Estendeu a mão mecanicamente para o primeiro copo.

Louise, que permanecera comendo em silêncio durante quase todo o jantar, notou o desconforto de Jamie. Sendo uma boa amiga, virou-se para mim no óbvio esforço de mudar o rumo da conversa para um tema neutro.

– É uma bela pedra essa que está usando ao pescoço, *ma chère* – disse ela, indicando o cristal. – Onde a conseguiu?

– Ah, esta? – falei. – Bem, na verdade...

Fui interrompida por um grito lancinante. Toda a conversa parou e seus frágeis ecos ressoaram nos cristais do candelabro acima.

– *Mon Dieu* – disse o conde de St. Germain no silêncio da sala. – O que...

O grito repetiu-se e, em seguida, outra vez. O barulho derramou-se pela larga escadaria e invadiu o vestíbulo.

Os convidados, abandonando a mesa de jantar como um bando de codornas levantando voo, também invadiram o vestíbulo, a tempo de ver Mary Hawkins, trajando apenas o que restara de sua combinação rasgada, surgir no alto das escadas. Ficou lá parada, como se quisesse dar o máximo efeito à cena, a boca arreganhada, as mãos espalmadas sobre o peito, onde o tecido rasgado exibia com absoluta clareza as contusões deixadas pelas mãos que agarraram seus seios e braços.

Suas pupilas reduziram-se a cabeças de alfinetes à luz dos candelabros, os olhos pareciam poças vazias onde se refletia o terror. Ela olhava para baixo, mas obviamente não via nem as escadas nem a multidão boquiaberta de espectadores.

– Não! – gritou ela. – Não! Solte-me! Por favor, eu imploro! NÃO ME TOQUE! – Cega pelo remédio como estava, aparentemente pressentiu algum movimento atrás de si, porque se virou e começou a agitar os braços freneticamente, as mãos em forma de garras atacando a figura de Alex Randall, que tentava inutilmente segurá-la, para acalmá-la.

Infelizmente, vistas de baixo, suas tentativas mais pareciam as de um sedutor rejeitado, disposto a continuar o ataque.

– *Nom de Dieu* – explodiu o general d'Arbanville. – *Racaille!* Largue-a imediatamente! – O velho soldado deu um salto em direção à escada com uma agilidade que desmentia sua idade, a mão instintivamente levada à espada, a qual, felizmente, deixara junto à porta ao chegar.

Atirei-me, e às minhas volumosas saias, apressadamente à frente do conde e do jovem Duverney, que mostrava sinais de seguir o general no resgate, mas nada pude fazer sobre o tio de Mary, Silas Hawkins. Os olhos saltando da cabeça, o comerciante de vinhos ficou paralisado, perplexo, por um instante, depois abaixou a cabeça e arremeteu para a frente como um touro, forçando sua passagem pelo meio dos espectadores.

Olhei, desesperada, ao redor, à procura de Jamie. Localizei-o à margem do grupo. Nossos olhos se encontraram e eu ergui as sobrancelhas numa pergunta silenciosa; de qualquer modo, nada que eu dissesse poderia ser ouvido acima da algazarra no vestíbulo, pontuada pelos gritos histéricos de Mary no andar de cima.

Jamie encolheu os ombros para mim, depois olhou à sua volta. Vi seus olhos focalizarem-se por um instante numa mesa de três pernas junto à parede, apoiando um vaso alto de crisântemos. Ele olhou para cima, medindo a distância, fechou os olhos rapidamente como se encomendasse a alma a Deus, depois agiu com decisão.

Ele pulou do chão para a mesa, agarrou o corrimão do balaústre e saltou por cima dele, aterrissando na escada, alguns degraus à frente do general. Foi uma façanha tão acrobática que uma ou duas senhoras arquejaram, gritinhos de admiração mesclados a exclamações de horror.

As exclamações avolumaram-se quando Jamie galgou os degraus remanescentes, interpôs-se entre Mary e Alex e, segurando o último pelo ombro, mirou e aplicou-lhe um soco em cheio no maxilar.

Alex, que estivera olhando fixamente para seu empregador abaixo, boquiaberto de estupefação, dobrou-se devagar nos joelhos e desmoronou num montículo no chão, os olhos ainda arregalados, mas repentinamente vazios e perplexos como os de Mary.

19

UM JURAMENTO É FEITO

O relógio no consolo da lareira fazia um tique-taque irritantemente alto. Era o único som na casa, além dos estalidos das tábuas e dos baques surdos e distantes dos criados trabalhando até tarde nas cozinhas embaixo. Eu já tivera meu quinhão de barulho, suficiente por um bom tempo, e queria apenas silêncio para recompor meus nervos esgotados. Abri a caixa do relógio e removi o contrapeso, parando o tique-taque imediatamente.

Sem dúvida, aquele fora o jantar da temporada. As pessoas que não tiveram a sorte de estar presentes iriam alegar durante meses que estiveram, reforçando sua alegação com fragmentos de mexericos contados e recontados e descrições distorcidas.

Eu finalmente conseguira pôr as mãos em Mary outra vez por tempo suficiente para lhe forçar uma nova dose de forte extrato de papoula goela abaixo. Ela desmoronou numa lamentável pilha de roupas sujas de sangue, deixando-me livre para voltar minha atenção para a discussão em andamento entre Jamie, o general e o sr. Hawkins. Alex teve o bom senso de permanecer desacordado, e arrumei seu corpo mole bem esticado ao lado do corpo de Mary no patamar, como dois peixes mortos. Pareciam Romeu e Julieta expostos em praça pública como uma censura aos seus parentes, mas o sr. Hawkins não percebeu a semelhança.

– Arruinada! – continuava ele a gritar, aos guinchos. – Você arruinou minha sobrinha! Agora o visconde jamais a aceitará! Maldito escocês imundo! Você e sua meretriz! – Virou-se para mim. – Prostituta! Cafetina! Aliciando jovens inocentes em suas garras desprezíveis para o prazer da escória corrupta! Você... – Jamie, com uma espécie de cólera há muito contida, colocou a mão no ombro do sr. Hawkins, virou-o e desfechou-lhe um soco logo abaixo do polpudo maxilar. Depois ficou parado, esfregando distraidamente os nós dos dedos doloridos, observando enquanto os olhos do corpulento comerciante de vinhos se reviraram. O sr. Hawkins caiu de costas contra os lambris e deslizou suavemente pela parede abaixo, até ficar sentado no chão.

Jamie direcionou um frio olhar azul para o general d'Arbanville, que, ao observar a sorte do desfalecido, sabiamente abaixou a garrafa de vinho que andara brandindo e deu um passo para trás.

– Ah, vá em frente – instigou uma voz atrás do meu ombro. – Por que parar agora, Tuarach? Bata em todos os três! Acabe logo com eles! – O general e Jamie concentraram um olhar de igual antipatia na garbosa figura atrás de mim.

– Vá embora, St. Germain – disse Jamie. – Isso não é da sua conta. – Parecia cansado, mas ergueu a voz a fim de ser ouvido acima do tumulto abaixo. As costuras do ombro de seu casaco haviam se rompido e as pregas de sua camisa de linho apareciam brancas através dos rasgões.

Os lábios finos de St. Germain curvaram-se num sorriso sedutor. Obviamente, o conde estava se divertindo como nunca.

– Não é da minha conta? Como podem tais acontecimentos não serem da conta de qualquer homem de espírito público? – Seu olhar divertido varreu o patamar, atulhado de corpos. – Afinal, se um hóspede de Sua Majestade perverteu de tal forma o significado de hospitalidade a ponto de manter um bordel em sua casa, isso não é... Não, não faça isso! – disse ele, quando Jamie deu um passo em sua direção. Uma lâmina brilhou repentinamente em sua mão, surgindo como por um passe de mágica do punho de rendas e babados em seu pulso. Vi o lábio de Jamie curvar-se ligeiramente, e ele remexeu os ombros dentro dos restos de seu casaco, preparando-se para o combate.

– Parem com isso imediatamente! – disse uma voz imperiosa. Os dois Duverney, o velho e o jovem, abriram caminho até o patamar já superlotado. O Duverney jovem virou-se e agitou os braços energicamente para a multidão aglomerada nas escadas, suficientemente acovardada por sua expressão ameaçadora para recuar um passo.

– Você – disse o Duverney velho, apontando para St. Germain. – Se tiver qualquer sentimento de espírito público, como sugere, prestará um serviço útil retirando algumas dessas pessoas daqui.

St. Germain encarou o banqueiro, mas após uns instantes o nobre deu de ombros e a adaga desapareceu. Virou-se sem nenhum comentário e começou a descer as escadas, empurrando quem estivesse à sua frente e, aos berros, mandando-os ir embora.

Apesar de suas exortações e das de Gerard, o jovem Duverney, atrás dele, o grosso dos convidados só partiu, transbordando de escândalo, com a chegada da guarda do rei.

O sr. Hawkins, já tendo a essa altura recobrado os sentidos, imediatamente apresentou uma acusação de sequestro e proxenetismo contra Jamie. Por um instante, eu realmente achei que Jamie fosse bater nele outra vez; seus músculos contraíram-se sob o veludo azul-celeste, mas depois relaxaram quando ele pensou melhor.

Após uma quantidade considerável de explicações e argumentos confusos, Jamie concordou em comparecer à sede da guarda na Bastilha, para – talvez – se explicar.

Alex Randall, lívido, suando e obviamente sem fazer a menor ideia do que estava acontecendo, também foi levado – o duque não esperou para ver o destino de seu secretário, mas requisitou discretamente sua carruagem e partiu antes da chegada da guarda. Qualquer que fosse sua missão diplomática, ver-se envolvido em um escândalo não iria ajudar em nada. Mary Hawkins, ainda desacordada, foi levada para a casa do tio, enrolada em um cobertor.

Eu estava prestes a ser incluída na detenção quando Jamie recusou-se categoricamente a permitir, insistindo que eu estava numa condição delicada e que não poderia em hipótese alguma ser levada a uma prisão. Finalmente, vendo que Jamie estava mais do que disposto a começar a bater nas pessoas outra vez a fim de provar seu ponto de vista, o capitão da guarda cedeu, sob a condição de que eu não deixasse a cidade. Embora a ideia de fugir de Paris tivesse seus atrativos, eu com certeza não poderia partir sem Jamie. Assim, dei minha *parole d'honneur* sem nenhuma reserva.

Enquanto o grupo girava confusamente pelo vestíbulo, acendendo lanternas e resgatando seus chapéus e capas, vi Murtagh, uma expressão sombria no rosto contundido, pairando na periferia da multidão desordenada. Obviamente, ele pretendia acompanhar Jamie, aonde quer que estivesse indo, e uma repentina sensação de alívio se apoderou de mim. Ao menos meu marido não estaria sozinho.

– Não se preocupe, Sassenach. – Abraçou-me rapidamente, sussurrando em meu ouvido. – Vou voltar logo. Se alguma coisa der errado... – Hesitou, depois disse com firmeza: – Não será necessário, mas se precisar de uma amiga, procure Louise de La Tour.

– Está bem. – Não tive tempo para nada mais além de um leve beijo antes de os guardas o cercarem.

As portas da casa abriram-se de par em par e vi Jamie olhar para trás, avistar Murtagh e abrir a boca como se fosse dizer alguma coisa. Murtagh, colocando as mãos no cinto da espada, olhou ferozmente e abriu seu caminho em direção a Jamie, quase arrastando o jovem Duverney para a rua. Uma batalha curta e silenciosa de vontades se seguiu, conduzida inteiramente por meio de olhares ferozes. Em seguida, Jamie deu de ombros e atirou as mãos para o ar num gesto de resignação.

Saiu para a rua, ignorando os guardas que o cercavam de todos os lados, mas parou ao ver uma pequena figura junto ao portão. Inclinou-se e disse alguma coisa, depois se endireitou, virou-se para a casa e me lançou um sorriso, claramente visível à luz do lampião. A seguir, com um meneio da cabeça para o velho monsieur Duverney, entrou na carruagem que o aguardava e foi levado, com Murtagh agarrado à traseira do veículo.

Fergus permaneceu parado na rua, olhando a carruagem se afastar até se perder de vista. Então, subindo as escadas com passos decididos, tomou-me pela mão e me conduziu para dentro.

– Venha, milady – falou ele. – Milorde disse que devo cuidar da senhora até seu retorno.

Fergus deslizou suavemente para dentro da sala, fechando a porta silenciosamente ao entrar.

– Fiz a ronda por toda a casa, milady – sussurrou ele. – Tudo fechado.

Apesar da preocupação, sorri diante do seu tom de voz, uma imitação tão óbvia de Jamie. Seu ídolo havia lhe atribuído uma responsabilidade e ele claramente levava seus deveres a sério.

Tendo me escoltado até a sala de estar, fora inspecionar a casa tal como Jamie fazia toda noite, verificando os trincos das janelas, as trancas das portas externas – que eu sabia que ele mal conseguiria levantar – e se o fogo havia sido abafado em todos os fogões e lareiras. Ele tinha uma mancha de fuligem que se estendia da testa à maçã do rosto de um lado, mas esfregara o olho com a mão cerrada em algum momento, de modo que seu olho piscava de um claro círculo branco, como um pequeno guaxinim.

– Deveria ir descansar, milady – disse ele. – Não se preocupe, eu estarei aqui.

Não ri, mas sorri para ele.

– Eu não conseguiria dormir, Fergus. Vou ficar sentada aqui um pouco. Mas talvez você deva ir para a cama; você já teve uma noite muito longa. – Relutei em mandá-lo se recolher, não querendo prejudicar sua nova dignidade como o homem temporário da casa, mas ele estava evidentemente exausto. Os ombros pequenos e ossudos estavam caídos e as olheiras sobressaíam-se, mais escuras até do que a camada de fuligem.

Ele bocejou sem nenhum constrangimento, no entanto balançou a cabeça.

– Não, milady. Vou ficar com a senhora... se a senhora não se importar – acrescentou ele depressa.

– Não me importo.

Na realidade, ele estava cansado demais tanto para falar quanto para ficar irrequieto como de costume, e sua presença sonolenta na almofada era reconfortante, como a de um gato ou cachorro.

Fiquei sentada, fitando as chamas fracas, tentando reunir um pouco de serenidade. Tentei evocar imagens de lagos serenos, clareiras na floresta, até mesmo a paz sombria da capela da abadia, mas nada parecia funcionar; a todas as imagens de paz sobrepunham-se as daquela noite: mãos violentas e dentes brilhantes saindo de uma escuridão assustadora; o rosto lívido e transtornado de Mary, semelhante ao de Alex Randall; o lampejo de ódio nos olhinhos miúdos do sr. Hawkins; a súbita desconfiança nos rostos do general e dos Duverney; a indisfarçável satisfação de St. Germain com o escândalo, tremeluzindo de malícia como as gotas de cristal dos candelabros. E por fim, o sorriso de Jamie, misto de confiança e incerteza, à luz oscilante das lanternas da carruagem.

E se ele não voltasse? Essa era a pergunta que eu estava tentando calar desde que o tinham levado. E se não conseguisse se livrar da acusação? E se o magistrado fosse um desses desconfiados de estrangeiros – bem, mais desconfiado do que o usual, emendei –, ele poderia facilmente ficar preso indefinidamente. Além do medo de que essa crise inesperada pudesse arruinar todo o cuidadoso trabalho das últimas semanas, estava a imagem de Jamie em uma cela como aquela em que eu o encontrara em Wentworth. À luz da presente crise, a notícia de que Charles Stuart estava investindo em vinho parecia trivial.

Sozinha, eu tinha agora muito tempo para pensar, mas meus pensamentos não pareciam estar me levando a lugar algum. Quem ou o que era "*La Dame Blanche*"? Que espécie de "dama branca"? E por que a menção desse nome fez os atacantes fugirem?

Repassando os acontecimentos subsequentes do jantar, lembrei-me dos comentários do general sobre as gangues de criminosos que vagavam pelas ruas de Paris e de como algumas delas incluíam membros da nobreza. Isso era consistente com a fala e os trajes do líder dos homens que haviam atacado a mim e a Mary, embora seus comparsas tivessem uma aparência bem mais grosseira. Tentei me lembrar se o sujeito me recordava alguém que eu conhecesse, mas minha lembrança dele era indistinta, toldada pela escuridão e pelo atordoamento do choque.

Na forma geral, não era muito diferente do conde de St. Germain, embora com certeza a voz fosse outra. Entretanto, se o conde estivesse envolvido, evidentemente se daria ao trabalho de disfarçar a voz, assim como disfarçou o rosto. Ao mesmo tempo, achava quase impossível acreditar que o conde pudesse ter tomado parte num ataque como aquele e duas horas mais tarde sentar-se calmamente à minha frente à mesa de jantar, tomando sua sopa em pequenas colheradas.

Corri os dedos pelos cabelos, frustrada. Não havia nada a ser feito até de manhã. Caso a manhã chegasse e Jamie não, então eu poderia começar a percorrer as casas de supostos conhecidos e supostos amigos, um dos quais poderia ter notícias ou ajuda a oferecer. Mas àquela hora da noite, eu estava de mãos atadas; impossibilitada de me mexer, como uma libélula no âmbar.

Meus dedos enrolaram-se em um dos grampos de enfeite e eu o arranquei com impaciência. Enroscado nos meus cabelos, ele não se soltou.

– Ai!

– Deixe, milady. Eu tiro.

Eu não o ouvira passar para trás de mim, mas senti os dedos pequenos e ágeis de Fergus em meus cabelos, desembaraçando o pequeno ornamento. Colocou-o de lado e, em seguida, hesitante, perguntou:

– Os outros também, milady?

– Ah, obrigada, Fergus – disse, agradecida. – Se você não se importar.

Seus movimentos de batedor de carteiras eram leves e precisos, e os cachos espessos começaram a cair em volta do meu rosto, libertados de suas amarras. Pouco a pouco, conforme meus cabelos se soltavam, minha respiração tornou-se mais regular.

– Está preocupada, milady? – perguntou a voz afável e fina atrás de mim.

– Estou – respondi, cansada demais para manter falsas aparências.

– Eu também – disse ele com simplicidade.

O último grampo tilintou sobre a mesa e eu me deixei arriar na poltrona, os olhos fechados. Então senti um toque de novo e percebi que ele escovava meus cabelos, desfazendo os nós delicadamente.

– Permite, milady? – disse ele, sentindo quando contraí o corpo de surpresa. – As senhoras costumavam dizer que isso as ajudava quando estavam preocupadas ou aborrecidas.

Relaxei outra vez sob o toque tranquilizador.

– Permito – disse. – Obrigada. – Após alguns instantes, perguntei: – Que senhoras, Fergus?

Houve um momento de hesitação, como o de uma aranha perturbada ao construir uma teia, e em seguida a delicada arrumação das mechas foi retomada.

– No lugar onde eu costumava dormir, milady. Eu não podia sair por causa dos clientes, mas madame Elise me deixava dormir em um compartimento embaixo das escadas, se eu ficasse quieto. Depois que todos os homens já tinham ido embora, quase de manhã, eu saía e às vezes as senhoras compartilhavam seu desjejum comigo. Eu as ajudava a amarrar os cadarços das roupas de baixo e elas diziam que eu era quem melhor fazia isso – acrescentou ele, com certo orgulho. – Depois eu penteava seus cabelos, se elas quisessem.

– Hummm. – O suave sussurro da escova pelos meus cabelos era hipnótico.

Sem o relógio sobre o consolo da lareira, não havia marcação de horas, mas o silêncio na rua significava que já era realmente muito tarde.

– Como é que você foi parar na casa de madame Elise, Fergus? – perguntei, mal reprimindo um bocejo.

– Eu nasci lá, milady – respondeu ele. Os movimentos da escova tornavam-se cada vez mais lentos e sua voz mais arrastada. – Eu costumava me perguntar qual delas era minha mãe, mas nunca descobri.

O barulho da porta da sala de estar abrindo acordou-me. Jamie estava ali parado, os olhos injetados e o rosto lívido de cansaço, mas sorrindo à primeira luz cinzenta da manhã.

– Tive medo de que você não voltasse – falei, instantes depois, o rosto junto ao topo da cabeça dele. Seus cabelos tinham o leve cheiro ácido e rançoso de fumaça e sebo de velas, o casaco completava sua queda ao total descrédito, mas ele estava quente e sólido e eu não estava disposta a ser crítica a respeito do cheiro da cabeça que eu embalava junto ao peito.

– Eu também – disse ele, a voz um pouco abafada, e pude sentir seu sorriso. Os braços ao redor de minha cintura apertaram e relaxaram, e ele sentou-se direito, afastando meus cabelos dos olhos.

– Meu Deus, você é tão bonita – disse ele ternamente. – Despenteada e sem dormir, com os cachos dos cabelos caindo no rosto. Meu belo amor. Você ficou sentada aqui a noite toda?

– Não fui a única. – Fiz um gesto para o chão, onde Fergus dormia enroscado em cima do tapete, a cabeça descansando em uma almofada junto aos meus pés. Remexeu-se em seu sono, a boca um pouco aberta, a pele rosada e os lábios fartos como o bebê que ele praticamente era.

Jamie colocou a mão suavemente sobre seu ombro.

– Vamos, rapaz. Você fez muito bem em tomar conta de sua patroa. – Pegou o menino no colo e encostou-o no ombro, resmungando e com os olhos sonolentos. – Você é um bom homem, Fergus, e mereceu seu descanso. Vou levá-lo para sua cama. – Vi os olhos de Fergus arregalarem-se de surpresa e em seguida semicerrarem-se quando relaxou, balançando a cabeça nos braços de Jamie.

Eu já abrira as persianas e atiçara o fogo quando Jamie retornou à sala de estar. Tirara o casaco arruinado, mas ainda usava o que restara dos finos trajes da noite.

– Tome. – Entreguei-lhe um copo de vinho e ele bebeu-o de pé, em três goles, estremeceu, depois desmoronou no pequeno sofá, estendendo o copo para mim.

– Nem mais uma gota – censurei – até que me conte o que está acontecendo. Você não está na prisão, então imagino que tudo esteja bem, mas...

– Não está nada bem, Sassenach – interrompeu ele –, mas poderia estar pior.

Depois de muita discussão – a maior parte sendo as reiterações do sr. Hawkins de suas impressões originais –, o juiz-magistrado que fora retirado às pressas de sua cama aconchegante para presidir a investigação improvisada decretou irritadamente que, já que Alex Randall era um dos acusados, ele não poderia ser considerado uma testemunha imparcial. Nem eu, como esposa e possível cúmplice do outro acusado. Murtagh ficara, segundo o próprio testemunho, inconsciente durante o alegado ataque e a criança Claudel não era legalmente capaz de prestar depoimento.

Obviamente, dissera monsieur *le juge*, lançando um olhar furibundo ao capitão da guarda, a única pessoa capaz de fornecer a verdade da questão era Mary Hawkins, que estava, segundo todas as opiniões, incapaz de fazê-lo no momento. Portanto, todos os acusados deviam ser trancafiados na Bastilha até que mademoiselle Hawkins pudesse ser interrogada, e certamente monsieur *le capitaine* poderia ter visto isso por si mesmo, não?

– Então por que não estão trancados na Bastilha? – perguntei.

– Monsieur Duverney, o pai, ofereceu-se para pagar minha fiança – respondeu Jamie, puxando-me para o sofá, ao lado dele. – Ele ficou sentado, encolhido no canto como um ouriço durante toda a conversa fiada. Depois, quando o juiz tomou sua decisão, levantou-se e disse que, tendo tido a oportunidade de jogar xadrez comigo em várias ocasiões, não achava que eu tivesse um caráter moral tão dissoluto que pudesse ter conspirado para a perpetração de ato tão depravado.

Parou e deu de ombros.

– Bem, você sabe o quanto ele fala depois que começa. A ideia geral era a de que um homem capaz de derrotá-lo no xadrez seis vezes em sete não iria atrair jovens inocentes à sua casa para serem violadas.

– Muito lógico – disse secamente. – O que ele de fato quis dizer, imagino, é que se o trancafiassem, você não poderia mais jogar com ele.

– Acho que sim – concordou ele. Espreguiçou-se, bocejou e pestanejou para mim, sorrindo.

– Mas estou em casa e, no momento, não me importo muito com a razão. Venha até aqui, Sassenach. – Segurando minha cintura com as duas mãos, sentou-me no seu colo, passou os braços à minha volta e suspirou de prazer.

– Tudo que quero fazer – murmurou ele em meu ouvido – é tirar estas roupas imundas e deitar-me a seu lado no tapete junto à lareira, dormir logo em seguida com a cabeça em seu ombro e ficar assim até amanhã.

– Um pouco inconveniente para os criados – observei. – Vão ter que varrer ao nosso redor.

– Que se danem os criados – disse ele, à vontade. – Para que servem as portas?

– Para baterem, evidentemente – respondi, quando uma batida leve soou do lado de fora.

Jamie parou por um instante, o nariz enterrado em meus cabelos, depois suspirou e ergueu a cabeça, deslizando-me de seu colo para cima do sofá.

– Trinta segundos – prometeu-me ele em voz baixa. Em seguida disse, em voz mais alta: – *Entrez!*

A porta abriu-se e Murtagh entrou. Eu não prestara atenção em Murtagh em meio aos arrufos e confusões da noite anterior e agora pensava comigo mesma que sua aparência não melhorara em nada.

A falta de sono era tão visível quanto em Jamie; o único olho aberto estava injetado e com olheiras. O outro escurecera, adquirindo a cor de uma banana podre, uma fenda de negro reluzente na pele inchada. O galo em sua testa agora atingira o apogeu; um ovo de ganso, roxo, logo acima da sobrancelha, com um corte feio nele.

O pequeno escocês mal dissera uma palavra desde que fora libertado do saco na noite anterior. Fora uma curta investigação sobre o paradeiro de suas armas – recolhidas por Fergus que, numa busca à sua maneira de um cãozinho, encontrara tanto a adaga quanto a *sgian dhu* atrás de um monte de lixo –, mantivera um silêncio sombrio durante todas as exigências de nossa fuga, protegendo a retaguarda enquanto corríamos a pé pelas vielas escuras de Paris. E assim que chegamos em casa, um olhar penetrante de seu olho em funcionamento fora suficiente para reprimir qualquer pergunta indesejável dos criados da cozinha.

Imagino que ele tenha dito alguma coisa no *commissariat de police,* ainda que apenas para testemunhar a favor do bom caráter de seu patrão – embora eu me perguntasse quanta credibilidade eu atribuiria a Murtagh, caso eu fosse um juiz francês. Mas agora ele estava silencioso como as gárgulas da Notre Dame, com as quais tinha grande semelhança.

No entanto, embora sua aparência fosse deplorável, nunca parecia faltar dignidade a Murtagh, como agora. Com as costas empertigadas feito uma vara, ele avançou pelo carpete e ajoelhou-se formalmente diante de Jamie, que olhava, atônito, para aquele comportamento.

O homenzinho magro e musculoso tirou a adaga do cinto, sem floreios, mas com uma boa dose de deliberação, e estendeu-a para Jamie, o cabo primeiro. O rosto ossudo, sulcado, estava sem expressão, mas o olho roxo descansava resolutamente sobre o rosto de Jamie.

– Eu o decepcionei – disse o homenzinho tranquilamente. – E eu lhe peço, como meu senhor, que tire minha vida agora para que eu não tenha que continuar vivendo com essa vergonha.

Jamie aprumou-se devagar e eu senti que afastava o próprio cansaço ao fitar seu servidor. Permaneceu absolutamente imóvel por um instante, as mãos pousadas nos joelhos. Em seguida, estendeu o braço e colocou uma das mãos suavemente sobre o galo roxo na cabeça de Murtagh.

– Não há nenhuma vergonha em cair durante uma batalha, *mo caraidh* – disse ele em voz baixa. – O maior dos guerreiros pode ser vencido.

Mas o homenzinho balançou a cabeça teimosamente, o olho roxo sem piscar.

– Não – disse ele. – Não caí durante uma batalha. O senhor depositou sua confiança em mim; para tomar conta de sua própria senhora e de seu filho ainda não nascido, além da jovem inglesa. E eu dei à tarefa tão pouca atenção que não tive nenhuma chance de revidar um golpe quando o perigo surgiu. Para dizer a verdade, nem vi a mão que me derrubou. – Nesse momento, ele realmente piscou, uma única vez.

– A traição... – começou Jamie.

– E agora veja o resultado – interrompeu Murtagh. Eu nunca o ouvira falar tantas palavras em sequência em todo o tempo em que o conheci. – A sua reputação manchada, sua mulher atacada e a menina... – A linha fina de sua boca apertou-se por um instante e sua garganta fibrosa meneou-se quando ele engoliu em seco. – Só por ela, a mais profunda tristeza me sufoca.

– Sim – disse Jamie em voz baixa, meneando a cabeça. – Sim, eu sei, companheiro. Eu também me sinto assim. – Tocou o peito por um instante, sobre o coração. Os dois homens pareciam sozinhos ali, as cabeças a poucos centímetros de distância quando Jamie inclinou-se em direção a Murtagh. Com as mãos cruzadas no colo, não me mexi nem falei; não era assunto meu.

– Mas eu não sou seu senhor, companheiro – continuou Jamie, em tom mais firme. – Você não me fez nenhum juramento e eu não tenho nenhum poder sobre você.

– Sim, tem. – A voz de Murtagh também era firme, e o cabo da adaga não tremeu nem uma vez.

– Mas...

– Eu lhe fiz um juramento, Jamie Fraser, quando você não tinha mais do que uma semana e era um belo menino no colo de sua mãe.

Pude sentir o ínfimo início de perplexidade quando os olhos de Jamie se arregalaram.

– Eu me ajoelhei aos pés de Ellen como me ajoelho agora aos seus – continuou o pequeno escocês, o queixo fino empinado. – E jurei a ela, em nome do Pai, do Filho e do Espírito Santo, que sempre o seguiria, para estar a seu serviço e vigiar sua retaguarda quando se tornasse um homem adulto e precisasse desses serviços. – A voz rouca amenizou-se e a pálpebra desceu sobre o olho cansado. – Sim, rapaz. Eu me importo com você como se fosse meu filho. Mas eu o decepcionei.

– Isso você não fez e jamais poderia fazer. – As mãos de Jamie descansaram nos ombros de Murtagh, apertando-os com firmeza. – Não, eu não vou tirar sua vida, porque eu ainda preciso muito de você. Mas vou exigir que faça um juramento e que seja fiel a ele.

Houve um longo momento de hesitação e a cabeça de cabelos negros e espetados assentiu imperceptivelmente.

A voz de Jamie abaixou-se ainda mais, mas não era um sussurro. Mantendo os três dedos médios da mão direita estendidos, colocou-os sobre o punho da adaga, na junção do cabo com a haste.

– Eu o encarrego, então, por seu juramento a mim e sua palavra à minha mãe: encontre os homens. Cace-os e, quando encontrá-los, eu o encarrego de vingar a honra de minha mulher e o sangue da virtude de Mary.

Parou por um instante, depois tirou a mão da arma. Murtagh ergueu-a, segurando-a em pé, pela lâmina. Percebendo minha presença pela primeira vez, saudou-me com um meneio da cabeça e disse:

– Como o senhor de Broch Tuarach comandou, senhora, eu o farei. Exercerei a vingança.

Umedeci meus lábios ressecados, sem saber o que dizer. No entanto, nenhuma resposta parecia necessária. Levou a adaga aos lábios e beijou-a, depois empertigou-se com decisão e enfiou-a na bainha.

20

LA DAME BLANCHE

O alvorecer se transformara em dia claro quando acabamos de nos vestir e o desjejum já estava sendo trazido da cozinha pelas escadas.

– O que eu quero saber – disse, servindo o chocolate – é quem afinal é *La Dame Blanche*?

– *La Dame Blanche?* – Magnus, inclinando-se por cima do meu ombro com uma cestinha de pães quentes, sobressaltou-se de tal forma que um pãozinho caiu da cesta. Peguei-o com precisão e virei-me para olhar para o mordomo, que parecia um pouco abalado.

– Sim, isso mesmo – confirmei. – Já ouviu falar dessa expressão, Magnus?

– Ora, sim, milady – respondeu o velho criado. – *La Dame Blanche* é *une sorcière.*

– Uma feiticeira? – perguntei, incrédula.

Magnus deu de ombros, ajeitando o guardanapo em volta dos pãezinhos com cuidado excessivo para não olhar direto para mim.

– A senhora branca – murmurou ele. – É chamada de bruxa, feiticeira. E, no entanto, ela pode ver o âmago de um homem e transformar sua alma em cinzas, se encontrar ali algum mal. – Balançou a cabeça de leve, virou-se e saiu apressado, arrastando os pés em direção à cozinha. Vi seu cotovelo mexer-se e compreendi que ele estava fazendo o sinal da cruz enquanto se afastava.

– Jesus Cristo – disse, virando-me para Jamie. – Você já tinha ouvido falar em *La Dame Blanche*?

– Hein? Ah, ah, sim. Eu... ouvi algumas histórias. – Os olhos de Jamie esconderam-se atrás de longas pestanas ruivas enquanto ele enterrava o nariz na xícara de chocolate, mas o rubor em suas bochechas era forte demais para ser atribuído ao calor do vapor que a bebida desprendia.

Reclinei-me na minha cadeira, cruzei os braços e olhei para ele com os olhos semicerrados.

– Ah, já ouviu falar, hein? – disse. – Você ficaria surpreso em saber que os homens que nos atacaram ontem à noite referiram-se a mim como *La Dame Blanche*?

– É mesmo? – Ergueu os olhos rapidamente diante disso, surpreso.

Fiz que sim com a cabeça.

– Viram-me de repente sob a luz, gritaram *La Dame Blanche* e em seguida saíram correndo como se eu tivesse a peste.

Jamie respirou fundo e deixou o ar escapar lentamente. A cor vermelha estava esmaecendo de seu rosto, deixando-o pálido como o prato de porcelana branca diante de si.

– Deus do céu! – exclamou ele, em parte para si. – Deus... do... céu!

Inclinei-me sobre a mesa e peguei a xícara de sua mão.

– Poderia me dizer exatamente o que você sabe sobre *La Dame Blanche*? – sugeri amavelmente.

– Bem... – hesitou ele, depois me olhou timidamente. – É só que... eu disse a Glengarry que você era *La Dame Blanche.*

– Você disse a Glengarry *o quê*? – Engasguei-me com um pedaço de pão. Jamie deu uns tapinhas nas minhas costas para me ajudar.

– Bem, foi por causa de Glengarry e Castellotti – disse ele, defensivamente. – Quero dizer, jogar cartas e dados é uma coisa, mas eles não pararam por aí. E acharam muito engraçado que eu quisesse ser fiel à minha mulher. Disseram... bem, disseram várias coisas e eu... eu fiquei cansado daquilo. – Desviou o olhar, as pontas das orelhas ardendo.

– Hummm – murmurei, tomando um gole de chá. Tendo ouvido a língua de Castellotti em ação, podia imaginar o tipo de brincadeiras impiedosas que Jamie sofrera.

Ele esvaziou a própria xícara de um gole só, depois se ocupou em enchê-la novamente com toda a atenção, mantendo os olhos fixos no bule para evitar os meus.

– Mas eu também não podia simplesmente me levantar e ir embora, não é mesmo? – perguntou ele. – Tinha que permanecer com Sua Alteza durante a noite toda, e não seria nada bom que ele ficasse achando que eu era um maricas.

– Então você lhes disse que eu era *La Dame Blanche* – falei, tentando com todas as forças manter minha voz livre de qualquer indício de risada. – E se você se metesse a engraçadinho com mulheres naquela noite, eu dessecaria suas partes privadas.

– Hã, bem...

– Meu Deus, eles *acreditaram*? – Podia sentir meu próprio rosto ficando tão quente e vermelho quanto o de Jamie, com o esforço para conseguir me controlar.

– Eu fui muito convincente – disse ele, um dos cantos da boca começando a se contorcer. – Fiz todos eles jurarem segredo pela vida de suas mães.

– E quanto vocês tinham bebido antes disso?

– Ah, bastante. Esperei até a quarta garrafa.

Desisti do esforço e explodi numa gargalhada.

– Ah, Jamie – disse. – Querido! – Inclinei-me sobre a mesa e beijei sua bochecha furiosamente vermelha.

– Bem – disse ele, sem jeito, passando manteiga num pedaço de pão. – Não consegui pensar em nada melhor. E eles de fato pararam de atirar prostitutas nos meus braços.

– Ótimo. – Peguei o pedaço de pão de sua mão, acrescentei mel e o devolvi a ele. – Não tenho do que me queixar – observei. – Já que além de proteger sua virtude, parece que isso impediu que eu fosse estuprada.

– Graças a Deus. – Largou o pão sobre a mesa e agarrou minha mão. – Meu Deus, se alguma coisa tivesse lhe acontecido, Sassenach, eu...

– Sim – interrompi-o –, mas se os homens que nos atacaram sabiam que eu deveria ser *La Dame Blanche*...

– Sim, Sassenach. – Meneou a cabeça para mim. – Não pode ter sido nem Glengarry nem Castellotti, pois estavam comigo na casa onde Fergus foi me buscar quando vocês foram atacados. Mas deve ter sido alguém a quem eles contaram a história.

Não consegui reprimir um ligeiro calafrio à lembrança da máscara branca e da voz zombeteira por trás.

Com um suspiro, ele soltou minha mão.

– O que significa, suponho, que é melhor eu fazer uma visita a Glengarry e descobrir exatamente a quantas pessoas ele anda contando as histórias da minha vida de casado. – Passou a mão pelos cabelos, exasperado. – E depois devo visitar Sua Alteza e descobrir o que ele pretende com esse arranjo com o conde de St. Germain.

– Suponho que sim – concordei, pensativa –, embora conhecendo Glengarry, ele provavelmente já tenha contado para metade de Paris a essa altura. Eu mesma tenho algumas visitas a fazer esta tarde.

– Ah, é? E quem você vai visitar, Sassenach? – perguntou ele, olhando-me atentamente. Respirei fundo, preparando-me para a provação que me aguardava.

– Primeiro, mestre Raymond. Depois, Mary Hawkins.

– Lavanda, talvez? – Raymond ficou na ponta dos pés para pegar uma botija da prateleira. – Não para aplicar, mas o aroma é tranquilizante; acalma os nervos.

– Bem, isso depende dos nervos de quem estamos falando – disse, lembrando-me da reação de Jamie ao cheiro de lavanda. Era o perfume que Jack Randall escolhera, e Jamie achava a exposição a esse aroma qualquer coisa, exceto calmante. – Neste caso, entretanto, deve ajudar. Mal não faz, de qualquer forma.

– Mal não faz – repetiu ele pensativamente. – Um princípio muito sensato.

– Essa é a primeira parte do Juramento de Hipócrates, sabe – falei, observando-o enquanto remexia em suas gavetas e caixas. – O juramento que um médico faz. "Em primeiro lugar, não fazer nenhum mal."

– Ah, é? E a senhora mesma fez esse juramento, madona? – Os olhos brilhantes de anfíbio piscaram para mim acima da beira do balcão alto.

Eu me vi ruborizando sob aquele olhar penetrante.

– Hã, bem, não. Na verdade, não. Não sou realmente uma médica. Ainda não. – Eu não saberia explicar o que me fez acrescentar essa última informação.

– Não? Entretanto, está buscando consertar aquilo que um "verdadeiro" médico jamais tentaria, sabendo que a virgindade perdida não é recuperável. – Sua ironia era evidente.

– Ah, não é? – respondi secamente. Fergus havia me contado, com um pouco de incentivo de minha parte, muita coisa sobre as "senhoras" na casa de madame Elise. – E quanto a essa história de uma bexiga de leitãozinho cheia de sangue de galinha, hein? Ou vai alegar que coisas como essa estão no âmbito da competência de um boticário, mas não no de um médico?

Ele não possuía sobrancelha, mas a testa espessa erguia-se ligeiramente quando ele estava se divertindo.

– E quem é prejudicado com isso, madona? Certamente não o vendedor. Nem o comprador, tampouco. É provável que ele obtenha mais prazer pelo seu dinheiro do que o comprador do artigo genuíno. Nem mesmo o hímen é prejudicado! Sem dúvida, um esforço muito moral e hipocrático, que qualquer médico terá prazer em ajudar, não acha?

Eu ri.

– E tenho a impressão de que você conhece mais de um que o faz? – disse. – Vou levar a questão à próxima reunião do Conselho de Medicina. Enquanto isso, na falta de milagres manufaturados, o que podemos fazer no presente caso?

– Hummm. – Abriu um quadrado de gaze sobre o balcão e despejou um punhado de folhas secas finamente moídas no centro. Um cheiro forte, penetrante e agradável elevou-se do montículo verde-acinzentado.

– Isso é confrei sarraceno – disse ele, dobrando a gaze com habilidade em um minúsculo quadrado com as pontas enfiadas para dentro. – Bom para acalmar peles irritadas, pequenas lacerações e partes privadas machucadas. Útil, não?

– Sim, de fato – disse, um pouco asperamente. – Como infusão ou decocção?

– Infusão. Morna, provavelmente, nas circunstâncias. – Voltou-se para outra prateleira e retirou uma das grandes botijas brancas de porcelana pintada. Nessa, estava escrito CHELIDONIUM.

– Para indução do sono – explicou ele. Sua boca sem lábios esticou-se nos cantos. – Acho que talvez seja melhor evitar o uso dos derivados do ópio de papoula; esta paciente em particular parece ter uma reação imprevisível a essa substância.

– Já soube do que aconteceu, não? – questionei resignadamente. Eu não podia esperar que fosse diferente. Sabia muito bem que a informação era uma das mercadorias mais preciosas que ele vendia; em consequência, a pequena loja era um nexo para mexericos de dezenas de fontes, de vendedores ambulantes a cavalheiros da Alcova Real.

– De três fontes diferentes – explicou Raymond. Olhou para fora da janela, esticando o pescoço para ver o enorme *horloge* pendurado na parede do prédio perto da esquina. – E ainda nem são duas horas. Acredito que ainda vou ouvir várias outras versões dos acontecimentos antes do pôr do sol. – A boca larga desdentada abriu-se com uma risadinha. – Gostei particularmente da versão de que seu marido desafiou o general d'Arbanville para um duelo na rua, enquanto você, de modo mais pragmático, ofereceu a monsieur *le comte* o desfrute do corpo inconsciente da jovem, se ele desistisse de chamar a guarda real.

– Hummm – disse, soando conscientemente como uma escocesa. – Tem algum interesse em particular em saber o que *realmente* aconteceu?

O tônico de *Glaucium flavum*, de uma cor âmbar clara à luz do sol da tarde, cintilava ao ser despejado em um pequeno frasco.

– A verdade é sempre útil, madona – respondeu ele, os olhos fixos no delgado fio líquido. – Tem o valor de uma raridade, sabia? – Colocou a botija de porcelana sobre o balcão com um pequeno baque. – Assim, vale um bom preço em troca – acrescentou. O dinheiro para os remédios que eu comprara estava em cima do balcão, as moedas brilhando ao sol. Estreitei os olhos em sua direção, mas ele apenas sorriu docemente, como se nunca tivesse ouvido falar de pernas de rã na manteiga de alho.

O *horloge* lá fora bateu as duas horas. Calculei a distância até a casa dos Hawkins na rue Malory. Não mais do que meia hora se eu conseguisse uma carruagem. Tempo de sobra.

– Nesse caso – disse –, podemos passar ao seu aposento particular por um instante?

– E foi isso que aconteceu – concluí, bebericando um longo gole de conhaque. Os vapores na sala de trabalho eram quase tão fortes quanto os que emanavam do meu copo e eu podia sentir minha cabeça expandindo-se sob sua influência, mais ou menos como um grande e alegre balão vermelho. – Não prenderam Jamie, mas ainda estamos sob suspeita. Imagino que isso não dure muito, não acha?

Raymond balançou a cabeça. Uma corrente de ar agitou o crocodilo e ele levantou-se para fechar a janela.

– Não. Só um aborrecimento, nada mais. Monsieur Hawkins tem dinheiro e amigos, e obviamente ele está transtornado, mas ainda assim. Obviamente, a senhora e seu marido não são culpados de nada além de excesso de bondade ao tentar manter o infortúnio da jovem em segredo. – Tomou um grande gole de seu próprio copo. – E essa é sua principal preocupação no momento, é claro. A jovem?

Assenti.

– Uma das preocupações. Não há nada que eu possa fazer a respeito de sua reputação a essa altura. Tudo que posso fazer é tentar ajudá-la a se recuperar.

Um olho preto irônico espreitou por cima da taça de metal que ele segurava.

– A maioria dos médicos que conheço diria: "Tudo que posso fazer é ajudá-la a se recuperar." Vai ajudá-la a se recuperar? É interessante que perceba a diferença. Achei que perceberia.

Coloquei o copo sobre a mesa, sentindo que já bebera o suficiente. O calor irradiava de minhas faces e eu tinha a nítida sensação de que a ponta do meu nariz estava vermelha.

– Já lhe disse que não sou uma médica de verdade. – Cerrei os olhos por um momento, certa de que ainda não estava enxergando tudo de cabeça para baixo e os abri novamente. – Além do mais, eu... hã, já lidei com um caso de estupro antes. Não há muito que possa ser feito, externamente. Talvez, apenas não haja muito que possa ser feito e ponto final – acrescentei. Mudei de ideia e peguei meu copo outra vez.

– Talvez não – concordou Raymond. – Mas se alguém é capaz de alcançar o âmago do paciente, certamente esse alguém seria *La Dame Blanche*.

Devolvi o copo à mesa, olhando-o, perplexa. Minha boca estava inconvenientemente aberta e eu a fechei. Pensamentos, suspeitas e conclusões atravessavam minha mente, colidindo uns contra os outros em emaranhados de conjecturas. Para fugir desse tráfego temporariamente, agarrei-me à outra ponta do seu comentário, a fim de ganhar tempo para pensar.

– Âmago do paciente?

Ele enfiou a mão em uma jarra aberta sobre a mesa, retirou dali uma pitada de um pó branco e colocou-o na taça. A cor âmbar do conhaque imediatamente tornou-se da cor de sangue e começou a ferver.

– Sangue de dragão – observou ele, indicando naturalmente o líquido borbulhante. – Só funciona num vasilhame recoberto de prata. Estraga a vasilha, é claro, mas é extremamente eficaz, nas circunstâncias adequadas.

Fiz um ruído baixo, gorgolejante. Ele prosseguiu:

– Ah, o âmago do paciente – disse ele, como se tivesse se recordado de algo de que havíamos falado há muitos dias. – Sim, claro. Toda cura é feita essencialmente alcançando-se... como podemos denominar isso? A alma? A essência? Digamos, o âmago. Atingindo-se o âmago do paciente, do qual ele próprio pode se curar. Certamente já viu isso, madona. Os casos tão graves, pessoas tão doentes, que obviamente morreriam, mas não morrem. Ou aqueles que sofrem de algo tão simples que certamente deveriam se recuperar, com o cuidado adequado. Mas eles escapolem, apesar de tudo que se faça por eles.

– Todos que se ocupam de doentes já viram casos assim – respondi cautelosamente.

– Sim – concordou ele. – E o orgulho do médico sendo o que é, em geral ele culpa a si mesmo pelos que morrem e se felicita pelo triunfo de sua habilidade pelos que vivem. Mas *La Dame Blanche* vê a essência de um homem e transforma isso em cura... ou em morte. Assim, um malfeitor teme com razão encará-la. – Pegou a taça, ergueu-a num brinde a mim e tomou todo o líquido borbulhante. A bebida deixou uma mancha ligeiramente rósea em seus lábios.

– Obrigada – agradeci, secamente. – Acho que sim. Então não foi apenas a credulidade de Glengarry?

Raymond deu de ombros, satisfeito consigo.

– A inspiração foi de seu marido – disse ele modestamente. – E foi uma excelente ideia. Mas, é claro, embora seu marido tenha o respeito dos homens por seus próprios dons naturais, ele não seria considerado uma autoridade em manifestações sobrenaturais.

– Você, é claro, *seria.*

Os ombros pesados ergueram-se ligeiramente sob o robe de veludo cinza. Havia diversos buracos pequenos em uma das mangas, chamuscados nas bordas, como se vários pedacinhos de brasa a tivessem queimado. Descuidado enquanto conspirava, pensei.

– Você tem sido vista em minha loja – ressaltou ele. – Seu passado é um mistério. Conforme seu marido observou, minha reputação é um pouco suspeita. Eu realmente transito em determinados... círculos, digamos assim – a boca desprovida de lábios abriu-se num sorriso –, onde uma especulação quanto à sua verdadeira identidade pode ser levada com excessiva seriedade. E sabe como as pessoas falam... – Acrescentou com um ar de reprovação tão cândido que me fez desatar numa risada.

Ele colocou a taça sobre a mesa e inclinou-se para a frente.

– Disse que a saúde de mademoiselle Hawkins era *uma* de suas preocupações. Tem outras?

– Tenho. – Tomei um pequeno gole de conhaque. – Imagino que ouça falar de tudo que acontece em Paris, não é?

Ele sorriu, os olhos negros penetrantes e cordiais.

– Ah, sim, madona. O que quer saber?

– Ouviu alguma coisa sobre Charles Stuart? Sabe quem ele é, por falar nisso?

Isso o surpreendeu; ergueu a testa ligeiramente. Em seguida, pegou uma pequena garrafa de vidro da mesa à sua frente, rolando-a pensativamente entre as palmas das mãos.

– Sim – disse ele. – O pai dele é, ou deveria ser, o rei da Escócia, não é?

– Bem, isso depende de sua perspectiva – falei, reprimindo um pequeno arroto. – Ele é o rei da Escócia no exílio ou o pretendente ao trono, mas isso não me preocupa. O que eu quero saber é... Charles Stuart está fazendo alguma coisa que pudesse levar uma pessoa a pensar que ele esteja planejando uma invasão armada da Escócia ou da Inglaterra?

Ele soltou uma sonora gargalhada.

– Santo Deus, a senhora é uma mulher muito incomum. Faz alguma ideia de como essa franqueza é rara?

– Sim – admiti –, mas não há nada que eu realmente possa fazer. Não sou boa em ficar dando voltas. – Estendi o braço e peguei a garrafa dele. – E afinal, já ouviu alguma coisa?

Ele olhou instintivamente para a meia-porta, mas a balconista estava ocupada misturando perfumes para uma cliente loquaz.

– Pouca coisa, apenas uma menção informal em uma carta de um amigo. Mas a resposta é, sem sombra de dúvida, sim.

Pude ver que hesitava em definir o quanto devia me contar. Mantive os olhos na garrafa em minhas mãos, para lhe dar tempo de decidir. O conteúdo da garrafa rolava com uma agradável sensação conforme o pequeno frasco revirava nas minhas palmas. Era estranhamente pesada para seu tamanho e dava uma sensação fluida, esquisita e densa ao tato, como se estivesse cheia de metal líquido.

– É mercúrio – disse mestre Raymond, respondendo à minha pergunta não formulada. Aparentemente, qualquer que tenha sido a leitura de mente que andara fazendo, ele decidira a meu favor, pois pegou a garrafa de volta, despejou-a numa cintilante poça prateada sobre a mesa diante de nós e recostou-se na cadeira para me contar o que sabia.

– Um dos agentes de Sua Alteza andou fazendo indagações na Holanda – disse ele. – Um homem chamado O'Brien, um inepto em todos os sentidos. Como pode um agente secreto que bebe demais?

– Todos ao redor de Charles Stuart bebem demais – alfinetei. – O que O'Brien estava fazendo?

– Ele queria negociar um carregamento de espadas de folha larga. Duas mil espadas, a serem compradas na Espanha e enviadas através da Holanda, de modo a ocultar o lugar de origem.

– Por que ele faria isso? – perguntei. Não sabia ao certo se eu era naturalmente tola ou estava meramente bêbada de conhaque, mas me parecia uma missão sem sentido, até mesmo para Charles Stuart.

Raymond deu de ombros, empurrando a poça de mercúrio com o dedo indicador rombudo.

– Pode-se apenas imaginar, madona. O rei espanhol é primo do rei da Escócia, não é? Assim como do nosso bom rei Luís, certo?

– Sim, mas...

– Pode ser que ele esteja disposto a ajudar a causa dos Stuart, mas não abertamente, certo?

A névoa do conhaque começava a retirar-se do meu cérebro.

– Pode ser.

Raymond bateu o dedo bruscamente, fazendo a poça de mercúrio estremecer e dividir-se em vários e pequenos glóbulos redondos, que dançavam loucamente sobre o tampo da mesa.

– Ouve-se dizer por aí – disse ele suavemente, os olhos ainda pregados nas gotículas de mercúrio – que o rei Luís acolhe um duque inglês em Versalhes. Ouve-se dizer também que o duque está lá em busca de alguns acordos de comércio. Mas, por outro lado, é raro ouvir *tudo*, madona.

Olhei fixamente para as ondulantes gotas de mercúrio, encaixando todas aquelas informações. Jamie também ouvira o boato de que a missão de Sandringham dizia respeito a mais do que acordos de comércio. E se a visita do duque na verdade tivesse a ver com as possibilidades de um acordo entre França e Inglaterra, talvez com relação ao futuro de Bruxelas? E se Luís estivesse negociando secretamente com a Inglaterra para obter apoio para a invasão de Bruxelas, o que Filipe de Espanha estaria inclinado a fazer, se abordado por um primo pobre com o poder de desviar os ingleses completamente de qualquer atenção a empreendimentos arriscados no estrangeiro?

– Três primos Bourbon – murmurou Raymond consigo mesmo. Começou a empurrar uma gotícula em direção à outra; conforme as gotículas se tocavam, fundiam-se, criando uma única gota brilhante, como um passe de mágica. Seu dedo continuou a empurrar cada gotícula e a gota única foi crescendo. – Um só sangue. Mas um só interesse?

Seu dedo golpeou outra vez e fragmentos brilhantes espalharam-se pela mesa, em todas as direções.

– Acho que não, milady – disse Raymond calmamente.

– Entendo – disse, com um profundo suspiro. – E o que acha da nova parceria de Charles Stuart com o conde de St. Germain?

O largo sorriso de anfíbio tornou-se ainda maior.

– Ouvi dizer que Sua Alteza tem ido frequentemente às docas nos últimos tempos, para conversar com seu novo sócio, é claro. E ele olha os navios ancorados, tão esguios e velozes, tão... caros. A Escócia, de fato, fica do outro lado da água, não é?

– Sim, de fato – disse. Um raio de luz atingiu o mercúrio com um clarão, atraindo minha atenção para o sol cada vez mais baixo no horizonte. Eu precisava ir embora. – Obrigada – despedi-me. – Você me avisará se souber de alguma coisa?

Ele inclinou a cabeça maciça graciosamente, os cabelos oscilantes da cor do mercúrio ao sol, em seguida ergueu-a bruscamente.

– Ah! Não toque no mercúrio, madona! – avisou-me quando estendi a mão para uma gota que rolara na direção da ponta da mesa onde eu estava. – Associa-se imediatamente a qualquer metal em que se encoste. – Estendeu o braço e com cuidado empurrou a minúscula pelota em sua direção. – Não vai querer estragar seus lindos anéis.

– Está bem – disse. – Bem, admito que você tem sido útil até agora. Ninguém tentou me envenenar ultimamente. Não creio que você e Jamie vão mandar me queimar por bruxaria na praça da Bastilha, não é? – Falei descontraidamente, mas minhas lembranças do buraco dos ladrões e do julgamento em Cranesmuir ainda estavam vívidas.

– Seguramente que não – disse ele, dignamente. – Ninguém foi queimado por bruxaria em Paris em... ah, vinte anos, pelo menos. Está perfeitamente a salvo. Desde que não mate ninguém – acrescentou.

– Farei todo o possível – disse, levantando-me para ir embora.

Fergus encontrou uma carruagem para mim sem maiores dificuldades e passei a curta viagem até a casa dos Hawkins meditando sobre os últimos desdobramentos. Achei que Raymond havia realmente me prestado um serviço ao espalhar a incrível história original de Jamie a seus clientes mais supersticiosos, embora a ideia de ter meu nome associado a sessões espíritas ou a missas negras me deixasse com certa apreensão.

Também me ocorreu que, pressionada pelo tempo e acossada por especulações de reis, espadas e navios, não tive tempo de perguntar a mestre Raymond onde o conde de St. Germain entrava em sua própria esfera de influência – se, de fato, entrava em algum lugar.

A opinião pública parecia colocar o conde firmemente no centro dos misteriosos "círculos" aos quais Raymond se referira. Mas como participante – ou como adversário? E as ondulações desses círculos se espalhariam até o quarto do rei? Dizia-se que Luís interessava-se por astrologia; poderia haver alguma conexão, através dos obscuros canais da cabala e da feitiçaria, entre Luís, St. Germain e Charles Stuart?

Balancei a cabeça com impaciência para livrá-la dos vapores do conhaque e de perguntas sem sentido. A única coisa que se podia dar como certa era o fato de que ele entrara numa perigosa sociedade com Charles Stuart, e isso já era preocupação suficiente para o momento.

A residência dos Hawkins na rue Malory era uma casa de três andares, sólida e de aparência respeitável. Entretanto, a perturbação interior era evidente até para o observador casual. O dia estava quente, mas todas as persianas estavam completamente cerradas contra qualquer intrusão de olhos curiosos. Os degraus não tinham sido esfregados de manhã e as marcas de pés sujos manchavam a pedra branca. Nenhum sinal de uma cozinheira ou empregada na frente da casa para comprar carne fresca ou trocar mexericos com os vendedores de rua. Era uma casa preparada contra um desastre iminente.

Sentindo-me como o arauto do fim dos tempos, apesar do meu vestido amarelo relativamente alegre, mandei Fergus subir os degraus e bater na porta por mim. Houve uma troca de palavras entre Fergus e quem quer que tivesse aberto a porta, mas um dos melhores traços de caráter do garoto era sua incapacidade de aceitar um "não" como resposta. Pouco depois, vi-me frente a frente com uma mulher que parecia ser a dona da casa e, portanto, a sra. Hawkins, tia de Mary.

Fui obrigada a tirar minhas próprias conclusões, já que a mulher parecia transtornada demais para me ajudar com qualquer tipo de informação tangível, como seu nome, por exemplo.

– Mas não podemos receber ninguém! – exclamava ela sem parar, olhando furtivamente por cima do ombro, como se esperasse que a forma volumosa do sr. Hawkins se materializasse de repente atrás de si, repreendendo-a. – Nós estamos... nós temos... quer dizer...

– Não vim visitar você – disse com firmeza. – Quero ver sua sobrinha, Mary.

O nome pareceu lançá-la em novos paroxismos de alarme.

– Ela... mas... Mary? Não! Ela está... ela não está passando bem!

– Suponho que não esteja mesmo – disse pacientemente. Ergui minha cesta para que ela a visse. – Eu lhe trouxe alguns remédios.

– Ah! Mas... mas... ela... você... você não é...?

– Havers, mulher – disse Fergus em seu melhor sotaque escocês. Ele via esse espetáculo de insanidade com desaprovação. – A empregada diz que a moça está lá em cima em seu quarto.

– Ótimo – falei. – Vá à frente, Fergus. – Sem esperar por mais nenhum incentivo, ele agachou-se, passando por baixo do braço estendido que barrava nosso caminho, e desapareceu nas profundezas sombrias da casa. A sra. Hawkins virou-se para ele com um grito incoerente, o que permitiu que eu passasse por ela.

Havia uma criada de guarda do lado de fora da porta de Mary, uma mulher robusta e decidida com um avental de listras, mas ela não ofereceu nenhuma resistência diante da minha declaração de que pretendia entrar. Balançou a cabeça tristemente.

– Não consigo ajudá-la em nada, madame. Talvez a senhora tenha mais sorte.

Suas palavras não eram nada promissoras, mas não havia muita escolha. Ao menos, não era provável que eu causasse algum mal. Ajeitei meu vestido e abri a porta.

Foi como entrar numa caverna. As janelas estavam cobertas com pesadas cortinas de veludo marrom, completamente cerradas contra a luz do dia, e qualquer luz que se infiltrasse por alguma fenda era imediatamente extinta na camada de fumaça suspensa, proveniente da lareira.

Respirei fundo e soltei o ar no mesmo instante, tossindo. Não houve nenhum movimento da figura na cama; uma forma pateticamente pequena e encolhida sob uma coberta de penas de ganso. Sem dúvida, o efeito da droga já havia se dissipado a essa altura e ela não podia estar dormindo, depois de toda a algazarra no corredor. Provavelmente, fingindo, para o caso de ser sua tia retornando com novas arengas incoerentes. Em seu lugar, eu faria o mesmo.

Virei-me e fechei a porta com firmeza na cara deplorável da sra. Hawkins, depois me aproximei da cama.

– Sou eu – disse. – Por que não sai daí de baixo, antes que fique sufocada?

Houve uma repentina agitação nas cobertas e Mary despontou dos lençóis como um golfinho saltando pelas ondas do mar para colocar os braços ao redor do meu pescoço.

– Claire! Ah, Claire! Graças a Deus! Pensei que n-nunca mais a veria! Meu tio disse que você estava na prisão! Disse q-que você...

– Calma! – Consegui soltar-me de suas mãos e forçá-la para trás o suficiente para dar uma olhada em seu rosto. Estava afogueada, suada e descabelada por se esconder sob as cobertas, mas fora isso parecia bem. Os olhos castanhos estavam arregalados e brilhantes, sem nenhum sinal de intoxicação por ópio e, embora parecesse nervosa e assustada, aparentemente uma noite de sono, associada à resistência própria da juventude, haviam sanado a maior parte de seus ferimentos físicos. Os outros é que me preocupavam.

– Não, não estou presa – disse, tentando estancar suas perguntas ansiosas. – Obviamente não, embora não por falta de empenho por parte de seu tio.

– M-mas eu *disse* a ele – começou ela, depois gaguejou e abaixou os olhos – ... pelo menos eu *t-t-tentei* dizer-lhe, mas ele... eu...

– Não se preocupe com isso – tranquilizei-a. – Ele estava tão transtornado que não ouviria nada do que você dissesse. De qualquer modo, não faz diferença. O que importa é você. Como está se sentindo? – Afastei os espessos cabelos escuros de sua testa e olhei-a minuciosamente.

– Estou bem – respondeu ela, engolindo em seco. – Eu... sangrei um pouco, mas parou. – A pele clara de suas faces ficou ainda mais vermelha, mas ela não abaixou os olhos. – Eu... está... dolorido. Isso passa?

– Sim, passa – esclareci delicadamente. – Trouxe algumas ervas para você. Devem ser preparadas em água quente e, conforme a infusão esfriar, você pode aplicá-la com um pano, ou sentar-se numa tina, se houver uma à mão. Isso ajudará. – Peguei os saquinhos de ervas da minha bolsa e coloquei-os sobre a mesinha de cabeceira.

Ela meneou a cabeça, mordendo o lábio. Obviamente, havia mais alguma coisa que queria dizer, sua timidez natural lutando contra sua necessidade de confidência.

– O que é? – perguntei, da forma mais pragmática possível.

– Eu vou ter um bebê? – deixou escapar num fôlego só, erguendo os olhos apreensivamente. – Você disse...

– Não – respondi, com a voz mais firme que consegui. – Não vai. Ele não conseguiu... terminar.

Junto às pregas da minha saia, cruzei os dedos, esperando fervorosamente que eu estivesse certa. As chances eram muito pequenas, mas essas excentricidades aconteciam. Ainda assim, não havia razão para assustá-la ainda mais com uma possibilidade tão fraca. O pensamento deixou-me ligeiramente tonta e enjoada. Poderia tal acidente ser a possível resposta ao enigma da existência de Frank? Afastei a preocupação da mente; um mês de espera iria confirmar ou dissipar a ideia.

– Está quente como um forno aqui dentro – comentei, abrindo os laços na minha garganta para respirar melhor. – E enfumaçado como a entrada do inferno, como meu velho tio costumava dizer. – Sem saber o que lhe dizer em seguida, levantei-me e caminhei pelo aposento, afastando cortinas e abrindo janelas.

– Tia Helen disse que eu não devo deixar ninguém me ver – começou Mary, ajoelhando-se na cama enquanto me observava. – Ela diz que estou d-desonrada e que as pessoas vão ficar apontando para mim na rua se eu sair.

– É bem provável, os abutres. – Terminei de arejar o quarto e voltei para ela. – Isso não significa que você precise se enterrar viva e sufocar-se. – Sentei-me ao seu lado e reclinei-me em minha cadeira, sentindo o ar fresco soprar pelos meus cabelos enquanto varria a fumaça do quarto.

Ela ficou em silêncio por um longo tempo, brincando com as trouxinhas de ervas sobre a mesinha. Finalmente, ergueu os olhos para mim, sorrindo corajosamente, embora seu lábio inferior tremesse um pouco.

– Ao menos não vou ter que me casar com o visconde. Meu tio disse que ele jamais me aceitará agora.

– Não, acho que não.

Ela assentiu, olhando para o quadrado de gaze enrolada em seu joelho. Seus dedos remexeram tanto o cordão do saquinho que uma das pontas se soltou e alguns farelos de vara-de-ouro caíram sobre a coberta.

– Eu... costumava pensar sobre isso; o que você me contou, sobre como um h-homem... – Parou e engoliu em seco e eu vi uma lágrima solitária cair sobre a gaze. – Acho que não suportaria que o visconde fizesse isso comigo. A-agora isso já aconteceu... e n-ninguém pode desfazer o acontecido e eu nunca mais terei que f-fazer isso outra vez... e... e... ah, Claire, Alex nunca mais falará comigo! Nunca mais o verei, nunca mais!

Deixou-se cair em meus braços, chorando histericamente e espalhando as ervas. Aconcheguei-a em meu ombro, dando-lhe uns tapinhas nas costas, murmurando palavras tranquilizadoras, embora também tenha derramado algumas lágrimas que caíram sem serem notadas no brilho escuro de seus cabelos.

– Você o verá outra vez – murmurei. – Claro que verá. Não vai fazer diferença para ele. É um bom homem.

Mas eu sabia que faria diferença. Eu vira a angústia no rosto de Alex Randall à noite passada e na ocasião achei que se tratava da mesma compaixão desarvorada pelo sofrimento que eu vira em Jamie e Murtagh. Mas desde que eu soube do amor declarado de Alex Randall por Mary, compreendi o quanto sua dor era muito mais profunda – e seu temor.

Ele parecia um bom homem. Mas também era pobre e jovem, com uma saúde frágil e com pouca chance de progresso; tudo que possuía dependia inteiramente da boa vontade do duque de Sandringham. E eu tinha poucas esperanças de que o duque visse com benevolência a ideia da união de seu secretário com uma jovem desonrada e arruinada, que agora não tinha nem ligações sociais nem um dote em seu favor.

E se Alex conseguisse encontrar a coragem de se casar com ela apesar de tudo – que chances teriam, sem dinheiro, expulsos da sociedade educada e com o hediondo fato do estupro ofuscando o conhecimento um do outro?

Não havia nada que eu pudesse fazer além de abraçá-la e chorar com ela pelo que fora perdido.

Já anoitecia quando a deixei, as primeiras estrelas surgindo em pequenos pontos brilhantes acima dos canos das chaminés. Em meu bolso, levava uma carta escrita por Mary, adequadamente assinada por testemunhas, contendo seu depoimento sobre os acontecimentos da noite anterior. Uma vez entregue às autoridades competentes, deveríamos ao menos não ter mais problemas com a lei. Ainda bem; havia muitos problemas nos aguardando em outros setores.

Atenta ao perigo desta vez, não fiz nenhuma objeção à oferta contrariada da sra. Hawkins para que eu e Fergus fôssemos levados em casa pela carruagem da família.

Atirei meu chapéu sobre a mesa de jogo no vestíbulo, observando a grande quantidade de recados e delicados ramalhetes que transbordavam da bandeja sobre ela. Aparentemente, ainda não éramos párias, embora as notícias do escândalo já devessem ter se espalhado há muito tempo pelas camadas sociais de Paris.

Com um gesto vago, descartei as perguntas ansiosas dos criados e subi as escadas para o quarto, tirando descuidadamente minhas roupas externas ao longo do caminho. Sentia-me esgotada demais para me preocupar com o que quer que fosse.

Mas quando abri a porta do quarto e vi Jamie recostado numa poltrona junto à lareira, minha apatia foi imediatamente suplantada por uma onda de ternura. Seus olhos estavam fechados e seus cabelos espetados em todas as direções, um indício seguro de turbulência mental. Mas ele abriu os olhos com o leve ruído de minha chegada e sorriu para mim, os olhos claros e azuis à luz cálida do candelabro.

– Está tudo bem – foi tudo que ele murmurou para mim, tomando-me em seus braços. – Você está em casa. – Ficamos em silêncio, enquanto despíamos um ao outro e finalmente nos isolávamos do mundo, cada qual encontrando um santuário silencioso e desejado nos braços um do outro.

21
RESSURREIÇÃO INOPORTUNA

Minha mente ainda estava em banqueiros quando nosso coche parou em frente à residência alugada do duque na rue St. Anne. Era uma casa grande e bonita, com um caminho de entrada longo e curvo, ladeado por álamos e gramados extensos. Um homem rico, o duque.

– Você supõe que foi o empréstimo que Charles obteve de Manzetti que ele está investindo com St. Germain? – perguntei.

– Deve ser – respondeu Jamie. Calçou as luvas de pele de porco adequadas a uma visita formal, fazendo uma ligeira careta enquanto alisava o couro apertado sobre o dedo anular rígido de sua mão direita. – O dinheiro que seu pai acha que ele está gastando para se manter em Paris.

– Então na verdade, Charles está tentando levantar dinheiro para um exército – disse, sentindo uma admiração relutante por Charles Stuart. O coche parou e o lacaio desceu para abrir a porta.

– Bem, ele ao menos está tentando levantar dinheiro – corrigiu Jamie, segurando minha mão para me ajudar a descer. – Pelo que sei, ele quer dinheiro para fugir com Louise de La Tour e seu filho bastardo.

Balancei a cabeça.

– Acho que não. Não pelo que mestre Raymond me contou ontem. Além do mais, Louise diz que não o vê desde que ela e Jules... bem...

Jamie deu uma risadinha irônica.

– Ao menos, ela possui algum senso de honra.

– Não sei se é esse o motivo – observei, tomando seu braço enquanto subíamos os degraus até a porta. – Disse que Charles ficou tão furioso por ela dormir com o marido que saiu violentamente porta afora, e desde então ela não o viu mais. Ele lhe escreve cartas apaixonadas de vez em quando, jurando que a levará e também a criança junto com ele assim que obtiver seu lugar de direito no mundo, mas ela não permite que ele vá vê-la; ela tem muito medo de que Jules descubra a verdade.

Jamie emitiu um som escocês de desaprovação.

– Meu Deus, será que nenhum homem está a salvo de ser corneado?

Toquei levemente seu braço.

– Provavelmente alguns mais do que outros.

– Você acha? – perguntou ele, mas sorriu para mim.

A porta abriu-se, revelando um mordomo baixo, redondo como um barril, careca, com um uniforme impecável e imensa dignidade.

– Milorde – disse ele, fazendo uma mesura para Jamie – e milady. Os senhores são esperados. Por favor, entrem.

O duque era o encantamento em pessoa ao nos receber na sala de visitas principal.

– Bobagem, bobagem – disse ele, descartando as desculpas de Jamie pelos contratempos do jantar. – Os franceses são muito melodramáticos. Fazem uma tempestade em copo d'água por qualquer coisa. Agora, vamos examinar todas essas fascinantes proposições. E talvez sua adorável esposa gostaria de... hã, divertir-se com a leitura de um... hein? – Agitou o braço num gesto largo em direção à parede, deixando em aberto a questão se eu deveria me distrair olhando os diversos e enormes quadros, a estante bem provida de livros ou as várias caixas de vidro que guardavam a coleção de caixas de rapé do duque.

– Obrigada – murmurei, com um sorriso sedutor, e deixei os olhos vagarem pela parede, fingindo estar absorta em um grande Boucher, apresentando a visão de costas de um nu de uma mulher sobejamente bem-dotada, sentada em uma rocha numa região deserta. Se este era um reflexo do gosto corrente em anatomia feminina, não era de se admirar que Jamie parecesse ter meu traseiro em tão alta conta.

– Ah! – exclamei. – Para que roupas de enchimento, hein?

– Hein? – Jamie e o duque, surpresos, ergueram os olhos do portfólio de papéis de investimentos que constituía a razão ostensiva de nossa visita.

– Não se preocupem comigo – retruquei, abanando a mão graciosamente. – Só estou apreciando a arte.

– Sinto-me profundamente gratificado, milady – disse o duque educadamente, submergindo nos documentos outra vez. Enquanto isso, Jamie iniciava a tediosa e difícil tarefa, verdadeiro objetivo de nossa visita, de extrair discretamente informações que o duque estivesse disposto a compartilhar conosco sobre suas próprias simpatias, ou antipatias, em relação à causa Stuart.

Eu também tinha minha agenda para esta visita. À medida que os homens ficavam cada vez mais imersos em suas discussões, fui afastando-me em direção à porta, fingindo examinar as prateleiras de livros. Assim que o horizonte estivesse limpo, eu pretendia escapar para o corredor e tentar achar Alex Randall. Eu já fizera tudo que me era possível para reparar o mal causado a Mary Hawkins; qualquer outra iniciativa teria que partir dele. Sob as regras da etiqueta social, ele não podia visitá-la na casa de seu tio, nem ela podia entrar em contato com ele. Mas eu poderia facilmente criar uma oportunidade para eles se encontrarem na rue Tremoulins.

A conversa atrás de mim reduzira-se a um murmúrio confidencial. Enfiei a cabeça no corredor, mas não vi nenhum lacaio por perto. Ainda assim, deveria haver algum não muito longe dali; uma casa daquele tamanho certamente possuía dezenas de empregados. Sendo tão grande, eu iria precisar de instruções para localizar Alexander Randall. Escolhi uma direção qualquer e caminhei ao longo do corredor, procurando um criado a quem perguntar.

Vi um ligeiro movimento no final do corredor e chamei. Quem quer que fosse não respondeu, mas ouvi um furtivo arrastar de pés nas tábuas enceradas.

Parecia um comportamento curioso para um empregado. Parei ao final do corredor e olhei ao redor. Outro corredor estendia-se à direita daquele onde eu estava, alinhado de um lado por portas, do outro por longas janelas que se abriam para o caminho de entrada e os jardins. A maioria das portas estava trancada, mas a mais próxima de mim estava ligeiramente aberta.

Movendo-me em silêncio, aproximei-me e coloquei o ouvido junto aos lambris. Não ouvindo nada, segurei a maçaneta e audaciosamente abri a porta.

– O que, em nome de Deus, *você* está fazendo aqui?

– Ah, você me assustou! Minha Nossa Senhora, pensei que f-fosse morrer. – Mary Hawkins pressionou ambas as mãos contra o corpete de seu vestido. Seu rosto estava lívido e seus olhos fundos e arregalados de terror.

– Não vai, não – disse. – A menos que seu tio descubra que está aqui; então provavelmente a matará. Ou ele sabe?

Ela balançou a cabeça.

– Não. N-não contei a ninguém. Tomei uma carruagem pública.

– *Por quê*, em nome de Deus?

Ela olhou ao redor como um coelho assustado à procura de um buraco para se esconder, mas não encontrando nenhum, empertigou-se e retesou o maxilar.

– Eu tinha que encontrar Alex. Eu tinha que f-falar com ele. Ver se ele... se ele... – Ela contorcia as mãos e eu notava o esforço que lhe custava proferir as palavras.

– Não tem importância – interrompi, resignada. – Eu compreendo. Mas o seu tio não entenderá. Nem o duque. Sua Excelência também não sabe que está aqui?

Ela balançou a cabeça, muda.

– Muito bem – disse, pensando. – A primeira coisa que precisamos fazer é...

– Madame? Posso ajudá-la?

Mary sobressaltou-se como uma lebre e senti meu coração saltar desconfortavelmente para o fundo da minha garganta. Malditos lacaios; nunca estavam no lugar certo na hora certa.

Não havia nada a fazer agora, exceto enfrentar a situação. Virei-me para o lacaio, que estava parado, rígido como uma vareta à soleira da porta, com um ar digno e desconfiado.

– Sim – respondi com tanta arrogância quanto consegui reunir assim de repente. – Poderia, por favor, avisar ao sr. Alexander Randall de que ele tem visitas?

– Lamento não poder fazê-lo, madame – disse o lacaio, com distanciada formalidade.

– E por que não? – perguntei.

– Porque, madame – respondeu ele –, o sr. Alexander Randall já não trabalha para Sua Excelência. Ele foi demitido. – O lacaio olhou para Mary, depois abaixou o nariz 2 centímetros e endireitou-se o suficiente para dizer: – Creio que monsieur Randall tomou um navio de volta para a Inglaterra.

– Não! Ele não pode ter ido embora, não pode!

Mary arremessou-se para a porta e quase colidiu com Jamie, que entrava. Ela estancou com um grito sufocado e ele fitou-a perplexo.

– O que... – começou a dizer, depois me viu atrás dela. – Ah, você está aí, Sassenach. Arranjei um pretexto para vir procurá-la. Sua Excelência acaba de me dizer que Alex Randall...

– Eu sei – interrompi. – Foi embora.

– Não! – gemeu Mary. – Não! – Lançou-se para a porta e já a atravessava antes que qualquer de nós dois pudesse detê-la, os saltos dos sapatos soando no parquê encerado.

– Que menina tola! – Arranquei meus próprios sapatos com pontapés, segurei as saias e saí zunindo atrás dela. Apenas de meias, eu era muito mais rápida do que ela em seus sapatos de saltos altos. Talvez pudesse alcançá-la antes que colidisse com alguém e fosse apanhada, com o escândalo concomitante que *isso* iria envolver.

Segui o movimento de suas saias que desapareciam na curva do corredor. O chão ali era acarpetado; se eu não corresse, poderia perdê-la na interseção, incapaz de ouvir, pelo barulho dos seus pés, o caminho que teria tomado. Abaixei a cabeça, arremessei-me pela última curva e bati de frente com um homem que vinha na direção contrária.

Ele soltou um "Uuuuf!" espantado quando o atingi em cheio no estômago e segurou-me pelos braços para se manter de pé enquanto oscilávamos e cambaleávamos juntos.

– Desculpe-me – comecei, sem ar. – Pensei que você tivesse... ah, Jesus H. Roosevelt Cristo! Maldição!

Minha impressão inicial – de que eu havia encontrado Alexander Randall – não durou mais do que a fração de segundo necessária para ver os olhos acima daquela boca finamente cinzelada. A boca era muito parecida com a de Alex, exceto pelas rugas profundas ao redor. Mas aqueles olhos frios só poderiam pertencer a um único homem.

O choque foi tão grande que por um instante tudo pareceu paradoxalmente normal; tive um impulso de pedir desculpas, despachá-lo com um tapinha e continuar minha perseguição, deixando-o esquecido no corredor, como apenas um encontro fortuito. Minhas glândulas suprarrenais apressaram-se a dar um jeito nessa impressão, descarregando uma dose tão forte de adrenalina na minha corrente sanguínea que meu coração se contraiu como um punho cerrado.

Ele próprio recuperava seu fôlego agora, junto com seu autocontrole momentaneamente estilhaçado.

– Sinto-me inclinado a concordar com seus sentimentos, madame, ainda que não precisamente com seu modo de expressão. – Ainda segurando-me pelos cotovelos, afastou-me um pouco, estreitando os olhos para me ver melhor no corredor sombreado. Vi o choque do reconhecimento empalidecer suas feições quando meu rosto recaiu sob a luz.

– Santo Deus, é você! – exclamou ele.

– Pensei que estivesse morto! – disse, puxando meus braços, tentando me livrar das mãos de ferro de Jonathan Randall.

Ele soltou um dos braços, a fim de esfregar o estômago, analisando-me friamente. As feições delgadas, de traços finos, estavam bronzeadas e saudáveis; não davam nenhum sinal exterior de terem sido pisoteadas cinco meses atrás por trinta bestas de um quarto de tonelada. Nem sequer a marca de um casco em sua testa.

– Novamente, madame, vejo-me compartilhando seus sentimentos. Eu estava sob uma interpretação errônea muito semelhante em relação ao *seu* estado de saúde. Provavelmente você é uma bruxa. Afinal de contas, o que você fez? Transformou-se num lobo? – A desconfiada aversão estampada em seu rosto misturava-se a um toque de temor supersticioso. Afinal, quando você joga alguém no meio de um bando de lobos em uma noite fria de inverno, espera que a pessoa coopere sendo devorada imediatamente. O suor de minhas mãos e o batimento semelhante a um tambor do meu coração eram testemunhas do efeito perturbador de ver alguém que você considerava seguramente morto surgir de repente à sua frente. Imaginei que ele devia estar se sentindo um pouco nervoso também.

– Você gostaria muito de saber, não? – A necessidade de irritá-lo, de perturbar aquela calma glacial, foi a primeira emoção que veio à tona da massa efervescente de sentimentos que explodira dentro de mim à vista de seu rosto. Seus dedos apertaram meu braço com mais força e seus lábios reduziram-se a uma linha. Podia ver sua mente trabalhando, começando a descartar possibilidades.

– Se não era o seu, de quem era o corpo que os homens de sir Fletcher tiraram da masmorra? – perguntei, tentando obter vantagem de qualquer abalo em seu autocontrole. Uma testemunha descrevera para mim a retirada de "um boneco de trapos, encharcado de sangue", provavelmente Randall, da cena do estouro da boiada que encobrira a fuga de Jamie daquela mesma masmorra.

Randall sorriu, sem muito humor. Se ele estava tão abalado quanto eu, não demonstrava. Sua respiração estava apenas um pouco mais rápida do que o normal e as linhas em torno da boca e dos olhos mais fundas do que eu me lembrava, mas ele não estava ofegando como um peixe fora d'água. Eu estava. Inspirei o máximo de oxigênio que meus pulmões permitiam e tentei respirar pelo nariz.

– Era meu ordenança, Marley. Mas se você não está respondendo às minhas perguntas, por que eu deveria responder às suas? – Olhou-me de cima a baixo, avaliando cuidadosamente minha aparência: vestido de seda, ornamentos nos cabelos, joias e pés calçados de meias.

– Casou-se com um francês? – perguntou ele. – Eu sempre achei que você fosse uma espiã francesa. Quero crer que seu novo marido a mantém em melhores condições do que...

As palavras morreram em sua garganta quando ele ergueu os olhos para ver a fonte dos passos que haviam acabado de entrar no corredor atrás de mim. Se eu quisesse perturbá-lo, essa vontade agora estaria plenamente satisfeita. Nenhum Hamlet no palco jamais reagira à aparição de um fantasma com terror mais convincente do que aquele que vi estampado naquele rosto aristocrático. Os dedos que ainda agarravam meu braço penetraram mais fundo em minha carne e senti o impacto do choque que o percorreu como uma descarga elétrica.

Eu sabia o que ele estava vendo atrás de mim e tive medo de me virar. Fez-se um profundo silêncio no corredor; até o farfalhar dos galhos de cipreste contra as vidraças pareciam fazer parte da quietude, como o silêncio estrondoso das ondas no fundo do mar. Muito lentamente, desvencilhei-me de sua mão, que caiu inerte junto às laterais do corpo. Não havia nenhum ruído atrás de mim, embora eu pudesse ouvir vozes começando a se elevar da sala ao fim do corredor. Rezei para que a porta continuasse fechada e tentei desesperadamente me lembrar qual arma Jamie portava.

Minha mente ficou vazia, depois se incendiou com a visão reconfortante de sua pequena espada, pendurada de seu cinto em um gancho no armário, o sol brilhando em seu cabo esmaltado. Mas ele ainda tinha sua adaga, é claro, e a pequena faca que habitualmente carregava na meia. Na verdade, eu tinha absoluta certeza de que, numa situação de emergência, ele consideraria as mãos nuas perfeitamente adequadas. Em minha atual situação, espremida entre os dois... Engoli em seco e virei-me devagar.

Ele estava parado, absolutamente imóvel, a não mais do que um metro atrás de mim. Um dos altos postigos das janelas abriu-se perto dele e as sombras escuras das agulhas dos ciprestes ondularam sobre a figura dele como água sobre uma rocha submersa. Ele também não demonstrava mais expressão do que uma rocha. O que quer que vivesse atrás daqueles olhos estava oculto; estavam abertos e vazios como vidraças, como se a alma que espelhavam já tivesse voado para longe há muito tempo.

Ele não falou, mas após um instante, estendeu a mão para mim. Ela flutuou aberta no ar e eu finalmente reuni a presença de espírito para segurá-la. Estava fria e dura, e eu me agarrei a ela como a uma tábua de salvação.

Ele me puxou para junto de si, pegou meu braço e me virou, tudo sem falar ou mudar de expressão. Quando alcançávamos a esquina do corredor, Randall falou atrás de nós.

– Jamie – disse ele. A voz estava rouca de choque e tinha um tom entre incredulidade e súplica.

Jamie parou e virou-se para encará-lo. O rosto de Randall estava branco como o de um fantasma, com uma pequena mancha vermelha em cada maçã do rosto. Ele retirara a peruca, que agarrava nas mãos, e o suor emplastrava os belos cabelos escuros nas têmporas.

– Não. – A voz que soou acima de mim foi suave, quase sem expressão. Erguendo os olhos, pude ver que o rosto ainda se igualava à voz, mas uma pulsação rápida, febril, latejava em seu pescoço e a pequena cicatriz triangular acima de seu colarinho ardia, vermelha de fúria. – Chamo-me formalmente lorde Broch Tuarach – disse a suave voz escocesa acima de mim. – E além das exigências da formalidade, você nunca mais falará comigo até que implore por sua vida na ponta de minha espada. Então poderá usar meu nome, porque será a última palavra que dirá.

Com uma repentina violência, deu meia-volta e seu exuberante xale xadrez esvoaçou num movimento amplo, bloqueando minha visão de Randall quando dobramos a esquina do corredor.

• • •

A carruagem ainda aguardava junto ao portão. Com medo de olhar para Jamie, subi e me absorvi na tarefa de enfiar as pregas de seda amarela em torno de minhas pernas. O clique da porta da carruagem se fechando me fez erguer os olhos bruscamente, mas antes que eu pudesse alcançar a maçaneta, o veículo disparou com um salto que me atirou de volta no banco.

Debatendo-me e praguejando, consegui colocar-me de joelhos aos trancos e espreitei pela janela de trás. Ele desaparecera. Nada se mexia no caminho além das sombras oscilantes de ciprestes e álamos.

Bati freneticamente no teto da carruagem, mas o cocheiro apenas gritava para os cavalos, instigando-os a correr ainda mais. Havia pouco tráfego àquela hora e avançávamos pelas ruas estreitas como se o próprio diabo estivesse em nosso encalço.

Quando paramos na rue Tremoulins, saltei do coche, ao mesmo tempo em pânico e furiosa.

– Por que não parou? – perguntei ao cocheiro. Ele encolheu os ombros, impassível na segurança de seu poleiro.

– O patrão ordenou que eu a trouxesse para casa o mais rápido possível, madame. – Pegou o chicote e tocou-o de leve no lombo do cavalo.

– Espere! – gritei. – Quero voltar!

Mas ele apenas enfiou a cabeça nos ombros como uma tartaruga, fingindo não me ouvir, enquanto o coche afastava-se ruidosamente.

Fumegando de impotência, voltei-me para a porta, onde a pequena figura de Fergus surgiu, as sobrancelhas finas erguidas inquisitivamente diante do meu aparecimento.

– Onde está Murtagh? – perguntei rispidamente. O pequeno escocês era a única pessoa que eu acreditava ser capaz, primeiro, de encontrar Jamie e, segundo, de impedi-lo.

– Não sei, madame. Talvez lá embaixo. – O menino fez um movimento com a cabeça na direção da rue Gamboge, onde havia várias tavernas, que iam, em matéria de respeitabilidade, de um local onde uma senhora em viagem pudesse jantar com seu marido aos antros perto do rio, onde até mesmo um homem armado hesitaria em entrar sozinho.

Coloquei a mão no ombro de Fergus, tanto para me apoiar como para exortá-lo.

– Corra e encontre-o, Fergus. O mais rápido que puder!

Alarmado com o tom de minha voz, ele saltou do degrau e desapareceu, antes que eu pudesse acrescentar: "Tome cuidado!". Ainda assim, ele conhecia os submundos de Paris muito melhor do que eu; ninguém estava mais acostumado a se esgueirar pelo meio de uma multidão numa taverna do que um ex-batedor de carteiras. Ao menos, eu esperava que ele fosse um ex-batedor de carteiras.

Mas eu só podia me preocupar com uma coisa de cada vez e visões de Fergus sendo capturado e enforcado por suas atividades recuaram diante da visão que as últimas palavras de Jamie a Randall evocaram.

Com certeza, *com certeza*, ele não voltou para a casa do duque, não é? Não, assegurei-me. Não carregava sua espada. O que quer que estivesse sentindo – e minha alma se mortificava ao imaginar o que ele estava sentindo –, ele não iria agir precipitadamente. Eu já o vira lutando, a mente trabalhando com uma calma glacial, distanciada das emoções que pudessem toldar seu raciocínio. E para isto, acima de tudo, ele seguramente se apegaria às formalidades. Buscaria as prescrições rígidas, as fórmulas para reparação da honra, como um refúgio – algo ao qual se agarrar contra as correntezas que o arrastavam, as ondas gigantescas de sede de sangue e vingança.

Parei no corredor, tirando a capa mecanicamente e fazendo uma pausa diante do espelho para ajeitar o cabelo. *Pense, Beauchamp*, dizia silenciosamente ao meu lívido reflexo. Se ele vai travar um duelo, qual a primeira coisa de que irá precisar?

Uma espada? Não, não poderia ser. A própria espada dele estava no andar de cima, pendurada dentro do armário. Embora pudesse facilmente pedir uma emprestada, não conseguia imaginá-lo partindo para o mais importante duelo de sua vida armado com qualquer outra espada que não a sua. Seu tio, Dougal MacKenzie, dera-lhe de presente quando ele completara 17 anos, acompanhara seu treinamento no uso da arma, ensinara-lhe os truques e as vantagens de um espadachim canhoto, tudo com aquela espada. Dougal o fizera praticar, mão esquerda contra mão esquerda, durante horas a fio, até, como ele me contou, sentir a extensão de metal espanhol ganhar vida, uma extensão de seu braço, o cabo soldado à palma de sua mão. Jamie costumava dizer que se sentia nu sem ela. E essa não era uma luta para a qual pudesse ir nu.

Não, se fosse precisar da espada imediatamente, ele teria vindo para casa buscá-la. Passei a mão impacientemente pelos cabelos, tentando pensar. Droga, qual era o protocolo para um duelo? Antes de chegar às espadas, o que acontecia? Um desafio, é claro. As palavras de Jamie no corredor teriam esse significado? Eu tinha a vaga ideia de pessoas sendo esbofeteadas no rosto com luvas, mas não fazia a menor ideia se esse era mesmo o costume ou apenas um artefato de memória, nascido da imaginação de um cineasta.

Então lembrei-me. Primeiro, o desafio. Em seguida, um lugar tinha que ser arranjado – um lugar adequado, circunspecto, com pouca possibilidade de ser notado pela polícia ou pela guarda do rei. E para entregar o desafio, arranjar o lugar, era necessário um ajudante. Ah. Então, era isso que ele fora fazer; encontrar seu ajudante. Murtagh.

Mesmo que Jamie encontrasse Murtagh antes de Fergus, ainda haveria as formalidades a serem providenciadas. Comecei a respirar um pouco melhor, embora meu coração ainda estivesse acelerado e meus cadarços ainda parecessem muito apertados. Não havia nenhum empregado por perto; desatei os cadarços e inspirei fundo, expandindo os pulmões.

– Não sabia que tinha o hábito de se despir nos corredores, ou eu teria permanecido na sala de visitas – disse uma voz escocesa e irônica atrás de mim.

Virei-me, o coração saltando até a garganta, o suficiente para me sufocar. O homem parado na soleira da porta da sala de visitas, os braços abertos, segurando informalmente os batentes, era grande, quase do tamanho de Jamie, empertigado, com a mesma graça de movimentos, o mesmo ar de frio autocontrole. Mas os cabelos eram escuros e os olhos fundos de um verde enevoado. Dougal MacKenzie, aparecendo repentinamente em minha casa, como se chamado pelo meu pensamento. Por falar no diabo...

– O que, em nome de Deus, você está fazendo aqui? – O choque por vê-lo estava arrefecendo, embora meu coração ainda batesse com força. Eu não havia comido nada desde o desjejum e uma súbita onda de tontura percorreu o meu corpo. Ele deu um passo à frente e segurou-me pelo braço, puxando-me para uma cadeira.

– Sente-se, menina – disse ele. – É por causa do seu estado, ao que parece.

– Muito observador – disse. Pontos negros flutuavam nos cantos da minha visão e lampejos pequenos e brilhantes dançavam diante dos meus olhos. – Com licença – disse educadamente, e coloquei a cabeça entre os joelhos.

Jamie. Frank. Randall. Dougal. Os rostos revezavam-se em minha mente, os nomes pareciam retinir em meus ouvidos. As palmas de minhas mãos suavam e eu as pressionei sob os braços, abraçando-me para tentar parar os tremores do choque. Jamie não iria enfrentar Randall imediatamente; isso era o mais importante. Havia um pouco de tempo, durante o qual eu poderia refletir, realizar ações preventivas. Mas que ações? Deixando meu subconsciente lutar com esta pergunta, forcei minha respiração a reduzir o ritmo e voltei minha atenção para questões mais prementes.

– Vou repetir – anunciei, endireitando-me e alisando meus cabelos para trás. – O que você está fazendo aqui?

As sobrancelhas escuras ergueram-se.

– E eu preciso de uma razão para visitar um parente?

Eu ainda podia sentir o gosto de bílis no fundo da minha garganta, mas minhas mãos, ao menos, haviam parado de tremer.

– Nas circunstâncias atuais, sim – disse. Empertiguei-me, ignorando pomposamente meus cadarços desatados, e estendi a mão para a garrafa de conhaque. Antecipando-se a mim, Dougal pegou uma taça da bandeja e serviu uma colher de chá. Em seguida, depois de um olhar inquisidor para mim, duplicou a dose.

– Obrigada – agradeci secamente, aceitando a taça.

– Circunstâncias, hein? E quais circunstâncias seriam essas? – Sem esperar por resposta ou permissão, calmamente serviu outra taça para si e ergueu-a num brinde informal. – À Sua Majestade.

Senti minha boca torcer-se num sorriso enviesado.

– Rei James, suponho? – Tomei um pequeno gole da minha bebida e senti os vapores quentes e aromáticos cauterizarem as membranas atrás dos meus olhos. – E o fato de você estar em Paris significa que converteu Colum ao seu modo de pensar? – Afinal, enquanto Dougal MacKenzie pudesse ser um jacobita, era seu irmão Colum quem liderava os MacKenzie de Leoch como chefe. Tendo as pernas aleijadas e deformadas por uma doença incapacitante, Colum já não liderava seu clã nas batalhas; era Dougal o comandante de guerra. Mas embora Dougal pudesse liderar os homens nos combates, era Colum quem detinha o poder de dizer se a batalha ocorreria.

Dougal ignorou minha pergunta e, após esvaziar sua taça, imediatamente serviu-se de outra dose. Desta vez, saboreou o primeiro gole, fazendo a bebida girar visivelmente na boca e lambendo uma gota final dos lábios ao engolir.

– Nada mau – disse ele. – Levarei um pouco para Colum. Ele precisa de algo um pouco mais forte do que vinho para ajudá-lo a dormir à noite.

Essa era na verdade uma resposta oblíqua à minha pergunta. A condição de Colum estava, portanto, se deteriorando. Sempre sentindo dores por causa da doença que corroía seu corpo, Colum tomava um vinho forte à noite a fim de ajudá-lo a dormir. Agora precisava de conhaque puro. Perguntava-me quanto tempo levaria até ele chegar ao ópio para obter algum alívio.

Porque, quando o fizesse, seria o fim de seu domínio como chefe do clã. Privado de condições físicas, ele ainda comandava pela força absoluta de seu caráter. Mas se a força da mente de Colum se perdesse para a dor e as drogas, o clã teria um novo líder – Dougal.

Fitei-o por cima da borda de minha taça. Ele retribuiu meu olhar sem nenhum sinal de vexação, um leve sorriso na boca larga dos MacKenzie. Seu rosto era muito semelhante ao do irmão – e ao do sobrinho –, de traços fortes e ousados, com maçãs do rosto proeminentes e largas e um nariz reto e longo, como a lâmina de uma faca.

Tendo feito o juramento aos 18 anos de apoiar a liderança de seu irmão, ele cumprira a promessa durante quase trinta anos. E continuaria a mantê-la, eu sabia, até o dia em que Colum morresse ou não mais pudesse comandar o clã. Mas, nesse dia, o manto de chefe cairia sobre seus ombros e os homens do clã MacKenzie o seguiriam aonde quer que ele fosse – atrás da bandeira da Escócia e do estandarte do rei James, na vanguarda do príncipe Charles Stuart.

– Circunstâncias? – disse, voltando à sua pergunta anterior. – Bem, suponho que não se pode considerar de bom gosto visitar um homem a quem deixou como morto e cuja mulher tentou seduzir.

Sendo Dougal MacKenzie, ele riu. Eu não sabia exatamente o que seria necessário para desconcertar aquele homem, mas certamente esperava estar presente para ver quando isso acontecesse.

– Sedução? – continuou ele, os lábios num trejeito divertido. – Eu lhe ofereci casamento.

– Ofereceu-se para me estuprar, se me recordo – retorqui. Ele havia, de fato, me proposto casamento, à força, depois de se negar a me ajudar a resgatar Jamie da prisão de Wentworth no inverno anterior. Embora seu principal motivo fosse apoderar-se de Lallybroch, a propriedade de Jamie, a qual passaria a me pertencer com a morte de Jamie, não ficara nem um pouco avesso à ideia das compensações secundárias do casamento, como desfrutar regularmente do meu corpo.

– Quanto a deixar Jamie na prisão – continuou ele, ignorando-me como sempre –, não parecia haver nenhuma forma de tirá-lo de lá e nenhum sentido em arriscar bons homens numa tentativa vã. Ele seria o primeiro a compreender isso. E era meu dever como seu parente oferecer minha proteção à sua mulher, se ele morresse. Eu era o pai adotivo do rapaz, não? – Inclinou a cabeça para trás e esvaziou a taça.

Tomei um grande gole da minha própria bebida e engoli depressa para não engasgar. O conhaque foi queimando minha garganta e meu esôfago, com o mesmo calor que subia ao meu rosto. Ele tinha razão; Jamie não o culpara por sua relutância em invadir a prisão de Wentworth – não esperava tampouco que *eu* o fizesse. E foi apenas por um milagre que fui bem-sucedida. No entanto, embora eu tivesse contado a Jamie, rapidamente, sobre a intenção de Dougal de se casar comigo, não tentei transmitir os aspectos carnais dessa intenção. Afinal, eu não esperava ver Dougal MacKenzie nunca mais.

Eu sabia, por experiência prévia, que ele era um homem acostumado a agarrar as oportunidades; com Jamie prestes a ser enforcado, ele nem sequer esperara pela execução da sentença para tentar garantir a mim e à minha propriedade prestes a ser herdada. Se – não, corrigi a mim mesma, *quando* – Colum morresse ou se tornasse incapacitado, Dougal ficaria no comando total do clã MacKenzie no espaço de uma semana. E se Charles Stuart encontrasse o apoio que estava buscando, Dougal estaria lá. Afinal, ele tinha experiência em ser um poder atrás do trono.

Inclinei a taça, meditando. Colum tinha interesses comerciais na França; vinho e madeira, principalmente. Esse, sem dúvida, era o pretexto da visita de Dougal a Paris, poderia até ser sua principal razão ostensiva. Mas ele certamente tinha outras razões. E a presença na cidade do príncipe Charles Edward Stuart era sem dúvida uma delas.

Um ponto a favor de Dougal MacKenzie era que um encontro com ele estimulava os processos mentais, pela absoluta necessidade de tentar descobrir o que ele realmente pretendia em um determinado momento. Sob a inspiração de sua presença e uma boa dose de conhaque português, meu subconsciente estava se agitando com o nascimento de uma ideia.

– Bem, seja como for, estou satisfeita com sua presença aqui agora – falei, recolocando minha taça vazia na bandeja.

– Está? – As espessas sobrancelhas escuras ergueram-se, incrédulas.

– Sim. – Levantei-me e abanei a mão, indicando o saguão de entrada. – Pegue meu manto enquanto amarro meus cadarços. Preciso que me acompanhe ao *commissariat de police.*

Vendo seu queixo cair, senti a primeira e minúscula ponta de esperança. Se eu conseguira pegar Dougal MacKenzie de surpresa, certamente conseguiria evitar um duelo.

– Poderia me dizer o que acha que está fazendo? – perguntou Dougal, enquanto o coche sacolejava em torno do Cirque du Mireille, evitando por pouco uma carruagem de quatro cavalos e uma carroça cheia de abobrinhas que vinham na direção contrária.

– Não – disse laconicamente –, mas suponho que terei que fazê-lo. Sabia que Jack Randall ainda está vivo?

– Não ouvi dizer que estivesse morto – respondeu Dougal sensatamente.

Isso me desconcertou por um instante. Mas é claro que ele tinha razão; nós achamos que Randall estivesse morto somente porque sir Marcus MacRannoch confundira o corpo pisoteado do ordenança de Randall com o próprio oficial durante o resgate de Jamie da prisão de Wentworth. Obviamente, nenhuma notícia da morte de Randall teria chegado às Terras Altas, já que isso não ocorrera. Tentei reunir meus pensamentos dispersos.

– Ele *não* está morto – disse. – Mas está em Paris.

– Em Paris? – Isso atraiu sua atenção; as sobrancelhas ergueram-se e, em seguida, seus olhos arregalaram-se com o pensamento seguinte. – Onde está Jamie? – perguntou ele incisivamente.

Fiquei satisfeita ao ver que ele entendera o ponto principal. Embora ele não soubesse o que se passara entre Jamie e Randall na prisão de Wentworth – ninguém jamais saberia, a não ser Jamie, Randall e, até certo ponto, eu –, sabia mais do que o suficiente sobre as ações prévias de Randall para compreender exatamente qual seria o primeiro impulso de Jamie ao encontrar o sujeito ali, longe do santuário da Inglaterra.

– Não sei – respondi, olhando pela janela. Passávamos por Les Halles e o cheiro de peixe invadia nossas narinas. Tirei um lenço perfumado e cobri o nariz e a boca. O cheiro forte e penetrante de essência de gualtéria com que eu perfumara o lenço não era suficiente para abafar o mau cheiro exalado por uma dúzia de bancas de venda de enguias, mas já ajudava um pouco. Falei através das dobras do linho aromatizado.

– Encontramos Randall inesperadamente na casa do duque de Sandringham hoje. Jamie me mandou para casa no coche e desde então não o vi mais.

Dougal ignorava tanto o mau cheiro quanto os gritos rouquenhos das vendedoras de peixe apregoando suas mercadorias. Franziu a testa para mim.

– Ele sem dúvida pretende matar o sujeito, não?

Balancei a cabeça, explicando meu raciocínio em relação à espada.

– Não posso deixar que um duelo aconteça – disse, abaixando o lenço para poder falar com mais clareza. – Não vou permitir!

Dougal assentiu distraidamente.

– Sim, seria muito perigoso. Não que o rapaz não possa derrotar Randall facilmente... eu o treinei, você sabe – acrescentou ele com certa presunção –, mas a pena por duelar...

– Você entendeu depressa – comentei.

– Muito bem – disse ele, devagar. – Mas por que a polícia? Antes de mais nada, não pretende mandar prender o rapaz, pretende? Seu próprio marido?

– Não Jamie – disse. – Randall.

Um largo sorriso irrompeu em seu rosto, mas não isento de ceticismo.

– Ah, é? E como pretende fazer isso?

– Uma amiga e eu fomos... atacadas na rua há algumas noites – contei, engolindo em seco diante da lembrança. – Os homens estavam mascarados; não sei dizer quem eram. Mas um deles tinha a mesma altura e compleição física de Jonathan Randall. Pretendo dizer que encontrei Randall em uma casa hoje e o reconheci como um dos homens que nos atacaram.

As sobrancelhas de Dougal deram um salto para cima e depois se uniram. Seu olhar frio tremeluziu sobre mim. De repente, surgiu uma nova especulação em sua apreciação do caso.

– Céus, você tem o sangue-frio do próprio diabo. Foi um assalto? – perguntou ele suavemente. Contra minha vontade, pude sentir a raiva subindo ao meu rosto.

– Não – disse, entre dentes cerrados.

– Ah. – Ele recostou-se nas almofadas do coche, ainda olhando para mim. – Mas você não foi machucada, não é?

Desviei o olhar, fitando a rua que passava, mas pude sentir seus olhos espreitando a gola do meu vestido, descendo pela curva dos meus quadris.

– Eu, não – respondi. – Mas minha amiga...

– Compreendo. – Ficou em silêncio por um instante, depois disse pensativamente. – Já ouviu falar em "*Les Disciples du Mal*"?

Virei-me bruscamente para ele. Ele reclinou-se no canto como um gato encolhendo-se, observando-me com os olhos apertados contra o sol.

– Não. Quem são? – perguntei.

Ele encolheu os ombros e endireitou-se, olhando além de mim, para os edifícios do Quai des Orfèvres que se aproximava, pairando cinzentos e sombrios acima do brilho do Sena.

– Uma espécie de... sociedade. Rapazes de família, com interesse em coisas... doentias, digamos assim.

– Compreendo – disse. – E exatamente o que você sabe sobre *Les Disciples*?

– Só o que ouvi dizer em uma taverna na Cité – disse ele. – Que a sociedade exige muito de seus membros e o preço da iniciação é alto... para alguns padrões.

– E qual seria? – Desafiei-o com meu olhar. Ele sorriu um pouco sombriamente antes de responder.

– A virgindade de uma moça, por exemplo. Os mamilos de uma mulher casada. – Lançou um rápido olhar ao meu peito. – Sua amiga é virgem, não é? Ou era?

Senti ondas de frio e de calor se alternarem pelo meu corpo. Limpei o rosto com o lenço e enfiei-o no bolso do meu manto. Tive que tentar duas vezes, pois minha mão tremia.

– Era. O que mais ouviu? Sabe quem está envolvido com *Les Disciples*?

Dougal balançou a cabeça. Havia alguns fios prateados nos cabelos castanho--avermelhados das têmporas, refletindo a luz da tarde.

– Só boatos. O visconde de Busca, o filho mais novo dos Charmisse... talvez. O conde de St. Germain. Ei! Está se sentindo mal, menina?

Ele se inclinou para a frente, parecendo consternado, olhando-me atentamente.

– Estou bem – disse, respirando profundamente pelo nariz. – Perfeitamente bem. – Tirei o lenço do bolso para enxugar o suor frio da testa.

"Não queremos lhes causar nenhum mal, mesdames." A voz irônica ecoou no fundo da minha mente. O homem de camisa verde era moreno, de altura mediana, esbelto e de ombros estreitos. Se essa descrição servia para Jonathan Randall, também servia para o conde de St. Germain. Mas eu não teria reconhecido sua voz? Seria possível um homem normal sentar-se à minha frente no jantar, comer mousse de salmão e conversar educadamente, pouco menos de duas horas após o incidente na rue du Faubourg St. Honoré?

Ponderando logicamente, entretanto, por que não? *Eu mesma* fizera isso, afinal. E eu não tinha nenhuma razão em particular para supor que o conde fosse um homem normal – pelos meus padrões –, se os boatos fossem verdadeiros.

O coche estava parando e não havia mais tempo para contemplações. Estaria eu a ponto de assegurar que o homem responsável pelo estupro de Mary ficasse em liberdade, enquanto também assegurava a proteção do inimigo mais odiado de Jamie? Respirei fundo, com um estremecimento. Não tenho muita escolha, pensei. A vida estava acima de tudo; a justiça teria simplesmente que aguardar sua vez.

O cocheiro havia descido e estendia a mão para a maçaneta. Mordi o lábio e olhei para Dougal MacKenzie. Ele enfrentou meu olhar com uma ligeira contração dos ombros. O que eu queria dele?

– Você confirmará minha história? – perguntei bruscamente.

Ele ergueu os olhos para a imponente estrutura do Quai des Orfèvres. A brilhante luz da tarde resplandecia através da porta aberta.

– Tem certeza? – perguntou ele.

– Tenho. – Minha boca estava seca.

Ele deslizou do assento e estendeu a mão para mim.

– Então vamos rezar para nós dois não acabarmos numa cela.

Uma hora depois, saímos para a rua vazia do *commissariat de police*. Eu enviara o coche para casa, com receio de que alguém que nos conhecesse pudesse vê-lo parado do lado de fora do Quai des Orfèvres. Dougal ofereceu-me o braço e eu o tomei por necessidade. O terreno ali era lamacento e as pedras do calçamento da rua tornavam um risco andar de chinelas de salto alto.

– *Les Disciples* – disse, conforme caminhávamos devagar ao longo das margens do Sena em direção às torres de Notre Dame. – Acha mesmo que o conde de St. Germain pode ter sido um dos homens que... nos atacou na rue du Faubourg St. Honoré? – Eu estava começando a tremer, em reação aos acontecimentos e de cansaço e fome; não comera nada desde o desjejum e a falta de comida já se fazia sentir. Apenas o sangue-frio me mantivera em pé durante a conversa com a polícia. Agora, a necessidade de pensar estava passando e, com ela, a capacidade de fazê-lo.

O braço de Dougal era rígido sob minha mão, mas eu não podia erguer os olhos para ele; precisava concentrar toda a minha atenção nos pés para não escorregar. Entráramos na rue Elise e o calçamento da rua estava brilhante, molhado e emporcalhado de toda espécie de imundície. Um carregador arrastando um caixote parou em nosso caminho para limpar a garganta e escarrar ruidosamente na rua, a meus pés. O catarro esverdeado grudou na curva de uma pedra, finalmente deslizando para flutuar indolentemente sobre a superfície de uma pequena poça de lama que se formara no buraco onde faltava uma pedra do calçamento.

– Hummm. – Dougal olhava para baixo e para cima da rua, à procura de uma carruagem, a testa enrugada, imerso em seus pensamentos. – Não sei dizer; já ouvi coisas piores a respeito desse homem, mas não tive a honra de conhecê-lo. – Olhou para mim.

– Você se saiu bem até agora – disse ele. – Jack Randall será trazido para a Bastilha em menos de uma hora. Mas terão que soltá-lo mais cedo ou mais tarde e eu não apostaria na possibilidade de a raiva de Jamie esfriar nesse meio-tempo. Quer que eu fale com ele, convença-o a não fazer nenhuma bobagem?

– Não! Pelo amor de Deus, fique fora disso! – Ouviu-se o trovejar das rodas de uma carruagem nas pedras do calçamento, mas minha voz elevou-se o suficiente para fazer as sobrancelhas de Dougal erguerem-se de surpresa.

– Está bem, então – disse ele, obedientemente. – Vou deixar a seu cargo a tarefa de convencê-lo. É teimoso como uma pedra... mas suponho que você tenha seus métodos, não? – Isso foi dito com um olhar de soslaio e um sorriso afetado e intencional.

– Darei um jeito. – Eu daria. Teria que dar. Porque tudo que eu dissera a Dougal era verdadeiro. Tudo verdadeiro. E, no entanto, tão distante da verdade. Porque eu mandaria a causa de Charles Stuart e seu pai para o inferno com todo o prazer, sacrificaria qualquer esperança de impedir seu mergulho naquela louca empreitada, até arriscaria a possibilidade de prisão de Jamie, pela cura da brecha que a ressurreição de Randall abrira na mente de Jamie. Eu o ajudaria a matar Randall e sentiria apenas alegria em fazê-lo, exceto por um único fator. A única consideração suficientemente forte para sobrepujar o orgulho de Jamie, ultrapassar a importância do seu senso de masculinidade, a importância da paz ameaçada de sua alma. Frank.

Esse foi o único pensamento que me deu forças para atravessar o dia, que me sustentou até muito depois de ter ultrapassado o ponto de colapso. Durante meses, achei que Randall estivesse morto e sem filhos, e temi pela vida de Frank. Mas durante esses mesmos meses, senti-me confortada pela presença da aliança lisa de ouro no dedo anular da minha mão esquerda.

Sendo a gêmea da aliança de prata de Jamie em minha mão direita, ela era um talismã nas horas sombrias da noite, quando as dúvidas sobrevinham nos calcanhares dos sonhos. Se eu ainda usava sua aliança, então o homem que a dera a mim iria viver. Repetira isso a mim mesma milhares de vezes. Não importava que eu não soubesse como um homem morto sem descendentes poderia gerar uma linha de descendência que levava a Frank; a aliança estava lá e Frank viveria.

Agora eu sabia por que a aliança ainda brilhava em minha mão, o metal frio como meu próprio dedo enregelado. Randall estava vivo, ainda podia se casar, ainda podia gerar o filho que transmitiria a vida até Frank. A menos que Jamie o matasse primeiro.

Eu tomara todas as medidas possíveis até o momento, mas o fato com que me deparara no corredor da casa do duque permanecia. O preço da vida de Frank era a alma de Jamie, e como eu poderia escolher entre elas?

Um fiacre, uma espécie de táxi puxado a cavalo, que vinha em nossa direção, ignorando o chamado de Dougal, passou por nós a toda a brida, sem parar, as rodas girando tão perto de nós a ponto de respingar lama nas meias de seda de Dougal e na barra do meu vestido.

Renunciando a uma saraivada de explosivo gaélico, Dougal brandiu o punho cerrado na direção do coche que se afastava.

– Bem, e agora? – perguntou ele retoricamente.

A bolha de cuspe com catarro flutuava na poça a meus pés, refletindo uma luz cinza. Senti a viscosidade fria da secreção em minha língua. Estendi a mão e agarrei o braço de Dougal, rígido e liso como um galho de plátano. Rígido, mas parecia oscilar, como numa vertigem, lançando-me acima da água imunda, fedendo a peixe, fria e brilhante, que nos cercava. Pontos negros flutuaram diante dos meus olhos.

– Agora – falei –, eu vou vomitar.

• • •

Já era quase noite quando retornei à rue Tremoulins. Meus joelhos tremiam e era um esforço colocar um pé diante do outro nas escadas. Dirigi-me diretamente para o quarto para tirar meu manto, imaginando se Jamie já teria voltado.

Já voltara. Parei, petrificada, na soleira da porta, inspecionando o quarto. Minha caixa de remédios estava aberta sobre a mesa. A tesoura que eu usava para cortar ataduras jazia semiaberta sobre a penteadeira. Era um objeto sofisticado, que me fora dado por um fabricante de facas que às vezes trabalhava no Hôpital des Anges; os cabos eram dourados, trabalhados no formato de cabeças de cegonhas, com os longos bicos constituindo as lâminas de prata da tesoura. Ela brilhava sob os raios do sol poente, em meio a uma nuvem vermelho-dourada de fios de seda.

Dei vários passos em direção à penteadeira e os fios sedosos, brilhantes, ergueram-se com o deslocamento de ar causado pelos meus movimentos e deslizaram pelo tampo do móvel.

– Santa Mãe de Deus! – exclamei, num fôlego só. Ele estivera ali, sem dúvida, e agora já se fora. Assim como sua espada.

Os cabelos permaneciam em mechas espessas, brilhantes, onde haviam caído, espalhando a desordem sobre a penteadeira, o banquinho e o assoalho. Peguei um cacho tosado de cima da penteadeira e fiquei segurando-o, sentindo os fios do tufo macio e sedoso separarem-se entre meus dedos como as fibras de seda para bordar. Senti um pânico frio que começou em algum lugar entre minhas omoplatas e desceu pela espinha. Lembrei-me de Jamie, sentado na fonte atrás da casa dos Rohan, contando-me como lutara seu primeiro duelo em Paris.

"*A tira de couro que prendia meus cabelos se soltou e o vento os jogou sobre meu rosto, de modo que eu mal conseguia ver o que estava fazendo.*"

Não quis correr esse risco outra vez. Vendo a prova que ele deixara para trás, sentindo o tufo de cabelos em minha mão, macio e ainda cheio de vida, eu podia imaginar a fria deliberação com que ele fizera aquilo; o corte das lâminas de metal contra seu crânio conforme ele eliminava tudo que pudesse obscurecer sua visão. Nada iria se interpor entre ele e o assassinato de Jonathan Randall.

Nada, exceto eu. Ainda segurando o tufo de cabelos, dirigi-me à janela e fiquei olhando para fora, como se esperasse vê-lo na rua. Mas a rue Tremoulins estava silenciosa, nada se mexia além das sombras oscilantes dos álamos junto aos portões e o pequeno movimento de um criado, parado ao portão de uma casa à esquerda, conversando com um vigia que brandia seu cachimbo para enfatizar seu argumento.

A casa zumbia tranquilamente ao meu redor, com os preparativos do jantar ocorrendo no subsolo. Nenhum convidado era esperado esta noite, de modo que a azáfama de costume estava reduzida; comíamos de maneira simples quando estávamos a sós.

Sentei-me na cama e fechei os olhos, entrelaçando as mãos sobre meu ventre cada vez mais volumoso, o tufo de cabelos agarrado com força, como se eu pudesse manter Jamie a salvo se não o soltasse.

Eu teria agido a tempo? Teria a polícia encontrado Jack Randall antes de Jamie? E se tivessem chegado ao mesmo tempo ou simplesmente a tempo de encontrar Jamie desafiando Randall para um duelo formal? Esfreguei o cacho de cabelos entre o polegar e o indicador, espalhando as pontas cortadas como um pequeno leque castanho-avermelhado e âmbar. Bem, se a coisa se desse deste modo, ao menos ambos estariam a salvo. Na prisão, talvez, mas essa era uma consideração menos importante em comparação a outros perigos.

E se Jamie tivesse encontrado Randall primeiro? Olhei para fora; a luz do dia desaparecia rapidamente. Os duelos eram tradicionalmente realizados no alvorecer, mas não sei se Jamie teria esperado até de manhã. Podiam estar enfrentando-se neste exato momento, em algum lugar isolado, onde a colisão de aço e o grito do ferimento mortal não atrairiam nenhuma atenção.

Porque certamente seria uma luta mortal. O que havia entre esses dois homens somente seria resolvido com a morte. E de quem seria essa morte? De Jamie? Ou de Randall – e com a morte dele, a de Frank também? Jamie, provavelmente, era um espadachim melhor, mas como desafiado, Randall poderia escolher as armas. E o sucesso com pistolas estava menos na habilidade do atirador do que em sua sorte; somente as melhores pistolas possuíam uma mira certeira, e mesmo essas eram propensas a não atingir o alvo ou outros acidentes. Tive a súbita visão de Jamie, inerte e silencioso na relva, o sangue jorrando de uma órbita vazia, e o cheiro de pólvora forte entre os aromas da primavera no Bois de Boulogne.

– O que diabos está fazendo, Claire?

Ergui a cabeça abruptamente, com tanta força que mordi a língua. Seus dois olhos estavam nas respectivas órbitas e em sua posição correta, fitando-me de cada lado do nariz afilado. Eu nunca o vira com o cabelo cortado tão rente. Fazia-o parecer um estranho, os ossos fortes do rosto nítidos sob a pele e o topo de seu crânio visível sob o cabelo espesso e curto, à escovinha.

– O que estou fazendo? – repeti. Engoli, tentando umedecer minha boca seca. – O que estou fazendo? Estou sentada aqui com uma mecha do seu cabelo na mão, imaginando se você está morto ou não! É isso que estou fazendo!

– Não estou morto. – Atravessou o quarto até o armário e o abriu. Usava sua espada, mas havia trocado de roupa desde a nossa visita à casa de Sandringham;

agora, estava vestido com seu casaco velho, o que lhe permitia liberdade de movimentos com os braços.

– Sim, notei – disse. – Muito atencioso de sua parte vir me contar.

– Vim buscar minhas roupas. – Tirou duas camisas e seu manto comprido de dentro do armário e colocou-os sobre um banco, depois se dirigiu à cômoda para remexer nas gavetas, recolhendo roupas de baixo.

– Suas roupas? Afinal de contas, aonde você vai? – Não sabia o que esperar ao vê-lo, mas certamente não esperara por isso.

– Para uma hospedaria. – Olhou para mim, depois aparentemente concluiu que eu merecia mais do que uma explicação de três palavras. Virou-se e encarou-me, os olhos azuis e opacos como lazulita. – Quando a mandei para casa no coche, caminhei durante algum tempo até conseguir recuperar o autocontrole. Então vim para casa para pegar minha espada e retornei à casa do duque para apresentar a Randall um desafio formal. O mordomo disse-me que Randall tinha sido detido pela polícia.

Seu olhar demorou-se sobre mim, distante como as profundezas do oceano. Engoli em seco outra vez. Ele continuou:

– Fui à Bastilha. Disseram-me que você havia entrado com uma acusação contra Randall, dizendo que ele atacara você e Mary Hawkins na outra noite. Por que, Claire?

Minhas mãos tremiam e eu soltei o tufo de cabelos que estava segurando. A coesão perturbada pelo manuseio, ele se desintegrou e os belos fios ruivos espalharam-se, soltos, pelo meu colo.

– Jamie – disse, e minha voz também tremia. – Jamie, você não pode matar Jack Randall.

Um dos cantos de sua boca contorceu-se apenas ligeiramente.

– Não sei se devo ficar enternecido com sua preocupação pela minha segurança ou ofendido por sua falta de confiança em mim. Mas, em qualquer dos dois casos, você não precisa se preocupar. Eu posso matá-lo. Facilmente. – A última palavra foi proferida em voz baixa, com um tom subjacente que misturava veneno e satisfação.

– Não é isso que quero dizer! Jamie...

– Felizmente – continuou ele, como se não estivesse me ouvindo –, Randall pode provar que estava na casa do duque durante toda a noite do estupro. Assim que a polícia terminar de interrogar os convidados que estavam presentes e ficarem convencidos de que Randall é inocente, ao menos *dessa* acusação, ele será liberado. Vou ficar na hospedaria até ele ser libertado. Então eu o encontrarei.

– Seus olhos estavam fixos no armário, mas obviamente ele estava vendo algo diferente. – Ele estará à minha espera – disse num sussurro.

Enfiou as camisas e roupas de baixo em uma bolsa de viagem e pendurou o manto no braço. Virava-se para atravessar a porta quando dei um salto da cama e o segurei pela manga.

– Jamie! Pelo amor de Deus, Jamie, ouça-me! Você não pode matar Jack Randall porque eu não vou deixar!

Olhou-me fixamente, com absoluta perplexidade.

– Por causa de Frank – expliquei. Soltei sua manga e recuei um passo.

– Frank – repetiu ele, balançando a cabeça ligeiramente como se quisesse clarear os ouvidos de um zumbido. – Frank.

– Sim – disse. – Se matar Jack Randall agora, então Frank... ele não existirá. Ele não nascerá. Jamie, não pode matar um homem inocente!

Seu rosto, normalmente de um bronze claro e avermelhado, desbotara para um branco manchado enquanto eu falava. Em seguida, o vermelho começou a elevar-se outra vez, queimando as pontas das orelhas e incendiando suas faces.

– Um homem inocente?

– Frank é um homem inocente! Não me importo com Jack Randall...

– Bem, eu me importo! – Agarrou a bolsa e caminhou a passos largos e pesados em direção à porta, o manto ondeando-se sobre seu braço. – Por Deus, Claire! Você tentaria me impedir de realizar minha vingança contra o homem que me fez de prostituta para ele? Que me forçou a ficar de joelhos e me obrigou a chupar seu pênis sujo do meu próprio sangue? *Meu Deus*, Claire! – Escancarou a porta com um safanão e já estava no corredor quando eu o alcancei.

Já havia escurecido, mas os criados tinham acendido as velas e o corredor resplandecia com uma luz cálida e suave. Segurei-o pelo braço e puxei-o.

– Jamie! Por favor!

Ele agitou o braço impacientemente, livrando-se de mim. Eu estava quase chorando, mas contive as lágrimas. Peguei a bolsa de viagem e arranquei-a de sua mão.

– Por favor, Jamie! Espere só um ano! O filho de Randall será concebido em dezembro. Depois disso, não tem mais importância. Mas, por favor, por mim, Jamie, espere até lá!

Os candelabros sobre a mesa debruada de dourado lançavam sua sombra, enorme e bruxuleante, contra a parede mais distante. Ele olhou fixamente para ela, os punhos cerrados, como se estivesse se defrontando com um gigante, impassível e ameaçador, que se erguia acima dele.

– Sim – murmurou ele, como se falasse consigo mesmo –, sou um grande sujeito. Grande e forte. Posso aguentar muita coisa. Sim, eu posso aguentar. – Virou-se para mim, gritando. – Eu posso aguentar muita coisa! Mas só porque eu posso, significa que devo? Eu tenho que suportar as fraquezas de todo mundo? Não posso ter as minhas próprias?

Começou a andar de um lado a outro no corredor, a sombra seguindo-o num frenesi silencioso.

– Você não pode pedir isso a mim! Você, você, entre todas as pessoas! Você, que sabe o que... o que... – Engasgou-se, ficou sem fala de raiva.

Esmurrava a parede de pedra da passagem repetidamente enquanto andava, golpeando a lateral do punho cerrado cruelmente na parede de calcário. A pedra absorvia cada pancada com uma violência silenciosa.

Voltou e parou à minha frente, respirando pesadamente. Fiquei parada, imóvel, com medo de me mexer ou de falar. Ele meneou a cabeça uma ou duas vezes, rapidamente, como se estivesse tomando uma decisão, depois sacou a adaga da bainha com um zunido e segurou-a diante do meu nariz. Com visível esforço, falou calmamente:

– Você pode escolher, Claire. Ou ele ou eu. – As chamas das velas dançavam no metal polido enquanto ele girava a lâmina lentamente. – Não posso viver enquanto ele estiver vivo. Se não quer que eu o mate, então me mate você mesma, agora! – Agarrou minha mão e forçou meus dedos em volta do cabo da adaga. Rasgando o jabô de renda, deixou a garganta à mostra e puxou minha mão violentamente para cima, os dedos em volta dos meus, segurando-os com firmeza.

Puxei meu braço para trás com todas as minhas forças, mas ele forçou a ponta da lâmina contra a cavidade macia, acima da clavícula, logo abaixo da cicatriz lívida que a própria faca de Randall deixara ali anos antes.

– Jamie! Pare com isso! Pare agora mesmo! – Desci a outra mão violentamente sobre seu pulso, fazendo sua mão afrouxar o suficiente para eu livrar meus dedos com um puxão. A adaga bateu ruidosamente no chão, saltando das pedras até uma aterrissagem silenciosa na extremidade de um tapete Aubusson. Com aquela clareza de visão para detalhes que aflige os mais terríveis momentos da vida, vi que a lâmina jazia perfeitamente atravessada sobre a haste curvilínea de um cacho de gordas uvas verdes, como se estivesse prestes a cortá-lo, soltando as uvas da trama e fazendo-as rolar aos nossos pés.

Ele ficou paralisado diante de mim, o rosto lívido como o marfim, os olhos chamejando. Agarrei seu braço, rígido como madeira.

– Por favor, acredite em mim, por favor. Eu não faria isso se houvesse qualquer outro jeito. – Inspirei, uma respiração profunda e trêmula, para acalmar a pulsação desenfreada sob minhas costelas.

– Você me deve sua vida, Jamie. Não uma, mas duas vezes. Salvei-o de ser enforcado em Wentworth e quando teve febre na abadia. Você me deve uma vida, Jamie!

Fitou-me por um longo instante antes de responder. Quando o fez, sua voz estava calma outra vez, com um tom de amargura:

– Compreendo. E você vai cobrar o pagamento dessa dívida agora? – Seus olhos ardiam com o azul profundo e claro que queima no núcleo de uma chama.

– Eu tenho que fazer isso! Não consigo chamá-lo à razão de nenhuma outra forma!

– Razão. Ah, razão. Não, não posso dizer que razão seja algo que eu consiga ver no momento. – Entrelaçou as mãos atrás das costas, segurando os dedos rígidos da mão direita com os dedos curvados da mão esquerda. Afastou-se lentamente de mim, pelo corredor interminável, a cabeça baixa.

As paredes do corredor eram cobertas por uma fileira de quadros de cada lado, alguns iluminados de baixo para cima por uma tocheira ou candelabros, outros de cima para baixo por castiçais dourados presos à parede; alguns, menos favorecidos, escondiam-se na penumbra entre uma fonte de luz e outra. Jamie caminhava devagar entre eles, erguendo os olhos de vez em quando, como se conversasse com a galeria de figuras de peruca e rostos pintados.

O corredor cobria toda a extensão do segundo andar, acarpetado, ostentando tapeçarias nas paredes e com enormes janelas de vitrais em cada ponta. Ele caminhou até o outro extremo, depois, dando a volta com a precisão de um soldado numa parada militar, percorreu todo o caminho de volta, sempre num passo lento e formal. Para cima e para baixo, para cima e para baixo, sem parar.

Minhas pernas tremiam. Deixei-me cair numa poltrona perto do final da passagem. Um dos onipresentes criados aproximou-se obsequiosamente para perguntar se madame gostaria de um pouco de vinho ou talvez de biscoitos. Dispensei-o com um aceno da forma mais educada que consegui, e esperei.

Finalmente, ele se aproximou e parou diante de mim, os pés plantados, bem afastados, em sapatos de fivelas de prata, as mãos ainda entrelaçadas às costas. Esperou que eu erguesse os olhos para ele antes de falar. Seu rosto estava circunspecto, sem nenhum trejeito de agitação que o traísse, embora as linhas perto dos olhos estivessem fundas com o esforço.

– Um ano, então – foi tudo que ele disse. Virou-se imediatamente e já estava a alguns metros de distância quando consegui sair da poltrona funda de veludo verde. Eu mal havia conseguido ficar de pé quando ele deu meia-volta de repente e passou de novo por mim, alcançou a enorme janela de vitrais com três passadas e estilhaçou-a com a mão direita.

A janela era composta de milhares de minúsculos vidros coloridos, fixados com tiras de chumbo derretido. Embora a janela inteira, uma cena mitológica do Julgamento de Páris, tivesse estremecido em sua armação, as molduras de chumbo mantiveram a maioria dos vidros intacta; apesar do estrondo e dos tinidos, somente um buraco debruado de estilhaços pontudos, aos pés de Afrodite, deu passagem ao ameno ar de primavera.

Jamie ficou parado por um instante, apertando as duas mãos com força contra a região do estômago. Uma mancha vermelho-escura começou a se espalhar pelo punho da camisa, enfeitado de babados de renda como uma camisola nupcial. Passou apressadamente por mim mais uma vez, e quando me aproximei dele, afastou-se a passos largos, sem falar comigo.

Desabei novamente na poltrona, com tanta força que levantei uma pequena nuvem de poeira do estofamento. Fiquei ali, lânguida, os olhos fechados, sentindo a brisa fria da noite me banhar. Meus cabelos estavam úmidos nas têmporas e eu podia sentir minha pulsação, rápida como a de um pássaro, na base da minha garganta.

Ele me perdoaria algum dia? Meu coração apertou-se como um punho cerrado à lembrança do conhecimento da traição em seus olhos. "*Como pode pedir isso de mim?*", dissera ele. "*Você, você que sabe...*" Sim, eu sabia, e achei que o fato de saber iria me afastar de Jamie, tal como eu fora afastada de Frank.

Mas quer Jamie pudesse me perdoar ou não, eu jamais me perdoaria se condenasse um homem inocente – e um homem que um dia eu amara.

– Os pecados dos pais – murmurei comigo mesma. – Os pecados dos pais não devem ser infligidos aos filhos.

– Madame?

Com um sobressalto, abri os olhos, deparando-me com uma camareira igualmente espantada, dando um passo para trás. Coloquei a mão sobre meu coração acelerado, arfando.

– Madame, está se sentindo mal? Devo chamar...

– Não – disse, com a voz mais firme que consegui. – Estou perfeitamente bem. Quero ficar sentada aqui por um instante. Por favor, deixe-me.

A jovem parecia mesmo ansiosa para ir embora dali.

– *Oui*, madame! – disse ela, desaparecendo pelo corredor.

Permaneci sentada, fitando com o olhar vazio uma cena de amor em um jardim, uma pintura pendurada na parede oposta. Sentindo um frio repentino, enrolei-me no meu manto, que não tivera tempo de tirar, e fechei os olhos outra vez.

Passava da meia-noite quando finalmente fui para nosso quarto de dormir. Jamie estava lá, sentado diante de uma mesinha, aparentemente observando um par de insetos de asas transparentes adejando perigosamente em volta da única vela que iluminava o quarto. Deixei minha capa cair no chão e caminhei para ele.

– Não me toque – disse ele. – Vá para a cama. – Falou quase distraidamente, mas eu parei onde estava.

– Mas sua mão... – comecei a dizer.

– Não tem importância. Vá para a cama – repetiu ele.

Os nós dos dedos de sua mão direita estavam manchados e o punho de sua camisa estava duro de sangue seco, mas eu não ousaria tocá-lo agora, ainda que tivesse uma faca enterrada na barriga. Deixei-o fitando a dança da morte dos insetos e fui para a cama.

Acordei quase ao alvorecer, com a primeira luz do dia esboçando os contornos dos móveis no quarto. Pelas portas duplas que davam para a antessala, pude ver Jamie como eu o deixara, ainda sentado à mesa. A vela já se extinguira, os insetos haviam desaparecido e ele permanecia sentado com a cabeça nas mãos, os dedos enfiados nos cabelos grosseiramente cortados. A luz roubava todas as cores do aposento, até mesmo os cabelos curtos espetados para cima como pequenas chamas entre seus dedos estavam apagados, com a cor de cinzas.

Saí da cama silenciosamente, fria na fina camisola bordada. Ele não se virou quando me aproximei por trás, mas sabia que eu estava lá. Quando toquei em sua mão, ele deixou-a deslizar para a mesa e tombou a cabeça para trás, até recostar-se logo abaixo dos meus seios. Suspirou profundamente quando comecei a friccioná-la, e senti a tensão começar a abandoná-lo. Minhas mãos continuaram a trabalhar pelo pescoço e pelos ombros, sentindo o frio de seus músculos sob o linho fino. Finalmente, dei a volta e fiquei diante dele. Ele estendeu os braços e envolveu-me pela cintura, puxando-me para si e enterrando a cabeça em minha camisola, logo acima do volume de nosso filho por nascer.

– Estou com frio – queixei-me finalmente, num sussurro. – Quer vir me aquecer?

Após um instante, ele assentiu, e colocou-se de pé, cambaleando cegamente. Conduzi-o para a cama, tirei suas roupas enquanto ele permanecia sentado sem oferecer resistência e aconcheguei-o sob as cobertas. Deitei-me na curva de seu braço, meu corpo bem junto ao dele, até o frio de sua pele desaparecer e ficarmos confortavelmente instalados num bolsão de calor suave.

Experimentalmente, coloquei a mão em seu peito, acariciando-o de um lado para o outro, até que seu mamilo enrijeceu-se, um minúsculo nódulo de desejo. Ele colocou a mão sobre a minha, fazendo-a parar. Tive medo de que fosse me afastar, e ele o fez, mas somente para que pudesse virar-se para mim.

A luz estava ficando mais forte e ele passou um longo tempo apenas fitando meu rosto, acariciando-o da fronte ao queixo, correndo o polegar pelo contorno do meu pescoço e ao longo da clavícula.

– Meu Deus, eu realmente a amo – murmurou ele, como se falasse consigo mesmo. Beijou-me, impedindo-me de corresponder, e acariciando um dos meus seios com a mão direita aleijada, preparou-se para possuir-me.

– Mas sua mão... – comecei a dizer, pela segunda vez naquela noite.

– Não tem importância – disse ele, também pela segunda vez naquela noite.

PARTE IV

Escândalo

22

O HARAS REAL

O coche sacolejava devagar por um trecho particularmente esburacado da estrada, deixada naquele estado pelas geadas do inverno e pelas fortes chuvas da primavera. Fora um ano chuvoso; até mesmo agora, no começo do verão, havia umidade, poças d'água sob os luxuriantes arbustos de framboesas e amoras que ladeavam o caminho.

Jamie sentava-se ao meu lado no banco estofado e estreito que formava um dos assentos do coche. Fergus esparramara-se no canto do outro banco, adormecido, e o movimento do veículo fazia sua cabeça balançar como a cabeça de um boneco mecânico com uma mola no lugar do pescoço. O ar no interior do coche estava quente e a poeira entrava pelas janelas em pequenos jorros dourados sempre que passávamos por um trecho de terra seca.

Havíamos conversado vagamente no começo sobre a paisagem rural ao nosso redor, sobre os estábulos reais em Argentan, para onde nos dirigíamos, sobre os boatos e mexericos que compunham o cardápio diário das conversas na corte e nos círculos comerciais. Devo ter adormecido também, embalada pelo ritmo do coche e pelo calor do dia, mas os contornos alterados do meu corpo tornavam desconfortável permanecer sentada numa única posição e minhas costas doíam com os solavancos. O bebê estava cada vez mais ativo também, e as pequenas agitações dos primeiros movimentos haviam se transformado em cotoveladas e empurrões bem definidos; agradáveis a seu próprio modo, mas incômodos.

– Talvez você devesse ter permanecido em casa, Sassenach – disse Jamie, franzindo ligeiramente a testa ao me ver remexendo-me e ajustando minha posição a todo instante.

– Estou bem – disse com um sorriso. – Apenas irrequieta. E seria uma pena perder tudo isso. – Fiz um gesto largo em direção à janela do coche, indicando a ampla extensão dos campos, brilhando verdes como esmeraldas entre as fileiras de álamos retos e escuros, que formavam uma barreira contra o vento. Empoeirado ou não, o ar puro do campo era fresco e inebriante, depois dos cheiros abafados e fétidos da cidade e dos odores medicinais do Hôpital des Anges.

Luís concordara, como um gesto de cautelosa boa vontade em relação às tentativas de diálogo da diplomacia inglesa, em permitir que o duque de Sandringham comprasse quatro éguas reprodutoras Percheron do haras real em Argentan para melhorar o pedigree do pequeno rebanho de cavalos de tração que Sua Excelência criava na Inglaterra. Sua Excelência, portanto, estava visitando Argentan hoje e convidara Jamie para acompanhá-lo, a fim de aconselhá-lo na escolha das éguas. O convite fora feito durante uma festa e, uma coisa levando a outra, a visita acabara se transformando numa excursão de piquenique em grande escala, envolvendo quatro carruagens e várias damas e cavalheiros da corte.

– É um bom sinal, não acha? – perguntei, lançando um olhar cauteloso para ter certeza de que nossos acompanhantes estavam realmente adormecidos. – Quero dizer, o fato de Luís dar permissão ao duque para comprar cavalos. Se está indicando através de gestos como esse uma disposição favorável em relação aos ingleses, então provavelmente não está inclinado a demonstrar simpatia por James Stuart, ao menos não ostensivamente.

Jamie balançou a cabeça. Ele se recusava terminantemente a usar peruca, e a forma ousada e desguarnecida de sua cabeça tosada provocara grande alvoroço na corte. Tinha suas vantagens no momento presente; embora uma leve transpiração brilhasse na ponte de seu nariz reto e longo, ele não estava nem de longe tão lânguido quanto eu.

– Não, agora estou certo de que Luís não quer relação com os Stuart, pelo menos no que diz respeito a qualquer iniciativa para a restauração da monarquia. Monsieur Duverney assegura-me que o conselho se opõe completamente a isso; embora Luís possa em algum momento ceder a pressões do papa para que conceda a Charles uma pequena pensão, ele não está disposto a levar os Stuart a nenhum tipo de proeminência na França, com George da Inglaterra olhando por cima do seu ombro. – Ele usava seu xale de tartã hoje, preso junto ao ombro por um broche, uma bela peça que sua irmã lhe enviara da Escócia, no formato de dois veados correndo, os corpos inclinados de tal forma que se uniam num círculo, as cabeças e as caudas se tocando. Puxou uma prega do xale e enxugou o rosto.

– Acho que conversei com todos os principais banqueiros de Paris nos últimos meses e estão unidos numa total falta de interesse. – Sorriu ironicamente. – Não há tanta abundância de dinheiro a ponto de alguém querer apoiar uma proposta tão arriscada como a restauração dos Stuart.

– E isso – completei, alongando as costas com um gemido – nos deixa a Espanha.

Ele meneou a cabeça, concordando.

– É verdade. E Dougal MacKenzie. – Olhou-me com um ar presunçoso e empertiguei-me no banco, intrigada.

– Teve notícias dele? – Apesar de uma cautela inicial, Dougal aceitara Jamie como um dedicado companheiro jacobita, e a colheita habitual de cartas codificadas foi aumentada com uma série de comunicações discretas enviadas por Dougal da Espanha, destinadas a serem lidas por Jamie e encaminhadas a Charles Stuart.

– Tive, sim. – Pude notar por sua expressão que eram boas notícias. E realmente eram, mas não para os Stuart. – Filipe recusou-se a dar qualquer assistência aos Stuart. – Ele recebeu uma notificação do gabinete do papa, você sabe; ele deve manter-se afastado de toda questão do trono escocês.

– E sabemos por quê? – A última interceptação de um mensageiro papal revelara várias cartas, mas como eram todas endereçadas a James ou a Charles Stuart, podiam perfeitamente não conter nenhuma referência às conversas de Sua Santidade com a Espanha.

– Dougal acha que sabe. – Jamie riu. – Ele está muito decepcionado. Disse que foi mantido em banho-maria em Toledo durante quase um mês e depois mandado embora com nada além de uma vaga promessa de ajuda "em algum momento, *Deo volente*". – Sua voz grave imitou com perfeição uma entonação piedosa e não pude deixar de rir. – Bento quer evitar atritos entre a Espanha e a França; não quer ver Filipe e Luís desperdiçando dinheiro para o qual ele tem uma destinação melhor, sabe – acrescentou ele cinicamente. – Não fica bem para um papa dizer isso, mas Bento tem suas dúvidas se um rei católico ainda conseguiria manter a Inglaterra unida. A Escócia tem tido seus líderes católicos entre os clãs das Terras Altas, mas já faz algum tempo desde que a Inglaterra teve um rei católico. É provável que ainda se passe muito tempo até que tenham outro, *Deo volente* – acrescentou rindo.

Coçou a cabeça, despenteando os cabelos curtos vermelho-dourados acima das têmporas.

– A situação parece bastante sombria para os Stuart, Sassenach, e isso é uma boa notícia. Não, não haverá nenhuma ajuda dos monarcas Bourbon. A única coisa que me preocupa agora é esse investimento que Charles Stuart fez com o conde de St. Germain.

– Então você não acha que se trata apenas de um investimento?

– Bem, na verdade, é – disse ele, franzindo o cenho –, mas parece que há mais alguma coisa por trás. Ouvi uns rumores, sabe?

Embora as famílias de banqueiros de Paris não estivessem inclinadas a levar o Jovem Pretendente ao trono da Escócia a sério, essa situação poderia mudar facilmente caso Charles Stuart subitamente tivesse dinheiro para investir.

– Sua Alteza me disse que tem conversado com os Gobelin – disse Jamie. – St. Germain os apresentou; caso contrário, não teriam lhe dado nenhuma atenção. O velho Gobelin o considera um perdulário e um tolo, e um dos filhos de Gobelin também. O outro, entretanto, diz que vai esperar para ver; se Charles for bem-sucedido em sua arriscada iniciativa, então talvez ele possa colocar outras oportunidades em seu caminho.

– Isso não é nada bom – observei.

Jamie balançou a cabeça.

– Não. Dinheiro atrai dinheiro. Se ele prosperar em um ou dois grandes empreendimentos, os banqueiros vão começar a lhe dar ouvidos. O sujeito não é muito inteligente – disse ele, com um sorriso enviesado –, mas é muito sedutor pessoalmente; pode persuadir as pessoas, mesmo contra a voz da razão. Mesmo assim, ele não fará nenhum progresso sem um pequeno capital em seu nome. Mas ele o terá, se esse investimento for bem-sucedido.

– Hummm. – Mudei de posição outra vez, contorcendo os dedos dos pés em sua quente prisão de couro. Os sapatos se mostraram confortáveis quando feitos para mim, mas agora meus pés começavam a inchar um pouco e minhas meias de seda estavam úmidas de suor. – Há alguma coisa que possamos fazer a respeito?

Jamie encolheu os ombros, com um sorriso enviesado.

– Rezar pelo mau tempo ao largo das costas de Portugal, acho. Além do naufrágio do navio, não vejo muito jeito de a empresa fracassar, verdade seja dita. St. Germain já tem contratos para a venda do carregamento inteiro. Tanto ele quanto Charles Stuart devem triplicar o dinheiro investido.

Estremeci levemente à menção do conde. Não pude deixar de me lembrar do que me dissera Dougal. Eu não contara a Jamie sobre a visita de Dougal, nem sobre suas especulações quanto às atividades noturnas do conde. Não gostava de guardar segredos dele, mas Dougal exigira meu silêncio como seu preço por me ajudar na questão de Jonathan Randall, e eu não tive escolha senão concordar.

Jamie sorriu para mim e estendeu a mão.

– Pensarei em alguma coisa, Sassenach. Por enquanto, dê-me seus pés. Quando Jenny estava grávida, ela gostava que eu os massageasse.

Não discuti, tirando meus pés de dentro dos sapatos quentes e colocando-os em seu colo com um suspiro de alívio conforme o ar que entrava pelas janelas esfriava a seda úmida sobre meus dedos.

Suas mãos eram grandes e seus dedos ao mesmo tempo fortes e delicados. Esfregou os nós pelo arco do meu pé e eu reclinei-me no assento com um gemido de prazer. Rodamos em silêncio por vários minutos enquanto eu relaxava, entrando num estado de alheamento abençoado.

Com a cabeça inclinada sobre meus dedos envoltos em seda verde, Jamie observou, descontraído:

– Não era realmente uma dívida, sabe?

– O que não era? – Entorpecida pelo calor do sol e pela massagem nos pés, não fazia a menor ideia do que ele estava falando.

Sem parar de massagear, ergueu os olhos para mim. Sua expressão era séria, embora o vestígio de um sorriso iluminasse seus olhos.

– Você disse que eu lhe devia uma vida, Sassenach, porque você salvara a minha. – Segurou um dedão e sacudiu-o. – Mas eu estive pensando e não tenho certeza se isso é verdade. Parece-me que estamos quites, se considerarmos tudo.

– O que quer dizer com estarmos quites? – Tentei libertar meu pé, mas ele segurou-o com firmeza.

– Se você salvou minha vida, e realmente salvou, eu também salvei a sua, e no mesmo número de ocasiões. Eu a salvei de Jack Randall em Fort William, você se lembra, e eu a arranquei da multidão enfurecida em Cranesmuir, não foi?

– Sim – respondi cautelosamente. Não fazia a menor ideia de onde ele queria chegar, mas ele não estava apenas falando por falar. – Sou grata por isso, é claro.

Ele emitiu um pequeno som escocês, do fundo da garganta, dispensando o agradecimento.

– Não é uma questão de gratidão, Sassenach, da sua parte *ou* da minha. O que estou dizendo é apenas que também não é uma questão de obrigação. – O sorriso desaparecera de seus olhos e ele estava completamente sério.

– Eu não lhe dei a vida de Randall em troca da minha, não seria uma troca justa, para começar. Feche a boca, Sassenach – disse ele, de modo prático – ou vai engolir uma mosca. – Havia, de fato, vários insetos presentes; três estavam pousados na frente da camisa de Fergus, sem se perturbarem com o constante sobe e desce.

– Por que concordou, então? – Parei de lutar e ele envolveu meus pés com as duas mãos, esfregando os polegares lentamente sobre as curvas dos meus calcanhares.

– Bem, não foi por nenhuma das razões que você tentava me fazer enxergar. Quanto a Frank – disse ele –, bem, é verdade que eu tomei sua mulher e sinto pena dele por isso, às vezes mais do que em outras – acrescentou com um trejeito insolente de uma das sobrancelhas. – No entanto, seria diferente se ele fosse meu rival aqui? Você teve livre escolha entre nós dois e escolheu a mim, apesar de luxos como banhos quentes terem pesado a favor dele. Uuuf! – Liberei um dos pés com um safanão e enfiei-o em suas costelas. Ele endireitou-se e agarrou-o, a tempo de me impedir de repetir o golpe.

– Está arrependida da escolha?

– Ainda não – respondi, lutando para recuperar meu pé. – Mas posso me arrepender a qualquer momento. Continue falando.

– Muito bem, então. Eu não podia entender por que o fato de você ter me escolhido dava a Frank Randall o direito de uma consideração especial. Além do mais – disse ele francamente –, devo admitir que fiquei com um pouco de ciúme do sujeito.

Chutei-o com meu outro pé, mirando mais embaixo. Ele segurou este pé antes que atingisse o alvo, torcendo habilmente meu tornozelo.

– Quanto a dever-lhe sua vida, em princípios gerais – continuou ele, ignorando minhas tentativas de escapar –, esse é um argumento que o irmão Anselmo na abadia poderia responder melhor do que eu. Certamente, eu não mataria um homem inocente a sangue-frio. Mas eu já matei homens numa batalha, e isso seria diferente?

Lembrei-me do soldado e do garoto na neve que eu matara em nossa fuga de Wentworth. Eu já não me atormentava com essas lembranças, mas sabia que elas jamais me deixariam.

Ele balançou a cabeça.

– Não, você pode levantar muitos argumentos bons sobre isso, mas no final das contas, tais escolhas resumem-se a uma só: você mata quando tem que matar e convive com isso depois. Lembro-me do rosto de todos os homens que matei, e sempre me lembrarei. Mas o fato permanece, eu estou vivo e eles não, e essa é minha única justificativa, quer seja certa ou errada.

– Mas isso não é verdade neste caso – ressaltei. – Não é um caso de matar ou ser morto.

Ele balançou a cabeça para desalojar uma mosca que se assentara em seu cabelo.

– Nisso você está errada, Sassenach. O que existe entre mim e Jack Randall só será resolvido quando um de nós morrer, e talvez nem mesmo assim. Há outras maneiras de matar sem ser com uma faca ou uma arma de fogo, e há coisas piores do que a morte física. – Seu tom de voz abrandou-se. – Em Ste. Anne, você me arrancou de mais de uma forma de morte, *mo duinne*, e nunca pense que eu não sei disso. – Balançou a cabeça. – Talvez, afinal de contas, eu lhe deva mais do que você me deve.

Soltou meus pés e reposicionou suas longas pernas.

– E isso me leva a considerar sua consciência, bem como a minha. Afinal, você não fazia a menor ideia do que iria acontecer quando fez sua escolha, e uma coisa é abandonar um homem e outra, é condená-lo à morte.

Eu não estava gostando nem um pouco daquela maneira de descrever minhas atitudes, mas não podia me esquivar dos fatos. Eu havia, de fato, abandonado Frank, e embora pudesse não me arrepender da escolha que fizera, ainda assim lamentava e sempre lamentaria a necessidade de fazê-lo. As palavras seguintes de Jamie ecoaram meus pensamentos de forma assustadora.

Ele continuou:

– Se você soubesse que isso poderia significar, digamos, a morte de Frank, talvez tivesse feito uma escolha diferente. Considerando-se que você realmente me escolheu, eu tenho o direito de tornar seus atos ainda mais consequentes do que você imaginara?

Absorto nessa argumentação, não se dera conta do seu efeito sobre mim. Vendo a expressão do meu rosto agora, parou repentinamente, observando-me em silêncio enquanto seguíamos aos solavancos pela paisagem rural.

– Não vejo como possa ser um pecado para você ter feito o que fez, Claire – disse ele, finalmente, estendendo o braço para repousar a mão sobre meu pé revestido de seda verde. – Sou seu marido por lei, tanto quanto ele era... ou será. Você nem sabe se poderia ter voltado para ele; *mo duinne*, você podia ter ido ainda mais para trás no tempo, ou ido mais para a frente, para uma época inteiramente diferente. Você agiu como achou que devia e ninguém pode fazer melhor do que isso.

Ergueu os olhos e a expressão de seu olhar penetrou em minha alma.

– Sou suficientemente honesto para dizer que não me importo com o que possa ser certo ou errado, desde que você esteja aqui comigo, Claire – prosseguiu ele, com ternura. – Se foi um pecado para você ter me escolhido... então vou ao próprio diabo agradecer por ter tentado você. – Ergueu meu pé e beijou delicadamente a ponta do dedão.

Coloquei a mão em sua cabeça; os cabelos curtos espetavam, mas eram macios, como os espinhos de um ouriço muito jovem.

– Não acho que tenha sido errado – retruquei ternamente. – Mas se foi... então irei ao diabo com você, Jamie Fraser.

Ele fechou os olhos e abaixou a cabeça sobre meus pés. Segurou-os com tanta força que eu pude sentir os longos e delgados metatarsos pressionados uns contra os outros; mesmo assim, não os retirei. Enfiei os dedos em seus cabelos e puxei-os delicadamente.

– Então por quê, Jamie? Por que resolveu deixar Jack Randall viver?

Ele ainda segurava meu pé, mas abriu os olhos e sorriu para mim.

– Bem, pensei em muitas coisas, Sassenach, enquanto caminhava de um lado a outro naquela noite. Primeiro, achei que você iria sofrer se eu realmente matasse o canalha. Eu faria, ou não faria, muitas coisas para poupá-la de sofrimentos, Sassenach, mas até onde contrabalançar sua consciência com minha honra?

Balançou a cabeça outra vez, descartando mais um argumento.

– Não. Cada um de nós pode ser responsável por seus próprios atos e sua própria consciência. O que quer que eu faça não pode ser tributado a você, independentemente de quais sejam as consequências. – Pestanejou, os olhos lacrimejando com o vento carregado de poeira, e passou a mão pelos cabelos numa tentativa vã de alisar as pontas desgrenhadas. Cortados bem curtos, eles formavam um tufo de pontas espetadas no alto da cabeça, parecendo um leque rebelde.

– Por que, então? – perguntei, inclinando-me para a frente. – Você me disse todas as razões que não lhe fizeram resolver não matar Randall, o que resta?

Ele hesitou por um instante, mas em seguida olhou-me diretamente nos olhos.

– Por causa de Charles Stuart, Sassenach. Até agora, conseguimos impedir todas as grandes somas de dinheiro, mas com esse investimento... bem, ele ainda pode conseguir liderar um exército na Escócia. E se isso acontecer... bem, você sabe melhor do que eu o que pode vir a acontecer, Sassenach.

Eu sabia, e o pensamento enregelou-me. Não pude deixar de recordar a descrição de um historiador sobre o destino dos habitantes das Terras Altas em Culloden: "os mortos jaziam uns sobre os outros, encharcados da chuva e do seu próprio sangue".

Os escoceses, mal administrados e famintos, mas ferozes até o fim, seriam destruídos em uma meia hora decisiva. Seriam amontoados uns sobre os outros e abandonados, sangrando numa fria chuva de abril, a causa que haviam alimentado por cem anos morta junto com eles.

Jamie estendeu o braço e segurou minhas mãos.

– Acho que não vai acontecer, Claire; penso que conseguiremos impedi-lo. E se não conseguirmos, ainda assim não acredito que alguma coisa venha a me acontecer. Mas se acontecer... – Parecia extremamente ansioso agora, falando em voz baixa e ardente. – Se acontecer, quero que haja um lugar para você; quero que haja alguém para quem você possa ir se eu... não estiver mais aqui para cuidar de você. Se não puder ser eu, então quero que seja um homem que a ame.

Apertou meus dedos com mais força; eu podia sentir as duas alianças penetrando em minha carne e sentir a ansiedade em suas mãos.

– Claire, você sabe o que me custa fazer isso por você: poupar a vida de Randall.

Prometa-me que, se o momento chegar, você voltará para Frank. – Seus olhos inspecionaram meu rosto, azul-escuros como o céu na janela às suas costas. – Já tentei mandá-la de volta duas vezes antes. E agradeço a Deus por você não ter ido. Mas se houver uma terceira vez... prometa-me que voltará para ele, para Frank. Porque é por isso que poupei a vida de Jack Randall por um ano, por você. Prometa-me, Claire.

– *Allez! Allez! Montez!* – gritou o cocheiro de cima do seu banco, encorajando os cavalos a subir uma ladeira. Estávamos quase chegando.

– Está bem – disse finalmente. – Eu prometo.

Os estábulos de Argentan eram limpos e arejados, cheirando a verão e cavalos. Em uma baia aberta, Jamie circundou uma égua Percheron, encantado como uma mutuca.

– Ah, que menina bonita você é! Venha cá, benzinho, deixe-me ver esse belo e gordo traseiro. Hummm, sim, que beleza!

– Quisera que meu marido falasse assim *comigo* – comentou a duquesa de Neve, provocando risadinhas das outras senhoras do grupo, que permaneciam de pé na palha do corredor central, observando.

– Talvez ele o fizesse, madame, se sua própria visão de costas oferecesse tal estímulo. Mas, por outro lado, talvez seu marido não compartilhe a apreciação de milorde Broch Tuarach por um traseiro bem torneado. – O conde de St. Germain deixou os olhos percorrerem meu corpo com uma pitada de desdenhosa ironia. Tentei imaginar aqueles olhos negros brilhando pelas fendas de uma máscara e pude reconhecê-los muito bem. Infelizmente, os babados de renda do punho de sua camisa iam além dos nós dos dedos de suas mãos; eu não podia ver a forquilha entre seu polegar e o indicador.

Ouvindo a conversa paralela, Jamie apoiou-se muito à vontade nas largas ancas da égua, somente a cabeça, os ombros e os braços à mostra, acima do corpo volumoso da Percheron.

– Milorde Broch Tuarach aprecia a beleza onde possa ser encontrada, monsieur *le comte;* mulher ou animal. No entanto, ao contrário de alguns que eu poderia citar, sou capaz de diferenciar uma da outra. – Riu maliciosamente para St. Germain, depois deu uns tapinhas de despedida no pescoço da égua quando o bando começou a se dispersar, rindo.

Jamie tomou meu braço para me conduzir ao estábulo seguinte, acompanhado mais lentamente pelo restante do grupo.

– Ah – disse ele, inalando a mistura de cheiros de feno, cavalos, arreios e estrume como se fosse incenso. – Eu realmente sinto falta do cheiro de um estábulo. E o campo me deixa saudoso da Escócia.

– Não se parece muito com a Escócia – disse, estreitando os olhos contra o sol ofuscante quando emergimos da obscuridade do estábulo.

– Não, mas é o campo – disse ele –, é limpo, é verde e não há nenhuma fumaça no ar ou esgoto embaixo dos seus pés. A menos que considere excremento de cavalo como tal, o que eu não faço.

O sol do começo do verão brilhava nos telhados de Argentan, uma cidadezinha aninhada entre colinas verdejantes e suavemente ondeadas. O haras real ficava logo na periferia da vila, com construções muito mais sólidas do que as casas dos súditos do rei ali perto. Os celeiros e estábulos eram de pedra lavrada, assoalhos de pedra e telhados de ardósia. Eram mantidos numa condição de limpeza que ultrapassava em muito a do Hôpital des Anges.

Um sonoro zumbido veio de trás de um estábulo e Jamie parou bruscamente, bem a tempo de evitar um choque com Fergus, que surgiu diante de nós com se tivesse sido atirado por um estilingue, perseguido por dois jovens cavalariços, ambos bem maiores do que ele. Uma mancha verde de excremento fresco do lado do rosto de um deles dava uma pista da causa da altercação.

Com considerável presença de espírito, Fergus deu meia-volta, passou como uma flecha pelo meio de seus perseguidores e zuniu para dentro do grupo, onde se refugiou atrás da fortaleza dos quadris revestidos de kilt de Jamie. Vendo sua presa assim protegida, seus perseguidores olharam aterrorizados para a falange de homens e mulheres da corte que vinha em sua direção, trocaram um olhar de decisão e, simultaneamente, viraram-se e fugiram.

Vendo-os bater em retirada, Fergus esticou o pescoço de trás de minha saia e gritou alguma coisa em francês chulo, o que prontamente lhe angariou um tabefe na orelha por parte de Jamie.

– Saia já daqui – disse ele rispidamente. – E pelo amor de Deus, não atire bosta de cavalo em gente maior do que você. Agora, vá e fique longe de confusão. – Completou o conselho com uma saudável palmada no traseiro de calças curtas, o que fez Fergus sair cambaleando na direção oposta àquela tomada pelos seus atacantes anteriores.

Eu ficara em dúvida quanto à conveniência de levar Fergus conosco nesta excursão, mas a maioria das mulheres estava levando pajens em sua companhia para prestar-lhes pequenos serviços e carregar as cestas de comidas e outras parafernálias consideradas essenciais para um passeio de um dia. E Jamie quis mostrar um pouco do campo ao garoto, achando que ele merecia um dia de folga. Tudo muito justo, exceto que Fergus, que nunca estivera fora de Paris em toda a sua vida, ficara exaltado demais com o ar, a luz e os belos e enormes animais bem debaixo do seu nariz. Assim, tresloucado de nervosismo e agitação, não parara de se meter em confusão desde a nossa chegada.

– Só Deus sabe o que ele fará em seguida – disse, sombriamente, vendo a figura de Fergus se afastar. – Vai pôr fogo em um dos montes de feno.

Jamie permaneceu impassível diante da ideia.

– Ele vai ficar bem. Todos os garotos se metem em guerra de estrume.

– É mesmo? – Virei-me, examinando St. Germain, imaculado em linho branco, sarja branca e seda branca, inclinando-se cortesmente para ouvir a duquesa conforme ela caminhava com afetação pelo pátio coberto de palha.

– Talvez *você* tenha se metido – disse. – Não ele. Nem o bispo, tampouco, não creio.

Eu me perguntava se aquela excursão fora uma boa ideia, ao menos da minha parte. Jamie estava em seu ambiente com os gigantes Percheron e o duque estava visivelmente impressionado com ele, o que era ótimo. Por outro lado, minhas costas doíam terrivelmente da viagem de coche e meus pés estavam quentes e inchados, pressionados e doloridos contra o couro apertado dos meus sapatos.

Jamie olhou para mim e sorriu, apertando minha mão pousada em seu braço.

– Não vai demorar muito mais, Sassenach. O guia quer nos mostrar o local onde os cavalos se reproduzem, e depois você e as outras senhoras poderão ir se sentar para comer enquanto os homens ficam por lá fazendo piadas grosseiras sobre o tamanho do pênis um do outro.

– Esse é o efeito geral da observação de cavalos procriando? – perguntei, fascinada.

– Bem, nos homens é; não sei qual o efeito nas mulheres. Mantenha os ouvidos atentos e talvez depois você possa me contar.

Havia de fato um ar de empolgação reprimida entre os membros do grupo conforme nos aglomerávamos nas instalações um tanto apertadas de um estábulo de reprodução. De pedra, como as outras construções, esta não era dividida em baias de ambos os lados de uma passagem central, mas possuía um pequeno curral delimitado por uma cerca baixa, com boxes individuais de cada lado e uma espécie de corredor estreito ao longo da parte de trás. Desse corredor, saíam diversos portões que podiam ser abertos ou fechados para controlar os movimentos de um cavalo.

O prédio em si era claro e arejado, graças a enormes janelas sem vidraças, abertas em cada uma das extremidades, dando vista para um gramado cercado. Dava para ver várias das enormes éguas Percheron pastando junto à cerca; uma ou duas pareciam irrequietas, ensaiando um galope chocalhante, depois retornando a um trote ou marcha, balançando as cabeças e as crinas com um relincho alto e estridente. Uma vez, quando isso aconteceu, ouviu-se um grito alto e nasal de um dos boxes no final da cabana e o painel divisório sacudiu-se com o baque surdo de um poderoso coice de seu ocupante.

– *Este* está pronto – murmurou uma voz apreciativamente atrás de mim. – Quem será a feliz mademoiselle?

– A mais próxima do portão – sugeriu a duquesa, sempre pronta a apostar. – Cinco *livres* nela.

– Ah, não! Está enganada, madame, ela está calma demais. Será a pequena, sob a macieira, revirando os olhos toda faceira. Vê como lança a cabeça? Ela é a minha escolha.

Todas as éguas pararam ao som do grito do garanhão, erguendo os focinhos inquisitivamente e agitando as orelhas nervosamente. As mais inquietas arremessavam a cabeça e relinchavam; uma delas esticou o pescoço e emitiu um chamado longo e sonoro.

– Aquela – disse Jamie calmamente, meneando a cabeça em sua direção. – Ouviu-a chamando-o?

– E o que ela está dizendo, milorde? – perguntou o bispo, um brilho nos olhos.

Jamie balançou a cabeça solenemente.

– É uma canção, milorde, mas uma à qual um homem do clero é surdo, ou deveria ser.

De fato, a égua que chamou o garanhão fora a escolhida. Uma vez dentro do estábulo, ela ficou parada, a cabeça empinada, testando o ar com as narinas dilatadas. O garanhão sentiu seu cheiro; seus gritos ecoaram assustadores das vigas do telhado, tão alto que a conversa se tornou impossível.

De qualquer modo, ninguém queria conversar agora. Apesar do desconforto que me assolava, pude sentir o rápido formigamento do desejo através dos meus seios e uma contração do meu ventre inchado quando a égua mais uma vez respondeu ao chamado do garanhão.

Percherons são cavalos muito grandes. Um dos grandes alcança mais de 1,50 metro na altura do ombro, e o traseiro de uma égua bem nutrida tem quase um metro de largura, o pelo cinza-pálido, manchado, ou preto brilhante, adornado com uma cascata de cabelos negros da cauda, da grossura do meu braço.

O garanhão precipitou-se de seu boxe em direção à égua amarrada com uma tal impetuosidade que fez com que todos se afastassem da cerca. Nuvens de poeira ergueram-se quando os enormes cascos golpearam a terra batida do corredor e gotas de saliva voaram de sua boca aberta. O cavalariço que abrira a porta do seu boxe deu um salto, pequeno e insignificante ao lado da magnífica fúria à solta no corredor.

A égua ergueu-se nas patas traseiras e soltou um grito agudo, alarmada. Mas logo ele estava sobre ela e seus dentes fecharam-se sobre o arco vigoroso de seu pescoço, forçando sua cabeça a baixar-se em submissão. A majestosa cauda ergueu-se para o alto, deixando-a nua, exposta ao desejo do garanhão.

– *Jésus* – murmurou monsieur Prudhomme.

Levou bem pouco tempo, mas pareceu muito mais longo, observando-se o subir e descer dos flancos escuros de suor e o jogo de luz nas crinas serpeantes, bem como o brilho de poderosos músculos, tensos e esticados na flexível agonia do acasalamento.

Todos estavam em silêncio ao deixarmos o estábulo. Finalmente, o duque riu, cutucou Jamie e disse:

– Você está acostumado com cenas iguais a essa, milorde Broch Tuarach?

– Sim – respondeu Jamie. – Já a presenciei muitas vezes.

– Ah, é? – disse o duque. – Diga-me, milorde, como se sente depois de tê-la presenciado tantas vezes?

Um dos cantos da boca de Jamie contorceu-se ao responder, mas, fora isso, manteve-se absolutamente sério.

– Muito modesto, Excelência – disse ele.

– Que cena! – disse a duquesa de Neve. Quebrou um biscoito, com o olhar sonhador, e mastigou-o devagar. – Tão excitante, não foi?

– Que pênis, você quer dizer – observou madame Prudhomme, um pouco grosseiramente. – Quem me dera que Philibert tivesse um assim. Do jeito que é... – Ela arqueou uma das sobrancelhas na direção de um prato de pequenas salsichas, cada uma de aproximadamente 5 centímetros, e as senhoras sentadas na toalha de piquenique desataram em risadinhas.

– Um pouco de frango, por favor, Paul – disse a condessa de St. Germain ao seu pajem. Ela era jovem e a conversa desbocada das mulheres mais velhas a fazia enrubescer. Perguntei-me que espécie de casamento ela teria com St. Germain; ele nunca a levava em público, a não ser em ocasiões como esta, onde a presença do bispo o impedia de aparecer com uma de suas amantes.

– Ora – disse madame Montresor, uma das damas de honra, cujo marido era amigo do bispo. – Tamanho não é tudo. Que diferença faz se for do tamanho do de um garanhão e tão rápido quanto ele? Menos de dois minutos? Eu lhes pergunto, de que adianta? – Ela segurou um pepino entre dois dedos e delicadamente lambeu o pequeno picles verde-claro, a extremidade rósea de sua língua pontuda e caprichosa. – Não é o que têm dentro das calças, mas o que fazem com ele.

Madame Prudhomme fez um muxoxo.

– Se você encontrar alguém que saiba fazer outra coisa além de enfiá-lo no primeiro buraco que aparece, diga-me. Eu estaria interessada em ver o que mais pode ser feito com algo assim.

– Ao menos, você tem um que está interessado – interrompeu a duquesa de Neve. Lançou um olhar de repulsa para o marido, reunido com os outros homens perto de um dos cercados, observando uma égua arreada sendo treinada. – Hoje não, querida – imitou os tons sonoros e fanhosos de seu marido com perfeição. – Estou *exausta*. – Ela colocou a mão na testa e revirou os olhos. – A pressão dos negócios é tão desgastante. – Incentivada pelas risadas, continuou a imitação, agora arregalando os olhos de horror e cruzando as mãos protetoramente sobre o colo. – O quê, *de novo*? Você não sabe que gastar a essência masculina gratuitamente é um convite à doença? Já não basta que suas exigências tenham me desgastado a ponto de me transformar num sabugo pequeno, Mathilde? Quer que eu tenha um *ataque*?

As mulheres gargalhavam e dobravam-se de rir, alto o suficiente para atrair a atenção do bispo, que acenou para nós e sorriu indulgentemente, provocando novas ondas de risos.

– Bem, ao menos ele não está gastando toda a sua essência masculina em bordéis, ou em outro lugar – disse madame Prudhomme, com um eloquente olhar de compaixão à condessa de St. Germain.

– Não – disse Mathilde melancolicamente. – Ele o guarda como se fosse ouro. Até parece que está em falta, do jeito que ele... Ah, Excelência! Aceita um copo de vinho? – Sorriu encantadoramente para o duque, que se aproximara silencioso por trás. Ficou parado, sorrindo para as mulheres, uma das sobrancelhas louras ligeiramente arqueadas. Se Sandringham tinha ouvido o assunto de nossa conversa, não demonstrou.

Sentando-se a meu lado na toalha, Sua Excelência entabulou uma conversa amena e divertida com as senhoras, a voz estranhamente aguda não fazendo nenhum contraste com as vozes femininas. Embora ele parecesse prestar muita atenção à conversa, notei que seus olhos desviavam-se periodicamente para o pequeno aglomerado de homens junto à cerca do curral. O exuberante kilt de

Jamie destacava-se, mesmo em meio aos suntuosos veludos bem talhados e às sedas forradas.

Senti certa hesitação em voltar a me encontrar com o duque. Afinal, nossa última visita terminara com a prisão de Jonathan Randall, sob a minha acusação de tentativa de estupro. Mas o duque era todo gentileza e civilidade neste passeio, sem nenhuma menção a nenhum dos dois irmãos Randall. Nem houve nenhuma menção pública da prisão; quaisquer que fossem as atividades diplomáticas do duque, pareciam estar num nível suficientemente alto para merecer a chancela real de silêncio.

De um modo geral, recebi com prazer a presença do duque em nosso piquenique. Para começar, impedia que as mulheres me perguntassem – como algumas almas mais ousadas faziam de vez em quando nas festas – se era verdade o que os escoceses usavam por baixo do kilt. Considerando-se a disposição de espírito do presente grupo, não creio que minha resposta usual – "Ah, o de sempre" – seria suficiente.

– Seu marido tem um ótimo olho para cavalos – observou o duque para mim, livre por um instante, quando a duquesa de Neve, do outro lado dele, inclinou-se sobre a toalha para conversar com madame Prudhomme. – Ele me disse que tanto seu pai quanto seu tio mantêm uma pequena mas excelente criação de cavalos nas Terras Altas.

– Sim, é verdade. – Tomei um pequeno gole do meu vinho. – Mas o senhor visitou Colum MacKenzie no Castelo Leoch; certamente viu o estábulo por si mesmo. – De fato, eu conhecera o duque em Leoch no ano anterior, embora o encontro tenha sido breve; ele partiu numa expedição de caça pouco antes de eu ser presa por bruxaria. Eu tinha certeza de que ele devia ter tido conhecimento do fato, mas, se assim fosse, não dava nenhum sinal disso.

– Sem dúvida. – Os olhos azuis, pequenos e astutos, do duque dardejaram para a esquerda, depois para a direita, para ver se estava sendo observado, depois passou a falar em inglês. – Na época, seu marido me informou que ele não morava em suas próprias terras por causa de uma infeliz e errônea acusação de assassinato apresentada contra ele pela Coroa inglesa. Eu me pergunto, milady, se a incriminação ainda persiste?

– Sua cabeça ainda está a prêmio – disse sem rodeios.

A expressão do duque de educado interesse não se alterou. Estendeu a mão e pegou uma das pequenas salsichas na bandeja.

– Essa não é uma questão irremediável – disse ele serenamente. – Depois de meu encontro com seu marido em Leoch, fiz algumas investigações... ah, adequadamente discretas, asseguro-lhe, minha cara senhora. E creio que a questão possa ser resolvida sem maiores dificuldades, com uma palavra no ouvido certo, das fontes certas.

Interessante. Inicialmente, Jamie contara ao duque de Sandringham sobre a acusação que pesava contra ele por sugestão de Colum MacKenzie, na esperança de que o duque pudesse ser persuadido a intervir a seu favor. Como Jamie de fato não havia cometido o crime em questão, não podia haver provas contra ele; era bem possível que o duque, uma voz poderosa entre os nobres da Inglaterra, pudesse de fato conseguir que as acusações fossem retiradas.

– Por quê? – perguntei. – O que deseja em troca?

As sobrancelhas louras e grossas ergueram-se subitamente e ele sorriu, exibindo dentes pequenos, brancos e regulares.

– Nossa, você é bem direta, não? Não poderia ser simplesmente porque aprecio a opinião abalizada e a assistência de seu marido na seleção de cavalos e gostaria de vê-lo restaurado a uma posição onde essa habilidade possa de novo ser exercida lucrativamente?

– Poderia, mas não é – disse. Percebi o olhar penetrante de madame Prudhomme sobre nós e sorri amavelmente para ele. – Por quê?

Ele jogou a salsicha inteira na boca e mastigou-a devagar, o rosto redondo e afável refletindo nada além do prazer em desfrutar o dia e a refeição. Por fim, engoliu e limpou delicadamente a boca com um dos guardanapos de linho.

– Bem – disse ele –, apenas como hipótese, se me compreende...

Assenti e ele continuou:

– *Apenas* como hipótese, então talvez possamos supor que a recente amizade de seu marido com... um certo personagem recém-chegado de Roma? Ah, vejo que me compreende. Sim. Suponhamos que essa amizade tenha se tornado uma questão de certa forma preocupante para alguns grupos que prefeririam que esse personagem retornasse pacificamente a Roma, ou que se estabelecesse na França, embora Roma fosse melhor, mais seguro, compreende?

– Compreendo. – Eu também peguei uma salsicha. Eram muito condimentadas e pequenas baforadas de alho penetravam pelas minhas narinas a cada mordida. – E esses grupos veem essa amizade com seriedade suficiente para oferecerem a retirada das acusações contra meu marido em troca do término desse relacionamento? Novamente, por quê? Meu marido não é ninguém de grande importância.

– No momento, não – concordou o duque –, mas pode vir a ser. Ele possui ligações com vários interesses poderosos entre as famílias de banqueiros na França e mais ainda entre os comerciantes. Também é recebido na corte e tem algum acesso aos ouvidos de Luís. Em resumo, se ele no momento não possui o poder de arregimentar somas substanciais de dinheiro e influência, é provável que o faça em breve. Ele também é membro não de um, mas de *dois* dos mais poderosos clãs das Terras Altas. E os grupos que desejam que o personagem em questão retorne a Roma guardam um medo não despropositado de que essa influência possa ser exercida em direções não desejáveis. Seria muito melhor se seu marido puder retornar, uma vez restaurada sua reputação, para suas terras na Escócia, não acha?

– É uma ideia – disse. Era também um suborno, e dos mais atraentes. Cortar toda a conexão com Charles Stuart e ficar livre para retornar à Escócia e a Lallybroch, sem o risco de ser enforcado. A remoção de um partidário possivelmente preocupante dos Stuart, sem nenhuma despesa para a Coroa, também era uma proposta atraente do ponto de vista inglês.

Olhei com atenção para o duque, tentando descobrir onde exatamente ele se encaixava no quadro geral. Ostensivamente um enviado de George II, eleitor de Hanover e rei – desde que James Stuart permanecesse em Roma – da Inglaterra, ele podia muito bem ter um duplo propósito em sua visita à França. Envolver-se com Luís na delicada troca de civilidade e ameaças que constituía a diplomacia e ao mesmo tempo esmagar o espectro de uma nova revolução jacobita. Várias pessoas do círculo habitual de Charles haviam desaparecido ultimamente, alegando a necessidade urgente de cuidar de negócios no exterior. Subornados ou intimidados?, perguntava-me.

A expressão afável do duque não dava nenhuma pista de seus pensamentos. Empurrou a peruca para trás de uma fronte começando a ficar calva e coçou a cabeça sem nenhum acanhamento.

– Pense nisso, minha querida – insistiu ele. – E depois que tiver pensado, fale com seu marido.

– Por que o senhor mesmo não fala com ele?

Deu de ombros e pegou mais salsichas, três desta vez.

– Sei que os homens às vezes são mais receptivos a uma palavra vinda de dentro de casa, de alguém em quem confiam, do que àquilo que podem entender como pressão de uma fonte externa. – Sorriu. – Há a questão do orgulho a ser considerada; tem que ser tratada com delicadeza. E para um tratamento delicado... bem, sempre se ouve falar do "toque feminino", não é verdade?

Não tive tempo de responder a isso quando se ouviu um berro vindo do estábulo principal, fazendo todas as cabeças virarem-se bruscamente naquela direção.

Um cavalo vinha em nossa direção pelo estreito caminho entre o estábulo principal e o galpão longo e aberto que abrigava a forja. Um potro Percheron, bem novo, não mais de 2 ou 3 anos, a julgar pelas manchas nos flancos. Mesmo os Percherons novos são grandes e o potro parecia imenso, à medida que trotava para a frente e para trás, a cauda açoitando de um lado a outro. Obviamente, o potro ainda não fora domado; os ombros maciços contorciam-se no esforço para desalojar a pequena figura montada em seu pescoço, as duas mãos enterradas com força na crina espessa e negra.

– Droga, é Fergus!

As mulheres, perturbadas pelo grito, já haviam se levantado e observavam a cena com interesse.

Eu não percebera que os homens haviam se juntado a nós até uma mulher dizer:

– Mas parece muito perigoso! Certamente o menino vai se machucar se cair!

– Bem, se ele não se machucar ao cair, cuidarei disso pessoalmente, assim que colocar as mãos no moleque – disse uma voz furiosa atrás de mim. Virei-me e vi Jamie espreitando por cima de minha cabeça para o cavalo que se aproximava depressa.

– Você não deveria tirá-lo de lá? – perguntei.

Ele balançou a cabeça.

– Não, deixe o cavalo cuidar disso.

Na verdade, o cavalo parecia mais desnorteado do que assustado com o estranho peso em seu dorso. O corpo cinza malhado contorcia-se e estremecia como se atormentado por enxames de moscas e o potro agitava a cabeça, confuso, como se imaginasse o que estaria acontecendo.

Quanto a Fergus, tinha as pernas esticadas quase em ângulo reto sobre o dorso largo do Percheron; claramente, ele só estava preso ao cavalo pelas mãos que agarravam a crina. Assim, ele teria conseguido deslizar ou ao menos jogar-se do cavalo sem se ferir, se as vítimas da guerra de excremento não tivessem resolvido colocar em prática um plano para cobrar sua vingança.

Dois ou três cavalariços seguiam o cavalo a uma distância cautelosa, bloqueando a parte de trás do caminho. Um outro conseguira correr à frente e abrir o portão de um cercado vazio, próximo ao local onde estávamos. O portão ficava entre o grupo de visitantes em seu piquenique e o final do caminho entre os prédios; obviamente, a intenção era conduzir o cavalo com calma para dentro do cercado, onde poderia pisotear Fergus ou não, mas ao menos ele próprio estaria a salvo de fugir ou machucar-se.

Antes que isso pudesse ser feito, entretanto, uma figura ágil enfiou a cabeça pela pequena janela de um palheiro no sótão de um dos prédios, bem acima do caminho. Os espectadores estavam atentos ao cavalo, ninguém o viu, exceto eu. O garoto no palheiro observou, retirou-se e reapareceu quase imediatamente, segurando um grande feixe de feno. Escolhendo o momento mais propício, deixou-o cair quando Fergus e o cavalo passavam direto abaixo.

O efeito foi o mesmo de uma bomba. Houve uma explosão de feno onde antes estava Fergus e o potro soltou um relincho de pânico, contraiu a parte traseira e disparou como um vencedor do Derby, dirigindo-se em linha reta para o aglomerado de cortesãos, que se espalharam aos quatro ventos, guinchando como gansos.

Jamie atirara-se sobre mim, empurrando-me para fora do caminho e derrubando-me. Levantou-se de cima da minha figura deitada de costas, praguejando fluentemente em gaélico. Sem parar para perguntar como eu estava, saiu correndo na direção tomada por Fergus.

O cavalo dava coices e contorcia-se, completamente assustado. Agitando com violência as patas dianteiras, mantinha a distância um pequeno bando de cavalariços e rapazes das estrebarias, todos logo perdendo a calma profissional diante da ideia de que um dos preciosos cavalos do rei pudesse se machucar diante de seus olhos.

Por algum milagre de teimosia ou medo, Fergus continuava montado, as pernas magricelas chocalhando enquanto ele resvalava e quicava no dorso do animal. Todos os cavalariços gritavam-lhe para que se soltasse, mas ele ignorava o conselho, os olhos fechados com força e agarrado aos dois punhados de pelos da crina como a uma corda de salvamento. Um dos cavalariços carregava um forcado; brandia-o ameaçadoramente no ar, causando um grito agudo de horror de madame Montresor, que obviamente achava que ele pretendia espetar a criança.

O berro não acalmou os nervos do potro de nenhuma forma visível. Ele esperneava e sacudia-se, recuando e afastando-se das pessoas que agora começavam a rodeá-lo. Embora eu não achasse que o cavalariço de fato pretendesse espetar Fergus para empurrá-lo para fora do cavalo, havia o perigo real de que a criança fosse pisoteada ao cair – e eu não via como ele iria evitar esse destino por muito mais tempo. O cavalo arremeteu de repente para um pequeno grupo de árvores próximo ao curral, procurando abrigar-se da multidão ou talvez achando que o pesadelo em suas costas poderia ser arrancado com um galho.

Ao passar embaixo dos primeiros galhos, vi de relance um tartã vermelho em meio ao verde da vegetação e, em seguida, viu-se um lampejo vermelho quando Jamie lançou-se de uma árvore. Seu corpo atingiu o potro de lado e ele caiu ao chão numa confusão de xadrez e pernas nuas que teria revelado a um observador sagaz que aquele escocês em particular não estava usando nada sob seu kilt.

Os cortesãos correram para o local em bloco, concentrando-se em lorde Broch Tuarach, caído ao chão, enquanto os cavalariços perseguiam o cavalo que já desaparecia do outro lado das árvores.

Jamie ficou deitado de costas sob as faias, o rosto de um tom branco-esverdeado cadavérico, os olhos arregalados e a boca escancarada. Os dois braços envolviam Fergus num abraço apertado e o menino agarrava-se ao seu peito como uma sanguessuga. Jamie pestanejou para mim quando corri até ele e fez um débil esforço para sorrir. Os fracos assobios que saíam de sua boca aberta transformaram-se numa respiração curta e ofegante e eu relaxei, aliviada; ele ficara apenas sem ar.

Percebendo por fim que não estava mais em movimento, Fergus levantou a cabeça cautelosamente. Em seguida, sentou-se ereto, bruscamente, na barriga de seu patrão e disse com entusiasmo:

– Isso foi divertido, milorde! Podemos fazer de novo?

Jamie distendera um músculo na coxa durante o resgate de Fergus em Argentan e mancava quando chegamos a Paris. Mandou Fergus – sem sequelas da aventura ou da repreensão que recebeu depois – à cozinha para buscar seu jantar e deixou-se cair numa poltrona junto à lareira, esfregando a perna inchada.

– Dói muito? – perguntei.

– Um pouco. Mas só preciso manter a perna em repouso. – Levantou-se e espreguiçou-se, os braços longos quase alcançando as vigas de carvalho escurecidas acima do consolo da lareira. – Aquele coche é apertado; eu preferia ter viajado a cavalo.

– Hummm. Eu também. – Esfreguei a base da minha coluna, dolorida com o esforço da viagem. A dor parecia pressionar para baixo minha pélvis até as pernas, as juntas se soltando com a gravidez, imaginei.

Passei a mão de forma exploratória sobre a perna de Jamie, depois indiquei a *chaise longue*.

– Venha deitar-se aqui, de lado. Tenho um unguento ótimo que posso esfregar em sua perna; vai melhorar um pouco a dor.

– Bem, se não se importa. – Levantou-se com a perna rígida e deitou-se sobre o lado esquerdo, o kilt erguido acima dos joelhos.

Abri minha caixa de remédios e vasculhei as caixinhas e frascos. Agrimônia, olmo vermelho, tiritana... ah, lá estava ele. Tirei um pequeno pote de vidro azul que monsieur Forez havia me dado e desarrolhei a tampa. Cheirei o conteúdo cautelosamente; as pomadas tornavam-se rançosas com facilidade, mas esta parecia ter uma boa proporção de sal misturado para preservação. Possuía um agradável cheiro de fruta madura e uma bela cor – o exuberante branco-amarelado de nata fresca.

Tirei uma colherada da pomada e espalhei-a pelo longo músculo da coxa, levantando o kilt de Jamie acima da cintura para manter a região livre. Sua perna estava quente; não se tratava do calor de uma infecção, apenas o calor normal de um corpo masculino jovem, tonificado por exercícios e a incandescente pulsação da saúde. Massageei o creme delicadamente na pele, sentindo o inchaço do músculo rígido, explorando as divisões do quadríceps e do tendão da perna. Jamie deu um pequeno grunhido quando massageei com mais força.

– Dói? – perguntei.

– Sim, um pouco, mas não pare – respondeu ele. – Parece que está me fazendo muito bem. – Deu uma risadinha. – Eu não admitiria para ninguém além de você, Sassenach, mas foi muito divertido. Há meses não via tanta ação.

– Fico contente que tenha se divertido – disse secamente, pegando mais um pouco da pomada. – Eu mesma passei horas interessantes. – Sem parar a massagem, falei-lhe da oferta de Sandringham.

Ele soltou um resmungo em resposta, encolhendo-se ligeiramente quando atingi um ponto mais sensível.

– Então Colum tinha razão quando achava que o sujeito talvez pudesse ajudar na questão das acusações contra mim.

– Parece que sim. Suponho que a pergunta seja: você quer aceitar a oferta dele? – Tentei não prender a respiração enquanto esperava a resposta. Para começar, eu sabia qual seria; os Fraser como família eram conhecidos pela teimosia e, apesar de sua mãe ter sido uma MacKenzie, James era um Fraser por completo. Tendo decidido que iria impedir Charles Stuart, era improvável que abandonasse seus esforços nesse sentido. Ainda assim, era uma isca tentadora, tanto para mim quanto para ele. Poder voltar para a Escócia, para sua casa; viver em paz.

Mas havia outro problema, é claro. Se realmente voltássemos, deixando que os planos de Charles Stuart seguissem seu curso para o futuro que eu conhecia, qualquer paz na Escócia teria de fato uma vida curta.

Jamie fez um muxoxo, aparentemente seguira minha linha de raciocínio.

– Bem, vou lhe dizer, Sassenach. Se eu achasse que Charles Stuart pudesse ser bem-sucedido, pudesse livrar a Escócia do domínio inglês, eu lhe daria minhas terras, minha liberdade e até a própria vida para ajudá-lo. Embora não passe de um tolo, é um tolo real, e bastante cavalheiresco, eu acho. – Suspirou. – Mas eu conheço o sujeito e já conversei com ele... e com todos os jacobitas que lutaram com seu pai.

E considerando-se o que você me disse que acontecerá se chegarmos a uma revolta outra vez... não creio que eu escolha senão permanecer aqui, Sassenach. Depois que ele for impedido, então poderá haver uma chance de voltar... ou talvez não. Mas, por enquanto, devo agradecer e declinar a proposta de Sua Excelência.

Dei uns tapinhas em sua perna, delicadamente.

– Foi o que achei que você diria.

Ele sorriu para mim, depois olhou para o creme esbranquiçado que cobria meus dedos.

– Que negócio é esse?

– Um creme que monsieur Forez me deu. Não disse como se chama. Não creio que contenha nenhum ingrediente ativo, mas é um creme bom, gorduroso.

O corpo sob minhas mãos enrijeceu-se e Jamie olhou por cima do ombro para o pote azul.

– Monsieur Forez o deu para você? – perguntou ele, inquieto.

– Sim – respondi, surpresa. – Qual o problema? – Ele havia afastado minhas mãos lambuzadas de creme e, atirando as pernas para fora da *chaise longue*, procurava uma toalha.

– Esse pote tem uma flor-de-lis na tampa, Sassenach? – perguntou ele, limpando o unguento da perna.

– Tem, sim – respondi. – Jamie, o que há de errado com esta pomada? – A expressão em seu rosto era extremamente peculiar; oscilava entre espanto e divertimento.

– Ah, não diria que haja alguma coisa *errada* com ela, Sassenach – respondeu ele finalmente. Tendo esfregado a perna com tanta força que deixou os pelos encaracolados e ruivo-dourados brilhando sobre a pele vermelha, descartou a toalha e olhou pensativamente para o pote.

– Monsieur Forez deve tê-la em grande consideração, Sassenach – disse ele. – Isso é um produto caro.

– Mas...

– Não é que eu não tenha gostado – apressou-se a me assegurar. – É que como eu mesmo quase me tornei um ingrediente, me dá uma sensação estranha.

– Jamie! – Senti minha voz elevando-se. – Que negócio é esse? – Agarrei a toalha, limpando apressadamente as minhas mãos cobertas da pomada.

– Gordura liberada por homens enforcados – respondeu ele relutantemente.

– E-e-en... – Não consegui sequer pronunciar a palavra e tentei outra vez. – Quer dizer... – Meus braços ficaram arrepiados, os pelos finos parecendo agulhas numa almofada.

– Isso mesmo. Gordura de criminosos enforcados. – Falou animadamente, recuperando a calma tão rápido quanto eu perdia a minha. – Dizem que é muito bom para reumatismo e doenças das juntas.

Lembrei-me da maneira absolutamente limpa e arrumada com que monsieur Forez juntava os resultados de suas operações no Hôpital des Anges e a estranha expressão no rosto de Jamie quando ele viu o alto *chirurgien* acompanhar-me até em casa. Meus joelhos estavam fracos e eu sentia meu estômago dar voltas como uma panqueca.

– *Jamie! Quem* é *o maldito* monsieur *Forez*? – Eu estava quase gritando.

Ele definitivamente estava se divertindo com a situação.

– Ele é o carrasco público de enforcamentos do Quinto Distrito, Sassenach. Pensei que soubesse.

Jamie retornou molhado e com frio dos estábulos, onde fora esfregar-se, as abluções necessárias numa escala maior do que a tina no quarto poderia proporcionar.

– Não se preocupe, saiu tudo – assegurou-me ele, tirando a camisa e enfiando-se nu sob as cobertas. Sua pele estava áspera, arrepiada de frio, e ele estremeceu ligeiramente ao tomar-me nos braços.

– O que foi, Sassenach? Eu não estou com aquele cheiro ainda, estou? – perguntou ele enquanto eu me mantinha encolhida e imóvel sob os cobertores, envolvendo o corpo com meus próprios braços.

– Não – disse. – Estou com medo. Jamie, estou sangrando.

– Santo Deus – disse ele num sussurro. Pude sentir o repentino tremor de medo que percorreu seu corpo às minhas palavras, idêntico ao que percorrera o meu. Apertou-me contra si, alisando meus cabelos e acariciando minhas costas, mas nós dois sentíamos a terrível sensação de impotência diante do desastre físico que torna inúteis suas ações. Apesar de ser tão forte, ele não podia me proteger; por mais vontade que tivesse, não podia ajudar. Pela primeira vez, eu não estava a salvo em seus braços e o conhecimento desse fato nos aterrorizava. – Você acha – começou ele, depois se interrompeu e engoliu em seco. Pude sentir o tremor percorrer sua garganta e ouvir o som do medo ao ser deglutido. – É grave, Sassenach? Você sabe?

– Não – disse. Abracei-o com mais força, tentando encontrar um porto seguro. – Não sei. Não é um sangramento forte; pelo menos, ainda não.

A vela ainda estava acesa. Olhou-me, a expressão sombria de preocupação.

– Quer que eu vá buscar alguém para você, Claire? Uma parteira, uma das mulheres do Hôpital?

Balancei a cabeça e umedeci meus lábios secos.

– Não. Eu não... eu não acho que haja alguma coisa que se possa fazer. – Era a última coisa que eu queria dizer; mais do que tudo, queria que pudéssemos encontrar alguém que soubesse como fazer tudo voltar ao normal.

Mas lembrei-me do início do meu estágio em enfermagem, dos poucos dias que passei na enfermaria obstétrica e das palavras de um dos médicos, dando de ombros ao deixar a cabeceira de uma paciente que sofrera um aborto espontâneo. "Não há realmente nada que se possa fazer", dissera ele. "Se vão perder uma criança, em geral perdem mesmo, independentemente do que você faça. Repouso é a única recomendação possível, e às vezes, nem isso adianta."

– Pode não ser nada – continuei, tentando nos animar. – Não é incomum as mulheres terem leves sangramentos às vezes, durante a gravidez. – Não era incomum nos primeiros três meses. Eu já estava com mais de cinco meses e isso não era de modo algum habitual. Entretanto, havia inúmeras causas de sangramento possíveis e nem todas eram graves. – Pode ser que esteja tudo bem – disse. Coloquei a mão sobre o ventre, pressionando delicadamente, e senti uma reação imediata do ocupante, um empurrão de quem está se espreguiçando, que no mesmo instante me fez sentir melhor. Senti uma onda de esfuziante gratidão que fez as lágrimas brotarem em meus olhos.

– Sassenach, o que posso fazer? – sussurrou Jamie. Passou o braço ao meu redor e sua mão repousou sobre a minha, segurando meu abdômen ameaçado.

Coloquei a outra mão sobre a dele e fiquei segurando-a no lugar.

– Apenas reze – disse. – Reze por nós, Jamie.

23

OS PLANOS MAIS BEM ARQUITETADOS DE RATOS E HOMENS...

Pela manhã, o sangramento havia parado. Levantei-me com muito cuidado, mas tudo continuou bem. Ainda assim, era óbvio que chegara a hora de parar de trabalhar no Hôpital des Anges e eu enviei Fergus com um bilhete de explicação e desculpas a madre Hildegarde. Ele retornou com suas preces e bons votos, além de uma garrafa de um elixir marrom muito apreciado – segundo o bilhete que a acompanhava – por *les maîtresses sage-femme* para a prevenção de aborto. Depois da pomada de monsieur Forez, eu estava mais do que desconfiada de qualquer remédio que eu mesma não tivesse preparado, mas, ao cheirar com toda a cautela a substância, convenci-me de que os ingredientes eram ao menos puramente botânicos.

Após uma considerável hesitação, tomei uma colherada. O líquido era amargo e deixava um gosto ruim na boca, mas o simples ato de fazer alguma coisa – mesmo algo que eu achava que seria inútil – já me fez sentir melhor. Agora eu passava a maior parte de cada dia deitada na *chaise longue* em meu quarto, lendo, cochilando, costurando ou simplesmente fitando o vazio com as mãos sobre a barriga.

Isto é, quando estava sozinha. Quando estava em casa, Jamie passava a maior parte do tempo comigo, conversando sobre os negócios do dia ou discutindo as cartas jacobitas mais recentes. Aparentemente o rei James fora informado sobre o investimento do filho em vinho do Porto e aprovou entusiasticamente a iniciativa como "...um plano muito sólido, que tenho certeza de que significará um grande passo em proporcionar-lhe os meios para se estabelecer na França da maneira como eu gostaria de vê-lo estabelecido".

– Então James acha que o dinheiro destina-se meramente a estabelecer Charles como um cavalheiro e dar-lhe alguma posição aqui – disse. – Você acha que é possível que ele só tenha isso em mente? Louise esteve aqui hoje à tarde; ela disse que Charles foi vê-la semana passada, que insistiu em vê-la, embora no começo ela tivesse se recusado a recebê-lo. Ela disse que ele estava muito entusiasmado e orgulhoso de alguma coisa, mas não quis lhe revelar do que se tratava; continuou apenas a insinuar misteriosamente sobre algo grandioso que ele estava prestes a fazer. "Uma grande aventura" foram as palavras dele, segundo ela. Isso não parece um simples investimento em vinhos, não é?

– Não, não parece. – A expressão de Jamie anuviou-se.

– Hummm – murmurei. – Bem, considerando tudo, parece uma boa aposta que Charles não está pretendendo apenas estabelecer-se com os lucros de sua iniciativa e tornar-se um próspero comerciante de Paris.

– Se eu fosse um jogador, apostaria minha última camisa nisso – disse Jamie. – A pergunta agora é: como podemos detê-lo?

Uma resposta surgiu alguns dias mais tarde, após muita discussão e sugestões inúteis. Murtagh estava conosco no quarto, tendo trazido vários rolos de tecido das docas para mim.

– Disseram que houve uma epidemia de bexiga em Portugal – observou ele, soltando as peças de seda trabalhada na cama como se fosse um fardo de tecido grosseiro de juta, usado. – Hoje de manhã chegou de Lisboa um navio carregado de ferro e o capitão do porto passou um pente-fino no navio, ele e mais três assistentes. Mas não encontraram nada. – Vendo a garrafa de conhaque sobre a minha mesa, encheu metade de um copo grande, de pé, e bebeu-o como água, em goles grandes e saudáveis. Observei a operação, boquiaberta, somente desviada do espetáculo pela exclamação de Jamie.

– Bexiga?

– Sim – disse Murtagh, entre um gole e outro. – Varíola. – Ergueu o copo outra vez e retomou seu sistemático refrigério.

– Varíola – murmurou Jamie para si. – Varíola.

Aos poucos, sua expressão carrancuda desanuviou-se e a ruga vertical entre as sobrancelhas desapareceu. Um olhar profundamente contemplativo assomou ao seu rosto e ele recostou-se na poltrona, as mãos entrelaçadas atrás da nuca, olhando fixamente para Murtagh. O esboço de um sorriso torceu sua boca larga.

Murtagh observou essa atitude com uma resignação consideravelmente cética. Esvaziou o copo e sentou-se impassivelmente em seu banco, enquanto Jamie ficava de pé num salto e começava a andar em círculos em volta do escocês, assobiando pelo meio dos dentes, sem entoar nenhuma música.

– Pelo que vejo, você tem uma ideia, não? – perguntei.

– Ah, sim – disse ele, começando a rir baixinho para si. – Ah, sim, isso eu tenho.

Voltou-se para mim, os olhos iluminados de travessura e inspiração.

– Tem alguma coisa em sua caixa de remédios que causasse febre numa pessoa? Ou lhe desse um desarranjo? Ou manchas pelo corpo?

– Bem, sim – respondi devagar, pensando. – Tenho alecrim. Ou pimenta-vermelha. E cáscara-sagrada, é claro, para diarreia. Por quê?

Ele olhou para Murtagh, rindo abertamente, depois, entusiasmado com sua ideia, soltou uma gargalhada e despenteou os cabelos de seu parente, de modo que ficaram em pé como espigões pretos. Murtagh olhou-o, furioso, exibindo uma forte semelhança com o macaco de estimação de Louise.

– Ouçam – disse Jamie, inclinando-se para nós de modo conspiratório. – E se o navio do conde de St. Germain voltasse de Portugal com varíola a bordo?

Olhei-o, perplexa.

– Você perdeu o juízo? – perguntei educadamente. – E se voltasse assim?

– Se voltasse assim – interrompeu Murtagh –, eles perderiam a carga. Seria queimada ou jogada no porto, por lei. – Um brilho de interesse surgiu nos olhinhos negros. – E como pretende fazer isso, rapaz?

A euforia de Jamie arrefeceu um pouco, embora a luz em seus olhos permanecesse.

– Bem – admitiu ele –, ainda não pensei em todos os detalhes, mas para começar...

Foram necessários vários dias de discussão e pesquisa para refinar o plano, mas enfim ficou definido. Cáscara-sagrada para causar diarreia fora rejeitada por ter uma ação debilitante demais. Entretanto, encontrei alguns bons substitutos entre as ervas que mestre Raymond me dera.

Murtagh, equipado com uma pequena bolsa cheia de essência de alecrim, extrato de urtiga e raiz de garança, partiria no fim de semana para Lisboa, aonde iria se infiltrar entre os marujos nas tavernas, descobrir qual o navio fretado pelo conde de St. Germain e dar um jeito de viajar nele, enquanto mandaria de volta a informação do nome do navio e da data de partida para Paris.

– Não, isso é comum – disse Jamie, em resposta à minha pergunta sobre a possibilidade de o capitão achar seu comportamento estranho. – Quase todos os navios de carga transportam alguns passageiros; quantos conseguirem espremer entre os conveses. E Murtagh terá dinheiro suficiente para fazer dele um acréscimo bem-vindo, nem que tenham que lhe dar a cabine do capitão. – Agitou o dedo indicador advertindo Murtagh. – E alugue uma cabine, entendeu? Não importa quanto custe; vai precisar de privacidade para tomar as ervas e não queremos correr o risco de alguém vê-lo, se você não tiver nada além de uma rede pendurada no fundo do navio. – Examinou seu padrinho com um ar crítico. – Tem um casaco decente? Se subir a bordo parecendo um mendigo, é provável que o joguem no porto antes de descobrirem o que carrega na bolsa.

– Hummm – disse Murtagh. O pequeno escocês em geral pouco contribuía para a discussão, mas o pouco que dizia sempre era pertinente e direto ao ponto. – E quando é que eu tomo o remédio? – perguntou ele.

Retirei do bolso a folha de papel onde havia escrito as instruções e dosagens.

– Duas colheres de sopa da garança-rosa... é esse aqui... – Bati no pequeno frasco de vidro branco, cheio de um líquido rosa-escuro –, a serem tomadas quatro horas antes do momento que planeja demonstrar seus sintomas. Tome outra colher de sopa a cada duas horas após a primeira dose. Não sabemos por quanto tempo terá que manter essa dosagem.

Entreguei-lhe o segundo frasco, este de vidro verde cheio de uma solução preto-arroxeada.

– Isto é essência concentrada de folhas de alecrim. Essa age mais rápido. Tome um quarto do frasco meia hora antes da hora de se apresentar; deve começar a ficar vermelho em meia hora. O efeito passa logo, de modo que vai ter que tomar mais quando puder agir sem ser notado. – Peguei outra garrafinha, menor, da caixa de remédios. – E quando estiver com bastante "febre", pode esfregar o sumo de urtiga nos braços e no rosto, para provocar bolhas. Quer guardar essas instruções?

Balançou a cabeça resolutamente.

– Não, eu me lembrarei. Há mais risco em ser encontrado com o papel do que em esquecer quanto tomar. – Virou-se para Jamie. – E você encontrará o navio em Orvieto, rapaz?

Jamie assentiu.

– Sim. Com certeza ele vai atracar lá; todos os transportadores de vinho o fazem, para pegar água potável. Se por acaso ele não o fizer, então... – Encolheu os ombros. – Alugarei um barco e tentarei alcançá-lo. Desde que eu suba a bordo antes de o navio chegar a Le Havre, tudo deve dar certo, mas será melhor se pudermos executar o plano enquanto ainda estivermos perto da costa da Espanha. Não pretendo ficar mais tempo ao mar do que o necessário. – Apontou com o queixo para a garrafa na mão de Murtagh. – É melhor esperar para tomar esse negócio depois que me vir subir a bordo. Sem testemunhas, o capitão pode seguir o caminho mais fácil e simplesmente jogá-lo pela popa à noite.

Murtagh grunhiu.

– Sim, eles podem tentar. – Tocou o punho de sua adaga, dando uma ênfase ligeiramente irônica à palavra "tentar".

Jamie franziu a testa.

– Não se esqueça do seu papel. Para todos os efeitos, você deve estar com varíola. Com sorte, terão medo de tocar em você, mas, só por garantia... espere até eu estar ao alcance do seu chamado e estarmos seguros em alto-mar.

– Hummm.

Olhei de um para o outro. Embora fosse um plano rebuscado, era provável que funcionasse. Se o capitão do navio pudesse ser convencido de que um de seus passageiros estava infectado com varíola, não iria, em hipótese alguma, levar seu navio para o porto de Le Havre, onde as restrições sanitárias francesas exigiriam sua destruição. E, diante da necessidade de voltar com sua carga para Lisboa e perder todo o lucro da viagem, ou perder duas semanas em Orvieto enquanto a notícia era enviada a Paris, ele poderia muito bem, em vez disso, consentir na venda da carga para o rico comerciante escocês que acabara de subir a bordo.

A personificação de uma vítima de varíola era o papel crucial nesse faz de conta. Jamie se oferecera para servir de cobaia no teste das ervas e haviam funcionado magnificamente nele. Sua pele clara ficara vermelho-escura em poucos minutos e o extrato de urtiga provocara bolhas imediatas que podiam ser facilmente tomadas por varíola por um médico de bordo ou um capitão em pânico. E se restasse alguma dúvida, a urina tingida de garança dava uma ilusão absolutamente perfeita de um homem urinando sangue porque a varíola lhe atacara os rins.

– Santo Deus! – exclamara Jamie, assustado, apesar de saber a verdade com a primeira demonstração da eficácia da erva.

– Ah, excelente! – comentei, espreitando por cima de seu ombro para o urinol de porcelana branca e seu conteúdo vermelho-vivo. – Melhor do que eu esperava.

– Ah, é? Quanto tempo leva para desaparecer? – perguntara Jamie, olhando para baixo com certo nervosismo.

– Algumas horas, eu acho – disse-lhe. – Por quê? Dá uma sensação estranha?

– Não exatamente estranha – disse ele, esfregando-se. – Coça um pouco.

– Isso não é a erva – interpôs Murtagh, sério. – É apenas a condição natural de um rapaz de sua idade.

Jamie riu para seu padrinho.

– Ainda se lembra dessa época distante, hein?

– Antes de você ter nascido ou pensado em nascer, rapaz – dissera Murtagh, balançando a cabeça.

O pequeno escocês guardou os frascos na bolsa do seu kilt, embrulhando cada um metodicamente num pedaço de couro fino e macio para impedir que quebrassem.

– Enviarei notícias sobre o navio e sua partida assim que puder. E encontro com você na costa da Espanha dentro de um mês. Terá o dinheiro antes disso?

Jamie meneou a cabeça afirmativamente.

– Ah, sim. Até o final da semana que vem, creio. – Os negócios de Jared haviam prosperado sob a administração de Jamie, mas as reservas em dinheiro vivo não eram suficientes para a compra de uma carga inteira de porto, embora ainda atendessem aos outros compromissos da Casa Fraser. Entretanto, os jogos de xadrez haviam dado frutos em mais de um aspecto e o jovem monsieur Duverney, um proeminente banqueiro, garantira de bom grado um considerável empréstimo para o amigo de seu pai.

– É uma pena que não possamos trazer essa carga para Paris – observara Jamie durante o planejamento –, mas St. Germain com toda a certeza descobriria a trama. Acho que seria melhor vender a carga por meio de um corretor na Espanha, conheço um homem certo para isso em Bilbao. Os lucros serão bem menores do que seriam em Paris, e os impostos mais altos, mas não se pode ter tudo, não é?

– Para mim, basta que possamos pagar o empréstimo de Duverney – disse. – E por falar em empréstimos, o que o signore Manzetti fará a respeito do dinheiro que emprestou a Charles Stuart?

– Vai se lamentar, eu acho – disse Jamie alegremente. – E, em seguida, arruinar a reputação dos Stuart junto a todos os banqueiros do continente.

– Parece um pouco injusto com o pobre e velho Manzetti – observei.

– Sim, mas não se pode fazer uma omelete sem quebrar os ovos, como minha velha avó dizia.

– Você não teve uma velha avó – ressaltei.

– Não – admitiu ele –, mas se tivesse tido, isso é o que ela diria. – Deixou de lado a brincadeira, por um instante. – Também não é muito justo com os Stuart. Na verdade, se qualquer um dos senhores jacobitas vier a saber o que andei fazendo, acho que considerarão isso traição e estarão certos.

Esfregou a mão na fronte e balançou a cabeça, e eu pude ver a terrível seriedade que seu ar brincalhão escondia. Continuou falando:

– Mas não há outro jeito, Sassenach. Se você estiver certa – e apostei minha vida nisso até agora –, trata-se de uma escolha entre as aspirações de Charles Stuart e as vidas de muitos escoceses. Não tenho nenhum amor pelo rei George, logo eu, com um preço pela minha cabeça?, mas não vejo como eu poderia agir de outro modo.

Franziu o cenho, passando a mão pelos cabelos, como sempre fazia quando estava pensando ou preocupado.

– Se houvesse uma chance de Charles ser bem-sucedido... sim, bem, seria diferente. Arriscar-se por uma causa honrosa. Mas sua história diz que ele não será vitorioso, e devo dizer, por tudo que conheço de Charles Stuart, é bem provável que você tenha razão. É meu povo e minha família que estão em risco, e se o preço de suas vidas for o ouro de um banqueiro... bem, não parece um sacrifício maior do que o da minha própria honra.

Ele deu de ombros num desespero irônico.

– Agora passei de afanador da correspondência de Sua Alteza a ladrão de banco e pirata em alto-mar. E tudo indica que nada disso pode ser evitado.

Permaneceu em silêncio por um instante, olhando fixamente para as mãos, entrelaçadas com força sobre a escrivaninha. Depois, virou a cabeça para mim e sorriu.

– Sempre quis ser pirata quando era pequeno – disse ele. – Pena que não possa usar um sabre.

• • •

Fiquei deitada na cama, a cabeça e os ombros apoiados em travesseiros, as mãos levemente unidas sobre meu estômago, pensando. Desde o primeiro alarme, quase não houve sangramento e eu me sentia bem. Ainda assim, qualquer tipo de sangramento neste estágio era motivo de preocupação. Perguntei-me o que aconteceria se surgisse uma emergência enquanto Jamie estivesse na Espanha, mas pouco adiantava me preocupar. Ele tinha que ir; já havia muito em jogo naquele carregamento de vinho para que qualquer preocupação particular pudesse se intrometer. E se tudo corresse bem, ele estaria de volta bem antes de o bebê nascer.

Nas atuais circunstâncias, quaisquer preocupações pessoais teriam que ser postas de lado, havendo perigo ou não. Charles, incapaz de conter seu próprio entusiasmo, confidenciara a Jamie que ele em breve encomendaria dois navios – talvez mais – e pedira sua opinião sobre projeto de casco e montagem de canhões no convés. As cartas mais recentes de seu pai, provenientes de Roma, deixavam transparecer um leve tom de questionamento. Com o faro agudo dos Bourbon para a política, James Stuart sentira o cheiro de traição, mas obviamente ainda não fora informado dos planos de seu filho. Jamie, atolado em cartas decodificadas, achava provável que Filipe da Espanha ainda não houvesse mencionado as iniciativas de Charles ou o interesse do papa, mas James Stuart também tinha seus espiões.

Após algum tempo, percebi uma ligeira mudança na atitude de Jamie. Olhando para ele, vi que, embora continuasse a segurar um livro aberto sobre os joelhos, tinha parado de virar as páginas – ou mesmo de olhar para elas. Em vez disso, seus olhos estavam fixos em mim; ou, para ser específica, no ponto onde meu robe se abria, alguns centímetros mais baixo do que o decoro recomendaria, embora o decoro não me pareça necessário quando se está na cama com o marido.

Seu olhar estava abstraído, azul-escuro de desejo, e compreendi que, embora não fosse socialmente exigido, o decoro na cama com o próprio marido podia ser ao menos prova de consideração naquelas circunstâncias. Havia alternativas, é claro.

Vendo que eu o fitava, Jamie enrubesceu levemente e retornou depressa a um exagerado interesse em seu livro. Virei de lado e coloquei a mão em sua coxa.

– Livro interessante? – perguntei, acariciando-o preguiçosamente.

– Hummm. Ah, sim. – O rubor intensificou-se, mas ele não tirou os olhos da página.

Rindo sozinha, enfiei a mão embaixo das cobertas. Ele deixou o livro cair.

– Sassenach! – disse ele. – Você sabe que não pode...

– Eu sei – disse –, mas você pode. Ou melhor, eu posso, por você.

Ele retirou minha mão com firmeza e devolveu-a para mim.

– Não, Sassenach. Não seria certo.

– Não? – questionei, surpresa. – Por que não?

Ele contorceu-se desconfortavelmente, evitando meus olhos.

– Bem, eu... eu não me sentiria bem, Sassenach. Ter o meu prazer, sem poder lhe dar... bem, acho que não seria certo, só isso.

Desatei a rir, deitando a cabeça em sua coxa.

– Jamie, você é gentil demais!

– Não sou gentil – disse ele, indignado. – Mas também não sou tão egoísta... Claire, pare com isso!

– Planejava esperar ainda vários meses? – perguntei, sem parar.

– Eu poderia – disse ele, com toda a dignidade possível nas circunstâncias. – Esperei vin-vin-te e dois anos e posso...

– Não, não pode – disse, afastando as cobertas e admirando a forma tão claramente visível sob seu camisolão de dormir. Toquei-o e ele remexeu-se levemente, ansioso sob minha mão. – O que quer que Deus tenha planejado para você ser, Jamie Fraser, não era um monge.

Com firmeza, ergui sua roupa de dormir.

– Mas... – começou ele a protestar.

– Dois contra um – disse, inclinando-me para baixo. – Você perdeu.

Jamie trabalhou com afinco nos dias seguintes, preparando o negócio de vinhos para caminhar sozinho durante sua ausência. Ainda assim, quase todo dia arranjava tempo para vir sentar-se ao meu lado por alguns instantes depois do almoço. E foi assim que ele estava comigo quando um visitante foi anunciado. As visitas não eram incomuns; Louise vinha quase todos os dias para conversar sobre gravidez ou lamentar seu amor perdido – embora eu particularmente achasse que ela apreciava Charles muito mais como o objeto de uma nobre renúncia do que realmente como amante. Ela prometera me trazer alguns doces turcos e, de certa forma, eu esperava seu rosto rechonchudo e rosado espreitar pela porta.

Para minha surpresa, entretanto, o visitante era monsieur Forez. O próprio Magnus o conduziu à minha sala de estar, pegando seu chapéu e sua capa com uma reverência quase supersticiosa.

Jamie pareceu surpreso com a visita, mas levantou-se para cumprimentar o oficial dos enforcamentos educadamente e oferecer-lhe uma bebida.

– Como regra geral, não bebo nada alcoólico – disse monsieur Forez com um sorriso. – Mas eu não insultaria a hospitalidade de minha estimada colega. – Inclinou-se numa mesura cerimoniosa na direção da *chaise longue* onde eu estava reclinada. – A senhora está bem, não é, madame Fraser?

– Sim – respondi cautelosamente. – Obrigada. – Perguntava-me a que devíamos a honra da visita, pois embora monsieur Forez desfrutasse de considerável prestígio e de uma boa riqueza em retribuição por seus serviços oficiais, não creio que seu emprego lhe angariasse muitos convites para jantar. Perguntei-me de repente se homens com o cargo dele teriam alguma vida social.

Ele atravessou o aposento e colocou um pequeno pacote a meu lado na *chaise*, como um abutre trazendo paternalmente para casa o jantar dos filhotes. Tendo em mente a gordura de homens enforcados, peguei o pacote com cuidado e sopesei-o em minha mão; leve para o tamanho e com um ligeiro cheiro adstringente.

– Uma pequena lembrança de madre Hildegarde – explicou ele. – Pelo que sei, é um remédio muito apreciado por *les maîtresses sage-femme*. Ela escreveu as instruções de uso também. – Retirou do bolso interno do casaco um bilhete dobrado e selado e entregou-o a mim.

Cheirei o pacote. Folhas de framboesa e quebra-pedra; mais alguma outra substância que eu não sabia identificar. Esperava que madre Hildegarde também tivesse incluído uma lista dos ingredientes.

– Por favor, agradeça a madre Hildegarde por mim – disse. – E como vão todos no Hôpital? – Eu sentia muita falta do meu trabalho lá, bem como das freiras e da estranha diversidade de praticantes de medicina.

Conversamos por algum tempo sobre o Hôpital e seu quadro de pessoal, com a contribuição de um ou outro comentário de Jamie, que de modo geral apenas ouvia com um sorriso educado ou, quando o assunto da conversa voltava-se para os aspectos clínicos, enterrava o nariz em seu copo de vinho.

– Que pena – comentei, pesarosa, quando monsieur Forez terminou de descrever o conserto de uma omoplata esfacelada. – Nunca vi isso ser feito. Sinto muita falta do trabalho cirúrgico.

– Sim, eu também sentirei – disse monsieur Forez, meneando a cabeça e tomando um pequeno gole de seu vinho. Seu copo ainda estava acima do meio; aparentemente, ele não estava brincando sobre sua abstenção de bebidas alcoólicas.

– Está indo embora de Paris? – perguntou Jamie com alguma surpresa.

Monsieur Forez encolheu os ombros, as pregas de seu longo casaco farfalhando como penas.

– Só por algum tempo – disse ele. – De qualquer forma, estarei fora por uns dois meses, pelo menos. Na realidade, madame – inclinou a cabeça para mim outra vez –, esse é o principal motivo de minha visita hoje.

– É mesmo?

– Sim. Vou para a Inglaterra, sabe, e ocorreu-me que, se o desejar, será uma questão de extrema simplicidade para mim levar qualquer mensagem que deseje. Quer dizer, caso haja alguém com quem queira se comunicar – acrescentou ele com sua precisão costumeira.

Relanceei os olhos para Jamie, cujo semblante alterara-se repentinamente, de uma expressão franca de interesse educado para aquela máscara amavelmente sorridente que escondia todo tipo de pensamento. Um estranho não teria notado a diferença, mas eu notei.

– Não – respondi, hesitante. – Não tenho amigos nem parentes na Inglaterra; receio não ter absolutamente nenhuma conexão lá, desde que eu... fiquei viúva. – Senti a pontada de costume com esta referência a Frank, mas a reprimi.

Se isso pareceu estranho a monsieur Forez, ele não demonstrou. Apenas assentiu e colocou a taça de vinho pela metade sobre a mesa.

– Compreendo. É muita sorte sua ter amigos aqui, então. – Sua voz parecia conter uma espécie de aviso, mas ele não olhou para mim quando se inclinou para endireitar a meia antes de se levantar. – Bem, eu virei visitá-la ao retornar e espero encontrá-la em boa saúde.

– O que o leva à Inglaterra, monsieur? – perguntou Jamie diretamente.

Monsieur Forez voltou-se para ele com um leve sorriso. Inclinou a cabeça para o lado, os olhos brilhantes, e surpreendi-me mais uma vez com sua semelhança a um pássaro grande. Não um urubu no momento, não, mas uma ave de rapina.

– E o que levaria um homem da minha profissão a viajar, monsieur Fraser? – perguntou ele. – Fui contratado para executar meus deveres de costume, em Smithfield.

– Uma ocasião importante, imagino – disse Jamie. – Para justificar a convocação de um homem de sua habilidade, quero dizer. – Seus olhos estavam alerta, embora sua expressão não revelasse mais do que um educado interesse.

Os olhos de monsieur Forez tornaram-se mais brilhantes. Ele pôs-se de pé devagar, olhando para Jamie, sentado perto da janela.

– É verdade, monsieur Fraser – disse ele afavelmente. – Pois trata-se de uma questão de habilidade, não tenha dúvida. Estrangular um homem até a morte na ponta de uma corda... ora! Qualquer um pode fazer isso. Mas quebrar um pescoço de forma limpa, com uma queda única e rápida, requer alguns cálculos em termos de peso e queda, e uma certa prática na maneira de colocar a corda, também. Mas percorrer a linha entre esses dois métodos, executar adequadamente a sentença da morte de um traidor... isso requer de fato uma grande habilidade.

Senti a boca seca repentinamente e peguei meu próprio copo.

– A morte de um traidor? – repeti, achando que não queria ouvir a resposta.

– Enforcar, extrair e esquartejar – disse Jamie sucintamente. – É isso que quer dizer, é claro, não é, monsieur Forez?

O carrasco meneou a cabeça, confirmando. Jamie levantou-se, parecendo fazê-lo contra sua vontade, encarando o visitante emaciado e vestido de negro. Eram quase da mesma altura e podiam se olhar direto nos olhos sem dificuldade. Monsieur Forez deu um passo em direção a Jamie, a expressão repentinamente absorta, como se estivesse prestes a fazer a demonstração de algum procedimento médico.

– Ah, sim – disse ele. – Essa é a morte do traidor. Primeiro, o sujeito deve ser enforcado, como diz, mas com um bom cálculo, de modo que o pescoço não seja quebrado nem a traqueia esmagada. A asfixia não é o resultado desejado, compreende.

– Ah, compreendo. – A voz de Jamie era afável, quase com um tom de ironia, e eu olhei para ele, estupefata.

– É mesmo, monsieur? – Monsieur Forez sorriu debilmente, mas continuou, sem aguardar por uma resposta. – Trata-se, portanto, de uma questão de decidir o momento certo; você julga pelos olhos. O rosto escurece com o sangue quase imediatamente, mais rápido ainda se a pessoa for de compleição clara, e conforme a asfixia prossegue, a língua é forçada para fora da boca. Isso é o que encanta as multidões, é claro, assim como os olhos saltados. Mas observam-se sinais vermelhos nos cantos dos olhos, assim que os pequenos vasos sanguíneos explodem. Quando isso acontece, é preciso dar imediatamente o sinal para que a corda seja cortada e o indivíduo arriado. Um assistente de confiança é indispensável, compreende – virou-se parcialmente, para me incluir na conversa macabra, e eu assenti, me esforçando para parecer natural. – Então – continuou ele, voltando-se novamente para Jamie –, é preciso administrar logo um estimulante, para reavivar o sujeito enquanto a camisa é removida. É preciso insistir para que a pessoa use uma camisa com abertura na frente; em geral é difícil tirá-la pela cabeça. – Um dedo fino e longo estendeu-se, apontando para o botão do meio da camisa de Jamie, mas sem tocar o linho recém-engomado.

– Imagino que sim – disse Jamie.

Monsieur Forez recolheu o dedo, meneando a cabeça em aprovação a essa evidência de compreensão.

– Isso mesmo. O assistente já terá acendido a fogueira com antecedência; é uma tarefa considerada abaixo da dignidade do verdugo. Chega então, a hora da faca.

Fez-se um silêncio mortal no aposento. O rosto de Jamie continuava impenetrável, mas uma fina camada de suor brilhava na lateral do seu pescoço.

– É aqui que é necessário o máximo de habilidade – explicou monsieur Forez, erguendo um dedo de advertência. – É preciso trabalhar depressa, para que o indivíduo não morra antes de você ter terminado. Misturar uma dose que contrai os vasos sanguíneos com o estimulante lhe dará alguns momentos de folga, mas não muitos.

Avistando um abridor de cartas de prata sobre a mesa, atravessou o aposento e pegou-o. Segurou-o com a mão envolvendo o cabo, o dedo indicador apoiado em cima da lâmina, apontada para baixo, para a nogueira lustrosa do tampo da mesa.

– Bem ali – disse ele, quase sonhadoramente. – Bem na base do esterno. E rapidamente até o topo da junção das virilhas. Na maioria dos casos, pode-se ver o osso com facilidade. De novo – e o abridor de cartas cintilou para um lado e depois para o outro, rápido e delicado como o voo em zigue-zague de um beija-flor –, seguindo os arcos das costelas. Não se deve cortar fundo, pois não se quer furar o saco que contém as entranhas. Ainda assim, é preciso atravessar a pele, a gordura, o músculo, tudo com um só golpe. Isso – disse com satisfação, fitando o próprio reflexo no tampo da mesa – é talento artístico.

Colocou a faca delicadamente na mesa e voltou-se para Jamie, com um tremor de satisfação.

– Depois disso, é uma questão de velocidade e de certa destreza, mas se você foi preciso em seus métodos, serão poucas as dificuldades. As entranhas ficam seladas dentro de uma membrana, sabe, como um saco. Se você não o cortou por acidente, é uma questão simples, precisando apenas de um pouco de força para enfiar as mãos sob a camada muscular e puxar a massa inteira. Um pequeno corte no estômago e no ânus – olhou com desprezo para o abridor de cartas – e as entranhas podem ser lançadas ao fogo. Bem – ergueu um dedo de advertência –, se você tiver sido rápido e delicado em seu trabalho, terá agora um momento de folga, pois, note bem, até então nenhum grande vaso sanguíneo terá sido cortado.

Senti vontade de desmaiar, embora estivesse sentada, e tenho certeza de que meu rosto estava tão lívido quanto o de Jamie. Apesar de muito pálido, ele sorriu, como se estivesse entretendo um convidado.

– De modo que a... pessoa... possa viver um pouco mais?

– *Mais oui*, monsieur. – Os brilhantes olhos negros do carrasco percorreram a poderosa compleição corporal de Jamie, assimilando a largura dos ombros e as pernas musculosas. – Os efeitos de tal choque são imprevisíveis, mas tenho visto um homem forte viver mais de um quarto de hora nesse estado.

– Imagino que pareça um tempo bem mais longo para o sujeito – disse Jamie secamente.

Monsieur Forez pareceu não ouvir essa observação, pegando o abridor de cartas outra vez e sacudindo-o enquanto falava.

– Então, conforme a morte se aproxima, você precisa enfiar a mão na cavidade do corpo e agarrar o coração. Mais uma vez, é necessária uma grande habilidade. O coração se retrai, sabe, sem o apoio das vísceras, e geralmente se posta bem acima do lugar normal. Além disso, é muito escorregadio. – Limpou uma das mãos na aba de seu casaco numa pantomima. – Mas a principal dificuldade está em cortar os grandes vasos sanguíneos acima, muito rápido, de modo que o órgão possa ser retirado enquanto ainda está batendo. É preciso agradar a multidão – explicou ele. – Faz muita diferença em termos de remuneração. Quanto ao resto... – Encolheu o ombro magro com desdém. – Mera carnificina. Uma vez que a vida foi extinta, não há mais necessidade de habilidades especiais.

– Não, imagino que não – comentei debilmente.

– Como a senhora está pálida, madame! Já os detive tempo demais com essa conversa tediosa! – exclamou ele. Tomou a minha mão e tive que resistir ao ímpeto de arrancá-la de volta. Sua própria mão era fria, mas o calor de seus lábios quando os roçou de leve na minha foi tão inesperado que apertei meus dedos de surpresa. Ele deu um leve, quase imperceptível, aperto em minha mão e voltou-se para fazer uma mesura formal para Jamie.

– Devo me retirar, monsieur Fraser. Espero encontrá-lo e à sua encantadora esposa outra vez... em circunstâncias tão agradáveis como as que desfrutamos hoje. – Os dois homens entreolharam-se por um segundo. Em seguida, monsieur Forez pareceu se lembrar do abridor de cartas que ainda segurava. Com uma exclamação de surpresa, estendeu-o na palma da mão. Jamie arqueou uma das sobrancelhas e pegou a faca delicadamente pela ponta.

– *Bon voyage*, monsieur Forez – disse ele. – E obrigado – sua boca torceu-se ironicamente – por sua visita muito instrutiva.

Ele insistiu em acompanhar nosso visitante até a porta. Sozinha, levantei-me e dirigi-me à janela, onde permaneci, praticando exercícios respiratórios até a carruagem azul-marinho desaparecer na esquina da rue Gamboge.

A porta abriu-se atrás de mim e Jamie entrou. Ainda segurava o abridor de cartas. Atravessou o aposento deliberadamente até a enorme jarra cor-de-rosa que ficava perto da lareira e deixou o abridor de cartas cair no fundo da jarra com um barulho estridente. Em seguida, voltou-se para mim, esforçando-se para sorrir.

– Bem, no que diz respeito a avisos – disse ele –, esse foi muito eficaz.

Estremeci ligeiramente.

– Foi mesmo, não?

– Quem você acha que o enviou? – perguntou Jamie. – Madre Hildegarde?

– Acredito que sim. Ela me avisou, quando decodificamos a música. Disse que o que você estava fazendo era perigoso. – Não percebi *o quanto* era perigoso até a visita do carrasco. Eu já não sofria de enjoo matinal há algum tempo, mas senti meu estômago revirar-se. *Se qualquer um dos senhores jacobitas vier a saber o que andei fazendo, acho que considerarão isso traição.* E que medidas tomariam, se viessem a descobrir?

Para todos os efeitos externos, Jamie era um partidário jacobita declarado; sob esse disfarce, ele visitava Charles, recebia o conde Marischal para jantar e frequentava a corte. E até agora ele fora muito habilidoso, nos jogos de xadrez, nas visitas às tavernas e nas suas festas, em minar a causa Stuart, ao mesmo tempo que parecia apoiá-la externamente. Além de nós dois, somente Murtagh sabia que pretendíamos frustrar a revolta dos Stuart e nem mesmo ele sabia o motivo, apenas aceitando a palavra de seu patrão. A dissimulação era necessária enquanto estivéssemos operando na França. Mas o mesmo disfarce marcaria Jamie como traidor caso ele um dia pusesse os pés em solo britânico.

Eu sabia disso, é claro, mas em minha ignorância havia pouca diferença entre ser enforcado como um fora da lei e executado como um traidor. A visita de monsieur Forez dera um jeito nessa ingenuidade.

– Você está muito calmo em relação a isso – disse. Meu próprio coração ainda batia descompassadamente e as palmas de minhas mãos estavam frias, mas suadas. Enxuguei-as na camisola e enfiei-as entre os joelhos para aquecê-las.

Jamie estremeceu ligeiramente e deu um sorriso enviesado para mim.

– Bem, há muitas maneiras desagradáveis de morrer, Sassenach. E se me couber uma delas, não vou gostar muito. Mas a pergunta é: eu estaria com tanto medo da possibilidade que pararia tudo que estou fazendo para evitá-la? – Sentou-se na *chaise* ao meu lado e segurou uma de minhas mãos entre as suas. Suas palmas estavam quentes e seu corpo sólido junto ao meu era reconfortante. – Pensei nisso por algum tempo, Sassenach, naquelas semanas na abadia enquanto me recuperava. E de novo, quando vim para Paris. E outra vez, quando conheci Charles Stuart – Balançou a cabeça, inclinada sobre nossas mãos unidas. – Sim, eu posso me ver num cadafalso. Eu vi a forca em Wentworth. Eu lhe contei isso?

– Não. Não contou.

Ele balançou a cabeça, os olhos distantes na lembrança.

– Eles nos conduziram ao pátio; aqueles de nós que estavam na cela dos condenados. E nos fizeram formar fileiras no pátio de pedras, para ver a execução. Enforcaram seis homens naquele dia, homens que eu conhecia. Vi cada um deles subir os degraus, eram doze degraus, e ficar parado, as mãos amarradas às costas, olhando para baixo, para o pátio, enquanto colocavam a corda em volta do pescoço deles. E me perguntava como eu conseguiria subir aqueles degraus quando chegasse a minha vez. Eu iria chorar e rezar, como John Sutter, ou iria ficar empertigado, como William MacLeod, e sorrir para um amigo no pátio lá embaixo?

Balançou a cabeça repentinamente, como um cachorro enxugando-se, e sorriu para mim de forma um pouco assustadora.

– De qualquer modo, monsieur Forez não me disse nada em que eu já não houvesse pensado. Mas é tarde demais, *mo duinne*. – Colocou a mão sobre a minha. – Sim, tenho medo. Mas, se eu já não recuaria pela oportunidade de ir para casa em liberdade, não o farei por medo. Não, *mo duinne*. É tarde demais.

24

BOIS DE BOULOGNE

A visita de monsieur Forez mostrou ser apenas a primeira de uma série de acontecimentos extraordinários.

– Há um sujeito italiano lá embaixo, madame – informou-me Magnus. – Recusou-se a me informar seu nome. – Havia uma expressão contrariada na boca do mordomo; imaginei que se o visitante não quis dar seu nome, fora mais do que propenso a dar ao mordomo várias outras palavras.

Isso, associado à designação "sujeito italiano", foi o suficiente para me dar uma pista da identidade do visitante. Assim, foi relativamente com pouca surpresa que entrei na sala de estar e encontrei Charles Stuart em pé junto à janela.

Ele deu meia-volta quando entrei, o chapéu nas mãos. Obviamente, ficou surpreso ao ver *a mim*; a boca abriu-se por um segundo, depois ele recuperou a compostura e fez uma breve reverência para me cumprimentar.

– Milorde Broch Tuarach não está em casa? – perguntou ele. Suas sobrancelhas uniram-se de insatisfação.

– Não, não está – respondi. – Aceita uma bebida, Alteza?

Olhou com interesse ao redor da sala de estar ricamente mobiliada, mas balançou a cabeça. Pelo que eu soubesse, ele só havia estado na casa uma vez antes, quando veio por cima dos telhados de seu *rendezvous* com Louise. Nem ele nem Jamie acharam apropriado que ele fosse convidado para os jantares aqui; sem o reconhecimento oficial de Luís, a nobreza francesa o desprezava.

– Não. Obrigado, madame Fraser. Não vou me demorar; meu criado está à minha espera lá fora e é um longo trajeto até o lugar onde moro. Queria apenas fazer um pedido a meu amigo James.

– Hã... bem, tenho certeza de que meu marido teria prazer em atender Vossa Alteza, se ele puder – respondi cautelosamente, imaginando qual seria o favor. Um empréstimo, talvez; as informações colhidas por Fergus recentemente incluíam um número considerável de cartas impacientes de alfaiates, fabricantes de botas e outros credores.

Charles sorriu, a expressão alterando-se para uma doçura surpreendente.

– Eu sei. Não posso dizer-lhe, madame, o quanto estimo a devoção e os serviços de seu marido; a visão de seu rosto leal aquece meu coração na solidão do meu atual ambiente.

– Hã? – exclamei.

– O que peço não é algo difícil – assegurou-me ele. – É que fiz um pequeno investimento; um carregamento de vinho do Porto engarrafado.

– É mesmo? – disse. – Que interessante. – Murtagh partira para Lisboa naquela manhã, frascos de extrato de urtiga e de garança na bolsa do kilt.

– É um pequeno favor – Charles abanou a mão nobre, desdenhando o investimento de cada centavo que conseguira tomar emprestado. – Mas eu queria que meu amigo James realizasse a tarefa de desfazer-se da carga, assim que ela chegar. Não é apropriado, sabe – e, nesse ponto, ele endireitou os ombros e empinou o nariz apenas um pouquinho, quase inconscientemente –, para u-uma pessoa como eu ser vista envolvida com comércio.

– Sim, compreendo perfeitamente, Alteza – disse, mordendo o lábio. Perguntei-me se ele havia expressado esse ponto de vista a seu sócio nos negócios, St. Germain, que sem dúvida considerava o jovem pretendente ao trono escocês uma pessoa de menor importância do que qualquer um dos nobres franceses, que se envolviam em "comércio" de corpo e alma, sempre que a oportunidade de lucro se oferecia.

– Vossa Alteza está sozinho nesse empreendimento? – perguntei inocentemente.

Ele franziu ligeiramente a testa.

– Não, eu tenho um sócio; mas ele é francês. Eu preferia confiar os rendimentos da minha iniciativa nas mãos de um compatriota. Além do mais – acrescentou pensativo –, ouvi dizer que meu caro James é um comerciante muito astuto e capaz; talvez ele consiga aumentar o valor do meu investimento por meio de uma venda judiciosa.

Imaginei que quem quer que tivesse lhe falado da capacidade de Jamie não se preocupara em acrescentar a informação de que provavelmente não havia nenhum outro comerciante de vinho em Paris com quem St. Germain menos simpatizasse. Ainda assim, se tudo funcionasse como planejado, isso não teria importância. E se não funcionasse, provavelmente St. Germain resolveria todos os nossos problemas estrangulando Charles Stuart quando descobrisse que este último contratara a entrega da metade de seu exclusivo Porto Gostos a seu mais odiado concorrente.

– Tenho certeza de que meu marido fará todo o possível para dispor da mercadoria de Vossa Alteza com o máximo de benefício para todos os envolvidos – disse, falando a mais pura verdade.

Sua Alteza agradeceu-me educadamente, como convinha a um príncipe aceitando o serviço de um súdito leal. Fez uma mesura, beijou minha mão com grande formalidade e partiu com infindáveis protestos de gratidão a Jamie. Magnus, não parecendo nem um pouco impressionado com a visita real, fechou a porta às suas costas.

Nesse dia, Jamie só voltou para casa quando eu já havia adormecido, mas contei-lhe durante o desjejum sobre a visita de Charles e sobre seu pedido.

– Meu Deus, será que Sua Alteza vai contar ao conde? – disse ele. Após ter garantido a saúde de seus intestinos dando cabo do seu mingau rapidamente, continuou com um desjejum francês de pãezinhos com manteiga e chocolate fumegante. Um largo sorriso atravessava seu rosto enquanto contemplava a reação do conde, tomando pequenos goles do chocolate.

– Será que é crime de *lèse-majesté* surrar um príncipe exilado? Porque se não for, espero que Sua Alteza tenha Sheridan ou Balhaldy perto dele quando St. Germain souber disso.

Novas especulações ao longo dessa linha foram abreviadas pelo barulho repentino de vozes no corredor. Um instante depois, Magnus surgiu à porta trazendo um bilhete na bandeja de prata.

– Com licença, milorde – disse ele, com uma reverência. – O mensageiro que trouxe este bilhete insistiu para que lhe fosse entregue imediatamente.

Com as sobrancelhas erguidas, Jamie pegou o papel da bandeja, abrindo-o e lendo-o em seguida.

– Ah, maldição! – disse ele, contrariado.

– O que foi? – perguntei. – Não é notícia de Murtagh tão depressa, é?

Ele balançou a cabeça.

– Não. É do contramestre do depósito.

– Problema nas docas?

Uma estranha mistura de emoções ficou visível no rosto de Jamie; a impaciência lutando com o divertimento.

– Bem, não exatamente. O sujeito se meteu numa confusão num bordel, ao que parece. Humildemente me pede perdão – indicou com ironia o bilhete –, mas espera que eu possa ir lá lhe dar uma ajuda. Em outras palavras – traduziu ele, embolando o guardanapo ao se levantar –, eu poderia pagar a conta?

– E poderia? – perguntei, achando graça.

Ele riu com sarcasmo e sacudiu as migalhas do colo.

– Acho que vou ter que pagar, a menos que eu queira supervisionar o depósito eu mesmo... e não tenho tempo para isso. – Franziu o cenho enquanto repassava mentalmente as tarefas do dia.

Era uma função que podia levar algum tempo, e havia outros pedidos de mercadorias sobre sua mesa, capitães de navios aguardando nas docas e barris esperando no depósito.

– É melhor levar Fergus comigo para entregar recados – disse ele, resignado. – Talvez ele possa ir a Montmartre com uma carta, caso eu não tenha tempo.

– Corações bondosos valem mais do que coroas – falei a Jamie enquanto ele estava parado junto à escrivaninha, folheando melancolicamente a impressionante pilha de documentos que o aguardava.

– Ah, é mesmo? – disse ele. – E de quem é esta opinião?

– Alfred, lorde Tennyson, eu creio. Acho que ele ainda não nasceu, mas é um poeta. Tio Lamb possuía um livro de famosos poetas ingleses. Havia um pouco de Burns lá também, lembro-me, é um escocês – expliquei. – Ele disse: "Liberdade e uísque andam juntos."

Jamie riu ironicamente.

– Não sei dizer se ele é um poeta, mas ao menos é escocês. – Sorriu e inclinou-se para beijar-me na testa. – Estarei em casa para o almoço, *mo duinne*. Cuide-se.

Terminei meu desjejum e economicamente acabei com a torrada de Jamie também, depois fui gingando para o andar de cima, para meu cochilo matinal. Eu tivera pequenos episódios de sangramento desde o primeiro alarme, embora nada além de uma ou duas nódoas, e absolutamente nada por várias semanas. Ainda assim, mantinha-me em repouso, na cama ou na *chaise*, a maior parte do tempo.

Só me aventurava no salão embaixo para receber visitantes ou na sala de jantar para fazer as refeições com Jamie. Quando desci para o almoço, entretanto, vi a mesa posta para uma pessoa.

– Milorde ainda não voltou? – perguntei, surpresa. O mordomo idoso balançou a cabeça.

– Não, milady.

– Bem, imagino que logo estará aqui; mande deixar comida para ele, quando chegar.

Eu estava faminta demais para esperar por Jamie; os enjoos tendiam a retornar quando eu passava muito tempo sem comer.

Após o almoço, deitei-me para repousar outra vez. As relações conjugais estando temporariamente suspensas, não havia muito que fazer na cama, além de ler ou dormir, o que significava que eu fazia muito de ambos. Dormir de barriga para baixo era impossível, de costas era desconfortável, já que fazia o bebê contorcer-se. Consequentemente, eu me deitava de lado, dobrando-me em volta do meu crescente abdômen como um camarão de coquetel em volta de uma alcaparra. Eu quase nunca dormia profundamente, mas tendia a cochilar, deixando minha mente vagar para os movimentos erráticos e delicados da criança.

Em algum lugar dos meus sonhos, pensei sentir Jamie perto de mim, mas quando abri os olhos o quarto estava vazio. Fechei os olhos de novo, embalada como se eu, também, flutuasse sem peso num mar com a temperatura do sangue.

Finalmente, no fim da tarde, fui acordada com uma delicada batida na porta do quarto.

– *Entrez* – disse, piscando quando acordei. Era o mordomo, Magnus, desculpando-se e anunciando mais visitas.

– É a princesa de Rohan, madame – disse ele. – A princesa queria esperar até que a senhora acordasse, mas quando madame d'Arbanville também chegou, achei que talvez...

– Tudo bem, Magnus – disse, sentando-me com dificuldade e colocando os pés para fora da cama. – Vou descer.

Eu gostava de receber visitas. No último mês, havíamos parado de realizar jantares e festas e eu sentia falta da agitação e das conversas, por mais tolas que fossem. Louise vinha com frequência, regalando-me com os últimos mexericos da corte, mas já fazia algum tempo que eu não via Marie d'Arbanville. Perguntei-me o que a traria aqui hoje.

Eu estava suficientemente desajeitada para descer a escada devagar, meu peso fazendo os degraus rangerem sob a sola dos meus pés a cada passo. A porta de almofadas da sala de visitas estava fechada, mas ouvi claramente uma voz em seu interior.

– Você acha que ela já *sabe*?

A pergunta, feita no tom de voz baixo que pressagia os mexericos mais escandalosos, chegou a mim quando eu estava prestes a entrar na sala. Em vez disso, parei na soleira, fora do alcance de visão.

Fora Marie d'Arbanville quem falara. Bem-vinda em todo lugar por causa da posição de seu idoso marido, e muito afeita à vida social até para os padrões franceses, Marie ouvia tudo que valia a pena ser ouvido nos círculos de Paris.

– Já sabe do quê? – A resposta foi de Louise; sua voz alta, sonora, possuía a perfeita autoconfiança da aristocrata inata, que não se importava com quem pudesse ouvir o que dizia.

– Ah, você ainda não sabe! – Marie agarrou-se à oportunidade como uma gatinha, encantada por achar um novo ratinho para brincar. – Meu Deus! É claro, eu mesma só soube uma hora atrás.

E veio correndo até aqui para me contar tudo, pensei. O que quer que fosse. Achei que, de minha posição no corredor, eu tinha uma chance melhor de ouvir a versão não expurgada.

– Trata-se de milorde Broch Tuarach – disse Marie. Eu não precisava vê-la para imaginá-la inclinando-se para frente, os olhos verdes correndo de um lado a outro, saltando de prazer com as novidades. – Hoje de manhã, ele desafiou um inglês para um duelo por causa de uma prostituta!

– O quê! – O grito de surpresa de Louise abafou minha própria respiração sufocada. Agarrei-me a uma mesinha, pontos negros flutuando diante dos meus olhos enquanto o mundo parecia desaparecer sob meus pés.

– Ah, sim! – dizia Marie. – Jacques Vincennes estava lá; contou tudo a meu marido! Foi naquele bordel perto do mercado de peixes. Imagine ir a um bordel a esta hora da manhã! Os homens são tão estranhos. De qualquer forma, Jacques estava tomando um drinque com madame Elise, a dona do lugar, quando de repente ouviu-se um grito pavoroso no andar de cima e todo tipo de gritos e pancadas.

Parou para recuperar o fôlego – e para dar um efeito dramático – e eu ouvi o som de líquido sendo servido.

– Assim, Jacques, é claro, correu para as escadas... bem, de qualquer forma, isso é o que ele *diz*; acho que, na verdade, ele se escondeu atrás do sofá, ele é um grande covarde... e depois de mais gritos e pancadaria, ouviu-se um barulho terrível e um oficial inglês foi empurrado escada abaixo, seminu, sem peruca, cambaleando e batendo contra as paredes. E quem aparece no alto das escadas, parecendo o vingador de Deus, se não nosso *petit* James!

– Não! E eu teria jurado que ele seria o último... mas continue! O que aconteceu depois?

Uma xícara tilintou suavemente contra um pires e, em seguida, ouviu-se a voz de Marie, livre das modulações da discrição pela absoluta empolgação.

– Bem... o sujeito chegou ao pé da escada sem cair, por algum milagre, virou-se instantaneamente e olhou para lorde Tuarach. Jacques diz que o sujeito estava controlado demais para alguém que acabara de ser chutado escadaria abaixo com as calças abertas. Ele sorriu, não um verdadeiro sorriso, sabe, mas daquele tipo asqueroso, e disse: "Não há necessidade de violência, Fraser. Você podia ter esperado a sua vez, não é? Pensei que já tivesse o suficiente em casa. Mas alguns homens só têm prazer quando pagam por ele."

Louise emitiu alguns ruídos de espanto.

– Que horror! O *canaille*! Mas, claro, não se pode censurar milorde Tuarach. – Pude ouvir a tensão em sua voz conforme a amizade lutava contra a necessidade de falar da vida alheia. Como era de se esperar, a bisbilhotice venceu.

– Milorde Tuarach não pode desfrutar os favores de sua mulher no momento; ela está grávida e a gravidez é de risco. Então, é claro, ele foi aliviar suas necessidades em um bordel. Que homem agiria de outra forma? Mas continue, Marie! O que aconteceu depois?

– Bem. – Marie inspirou fundo antes de atingir o ponto alto da história. – Milorde Tuarach desceu as escadas correndo, agarrou o inglês pela garganta e sacudiu-o como um rato!

– *Non! Ce n'est pas vrai!*

– Ah, sim! Foram necessários três criados da madame para segurá-lo... um homem tão grande e maravilhoso, não? Com um ar tão feroz!

– Sim, mas e depois?

– Ah... bem, Jacques disse que o inglês ficou arquejando por uns instantes, depois se endireitou e disse para milorde Tuarach: "Já é a segunda vez que você quase me mata, Fraser. Um dia desses vai acabar conseguindo." Então milorde Tuarach praguejou naquela terrível língua escocesa, que eu não entendo uma palavra, livrou-se dos homens que o seguravam, deu um tapa no rosto do inglês com a mão sem luva – Louise sufocou um gritinho diante do insulto – e disse: "Amanhã, o nascer do sol o verá morto!". Em seguida, virou as costas e subiu as escadas correndo. O inglês foi embora. John disse que ele estava lívido! Não é de se admirar! Imagine!

Eu imaginava muito bem.

– A senhora está bem, madame? – A voz ansiosa de Magnus abafou as subsequentes exclamações de Louise. Estendi a mão, tateando, e ele agarrou-a imediatamente, colocando a outra sob meu cotovelo para apoiar-me.

– Não. Não estou bem. Por favor... poderia dizer isso às senhoras? – Fiz um gesto fraco indicando a sala de visitas.

– Claro, madame. Logo em seguida, mas deixe-me levá-la ao seu quarto primeiro. Por aqui, *chère* madame... – Conduziu-me pelas escadas, murmurando palavras de conforto enquanto me amparava. Acompanhou-me até a *chaise* do quarto, onde me deixou, prometendo enviar uma criada imediatamente para me assistir.

Não esperei pela ajuda; depois do choque inicial, eu conseguia me movimentar bem. Levantei-me e atravessei o cômodo até onde estava minha pequena caixa de remédios, sobre a penteadeira. Eu não sentia que ia desmaiar agora, mas havia um frasco de amônia na caixa que eu queria ter à mão, só por garantia.

Levantei a tampa e parei, imóvel, olhando fixamente para a caixa. Por um instante, minha mente recusou-se a registrar o que meus olhos viam; a folha de papel branco dobrada, desveladamente colocada entre as garrafinhas multicores. Notei, um pouco abstraidamente, que meus dedos tremiam quando peguei o papel; foram necessárias várias tentativas para abri-lo.

Sinto muito. As palavras eram arrojadas e pretas, as letras cuidadosamente alinhadas no centro do papel, um "J" solitário desenhado com igual esmero. E abaixo delas, mais duas palavras, essas rabiscadas de modo apressado, como um *postscript* de desespero: *Eu preciso!*

– Você precisa – murmurei, e então meus joelhos dobraram-se. Deitada no chão, com as almofadas de madeira trabalhada no teto oscilando indistintamente acima, vi-me pensando que até então eu sempre achara que a tendência das mulheres do século XVIII de desmaiarem devia-se a espartilhos muito apertados; agora, eu achava que devia-se à idiotice dos homens da época.

Ouviu-se um grito de horror de algum lugar próximo; em seguida, mãos obsequiosas ergueram-me e eu senti a maciez do colchão estofado de lã sob meu corpo e panos frios na minha testa e nos meus pulsos, cheirando a vinagre.

Logo recobrei os poucos sentidos que me restavam, mas não me sentia nem um pouco inclinada a falar. Assegurei às criadas que estava realmente bem, mandei que se retirassem e fiquei deitada de costas, apoiada nos travesseiros, tentando pensar.

Era Jack Randall, é claro, e Jamie fora matá-lo. Esse era o único pensamento nítido no redemoinho de horror e especulação que enchia minha mente. Mas por quê? O que poderia tê-lo levado a quebrar a promessa que me fizera?

Tentando examinar com toda a cautela os acontecimentos que Marie relatara – apesar de virem em terceira mão –, achei que devia haver algo mais além do simples choque de um encontro inesperado. Eu conhecia o capitão, conhecia-o bem melhor do que gostaria. E se havia alguma coisa da qual eu tinha certeza, é que ele não estaria comprando os serviços usuais de um bordel – o simples prazer com uma mulher não fazia parte de sua natureza. O que ele gostava – precisava – era de dor, medo e humilhação.

Essas mercadorias, é claro, também podiam ser compradas, ainda que a um preço mais alto. Eu já vira o suficiente, em meu trabalho no Hôpital des Anges, para saber que havia *les putains* cujo principal artigo de comércio não estava entre as pernas, mas em ossos fortes, cobertos com uma pele clara e frágil que ficava imediatamente contundida e mostrava marcas de chicotadas e surras.

E se Jamie, a própria pele marcada de cicatrizes deixadas pela ação de Randall, tivesse se deparado com o capitão divertindo-se de maneira semelhante com uma das mulheres do estabelecimento – isso, eu achava, poderia tê-lo levado além de qualquer promessa ou restrição. Havia uma pequena marca no lado esquerdo de seu peito, logo abaixo do mamilo; uma minúscula cicatriz de pele esbranquiçada e esgarçada, de onde ele cortara de sua pele a marca registrada de Jonathan Randall, feita com seu anel de sinete em brasa. A fúria que o levara a preferir sofrer mutilação a carregar aquela marca obscena poderia facilmente vir à tona outra vez para destruir seu algoz – e sua infeliz descendência.

– Frank – gemi, e minha mão curvou-se involuntariamente sobre o ouro de minha aliança de casamento. – Ah, meu Deus. Frank. – Para Jamie, Frank não passava de um fantasma, a remota possibilidade de um refúgio para mim, no caso improvável de necessidade. Para mim, Frank era o homem com quem eu vivera, com quem compartilhara minha cama e meu corpo... e a quem abandonara, por fim, para ficar com Jamie Fraser. – Não posso – murmurei para o vazio do quarto, para o pequeno companheiro que se espreguiçava e contorcia-se preguiçosamente dentro de mim, sem se deixar perturbar com minha própria agonia. – Não posso deixá-lo fazer isso!

A luz da tarde havia esmaecido e se transformado nas sombras cinzentas do anoitecer e o quarto parecia repleto de todo o desespero do fim do mundo. *Amanhã, o nascer do sol o verá morto!* Não havia esperança de encontrar Jamie esta noite. Eu sabia que ele não retornaria à rue Tremoulins; ele não teria deixado aquele bilhete se pretendesse voltar. Ele jamais conseguiria ficar deitado ao meu lado a noite inteira, sabendo o que pretendia fazer pela manhã. Não, ele certamente buscara refúgio em alguma hospedaria ou taverna, para ali se preparar, sozinho, para a execução da justiça que prometera.

Eu achava que sabia qual seria o local do confronto. Com a lembrança de seu primeiro duelo vívida na mente, Jamie tosara o cabelo para se preparar. A lembrança lhe viria novamente, eu tinha certeza, quando da escolha de um local para defrontar-se com o inimigo. O Bois de Boulogne, perto do caminho dos Sete Santos. O bosque era um lugar popular para duelos ilícitos, sua vegetação densa abrigando os participantes, dificultando sua descoberta. Amanhã, uma de suas clareiras sombrias veria o encontro de Jamie Fraser e Jack Randall. E eu.

Permaneci deitada na cama, sem me preocupar em trocar de roupa ou me cobrir, as mãos cruzadas em cima da barriga. Vi o crepúsculo transformar-se em escuridão e soube que não conseguiria dormir naquela noite. Reconfortei-me como pude com os leves movimentos de meu oculto habitante, o eco das palavras de Jamie soando em meus ouvidos: *Amanhã, o nascer do sol o verá morto!*

O Bois de Boulogne era uma pequena região de floresta praticamente virgem, empoleirada de modo inadequado na periferia de Paris. Dizia-se que lobos, bem como raposas e texugos, ainda podiam ser encontrados espreitando em suas profundezas, mas essas histórias não desencorajavam os casais de amantes que namoravam sob a copa das árvores na relva do solo da floresta. Era uma fuga do barulho e da sujeira da cidade, e somente sua localização impedia que se transformasse num pátio de lazer para a nobreza. Assim, era patrocinado em grande parte por aqueles que residiam nas proximidades, que encontravam um momento de descanso à sombra dos enormes carvalhos e dos pálidos vidoeiros do bosque, e por aqueles de mais longe que buscavam privacidade.

Era um bosque pequeno, mas ainda assim grande demais para percorrer a pé, à cata de uma clareira suficientemente ampla para abrigar um par de duelistas. Começara a chover durante a noite e a aurora surgira relutantemente, sombria e turva, através de um céu carregado de nuvens escuras. A floresta sussurrava, o débil tamborilar da chuva na folhagem misturando-se ao murmúrio amortecido do roçar de folhas e galhos.

A carruagem parou na estrada que atravessava o Bois, perto do último aglomerado de construções caindo aos pedaços. Eu tinha dado instruções ao cocheiro; ele desceu do seu banco, amarrou os cavalos e desapareceu entre os prédios. As pessoas que moravam perto do bosque sabiam o que acontecia por lá. Não podia haver muitos lugares apropriados para um duelo; os existentes deviam ser conhecidos.

Recostei-me e enrolei melhor o pesado manto ao meu redor, tremendo no frio do começo da manhã. Sentia-me muito mal, de cansaço pela noite sem dormir e pelo chumbo que o medo e a dor colocavam na boca do meu estômago. Subjacente a tudo, havia uma raiva efervescente que eu tentava afastar, com receio que interferisse na tarefa que eu tinha diante de mim.

Mas ela continuava a se insinuar de volta, fervilhando sempre que eu abaixava a guarda, como agora. Como ele pôde fazer isso?, minha mente continuava a ruminar, numa raiva fria. Eu não deveria estar ali; deveria estar em casa, descansando tranquilamente ao lado de Jamie. Não devia ter que vir atrás dele, impedi-lo, lutar contra a raiva e a doença. Uma dor incômoda, provocada pela viagem de coche, latejava na base da minha espinha. Sim, ele devia estar muito zangado; eu podia entender isso. Mas era a *vida* de um homem que estava em jogo, pelo amor de Deus! Como podia esse maldito orgulho ser mais importante do que isso? E deixar-me, sem nem uma palavra de explicação! Deixar que eu descobrisse pelos mexericos de vizinhos o que acontecera.

– Você me prometeu, Jamie, droga, você me *prometeu* – murmurei, entre dentes. O bosque estava silencioso, orvalhado e imerso em neblina. Eles já teriam chegado? Já estariam ali? Eu teria errado o lugar?

O cocheiro reapareceu, acompanhado de um rapaz, talvez de uns 14 anos, que subiu agilmente para a boleia, sentou-se ao lado do cocheiro e agitou a mão, gesticulando para a frente e para a esquerda. Com um rápido estalo do chicote e outro da língua, o cocheiro instigou os cavalos a um trote lento. Nós saímos da estrada e entramos nas sombras do bosque que começava a despertar.

Paramos duas vezes, esperando enquanto o rapaz descia e lançava-se mata adentro, ressurgindo em poucos instantes toda vez, balançando a cabeça em sinal negativo. Na terceira vez, ele voltou apressado, a empolgação tão evidente em seu rosto que eu já havia aberto a porta da carruagem antes que ele pudesse se aproximar o suficiente para gritar para o cocheiro.

Eu já tinha o dinheiro preparado; enfiei-o em sua mão, ao mesmo tempo agarrando-o pela manga e dizendo:

– Mostre-me onde é! Depressa, depressa!

Mal notei os galhos entrelaçados que atravessavam o caminho, nem a repentina umidade que encharcava minhas roupas conforme eu roçava por eles. O solo estava acolchoado de folhas mortas, e nem meus sapatos nem os do meu guia faziam qualquer ruído enquanto eu seguia a sombra de sua camisa rasgada e molhada em alguns lugares.

Eu os ouvi antes de vê-los; já haviam começado. O barulho de metal contra metal era abafado pelos arbustos, mas ainda assim muito nítido. Nenhum pássaro cantava na aurora úmida, mas a voz mortal da luta ressoava em meus ouvidos.

Era uma clareira larga, nas profundezas do Bois, mas acessível por uma trilha e pela estrada. Suficientemente larga para acomodar os movimentos necessários a um duelo sério. Haviam despido os casacos e estavam apenas de camisa, lutando na chuva, o tecido molhado grudando no corpo, revelando os contornos do ombro e da espinha.

Jamie dissera que lutava melhor; podia ser, mas Jonathan Randall também não era um espadachim medíocre. Ele contorcia-se e esquivava-se, flexível como uma cobra, a espada golpeando como uma presa de serpente de prata. Jamie era igualmente rápido, com uma graça surpreendente para um homem tão alto, os pés leves e ligeiros, as mãos firmes. Fiquei observando, grudada ao solo, com medo de gritar e desviar a atenção de Jamie. Eles giravam num círculo estreito de ataque e defesa, os pés tocando de leve o solo como uma dança sobre a grama.

Permaneci imóvel. Eu tinha chegado no fim da noite para encontrá-los, para impedi-los. Embora os tivesse encontrado, agora eu não podia intervir, por medo de causar uma interrupção fatal. Tudo que eu podia fazer era esperar, para ver qual dos meus dois homens morreria.

Randall brandia sua lâmina no alto e na posição certa para desviar-se do ataque, mas não foi rápido o suficiente para aparar a selvageria do golpe que enviou sua espada pelos ares. Abri a boca para gritar. Eu pretendia chamar o nome de Jamie, fazê-lo parar agora, naquele momento de misericórdia entre o desarme do adversário e o golpe mortal que deveria ser desferido em seguida. De fato, eu gritei, mas o som emergiu fraco e estrangulado. À medida que eu permanecia ali, observando, a dor nas minhas costas intensificava-se, apertando como uma garra. Nesse instante, senti uma ruptura repentina em algum lugar, como se a garra tivesse arrancado e soltado o que segurava.

Tateei loucamente e agarrei um galho próximo. Vi o rosto de Jamie, impávido, numa espécie de exultação calma, e compreendi que ele não podia ouvir nada através da névoa de violência que o envolvia. Ele não veria nada exceto seu objetivo, até que a luta terminasse. Randall, recuando diante da lâmina inexorável, escorregou na grama molhada e caiu. Arqueou as costas, tentando se levantar, mas a grama estava resvaladiça. O tecido do lenço ao seu pescoço estava rasgado e sua cabeça atirada para trás, os cabelos escuros encharcados pela chuva, a garganta exposta como a de um lobo pedindo clemência. Mas a vingança não conhece a misericórdia e não foi a garganta exposta que a lâmina descendente buscou.

Através de uma névoa cada vez mais escura, vi a espada de Jamie descer, graciosa e mortal, fria como a morte. A ponta tocou a cintura das calças de pele de veado, perfurou-a e veio cortando para baixo numa torção violenta que escureceu o castanho-claro com um repentino fluxo de sangue vermelho-escuro.

O sangue era um jorro quente descendo pelas minhas coxas e o frio na minha pele se entranhava em direção à base de minha espinha. O osso onde minha pélvis unia-se às minhas costas estava se quebrando; eu podia sentir a tensão conforme cada onda de dor me engolfava, a descarga de um raio queimando pela minha coluna para explodir e arder na base de meus quadris, um raio de destruição, deixando campos queimados e enegrecidos em seu rastro.

Meu corpo, assim como meus sentidos, parecia se esfacelar. Não via nada, mas não sabia dizer se meus olhos estavam fechados ou abertos; tudo estava girando, escurecendo, manchado de vez em quando pelos padrões em movimento que você vê à noite quando é criança, quando pressiona seus punhos contra as pálpebras cerradas.

As gotas de chuva batiam em meu rosto, no meu pescoço, nos meus ombros. Cada gota caía pesada, fria, depois se dissolvia em um minúsculo córrego morno, percorrendo minha pele enregelada. A sensação era bem distinta, separada da agonia de contorções violentas que avançavam e recuavam, mais abaixo. Tentei concentrar minha mente nas gotas da chuva, forçar minha atenção a se desviar da voz distante e fraca no centro do meu cérebro, aquela que dizia, como se fizesse anotações num boletim clínico: "Você está tendo uma hemorragia, é claro. Provavelmente houve uma ruptura de placenta, a julgar pela quantidade de sangue. Em geral, é fatal. A perda de sangue acarreta o entorpecimento das mãos e dos pés, e o escurecimento da visão. Dizem que a audição é o último sentido a se apagar; parece que isso é verdade."

Se a audição era o último dos meus sentidos a permanecer ou não, eu ainda conseguia ouvir. E o que ouvia eram vozes, muito agitadas, algumas pedindo calma, todas falando em francês. Havia uma palavra que eu podia ouvir e entender – meu próprio nome, gritado incessantemente, mas a uma grande distância.

– Claire! Claire!

– Jamie – tentei dizer, mas meus lábios estavam rígidos e entorpecidos de frio. Eu era incapaz de qualquer tipo de movimento. A comoção ao meu redor estava se estabelecendo num nível mais equilibrado; alguém tinha chegado e, ao menos, estava disposto a agir como se soubesse o que fazer.

Talvez soubesse. O forro ensopado da minha saia foi delicadamente levantado do meio de minhas coxas e um grosso chumaço de pano macio colocado com firmeza em seu lugar. Mãos obsequiosas viraram-me sobre meu lado esquerdo e puxaram meus joelhos para cima, em direção ao meu peito.

– Levem-na para o Hôpital – sugeriu uma voz perto do meu ouvido.

– Ela não vai viver até chegar lá – disse outra, com pessimismo. – É melhor esperar alguns minutos e depois mandar buscar o rabecão.

– Não – insistiu outra voz. – O sangramento está diminuindo; ela pode sobreviver. Além do mais, eu a conheço; já a vi no Hôpital des Anges. Levem-na para madre Hildegarde.

Reuni todas as forças que tinha e consegui murmurar:

– Madre.

Em seguida, desisti de lutar e deixei que a escuridão me envolvesse.

25

RAYMOND, O HEREGE

O teto alto abobadado acima de mim, era apoiado por ogivas, aqueles arcos arquitetônicos do século XIV que se erguem do topo de pilares e cortam-se na parte superior.

Minha cama estava posicionada sob uma dessas abóbadas góticas, com cortinas de gaze puxadas ao redor para maior privacidade. No entanto, o ponto central da ogiva não ficava diretamente acima de mim; minha cama fora deslocada para um dos lados. Isso me incomodava sempre que eu olhava para cima; ficava querendo mover a cama pela força do pensamento, como se o fato de estar bem centralizada sob o teto pudesse me ajudar a centrar-me dentro de mim mesma.

Se é que eu ainda possuía um centro. Meu corpo estava dolorido e sensível, como se eu tivesse levado uma surra. Minhas juntas doíam e pareciam frouxas, como dentes amolecidos pelo escorbuto. Vários cobertores grossos me cobriam, mas nada faziam além de aprisionar o calor, e eu não tinha nenhum. O frio da aurora chuvosa impregnara meus ossos.

Todos esses sintomas físicos eu notava objetivamente, como se pertencessem a outra pessoa; fora isso, não sentia nada. O centro lógico, pequeno e frio do meu cérebro ainda estava lá, mas o invólucro de sentimentos através do qual suas manifestações em geral eram filtradas desaparecera; morto, ou paralisado, ou simplesmente desaparecido. Eu não sabia nem me importava. Estava no Hôpital des Anges havia cinco dias.

Os dedos longos de madre Hildegarde examinavam com inexorável delicadeza pelo algodão da camisola que eu usava, investigavam as profundezas do meu ventre, buscando as bordas rígidas de um útero contraído. Mas a carne estava tenra e macia como uma fruta madura sob seus dedos. Pestanejei quando seus dedos mergulharam mais fundo e ela franziu a testa, murmurando alguma coisa baixinho que parecia uma prece.

Captei um nome entre os murmúrios e perguntei:

– Raymond? Conhece mestre Raymond? – Não podia imaginar um par mais improvável do que essa freira amedrontadora e o pequeno gnomo da caverna de crânios.

As sobrancelhas espessas de madre Hildegarde ergueram-se abruptamente e ela olhou-me, estupefata.

– Mestre Raymond, você diz? Aquele charlatão herege? *Que Dieu nous en garde!* – Que Deus nos proteja.

– Oh. Pensei tê-la ouvido dizer "Raymond".

– Ah.

Os dedos retornaram ao seu trabalho, investigando minha virilha em busca de ínguas, gânglios linfáticos aumentados que indicariam infecção. Eles estavam lá, eu sabia; eu mesma os tateara, movendo minhas mãos numa agitada agonia sobre meu corpo vazio. Podia sentir a febre, uma dor e um frio no fundo dos ossos, que iria queimar como brasa quando atingisse a superfície da minha pele.

– Estava invocando a ajuda de São Raimundo Nonato – explicou madre Hildegarde, torcendo um pano em água fria. – É de valor inestimável na assistência a mulheres grávidas.

– Que eu já não sou. – Notei, de forma longínqua, a breve pontada de dor que fez suas sobrancelhas se franzirem; desapareceu quase imediatamente enquanto se ocupava em enxugar minha testa, passar água fria rapidamente pelas minhas bochechas e pelas dobras úmidas, quentes, do meu pescoço.

Estremeci de repente ao toque da água fria e ela parou imediatamente, colocando a mão em minha testa para avaliar a febre.

– São Raimundo não costuma ser seletivo – disse ela, distraidamente, mas com um ar de reprovação. – Eu mesma aceito ajuda de onde ela vier; uma atitude que eu lhe recomendaria.

– Humm. – Fechei os olhos, recolhendo-me ao paraíso de um nevoeiro cinza.

Agora parecia haver luzes fracas no nevoeiro, breves lampejos como a dispersão de relâmpagos difusos num horizonte de verão.

Ouvi o tilintar de contas de rosário de azeviche quando madre Hildegarde endireitou-se e a voz suave de uma das freiras no vão da porta, chamando-a para mais uma das infindáveis emergências do dia. Ela já havia quase alcançado a porta quando uma ideia lhe ocorreu. Deu meia-volta com um ruído farfalhante das saias pesadas, apontando para o pé da minha cama com um dedo autoritário.

– Bouton! – disse ela. – *Au pied, reste!*

O cachorro, tão decidido quanto sua dona, girou agilmente no meio do passo e saltou para o pé da cama. Uma vez ali, levou um instante para ajeitar as cobertas com as patas e girou três vezes no sentido anti-horário, como se tirasse os maus fluidos do seu lugar de descanso. Em seguida, deitou-se aos meus pés, descansando o focinho sobre as patas com um profundo suspiro.

Satisfeita, madre Hildegarde murmurou:

– *Que Dieu vous bénisse, mon enfant.*

Tendo se despedido, desapareceu.

Através da névoa cada vez mais densa e do gélido entorpecimento que me envolvia, agradeci vagamente seu gesto. Sem nenhuma criança para embalar nos braços, ela me deu seu próprio e melhor substituto.

Aquele peso peludo sobre meus pés era de fato um pequeno conforto físico. Bouton permanecia quieto e imóvel como os cachorros aos pés dos reis esculpidos nas tampas de seus túmulos em St. Denis, seu calor contrapondo-se ao frio de mármore dos meus pés, sua presença um consolo maior do que a solidão ou a companhia dos humanos, já que não exigia nada de mim. Nada era precisamente o que eu sentia e tudo que eu tinha para dar.

Bouton soltou um pequeno e estalado peido de cachorro e pegou no sono. Puxei as cobertas sobre o nariz e tentei fazer o mesmo.

Por fim, adormeci. E sonhei. Sonhos febris de cansaço e desolação, de uma tarefa impossível, incessantemente empreendida. De um esforço doloroso e interminável, realizado num lugar árido e pedregoso. De um nevoeiro cinza e denso, através do qual a derrota perseguia-me como um demônio na neblina.

Acordei, abruptamente, e descobri que Bouton se fora, mas eu não estava sozinha.

A linha de contorno do couro cabeludo de Raymond estava completamente nivelada, uma linha reta que atravessava a fronte larga como se tivesse sido desenhada com uma régua. Ele usava os cabelos espessos, grisalhos, penteados para trás e caídos sobre os ombros, de modo que a cabeça maciça projetava-se como um bloco de pedra, eclipsando completamente o restante do rosto. Pairava acima de mim agora, olhando para meus olhos febris como à lápide de um túmulo.

As rugas e sulcos de seu rosto movimentavam-se ligeiramente conforme ele conversava com as freiras. Pensei comigo mesma que se assemelhavam a letras, escritas logo abaixo da superfície da laje tumular, tentando escavar seu caminho para o exterior, a fim de que o nome do morto pudesse ser lido. Estava convencida de que, dentro de mais alguns instantes, meu nome se tornaria legível na laje branca e, nesse momento, eu morreria de verdade. Arqueei as costas e gritei.

– Ora, está vendo só? Ela não o quer aqui, criatura velha e nojenta, está perturbando seu descanso. Vá embora agora mesmo! – Madre Hildegarde agarrou Raymond autoritariamente pelo braço, arrastando-o para longe da cama. Ele resistia, fincado como um gnomo de pedra num gramado, mas a irmã Celeste acrescentou seus esforços nada desprezíveis aos de madre Hildegarde e as duas o içaram completamente do chão e o carregaram dali. O tamanco caiu de um pé que chutava freneticamente enquanto ele era levado.

O tamanco ficou onde caíra, de lado, exatamente no meio de uma das lajes bem esfregadas do assoalho. Com a intensa fixação da febre, eu era incapaz de desviar os olhos do objeto. Tracei inúmeras vezes a curva incrivelmente lisa da borda gasta, a cada vez arrancando meu olhar fixo da escuridão impenetrável de seu interior. Se eu me deixasse entrar naquele negrume, minha alma seria sugada para dentro do caos. Enquanto meus olhos repousavam sobre o tamanco, pude ouvir novamente os sons da passagem do tempo através do círculo de pedras; então estendi os braços, agarrando-me histericamente à borda da cama acolchoada, à cata de um ancoradouro onde pudesse me amparar contra a confusão.

De repente, um braço surgiu do meio das cortinas e a mão vermelha de uma criada apossou-se do calçado e desapareceu. Privada de um foco, minha mente confusa pelo calor da febre girou pelos sulcos das lajes do assoalho por alguns instantes; em seguida, apaziguada pela regularidade geométrica, voltou-se para dentro e oscilou em direção ao sono como um pião perdendo o impulso.

Mas não havia tranquilidade em meus sonhos e fui tropeçando, exausta, pelos labirintos de figuras que se repetiam, intermináveis círculos e espirais. Foi com uma sensação de profundo alívio que eu finalmente vi as irregularidades de um rosto humano.

E sem dúvida trava-se de um rosto irregular, contraído numa carranca feroz, os lábios franzidos num pedido suplicante. Foi somente quando senti a pressão da mão sobre minha boca que percebi que já não estava dormindo.

A boca larga e sem lábios da gárgula pairava junto ao meu ouvido.

– Silêncio, *ma chère*! Se me encontrarem aqui outra vez, estou perdido! – Os olhos grandes e escuros arremessavam-se de um lado a outro, à espreita de qualquer movimento das cortinas.

Assenti devagar e ele relaxou a boca, os dedos deixando para trás um leve sopro de amônia e enxofre. Ele havia encontrado em algum lugar, ou roubado, pensei obscuramente, o hábito cinza e rasgado de um frade para cobrir o veludo sujo de sua roupa de farmacêutico, e as profundezas do capuz ocultavam tanto os reveladores cabelos prateados quanto aquela testa monstruosa.

Os delírios da febre cederam ligeiramente, afastados pelos resquícios de curiosidade que me restavam. Eu estava fraca demais para dizer mais do que "O que...", quando ele colocou outra vez o dedo sobre meus lábios e lançou para trás o lençol que me cobria.

Observei com certo espanto enquanto ele desfazia rapidamente os laços de minha camisola e a abria até a cintura. Seus movimentos eram ágeis e profissionais, sem o menor sinal de depravação. Não que eu pudesse imaginar que alguém fosse capaz de tentar violar uma carcaça devastada pela febre como a minha, particularmente não ao alcance dos ouvidos de madre Hildegarde. Ainda assim...

Observei com remota fascinação quando ele colocou as mãos em concha sobre meus seios. Eram grandes e quase quadradas, os dedos todos de um tamanho só, com polegares extraordinariamente longos e flexíveis, que curvavam-se em torno dos meus seios com surpreendente delicadeza. Observando-as, tive a lembrança vívida e inesperada de Marian Jenkinson, uma jovem com quem recebi treinamento no Pembroke Hospital, dizendo às colegas extasiadas dos alojamentos das enfermeiras que o tamanho e o formato dos polegares de um homem eram uma indicação segura da qualidade de seu apêndice mais íntimo.

– É verdade, eu juro – declarava Marian, sacudindo a cabeleira loura para trás com grande dramaticidade. Mas quando pressionada para citar exemplos, ela apenas dava risadinhas, revirando os olhos na direção do tenente Hanley, que se parecia muito com um gorila, a despeito dos polegares opostos e de tamanho considerável.

Os grandes polegares pressionavam meus seios delicadamente, mas com firmeza, e pude sentir meus mamilos inchados intumescerem-se contra as palmas duras, frias em comparação à minha pele aquecida.

– Jamie – disse, e um calafrio percorreu meu corpo.

– Silêncio, madona – disse Raymond. Sua voz era baixa, gentil, mas de certa forma meditativa e distante, como se não estivesse prestando nenhuma atenção em mim, apesar do que estava fazendo.

O calafrio voltou; era como se o calor passasse de mim para ele, mas suas mãos não esquentavam. Seus dedos continuavam frios e eu sentia arrepios e tremia conforme a febre recuava e fluía, escoando-se dos meus ossos.

A luz da tarde era turva através da gaze espessa das cortinas ao redor de minha cama e as mãos de Raymond eram escuras sobre a pele branca dos meus seios. Entretanto, as sombras entre os dedos grossos, encardidos, não eram negras. Eram... azuis, pensei.

Fechei os olhos, olhando para o redemoinho de padrões multicoloridos que imediatamente surgiram por trás de minhas pálpebras. Quando os abri novamente, foi como se parte da cor tivesse ficado para trás, recobrindo as mãos de Raymond.

À medida que a febre recuava, deixando minha mente mais clara, eu piscava, tentando levantar a cabeça para ver melhor. Raymond pressionou com um pouco mais de força, instando-me a ficar deitada, e eu deixei minha cabeça cair no travesseiro, espreitando de esguelha por cima do meu peito.

Eu não estava imaginando aquilo, afinal – ou estava? Embora as mãos de Raymond não estivessem se movendo, uma luz colorida, fraca e tremeluzente parecia fluir por cima delas, lançando uma claridade rosada e azul-clara sobre minha pele branca.

Meus seios estavam aquecidos agora, mas aquecidos com o calor próprio e natural da saúde, não com a corrosiva queimação da febre. A corrente de ar vinda pela entrada em arco aberta encontrou um caminho através das cortinas e levantou os cabelos úmidos das minhas têmporas, mas nesse momento eu não senti mais calafrios.

A cabeça de Raymond estava abaixada, o rosto oculto pelo capuz do traje que tomara emprestado. Após o que me pareceu um longo tempo, ele deslocou as mãos dos meus seios, movendo-as muito devagar pelos meus braços, parando e apertando delicadamente nas juntas do ombro e do cotovelo, pulsos e dedos. A dor e o desconforto diminuíram e eu achei ter vislumbrado uma débil linha azul dentro do meu braço, o fantasma reluzente do osso.

Sempre tocando, sem pressa, levou suas mãos para trás, sobre a curva rasa da minha clavícula, e desceu, pelo meridiano do meu corpo, espalmando as mãos sobre minhas costelas.

O mais estranho de tudo isso é que eu não estava nem um pouco assustada. Parecia algo infinitamente natural e meu corpo torturado relaxou agradecidamente na forma rígida de suas mãos, desfazendo-se e se recompondo como cera moldável. Somente os contornos do meu esqueleto permaneciam firmes.

Uma estranha sensação de calor emanava agora daquelas mãos grandes e quadradas de operário. Moviam-se com meticulosa lentidão pelo meu corpo e eu podia *sentir* as minúsculas mortes das bactérias que habitavam meu sangue, pequenas explosões conforme cada centelha de infecção desaparecia. Eu podia sentir cada órgão interno, completo e tridimensional, bem como vê-lo, como se tivesse assentado sobre uma mesa, diante de mim. Lá o estômago de paredes ocas, aqui a solidez lobulada do meu fígado e cada volta dos meus intestinos, enrolados para um lado, para o outro e sobre si mesmos, perfeitamente acomodados na teia brilhante de sua membrana, o mesentério. O calor incandescia e irradiava-se dentro de cada órgão, iluminando-o como um pequeno sol dentro de mim, depois morrendo e seguindo em frente.

Raymond parou, as mãos pressionadas lado a lado em minha barriga inchada. Achei que tivesse franzido a testa, mas era difícil ter certeza. A cabeça encapuzada virou-se, atenta, mas os barulhos usuais do hospital continuaram à distância, sem nenhum ruído de passos vindo em nossa direção.

Arfei e me remexi involuntariamente, quando uma das mãos moveu-se mais para baixo e fechou-se em concha entre minhas pernas. Um aumento de pressão da outra mão avisou-me para fazer silêncio, e os dedos rombudos encontraram seu caminho dentro de mim.

Fechei os olhos e aguardei, sentindo minhas paredes internas ajustarem-se àquela estranha intrusão, a inflamação cedendo pouco a pouco conforme ele tateava com delicadeza cada vez mais fundo.

Por fim, ele tocou o centro da minha perda e um espasmo de dor contraiu as paredes pesadas do meu útero inflamado. Respirei fundo com um pequeno gemido, depois cerrei os lábios quando ele balançou a cabeça.

A outra mão desceu e pousou confortavelmente sobre minha barriga enquanto os dedos investigadores da outra tocavam meu útero. Então ele ficou imóvel, segurando a origem da minha dor entre as duas mãos, como se fosse uma esfera de cristal, pesada e frágil.

– Agora – disse ele em voz baixa. – Chame-o. Chame o homem ruivo. Chame-o.

A pressão de seus dedos internamente e da palma externamente se intensificou e eu pressionei as pernas contra a cama, lutando contra ela. Mas não me restava nenhuma força para resistir e a pressão inexorável continuou, rachando a esfera de cristal, libertando o caos dentro de mim.

Minha mente encheu-se de imagens, piores do que a agonia dos sonhos febris, pois eram mais reais. As sensações de dor, perda e medo devastavam-me e o cheiro poeirento de morte e cal branca enchia minhas narinas. Arremessando-me de um lado a outro nos padrões erráticos da minha mente em busca de ajuda, ouvi a voz ainda murmurando, pacientemente, mas com firmeza:

– Chame-o.

E eu busquei minha âncora.

– Jamie! JAMIE!

Um raio de calor atravessou minha barriga, de uma das mãos para a outra, como uma flecha atravessando o centro da bacia dos meus ossos. A pressão foi relaxada, libertou-se e a leveza da harmonia inundou-me.

A estrutura da cama estremeceu quando ele agachou-se debaixo dela, bem a tempo.

– Milady! Você está bem? – A irmã Angelique enfiou-se pelas cortinas, o rosto redondo contraído de preocupação sob sua touca de freira. A preocupação em seus olhos estava sublinhada de resignação; as irmãs sabiam que eu morreria logo; e se aquela parecia ser minha última luta pela vida, ela estava preparada para convocar o padre.

Sua mão áspera e pequena pousou rapidamente no meu rosto, moveu-se depressa para minha testa, depois de volta. O lençol ainda estava emaranhado em volta de minhas coxas e minha camisola continuava aberta. Suas mãos deslizaram por dentro da camisola, em direção às axilas, onde permaneceram por um instante antes de se recolherem.

– Deus seja louvado! – gritou ela, os olhos marejando-se de lágrimas. – A febre passou! – Ela inclinou-se para mais perto, espreitando, assustada, para ter certeza de que o desaparecimento da febre não se devia ao fato de eu estar morta. Sorri debilmente para ela.

– Eu estou bem – disse. – Diga à madre.

Ela assentiu ansiosamente e, parando apenas o suficiente para puxar o lençol sobre mim, deixou o aposento, apressada. Mal as cortinas se fecharam atrás dela e Raymond emergiu de baixo da cama.

– Tenho que ir – disse ele. Colocou a mão sobre a minha cabeça. – Fique bem, madona.

Apesar de extremamente fraca, ergui-me, agarrando seu braço. Deslizei a mão pela extensão do músculo rígido, buscando, mas não encontrando. A maciez da pele era imaculada, limpa e lisa até o alto do ombro. Fitou-me, espantado.

– O que está fazendo, madona?

– Nada. – Deixei-me afundar na cama outra vez, decepcionada. Eu estava fraca demais e muito aturdida para ter cuidado com minhas palavras. – Eu queria ver se você tinha uma cicatriz de vacina.

– Vacina? – Treinada como eu já estava em ler expressões a essa altura, eu teria percebido o menor movimento de compreensão, por mais fugaz que fosse. Mas não houve nenhum.

– Por que ainda me chama de madona? – perguntei. Minhas mãos repousaram na pequena concavidade do meu ventre, delicadamente, como se não quisessem perturbar o dilacerante vazio. – Perdi o meu bebê.

Ele pareceu um pouco surpreso.

– Ah. Eu não a chamei de madona porque estivesse grávida, milady.

– Por que, então? – Eu não esperava realmente que ele respondesse, mas ele o fez. Apesar de cansados e exauridos como ambos estávamos, era como se estivéssemos suspensos juntos em um lugar onde não existissem nem tempo nem consequências; não havia lugar senão para a verdade entre nós.

Ele suspirou.

– Todo mundo possui uma cor ao seu redor – disse ele com simplicidade. – Envolvendo-a completamente, como uma nuvem. A sua é azul, madona. Como o manto da Virgem. Como o meu próprio.

A cortina de gaze esvoaçou e ele desapareceu.

26

FONTAINEBLEAU

Dormi durante vários dias. Se era uma parte necessária do processo de recuperação física ou uma teimosa fuga da realidade, não sei. No entanto, eu acordava apenas para ingerir algum alimento com relutância, caindo em seguida num estupor de esquecimento, como se o peso sutil e morno da sopa em meu estômago fosse uma âncora que me puxava para as profundezas do sono.

Alguns dias mais tarde, acordei com o barulho de vozes insistentes junto ao meu ouvido e o toque de mãos erguendo-me da cama. Os braços que me seguravam eram fortes e masculinos e, por um instante, senti-me flutuar de alegria. Então despertei por completo, lutando debilmente contra uma onda de tabaco e vinho barato, para me ver carregada por Hugo, o enorme lacaio de Louise de La Tour.

– Coloque-me no chão! – pedi, debatendo-me frouxamente. Ele pareceu espantado com a repentina ressurreição de um morto e quase me deixou cair, mas uma voz alta e autoritária fez ambos pararem.

– Claire, minha querida amiga! Não tenha medo, *ma chère*, está tudo bem. Estou levando você para Fontainebleau. Ar puro e boa comida, é disso que você precisa. E repouso, você precisa de repouso...

Pisquei contra a claridade, como um recém-nascido. O rosto de Louise, redondo, rosado e ansioso, flutuava por perto como um querubim numa nuvem. Madre Hildegarde estava parada atrás dela, alta e severa como o anjo às portas do Éden, a ilusão celestial ampliada pelo fato de ambas estarem diante de uma janela de vitrais coloridos no vestíbulo do Hôpital.

– Sim – disse ela, a voz grave tornando a mais simples das palavras mais enfática do que todo o gorjeio de Louise. – Será bom para você. *Au revoir*, minha querida.

E com isso, fui levada pela escada do hospital e enfiada a contragosto na carruagem de Louise, sem forças nem vontade de protestar.

Os solavancos da carruagem sobre os buracos e valas mantiveram-me acordada durante a viagem a Fontainebleau. Isso e a ininterrupta conversa de Louise, destinada a me tranquilizar. No começo, fiz um esforço confuso para responder, mas logo percebi que ela não requeria respostas e, na verdade, falava mais facilmente sem elas.

Após dias na abóbada fria e cinza do Hôpital, sentia-me como uma múmia que acabavam de desenrolar, e me retraí da agressão de tanta luz e cor. Para lidar com a situação, achei mais fácil recolher-me um pouco e deixar a enxurrada passar por mim sem tentar distinguir seus elementos.

Essa estratégia funcionou até alcançarmos um pequeno bosque nas proximidades de Fontainebleau. Os troncos dos carvalhos eram escuros e grossos, com copas baixas e espraiadas que sombreavam o solo embaixo com manchas claras e escuras em movimento, de modo que todo o bosque parecia tremeluzir ao vento. Eu admirava vagamente o efeito quando notei que parte do que eu presumira serem troncos de árvores *estava* realmente se mexendo, balançando devagar de um lado a outro.

– Louise! – Minha exclamação e o aperto de minha mão em seu braço interromperam sua tagarelice.

Ela inclinou-se pesadamente sobre mim para ver o que eu estava olhando, depois se atirou para o lado da carruagem e enfiou a cabeça pela janela, gritando para o cocheiro.

Deslizamos numa nuvem de poeira até pararmos por completo, bem em frente ao bosque. Havia três pessoas, dois homens e uma mulher. A voz aguda e agitada de Louise continuou, admoestando e questionando, pontuada pelas tentativas do cocheiro de explicar ou de pedir desculpas, mas eu não prestei atenção.

Apesar da oscilação e do leve esvoaçar de suas roupas, estavam muito quietos, mais inertes do que as árvores de onde pendiam. Os rostos estavam enegrecidos pela asfixia; monsieur Forez não teria de maneira alguma aprovado, pensei, através da névoa do choque. Uma execução eficaz, apesar de amadorística. O vento mudou de direção e um mau cheiro leve e gasoso nos atingiu.

Louise soltou um gritinho esganiçado e bateu com força na borda da janela, num frenesi de indignação. A carruagem recomeçou a andar com um solavanco que a arremessou para trás no assento.

– *Merde!* – disse ela, abanando enfaticamente o rosto afogueado. – Que idiotice, parar bem aqui! Que imprudência! O choque dessa visão é ruim para o bebê, tenho certeza, e você, minha pobre querida... ah, meu Deus, Claire, coitada! Sinto muito, não quis fazê-la lembrar... me perdoe, que falta de tato...

Felizmente, sua agitação diante da possibilidade de ter me transtornado a fez se esquecer do próprio nervosismo à vista dos corpos, mas era muito cansativo tentar conter suas desculpas. Finalmente, por desespero, voltei ao assunto dos enforcados.

– Quem são? – O desvio da conversa funcionou; ela pestanejou e, lembrando-se do choque ao seu *système*, retirou um frasco de solução de amoníaco e inalou-o tão profundamente que espirrou em reflexo.

– Hugue... Atchim! Huguenotes – conseguiu dizer, resfolegando e espirrando. – Hereges protestantes. É o que diz o cocheiro.

– Eles os enforcam? Ainda? – Por alguma razão, eu achava que perseguições religiosas como essas eram uma relíquia do passado.

– Bem, comumente não apenas por serem protestantes, embora isso já seja suficiente – respondeu Louise, fungando.

Enxugou delicadamente o nariz com um lencinho bordado, examinou o resultado criticamente, depois reaplicou o lenço ao nariz e assoou-o com um ronco gratificante.

– Ah, assim está melhor. – Ela enfiou o lenço de volta no bolso e recostou-se no banco com um suspiro. – Agora estou refeita. Que choque! Se precisam enforcá-los, tudo bem, mas têm que fazer isso em plena via pública, onde as senhoras ficam expostas a tal nojeira? Você sentiu o cheiro? Eca! Estas terras são do conde Medard, vou lhe enviar uma carta bem malcriada a respeito disso, vamos ver se não vou.

– Mas por que enforcaram essas pessoas? – perguntei, interrompendo de modo brutal, que era a única maneira possível de manter uma conversa com Louise.

– Ah, bruxaria, provavelmente. Havia uma mulher, você viu. Quando há mulheres envolvidas, em geral se trata de bruxaria. Se forem apenas homens, na maioria das vezes é só por heresia e por pregação para sublevar os ânimos, mas as mulheres não pregam. Viu as terríveis roupas escuras que ela vestia? Que horror! É tão deprimente usar roupas escuras o tempo todo; que tipo de religião faria seus seguidores usarem sempre roupas tão sem graça? Obviamente, é obra do diabo, qualquer um pode ver isso. Eles têm medo das mulheres, isso é que é, assim eles...

Fechei os olhos e recostei-me no assento. Esperava que não estivéssemos muito longe da casa de campo de Louise.

Além do macaco, de quem ela se recusava a se separar, a casa de campo de Louise continha inúmeras outras decorações de gosto duvidoso. Em Paris, os gostos de seu marido e de seu pai tinham que ser consultados e os aposentos da casa de lá eram, em consequência disso, suntuosamente decorados, porém em tonalidades suaves. Mas Jules raramente vinha à casa de campo, sempre ocupado demais na cidade, e assim o gosto de Louise podia ter livre curso.

– Este é o meu brinquedo mais novo; não é um encanto? – arrulhou ela, passando a mão afetuosamente pela madeira escura e esculpida de uma casinha que se projetava estranhamente da parede, ao lado de um castiçal de bronze no formato de Eurídice.

– Parece um relógio cuco – comentei, incrédula.

– Você já tinha visto um desses? Eu achava que não havia nenhum igual a ele em Paris!

Louise fez um ligeiro beicinho diante da ideia de que seu brinquedo pudesse não ser único, mas iluminou-se quando girou os ponteiros do relógio para a hora seguinte. Deu uns passos para trás, radiante de orgulho quando o minúsculo pássaro meteu a cabeça para fora e emitiu diversos trinados em sequência.

– Não é uma preciosidade? – Tocou de leve a cabeça do pássaro enquanto ele desaparecia de novo em seu esconderijo. – Berta, a governanta daqui, comprou-o para mim; seu irmão o trouxe da Suíça. O que quer que se queira dizer da Suíça, eles são ótimos escultores de madeira, não?

Quis responder que não, mas em vez disso apenas murmurei algo que educadamente expressasse admiração. A mente de gafanhoto de Louise saltou agilmente para um novo tópico, talvez desencadeado por lembranças de criados suíços.

– Sabe, Claire – disse ela, com um toque de reprovação –, você realmente devia ir à missa na capela toda manhã.

– Por quê?

Ela balançou a cabeça em direção ao vão da porta, por onde uma das criadas passava com uma bandeja.

– Particularmente não ligo a mínima, mas os criados... as pessoas são muito supersticiosas aqui no campo, sabe. E um dos lacaios da casa de Paris cometeu a asneira de contar à cozinheira tudo sobre aquela história tola de você ser *La Dame Blanche*. Eu disse a eles que tudo isso é bobagem, é claro, e ameacei demitir qualquer um que eu pegasse espalhando tal boato, mas... bem, seria melhor se você fosse à missa. Ou ao menos rezasse em voz alta de vez em quando, de modo que a ouvissem.

Descrente como eu era, achei que a missa diária na capela da casa seria ir um pouco longe demais, mas vagamente achando graça, concordei em fazer o possível para acalmar os temores dos criados; em consequência, Louise e eu passamos a hora seguinte lendo salmos em voz alta uma para a outra e recitando preces em uníssono – em voz bem alta. Eu não fazia a menor ideia do efeito que essa encenação poderia ter sobre os criados, mas pelo menos cansou-me o suficiente para eu subir ao meu quarto para um cochilo e dormir sem sonhar até a manhã seguinte.

Eu sempre tinha dificuldades para dormir, provavelmente porque meu estado quando estava desperta não era muito diferente de um sono nervoso e superficial. Ficava deitada, acordada, à noite, fitando o teto de gesso branco com seus ornamentos de frutas e flores. Erguia-se acima de mim como um vulto turvo e cinza na escuridão, a personificação da depressão que tornava minha mente nebulosa durante o dia. Quando realmente fechava os olhos à noite, eu sonhava. Não conseguia bloquear os sonhos com a névoa cinzenta. Eles vinham em cores vívidas para me atacar na escuridão. Assim, eu raramente dormia.

Jamie não mandou notícias. Nem ninguém mandou notícias a respeito dele. Se era culpa ou ofensa que o impedira de ir me ver no Hôpital, eu não sabia. Mas ele não fora lá, nem viera a Fontainebleau. A essa altura, era provável que já tivesse partido para Orvieto.

Às vezes, eu me flagrava imaginando quando – ou se – eu o veria outra vez e o que diríamos um ao outro, caso disséssemos alguma coisa. Entretanto, na maior parte do tempo eu preferia não pensar nisso, deixando os dias seguirem, um de cada vez, evitando pensamentos a respeito do futuro ou do passado, apenas vivendo o presente.

Privado de seu ídolo, Fergus definhou. Eu sempre o via da minha janela, sentado desconsoladamente sob um arbusto de espinheiro no jardim, abraçando os joelhos e olhando para a estrada que levava a Paris. Finalmente, reuni ânimo para ir lá fora falar com ele, arrastando-me pesadamente pelas escadas e pelo caminho do jardim.

– Não pode arranjar alguma coisa para fazer, Fergus? – perguntei-lhe. – Certamente um dos cavalariços gostaria de uma ajuda extra, ou algo assim.

– Sim, milady – concordou ele, hesitante. Coçou as nádegas distraidamente. Observei seu comportamento com profunda desconfiança.

– Fergus – disse, cruzando os braços –, você está com piolho?

Ele recolheu a mão bruscamente, como se tivesse sido queimado.

– Ah, não, milady!

Puxei-o, obrigando-o a ficar de pé, cheirei delicadamente nos arredores de sua figura e coloquei um dedo por dentro do seu colarinho, o suficiente para ver o anel de sujeira em volta do seu pescoço.

– Banho – ordenei sucintamente.

– Não! – Com um puxão, ele se desvencilhou, mas eu o agarrei pelo ombro. Fiquei surpresa com sua veemência; embora não fosse mais chegado a um banho do que a média dos parisienses – que consideravam a perspectiva de imersão com uma repugnância próxima ao horror –, ainda assim eu não conseguia conciliar a criança quase sempre obediente que eu conhecia à pequena fúria que de repente se contorcia e se debatia sob a minha mão.

Ouviu-se um barulho de tecido rasgando-se e ele se libertou, arremessando-se entre os arbustos de amoras silvestres como um coelho perseguido por uma doninha. Houve um farfalhar de folhas e um arranhar de pedras e ele desapareceu por cima do muro, dirigindo-se para as construções externas nos fundos da propriedade.

Abri caminho pelo emaranhado de edificações raquíticas situadas atrás do castelo, xingando baixinho enquanto me desviava de poças de lama e montes de sujeira. De repente, ouvi um zumbido agudo e plangente, e uma nuvem de moscas ergueu-se de um montículo a alguns passos à minha frente, os corpos azuis, cintilantes sob a luz do sol.

Eu não estava suficientemente perto para tê-las espantado; provavelmente fora culpa de algum movimento vindo do vão escuro da porta ao lado do monte de esterco.

– Ahá! – exclamei em voz alta. – Peguei-o, moleque imundo! Saia daí agora mesmo!

Ninguém emergiu, mas houve um movimento audível dentro do barracão e eu achei ter vislumbrado alguma coisa branca no interior escuro. Pinçando o nariz, passei por cima do monte de excremento e entrei no galpão.

Houve dois gritos sufocados de horror; o meu, ao contemplar algo que parecia o Selvagem de Bornéu achatado contra a parede dos fundos, e o dele, ao me ver.

A luz do sol filtrava-se pelas fendas entre as tábuas, propiciando luz suficiente para que nos víssemos com clareza, uma vez que meus olhos se adaptassem à relativa obscuridade. Ele não era, afinal, tão assustador quanto pensei no primeiro instante, mas também não era muito melhor. Sua barba estava tão imunda e emaranhada quanto seus cabelos, caindo abaixo dos ombros sobre uma camisa tão esfarrapada quanto a de qualquer mendigo. Estava descalço, e se o termo *sans-culottes* ainda não era de uso comum, não era por falta de um exemplar.

Não tive medo dele, porque ele obviamente estava com medo de *mim*. Pressionava-se contra a parede como se tentasse passar através dela por osmose.

– Tudo bem – disse, tentando tranquilizá-lo. – Não vou machucá-lo.

Em vez de se acalmar, empertigou-se bruscamente, enfiou a mão dentro da camisa e retirou um crucifixo de madeira pendurado numa tira de couro. Estendeu-a à sua frente, em minha direção, e começou a rezar, numa voz trêmula de terror.

– Ah, droga – falei, contrariada. – Outro, não! – Respirei fundo. – *Pater-Noster-qui-es-in-coeliset-in-terra...* – Seus olhos esbugalharam-se e ele continuou segurando o crucifixo, mas ao menos parou de rezar em resposta ao meu desempenho. – ... Amém! – terminei com um suspiro. Estendi as mãos e balancei-as diante de seu rosto. – Está vendo? Nem uma palavra de trás para a frente, nem um único *quotidianus da nobis hodie* fora do lugar, certo? Nem sequer tinha os dedos cruzados. Portanto, não posso ser uma bruxa, não é?

O homem abaixou o crucifixo devagar e ficou parado, arfando, diante de mim.

– Uma bruxa? – disse ele. Sua expressão era a de quem achava que *eu* é que fosse louca, o que considerei um pouco estúpido nas circunstâncias.

– Não achou que eu fosse uma bruxa? – perguntei, começando a me sentir um pouco tola.

Algo que se assemelhava a um sorriso surgiu e desapareceu outra vez entre os nós de sua barba.

– Não, madame – respondeu ele. – Estou acostumado a que as pessoas digam isso de *mim*.

– Ah, é?

Observei-o atentamente. Além dos trapos e da sujeira, o sujeito estava obviamente passando fome; os pulsos que se projetavam dos punhos da camisa eram finos como os de uma criança. Ao mesmo tempo, seu francês era harmonioso e educado, ainda que apresentasse um estranho sotaque.

– Se você for um bruxo – disse –, não está sendo bem-sucedido na função. Quem, afinal, é você?

Diante disso, o medo retornou aos seus olhos. Olhou de um lado a outro, procurando um jeito de fugir, mas o barracão era uma construção sólida, embora velha, sem nenhuma outra entrada além daquela onde eu estava. Finalmente, requisitando alguma reserva oculta de coragem, ele aprumou-se, empertigando-se em toda a sua altura – cerca de 10 centímetros abaixo da minha – e, com grande dignidade, disse:

– Sou o reverendo Walter Laurent, de Genebra.

– Você é um *padre*? – Fiquei estupefata. Não podia imaginar o que teria feito um padre, suíço ou não, chegar àquele estado.

O padre Laurent pareceu tão horrorizado quanto eu.

– Um padre? – repetiu ele. – Um papista? Nunca!

De repente, a verdade se abateu sobre mim.

– Um huguenote! – disse. – É isso. Você é um protestante, não é? – Lembrei-me dos corpos que eu vira pendurados na floresta. Isso, pensei, explicava muita coisa.

Seus lábios tremeram, mas ele os pressionou com força por um instante, antes de abri-los para responder:

– Sim, madame. Sou um pastor; tenho pregado nesta região há um mês. – Umedeceu os lábios ligeiramente, observando-me. – Desculpe-me, madame... a senhora não é francesa, é?

– Sou inglesa – disse e, repentinamente, ele relaxou, como se alguém tivesse tirado toda a rigidez de sua espinha.

– Deus do céu, Pai Todo-poderoso – disse ele, em tom de oração. – Então também é protestante?

– Não, sou católica – respondi. – Mas não sou nem um pouco fanática a respeito – acrescentei apressadamente, vendo o olhar de espanto saltar de volta aos olhos castanho-claros. – Não se preocupe, não contarei a ninguém que você está aqui. Suponho que tenha vindo tentar roubar alguma coisa para comer, não? – perguntei, compadecida.

– Roubar é pecado! – rebateu ele, horrorizado. – Não, madame. Mas... – Cerrou os lábios, porém o olhar em direção ao castelo o denunciou.

– Então um dos criados lhe traz comida – conclui. – Assim deixa que roubem por você. Mas, suponho, depois você pode absolvê-lo do pecado, de modo que tudo funciona bem. É um pouco fino esse gelo moral em que você se apoia, não? – disse, censurando-o. – Por outro lado, não é da minha conta, certo?

Uma luz de esperança brilhou em seus olhos.

– Quer dizer... não vai mandar me prender, madame?

– Não, claro que não. Eu tenho uma espécie de afinidade com fugitivos da lei, por eu mesma ter chegado perto de ser queimada numa fogueira.

Eu não sabia bem por que estava sendo tão tagarela; o alívio de encontrar alguém que parecia inteligente, eu acho. Louise era meiga, dedicada e bondosa, mas tinha exatamente tanto cérebro quanto o relógio cuco de sua sala de estar. Pensando no relógio suíço, compreendi de repente quem deveriam ser os paroquianos secretos do pastor Laurent.

– Olhe – disse –, se quer continuar aqui, vou até o castelo e digo a Berta ou Maurice onde você está.

O pobre homem era só pele e osso, e olhos. Tudo que ele pensava se refletia naquelas órbitas castanhas, grandes e bondosas. No momento, ele obviamente estava pensando que quem quer que tivesse tentado me queimar na fogueira, estava no caminho certo.

– Ouvi falar – começou ele devagar, estendendo a mão para agarrar o crucifixo de novo – de uma inglesa de Paris chamada *La Dame Blanche*. Uma parceira de Raymond, o Herege.

Suspirei.

– Sou eu mesma. Mas não sou parceira de mestre Raymond. Apenas uma amiga. – Vendo-o estreitar os olhos desconfiadamente em minha direção, inspirei fundo outra vez. – *Pater Noster...*

– Não, não, madame, por favor. – Para minha surpresa, ele abaixara o crucifixo e sorria. – Eu também conheço mestre Raymond, que encontrei em Genebra. Lá ele era um renomado médico e farmacêutico. Agora, ah!, receio que ele tenha se voltado para objetivos mais obscuros, embora, é claro, nada tenha sido provado.

– Provado? Sobre o quê? E que história é essa sobre Raymond, o Herege?

– Não sabe? – As sobrancelhas finas ergueram-se acima dos olhos castanhos. – Ah. Então, não está associada às... atividades de mestre Raymond. – Ele relaxou-se perceptivelmente.

"Atividade" parecia uma descrição muito pobre para o modo como mestre Raymond me curara, então balancei a cabeça.

– Não, mas gostaria que me contasse. Ah, mas eu não deveria estar aqui conversando; devo ir e mandar Berta trazer comida.

Abanou a mão, com alguma dignidade.

– Não é urgente, madame. Os apetites do corpo não têm nenhuma importância quando comparados aos apetites da alma. E católica ou não, a senhora tem sido bondosa comigo. Se não está associada às atividades de ocultismo de mestre Raymond, então é bom que seja avisada a tempo.

E ignorando a sujeira e as tábuas lascadas do assoalho, ele dobrou as pernas e sentou-se recostado à parede do barracão, gesticulando delicadamente para que eu também me sentasse. Intrigada, deixei-me cair diante dele, dobrando as pontas da minha saia para impedir que arrastassem no esterco.

– Já ouviu falar de um homem chamado Du Carrefours, madame? – perguntou o pastor. – Não? Bem, seu nome é bem conhecido em Paris, asseguro-lhe, mas seria melhor não pronunciá-lo. Esse homem foi o organizador e o líder de um círculo de vício e depravação inomináveis, em associação às práticas de ocultismo mais degradantes. Não posso nem lhe contar algumas das cerimônias que eram realizadas em segredo em meio à nobreza. E chamam a *mim* de bruxo! – murmurou ele, quase à meia-voz.

Levantou um dedo ossudo, como se quisesse evitar minha objeção apenas esboçada.

– Tenho consciência, madame, do tipo de mexerico comumente espalhado, sem correlação com a verdade dos fatos. Quem poderia saber disso melhor do que nós? Mas as atividades de Du Carrefours e seus seguidores são do conhecimento de todos, porque ele foi julgado por elas, encarcerado e finalmente queimado na praça da Bastilha como castigo por seus crimes.

Lembrei-me da leve observação de Raymond: "Ninguém foi queimado por bruxaria em Paris em... ah, vinte anos, pelo menos." Estremeci, apesar da temperatura amena.

– E você diz que mestre Raymond estava associado a esse Du Carrefours?

O pastor franziu a testa, coçando distraidamente a barba emaranhada. Ele provavelmente tinha piolhos e pulgas, pensei, tentando recuar imperceptivelmente.

– Bem, é difícil dizer. Ninguém sabe de onde mestre Raymond veio. Ele fala várias línguas, todas sem sotaque perceptível. Um homem muito misterioso, mestre Raymond, mas... eu poderia jurar em nome de Deus... um bom homem.

Sorri para ele.

– Eu também acho.

Ele meneou a cabeça, sorrindo, mas ficou sério outra vez ao retomar a história.

– É verdade, madame. No entanto, ele se correspondia com Du Carrefours de Genebra; sei disso porque ele próprio me disse. Ele fornecia diversas substâncias ao francês: plantas, elixires e pele seca de animais. Até mesmo uma espécie de peixe, algo muito assustador e peculiar, que ele me disse ter vindo das mais escuras profundezas do mar; uma coisa horrível, só dentes, quase sem carne, mas com as mais terríveis e pequenas... *luzes*... como minúsculas lanternas, sob os olhos.

– É mesmo? – disse, fascinada.

O pastor Laurent encolheu os ombros.

– Tudo isso pode ser perfeitamente inocente, é claro, apenas uma questão de negócios. Mas ele desapareceu de Genebra ao mesmo tempo em que Du Carrefours tornou-se suspeito pela primeira vez... e a poucas semanas da execução do ocultista, comecei a ouvir histórias de que mestre Raymond estabelecera seus negócios em Paris e que assumira várias das atividades clandestinas de Du Carrefours também.

– Hummm – murmurei. Eu estava pensando no aposento oculto de Raymond e no armário pintado com sinais cabalísticos. Para manter afastados aqueles que acreditavam neles. – Mais alguma coisa?

As sobrancelhas do reverendo Laurent arquearam-se para o céu.

– Não, madame – disse ele, um pouco frouxamente. – Nada mais que seja do meu conhecimento.

– Bem, eu mesma não sou dada a esse tipo de coisa – assegurei-lhe.

– Ah, é? Ótimo – disse ele, hesitante. Permaneceu sentado por um momento, como que tomando alguma decisão, depois inclinou a cabeça educadamente em minha direção.

– Desculpe-me pela intrusão, madame. Berta e Maurice contaram-me a respeito de sua perda. Sinto muito, madame.

– Obrigada – disse, fitando as faixas de luz do sol sobre o assoalho.

Fez-se um novo silêncio, depois o pastor Laurent disse delicadamente:

– E seu marido, madame? Ele não está aqui com a senhora?

– Não – respondi, mantendo os olhos fixos no chão. As moscas iluminavam-se momentaneamente, depois, não encontrando alimento, voavam para fora. – Não sei onde ele está.

Não pretendia dizer mais nada, mas algo me fez erguer a cabeça e olhar para o pregador maltrapilho.

– Ele importava-se mais com sua honra do que comigo, com seu filho ou com um homem inocente – expliquei amargamente. – Não me importa onde quer que ele esteja; nunca mais quero vê-lo!

Parei bruscamente, abalada. Até então, não havia colocado esses sentimentos em palavras, nem para mim mesma. Mas era verdade. Houve muita confiança entre nós dois e Jamie traíra essa confiança por causa de vingança. Eu compreendia; eu vira a força da fúria que o movera e sabia que não podia ser negada para sempre. Mas eu pedira a trégua de alguns meses, que ele me concedera. No entanto, depois, incapaz de esperar, quebrara sua promessa e, ao fazê-lo, sacrificara tudo que existia entre mim e ele. Não apenas isso: colocara em risco a missão em que nos empenháramos. Eu era capaz de compreender, mas não podia perdoar.

O pastor Laurent colocou a mão sobre a minha. Estava encardida, com crostas de sujeira, e suas unhas quebradas e pretas nas pontas, mas não recuei. Esperei comentários superficiais ou um sermão, mas ele também não falou; simplesmente continuou segurando minha mão, com ternura, por um longo tempo, enquanto o sol mudava de posição pelo assoalho e as moscas sobrevoavam nossas cabeças com um zumbido lento e grave.

– É melhor você ir – disse ele por fim, soltando minha mão. – Sentirão a sua falta.

– Creio que sim. – Respirei fundo, sentindo-me mais firme, se não melhor. Enfiei a mão no bolso do meu vestido; eu carregava uma pequena bolsa comigo.

Hesitei, não querendo ofendê-lo. Afinal, para ele, eu era uma herege, ainda que não uma bruxa.

– Permita-me que lhe dê algum dinheiro? – perguntei cautelosamente.

Ele pensou por um instante, depois sorriu, os olhos castanho-claros reluzentes.

– Com uma condição, madame. Se permitir que eu reze pela senhora.

– Está feito o trato – disse, entregando-lhe a bolsa.

27

UMA AUDIÊNCIA COM SUA MAJESTADE

À medida que os dias transcorriam em Fontainebleau, eu recuperava gradativamente minha força física, embora minha mente continuasse a vagar, meus pensamentos esquivando-se de qualquer tipo de lembrança ou ação.

Houve poucas visitas; a casa de campo era um refúgio, onde a vida social frenética de Paris parecia mais um dos sonhos agitados que me assombravam. Fiquei surpresa, portanto, quando uma criada veio me chamar para atender um visitante na sala de estar. O pensamento de que poderia ser Jamie atravessou minha mente e senti uma onda de tontura e enjoo. Entretanto, logo o bom senso se restabeleceu; Jamie já deveria ter partido para a Espanha, não havia nenhuma possibilidade de ele retornar antes do final de agosto. E quando ele retornasse?

Não conseguia pensar nisso. Afastei a ideia para os recôndidos de minha mente, mas minhas mãos tremiam enquanto eu atava os cadarços do meu vestido para descer.

Para minha grande surpresa, o "visitante" era Magnus, o mordomo da casa de Jared em Paris.

– Perdão, madame – disse ele, fazendo uma reverência solene ao me ver. – Eu não queria tomar a liberdade... mas não sabia se talvez a questão fosse de grande importância... e com o patrão ausente...

Digno em sua própria esfera de influência, o mordomo idoso estava bastante descomposto por estar tão longe de seu ambiente. Levei algum tempo para extrair uma história coerente, mas finalmente um bilhete foi apresentado, dobrado e selado, endereçado a mim.

– A caligrafia é de monsieur Murtagh – disse Magnus, num tom de contrafeita reverência. Isso explicava sua hesitação, pensei. Os criados da casa em Paris viam Murtagh com uma espécie de horror respeitoso, que fora exagerado pelos relatos dos acontecimentos na rue du Faubourg St. Honoré.

Chegara a Paris havia duas semanas, explicou Magnus. Sem saber o que fazer com o bilhete, os criados se reuniram e confabularam, mas finalmente ele decidira que deveria ser trazido ao meu conhecimento.

– O patrão estando ausente – repetiu ele. Desta vez, prestei atenção ao que ele estava dizendo.

– Ausente? – disse. O bilhete estava amassado e manchado da viagem, leve como uma folha em minha mão. – Quer dizer que Jamie partiu *antes* de o bilhete chegar? – Eu não conseguia entender; aquela devia ser a carta de Murtagh dando o nome e a data de partida do navio que levaria o vinho de o Porto de Charles Stuart de Lisboa. Jamie não poderia ter seguido para a Espanha antes de receber essa informação.

Para verificar se meu raciocínio estava correto, quebrei o selo e abri o bilhete. Estava endereçado a mim, porque Jamie achou que assim haveria menos possibilidade de a correspondência ser interceptada. De Lisboa, com data de quase um mês antes, a carta não trazia nenhuma assinatura, mas não era necessária.

"O *Scalamandre* parte de Lisboa no dia 18 de julho", era tudo que dizia. Fiquei surpresa ao ver como a caligrafia de Murtagh era pequena e bem desenhada; de certa forma, eu esperava uns garranchos disformes.

Ergui os olhos do papel e deparei-me com Magnus e Louise trocando um olhar muito estranho.

– O que foi? – perguntei abruptamente. – Onde está Jamie? – Eu havia atribuído sua ausência do Hôpital des Anges após o aborto à culpa que sentira ao saber que sua atitude impensada matara nosso filho, matara Frank e quase me custara a vida. Naquele momento, não me importei; não queria vê-lo, tampouco. Agora, eu começava a pensar em outra explicação, mais sinistra, para a ausência dele.

Foi Louise quem finalmente falou, endireitando os ombros rechonchudos para a tarefa:

– Ele está na Bastilha – disse ela, inspirando fundo. – Por ter duelado.

Senti os joelhos fraquejarem e sentei-me na superfície mais próxima disponível.

– Por que não me contou? – Não sabia ao certo o que sentia com a notícia; choque ou horror... medo? Ou uma pequena sensação de satisfação?

– Eu... eu não queria preocupá-la, *chérie* – gaguejou Louise, confusa com meu nervosismo evidente. – Você estava tão fraca... e, afinal, não havia nada que pudesse fazer. E, depois, você também não perguntou – ressaltou ela.

– Mas o que... como... de quanto tempo é a sentença? – perguntei. Qualquer que tivesse sido minha emoção inicial, fora sobrepujada por uma sensação repentina de urgência. O bilhete de Murtagh chegara à rue Tremoulins há duas semanas. Jamie deveria ter partido ao recebê-lo, mas não o fizera.

Louise chamava criados e mandava que trouxessem vinho, sais de amônia e penas queimadas, tudo de uma vez; eu devia estar com uma aparência terrível.

– É uma transgressão à ordem do rei – disse ela, fazendo uma pausa em seu alvoroço. – Permanecerá na prisão à disposição do rei.

– Jesus Cristo – murmurei, desejando ter algo mais enfático para dizer.

– É uma sorte que *le petit* Jamie não tenha matado seu adversário – apressou-se Louise a acrescentar. – Nesse caso, a pena teria sido muito mais... ahhh! – Ela torceu as saias listradas para o lado bem a tempo de evitar a cascata de chocolate e biscoitos quando eu derrubei o lanche que chegava. A bandeja retiniu no assoalho sem que ninguém lhe desse atenção enquanto eu olhava fixamente para Louise. Minhas mãos agarravam-se com força às minhas costelas, a direita protetoramente curvada sobre a aliança de ouro em minha mão esquerda. O metal fino parecia queimar em minha pele.

– Então ele não está morto? – perguntei, como se estivesse num sonho. – O capitão Randall... está vivo?

– Ora, sim – disse ela, espreitando-me com curiosidade. – Não sabia? Está gravemente ferido, mas dizem que está se recuperando. Você está bem, Claire? Você parece... – Mas o resto do que ela dizia perdeu-se no ronco que tomou conta dos meus ouvidos.

• • •

– Você fez muita coisa, cedo demais – ralhou Louise severamente, afastando as cortinas. – Eu a avisei, não foi?

– Acho que sim – disse. Sentei-me e atirei as pernas para fora da cama, verificando cautelosamente se não havia nenhum sinal residual de desfalecimento. A cabeça não girava, não havia zumbido nos ouvidos nem visão dupla ou tendência a cair no chão. Os sinais vitais estavam bons. – Preciso do meu vestido amarelo e depois poderia mandar vir a carruagem, Louise? – perguntei.

Louise olhou-me, horrorizada.

– Você não está pretendendo sair, não é? De jeito nenhum! Monsieur Clouseau já vem atendê-la! Mandei um mensageiro ir buscá-lo agora mesmo!

A notícia de que monsieur Clouseau, um proeminente médico da sociedade, estava vindo de Paris para me examinar teria sido motivo suficiente para eu me colocar de pé, caso precisasse mesmo de motivo.

Faltavam dez dias para 18 de julho. Com um cavalo rápido, bom tempo e total descaso pelo conforto físico, a viagem de Paris a Orvieto podia ser feita em seis. Isso me deixava quatro dias para conseguir tirar Jamie da Bastilha. Não havia tempo a perder com monsieur Clouseau.

– Hummm – disse, olhando ao redor do quarto, pensativamente. – Bem, de qualquer forma, chame a criada para me vestir. Não quero que monsieur Clouseau me encontre de camisola.

Embora ela ainda parecesse desconfiada, aquilo lhe pareceu plausível; a maioria das mulheres da corte se ergueria do leito de morte para estar bem-vestida para a ocasião.

– Tudo bem – concordou ela, virando-se para sair. – Mas permaneça na cama até Ivonne chegar, ouviu?

O vestido amarelo era um dos melhores que eu possuía, uma peça solta, larga, feito no estilo *sacque* que estava em voga, com uma gola ampla e enrolada, mangas bufantes e um fechamento com miçangas na frente. Empoada, penteada, de meias e perfumada por fim, examinei o par de sapatos que Ivonne havia trazido. Virei a cabeça de um lado para o outro, franzindo a testa de forma avaliadora.

– Hummm, não – disse finalmente. – Acho que não. Vou usar aqueles outros, de saltos, de pele marroquina vermelha.

Ivonne olhou para meu vestido com ar de dúvida, como se avaliasse mentalmente o efeito de pele marroquina vermelha com seda *moiré* amarela, mas virou-se obedientemente para vasculhar o fundo do enorme armário.

Andando silenciosamente na ponta dos pés por trás dela em meus pés calçados de meias de seda, empurrei-a de cabeça para dentro do armário e bati a porta sobre a massa que gritava e se debatia embaixo da pilha de vestidos caídos lá dentro. Girando a chave na porta, coloquei-a com todo o cuidado no bolso, me congratulando mentalmente. Belo trabalho, Beauchamp, pensei. Toda essa intriga política está lhe ensinando coisas que jamais imaginaram na escola de enfermagem, sem dúvida.

– Não se preocupe – avisei ao armário, em tom tranquilizador. – Logo virá alguém para tirá-la daí. E você poderá dizer a La Princesse que não me *deixou* ir a lugar algum.

Um gemido desesperado de dentro do armário pareceu mencionar o nome de monsieur Clouseau.

– Diga-lhe para dar uma olhada no macaco – falei por cima do ombro. – Ele está com sarna.

O sucesso de meu encontro com Ivonne alegrou meu humor. Entretanto, uma vez escondida na carruagem, sacolejando de volta a Paris, meu estado de espírito abateu-se consideravelmente.

Embora já não estivesse com tanta raiva de Jamie, eu ainda não queria vê-lo. Meus sentimentos pareciam um turbilhão e eu não tinha nenhuma intenção de examiná-los minuciosamente; era muito doloroso. O sofrimento estava lá, junto com uma horrível sensação de fracasso e, acima de tudo, o sentimento de traição; dele e minha. Ele jamais deveria ter ido ao Bois de Boulogne; eu jamais deveria ter ido atrás dele.

Mas nós dois agimos de acordo com a nossa natureza, nossos sentimentos ditaram e, juntos, havíamos – talvez – causado a morte de nosso filho. Não tinha nenhuma vontade de me encontrar com meu parceiro no crime, muito menos de expor meu sofrimento para ele, comparar minha culpa com a dele. Eu fugia de qualquer coisa que me lembrasse aquela manhã úmida no Bois; certamente, fugia de qualquer lembrança de Jamie, como eu o vira pela última vez, erguendo-se do corpo de sua vítima, o rosto reluzente com a vingança que logo iria reclamar sua própria família.

Eu não conseguia pensar nisso nem mesmo de passagem sem um terrível aperto no estômago, que trazia de volta o fantasma da dor do trabalho de parto prematuro. Pressionei meus punhos cerrados contra o veludo azul do banco da carruagem, erguendo-me para aliviar a pressão imaginária em minhas costas.

Virei-me para olhar pela janela, esperando me distrair, mas a paisagem passava cegamente enquanto minha mente retornava espontaneamente para minha viagem. Quaisquer que fossem meus sentimentos em relação a Jamie, se iríamos voltar a nos ver, o que poderíamos ser, ou não ser, um para o outro – permanecia o fato de que ele estava na prisão. E eu achava que sabia o que a prisão significava para ele, com as lembranças de Wentworth que ele carregava; as mãos ansiosas que o apalpavam em sonhos, as paredes de pedra que ele socava em seu sono.

Mais importante ainda, havia a questão de Charles e do navio de Portugal; o empréstimo de monsieur Duverney, e Murtagh, prestes a tomar o navio em Lisboa para um encontro ao largo de Orvieto. Os riscos eram altos demais para que eu pudesse permitir que minhas emoções aflorassem. Pela segurança dos clãs escoceses e das próprias Terras Altas, pela família de Jamie e dos arrendatários de Lallybroch, pelos milhares que morreriam em Culloden e em seus desdobramentos – o plano tinha que ser tentado. E para isso, era preciso que Jamie estivesse livre; não era algo que eu pudesse fazer sozinha.

Não, não havia a menor dúvida. Eu teria que fazer o que fosse preciso para soltá-lo da Bastilha.

E exatamente o que eu poderia fazer?

Observei os mendigos arrastarem-se e gesticularem em direção à janela quando entramos na rue du Faubourg St. Honoré. Quando em dúvida, pensei, procure a assistência de uma Autoridade Superior.

Bati no painel ao lado do banco do cocheiro de Louise, que deslizou para trás com um rangido, e o rosto bigodudo espreitou-me.

– Madame?

– À esquerda – disse. – Para o Hôpital des Anges.

Madre Hildegarde estava pensativa, batendo seus dedos rombudos em uma partitura de música, como se tamborilasse uma sequência particularmente difícil. Ela sentava-se à mesa de mosaico em seu gabinete particular, em frente a Herr Gerstmann, convocado para uma reunião urgente conosco.

– Bem, sim – disse Herr Gerstmann, em dúvida. – Sim, acredito que posso providenciar uma audiência particular com Sua Majestade, mas... tem certeza de que seu marido... hã... – O mestre de música parecia estar com uma dificuldade fora do comum de se expressar, o que me fez suspeitar que fazer uma petição ao rei pela soltura de Jamie pudesse ser um pouco mais complicado do que eu pensara. Madre Hildegarde confirmou tal desconfiança com sua reação.

– Johannes! – exclamou ela, tão agitada a ponto de abandonar a maneira formal de tratar as pessoas que lhe era peculiar. – Ela não pode fazer isso! Afinal, madame Fraser não é uma das damas da corte. Ela é uma pessoa de virtude!

– Hã, obrigada – retruquei educadamente. – Se não se importa, entretanto... o que, precisamente, minha virtude tem a ver com minha visita ao rei para pedir-lhe que liberte Jamie?

A freira e o mestre de canto trocaram olhares em que o horror diante de minha ingenuidade misturava-se a uma relutância geral em dar explicações. Finalmente, madre Hildegarde, a mais corajosa dos dois, enfrentou a situação:

– Se for sozinha pedir esse favor ao rei, ele esperará dormir com você – disse ela sem rodeios. Depois de toda a dificuldade em me contar, eu não me surpreendi, mas olhei para Herr Gerstmann em busca de confirmação, a qual ele deu na forma de um meneio relutante da cabeça.

– Sua Majestade é suscetível a pedidos de senhoras com um certo encanto pessoal – disse ele delicadamente, com um repentino interesse em um dos objetos de decoração sobre a mesa.

– Mas há um preço para tais pedidos – acrescentou madre Hildegarde, sem tanta delicadeza. – A maioria dos cortesãos fica muito satisfeita quando suas esposas conseguem receber o favor do rei; os ganhos para eles valem o sacrifício da virtude de suas mulheres. – A boca larga curvou-se com desdém diante do pensamento, depois se endireitou em sua linha irônica e assustadora de costume. – Mas seu marido – disse ela – não me parece ser do tipo que se preste ao papel de corno complacente. – As sobrancelhas grossas e arqueadas colocaram o ponto de interrogação no final da frase e eu balancei a cabeça em resposta.

– Com certeza, não. – Na realidade, essa era flagrantemente uma maneira muito branda de colocar a questão. Se "complacente" não era a última palavra que vinha à mente ao se pensar em Jamie Fraser, sem dúvida situava-se bem perto do final da lista. Tentei imaginar exatamente o que Jamie pensaria, diria ou faria se soubesse que eu havia dormido com outro homem, até e inclusive o rei da França.

O pensamento me fez lembrar da confiança que existia entre nós dois, desde o dia em que nos casamos, e um repentino sentimento de desolação apoderou-se de mim. Fechei os olhos por um instante, lutando contra a indisposição, mas a perspectiva tinha que ser encarada.

– Bem – falei por fim, respirando fundo –, existe alguma outra forma?

Madre Hildegarde franziu o cenho, olhando para Herr Gerstmann com expressão carrancuda, como se esperasse que ele apresentasse a resposta. No entanto, o pequeno mestre de música deu de ombros, franzindo a testa por sua vez também.

– Se houvesse algum amigo mútuo de alguma importância, que pudesse interceder pelo seu marido junto a Sua Majestade? – sugeriu ele.

– Não é provável. – Eu mesma já havia examinado todas essas opções, na carruagem de Fontainebleau, e fora forçada a concluir que não havia ninguém plausível a quem eu pudesse pedir para assumir tal função de embaixador. Devido à natureza escandalosa e ilegal do duelo, porque, naturalmente, Marie d'Arbanville espalhara o mexerico por toda Paris, nenhum francês do nosso círculo de conhecimentos poderia se interessar pela questão. Monsieur Duverney, que concordara em me receber, fora gentil, mas rechaçara a ideia. "Aguarde", fora seu conselho. Dentro de alguns meses, quando o escândalo tivesse arrefecido um pouco, então seria possível abordar Sua Majestade. Mas agora...

Igualmente, o duque de Sandringham, tão afeito às delicadas particularidades da diplomacia que despedira seu secretário particular pela simples suposição de envolvimento em escândalo, não estava em posição de fazer uma petição a Luís por um favor dessa natureza.

Abaixei os olhos, fitando o tampo incrustado da mesa, mal enxergando as curvas complexas do esmalte que se precipitavam em abstrações de geometria e cor. Meu dedo indicador traçou os volteios e espirais, fornecendo uma âncora precária para meus pensamentos desenfreados. Se era realmente necessário para que Jamie fosse libertado da prisão, a fim de evitar a invasão jacobita da Escócia, tudo indicava que eu teria que conseguir soltá-lo, qualquer que fosse o método, e quaisquer que fossem suas consequências.

Finalmente, ergui a cabeça, fitando diretamente nos olhos do mestre de música.

– Vou ter que fazer isso – disse, num sussurro. – Não há outro modo.

Fez-se um momento de silêncio. Em seguida, Herr Gerstmann olhou para madre Hildegarde.

– Ela vai ficar aqui – declarou madre Hildegarde com firmeza. – Mande avisar o dia e a hora da audiência, Johannes, quando tiver arranjado tudo.

Virou-se para mim.

– Afinal, se você está realmente decidida a seguir esse caminho, minha querida amiga... – Seus lábios cerraram-se numa linha fina, depois se abriram para dizer: – Pode ser um pecado ajudá-la a cometer uma imoralidade. Ainda assim, eu o farei. Sei que as suas razões lhe parecem boas, quaisquer que sejam. E talvez o pecado seja contrabalançado pela graça de sua amizade.

– Ah, madre. – Achei que iria chorar se dissesse mais alguma coisa, assim contentei-me em simplesmente apertar a mão grande e áspera de trabalho que descansava em meu ombro. Tive uma vontade súbita de lançar-me em seus braços e enterrar o rosto no peito reconfortante de sarja preta, mas sua mão deixou meu ombro e buscou o longo rosário de azeviche que retinia entre as pregas de sua saia quando ela andava.

– Rezarei por você – disse ela, com um arremedo trêmulo de sorriso no rosto menos duramente esculpido. Sua expressão mudou repentinamente para uma profunda consideração. – Embora eu me pergunte – acrescentou pensativa – exatamente *quem* seria o santo padroeiro a ser invocado nestas circunstâncias?

Maria Madalena foi o nome que me veio à mente quando ergui as mãos acima da cabeça numa simulação de prece, para permitir que a pequena estrutura de vime das anquinhas deslizasse pelos meus ombros e se assentasse em meus quadris. Ou Mata Hari, mas eu tinha absoluta certeza de que *ela* jamais integraria o calendário de santos. Quanto a isso, eu não tinha certeza a respeito de Madalena, mas uma prostituta regenerada parecia a mais provável entre as figuras celestiais a compreender a aventura que estava sendo empreendida.

Refleti que o Convento dos Anjos provavelmente nunca vira um hábito como aquele. Embora as postulantes prestes a fazerem seus votos finais fossem esplendidamente vestidas como noivas de Cristo, seda vermelha e pó de arroz provavelmente não faziam parte das cerimônias.

Muito simbólico, pensei, enquanto as suntuosas dobras do tecido vermelho vivo deslizavam pelo meu rosto virado para cima. Branco para pureza e vermelho... para o que quer que fosse. A irmã Minèrve, uma freira nova, de uma nobre família rica, fora indicada para me ajudar em minha toalete. Com considerável habilidade e segurança, ela penteou e enfeitou meus cabelos, ajeitando a menor ponta de pluma de avestruz adornada de pérolas minúsculas. Penteou minhas sobrancelhas cuidadosamente, escurecendo-as com pequenos pentes de grafite e pintou meus lábios com uma pena mergulhada num pote de ruge. A sensação do ruge em meus lábios era de um formigamento insuportável, acentuando minha tendência a desatar em risadinhas incontroláveis. Não por hilaridade, mas histeria.

A irmã Minèrve estendeu o braço para pegar o espelho de mão. Eu a impedi com um gesto; não queria olhar-me nos olhos. Respirei fundo e fiz um sinal com a cabeça.

– Estou pronta – disse. – Mande trazer a carruagem.

• • •

Eu nunca estivera naquela parte do palácio antes. Na realidade, depois das inúmeras voltas e retornos pelos corredores de espelhos iluminados à vela, eu já não sabia ao certo quantas havia de mim, quanto mais para onde qualquer uma delas se dirigia.

O discreto e anônimo Cavalheiro da Alcova conduziu-me a um pequeno aposento com portas almofadadas. Bateu uma vez, depois fez uma mesura para mim, deu meia-volta e partiu sem esperar uma resposta. A porta abriu-se para dentro e eu entrei.

O rei ainda estava vestido. O fato arrefeceu meus batimentos cardíacos, reduzindo-os a um nível tolerável, e eu parei de me sentir como se fosse vomitar a qualquer momento.

Não sei bem o que eu estava esperando, mas a realidade era levemente reconfortante. Ele estava vestido informalmente, de calças e camisa, com um robe de seda marrom sobre os ombros por causa do frio. Sua Majestade sorriu e me incitou a levantar colocando a mão sob meu braço. A palma de sua mão era quente – no subconsciente, eu esperava que o toque de sua mão fosse pegajoso – e retribuí o sorriso da melhor forma possível.

A tentativa não deve ter sido muito bem-sucedida, porque ele deu uns tapinhas em meu braço afetuosamente e disse:

– Não tenha medo de mim, *chère* madame. Eu não mordo.

– Não – disse. – Claro que não.

Ele estava muito mais tranquilo do que eu. Bem, claro que está, pensei comigo mesma, ele faz isso o tempo todo. Respirei fundo e tentei relaxar.

– Aceita um pouco de vinho, madame? – perguntou ele.

Estávamos sozinhos, não havia criados, mas o vinho já fora servido em duas taças sobre a mesa, reluzentes como rubis à luz das velas. O aposento era bem ornamentado, mas muito pequeno e, fora a mesa e um par de cadeiras com encosto oval, continha apenas uma *chaise longue* de veludo verde, magnificamente estofada. Tentei evitar olhar em sua direção enquanto pegava minha taça de vinho, com um murmúrio de agradecimento.

– Sente-se, por favor. – Luís deixou-se cair em uma das cadeiras, indicando-me a outra. – Agora, por favor – disse ele, sorrindo para mim –, diga-me o que é que eu posso fazer por você.

– M-meu marido – comecei, gaguejando com um pouco de nervosismo. – Ele está na Bastilha.

– Claro – murmurou o rei. – Por duelar. Eu me lembro. – Tomou minha mão livre na sua, os dedos pousados levemente no meu pulso. – O que gostaria que eu fizesse, *chère* madame? Sabe que é uma ofensa grave, seu marido infringiu meu próprio decreto. – Um dos dedos acariciou a parte interna do meu pulso, enviando leves cócegas pelo meu braço.

– S-sim, eu compreendo. Mas ele foi... provocado. – Tive uma ideia. – O senhor sabe que ele é escocês; os homens desse país ficam – tentei pensar em um bom sinônimo para "loucos de raiva" – muito furiosos em questões que envolvam sua honra.

Luís concordou, assentindo, mas mantendo a cabeça abaixada, aparentemente absorto com a mão que segurava. Pude ver o leve brilho oleoso de sua pele e sentir seu perfume. Violetas. Um cheiro doce e forte, mas não o suficiente para mascarar o próprio odor ácido de sua virilidade.

Ele esvaziou sua taça em dois grandes goles e livrou-se dela, para poder segurar minha mão entre as suas. Um dedo de unha curta traçou as linhas da minha aliança de casamento, com seus elos entrelaçados e suas flores de cardo.

– É bem verdade – disse ele, puxando minha mão mais para perto, como se quisesse examinar minha aliança. – É bem verdade, madame. Entretanto...

– Eu ficaria... muito grata, Majestade – interrompi. Ele ergueu a cabeça e meus olhos encontraram os dele, escuros e interrogativos. Meu coração parecia um martelo mecânico. – Muito... grata.

Ele tinha lábios finos e dentes ruins; eu podia sentir seu mau hálito, uma mistura de cebola e cáries. Tentei prender minha respiração, mas isso não poderia ser mais do que um expediente temporário.

– Bem... – disse ele devagar, como se estivesse refletindo sobre o assunto. – Eu mesmo estaria inclinado ao perdão, madame...

Soltei a respiração com uma arfada curta e seus dedos apertaram-se sobre os meus num sinal de advertência.

– Mas, sabe, há complicações.

– É mesmo? – questionei fracamente.

Ele meneou a cabeça, os olhos fixos em meu rosto. Seus dedos vagavam delicadamente sobre as costas de minha mão, traçando as veias.

– O inglês que teve o infortúnio de ter ofendido milorde Broch Tuarach – disse ele. – Ele estava a serviço de... um certo homem, um nobre inglês de alguma importância.

Sandringham. Meu coração deu um salto à menção, embora indireta, do duque.

– Esse nobre está empenhado em... digamos, certas negociações que lhe dão direito à consideração? – Os lábios finos sorriram, enfatizando a proa imperiosa de seu nariz acima. – E este nobre se interessou pela questão do duelo entre seu marido e o capitão inglês Randall. Receio que ele tenha sido muito enfático em exigir que seu marido sofresse a penalidade total por sua indiscrição, madame.

Maldito barril de gordura, pensei. Claro – já que Jamie recusara o suborno de um perdão, que maneira melhor de impedir que ele "se envolvesse" nos assuntos dos Stuart do que garantir que Jamie fosse mantido preso na Bastilha pelos próximos anos? Seguro, discreto e barato; um método destinado a atrair o duque.

Por outro lado, Luís ainda respirava pesadamente sobre minha mão, o que considerei um sinal de que nem tudo estava necessariamente perdido. Se ele não ia atender meu pedido, não devia esperar que eu fosse para a cama com ele – ou, se esperasse, ia ter uma grande surpresa.

Reuni as forças para nova tentativa.

– E Vossa Majestade aceita ordens de ingleses? – perguntei com ousadia.

Os olhos do rei arregalaram-se por um momento com o choque. A seguir, ele riu ironicamente, percebendo minha intenção. Ainda assim, eu tocara em um ponto sensível; vi o pequeno espasmo dos seus ombros enquanto reassentava sua convicção de poder como um manto invisível.

– Não, madame, não aceito – disse ele, com certa aridez. – No entanto, eu levo em consideração... vários fatores. – As pálpebras pesadas penderam por um momento, mas ele continuou a segurar a minha mão. – Ouvi dizer que seu marido se interessa pelos negócios do meu primo – disse ele.

– Vossa Majestade está bem informada – comentei educadamente. – Mas já que é assim, deve saber que meu marido não apoia a restauração dos Stuart ao trono da Escócia. – Rezei para que fosse isso o que ele desejava ouvir.

Aparentemente, era; ele sorriu, levou minha mão aos lábios e beijou-a de forma breve.

– Ah, sim? Eu ouvi... histórias conflitantes sobre seu marido.

Respirei fundo e resisti ao impulso de retirar minha mão com um safanão.

– Bem, é uma questão de negócios – disse, tentando soar o mais descontraída possível. – O primo de meu marido, Jared Fraser, é um jacobita confesso; Jamie, meu marido, não pode sair por aí revelando publicamente seus verdadeiros pontos de vista quando tem uma sociedade com Jared. – Vendo a dúvida começar a desaparecer de seu rosto, apressei-me a continuar. – Pergunte a monsieur Duverney – sugeri. – Ele está bem familiarizado com as verdadeiras preferências de meu marido.

– Já perguntei. – Luís fez uma longa pausa, observando seus próprios dedos, escuros, grossos e curtos, traçando delicados círculos nas costas de minha mão.

– Tão pálidas – murmurou ele. – Tão finas. Acho que dá para ver o sangue fluindo sob a pele.

Em seguida, soltou minha mão e permaneceu sentado, observando-me. Sou extremamente hábil em ler fisionomias, mas a de Luís era absolutamente impenetrável no momento. Lembrei-me de repente que ele era rei desde os 5 anos; a habilidade de esconder seus pensamentos fazia parte dele como seu nariz Bourbon ou os olhos negros e sonolentos.

Esse pensamento trouxe outro em seu rastro, com um calafrio que me atingiu com toda força na boca do estômago. Ele era o rei. Os cidadãos de Paris só iriam se rebelar dali a mais de quarenta anos; até lá, seu poder dentro da França seria absoluto. Ele podia libertar Jamie com uma única palavra – ou matá-lo. Podia fazer o que quisesse comigo; não havia a quem recorrer. Um menear de sua cabeça e os cofres da França poderiam fazer jorrar o ouro que lançaria Charles Stuart, atirando-o como um raio mortal que atravessaria o coração da Escócia.

Ele era o rei. Faria o que bem entendesse. E eu observei seus olhos escuros, turvos em pensamento, e esperei, tremendo, para ver qual seria a vontade real.

– Diga-me, *ma chère* madame – disse ele finalmente, saindo de sua introspecção. – Se eu fosse lhe conceder seu pedido, libertar seu marido... – parou, refletindo.

– Sim?

– Ele teria que deixar a França – disse Luís, uma das sobrancelhas grossas erguida em advertência. – Essa seria uma condição para sua soltura.

– Compreendo. – Meu coração batia com tanta força que quase abafara as palavras dele. Jamie deixar a França era, afinal, exatamente o objetivo. – Mas ele está exilado da Escócia...

– Acho que isso pode ser solucionado.

Hesitei, mas não parecia haver muita escolha senão concordar em nome de Jamie.

– Está bem.

– Ótimo. – O rei meneou a cabeça, satisfeito. Em seguida, seus olhos retornaram para mim, pousaram em meu rosto, desceram pelo meu pescoço, meus seios, meu corpo. – Eu lhe pediria um pequeno serviço em retribuição, madame – disse ele suavemente.

Nossos olhos se encontraram por um segundo. Em seguida, abaixei a cabeça.

– Estou inteiramente à disposição de Vossa Majestade – disse.

– Ah. – Ele se levantou e tirou o robe, jogando-o descuidadamente no encosto de sua cadeira de braços. Sorriu e estendeu a mão para mim. – *Très bien, ma chère.* Então venha comigo.

Fechei os olhos rapidamente, tentando fazer meus joelhos funcionarem. Você já foi casada duas vezes, pelo amor de Deus, pensei comigo mesma. Pare de fazer tanta confusão por causa disso.

Ergui-me e segurei sua mão. Para minha surpresa, ele não se voltou para a *chaise* de veludo, mas conduziu-me para a porta no outro lado do aposento.

Tive um instante de fria clareza quando ele soltou minha mão para abrir a porta.

Maldito seja, Jamie Fraser, pensei. *Que você queime no inferno!*

Fiquei parada, imóvel, à soleira da porta, piscando. Minhas ponderações sobre o protocolo real para se despir desfez-se em puro assombro.

O aposento estava às escuras, iluminado apenas por várias e minúsculas lamparinas, reunidas em grupos de cinco, em nichos nas paredes do quarto. O aposento em si era redondo, assim como a enorme mesa em seu centro, a madeira escura brilhando com reflexos pontilhados. Havia pessoas sentadas à mesa, não mais do que vultos escuros e curvados contra a escuridão do aposento.

Houve um murmúrio à minha entrada, rapidamente silenciado quando viram o rei. Quando meus olhos se acostumaram à escuridão, percebi com uma sensação de choque que as pessoas sentadas ao redor da mesa usavam capuz; o homem mais próximo voltou-se para mim e vislumbrei um leve brilho dos olhos através de buracos no veludo. Parecia uma convenção de carrascos.

Aparentemente, eu era a convidada de honra. Perguntei-me muito nervosa por um instante o que exatamente seria esperado de mim. Pelas insinuações de Raymond, e de Marguerite, eu tinha visões em meus pesadelos de cerimônias de ocultismo envolvendo sacrifício de crianças, estupro cerimonial e ritos satânicos de um modo geral. Entretanto, é muito raro que o sobrenatural se materialize de acordo com os sonhos, e eu esperava que esta ocasião não fosse nenhuma exceção.

– Ouvimos falar de sua enorme habilidade, madame, e de sua... reputação. – Luís sorriu, mas havia um tom de cautela em seus olhos quando olhou para mim, como se não soubesse o que esperar. – Ficaríamos muito gratos, madame, se nos concedesse os benefícios de tal habilidade esta noite.

Meneei a cabeça, assentindo. Muito gratos, hein? Bem, isso vinha a calhar; queria que ele ficasse grato a mim. Mas o que ele estava esperando que eu fizesse? Um criado colocou uma enorme vela de cera sobre a mesa e acendeu-a, lançando uma poça de luz suave sobre a madeira lustrada. A vela era decorada com símbolos como aqueles que eu vira no quarto secreto de mestre Raymond.

– *Regardez*, madame. – A mão do rei estava sob meu cotovelo, direcionando minha atenção para além da mesa. Agora que a vela estava acesa, eu conseguia ver as duas figuras que estavam paradas, de pé, silenciosamente, entre as sombras trêmulas. Levei um susto com a visão e a mão do rei apertou meu braço.

O conde de St. Germain e mestre Raymond estavam lá parados, lado a lado, separados por uma distância de aproximadamente 2 metros. Raymond não deu nenhum sinal de ter me reconhecido, permanecendo imóvel e em silêncio, com o olhar fixo e desviado para o lado, com aqueles olhos negros sem pupila de um sapo em um poço sem fundo.

O conde me viu e seus olhos arregalaram-se, incrédulos; em seguida, franziu o cenho para mim. Estava vestido em seus melhores trajes, todo de branco, como sempre; um casaco de cetim branco engomado sobre um colete e calças de seda creme. Uma fileira de pérolas minúsculas ornamentava os punhos e as lapelas, brilhando à luz da vela. Excluindo-se o esplendor da vestimenta, o conde parecia um pouco desgastado, pensei – o rosto estava abatido de tensão e o laço da echarpe de seda em seu pescoço estava parcialmente desfeito, a gola escura de suor.

Raymond, ao contrário, parecia calmo como um peixe no gelo, impassível, com as duas mãos enfiadas nas mangas do seu encardido robe de veludo de sempre, o rosto achatado e largo numa expressão plácida e inescrutável.

– Madame, esses dois homens são acusados – disse Luís, indicando Raymond e o conde com um gesto – de feitiçaria, de bruxaria, de perversão da busca legítima pelo conhecimento em uma exploração das artes ocultas. – Sua voz era fria e implacável. – Essas práticas floresceram durante o reinado de meu avô; mas não permitiremos tais atuações malignas em nosso reino.

O rei estalou os dedos para uma das figuras encapuzadas, que estava sentada à mesa com caneta e tinta, diante de um maço de folhas de papel.

– Leia as acusações, por favor – disse ele.

O homem encapuzado levantou-se obedientemente e começou a ler um dos documentos: acusações de bestialidade e sacrifício odiosos, de derramamento do sangue de inocentes, de profanação do rito mais sagrado da missa pelo ultraje à hóstia, da realização de ritos profanos no altar de Deus – tive uma rápida visão do que o ato de cura que Raymond realizara em mim no Hôpital des Anges deveria parecer e me senti profundamente grata por ninguém tê-lo descoberto.

Ouvi o nome "Du Carrefours" ser mencionado e engoli uma repentina onda de bílis. O que o pastor Laurent dissera? O bruxo Du Carrefours fora queimado em Paris, há apenas vinte anos, sob as mesmas acusações que eu ouvia agora:

– ... a invocação de demônios e poderes das trevas, a provocação de doença e morte em troca de pagamento – coloquei a mão sobre o estômago, lembrando-

-me vividamente da cáscara-sagrada –, a maldição de membros da corte, o defloramento de virgens – lancei um rápido olhar para o conde, mas seu rosto parecia de pedra, os lábios pressionados com força enquanto ouvia.

Raymond permanecia absolutamente imóvel, os cabelos prateados roçando os ombros, como se ouvisse algo tão inconsequente quanto o canto de um melro na mata. Eu vira os símbolos cabalísticos em seu armário, mas não podia conciliar o homem que eu conhecia – o envenenador piedoso, o farmacêutico prático – com a lista de vilanias que estava sendo lida.

Finalmente, o indiciamento terminou. O homem encapuzado olhou para o rei e, a um sinal, sentou-se outra vez.

– Foi feita uma investigação completa – disse o rei, voltando-se para mim. – Provas foram apresentadas e os depoimentos de muitas testemunhas tomados. Parece claro – voltou-se com um olhar frio para os dois magos acusados – que ambos fizeram investigações nos escritos de antigos filósofos e empregaram as artes da profecia, usando o cálculo dos movimentos dos corpos celestes. Ainda assim... – Deu de ombros. – Fazê-lo em si mesmo, isso não é um crime. Pelo que me deram a entender – olhou para um homem corpulento e encapuzado, que eu desconfiava tratar-se do bispo de Paris –, isso não está necessariamente em desacordo com os ensinamentos da Igreja; até mesmo o abençoado Santo Agostinho era conhecido por suas investigações dos mistérios da astrologia.

Recordei-me vagamente que Santo Agostinho havia de fato estudado astrologia e havia, com certo desdém, descartado esse conhecimento como um monte de baboseiras. Ainda assim, eu duvidava que Luís tivesse lido *Confissões*, de Santo Agostinho, e essa linha de argumentação era sem dúvida boa para alguém acusado de feitiçaria; observar estrelas parecia algo bastante inofensivo em comparação a sacrifício de crianças e orgias inomináveis.

Eu começava a imaginar, com considerável apreensão, exatamente o que eu estava fazendo naquela assembleia. Teria alguém, afinal de contas, visto mestre Raymond comigo no Hôpital?

– Não temos nada contra o uso adequado do conhecimento nem contra a busca do saber – continuou o rei em voz pausada. – Há muito a ser aprendido nos escritos dos filósofos antigos, se forem abordados com a devida cautela e humildade de espírito. Mas é verdade que, embora esses escritos possam ter muito valor, o mal também pode ser aí descoberto e a busca absoluta pela sabedoria ser pervertida no desejo de poder e riqueza... os valores mundanos.

Olhou de um para o outro dos dois feiticeiros acusados mais uma vez, obviamente tirando conclusões quanto a quem seria o mais inclinado a *esse* tipo de perversão. O conde ainda suava, manchas de suor escurecendo a seda branca de seu casaco.

– Não, Majestade! – disse ele, sacudindo para trás os cabelos negros e fixando os olhos flamejantes em mestre Raymond. – É verdade que há forças das trevas atuando na região... a vileza da qual se fala caminha entre nós! Mas tal malignidade não habita o peito de seu súdito mais leal. – E ele bateu no próprio peito, para o caso de não termos entendido bem. – Não, Majestade! Para a perversão do conhecimento e o uso de artes proibidas, Vossa Majestade deve procurar fora de sua própria corte! – Ele não acusou mestre Raymond claramente, mas a direção de seu olhar penetrante era óbvia.

O rei manteve-se inabalável diante dessa explosão.

– Tais abominações floresceram durante o reinado de meu avô – disse ele sem se alterar. – Nós as extirpamos onde quer que fossem encontradas; destruímos a ameaça desse mal onde pudesse existir em nosso reino. Feiticeiros, bruxos, aqueles que pervertem os ensinamentos da Igreja... monsieurs, não permitiremos que essas perversões surjam novamente. Sendo assim... – O rei bateu de leve as mãos abertas em cima da mesa e empertigou-se. Ainda olhando fixamente para Raymond e o conde, estendeu a mão em minha direção. – Nós trouxemos aqui uma testemunha – declarou ele. – Um juiz infalível da verdade, da pureza do coração.

Produzi um pequeno ruído balbuciante, que fez o rei voltar-se para mim.

– Uma Dama Branca – disse ele em voz baixa. – *La Dame Blanche* não pode mentir; ela vê o coração e a alma de um homem, e pode transformar essa verdade para o bem... ou para a destruição.

A atmosfera irreal que pairava sobre a noite desapareceu como por encanto. A leve sensação de tontura provocada pelo vinho desapareceu e de repente fiquei absolutamente sóbria. Abri a boca, e em seguida fechei-a, percebendo que não havia nada que eu pudesse dizer.

O pavor começou a descer pela minha espinha dorsal e enrolou-se como uma cobra em minha barriga quando o rei fez seus arranjos. Dois pentagramas foram desenhados no assoalho, dentro de cada um dos quais deveria ficar um bruxo. Cada qual iria, então, dar seu testemunho sobre suas próprias atividades e motivações. E a Dama Branca julgaria a verdade do que fora dito.

– Jesus Cristo! – disse, à meia-voz.

– Monsieur *le comte*? – O rei indicou o primeiro pentagrama, desenhado a giz sobre o carpete. Somente um rei trataria um Aubusson genuíno com tão arrogante indiferença.

O conde caminhou rente a mim ao dirigir-se ao seu lugar. Ao passar, ouvi um sussurro quase inaudível:

– Cuidado, madame. Eu não trabalho sozinho.

Assumiu seu lugar e virou-se de frente para mim com uma mesura irônica, aparentemente calmo.

A implicação era bastante clara; se eu o condenasse, seus subordinados surgiriam prontamente para decepar meus mamilos e incendiar o depósito de Jared. Umedeci meus lábios secos, amaldiçoando Luís. Por que ele não quis apenas meu corpo?

Raymond pisou descontraidamente em seu próprio espaço delimitado a giz e cumprimentou-me cordialmente com um sinal da cabeça. Nenhuma indicação ou sugestão naqueles olhos negros e redondos para me servir de guia.

Eu não fazia a menor ideia do que deveria vir em seguida. O rei indicou para que eu me posicionasse à sua frente, entre os dois pentagramas. Os homens encapuzados levantaram-se e perfilaram-se atrás do rei; um grupo ameaçador e sem rosto.

Fez-se um silêncio absoluto. A fumaça da vela pairava como uma mortalha junto ao teto ornamentado a ouro, alguns filetes deixando-se levar pelas lânguidas correntes de ar. Todos os olhos concentravam-se em mim. Finalmente, por desespero, voltei-me para o conde e assenti.

– Pode começar, monsieur *le comte* – disse.

Ele sorriu – ao menos, presumi que aquele ricto pretendia ser um sorriso – e começou, partindo de uma explicação da fundação da Cabala e prosseguindo com uma exegese sobre as 23 letras do alfabeto hebraico e o profundo simbolismo de tudo aquilo. Soava completamente erudito, completamente inócuo e terrivelmente maçante. O rei bocejou, sem se dar ao trabalho de cobrir a boca.

Enquanto isso, eu repassava as alternativas em minha mente. Esse homem havia me ameaçado e me atacado, e atentara contra a vida de Jamie – fosse por questões políticas ou pessoais, não fazia muita diferença. Ele muito provavelmente fora o chefe da gangue de estupradores que armou uma cilada para mim e Mary. Além de tudo isso, e dos rumores que eu ouvira sobre suas outras atividades, ele era uma grande ameaça para o sucesso de nossa tentativa de frustrar os planos de Charles Stuart. Eu iria deixar que ele se safasse dessa? Deixaria que continuasse a exercer sua influência junto ao rei em nome dos Stuart? Deixaria que continuasse a vagar pelas ruas escuras de Paris com um bando de molestadores mascarados?

Eu podia ver meus mamilos, eretos de medo, projetando-se ousadamente contra a seda do meu vestido. Mas empertiguei-me e fitei-o com um olhar fulminante mesmo assim.

– Espere um minuto – interrompi. – Tudo que disse até agora é verdadeiro, monsieur *le comte*, mas vejo uma sombra atrás de suas palavras.

O conde ficou boquiaberto. Luís, repentinamente interessado, parou de se apoiar negligentemente sobre a mesa e endireitou-se. Fechei os olhos e coloquei os dedos sobre as pálpebras, como se olhasse para dentro.

– Vejo um nome em sua mente, monsieur *le comte* – disse. Minha voz soava ofegante e estrangulada de medo, mas não havia nada que eu pudesse fazer. Deixei cair as mãos e olhei-o diretamente nos olhos. – *Les Disciples du Mal* – falei. – O que tem a ver com *Les Disciples*, monsieur *le comte*?

Ele realmente não sabia disfarçar suas emoções. Seus olhos saltaram e seu rosto ficou lívido. Senti um fluxo pequeno e cruel de satisfação sob o medo.

O nome de *Les Disciples du Mal* também era familiar ao rei; os olhos escuros e sonolentos estreitaram-se repentinamente, transformando-se em duas fendas.

O conde podia ser um charlatão e um patife, mas não era um covarde. Reunindo suas forças, fitou-me furiosamente e atirou a cabeça para trás.

– Esta mulher mente – disse ele, soando tão definitivo quanto o fizera ao informar à audiência que a letra *alef* simbolizava a fonte do sangue de Cristo. – Ela não é uma verdadeira Dama Branca, mas uma serva de Satã! Associada a seu mestre, o famoso feiticeiro, aprendiz de Du Carrefours! – Ele apontou dramaticamente para Raymond, que pareceu ligeiramente surpreso.

Um dos homens encapuzados fez o sinal da cruz e eu ouvi o sussurro quase inaudível de uma breve prece entre as sombras.

– Posso provar o que digo – declarou o conde, sem deixar que qualquer outra pessoa tomasse a palavra. Enfiou a mão no peito do casaco. Lembrei-me da adaga que ele tirara da manga na noite do jantar e retesei o corpo para me esquivar. Mas não foi uma faca que ele apresentou. – A Bíblia Sagrada diz: "Eles poderão lidar com serpentes sem sofrer nenhum dano" – bradou ele. – "E por esses sinais vocês conhecerão os servos do verdadeiro Deus!"

Achei que devia ser uma pequena serpente do gênero píton. Tinha quase um metro de comprimento, a pele lisa e brilhante em marrons e dourados, sinuosa e escorregadia como uma corda untada com óleo, com um par de desconcertantes olhos dourados.

Ouviu-se um coro de respiração sufocada à aparição do animal e dois dos juízes encapuzados deram um rápido passo para trás. O próprio Luís ficou mais do que ligeiramente assustado e olhou apressado ao redor à procura de seu guarda-costas, parado junto à porta do aposento com os olhos esbugalhados.

A cobra fez um ou dois movimentos rápidos com a língua, experimentando o ar. Aparentemente concluindo que a mistura de cera de vela e incenso não era comestível, virou-se e fez uma tentativa de se enfiar de novo no bolso quente de onde fora bruscamente retirada. O conde segurou-a habilmente atrás da cabeça e empurrou-a em minha direção.

– Estão vendo? – disse ele triunfalmente. – A mulher encolhe-se de medo! Ela é uma bruxa!

Na verdade, comparada a um dos juízes, que se refugiara junto à parede mais distante, eu era um monumento de bravura e coragem, mas devo admitir que tinha dado um passo para trás involuntariamente quando a serpente apareceu. Agora eu dava um passo para a frente outra vez, com a intenção de tirá-la de perto de mim. Afinal, a maldita serpente não era venenosa. Talvez víssemos o quanto ela era inofensiva se eu a enrolasse em volta de seu pescoço.

Antes que eu pudesse alcançá-lo, entretanto, mestre Raymond falou atrás de mim. Com toda aquela comoção, eu praticamente havia me esquecido dele.

– Isso não é tudo que a Bíblia diz, monsieur *le comte* – observou Raymond. Ele não ergueu a voz e o largo rosto de anfíbio estava suave como um pudim. Ainda assim, o zumbido de vozes parou e o rei voltou-se para ouvir.

– Sim, monsieur? – disse ele.

Raymond meneou a cabeça num reconhecimento educado por ter a palavra e enfiou as mãos dentro de seu roupão. De um bolso ele retirou um frasco, do outro, uma pequena xícara.

– "Eles poderão lidar com serpentes sem sofrer nenhum dano" – citou ele – "e se tomarem qualquer veneno mortal, não morrerão."

Estendeu a xícara na palma da mão, o revestimento interno prateado brilhando à luz da vela. O frasco foi posicionado acima da xícara, pronto para despejar.

– Já que tanto milady Broch Tuarach e eu mesmo fomos acusados – disse Raymond, com um breve olhar para mim –, sugiro que nós três façamos este teste. Tenho sua permissão, Vossa Majestade?

Luís parecia um pouco confuso com o rápido progresso dos acontecimentos, mas assentiu com um movimento de cabeça. Um fio fino de um líquido âmbar caiu na xícara e imediatamente tornou-se vermelho e começou a borbulhar, como se o conteúdo da xícara estivesse fervendo.

– Sangue de dragão – disse Raymond informativamente, agitando a xícara.

– Inteiramente inócuo aos puros de coração. – Exibiu um sorriso desdentado, encorajador, e me deu a xícara.

Não parecia haver muito a fazer a não ser bebê-lo. O sangue de dragão parecia ser algum tipo de bicarbonato de sódio; tinha o gosto de conhaque com sal de frutas. Tomei dois ou três goles de bom tamanho e devolvi a xícara.

Com a devida cerimônia, Raymond também bebeu. Abaixou a xícara, exibindo os lábios tingidos de rosa e voltou-se para o rei.

– Posso pedir a *La Dame Blanche* para dar a xícara a monsieur *le comte*? – disse ele. Mostrou com um gesto os riscos de giz a seus pés, para indicar que ele não podia pisar fora da proteção do pentagrama.

A um sinal de cabeça do rei, peguei a xícara e me voltei mecanicamente em direção ao conde. Talvez uns 2 metros de carpete para atravessar. Dei o primeiro passo, depois outro, os joelhos tremendo mais violentamente do que haviam tremido antes, na pequena antessala, quando eu estivera a sós com o rei.

A Dama Branca vê a verdadeira natureza de um homem. Eu via? Eu realmente sabia alguma coisa a respeito de qualquer um dos dois, Raymond ou o conde?

Eu poderia ter impedido aquele desfecho? Fiz essa pergunta a mim mesma centenas de vezes, milhares de vezes – mais tarde. Eu poderia ter agido de outra forma?

Lembrei-me de meus pensamentos errantes ao conhecer Charles Stuart; como seria conveniente para todos se ele morresse. Mas uma pessoa não pode matar um homem por suas crenças, ainda que o exercício dessas crenças signifique a morte de inocentes – ou pode?

Eu não sabia. Não sabia se o conde era culpado, não sabia se Raymond era inocente. Não sabia se a busca de uma causa nobre justificava o uso de meios desonrosos. Não sabia quanto valia uma vida – ou mil. Não sabia o preço verdadeiro da vingança.

Mas sabia que a xícara que eu segurava em minhas mãos era a morte. O cristal branco continuava pendurado em meu pescoço, seu peso um lembrete de veneno. Eu não vira Raymond acrescentar nada ao conteúdo da xícara; ninguém o fizera, eu tinha certeza. Mas não precisava mergulhar o cristal no líquido cor de sangue para saber o que ele continha agora.

O conde leu esse conhecimento em meu rosto; *La Dame Blanche não mente.* Ele hesitou, olhando para a xícara borbulhante.

– Beba, monsieur – disse o rei. Os olhos escuros estavam velados mais uma vez, indecifráveis. – Ou tem medo?

O conde podia ter muitas coisas a seu descrédito, mas a covardia não era uma delas. Seu rosto estava pálido e resoluto, mas ele olhou diretamente nos olhos do rei, com um leve sorriso.

– Não, Majestade – disse ele.

Pegou a xícara da minha mão e a esvaziou, os olhos fixos nos meus. Mantiveram-se em meu rosto, olhando-me fixamente, mesmo enquanto ficavam vidrados com o conhecimento da morte. A Dama Branca pode transformar a natureza de um homem para o bem ou para a destruição.

O corpo do conde caiu no chão, contorcendo-se, e um coro de gritos e berros ergueu-se dos observadores encapuzados, abafando qualquer som que ele pudesse ter emitido. Seus calcanhares tamborilaram por um instante, silenciosos no tapete florido. Seu corpo arqueou-se, depois se abateu, languidamente. A serpente, completamente decepcionada, libertou-se das dobras desordenadas de cetim branco e fugiu, deslizando ligeiramente em direção ao santuário dos pés de Luís.

Foi um pandemônio.

28

A CHEGADA DA LUZ

Voltei de Paris para a casa de Louise em Fontainebleau. Não queria ir para a rue Tremoulins – ou qualquer outro lugar onde Jamie pudesse me encontrar. Ele não teria muito tempo para me procurar; teria que partir para a Espanha praticamente assim que fosse solto, ou correr o risco de ver seu plano fracassar.

Louise, como boa amiga que era, perdoou meu subterfúgio e – justiça lhe seja feita – absteve-se de perguntar aonde eu fora ou o que fizera. Eu quase não falava com ninguém, permanecendo em meu quarto a maior parte do tempo, comendo pouco e fitando os *putti* gorduchos e nus que decoravam o teto branco. A pura necessidade da viagem a Paris me animara por algum tempo, mas agora não havia mais nada que eu tivesse que fazer, nenhuma rotina diária para me encorajar. Sem leme, comecei a me deixar levar pela corrente, à deriva outra vez.

Ainda assim, às vezes eu fazia um esforço. Estimulada por Louise, descia para um jantar social ou acompanhava-a quando recebia uma amiga para um chá. E tentava prestar atenção a Fergus, a única pessoa no mundo por quem eu ainda tinha alguma noção de responsabilidade.

Assim, quando ouvi sua voz numa discussão do outro lado de uma das construções anexas enquanto obedientemente fazia minha caminhada vespertina, senti-me obrigada a ir verificar qual era o problema.

Ele estava cara a cara com um dos rapazes do estábulo, um garoto maior do que ele, de ombros largos e expressão furiosa.

– Cale a boca, sapo ignorante – dizia o rapaz. – Não sabe o que está falando!

– Sei mais do que você... você, filho de uma mãe que se acasalou com um porco! – Fergus colocou dois dedos nas narinas, empurrou o nariz para cima e ficou dançando para a frente e para trás, gritando: "Oinc, oinc!", sem parar.

O moço do estábulo, que realmente tinha uma tromba notoriamente arrebitada, não perdeu tempo com conversa e avançou, agitando os dois punhos cerrados. Em poucos segundos, os dois rolavam no chão lamacento, berrando como gatos e rasgando a roupa um do outro.

Enquanto eu ainda ponderava se devia ou não interferir, o rapaz rolou para cima de Fergus, agarrou seu pescoço com as duas mãos e começou a bater sua cabeça no chão. Por um lado, eu achava que Fergus provocara a situação. Por outro, seu rosto estava ficando escuro, arroxeado, e eu tinha algumas reservas em vê-lo estrangulado na flor da idade. Com certa dose de deliberação, aproximei-me por trás dos dois brigões.

O rapaz estava montado sobre o corpo de Fergus, estrangulando-o, e o traseiro de suas calças estava bem esticado diante de mim. Lancei o pé para trás e dei um chute certeiro com minha bota na costura de suas calças. Precariamente equilibrado, ele caiu para a frente com um grito de surpresa, em cima do corpo de sua vítima. Rolou para o lado e pôs-se de pé, os punhos cerrados. Ao me ver, saiu correndo sem dizer nenhuma palavra.

– Você acha que isso é brincadeira? – perguntei. Puxei Fergus, que arfava e balbuciava confusamente, colocando-o de pé, e comecei a bater suas roupas, retirando a maior parte dos grumos de lama e restos de palha. – Olha só isso – disse acusadoramente. – Você não só rasgou sua camisa, mas as calças também. Vamos ter que pedir a Berta para remendá-las. – Virei-o e segurei o pedaço rasgado do tecido. Aparentemente, o rapaz do estábulo o agarrara pelo cós das calças e puxara para baixo, rasgando-as pela costura lateral; o tecido rústico de algodão pendia de seus quadris magros, mal encobrindo uma das nádegas.

Parei de falar repentinamente e fixei os olhos. Não foi a desonrosa visão da pele nua que deteve minha atenção, mas uma pequena marca vermelha ali. Do tamanho de uma moeda pequena, era escura, arroxeada, de uma queimadura recente que acabara de cicatrizar. Incrédula, toquei-a, fazendo Fergus dar um salto, alarmado. As bordas da marca formavam uma cicatriz funda; o que quer que tivesse feito aquilo, havia penetrado na carne. Agarrei o menino pelo braço para impedir que fugisse correndo e me inclinei para examinar a marca mais de perto.

A uma distância de 15 centímetros, o formato da marca era claro; era uma figura oval, ostentando em seu interior umas formas imprecisas do que deveriam ser letras.

– Quem lhe fez isso, Fergus? – perguntei. Minha voz soou estranha a meus próprios ouvidos; excepcionalmente calma e distanciada.

Fergus puxou o braço com força, tentando desvencilhar-se de mim, mas eu segurei-o com firmeza.

– Quem, Fergus? – insisti, sacudindo-o levemente.

– Não é nada, madame; eu me machuquei descendo da cerca. Foi só uma lasca de madeira. – Seus olhos grandes e negros iam de um lado a outro, buscando um refúgio.

– Isso não foi causado por uma lasca de madeira. Sei o que é, Fergus. Mas quero saber quem fez isso. – Eu já vira algo semelhante uma única vez, e o ferimento ainda muito recente, enquanto este já tivera algum tempo para cicatrizar. Mas uma marca a ferro em brasa é inconfundível.

Vendo que eu falava a sério, ele parou de se debater. Umedeceu os lábios, hesitando, mas seus ombros caíram e compreendi que agora eu saberia a verdade.

– Foi... um inglês, milady. Com um anel.

– Quando?

– Há muito tempo, madame! Em maio.

Respirei fundo, calculando. Três meses. Três meses atrás, quando Jamie saíra de casa para ir ao bordel, à procura do contramestre do seu depósito. Na companhia de Fergus. Três meses desde que Jamie encontrara Jack Randall no estabelecimento de madame Elise e vira algo que anulara e invalidara todas as promessas, que forjara nele a determinação de matar Jack Randall. Três meses desde que ele partira – para não mais voltar.

Foi preciso uma boa dose de paciência, complementada por um aperto firme do braço de Fergus, mas finalmente consegui extrair a história dele.

Quando chegaram ao estabelecimento de madame Elise, Jamie disse a Fergus para esperar por ele enquanto ia ao andar de cima fazer alguns acertos financeiros. Julgando por experiência anterior que aquilo poderia levar algum tempo, Fergus dirigiu-se ao salão principal, onde várias moças que ele conhecia "descansavam", conversando e ajeitando os cabelos umas das outras, à espera dos clientes.

– Os negócios às vezes são lentos de manhã – explicou-me ele. – Mas às terças e sextas-feiras, os pescadores sobem o Sena para vender a pesca de manhã no mercado. Então têm algum dinheiro e os negócios de madame Elise vão bem, de modo que *les jeunes filles* têm que estar prontas logo depois do desjejum.

Quase todas as "garotas" eram na verdade as mais antigas moradoras do estabelecimento; os pescadores não eram considerados clientes de classe e, assim, eram destinados automaticamente às prostitutas menos requisitadas. No entanto, entre elas, estava a maioria das antigas amigas de Fergus e ele passou um agradável quarto de hora no salão, como o centro das atenções e brincadeiras. Alguns clientes madrugadores apareceram, fizeram sua escolha e partiram para os quartos em cima – a casa de madame Elise orgulhava-se de ter quatro andares estreitos –, sem perturbar a conversa das mulheres que permaneciam no térreo.

– Então o inglês entrou, com madame Elise. – Fergus parou e engoliu em seco, o pomo de adão protuberante subindo e descendo nervosamente na garganta esquelética.

Era óbvio para Fergus, que já vira homens em todo estado de embriaguez e excitação, que o capitão tivera uma noite e tanto. Estava afogueado e desarrumado, e seus olhos estavam injetados. Ignorando as tentativas de madame Elise de guiá-lo para uma das prostitutas, ele se desvencilhou e vagou pelo aposento, examinando friamente a mercadoria em exposição. Então seus olhos recaíram sobre Fergus.

– Ele disse: "Você. Venha comigo." E me pegou pelo braço. Fiquei onde estava, madame. Eu disse a ele que meu patrão estava lá em cima e que eu não podia, mas ele não quis ouvir. Madame Elise sussurrou no meu ouvido que eu deveria ir com ele e que ela dividiria o dinheiro comigo depois. – Fergus estremeceu e olhou-me com ar desolado. – Eu sabia que aqueles que gostavam de garotos em geral não levavam muito tempo; achei que ele já teria terminado muito antes de milorde estar pronto para ir embora.

– Santo Deus! – exclamei. Meus dedos relaxaram o aperto em seu braço e deslizaram nervosamente pela manga da camisa. – Quer dizer... Fergus, você já havia feito isso antes?

Ele parecia querer chorar. Eu também.

– Não muito, madame – disse ele, quase como uma súplica para que eu compreendesse. – Há casas onde esta é a especialidade e geralmente os homens que gostam disso vão lá. Mas às vezes um cliente me via e se agradava de mim... – Seu nariz começava a escorrer e ele o limpou com as costas da mão.

Remexi meu bolso à procura de um lenço e o dei para ele. Ele começou a choramingar ao recordar aquela manhã de sexta-feira.

– Ele era muito maior do que eu pensara. Perguntei a ele se eu podia fazer com a boca, mas ele... mas ele queria...

Puxei-o para mim e pressionei sua cabeça com força contra meu ombro, abafando sua voz no tecido do meu vestido. As frágeis omoplatas de seus ombros pareciam as asas de um pássaro sob minhas mãos.

– Não me conte mais nada – disse. – Não. Está tudo bem, Fergus. Eu não estou zangada. Mas não me conte mais nada.

Foi uma ordem inútil; ele não conseguia parar de falar, após tantos dias de silêncio e medo.

– Mas foi tudo minha culpa, madame! – irrompeu ele, afastando-se de mim. Seus lábios tremiam e as lágrimas afloraram a seus olhos. – Eu devia ter ficado quieto; não devia ter gritado! Mas não consegui e milorde ouviu e... e ele irrompeu no quarto... e... ah, madame, eu não devia, mas fiquei tão feliz de vê-lo, eu corri para ele. Ele me colocou atrás dele e deu um soco no rosto do inglês. Então o inglês levantou do chão com o banquinho na mão e o atirou, e eu fiquei com tanto medo... saí correndo do quarto e me escondi no armário no final do corredor. E aí foi tanta gritaria e barulho, depois um estrondo terrível e mais gritaria. Depois tudo parou e logo milorde abriu a porta do armário e me tirou lá de dentro. Ele tinha minhas roupas e ele mesmo me vestiu, porque eu não conseguia abotoar os botões... meus dedos tremiam.

Agarrou minha saia com as duas mãos, a necessidade de me fazer acreditar nele crispando seu rosto numa máscara simiesca de sofrimento.

– É minha culpa, madame, mas eu não sabia! Eu não sabia que ele iria lutar com o inglês. E agora milorde foi embora e nunca mais vai voltar, e tudo por minha culpa!

Gemendo agora, caiu aos meus pés com o rosto para baixo. Chorava tão alto que acho que não me ouvia quando me inclinei para erguê-lo, mas assim mesmo eu disse:

– Não é culpa sua, Fergus. Também não é culpa minha. Mas você tem razão: ele foi embora.

Após a revelação de Fergus, mergulhei numa apatia ainda mais profunda. A nuvem cinza que me cercava desde o aborto pareceu envolver-me ainda mais densamente, enfaixando-me em ataduras que obscureciam a luz do mais brilhante dos dias. Os sons pareciam alcançar-me fracamente, como o tilintar distante de uma boia através da neblina do mar.

Louise estava parada diante de mim, franzindo o cenho de preocupação enquanto me olhava de cima.

– Você está magra demais – ralhou ela. – E branca como um prato de tripas. Ivonne disse que você não comeu nada de manhã de novo!

Não me lembrava mais da última vez em que sentira fome. Não parecia importante. Muito antes do Bois de Boulogne, muito antes de minha viagem a Paris. Fixei o olhar no consolo da lareira e deixei-me levar pelos floreios da madeira esculpida em estilo rococó. A voz de Louise continuava sem cessar, mas eu não prestei atenção; era apenas um ruído no aposento, como o farfalhar de um galho de árvore contra a parede de pedra do castelo ou o zumbido de moscas atraídas pelo cheiro do meu desjejum descartado.

Observei uma delas, levantando-se dos ovos num movimento súbito quando Louise bateu palmas. Continuou a zumbir em círculos pequenos e irritantes antes de assentar-se de novo sobre o lugar onde se alimentava. O ruído de passos apressados surgiu atrás de mim, ouviu-se uma ordem incisiva de Louise, um submisso "*Oui,* madame" e o som de um batedor de moscas conforme a criada tratava de removê-las, uma a uma. Ela jogava cada minúsculo cadáver preto dentro do bolso, pinçando-o da mesa e limpando a sujeira deixada pelo golpe com uma ponta do avental.

Louise inclinou-se, enfiando o rosto repentinamente no meu campo de visão.

– Posso ver todos os ossos do seu rosto! Se não vai comer, ao menos vá lá fora um pouco! – disse ela impacientemente. – A chuva parou. Venha, vamos ver se restaram algumas uvas moscatel no vinhedo. Talvez você coma algumas.

Dentro ou fora de casa era praticamente o mesmo para mim; a névoa cinzenta, entorpecente e anestesiante, continuava comigo, tornando os contornos imprecisos e fazendo cada lugar parecer igual ao outro. Mas parecia ser importante para Louise, de modo que me levantei obedientemente para acompanhá-la.

Perto do portão do jardim, entretanto, ela foi surpreendida pela cozinheira, com uma lista de perguntas e reclamações sobre o cardápio do jantar. Haveria convidados, com o objetivo de me distrair, e a agitação dos preparativos vinha causando pequenas explosões de discórdia doméstica durante a manhã inteira.

Louise emitiu um suspiro martirizado, depois deu uns tapinhas nas minhas costas.

– Vá você – disse ela, estimulando-me a seguir em direção ao portão. – Mandarei um lacaio com seu manto.

Estava um dia frio para agosto porque a chuva caíra durante toda a noite. Havia poças nos caminhos de cascalhos e os pingos d'água que caíam das árvores encharcadas eram quase tão incessantes quanto a própria chuva.

O céu ainda estava cinzento, mas perdera o tom carregado das nuvens saturadas de água. Cruzei os braços segurando meus cotovelos; parecia que o sol sairia em breve, mas ainda fazia frio suficiente para se fazer necessário usar um manto.

Quando ouvi passos atrás de mim no caminho, virei-me e vi François, o segundo lacaio, mas ele não carregava nada. Pareceu estranhamente hesitante, olhando como se quisesse se certificar de que eu era mesmo a pessoa que ele estava procurando.

– Madame – disse ele –, há uma visita para a senhora.

Suspirei internamente, não queria me dar ao trabalho de ser sociável com ninguém.

– Diga-lhes que estou indisposta, por favor – respondi, virando-me para continuar meu passeio. – E depois que tiverem ido embora, traga-me meu manto.

– Mas, madame – disse ele atrás de mim –, é *le seigneur* Broch Tuarach, seu marido.

Espantada, virei-me para olhar para a casa. Era verdade; eu podia ver a figura alta de Jamie, já dobrando a esquina da mansão. Girei o corpo, fingindo não tê-lo visto, e me afastei em direção ao vinhedo. O mato era fechado ali; talvez eu pudesse me esconder.

– Claire!

Era inútil fingir; ele também me vira e vinha pelo caminho em minha direção. Andei mais rápido, mas eu não podia competir com aquelas pernas compridas. Já estava arquejante antes de cobrir metade da distância até o vinhedo e tive que diminuir a marcha; eu não estava em condições físicas para um exercício extenuante.

– Claire! Espere!

Virei-me parcialmente; ele já estava quase me alcançando. O embotamento cinza e suave que me rodeava estremeceu e senti uma espécie de pânico paralisante à ideia de que a presença dele pudesse arrancar de mim aquele torpor em que eu vivia. Se isso acontecesse, eu morreria, pensei, como uma larva de inseto escavada do solo e atirada sobre uma rocha para encarquilhar e secar, nua e indefesa ao sol.

– Não! – protestei. – Não quero falar com você. Vá embora. – Ele hesitou por um instante e eu me virei e comecei a andar rapidamente pelo atalho, em direção ao vinhedo. Ouvi seus passos no cascalho do caminho atrás de mim, mas continuei de costas e apressei ainda mais o passo, quase correndo.

Quando parei para me agachar sob as vinhas, ele deu um salto para a frente e agarrou-me pelo pulso. Tentei me libertar, mas ele me segurou com firmeza.

– Claire! – repetiu ele. Debati-me, mas mantive o rosto virado. Se eu não olhasse para ele, poderia fingir que ele não estava ali. Podia continuar a salvo.

Ele soltou meu pulso, mas agarrou-me pelos ombros, de modo que tive que erguer a cabeça para manter o equilíbrio. Seu rosto estava bronzeado e magro, com rugas intensas e fundas em torno dos lábios, e seus olhos estavam escuros de sofrimento.

– Claire – falou mais suavemente, agora que podia me ver olhando para ele. – Claire... era meu filho também.

– Sim, era, e você o matou!

Arranquei-me violentamente de suas mãos, lançando-me através do arco estreito. Em seguida, parei, arfando como um cão apavorado. Eu não percebera que o arco conduzia a uma minúscula construção coberta de videiras. Paredes de treliça rodeavam-me por todos os lados; eu fora capturada numa armadilha. A luz às minhas costas enfraqueceu-se quando seu corpo bloqueou a passagem em arco.

– Não me toque. – Recuei, fitando o chão. *Vá embora!*, pensei freneticamente. *Por favor, pelo amor de Deus, deixe-me em paz!* Eu podia sentir meu invólucro cinzento sendo inexoravelmente removido e filetes brilhantes de sofrimento atravessarem meu corpo como raios perfurando nuvens.

Ele parou, a alguns passos de distância. Cambaleei às cegas em direção à parede de treliça e em parte caí, em parte me sentei em um banco de madeira. Fechei os olhos e fiquei sentada, tremendo. Embora não estivesse mais chovendo, havia um vento úmido e frio que atravessava a treliça e resfriava meu pescoço.

Ele não se aproximou. Podia senti-lo, lá parado, olhando para mim. Podia ouvir sua respiração entrecortada.

– Claire – disse ele outra vez, com algo que parecia desespero em sua voz –, Claire, você não vê... Claire, você precisa falar comigo! Pelo amor de Deus, Claire, eu nem sei se era menino ou menina!

Permaneci sentada, paralisada, as mãos agarrando-se à madeira áspera do banco. Após um instante, ouviu-se um barulho pesado, de trituração dos cascalhos no chão à minha frente. Abri uma fenda dos olhos e vi que ele se sentara, exatamente como estava, nos cascalhos molhados aos meus pés. Sentara-se com a cabeça abaixada e a chuva havia deixado lantejoulas de umidade em seus cabelos escuros.

– Vai me fazer suplicar? – perguntou ele.

– Era uma menina – disse após um instante. Minha voz soou esquisita; rouca e áspera. – Madre Hildegarde a batizou. Faith. Fé. Faith Fraser. Madre Hildegarde tem um senso de humor muito estranho.

A cabeça baixa não se moveu. Após alguns instantes, ele disse à meia-voz:

– Você viu a criança?

Meus olhos estavam completamente abertos agora. Fitei meus joelhos, onde gotas d'água das vinhas atrás de mim criavam pontos molhados na seda.

– Sim. A *mâitresse sage-femme* disse que eu devia, assim fizeram-me vê-la. – Podia ouvir na lembrança o tom prático, baixo, da voz de madame Bonheur, a mais antiga e respeitada das parteiras que trabalhavam como voluntárias no Hôpital des Anges.

"Dê-lhe a criança; é sempre melhor que elas a vejam. Assim não ficam imaginando coisas."

Então eu não imaginava. Eu me lembrava.

– Ela era perfeita – disse baixinho, como se falasse comigo mesma. – Tão pequenina. Sua cabeça cabia na palma da minha mão. Suas orelhas destacavam-se só um pouquinho da cabeça... e eu podia ver a luz brilhar através delas.

A luz também brilhara através de sua pele, radiante na forma redonda das bochechas e das nádegas, com o brilho próprio das pérolas; serenas e frias, com o estranho toque do mundo aquático ainda sobre elas.

– Madre Hildegarde enrolou-a em cetim branco – disse, os olhos abaixados para meus punhos cerrados no colo. – Seus olhos estavam fechados. Ela ainda não tinha pestanas, mas seus olhos eram puxados. Eu disse que eram como os seus, mas elas disseram que os olhos de todos os bebês são assim.

Dez dedos nos pés e nas mãos. Não tinha unhas, mas o brilho de minúsculas articulações, rótulas e ossos era como o brilho de opalas, os ossos da própria terra. Lembre-se, homem, tu és pó...

Lembrava-me dos ruídos distantes do próprio hospital, onde a vida ainda continuava, e do murmúrio amortecido de madre Hildegarde e madame Bonheur, mais perto, falando do padre que rezaria uma missa especial, a pedido de madre Hildegarde. Lembrei-me da expressão de calma avaliação nos olhos de madame Bonheur quando ela se virou para avaliar meu estado, vendo minha fraqueza. Talvez ela também tivesse visto a claridade que revela a febre que se aproximava; ela voltou-se novamente para madre Hildegarde e sua voz tornou-se ainda mais baixa – talvez sugerindo que esperassem; talvez houvesse dois funerais.

E ao pó voltarás.

Mas eu ressurgira dos mortos. Somente a posse do meu corpo por Jamie fora forte o suficiente para me trazer de volta dessa barreira final, e mestre Raymond compreendera isso. Eu sabia que somente o próprio Jamie poderia me arrastar de volta pelo restante do caminho até o mundo dos vivos. Foi por isso que fugi dele, que fiz todo o possível para mantê-lo longe, para ter certeza de que ele jamais voltaria a se aproximar de mim. Eu não tinha nenhuma vontade de voltar, nenhuma vontade de sentir outra vez. Não queria conhecer o amor apenas para vê-lo arrancado de mim novamente.

Mas era tarde demais. Eu sabia disso, mesmo enquanto lutava para manter a mortalha cinza ao meu redor. Lutar apenas apressava sua dissolução; era como agarrar-se a frangalhos de nuvem, que se esvaíam em névoa fria entre meus dedos. Eu podia sentir a luz vindo em minha direção, ofuscante e abrasadora.

Ele se levantara, estava de pé, olhando-me do alto. Sua sombra recaía sobre meus joelhos; sem dúvida isso significava que a nuvem se desfizera; uma sombra não se forma sem luz.

– Claire – sussurrou ele. – Por favor. Deixe-me confortá-la.

– Confortar-me? – disse. – E como vai fazer isso? Pode me dar minha filha de volta?

Ele caiu de joelhos diante de mim, mas mantive a cabeça abaixada, fitando minhas mãos viradas para cima, vazias, no meu colo. Senti seu movimento quando estendeu a mão para me tocar, hesitou, retirou-a, estendeu-a novamente.

– Não – disse ele, a voz quase inaudível. – Não, não posso fazer isso. Mas... com a graça de Deus... eu poderia lhe dar outra?

Sua mão pairou sobre a minha, tão perto que senti o calor de sua pele. Senti outras coisas também: a dor que ele mantinha sob rédeas curtas, a raiva e o medo que o sufocavam, e a coragem que o fazia falar apesar de tudo. Reuni minha própria coragem, uma débil substituta para a mortalha cinza e espessa. Então tomei sua mão e ergui a cabeça, e olhei direto para o sol.

Permanecemos sentados, as mãos entrelaçadas e apertadas sobre o banco, imóveis, pelo que pareceram horas, com a brisa úmida e fria sussurrando nossos pensamentos nas folhas das videiras acima. Gotas d'água espalhavam-se sobre nós com a passagem do vento, chorando a perda e a separação.

– Você está gelada – murmurou Jamie finalmente, e passou uma aba do seu manto ao meu redor, trazendo com ela o calor de sua pele. Aproximei-me devagar sob seu abrigo, tremendo ainda mais por causa da surpreendente solidez, o súbito calor de seu corpo, do que pelo frio.

Coloquei a mão em seu peito, hesitante, como se tocá-lo pudesse queimar-me com a verdade, e assim ficamos sentados por mais um longo tempo, deixando as folhas das videiras falarem por nós.

– Jamie – disse finalmente, baixinho. – Ah, Jamie. Onde você estava?

Seus braços endureceram-se ao meu redor, mas ele demorou a responder.

– Achei que você estivesse morta, *mo duinne* – disse ele, tão baixo que eu mal podia ouvi-lo acima do farfalhar do vinhedo. – Eu a vi lá, no chão, no final. Deus, você estava tão branca e suas saias encharcadas de sangue... Tentei aproximar-me de você, Claire, assim que eu vi... eu corri para você, mas foi então que os guardas me seguraram.

Engoliu em seco; eu podia sentir o tremor percorrê-lo de cima a baixo, pela longa curva de sua espinha.

– Eu lutei com eles... lutei e, sim, supliquei... mas se recusaram a permanecer ali e me levaram com eles. Colocaram-me numa cela e deixaram-me lá... achando que você estava morta, Claire; sabendo que eu a havia matado.

O leve tremor continuou e eu percebi que ele chorava, embora não visse seu rosto acima do meu. Por quanto tempo ele ficara sentado sozinho numa cela da Bastilha, sozinho exceto pelo cheiro de sangue e pela casca oca da vingança?

– Está tudo bem – falei, pressionando minha mão com mais força contra seu peito, como se quisesse acalmar os batimentos acelerados de seu coração. – Jamie, está tudo bem. Não... não foi culpa sua.

– Tentei bater a cabeça na parede, apenas para parar de pensar – disse ele, quase num sussurro. – Então me amarraram, mãos e pés. No dia seguinte, de Rohan me encontrou e me disse que você estava viva, embora talvez não por muito tempo.

Ficou em silêncio, mas eu podia sentir a dor que o dilacerava, aguda como lanças de cristal de gelo.

– Claire – murmurou ele finalmente. – Eu sinto muito.

Eu sinto muito. As palavras eram as mesmas do bilhete que ele me deixara, antes de o mundo desmoronar. Mas agora eu as compreendia.

– Eu sei – disse. – Jamie, eu *sei*. Fergus me contou. Sei por que você teve que ir.

Respirou ruidosamente, uma respiração funda e entrecortada.

– Sim, bem... – disse ele, e parou.

Deixei minha mão cair sobre sua coxa; frias e molhadas da chuva, suas calças de montar estavam ásperas sob minha palma.

– Eles lhe disseram... quando o deixaram partir... por que você foi libertado? – Tentei manter minha respiração regular, mas não consegui.

Os músculos de sua coxa retesaram-se sob meu toque, mas sua voz estava mais controlada agora.

– Não – disse ele. – Apenas que foi... para satisfação de Sua Majestade. – A palavra "satisfação" foi apenas ligeiramente enfatizada, dita com uma ferocidade delicada que deixava bastante claro que ele de fato sabia quais haviam sido os meios de sua soltura, quer os carcereiros tivessem lhe contado ou não.

Mordi com força o lábio inferior, tentando decidir o que dizer-lhe agora.

– Foi madre Hildegarde – continuou ele, a voz firme. – Fui imediatamente ao Hôpital des Anges, à sua procura. E encontrei madre Hildegarde e o pequeno bilhete que você deixara para mim. Ela... me contou.

– Sim – disse, engolindo em seco. – Fui ver o rei...

– Eu sei! – Sua mão apertou a minha com força, e pelo som de sua respiração eu sabia que seus dentes estavam cerrados.

– Mas Jamie... quando eu fui...

– Cristo! – disse ele, endireitando-se subitamente e virando o rosto para mim. – Você não sabe o que eu... Claire. – Fechou os olhos por um instante e respirou fundo. – Cavalguei até Orvieto, vendo a cena; vendo as mãos dele na sua pele branca, os lábios em seu pescoço, seu... seu pênis... eu vi isso no *lever*... vi aquela coisa imunda, maldita, deslizando... Meu Deus, Claire! Fiquei sentado na prisão pensando que você estivesse morta e depois cavalguei para a Espanha pedindo a Deus que estivesse mesmo!

Os nós dos dedos da mão que segurava a minha estavam brancos e eu podia sentir os ossinhos de meus dedos estalarem sob o aperto dele.

Retirei minha mão com um arranco.

– Jamie, ouça-me!

– Não! – disse ele. – Não, eu não quero ouvir...

– Ouça, droga!

Houve bastante força em minha voz para fazê-lo calar-se por um instante e, enquanto estava mudo, comecei a contar-lhe rapidamente a história da sala do rei; os homens encapuzados e o aposento às escuras, o combate entre os feiticeiros e a morte do conde de St. Germain.

Enquanto eu falava, a cor desaparecia de suas bochechas atingidas pelo vento e sua expressão foi se suavizando da angústia e da fúria para a perplexidade, e gradualmente para a impressionada compreensão.

– Meu Deus – disse ele com um suspiro finalmente. – Ó Santo Deus!

– Você não sabia o que estava desencadeando com aquela história tola, não é? – Sentia-me exausta, mas consegui esboçar um sorriso. – Então... então o conde... está tudo bem, Jamie. Ele... está morto.

Ele não disse nada em resposta, mas puxou-me delicadamente para si, de modo que minha testa repousou em seu ombro e minhas lágrimas encharcaram o tecido de sua camisa. Após um instante, no entanto, endireitei-me e fitei-o, limpando o rosto.

– Jamie! O carregamento de Porto, o investimento de Charles Stuart! Se o conde está morto...

Ele balançou a cabeça, sorrindo debilmente.

– Não, *mo duinne*. Está a salvo.

Senti uma onda de alívio.

– Ah, graças a Deus. Então, você conseguiu? Os remédios fizeram efeito em Murtagh?

– Bem, não – disse ele, o sorriso alargando-se –, mas fizeram em mim.

Aliviada ao mesmo tempo do medo e da raiva, senti-me zonza, com vertigem. O cheiro das uvas varridas pela chuva era forte e adocicado, e foi um abençoado alívio apoiar-me contra ele, sentindo seu calor como um conforto, não como uma ameaça, enquanto ouvia a história de pirataria a respeito do vinho do Porto.

– Há homens que nasceram para o mar, Sassenach – começou ele –, mas receio que eu não seja um deles.

– Eu sei – disse. – Ficou mareado?

– Nunca fiquei mais enjoado – assegurou-me ironicamente.

O mar ao largo de Orvieto estava agitado e dentro de uma hora tornou-se claro para Jamie que ele não conseguiria levar a cabo a sua parte do plano original.

– De qualquer modo, eu não conseguia fazer nada além de ficar deitado em minha rede, gemendo – disse ele, dando de ombros –, de modo que parecia que eu estava com varíola também.

Ele e Murtagh trocaram os papéis apressadamente e, depois de 24 horas ao largo da costa da Espanha, o mestre do *Scalamandre* descobriu para seu horror que a praga se espalhara no convés inferior.

Jamie coçou o pescoço pensativamente, como se ainda sentisse os efeitos do extrato de urtiga.

– Pensaram em me atirar ao mar pela murada quando descobriram – disse ele –, e devo afirmar que me pareceu uma ótima ideia. – Lançou-me um sorriso enviesado. – Já teve enjoo do mar, ao mesmo tempo em que estava coberta de erupções de urtiga, Sassenach?

– Não, graças a Deus. – Estremeci diante do pensamento. – Murtagh os impediu?

– Ah, sim. Murtagh é muito convincente. Ele dormiu atravessado na soleira da porta, com a mão na adaga até chegarmos a salvo ao porto de Bilbao.

Conforme previsto, o capitão do *Scalamandre*, diante da escolha nada lucrativa entre prosseguir até Le Havre e ver sua carga confiscada ou retornar para a Espanha e aguardar enquanto a notícia era enviada a Paris, agarrou-se à oportunidade de se livrar de sua carga de Porto, passando-a a um novo comprador que o acaso colocara em seu caminho.

– Não que ele não tenha barganhado – observou Jamie, coçando o braço. – Ele passou metade de um dia regateando, e eu morrendo na rede, urinando sangue e vomitando até as tripas!

Mas o negócio fora fechado, tanto o Porto quanto a vítima de varíola descarregados às pressas em Bilbao e – fora uma persistente tendência a urinar vermelho – a recuperação de Jamie fora rápida.

– Vendemos o vinho para um intermediário lá em Bilbao – disse ele. – Enviei Murtagh imediatamente a Paris, para pagar o empréstimo de monsieur Duverney e depois... vim para cá.

Abaixou os olhos para as próprias mãos, paradas serenamente em seu colo.

– Não conseguia decidir – disse ele baixinho. – Vir ou não vir. Caminhei, para ganhar tempo para pensar. Fiz todo o trajeto de Paris a Fontainebleau a pé. E quase metade do caminho de volta. Retornei meia dúzia de vezes, achando-me um assassino e um tolo, sem saber se deveria me matar ou matar você...

Suspirou e olhou para mim, os olhos escuros com os reflexos das folhas agitadas.

– Eu tinha que vir – disse ele simplesmente.

Eu não disse nada, mas coloquei minha mão sobre a dele e sentei-me ao seu lado. Uvas caídas entulhavam o chão sob as vinhas, o cheiro penetrante de sua fermentação prometendo o esquecimento produzido pelo vinho.

O sol, semiencoberto pelas nuvens, estava se pondo, e um clarão dourado delineou a silhueta da figura respeitosa de Hugo, surgindo negra à entrada do vinhedo.

– Com licença, madame – disse ele. – Minha senhora deseja saber se *le seigneur* ficará para o jantar.

Olhei para Jamie. Ele continuou sentado, imóvel, à espera, o sol que atravessava as folhas das videiras produzindo reflexos em seus cabelos como as listras de um tigre, as sombras recaindo sobre seu rosto.

– Acho melhor você ficar – disse. – Está terrivelmente magro.

Ele me olhou de cima a baixo com um leve sorriso.

– Você também, Sassenach.

Levantou-se e me ofereceu o braço. Tomei seu braço e entramos juntos para o jantar, deixando as folhas das parreiras entregues à sua conversa muda.

• • •

Deitei-me ao lado de Jamie, bem junto a ele, sua mão pousada em minha coxa enquanto dormia. Eu olhava fixamente para cima, para a escuridão do quarto, ouvindo sua respiração tranquila, eu mesma respirando o aroma refrescante do ar noturno, com um toque de cheiro de glicínia.

O colapso do conde de St. Germain marcara o final da noite no que dizia respeito a todos os envolvidos, exceto a Luís. Quando o grupo preparou-se para partir, sussurrando agitadamente entre si, Luís tomou meu braço e conduziu-me pela mesma porta estreita pela qual eu entrara. Bom com palavras quando necessário, ele não precisava de nenhuma agora.

Fui conduzida à *chaise* de veludo verde, deitada de costas e minhas saias delicadamente erguidas antes que eu pudesse dizer alguma coisa. Ele não me beijou; ele não me desejava. Esse era o ritual de reclamação do pagamento acordado. Luís era um negociador astuto e não era de esquecer uma dívida que achasse que lhe era devida, quer o pagamento tivesse valor para ele ou não. E talvez tivesse, afinal; havia mais do que uma leve indicação de temerosa excitação em seus preparativos – quem senão um rei ousaria tomar nos braços *La Dame Blanche*?

Eu estava fechada e seca, despreparada. Impaciente, ele pegou da mesa um frasco de óleo perfumado a rosas e massageou-o brevemente entre minhas pernas. Permaneci imóvel, sem emitir nenhum som, enquanto o dedo apressadamente explorador retrocedeu, substituído imediatamente por um membro um pouco maior e – "sofri" é a palavra errada, não houve nem dor nem humilhação envolvidas; era uma transação – eu esperei, então, durante os rápidos movimentos; em seguida, ele já estava de pé, o rosto afogueado de excitação, as mãos tateando desajeitadamente para fechar as calças sobre o pequeno volume que guardavam. Ele não iria arriscar a possibilidade de um filho bastardo, metade da realeza, metade mágico; não com madame de La Tourelle pronta – muito mais do que eu, assim esperava – e aguardando em seus próprios aposentos ao final do corredor.

Eu dera o que fora implicitamente prometido; agora ele podia concordar honrosamente com meu pedido, achando que não perdera nada de seus direitos. Quanto a mim, respondi à sua mesura cortês com a minha própria, tirei meu cotovelo de sua mão depois que ele galantemente me conduziu até a porta, e assim deixei a sala de audiência apenas alguns minutos depois de ter entrado, com a confirmação do rei de que a ordem para libertação de Jamie seria dada pela manhã.

O Cavalheiro da Alcova estava de pé no vestíbulo, esperando. Fez uma mesura para mim, eu correspondi, depois o segui pelo Salão dos Espelhos, sentindo minhas coxas escorregadias de óleo conforme roçavam uma na outra e, nas narinas, o forte perfume de rosas entre minhas pernas.

Ouvindo o portão do palácio fechar-se atrás de mim, cerrei os olhos e pensei que jamais veria Jamie outra vez. E se por acaso o visse, iria esfregar seu nariz no cheiro de rosas, até que sua alma adoecesse e morresse.

Mas agora, em vez disso, eu segurava sua mão em minha coxa, ouvindo sua respiração, profunda e regular na escuridão, ao meu lado. E deixei que a porta se fechasse para sempre sobre a audiência com Sua Majestade.

29

AGARRAR A URTIGA

– Escócia. – Suspirei, pensando nos rios frios, pardos, e nos pinheiros escuros de Lallybroch, a propriedade de Jamie. – Podemos realmente voltar para casa?

– Acho que é o que teremos que fazer – respondeu ele ironicamente. – O perdão do rei diz que eu deixe a França até meados de setembro ou serei levado de volta para a Bastilha. Provavelmente Sua Majestade também arrumou um perdão da Coroa inglesa, de modo que não serei enforcado assim que descer do navio em Inverness.

– Creio que podíamos ir para Roma, ou para a Alemanha – sugeri. Eu não queria nada além de voltar para casa em Lallybroch e me recuperar na paz silenciosa das Terras Altas escocesas. Meu coração desfalecia à ideia de cortes reais e intrigas, da pressão permanente de perigo e insegurança. Mas se Jamie achasse que devíamos...

Ele balançou a cabeça, os cabelos ruivos caindo no rosto enquanto se inclinava para calçar as meias.

– Não, é a Escócia ou a Bastilha – disse ele. – Nossa passagem já está reservada, só para garantir. – Endireitou-se e afastou os cabelos dos olhos com um sorriso enviesado. – Imagino que o duque de Sandringham e, provavelmente, o rei George queiram me ver seguro em casa, onde podem ficar de olho em mim. Não espionando em Roma ou levantando fundos na Alemanha. A concessão de três semanas, imagino, é uma cortesia a Jared, dando-lhe tempo suficiente para voltar para casa antes de minha partida.

Eu estava sentada no peitoril da janela do meu quarto, olhando para fora, para o revolto mar verde das florestas de Fontainebleau. O ar lânguido e quente de verão parecia nos oprimir, drenando todas as nossas energias.

– Não posso dizer que não esteja feliz. – Suspirei, pressionando o rosto contra a vidraça em busca de um momento de frescor. O legado da chuva fria do dia anterior era um mormaço envolvente, que fazia os cabelos e as roupas grudarem-se à pele, úmidos e pegajosos. – Mas você acha que é seguro? Quero dizer, será que Charles irá desistir, agora que o conde está morto e o dinheiro de Manzetti perdido?

Jamie franziu a testa, esfregando a mão ao longo do maxilar para avaliar o crescimento da barba.

– Gostaria de saber se ele recebeu alguma carta de Roma nas últimas duas semanas – disse ele – e, se tiver recebido, o que ela continha. Mas, sim, acho que conseguimos. Nenhum banqueiro na Europa adiantará sequer um centavo a nenhum dos Stuart, isso é certo. Filipe da Espanha tem outras coisas com que se preocupar e Luís... – Encolheu os ombros, a boca contorcendo-se ironicamente. – Entre monsieur Duverney e o duque de Sandringham, eu diria que as expectativas de Charles nessa direção são quase nulas. Devo fazer a barba, você acha?

– Não por minha causa – disse. A intimidade informal da pergunta me deixou subitamente tímida. Havíamos compartilhado uma cama na noite anterior, mas ambos estávamos exaustos, e a delicada teia tecida entre nós no vinhedo parecera frágil demais para suportar o estresse de tentar fazer amor. Eu passara a noite numa consciência terrível de sua aconchegante proximidade, mas pensei que eu devia, dadas as circunstâncias, deixar a ele a iniciativa.

Agora eu vislumbrava a brincadeira da luz em seus ombros enquanto ele se virava para pegar a camisa, e o desejo de tocá-lo se apoderou de mim; senti-lo, liso, rígido e ansioso contra meu corpo outra vez.

Sua cabeça despontou pela gola da camisa e seus olhos depararam-se com os meus, subitamente e desarmados. Ele parou por um instante, olhando-me, mas sem falar. Os sons matinais do castelo eram claramente audíveis fora da bolha de silêncio que nos envolvia; o alvoroço dos criados, a voz fina e aguda de Louise, erguida em algum tipo de altercação.

Aqui não, disseram os olhos de Jamie. *Não no meio de tanta gente.*

Abaixou os olhos, abotoando a camisa cuidadosamente.

– Louise mantém cavalos para cavalgar? – perguntou ele, sem desviar os olhos da tarefa. – Há alguns penhascos a alguns quilômetros daqui. Achei que talvez pudéssemos cavalgar até lá... o ar deve estar mais fresco.

– Acho que sim – respondi. – Vou perguntar a ela.

Chegamos aos penhascos pouco antes de meio-dia. Não eram propriamente penhascos, estavam mais para arestas e colunas de pedra calcária, projetando-se da relva amarelada das colinas ao redor, como as ruínas de uma antiga cidade. As pontas claras apresentavam fendas e fissuras causadas pelo passar do tempo e pelas condições atmosféricas, salpicadas de milhares de minúsculas e estranhas plantas, que encontravam um apoio para se fincarem no menor resquício de solo erodido.

Deixamos os cavalos na relva e subimos a pé até uma saliência ampla e plana de pedra calcária coberta com tufos de grama selvagem, logo abaixo do aglomerado de rochas mais elevado. Havia pouca sombra dos arbustos ralos, mas naquela altura era possível sentir uma leve brisa.

– Nossa, como está calor! – disse Jamie. Abriu a fivela do seu kilt, que caiu em torno de seus pés, e começou a se desvencilhar da camisa.

– O que está fazendo, Jamie? – perguntei, rindo.

– Tirando a roupa – respondeu ele pragmaticamente. – Por que não faz o mesmo, Sassenach? Está mais suada do que eu e não há ninguém aqui para ver.

Após um instante de hesitação, fiz o que ele sugeria. Era um local inteiramente isolado; muito rochoso e duro para ovelhas, a chance de até mesmo um rebanho extraviado subir até ali era muito remota. E a sós, nus, longe de Louise e de suas levas de criados inoportunos... Jamie estendeu seu xale axadrezado no solo áspero enquanto eu despia minhas roupas grudadas de suor.

Espreguiçou-se languidamente e deitou-se, os braços atrás da cabeça, completamente alheio a formigas curiosas, pedrinhas esparsas e toquinhos espinhosos da vegetação.

– Você deve ter um couro de bode – observei. – Como pode deitar assim no chão descoberto?

Nua como ele, estendi-me mais confortavelmente nas dobras grossas do xale que ele atenciosamente estendera para mim.

Ele deu de ombros, os olhos fechados contra o calor do sol da tarde. A luz banhava-o de dourado na cavidade onde ele se deitara, fazendo-o brilhar em tons vermelho-dourados contra o fundo escuro da grama selvagem.

– Está bom para mim – disse ele confortavelmente, e caiu em silêncio. O som de sua respiração estava próximo o suficiente para alcançar-me acima do fraco lamento da brisa que cruzava os cumes rochosos acima de nós.

Virei-me de barriga para baixo e apoiei o queixo sobre os braços cruzados, observando-o. Ele era largo nos ombros e estreito nos quadris, com ancas e coxas longas e vigorosas, com leves depressões formadas por músculos rijos mesmo quando estava relaxado. A brisa morna e suave agitava os tufos ainda úmidos dos pelos macios, cor de canela, em suas axilas, e despenteava os cabelos de ouro e cobre que esvoaçavam delicadamente sobre seus pulsos, onde seguravam sua cabeça. A leve brisa era bem-vinda, porque eu ainda podia sentir o sol do outono quente em meus ombros e panturrilhas.

– Eu amo você – disse baixinho, não para que ele ouvisse, mas apenas pelo simples prazer de dizê-lo.

Mas ele ouviu, porque o esboço de um sorriso torceu o canto de sua boca. Após um instante, ele rolou sobre a barriga para o xale, ao meu lado. Algumas folhas agarravam-se às suas costas e nádegas. Afastei um pouco uma delas e sua pele estremeceu ligeiramente sob o toque dos meus dedos.

Inclinei-me para beijar seu ombro, desfrutando o aroma quente de seus músculos e o gosto ligeiramente salgado de sua pele.

Entretanto, em vez de me beijar também, ele afastou-se um pouco e ficou me observando, apoiado sobre um cotovelo. Havia algo em sua expressão que eu não compreendia e que me deixou ligeiramente inquieta.

– Uma moeda pelos seus pensamentos – falei, correndo o dedo pelo sulco fundo de sua espinha. Ele deslocou-se apenas o suficiente para ficar fora do meu alcance e respirou fundo.

– Bem, eu estava imaginando... – começou ele, depois parou. Olhava para baixo, brincando com uma florzinha que despontava da grama.

– Imaginando o quê?

– Como foi... com Luís.

Pensei que meu coração tivesse parado por um instante. Senti que todo o sangue fugira do meu rosto, porque podia sentir o entorpecimento dos meus lábios ao tentar pronunciar as palavras.

– Como... foi?

Ele ergueu os olhos, fazendo apenas uma tentativa superficial de um sorriso enviesado.

– Bem – disse ele. – Ele *é* um rei. Imagina-se que seja... diferente, de algum modo. Sabe... especial, talvez?

O sorriso se esvaíra e o rosto ficara tão lívido quanto o meu. Abaixou os olhos outra vez, evitando meu olhar fixo e chocado.

– Acho que tudo o que eu estava imaginando – murmurou ele –, é se ele era... era... era diferente de mim? – Vi-o morder o lábio como se desejasse que as palavras não tivessem sido ditas, mas já era tarde demais para isso.

– Como você ficou sabendo? – perguntei. Sentia-me zonza e exposta. Virei-me de barriga para baixo, pressionando meu corpo com força sobre a relva curta.

Ele balançou a cabeça, os dentes ainda apertados sobre o lábio inferior. Quando finalmente o soltou, uma marca funda e vermelha surgiu onde ele mordera.

– Claire – disse ele, num sussurro. – Ah, Claire. Você se entregou completamente a mim desde a primeira vez e não me escondeu nada. Nunca. Eu lhe pedi sinceridade, eu lhe disse na ocasião que você não sabe mentir. Quando eu a tocava... – Sua mão moveu-se e segurou minha nádega, e eu recuei sob o toque inesperado. – Há quanto tempo eu a amo? – perguntou ele, muito serenamente. – Um ano? Desde o instante em que a vi. E amei seu corpo quantas vezes... quinhentas vezes ou mais?

Tocou-me, então, com um dedo, suavemente, como a pata de uma mariposa, traçando a linha do braço e do ombro, descendo pelas minhas costelas até eu estremecer ao toque e rolar, afastando-me e encarando-o.

– Você nunca recuou ao toque das minhas mãos – disse ele, os olhos atentos ao caminho que seu dedo percorrera, mergulhando para seguir a curva do meu seio. – Nem mesmo na primeira vez, quando poderia ter se retraído e eu não ficaria surpreso se o tivesse feito. Mas você não o fez. Você se entregou completamente para mim desde a primeira vez; não me negou nenhuma parte de você. Mas agora... – disse ele, retirando a mão. – Achei no começo que era apenas pelo fato de ter perdido a criança. E talvez estivesse assustada, tímida em relação a mim, ou sentindo-se estranha após tanto tempo separados. Mas depois compreendi que não era isso.

Fez-se então um longo silêncio. Eu podia sentir as fortes e dolorosas batidas do meu coração contra o solo frio e ouvir a conversa do vento nos pinheiros abaixo. Pequenos pássaros chamavam, distantes. Quisera ser um deles. Ou, pelo menos, estar longe dali.

– Por quê? – perguntou ele, em voz baixa. – Por que mentir para mim? Quando eu vim procurá-la achando que eu já sabia?

Abaixei os olhos, fitando as mãos, entrelaçadas sob meu queixo, e engoli em seco.

– Se... – comecei, engolindo outra vez. – Se eu dissesse a você que tinha deixado que Luís... você teria perguntado sobre isso. Achei que você não poderia esquecer... talvez pudesse perdoar, mas jamais esqueceria, e isso estaria para sempre entre nós. – Engoli em seco novamente, com força. Minhas mãos estavam frias apesar do calor e eu sentia uma bola de gelo no estômago. Mas se eu estava lhe contando a verdade agora, deveria contá-la por inteiro. – Se você perguntasse... e você perguntou, Jamie, você perguntou! Eu teria que conversar sobre isso, reviver tudo outra vez e eu temia... – Minha voz se perdeu, incapaz de prosseguir, mas ele não pretendia me libertar.

– Temia o quê? – instigou-me.

Virei um pouco a cabeça, sem fitá-lo, mas o suficiente para ver sua silhueta escura contra a luz, assomando através da cortina brilhante de sol dos meus cabelos.

– Eu receava que lhe contaria por que eu fiz o que fiz – disse serenamente. –

Jamie... foi preciso, para libertá-lo da Bastilha. Eu teria feito pior, se necessário. Mas... depois... eu de certa forma desejei que alguém lhe contasse, que você descobrisse. Eu estava com tanta raiva, Jamie... pelo duelo, pelo bebê. E porque você me forçara a fazer isso... a ir procurar Luís. Eu queria fazer alguma coisa que o afastasse, certificar-me de que nunca mais o veria. Eu fiz isso... em parte... porque eu queria magoá-lo – murmurei.

Um músculo contraiu-se no canto de sua boca, mas ele continuou olhando para baixo, fitando as mãos entrelaçadas. O abismo entre nós, tão perigosamente ligado por uma ponte, abriu-se incomensuravelmente, intransponível mais uma vez.

– Sim. Bem, você conseguiu.

Sua boca fechou-se numa linha fina e ele não disse mais nada durante algum tempo. Finalmente, virou a cabeça e olhou diretamente para mim. Eu gostaria de ter evitado seus olhos, mas não pude.

– Claire – disse ele suavemente. – O que você sentiu... quando entreguei meu corpo a Jack Randall? Quando deixei que ele me possuísse, em Wentworth?

Um pequeno choque percorreu meu corpo, do couro cabeludo à ponta dos pés. Era a última pergunta que eu esperava ouvir.

Abri e fechei a boca várias vezes antes de encontrar uma resposta.

– Eu... não sei – disse debilmente. – Não havia pensado nisso. Raiva, é claro. Eu estava furiosa, ultrajada. E enojada. E com medo por você. E... com pena de você.

– Sentiu ciúmes? Quando lhe contei sobre isso mais tarde... que ele despertara o meu desejo, embora eu não quisesse?

Respirei fundo, sentindo a grama espetar meus seios.

– Não. Ao menos, acho que não; não pensei assim na ocasião. Afinal, não foi como se tivesse... tivesse sido por sua vontade. – Mordi o lábio, olhando para baixo. Sua voz soou baixa e prática junto ao meu ombro.

– Não acho que você queria deitar-se com Luís... queria?

– Não!

– Sim, bem – disse ele. Colocou os dois polegares juntos, um de cada lado de uma folha da relva e concentrou-se em arrancá-la pela raiz. – Eu estava com raiva, também. E enojado e triste. – A folha saiu de sua haste com um minúsculo ruído. – Quando foi comigo – continuou ele, quase sussurrando –, achei que você não iria conseguir suportar sequer a ideia de tudo aquilo, e eu não a teria culpado por isso. Eu sabia que você devia se afastar de mim e tentei mandá-la embora, para que eu não tivesse que ver a dor e a repulsa em seu rosto.

Fechou os olhos e ergueu a grama entre os polegares, roçando-a levemente nos lábios. Então continuou:

– Mas você se recusou a ir, você me aconchegou em seu peito e me consolou. Em vez de ir embora, você me curou. Você me amava, apesar de tudo. – Respirou fundo, uma respiração entrecortada, e virou a cabeça para mim outra vez. Seus olhos estavam marejados de lágrimas, mas nenhuma lágrima chegou a escapar para deslizar pelo seu rosto. – Achei que, talvez, eu pudesse fazer o mesmo por você, como você fez por mim. E foi por isso que finalmente vim a Fontainebleau.

Pestanejou uma vez, com força, e seus olhos desanuviaram-se.

– Então quando você me disse que nada acontecera... por um instante, acreditei em você, porque era o que eu tanto desejava. Mas depois... compreendi, Claire. Eu não podia esconder isso de mim mesmo e sabia que você havia mentido para mim. Achei que você não acreditasse que eu pudesse amá-la ou... que você *realmente* o tivesse desejado, e estivesse com medo de me revelar isso.

Largou a grama e sua cabeça pendeu para a frente, descansando sobre os nós dos dedos.

– Você disse que queria me magoar. Bem, a ideia de você deitada com o rei doeu mais do que a marca a fogo no meu peito ou o corte do açoite nas minhas costas nuas. Mas saber que você não confiava que eu pudesse amá-la é como acordar do laço da forca para sentir a faca afundando na minha barriga para extirpar minhas entranhas. Claire...

Sua boca abriu-se silenciosamente, depois fechou-se com força por um instante, até ele encontrar forças para prosseguir:

– Não sei se a ferida é mortal, mas Claire... eu sinto o sangue fugir do meu coração quando olho para você.

O silêncio entre nós cresceu e aprofundou-se. O pequeno zumbido de um inseto chamando das rochas vibrou no ar.

Jamie estava imóvel, o rosto inexpressivo enquanto fitava o chão abaixo. Eu não podia suportar aquele rosto sem expressão e a ideia do que podia estar oculto por trás. Eu tivera uma amostra de sua fúria desesperadora no vinhedo e meu coração crispou-se à ideia daquele ódio, dominado a um custo tão assustador e agora mantido sob um controle férreo que continha não só a raiva, mas a confiança e a alegria.

Busquei desesperadamente uma forma de quebrar o silêncio que nos separava; algum gesto que restaurasse a confiança perdida entre nós. Jamie sentou-se ereto, os braços envolvendo os joelhos com força, e virou-se, fitando o tranquilo vale distante.

Melhor a violência, pensei, do que o silêncio. Estendi a mão por cima do abismo que nos separava e a coloquei em seu braço. Estava quente por causa do sol, vivo ao toque.

– Jamie – murmurei. – Por favor.

Sua cabeça voltou-se lentamente para mim. Seu rosto ainda parecia calmo, embora os olhos de gato se estreitassem ainda mais enquanto me olhava em silêncio. Ele estendeu a mão finalmente e agarrou-me pelo pulso.

– Quer que eu bata em você, então? – perguntou em voz baixa. Apertou meu pulso com força, de modo que inconscientemente puxei minha mão, tentando livrar-me dele. Ele também me puxou, arrastando-me pela grama áspera, puxando meu corpo contra o seu.

Senti-me tremer, a pele dos braços arrepiada, mas consegui falar:

– Sim – disse.

Sua expressão era impenetrável. Ainda fitando-me nos olhos, ele estendeu a mão livre, tateando pelas rochas até tocar uma moita de urtiga. Prendeu a respiração quando seus dedos tocaram as hastes espinhosas, mas seu maxilar cerrou-se com força; fechou a mão e arrancou a planta pela raiz.

– Os camponeses da Gasconha batem numa mulher infiel com urtigas – disse ele. Abaixou o molhe de folhas pontiagudas e roçou as pontas das flores no meu seio. Arfei com a repentina ferroada e uma mancha avermelhada surgiu em minha pele como num passe de mágica. – Quer que eu faça isso? – perguntou ele. – Devo castigá-la dessa forma?

– Se você... se você quiser. – Meus lábios tremiam tanto que eu mal conseguia pronunciar as palavras. Alguns torrões de terra das raízes das urtigas haviam caído entre meus seios; um deles rolou pela curva das minhas costelas, deslocado pelas batidas do meu coração, imaginei. O vergão em meu peito queimava como fogo. Fechei os olhos, imaginando vívida e exatamente como seria ser surrada com um molhe de urtigas.

De repente, a mão que apertava meu pulso como um torno relaxou. Abri os olhos e deparei-me com Jamie sentado de pernas cruzadas diante de mim, as plantas jogadas para o lado e esparramadas pelo chão. Tinha um sorriso leve e desolado nos lábios.

– Eu bati em você uma vez por justiça, Sassenach, e você ameaçou me estripar com minha própria adaga. Agora você me pede para açoitá-la com urtigas? – Balançou a cabeça devagar, pensando, e sua mão, como se agisse por vontade própria, segurou meu rosto. – Meu orgulho vale tanto assim para você?

– Sim! Sim, vale! – Também me sentei ereta e agarrei-o pelos ombros, surpreendendo a nós dois ao beijá-lo com força e impetuosidade.

Senti seu sobressalto inicial e, em seguida, ele me puxou para si, abraçando-me com força, a boca correspondendo à minha. Em seguida, deitou-me no chão, seu peso imobilizando-me. Seus ombros escureceram o céu luminoso acima de nós e suas mãos seguraram meus braços junto ao corpo, mantendo-me prisioneira.

– Está bem – sussurrou ele. Olhou dentro dos meus olhos, desafiando-me a fechar os meus, forçando-me a enfrentar seu olhar. – Está bem. Se você quer, devo puni-la. – Moveu os quadris contra mim, num comando imperioso, e eu senti minhas pernas abrirem-se para ele, meus portões escancarados para recebê-lo com êxtase. – Nunca – sussurrou para mim. – *Nunca!* Nunca nenhum outro, somente eu! Olhe para mim! Diga! *Olhe para mim, Claire!*

Penetrou-me, com força, e eu gemi e teria virado a cabeça, mas ele segurou meu rosto entre as mãos, forçando-me a encará-lo, ver sua boca doce e larga contorcida de dor.

– Nunca – disse ele, mais brandamente –, porque você é minha. Minha mulher, meu coração, minha alma. – O peso de seu corpo mantinha-me imóvel, como se houvesse uma rocha sobre meu peito, mas a fricção de nossa pele fazia com que eu me atirasse contra ele, desejando mais. E mais. – Meu corpo – disse ele, arquejando enquanto me dava o que eu buscava. Eu investia contra ele como se desejasse escapar, minhas costas arqueando-se, pressionando-me contra seu corpo. Ele deitou-se por inteiro em cima de mim, mal se mexendo, de modo que nossa conexão mais íntima parecesse pouco mais unida do que a junção de nossas peles.

Eu sentia a grama áspera e espinhosa sob meu corpo, a pungência de hastes pontiagudas esmagadas, como o cheiro do homem que me possuía. Meus seios estavam achatados debaixo dele e senti os pelos de seu peito estimulando minha pele conforme nossos corpos se esfregavam, para a frente e para trás. Contorci-me, incitando-o à violência, sentindo o volume entre suas coxas à medida que ele me pressionava.

– Nunca – sussurrou para mim, o rosto a apenas alguns centímetros do meu.
– Nunca – disse, e virei a cabeça, fechando os olhos, para fugir à intensidade de seu olhar.

Uma pressão delicada, inexorável, virou minha cabeça para encará-lo outra vez, enquanto os movimentos rítmicos continuavam, mais suaves.

– Não, minha Sassenach – disse ele à meia-voz. – Abra os olhos. Olhe para mim. Porque essa é a sua punição, como é a minha. Veja o que você fez comigo, como eu sei o que fiz a você. Olhe para mim.

E eu olhei, aprisionada, presa a ele. Olhei, enquanto ele deixava cair a última de suas máscaras e me revelava as profundezas de seu próprio ser e os ferimentos de sua alma. Eu teria chorado pela sua dor, e pela minha, se pudesse. Mas seus olhos mantinham os meus presos, abertos e sem lágrimas, sem limites como o mar. Seu corpo manteve o meu cativo, guiando-me à frente de sua força, como o vento do oeste nas velas de um navio.

E eu viajei para dentro dele, como ele para dentro de mim, de modo que, quando as últimas e pequenas tormentas do amor começaram a me sacudir, ele gritou, e cavalgamos as ondas juntos como um único corpo, e nos vimos nos olhos um do outro.

O sol da tarde estava quente nas pedras calcárias brancas, lançando sombras profundas nas fendas e depressões. Achei finalmente o que estava procurando, brotando de um sulco estreito em uma enorme rocha, num desafio alegre à falta de solo. Quebrei um talo de babosa de uma moita, rasguei a folha carnuda e espalhei o gel verde e fresco nos vergões na palma da mão de Jamie.

– Melhor? – perguntei.

– Muito. – Jamie flexionou a mão, rindo. – Nossa, essas urtigas ardem!

– É verdade. – Puxei o decote do meu corpete e passei um pouco do sumo de aloé no meu seio com um movimento cuidadoso. O frescor da planta trouxe alívio imediato. – Estou contente por você não ter aceitado minha oferta – disse ironicamente, com um olhar rápido para uma moita próxima de viçosas urtigas.

Ele riu e deu um tapinha no meu traseiro com a mão boa.

– Bem, foi por pouco, Sassenach. Não deveria me tentar dessa forma.

Em seguida, ficando sério, inclinou-se e beijou-me delicadamente.

– Não, *mo duinne*. Eu jurei para você uma vez e eu estava falando sério. Jamais levantarei a mão para você com raiva, jamais. Afinal – acrescentou ele em voz baixa, desviando o rosto –, eu a fiz sofrer muito.

Contraí-me com a dor da lembrança, mas eu também lhe devia justiça.

– Jamie – disse, os lábios tremendo um pouco. – O... bebê. Não foi culpa sua. Eu senti como se tivesse sido, mas não foi. Eu acho... eu acho que teria acontecido de qualquer modo, quer você tivesse lutado com Jack Randall ou não.

– É mesmo? Ah... bem. – Seu braço era quente e reconfortante ao meu redor e ele pressionou minha cabeça contra a curva de seu ombro. – Fico um pouco aliviado ao ouvi-la dizer isso. Mas eu me referia mais a Frank do que à criança. Acha que pode me perdoar por isso? – Os olhos azuis estavam perturbados quando se abaixaram para me fitar.

– Frank? – Senti um choque de surpresa. – Mas... não há nada a perdoar. – Então um pensamento me ocorreu; talvez ele na verdade não soubesse que Jack Randall ainda estava vivo, afinal ele fora detido logo após o duelo. Mas se ele não sabia... respirei fundo. Ele iria ter que descobrir de qualquer modo; talvez fosse melhor que soubesse por mim.

– Você não matou Jack Randall, Jamie – disse.

Para meu espanto, ele não pareceu chocado ou surpreso. Balançou a cabeça, o sol da tarde acendendo fagulhas de seus cabelos. Embora ainda curtos demais para serem amarrados na nuca, haviam crescido consideravelmente na prisão e ele precisava afastá-los dos olhos constantemente.

– Eu sei disso, Sassenach – disse ele.

– Sabe? Mas... o que... – Eu estava desnorteada.

– Você... não soube? – perguntou ele, hesitante.

Uma sensação de frio subiu pelos meus braços, apesar do calor do sol.

– Soube do quê?

Ele mordeu o lábio inferior, olhando-me com relutância. Finalmente, respirou fundo e deu um suspiro.

– Não, eu não o matei. Mas eu o feri.

– Sim, Louise disse que você o feriu gravemente. Mas me contou que ele estava se recuperando.

De repente, vi outra vez, na memória, aquela última cena no Bois de Boulogne; a última visão que tive antes de a escuridão tomar conta de mim. A ponta afiada da espada de Jamie cortando a pele de veado manchada da chuva. A repentina mancha vermelha que escureceu o tecido... e o ângulo da lâmina, brilhando com a força que a guiava para baixo.

– Jamie! – disse eu, os olhos arregalando-se de horror. – Você não... Jamie, o que você fez!

Ele abaixou os olhos, esfregando a palma da mão que ardia na lateral do seu kilt. Balançou a cabeça, admirado consigo mesmo.

– Fui um grande idiota, Sassenach. Eu não poderia me considerar um homem se o deixasse sair impune pelo que havia feito ao menino. No entanto... o tempo todo, eu ficava pensando: "Você não pode matar o sujeito, você prometeu. Você não pode matá-lo." – Sorriu debilmente, sem humor, olhando para baixo, para as marcas na palma de sua mão. – Minha mente fervia como um pote de mingau no fogo, mas eu me agarrava a este pensamento: "Você não pode matá-lo." E não o matei. Mas eu estava meio enlouquecido com a fúria do combate e o sangue latejava em meus ouvidos... e não parei nem um instante para me lembrar por que eu não devia matá-lo, além do fato de que eu prometera a você. E quando o tive ali no chão diante de mim, com as lembranças de Wentworth e de Fergus, e a lâmina viva em minhas mãos... – Ele parou bruscamente.

Senti o sangue fugir de minha cabeça e deixei-me cair pesadamente numa saliência da rocha.

– Jamie – murmurei. Ele encolheu os ombros, num gesto de desamparo.

– Bem, Sassenach – continuou ele, ainda evitando meu olhar. – Tudo que posso dizer é que é um lugar terrível para sofrer um ferimento.

– Santo Deus. – Permaneci sentada, imóvel, perplexa com aquela revelação. Jamie sentou-se silenciosamente ao meu lado, analisando os dorsos largos de suas mãos. Ainda havia uma pequena marca rosada na mão direita. Jack Randall a perfurara com um prego, em Wentworth.

– Você me odeia por isso, Claire? – Sua voz era baixa, quase suplicante.

Balancei a cabeça, os olhos cerrados.

– Não. – Eu os abri e vi seu rosto junto ao meu, a testa franzida de preocupação. – Não sei exatamente *o quê* pensar no momento, Jamie. Realmente, não sei. Mas eu não o odeio. – Coloquei minha mão sobre a sua e apertei-a delicadamente. – Apenas... deixe-me ficar sozinha por um instante, está bem?

Novamente vestida em minhas roupas agora secas, espalmei as mãos sobre as coxas. Uma de prata e uma de ouro. Minhas duas alianças de casamento ainda estavam lá e eu não fazia a menor ideia do que isso significava.

Jack Randall jamais geraria uma criança. Jamie parecia ter certeza disso e eu não estava inclinada a questioná-lo. No entanto, eu ainda usava a aliança de Frank, eu ainda me lembrava do homem que fora meu primeiro marido, podia evocar quando quisesse lembranças e ideias de quem ele fora, o que faria. Como era possível, então, que ele não fosse existir?

Balancei a cabeça, atirando para trás das orelhas os cachos secos pelo vento. Eu não sabia. Provavelmente, *jamais* saberia. Mas se uma pessoa podia ou não alterar o futuro – e tudo indicava que nós o fizéramos – eu tinha certeza de que não podia mudar o passado imediato. O que fora feito estava feito e nada do que eu pudesse fazer agora alteraria esse fato. Jack Randall não geraria nenhum filho.

Uma pedra rolou pela encosta atrás de mim, saltando e provocando pequenos deslizamentos de cascalhos. Virei-me e olhei para cima, para o local que Jamie, novamente vestido, estava explorando.

O deslizamento de pedras acima era recente. Superfícies brancas e novas surgiam onde a pedra calcária marrom e manchada pelo tempo havia se fendido e apenas uma planta muito miúda conseguira se firmar naquele monte de pedras desmoronadas, ao contrário da vegetação densa que cobria o restante da vertente da colina.

Jamie avançava cuidadosamente para um dos lados, absorto em descobrir apoios para as mãos em meio às reentrâncias da rocha. Eu o vi avançar devagar pela borda de uma rocha enorme, abraçando a pedra, e o ruído quase inaudível de sua adaga raspando o calcário chegou até mim pelo ar parado e silencioso da tarde.

Depois ele desapareceu. Esperando que ele desse a volta e reaparecesse do outro lado da rocha, aguardei, aproveitando o sol sobre meus ombros. Mas ele não voltou ao meu campo de visão e, após alguns minutos, comecei a ficar preocupada. Ele poderia ter escorregado e caído ou batido a cabeça na pedra.

Levei o que me pareceram séculos para desatar os cordões das minhas botas de salto outra vez e ele ainda não havia retornado. Amarrei as pontas das minhas saias e comecei a subir a encosta, os pés descalços cautelosos nas pedras quentes e ásperas.

– Jamie!

– Aqui, Sassenach. – Ele falou atrás de mim, surpreendendo-me, e eu quase perdi o equilíbrio. Ele segurou-me pelo braço e içou-me para um pequeno espaço plano entre as pedras pontiagudas.

Virou-me para o muro de calcário, oxidado pela ação da água, e manchado por fumaça. E mais alguma coisa.

– Veja – disse ele, sem pressa.

Olhei para onde ele apontava, acima e ao longo da superfície lisa da parede da caverna, e soltei uma exclamação de assombro.

Bestas pintadas galopavam ao longo da face da rocha acima de mim, os cascos chutando o ar conforme saltavam em direção à luz acima. Eram bisões e cervos, agrupados no salto, as caudas erguidas, além de uma fileira de pássaros delicados, as asas abertas enquanto sobrevoavam a investida dos animais presos à terra.

Pintadas em vermelho, preto e ocre com uma graça delicada que utilizava as linhas da própria rocha para ênfase, elas marchavam sem fazer nenhum som, as ancas curvadas pelo esforço, as asas levantando voo através das fendas da rocha. Certa vez, elas moraram na escuridão de uma caverna, iluminadas somente pelas chamas daqueles que as fizeram. Expostas ao sol pela queda do telhado que as abrigava, pareciam tão vivas como qualquer coisa que caminhasse pela terra.

Perdida na contemplação dos dorsos maciços que abriam caminho na rocha, não dei pela ausência de Jamie, até ouvi-lo me chamar:

– Sassenach! Venha até aqui! – Havia algo estranho em sua voz e eu apressei-me ao seu encontro. Jamie estava parado à entrada de uma pequena caverna lateral, olhando para baixo.

Eles estavam deitados em uma plataforma da rocha, como se tivessem buscado abrigo do vento que perseguia os bisões.

Havia dois, deitados juntos na terra batida do chão da caverna. Encerrados no ar seco da cavidade na rocha, os ossos haviam resistido, embora a carne há muito já tivesse se transformado em pó. Um pequeno remanescente de pele marrom endurecida agarrava-se à curva de um dos crânios, uma mecha de cabelos desbotada pelo tempo para um tom avermelhado esvoaçou suavemente no deslocamento de ar provocado pela nossa presença.

– Meu Deus – disse, baixinho, como se minha voz pudesse perturbá-los. Aproximei-me de Jamie e sua mão envolveu minha cintura.

– Você acha... eles foram... assassinados aqui? Um sacrifício, talvez.

Jamie balançou a cabeça, fitando pensativamente o pequeno monte de ossos delicados e quebradiços.

– Não – disse ele. Ele também falava em voz baixa, como se estivesse no santuário de uma igreja. Virou-se e ergueu a mão para a parede atrás de nós, onde os cervos saltavam e as garças planavam, para um lugar além da pedra. – Não – repetiu ele. – O povo que desenhou esses animais... eles não agiam assim.

Voltou-se então novamente para os dois esqueletos, entrelaçados aos nossos pés. Agachou-se sobre eles, traçando a linha dos ossos delicadamente com o dedo, com cuidado para não tocar a superfície de marfim. Voltou a falar:

– Veja como estão deitados. Eles não caíram aqui e ninguém estendeu seus corpos. Eles mesmos se deitaram. – Sua mão planou ao longo dos ossos dos braços do esqueleto maior, uma sombra escura como uma enorme mariposa voando sobre a pilha de costelas. – Os braços dele estavam ao redor dela – disse ele. – Ele colocou as coxas atrás das dela e abraçou-a bem junto ao seu corpo, e sua cabeça está descansando sobre o ombro dela.

Sua mão passou algumas vezes por cima dos ossos, esclarecendo, indicando, revestindo-os outra vez com a carne da imaginação para que pudesse vê-los como haviam sido, abraçados pela última vez, para sempre. Os pequenos ossos dos dedos haviam se soltado, mas um vestígio de cartilagem ainda unia os metacarpos das mãos. As minúsculas falanges se sobrepunham; haviam entrelaçado as mãos em sua última espera.

Jamie levantara-se e inspecionava o interior da caverna, o sol do final de tarde pintando as paredes com respingos rubros e ocres.

– Lá. – Ele apontava para um local perto da entrada da caverna. As rochas ali estavam marrons devido à ação do tempo e da poeira, mas não estavam oxidadas pela água e pela erosão como as do fundo da caverna. – A entrada já foi aqui, outrora – disse ele. – Certo dia, as rochas desmoronaram e fecharam este lugar. – Virou-se e colocou a mão na protuberância rochosa que protegera os amantes da luz. – Eles devem ter andado pela caverna tateando, de mãos dadas – disse. – Buscando uma saída, na poeira e no escuro.

Ele encostou a testa contra a pedra, os olhos fechados. Continuou:

– Sim. A luz desaparecera e faltava-lhes o ar. Então deitaram-se no escuro para morrer. – As lágrimas desenharam trilhas molhadas pela poeira de suas bochechas. Passei a mão sob meus próprios olhos e segurei sua mão, entrelaçando nossos dedos cuidadosamente.

Ele voltou-se para mim, em silêncio, e o ar escapou de seus pulmões quando ele me puxou com força contra seu peito. Nossas mãos buscaram um ao outro, tateando à luz mortiça do sol poente, ansiosas pelo toque do calor da pele, pelo reconforto da carne, pela dureza do osso invisível sob a pele que nos fazia lembrar de como a vida é curta.

PARTE V

De volta ao lar

30

LALLYBROCH

Chamava-se Broch Tuarach por causa do antigo cilindro de pedra, construído há algumas centenas de anos, que se projetava da encosta da colina atrás da mansão. As pessoas que viviam na propriedade chamavam-na de "Lallybroch". Até então, pelo que entendi, isso significava "torre preguiçosa", que fazia tanto sentido quanto aplicar o termo "torre de frente para o norte" a uma estrutura cilíndrica.

– Como algo redondo pode estar virado para o norte? – perguntei enquanto descíamos lentamente uma longa encosta de urzes e granito, conduzindo os cavalos em fila única pelo caminho estreito e sinuoso que os veados-vermelhos haviam aberto na vegetação rasteira. – Ela *não possui* uma frente.

– Ela tem uma porta – esclareceu Jamie. – A porta dá para o norte. – Ele firmou os pés no solo quando a descida tornou-se mais íngreme, assoviando entre os dentes num sinal para o cavalo que vinha puxando. O traseiro musculoso à minha frente contraiu-se repentinamente, enquanto a marcha cautelosa mudava para um passo miúdo e experimental, cada pata deslizando alguns centímetros na terra úmida antes que outro passo fosse arriscado. Os cavalos, comprados em Inverness, eram animais bonitos, de bom tamanho. Os vigorosos e pequenos pôneis das Terras Altas teriam se saído bem melhor na encosta íngreme, mas estes cavalos, todas éguas, eram destinados à reprodução, e não ao trabalho.

– Muito bem – falei, saltando cautelosamente por cima de um minúsculo riacho que atravessava o caminho dos veados. – Está certo. Mas e quanto a "Lallybroch"? Por que é uma torre preguiçosa?

– É um pouco inclinada – respondeu Jamie. Eu podia ver a parte de trás de sua cabeça, curvada na concentração de onde colocava o pé, alguns cachos dos cabelos ruivo-dourados erguendo-se do topo da cabeça na brisa da tarde que soprava encosta acima. – Não dá para ver direito da casa, mas se ficar no lado oeste, verá que ela se inclina um pouco para o norte. E se olhar por uma das brechas no andar acima da porta, não conseguirá ver a parede embaixo por causa da inclinação.

– Bem, suponho que ninguém tivesse ouvido falar em fio de prumo no século XIII – observei. – É incrível que ainda esteja de pé.

– Ah, já caiu algumas vezes – disse Jamie, levantando um pouco a voz conforme o vento se intensificava. – O pessoal que morava lá simplesmente ergueu-a de novo; talvez seja por isso que esteja inclinada.

– Estou vendo! Estou vendo a torre! – A voz de Fergus, aguda de empolgação, guinchou atrás de mim. Ele tivera permissão para continuar montado, já que seu peso desprezível dificilmente causaria qualquer dificuldade ao cavalo, mesmo pisando mal. Olhando para trás, pude vê-lo ajoelhado na sela, saltitando de animação. Seu cavalo, uma égua baia paciente e bem-humorada, resmungou com um ronco, mas gentilmente se absteve de jogá-lo no meio das urzes. Desde a sua aventura com o potro Percheron em Argentan, Fergus não perdia nenhuma oportunidade de subir num cavalo e Jamie, achando graça e compreensivo com o outro amante de cavalos, fazia suas vontades, levando-o atrás da própria sela quando cavalgava pelas ruas de Paris, permitindo que de vez em quando ele montasse sozinho em um dos cavalos da carruagem de Jared, criaturas grandes e sólidas que meramente agitavam as orelhas, intrigadas com os chutes e gritos de Fergus.

Protegi os olhos, olhando na direção para onde ele apontava. Tinha razão; de sua localização privilegiada mais acima, ele avistara a forma escura da velha torre de pedra, empoleirada em sua colina. A moderna mansão abaixo era mais difícil de ser vista; era construída de pedras caiadas e o sol refletia de suas paredes como das terras ao redor. Localizada em uma depressão nos campos ondulantes de cevada, ainda estava parcialmente oculta de nossa vista por uma fileira de árvores que formavam um quebra-vento na base de um dos campos.

Vi a cabeça de Jamie erguer-se e fixar-se ao ver a casa da fazenda de Lallybroch lá embaixo. Permaneceu absolutamente imóvel por um instante, sem falar, mas vi seus ombros erguerem-se e endireitarem-se. O vento levantou seus cabelos e as pregas de seu kilt, como se ele fosse flutuar, alegre como uma pipa.

Fez-me lembrar da maneira como as velas dos navios se enchiam, dobrando o promontório e tomando as rotas de comércio ao deixarem o porto de Le Havre. Eu ficara parada na ponta do cais, observando o tumulto e o vaivém de navegação e comércio. As gaivotas mergulhavam e gritavam entre os mastros, suas vozes rouquenhas como os gritos dos marinheiros.

Jared Munro Fraser colocou-se a meu lado, observando calmamente o fluxo de riquezas provenientes do mar que passava por nós, algumas pertencentes a ele. Era um dos seus navios, o *Portia*, que nos levaria para a Escócia. Jamie contara-me que todos os navios de Jared recebiam o nome de suas amantes, as figuras em madeira levadas à proa dos barcos esculpidas à semelhança das senhoras em questão. Estreitei os olhos contra o vento para ver melhor a proa do navio, tentando decidir se Jamie estava brincando comigo. Se não estava, concluí, Jared preferia suas mulheres bem-dotadas.

– Sentirei falta de vocês dois – disse Jared, pela quarta vez em meia hora. Ele parecia realmente pesaroso, até mesmo seu nariz divertido estava menos arrebitado e otimista do que o habitual. A viagem à Alemanha fora um sucesso; ele exibia um grande diamante no laço da echarpe de seda ao seu pescoço, e o casaco que usava era de um suntuoso veludo verde-garrafa com botões de prata. – Ah, bem – falou ele, balançando a cabeça. – Embora eu gostaria muito de manter o rapaz comigo, não posso negar-lhe a alegria da volta ao lar. Talvez eu vá visitá-los um dia, minha querida; já faz muito tempo que pisei em solo escocês.

– Nós também sentiremos sua falta – falei a ele, sinceramente. Havia outras pessoas de quem eu sentiria falta: Louise, madre Hildegarde, Herr Gerstmann. Mestre Raymond, acima de tudo. Entretanto, eu aguardava ansiosamente a volta à Escócia, a Lallybroch. Não tinha nenhuma vontade de voltar a Paris e havia pessoas lá que eu certamente não tinha nenhum desejo de rever, Luís da França, por exemplo.

Charles Stuart, para dar outro exemplo. Uma cuidadosa investigação entre os jacobitas em Paris confirmara a impressão inicial de Jamie; a pequena explosão de otimismo desencadeada pelo que Charles se vangloriava de ser seu "grande empreendimento" esvaíra-se e, embora os leais partidários do rei James se mantivessem fiéis a seu soberano, não parecia haver nenhuma chance de que essa fleumática lealdade de teimosa resistência levasse à ação.

Charles que fizesse as pazes com seu próprio exílio, pensei. O nosso terminara. Estávamos voltando para casa.

– A bagagem já está a bordo – disse uma voz escocesa grave junto ao meu ouvido. – O comandante do navio disse para embarcarem agora. Vamos partir com a maré.

Jared voltou-se para Murtagh, depois olhou para a direita e para a esquerda ao longo do cais.

– E onde está o rapaz? – perguntou ele.

Murtagh fez um sinal com a cabeça indicando o final do píer.

– Lá na taverna. Enchendo a cara.

Eu me perguntara exatamente como Jamie planejava enfrentar a travessia do Canal. Ele dera uma olhada no céu vermelho da aurora, com nuvens cada vez mais carregadas, ameaçando tempestades mais tarde, depois pedira licença a Jared e desaparecera. Olhando na direção indicada por Murtagh, vi Fergus, sentado numa pilha junto à entrada de um bar, obviamente bancando a sentinela.

Jared, que primeiro exibira descrença e depois grande humor ao ser informado da deficiência do sobrinho, abriu um largo sorriso diante da informação.

– Ah, é mesmo? – disse ele. – Bem, espero que ele tenha deixado o último copo até irmos buscá-lo. Vai ser terrível carregá-lo pela prancha de embarque acima se já tiver bebido além da conta.

– Por que ele fez isso? – perguntei a Murtagh, um pouco exasperada. – Eu disse a ele que tenho um pouco de láudano. – Bati na bolsinha de seda que eu carregava. – Iria derrubá-lo bem mais rápido.

Murtagh piscou uma única vez.

– Sim. Ele disse que, se ia ter uma dor de cabeça, era melhor que fosse com uma ressaca. E o uísque tem um gosto muito melhor do que esse negócio preto asqueroso que você tem aí. – Meneou a cabeça indicando minha bolsinha, depois se virou para Jared. – Vamos lá, então, se pretende me ajudar com ele.

Na cabine da frente do *Portia*, sentei-me na cama estreita do capitão, observando o movimento regular de subida e descida da linha da costa cada vez mais distante, a cabeça do meu marido embalada em meus joelhos.

Um dos olhos abriu uma fresta e ergueu o olhar para mim. Afastei carinhosamente os cabelos úmidos e pesados de sua fronte. O cheiro de cerveja e uísque pairava ao seu redor como um perfume.

– Você vai se sentir como se estivesse no inferno quando acordar na Escócia – disse a ele.

O outro olho se abriu e observou as ondas de luz dançantes, refletidas no teto de vigas de madeira. Em seguida, os olhos fixaram-se em mim, lagos profundos de límpido azul.

– Entre o inferno agora e o inferno mais tarde, Sassenach – disse ele, a fala arrastada, calculada e precisa –, prefiro mais tarde, sem dúvida. – Seus olhos fecharam-se. Ele arrotou baixinho, uma vez, e o corpo longo relaxou, confortavelmente embalado pelo mar.

Os cavalos pareciam tão ansiosos quanto nós; pressentindo a proximidade de estábulos e comida, começaram a apressar um pouco o passo, as cabeças empinadas e as orelhas erguidas para a frente, na expectativa.

Eu estava justamente pensando que gostaria de um banho e de alguma coisa para comer, quando meu cavalo, um pouco à frente, fincou as patas no chão e foi deslizando até parar completamente, os cascos enterrados até o machinho na terra vermelha. A égua balançou a cabeça violentamente de um lado a outro, resfolegando e relinchando.

– Ei, moça, qual é o problema? Uma abelha entrou no seu focinho? – Jamie desceu do cavalo e apressou-se a segurar as rédeas da égua cinza. Sentindo o dorso largo estremecer e contorcer-se debaixo de mim, eu também apeei.

– O que será que há com ela? – Olhei curiosamente para o animal, que puxava a cabeça para trás para livrar as rédeas das mãos de Jamie, sacudindo a crina, os olhos assustados. Os outros cavalos, como que infectados pelo seu nervosismo, começaram a bater as patas no chão e se sacudirem também.

Jamie olhou rapidamente para a estrada vazia.

– Ela está vendo alguma coisa.

Fergus ergueu-se em seus estribos e protegeu os olhos da luz, olhando por cima do dorso da égua. Abaixando a mão, virou-se para mim e deu de ombros.

Eu dei de ombros também, em resposta. Não parecia haver nada para causar a inquietação da égua – a estrada e os campos estavam vazios em todas as direções, as pontas dos grãos amadurecendo e secando ao sol do final do verão. O grupo de árvores mais próximo ficava a mais de 100 metros de distância, além de um pequeno monte de pedras que devia ser o remanescente de uma chaminé desmoronada. Lobos eram muito raros numa região descampada como aquela e certamente nenhuma raposa ou texugo iria perturbar um cavalo a essa distância.

Desistindo da tentativa de fazer a égua prosseguir, Jamie conduziu-a num semicírculo; ela obedeceu de bom grado, de volta na direção de onde tínhamos vindo.

Ele fez um sinal a Murtagh para que tirasse os outros cavalos da estrada, depois montou na égua e, inclinando-se para a frente, uma das mãos agarrada à crina do animal, instigou-a a prosseguir devagar, falando ao seu ouvido em voz baixa. Ela obedeceu com hesitação, mas sem resistência, até atingir o local de sua parada anterior. Ali, estancou outra vez e ficou empacada, tremendo, e nada conseguia persuadi-la a dar um passo à frente.

– Está bem, então – disse Jamie, resignado. – Faça como achar melhor. – Virou a cabeça do cavalo e conduziu-o para dentro da plantação, as pontas amarelas dos grãos roçando os pelos hirsutos de sua barriga. Nós os seguimos lentamente, os cavalos inclinando o pescoço de vez em quando para abocanhar um bocado de grãos aqui e ali, conforme prosseguíamos pelo meio da vegetação.

Quando circundamos um pequeno afloramento de granito logo abaixo do topo da colina, ouvi um breve latido de advertência bem adiante. Saímos na estrada e nos deparamos com um cão pastor de guarda, branco e preto, a cabeça empinada e o rabo levantado enquanto nos vigiava com desconfiança.

Ele emitiu mais um latido curto e outro cão, igualmente branco e preto, emergiu repentinamente de um aglomerado de amieiros, seguido mais lentamente por uma figura alta e esbelta enrolada num xale marrom de caça.

– Ian!

– Jamie!

Jamie atirou as rédeas da égua para mim e foi ao encontro de seu cunhado no meio da estrada, onde os dois homens agarraram-se com força pelos ombros, rindo e batendo nas costas um do outro. Livres de suspeitas, os dois cães pulavam alegremente ao nosso redor, os rabos balançando, saltando para o lado de vez em quando para cheirar as patas dos cavalos.

– Não esperávamos vocês antes de amanhã – dizia Ian, o rosto longo e familiar radiante de alegria.

– Pegamos um bom vento a favor na travessia – explicou Jamie. – Ou ao menos Claire diz que pegamos; eu mesmo não estava em condições de prestar muita atenção. – Lançou um olhar para mim, rindo, e Ian veio apertar minha mão.

– Cunhada – disse ele, num cumprimento formal. Depois, sorriu, o calor do sorriso iluminando os meigos olhos castanhos. – Claire. – Impulsivamente, beijou meus dedos e eu apertei sua mão. – Jenny está ficando maluca de tanto limpar e cozinhar – disse ele, ainda sorrindo para mim. – Vão ter sorte se tiverem uma cama para dormir esta noite; ela colocou todos os colchões para fora, para serem batidos.

– Depois de três noites nos urzais, eu não me importaria de dormir no chão – assegurei-lhe. – Jenny e as crianças estão bem?

– Ah, sim. Está grávida de novo – acrescentou ele. – É para fevereiro.

– *De novo?* – Jamie e eu falamos juntos, e um rubor intenso tomou conta das faces de Ian.

– Meu Deus, homem, a pequena Maggie não tem nem um ano de idade – disse Jamie, arqueando uma das sobrancelhas com ar de censura. – Não sabe se conter?

– *Eu?* – exclamou Ian, indignado. – Acha que eu tive alguma coisa a ver com isso?

– Bem, se não teve, eu imagino que estaria interessado em saber quem teve – disse Jamie, o canto da boca contorcendo-se.

O rubor transformou-se num rosa intenso, contrastando admiravelmente com os cabelos lisos e castanhos de Ian.

– Sabe muito bem o que quero dizer – retorquiu ele. – Dormi na cama sobressalente com o pequeno Jamie durante dois meses, mas depois Jenny...

– Ah, está dizendo que minha irmã é uma devassa, é?

– Estou dizendo que ela é teimosa como o irmão quando se trata de obter o que quer – disse Ian. Ele fingiu cair para um lado, voltou agilmente à posição inicial e deu um golpe na boca do estômago de Jamie, que se dobrou, rindo.

– Ainda bem que voltei para casa, então – disse ele. – Vou ajudá-lo a mantê-la sob controle.

– Ah, é? – disse Ian com ceticismo. – Vou chamar todos os moradores para observarem.

– Perdeu uma parte do rebanho? – Jamie mudou de assunto com um gesto que abrangeu os cachorros e a longa bengala de pastor de Ian, caída na terra da estrada.

– Quinze ovelhas e um reprodutor – disse Ian, assentindo. – O próprio rebanho de merinos de Jenny, que ela cria por causa da lã especial. O reprodutor é um filho da mãe; quebrou o portão. Achei que pudessem estar aqui em cima no meio dos grãos, mas nenhum sinal deles.

– Nós não vimos nenhum mais acima – disse.

– Ah, eles não iriam para lá – disse Ian, descartando a possibilidade com um gesto. – Nenhum dos animais ultrapassa a cabana.

– Cabana? – Fergus, ficando impaciente com a troca de amenidades, cutucara sua montaria e a alinhara com a minha. – Não vi nenhuma cabana, milorde. Só um monte de pedras.

– É tudo que restou da cabana de MacNab, garoto – disse Ian. Estreitou os olhos para Fergus, a silhueta recortada contra o sol do final de tarde. – E esteja avisado para se manter bem longe de lá você mesmo.

Os cabelos da minha nuca eriçaram-se, apesar do calor do dia. Ronald MacNab era o arrendatário que traíra Jamie aos homens da guarda há um ano, o homem que morrera por sua traição apenas um dia depois de ser descoberto. Morrera, eu me lembrava, entre as cinzas de sua casa, incendiada pelos homens de Lallybroch. A pilha de pedras de chaminé, tão inocente quando passamos por ela há poucos instantes, agora possuía o aspecto soturno de um túmulo. Engoli em seco, forçando para baixo o gosto amargo que subiu ao fundo de minha garganta.

– MacNab? – disse Jamie à meia-voz. Sua expressão tornou-se imediatamente alerta. – Ronnie MacNab?

Eu contara a Jamie sobre a traição de MacNab e sobre sua morte, mas não dissera como ele fora punido.

Ian assentiu.

– Sim. Ele morreu lá, na noite em que os ingleses o levaram, Jamie. O telhado de palha deve ter pegado fogo com alguma faísca e ele devia estar bêbado demais para fugir a tempo. – Fitou Jamie diretamente nos olhos, a expressão séria, sem nenhum ar de troça.

– Ah. E a mulher e o filho? – O olhar de Jamie era igual ao de Ian; frio e impenetrável.

– Estão bem. Mary MacNab é ajudante de cozinha na casa e Rabbie trabalha nos estábulos. – Ian olhou involuntariamente em direção à cabana arruinada. – Mary vem aqui de vez em quando; é a única daqui que vai lá.

– Ela gostava dele, então? – Jamie virara-se para olhar para a cabana também, de modo que seu rosto estava escondido de mim, mas havia tensão no contorno de suas costas.

Ian deu de ombros.

– Creio que não. Ronnie era um bêbado, e violento também; nem mesmo sua velha mãe conseguia lidar com ele. Não, acho que Mary sente que é seu dever rezar pela alma dele... ainda que não lhe adiante nada – acrescentou ele.

– Ah. – Jamie parou por um instante como se estivesse pensando, depois atirou as rédeas por cima do pescoço de seu cavalo e virou-se para subir a colina.

– Jamie – disse, mas ele já estava andando de volta pela estrada, em direção à pequena clareira ao lado do bosque. Entreguei as rédeas que eu estava segurando a um Fergus surpreso.

– Fique aqui com os cavalos – ordenei. – Tenho que ir com ele. – Ian fez menção de me acompanhar, mas Murtagh o impediu com um sinal negativo da cabeça, e eu prossegui sozinha, seguindo Jamie por cima do topo da colina.

Ele tinha o passo longo e incansável de um andarilho e já havia chegado à pequena clareira antes que eu o alcançasse. Ficou parado na borda do que fora a parede externa. O formato quadrado do chão de terra batida da cabana mal podia ser visto, a nova vegetação que o cobria mais rala do que a cevada próxima, mais verde e selvagem à sombra das árvores.

Restavam poucos vestígios do incêndio; alguns pedaços de madeira carbonizada projetavam-se do capim próximo do chão de pedra da lareira, que agora jazia aberta, plana e exposta como uma lápide. Com cuidado para não pisar dentro do perímetro das paredes extintas, Jamie começou a caminhar em volta da clareira. Deu três voltas ao redor da pedra da lareira, andando sempre no sentido anti-horário, para a esquerda, para a esquerda e para a esquerda outra vez, para despistar qualquer mal que pudesse segui-lo.

Fiquei parada de lado, observando-o. Aquele era um confronto particular, mas não podia deixar que ele o enfrentasse sozinho e, embora não olhasse para mim, eu sabia que estava feliz com a minha presença.

Finalmente, ele parou junto à pilha de pedras desmoronadas. Estendendo o braço, colocou a mão cuidadosamente em cima dela e fechou os olhos por um momento, como se rezasse. Em seguida, inclinando-se, pegou uma pedra do tamanho de seu punho fechado e colocou-a escrupulosamente sobre a pilha, como se ela fosse subjugar a alma desassossegada do fantasma. Fez o sinal da cruz, virou-se e caminhou em minha direção, com um passo firme e pausado.

– Não olhe para trás – disse ele em voz baixa, segurando-me pelo braço enquanto virávamos em direção à estrada.

Não olhei.

Jamie, Fergus e Murtagh seguiram com Ian e os cachorros em busca dos carneiros, deixando-me encarregada de seguir sozinha para a casa, conduzindo a fileira de cavalos. Eu estava longe de ser uma perfeita condutora de cavalos, mas me achava capaz de fazê-lo por uns 800 metros, desde que nada surgisse inesperadamente à minha frente.

Esta era uma volta ao lar muito diferente da primeira vez que viemos juntos a Lallybroch; na ocasião, éramos fugitivos, nós dois. Eu do futuro, Jamie do passado. Nossa estada ali fora feliz, mas tênue e insegura; sempre havia a possibilidade de sermos descobertos, de Jamie ser preso. Agora, graças à intervenção do duque de Sandringham, Jamie voltara para tomar posse do que era seu por direito, e eu, do meu lugar de direito ao seu lado como esposa.

Naquela ocasião, chegáramos de surpresa, desalinhados, causando uma violenta ruptura na rotina doméstica. Desta vez, viemos anunciados, com a devida cerimônia, trazendo presentes da França. Embora eu tivesse certeza de que nossa recepção seria cordial, eu me perguntava como Ian e a irmã de Jamie, Jenny, encarariam nossa volta definitiva. Afinal, eles viviam como o senhor e a senhora da propriedade há vários anos, desde a morte do pai de Jamie e dos eventos desastrosos que o lançaram numa vida de exílio e à margem da lei.

Ultrapassei o topo da última colina sem nenhum incidente e a mansão e seus anexos surgiram abaixo de mim, os telhados de ardósia escurecendo conforme os primeiros rolos de nuvens carregadas de chuva se aproximavam. De repente, minha égua disparou, e eu com ela, tentando manter as rédeas seguras enquanto ela saltava e se precipitava, assustada.

Não que eu pudesse culpá-la; do canto da casa emergiram dois objetos enormes e fofos, rolando pelo chão como gordas nuvens.

– Pare com isso! – gritava. – Oooô! – Agora todos os cavalos puxavam e davam guinadas, prestes a debandarem num estouro. Bela volta ao lar, pensei, se eu deixasse todo o novo bando procriador de Jamie quebrar as patas de uma só vez.

Uma das nuvens ergueu-se ligeiramente, depois se achatou no chão, e Jenny Fraser Murray, livre da carga do colchão de penas que estivera carregando, correu para a estrada, os cachos escuros voando.

Sem um momento de hesitação, deu um salto, agarrou a brida do animal mais próximo e puxou-a com força para baixo.

– Oooô! – disse ela. O cavalo, obviamente reconhecendo a voz da autoridade, realmente se acalmou. Com um pequeno esforço, os demais cavalos também foram acalmados e, quando por fim pude descer de minha sela, já tínhamos a companhia de outra mulher e de um menino de 9 ou 10 anos, que dera uma ajuda experiente com os animais restantes.

Reconheci Rabbie MacNab e deduzi que a mulher devia ser sua mãe, Mary. O alvoroço e a movimentação de cavalos, fardos e colchões impediu muita conversa, mas eu e Jenny tivemos tempo para um rápido abraço de cumprimento. Ela cheirava a canela e mel, e ao suor limpo do esforço, com um suave toque de cheiro de neném, esse odor paradoxal composto de leite golfado, fezes moles e da absoluta limpeza de pele nova, lisa e macia.

Mantivemo-nos unidas por um instante, abraçando-nos com força, lembrando do nosso último abraço, quando nos separamos à beira de um bosque escuro, no meio da noite – eu para ir à procura de Jamie, ela para voltar para uma filha recém-nascida.

– Como vai a pequena Maggie? – perguntei quando finalmente nos separamos. Jenny fez uma careta, contrariedade misturada a orgulho.

– Está começando a andar e é o terror da casa. – Olhou para a estrada vazia. – Encontraram-se com Ian?

– Sim. Jamie, Murtagh e Fergus foram com ele procurar os carneiros.

– Melhor eles do que nós – disse ela, com um gesto breve em direção ao céu. – Vai chover daqui a pouco. Deixe Rabbie levar os cavalos para o estábulo e você me ajude com os colchões, ou todos nós vamos dormir no molhado esta noite.

Seguiu-se um frenesi de atividade, mas quando a chuva chegou, Jenny e eu estávamos confortavelmente abrigadas na sala de visitas, abrindo os embrulhos que trouxéramos da França. Ao mesmo tempo, admirávamos o tamanho e a precocidade de Maggie, uma menina viva e alegre de uns dez meses, com olhos redondos e azuis e uma penugem ruiva na cabeça, e seu irmão mais velho, o pequeno Jamie, um robusto menino de quase 4 anos. O que estava para chegar não passava de um minúsculo volume sob o avental de sua mãe, mas vi sua mão repousar ternamente ali de vez em quando e senti uma pontada de dor.

– Você mencionou Fergus – disse Jenny enquanto conversávamos. – Quem é?

– Ah, Fergus? Ele é... bem, ele é... – hesitei, sem ter muita certeza de como deveria descrever Fergus. As perspectivas de um batedor de carteiras de conseguir emprego numa fazenda pareciam limitadas. – É do Jamie – disse finalmente.

– Ah, é? Bem, suponho que ele possa dormir no estábulo – disse Jenny, resignada. – E por falar em Jamie – olhou para a janela, onde a chuva caía torrencialmente –, espero que achem esses carneiros logo. Tenho um bom jantar planejado e não quero vê-lo requentado.

De fato, a noite havia caído e Mary MacNab arrumara a mesa antes de os homens chegarem. Observei-a em seu trabalho; uma mulher pequena, de ossos delicados, cabelos castanho-escuros e uma expressão ligeiramente preocupada que se desfez num sorriso quando Rabbie retornou dos estábulos e entrou na cozinha, faminto, perguntando a que horas seria o jantar.

– Quando os homens voltarem, *mo luaidh* – disse ela. – Você sabe disso. Vá se lavar, para estar pronto quando chegarem.

Quando os homens finalmente apareceram, pareciam muito mais necessitados de um banho do que Rabbie. Encharcados da chuva, enxovalhados e enlameados até os joelhos, vieram se arrastando até a sala. Ian desenrolou o xale molhado que envolvia seus ombros e pendurou-o no guarda-fogo da lareira, onde ficou pingando e soltando vapor no calor da fogueira. Fergus, exausto pela sua brusca introdução à vida na fazenda, simplesmente sentou-se onde estava e ficou olhando estupidamente para o chão entre suas pernas.

Jenny ergueu os olhos para o irmão que não via há quase um ano. Examinando-o dos cabelos encharcados para os pés cheios de lama, apontou para a porta.

– Fora, e tire essas botas – disse ela com firmeza. – E se esteve nos campos altos, lembre-se de urinar no batente da porta quando entrar de novo. É como impedimos um fantasma de entrar na casa – explicou-me em tom mais baixo, com um rápido olhar para a porta pela qual Mary MacNab desaparecera para trazer o jantar.

Jamie, arriado numa poltrona, abriu um dos olhos e lançou um olhar azul-escuro a sua irmã.

– Chego à Escócia quase morto com a travessia, cavalgo por quatro dias pelas montanhas para chegar até aqui e, quando chego, não posso nem entrar em casa para tomar um gole e molhar minha garganta seca; em vez disso, tenho que sair por aí na lama, caçando ovelhas perdidas. E quando *finalmente* chego aqui, você quer me mandar para a noite lá fora para mijar na soleira da porta. Ora! – Fechou o olho outra vez, cruzou as mãos sobre o estômago e afundou-se ainda mais na poltrona, numa atitude estudada de teimosa insubordinação.

– Jamie, queridinho – disse sua irmã docemente. – Você quer seu jantar ou devo dá-lo aos cachorros?

Ele permaneceu imóvel por um longo instante, os olhos cerrados. Depois, com um suspiro sibilante de resignação, levantou-se arduamente. Com um movimento mal-humorado do ombro, chamou Ian e os dois viraram-se, seguindo Murtagh, que já estava do lado de fora da porta. Ao passar, Jamie estendeu o longo braço para baixo, içou Fergus, colocando-o de pé, e arrastou o garoto sonolentamente.

– Bem-vindo ao lar – disse Jamie, de modo impertinente. Com um último e melancólico olhar para o fogo e o uísque, saiu andando pesadamente noite adentro mais uma vez.

31

A VISITA DO CORREIO

Após esse nefasto retorno ao lar, as coisas melhoraram rapidamente. Lallybroch absorveu Jamie como se ele nunca tivesse ido embora, e eu me vi arrastada sem nenhum esforço para a corrente da vida na fazenda. Era um outono instável, com chuvas frequentes, mas também com dias limpos e luminosos que faziam o sangue zunir. O lugar fervilhava de vida, todos apressando-se com as colheitas e os preparativos que tinham que ser feitos para a chegada do inverno.

Lallybroch era um lugar remoto, até mesmo para uma fazenda das Terras Altas. Nenhuma estrada importante levava até lá, mas o correio ainda assim chegava até nós por mensageiro, que atravessava os precipícios e as encostas cobertas de urzes, uma conexão com o mundo lá fora. Era um mundo que às vezes parecia irreal na lembrança, como se eu nunca tivesse dançado entre os espelhos de Versalhes. Mas as cartas trouxeram a França de volta e, lendo-as, eu podia ver os álamos ao longo da rue Tremoulins ou ouvir o badalar ressonante do sino da catedral, acima do Hôpital des Anges.

O bebê de Louise nasceu bem; um menino. Suas cartas, abundantes em exclamações e sublinhados, transbordavam de descrições deslumbradas do angelical Henri. De seu pai, suposto ou real, não havia menção.

A carta de Charles Stuart, que chegou um mês depois, não fazia nenhuma menção à criança, mas segundo Jamie, era ainda mais incoerente do que o habitual, efervescente com planos vagos e grandiosidades.

O conde de Mar escreveu de modo sóbrio e circunspecto, mas sua contrariedade geral com Charles era óbvia. O príncipe não estava se comportando. Era rude e autoritário com seus mais leais seguidores, ignorava aqueles que poderiam ajudá-lo, insultava quem não devia, falava demais e – lendo nas entrelinhas – bebia demais. Considerando-se a atitude da época em relação à ingestão de bebidas alcoólicas por parte dos cavalheiros, achei que o comportamento de Charles devia ter sido espetacular para gerar tal comentário. Suponho que o nascimento de seu filho não havia, na realidade, passado despercebido.

Madre Hildegarde escrevia de vez em quando, bilhetes curtos, informativos, espremidos entre os poucos minutos que podiam ser roubados da programação diária. Todas as suas cartas terminavam com as mesmas palavras: "Bouton também envia lembranças."

Mestre Raymond não escrevia, mas de vez em quando chegava um pacote endereçado a mim, sem assinatura ou identificação, mas contendo coisas estranhas: ervas raras e pequenos cristais facetados; uma coleção de pedras, todas do tamanho da unha do dedo mindinho de Jamie, lisas e em formato de discos. Cada uma ostentava uma minúscula figura esculpida em um dos lados, algumas com letras acima, outras no verso. E havia os ossos – o dedo de um urso, com a garra grande e curva ainda presa; as vértebras completas de uma pequena cobra, articuladas e amarradas em uma tira de couro, de modo que a fileira toda se flexionava como se estivesse viva; um sortimento de dentes, de uma fileira de pequenas peças redondas, como cavilhas, que Jamie disse serem pertencentes a uma foca, passando por dentes de veado, pontiagudos como uma foice, com grandes coroas, até algo com a aparência suspeita de um molar humano.

De vez em quando eu carregava algumas das pedras lisas e esculpidas no bolso, apreciando a sensação de segurá-las entre meus dedos. Eram antigas; isso eu sabia. No mínimo, da época dos romanos; talvez até anteriores. E pelo aspecto de algumas das criaturas esculpidas sobre elas, quem quer que as tivesse lavrado queria que fossem mágicas. Se eram como as ervas – com alguma virtude real – ou apenas um símbolo, como os sinais da Cabala, eu não sabia. Mas pareciam benignas e as guardei comigo.

Embora eu gostasse da rotina das tarefas domésticas diárias, o que eu mais gostava era das longas caminhadas às diversas cabanas da propriedade. Eu sempre levava comigo uma grande cesta quando saía nessas visitas, com um variado sortimento de produtos, desde pequenos agrados para as crianças aos remédios mais comumente necessários. Estes eram requisitados com frequência, pois a pobreza e a falta de higiene tornavam as doenças comuns e não havia nenhum médico ao norte de Fort William ou ao sul de Inverness.

Algumas indisposições eu podia tratar prontamente, como gengivas sangrando e erupções da pele características do escorbuto leve. Outras enfermidades estavam além do meu poder de cura.

Coloquei a mão na cabeça de Rabbie MacNab. Os cabelos desgrenhados estavam úmidos nas têmporas, mas o maxilar jazia aberto, relaxado e frouxo, e a pulsação em seu pescoço batia devagar.

– Ele está bem agora – disse. Sua mãe podia ver isso tanto quanto eu; ele deitava-se esparramado, no abandono tranquilo do sono, as faces rosadas com o calor do fogo próximo. Ainda assim, ela permanecia tensa e alerta, pairando acima da cama até eu falar. No entanto, depois que eu confirmei o que seus próprios olhos haviam notado, ela mostrou-se disposta a acreditar; seus ombros encolhidos arquearam-se sob o xale.

– Graças à Santa Mãe de Deus – murmurou Mary MacNab, fazendo o sinal da cruz rapidamente – e à senhora, milady.

– Eu não fiz nada – protestei. Isso era literalmente verdade; o único serviço que consegui prestar ao jovem Rabbie foi fazer com que sua mãe o deixasse em paz. Fora preciso, na realidade, uma certa dose de insistência para desencorajar seus esforços de servir-lhe farelo misturado com sangue de galo, sacudir penas queimadas sob seu nariz ou aspergir água fria em cima dele – nenhum desses cuidados especiais sendo de alguma utilidade para alguém que sofria de ataques epilépticos. Quando cheguei, sua mãe falava sem parar, lamentando sua incapacidade de administrar o mais eficaz dos remédios: água da fonte bebida do crânio de um suicida.

– Fico muito assustada quando ele tem esses acessos – disse Mary MacNab, fitando melancolicamente a cama onde seu filho dormia. – Da última vez, eu trouxe o padre MacMurtry até aqui e ele rezou por muito tempo e salpicou água benta sobre o menino para afastar os demônios. Mas agora eles voltaram. – Ela apertou as mãos unidas, como se quisesse tocar em seu filho, mas não conseguisse fazê-lo.

– Não são demônios – expliquei. – É apenas uma doença e, na verdade, não é das mais graves.

– Sim, milady, se a senhora o diz – murmurou ela, não querendo me contradizer, mas obviamente sem acreditar.

– Ele vai ficar bom. – Tentei reanimar a mulher, sem criar esperanças que não poderiam se concretizar. – Ele sempre se recupera desses acessos, não é? – Os ataques haviam começado havia dois anos, provavelmente consequência de contusões na cabeça devido às surras administradas por seu pai, pensei, e embora essas crises repentinas não fossem frequentes, eram inegavelmente aterradoras para sua mãe quando ocorriam.

Ela assentiu com relutância, claramente não convencida.

– Sim... embora ele bata com a cabeça de maneira assustadora de vez em quando, debatendo-se como ele faz.

– Sim, é um perigo – disse, pacientemente. – Se ele fizer isso outra vez, apenas afaste-o de qualquer coisa dura e deixe-o em paz. Sei que a impressão é horrível, mas na verdade ele vai ficar bem. Apenas deixe que o acesso siga seu curso e, quando tiver terminado, coloque-o na cama e deixe-o dormir. – Eu sabia que palavras eram de valor limitado, por mais verdadeiras que fossem. Era necessário algo mais concreto para convencê-la.

Quando me virei para ir embora, ouvi um pequeno clique no fundo do bolso da minha saia e tive uma inspiração repentina. Enfiando a mão no bolso, retirei dois ou três dos pequenos e lisos amuletos que Raymond me enviara. Escolhi o branco leitoso – calcedônia, talvez – com a minúscula figura de um homem atormentado, contorcendo-se, esculpida em um dos lados. Então é para isso que servem, pensei.

– Costure isso no bolso dele – disse, colocando o minúsculo amuleto cerimoniosamente na mão da mulher. – Isso o protegerá dos... dos demônios. – Pigarreei. – Não precisará se preocupar com ele, então, ainda que tenha outro acesso; ele sairá bem da crise.

Saí dali sentindo-me ao mesmo tempo extremamente tola e bastante satisfeita, em meio a uma ávida profusão de agradecimentos aliviados. Eu não sabia se eu estava me tornando uma médica melhor ou meramente uma charlatã com mais prática. Ainda assim, se eu não podia fazer muito por Rabbie, eu podia ajudar sua mãe – ou ao menos deixar que ela ajudasse a si própria. A cura vem dos curados; não dos médicos. Isso Raymond havia me ensinado.

Depois disso, deixei a casa para prosseguir com meus afazeres do dia, visitando duas das cabanas situadas na extremidade oeste da fazenda. Tudo estava bem na casa dos Kirby e na dos Weston Fraser, e logo eu já estava no caminho de volta para casa. No alto de uma encosta, sentei-me sob uma enorme faia para descansar por um instante antes da longa caminhada de volta. O sol já estava baixo no céu, mas ainda não havia chegado à fileira de pinheiros que cobria a cadeia de montanhas no lado oeste de Lallybroch. Era fim de tarde e o mundo resplandecia com as cores do final do outono.

As folhas caídas da faia eram frias e escorregadias sob meus pés, mas ainda restavam muitas folhas, amareladas e crispadas, na árvore acima. Recostei-me no tronco de casca lisa e fechei os olhos, diminuindo o intenso clarão dos campos de cevada madura para um brilho vermelho-escuro por trás de minhas pálpebras.

Os cômodos confinados e sufocantes das cabanas dos arrendatários haviam me dado dor de cabeça. Com a cabeça recostada no tronco liso da árvore, comecei a respirar devagar e profundamente, deixando o ar fresco e puro encher meus pulmões, começando o que eu sempre considerava uma "volta para o interior".

Essa era minha própria e imperfeita tentativa de reproduzir a sensação do processo que mestre Raymond me mostrara no Hôpital des Anges; uma evocação da aparência e da sensação de cada parte de mim mesma, imaginando exatamente como eram e como funcionavam os diversos órgãos e sistemas quando trabalhando em perfeita harmonia.

Fiquei sentada em silêncio, as mãos soltas sobre o colo, ouvindo o batimento do meu coração. Batendo aceleradamente com o esforço da subida, reduziu o compasso rapidamente para uma frequência de repouso. A brisa de outono levantava as mechas de cabelos da minha nuca e refrescava minhas faces afogueadas.

Fiquei sentada, os olhos fechados, e tracei o caminho do meu sangue, das câmaras secretas, de paredes espessas, do meu coração, roxo-azulado pela artéria pulmonar, avermelhando-se rapidamente conforme os alvéolos dos pulmões despejavam sua carga de oxigênio. Em seguida, para fora, prorrompendo-se num jorro pelo arco da aorta e, irrompendo numa corrida, para cima, para baixo, para dentro e para fora, através de carótidas, renais, subclavianas. Até os menores vasos capilares, florescendo sob a superfície da pele, trilhei o caminho de meu sangue pelos sistemas do meu corpo, lembrando-me do sentimento de perfeição, de saúde. De paz.

Fiquei sentada, imóvel, respirando lentamente, sentindo-me lânguida e pesada, como se tivesse acabado de sair do ato de amor. Minha pele parecia fina, meus lábios ligeiramente inchados e a pressão das minhas roupas era como o toque das mãos de Jamie. Não fora por uma escolha aleatória que eu invocara seu nome para me curar. Se era saúde da mente ou do corpo, seu amor era necessário para mim como o ar ou o sangue. Minha mente buscou-o, dormindo ou acordada, e ao encontrá-lo, apaziguou-se. Meu corpo floresceu e resplandeceu, e ao alcançar a plenitude da vida, ansiou pelo corpo dele.

A dor de cabeça desaparecera. Permaneci sentada por mais algum tempo, respirando devagar. Em seguida, levantei-me e desci a colina em direção à casa.

• • •

Na verdade, eu nunca tivera um lar. Órfã aos cinco, vivera a vida de um acadêmico errante com meu tio Lamb pelos treze anos seguintes. Em tendas numa planície poeirenta, em cavernas nas montanhas, nas câmaras adornadas e saqueadas de uma pirâmide vazia, Quentin Lambert Beauchamp, M.S., Ph.D., F.R.A.S. etc. erguera a série de acampamentos temporários em que ele fazia o trabalho arqueológico que o tornaria famoso muito antes de um acidente de carro ceifar a vida de seu irmão e me lançar em sua vida. Não sendo do tipo que hesita sobre detalhes insignificantes como uma sobrinha órfã, tio Lamb prontamente me matriculou num internato.

Não sendo do tipo que aceita os caprichos do destino sem lutar, recusei-me terminantemente a ir para lá. E reconhecendo em mim algo que ele próprio possuía de sobra, tio Lamb deu de ombros e, num piscar de olhos, tirou-me para sempre do mundo de ordem e rotina, de contas de aritmética, lençóis limpos e banhos diários, para segui-lo numa vida errante.

A vida nômade continuara com Frank, embora com uma mudança do trabalho de campo para o trabalho em universidades, já que as escavações de um historiador em geral são feitas entre paredes. Assim, quando a guerra explodiu em 1939, para mim foi uma ruptura menor do que para a maioria das pessoas.

Eu me mudara de nosso último apartamento alugado para as acomodações das enfermeiras iniciantes no Pembroke Hospital e, de lá, para uma base militar na França e, depois, de novo para Pembroke antes do fim da guerra. Em seguida, aqueles poucos meses com Frank, antes de virmos para a Escócia, procurando encontrar um ao outro novamente. Apenas para nos perdermos um do outro definitivamente, quando entrei no círculo de pedras, atravessei a loucura e saí do outro lado, no passado que era agora o meu presente.

Era estranho, portanto, e de certa forma maravilhoso, acordar no quarto do andar superior de Lallybroch, ao lado de Jamie e perceber, enquanto observava a luz da aurora tocar seu rosto adormecido, que ele nascera naquela cama. Todos os ruídos da casa, do rangido da escada dos fundos sob o pé de uma arrumadeira madrugadora ao tamborilar da chuva nas telhas de ardósia, eram sons que ele ouvira mil vezes antes; tantas vezes que já não os ouvia mais. Eu, sim.

Sua mãe, Ellen, plantara a roseira que florescia tardiamente junto à porta. Seu perfume intenso e inebriante ainda flutuava pelas paredes da casa até a janela do quarto. Era como se ela própria entrasse no cômodo, para tocá-lo de leve ao passar. Para me tocar, também, dando-me as boas-vindas.

Além da casa propriamente dita, estendia-se Lallybroch; campos, celeiros, o vilarejo e os sítios dos arrendatários. Ele pescara no riacho que descia dos montes, subira nos carvalhos e nos elevados larícios, almoçara junto ao fogão de cada cabana. Era sua terra.

Mas ele também convivera com rupturas e mudanças. Prisão e fuga como fora da lei; a vida sem raízes de um soldado mercenário. Nova detenção, encarceramento e tortura, e a fuga para o exílio tão recentemente terminado. Mas vivera em um único lugar durante os primeiros catorze anos de sua vida. E mesmo com essa idade, quando fora enviado, como era de costume, para ser criado durante dois anos pelo irmão de sua mãe, Dougal MacKenzie, isso era parte integrante da vida esperada por um homem que iria retornar para viver para sempre em suas terras, cuidar de seus moradores e da propriedade, fazer parte de um organismo maior. Seu destino era a permanência.

Mas houve aquele período de ausência e a experiência de vida além dos limites de Lallybroch, além até mesmo das costas rochosas da Escócia. Jamie falara com reis, aprendera leis e comércio, experimentara a aventura, a violência e a magia. Uma vez ultrapassadas as fronteiras do lar, o destino seria suficiente para prendê-lo? Eu duvidava.

Conforme descia a encosta da colina, eu o via lá embaixo, colocando pedras no lugar enquanto consertava uma fenda em um dique construído apenas com pedras e que ladeava um dos campos menores. Perto dele no chão, viam-se dois coelhos, perfeitamente eviscerados, mas cujas peles ainda não haviam sido removidas.

– "O marinheiro está de volta ao lar, de volta do mar, e o caçador de volta da colina." – disse, citando R. L. Stevenson, e sorrindo para ele ao me aproximar.

Ele também sorriu para mim, limpou o suor da testa, depois fingiu estremecer.

– Não mencione o mar perto de mim, Sassenach. Vi dois garotos fazendo um pedaço de madeira navegar no lago do moinho hoje de manhã e quase vomitei o café da manhã só de olhar.

Eu ri.

– Não tem nenhuma vontade de voltar para a França, então?

– Meu Deus, não. Nem mesmo pelo conhaque. – Ergueu uma última pedra para cima da parede e ajeitou-a no lugar. – Está voltando para casa?

– Sim. Quer que eu leve os coelhos?

Ele balançou a cabeça, depois se abaixou para pegá-los.

– Não precisa; eu também vou voltar. Ian precisa de ajuda com o novo porão de armazenamento para as batatas.

A primeira safra de batata já plantada em Lallybroch estaria pronta para a colheita em poucos dias e – de acordo com minha orientação temerosa e inexperiente – um pequeno porão estava sendo escavado para armazená-las. Eu tinha sentimentos distintamente misturados sempre que olhava para a plantação de batatas. De um lado, sentia um considerável orgulho das plantas folhosas e esparramadas que cobriam o campo. De outro, sentia um pânico absoluto à ideia de que sessenta famílias deveriam depender do que jazia sob aquelas folhas para se sustentarem durante o inverno. Foi seguindo um conselho meu – dado apressadamente há um ano – que um primoroso campo de cevada fora plantado com batata, um produto agrícola até então desconhecido nas Terras Altas.

Eu sabia que, com o tempo, a batata se tornaria um produto básico de sobrevivência nas Terras Altas, menos suscetível a intempéries do que as safras de aveia e cevada. Saber disso por meio de um parágrafo lido em um livro de geografia há muito tempo estava bem longe de assumir deliberadamente a responsabilidade pelas vidas das pessoas que se alimentariam daquela colheita.

Perguntei-me se correr riscos por outras pessoas se tornava mais fácil com a prática. Jamie o fazia rotineiramente, gerenciando os negócios da propriedade e dos arrendatários como se tivesse nascido para isso. Mas, é claro, ele *realmente* nascera para isso.

– O porão já está quase pronto? – perguntei.

– Ah, sim. Ian já mandou construir as portas e o buraco já está praticamente escavado. O problema é só que há um pouco de terra fofa no fundo e sua perna de pau fica presa quando ele pisa lá. – Embora Ian se locomovesse muito bem com a peça de madeira que usava como substituta para sua perna direita abaixo do joelho, havia dificuldades ocasionais como essa.

Jamie olhou pensativamente para cima da colina atrás de nós.

– Precisamos que o porão fique pronto e coberto esta noite; vai chover de novo antes de amanhecer.

Voltei-me para olhar na mesma direção em que ele olhava. Não havia nada na encosta da colina além de grama e urzes, algumas árvores e os afloramentos de granito que projetavam ondulações rochosas pelo meio do mato.

– Como é que você pode saber disso?

Ele sorriu, apontando com o queixo para cima da colina.

– Está vendo aquele pequeno carvalho? E o freixo ao lado?

Olhei para as árvores, desconcertada.

– Sim. O que é que têm?

– As folhas, Sassenach. Está vendo como as duas árvores parecem mais claras do que o normal? Quando há umidade no ar, as folhas de um carvalho ou de um freixo viram-se, de modo que você vê o lado de baixo. A árvore inteira fica vários tons mais clara.

– Suponho que sim – concordei, com desconfiança. – Se você souber qual a cor normal da árvore.

Jamie riu e segurou meu braço.

– Posso não ter ouvido para música, Sassenach, mas tenho olhos. E eu já vi aquelas árvores talvez umas dez mil vezes, sob todas as condições climáticas.

Era uma distância razoável do campo até a casa da fazenda e caminhamos em silêncio durante a maior parte do tempo, apreciando o breve calor do sol da tarde em nossas costas. Senti o cheiro do ar e pensei que Jamie provavelmente tinha razão sobre a chegada da chuva; todos os aromas normais do outono pareciam intensificados, das pungentes resinas dos pinheiros ao cheiro empoeirado de grãos maduros. Imaginei que eu mesma devia estar aprendendo; entrando em sintonia com os ritmos, visões e cheiros de Lallybroch. Talvez com o passar do tempo, eu viesse a conhecê-los tão bem quanto Jamie. Apertei seu braço levemente e senti a pressão de sua mão na minha em resposta.

– Sente falta da França, Sassenach? – perguntou ele subitamente.

– Não – respondi, surpresa. – Por quê?

Ele deu de ombros, sem olhar para mim.

– Bem, é que eu estive pensando, vendo você descendo a colina com a cesta no braço, como você estava bonita com o sol nos seus cabelos castanhos. Para mim, foi como se você tivesse nascido ali, como uma das plantas, como se sempre tivesse feito parte daqui. Então pensei de repente que, para você, Lallybroch deve ser um lugar pequeno e pobre. Não há uma vida grandiosa como na França; nem sequer um trabalho interessante como você tinha no Hôpital. – Olhou para mim timidamente. – Suponho que fiquei preocupado que você pudesse ficar cansada disso aqui... com o tempo.

Parei antes de responder, embora não fosse algo em que eu já não tivesse pensado.

– Ao longo do tempo – disse cuidadosamente. – Jamie, já vi muita coisa em minha vida e já estive em muitos lugares. De onde eu venho... havia coisas lá das quais eu sinto falta às vezes. Gostaria de viajar num ônibus londrino outra vez ou pegar o telefone e conversar com alguém distante. Gostaria de girar a torneira e ter água quente, e não ter que carregá-la do poço e esquentá-la num caldeirão. Eu gostaria de tudo isso, mas não preciso disso. Quanto a uma vida grandiosa, eu não a queria nem quando a tinha. Usar roupas bonitas é muito bom, mas se mexericos, maquinações, preocupações, festas bobas e regrinhas fúteis de etiqueta tiverem que vir junto... não. Prefiro viver de camisolão e dizer o que penso.

Ele riu e eu apertei seu braço outra vez.

– Quanto ao trabalho... há muito trabalho para mim aqui. – Olhei para a cesta de ervas no meu braço. – Posso ser útil. E se sinto falta de madre Hildegarde, ou de minhas outras amigas... bem, não é tão imediato quanto o telefone, mas sempre há as cartas.

Parei, segurando seu braço, e ergui os olhos para ele. O sol declinava no horizonte e a luz dourava um lado de seu rosto, colocando os ossos fortes em relevo.

– Jamie... só quero estar onde você estiver. Nada mais.

Ele ficou parado por um instante, depois se inclinou para a frente e beijou-me delicadamente na testa.

– Engraçado – comecei quando chegamos ao topo da última colina que levava até a casa. – Eu estive pensando as mesmas coisas a *seu* respeito. Se você seria feliz aqui, após tudo que fez na França.

Ele sorriu, com certa melancolia, e olhou para a casa, os três andares de pedra pintadas de branco brilhando em tons dourados e marrom-avermelhados.

– Bem, este é o meu lar, Sassenach. É a minha casa.

Toquei seu braço delicadamente.

– E você nasceu para isso, não é?

Ele respirou fundo e estendeu o braço para descansar a mão na cerca de madeira que separava este campo mais baixo do terreno ao redor da casa.

– Bem, na verdade, eu não nasci para isso, Sassenach. Por direito, o senhor destas terras devia ser Willie. Se ele estivesse vivo, imagino que eu seria um soldado... ou talvez um mercador, como Jared.

Willie, o irmão mais velho de Jamie, morrera de varíola aos 11 anos, deixando seu irmão menor, então com 6 anos, como herdeiro de Lallybroch.

Ele fez um gesto estranho com os ombros, como se buscasse amenizar a pressão de sua camisa sobre as costas. Era algo que sempre fazia quando se sentia inseguro ou constrangido; há meses não o via fazer o tal gesto.

– Mas Willie morreu. E então sou o senhor das terras. – Olhou para mim, um pouco timidamente, depois enfiou a mão na bolsa de pele de texugo que acompanhava seu kilt e retirou alguma coisa dali. Uma pequena serpente de cerejeira que Willie esculpira para ele como presente de aniversário, a cabeça virada, como se estivesse surpresa por ver a própria cauda.

Jamie acariciou a pequena cobra ternamente; a madeira estava lustrosa e lisa dos anos de manuseio, as curvas do corpo brilhando como escamas à luz do crepúsculo.

– Às vezes, converso mentalmente com Willie – disse Jamie. Virou a serpente na palma da mão. – Se você tivesse vivido, irmão, se fosse o senhor das terras como era seu destino, teria feito o que eu fiz? Ou teria encontrado um jeito melhor? – Olhou para mim, ligeiramente ruborizado. – Isso lhe parece tolice?

– Não. – Toquei a cabeça lisa da cobra com a ponta do dedo. Ouviu-se um grito alto e claro de um peito-amarelo vindo de um campo distante, fino como cristal no ar do início da noite. – Eu faço o mesmo – recomecei suavemente, após um instante. – Com tio Lamb. E com meus pais. Especialmente minha mãe. E-eu não pensava nela com frequência quando era pequena, apenas às vezes sonhava com alguém terno e caloroso, com uma bela voz. Mas quando eu estava doente, depois de... Faith, às vezes imaginava que ela estava lá. Comigo. – Uma repentina onda de dor e pesar tomou conta de mim, lembranças de perdas recentes e antigas.

Jamie tocou meu rosto ternamente, limpando a lágrima que se formara no canto de um dos olhos, mas que não rolara.

– Acho que às vezes os mortos pensam em nós com carinho, como nós pensamos neles – disse ele à meia-voz. – Vamos, Sassenach. Vamos caminhar um pouco; ainda falta bastante tempo para o jantar.

Prendeu meu braço ao seu, bem junto ao corpo, e seguimos ao longo da cerca, passeando lentamente, o capim seco roçando em minhas saias.

– Entendo o que quer dizer, Sassenach – disse Jamie. – Às vezes, ouço a voz do meu pai, no celeiro ou no campo. Em geral, quando nem sequer estou pensando nele. Mas de repente viro a cabeça, como se tivesse acabado de ouvir sua voz do lado de fora, rindo com um dos colonos, ou atrás de mim, acalmando um cavalo.

Riu e fez um sinal com a cabeça na direção de um canto do pasto à nossa frente.

– É de se admirar que eu nunca o tenha ouvido aqui, mas nunca ouvi.

Era um local sem nada de extraordinário, um portão de ripas de madeira na cerca de pedra paralela à estrada.

– É mesmo? O que ele costumava dizer aqui?

– Geralmente era: "Se acabou de falar, Jamie, vire-se e abaixe-se."

Rimos, parando e nos apoiando no muro de pedras. Inclinei-me um pouco mais, examinando a madeira do portão.

– Então era aqui que você apanhava de seu pai? Não vejo nenhuma marca de dentes – disse.

– Não, não era tão grave assim – disse ele, rindo. Passou a mão afetuosamente ao longo do parapeito gasto e acinzentado do portão.

– Nós costumávamos ficar com farpas em nossos dedos, às vezes, Ian e eu.

Íamos para casa depois e a sra. Crook ou Jenny as removiam para nós, ralhando com a gente o tempo todo.

Olhou para a mansão, onde todas as janelas do primeiro andar brilhavam, iluminadas contra a noite que se avizinhava. Formas escuras passavam rapidamente pelas janelas; sombras pequenas, ligeiras, nas janelas da cozinha, onde a sra. Crook e as criadas preparavam o jantar. Um vulto maior, alto e delgado como o parapeito da cerca, surgiu em uma das janelas da sala de estar. Ian ficou ali parado por um instante, sua figura em silhueta contra a luz, como se tivesse sido chamado pelas reminiscências de Jamie. Em seguida, cerrou as cortinas e a janela turvou-se para uma claridade mais suave, encoberta.

– Eu sempre ficava feliz quando Ian estava comigo – disse Jamie, ainda olhando para a casa. – Quero dizer, quando éramos flagrados em alguma traquinagem e apanhávamos por causa disso.

– A desgraça gosta de companhia? – provoquei, sorrindo.

– Um pouco. Eu não me sentia tão travesso quando havia nós dois para compartilhar a culpa. Mas era principalmente porque eu sempre podia contar com ele para fazer muito barulho.

– Berrar, você quer dizer?

– Sim. Ele sempre gritava e continuava berrando horrivelmente, e eu sabia que ele faria isso, de modo que não me sentia tão envergonhado dos meus próprios gritos caso eu tivesse que chorar.

Já estava escuro demais para que eu pudesse ver seu rosto, mas ainda consegui notar mais um daquele trejeito com os ombros.

– Eu sempre tentava não chorar, é claro, mas nem sempre conseguia. Se meu pai achava que valia a pena me dar uma surra, ele achava que devia fazer um bom trabalho. E o pai de Ian tinha um braço direito que mais parecia uma tora.

– Sabe – falei, olhando para a casa –, eu nunca pensei particularmente nisso antes, mas por que seu pai lhe dava as surras aqui, Jamie? Certamente há muito espaço na casa... ou no celeiro.

Jamie ficou em silêncio por um instante, depois deu de ombros outra vez.

– Nunca perguntei. Mas imagino que seja algo como o rei da França.

– O rei da França? – A aparente falta de lógica me desconcertou um pouco.

– Sim. Eu não sei exatamente como é tomar banho, se vestir e fazer suas necessidades em público, mas posso lhe garantir que é uma experiência muito humilhante ter que ficar lá e explicar a um dos colonos de seu pai exatamente o que você fez para merecer ficar com o traseiro escaldado – disse secamente.

– Imagino que deva ser – disse, a compaixão misturada à vontade incontrolável de rir. – Porque você um dia iria ser o patrão, quer dizer? Era por isso que ele o surrava aqui?

– Creio que sim. Os colonos iriam saber que eu entendia o que era justiça... ao menos, do lado de quem recebe a punição.

32

CAMPO DOS SONHOS

O campo fora arado da maneira habitual, com montículos altos de terra amontoada e sulcos profundos entre eles. Os montículos erguiam-se à altura dos joelhos, de modo que um homem caminhando dentro de um dos sulcos podia espalhar as sementes facilmente ao longo do topo do montículo a seu lado. Projetados para o plantio de cevada ou aveia, não viram motivo para modificá-los para a plantação de batatas.

– A recomendação era "colinas" – disse Ian, espreitando a extensão dos campos de batatas –, mas achei que os montículos serviriam. O objetivo das colinas parecia ser impedir que as plantas apodrecessem com excesso de água e um campo antigo com montículos altos parecia fazer o mesmo.

– Faz sentido – concordou Jamie. – Os pés de batata nos topos parecem estar exuberantes, de qualquer forma. Mas o sujeito diz como se sabe quando já está na hora de desencavar as batatas?

Encarregado de plantar batatas numa terra onde nunca se vira uma batata, Ian trabalhara com método e lógica, mandando um enviado a Edimburgo para comprar tanto as sementes quanto um livro sobre o plantio. No devido tempo, o livro intitulado *Tratado científico sobre métodos de cultivo,* de sir Walter O'Bannion Reilly, apareceu, com uma pequena seção sobre a plantação de batatas conforme atualmente praticada na Irlanda.

Ian carregava esse grosso volume sob o braço – Jenny contara-me que ele não ia ao campo de batatas sem ele, por medo de que alguma questão complicada técnica ou filosófica lhe ocorresse quando estivesse lá – e agora o abria, segurando-o com o braço enquanto remexia na bolsa do seu kilt para pegar os óculos que usava para ler. Os óculos haviam pertencido a seu falecido pai; eram pequenos círculos de vidro, presos em aros de metal e normalmente usados na ponta do nariz, fazendo-o parecer uma jovem e séria cegonha.

– "A colheita da safra deve ser feita simultaneamente ao aparecimento do primeiro ganso de inverno" – leu ele, depois ergueu os olhos, estreitando-os acusadoramente por cima dos óculos para a plantação de batatas, como se esperasse que um ganso esticasse a cabeça entre os sulcos e montículos.

– Ganso de inverno? – Jamie espreitou o livro por cima do ombro de Ian, a testa franzida. – A que espécie de ganso ele está se referindo? Gansos-bravos? Mas você os vê o ano todo. Isso não pode estar certo.

Ian deu de ombros.

– Talvez na Irlanda você só os veja no inverno. Ou talvez ele esteja se referindo a algum tipo de ganso irlandês e não a gansos-bravos.

Jamie fez um muxoxo.

– Bem, isso não adianta nada para nós. Ele diz alguma coisa útil?

Ian correu o dedo pelas linhas impressas, movendo os lábios silenciosamente. A essa altura, já havíamos reunido um bom número de camponeses, todos fascinados por essa novidade na agricultura.

– Não se desencava as batatas em tempo de chuva, com o solo molhado – informou-nos Ian, produzindo um muxoxo ainda mais enfático em Jamie. – Hummm – murmurou Ian consigo mesmo. – Apodrecimento da batata, pragas da batata. Nós não temos nenhum bicho de batata, suponho que isso seja uma sorte. Pés de batata... hã, não, isso é apenas o que fazer quando o pé seca. Ressecamento das batatas... não saberemos se temos isso enquanto não virmos as batatas. Sementes de batatas, armazenagem de batatas...

Impaciente, Jamie afastou-se de Ian, as mãos nos quadris.

– Cultivo científico, hein? – exclamou ele. Fitou, irado, a plantação folhosa e verde-escura. – Suponho que seja científico demais para explicar como sabemos se as malditas batatas estão prontas para serem comidas!

Fergus, sempre nos calcanhares de Jamie, ergueu os olhos de uma lagarta, avançando devagar e tortuosamente ao longo de seu dedo indicador.

– Por que você simplesmente não desencava uma e vê? – perguntou ele.

Jamie olhou fixamente para Fergus por um instante. Sua boca abriu-se, mas nenhum som emergiu. Fechou a boca, deu uns tapinhas delicadamente na cabeça de Fergus e foi buscar um forcado apoiado à cerca.

Os colonos, todos homens que haviam ajudado a plantar e cuidar da plantação sob a orientação de Ian – assistidos por sir Walter –, aglomeraram-se em volta para ver o resultado de seu trabalho.

Jamie escolheu uma rama grande e viçosa na borda do campo e posicionou o forcado com todo o cuidado junto às suas raízes. Visivelmente prendendo a respiração, colocou o pé sobre a parte de cima do forcado e empurrou. Os dentes do garfo deslizaram lentamente para dentro do solo úmido e marrom.

Eu mesma prendia a respiração. Havia muito mais em jogo com essa experiência do que a reputação de sir Walter O'Bannion Reilly. Ou, quanto a isso, a minha própria.

Jamie e Ian haviam confirmado que a safra de cevada deste ano fora menor do que o normal, embora ainda suficiente para as necessidades dos habitantes de Lallybroch. No entanto, mais um ano ruim iria exaurir as magras reservas de grãos. Para uma propriedade das Terras Altas, Lallybroch era próspera; mas isso podia ser dito apenas em comparação a outras fazendas das Terras Altas. O cultivo bem-sucedido de batatas poderia fazer realmente a diferença entre a fome e a fartura para o povo de Lallybroch pelos próximos dois anos.

O salto da bota de Jamie pressionou para baixo e ele inclinou o corpo sobre o cabo do forcado. A terra esboroou-se e rachou em torno da rama e, com um ruído repentino, o pé de batata ergueu-se e a terra revelou sua generosidade.

Um "Ah!" coletivo ergueu-se dos espectadores à vista dos numerosos glóbulos marrons agarrados às raízes da planta arrancada. Tanto Ian quanto eu caímos de joelhos na terra, remexendo o solo fofo à cata de batatas arrancadas da rama.

– Deu certo! – repetia Ian sem parar enquanto tirava uma batata atrás da outra do solo. – Olhem só para isso! Estão vendo o tamanho?

– Sim, olhe essa aqui! – exclamei, encantada, brandindo uma batata do tamanho de meus dois punhos unidos.

Por fim, tivemos o produto de nossa amostra colocado em um cesto; talvez umas dez batatas de bom tamanho, aproximadamente 25 espécimes comparáveis a um punho cerrado e numerosas batatas pequenas, do tamanho de bolas de golfe.

– O que acha? – Jamie examinava nossa coleção com um ar interrogativo. – Devemos deixar o resto, para que as pequenas cresçam mais? Ou tirá-las agora, antes que o frio chegue?

Ian tateou absortamente à procura dos óculos, depois se lembrou de que sir Walter estava distante, junto à cerca, e abandonou o esforço. Balançou a cabeça.

– Não, acho que assim está certo – disse ele. – O livro diz que se deve guardar as menores como sementes para o próximo ano. Vamos precisar de muitas delas. – Deu-me um largo sorriso de satisfação e alívio, uma mecha de cabelos castanhos, lisos e abundantes, caindo na testa. Um dos lados do rosto estava sujo de terra.

A mulher de um dos colonos inclinava-se sobre o cesto, examinando o conteúdo. Esticou um dedo experimentalmente e cutucou uma das batatas.

– Você diz que se pode comê-las? – Franziu as sobrancelhas com ar cético. – Não vejo como seria possível passá-las no moedor para fazer pão ou mingau.

– Bem, acho que não são moídas, sra. Murray – explicou Jamie educadamente.

– Ah, não? – A mulher estreitou os olhos para o cesto, criticamente. – Bem, então o que se faz com elas?

– Bem, você... – Jamie começou e, em seguida, parou. Ocorreu-me, como sem dúvida ocorrera a ele também, que embora nós tivéssemos comido batatas na França, ele nunca vira alguém prepará-las. Disfarcei um sorriso quando ele olhou desalentado para a batata coberta de crostas de terra que segurava. Ian também a fitou, desconcertado; aparentemente, sir Walter nada dissera sobre o assunto da preparação da batata para o consumo.

– Você assa na brasa. – Mais uma vez, Fergus veio em nosso auxílio, enfiando a cabeça por baixo do braço de Jamie. Estalou os lábios ao ver as batatas. – Coloca sobre as brasas do fogão. Come-se com sal. Manteiga é bom, se você tiver.

– Nós temos – disse Jamie, com ar de alívio. Atirou a batata para a sra. Murray, como se estivesse ansioso para se livrar dela. – Devem ser assadas – informou a ela com firmeza.

– Também pode cozinhá-las – contribuí. – Ou amassá-las com leite. Ou fritá-las. Ou cortá-las em pedacinhos e colocar na sopa. Um alimento muito versátil, a batata.

– É o que diz o livro – acrescentou Ian, com satisfação.

Jamie olhou para mim, o canto da boca torcendo-se num sorriso.

– Você nunca me disse que sabia cozinhar, Sassenach.

– Eu não chamaria isso de cozinhar, exatamente – disse –, mas sem dúvida sei preparar uma batata.

– Ótimo. – Jamie lançou um olhar para o grupo de lavradores e suas mulheres, que passavam as batatas de mão em mão, examinando-as com ar de dúvida. Ele bateu palmas com força para chamar a atenção de todos.

– Vamos jantar aqui junto ao campo hoje – disse-lhes. – Vamos buscar um pouco de lenha para a fogueira, Tom e Willie, e a sra. Willie poderia trazer seu caldeirão? Sim, ótimo, um dos homens a ajudará a trazê-lo até aqui. Você, Kincaid – virou-se para um dos lavradores mais jovens e acenou para o pequeno aglomerado de cabanas sob as árvores. – Vá dizer a todo mundo, vamos comer batatas no jantar!

E assim, com a ajuda de Jenny, dez baldes de leite do barracão da leiteria, três galinhas do viveiro e quatro dúzias de alhos-porós grandes da horta, eu presidi a preparação de uma sopa e de batatas assadas para o senhor e os arrendatários de Lallybroch.

O sol já havia desaparecido no horizonte quando o jantar ficou pronto, mas o céu ainda estava claro, com veios vermelhos e dourados que atravessavam os galhos escuros do bosque de pinheiros na colina. Houve uma certa hesitação quando os camponeses ficaram cara a cara com a proposta adição à sua dieta, mas o ambiente festivo – ajudado por um pequeno e oportuno barril de uísque doméstico – superou quaisquer temores, e logo o terreno junto ao campo de batatas estava apinhado de figuras de comensais improvisados, arqueados sobre suas tigelas apoiadas nos joelhos.

– O que acha, Dorcas? – ouvi uma mulher perguntar à sua vizinha. – Tem um gosto meio estranho, não?

Dorcas, assim questionada, assentiu e engoliu antes de responder.

– É, sim. Mas o patrão já comeu seis dessas até agora e elas ainda não o mataram.

A reação dos homens e das crianças foi bem mais entusiástica, provavelmente devido às generosas porções de manteiga servida com as batatas.

– Os homens são capazes de comer bosta de cavalo se você servir com manteiga – disse Jenny em resposta a uma observação semelhante. – Homens! Uma barriga cheia e um lugar para dormir quando estão bêbados e isso é tudo que pedem da vida.

– Eu me pergunto por que você atura a mim e a Jamie – Ian a provocou ao ouvir –, já que pensa tão pouco dos homens.

Jenny balançou a concha da sopa descartando marido e irmão, sentados lado a lado no chão, perto do caldeirão.

– Ah, vocês não são "homens".

As sobrancelhas arrepiadas de Ian ergueram-se e as de Jamie, mais espessas e ruivas, fizeram o mesmo.

– Ah, não somos, não? Bem, o que somos, então? – perguntou Ian.

Jenny voltou-se para ele com um sorriso, os dentes brancos cintilando à luz da fogueira. Deu um tapinha carinhoso na cabeça de Jamie e um beijo na testa de Ian.

– Vocês são meus – disse ela.

Após o jantar, um dos homens começou a cantar. E outro trouxe uma flauta de madeira e acompanhou-o, o som agudo porém penetrante na noite gélida de outono. Fazia frio, mas não havia vento, e a sensação era de aconchego, envoltos em xales e cobertores, reunidos em pequenos grupos familiares ao redor do fogo. As chamas foram aumentadas depois da preparação do jantar e agora faziam um rombo significativo na escuridão.

O nosso próprio aglomerado familiar, agradavelmente aquecido, estava um pouco ativo demais. Ian fora buscar outra braçada de lenha e a pequena Maggie agarrava-se a sua mãe, forçando seu irmão mais velho a buscar refúgio e calor humano em outro lugar.

– Vou enfiá-lo de cabeça para baixo naquele caldeirão se você não parar de cutucar meu saco – informou Jamie ao sobrinho, que se contorcia vigorosamente no colo do tio. – Qual é o problema? Tem formiga nas calças?

A pergunta foi recebida com uma onda de risadinhas e um notável esforço de se esconder na parte do meio de seu hospedeiro. Jamie tateou no escuro, fazendo tentativas deliberadamente desajeitadas de agarrar os braços e as pernas de seu xará, depois passou os braços em volta do menino e rolou por cima dele, arrancando um berro espantado de alegria e prazer do pequeno Jamie.

Jamie prendeu o sobrinho com força no chão e o manteve lá com uma das mãos enquanto tateava cegamente no escuro. Agarrando um punhado de grama molhada com um grunhido de satisfação, ergueu-se o suficiente para enfiar a grama pela gola da camisa do pequeno Jamie, trocando as risadas por um grito mais agudo, mas não menos encantado.

– Pronto, aí está – disse Jamie, rolando de cima da pequena figura. – Vá chatear sua tia para variar.

O pequeno Jamie obedientemente arrastou-se até mim, de gatinhas, ainda dando risadas, e aconchegou-se no meu colo, entre as pregas do meu manto. Sentou-se o mais quieto possível para um garoto de quase 4 anos – o que não é muito quieto, se considerarmos bem – e deixou que eu removesse a maior parte da grama de sua camisa.

– Você tem um cheiro bom, tia – disse ele, roçando afetuosamente o meu queixo com sua juba de cachos negros emaranhados. – Cheiro de comida.

– Bem, obrigada – disse. – Devo entender que você está com fome outra vez?

– Sim. Tem leite?

– Tem, sim. – Eu podia alcançar o jarro de cerâmica estendendo bem a mão. Sacudi a botija, concluí que não restava muito para valer a pena ir buscar uma xícara e inclinei o jarro, segurando-o para que o menino pudesse beber direto do recipiente.

Temporariamente absorto em tomar o leite, ele ficou quieto, o corpo pequeno e vigoroso pesado sobre minha coxa, as costas apoiadas contra meu braço enquanto envolvia o jarro com as duas mãos rechonchudas.

As últimas gotas de leite gorgolejaram da botija. O pequeno Jamie relaxou imediatamente e emitiu um leve soluço de saciedade. Eu podia sentir o calor emanando dele, com aquela repentina subida de temperatura que anuncia o sono em crianças muito pequenas. Enrolei-o nas dobras do meu manto e embalei-o devagar para a frente e para trás, cantarolando baixinho a canção que cantavam do outro lado da fogueira. Os pequenos nós de suas vértebras eram redondos e duros como bolas de gude sob meus dedos.

– Ele adormeceu? – O corpanzil de Jamie assomou junto ao meu ombro, a luz do fogo fazendo brilhar o cabo de sua adaga e o cobre de seus cabelos.

– Sim – respondi. – Ao menos não está se remexendo, então deve estar dormindo. É mais ou menos como segurar um grande presunto.

Jamie riu, em seguida ele próprio ficou imóvel e em silêncio. Eu podia sentir a dureza de seu braço apenas roçando o meu e o calor de seu corpo pelas pregas do xale xadrez e da minha capa escocesa, chamada *arisaid*.

Uma brisa noturna soprou uma mecha de cabelos no meu rosto. Alisei-a para trás e descobri que o pequeno Jamie tinha razão; minhas mãos cheiravam a alho-poró, a manteiga e a amido das batatas cortadas. Dormindo, era um peso morto, e embora segurá-lo fosse reconfortante, ele estava cortando a circulação da minha perna esquerda. Remexi-me um pouco, com a intenção de estendê-lo sobre meu colo.

– Não se mexa, Sassenach. – A voz de Jamie soou baixa ao meu lado. – Só por um instante, *mo duinne*... fique imóvel.

Fiquei paralisada obedientemente, até que ele me tocou no ombro.

– Tudo bem agora, Sassenach – disse ele, com um sorriso na voz. – É que você estava tão bonita, com a luz da fogueira no rosto e os cabelos balançando ao vento. Eu queria me lembrar dessa imagem para sempre.

Voltei-me para encará-lo, então, e sorri para ele, por cima do corpo da criança. A noite estava escura e fria, animada por causa das pessoas ao redor, mas não havia nada onde estávamos sentados além de luz e calor – e de nós dois.

33

O PROTETOR DO IRMÃO

Fergus, após algum tempo de silenciosa observação pelos cantos, tornou-se parte do ambiente doméstico, assumindo a posição oficial de ajudante do estábulo, junto com Rabbie MacNab.

Embora Rabbie fosse um ou dois anos mais novo do que Fergus, era do mesmo tamanho do franzino garoto francês e logo tornaram-se amigos inseparáveis, exceto nas ocasiões em que discutiam – o que acontecia duas ou três vezes por dia – e então tentavam matar um ao outro. Certa manhã, depois que uma briga se agravou em punhos brandindo no ar, socos, pontapés e os dois rolaram pelo chão da leiteria e derramaram dois canecos de creme deixados ali para fermentar, Jamie resolveu intervir.

Com um ar sofrido, mas implacável, ele pegou cada vilão pela nuca do fino pescoço e arrastou-os para a privacidade do celeiro, onde, presumo, superou quaisquer escrúpulos que ainda tivesse sobre a administração de castigo físico. Saiu do celeiro a passos largos e pesados, balançando a cabeça e afivelando seu cinto de volta à cintura, e partiu com Ian a cavalo para atravessar o vale até Broch Mordha. Os garotos saíram do celeiro algum tempo depois, substancialmente submissos e – unidos na adversidade – de novo os melhores amigos.

Bastante amansados, de fato, para permitirem que o pequeno Jamie os seguisse de perto enquanto realizavam suas tarefas. Quando olhei pela janela mais tarde, vi os três brincando no quintal com uma bola de pano. Era um dia frio e nebuloso, e a respiração dos garotos erguia-se em nuvens leves conforme corriam e gritavam.

– Você tem um garoto muito forte e resistente – observei a Jenny, que vasculhava seu cesto de costura à procura de um botão. Ela ergueu os olhos, viu para onde eu olhava, e sorriu.

– Ah, sim, o pequeno Jamie é um garoto e tanto. – Veio unir-se a mim à janela, espreitando para o jogo lá embaixo.

– Ele é a cara do pai – observou ela amorosamente –, mas vai ter os ombros muito mais largos, eu acho. Deve ficar grande como o tio; está vendo aquelas pernas? – Achei que ela provavelmente tinha razão; embora o pequeno Jamie, com quase 4 anos, ainda tivesse os contornos rechonchudos de uma criança pequena, suas pernas eram longas e as costas eram largas, planas e musculosas. Possuía os ossos longos e graciosos de seu tio e o mesmo aspecto que seu xará maior projetava, de ser composto de algo ao mesmo tempo mais duro e mais flexível do que a carne comum.

Observei o menino lançar-se sobre a bola, arrebatá-la com um movimento ágil e atirá-la com força suficiente para passar direto pela cabeça de Rabbie MacNab, que saiu correndo, gritando, para resgatá-la.

– Ele se parece com o tio em outra coisa – falei. – Acho que também vai ser canhoto.

– Ah, meu Deus! – exclamou Jenny, a testa franzida enquanto examinava de longe seu rebento. – Espero que não, mas talvez você tenha razão. – Balançou a cabeça, suspirando. – Meu Deus, quando penso nos problemas que o pobre Jamie teve por ser canhoto! Todo mundo tentava endireitá-lo, dos meus pais ao professor na escola, mas ele sempre foi teimoso como uma mula e não cedia. Todos, exceto o pai de Ian, ao menos – acrescentou ela, como uma reflexão tardia.

– Ele não achava errado ser canhoto? – perguntei curiosamente, sabendo que a opinião geral da época era a de que ser canhoto era, na melhor das hipóteses, um azar e, na pior, um sinal de possessão demoníaca. Jamie escrevia com dificuldade com a mão direita, porque sempre apanhava na escola por pegar a pena com a mão esquerda.

Jenny balançou a cabeça mais uma vez, os cachos negros sacudindo-se sob sua touca.

– Não, o velho John Murray era um homem estranho. Dizia que se Deus escolhera fortalecer assim o braço esquerdo de Jamie, seria um pecado rejeitar o dom. E ele era um excelente espadachim, o velho John, de modo que meu pai deu ouvidos a ele e deixou que Jamie aprendesse a lutar com a mão esquerda.

– Pensei que tivesse sido Dougal MacKenzie quem ensinara Jamie a lutar com a mão esquerda – disse. Eu me perguntava qual seria a opinião de Jenny sobre seu tio Dougal.

Ela fez um gesto afirmativo com a cabeça, lambendo a ponta de uma linha antes de passá-la pelo buraco da agulha com um rápido empurrão.

– Sim, mas isso foi mais tarde, quando Jamie já estava crescido e foi morar com Dougal. Foi o pai de Ian quem lhe ensinou os primeiros golpes. – Ela sorriu, os olhos na camisa em seu colo. – Lembro-me que quando eram jovens, o velho John disse a Ian que sua função era ficar do lado direito de Jamie, porque ele devia guardar o lado mais fraco de seu chefe durante uma luta. E ele o fazia, os dois levaram isso muito a sério. E acho que o velho John estava certo – acrescentou ela, cortando o excesso de linha com a tesoura. – Depois de algum tempo, ninguém mais lutava com eles, nem mesmo os rapazes MacNab. Jamie e Ian eram ambos bem altos e ótimos lutadores, e quando ficavam ombro a ombro, ninguém conseguia derrubá-los, ainda que os adversários estivessem em maior número.

Riu de repente e arrumou um cacho de cabelo para trás da orelha.

– Observe-os de vez em quando, andando juntos pelo campo. Acho que eles nem percebem que ainda fazem isso, mas fazem. Jamie sempre se move para a esquerda, de modo que Ian possa assumir seu posto à direita, guardando o lado mais fraco.

Jenny ficou olhando pela janela, o olhar distante, a camisa momentaneamente esquecida no colo, e colocou a mão sobre o pequeno volume em seu ventre.

– Espero que seja um menino – disse ela, olhando para seu filho de cabelos escuros lá embaixo. – Canhoto ou não, é bom para um homem ter um irmão para ajudá-lo. – Notei seu olhar para o quadro na parede, Jamie ainda criança, de pé entre os joelhos de seu irmão mais velho, Willie. Os dois rostos juvenis altivos e solenes; a mão de Willie repousava protetoramente no ombro de seu irmão pequeno.

– Jamie tem sorte por ter Ian – comentei.

Jenny afastou o olhar do quadro e piscou uma vez. Era dois anos mais velha do que Jamie; seria três anos mais nova do que William.

– Sim, é verdade. E eu também – disse ela suavemente, retomando o trabalho na camisa.

Peguei um macacão de criança da cesta de roupas para consertar e virei-o do avesso, encontrando a costura rasgada embaixo do braço. Estava frio demais lá fora para qualquer pessoa que não meninos brincando ou homens trabalhando, mas estava confortável e aconchegante na sala de estar; as vidraças embaçaram-se rapidamente enquanto trabalhávamos, nos isolando do mundo gelado lá de fora.

– Por falar em irmãos – comecei, estreitando os olhos enquanto enfiava a linha na minha agulha –, você via Dougal e Colum MacKenzie com frequência quando eram crianças?

Jenny balançou a cabeça.

– Nunca conheci Colum. Dougal veio aqui uma ou duas vezes, trazendo Jamie de volta depois das festas do *Hogmanay*, o Ano Novo, ou algo assim, mas não posso dizer que o conheço bem. – Ela ergueu a cabeça da costura, os olhos puxados brilhantes de interesse. – Mas você os conhece. Diga-me, como é Colum MacKenzie? Sempre me perguntei, por uma ou outra coisa que ouvia dos visitantes que vinham aqui, mas meus pais nunca falavam dele. – Parou por um instante, um sulco entre as sobrancelhas. – Não, estou errada; meu pai realmente disse algo sobre ele uma vez. Foi logo depois de Dougal ter ido embora, voltando a Beannachd com Jamie. Papai estava apoiado na cerca lá fora, observando-os até se perderem de vista, e eu aproximei-me dele para acenar para Jamie. Eu sempre sentia muito quando ele ia embora, porque não sabia quanto tempo ele iria ficar longe. De qualquer modo, ficamos observando-os até dobrarem o topo da colina e então papai estremeceu ligeiramente, resmungou e disse: "Deus ajude Dougal MacKenzie quando seu irmão Colum morrer." Então, pareceu lembrar-se de que eu estava lá, porque se virou, sorriu para mim e disse: "Bem, menina, o que temos para jantar hoje?" E não tocou mais no assunto.

As sobrancelhas negras, elegantes e bem torneadas como pinceladas de caligrafia, ergueram-se intrigadas e inquiridoras.

– Achei isso estranho, porque ouvi dizer, quem não ouviu?, que Colum está gravemente aleijado e que Dougal é quem faz o trabalho de chefe do clã por ele, recolhendo aluguéis e resolvendo disputas, além de liderar o clã para a batalha, quando necessário.

– É verdade. Mas... – hesitei, sem saber ao certo como descrever aquele estranho relacionamento simbiótico. – Bem – disse com um sorriso –, o mais próximo que posso chegar é dizer-lhe que por acaso eu os ouvi discutir uma vez, e Colum disse a Dougal: "Estou lhe dizendo, se os irmãos MacKenzie têm entre si apenas um pênis e um cérebro, então estou satisfeito com minha parte no negócio!"

Jenny soltou uma risada repentina de surpresa, depois me olhou fixamente, um brilho especulativo no fundo dos olhos azuis, tão parecidos com os do irmão.

– Ah, então é assim, hein? Uma vez eu me perguntei, ouvindo Dougal falar sobre o filho de Colum, o pequeno Hamish; ele parecia um pouco mais afetuoso do que seria o normal para um tio.

– Você é rápida, Jenny – disse, fitando-a também. – Muito rápida. Levei muito tempo para deduzir isso e eu os vi todos os dias durante meses.

Ela deu de ombros modestamente, mas um pequeno sorriso brincava em seus lábios.

– Eu ouço com atenção – comentou simplesmente. – Ouço o que as pessoas dizem... e o que não dizem. E as pessoas realmente mexericam aqui nas Terras Altas. Então – ela cortou uma linha com os dentes e cuspiu as pontas perfeitamente na palma da mão –, conte-me sobre Leoch. Dizem que é enorme, mas não tão imponente quanto Beauly ou Kilravock.

Trabalhamos e conversamos durante a manhã inteira, passando do conserto de roupas à fiação de lã para tricô e ao molde de um novo vestido para Maggie. Os gritos dos garotos do lado de fora cessaram e foram substituídos por murmúrios e batidas nos fundos da casa, sugerindo que os meninos ficaram com frio e foram infestar a cozinha.

– Será que vai nevar mais tarde? – perguntou Jenny, com um olhar para a janela. – O ar está úmido; viu a neblina sobre o lago hoje de manhã?

Balancei a cabeça.

– Espero que não. Vai dificultar a volta de Jamie e Ian. – A vila de Broch Mordha ficava a cerca de 15 quilômetros de Lallybroch, mas o caminho estendia-se por colinas altas, com encostas íngremes e rochosas, e não passava de uma trilha de veados.

De fato, nevou logo depois de meio-dia, e os flocos de neve continuaram se precipitando em redemoinhos até bem depois do cair da noite.

– Devem ter ficado para pernoitar em Broch Mordha – disse Jenny, tirando a cabeça coberta com a touca de dormir da janela após uma inspeção do céu nublado, com seu brilho de neve rosada. – Não se preocupe com eles; devem estar bem quentes embaixo das cobertas na cabana de alguém para passar a noite.

Sorriu de modo reconfortante para mim enquanto fechava as persianas. Ouviu-se um choro repentino do fundo do corredor e ela arrebanhou as saias de sua camisola com uma exclamação abafada.

– Boa noite, Claire – disse, já correndo para atender à sua missão maternal. – Durma bem.

De fato, eu geralmente dormia bem; apesar do clima frio e úmido, a casa era uma construção robusta e a cama de colchão de penas de ganso era bem suprida de cobertores e acolchoados. Esta noite, entretanto, sentia-me inquieta sem a presença de Jamie. A cama parecia grande e fria, minhas pernas contraídas e meus pés gélidos.

Tentei deitar de costas, as mãos cruzadas de leve sobre as costelas, os olhos cerrados, respirando fundo, para evocar a figura de Jamie; se eu pudesse imaginá-lo ali, respirando profundamente ao meu lado na escuridão, talvez conseguisse adormecer.

O canto de um galo cocoricando a plenos pulmões arrancou-me do travesseiro com um sobressalto, como se uma banana de dinamite tivesse explodido embaixo da cama.

– Idiota! – xinguei, cada nervo do meu corpo vibrando com o choque. Levantei-me e abri uma fresta da veneziana. Havia parado de nevar, mas o céu ainda estava pálido de nuvens, uma cor uniforme de um lado a outro no horizonte. O galo emitiu outro grito no galinheiro embaixo. – Cale-se! – disse. – Estamos no meio da noite, maldito garnisé.

Um novo cocoricó ressoou pela noite silenciosa e, no fim do corredor, uma criança começou a chorar, seguida de uma sonora, mas abafada expressão gaélica na voz de Jenny.

– Você – disse para o galo invisível – está com os dias contados. – Não houve resposta a isso e, após uma pausa para ter certeza de que o galo realmente resolvera ir dormir, fechei as persianas e fiz o mesmo.

A comoção sabotara qualquer tentativa de pensamento. Em vez de tentar começar outro, resolvi tentar voltar-me para dentro de mim, na esperança de que a contemplação física me relaxasse o suficiente para dormir.

Funcionou. Quando comecei a flutuar à beira do sono, minha mente fixa em algum lugar perto do meu pâncreas, pude ouvir indistintamente os sons do pequeno Jamie percorrendo o corredor na direção do quarto de sua mãe – desperto do sono por uma bexiga cheia, ele raramente tinha a presença de espírito de dar o próximo passo óbvio e, em geral, em vez disso, descia as escadas às apalpadelas em busca de assistência.

Eu me perguntara, ao vir para Lallybroch, se eu acharia difícil conviver com Jenny tão de perto; se eu teria inveja de sua fertilidade fácil. E poderia ter tido, se não tivesse visto que a maternidade pródiga também tinha seu preço.

– Há um penico bem do lado de sua cama, cabeça oca – soou a voz exasperada de Jenny do lado de fora de minha porta enquanto ela conduzia o pequeno Jamie de volta para a cama. – Você deve ter pisado nele quando saiu. Por que não consegue colocar na cabeça que tem que usar aquele? Por que tem que vir usar o meu toda santa noite? – Sua voz desapareceu quando ela começou a subir as escadas e eu sorri, a visualização se movendo pelas curvas dos meus intestinos.

Havia outra razão para eu não ter inveja de Jenny. No começo, eu temera que o nascimento de Faith tivesse causado algum dano interno em meu corpo, mas esse temor desaparecera com o toque de Raymond. Ao completar o inventário do meu corpo e sentir minha espinha relaxar à beira do sono, pude sentir que tudo estava bem. Acontecera uma vez, poderia acontecer de novo. Tudo que seria necessário era tempo. E Jamie.

Os passos de Jenny soaram nas tábuas do corredor, apressando-se em resposta a um chiado sonolento de Maggie do outro lado da casa.

– Crianças são uma alegria, mas dão muito trabalho – murmurei e adormeci.

Durante o dia seguinte, aguardamos, fazendo nossas tarefas e atravessando a rotina diária com o ouvido atento ao barulho de cavalos no pátio.

– Devem ter ficado lá para terminar algum negócio – disse Jenny, aparentemente confiante. Mas eu a via diminuir o passo toda vez que passava diante da janela que dava para o caminho de entrada da casa.

Quanto a mim, tinha dificuldade em controlar a imaginação. A carta assinada pelo rei George, confirmando o perdão de Jamie, estava trancada na gaveta da escrivaninha no seu escritório. Jamie a considerava uma humilhação e a teria queimado, mas insisti para que fosse guardada, por precaução. Agora, procurando ouvir sons através do zumbido do vento de inverno, eu tinha visões de tudo ter sido um erro ou alguma espécie de cilada – visões de Jamie preso outra vez por soldados do regimento dos Dragões, em seus casacos vermelhos, levado novamente para o sofrimento da prisão e para o perigo iminente do laço da força.

Os homens retornaram finalmente, pouco antes do anoitecer. Os cavalos vinham carregados de sacas de sal, condimentos para fazer conservas, agulhas e outros pequenos artigos que Lallybroch não podia produzir sozinha.

Ouvi um dos cavalos relinchar ao entrar no pátio do estábulo e desci correndo as escadas, encontrando Jenny, que vinha das cozinhas.

Uma sensação de alívio percorreu-me quando vi a figura alta de Jamie, ensombreada contra o celeiro. Atravessei correndo o pátio, alheia à pequena camada de neve que cobria o chão, e atirei-me em seus braços.

– Por onde afinal vocês andaram? – perguntei.

Ele beijou-me sem pressa antes de responder. Seu rosto estava frio contra o meu e seus lábios tinham o leve e agradável sabor de uísque.

– Hummm, salsichas para o jantar? – disse ele com aprovação, cheirando meus cabelos, defumados com a fumaça das cozinhas. – Ótimo, estou faminto.

– *Bangers and mash* – disse. – Por onde andaram?

Ele riu, sacudindo o xale xadrez para livrar-se dos flocos de neve.

– *Bangers and mash?* Isso é comida, não é?

– Salsichas com purê de batatas – traduzi. – Um bom prato tradicional da Inglaterra, até aqui desconhecido nos rincões incultos da Escócia. Agora, maldito escocês, onde diabos você esteve nos últimos dois dias? Jenny e eu estávamos preocupadas!

– Bem, tivemos um pequeno acidente – Jamie começou a explicar, quando notou a pequena figura de Fergus, carregando uma lamparina. – Ah, trouxe uma luz, então, Fergus? Bom rapaz. Coloque ali, onde não vai pegar fogo na palha e depois leve este pobre animal para sua baia. Depois que tiver tratado dele, venha jantar. Acho que já é capaz de sentar à mesa, não é? – Deu um tapinha amistoso na orelha de Fergus. O garoto se esquivou e devolveu um sorriso largo; aparentemente, o que quer que tenha acontecido no celeiro antes não deixara rancores.

– Jamie – disse, pausadamente. – Se você não parar de falar em salsichas e cavalos e me contar que acidente foi esse, vou lhe dar um chute na canela. O que vai doer muito nos meus dedos porque só estou de chinelos, mas vou chutá-lo mesmo assim.

– É uma ameaça? – provocou ele, rindo. – Não foi nada grave, Sassenach, é que...

– Ian! – Jenny, retida momentaneamente por Maggie, acabara de chegar, a tempo de ver seu marido entrar no círculo de luz da lamparina. Surpresa com o choque em sua voz, virei-me e a vi arremessar-se para Ian e colocar a mão em seu rosto. – O que aconteceu com você, homem? – perguntou ela. Obviamente, qualquer que tenha sido o acidente, Ian recebera o maior impacto. Um dos olhos estava roxo e inchado, semifechado, e havia um arranhão longo e feio em uma das bochechas.

– Estou bem, *mi dhu* – disse ele, dando uns tapinhas carinhosos em Jenny enquanto ela o abraçava, a pequena Maggie desconfortavelmente espremida entre os dois. – Só um pouco machucado.

– Estávamos descendo o monte a 3 quilômetros fora da vila, conduzindo os cavalos porque o terreno era acidentado, quando Ian pisou num buraco de toupeira e quebrou a perna – explicou Jamie.

– A de madeira – acrescentou Ian. Riu, um pouco timidamente. – A toupeira levou a melhor nesse encontro.

– Assim, ficamos em uma cabana próxima o tempo suficiente para entalhar uma nova – Jamie terminou a história. – Podemos comer? As paredes do meu estômago estão coladas.

Entramos sem mais tumulto e a sra. Crook e eu servimos o jantar, enquanto Jenny lavava o rosto de Ian com água de hamamélis e fazia perguntas ansiosas sobre outras possíveis contusões.

– Não foi nada – assegurou-lhe ele. – Só uns machucados aqui e ali.

No entanto, eu o observara caminhar para a casa e vira que ele mancava muito mais do que o normal. Troquei umas palavras com Jenny enquanto tirávamos a mesa do jantar, e quando estávamos instalados na sala de estar e o conteúdo dos alforjes guardado nos seus respectivos lugares, ela ajoelhou-se no tapete ao lado de Ian e segurou sua perna nova.

– Vamos tirar isso, então – disse ela, com firmeza. – Você se machucou e quero que Claire dê uma olhada. Talvez ela possa ajudá-lo melhor do que eu.

A amputação original fora feita com bastante habilidade e mais sorte ainda; o cirurgião do exército que decepara a parte de baixo da perna fora capaz de salvar o joelho. Isso dava a Ian muito mais flexibilidade de movimentos do que ele teria em caso contrário. No momento, entretanto, o joelho era mais um risco do que uma vantagem.

A queda torcera a perna brutalmente; a ponta do toco estava roxa da contusão e esfolada onde a borda afiada da perna artificial cortara a pele. Devia ser uma agonia colocar qualquer peso sobre aquele ferimento, ainda que tudo o mais estivesse normal. No entanto, o joelho torcera e a junta estava inchada, vermelha e quente.

O rosto longo e afável de Ian estava quase tão vermelho quanto a junta machucada. Embora perfeitamente à vontade com sua deficiência, eu sabia que ele detestava a impotência ocasional que ela impunha. Seu constrangimento em estar assim exposto agora era provavelmente tão doloroso para ele quanto o toque de minha mão.

– Você rompeu um ligamento aqui – informei a ele, percorrendo o inchaço na parte interna do joelho delicadamente com o dedo. – Não sei a gravidade do problema, mas é bem sério. Há líquido acumulado na junta; é por isso que está inchado.

– Você pode melhorar isso, Sassenach? – Jamie estava inclinado por cima do meu ombro, franzindo a testa diante do aspecto preocupante do ferimento.

Balancei a cabeça.

– Não há muito que eu possa fazer, além de compressas frias para reduzir o inchaço. – Ergui os olhos para Ian, fitando-o com a melhor imitação possível do olhar de madre Hildegarde. – O que *você* pode fazer – disse – é permanecer na cama. Pode tomar uísque para a dor amanhã; esta noite, vou lhe dar láudano para que possa dormir. Fique de repouso por pelo menos uma semana e veremos como ele se comporta.

– Não posso fazer isso! – protestou Ian. – A parede do estábulo precisa ser consertada, dois diques no campo de cima e as relhas dos arados para serem amoladas e...

– E uma perna para consertar também – disse Jamie com firmeza. Lançou a Ian o que eu particularmente chamava de "olhar de chefe", um olhar azul, fixo e penetrante, que fazia com que a maioria das pessoas acatasse suas ordens na mesma hora. Ian, que compartilhara refeições, brinquedos, expedições de caça, brigas e surras com Jamie, era bem menos suscetível do que a maioria.

– Pois sim que vou ficar na cama! – disse ele sem rodeios. Os olhos castanhos ardentes enfrentaram os de Jamie com uma expressão onde a dor e a raiva misturavam-se ao ressentimento, e a alguma coisa mais que não reconheci. – Acha que pode me dar ordens?

Jamie sentou-se sobre os calcanhares, enrubescendo como se tivesse levado uma bofetada. Ensaiou várias respostas óbvias e finalmente disse com serenidade:

– Não. Não vou tentar lhe dar ordens. Mas posso lhe pedir... para cuidar de si mesmo?

Os dois homens trocaram um longo olhar contendo alguma mensagem que eu não consegui decifrar. Finalmente, os ombros de Ian curvaram-se, à medida que ele foi relaxando, e ele meneou a cabeça, com um sorriso enviesado.

– Você pode pedir. – Suspirou e esfregou o arranhão em seu rosto, contraindo-se ao tocar na pele esfolada. Respirou fundo, enrijecendo-se, depois estendeu a mão para Jamie. – Me ajude a subir então.

Foi uma tarefa difícil amparar um homem com uma perna só por dois lances de escada, mas finalmente conseguiram. À porta do quarto de dormir, Jamie deixou Ian com Jenny. Ao recuar um passo, Ian disse algo amável e rápido a Jamie em gaélico. Eu ainda não sabia bem a língua, mas achei que ele tivesse dito: "Cuide-se, irmão."

– Você também, *mo brathair*.

Segui Jamie pelo corredor até nosso próprio quarto. Eu podia ver pela postura de seus ombros que ele estava cansado, mas eu tinha algumas perguntas que queria fazer antes que ele fosse dormir.

"Só uns machucados aqui e ali", dissera Ian, tranquilizando Jenny. Realmente. Aqui e ali. Além dos machucados no rosto e na perna, eu vira as marcas parcialmente escondidas sob o colarinho de sua camisa. Por maior que tivesse sido a ira do animal com a intrusão de Ian, eu não conseguia imaginar uma toupeira tentando estrangulá-lo em represália.

Jamie, entretanto, não queria dormir imediatamente.

– Ah, a ausência enternece o coração, não é? – falei. A cama, tão grande na noite anterior, agora mal parecia acomodar nós dois.

– Hummm? – disse ele, os olhos semicerrados de contentamento. – Ah, o coração? Sim, ele também. Ah, Deus, não pare; que sensação maravilhosa.

– Não se preocupe, continuarei com a massagem – assegurei-lhe. – Deixe-me apagar a vela. – Levantei-me e soprei-a; com as persianas abertas, havia bastante claridade no quarto devido ao reflexo do céu carregado de neve, mesmo sem a chama da vela. Eu podia ver Jamie nitidamente, a forma longa do seu corpo relaxada sob as cobertas, as mãos semiabertas ao longo do tronco. Entrei embaixo dos acolchoados ao lado dele e peguei sua mão direita, retomando a lenta massagem de seus dedos e da palma.

Ele deu um longo suspiro, quase um gemido, enquanto eu esfregava meu polegar em círculos firmes na base dos seus dedos. Enrijecidos pelas longas horas agarrados às rédeas do cavalo, os dedos aqueceram-se e relaxaram-se lentamente sob o toque de minhas mãos. A casa estava silenciosa e o quarto frio, fora do santuário de nossa cama. Era agradável sentir a extensão do seu corpo aquecendo o espaço ao meu lado e desfrutar a intimidade do toque, sem nenhuma sensação de premência imediata. Com o tempo, esse toque poderia significar mais; era inverno e as noites eram longas. Ele estava ali; eu também, e satisfeita com a situação tal como se apresentava no momento.

– Jamie – disse, após alguns instantes –, quem machucou Ian?

Ele não abriu os olhos, mas deu um longo suspiro antes de responder. No entanto, seu corpo não se enrijeceu em resistência; ele já esperava a pergunta.

– Fui eu – respondeu ele.

– O quê? – Larguei sua mão com o choque. Ele cerrou o punho e abriu-o, testando o movimento dos dedos. Em seguida, colocou a mão esquerda na colcha ao seu lado, mostrando-me os nós dos dedos ligeiramente inchados pelo choque contra as protuberâncias do rosto ossudo de Ian.

– Por quê? – perguntei, horrorizada. Eu podia ver que havia algo novo e tenso entre Jamie e Ian, embora não parecesse exatamente hostilidade. Eu não era capaz de imaginar o que teria feito Jamie bater em Ian; seu cunhado era quase tão ligado a ele quanto sua irmã, Jenny.

Os olhos de Jamie estavam abertos agora, mas não olhavam para mim. Ele esfregou as juntas dos dedos nervosamente, fitando-os. Fora a leve contusão nos nós dos dedos, não havia nenhuma outra marca em Jamie; aparentemente, Ian não reagira.

– Bem, Ian está casado há tempo demais – disse ele, na defensiva.

– Eu diria que você ficou no sol tempo demais – observei, fitando-o –, exceto que não há sol. Está com febre?

– Não – disse ele, desviando-se de minha tentativa de colocar a mão em sua testa. – Não, é que... pare com isso, Sassenach, eu estou bem. – Cerrou os lábios, mas depois desistiu e contou-me toda a história.

Ian havia de fato quebrado a perna ao pisar num buraco de toupeira perto de Broch Mordha.

– Já era quase noite, tínhamos muita coisa a fazer na vila, e nevava. Dava para perceber que Ian estava sofrendo com sua perna, embora ele ficasse insistindo que conseguia viajar. Bem, havia duas ou três cabanas próximas, então eu o coloquei sobre um dos pôneis e o levei encosta acima para pedir abrigo e passar a noite.

Com a característica hospitalidade das Terras Altas, tanto o abrigo quanto o jantar foram oferecidos com entusiasmo e, após uma tigela quente de sopa e bolo de aveia fresco, os dois visitantes foram acomodados num colchão de palha junto ao fogo.

– Quase não havia espaço para estender uma colcha junto à lareira e nós ficamos um pouco apertados, mas nos deitamos lado a lado e nos ajeitamos da melhor forma possível. – Respirou fundo e olhou para mim timidamente.

– Bem, eu estava exausto da viagem e dormi profundamente, e suponho que Ian fez o mesmo. Mas ele tem dormido com Jenny todas as noites nos últimos cinco anos e, suponho, tendo um corpo quente a seu lado na cama... bem, no meio da noite, ele rolou para o meu lado, passou o braço por cima de mim e me beijou na nuca. E eu... – hesitou, e eu pude ver o profundo rubor que inundou seu rosto, mesmo à luz cinza do quarto clareado pela neve – eu acordei de um sono profundo, achando que ele era Jack Randall.

Eu havia prendido a respiração durante todo o relato; agora a soltava lentamente.

– Deve ter sido um choque terrível – comentei.

Jamie contorceu um dos lados da boca.

– Foi um choque terrível para Ian, acredite – disse ele. – Virei-me e dei-lhe um soco no rosto e, quando finalmente despertei por completo, eu estava em cima dele, estrangulando-o, a língua dele para fora. Foi um choque para os Murray na cama também – acrescentou, pensativo. – Eu disse a eles que tivera um pesadelo... bem, de certa forma, eu tive mesmo... mas o incidente causou um grande tumulto, com as crianças berrando e Ian engasgado a um canto, e a sra. Murray sentada completamente ereta na cama, perguntando: "Quem? Quem?", como uma coruja pequena e gorda.

Ri diante do quadro, a despeito de mim mesma.

– Ah, meu Deus, Jamie. Ian ficou bem?

Jamie encolheu os ombros ligeiramente.

– Bem, você o viu. Todos voltaram a dormir, após algum tempo, e eu apenas fiquei deitado diante do fogo pelo restante da noite, fitando as vigas do teto. – Ele não ofereceu resistência quando peguei sua mão esquerda, acariciando levemente os nós dos dedos feridos. Seus dedos fecharam-se sobre os meus, segurando-os. – Depois, quando partimos na manhã seguinte – continuou ele –, esperei até chegarmos a um lugar onde pudéssemos sentar e avistar todo o vale lá embaixo. Então – ele engoliu em seco e sua mão apertou ligeiramente a minha –, eu lhe contei. Sobre Randall. E tudo que aconteceu.

Comecei a compreender a ambiguidade do olhar que Ian lançara a Jamie. E agora compreendia a expressão exausta no rosto de Jamie, e as olheiras. Sem saber o que dizer, apenas apertei suas mãos.

– Nunca pensei que iria contar isso a alguém um dia... exceto você – acrescentou ele, devolvendo o aperto na mão. Sorriu brevemente, depois libertou uma das mãos para esfregar o rosto. – Mas Ian... bem, ele... – hesitou em busca da palavra certa. – Ele me *conhece*, sabe?

– Eu sei. Vocês se conheceram a vida inteira, não é?

Ele confirmou com um gesto de cabeça, olhando vagamente pela janela. A neve girando em redemoinhos começara a cair outra vez, pequenos flocos dançando contra a vidraça, mais brancas do que o céu.

– Ele é apenas um ano mais velho do que eu. Durante a juventude, ele esteve sempre ao meu lado. Até eu completar 14 anos, não se passava um só dia que não visse Ian. E mesmo mais tarde, quando fui morar com Dougal, em Leoch, e mais tarde ainda, quando fui para Paris, para a universidade... quando voltava, era só dobrar um canto da casa e lá estava ele, e era como se eu nunca tivesse saído daqui. Ele apenas sorria ao me ver, como sempre fazia, e saíamos juntos por aí, lado a lado, pelos campos e córregos, falando de tudo. – Suspirou profundamente e passou a mão pelos cabelos. – Ian... ele é a parte de mim que pertence a este lugar, que nunca foi embora – disse ele, esforçando-se para explicar. – Eu pensei... devo contar a ele; eu não queria me sentir... isolado. De Ian. Deste lugar. – Fez um gesto em direção à janela, depois se voltou para mim, os olhos escuros na penumbra. – Você compreende?

– Acho que sim – disse outra vez, suavemente. – E Ian?

Ele fez um leve, desconfortável, movimento com os ombros, como se quisesse soltar uma camisa muito apertada em suas costas.

– Bem, não sei dizer. No início, quando comecei a lhe contar a história, ele ficou apenas balançando a cabeça, como se não pudesse acreditar e então, quando acreditou... – Parou e umedeceu os lábios, e eu tive uma ideia do quanto essa confissão na neve lhe custara. – Eu podia ver que ele queria ficar de pé e andar de um lado a outro, mas não conseguia, por causa da perna. Seus punhos estavam cerrados, o rosto lívido, e ele repetia: "Como? Droga, Jamie, *como* você deixou que ele fizesse isso?"

Balançou a cabeça.

– Não me lembro do que respondi. Ou do que ele disse. Gritamos um com o outro, isso eu sei. Eu queria bater nele, mas não podia, por causa de sua perna. E ele queria me bater, mas não podia, por causa de sua perna. – Resfolegou com uma pequena risada. – Meu Deus, devíamos parecer dois idiotas, sacudindo os braços e esbravejando um com o outro. Mas eu gritei por mais tempo e ele finalmente se calou e ouviu a história até o fim. Então, de repente, não consegui continuar falando; parecia-me inútil. E eu sentei-me repentinamente numa rocha e enfiei a cabeça entre as mãos. Depois de algum tempo, Ian disse que era melhor nós irmos andando. Eu assenti e me levantei, ajudei-o a montar no seu cavalo e partimos novamente, sem falar um com o outro.

Jamie pareceu perceber de repente como estava apertando minha mão com força. Aliviou a pressão, mas continuou a segurar minha mão, girando minha aliança entre o polegar e o dedo indicador.

– Cavalgamos durante muito tempo – disse ele à meia-voz. – Então ouvi um leve ruído atrás de mim e puxei as rédeas do meu cavalo para esperar que Ian viesse para o meu lado. Pude ver que ele estivera chorando, ainda chorava, as lágrimas escorrendo pelo rosto. Ele percebeu que eu o olhava e balançou a cabeça com força, como se ainda estivesse com raiva, mas depois estendeu a mão para mim. Segurei-a e ele apertou-a, com força suficiente para quebrar os ossos. Depois soltou e viemos para casa.

Pude sentir a tensão esvair-se de seu corpo com o final da história. "Cuide-se, irmão", dissera Ian, equilibrado em uma única perna, à porta do quarto.

– Está tudo bem, então? – perguntei.

– Vai ficar. – Relaxou completamente agora, recostando-se nos travesseiros de penugem de ganso. Deslizei sob as cobertas para bem junto dele, encaixada contra seu corpo. Ficamos observando a neve cair, sibilando baixinho contra as vidraças.

– Estou feliz de que você esteja de volta, são e salvo.

Acordei com a mesma luz cinza pela manhã. Jamie, já vestido para o dia, estava de pé junto à janela.

– Ah, está acordada, Sassenach? – disse ele, vendo-me erguer a cabeça do travesseiro. – Ótimo. Eu lhe trouxe um presente.

Enfiou a mão na bolsa de seu kilt e retirou dali várias moedas de cobre, duas ou três pedras pequenas, um pedacinho de pau enrolado com linha de pescar, uma carta amassada e um bolo de fitas de cabelo.

– Fitas de cabelo? – disse. – Obrigada. São lindas.

– Não, essas não são para você – disse ele, franzindo a testa enquanto desembaraçava as fitas azuis do pé de toupeira que carregava como amuleto contra reumatismo. – São para Maggie. – Estreitou os olhos, em dúvida, para as pedras que restaram em sua mão. Para minha surpresa, ele pegou uma delas e lambeu-a. – Não, não é essa – murmurou e enfiou a mão de novo na bolsa que carregava à cintura.

– O que acha que está fazendo? – perguntei com interesse, observando sua movimentação. Ele não respondeu, mas surgiu com novo punhado de pedras, que cheirou, descartando-as uma a uma até chegar a um nódulo que chamou sua atenção. Lambeu-a uma vez, para se certificar, depois a colocou na minha mão, radiante.

– Âmbar – disse ele com satisfação enquanto eu revirava o pedaço irregular de âmbar na palma da mão com o dedo indicador. Parecia cálida ao toque e fechei a mão em torno dela, quase inconscientemente. – Precisa de polimento, é claro – explicou ele. – Mas achei que daria um belo pingente para um colar. – Enrubesceu ligeiramente, observando-me. – É... é um presente pelo nosso primeiro ano de casamento. Quando a vi, lembrei-me do pequeno pedaço de âmbar que Hugh Munro lhe deu, quando nos casamos.

– Eu ainda o tenho – disse ternamente, acariciando o nódulo pequeno e peculiar de resina petrificada de árvore. O pedaço de âmbar de Hugh, um dos lados lapidado e polido para servir de janela, possuía uma libélula embutida na matriz, suspensa num voo eterno. Eu o guardava na minha caixa de remédios, o mais poderoso dos amuletos.

Um presente pelo nosso primeiro aniversário de casamento. Nós havíamos nos casado em junho, é claro, não em dezembro. Mas na data de nosso primeiro aniversário de casamento, Jamie estava na Bastilha e eu... nos braços do rei da França. Não foi propriamente uma época de celebração da bênção matrimonial.

– Já é quase *Hogmanay* – disse Jamie, olhando pela janela para a neve fofa que cobria os campos de Lallybroch. – Parece-me uma boa época para recomeços, eu acho.

– Eu também acho. – Saí da cama e juntei-me a ele à janela, envolvendo-o pela cintura. Permanecemos ali parados, unidos, sem falar, até meus olhos recaírem sobre os outros nódulos pequenos e amarelados que Jamie tirara da bolsa.

– E essas aqui, o que são, Jamie? – perguntei, soltando-o o suficiente para apontar.

– Ah, essas? São balas de mel, Sassenach. – Pegou um dos objetos, limpando-o com os dedos. – A sra. Gibson, na vila, as deu para mim. Muito boas, embora ache que ficaram um pouco sujas dentro da minha bolsa. – Estendeu a mão para mim, sorrindo. – Quer uma?

34

O DESTINO BATE À PORTA

Eu não sabia o que – ou quanto – Ian contara a Jenny de sua conversa na neve com Jamie. Seu comportamento em relação ao irmão continuou o mesmo de sempre, prático e insolente, com um leve toque de afetuosa provocação. Eu já a conhecia há bastante tempo, no entanto, para perceber que um dos maiores dons de Jenny era sua capacidade de enxergar as coisas com absoluta clareza – e depois seguir em frente, como se elas não existissem.

A dinâmica de comportamentos e sentimentos entre nós quatro moveu-se nos meses seguintes e acomodou-se num padrão sólido e forte, baseado na amizade e fundamentado no trabalho. O respeito e a confiança mútuos eram simplesmente uma necessidade; havia muito a ser feito.

Conforme a gravidez de Jenny evoluía, passei a assumir cada vez mais afazeres domésticos e ela passou a deferi-los a mim com mais frequência. Eu nunca tentava usurpar o seu lugar; ela era o eixo central de todo o ambiente doméstico desde a morte de sua mãe e era a ela que os empregados ou colonos recorriam normalmente. Ainda assim, eles acostumaram-se comigo, tratando-me com um respeito amistoso que às vezes chegava à beira da aceitação e, outras vezes, do temor reverente.

A primavera foi marcada, primeiro, pela plantação de uma enorme safra de batatas; mais da metade das terras aráveis disponíveis foi dedicada à nova colheita – uma decisão justificada em poucas semanas por uma tempestade de granizo que arrasou a cevada que começava a brotar. As ramas de batata, crescendo junto ao solo, sobreviveram.

O segundo acontecimento da primavera foi o nascimento da segunda filha, Katherine Mary, de Jenny e Ian. Ela chegou com uma rapidez que surpreendeu a todos, inclusive Jenny. Certo dia, Jenny se queixou de dor nas costas e foi deitar-se. Pouco depois, ficou claro o que estava realmente acontecendo e Jamie saiu apressado em busca da sra. Martins, a parteira. Os dois chegaram bem a tempo de compartilhar um copo de vinho para brindar a chegada do bebê, cujos berros agudos ecoavam pelos corredores da casa.

E assim o ano floresceu e tornou-se verde. Eu resplandecia, as últimas feridas cicatrizando-se em meio ao amor e ao trabalho.

As cartas chegavam irregularmente; às vezes, havia correspondência uma vez por semana, às vezes nada chegava por um mês ou mais. Considerando-se as distâncias que os carteiros tinham que percorrer para entregar as correspondências nas Terras Altas, eu achava incrível que alguma coisa conseguisse chegar.

Hoje, entretanto, havia um grande pacote de cartas e livros, bem embrulhado contra as intempéries numa folha de pergaminho oleado e amarrado com corda. Enviando o carteiro à cozinha para uma refeição, Jenny desamarrou com cuidado a corda retorcida e economicamente a guardou no bolso. Ela manuseou a pequena pilha de cartas, colocando de lado por ora um atraente pacote com endereço de Paris.

– Uma carta para Ian, deve ser a conta das sementes, acho, e uma de tia Jocasta. Que bom, há meses não temos notícias dela, achei que pudesse estar doente, mas vejo que sua mão está firme na pena.

Uma carta endereçada com uma caligrafia preta e arrojada caiu sobre a pilha de Jenny, seguida de um bilhete de uma das filhas casadas de Jocasta. Depois, outra para Ian, de Edimburgo, uma para Jamie de Jared – reconheci a caligrafia emaranhada, quase ilegível – e uma outra, num papel grosso, cor creme, selada com a coroa real da Casa Stuart. Outra queixa de Charles sobre os rigores da vida em Paris e as dores do amor intermitentemente retribuído, eu imaginava. Ao menos, esta parecia curta; em geral, ele se estendia por várias páginas, aliviando a alma com o "*cher* Jamie", num patoá que era uma mistura de quatro idiomas e cheio de erros ortográficos. Era evidente que ele não buscava o auxílio de um secretário para suas cartas pessoais.

– Ooh, três romances franceses e um livro de poesia de Paris! – disse Jenny, entusiasmada, abrindo o pacote bem embrulhado. – *C'est un embarras de richesse*, hein? Qual vamos ler esta noite? – Ergueu a pequena pilha de livros do seu invólucro, acariciando a capa macia de couro do livro que estava em cima com um dedo indicador que tremia de puro deleite. Jenny amava livros com a mesma paixão que seu irmão reservava aos cavalos.

A mansão, de fato, ostentava uma pequena biblioteca e se o lazer noturno entre o trabalho e a hora de dormir fosse curto, ainda assim incluía ao menos alguns minutos de leitura.

– Isso nos dá algo em que pensar enquanto trabalhamos – explicou Jenny quando a encontrei certa noite cambaleando de cansaço e insisti para que fosse para a cama dormir, em vez de ficar acordada para ler em voz alta para mim, Ian e Jamie. Ela bocejou, a mão na boca. – Ainda que eu esteja tão cansada que mal consiga ver as palavras na página, elas voltam para mim no dia seguinte, enquanto estou batendo manteiga, fiando ou tecendo a lã, e eu fico revirando-as em minha mente.

Ocultei um sorriso à menção da tecedura da lã. Somente as mulheres de Lallybroch, entre todas as fazendas das Terras Altas, eu tinha certeza, teciam a lã não só ao som de canções tradicionais, como também aos ritmos de Molière e Piron.

Tive uma súbita visão do barracão de tecelagem, onde as mulheres sentavam-se em duas fileiras, uma de frente para a outra, descalças e com os braços nus, com suas roupas mais velhas. Elas apoiavam-se contra as paredes enquanto empurravam com os pés os rolos longos e sujos de tecido de lã, formando a trama apertada e felpuda que iria repelir as neblinas das Terras Altas e até mesmo a chuva leve, mantendo quem usava a salvo do frio.

De vez em quando, uma mulher se levantava e saía para trazer a chaleira de urina fumegante do fogo. Com as saias presas bem altas, ela caminhava pelo centro do barracão, embebendo o tecido entre suas pernas. Os vapores elevavam-se, sufocantes e renovados, da lã encharcada, enquanto as tecelãs recolhiam os pés para evitar os possíveis respingos e faziam piadas grosseiras.

– Urina quente fixa o tingimento mais depressa – explicara-me uma das mulheres enquanto eu pestanejava, os olhos lacrimejando, na minha primeira visita ao barracão.

No começo, as outras mulheres ficaram me observando para ver se eu iria me esquivar do trabalho, mas a tecelagem da lã não era nenhum choque insuportável depois de tudo que eu vira e fizera na França, tanto na guerra de 1944 quanto no hospital em 1744. O tempo faz bem pouca diferença para as realidades básicas da vida. Fora o mau cheiro, o barracão era um lugar quente e confortável, onde as mulheres de Lallybroch confraternizavam e pilheriavam entre peças de tecido, e cantavam juntas durante o trabalho. As mãos moviam-se ritmicamente em cima de uma mesa ou os pés descalços afundavam-se no tecido fumegante, enquanto nos sentávamos no chão, empurrando uma parceira, que empurrava de volta.

Fui arrancada de minhas recordações da tecelagem pelo barulho de botas pesadas no vestíbulo e uma rajada de ar chuvoso e frio quando a porta se abriu. Jamie, e Ian com ele, conversando em gaélico, ao jeito confortável e sem afetação que significava que discutiam questões da fazenda.

– Aquele campo vai ter que ser drenado no ano que vem – dizia Jamie ao atravessar a porta. Jenny, ao vê-los, deixou a correspondência de lado e foi buscar toalhas de linho lavadas, na arca no vestíbulo.

– Enxuguem-se antes de ficar pingando no tapete – ordenou ela, entregando uma toalha a cada um. – E tirem essas botas imundas também. O correio chegou, Ian. Há uma carta para você daquele homem em Perth, aquele para quem você escreveu a respeito das sementes de batatas.

– Ah, é? Já vou lê-la, então, mas posso comer alguma coisa enquanto faço isso? – perguntou Ian, esfregando a cabeça molhada com a toalha, até os espessos cabelos castanhos ficarem arrepiados como os pelos de um porco-espinho. – Estou faminto e posso ouvir a barriga de Jamie roncando daqui de onde estou.

Jamie sacudiu-se como um cachorro molhado, fazendo sua irmã emitir um pequeno guincho quando as gotas frias voaram por todo o vestíbulo. Sua camisa estava colada nos ombros e mechas soltas, da cor de ferrugem e encharcadas de chuva, caíam sobre seus olhos.

Enrolei uma toalha em seu pescoço.

– Termine de se enxugar e eu vou buscar alguma coisa para você comer.

Eu estava na cozinha quando o ouvi gritar. Eu nunca o ouvira emitir um grito assim antes. Havia choque e horror naquele som, e mais alguma coisa – um tom de irrevogabilidade, como o grito de um homem que se vê nas garras de um tigre. Eu já estava no corredor, em direção à sala de estar, sem parar para pensar, uma bandeja de bolos de aveia ainda segura nas mãos.

Quando irrompi na sala, eu o vi de pé junto à mesa onde Jenny colocara a correspondência. Seu rosto estava lívido e ele cambaleou ligeiramente, como uma árvore cortada, esperando que alguém gritasse: "Madeira!" antes de cair.

– O que foi? – perguntei, aterrorizada com a expressão de seu rosto. – Jamie, o que foi? O que foi?!

Com um visível esforço, ele pegou uma das cartas na mesa e a entregou a mim. Coloquei a bandeja de bolos de aveia sobre a mesa e peguei a folha de papel, correndo os olhos rápido por ela. Era de Jared; reconheci a caligrafia fina e rabiscada imediatamente. "Querido sobrinho", li para mim mesma, "... muito satisfeito... as palavras não podem expressar minha admiração... sua coragem e audácia serão uma inspiração... você terá sucesso... minhas preces estarão com você..." Ergui os olhos do papel, confusa.

– De que ele está falando? O que você fez, Jamie?

A pele estava esticada sobre os ossos de sua face e ele riu, um esgar lúgubre, enquanto pegava outra folha de papel, esta um folheto de impressão barata.

– Não é o que *eu* fiz, Sassenach – disse ele. A folha impressa era encimada pela coroa da Casa Real dos Stuart. A mensagem embaixo era breve, expressa numa linguagem grandiosa.

Declarava que, por ordenação do Todo-poderoso, o rei James, VIII da Escócia e III da Inglaterra e da Irlanda, afirmava por meio deste documento seus direitos a reclamar o trono de três reinos. E por meio deste agradecia o apoio a esses direitos divinos pelos chefes dos clãs das Terras Altas, pelos senhores jacobitas e pelos "diversos outros súditos leais de Sua Majestade, o rei James, os quais, como prova disso, subscreveram seus nomes na presente Lista de Adesão".

Meus dedos foram ficando gelados enquanto eu lia e tinha consciência de uma sensação de terror tão aguda que continuar respirando tornou-se um verdadeiro esforço. Meus ouvidos latejavam com a pulsação do sangue e pontos negros dançavam diante dos meus olhos.

Ao pé do folheto estavam as assinaturas dos chefes de clãs escoceses que declararam sua lealdade ao mundo e apostaram suas vidas e reputação no sucesso de Charles Stuart. Clanranald estava lá, bem como Glengarry. Stewart, de Appin; Alexander MacDonald, de Keppoch; Angus MacDonald, de Scotus.

E no final da lista estava escrito: "James Alexander Malcolm MacKenzie Fraser, de Broch Tuarach."

– Jesus Cristo! Maldição! – murmurei, na verdade desejando dizer uma blasfêmia como forma de alívio. – O desgraçado assinou seu nome na lista!

Jamie, ainda pálido e carrancudo, começava a se recobrar.

– Sim, assinou – disse ele laconicamente.

Estendeu a mão e pegou a carta ainda não aberta que permanecia sobre a mesa, um papel velino de alta qualidade, com o símbolo dos Stuart bem evidente no selo de cera. Jamie abriu a carta impacientemente, rasgando o papel. Leu-a depressa, largando-a sobre a mesa em seguida, como se ela queimasse suas mãos.

– Um pedido de desculpas – disse ele com voz rouca. – Por falta de tempo de me mandar o documento para que eu mesmo pudesse assiná-lo. E sua gratidão, por meu leal apoio. Meu Deus, Claire! O que vou fazer?

Era um pedido de ajuda vindo do coração – e para o qual eu não tinha nenhuma resposta. Observei-o, impotente, enquanto ele se deixava cair sentado sobre uma almofada e ficava ali, imóvel, olhando fixamente para o fogo.

Jenny, paralisada por todo esse drama, aproximou-se para ver as cartas e o folheto. Leu-os com atenção, os lábios movendo-se ligeiramente ao fazê-lo. Em seguida, colocou os papéis delicadamente de volta sobre o tampo lustroso da mesa. Olhou para eles com o cenho franzido, depois se dirigiu a seu irmão e colocou a mão em seu ombro.

– Jamie – disse ela. Seu rosto estava muito pálido. – Só lhe resta uma única coisa a fazer, querido. Você tem que ir lutar por Charles Stuart. Tem que ajudá-lo a vencer.

A verdade de suas palavras penetrou devagar pelas camadas de choque que me envolviam. A publicação dessa Lista de Adesão marcava os que a assinaram como rebeldes e como traidores da Coroa inglesa. Não importava agora como, ou onde, Charles conseguira os recursos financeiros para começar a agir; ele já singrava os mares da rebelião e Jamie – e eu – também singrávamos as mesmas ondas, quer quiséssemos ou não. Como Jenny dissera, não havia escolha.

Meus olhos recaíram sobre a carta de Charles, onde Jamie a largara.

"... Embora muitos me digam que é uma tolice embarcar nesta empreitada sem o apoio de Luís – ou ao menos de seus bancos! –, não tenho a menor intenção de voltar para o lugar de onde vim", dizia. "Alegre-se comigo, meu caro amigo, porque estou indo para casa."

35

LUAR

À medida que os preparativos para a partida prosseguiam, uma corrente de entusiasmo e especulação percorria toda a propriedade. Armas guardadas desde a rebelião de 1715 eram retiradas da palha, dos fardos de feno e de cima da lareira, polidas e amoladas. Os homens, quando se cruzavam, paravam para conversar e se reuniam em grupos ansiosos, as cabeças unidas sob o sol quente de agosto. As mulheres foram ficando silenciosas, observando-os.

Jenny compartilhava com seu irmão a mesma capacidade de ser opaco, de não dar nenhuma pista do que estava pensando. Quanto a mim, transparente como uma vidraça, tinha uma certa inveja dessa aptidão. Assim, quando em certa manhã ela me pediu para chamar Jamie e dizer a ele que se encontrasse com ela na cervejaria, eu não fazia a menor ideia do que ela queria com ele. Jamie entrou atrás de mim e parou assim que atravessou a porta da cervejaria, esperando que seus olhos se acostumassem à penumbra. Inspirou fundo, inalando o aroma pungente, úmido e amargo com evidente satisfação.

– Ahh – disse ele, suspirando sonhadoramente. – Eu poderia ficar bêbado aqui só de respirar.

– Bem, então prenda a respiração por um instante, pois preciso de você sóbrio – avisou-o sua irmã.

Ele obedientemente inflou os pulmões e encheu as bochechas, esperando. Jenny cutucou-o rapidamente no estômago com o cabo de seu amassador, fazendo-o dobrar-se e expelir todo o ar num só jato.

– Palhaço – disse ela, sem rancor. – Queria conversar com você sobre Ian.

Jamie pegou um balde vazio da prateleira, virou-o e sentou-se nele. Uma leve claridade vinda da janela de papel oleado acima dele iluminou seus cabelos com um brilho acobreado.

– O que tem Ian? – perguntou ele.

Agora, foi a vez de Jenny respirar fundo. A enorme tina de farelo de cereais à sua frente exalou um calor úmido da fermentação, carregado do aroma de cevada, lúpulo e álcool.

– Quero que leve Ian com você quando for.

As sobrancelhas de Jamie lançaram-se para cima, mas ele não disse nada de imediato. Os olhos de Jenny estavam fixos nos movimentos do amassador, observando a suave agitação da mistura. Ele fitou-a pensativo, as mãos grandes soltas entre as pernas.

– Cansada do casamento, hein? – perguntou ele, em tom de conversa. – Provavelmente seria mais fácil eu o levar para a floresta e dar um tiro nele para você. – Viu-se um lampejo de olhos azuis acima da tina de fermentação.

– Se eu quisesse matar alguém a tiro, Jamie Fraser, eu mesma o faria. E Ian não seria minha primeira escolha como alvo, tampouco.

Ele deu um rápido muxoxo e o canto de seus lábios contorceu-se num sorriso reprimido.

– Ah, é? Então por quê?

Os ombros de Jenny moviam-se num ritmo regular, um movimento fundindo-se ao seguinte.

– Porque eu estou lhe pedindo.

Jamie espalmou a mão direita sobre o joelho, acariciando distraidamente a cicatriz irregular que ziguezagueava pelo dedo médio.

– É perigoso, Jenny – disse ele serenamente.

– Eu sei disso.

Ele balançou a cabeça devagar, ainda fitando a mão. Ela se recuperara bem e ele podia usá-la quase normalmente, mas o dedo anular rígido e a cicatriz grande e áspera nas costas da mão conferiam-lhe uma aparência estranha e defeituosa.

– Você acha que sabe.

– Eu sei, Jamie.

Ele ergueu a cabeça. Parecia impaciente, mas esforçava-se para se manter razoável e sensato.

– Sim, eu sei que Ian deve ter lhe contado histórias sobre lutar na França e tudo o mais. Mas você não faz a menor ideia de como realmente é, Jenny. *Mo cridh,* não é uma questão de roubo de gado. É uma guerra, e é provável que seja um maldito massacre sangrento. É...

O amassador bateu na borda da tina com um barulho estridente e caiu de volta dentro da mistura.

– Não diga que não sei como é! – interrompeu-o Jenny, furiosa. – Histórias, não é? Quem você acha que cuidou de Ian quando ele voltou da França com metade da perna e uma febre que quase o matou?

Ela bateu no banco com a mão aberta. Os nervos tensos eclodiram.

– Não sei? *Eu* não sei? *Eu* retirei um a um os vermes da carne viva do toco de sua perna porque sua própria mãe não teve coragem para isso! *Eu* segurei a faca quente contra sua perna para selar o ferimento! *Eu* senti o cheiro de sua carne tostando como a de um porco assado, ouvindo-o gritar enquanto isso! Ainda ousa ficar aí e dizer que eu... não... SEI como é!

Lágrimas iradas escorriam pelo seu rosto. Limpou-as, tateando no bolso à procura de um lenço.

Os lábios cerrados com força, Jamie levantou-se, tirou um lenço da manga e o entregou a ela. Ele sabia que não devia tocá-la ou tentar consolá-la. Ficou parado, fitando-a por um instante, enquanto ela enxugava furiosamente os olhos e o nariz.

– Ah, bem, você sabe, então – disse ele. – E ainda assim quer que eu o leve?

– Quero. – Assoou o nariz e limpou-o energicamente, depois enfiou o lenço no bolso. – Ele sabe muito bem que é aleijado, Jamie. Sabe disso muito bem. Mas ele conseguiria, com você. Há um cavalo para ele; ele não teria que caminhar.

Ele fez um gesto impaciente com a mão.

– Se ele conseguiria não é bem a questão, não é? Um homem pode fazer o que ele acha que deve. Por que *você* acha que ele deve?

Novamente controlada, ela pescou o amassador de dentro da mistura e sacudiu-o. Gotículas marrons respingaram dentro da tina.

– Ele ainda não perguntou a você, não é? Se vai precisar dele ou não?

– Não.

Enfiou o amassador de novo dentro da tina e retomou o trabalho.

– Ele acha que você não vai querê-lo porque é aleijado e que ele não teria nenhuma utilidade para você. – Ergueu os olhos, azuis e atormentados, iguais aos do irmão. – Você conheceu Ian antes, Jamie. Ele está diferente agora.

Ele meneou a cabeça relutantemente, retomando o seu assento no balde.

– Sim. Bem, mas é de se esperar, não? E ele parece muito bem. – Ergueu os olhos para a irmã e sorriu. – Ele é feliz com você, Jenny. Você e as crianças.

Ela assentiu, os cachos negros sacudindo-se.

– Sim, é – disse ela suavemente. – Mas isso é porque ele é um homem completo para mim, e sempre será. – Olhou diretamente para o irmão. – Mas se ele achar que não tem utilidade para você, ele não será completo para si mesmo. E é por isso que eu quero que você o leve.

Jamie entrelaçou as mãos, os cotovelos apoiados nos joelhos, e apoiou o queixo sobre os dedos unidos.

– Isso não vai ser como na França – disse ele serenamente. – Lutando lá, você não arrisca mais do que seu corpo na batalha. Aqui... – Ele hesitou, depois continuou: – Jenny, isso é traição. Se der errado, aqueles que seguem os Stuart provavelmente terminarão no cadafalso.

Sua tez normalmente clara tornou-se ainda mais branca, mas seus movimentos não diminuíram de intensidade.

– Não há escolha para mim – continuou ele, os olhos fixos na irmã. – Mas você arriscaria nós dois? Vai querer Ian na forca, olhando para baixo, para a fogueira que vai consumir suas entranhas? Vai correr o risco de criar seus filhos sem o pai, para salvar o orgulho dele? – Seu rosto estava quase tão lívido quanto o dela, brilhando na penumbra da cervejaria.

Os golpes do amassador tornaram-se mais lentos, sem a velocidade feroz de seus movimentos anteriores, mas sua voz abrigava toda a convicção de seu trabalho lento, inexorável.

– Ou eu tenho um homem completo – disse ela com firmeza. – Ou nenhum.

Jamie permaneceu sentado, imóvel, por um longo instante, observando a cabeça escura de sua irmã inclinada sobre o trabalho.

– Está bem – disse ele finalmente. Ela não ergueu os olhos nem alterou seus movimentos, mas a touca branca que usava pareceu inclinar-se na direção de Jamie.

Ele suspirou explosivamente, em seguida levantou-se e virou-se de modo brusco para mim.

– Vamos sair daqui, Sassenach – disse ele. – Santo Deus, devo estar bêbado.

– O que o faz pensar que pode me dar ordens? – A veia na têmpora de Ian latejava furiosamente. A mão de Jenny apertou a minha com mais força.

A declaração de Jamie de que Ian o acompanharia para se unir ao exército dos Stuart fora recebida primeiro com incredulidade, depois com desconfiança e – como Jamie insistisse – com raiva.

– Você é um idiota – declarou Ian sem rodeios. – Eu sou aleijado e você sabe disso muito bem.

– Sei que você é um bom soldado e não há nenhum outro que eu gostaria de ter a meu lado numa batalha – disse Jamie com firmeza. Seu rosto não deixava entrever nenhum sinal de dúvida ou hesitação; ele concordara com o pedido de Jenny e o levaria até o fim, a qualquer preço. – Você já lutou muitas vezes; vai me desertar agora?

Ian agitou a mão num gesto de impaciência, descartando o elogio.

– Talvez, sim. Se minha perna sair ou se quebrar, haverá bem pouco que eu possa fazer. Ficarei lá deitado no chão como um verme, esperando que o primeiro inimigo venha me espetar. Além disso – disse ele, com uma expressão ameaçadora para seu cunhado –, quem você acha que vai cuidar deste lugar até você voltar se eu estiver fora na guerra com você?

– Jenny – replicou Jamie prontamente. – Vou deixar aqui homens suficientes que poderão encarregar-se do trabalho; ela sabe cuidar das contas muito bem.

As sobrancelhas de Ian ergueram-se e ele disse algo bem rude em gaélico.

– *Pog ma mahon!* Vai fazer com que eu a deixe cuidando sozinha do lugar, com três crianças no seu avental e apenas metade dos homens necessários? Meu caro, você perdeu o juízo completamente! – Lançando as mãos para o ar, Ian virou-se para o bufê, onde o uísque era mantido.

Jenny, sentada ao meu lado no sofá com Katherine no colo, soltou uma exclamação quase inaudível. Sua mão buscou a minha sob as pregas de nossas saias unidas e eu apertei seus dedos.

– O que o faz pensar que pode me dar ordens?

Jamie examinou as costas tensas de seu cunhado por um instante, com uma carranca. De repente, um músculo no canto de sua boca contorceu-se.

– Porque eu sou maior do que você – disse ele de modo beligerante, ainda carrancudo.

Ian virou-se para encará-lo, a incredulidade estampada no rosto. A indecisão brincou em seus olhos por menos de um segundo. Seus ombros endireitaram-se e ele empinou o queixo.

– Eu sou mais velho do que você – retrucou ele, com uma carranca igual.

– Eu sou mais forte.

– Não, não é!

– Sou, sim!

– Não, *eu* é que sou!

Um veio de absoluta seriedade sublinhava o riso em suas vozes; embora esse pequeno confronto pudesse passar por uma brincadeira, eles estavam tão concentrados um no outro e tão resolutos quanto na infância e na adolescência. Os ecos do desafio soaram na voz de Jamie quando ele abriu os punhos da camisa e arregaçou as mangas.

– Prove – disse ele. Limpou a mesa de xadrez com uma varredura descuidada da mão, sentou-se e fincou o cotovelo na superfície marchetada, os dedos flexionados para uma ofensiva. Os olhos azul-escuros fitaram os olhos castanhos de Ian, ardentes como os de Jamie.

Ian levou meio segundo para avaliar a situação, em seguida meneou a cabeça num breve sinal de concordância, fazendo uma grossa mecha de cabelos castanhos cair pesadamente sobre seus olhos.

Com calma deliberação, alisou-os para trás, abriu os punhos da camisa e enrolou as mangas até os ombros, dobra por dobra, sem tirar os olhos de seu cunhado.

De onde eu estava, podia ver o rosto de Ian, um pouco afogueado sob o bronzeado da pele, o queixo longo e estreito erguido com decisão. Eu não podia ver o rosto de Jamie, mas a determinação era eloquentemente expressa pela linha das costas e dos ombros.

Os dois homens ajeitaram os cotovelos com todo o cuidado sobre a mesa, manobrando para encontrar o melhor ponto, esfregando a ponta do cotovelo para a frente e para trás, a fim de se certificar de que a superfície não estava escorregadia.

Seguindo o ritual, Jamie abriu os dedos, a palma voltada para Ian. Ian cuidadosamente colocou sua própria palma contra a dele. Os dedos se correspondiam, tocando-se por um instante numa imagem espelhada; depois se moveram, um para a direita e o outro para a esquerda, unidos e firmes.

– Pronto? – perguntou Jamie.

– Pronto. – A voz de Ian era calma, mas seus olhos brilhavam sob as sobrancelhas.

Os músculos tensionaram-se imediatamente, por toda a extensão dos dois braços, saltando em perfeita definição conforme eles se remexiam em seus assentos, buscando equilíbrio.

Os olhos de Jenny encontraram-se com os meus e ela os revirou. O que quer que estivesse esperando de Jamie, não era isso.

Os dois estavam concentrados no tenso enredamento de seus dedos, à exclusão de tudo o mais. Ambos os rostos estavam vividamente vermelhos do esforço, o suor molhando os cabelos nas têmporas, os olhos saltando ligeiramente das órbitas. De repente, vi o olhar de Jamie sair de sua concentração nos punhos cerrados ao ver os lábios de Ian apertarem-se com mais força. Ian sentiu a mudança, ergueu a cabeça, os olhares de ambos se encontraram... e os dois desataram a rir.

As mãos permaneceram unidas por mais um instante, presas em espasmo, depois se separaram.

– Empate, então – disse Jamie, empurrando para trás uma mecha de cabelos molhados de suor. Balançou a cabeça para Ian com bom humor.

– Está bem, companheiro. Se eu pudesse lhe dar ordens, eu não o faria. Mas posso lhe pedir, não? Você quer vir comigo?

Ian enxugou o pescoço onde o suor molhava o colarinho. Seu olhar perambulou pelo aposento, repousando em Jenny por um instante. O rosto de Jenny não estava mais pálido do que o normal, mas eu podia notar a pulsação acelerada, latejando logo abaixo do ângulo de seu maxilar. Ian fitou-a atentamente enquanto desenrolava a manga da camisa outra vez, em voltas cuidadosas. Pude ver um rubor intenso começar a elevar-se da gola do vestido de Jenny.

Ian esfregou o queixo como se pensasse, depois se virou para Jamie e balançou a cabeça.

– Não, meu caro – disse ele suavemente. – Você precisa de mim aqui e aqui eu vou ficar. – Seus olhos pousaram em Jenny, segurando Katherine contra o ombro, e na pequena Maggie, agarrada à saia da mãe com as mãozinhas sujas. E em mim. A boca larga de Ian curvou-se num ligeiro sorriso. – Devo ficar aqui – repetiu ele. – Guardando seu lado fraco, amigo.

• • •

– Jamie?

– Sim? – A resposta veio imediatamente; eu sabia que ele não estava dormindo, embora permanecesse deitado e imóvel como uma estátua esculpida num túmulo. O quarto estava iluminado pelo luar e eu pude ver seu rosto quando me ergui sobre um cotovelo; ele olhava fixamente para cima, como se pudesse enxergar além das pesadas vigas do teto, para dentro da noite limpa e das estrelas no firmamento.

– Você não vai tentar me abandonar, não é? – Eu nem teria pensado em perguntar se não fosse pela cena com Ian, no começo da noite. Uma vez definido que Ian permaneceria na propriedade, Jamie sentara-se com ele para tomar algumas decisões: escolhendo quem iria marchar com o senhor das terras para ajudar o príncipe, quem ficaria para trás para cuidar dos animais, do pasto e da manutenção de Lallybroch.

Eu sabia que fora um difícil processo de decisão, embora ele não desse nenhuma demonstração disso, calmamente discutindo com Ian se Ross, o ferreiro, poderia ser levado – e concluindo que poderia, embora os arados necessários para a primavera tivessem que estar todos consertados e em perfeito estado antes de partirem. Se Joseph Fraser Kirby deveria ir – e concluindo que não –, já que ele era o principal esteio não só de sua própria família, como também da família de sua irmã viúva. Brendan era o filho mais velho das duas famílias e tinha 9 anos, ainda estava despreparado para substituir seu pai caso Joseph não retornasse para casa.

Era uma questão do mais delicado planejamento. Quantos homens deveriam ir para ter algum impacto sobre o curso da guerra? Porque Jenny tinha razão, Jamie agora não tinha escolha – nenhuma escolha, a não ser ajudar Charles Stuart a vencer. E para esse fim, o maior número possível de homens e armas que pudessem ser convocados deveria ser lançado à causa.

Entretanto, do outro lado estava eu e meu conhecimento mortal – e a falta dele. Havíamos conseguido evitar que Charles Stuart obtivesse dinheiro para financiar sua rebelião; ainda assim, o príncipe, insensato, irresponsável e determinado a reivindicar seu legado, havia desembarcado para reunir os clãs em Glenfinnan. Por outra carta de Jared, ficamos sabendo que Charles atravessara o Canal com duas pequenas fragatas, fornecidas por um tal de Antoine Walsh, um ex-traficante de escravos com um senso de oportunidade. Aparentemente, ele considerou a aventura de Charles menos arriscada do que uma expedição de tráfico de escravos, um jogo em que ele podia ou não ser punido. Uma das fragatas fora interceptada pelos ingleses; a outra desembarcara Charles são e salvo na ilha de Eriskay.

Charles desembarcara com apenas sete companheiros, inclusive o proprietário de um pequeno banco chamado Aeneas MacDonald. Incapaz de financiar uma expedição inteira, MacDonald fornecera os recursos financeiros para um pequeno estoque de espadas de folha larga, que constituía todo o armamento de Charles. Jared soara simultaneamente admirado e horrorizado com a irresponsabilidade da aventura, mas sendo um jacobita leal como era, fazia o possível para engolir seus temores.

E até aqui, Charles fora bem-sucedido. Pelos rumores que circulavam nas Terras Altas, ficamos sabendo que ele aportara em Eriskay, atravessara até Glenfinnan e lá aguardara, acompanhado apenas por alguns grandes tonéis de conhaque, para ver se os clãs iriam atender à sua convocação. Após o que devem ter sido várias horas de tensão, trezentos homens do clã Cameron desceram os desfiladeiros das íngremes montanhas verdes, liderados não pelo seu chefe, que estava sempre longe de casa – mas por sua irmã, Jenny Cameron.

Os Cameron foram os primeiros, mas outros se uniram a eles, conforme mostrava a Lista de Adesão.

Se Charles agora prosseguisse em direção ao desastre, apesar de todos os esforços, então quantos homens de Lallybroch poderiam ser poupados, deixados em casa para salvar algo da destruição?

O próprio Ian estaria a salvo; isso era certo e um bálsamo para o espírito de Jamie. Mas e quanto aos outros – as sessenta famílias que viviam em Lallybroch? Escolher quem deveria ir e quem deveria ficar poderia parecer, sob alguns aspectos, escolher homens que deveriam ser sacrificados. Eu já vira comandantes antes; os homens a quem a guerra forçara a fazer tais escolhas – e eu sabia o que isso lhes custava.

Jamie tomara suas decisões – não tinha alternativa –, mas em duas questões ele ficou inflexível; nenhuma mulher acompanharia sua tropa e nenhum rapaz de menos de 18 anos participaria. Ian ficou um pouco surpreso – embora a maioria das mulheres com filhos pequenos normalmente fosse deixada em casa, estava longe de ser incomum que as mulheres das Terras Altas seguissem seus homens na guerra, cozinhando e cuidando deles, e compartilhando as rações do exército. E os rapazes, que se consideravam homens aos 14 anos, ficariam extremamente humilhados por serem deixados de fora. Mas Jamie dera suas ordens num tom que não admitia argumentação, e Ian, após um instante de hesitação, apenas assentira e anotara os nomes.

Eu não quis perguntar-lhe na presença de Ian e Jenny se o banimento de mulheres me incluía. Porque, incluísse ou não, eu iria com ele, e isso, pensei, era definitivo.

– Deixá-la aqui? – disse ele agora, e o canto de sua boca torceu-se num sorriso enviesado. – Acha que eu teria alguma chance?

– Não – disse, aconchegando-me junto a ele com um alívio repentino. – Não teria. Mas achei que você poderia cogitar o assunto.

Ele deu uma risadinha e puxou-me para ele, minha cabeça em seu ombro.

– Ah, sim. E se eu achasse que poderia deixá-la aqui, eu a acorrentaria no corrimão; nada mais iria impedi-la de me seguir. – Pude sentir sua cabeça balançar-se acima de mim, em sinal de negação. – Não. Devo levá-la comigo, Sassenach, quer eu queira ou não. Há coisas que você talvez saiba durante o caminho, mesmo que pareçam não ter importância agora, podem ter depois. E você é uma ótima curandeira, Sassenach. Não posso negar suas habilidades aos homens, e elas serão necessárias.

Sua mão deu uns tapinhas no meu ombro e ele suspirou.

– Eu daria qualquer coisa, *mo duinne*, se pudesse deixá-la aqui a salvo, mas não posso. Assim, você irá comigo, você e Fergus.

– Fergus? – Fiquei surpresa com aquela decisão. – Mas achei que não iria levar nenhum dos rapazes mais jovens!

Ele suspirou outra vez e eu espalmei minha mão no centro do seu peito, onde seu coração batia sob a pequena cavidade, devagar e compassadamente.

– Bem, Fergus é um pouco diferente. Os outros rapazes... eu não os levarei porque eles pertencem a este lugar; se tudo der errado, restarão eles para impedir que suas famílias morram de fome, para trabalhar os campos e cuidar dos animais. Talvez tenham que crescer depressa se isso acontecer, mas ao menos estarão aqui para fazer o trabalho. Mas Fergus... este não é seu lugar, Sassenach. Nem a França, ou eu o mandaria de volta. Mas também não há um lugar para ele lá.

– O lugar dele é com você – disse ternamente, compreendendo. – Como o meu.

Ele ficou em silêncio por um longo tempo, depois sua mão apertou-me suavemente.

– Sim, é verdade – disse ele serenamente. – Durma agora, *mo duinne*, já é tarde.

O lamento queixoso e irritado arrancou-me das profundezas do sono pela terceira vez. Os dentes de Katherine estavam começando a despontar e ela não se importava se você sabia disso ou não. Do seu quarto no final do corredor, ouvi o resmungado sonolento de Ian e a voz mais alta de Jenny, resignada, enquanto saía da cama e ia consolar o bebê.

Então ouvi os passos abafados e pesados no corredor e compreendi que Jamie, ainda acordado, caminhava descalço pela casa.

– Jenny? – Sua voz, em tom baixo para evitar maiores perturbações, ainda assim era perfeitamente audível no silêncio rangente da mansão. – Ouvi o bebê chorando – disse ele. – Se ela não consegue dormir, eu também não, mas você pode. Se ela estiver alimentada e seca, talvez possamos aturar a companhia um do outro enquanto você volta para a cama.

Jenny reprimiu um bocejo e pude perceber o sorriso em sua voz.

– Jamie, querido, você é uma bênção para as mães. Sim, ela está cheia como um tambor e acabei de trocar sua fralda. Fique com ela, e eu desejo a ambos muita alegria. – Uma porta se fechou e ouvi os passos pesados outra vez, voltando para o nosso quarto, e o murmúrio surdo da voz de Jamie enquanto balbuciava para o bebê num tom tranquilizador.

Aninhei-me mais fundo no conforto da cama de penas de ganso e voltei ao sono outra vez, ouvindo ao longe o choro do bebê, entremeado de soluços sentidos, e o cantarolar grave, sem melodia, de Jamie, o som tão reconfortante quanto a ideia de colmeias ao sol.

– Ei, Kitty, *ciamar a tha thu? Much, mo naoidheachan, much.*

O som produzido pelos dois subia e descia pelo corredor e eu mergulhei mais fundo no sono, mas mantendo-me parcialmente acordada a fim de ouvi-los. Um dia, talvez, ele seguraria o próprio filho assim, a cabecinha redonda embalada nas mãos grandes, o corpo pequeno e sólido aconchegado com firmeza contra seu ombro. E desse jeito ele cantaria para a própria filha, uma canção sem melodia, um canto terno e delicado na escuridão.

A dorzinha constante em meu coração foi submergida numa inundação de ternura. Eu concebera uma vez; poderia fazê-lo de novo. Faith me ofertara essa certeza; Jamie, a coragem e os meios para usá-la. Minhas mãos descansaram levemente sobre meus seios, envolvendo suas curvas, sabendo sem nenhuma dúvida que um dia eles alimentariam a criança do meu coração. Mergulhei definitivamente no sono com a voz de Jamie em meus ouvidos.

Algum tempo depois, despertei levemente outra vez e abri os olhos para o quarto iluminado. A lua subira no céu, cheia e resplandecente, e todos os objetos no aposento estavam plenamente visíveis, daquela forma plana e bidimensional das coisas vistas sem sombra.

O bebê silenciara, mas eu podia ouvir a voz de Jamie no corredor, ainda falando, porém muito mais serenamente, pouco mais do que um murmúrio. E o tom de sua voz mudara; não era mais aquele palavreado sem sentido, rítmico, com que se fala com os bebês, mas o discurso entrecortado, interrompido, de um homem buscando o caminho através da selva de seu próprio coração.

Curiosa, deslizei da cama e aproximei-me silenciosamente da porta. Podia vê-los lá, no final do corredor. Jamie estava sentado com as costas apoiadas contra a lateral da banqueta encaixada na moldura da janela, vestido apenas com seu camisão. As pernas nuas estavam erguidas, formando um encosto contra o qual a pequena Katherine Mary descansava, de frente para ele e em seu colo, as próprias perninhas gorduchas chutando-o incansavelmente no estômago.

O rosto do bebê era insondável e claro como a lua, os olhos, poças escuras absorvendo suas palavras. Ele traçava a curva de sua bochecha com um dedo, sem parar, sussurrando com uma delicadeza comovente.

Ele falava em gaélico e tão baixo que eu não seria capaz de entender o que dizia ainda que conhecesse as palavras. Mas a voz murmurante era grave e o luar que entrava pela janela atrás dele mostrava os caminhos das lágrimas que deslizavam livremente pelas suas bochechas.

Não era uma cena que pudesse sofrer uma intrusão. Voltei para a cama ainda quente, levando na mente a imagem do senhor de Lallybroch, seminu à luz da lua, extravasando seu coração para um futuro desconhecido, segurando no colo a promessa de seu sangue.

Quando acordei de manhã, havia um aroma caloroso, pouco conhecido, ao meu lado, e algo enrolado em meus cabelos. Abri os olhos e deparei-me com os lábios róseos de Katherine Mary estalando sonhadoramente a 5 centímetros do meu nariz, os dedos gorduchos agarrados aos cabelos acima de minha orelha esquerda. Desvencilhei-me cautelosamente e ela remexeu-se, mas recaiu pesadamente de bruços, encolheu os joelhos e voltou a dormir.

Jamie estava deitado do outro lado da criança, o rosto semienterrado no travesseiro. Ele abriu um dos olhos, azul-claro como o céu da manhã.

– Bom dia, Sassenach – disse ele, falando baixinho para não perturbar a pequena dorminhoca. Sorriu para mim enquanto eu me sentava na cama. – Vocês duas formavam um lindo quadro, adormecidas assim, uma de frente para a outra.

Passei a mão pelos meus cabelos emaranhados e sorri também diante do traseiro levantado de Kitty, absurdamente empinado no ar.

– Isso não parece nem um pouco confortável – observei. – Mas ela ainda está dormindo, de modo que não pode ser tão ruim assim. Até que horas você ficou acordado com ela ontem à noite? Não ouvi quando veio para a cama.

Ele bocejou e passou a mão pelos cabelos, afastando-os do rosto. Tinha olheiras, mas parecia serenamente satisfeito.

– Ah, até tarde. Antes de amanhecer, pelo menos. Não queria acordar Jenny levando o bebê de volta para ela, assim coloquei-a na cama entre nós dois e ela não se mexeu nem uma vez durante o restante da noite.

O bebê massageava o colchão com os joelhos e os cotovelos, escavando as cobertas da cama com um ronco gutural e baixo. Devia estar quase na hora de sua mamada matinal. Essa suposição confirmou-se no momento seguinte, quando ergueu a cabeça, os olhos ainda completamente fechados, e emitiu um gritinho saudável. Apressei-me a pegá-la no colo.

– Pronto, pronto, pronto – disse baixinho, procurando acalmá-la, acariciando as pequeninas costas retesadas. Joguei as pernas para fora da cama, em seguida estendi a mão para trás e toquei a cabeça de Jamie. Senti os cabelos revoltos e brilhantes aquecidos sob minha mão. – Vou levá-la para Jenny – falei. – Ainda é cedo; durma um pouco mais.

– É o que farei, Sassenach – disse Jamie, contraindo-se diante do barulho. – Nos vemos no desjejum, certo? – Virou-se sobre as costas, cruzou as mãos no peito em sua postura preferida para dormir e já respirava pesadamente outra vez quando Katherine Mary e eu alcançamos a porta.

O bebê gritava com todas as forças, procurando um mamilo e berrando de frustração ao não encontrar nenhum imediatamente disponível. Descendo às pressas pelo corredor, encontrei Jenny, surgindo afobada de seu quarto, em resposta aos gritos de seu rebento, amarrando um roupão verde enquanto saía. Estendi-lhe o bebê que brandia os pequenos punhos numa demanda premente.

– Pronto, *mo mùirninn*, quietinha agora, quietinha – repetia Jenny, tranquilizando-a. Erguendo uma das sobrancelhas como um convite, pegou a criança das minhas mãos e virou-se para dentro do quarto outra vez.

Fui atrás dela e sentei-me na cama desfeita, enquanto ela acomodava-se numa cadeira própria para a amamentação, junto à lareira, e apressadamente desnudava um seio. A boquinha chorosa agarrou-se imediatamente ao mamilo e todos nós relaxamos aliviados quando o súbito silêncio tomou conta do aposento.

– Ah! – suspirou Jenny. Seus ombros baixaram quase imperceptivelmente quando o fluxo de leite teve início. – Assim está melhor, não é, gulosa? – Ela abriu os olhos e sorriu para mim, os olhos límpidos e azuis como os do irmão.

– Foi muita gentileza sua tomar conta do neném a noite toda. Eu dormi como uma pedra.

Dei de ombros, sorrindo diante da figura da mãe com a filha, ambas relaxadas em total contentamento. A curva da cabeça do bebê imitava perfeitamente a curva alta e redonda do seio de Jenny, ruídos de borbulhas erguendo-se da trouxinha, conforme seu corpo deixava-se afundar contra o corpo da mãe, encaixando-se facilmente na curva do colo.

– Foi Jamie, não eu – disse. – Ele e a sobrinha parecem ter se dado muito bem. – A visão dos dois juntos retornou à minha mente, Jamie falando com a criança num tom de voz grave e baixo, as lágrimas deslizando pelas suas bochechas.

Jenny assentiu, observando meu rosto.

– Sim. Achei que talvez um pudesse consolar o outro um pouquinho. Ele não anda dormindo bem ultimamente? – Sua voz continha uma indagação.

– Não – respondi brandamente. – Anda muito preocupado.

– Bem, é de se esperar – disse ela, olhando para a cama atrás de mim. Ian já saíra, tendo acordado ao alvorecer para ir cuidar dos animais no celeiro. Os cavalos da fazenda que podiam ser cedidos, e alguns que não podiam, precisavam receber ferraduras e arreios em sua preparação para a revolta. – A gente pode conversar com um bebê, sabe – disse ela repentinamente, invadindo meus pensamentos. – Quero dizer, conversar de verdade. Você pode dizer a eles qualquer coisa, por mais tolo que pudesse soar caso você falasse para alguém que o compreendesse.

– Ah. Então você o ouviu? – perguntei. Ela assentiu, os olhos na curva da bochecha de Katherine, no ponto onde as minúsculas pestanas repousavam sobre a pele clara, os olhos cerrados em êxtase.

– Sim. Você não deve se preocupar – acrescentou ela, sorrindo amavelmente para mim. – Não é que ele ache que não pode conversar com você; ele sabe que pode. Mas é diferente conversar com um bebê daquele jeito. É uma pessoa; você sabe que não está sozinho. Mas você sabe também que o bebê não conhece suas palavras e você não precisa se preocupar nem um pouco com o que ele vai pensar de você ou com o que ele pode sentir que deve fazer. Você pode extravasar seu coração para essas criaturinhas sem ter que escolher as palavras ou esconder qualquer coisa, e isso é um conforto para a alma.

Ela falava de modo simples e pragmático, como se aquilo fosse algo do conhecimento de todo mundo. Perguntei-me se ela conversaria com seu bebê daquela forma com frequência. A boca larga e generosa, tão parecida com a do irmão, ergueu-se ligeiramente em um dos cantos.

– Igual a quando se conversa com eles antes de nascerem – disse ela suavemente. – Sabe como é?

Coloquei as mãos delicadamente sobre o ventre, uma sobre a outra, lembrando-me.

– Sim, eu sei.

Ela pressionou o polegar na bochecha da filha, interrompendo a sucção, e com um movimento ágil mudou o corpinho de posição para colocar o seio cheio ao alcance do bebê.

– Às vezes, penso que talvez seja por isso que as mulheres em geral ficam tristes depois que a criança nasce – disse ela, como se pensasse em voz alta. – Você pensa nelas enquanto conversa e forma uma imagem delas como são dentro de você, do modo que acha que são. Depois, elas nascem e são diferentes, não são absolutamente como você imaginava que eram dentro de você. E você as ama, é claro, e passa a conhecê-las como realmente são... mas, ainda assim, fica em seu coração a ideia da criança com quem você conversava, e essa criança não existe mais. Assim, acho que o que você sente é a dor pela criança que se foi, embora tenha nos braços a criança que nasceu.

Abaixou a cabeça e beijou o cocuruto recoberto de penugem de sua filha. Prosseguiu:

– Sim – disse. – Antes... tudo são possibilidades. Pode ser um menino ou uma menina. Uma criança sem graça ou muito bonita. Depois ela nasce e tudo que ela poderia ter sido desaparece, porque agora ela passou a existir de verdade.

Ela balançou-se delicadamente para a frente e para trás, e a mãozinha crispada que agarrava as dobras de seda verde sobre seu seio começou a perder força e relaxar.

– E nasce uma menina, e o menino que ela poderia ter sido é morto – disse ela quase num sussurro. – E a linda garotinha ao seu seio matou o belo garoto que você achava que carregava. E você chora pelo que não sabia, que se foi para sempre, até conhecer a criança que tem agora e, então, finalmente, é como se ela não pudesse ser diferente de quem é, e você sente apenas alegria por tê-la. Entretanto, até então, você chora com facilidade.

– E os homens... – disse, pensando em Jamie, sussurrando segredos aos ouvidos surdos da criança.

– Sim. Eles seguram seus rebentos no colo e sentem tudo que poderão ser e tudo que jamais serão. Mas não é tão fácil para um homem chorar pelo que não conhece.

PARTE VI

As chamas da rebelião

36

PRESTONPANS

Escócia, setembro de 1745

Quatro dias de marcha e chegamos ao cume de uma colina perto de Calder. Uma região plana e deserta, de tamanho considerável, estendia-se ao sopé do morro, mas nós acampamos sob a proteção das árvores no alto. Havia dois córregos atravessando a rocha recoberta de musgo da encosta da colina e o tempo límpido e frio do começo do outono dava a sensação mais de um piquenique do que de uma marcha para a guerra.

Mas era 17 de setembro, e se meu conhecimento superficial da história jacobita estivesse correto, seria mesmo uma guerra, dentro de poucos dias.

– Conte-me de novo, Sassenach – dissera Jamie, pela duodécima vez, enquanto avançávamos pelas trilhas sinuosas e estradas poeirentas. Eu cavalgava Donas, enquanto Jamie caminhava ao lado, mas naquele instante, apeei do cavalo para caminhar ao lado dele e facilitar a conversa. Embora Donas e eu tivéssemos atingido uma espécie de compreensão mútua, ele era o tipo de cavalo que exige toda a sua concentração para cavalgar; era muito afeito a jogar um cavaleiro desavisado para fora da sela passando sob galhos baixos, por exemplo.

– Já lhe disse, eu não sei muita coisa – repeti. – Havia muito pouco escrito sobre isso nos livros de história e, na época, eu não prestei muita atenção. Tudo que posso lhe dizer é que a batalha foi travada... hã, *será* travada... perto da cidade de Preston. Por isso é chamada de Batalha de Prestonpans, embora os escoceses a chamassem... chamem... de Batalha de Gladsmuir, por causa de uma antiga profecia de que o rei que regressa será vitorioso em Gladsmuir. Só Deus sabe onde fica o verdadeiro Gladsmuir, se é que existe.

– Sim. E?

Franzi o cenho, tentando me lembrar do menor resquício de informação. Eu podia conjurar a imagem mental de um exemplar marrom, pequeno e enxovalhado, do livro *História da Inglaterra para crianças*, lido à luz bruxuleante de um lampião de querosene num casebre de taipa na antiga Pérsia. Folheando mentalmente o livro, só conseguia me lembrar da seção de duas páginas, que era tudo que o autor achara adequado consagrar ao segundo levante jacobita, conhecido pelos historiadores como a Rebelião de 45. E nessa seção de duas páginas havia um único parágrafo que tratava da batalha que estávamos prestes a travar.

– Os escoceses vencem – disse prestativamente.

– Bem, esse é o ponto mais importante – concordou ele, um pouco sarcástico –, mas seria bom saber mais um pouco.

– Se queria uma profecia, devia ter arranjado um adivinho – retruquei, arrependendo-me em seguida. – Desculpe-me. É só que eu não sei quase nada e isso é muito frustrante.

– Sim, é. – Ele tomou minha mão, apertando-a enquanto sorria para mim. – Não se preocupe, Sassenach. Não pode dizer mais do que sabe, mas conte-me tudo que souber, mais uma vez.

– Está bem. – Correspondi ao aperto de sua mão e continuamos caminhando, de mãos dadas. – Foi uma vitória notável – comecei, lendo minha página mental –, porque os jacobitas estavam em número muito menor. Eles surpreenderam o exército do general Cope no raiar do dia. Lançaram-se do sol nascente, lembro-me disso, e foi uma derrota fragorosa para o inimigo. Houve centenas de baixas do lado inglês e apenas algumas do lado jacobita. Trinta homens, para ser exata. Apenas trinta homens mortos no confronto.

Jamie olhou por cima do ombro, para as fileiras desordenadas dos homens de Lallybroch que vinham atrás de nós, espalhando-se ao longo da estrada conforme caminhavam, conversando e cantando em pequenos grupos. Trinta homens foram o que trouxemos de Lallybroch. Não parecia um número muito pequeno, olhando-se para eles. Mas eu vira os campos de batalha de Alsácia-Lorena e as grandes pastagens convertidas em cemitérios lamacentos pelo sepultamento de milhares de vítimas.

– Tudo considerado – disse, sentindo-me ligeiramente pesarosa –, receio que na verdade tenha sido... pouco importante, historicamente falando.

Jamie deixou escapar o ar dos pulmões pelos lábios contraídos e olhou-me desoladamente.

– Pouco importante. Sim, bem.

– Sinto muito – disse.

– Não é culpa sua, Sassenach.

Mas, de certa forma, eu não conseguia me isentar de culpa.

Os homens sentaram-se em torno da fogueira após o jantar, desfrutando preguiçosamente a sensação de estômago cheio, trocando histórias e coçando-se. A coceira era endêmica; acomodações apertadas e falta de higiene tornavam os piolhos do corpo tão comuns a ponto de não suscitarem mais nenhuma observação quando um dos homens arrancava um espécime representativo de uma prega de seu xale e o atirava no fogo. O parasita incendiava-se por um instante, mais uma entre as fagulhas da fogueira, e desaparecia.

O jovem que chamavam de Kincaid – seu nome era Alexander, mas havia tantos Alexanders que a maioria acabava sendo chamada por apelidos ou sobrenomes – parecia particularmente aflito com o flagelo naquela noite. Ele escavava furiosamente debaixo de um dos braços, em seus cabelos castanhos encaracolados e depois – com um rápido olhar para ver se alguém estava observando-o – na região das virilhas.

– Está infestado, não é, rapaz? – observou Ross, o ferreiro, compadecido.

– Sim – respondeu ele. – Os malditos parasitas estão me devorando vivo.

– É um inferno tirá-los dos pelos do seu pau – observou Wallace Fraser, coçando-se também, em solidariedade. – Sinto arrepios só de olhar para você, garoto.

– Sabe qual a melhor maneira de se livrar dos malditos insetos? – perguntou Sorley McClure prestativamente e, diante da negativa de Kincaid, inclinou-se para a frente e cuidadosamente tirou uma vareta flamejante do fogo.

– Levante seu kilt um instante, rapaz, e eu os afugentarei com fumaça – ofereceu-se, para as vaias e risadas de zombaria dos homens.

– Fazendeiro desgraçado – resmungou Murtagh. – E o que é que você sabe sobre isso?

– Conhece um modo melhor? – Wallace ergueu as grossas sobrancelhas castanhas com ceticismo, enrugando a pele bronzeada de sua fronte calva.

– Claro. – Retirou sua adaga com um floreio. – O garoto agora é um soldado; deixe que ele faça isso como um soldado faz.

O rosto franco de Kincaid mostrava-se ingênuo e ansioso.

– E como é?

– Bem, muito simples. Pegue sua adaga, levante sua saia e raspe metade dos pelos de sua forquilha. – Ergueu a adaga como um aviso. – Mas apenas a metade, veja bem.

– Metade? Sim, bem... – Kincaid parecia em dúvida, mas prestava muita atenção. Eu podia ver o riso formando-se nos rostos dos homens em torno da fogueira, mas ninguém estava rindo ainda.

– Então... – Murtagh indicou Sorley e sua vareta incandescente. – *Então*, rapaz, você ateia fogo na outra metade e quando os piolhos saírem correndo, você os espeta com sua adaga.

O rosto de Kincaid ficou tão afogueado que podia ser notado mesmo à luz da fogueira, enquanto o círculo de homens irrompia em estrondosas gargalhadas. Seguiram-se vários empurrões violentos quando alguns dos homens fingiam tentar a cura pelo fogo uns nos outros, brandindo pedaços de brasa. Quando parecia que a brincadeira grosseira estava saindo de controle, com probabilidade de levar a golpes mais sérios, Jamie retornou do trabalho de amarrar os animais. Entrou no círculo e atirou para Kincaid uma garrafa cinza que carregava sob o braço. Outra foi atirada para Murtagh e os empurrões cessaram.

– Vocês são todos uns tolos – declarou ele. – A segunda melhor maneira de se livrar de piolhos é despejando uísque em cima deles para deixá-los bêbados. Quando estiverem roncando, inconscientes, você se levanta e eles caem todos no chão.

– A segunda melhor, hein? – disse Ross. – E qual é a melhor maneira, chefe, se posso lhe perguntar?

Jamie sorriu indulgentemente ao redor do círculo, como um pai divertindo-se com as palhaçadas dos filhos.

– Ora, deixe que sua mulher cate-os um a um. – Dobrou um cotovelo e fez uma mesura para mim, uma das sobrancelhas arqueadas. – Se me fizer a gentileza, milady.

Embora colocada como uma piada, a remoção individual era na verdade o único método eficaz para se livrar dos parasitas. Eu penteava com pente-fino meus próprios cabelos – todos eles – pela manhã e à noite, lavava-os com milefólio sempre que parávamos junto a águas suficientemente profundas para o banho; com isso conseguira até então evitar qualquer infestação grave. Ciente de que eu só permaneceria livre dos piolhos enquanto Jamie também permanecesse, administrava-lhe o mesmo tratamento, sempre que conseguia mantê-lo sentado e quieto por tempo suficiente.

– Os babuínos fazem isso o tempo todo – observei, desembaraçando delicadamente um galhinho de rabo de raposa de sua espessa cabeleira ruiva. – Mas acredito que eles comam os frutos de seu trabalho.

– Não deixe que eu a impeça, Sassenach, se tiver vontade – retrucou ele. Arqueou os ombros ligeiramente de prazer quando o pente deslizou pelos fios grossos e lustrosos. A luz do fogo encheu minhas mãos com uma cascata de faíscas e fios dourados. – Hummm. Nunca imaginei que fosse tão bom ter alguém penteando seus cabelos por você.

– Espere até eu chegar ao resto – provoquei, beliscando-o com intimidade e fazendo-o contorcer-se com uma risadinha. – Embora esteja tentada a experimentar a sugestão de Murtagh em vez do pente.

– Toque nos pelos do meu pau com uma tocha e receberá o mesmo tratamento – ameaçou ele. – O que foi mesmo que Louise de La Tour disse que as mulheres depiladas são?

– Eróticas. – Inclinei-me para a frente e mordisquei a parte superior de uma de suas orelhas.

– Hummm.

– Bem, os gostos diferem – disse. – *Chacun à son gout* e coisas desse tipo.

– Um sentimento muito francês, devo dizer.

– Não é mesmo?

Um ronco sonoro, revolvido, interrompeu meus esforços. Larguei o pente e espreitei acintosamente as sombras entre as árvores.

– Ou há ursos neste bosque – disse – ou... por que você não comeu?

– Estava ocupado com os animais – respondeu ele. – Um dos pôneis está com o casco fendido e tive que enfaixá-lo com um emplastro. Não que eu sinta muita fome, com toda essa conversa de comer piolhos.

– Que tipo de emplastro você usa no casco de um cavalo? – perguntei, ignorando a observação.

– Várias coisas; bosta fresca serve, num aperto. Desta vez, usei folhas de ervilhaca trituradas e misturadas com mel.

Os alforjes haviam sido despejados perto da nossa fogueira particular, junto à borda da pequena clareira onde os homens haviam armado minha tenda. Embora eu estivesse disposta a dormir sob as estrelas como eles faziam, admiti uma certa gratidão pela pequena privacidade concedida a mim pela lona da barraca. E, conforme Murtagh ressaltara com sua franqueza de costume quando eu lhe agradeci por sua ajuda em erguer o abrigo, o arranjo não era unicamente para *meu* benefício.

– E se ele se esgueirar entre suas pernas à noite, ninguém ficará com inveja dele – dissera o pequeno escocês, balançando a cabeça na direção de Jamie, absorto numa conversa com vários outros homens. – Não há nenhuma necessidade de fazer os rapazes pensarem muito no que não podem ter, não é?

– Sem dúvida – respondi com um tom de irritação na voz. – Muito atencioso de sua parte.

Um dos seus raros sorrisos curvaram o canto da boca de lábios finos.

– Ah, sem dúvida – disse ele.

Uma rápida busca nos alforjes produziu um naco de queijo e várias maçãs. Dei-os a Jamie, que os olhou com desconfiança.

– Não tem pão? – perguntou ele.

– Talvez haja um pouco na outra sacola. Mas coma isso primeiro; vão lhe fazer bem. – Ele compartilhava a desconfiança inata de um escocês das Terras Altas em relação a frutas frescas e legumes, embora seu enorme apetite o dispusesse a comer praticamente de tudo em grandes quantidades.

– Humpf – resmungou, dando uma mordida numa maçã. – Já que você o diz, Sassenach.

– Digo, sim. Veja. – Afastei meus lábios, exibindo os dentes. – Quantas mulheres da minha idade você conhece que ainda têm todos os seus dentes?

Um sorriso largo revelou seus próprios e excelentes dentes.

– Bem, admito que os seus estão muito bem conservados, Sassenach, para uma senhora tão idosa.

– Bem nutrida, isso é o que sou – retorqui. – Metade das pessoas em suas terras sofre ligeiramente de escorbuto e, pelo que vi na estrada, é pior ainda em outros lugares. É a vitamina C que evita o escorbuto e as maçãs são cheias dela.

Ele tirou a maçã da boca e franziu o cenho com ar de desconfiança.

– É mesmo?

– Sim, é – disse com firmeza. – Assim como muitos outros tipos de plantas: laranjas e limões são os melhores, mas obviamente não se pode consegui-los aqui... mas cebolas, repolho, maçãs... coma algo assim todos os dias e nunca terá escorbuto. Até mesmo ervas verdes e capim possuem vitamina C.

– Hummm. E é por isso que os cervos não perdem os dentes quando ficam velhos?

– Eu diria que sim.

Ele revirou a maçã, examinando-a criticamente, depois deu de ombros.

– Sim, bem – disse ele, com mais uma mordida.

Eu acabara de me virar para ir buscar o pão quando um leve estalido chamou minha atenção. Avistei pelo canto do olho um vago movimento na escuridão e a luz da fogueira reluziu em alguma coisa perto da cabeça de Jamie. Virei-me para ele, gritando, bem a tempo de vê-lo saltar para trás do toco de árvore onde estava sentado e desaparecer no vazio da noite.

Não havia lua e a única pista do que estava acontecendo era um tremendo ruído de luta nas folhas secas dos carvalhos e o barulho de homens atracados num conflito brutal, porém silencioso, com grunhidos, arfadas e uma imprecação abafada de vez em quando. Ouviu-se um grito breve e agudo, seguido de absoluto silêncio. Durou, suponho, não mais do que alguns segundos, embora me parecesse um tempo interminável.

Eu ainda estava de pé junto à fogueira, paralisada em minha posição original, quando Jamie emergiu da escuridão sombria da floresta, um prisioneiro à sua frente, com um dos braços torcidos para trás. Afrouxando a mão, ele girou a figura escura e empurrou-a bruscamente, atirando-a de costas contra uma árvore. O homem bateu com força no tronco, soltando uma chuva de folhas e bolotas do carvalho. Em seguida, deslizou lentamente e ficou deitado, aturdido, na camada de folhas no solo.

Atraídos pelo barulho, Murtagh, Ross e dois outros homens dos Fraser materializaram-se junto ao fogo. Içando o intruso sobre os pés, puxaram-no rispidamente para o círculo de luz da fogueira. Murtagh agarrou o prisioneiro pelos cabelos e puxou sua cabeça para trás com um safanão, exibindo seu rosto.

Era um rosto pequeno, de ossos delicados, com olhos grandes de longas pestanas que piscavam aturdidamente para as figuras ao seu redor.

– Mas é só um menino! – exclamei. – Não pode ter mais de 15 anos!

– Dezesseis! – disse o garoto. Balançou a cabeça, recobrando os sentidos. – Não que isso faça qualquer diferença – acrescentou ele arrogantemente, com um sotaque inglês. Sotaque de Hampshire, pensei. Ele estava muito longe de casa.

– Não faz mesmo – concordou Jamie de modo assustador. – Dezesseis ou sessenta, ele acabou de fazer uma tentativa bem real de cortar minha garganta. – Percebi então o lenço manchado de vermelho, pressionado contra a lateral de seu pescoço.

– Não vou lhes contar nada – disse o garoto. Seus olhos eram duas poças escuras no rosto lívido, embora a luz da fogueira reluzisse nos cabelos louros. Ele agarrava um dos braços com força à sua frente; achei que provavelmente estivesse machucado. O garoto estava obviamente fazendo um grande esforço para se manter em pé e empertigado no meio dos homens, os lábios comprimidos contra qualquer expressão teimosa de medo ou dor.

– Algumas coisas você não precisa me contar – disse Jamie, examinando o garoto de alto a baixo. – Primeiro, você é inglês, então provavelmente veio com tropas próximas. Segundo, está sozinho.

O garoto pareceu surpreso.

– Como sabe disso?

Jamie ergueu as sobrancelhas.

– Imagino que não teria me atacado, a menos que achasse que esta senhora e eu estávamos sozinhos. Se estivesse com outras pessoas que também pensassem assim, provavelmente teriam vindo socorrê-lo agora mesmo. Aliás, seu braço está quebrado? Acho que senti alguma coisa estalar. Se estivesse com outras pessoas que soubessem que não estávamos sozinhos, elas o teriam impedido de tentar algo tão tolo. – Apesar de seu diagnóstico, notei três dos homens desaparecerem discretamente na floresta, atendendo a um sinal de Jamie, provavelmente para verificar se havia outros invasores.

A expressão do rosto do rapaz endureceu-se ao ouvir sua ação ser classificada de tola. Jamie tocou o lenço de leve sobre o ferimento no pescoço e examinou-o com ar crítico.

– Se estiver tentando matar alguém por trás, garoto, escolha um homem que não esteja sentado numa pilha de folhas secas – advertiu ele. – E se estiver usando uma faca em alguém maior do que você, escolha o ponto certo; cortar a garganta de uma pessoa é arriscado, a menos que sua vítima fique sentada, imóvel, à sua frente.

– Obrigado pelo valioso conselho – disse o garoto com escárnio. Ele estava se saindo bem em tentar manter sua bravata, embora seus olhos saltassem nervosamente de um rosto ameaçador e barbudo para outro. Nenhum homem das Terras Altas ganharia um concurso de beleza em plena luz do dia; à noite, não era o tipo de pessoa que você gostaria de encontrar num lugar escuro.

Jamie respondeu cortesmente:

– Não há de quê. É uma lástima que você não vá ter a oportunidade de usá-lo no futuro. Aliás, gostaria de saber, por que me atacou?

Os homens, atraídos pelo barulho, começaram a surgir dos acampamentos próximos, deslizando como espectros do meio das árvores. O olhar do garoto saltou de um lado a outro, em torno do crescente círculo de homens, recaindo finalmente sobre mim. Hesitou por um instante, mas respondeu:

– Eu esperava libertar a senhora de sua custódia.

Uma leve movimentação de riso reprimido percorreu o círculo, sendo rapidamente extinguido por um breve gesto de Jamie.

– Compreendo – disse ele, de forma não comprometedora. – Você nos ouviu conversar e concluiu que se tratava de uma senhora inglesa de boa família. Ao passo que eu...

– Ao passo que o senhor é um fora da lei sem escrúpulos, com uma reputação de roubo e violência! Seu rosto e descrição estão em enormes cartazes espalhados por toda parte em Hampshire e Sussex! Eu o reconheci imediatamente; é um rebelde e um devasso sem princípios! – O rapaz irrompeu furiosamente, o rosto manchado de vermelho mesmo sob a luz da fogueira.

Mordi o lábio e abaixei os olhos para os meus sapatos, para não encarar Jamie.

– Sim, bem. É isso mesmo – concordou Jamie cordialmente. – Sendo assim, talvez possa me dar alguma razão para eu não matá-lo imediatamente? – Sacando a adaga suavemente de sua bainha, ele girou-a bem devagar, fazendo a lâmina reluzir.

O sangue se esvaiu do rosto do rapaz, deixando-o como um fantasma nas sombras, mas ele empertigou-se diante das palavras de Jamie, empurrando seus captores de ambos os lados.

– Eu já esperava por isso. Estou perfeitamente preparado para morrer – disse ele, endireitando os ombros.

Jamie meneou a cabeça pensativamente, em seguida, inclinando-se, colocou a lâmina da adaga no fogo. Uma nuvem de fumaça elevou-se em torno do metal que se escurecia, com um cheiro forte de forja. Nós todos ficamos observando em silenciosa fascinação conforme a chama, de um azul espectral onde tocava a lâmina, parecia impregnar de vida o ferro mortal com uma descarga de calor incandescente.

Enrolando a mão no lenço manchado de sangue, Jamie cautelosamente retirou a adaga do fogo. Avançou devagar em direção ao garoto, deixando a lâmina cair, como se tivesse vontade própria, até tocar o colete do rapaz. Um cheiro forte de tecido queimado desprendeu-se do lenço enrolado em torno do cabo da arma, que se tornava mais forte conforme uma fina linha queimada traçava seu curso, subindo pela frente do colete no caminho da adaga. A ponta da lâmina, escurecendo à medida que esfriava, parou bem abaixo do queixo duramente erguido. Eu podia ver finas linhas de suor brilhando nas cavidades esticadas do pescoço delgado.

– Sim, bem, acho que não estou preparado para matá-lo... ainda. – A voz de Jamie era mansa, repleta de uma ameaça silenciosa ainda mais assustadora por seu controle. – Com quem você marchou? – A pergunta estalou como um chicote, fazendo os ouvintes recuarem de medo. A ponta da lâmina pairou um pouco mais perto, fumegando na brisa da noite.

– Eu... eu não vou lhe contar! – Os lábios do rapaz cerraram-se com firmeza sobre a resposta gaguejada e um tremor percorreu a garganta delicada.

– Nem a que distância estão seus camaradas? Nem quantos são? Nem a direção em que estão marchando? – As perguntas foram colocadas suavemente outra vez, com um toque meticuloso da lâmina ao longo da borda do maxilar do garoto. O branco de seus olhos aumentou, como os de um cavalo em pânico, mas ele balançou a cabeça violentamente, fazendo os cabelos dourados esvoaçarem. Ross e Kincaid aumentaram a pressão nos braços do rapaz que se debatia.

A lâmina escurecida pressionou com força e repentinamente em toda a sua extensão, plana, sob o ângulo de seu maxilar. Ouviu-se um grito agudo e arfante, e o cheiro de pele queimada.

– Jamie! – gritei, sem conseguir me conter. Ele não se voltou para me olhar, mas manteve os olhos fixos no prisioneiro, o qual, libertado das mãos em seus braços, deixou-se cair de joelhos sobre as folhas secas varridas pelo vento, a mão agarrando o pescoço.

– Isso não lhe diz respeito, senhora – falou ele entre dentes. Estendendo o braço, agarrou o menino pela frente da camisa e colocou-o de pé com um safanão. Cintilando, a lâmina da adaga ergueu-se entre eles e pousou logo abaixo do olho esquerdo do garoto. Jamie inclinou a cabeça numa pergunta silenciosa, mas recebeu em resposta uma negativa quase imperceptível, porém definitiva.

A voz do garoto não passava de um sussurro trêmulo; teve que pigarrear para se fazer ouvir.

– N-não – disse ele devagar. – Não. Não há nada que você possa fazer que me obrigue a contar-lhe qualquer coisa.

Jamie continuou segurando-o por mais um instante, fitando-o nos olhos, depois soltou o tecido enrugado em sua mão e deu um passo para trás.

– Não – disse ele lentamente –, acho que não há. Não a você. Mas e quanto à senhora?

No começo, não percebi que ele se referia a mim, até que ele me agarrou pelo pulso e me puxou com força para junto de si, fazendo-me tropeçar ligeiramente no solo irregular. Caí em sua direção e ele torceu meu braço bruscamente atrás das minhas costas.

– Você pode não ligar para o seu próprio bem-estar, mas talvez tenha alguma consideração pela honra da senhora, já que estava se dando a tanto trabalho para resgatá-la. – Virando-me para ele, enroscou os dedos nos meus cabelos, forçou minha cabeça para trás e beijou-me com uma brutalidade deliberada que me fez contorcer o próprio corpo de modo involuntário em protesto.

Soltando meus cabelos, puxou-me com força contra seu peito, de frente para o garoto do outro lado da fogueira. Os olhos do menino estavam arregalados, apavorados, com reflexos das chamas nas grandes pupilas escuras.

– Solte-a! – exigiu ele com voz rouca. – O que pretende fazer com ela?

As mãos de Jamie alcançaram a gola do meu vestido. Com um violento puxão, rasgou o tecido do vestido e da roupa de baixo, desnudando quase todo o meu peito. Reagindo instintivamente, chutei-o na canela. O garoto emitiu um som inarticulado e deu um salto para a frente, mas foi impedido mais uma vez por Ross e Kincaid.

– Já que perguntou – disse a voz de Jamie em tom agradável atrás de mim –, estou disposto a violentar esta senhora diante dos seus olhos. Depois, eu a entregarei aos meus homens, para fazerem o que quiserem. Talvez você também queira ter a sua vez antes que eu o mate? Um homem não deve morrer virgem, não acha?

Eu lutava seriamente agora, o braço mantido preso às costas com mão de ferro, meus protestos abafados pela palma grande e quente de Jamie sobre minha boca. Enfiei os dentes com força na base de sua mão, arrancando sangue. Ele retirou-a bruscamente com uma exclamação sufocada, mas retornou-a quase de imediato, forçando um pedaço de pano como uma bucha entre meus dentes. Eu emitia sons estrangulados através de minha mordaça quando as mãos de Jamie lançaram-se sobre meus ombros, afastando ainda mais os pedaços fragmentados do meu vestido. Com um som rascante de linho fino e rústico rasgados, ele me desnudou até a cintura, prendendo meus braços junto às laterais do corpo. Vi Ross olhar para mim e logo desviar os olhos, fixando-o de modo intenso no prisioneiro, um lento rubor tomando conta de seu rosto. Kincaid, ele mesmo com apenas 19 anos, ficou olhando fixamente em estado de choque, a boca aberta como uma planta carnívora.

– Pare! – A voz do rapaz estava trêmula, mas agora indignada, em vez de aterrorizada. – Você... você, covarde miserável! Como ousa desonrar uma senhora, seu canalha escocês! – Empertigou-se por um instante, o peito arquejante de emoção, depois tomou uma decisão. Arremeteu a cabeça para trás e empinou o queixo. – Muito bem. Não tenho outra escolha honrada. Solte a senhora e eu lhe direi o que quer saber.

Uma das mãos de Jamie largou meu ombro no mesmo instante. Não vi seu gesto, mas Ross soltou o braço quebrado do rapaz e saiu às pressas para buscar meu manto, que caíra no chão despercebidamente durante a agitação da captura do garoto. Jamie puxou minhas duas mãos para trás e, arrancando meu cinto, usou-o para atá-las com firmeza às minhas costas. Pegando o manto das mãos de Ross, jogou-o sobre meus ombros e fechou-o com cuidado. Dando um passo para trás, inclinou-se ironicamente para mim numa mesura, depois se virou para encarar o prisioneiro.

– Tem minha palavra de que a senhora estará a salvo das minhas investidas – disse ele. O tom de sua voz podia ser atribuído à tensão da raiva e do desejo frustrado; eu o reconheci como a angustiante repressão de uma incontrolável vontade de rir, e alegremente o teria matado ali mesmo.

O rosto endurecido como uma pedra, o rapaz forneceu as informações exigidas, falando em monossílabos.

Seu nome era William Grey, segundo filho do visconde Melton. Acompanhava uma tropa de duzentos homens, viajando para Dunbar, com a intenção de se juntar ali ao exército do general Cope. Seus companheiros estavam no momento acampados a uns 5 quilômetros dali, para oeste. Ele, William, andando pela floresta, vira a claridade de nossa fogueira e fora investigar. Não, não havia ninguém com ele. Sim, as tropas carregavam armamento pesado, dezesseis canhões montados em carroças e dois morteiros de 40 centímetros. A maior parte das tropas estava armada de mosquetes e havia uma companhia com trinta cavalos.

O garoto começava a esmorecer sob a tensão combinada do interrogatório e de seu braço quebrado, mas recusou uma oferta para se sentar. Em vez disso, apoiou-se contra uma árvore, segurando o cotovelo na mão esquerda.

As perguntas continuaram por quase uma hora, repassando as informações inúmeras vezes, identificando discrepâncias, ampliando os detalhes, buscando as omissões mantidas em segredo, as questões das quais o interrogado se esquivava. Finalmente satisfeito, Jamie deu um suspiro profundo e afastou-se do garoto, que se deixou cair nas sombras oscilantes do carvalho. Ele estendeu a mão sem falar; Murtagh, como sempre adivinhando sua intenção, entregou-lhe uma pistola.

Ele voltou-se outra vez para o prisioneiro, ocupando-se em verificar a preparação do explosivo e o carregamento da arma. Os 30 centímetros da pistola de metal, a coronha em forma de coração, reluziram com um brilho escuro, a luz da fogueira desprendendo faíscas prateadas do gatilho e do percussor.

– Coração ou cabeça? – perguntou Jamie despreocupadamente, erguendo por fim o rosto.

– Hein? – O rapaz permaneceu de boca aberta, com ar estúpido de absoluta incompreensão.

– Eu vou matá-lo com um tiro – explicou Jamie pacientemente. – Em geral, espiões são enforcados, mas em consideração ao seu cavalheirismo, estou disposto a lhe dar uma morte rápida e limpa. Prefere receber o tiro na cabeça ou no coração?

O rapaz empertigou-se rápido, endireitando os ombros.

– Ah, oh, sim, claro. – Umedeceu os lábios com a língua e engoliu em seco. – Acho que... no coração. Obrigado – acrescentou ele, numa reflexão tardia. Ergueu o queixo, comprimindo os lábios, que ainda detinham um resquício de seus contornos suaves e infantis.

Meneando a cabeça em concordância, Jamie engatilhou a arma com um clique que ecoou pelo silêncio sob os carvalhos.

– Espere! – disse o prisioneiro. Jamie olhou-o com um ar inquiridor, a pistola apontada para o peito delgado. – Que garantia eu tenho de que a senhora não será molestada depois que eu... depois que eu tiver partido? – exigiu o garoto, olhando agressivamente à volta do círculo de homens. Sua única mão em perfeito estado estava fechada com força, mas tremia ainda assim. Ross emitiu um som que habilmente transformou num espirro.

Jamie abaixou a pistola e, com um controle inabalável, manteve o rosto impassível, numa expressão de solene seriedade.

– Bem – disse ele, com o sotaque escocês mais forte sob a tensão –, você tem a minha própria palavra, é claro, embora eu possa compreender perfeitamente que você tenha alguma hesitação em aceitar a palavra de um... – seu lábio se contorceu involuntariamente – covarde escocês. Talvez aceite a garantia da própria senhora? – Ergueu uma das sobrancelhas em minha direção e Kincaid adiantou-se prontamente para me libertar de minha mordaça.

– Jamie! – exclamei furiosa, a boca finalmente livre. – Isso é inadmissível! Como pôde fazer tal coisa? Seu... seu...

– Covarde – adiantou-se ele prestativamente. – Ou canalha, se preferir. O que acha, Murtagh – disse, voltando-se para seu tenente –, eu sou um covarde ou um canalha?

Os lábios finos de Murtagh contorceram-se numa expressão malvada.

– Eu diria que você é carne de cachorro se libertar sua garota sem uma adaga na mão.

Jamie voltou-se para seu prisioneiro com ar de arrependimento.

– Devo me desculpar com minha esposa por forçá-la a tomar parte nesta encenação. Asseguro-lhe de que sua participação foi inteiramente a contragosto. – Examinou pesarosamente a mão mordida à luz da fogueira.

– Sua esposa! – O rapaz olhava desvairadamente de mim para Jamie.

– Também lhe asseguro que, embora a senhora em questão às vezes honre minha cama com sua presença, ela nunca o fez sob coação. E não o fará agora – acrescentou ele enfaticamente –, mas não a desamarre ainda, Kincaid.

– James Fraser – sibilei entre os dentes cerrados. – Se tocar neste garoto, com certeza nunca mais partilhará a minha cama!

Jamie ergueu uma das sobrancelhas. Seus caninos brilharam momentaneamente à luz do fogo.

– Bem, essa é uma ameaça séria para um devasso sem princípios como eu, mas acho que não posso considerar meus próprios interesses nesta situação. Guerra é guerra, afinal de contas. – A pistola, que ele deixara arriar, começou a elevar-se outra vez.

– Jamie! – gritei.

Ele abaixou a pistola de novo e virou-se para mim com uma expressão de exagerada paciência.

– Sim?

Respirei fundo, para impedir que minha voz tremesse de raiva. Eu só podia imaginar o que ele estava tramando e esperava estar fazendo o que era certo naquela encenação. Certo ou não, quando isso terminasse... Afastei a visão extremamente agradável de Jamie contorcendo-se no chão com meu pé em seu pomo de adão, a fim de me concentrar no meu presente papel.

– Você não tem absolutamente nenhuma prova de que ele seja um espião – continuei. – Ele disse que se deparou com você por acaso. Quem não ficaria curioso se visse uma fogueira no bosque?

Jamie assentiu, seguindo meus argumentos.

– Sim, e quanto à tentativa de assassinato? Espião ou não, ele tentou me matar, ele mesmo admitiu. – Passou os dedos delicadamente sobre o arranhão vermelho na lateral de seu pescoço.

– Ora, é claro que ele o fez – disse, acaloradamente. – Ele diz que sabia que você era um fora da lei. Sua maldita cabeça está a prêmio, pelo amor de Deus!

Jamie esfregou o queixo pensativo, virando-se finalmente para o seu prisioneiro.

– Bem, é um argumento – disse ele. – William Grey, sua advogada defendeu-o muito bem. Não é política nem de Sua Alteza, o príncipe Charles, nem minha, executar pessoas de modo ilegal, seja inimigo ou não. – Convocou Kincaid com um gesto. – Kincaid, você e Ross levem este homem na direção onde ele diz que está seu acampamento. Se as informações que ele nos deu forem verdadeiras, amarrem-no em uma árvore a um quilômetro e meio do acampamento na linha de marcha. Seus amigos o encontrarão lá amanhã. Se o que ele nos contou *não* for verdade... – parou, os olhos frios pousados no prisioneiro – cortem sua garganta.

Encarou o rapaz diretamente nos olhos e disse, com um ar zombeteiro:

– Eu lhe dou sua vida. Espero que a use bem.

Deslocando-se para trás de mim, cortou a tira de pano que amarrava meus pulsos. Quando me virei furiosamente, ele indicou o garoto, que sentara-se de repente no chão, sob o carvalho.

– Talvez queira fazer a gentileza de cuidar do braço do rapaz antes de sua partida?

A carranca de pretensa ferocidade desaparecera de seu rosto, deixando-o impenetrável como uma muralha. As pálpebras estavam abaixadas, evitando o meu olhar.

Sem uma palavra, dirigi-me ao garoto e ajoelhei-me a seu lado. Ele parecia aturdido e não protestou quando o examinei, nem com as subsequentes manipulações, embora deva ter sido doloroso.

O corpete rasgado do meu vestido insistia em deslizar dos meus ombros e eu xingava baixinho enquanto ajeitava, irritada, um lado e outro pela milésima vez. Os ossos do antebraço do rapaz eram leves e angulosos sob a pele, pouco mais largos do que os meus. Coloquei uma tala no braço e pendurei-o numa tipoia usando meu próprio lenço.

– É uma fratura simples – disse a ele, tentando manter a voz impessoal. – Procure manter o braço imóvel pelo menos por duas semanas. – Ele assentiu, sem olhar em minha direção.

Jamie ficara sentado em silêncio num toco de madeira, observando meus serviços. Com a respiração entrecortada, caminhei até ele e o esbofeteei com toda a força. A bofetada deixou uma mancha branca em uma das bochechas e fez seus olhos lacrimejarem, mas ele não se mexeu nem mudou de expressão.

Kincaid pôs o garoto de pé e empurrou-o para a borda da clareira com uma das mãos nas costas. Ao atingir o limite das sombras, ele parou e virou-se. Evitando olhar para mim, falou diretamente para Jamie:

– Eu lhe devo minha vida – disse ele formalmente. – Eu preferia que não fosse assim, mas já que me forçou a aceitar sua dádiva, devo considerá-la uma dívida de honra. Espero poder pagar essa dívida no futuro, e assim que estiver paga... – A voz do garoto tremeu ligeiramente com o ódio contido, perdendo toda a pretendida formalidade na absoluta sinceridade de seus sentimentos – ... eu o matarei!

Jamie ergueu-se do toco de árvore em toda a sua altura. Seu rosto estava calmo, sem qualquer vestígio de divertimento. Inclinou a cabeça com seriedade para seu prisioneiro de partida.

– Neste caso, senhor, espero que não nos encontremos nunca mais.

O rapaz empertigou os ombros e devolveu o cumprimento com rigor.

– Um Grey jamais esquece um compromisso, senhor – disse ele, desaparecendo na escuridão com Kincaid junto a seu cotovelo.

Houve um discreto intervalo de espera silenciosa enquanto os ruídos de pés nas folhagens afastavam-se na escuridão. Em seguida, as risadas começaram, primeiro com um barulho sibilante e baixo através das narinas de um dos homens, seguido de uma risadinha de outro. Sem nunca se tornarem clamorosas, ainda assim foram ganhando volume, elevando-se em espiral pela roda de homens.

Jamie deu um passo para dentro do círculo, o rosto voltado para seus homens. As risadas cessaram bruscamente. Abaixando os olhos para mim, disse laconicamente:

– Vá para a barraca.

Alertado pela minha expressão, agarrou meu pulso antes que eu pudesse erguer a mão.

– Se vai me esbofetear de novo, ao menos me deixe dar a outra face – disse ele secamente. – Além do mais, acho que posso poupar-lhe o trabalho. Mas, ainda assim, aconselho-a a ir para a tenda.

Largando minha mão, aproximou-se da fogueira a passos largos e decididos e, com um movimento brusco da cabeça, reuniu os homens espalhados pela clareira em um aglomerado relutante, cauteloso, diante de si. Os olhos dos homens estavam arregalados, as órbitas escuras por causa das sombras.

Não compreendi tudo que ele disse, já que falava numa estranha mistura de gaélico e inglês, mas captei suficientemente o sentido para perceber que ele estava investigando, num tom uniforme e manso, que parecia transformar seus ouvintes em pedra, a identidade das sentinelas a serviço naquela noite.

Viram-se olhares furtivos de um lado a outro, um movimento desconfortável entre os homens, que pareciam aglomerar-se ainda mais estreitamente diante do perigo. No entanto, neste momento as fileiras cerradas se partiram e dois homens deram um passo à frente, olharam para cima – uma vez – depois rapidamente para baixo. Assim permaneceram, lado a lado, os olhos fixos no chão, fora da proteção de seus companheiros.

Eram os irmãos McClure, George e Sorley. Quase da mesma idade, de 30 e poucos anos, permaneciam acabrunhados, juntos, os dedos das mãos embrutecidas pelo trabalho contorcendo-se como se ansiassem por se unir, se entrelaçar, numa pequena proteção antes da tempestade anunciada.

Houve uma pausa breve e silenciosa quando Jamie olhou as duas sentinelas negligentes de alto a baixo. Seguiram-se cinco longos minutos de descompostura, tudo conduzido na mesma voz regular e mansa. Não se ouviu nenhum som do grupo de homens. Os McClure, ambos homens grandes e musculosos, pareciam definhar e encolher sob o peso da censura. Limpei as mãos suadas na saia, contente por não conseguir compreender tudo e começando a me arrepender por não ter seguido a ordem de Jamie para retornar à barraca.

Arrependi-me ainda mais no momento seguinte, quando Jamie voltou-se repentinamente para Murtagh, que, à espera da ordem, estava pronto com uma correia de couro, de cerca de 60 centímetros de comprimento, com um nó em uma das pontas para maior firmeza na mão de quem a segurava.

– Tirem a camisa e ponham-se de pé diante de mim, os dois. – Os McClure movimentaram-se imediatamente, os dedos rudes tateando as amarras da camisa, como se ansiosos para obedecer, aliviados de que as preliminares tivessem acabado e por ter chegado a hora da punição.

Achei que fosse vomitar, embora compreendesse que a pena fora bem leve, pelos padrões aplicados em casos semelhantes. Não se ouviu nenhum som na clareira, senão as vergastadas e uma ou outra arfada ou gemido dos homens que estavam sendo açoitados.

Na última chicotada, Jamie deixou a tira de couro cair ao seu lado. Suava copiosamente e o linho sujo de sua camisa estava emplastrado em suas costas. Fez um movimento com a cabeça para os McClure, dispensando-os. Em seguida, limpou o rosto molhado na manga da camisa enquanto um dos homens curvava-se dolorosamente para resgatar as camisas atiradas ao chão e seu irmão, também trêmulo, amparava-o do outro lado.

Os homens na clareira pareciam ter parado até mesmo de respirar durante o castigo. Neste instante, um calafrio percorreu o grupo, como se uma respiração coletiva tivesse sido exalada num suspiro de alívio.

Jamie olhou-os, balançando a cabeça de leve. O vento da noite intensificava-se, agitando e levantando os cabelos no topo de sua cabeça.

– Não podemos nos dar ao luxo de sermos descuidados, *mo duinne* – disse ele à meia-voz. – Nenhum de nós pode. – Respirou fundo e sua boca torceu-se ironicamente. – E isso inclui a mim também. Foi a minha fogueira desprotegida que atraiu o garoto para nós. – Sua testa porejava de suor novamente e ele passou a mão pelo rosto, enxugando-a no kilt. Fez um sinal com a cabeça para Murtagh, com um ar implacável e afastado dos demais homens, e estendeu a tira de couro para ele.

– Poderia me fazer o favor, senhor?

Após um instante de hesitação, Murtagh estendeu a mão nodosa e segurou a correia. Uma expressão que poderia ser de divertimento tremeluziu nos olhos negros e brilhantes do pequeno escocês.

– Com prazer... senhor.

Jamie virou-se de costas para seus homens e começou a desamarrar a camisa. Seus olhos me avistaram, paralisada entre os troncos de árvores, e uma das sobrancelhas ergueu-se numa pergunta irônica. Eu queria observar? Balancei a cabeça energicamente, dei meia-volta e saí correndo pelo meio das árvores, seguindo seu conselho tarde demais.

Na verdade, não retornei à barraca. Não podia suportar a ideia de seu confinamento asfixiante; sentia um aperto no peito e precisava de ar.

Encontrei-o no topo de uma pequena elevação, um pouco adiante da barraca. Aos tropeções, parei num pequeno espaço aberto, atirei-me de corpo inteiro no chão e passei os dois braços por cima da cabeça. Não queria ouvir o menor eco do ato final do drama, lá embaixo atrás de mim, junto à fogueira.

O capim áspero sob meu corpo estava frio na minha pele nua e encolhi-me, enrolando-me no manto. Embrulhada e aquecida no meu casulo, permaneci deitada imóvel e em silêncio, ouvindo as batidas do meu coração, esperando o turbilhão em meu íntimo se acalmar.

Algum tempo mais tarde, ouvi os homens passando em pequenos grupos de quatro ou cinco, retornando aos seus locais de dormir. Eu não conseguia distinguir suas palavras, abafadas pelas dobras do manto, mas soavam submissas, talvez um pouco intimidadas. Passou-se algum tempo até eu perceber que Jamie estava ali. Ele não falou nem fez nenhum barulho, mas subitamente percebi que estava perto. Quando girei e sentei-me, pude ver seu vulto sobre uma pedra, a cabeça descansando sobre os braços cruzados em cima dos joelhos.

Dividida entre o impulso de acariciar sua cabeça e a ânsia de golpeá-la com uma pedra, não fiz nem uma coisa nem outra.

– Você está bem? – perguntei após uma pausa, a voz o mais neutra possível.

– Sim, vou ficar. – Endireitou o corpo devagar e esticou-se, movendo-se cuidadosamente, com um profundo suspiro.

– Sinto muito pelo seu vestido – disse ele um minuto depois. Percebi que ele podia ver minha pele nua brilhando com um branco opaco na escuridão, e eu juntei as pontas do meu manto rispidamente.

– Ah, pelo *vestido*? – disse, com mais do que uma leve irritação na voz.

Ele suspirou outra vez.

– Sim, e pelo resto também. – Parou por um instante, depois disse: – Achei que talvez você estivesse disposta a sacrificar seu recato para evitar que eu tivesse que ferir o garoto, mas naquelas circunstâncias não tive tempo de pedir sua permissão. Se eu estava enganado, então peço seu perdão, senhora.

– Quer dizer que você o teria torturado mais?

Ele estava irritado e não se preocupou em esconder o fato.

– Torturar, pelo amor de Deus! Eu não machuquei o garoto.

Enrolei as dobras do manto com mais força em volta de mim.

– Ah, então não considera tortura quebrar seu braço e marcá-lo com uma faca em brasa?

– Não, não considero. – Cobriu a pequena distância de gramado que havia entre nós e agarrou-me pelo cotovelo, puxando-me e obrigando-me a fitá-lo. – Ouça. Ele mesmo quebrou o braço, tentando escapar de uma chave indefensável. Ele é tão corajoso quanto qualquer um dos meus homens, mas não tem nenhuma experiência de luta corporal.

– E a faca?

Jamie resfolegou com desdém.

– Ora! É apenas um ponto dolorido sob uma das orelhas e que amanhã à noite ele já terá esquecido. Achei que doeria um pouco, mas eu pretendia amedrontá-lo, não feri-lo.

– Ah. – Desvencilhei-me e comecei a andar novamente em direção ao bosque escuro, à procura de nossa barraca. Sua voz me seguiu.

– Eu poderia ter feito o garoto falar, Sassenach. Mas teria sido um trabalho sujo e talvez permanente. Prefiro não usar tais meios se não forem necessários. Veja bem, Sassenach – sua voz vinha das sombras, chegando até mim com um tom de ameaça –, em algum momento talvez eu tenha que fazê-lo. Eu tinha que saber onde estavam seus companheiros, suas armas e tudo o mais. Não consegui amedrontá-lo; ou eu o enganava ou o forçava a falar.

– Ele disse que você não podia fazer nada que o fizesse falar.

A voz de Jamie pareceu cansada.

– Pelo amor de Deus, Sassenach, é claro que eu podia. Você pode fazer qualquer pessoa falar se estiver disposto a torturá-la o suficiente. Sei disso melhor do que ninguém.

– Sim – disse serenamente –, acho que sabe.

Por um instante, nenhum de nós dois se mexeu, nem falou. Eu podia ouvir os murmúrios dos homens se preparando para a noite, uma ou outra batida de botas na terra dura e o farfalhar de folhas amontoadas para formar uma barreira contra o frio do outono. Meus olhos haviam se acostumado o suficiente à escuridão para que agora eu pudesse ver os contornos de nossa barraca, a uns 10 metros de distância, sob a proteção de um enorme larício. Podia ver Jamie também, seu vulto negro contra a escuridão menos densa da noite.

– Está bem – disse finalmente. – Está bem. Considerando-se a escolha entre o que você fez e o que poderia ter feito... sim, está bem.

– Obrigado. – Não dava para ver se ele estava sorrindo, mas assim me pareceu, pelo tom de sua voz.

– Você correu um sério risco com o restante da encenação – disse. – E se eu não tivesse lhe dado um pretexto para não matá-lo, o que teria feito?

A enorme figura remexeu-se e encolheu os ombros. Ouviu-se uma leve risadinha na escuridão.

– Não sei, Sassenach. Imaginei que você pensaria em alguma coisa. Se não... bem, suponho que eu ia ter que atirar mesmo no garoto. Não podia desapontá-lo simplesmente deixando-o ir, não é?

– Seu escocês filho da mãe – disse, sem muito ardor.

Seu peito arfou com um profundo e exasperado suspiro.

– Sassenach, fui esfaqueado, mordido, esbofeteado e chicoteado desde o jantar... que não cheguei a terminar. Não gosto de amedrontar crianças e não gosto de açoitar homens, e tive que fazer as duas coisas. Tenho duzentos ingleses acampados a 5 quilômetros daqui e nenhuma ideia do que fazer a respeito. Estou cansado, com fome e dolorido. Se você tiver qualquer resquício de compaixão feminina, eu gostaria de receber um pouco!

Falou de um modo tão ressentido que eu ri, apesar de tudo. Levantei-me e caminhei para ele.

– Acho que você merece. Venha cá e eu verei se consigo encontrar um pouquinho para você. – Ele havia vestido a camisa novamente, solta nos ombros, sem se preocupar em fechá-la. Deslizei as mãos sob a camisa, sobre a pele quente e sensível de suas costas. – Não cortou a pele – falei, tateando delicadamente para cima.

– Uma correia não corta a pele; só arde.

Removi sua camisa e fiz com que sentasse para que eu pudesse colocar compressas com a água fria do riacho.

– Melhor? – perguntei.

– Hummm. – Os músculos de seus ombros relaxaram, mas ele contraiu-se de leve quando toquei um lugar particularmente dolorido.

Voltei minha atenção para o arranhão sob a orelha.

– Você não teria realmente atirado nele, não é?

– Quem você pensa que eu sou, Sassenach? – disse ele, fingindo-se indignado.

– Um escocês covarde. Ou, na melhor das hipóteses, um fora da lei sem escrúpulos. Quem sabe o que um sujeito assim faria? Sem falar do devasso sem princípios.

Ele riu comigo e seu ombro sacudiu-se sob minha mão.

– Vire a cabeça. Se quer compaixão feminina, terá que se manter quieto enquanto aplico isto.

– Humm. – Fez-se um momento de silêncio. – Não – disse ele finalmente –, eu não teria atirado nele. Mas eu tinha que salvar seu orgulho de algum modo, depois de fazê-lo se sentir ridículo por sua causa. É um garoto corajoso; ele merecia sentir que valia a pena matá-lo.

Balancei a cabeça.

– Jamais vou entender os homens – murmurei, passando unguento de cravo-da-índia sobre o arranhão.

Ele estendeu as mãos para trás e trouxe as minhas para baixo do seu queixo.

– Você não precisa me entender, Sassenach – disse ele serenamente. – Desde que me ame. – Inclinou a cabeça para a frente e beijou minhas mãos unidas com ternura. – E me alimente – acrescentou ele, soltando-as.

– Ah, compaixão feminina, amor *e* comida? – disse, rindo. – Está querendo muito, não acha?

Havia pães e bolos nos alforjes, queijo e um pedaço de bacon também. As tensões e absurdos das últimas duas horas haviam sido mais exaustivos do que eu imaginara, por isso também participei avidamente da refeição.

Os ruídos produzidos pelos homens à nossa volta haviam se apaziguado e não havia nenhum som ou tremular de um fogo desprotegido para indicar que não estávamos a mil quilômetros de qualquer ser humano. Apenas o vento se agitava incessantemente entre as folhas, lançando um ou outro raminho para baixo, pelo meio dos galhos mais resistentes.

Jamie recostou-se contra uma árvore, o rosto indistinto à luz das estrelas, mas o corpo imbuído de malícia.

– Dei minha palavra a seu herói de que eu não a molestaria com as minhas abomináveis investidas. Suponho que isso signifique que, a menos que você me convide para compartilhar sua cama, vou ter que dormir com Murtagh ou Kincaid. E com os roncos de Murtagh.

– É verdade – concordei.

Fitei-o por um instante, depois dei de ombros, deixando metade do meu vestido arruinado deslizar.

– Bem, você já fez uma boa investida para me violentar. – Deixei o outro lado do vestido escorregar do ombro e o tecido rasgado caiu livremente em torno de minha cintura. – Pode muito bem vir terminar o serviço adequadamente.

O calor de seus braços era como seda aquecida, deslizando pela minha pele fria.

– Ah, bem – murmurou ele nos meus cabelos –, guerra é guerra, não é?

– Sou péssima com datas – disse para o céu estrelado algum tempo depois. – Miguel de Cervantes já nasceu?

Jamie estava deitado de bruços, ao meu lado, a cabeça e os ombros projetando-se do abrigo da tenda. Um dos olhos abriu-se devagar e girou na direção do horizonte a leste. Não vendo nenhum vestígio do amanhecer, viajou lentamente de volta e pousou sobre meu rosto, com uma expressão de amarga resignação.

– Sente uma necessidade súbita de discutir romances espanhóis? – perguntou ele, com a voz um pouco rouca.

– Não necessariamente – respondi. – Só me perguntava se você estaria familiarizado com o termo "quixotesco".

Ele ergueu-se sobre os cotovelos, coçou a cabeça com as duas mãos para acordar completamente, depois se virou para mim, piscando, mas alerta.

– Cervantes nasceu há quase duzentos anos, Sassenach, e eu, tendo tido o privilégio de uma educação esmerada, sim, estou familiarizado com o cavalheiro. Você não estaria insinuando nada pessoal com essa última observação, estaria?

– Suas costas doem?

Ele arqueou os ombros experimentalmente.

– Não muito. Estão um pouco machucadas, eu acho.

– Jamie, *por que*, pelo amor de Deus? – exclamei.

Ele apoiou o queixo nos braços cruzados, a inclinação de sua cabeça reforçando a obliquidade dos olhos. O olho que eu podia ver estreitou-se ainda mais com um sorriso.

– Bem, Murtagh divertiu-se. Eu lhe devia uma surra desde que eu tinha 9 anos e coloquei pedaços de uma colmeia em suas botas quando ele as tirou para refrescar os pés. Na ocasião, ele não conseguiu pôr as mãos em mim, mas aprendi um bom número de palavras novas e interessantes enquanto ele me perseguia descalço. Ele...

Interrompi o relato ao dar-lhe um soco, com todas as minhas forças, na ponta do ombro. Surpreso, ele deixou o braço desmoronar com um agudo "Uuuf!", rolando sobre o corpo e ficando de costas para mim.

Ergui os joelhos atrás dele e passei o braço pela sua cintura. Suas costas encobriam as estrelas, largas e musculosas, ainda brilhando ligeiramente com a umidade do esforço. Beijei-o entre as omoplatas, depois me afastei um pouco e soprei delicadamente, pelo prazer de sentir sua pele estremecer sob meus dedos e os pelos minúsculos e finos eriçarem-se, arrepiando a pele ao longo de sua espinha dorsal.

– Por quê? – repeti. Recostei o rosto contra suas costas quentes e úmidas. No escuro, as cicatrizes eram invisíveis, mas eu podia senti-las, as linhas finas e duras sob a minha face.

Ele ficou imóvel por alguns instantes, as costelas erguendo-se e abaixando-se sob meu braço, a cada respiração lenta e profunda.

– Sim, bem – disse ele, depois ficou silencioso outra vez, pensando. – Não sei exatamente, Sassenach – disse ele finalmente. – Talvez eu achasse que devia isso a você. Ou talvez a mim mesmo.

Coloquei a mão de leve sobre uma de suas omoplatas, larga e plana, os contornos do osso perfeitamente delineados sob a pele.

– Não a mim.

– É mesmo? É um ato de cavalheiro despir sua mulher na presença de trinta homens? – Seu tom de voz tornou-se amargo repentinamente e minhas mãos imobilizaram-se, pressionando contra seu corpo. – É um ato de cavalheiro usar de violência contra um inimigo capturado, e ainda por cima uma criança? Pensar em fazer pior?

– Teria sido melhor poupar-me, ou a ele, e perder metade de seus homens no espaço de dois dias? Você tinha que saber. Não podia... não *pode* se dar ao luxo de deixar que noções de cavalheirismo o dominem.

– Não – falou ele suavemente –, não posso. E assim devo cavalgar com um homem, com o filho do meu rei, a quem o dever e a honra me obrigam a seguir, e buscar, nesse ínterim, perverter sua causa, que eu jurei defender. Cometo perjúrio pelas vidas dos que amo, traio a honra para que aqueles a quem honro possam sobreviver.

– A honra já matou muita gente – disse para o sulco escuro de suas costas machucadas. – A honra sem sentido é... tolice. Uma tolice cavalheiresca, mas ainda assim é tolice.

– Sim, é verdade. E isso vai mudar, você mesma me disse. Mas se eu estiver entre os primeiros que sacrificam a honra pela sensatez... não devo sentir vergonha ao fazê-lo? – Virou-se repentinamente para me encarar. Os olhos transtornados à luz das estrelas.

– Não vou recuar, agora não posso mais, Sassenach, mas às vezes eu realmente lamento por aquela parte de mim que abandonei.

– A culpa é minha – falei baixinho. Toquei seu rosto, as sobrancelhas espessas, a boca larga e os pelos curtos da barba no maxilar longo e perfeito. – Minha. Se eu não tivesse vindo... e lhe contado o que iria acontecer...

Senti uma tristeza profunda pela corrupção de Jamie e compartilhei um sentimento de perda pelo rapaz ingênuo e galante que ele fora. E no entanto... que escolha qualquer um de nós de fato tivera, sendo quem éramos? Eu tive que lhe contar e ele teve que agir com base nesse conhecimento. Uma frase do Velho Testamento insinuou-se em minha mente: "Enquanto calei os meus pecados, envelheceram os meus ossos pelos meus constantes gemidos todo o dia."

Como se tivesse captado essa linha de pensamento bíblico, ele sorriu debilmente.

– Sim, bem – disse ele. – Eu não me lembro de Adão pedindo a Deus para levar Eva de volta... e veja o que ela fez a *ele*. – Inclinou-se para a frente e beijou-me na testa enquanto eu ria, depois puxou o cobertor para cobrir meus ombros nus. – Durma, minha costelinha. Vou precisar de uma companheira pela manhã.

• • •

Um estranho ruído metálico me despertou. Botei a cabeça para fora do cobertor e fiquei piscando na direção do barulho, descobrindo meu nariz a 30 centímetros do joelho coberto de xadrez de Jamie.

– Acordada? – Algo prateado e tilintante desceu de repente diante do meu rosto e um grande peso assentou-se em volta do meu pescoço.

– Que diabos é isso? – perguntei, sentando-me, atônita, e espreitando para baixo. Eu parecia estar usando um colar composto de um grande número de objetos de metal de cerca de 8 centímetros, cada qual com uma haste dividida e uma argola na ponta, pendurados num cadarço de botas, de couro. Alguns dos objetos estavam enferrujados na parte de cima e outros eram novos em folha. Todos apresentavam arranhões ao longo das hastes, como se tivessem sido arrancados à força de algum objeto maior.

– Troféus de guerra, Sassenach – disse Jamie.

Ergui os olhos para ele e soltei um gritinho diante da visão.

– Ah! – exclamou ele, colocando a mão no rosto. – Eu me esqueci. Não tive tempo de lavar o rosto.

– Você quase me matou de susto – censurei-o, a mão pressionada contra o coração disparado. – O que *é* isso?

– Carvão – disse ele, a voz abafada no pano que esfregava no rosto.

Retirou-o e riu para mim. A esfregação removera parte do negrume do nariz, do queixo e da testa, que brilhavam com uma coloração bronze-rosada em meio à sujeira remanescente. Seus olhos, entretanto, continuavam com um círculo negro, como os de um guaxinim, e linhas de carvão colocavam um parêntese em sua boca. Estava começando a amanhecer e, à luz turva da tenda, seu rosto e cabelos escurecidos tendiam a se diluir no fundo pardacento da parede de lona atrás dele, dando a impressão distintamente perturbadora de que eu estava falando com um corpo sem cabeça.

– Foi ideia sua – disse ele.

– *Minha* ideia? Você parece que saiu de um espetáculo de menestréis caracterizados de negros – retruquei. – O que andou fazendo?

Seus dentes reluziram, um branco brilhante em meio às linhas enegrecidas em seu rosto.

– Incursão de comando militar – disse ele com imensa satisfação. – Comando? É a palavra certa?

– Ah, meu Deus! – exclamei. – Esteve no campo dos ingleses? Virgem Maria! Não sozinho, espero?

– Não poderia deixar meus homens fora da diversão, não é? Deixei três deles guardando-a e o restante de nós teve uma noite muito produtiva. – Indicou meu colar com orgulho.

– Contrapinos das carroças dos canhões. Não podíamos trazer os canhões nem danificá-los sem barulho, mas eles não irão muito longe sem rodas. O general Cope vai ficar com dezesseis belos canhões encalhados na planície.

Examinei atentamente meu colar.

– Muito bem, mas eles não podem inventar novos contrapinos? Parece que algo semelhante pode ser feito com arame grosso.

Ele concordou com um sinal da cabeça, sem que sua expressão de orgulho se abatesse nem um pouco.

– Ah, sim, podem. Mas de nada lhes adiantaria, sem novas rodas onde colocá-los. – Ergueu a aba da tenda e fez um gesto indicando o sopé da colina, onde agora eu podia ver Murtagh, negro como um demônio ressequido, supervisionando as atividades de vários demônios de menor patente, igualmente decorados. Estes alimentavam alegremente uma enorme fogueira com as últimas de 32 grandes rodas de madeira. Os aros de metal das rodas jaziam numa pilha ao lado; Fergus, Kincaid e um dos outros rapazes haviam improvisado um jogo com um deles, rolando-o para lá e para cá com varas. Ross estava sentado perto dali, num tronco de árvore caído, bebericando de um copo de chifre e girando preguiçosamente outro aro em volta do braço musculoso.

Ri diante da cena.

– Jamie, você é *mesmo* inteligente!

– Posso ser inteligente – retrucou ele –, mas *você* está seminua e já estamos de partida. Tem alguma coisa para vestir? Deixamos as sentinelas amarradas em um redil abandonado, mas o restante deles já deve ter acordado a essa altura e logo estarão atrás de nós. É melhor irmos embora daqui.

Para enfatizar suas palavras, a tenda sacudiu-se repentinamente acima de mim, quando alguém soltou as amarras de um dos lados com um puxão. Dei um grito agudo de surpresa e me lancei sobre os alforjes, enquanto Jamie saía para supervisionar os detalhes da partida.

No meio da tarde, chegamos à vila de Tranent. Empoleirado sobre as colinas acima do litoral, o vilarejo geralmente tranquilo agitava-se sob o impacto do exército das Terras Altas. A maior parte do exército podia ser vista nas colinas distantes, de frente para uma pequena planície que se estendia até a beira-mar. Mas com as frequentes e desorganizadas idas e vindas, havia tantos homens em Tranent quanto fora dela, com destacamentos para cima e para baixo numa formação militar desordenada, mensageiros galopando de um lado a outro – alguns em pôneis, outros a pé –, e mulheres, crianças e simpatizantes. Todos estes últimos superlotavam as cabanas e sentavam-se ao ar livre – recostados contra muros de pedra e alimentando bebês sob o sol intermitente, chamando os mensageiros que passavam para saber notícias das ações mais recentes.

Paramos à margem dessa atividade efervescente e Jamie enviou Murtagh para descobrir por onde andava lorde George Murray, o comandante em chefe do exército, enquanto ele fazia uma toalete apressada em uma das cabanas.

Minha própria aparência deixava muito a desejar; embora não estivesse deliberadamente coberta de carvão, meu rosto sem dúvida alguma exibia algumas listras de sujeira deixadas como lembrança de várias noites dormidas ao ar livre. A dona da casa gentilmente me forneceu uma toalha e um pente e eu estava sentada à sua mesa, lutando contra meus cachos indomáveis, quando a porta abriu-se e o próprio lorde George irrompeu na sala sem a menor cerimônia.

Seu traje em geral impecável estava desalinhado, com vários botões abertos na cintura, a echarpe pendia, solta, de seu pescoço e uma das ligas da meia estava desatada. Sua peruca fora enfiada sem nenhum constrangimento em um dos bolsos e seus próprios cachos, castanhos e ralos, estavam em pé, dando a impressão de que ele os andara puxando de puro desespero.

– Graças a Deus! – disse ele. – Um rosto normal, finalmente! – Em seguida, inclinou-se para a frente, estreitando os olhos para ver Jamie melhor. A maior parte do pó de carvão fora retirada dos cabelos afogueados quando foram lavados, mas filetes cinzentos escorriam pelo seu rosto e pingavam no peito da camisa. Suas orelhas, esquecidas na pressa de suas abluções, ainda estavam negras de carvão.

– O que... – começou a dizer o perplexo lorde George, mas interrompeu-se, balançou a cabeça rapidamente uma ou duas vezes, como se quisesse se livrar de algum produto de sua imaginação, e retomou a conversa parecendo não ter observado nada de extraordinário.

– Como vão as coisas, senhor? – perguntou Jamie respeitosamente, também fingindo não notar o rabo de cavalo amarrado com fita da peruca que pendia do bolso de lorde George, balançando como a cauda de um cachorrinho conforme Sua Excelência gesticulava violentamente.

– Como vão as coisas? – repetiu ele. – Bem, vou lhe dizer, senhor! Vão para leste, depois vão para oeste, depois metade desce a colina para almoçar, enquanto a outra metade sai marchando Deus-sabe-para-onde! É *assim* que as coisas vão!

“As coisas”, disse ele, momentaneamente aliviado com sua explosão, “sendo o leal exército das Terras Altas de Sua Alteza”. Um pouco mais calmo, começou a nos contar sobre os acontecimentos que se tornaram de conhecimento público desde a chegada do exército a Tranent no dia anterior.

Ao chegar com o exército, lorde George deixara o grosso dos homens na vila e correra com um pequeno destacamento para se apossar das elevações acima da planície. O príncipe Charles, tendo chegado um pouco depois, ficou contrariado com essa medida e disse isso, em alto e bom som. Sua Alteza, então, pegara metade do exército e seguira marchando na direção oeste, o duque de Perth – nominalmente o outro comandante em chefe – de modo servil em seu rastro, presumivelmente para avaliar as possibilidades de atacar por Preston.

Com o exército dividido, e Sua Excelência ocupada em conferir com os habitantes do vilarejo que sabiam muito mais sobre as regiões vizinhas do que Sua Alteza *ou* ele próprio, O'Sullivan, um dos confidentes irlandeses do príncipe, se incumbira de convocar um contingente de Lochiel, os homens do clã Cameron, ao pátio da igreja de Tranent.

– Cope, é claro, trouxe alguns canhões montados em carroças e os bombardeou – disse lorde George de modo sombrio. – E eu tive uma tarde infernal com Lochiel. Ele estava compreensivelmente contrariado por ter vários de seus homens feridos sem nenhuma razão aparente. Pediu para que seus homens batessem em retirada e eu, naturalmente, aceitei o pedido. Após o que, lá vem o idiota de Sua Alteza, O'Sullivan, desgraçado! Só porque ele desembarcou em Eriskay com Sua Alteza, o sujeito acha que ele... bem, de qualquer forma, lá vem ele choramingando, dizendo que a presença dos Cameron no pátio da igreja é essencial, *essencial*, veja bem!, se vamos atacar pelo oeste. Eu lhe disse com todas as letras que vamos atacar do leste, se é que vamos atacar. Tal perspectiva é extremamente duvidosa no presente momento, já que não sabemos exatamente onde está metade de nossos homens... nem Sua Alteza, por falar nisso – acrescentou ele, num tom que deixou claro que ele considerava o paradeiro do príncipe Charles apenas um questão de interesse acadêmico. – E os chefes! Os Cameron de Lochiel tiraram na sorte o direito de lutar do lado direito na batalha, se houver uma, mas os MacDonald, tendo concordado com o arranjo, agora negam com veemência terem dito tal coisa e insistem que simplesmente não lutarão se lhes for negado o tradicional privilégio de lutar do lado direito.

Tendo iniciado o relato com bastante calma, lorde George se encolerizara outra vez no decorrer da exposição e, nesse ponto, pôs-se de pé num salto, esfregando o couro cabeludo energicamente com as duas mãos.

– Os Cameron foram treinados o dia inteiro. A essa altura, tiveram que marchar de um lado para o outro tantas vezes que já não sabem onde fica seu pau ou sua bunda, com perdão de sua presença, madame – acrescentou ele, lançando um olhar distraído em minha direção –, e os homens de Clanranald andaram brigando com os de Glengarry. – Parou, o maxilar inferior projetado, o rosto vermelho. – Se Glengarry não fosse quem ele é... ah, bem. – Descartou Glengarry com um rápido aceno, e retomou sua marcha de um lado a outro.

– A única bênção salvadora da questão – disse ele – é que os ingleses foram forçados a dar meia-volta também, em resposta às nossas manobras. Elas fizeram toda a tropa de Cope mudar de direção nada menos do que quatro vezes, e agora ele estendeu seu flanco direito até quase o mar, sem dúvida imaginando o que em nome de Deus faremos em seguida. – Inclinou-se e espreitou pela janela, como se esperasse ver o próprio general Cope avançando pela rua principal para perguntar.

– Hã... onde exatamente *está* sua metade do exército no momento, sir? – Jamie fez menção de se unir a Sua Excelência em suas peregrinações aleatórias pela cabana, mas foi contido pela minha mão em seu colarinho. Armada com uma toalha e uma bacia de água morna, eu me ocupara durante a exegese de Sua Excelência removendo o carvão das orelhas do meu marido. Elas se destacavam agora, róseas e brilhantes com a esfregação.

– Na serra ao sul da cidade.

– Nós ainda detemos o terreno elevado, então?

– Sim, parece bom, não é? – Sua Excelência sorriu desoladamente. – Entretanto, a ocupação do terreno alto nos dá relativamente pouca vantagem, considerando-se o fato de que o terreno logo abaixo da serra está pontilhado de poças e áreas pantanosas. Santo Deus! Há uma vala de 2 metros cheia de água que corre por uns 3 quilômetros ao longo do pé dessa serra! Há pouco mais de 500 metros entre os dois exércitos neste momento, e poderiam ser 500 quilômetros no que diz respeito ao que somos capazes de fazer. – Lorde George enfiou a mão no bolso à cata de um lenço, tirou-o e ficou olhando fixamente para a peruca com a qual estivera a ponto de limpar o rosto.

Eu gentilmente lhe ofereci o lenço sujo de pó de carvão. Ele fechou os olhos, inalou com força, depois os abriu e fez uma mesura para mim com seu modo cortês de costume.

– Seu criado, madame. – Poliu o rosto escrupulosamente com o pano sujo, devolveu-o educadamente para mim e fincou a peruca desgrenhada na cabeça. – Que o diabo me carregue – disse ele claramente –, se vou deixar aquele palerma nos fazer perder essa batalha. – Virou-se para Jamie com decisão.

– Quantos homens você tem, Fraser?

– Trinta, senhor.

– Cavalos?

– Seis, senhor. E quatro pôneis como animais de carga.

– Animais de carga? Ah. Carregando provisões para os seus homens?

– Sim, senhor. E sessenta sacas de farinha retiradas de um destacamento inglês ontem à noite. Ah, e um morteiro de 40 centímetros, senhor.

Jamie comunicou essa última informação com uma expressão de tão perfeita indiferença e simplicidade que tive vontade de enfiar o lenço pela sua garganta. Lorde George fitou-o por um instante, depois um dos cantos de sua boca torceu-se num sorriso.

– É mesmo? Bem, venha comigo, Fraser. Pode me contar tudo no caminho. – Seguiu em direção à porta, e Jamie, com um olhar espantado para mim, pegou seu chapéu e o acompanhou.

À porta da cabana, lorde George parou de repente e virou-se. Ergueu os olhos para a figura imponente de Jamie, o colarinho da camisa aberto e o casaco jogado apressadamente sobre o braço.

– Posso estar com pressa, Fraser, mas ainda temos tempo suficiente para observar as civilidades. Vá dar um beijo de despedida em sua mulher, homem. Encontre-me lá fora.

Dando meia-volta, fez uma profunda reverência para mim, de tal modo que o rabo de cavalo de sua peruca caiu para a frente.

– Seu criado, madame.

Eu sabia o suficiente a respeito de exércitos para compreender que nada muito evidente deveria acontecer durante algum tempo e, como previsto, nada aconteceu. Grupos aleatórios de homens marchavam para baixo e para cima da única rua principal de Tranent. Mulheres, simpatizantes e os cidadãos desalojados de Tranent corriam sem direção, sem saber se deviam ir embora ou ficar. Os mensageiros arremessavam-se em diagonal pela multidão, levando bilhetes.

Eu já encontrara lorde George antes, em Paris. Ele não era o tipo de homem de fazer cerimônia quando a ação fosse preferível, embora eu achasse provável que sua irritação com o comportamento do príncipe Charles e uma vontade de escapar da companhia de O'Sullivan fossem mais responsáveis pelo fato de ele ter ido pessoalmente ao encontro de Jamie do que qualquer desejo de agilidade ou discrição. Enquanto o contingente total do exército das Terras Altas situava-se em algum ponto entre mil e quinhentos e dois mil, trinta homens nem deveriam ser encarados como uma dádiva dos deuses nem menosprezados.

Olhei para Fergus, remexendo-se de um lado para o outro como um sapo com a dança de São Guido, e concluí que eu mesma deveria mandar algumas mensagens. Há um ditado: "Em reino de cegos, quem tem um olho é rei." Prontamente inventei uma analogia, com base na experiência: "Quando ninguém sabe o que fazer, qualquer um com uma sugestão sensata vai ser ouvido."

Havia papel e tinta nos alforjes. Sentei-me, observada com uma admiração quase supersticiosa pela dona da casa, que provavelmente nunca vira uma mulher escrever nada antes, e redigi um bilhete para Jenny Cameron. Fora ela quem liderara trezentos homens do clã Cameron pelas montanhas para se unirem ao príncipe Charles quando ele ergueu sua bandeira em Glenfinnan, no litoral. Seu irmão Hugh, chegando em casa atrasado e ouvindo o que acontecera, cavalgara a toda a velocidade até Glenfinnan para assumir o lugar de chefe à frente de seus homens, mas Jenny recusara-se a voltar para casa e perder a diversão. Ela adorara a breve parada em Edimburgo, onde Charles recebera o clamor de seus súditos leais, mas mostrara-se igualmente disposta a acompanhar seu príncipe a caminho da batalha.

Eu não possuía um sinete, mas o gorro de Jamie estava em uma das sacolas, ostentando um distintivo com o brasão e o lema do clã Fraser. Retirei-o e pressionei-o no borrão de cera de vela derretida com que eu selara o bilhete. Ficou com uma aparência muito oficial.

– Para a senhora escocesa com sardas – instruí Fergus e, com satisfação, observei-o arremessar-se pela porta para o tumulto da rua. Eu não tinha a menor ideia de onde Jenny Cameron poderia estar no momento, mas os oficiais estavam aquartelados na casa paroquial perto da igreja e esse era um lugar tão bom para começar a procurar quanto qualquer outro. Ao menos, a busca manteria Fergus longe de travessuras.

Essa tarefa providenciada, voltei-me para a dona da casa.

– Bem, então – disse. – O que você tem aí em termos de cobertores, lenços e anáguas?

Logo descobri que eu estava certa em minha suposição quanto à força da personalidade de Jenny. Uma mulher capaz de incitar trezentos homens e conduzi-los através das montanhas para lutar por um almofadinha de sotaque italiano muito chegado a um conhaque sem dúvida tinha pouca paciência com o tédio e um raro talento para convencer as pessoas a fazerem o que ela queria.

– Muito bem pensado – disse ela, ao ouvir meu plano. – Meu primo Archie fez alguns preparativos, eu espero, mas é claro que ele quer estar com o exército neste momento. – Seu queixo firme projetou-se um pouco mais. – É onde está toda a diversão, afinal – disse com ironia.

– Surpreende-me que você não tenha insistido em acompanhá-los – falei.

Ela riu, o rosto pequeno, sem atrativos, com seu maxilar retraído, fazendo-a parecer um buldogue bem-humorado.

– Eu o faria, se pudesse, mas não posso – admitiu ela francamente. – Agora que Hugh chegou, ele fica tentando me mandar de volta para casa. Eu lhe disse – olhou ao redor para se certificar que não estávamos sendo ouvidas e abaixou a voz em tom de conspiração – que era mais fácil eu ir para o inferno do que voltar para casa e ficar sentada. Não enquanto eu puder ser útil aqui.

Parada à soleira da porta da cabana, olhou com todo o cuidado para baixo e para cima da rua.

– Achei que não me dariam ouvidos – disse. – Sendo inglesa.

– Sim, tem razão, mas ouvirão a mim. Não sei quantos serão os feridos, Deus queira que não muitos. – Ela benzeu-se discretamente. – Mas é melhor começarmos pelas cabanas próximas à casa paroquial; vai dar menos trabalho transportar água do poço. – Com ar decidido, ela saiu da soleira e começou a descer a rua, eu seguindo-a logo atrás.

Fomos ajudadas não só pelo poder de persuasão da posição e da personalidade da srta. Cameron, quanto pelo fato de a espera ser uma das situações mais infelizes para um homem – não que lhes aconteça amiúde; as mulheres o fazem com muito mais frequência. Quando o sol desapareceu por trás da igreja de Tranent, já tínhamos as bases rudimentares de uma brigada hospitalar organizada.

As folhas começavam a cair dos carvalhos e larícios no bosque próximo, depositando-se soltas, secas e amarelas no terreno arenoso. Aqui e ali, uma folha se crispava e tornava-se marrom, sendo levada pelo vento como um barquinho por mares revoltos.

Uma dessas passou por mim em redemoinho, pousando delicadamente no solo quando sua corrente de vento arrefeceu. Peguei-a e segurei-a na palma da mão por um instante, admirando a perfeição de suas nervuras, um esqueleto rendado que continuaria a existir depois que a folha apodrecesse. Houve um súbito sopro de vento e a folha enroscada elevou-se de minha mão, caiu no chão e saiu rolando pela rua vazia.

Protegendo meus olhos contra o sol poente, eu podia ver as colinas fora da cidade onde o exército das Terras Altas estava acampado. A metade do exército de Sua Alteza retornara há uma hora, arrastando consigo os últimos desgarrados da vila quando passou em sua marcha para unir-se a lorde George. A esta distância, eu podia apenas divisar uma ou outra figura minúscula, negra contra o cinzento do céu, quando aqui e ali um homem surgia no topo da serra. A 400 metros depois do fim da rua, dava para ver a claridade das primeiras fogueiras dos ingleses sendo acesas, ardendo palidamente na luz mortiça. O cheiro forte de turfa queimada que exalava das cabanas unia-se ao aroma mais pungente da lenha queimada pelos ingleses, sobrepujando o cheiro penetrante do mar próximo.

Os preparativos possíveis de serem feitos estavam em andamento. As mulheres e famílias dos soldados das Terras Altas tinham sido acolhidas com generosa hospitalidade e agora estavam em sua maior parte abrigadas nas cabanas ao longo da rua principal, compartilhando o jantar simples de seus anfitriões, composto de arenque salgado e pão assado na grelha. Minha própria refeição me aguardava lá dentro, embora eu estivesse quase sem apetite.

Um vulto pequeno surgiu junto ao meu cotovelo, silencioso como as sombras alongadas.

– Pode vir jantar, senhora? A dona da casa guardou comida para a senhora.

– Hein? Ah, sim, Fergus. Sim, já vou. – Lancei um último olhar em direção à serra, voltando-me para as casas em seguida.

– Vem comigo, Fergus? – perguntei, vendo-o ainda parado na rua. Ele protegia os olhos, tentando ver as atividades nas elevações fora da cidade. Jamie dera-lhe ordens expressas de permanecer comigo, mas ele obviamente ansiava estar com os soldados, preparando-se para a batalha iminente.

– Hein? Ah, sim, senhora. – Virou-se com um suspiro, resignado por enquanto a uma vida de tediosa paz.

Os longos dias de verão cediam lugar rapidamente à escuridão, e os lampiões eram acesos muito antes de terminarmos nossos preparativos. A noite do lado de fora fervilhava com o movimento constante e o clarão de fogueiras no horizonte. Fergus, incapaz de permanecer quieto, entrava e saía das cabanas, levando recados, coletando boatos e surgindo das sombras periodicamente como um fantasma pequeno e escuro, os olhos brilhando de empolgação.

– Madame – disse ele, puxando a manga do meu vestido enquanto eu rasgava roupas e lençóis de linho em tiras e atirava-os numa pilha para esterilização. – Madame!

– O que foi agora, Fergus? – Fiquei um pouco irritada com a intrusão; eu estava no meio de uma palestra para um grupo de donas de casa sobre a importância de lavar as mãos com frequência ao tratar os feridos.

– Um homem, madame. Ele quer falar com o comandante do exército de Sua Alteza. Diz que tem informações importantes.

– Bem, eu não o estou impedindo, estou? – Puxei a recalcitrante costura de uma camisa, depois usei os dentes para arrancar a ponta solta e dei um puxão. Rasguei-a diligentemente, com um satisfatório som rascante.

Cuspi um ou dois pedaços de linha. Ele continuava lá, aguardando pacientemente.

– Está bem – cedi, resignada. – O que você, ou ele, acha que posso fazer a respeito?

– Se me der permissão, madame – disse ele ansiosamente –, posso conduzi-lo ao meu patrão. – *Ele* poderia providenciar para que o homem falasse com o comandante.

"Ele", obviamente, poderia fazer qualquer coisa, no que dizia respeito a Fergus; inclusive, sem dúvida, caminhar sobre as águas, transformar água em vinho e induzir lorde George a conversar com estranhos misteriosos que surgiam do nada com informações importantes.

Afastei os cabelos dos olhos; eu os prendera para trás sob uma touca, mas algumas mechas encaracoladas teimavam em escapar.

– Esse homem está por perto?

Esse era todo o incentivo de que ele precisava; desapareceu pela porta aberta, retornando em poucos instantes com um jovem magro, cujo olhar ansioso fixou-se imediatamente em meu rosto.

– Sra. Fraser? – Fez uma mesura desajeitada quando confirmei com um sinal da cabeça, limpando as mãos nas calças como se não soubesse exatamente o que fazer com elas, mas quisesse estar preparado caso alguma coisa surgisse.

– Sou... sou Richard Anderson, de Whitburgh.

– Ah, sim? Bem, como vai? – disse educadamente. – Meu criado diz que possui informações valiosas para lorde George Murray.

Ele assentiu, meneando a cabeça como um melro d'água.

– Veja, sra. Fraser, eu morei nesta região minha vida inteira. Eu... eu conheço todo esse terreno onde estão os exércitos, conheço-o como a palma de minha mão. E há um caminho que desce das colinas onde as tropas das Terras Altas estão acampadas, uma trilha que os conduzirá até bem depois da vala no sopé da serra.

– Compreendo. – Senti um vazio na boca do estômago diante daquelas palavras. Se os soldados das Terras Altas fossem partir para o ataque com o nascer do sol no dia seguinte, teriam que deixar a região alta da serra durante a vigília noturna. E se um ataque quisesse ser bem-sucedido, obviamente essa vala tinha que ser atravessada ou contornada.

Embora eu *achasse* que sabia o que estava para acontecer, não tinha absolutamente nenhuma certeza a respeito. Eu fora casada com um historiador – senti a leve pontada que me atingia sempre que me lembrava de Frank – e sabia o quanto as fontes históricas em geral eram pouco confiáveis. Na verdade, eu não tinha nenhuma certeza de que minha presença poderia ou iria mudar alguma coisa.

Por um instante, perguntei-me ansiosamente o que poderia acontecer se eu tentasse impedir que Richard Anderson conversasse com lorde George. O resultado da batalha do dia seguinte seria alterado? O exército das Terras Altas – inclusive Jamie e seus homens – seria massacrado conforme se arremessassem pela encosta abaixo sobre o terreno pantanoso e para dentro de uma vala? Lorde George apresentaria outro plano que funcionaria? Ou Richard Anderson simplesmente sairia e encontraria por conta própria um meio de falar com o próprio lorde George, independentemente do que eu fizesse?

Não era um risco que eu quisesse correr por experiência. Olhei para Fergus, remexendo-se com impaciência para partir dali.

– Acha que pode encontrar seu senhor? Está escuro como uma mina de carvão lá no alto daqueles morros. Não quero que nenhum de vocês dois receba um tiro por engano, perambulando lá por cima.

– Posso encontrá-lo, madame – disse Fergus com confiança. Provavelmente podia, pensei. Ele parecia ter uma espécie de radar no que se referia a Jamie.

– Está bem, então – concordei. – Mas pelo amor de Deus, tenha cuidado.

– *Oui*, madame! – Como um relâmpago, ele já estava à porta, vibrando de ansiedade para partir.

Somente meia hora depois de terem partido foi que notei que a faca que eu havia deixado sobre a mesa também havia desaparecido. E somente então me lembrei, com uma súbita reviravolta no estômago, que embora eu tivesse dito a Fergus para tomar cuidado, eu me esquecera de dizer-lhe também para voltar.

O primeiro barulho de canhão veio na luz que antecede a aurora, uma explosão seca, retumbante, que pareceu ecoar pelas tábuas do assoalho onde eu dormia. Minhas nádegas contraíram-se, o recolhimento involuntário de uma cauda que eu não possuía, e meus dedos agarraram os da mulher deitada ao meu lado sob o cobertor. O conhecimento de que algo está prestes a acontecer devia servir como defesa, mas de certa forma nunca estamos preparados.

Ouviu-se um leve lamento de um dos cantos da cabana e a mulher ao meu lado murmurou, num sussurro:

– Que Deus nos proteja.

Houve uma movimentação no chão quando as mulheres começaram a se levantar. Falava-se pouco, como se todos os ouvidos estivessem alerta para captar os sons da batalha na planície lá embaixo.

Avistei uma das mulheres das Terras Altas, a sra. MacPherson, quando ela dobrava seu cobertor junto à janela, que começava a se tornar acinzentada. Seu rosto estava pálido de terror e ela cerrou os olhos com um pequeno estremecimento quando outra explosão abafada veio da planície.

Repensei minha opinião sobre a inutilidade do conhecimento. Essas mulheres nada sabiam a respeito de trilhas secretas, ataques-relâmpago ou debandadas. Tudo que sabiam era que seus maridos e filhos estavam agora enfrentando o fogo de canhões e mosquetes de um exército inglês em número quatro vezes maior.

A previsão é uma questão arriscada na melhor das hipóteses e eu sabia que elas não me dariam ouvidos. O melhor que eu podia fazer por elas era mantê-las ocupadas. Uma imagem fugaz atravessou minha mente – o sol nascente refletindo seu brilho numa cabeleira flamejante, tornando seu proprietário um alvo perfeito. Uma segunda imagem surgiu imediatamente no rastro da primeira; um garoto de dentes de esquilo, armado com uma faca de açougueiro roubada e a crença ilusória nas glórias da guerra. Fechei meus olhos e engoli em seco e com força. Manter-me ocupada era o melhor que eu podia fazer por mim mesma.

– Senhoras! – disse. – Já fizemos muita coisa, mas ainda há muito a fazer. Vamos precisar de água quente. Caldeirões para ferver água, tinas para enxaguar. Mingau para os que puderem comer; leite para os que não puderem. Sebo de velas e alho para curativos. Ripas de madeira para talas. Garrafas e jarros, xícaras e colheres. Agulhas de costura e fio resistente. Sra. MacPherson, poderia me fazer a gentileza de...

Eu sabia pouco sobre a batalha, exceto qual dos lados deveria vencer e que as baixas do exército jacobita seriam "poucas". Da página distante e indistinta do livro de história, retirei novamente a pequena informação: "...enquanto os jacobitas saíram-se vitoriosos, com apenas trinta baixas".

Baixas. Mortes, corrigi. Qualquer ferimento é uma baixa, em termos de enfermagem, e havia bem mais de trinta em minha cabana depois que o sol ardente traçou seu caminho até o alto do céu através da névoa marinha, por volta do meio-dia. Lentamente, os vitoriosos da batalha voltavam triunfalmente para Tranent, o som de homens ajudando seus companheiros feridos.

Estranhamente, Sua Alteza ordenara que os ingleses feridos fossem retirados primeiro do campo de batalha e cuidadosamente atendidos. "São súditos de meu Pai", dissera ele com firmeza, enfatizando dramaticamente o P maiúsculo, "e farei com que sejam bem-tratados." O fato de que os homens das Terras Altas que haviam acabado de vencer uma batalha para ele também fossem presumivelmente súditos de seu Pai parecia ter lhe passado despercebido no momento.

– Considerando-se o comportamento do Pai e do Filho – murmurei para Jenny Cameron ao ouvir aquilo –, o exército das Terras Altas deve rezar para que o Espírito Santo não resolva descer hoje.

Uma expressão de choque diante dessa observação blasfema atravessou o rosto da sra. MacPherson, mas Jenny riu.

A gritaria e os berros das comemorações gaélicas abafaram os gemidos dos feridos, trazidos em padiolas improvisadas feitas com tábuas ou mosquetes amarrados ou, com mais frequência ainda, amparados nos braços de amigos. Algumas das vítimas vieram, cambaleando, com seus próprios pés, bêbados e exultantes diante da própria vitalidade, a dor de seus ferimentos parecendo uma inconveniência menor diante da gloriosa prova de sua tenacidade. Apesar dos ferimentos que os traziam ali para serem tratados, o conhecimento inebriante da vitória enchia a casa com um sentimento de exultação e regozijo.

– Nossa, você viu como eles correram feito camundongos com um gato em seus rabos? – disse um paciente a outro, parecendo alheio à feia queimadura de pólvora que marcara seu braço esquerdo dos nós dos dedos ao ombro.

– E muitos deles já sem os rabos – respondeu o amigo, com uma risada.

A alegria não era universal; aqui e ali, pequenos grupos de melancólicos soldados podiam ser vistos atravessando as colinas, carregando a figura imóvel de um amigo, a ponta do xale de xadrez cobrindo um rosto que se tornara vazio e inexpressivo com a visão do céu.

Foi o primeiro teste das assistentes que eu escolhera, e elas enfrentaram o desafio tão bem quanto os guerreiros no campo de batalha. Ou seja, elas empacavam e reclamavam e causavam problemas, mas quando a necessidade se apresentava, atiravam-se à luta com uma fúria sem paralelo.

Não que parassem de reclamar enquanto trabalhavam.

A sra. McMurdo retornou com mais uma garrafa cheia, que pendurou no lugar apropriado na parede da cabana, antes de se inclinar para vasculhar a tina que continha as garrafas de água adocicada com mel. Já idosa, mulher de um pescador de Tranent forçada a prestar serviço militar, ela era a aguadeira em seu turno; sua incumbência era ir de homem em homem, instando cada um deles a beber o máximo que pudesse tolerar de água com mel, e em seguida fazer uma segunda rodada para recolher os resultados, equipada com duas ou três garrafas vazias.

– Se você não lhes desse tanta água para beber, eles não mijariam tanto – reclamou ela, não pela primeira vez.

– Eles precisam da água – expliquei pacientemente, não pela primeira vez. – Mantém a pressão sanguínea elevada, repõe uma parte dos fluidos que perderam e evita o estado de choque. Ora, olhe bem, mulher, está vendo muitos deles morrendo? – perguntei, repentinamente perdendo a paciência diante das incessantes queixas e dúvidas da sra. McMurdo; sua boca quase desdentada emprestava um tom lúgubre a uma expressão já sombria, tudo está perdido mesmo, parecia dizer; para que se dar ao trabalho?

– Hummm – disse ela. Uma vez que ela pegou a água e retornou às suas rondas sem novos sinais de protesto, tomei esse som ao menos por um assentimento temporário.

Saí para o ar livre tanto para fugir da sra. McMurdo quanto da atmosfera na cabana. Estava densa de fumaça, calor e ranço de corpos suados, e eu me senti um pouco tonta.

As ruas estavam cheias de homens, bêbados, comemorando, carregados de despojos do campo de batalha. Um grupo de homens com o tartã avermelhado dos MacGillivray puxava um canhão inglês, amarrado com cordas como uma perigosa besta selvagem. A semelhança era acentuada pelos elaborados entalhes de lobos agachados que decoravam o orifício do pavio e a boca. Uma das peças de ostentação do general Cope, suponho.

Então reconheci uma pequena figura escura atravessada sobre a boca do canhão, os cabelos eriçados como uma escova de garrafa. Fechei os olhos num agradecimento momentâneo, depois os abri e desci a rua correndo para tirá-lo de cima do canhão.

– Patife! – disse, dando-lhe uma sacudidela e, em seguida, um abraço. – O que pretendia fugindo assim desse jeito? Se eu não estivesse tão ocupada, iria estapear suas orelhas até sua cabeça chacoalhar!

– Madame – disse ele, piscando estupidamente ao sol da tarde. – Madame.

Compreendi que ele não ouvira nem uma palavra do que eu dissera.

– Você está bem? – perguntei, mais delicadamente.

Um olhar de perplexidade atravessou seu rosto, sujo de lama e manchado de pólvora. Ele assentiu e uma espécie de sorriso estarrecido surgiu no meio da sujeira.

– Matei um soldado inglês, madame.

– É mesmo? – Eu não sabia ao certo se ele desejava congratulações ou se precisava de consolo. Ele tinha 10 anos.

Fergus franziu a testa e seu rosto contorceu-se como se tentasse com todas as forças se lembrar de alguma coisa.

– Eu *acho* que o matei. Ele caiu e eu enfiei a faca nele. – Olhou para mim, atordoado, como se eu pudesse lhe dar a resposta.

– Venha, Fergus – disse. – Vamos encontrar alguma coisa para você comer e um lugar para dormir. Não pense mais nisso.

– *Oui*, madame. – Seguiu ao meu lado, cambaleando obedientemente, mas logo pude ver que ele iria cair de cara no chão. Peguei-o no colo, com alguma dificuldade, e carreguei-o na direção das cabanas próximas à igreja onde eu havia sediado nosso hospital. Pretendia dar-lhe de comer primeiro, mas ele dormia profundamente quando cheguei ao local onde O'Sullivan tentava, com pouco sucesso, organizar suas carroças de víveres.

Em vez disso, deixei-o enroscado numa cama improvisada em uma das casas, onde uma mulher tomava conta de diversas crianças, enquanto suas mães cuidavam dos feridos. Pareceu-me o melhor lugar para ele.

No meio da tarde, a cabana já estava repleta com vinte ou trinta homens e o meu grupo de trabalho formado de duas mulheres ia e vinha num pé só. A casa normalmente abrigava uma família de cinco ou seis e os homens em condições de permanecer de pé acomodavam-se sobre as mantas de xadrez dos que estavam deitados. À distância, eu podia ver oficiais entrando e saindo da casa paroquial, a residência do pastor da igreja, confiscada pelo Alto Comando. Fiquei observando a porta velha e mal conservada, em geral escancarada, mas não vi Jamie entre os que chegavam para relatar baixas e receber congratulações.

Tentei afastar uma incômoda e recorrente preocupação, dizendo a mim mesma que eu também não o vira entre os feridos. Não tivera tempo desde o início da manhã de visitar a pequena barraca levantada na encosta da colina, onde os mortos em batalha estavam sendo colocados em fileiras perfeitamente arrumadas, como se aguardassem uma última inspeção. Mas com certeza ele não poderia estar lá.

Certamente não, disse a mim mesma.

A porta abriu-se de par em par e Jamie entrou.

Senti meus joelhos enfraquecerem ao vê-lo e estendi a mão para me apoiar na chaminé de madeira da cabana. Ele estivera procurando por mim; seus olhos vasculharam o aposento antes de recaírem sobre mim e um sorriso comovente iluminou seu rosto.

Ele estava imundo, sujo de fumaça preta da pólvora, respingado de sangue e descalço, pernas e pés emplastrados de lama. Mas estava são, e de pé. Eu não estava disposta a me importar com detalhes.

Gritos de saudação de alguns dos feridos deitados no chão desviaram seus olhos de mim. Olhou para baixo, sorriu para George McClure, rindo para seu comandante apesar de uma orelha pendurada da cabeça por uma lasca de carne, depois voltou o olhar rapidamente para mim.

Graças a Deus, seus olhos azul-escuros diziam, e *Graças a Deus*, os meus próprios ecoavam de volta.

Não havia tempo para mais nada; homens feridos continuavam a chegar e cada civil capaz da vila fora instado a prestar serviços cuidando deles. O médico Archie Cameron, irmão de Lochiel, corria de uma cabana para outra, nominalmente no comando e realmente fazendo um bom trabalho aqui e ali.

Eu dera ordens para que qualquer homem dos Fraser de Lallybroch fosse levado para a cabana aonde eu conduzia minha própria triagem, avaliando depressa a gravidade dos ferimentos, enviando os que ainda podiam se locomover para mais abaixo na rua para serem tratados por Jenny Cameron, os moribundos para o quartel-general de Archie Cameron na igreja – eu o considerei competente para administrar láudano e o ambiente ao redor podia oferecer algum consolo.

Os feridos gravemente eu tratava como podia. Ossos quebrados na casa ao lado, onde dois cirurgiões do regimento Macintosh podiam aplicar talas e ataduras. Os feridos no peito eram recostados o mais confortavelmente possível contra a parede, numa posição sentada, para ajudar a respiração; não dispondo de oxigênio ou recursos cirúrgicos, havia pouco mais que eu pudesse fazer por eles. Os que possuíam ferimentos graves na cabeça eram despachados para a igreja com os que estavam obviamente morrendo; eu nada tinha a oferecer-lhes e estariam melhor nas mãos de Deus, se não nas de Archie Cameron.

Membros estraçalhados ou amputados e ferimentos abdominais eram os piores. Não havia nenhuma possibilidade de esterilização; tudo que eu podia fazer era lavar minhas próprias mãos entre os cuidados de um paciente e outro e, com uma carranca, obrigar minhas assistentes a fazerem o mesmo – ao menos enquanto estivessem diretamente sob o meu escrutínio –, e tentar assegurar que os curativos que usávamos tivessem sido todos fervidos antes da aplicação. Eu sabia, sem sombra de dúvida, que precauções semelhantes estavam sendo ignoradas como perda de tempo nas outras cabanas, apesar de minhas instruções. Se eu não conseguira convencer as freiras e médicos do Hôpital des Anges da existência de germes, era improvável que conseguisse com uma mistura de donas de casa escocesas e cirurgiões do exército que também serviam de veterinários.

Bloqueei minha mente à ideia dos homens com ferimentos tratáveis que morreriam de infecção. Eu podia dar aos homens de Lallybroch, e a alguns outros, o benefício de mãos e ataduras limpas; não podia me preocupar com o resto. Eu aprendera um ditado nos campos de batalha da França numa guerra muito distante: você não pode salvar o mundo, mas talvez possa salvar o homem que está à sua frente, se trabalhar depressa.

Jamie ficou parado por um instante na soleira da porta, avaliando a situação, depois começou a ajudar com o trabalho pesado, remanejando pacientes, levantando caldeirões de água quente, indo buscar baldes de água limpa no poço da praça de Tranent. Livre do medo por ele e capturada no redemoinho de trabalho e atenção aos detalhes, esqueci-me dele durante a maior parte do tempo.

O posto de triagem de qualquer hospital de campo sempre se assemelha a um matadouro e aquele não era nenhuma exceção. O chão era de terra batida, o que não era uma superfície ruim, já que absorvia sangue e outros líquidos. Por outro lado, os lugares saturados ficavam lamacentos, tornando o ato de caminhar extremamente arriscado.

O vapor elevava-se do caldeirão fervente em cima do fogo, aumentando o calor do esforço físico. Todos suavam copiosamente; os trabalhadores com o suor pegajoso do exercício, os feridos com o suor fedorento do medo e da fúria há muito exauridos. A fumaça preta de pólvora que vinha do campo de batalha lá embaixo se dissipava pelas ruas de Tranent e penetrava pelas portas abertas – uma névoa que fazia arder os olhos, ameaçando a pureza das ataduras de linho recentemente fervidas, penduradas e escorrendo a água numa armação de secar peixe colocada junto à lareira.

O fluxo de feridos vinha em ondas, inundando a cabana como resíduos trazidos pela arrebentação, provocando uma grande agitação à chegada de cada nova leva. Éramos lançados de um lado a outro, lutando contra a força da maré, para sermos finalmente abandonados, arquejantes, a fim de lidar com os novos destroços do naufrágio, deixados para trás a cada maré vazante.

Existem calmarias, é claro, mesmo na atividade mais frenética. Elas começaram a ocorrer com mais frequência à tarde e, quase ao pôr do sol, quando o fluxo de feridos decaiu para um gotejamento esporádico, começamos a nos acomodar em uma rotina de cuidar dos pacientes que permaneceram conosco. Ainda significava muito trabalho, mas finalmente havia tempo para respirar, ficar parada em um único lugar por um instante e olhar à volta.

Eu estava de pé junto à porta aberta, respirando a refrescante brisa marítima, quando Jamie voltou à cabana, carregando uma braçada de lenha. Largando-a junto à lareira, voltou para ficar ao meu lado, a mão pousada de leve em meu ombro. Gotas de suor escorriam pelo contorno de seu maxilar e eu estendi a mão para enxugá-las com a ponta do meu avental.

– Esteve nas outras cabanas? – perguntei.

Ele meneou a cabeça afirmativamente, a respiração começando a desacelerar. Seu rosto estava tão manchado de sujeira e sangue que eu não podia dizer ao certo, mas achei que ele parecia pálido.

– Sim. Ainda há pilhagem acontecendo no campo e muitos homens continuam desaparecidos. Mas todos os nossos próprios feridos estão aqui, nenhum em outro lugar. – Fez um sinal com a cabeça indicando o outro lado da cabana, onde os três homens de Lallybroch feridos estavam deitados ou sentados amigavelmente junto à lareira, trocando insultos bem-humorados com os outros escoceses. Os poucos ingleses feridos nesta cabana estavam reunidos junto à porta, separados dos demais. Falavam bem menos, satisfeitos em contemplar as desalentadoras perspectivas do cativeiro.

– Nenhum ferimento grave? – perguntou-me ele, olhando para os três.

Balancei a cabeça.

– George McClure pode perder a orelha; não sei. Fora isso, não; acho que todos ficarão bem.

– Ótimo. – Lançou-me um sorriso cansado e limpou o rosto afogueado na ponta de seu xale. Notei que ele o enrolara descuidadamente em volta do corpo, em vez de arrumá-lo sobre um dos ombros. Provavelmente, para que não o atrapalhasse, mas devia estar quente.

Virando-se para ir embora, ele estendeu a mão para pegar a garrafa de água pendurada no gancho da porta.

– Esta aí não! – alertei.

– Por que não? – perguntou ele, espantado. Sacudiu o frasco de boca larga, produzindo um leve som de líquido. – Está cheia.

– Eu sei que está – disse. – É a que estou usando como urinol.

– Ah. – Segurando a garrafa com dois dedos, estendeu a mão para pendurá-la de volta no lugar, mas eu o interrompi.

– Não, vá em frente e leve-a – sugeri. – Pode esvaziá-la lá fora e encher esta aqui no poço. – Entreguei-lhe outra garrafa cinza, de barro vidrado, idêntica à primeira.

– Tome cuidado para não misturá-las – disse prestativamente.

– Hummm – retrucou ele, lançando-me um olhar escocês para acompanhar o ruído, e depois se virou para a porta.

– Ei! – exclamei, vendo-o claramente de costas. – O que é isso?

– O quê? – perguntou ele, surpreso, tentando ver por cima do ombro.

– Isso! – Meus dedos traçaram a forma enlameada que eu vira acima do xale caído, impressa no linho sujo de sua camisa com a precisão de um estêncil. – Parece uma ferradura de cavalo – disse, mal podendo acreditar.

– Ah, isso – disse ele, dando de ombros.

– Um *cavalo* pisou em você?

– Bem, não foi de propósito – disse ele, em defesa do cavalo. – Os cavalos não gostam de pisar em pessoas; acho que sentem a superfície mole demais.

– Imagino que sim – concordei, segurando-o pela manga da camisa para impedi-lo de escapar. – Fique imóvel. Como isso foi acontecer?

– Não é nada – protestou ele. – Não sinto as costelas quebradas, apenas um pouquinho machucadas.

– Ah, só um pouquinho – concordei sarcasticamente. Consegui afastar o tecido manchado de suas costas e pude ver a marca nítida e perfeita de uma ferradura, gravada na sua pele clara, logo acima da cintura. – Meu Deus, pode-se ver os cravos da ferradura. – Ele recuou involuntariamente quando passei o dedo sobre as marcas.

Acontecera durante um dos rápidos ataques dos dragões montados, explicou ele. Seus homens, a maioria acostumada apenas aos pôneis pequenos e peludos das Terras Altas, estavam convencidos de que os animais da cavalaria inglesa tinham sido treinados para atacá-los com coices e dentadas. Apavorados com a investida dos cavalos, mergulharam sob os cascos, talhando furiosamente pernas e barrigas com espadas, foices e machados.

– E você acha que não são?

– Claro que não, Sassenach – disse ele com impaciência. – Ele não estava tentando me atacar. O cavaleiro queria fugir, mas estava cercado dos dois lados. Ele não tinha para onde ir senão por cima de mim.

Vendo essa conclusão evidenciar-se nos olhos do cavaleiro, uma fração de segundo antes de o soldado aplicar as esporas nas laterais de sua montaria, Jamie lançou-se estendido no chão, de barriga para baixo, os braços protegendo a cabeça.

– No instante seguinte, senti o ar ser expulso dos meus pulmões – explicou ele. – Senti todo o impacto do golpe, mas não doeu. Não na hora. – Estendeu o braço para trás e esfregou a mão distraidamente sobre a marca, com um ligeiro sorriso.

– Certo – falei, soltando a ponta da camisa. – Já urinou depois disso?

Olhou-me, espantado, como se eu tivesse enlouquecido de repente.

– Você levou uma pisada de 400 quilos nos rins – expliquei, com certa impaciência. Havia homens feridos esperando. – Quero saber se há sangue em sua urina.

– Ah – disse ele, a expressão do rosto se desanuviando. – Não sei.

– Bem, vamos descobrir, certo? – Eu colocara minha caixa de remédios grande fora do caminho, em um dos cantos; vasculhei seu interior e retirei um dos pequenos recipientes de vidro para exame de urina que eu adquirira no Hôpital des Anges.

– Encha-o e devolva-o para mim. – Entreguei-lhe o recipiente e virei-me para a lareira, onde um caldeirão em ebulição, cheio de panos de linho, aguardava minha atenção.

Olhei para trás e o vi ainda examinando o frasco com uma expressão ligeiramente intrigada.

– Precisa de ajuda, rapaz? – Um enorme soldado inglês olhava para cima de seu catre no assoalho, rindo para Jamie.

Um lampejo de dentes brancos surgiu na sujeira do rosto de Jamie.

– Ah, sim – disse ele. Inclinou-se para baixo, oferecendo o frasco para o inglês. – Tome, segure-o para mim enquanto eu tento acertar o alvo.

Uma onda de risadas percorreu os homens ao redor, distraindo-os por um momento de seu infortúnio.

Após um instante de hesitação, a mão grande do inglês cerrou-se em volta do frágil recipiente. O homem recebera uma dose de estilhaços no quadril e sua mão não estava nem um pouco firme, mas ele sorria ainda assim, apesar das gotículas de suor que umedeciam seu lábio superior.

– Aposto 6 pence que não consegue – disse ele. Moveu o frasco, posicionando-o no chão a cerca de um metro dos pés descalços de Jamie. – De onde você está agora.

Jamie olhou para baixo, pensativo, esfregando o queixo com uma das mãos enquanto media a distância. O homem em cujo braço eu fazia curativo parou de gemer, absorto no desenrolar do drama.

– Bem, não digo que vai ser fácil – observou Jamie, carregando propositadamente no sotaque escocês. – Mas por 6 pence? Sim, bem, é uma quantia que vale o esforço, não? – Seus olhos, sempre levemente rasgados, transformaram-se em olhos de gato com seu largo sorriso.

– Dinheiro fácil, rapaz – disse o inglês, respirando com dificuldade, mas ainda assim rindo. – Para mim.

– Duas moedas de prata no rapaz! – gritou um dos homens do clã MacDonald do canto da chaminé.

Um soldado inglês, o casaco virado do avesso para identificar sua condição de prisioneiro, tateou pelas abas do casaco, à procura da abertura de seu bolso.

– Ah! Uma bolsa de erva contra! – gritou ele, brandindo triunfalmente uma pequena sacola de pano cheia de tabaco.

Apostas gritadas e comentários grosseiros começaram a cruzar o ar quando Jamie agachou-se e fez uma grande encenação, calculando a distância até o frasco.

– Está bem – disse ele finalmente, levantando-se e empinando os ombros para trás. – Está pronto?

O inglês no chão sacudiu-se numa risadinha.

– *Eu* estou pronto, rapaz.

– Muito bem, então.

Um silêncio de expectativa recaiu sobre o aposento. Os homens se erguiam num dos cotovelos para observar a cena, ignorando, em sua curiosidade, tanto o desconforto quanto a inimizade.

Jamie olhou ao redor da sala, meneou a cabeça para seus homens de Lallybroch, e em seguida, lentamente, ergueu a barra de seu kilt e enfiou a mão por baixo. Franziu o cenho em concentração, tateando aleatoriamente, depois deixou uma expressão de dúvida atravessar seu semblante.

– Ele estava aqui quando saí – disse ele, provocando uma estrondosa gargalhada dos homens.

Rindo com o sucesso de sua piada, levantou ainda mais o kilt, agarrou sua arma claramente visível e mirou cuidadosamente. Estreitou os olhos, curvou um pouco os joelhos e seus dedos fecharam-se com mais força.

Nada aconteceu.

– A arma falhou! – gritou um dos ingleses.

– A pólvora dele está molhada! – exclamou outro, com uma vaia.

– Não tem bala na pistola, rapaz? – caçoou seu cúmplice no chão.

Jamie olhou atentamente, com ar de dúvida, para seu equipamento, provocando uma nova explosão de urros e vaias. Em seguida, seu rosto desanuviou-se.

– Ah! Meu compartimento está vazio, só isso! – Disfarçadamente estendeu o braço para a fileira de garrafas penduradas na parede, arqueou uma das sobrancelhas para mim e, quando confirmei com um sinal de cabeça, retirou uma delas e posicionou-a sobre a boca aberta. A água espirrou pelo seu queixo e pela frente da camisa, enquanto seu pomo de adão subia e descia teatralmente conforme bebia.

– Ahhhh. – Abaixou a garrafa, limpou um pouco da sujeira do rosto com a manga da camisa e fez uma reverência para a plateia.

– Agora, sim – disse ele, levando a mão para baixo. Mas ele viu meu rosto e parou pelo meio. Ele não podia ver a porta aberta às suas costas nem o homem que estava ali de pé, mas o silêncio repentino que tomou conta do aposento deve ter lhe dito que todas as apostas estavam canceladas.

Sua Alteza o príncipe Charles Edward abaixou a cabeça para passar sob a verga da porta e entrar na cabana. Em visita aos feridos, estava vestido à altura da ocasião: calças amarradas nos joelhos, em veludo cor de ameixa, com meias de seda da mesma cor para combinar; camisa de linho branco imaculado e – certamente para demonstrar solidariedade com as tropas – casaco e colete no tartã dos Cameron, com um xadrez complementar drapeado sobre um dos ombros, preso com um broche de quartzo escocês. Seus cabelos tinham acabado de ser empoados e a Ordem de Santo André reluzia em seu peito.

Ficou parado no vão da porta, nobremente inspirando todos à vista e notoriamente bloqueando a entrada dos que vinham atrás. Olhou lentamente ao redor, assimilando os 25 homens amontoados no assoalho, os ajudantes agachados sobre eles, o monte de ataduras ensanguentadas atiradas num dos cantos, a diversidade de remédios e instrumentos espalhados sobre a mesa, e eu, de pé atrás dela.

Sua Alteza, de um modo geral, não gostava muito de mulheres no exército, mas jamais esquecia as regras de cortesia. Eu *era* uma mulher, apesar das manchas de sangue e vômito que marcavam minha saia e do fato de meus cabelos projetarem-se da touca em meia dúzia de direções diferentes.

– Madame Fraser – disse ele, cumprimentando-me com uma graciosa reverência.

– Alteza. – Inclinei a cabeça em resposta à cortesia, torcendo para que ele não se demorasse muito.

– Seu trabalho em nosso benefício é muito apreciado, madame – disse ele, seu leve sotaque italiano mais forte do que o normal.

– Ah, obrigada – disse. – Cuidado com o sangue. Está escorregadio aí.

A boca delicada comprimiu-se ligeiramente quando ele contornou a poça que eu indicara. Com a porta livre, Sheridan, O'Sullivan e lorde Balmerino entraram, aumentando o congestionamento na cabana. Agora que as exigências da educação haviam sido cumpridas, Charles agachou-se com todo o cuidado entre dois catres.

Colocou a mão gentilmente no ombro de um dos homens.

– Qual é o seu nome, meu bravo soldado?

– Gilbert Munro... hã, Vossa Alteza – acrescentou o sujeito, apressadamente, fascinado com a presença do príncipe.

Os dedos de unhas bem cuidadas tocaram as ataduras e talas que envolviam o que sobrara do braço de Gilbert Munro.

– Seu sacrifício foi notável, Gilbert Munro – disse Charles com simplicidade. – Prometo-lhe que não será esquecido. – A mão alisou a face barbuda de Munro e ele enrubesceu de enleado prazer.

Eu tinha um homem diante de mim com um ferimento no couro cabeludo que precisava ser costurado, mas pude observar Charles com o canto dos olhos, enquanto ele circulava pela cabana. Movimentando-se devagar, ia de leito em leito, sem deixar de falar com nenhum ferido, parando para perguntar o nome e a terra natal de cada homem, oferecer agradecimentos e afetuosidade, congratulações e palavras de conforto.

Os homens ficaram mudos de perplexidade, tanto os ingleses quanto os escoceses, mal conseguindo responder à Sua Alteza com murmúrios inaudíveis. Finalmente, ele se pôs de pé e alongou-se, com sonoros estalidos das juntas. Uma ponta de seu xale arrastara-se na lama, mas ele não pareceu notar.

– Trago-lhes as bênçãos e os agradecimentos de meu pai – disse ele. – Suas façanhas de hoje nunca serão esquecidas.

Os homens no chão não estavam no estado de espírito certo para vivas e aclamações, mas houve sorrisos e um murmúrio geral de apreço.

Virando-se para ir embora, Charles avistou Jamie, de pé num canto, para não ter os pés descalços pisoteados pelas botas de Sheridan. O rosto de Sua Alteza iluminou-se de contentamento.

– *Mon cher!* Eu não o vi hoje. Receei que algo tivesse lhe acontecido. – Um olhar de reprovação atravessou o rosto bonito e corado. – Por que não foi jantar na casa paroquial com os outros oficiais?

Jamie sorriu e inclinou-se respeitosamente.

– Meus homens estão aqui, Alteza.

As sobrancelhas do príncipe ergueram-se diante dessas palavras e ele abriu a boca como se fosse dizer alguma coisa, mas lorde Balmerino deu um passo à frente e sussurrou em seu ouvido. A expressão de Charles mudou para um ar de preocupação.

– Mas o que é isso que estou ouvindo? – disse a Jamie, perdendo controle da sintaxe, como lhe acontecia em momentos de emoção. – Sua Excelência está me dizendo que você mesmo sofreu um ferimento.

Jamie pareceu ligeiramente desconcertado. Lançou um breve olhar em minha direção para ver se eu havia escutado, e vendo que eu sem dúvida ouvira, virou os olhos rapidamente de volta para o príncipe.

– Não foi nada, Alteza. Só um arranhão.

– Mostre-me. – Foi dito de uma maneira simples, mas indubitavelmente tratava-se de uma ordem. O xale manchado caiu sem mais nenhum protesto.

As pregas do tartã escuro estavam quase negras no lado de dentro. A camisa que usava por baixo estava manchada de vermelho da axila ao quadril, com placas marrons e rígidas onde o sangue começara a secar.

Deixando aos próprios cuidados por um instante o ferimento de cabeça que eu estava tratando, dei um passo à frente e abri a camisa, afastando-a delicadamente do lado machucado. Apesar da quantidade de sangue, vi que não se tratava de um ferimento grave; ele estava firme como uma rocha e o sangue já não escorria.

Era um corte de sabre, enviesado, sobre as costelas. Um ângulo de sorte; se tivesse entrado de frente, teria penetrado fundo nos músculos intercostais entre as costelas. Do jeito que fora, uma aba de 20 centímetros de pele abria-se, solta, o sangue vermelho começando a exsudar debaixo dela outra vez, com a liberação da pressão. Seria necessário um bom número de pontos para consertar, mas tirando o constante perigo de infecção, o ferimento não era de forma alguma grave.

Virando-me para relatar isso a Sua Alteza, parei, estancada pela estranha expressão em seu rosto. Por uma fração de segundo, pensei que se tratava de "tremores de recruta", o choque de uma pessoa não acostumada à visão de sangue e ferimentos. No posto de campanha, muitas enfermeiras novatas removiam um curativo feito no campo de batalha, davam uma olhada e saíam que nem uma flecha para vomitar silenciosamente lá fora antes de retornar para cuidar do paciente. Ferimentos de guerra têm um aspecto particularmente desagradável.

Mas não podia ser isso. Embora não fosse de modo algum um guerreiro inato, ainda assim Charles fora ferido, como Jamie, aos 14 anos, em sua primeira batalha em Gaeta. Não, concluí, ao mesmo tempo em que a expressão momentânea de choque desaparecia dos suaves olhos castanhos. Ele não ficaria estarrecido com sangue ou ferimentos.

Este não era um camponês ou um pastor de ovelhas que ele tinha diante de si. Não era um súdito anônimo, cujo dever era lutar pela causa Stuart. Aquele era um amigo. E achei que talvez o ferimento de Jamie o tivesse feito se dar conta disso repentinamente; de que o sangue era derramado por *suas* ordens, que homens eram feridos por *sua* causa – não era de se admirar que o conhecimento desse fato o tivesse atingido com tamanha profundidade, como um corte de espada.

Ele olhou para a lateral do corpo de Jamie por um longo instante, depois ergueu o rosto e fitou-o nos olhos. Segurou com força a mão de Jamie e inclinou a própria cabeça.

– Obrigado – disse ele à meia-voz.

E apenas por aquele instante, achei que talvez ele pudesse ter sido rei, afinal.

Por ordem de Sua Alteza, uma tenda fora erguida na pequena encosta atrás da igreja, como último abrigo dos mortos em batalha. Tendo recebido prioridade no tratamento, os soldados ingleses não tinham nenhuma ali; os homens jaziam em fileiras, lenços cobrindo os rostos, os escoceses das Terras Altas distinguidos apenas pelos seus trajes, todos aguardando sepultamento no dia seguinte. MacDonald de Keppoch trouxera um padre francês consigo; o sujeito, os ombros arriados de cansaço, a estola roxa usada de forma incongruente sobre um xale escocês manchado, movia-se devagar pela tenda, parando para rezar ao pé de cada figura deitada.

"Ó Senhor, conceda-lhe o descanso eterno e permita que a luz brilhe eternamente sobre ele", dizia. Fazia o sinal da cruz e passava ao cadáver seguinte.

Eu vira a tenda antes e, com o coração na boca, contara os corpos dos escoceses mortos. Vinte e dois. Agora, ao entrar de novo, via que o alto preço pago em vidas subira para 26.

O vigésimo sétimo jazia na igreja próxima, no último quilômetro de sua jornada. Alexander Kincaid Fraser, morrendo aos poucos dos ferimentos que destroçaram sua barriga e seu peito, com uma lenta infiltração interna que não podia ser estancada. Eu o vira quando fora trazido, lívido de uma tarde inteira sangrando lentamente para a morte, sozinho no campo entre os corpos de seus inimigos.

Ele tentou sorrir para mim e eu molhei seus lábios ressecados e untei-os com sebo. Dar-lhe algo para beber significava matá-lo instantaneamente, já que o líquido correria por seus intestinos perfurados, causando um choque fatal. Hesitei, vendo a gravidade de seus ferimentos e pensando que uma morte rápida talvez fosse melhor... mas logo parei. Compreendi que ele iria querer ver um padre e fazer sua confissão, ao menos. Assim, despachei-o para a igreja, onde o padre Benin cuidava dos moribundos como eu cuidava dos vivos.

Jamie fizera visitas breves à igreja a cada meia hora mais ou menos, mas Kincaid resistiu por um tempo surpreendentemente longo, agarrando-se à vida apesar da deterioração permanente de seu estado. No entanto, Jamie não voltara de sua última visita. Compreendi que a luta agora estava finalmente terminando e fui ver se podia ajudar.

O espaço sob as janelas que Kincaid ocupara estava vazio, exceto por uma mancha grande e escura. Ele também não estava na tenda dos mortos, nem Jamie podia ser visto em nenhum lugar.

Encontrei-os finalmente um pouco acima da colina atrás da igreja. Jamie estava sentado numa rocha, a figura de Alexander Kincaid deitada em seus braços, a cabeça de cabelos cacheados pousada em seu ombro, as pernas longas e cabeludas pendendo, lânguidas, para o lado. Ambos estavam imóveis como a rocha sobre a qual estavam sentados. Imóveis como a morte, embora somente um deles estivesse morto.

Toquei a mão branca e frouxa, para ter certeza, e pousei a mão na espessa cabeleira castanha, parecendo ainda incoerentemente viva. Um homem não devia morrer virgem, mas este morrera.

– Ele se foi, Jamie – murmurei.

Ele não se moveu por um instante, mas depois assentiu, abrindo os olhos como se relutasse em encarar a realidade da noite.

– Eu sei. Morreu pouco depois que eu o trouxe para fora, mas eu não queria deixar que ele se fosse.

Segurei-o pelos ombros e o estendemos delicadamente no chão. Havia capim ali e o vento da noite agitava as folhas ao seu redor, roçando-as de leve em seu rosto, um toque afetuoso da terra.

– Você não queria que ele morresse sob um teto – disse, compreendendo. O céu nos cobria com sua vastidão, aconchegante com suas nuvens, mas infinito em sua promessa de refúgio.

Ele assentiu devagar, depois se ajoelhou junto ao corpo e beijou a testa ampla e lívida.

– Eu gostaria que alguém fizesse o mesmo por mim – disse ele num sussurro. Dobrou uma ponta do xale escocês sobre os cachos castanhos e murmurou alguma coisa em gaélico que eu não compreendi.

Um posto médico de campanha não é um lugar para lágrimas; há trabalho demais a ser feito. Eu não chorara o dia inteiro, apesar de tudo que vira, mas naquele momento cedi, ainda que apenas por alguns instantes. Reclinei o rosto sobre o ombro de Jamie em busca de sua força e ele tocou-me de leve, para me consolar. Quando ergui os olhos, enxugando as lágrimas do rosto, vi-o ainda olhando fixamente, os olhos secos, para a silenciosa figura no chão. Sentindo que eu o observava, olhou para mim.

– Chorei por ele enquanto ainda estava vivo para saber, Sassenach – disse ele serenamente. – Bem, como vão as coisas na casa?

Funguei, assoei o nariz e tomei seu braço quando começamos a voltar para a cabana.

– Preciso de sua ajuda com um deles.

– Qual?

– Hamish MacBeth.

O rosto de Jamie, tenso por tantas horas, relaxou um pouco sob as manchas de sujeira.

– Ele voltou, então? Fico contente. Mas como ele está?

Revirei os olhos.

– Você vai ver.

MacBeth era um dos favoritos de Jamie. Um homem forte e pesado, com uma barba marrom encaracolada e modos reticentes, estava sempre ao alcance da voz de Jamie, sempre pronto quando algum serviço era necessário durante a jornada. De poucas palavras, possuía um sorriso tímido e lento que se abria em sua barba como uma flor que desabrocha à noite, rara, porém radiante.

Eu sabia que a ausência do grandalhão após a batalha preocupara Jamie, mesmo entre os outros acontecimentos e tensões. Conforme o dia progredia e os desgarrados voltavam um a um, eu ficava atenta à volta de MacBeth. Mas o pôr do sol chegou e as fogueiras irromperam pelo acampamento militar, sem que se tivesse notícia de MacBeth, e eu comecei a temer que o encontrássemos entre os mortos também.

Mas ele entrara no posto de feridos há meia hora, movendo-se lentamente, mas com suas próprias pernas. Uma das pernas estava manchada de sangue até o tornozelo e ele caminhava de um modo saltitante, as pernas meio abertas, mas de maneira alguma deixaria uma "dona" colocar as mãos nele para ver qual era o problema.

O sujeito enorme estava deitado sobre um cobertor perto de um lampião, as mãos entrelaçadas sobre o ventre volumoso, os olhos pacientemente fixos nas vigas do teto. Girou os olhos quando Jamie ajoelhou-se a seu lado, mas não fez nenhum outro movimento. Deixei-me ficar discretamente ao fundo, ocultada pelas costas largas de Jamie.

– Muito bem, então, MacBeth – disse Jamie, colocando a mão no pulso grosso como forma de cumprimento. – Como vai indo, amigo?

– Vou indo, senhor – respondeu o gigante com sua voz retumbante. – Vou indo. É que é um pouco... – Ele hesitou.

– Bem, então, vamos dar uma olhada. – MacBeth não fez nenhum protesto quando Jamie dobrou para trás a barra do kilt. Espreitando através de uma fresta entre o braço e o corpo de Jamie, pude ver a causa das hesitações de MacBeth.

Uma espada ou lança atingira-o bem acima da forquilha entre as virilhas e abrira caminho para baixo. O escroto foi rasgado de um lado e um dos testículos estava parcialmente pendurado, sua superfície lisa e rosada brilhante como um ovo descascado.

Jamie e os dois ou três homens que viram o ferimento empalideceram e eu vi um dos ajudantes tocar-se num reflexo, como se quisesse se assegurar de que as próprias partes estavam ilesas.

Apesar da terrível aparência do ferimento, o próprio testículo não parecia danificado e não havia sangramento excessivo. Toquei Jamie no ombro e balancei a cabeça, querendo dizer que o ferimento não era grave, independentemente de qual fosse o efeito na psique masculina. Captando meu gesto de soslaio, Jamie deu uns tapinhas no joelho de MacBeth.

– Ah, não é tão grave, MacBeth. Não se preocupe, você ainda vai ser pai.

O grandalhão estivera olhando para baixo apreensivamente, mas diante dessas palavras transferiu o olhar para seu comandante.

– Bem, isso não me preocupa, senhor, já que eu tenho seis filhos. É que eu não sei o que minha mulher iria dizer se eu... – MacBeth ficou roxo quando os homens à sua volta começaram a rir e caçoar.

Lançando um olhar para trás, para mim, em busca de confirmação, Jamie reprimiu seu próprio riso e disse com firmeza:

– Isso também vai ficar bem, MacBeth.

– Obrigado, senhor. – O sujeito respirou aliviado, com absoluta confiança na afirmação de seu comandante.

– Ainda assim – continuou Jamie rapidamente –, vai ser preciso costurar, amigo. Agora, você é quem decide.

Ele enfiou a mão no estojo aberto para pegar uma das agulhas de sutura feitas à mão. Horrorizada com os objetos rústicos que barbeiros-cirurgiões geralmente usavam para costurar seus clientes, eu reunira três dúzias para mim, selecionando-as entre as mais finas agulhas de bordar que consegui obter e esquentei-as em fórceps sobre a chama de um lampião a álcool, curvando-as delicadamente até conseguir a curva em meia-lua adequada, necessária para costurar vários tecidos. Da mesma forma, eu fizera meu próprio categute – fios para sutura feitos de tripas de animais. Uma tarefa suja e desagradável, mas ao menos eu tinha certeza da esterilidade de meus materiais.

A minúscula agulha de sutura parecia ridícula, segura entre os enormes dedos polegar e indicador de Jamie. A ilusão de competência médica não era ajudada pelas vesgas tentativas de Jamie de passar o fio na agulha.

– Ou eu mesmo faço isso – disse ele, a ponta da língua ligeiramente para fora em sinal de concentração – ou – interrompeu-se ao deixar cair a agulha e começar a tatear as pregas do xale de MacBeth à procura do instrumento. – Ou – disse, retomando a frase, enquanto exibia a agulha triunfalmente diante dos olhos apreensivos de seu paciente – minha mulher pode fazer isso para você. – Um ligeiro meneio de cabeça convocou-me para entrar em cena. Fiz o melhor possível para exibir uma expressão prática e trivial, pegando a agulha da mão incompetente de Jamie e passando o fio por ela perfeitamente com um único gesto.

Os grandes olhos castanhos de MacBeth viajaram lentamente entre as enormes patas de Jamie – que ele conseguiu fazer parecer o mais desajeitadas possível colocando a mão direita deformada em cima da esquerda – e as minhas mãos pequenas e ágeis. Por fim, ele deitou-se com um suspiro de desalento e resmungou seu consentimento em deixar uma mulher colocar as mãos em suas partes privadas.

– Não se preocupe, meu amigo – disse Jamie, dando uns tapinhas camaradas em seu ombro. – Afinal, ela tem manipulado os meus já há algum tempo e não me emasculou até agora. – Em meio à risada dos ajudantes e pacientes próximos, Jamie começou a se levantar, mas eu o impedi empurrando um pequeno frasco em suas mãos.

– O que é isso? – perguntou ele.

– Álcool e água – disse. – Solução desinfetante. Se não quisermos que ele tenha febre, inflamação ou algo pior, o ferimento terá que ser lavado.

MacBeth obviamente andara um bom pedaço desde o local onde fora ferido e havia manchas de terra e de sangue próximas ao ferimento. Álcool de cereais era um desinfetante muito forte, mesmo suavizado com cinquenta por cento de água destilada esterilizada como eu usava. Ainda assim, era o único recurso mais eficaz contra infecção e eu era inflexível quanto à necessidade de sua utilização, apesar das queixas dos ajudantes e dos gritos angustiados dos pacientes submetidos a ele.

Jamie olhou do frasco de álcool para o ferimento aberto e estremeceu ligeiramente. Ele tivera o seu próprio quinhão quando costurei o corte na lateral do seu corpo naquela manhã.

– Bem, MacBeth, melhor você do que eu – disse ele e, colocando o joelho firmemente sobre a região da barriga do escocês, aspergiu o conteúdo do frasco sobre os tecidos expostos.

Um rugido apavorante sacudiu as paredes e MacBeth contorceu-se de dor como uma cobra cortada. Quando o urro enfim se acalmou, seu rosto estava esverdeado e ele não fez absolutamente nenhuma objeção quando comecei o trabalho rotineiro, ainda que doloroso, de costurar o escroto. A maioria dos pacientes, mesmo aqueles terrivelmente feridos, comportava-se estoicamente em relação ao tratamento primitivo a que os submetíamos e MacBeth não era nenhuma exceção. Permaneceu quieto, terrivelmente constrangido, os olhos fixos na chama do lampião, e não moveu nenhum músculo enquanto eu fazia a sutura. Apenas as cores alternantes em seu rosto, de verde ao branco ao vermelho e de volta ao verde outra vez, traíam suas emoções.

Finalmente, entretanto, ele ficou roxo. Quando terminei a costura, o pênis frouxo começou a enrijecer-se levemente, roçado de leve pelo movimento de minha mão. Completamente abalado por essa comprovação de sua fé na palavra de Jamie, MacBeth puxou o kilt para baixo assim que terminei, pôs-se de pé num salto e saiu cambaleando para a escuridão, deixando-me com um riso reprimido, a cabeça quase enfiada no meu estojo.

Encontrei um canto onde um baú de suprimentos médicos estava estocado e me apoiei na parede. Uma onda de dor subiu pelas minhas pernas; a repentina liberação da tensão e a reação dos nervos. Tirei os sapatos e recostei-me contra a parede, deliciando-me com os pequenos espasmos que se lançavam pela espinha dorsal e pelo pescoço à medida que o esforço de ficar em pé era aliviado.

Cada centímetro quadrado de pele parece repentinamente sensível em tal estado de fadiga; quando a necessidade de forçar o corpo a trabalhar é subitamente suspensa, o ímpeto remanescente parece forçar o sangue ao perímetro do corpo, como se o sistema nervoso relutasse em acreditar no que os músculos já haviam prazerosamente aceitado; você não precisa se mexer agora.

O ar na cabana estava quente e barulhento com a respiração de seus ocupantes; não a algazarra saudável de homens roncando, mas as arfadas superficiais de homens para quem respirar era doloroso e os gemidos daqueles que encontraram uma amnésia temporária capaz de libertá-los da obrigação máscula de sofrer em silêncio.

Os homens nesta cabana eram os que estavam gravemente feridos, mas não corriam perigo imediato de morte. Eu sabia, entretanto, que a morte caminha à noite pelos corredores de uma enfermaria, procurando aqueles cujas defesas estão baixas, que possam inconscientemente vagar e cruzar seu caminho por causa da solidão e do medo. Alguns dos feridos possuíam esposas que dormiam ao seu lado, para confortá-los na escuridão, mas não havia nenhuma nesta cabana.

Eles tinham a mim. Se pouco eu podia fazer para curá-los ou reduzir seu sofrimento, podia ao menos deixar que soubessem que não morreriam sozinhos; que havia alguém ali de guarda, entre eles e a escuridão. Além de qualquer coisa que eu pudesse fazer, era meu dever apenas estar ali.

Levantei-me e percorri mais uma vez, lentamente, os espaços estreitos entre os catres no chão, agachando-me junto a cada um dos homens, murmurando e tocando, ajeitando um cobertor, alisando cabelos desgrenhados, massageando os nós que se formam nos músculos contraídos. Um gole de água aqui, uma troca de curativo ali, a percepção de uma atitude de tenso constrangimento que significava que um urinol era necessário e a oferta simples e prática do utensílio que permitia ao homem aliviar-se, a garrafa de barro vidrado tornando-se pesada e aquecida em minhas mãos.

Saí para esvaziar uma dessas e parei por um instante, absorvendo a noite úmida e fria, deixando o chuvisco remover a sensação do toque de peles ásperas e cabeludas e o cheiro de homens suados.

– Você não dormiu muito, Sassenach. – A suave voz escocesa veio da direção da estrada. As outras cabanas que serviam de hospital estavam naquela direção; os alojamentos dos oficiais do outro lado, na casa paroquial.

– Você também não dormiu muito – respondi secamente. Há quanto tempo ele estaria sem dormir?, perguntei a mim mesma.

– Dormi no campo ontem à noite, com os homens.

– Ah, é mesmo? Um sono muito reparador – disse, com uma ironia que o fez rir. Seis horas de sono em um campo úmido, seguido de uma batalha na qual ele fora pisado por um cavalo, ferido por uma espada e Deus sabe o que mais. Em seguida, ele reunira seus homens, recolhera os feridos, cuidara dos machucados, chorara os mortos e servira seu príncipe. E durante tudo isso eu não o vira parar para comer, beber ou descansar.

Não me dei ao trabalho de censurá-lo. Nem valia a pena mencionar que ele devia estar entre os pacientes no chão. Era sua função estar ali, de pé, também.

– Há outras mulheres, Sassenach – disse ele ternamente. – Quer que eu peça a Archie Cameron para mandar uma delas para cá?

Era uma tentação, mas uma tentação que recusei antes de poder pensar nela com mais carinho, por medo de que, se eu reconhecesse meu cansaço, não conseguisse me levantar outra vez.

Alonguei-me, as mãos atrás dos quadris.

– Não – disse. – Vou aguentar até o amanhecer. Então outra pessoa poderá me render por algum tempo. – De certo modo, eu achava que tinha que ajudar os pacientes a atravessar a noite; de manhã eles estariam a salvo.

Ele também não me censurou; apenas colocou a mão em meu ombro e puxou-me para si por um instante. Compartilhamos o pouco da força que nos restava, em silêncio.

– Vou ficar com você, então – disse ele, afastando-se finalmente. – Eu mesmo não vou conseguir dormir antes de o dia clarear.

– E os outros homens de Lallybroch?

Ele fez um sinal com a cabeça em direção aos campos próximos à cidade onde o exército estava acampado.

– Murtagh está no comando.

– Ah, bem. Não há com que se preocupar – falou, e vi seu sorriso à luz da janela. Havia um banco do lado de fora da cabana, onde a dona da casa sentava-se nos dias de sol para limpar peixe ou consertar roupas. Puxei-o para que se sentasse a meu lado e ele deixou-se arriar contra a parede da casa com um suspiro. Seu óbvio estado de exaustão me fez lembrar de Fergus e da atordoada expressão de perplexidade do menino depois da batalha.

Estendi o braço para acariciar a nuca de Jamie e ele virou a cabeça cegamente em minha direção, descansando a fronte contra a minha.

– Como foi ontem, Jamie? – perguntei num sussurro, os dedos massageando lenta e fortemente os músculos tensos de seu pescoço e ombros. – Como foi? Conte-me.

Fez-se um breve silêncio, depois ele suspirou e começou a falar, com hesitação no começo, em seguida mais rápido, como se quisesse desabafar.

– Não tínhamos fogueira porque lorde George achava que devíamos deixar a serra antes da aurora e não queria que nenhum vestígio de movimentação pudesse ser visto lá de baixo. Ficamos sentados no escuro por algum tempo. Não podíamos nem falar, pois o som seria levado à planície. Assim, ficamos aguardando.

Ele parou por um instante e continuou:

– Então, senti alguma coisa agarrar minha coxa no escuro e quase caí duro. – Enfiou o dedo na boca e esfregou-o cautelosamente. – Quase arranquei a língua com uma mordida. – Senti o movimento de seus músculos quando sorriu, embora seu rosto estivesse escondido.

– Fergus?

O fantasma de uma risada flutuou pela escuridão.

– Sim, Fergus. Arrastou-se pela grama sobre a barriga, o diabinho, e eu achei que ele fosse uma cobra. Contou-me, sussurrando, sobre Anderson; eu saí rastejando atrás dele e levei Anderson para ver lorde George.

Sua voz estava arrastada e enleada, murmurando sob o feitiço do toque de minhas mãos.

– Então veio a ordem de que iríamos partir, seguindo a trilha de Anderson. O exército inteiro se levantou e pôs-se a caminho na escuridão.

A noite estava límpida e sem lua, livre da costumeira camada de nuvens que captava a luz das estrelas e enviava uma luz difusa em direção à terra. Conforme o exército das Terras Altas seguia em silêncio pelo caminho estreito atrás de Richard Anderson, cada homem não conseguia ver nada além dos calcanhares em movimento do homem à sua frente, cada passo alargando a trilha pelo capim molhado.

O exército locomovia-se quase sem ruído. As ordens eram passadas em murmúrios de um homem a outro. Espadas de lâmina larga e machados estavam ocultos nas dobras dos xales, frascos de pólvora enfiados dentro das camisas, junto a corações acelerados.

Tão logo chegaram a solo firme, ainda em completo silêncio, os homens das Terras Altas sentaram-se, acomodaram-se o mais confortavelmente possível sem fogueira, comeram o que tinham de alimentos frios e prepararam-se para dormir, enrolados em seus xales, à vista das fogueiras do acampamento do inimigo.

– Podíamos ouvi-los conversar – disse Jamie. Seus olhos estavam cerrados, as mãos entrelaçadas atrás da cabeça e recostado contra a parede da cabana. – Estranho, ouvir homens rindo de uma piada ou pedindo uma pitada de sal ou um gole do odre de vinho... e saber que dentro de poucas horas você podia matá-los... ou eles matarem você. Você não consegue parar de pensar, sabe; como será o rosto por trás daquela voz? Você reconhecerá o sujeito se encontrá-lo pela manhã?

Ainda assim, os temores da expectativa da batalha não podiam sobrepujar o absoluto cansaço, e os "Fraser Negros" – assim chamados por causa dos vestígios de carvão que ainda adornavam seus rostos – e seu chefe já estavam acordados há mais de 36 horas a essa altura. Ele pegou um feixe de junco para servir de travesseiro, enrolou bem o xale em volta dos ombros e deitou-se no capim ondulante ao lado de seus homens.

Quando servia no exército francês, anos antes, um dos sargentos explicara aos mercenários mais jovens o truque de adormecer na noite anterior à batalha.

"Ajeite-se confortavelmente, examine sua consciência e faça um bom ato de contrição. O padre Hugo diz que, em tempos de guerra, mesmo que não haja nenhum sacerdote para absolvê-lo, seus pecados podem ser perdoados dessa forma. Como não pode cometer pecados enquanto dorme – nem mesmo você, Simenon!, você acordará em estado de graça, pronto para cair sobre o inimigo. E sem nada mais a esperar senão a vitória ou o céu, como pode ter medo?"

Embora particularmente notando algumas falhas nesse argumento, Jamie ainda assim o considerava um bom conselho; libertar a consciência tranquilizava a alma e a reconfortante repetição de uma prece distraía a mente de fantasias atemorizantes e a embalava em direção ao sono.

Ele ergueu os olhos para a abóbada negra do céu e obrigou a tensão dos músculos dos ombros e do pescoço a relaxar no abraço duro do solo. As estrelas estavam fracas e indistintas nesta noite, nada se comparando ao clarão das fogueiras inglesas próximas.

Sua mente voltou-se para os homens à sua volta, parando por um instante em cada um deles, um por um. A mancha do pecado era leve em sua consciência em comparação à preocupação com seus homens. Ross, McMurdo, Kincaid, Kent, McClure... parou para agradecer por ao menos sua mulher e o menino Fergus estarem a salvo. Sua mente demorou-se em sua mulher, desejando comprazer-se na lembrança de seu sorriso confiante, no calor sólido, maravilhoso, do seu corpo em seus braços, pressionado com força contra ele quando lhe dera um beijo de despedida naquela tarde. Apesar de seu próprio cansaço e da presença de lorde George à sua espera lá fora, teve vontade de derrubá-la no colchão ali mesmo e possuí-la rápida e imediatamente, sem se despirem. Estranho como a iminência da luta deixava-o tão excitado, sempre. Mesmo agora...

Mas ele ainda não terminara seu rol mental e sentia as pálpebras se fechando conforme o cansaço tentava arrastá-lo para as profundezas do sono. Descartou o leve aperto dos testículos que sentiu ao pensar nela e retomou sua lista de chamada, um pastor traiçoeiramente levado a dormir pela contagem dos carneiros que conduzia ao matadouro.

Mas não seria um massacre, tentou assegurar a si mesmo. Poucas baixas no lado jacobita. Trinta homens mortos. De um contingente de dois mil, apenas uma débil possibilidade de algum dos homens de Lallybroch estar entre eles, certo? Se ela estivesse certa.

Estremeceu ligeiramente sob o xale e esforçou-se para afastar a dúvida momentânea que revirava suas entranhas. Se. Meu Deus, se. Ainda tinha dificuldade de acreditar nisso, embora a tivesse visto junto àquela pedra maldita. Vira o rosto dissolvendo-se em terror ao redor dos olhos dourados, arregalados de pânico, os próprios contornos de seu corpo esvaindo-se conforme ele, também em pânico, agarrava-se a ela, puxando-a de volta, sentindo pouco mais do que o frágil osso duplo de seu braço sob sua mão. Talvez devesse ter deixado que ela se fosse, de volta à própria época. Não, talvez, não. Tinha certeza de que deveria ter deixado. Mas ele a puxara de volta. Dera-lhe a escolha, mas mantivera-a consigo pela pura força de querê-la a seu lado. E, assim, ela ficara. E dera *a ele* a escolha – acreditar nela, ou não. Agir ou fugir. E a escolha estava feita agora e nenhuma força terrena poderia impedir a chegada do alvorecer.

Seu coração batia com força, o latejar ecoando nos pulsos, nas virilhas e na boca do estômago. Procurou acalmá-lo, retomando sua contagem, um nome para cada batida do coração. Willie McNab, Bobby McNab, Geordie McNab... Graças a Deus, o jovem Rabbie McNab estava a salvo, em casa... Will Fraser, Ewan Fraser, Geoffrey McClure... McClure... Ele se lembrara de George e Sorley? Remexeu-se ligeiramente, com um débil sorriso, apalpando o local dolorido ao longo de suas costelas. Murtagh. Sim, Murtagh, botina velha e boa... ao menos com você minha mente não precisa se preocupar. William Murray, Rufus Murray, Geordie, Wallace, Simon...

Finalmente, cerrara os olhos, encomendara todos eles aos cuidados do céu escuro acima e perdera-se no murmúrio das palavras que ainda vieram à sua lembrança muito naturalmente em francês: "*Mon Dieu, je regrette...*"

Fiz minhas rondas na cabana, trocando um curativo encharcado de sangue da perna de um dos homens. O sangramento já devia ter estancado, mas não o fizera. Má nutrição e ossos fracos. Se o sangramento não parasse antes de o galo cantar, eu teria que mandar chamar Archie Cameron ou um dos cirurgiões-veterinários para amputar a perna e cauterizar o toco.

Detestava a ideia. A vida já era suficientemente difícil para um homem com todos os seus membros em bom estado. Esperando o melhor, aspergi o novo curativo com uma pequena quantidade de sulfato de alumínio e enxofre. Se não adiantasse, mal não faria. O provável é que doesse, mas quanto a isso nada poderia ser feito.

– Vai arder um pouco – murmurei para o sujeito, enquanto envolvia sua perna nas bandagens.

– Não se preocupe, senhora – sussurrou ele. Sorriu para mim, apesar do suor que corria pelo seu rosto, brilhante à luz da minha vela. – Eu aguento.

– Ótimo. – Dei um tapinha em seu ombro, alisei seus cabelos para trás e lhe dei um gole de água. – Darei outra olhada daqui a uma hora, se você conseguir aguentar o curativo tanto tempo.

– Eu aguento – repetiu ele.

Lá fora outra vez, achei que Jamie tivesse adormecido. Seu rosto descansava nos braços cruzados sobre os joelhos. Mas ele ergueu o rosto ao ouvir meus passos e segurou minha mão quando me sentei ao seu lado.

– Ouvi o canhão ao amanhecer – comentei, pensando no homem lá dentro, a perna destruída por um tiro de canhão. – Temi por vocês.

Ele riu baixinho.

– Eu também, Sassenach. Todos nós.

Silenciosos como tufos de neblina, os escoceses avançaram pelo mato, um pé de cada vez. Não havia nenhum indício de que a escuridão estivesse diminuindo, mas a sensação física da noite se modificara. O vento mudara de direção, era isso; soprava do mar para a terra fria e o débil rugido de ondas em areias distantes podia ser ouvido.

Apesar de sua impressão de escuridão continuada, a luz se aproximava. Viu o homem a seus pés bem a tempo; mais um passo e ele teria caído de cabeça sobre o corpo curvado do sujeito.

O coração batendo forte com o choque da descoberta, agachou-se depressa para poder ver direito. Um "casaco vermelho", e dormindo, nem morto nem ferido. Estreitou os olhos com força para espreitar a escuridão ao redor, aguçando os ouvidos para ouvir a respiração de outros homens adormecidos. Nada além de ruídos do mar, do mato e do vento, o leve sussurro de pés furtivos quase amortecido pelos rugidos abafados da noite.

Olhou apressadamente para trás, molhando os lábios ressecados apesar do ar úmido. Havia homens bem perto atrás dele; não ousou hesitar por muito tempo. O homem seguinte podia não ser tão cuidadoso em ver onde pisava e não podiam correr o risco de nenhuma gritaria.

Colocou a mão na adaga, mas hesitou. Guerra era guerra, mas ia contra seus princípios assassinar um inimigo dormindo. O homem parecia estar sozinho, a alguma distância de seus companheiros. Não era uma sentinela; nem mesmo o mais desleixado dos guardas dormiria sabendo que o exército das Terras Altas estava acampado nas colinas acima. Talvez o soldado tivesse se levantado para ir aliviar-se e se afastara uma boa distância de seus camaradas para isso. Depois, perdendo-se no escuro, deitou-se para dormir ali mesmo onde estava, até o dia clarear.

O metal do mosquete estava escorregadio com o suor da palma de sua mão. Esfregou a mão no xale, depois se levantou, segurou o mosquete pelo cano e fez a coronha girar num arco maligno para baixo. O choque do impacto deu um tranco em suas omoplatas; uma cabeça imóvel é sólida. Os braços do sujeito saltaram para os lados com a força da colisão, mas fora uma explosão de ar dos pulmões, ele não fez nenhum barulho e agora jazia, esparramado de barriga para baixo, flácido como um trapo.

Com as palmas das mãos formigando, ele inclinou-se outra vez e tateou embaixo do maxilar do inglês à procura de uma pulsação. Encontrou-a e, tranquilizado, levantou-se. Ouviu um abafado grito de surpresa vindo de trás e deu meia-volta, o mosquete já no ombro, o cano quase tocando o rosto de um dos homens do clã MacDonald, de Keppoch.

– *Mon Dieu!* – murmurou o homem, benzendo-se, e Jamie cerrou os dentes de irritação. Era o maldito padre francês de Keppoch, vestido, por sugestão de O'Sullivan, com xale escocês e camisa, como os combatentes.

– O homem insistiu que era seu dever levar os sacramentos aos feridos e mortos no campo de batalha – explicou-me Jamie, prendendo seu xale manchado mais alto no ombro. A noite estava ficando ainda mais fria. – A ideia de O'Sullivan era de que, se os ingleses o pegassem em seu hábito, o fariam em pedacinhos. Quanto a isso, talvez sim, talvez não. Mas ele parecia um palerma em trajes escoceses – acrescentou com ar de censura.

O comportamento do padre também não ajudara a amenizar a impressão causada por sua vestimenta. Percebendo tardiamente que seu assaltante era um escocês, suspirou de alívio e em seguida abriu a boca. Com um rápido movimento, Jamie tapou-a antes que qualquer pergunta imprudente pudesse emergir.

– O que faz aqui, padre? – grunhiu ele, a boca pressionada contra o ouvido do sacerdote. – Você deve ficar atrás das linhas.

Os olhos arregalados do padre revelaram a verdade a Jamie – o homem de Deus, perdido na escuridão, achou que realmente estivesse atrás das linhas e a compreensão tardia de que na verdade ele estava na vanguarda dos escoceses que avançavam fez seus joelhos amolecerem.

Jamie olhou para trás; não ousava mandar o padre de volta pelas linhas. Na escuridão enevoada, ele poderia facilmente dar de cara com um escocês, ser tomado por um inimigo e ser morto ali mesmo. Segurando o homenzinho pela nuca, forçou-o a ajoelhar-se.

– Deite-se no chão e fique aí até o fogo cessar – sussurrou no ouvido do padre. Ele assentiu meneando a cabeça de modo frenético, depois viu o corpo do soldado inglês, deitado no chão a poucos passos de distância. Ergueu os olhos aterrorizados para Jamie e pegou os frascos de crisma e água benta que trazia presos ao cinto, no lugar de uma adaga.

Revirando os olhos de exasperação, Jamie fez uma série de gestos enérgicos, tentando indicar que o sujeito não estava morto e assim não precisava dos serviços do padre. Tendo os gestos fracassado em sua intenção, ele se inclinou, segurou a mão do sacerdote e pressionou seus dedos no pescoço do inglês, como o método mais simples de ilustrar que o homem não era na verdade a primeira vítima da batalha. Surpreendido nessa posição ridícula, ficou paralisado quando uma voz atravessou a neblina atrás dele.

– Pare! – disse a voz. – Quem está aí?

– Tem um pouco de água, Sassenach? – perguntou Jamie. – Minha boca está ficando seca de falar.

– Filho da mãe! – protestei. – Não pode parar agora! O que aconteceu?

– Água – disse ele, rindo –, e então lhe contarei.

– Está bem – cedi, entregando-lhe uma garrafa de água e observando-o virá-la na boca. – O que aconteceu depois?

– Nada – disse ele, abaixando a garrafa e limpando a boca na manga da camisa. – Você acha que eu iria responder? – Riu deslavadamente para mim e desviou-se quando mirei um tapa em seu ouvido.

– Ora, ora – disse ele em tom de reprovação. – Isso não são modos de tratar um homem ferido a serviço de seu rei, não é?

– Ferido, hein? – disse. – Acredite-me Jamie Fraser, um leve corte de sabre não é nada comparado ao que vou fazer se você...

– Ah, e ainda por cima ameaças, hein? Como era mesmo aquele poema que você me disse...? "Quando a dor e a angústia enrugam a fronte, um anjo protetor"... Ai!

– Da próxima vez, arranco sua orelha pela raiz – disse, soltando-a. – Ande, continue, tenho que voltar lá para dentro em um minuto.

Ele esfregou a orelha delicadamente, mas voltou a recostar-se contra a parede e retomou a história.

– Bem, ficamos lá parados, de cócoras, o padre e eu, entreolhando-nos e ouvindo as sentinelas a 2 metros de distância. "O que foi isso?", disse um dos soldados, e fiquei pensando se conseguiria me levantar a tempo de golpeá-lo com minha adaga antes que ele pudesse atirar em mim, ele ou o amigo dele. Já que eu não poderia esperar ajuda do padre, a não ser, talvez, uma última prece sobre meu cadáver.

Houve um silêncio longo e exasperante, enquanto os dois jacobitas permaneciam agachados na grama, as mãos ainda enlaçadas, com medo de fazer sequer o mais leve movimento, até mesmo para se soltarem.

– Ahhh, você está vendo coisas – disse a outra sentinela finalmente e Jamie sentiu um estremecimento de alívio percorrer o corpo do padre, enquanto seus dedos suados soltavam-se. – Não há nada lá em cima além de moitas de tojo. Não se preocupe, rapaz – disse a sentinela de modo tranquilizador, e Jamie ouviu um tapa num ombro e batidas pesadas de pés calçados de botas, de alguém tentando se manter aquecido. – Com certeza há um bando deles por aí e, nesta escuridão, poderia ser o maldito exército das Terras Altas inteiro, pelo que se pode enxergar. – Jamie achou ter ouvido o sopro de um riso abafado vindo de uma das "moitas de tojo" na encosta dentro do seu campo de audição.

Olhou para o topo da colina, onde as estrelas começavam a esmaecer. Menos de dez minutos para os primeiros raios de luz, calculou. Quando, então, as tropas de Johnnie Cope logo perceberiam que o exército das Terras Altas não estava, tal como pensavam, a uma hora de marcha dali, na direção oposta, mas já cara a cara com suas linhas de frente.

Ouviu-se um ruído à esquerda, na direção do mar. Era fraco e indistinto, mas o tom de alarme era claro para ouvidos experientes. Alguém, ele supôs, tropeçara numa moita de tojo.

– Hein? – O tom de alarme fora captado por uma das sentinelas próximas. – O que está acontecendo?

O padre teria que cuidar de si mesmo, pensou. Jamie sacou a espada de folha larga enquanto se levantava e, com uma única e larga passada, eliminou a distância até o inimigo. O homem não passava de um vulto na escuridão, mas suficientemente distinto. A lâmina implacável abateu-se com toda a força e rachou o crânio do sujeito ali mesmo onde ele estava.

– Escoceses! – O grito de alarme eclodiu do companheiro e a segunda sentinela saltou como um coelho desentocado com jato d'água, fugindo aos pulos na noite evanescente antes que Jamie pudesse arrancar sua espada da fenda ensanguentada. Colocou o pé nas costas do homem caído e deu um puxão na arma para trás, rangendo os dentes contra a sensação desagradável de carne mole e osso rangente.

O alarme espalhava-se para cima e para baixo das linhas inglesas; podia senti-lo tanto quanto ouvi-lo – uma agitação de homens bruscamente acordados, tateando às cegas em busca de suas armas, procurando em todas as direções a ameaça oculta.

As gaitas de foles de Clanranald estavam atrás, para a direita, mas até então nenhum sinal fora dado para o ataque. A ordem, então, era para continuar avançando, o coração acelerado e o braço esquerdo formigando do esforço do golpe mortal, os músculos da barriga contraídos e os olhos estreitando-se para ver através da escuridão minguante, o sangue morno salpicado pelo seu rosto tornando-se frio e pegajoso.

– Eu pude ouvi-los primeiro – disse ele, os olhos fixos na noite como se ainda procurasse os soldados ingleses. Inclinou-se para a frente, abraçando os joelhos. – Depois eu pude ver também. Os ingleses, contorcendo-se pelo chão como larvas na carne, e os homens atrás de mim. George McClure alcançou-me, e Wallace e Ross surgiram do outro lado. Prosseguíamos em silêncio, um passo de cada vez, mas cada vez mais rápido, vendo os ingleses irrompendo à nossa frente.

Ouviu-se uma explosão abafada à direita; o disparo de um único canhão. Um instante mais tarde, outro disparo, e em seguida, como se este fosse o sinal, um grito retumbante ergueu-se do meio dos escoceses que avançavam.

– Então as gaitas de foles começaram – disse ele, os olhos cerrados. – Não me lembrei do meu mosquete até que ouvi um disparo bem atrás de mim; eu o deixara no chão ao lado do padre. Num momento assim, você não vê nada além daquilo que está acontecendo imediatamente à sua volta. Você ouve um grito e, de repente, está correndo. Devagar, por um ou dois passos, enquanto desata o cinto, então seu xale cai, livre, e você está saltando, os pés respingando lama pelas suas pernas e o frio do mato molhado nos seus pés e as abas de sua camisa voando pelo seu traseiro nu. O vento entra por dentro de sua camisa, sobe pela sua barriga e sai pelos seus braços... Em seguida, o barulho o invade e você está gritando, como se estivesse descendo uma colina a toda a velocidade, gritando ao vento, quando é criança, para ver se consegue se erguer no ar com a força do som.

Cavalgaram as ondas de seus próprios gritos até a planície e a força do ataque dos escoceses arrebentou sobre os bancos de areia do exército inglês, engolfando-os num vagalhão de sangue e terror.

– Eles correram – disse ele baixinho. – Um homem virou-se para me enfrentar... durante toda a luta, apenas um. Todos os outros, eu peguei por trás. – Esfregou a mão encardida no rosto e pude sentir um ligeiro tremor desprender-se do âmago de seu ser.

– Eu me lembro... de tudo – disse ele, quase num murmúrio. – Cada golpe. Cada rosto. O homem deitado no chão à minha frente que se mijou todo de medo. Os cavalos berravam. Todos os odores: pólvora, sangue e o cheiro do meu próprio suor. Tudo. Mas era como se eu estivesse do lado de fora, observando a mim mesmo. Eu não estava realmente lá. – Ele abriu os olhos e olhou para mim pelo canto do olho. Estava quase dobrado ao meio, a cabeça sobre os joelhos, o tremor visível agora. – Sabe como é? – perguntou ele.

– Sei.

Embora eu não tivesse lutado com espada ou adaga, havia lutado muitas vezes com as mãos e a força de vontade; atravessando o caos da morte somente porque não havia outra escolha. E isso realmente deixava aquela sensação estranha de distanciamento; o cérebro parecia erguer-se acima do corpo, avaliando e instruindo com frieza, as vísceras obedientemente subjugadas até a crise passar. Era sempre algum tempo depois que os tremores começavam.

Eu ainda não havia atingido esse ponto. Retirei o manto dos meus ombros e o cobri antes de voltar para dentro da cabana.

O dia amanheceu e fui substituída por duas mulheres da vila e um cirurgião militar. O homem com a perna ferida estava pálido e trêmulo, mas o sangramento parara. Jamie tomou-me pelo braço e levou-me dali, pela rua de Tranent.

As constantes dificuldades de O'Sullivan com as provisões para abastecer o exército foram temporariamente aliviadas pela captura das carroças de mantimentos dos ingleses, portanto agora havia abundância de suprimentos. Comemos rapidamente, mal provando o mingau quente, considerando a comida apenas uma necessidade do corpo, como respirar. A sensação de saciedade começou a tomar conta do meu corpo, deixando-me livre para pensar na segunda necessidade mais premente – dormir.

Os feridos foram aquartelados em cada casa e cabana, os sãos, em sua maioria, dormiam nos campos fora da vila. Embora Jamie pudesse ter reivindicado um lugar na casa paroquial com os outros oficiais, em vez disso ele me tomou pelo braço e me conduziu por entre as cabanas, em direção a uma colina. Subimos a encosta até um dos pequenos bosques que se espalhavam pela periferia de Tranent.

– É uma boa caminhada – dissera ele, em tom de desculpas, olhando para mim –, mas achei que você gostaria de um pouco de privacidade.

– Sim, gostaria. – Embora eu tivesse sido criada em condições que pareceriam primitivas às pessoas da minha época, em geral dormindo em barracas e casas de taipa durante as expedições de campo de tio Lamb, ainda assim não estava acostumada a viver amontoada com várias outras pessoas, como era costume aqui. As pessoas comiam, dormiam e muitas vezes copulavam comprimidas em cabanas minúsculas e asfixiantes, iluminadas e aquecidas pela queima fumarenta de turfa. A única coisa que não faziam juntas era se banhar – em grande parte porque elas não tomavam banho.

Jamie liderou o caminho, por baixo dos galhos inclinados de um enorme castanheiro-da-índia, até uma pequena clareira forrada de folhas caídas de freixo, carvalho e plátano. O sol mal nascera e ainda fazia frio sob as árvores, uma linha fina de geada orlando algumas das folhas amareladas.

Ele formou uma espécie de trincheira raspando a espessa camada de folhas com o calcanhar, depois se postou em uma das extremidades da depressão, colocou a mão na fivela do cinto e sorriu para mim.

– É um pouco inconveniente para vestir, mas muito fácil de tirar. – Soltou o cinto com um puxão e o tecido xadrez do seu traje caiu em dobras em torno de seus tornozelos, deixando-o vestido apenas até a metade da coxa com sua camisa. Ele geralmente usava o "pequeno kilt" militar, que era preso com um cinto em volta da cintura, sendo o xale uma tira de pano separada, drapeada em torno dos ombros. Mas neste momento, estando seu próprio kilt rasgado e sujo da batalha, ele arranjara um traje antigo, consistindo apenas em um xale cingido por um cinturão – nada mais do que uma longa tira de tecido, enrolada em torno do corpo e presa na cintura apenas por um cinto.

– Como é que você veste isso? – perguntei, curiosa.

– Bem, você o estica no chão, assim – ajoelhou-se, estendendo a tira xadrez de modo que ela forrasse a depressão coberta de folhas –, depois faz pregas a alguns centímetros de intervalo, deita-se sobre ele e rola.

Soltei uma gargalhada e deixei-me cair de joelhos, ajudando a alisar a grossa lã do tartã.

– *Isso* eu quero ver – disse a ele. – Acorde-me antes de se vestir.

Ele balançou a cabeça, divertindo-se, e a luz do sol filtrando-se através das folhas das árvores refletiu-se em seus cabelos.

– Sassenach, as chances de eu acordar antes de você são menores do que as de uma minhoca sobreviver num quintal de galinhas. Não me importo se outro cavalo me pisotear, não vou me mexer até amanhã. – Deitou-se cuidadosamente, afastando as folhas. – Deite-se aqui comigo. – Estendeu a mão para cima de forma convidativa. – Vamos nos cobrir com o seu manto.

As folhas sob a lã macia formavam um colchão surpreendentemente confortável, embora a essa altura, eu teria ficado feliz de dormir numa cama de pregos. Meu corpo relaxou-se completamente contra o dele, comprazendo-se no delicioso prazer de apenas se deitar.

A friagem inicial dissipou-se depressa, conforme nossos corpos aqueciam o bolsão onde nos abrigáramos. Estávamos suficientemente longe da cidade para que os sons de sua ocupação só nos alcançassem em fragmentos trazidos pelo vento. Pensei com sonolenta satisfação que, se alguém procurasse por Jamie, provavelmente só nos encontraria amanhã.

Na noite anterior, eu tirara minhas anáguas e as rasgara para fazer mais ataduras. Agora, não havia mais nada entre nós além do tecido fino da saia e do camisão de baixo. Um calor rijo e sólido agitou-se brevemente contra meu ventre.

– Não pode ser, pode? – disse, achando graça, apesar do cansaço. – Jamie, você deve estar semimorto.

Ele deu uma risada cansada, segurando-me bem junto ao seu corpo com uma das mãos grandes e quentes em meu cóccix.

– Bem mais do que semimorto, Sassenach. Estou exausto e meu pau é a única parte estúpida do meu corpo que não sabe disso. Não consigo me deitar com você sem desejá-la, mas desejar talvez seja tudo que vou conseguir fazer.

Tateei em busca da barra de sua camisa, puxei-a para cima e minha mão envolveu-o delicadamente. Mesmo mais quente do que a pele de sua barriga, seu pênis era sedoso sob a carícia do meu polegar, pulsando com força a cada batida do seu coração.

Ele emitiu um leve gemido de dolorida satisfação e virou-se lentamente de costas, deixando as pernas abrirem-se, relaxadas, parcialmente cobertas pelo meu manto.

O sol alcançara nossa pilha de folhas e meus ombros relaxaram-se sob o toque cálido da luz. Tudo parecia recoberto com uma fina camada de ouro, um resultado da mistura de começo de outono com fadiga extrema. Senti-me lânguida e vagamente separada do meu corpo, observando a pequena agitação de sua carne sob meus dedos. Todo o terror, cansaço e barulho dos dois últimos dias começaram a se esvair aos poucos, deixando-nos a sós.

A névoa da exaustão parecia agir como uma lente de aumento, exagerando detalhes e sensações. A ponta do seu ferimento a sabre podia ser vista sob a camisa embolada, uma crosta escura contra a pele clara. Dois ou três mosquitinhos zumbiam baixo, investigando, e eu abanei a mão, afastando-os. O silêncio ressoava em meus ouvidos, o murmúrio das árvores não se comparando aos dissonantes ecos da cidade.

Recostei o rosto sobre ele, sentindo a curva lisa e rígida do osso do seu quadril, proeminente sob a pele. Na dobra de sua virilha, a pele era transparente e os vasos capilares finos e azuis como os de uma criança.

Sua mão ergueu-se devagar, flutuando como as folhas, e descansou de leve em minha cabeça.

– Claire. Eu preciso de você – murmurou ele. – Eu preciso muito de você.

Sem as incômodas anáguas, foi fácil. Senti-me como se eu mesma estivesse flutuando, erguendo-me sem esforço, levantando as minhas saias pelo comprimento de seu corpo, dispondo-me em cima dele como uma nuvem no topo de uma colina, dando abrigo ao seu desejo.

Seus olhos estavam fechados, a cabeça para trás, o ouro avermelhado de seus cabelos esparramado sobre as folhas. Mas suas mãos ergueram-se e assentaram-se com firmeza em minha cintura, descansando sem peso na curva dos meus quadris.

Meus olhos também se fecharam e senti as formas de sua mente, tão claramente como sentia as do seu corpo sobre o meu; a exaustão bloqueava cada pensamento e cada lembrança, cada sensação, exceto o reconhecimento um do outro.

– Não... muito tempo – murmurou ele. Assenti, sabendo que ele sentia o que não via, e ergui-me em cima dele, as coxas frementes e firmes sob o tecido manchado do meu vestido.

Uma, duas vezes, outra vez, e mais outra, e o tremor ergueu-se por dentro de nossos corpos, como a subida da água pelas raízes de uma planta, até as folhas.

Soltou a respiração com um suspiro e senti sua perda de consciência como o lento apagar de um lampião. Deixei-me cair a seu lado, mal conseguindo puxar as pesadas dobras do manto sobre nós antes que a escuridão me dominasse, e deitei meu peso sobre a terra, o calor de sua semente dentro de mim. Dormimos.

37

HOLYROOD

Edimburgo, outubro de 1745

A batida na minha porta surpreendeu-me, interrompendo uma inspeção de minhas recém-reabastecidas caixas de remédios. Após a impressionante vitória em Prestonpans, Charles conduzira seu exército triunfante de volta a Edimburgo, para comprazer-se nas adulações. Enquanto ele se deliciava, seus generais e chefes trabalhavam, reorganizando seus homens e adquirindo todo equipamento que pudessem obter, em preparação para o que quer que viesse.

Encorajado pelo sucesso, Charles discorria livremente sobre tomar Stirling, em seguida Carlyle e depois, talvez, em avançar para o sul, até mesmo sobre Londres. Eu passava meu tempo livre contando agulhas de sutura, armazenando casca de salgueiro e me apoderando de qualquer quantidade, por menor que fosse, de álcool que pudesse encontrar, para ser transformado em desinfetante.

– O que é? – perguntei, abrindo a porta. O mensageiro era um garoto, pouco mais velho do que Fergus. Ele tentava parecer compenetrado e deferente, mas não conseguia conter sua curiosidade natural. Vi seus olhos moverem-se rápido pela sala, pousando, fascinados, na grande caixa de remédios no canto. Obviamente, os rumores a meu respeito haviam se espalhado pelo palácio de Holyrood.

– Sua Alteza solicita sua presença, sra. Fraser – disse ele. Os grandes olhos castanhos examinaram-me detidamente, sem dúvida em busca de indícios de possessão sobrenatural. Pareceu um pouco decepcionado com a minha aparência desalentadoramente normal.

– Ah, é mesmo? – disse. – Está bem. Onde ele está, então?

– Na sala de visitas matinal, senhora. Devo acompanhá-la. Ah... – O pensamento ocorreu-lhe quando se virou e ele girou de volta antes que eu pudesse fechar a porta. – A senhora deve levar sua caixa de remédios, por gentileza.

Meu acompanhante exultava com a importância que ele mesmo atribuía à sua missão e escoltou-me pelo longo corredor até a ala real do palácio. Obviamente, alguém andara lhe ensinando as regras do comportamento adequado a um pajem real, mas um saltitar exuberante em seus passos de vez em quando traía sua recente admissão ao trabalho.

O que Charles poderia querer comigo?, perguntei-me. Embora me tolerasse por causa de Jamie, a história de *La Dame Blanche* obviamente o desconcertara e o deixara inquieto. Mais de uma vez, eu o surpreendera benzendo-se furtivamente em minha presença ou fazendo o rápido sinal de "chifres" feito com dois dedos e usado contra o mal. A ideia de que ele fosse me pedir para tratá-lo de algum problema médico era extremamente improvável.

Quando a pesada porta de madeiras cruzadas se abriu para a pequena sala de visitas matinal, pareceu-me ainda mais improvável. O príncipe, obviamente gozando de boa saúde, inclinava-se sobre a espineta pintada, tentando extrair uma melodia claudicante com um único dedo. Sua pele delicada estava ligeiramente ruborizada, mas de empolgação, não de febre, e seus olhos estavam límpidos e atentos quando os ergueu para mim.

– Sra. Fraser! Que gentileza a sua em me atender tão prontamente! – Estava vestido nesta manhã com ainda mais pompa do que de costume, usando peruca e um casaco novo de seda bege, rebordado de flores. Deve estar entusiasmado com alguma coisa, pensei; seu inglês se deteriorava sempre que ficava agitado.

– É um prazer, Vossa Alteza – disse decorosamente, fazendo uma ligeira mesura. Ele estava sozinho, uma situação inusitada. Seria possível que quisesse meus serviços médicos para si mesmo, afinal?

Fez um gesto rápido e nervoso em direção a uma das cadeiras damasquinadas em ouro, instando-me a sentar. Uma segunda cadeira foi puxada, de frente para a minha, mas ele andava de um lado a outro à minha frente, irrequieto demais para se sentar.

– Preciso de sua ajuda – disse ele de repente.

– Hã? – Fiz um barulho educadamente indagador. Gonorreia?, imaginei, examinando-o veladamente de alto a baixo. Eu não ouvira falar de nenhuma mulher desde Louise de La Tour, mas, por outro lado, bastava uma única vez. Ele abriu e fechou os lábios, como se procurasse a melhor maneira de me contar, mas por fim desistiu.

– Tenho um *capo*, um chefe, sabe?, aqui. Ele quer se unir à causa de meu pai, mas ainda tem alguma dúvida.

– Um chefe de clã, é o que quer dizer? – Ele meneou a cabeça confirmando, a testa franzida sob os cachos cuidadosos da peruca.

– *Sim*, madame. Ele obviamente apoia as reivindicações de meu pai...

– Ah, é claro – murmurei.

– ... mas ele quer falar com a senhora antes de empenhar seus homens a me seguirem.

Ele parecia incrédulo, ouvindo suas próprias palavras, e eu compreendi que o rubor em suas faces era proveniente da combinação de perplexidade irritada e fúria reprimida.

Eu mesma estava mais do que um pouco confusa. Minha imaginação prontamente visualizou um chefe de clã com uma terrível doença, cuja adesão à causa dependia da realização de uma cura milagrosa.

– Tem certeza de que ele deseja falar comigo? – perguntei. Com certeza, minha reputação não tinha ido *tão* longe assim.

Charles inclinou a cabeça friamente em minha direção.

– É o que ele diz, madame.

– Mas eu não conheço *nenhum* chefe de clã – afirmei. – Fora Glengarry e Lochiel, é claro. Ah, e Clanranald e Keppoch. Mas todos eles já se comprometeram com Vossa Alteza. E por que, afinal...

– Bem, ele é da opinião de que a senhora o conhece – interrompeu o príncipe, a sintaxe ainda mais atrapalhada com a elevação do seu mau humor. Ele cerrou os punhos, obviamente obrigando-se a falar de modo educado. – É de importância, da *maior* importância, madame, que ele se convença a se unir a mim. Eu exijo... eu lhe peço... portanto, que... o convença.

Esfreguei o nariz pensativamente, olhando para ele. Mais um ponto de decisão. Mais uma oportunidade para fazer com que os acontecimentos seguissem o caminho que eu escolhesse. E mais uma vez, a incapacidade de saber qual a melhor atitude a tomar.

Ele tinha razão; era importante convencer esse chefe de clã a comprometer seus recursos à causa jacobita. Com os Cameron, os vários MacDonald e os outros que haviam se unido à causa até agora, o exército jacobita não reunia mais do que dois mil homens, e esses formavam o grupo mais heterogêneo de gentalha já impingido a qualquer general. E no entanto, esse bando de maltrapilhos tomara a cidade de Edimburgo, derrotara uma força inglesa muito superior em Preston e demonstrava toda disposição de continuar atravessando a zona rural como uma turba de saltimbancos.

Nós não conseguíramos impedir Charles em sua aventura; talvez, como Jamie dissera, a única maneira de evitar a calamidade fosse agora fazer todo o possível para ajudá-lo. O acréscimo de um importante chefe de clã à lista de partidários influenciaria enormemente as chances de outros aderirem. Esse podia ser um momento decisivo, em que as forças jacobitas poderiam ser aumentadas ao nível de um verdadeiro exército realmente capaz de realizar a proposta invasão da Inglaterra. E se assim fosse, o que iria acontecer depois?

Suspirei. Independentemente do que eu resolvesse fazer, não poderia tomar nenhuma decisão enquanto não visse quem era essa misteriosa pessoa. Olhei para baixo para ver se meus trajes estavam adequados para encontros com chefes de clã, infectados ou não, e me levantei, enfiando a caixa de remédios embaixo do braço.

– Vou tentar, Alteza – disse.

Os punhos cerrados relaxaram-se, revelando as unhas roídas, e sua testa desanuviou-se.

– Ah, ótimo – disse ele. Virou-se para a porta mais larga da sala de visitas da tarde. – Venha, eu mesmo a conduzirei.

O guarda postado à porta deu um salto de surpresa quando Charles escancarou a porta e passou por ele a passos largos sem lançar sequer um olhar em sua direção. Do outro lado da sala longa, as paredes cobertas de tapeçarias, havia uma enorme lareira de mármore, recoberta de azulejos brancos de Delft, pintados com cenas campestres holandesas em tons de azul e amora. Um pequeno sofá estava disposto em frente à lareira e um homem muito alto e forte, de ombros largos, em trajes das Terras Altas, estava de pé a seu lado.

Em um aposento menos imponente, ele teria parecido enorme, as pernas como troncos de árvores em suas meias xadrez sob o kilt. Na situação como agora se apresentava, neste salão imenso com tetos altos ornamentados em gesso, era apenas grande – bem de acordo com as figuras heroicas da mitologia que decoravam as tapeçarias nas paredes da sala.

Parei repentinamente ao ver o enorme visitante, o choque do reconhecimento ainda misturado à absoluta incredulidade. Charles seguira adiante e parou para olhar para trás com alguma impaciência, fazendo sinal para que eu fosse me unir a ele junto à lareira. Meneei a cabeça cumprimentando o enorme sujeito. Em seguida, contornei devagar a ponta do sofá e fitei o homem deitado sobre ele.

Ele sorriu debilmente ao me ver, os olhos cinzentos, da cor de um pombo iluminando-se com uma centelha de diversão.

– Sim – disse ele, em resposta à minha expressão. – Eu certamente também não esperava encontrá-la outra vez. Deve-se sempre acreditar no destino. – Virou a cabeça e ergueu a mão para seu enorme guarda-costas. – Angus. Poderia ir pegar uma dose de conhaque para madame Claire? Receio que a surpresa de me ver possa tê-la perturbado.

Isso, pensei, era colocar a situação de forma extremamente branda. Deixei-me cair em uma cadeira estranha, de pés abertos para fora, e aceitei a taça de cristal que Angus Mhor me estendia.

Os olhos de Colum MacKenzie não haviam mudado; nem sua voz. Ambos conservavam a essência do homem que liderava o clã MacKenzie há trinta anos, apesar da doença que o aleijara na adolescência. No entanto, tudo o mais havia mudado tristemente para pior; os cabelos negros estavam fartamente estriados de branco, as rugas do rosto mais profundas na pele que se tornara flácida sobre os contornos distintos dos ossos. Até mesmo o peito largo havia minguado e os ombros poderosos estavam caídos, os músculos desaparecidos do esqueleto frágil que os sustentava.

Ele já segurava um copo pela metade com um líquido âmbar, brilhando à luz do fogo na lareira. Ergueu-se com dificuldade à posição sentada e levantou o copo num brinde irônico.

– Você está com uma ótima aparência... sobrinha. – Do canto do olho, vi a boca de Charles abrir-se de espanto.

– Você não está – respondi secamente.

Ele olhou para baixo sem emoção, para as pernas arqueadas e deformadas. Dali a cem anos, dariam a essa doença o nome de seu mais ilustre portador – síndrome de Toulouse-Lautrec.

– Não – disse. – Mas, por outro lado, já faz dois anos que você me viu pela última vez. Na ocasião, a sra. Duncan estimou minha sobrevivência em menos de dois anos.

Tomei um gole do conhaque. De excelente qualidade. Charles *estava* ansioso.

– Não imaginei que fosse dar muita importância à maldição de uma bruxa – disse.

Um sorriso torceu os lábios finos. Ele possuía a beleza arrojada de seu irmão Dougal, apesar de desfeita como estava, e quando levantava o véu do desligamento de seus olhos, o poder do homem sobrepujava a devastação de seu corpo.

– À maldições, não. Entretanto, eu tinha a distinta impressão de que aquela senhora lidava com observação, não bruxaria. E nunca encontrei uma observadora mais perspicaz do que Geillis Duncan... com uma exceção. – Inclinou a cabeça graciosamente em minha direção, deixando claro o que pretendia dizer.

– Obrigada – disse.

Colum ergueu os olhos para Charles, que continuava boquiaberto, estupefato e confuso com essa conversa.

– Agradeço-lhe por sua gentileza em permitir que eu use suas instalações para uma reunião com a sra. Fraser, Alteza – falou ele, com uma ligeira mesura.

As palavras eram perfeitamente corteses, mas o tom com que foram ditas tornava óbvio um pedido para que se retirasse. Charles, que de modo algum estava acostumado a ser mandado embora, ficou intensamente ruborizado e abriu a boca. Em seguida, recompondo-se, fechou-a, fez uma curta reverência e deu meia-volta.

– Também não vamos precisar do guarda – disse às suas costas. Seus ombros arriaram e sua nuca ficou vermelha sob o rabo de cavalo da peruca, mas gesticulou rispidamente e o guarda postado à porta, com um olhar surpreso para mim, seguiu Sua Alteza para fora. – Hummm. – Colum lançou um breve olhar de reprovação em direção à porta, depois retornou sua atenção para mim. – Pedi para vê-la porque eu lhe devo desculpas – disse ele sem preâmbulos.

Recostei-me na cadeira, o copo de conhaque pousado calmamente sobre a barriga.

– Ah, um pedido de desculpas? – disse, com o máximo de sarcasmo que pude reunir sem aviso prévio. – Por tentar me mandar para a fogueira por bruxaria, imagino? – Abanei a mão, descartando graciosamente a oferta. – Ah, por favor, não se dê a esse trabalho. – Fitei-o furiosamente. – *Desculpas?!*

Ele sorriu, nem um pouco desconcertado.

– Suponho que pareça um pouco inadequado – começou ele.

– Inadequado?! Por mandar me prender e atirar no buraco dos ladrões por três dias sem água ou comida decente? Por mandar me despir, me deixar quase nua, e açoitar-me diante de todos os habitantes de Cranesmuir? Por deixar-me por um triz de um barril de piche e um feixe de lenha? – Parei e respirei fundo. – Agora que mencionou – disse, um pouco mais calma –, "inadequado" é exatamente o que eu chamaria a isso.

O sorriso desaparecera.

– Peço-lhe perdão por minha aparente frivolidade – disse ele serenamente. – Não tive intenção de zombar de você.

Olhei para ele, mas não encontrei nenhum vestígio de divertimento nos olhos de pestanas negras.

– Não – falei, com outra respiração profunda. – Suponho que não. Suponho que vá dizer que também não tinha nenhuma intenção de me mandar prender por bruxaria.

Os olhos cinzentos aguçaram-se.

– Você sabia disso?

– Geilie me disse. Quando estávamos no buraco dos ladrões. Contou-me que era dela que você pretendia se livrar; eu fui envolvida por acidente.

– E foi mesmo. – Pareceu subitamente muito cansado. – Se você estivesse no castelo, eu poderia tê-la protegido. O que, em nome de Deus, levou-a a descer para a vila?

– Disseram-me que Geilie Duncan estava doente e que pedia a minha presença – respondi secamente.

– Ah – disse ele num sussurro. – Disseram-lhe. Quem, se posso perguntar?

– Laoghaire. – Mesmo agora, eu era incapaz de reprimir uma breve explosão de cólera diante do nome da jovem. Por causa de uma inveja doentia por eu ter me casado com Jamie, ela deliberadamente tentara fazer com que me matassem. Muita crueldade para uma jovem de 16 anos. Mesmo agora, em meio à raiva, senti uma minúscula ponta de cruel satisfação; ele é meu, pensei, quase subconscientemente. Meu. Você nunca o tirará de mim. Nunca.

– Ah – repetiu Colum, fitando pensativo meu semblante afogueado. – Foi o que achei que tivesse acontecido. Diga-me – continuou ele, erguendo uma das sobrancelhas escuras –, se um simples pedido de desculpas lhe parece inadequado, você preferiria a vingança?

– Vingança? – Devo ter parecido surpresa com a ideia, porque ele sorriu debilmente, embora sem humor.

– Sim. A garota casou-se há seis meses com Hugh MacKenzie de Muldaur, um dos meus colonos. Ele fará com ela o que eu mandar se você quiser castigá-la. O que quer que eu faça?

Pestanejei, desconcertada com sua oferta. Ele não parecia ter pressa para receber uma resposta; permanecia sentado calmamente, bebericando o novo copo de conhaque que Angus Mhor lhe servira. Não me fitava, mas levantei-me e me afastei em direção às janelas, desejando ficar sozinha por alguns instantes.

As paredes ali tinham 1,50 metro de espessura; ao me recostar no profundo vão da janela, pude assegurar alguma privacidade. O sol brilhante iluminou os pelos finos e louros dos meus braços quando os recostei no parapeito. Fez-me pensar no buraco dos ladrões, o poço fétido e úmido, e na única fresta de luz do sol que brilhava através de uma abertura em cima, fazendo, com o contraste, o buraco escuro abaixo parecer ainda mais uma sepultura.

Passei meu primeiro dia lá embaixo no frio e na imundície, perplexa e incrédula; o segundo, num estado deplorável, trêmula, o medo crescente, quando descobri toda a extensão da traição de Geillis Duncan e as medidas de Colum contra ela. E no terceiro dia, levaram-me a julgamento. E eu ficara lá, envergonhada e aterrorizada, sob as nuvens de um céu de outono cada vez mais carregado, sentindo as mandíbulas da armadilha de Colum fecharem-se ao meu redor, provocadas por uma palavra de Laoghaire.

Laoghaire. A pele clara e os olhos azuis, com um rosto redondo e bonito, mas sem nada mais que a distinguisse das outras jovens de Leoch. Eu pensara nela –

no buraco com Geillis Duncan, tive tempo de pensar em muitas coisas. Mas apesar de furiosa e apavorada como eu estivera, furiosa como ainda estava, eu não podia, nem na época nem agora, enxergá-la como intrinsecamente má.

– A menina tinha apenas 16 anos, pelo amor de Deus!

– Idade suficiente para se casar – disse uma voz irônica atrás de mim, e percebi que tinha pensado em voz alta.

– Sim, ela queria Jamie – confirmei, voltando-me. Colum ainda estava sentado no sofá, as pernas curtas e deformadas cobertas com um cobertor. Angus Mhor permanecia de pé ao seu lado, em silêncio, os olhos de pálpebras pesadas fixos em seu senhor. – Talvez achasse que amava Jamie.

Homens exercitavam-se no pátio, entre gritos e confronto de armas. O sol refletia-se do metal das espadas e mosquetes, das tachas de latão dos escudos – e dos cabelos dourado-avermelhados de Jamie, esvoaçando na brisa conforme ele passava a mão pelo rosto, afogueado e suado com o esforço físico, rindo de um dos chistes de Murtagh, sempre ditos com a expressão impassível.

Eu havia talvez cometido uma injustiça com Laoghaire, afinal, ao presumir que seus sentimentos fossem menores do que os meus. Quer ela tenha agido em função de uma raiva imatura ou de uma verdadeira paixão, eu jamais saberia. Fosse como fosse, ela fracassara. Eu sobrevivera. E Jamie era meu. Enquanto observava, ele levantou seu kilt e coçou o traseiro descuidadamente, a luz do sol atingindo a penugem ruivo-dourada que suavizava a curva dura como aço de sua coxa. Sorri e voltei para minha cadeira perto de Colum.

– Aceito o pedido de desculpas – disse.

Ele assentiu, os olhos cinza pensativos.

– Acredita no perdão, então, madame?

– Mais na justiça – disse. – Por falar nisso, não imagino que tenha viajado de Leoch a Edimburgo apenas para me pedir desculpas. Deve ter sido uma viagem infernal.

– Sim, foi. – A figura silenciosa e enorme de Angus Mhor deslocou-se alguns centímetros atrás dele e a cabeça maciça inclinou-se para seu chefe num eloquente testemunho. Colum pressentiu o movimento e ergueu a mão brevemente, está tudo bem, dizia o gesto, estou bem por enquanto.

– Não – continuou Colum. – Na verdade, eu não sabia que você estava em Edimburgo até que Sua Alteza mencionou Jamie Fraser e eu perguntei. – Um sorriso repentino surgiu em seu rosto. – Sua Alteza não a tem em grande estima, madame Claire. Mas suponho que saiba disso, não?

Ignorei o comentário.

– Então está realmente considerando unir-se ao príncipe Charles?

Colum, Dougal e Jamie, todos eles tinham a capacidade de esconder o que estavam pensando quando assim desejavam, mas Colum era indubitavelmente o melhor dos três. Era possível obter mais de uma das cabeças esculpidas na fonte no pátio da frente se ele não estivesse num estado de espírito comunicativo.

– Eu vim vê-lo – foi tudo que ele disse.

Permaneci sentada por um instante, imaginando o que, se é que havia alguma coisa, eu poderia – ou deveria – dizer em favor de Charles. Talvez fosse melhor eu deixar a tarefa para Jamie. Afinal, o fato de Colum sentir remorso por quase ter me matado por acidente não significava que ele estivesse necessariamente inclinado a confiar em mim. E embora o fato de eu estar ali, fazendo parte da comitiva de Charles, certamente contrariasse a ideia de eu ser uma espiã inglesa, não era impossível que eu fosse.

Ainda ponderava quando Colum subitamente colocou seu copo na mesinha e olhou-me diretamente nos olhos.

– Faz ideia de quantos desses eu já tomei desde a manhã?

– Não.

Suas mãos estavam firmes, calejadas e ásperas da doença, mas bem cuidadas. As pálpebras avermelhadas e os olhos ligeiramente injetados poderiam com facilidade ser atribuídos tanto aos rigores da viagem quanto à bebida. Sua fala não estava arrastada e não havia mais do que uma certa deliberação de movimentos para indicar que ele não estava sóbrio como um juiz. Mas eu já vira Colum beber e tinha uma ideia muito respeitosa de sua capacidade.

Com um gesto, afastou a mão de Angus Mhor, pairando acima da garrafa de conhaque.

– Meia garrafa. À noite, já a terei terminado.

– Ah. – Era por isso, então, que eu fora solicitada a levar minha caixa de remédios. Peguei-a de onde eu a colocara no chão.

– Se está precisando de tanto conhaque, não há muita coisa que possa ajudá-lo senão algum tipo de ópio – disse, remexendo no meu sortimento de frascos e botijas. – Acho que tenho um pouco de láudano aqui, mas posso lhe dar um pouco de...

– Não é isso que quero de você. – O tom autoritário em sua voz me fez parar e erguer os olhos. Se ele conseguia guardar seus pensamentos para si, também podia demonstrá-los quando assim o desejava. – Eu poderia obter láudano com muita facilidade – disse ele. – Imagino que exista um boticário na cidade que venda láudano ou, pelo menos, semente de papoula ou ópio não diluído.

Deixei a tampa do pequeno baú fechar-se e descansei as mãos em cima dela. Então ele não queria ir se acabando num estado de torpor, drogado, deixando a liderança do clã numa situação incerta. E se não era um esquecimento temporário o que ele queria de mim, o que mais poderia ser? Um definitivo, talvez. Eu conhecia Colum MacKenzie. E a mente límpida e cruel que planejara a destruição de Geillis Duncan não hesitaria sobre a sua própria.

Agora tudo estava claro. Ele viera ver Charles Stuart para tomar a decisão final, se comprometeria os MacKenzie de Leoch à causa jacobita. Uma vez comprometidos, seria Dougal quem comandaria o clã. E então...

– Eu tinha a impressão de que suicídio era considerado um pecado mortal – disse.

– Imagino que sim – disse ele, sem se perturbar. – Um pecado de orgulho, pelo menos, que eu escolha uma morte digna no momento que julgar melhor, segundo minhas conveniências. Não espero, entretanto, sofrer indevidamente pelo meu pecado, já que não pus nenhuma fé na existência de Deus desde que tinha mais ou menos 19 anos.

A sala estava silenciosa, fora os estalidos do fogo e os gritos abafados da falsa batalha que ocorria lá embaixo. Eu podia ouvir sua respiração, um suspiro lento e regular.

– Por que pedir a mim? – perguntei. – Tem razão, você pode obter láudano onde quiser, desde que tenha dinheiro, e você tem. Certamente sabe que uma dose excessiva pode matá-lo. Aliás, é uma morte fácil.

– Fácil demais. – Balançou a cabeça. – Tenho tido pouco com que contar em minha vida, exceto minha inteligência. Gostaria de conservá-la, mesmo no encontro com a morte. Quanto à facilidade... – Remexeu-se ligeiramente no sofá, não fazendo nenhum esforço para disfarçar seu desconforto. – Logo terei o suficiente.

Fez um sinal com a cabeça indicando minha caixa.

– Você compartilhava os conhecimentos da sra. Duncan sobre remédios. Achei que talvez soubesse o que ela usou para matar o marido. Pareceu rápido e direto. E adequado – acrescentou ele ironicamente.

– Ela usou feitiçaria, segundo o veredicto da corte judicial. – O tribunal que a condenou à morte, de acordo com seu plano, pensei. – Ou não acredita em bruxaria? – perguntei.

Ele riu, um som puro, despreocupado, no aposento iluminado pelo sol.

– Alguém que não acredita em Deus dificilmente daria crédito a Satã, não acha?

Eu ainda hesitava, mas ele era um homem que julgava os outros tão astuciosamente quanto julgava a si próprio. Ele me pedira perdão antes de me pedir um favor e verificara que eu possuía um senso de justiça – ou de compaixão. E era, como ele disse, adequado. Abri a caixa e tirei o pequeno frasco de cianureto que eu guardava para matar ratos.

– Agradeço-lhe, sra. Claire – disse ele, novamente formal, embora o sorriso ainda se demorasse em seus olhos. – Mesmo que meu sobrinho não tivesse provado sua inocência com tanta extravagância em Cranesmuir, ainda assim eu jamais acreditaria que você era uma bruxa. Não tenho nenhuma ideia melhor agora do que eu tinha na primeira vez em que nos encontramos sobre quem você é, ou por que está aqui, mas uma bruxa é uma das possibilidades que jamais cogitei. – Parou, uma das sobrancelhas arqueadas. – Suponho que não estaria inclinada a me dizer quem, ou o quê, você é?

Hesitei por um instante. Mas não era provável que um homem que não acreditava nem em Deus nem no diabo acreditasse na verdade da minha presença ali. Apertei seus dedos levemente e soltei-os.

– É melhor me chamar de bruxa – disse. – É o mais próximo a que provavelmente poderia chegar.

Quando saía para o pátio na manhã seguinte, encontrei-me com lorde Balmerino nas escadas.

– Ah, sra. Fraser! – cumprimentou-me ele jovialmente. – Exatamente quem eu estava procurando.

Sorri-lhe; um homem alegre, gorducho, era uma das reanimadoras características da vida em Holyrood.

– Se não for febre, diarreia ou sífilis – disse –, dá para esperar um pouco? Meu marido e o tio estão dando uma demonstração de luta de espadas em benefício de dom Francisco de la Quintana.

– Ah, é mesmo? Devo dizer, eu também gostaria de ver isso. – Balmerino começou a acompanhar meus passos, a cabeça sacudindo-se alegremente ao nível do meu ombro. – Gosto de ver um homem bonito com uma espada – disse ele. – E qualquer coisa que possa acalmar os espanhóis tem a minha mais sincera aprovação.

– A minha também. – Achando perigoso demais que Fergus roubasse a correspondência de Sua Alteza dentro de Holyrood, Jamie dependia das informações que obtinha do próprio Charles. Entretanto, essa era uma tarefa fácil; Charles considerava Jamie um amigo íntimo, literalmente o único chefe escocês a ser agraciado com essa marca de favoritismo, apesar da pequena contribuição que ele representava em termos de homens e dinheiro.

No que dizia respeito a dinheiro, no entanto, Charles confidenciara que tinha grandes esperanças de apoio de Filipe da Espanha, cuja última carta para James em Roma tinha sido particularmente encorajadora. Dom Francisco, embora não fosse propriamente um enviado, era certamente um membro da corte espanhola, e podia-se contar que levaria de volta seu relatório sobre a situação da revolta dos Stuart. Essa era a oportunidade de Charles ver até onde sua própria crença em sua causa o levaria para convencer chefes das Terras Altas e reis estrangeiros a se unirem a ele.

– Por que queria me ver? – perguntei enquanto saíamos para a passagem que circundava o pátio de Holyrood. Uma pequena multidão de espectadores estava se reunindo, mas nem dom Francisco nem os dois combatentes estavam à vista ainda.

– Ah! – Tendo se lembrado, lorde Balmerino tateou dentro de seu casaco. – Nada de muita importância, minha cara. Recebi isto de um dos meus mensageiros, que o obteve de um parente do sul. Pensei que acharia interessante.

Entregou-me um maço fino de papéis grosseiramente impressos. Eu os reconheci como cartazes volantes, as populares circulares distribuídas em tavernas ou penduradas em batentes de portas e cercas pelas cidades e vilarejos.

"CHARLES EDWARD STUART, conhecido por todos como o 'Jovem Pretendente'", dizia um deles. "Que seja do conhecimento de todos que essa pessoa depravada e perigosa, tendo aportado ilicitamente nas costas da Escócia, incitou a população desse país à revolta e deslanchou sobre cidadãos inocentes a fúria de uma guerra injusta." Havia muito mais, tudo na mesma linha de argumentação, concluindo com uma exortação aos cidadãos inocentes que lessem essa denúncia "para fazerem tudo que estivesse em seu poder para entregar essa pessoa à justiça que ele tanto merece". O cartaz era ilustrado com o que imaginei se tratar do retrato desenhado de Charles; não se assemelhava muito ao original, mas definitivamente parecia depravado e perigoso, o que, pensei, era o objetivo.

– Esse até que está bastante comedido – disse Balmerino, espreitando por cima do meu cotovelo. – Mas alguns dos outros revelam um leque mais impressionante tanto de imaginação quanto de ofensiva; veja este aqui. Este sou eu – disse ele, apontando para o papel com evidente deleite.

O cartaz mostrava um escocês das Terras Altas magro, com grandes suíças, sobrancelhas hirsutas e olhos que fitavam assustadoramente arregalados por baixo de um gorro escocês. Olhei de soslaio para lorde Balmerino vestido, como de costume, em calças presas nos joelhos e casaco do melhor gosto; feitos de tecidos nobres, mas discretos tanto no corte quanto na cor, para beneficiar sua figura baixa e roliça. Ele fitou o cartaz, alisando pensativamente o rosto redondo e bem barbeado.

– Não sei – disse ele. – As suíças me emprestam um ar muito romântico, não acha? Ainda assim, barbas coçam como o inferno. Não sei se conseguiria usar uma, ainda que ficasse pitoresco.

Virei para a folha seguinte e quase deixei cair o maço inteiro.

– Fizeram um trabalho ligeiramente melhor em conseguir uma semelhança com seu marido – observou Balmerino –, mas é claro que nosso querido Jamie realmente se parece um pouco com a concepção inglesa popular de um brutamontes das Terras Altas... com seu perdão, minha querida, sem nenhuma intenção de ofender. Mas ele *é* de fato grandão, não é?

– Sim – disse frouxamente, lendo com atenção as acusações do cartaz.

– Não sabia que seu marido tinha o hábito de assar e comer criancinhas, sabia? – disse Balmerino, gargalhando. – Sempre achei que seu tamanho devia-se a algo especial em sua dieta.

A atitude irreverente do nobre inglês ajudou-me bastante a recobrar a calma. Eu mesma quase conseguia sorrir diante das acusações e descrições ridículas, embora me perguntasse quanto crédito os leitores dariam aos cartazes. Muito, eu receava; as pessoas em geral pareciam não só dispostas, mas ansiosas para acreditar no pior – e quanto pior, melhor.

– É no último que achei que estaria interessada. – Balmerino interrompeu meus pensamentos, folheando o maço até a penúltima folha.

"A BRUXA STUART" proclamava o cabeçalho. Uma mulher de nariz comprido com pupilas minúsculas fitava-me de volta, acima de um texto que acusava Charles Stuart de invocar "os poderes das trevas" para apoiá-lo em sua causa ilícita. Ao manter em sua comitiva mais íntima uma conhecida bruxa – uma bruxa com poder de vida e morte sobre os homens, assim como o poder mais comum de destruir plantações, ressecar gado e causar cegueira, Charles dava evidência do fato de que vendera a alma ao diabo e, assim, iria "arder no inferno para sempre!", como o panfleto animadamente concluía.

– Presumo que seja você – disse Balmerino. – Embora eu lhe assegure, minha cara, o retrato não lhe faz justiça.

– Muito interessante – comentei. Devolvi o maço de folhas para lorde Balmerino, contendo a vontade de limpar a mão na saia. Sentia-me levemente enjoada, mas fiz o melhor que pude para lhe sorrir. Ele olhou-me atentamente, depois sacudiu meu cotovelo com um aperto tranquilizador.

– Não se perturbe com isso, minha querida – disse ele. – Quando Sua Majestade tiver reconquistado o trono, toda essa bobagem será logo esquecida. O vilão de ontem é o herói de amanhã aos olhos do populacho; já vi isso muitas vezes.

– *Plus ça change, plus c'est la même chose* – murmurei. E se Sua Majestade *não* recuperar o trono...

– E se por infelicidade nossos esforços não forem bem-sucedidos – disse Balmerino, fazendo eco aos meus pensamentos –, o que os cartazes dizem será o menor de nossos problemas.

– *En garde.* – Com a abertura formal em francês, Dougal colocou-se na posição clássica de duelo, de lado em relação ao adversário, o braço da espada curvado com a lâmina pronta, o braço de apoio erguido num arco gracioso, a mão pendendo do pulso numa demonstração clara de que não havia nenhuma adaga de reserva.

A lâmina de Jamie cruzou-se com a de Dougal, o metal tocando-se com um sussurro.

– *Je suis prest.* – Jamie olhou-me e pude ver o lampejo de humor atravessar seu rosto. A resposta de praxe do duelista era o próprio lema de seu clã. *Je suis prest.* – Estou pronto.

Por um instante, achei que talvez ele não estivesse e soltei um gemido involuntário quando a espada de Dougal brilhou com uma repentina estocada. Mas Jamie vira o início do movimento e, quando a lâmina atravessou o local onde ele estivera, ele já se deslocara.

Em seguida, um rápido toque da lâmina e um contragolpe, que fez com que as lâminas rangessem ao longo de sua extensão. As duas espadas mantiveram-se unidas uma à outra na altura do punho apenas por um segundo, depois os espadachins soltaram-se, deram um passo para trás, andaram em círculo e retornaram ao ataque.

Com uma colisão e um toque, uma parada e uma estocada em *tierce*, Jamie ficou a um triz do quadril de Dougal, que habilidosamente deu uma guinada para o lado com um fulgor de kilt verde. Uma parada, uma esquivada e um rápido toque para cima que afastou a espada adversária para o lado, e Dougal deu um passo para a frente, forçando Jamie a recuar.

Eu podia ver dom Francisco, de pé do outro lado do pátio com Charles, Sheridan, o velho Tullibardine e algumas outras pessoas. Um ligeiro sorriso curvava os lábios do espanhol sob um bigode ralo e encerado, mas eu não sabia dizer se era de admiração pelos lutadores ou apenas uma variação de sua expressão normalmente presunçosa. Colum não estava em nenhum lugar à vista. Não me surpreendi; fora sua relutância normal em aparecer em público, devia estar exausto de sua viagem a Edimburgo.

Ambos os espadachins brilhantes, e ambos canhotos, tio e sobrinho ofereciam uma hábil exibição – um espetáculo ainda mais impressionante pelo fato de estarem lutando de acordo com as regras mais exatas do duelo francês, mas sem usar a espada pequena semelhante ao florete que fazia parte do *costume* de um cavalheiro, nem o sabre de um soldado. Em vez disso, ambos brandiam a espada de folha larga das Terras Altas, cada qual de um metro de aço temperado, com uma lâmina chata que podia rachar a cabeça de um homem do topo ao pescoço. Manejavam as armas enormes com uma graciosidade e uma ironia que não poderiam ser imitadas por homens de menor porte.

Vi Charles sussurrar ao ouvido de dom Francisco e o espanhol assentir, sem jamais tirar os olhos dos lampejos e estrépitos do confronto no pátio gramado. Compatíveis no tamanho e na agilidade, Jamie e seu tio davam a nítida impressão de pretenderem se matar. Dougal fora o instrutor de Jamie na arte da esgrima e já haviam lutado muitas vezes costas contra costas e ombro a ombro; cada um conhecia as sutilezas do estilo do outro tão bem quanto as suas próprias – ou ao menos assim eu esperava.

Dougal pressionou sua vantagem com uma estocada dupla, forçando Jamie a recuar na direção da beira do pátio. Jamie deu um passo rápido para o lado, tirando o corpo fora, afastou a espada de Dougal com um toque, em seguida contra-atacou na direção oposta, com uma velocidade que fez a lâmina de sua espada perfurar o tecido da manga direita de Dougal. Ouviu-se um barulho rascante de tecido rasgado e uma tira de linho branco soltou-se, flutuando na brisa.

– Ah, belo golpe, senhor! – Virei-me para ver quem falara e deparei-me com lorde Kilmarnock parado junto ao meu ombro. Um homem sério, de rosto inexpressivo, com 30 e poucos anos, ele e seu filho mais novo, Johnny, também estavam residindo na ala de hóspedes de Holyrood.

O filho raramente se afastava de seu pai e eu olhei em volta à sua procura. Não tive que procurar muito longe; ele estava de pé do outro lado do pai, a boca ligeiramente aberta, observando a luta. Meu olhar captou um leve movimento do outro lado da pilastra: Fergus, os olhos negros fixos em Johnny, sem piscar. Fechei a cara e olhei-o ameaçadoramente.

Johnny, um pouco arrogante por ser o herdeiro de Kilmarnock, e ainda mais arrogante pelo privilégio de ir para a guerra com seu pai com a idade de 12 anos, tendia a querer mandar nos outros garotos. Como é próprio dos meninos, a maioria ou evitava Johnny ou esperava o momento propício, quando ele se afastasse da sombra protetora do pai.

Fergus definitivamente recaía na segunda categoria. Ofendendo-se com uma observação depreciativa de Johnny sobre "chefes de gorro", que ele – com toda a razão – interpretara como um insulto a Jamie, Fergus fora forçosamente impedido de atacar Johnny no jardim de pedras alguns dias antes. Jamie aplicara um rápido castigo físico e depois explicara a Fergus que, embora a lealdade fosse uma virtude admirável e altamente valorizada por quem a recebia, a burrice não era.

– O garoto é dois anos mais velho do que você e bem mais forte – dissera ele, sacudindo Fergus delicadamente pelo ombro. – Acha que vai me ajudar machucando-se numa briga? Há ocasiões em que se deve lutar sem medir as consequências, mas há outras em que se deve morder a língua e esperar o momento certo. *Ne pétez plus haut que votre cul*, ouviu?

Fergus assentiu, limpando o rosto molhado de lágrimas com a ponta da camisa, mas eu tinha minhas dúvidas se as palavras de Jamie haviam realmente calado fundo em Fergus. Eu não gostava do olhar especulativo que via agora naqueles grandes olhos negros e pensei que, se Johnny fosse um pouco mais inteligente, ficaria entre mim e seu pai.

Jamie dobrou ligeiramente um dos joelhos e deu um golpe cruel para cima, fazendo a lâmina de sua espada passar zunindo pela orelha de Dougal. O MacKenzie deu um salto para trás, momentaneamente surpreso, depois riu com um lampejo de dentes brancos e bateu a espada chata no topo da cabeça de Jamie, com um ruído oco e ressonante.

Ouvi o som de aplausos vindo do outro lado da praça. A luta estava se degenerando de um elegante duelo francês para uma briga escocesa, e os espectadores divertiam-se imensamente.

Lorde Kilmarnock, também ouvindo os aplausos, olhou para o outro lado da praça e fez uma careta de desaprovação.

– Os conselheiros de Sua Alteza foram convocados para conhecer o espanhol – observou ele sarcasticamente. – O'Sullivan e o velho almofadinha Tullibardine. Ele se aconselha com lorde Elcho? Balmerino, Lochiel ou mesmo minha humilde pessoa?

Essa era sem dúvida uma pergunta retórica e eu me contentei com um leve murmúrio de empatia, mantendo os olhos nos lutadores. O estrépito de aço contra aço reverberava nas pedras, quase abafando as palavras de Kilmarnock. Uma vez iniciada, ele parecia incapaz de conter sua amargura.

– Não, claro que não! – disse ele. – O'Sullivan e O'Brien e o resto dos irlandeses; eles não estão arriscando nada! Se o pior vier a acontecer, podem alegar imunidade em juízo, em função de sua nacionalidade. Mas nós... nós que estamos arriscando propriedade, honra... a própria vida! Nós somos ignorados e tratados como soldados comuns. Dei bom-dia a Sua Alteza ontem e ele passou voando por mim, o nariz empinado, como se eu tivesse cometido uma violação de etiqueta por me dirigir assim a ele!

Kilmarnock estava obviamente furioso e com razão. Ignorando os homens que ele havia cortejado e seduzido a fornecer os soldados e o dinheiro para sua aventura, Charles em seguida os rejeitara, voltando-se para o conforto de seus antigos conselheiros do continente – a maioria dos quais considerava a Escócia como uma região desolada e inóspita, e seus habitantes pouco mais do que selvagens.

Ouviu-se uma exclamação de surpresa de Dougal e uma sonora risada de Jamie. A manga esquerda de Dougal pendurava-se do ombro, a pele debaixo dela morena e lisa, sem a mácula de um arranhão ou de uma gota de sangue.

– Vou pagar na mesma moeda, menino – disse Dougal, rindo. Gotas de suor escorriam pelo seu rosto.

– É mesmo, tio? – disse Jamie, arquejante. – Com o quê? – Um lampejo de metal, estimado com precisão, e a bolsa do kilt de Dougal voou, tilintando, pelas pedras, arrancada do seu cinto.

Notei um movimento com o canto do olho e virei o rosto repentinamente.

– Fergus! – disse.

Kilmarnock virou-se na direção em que eu estava olhando e viu Fergus. O garoto segurava um pedaço de pau, com uma casualidade tão fingida que chegava a ser ridícula, se não fosse pela ameaça implícita.

– Não se preocupe, milady Broch Tuarach – disse lorde Kilmarnock, após uma rápida olhadela. – Meu filho sabe se defender honrosamente, se a ocasião exigir. – Sorriu indulgentemente para Johnny, voltando-se em seguida novamente para os duelistas. Virei-me também, mas mantive um ouvido atento na direção de Johnny. Não é que eu achasse que Fergus não tivesse noção de honra; eu apenas tinha a impressão de que essa noção divergia profundamente da concepção dessa virtude que lorde Kilmarnock possuía.

– *Gu leoir!* – Ao grito de Dougal, a luta parou bruscamente. Suando copiosamente, os dois espadachins agradeceram com uma mesura os aplausos do grupo real e deram um passo à frente para aceitar as congratulações e serem apresentados a dom Francisco.

– Milorde! – gritou uma voz aguda dos pilares. – Por favor, *le parabola*!

Jamie virou-se, franzindo a testa com a interrupção, mas depois deu de ombros, sorriu e voltou para o centro do pátio. *Le parabola* era o nome que Fergus dera a um determinado truque.

Com uma rápida reverência a Sua Alteza, Jamie pegou a espada larga com todo cuidado pela ponta da lâmina, inclinou-se ligeiramente e, com um tremendo impulso, lançou a arma no ar, girando direto para cima. Todos os olhos se fixaram na espada provida de guarda-mão, a lâmina temperada brilhando ao sol conforme ela girava em torno de si mesma, com tal inércia que pareceu pairar no ar por um instante antes de mergulhar em direção ao solo.

A essência do truque, é claro, era arremessar a arma de modo que, ao cair, a ponta da lâmina se enterrasse no chão. O refinamento de Jamie era postar-se diretamente sob o arco de descida, dando um passo para trás no último instante para não virar carne no espeto.

A espada enterrou-se no chão a seus pés, seguindo-se um "ah" coletivo dos espectadores. Somente quando Jamie inclinou-se para retirar a espada de sua bainha de grama foi que notei que havia dois espectadores a menos na plateia.

Um, o Senhor de Kilmarnock, de 12 anos, jazia de cara no chão na beira do gramado, o crescente galo em sua cabeça já evidente em meio aos cabelos castanhos, lisos e soltos. O segundo não era visto em lugar nenhum, mas ouvi um leve murmúrio das sombras atrás de mim.

– *Ne pétez plus haut que votre cul* – disse a voz, com grande satisfação. Não peide acima do seu cu.

O tempo estava extraordinariamente quente para novembro e as nuvens onipresentes haviam se separado, permitindo que um fugidio sol de outono brilhasse brevemente sobre o tom cinzento de Edimburgo. Eu aproveitara o calor temporário para ficar ao ar livre, ainda que por pouco tempo, e estava me arrastando de joelhos pelo jardim de pedras que havia atrás de Holyrood, para grande divertimento de vários escoceses espalhados por ali, desfrutando o sol a seu próprio modo, com uma jarra de uísque caseiro.

– Está caçando *burras*, madame? – gritou um dos homens.

– Não, devem ser fadas, com certeza, não lagartas – pilheriou o outro.

– É mais fácil vocês encontrarem fadas nessa jarra do que eu sob as pedras – retruquei.

O homem ergueu a jarra de uísque, fechou um dos olhos e espreitou de forma teatral as profundezas do recipiente.

– Sim, bem, desde que não haja lagartas em minha jarra – respondeu ele, tomando um grande gole.

De fato, o que eu estava caçando faria tão pouco – ou tanto – sentido para eles quanto lagartas, refleti, afastando uma pedra alguns centímetros para o lado para expor o líquen marrom-alaranjado em sua superfície. Uma delicada raspagem com um pequeno canivete e vários flocos do estranho simbionte caiu na palma de minha mão, sendo transferidos com o devido cuidado para a latinha barata de rapé que guardava o tesouro penosamente acumulado.

Algo da atitude relativamente cosmopolita de Edimburgo havia se entranhado nos escoceses das Terras Altas em visita; enquanto nos remotos vilarejos das montanhas tal comportamento teria feito com que eu fosse vista com desconfiança, se não franca hostilidade, aqui parecia não mais do que uma excentricidade inofensiva. Embora os montanheses me tratassem com grande respeito, senti-me aliviada ao constatar que não havia nenhum medo misturado a esse sentimento.

Até minha origem inglesa era esquecida quando ficavam sabendo quem era meu marido. Provavelmente eu jamais iria saber mais do que Jamie me contara sobre suas façanhas na Batalha de Prestonpans, mas o que quer que tenha sido, havia impressionado enormemente os escoceses, e "Jamie, o Ruivo" arrancava gritos e saudações toda vez que se aventurava fora de Holyrood.

De fato, um grito dos homens próximos chamou minha atenção neste ponto e eu ergui os olhos para ver o próprio "Jamie, o Ruivo" caminhando pelo gramado, acenando distraidamente para os homens enquanto examinava com atenção os aglomerados de rochas atrás do palácio.

Seu rosto iluminou-se ao me ver e ele atravessou o gramado até onde eu estava ajoelhada no jardim de pedras.

– Aí está você – disse ele. – Pode vir comigo por um instante? E traga sua cestinha, se quiser.

Fiquei de pé com certa dificuldade, batendo em meu vestido na altura dos joelhos, para tirar a grama seca, e joguei o canivete dentro da cesta.

– Está bem. Aonde vamos?

– Colum mandou um recado dizendo que quer conversar conosco. Com nós dois juntos.

– Onde? – perguntei, alongando os passos para acompanhar as longas passadas de Jamie pelo caminho de descida.

– Na igreja no Canongate.

Isso era interessante. O que quer que Colum quisesse nos dizer, ele obviamente não queria que o fato de ter conversado conosco em particular fosse conhecido em Holyrood.

Nem Jamie; daí a cesta. Passando de braços dados pelo portão, minha cesta fornecia um pretexto evidente para nos aventurarmos pela Royal Mile, quer fosse para trazer compras para casa, quer para distribuir remédios aos homens e suas famílias que estavam aquartelados nos becos e aleias de Edimburgo.

Edimburgo subia por encostas íngremes a partir de sua única rua principal. Holyrood assentava-se dignamente no sopé, a abóbada rangente da abadia ao lado conferindo um ar espúrio de piedosa segurança. Ele ignorava altivamente a presença hostil do Castelo de Edimburgo, empoleirado no alto da colina rochosa acima da cidade. Entre os dois castelos, a Royal Mile subia a um ângulo aproximado de 45 graus. Arfando, afogueada, ao lado de Jamie, perguntei-me como Colum MacKenzie conseguira cobrir os 400 metros de subida de calçamento de pedras do palácio à igreja.

Encontramos Colum no pátio da igreja, sentado em um banco de pedra onde o sol do fim de tarde podia aquecer suas costas. Sua bengala de abrunheiro jazia no banco ao seu lado e as pernas curtas, arqueadas, balançavam-se a alguns centímetros do chão. Com os ombros curvados e a cabeça abaixada pensativamente, à distância ele parecia um gnomo, um habitante natural deste jardim de pedras feito pelo homem, com suas rochas inclinadas e liquens rastejantes. Avistei uma espécie de excelente qualidade em uma reentrância na rocha curtida pelo tempo, mas achei que não devíamos parar.

A grama abafava o ruído dos nossos passos, mas Colum ergueu a cabeça enquanto ainda estávamos a uma certa distância. Não havia nada errado com seus sentidos, ao menos.

A sombra sob uma tília próxima moveu-se ligeiramente à nossa aproximação. Não havia nada de errado com os sentidos de Angus Mhor, tampouco. Satisfeito com nossa identidade, o enorme criado retomou sua guarda silenciosa, tornando-se novamente parte da paisagem.

Colum cumprimentou-nos com um meneio de cabeça e indicou o lugar a seu lado para que nos sentássemos. De perto, não havia nenhuma alusão ao gnomo, apesar de seu corpo deformado. Cara a cara, via-se apenas o homem.

Jamie achou um lugar para mim numa laje tumular próxima, antes de aceitar o local indicado ao lado de Colum. O mármore era surpreendentemente frio, mesmo através de minhas saias espessas, e remexi-me um pouco, o relevo do crânio e dos ossos cruzados esculpidos na lápide causando uma sensação desconfortável. Vi o epitáfio inscrito abaixo e sorri:

Aqui jaz Martin Elginbrod,
Tenha piedade de minha alma, Senhor Deus,
Como eu teria se fosse o Senhor Deus
E o Senhor fosse Martin Elginbrod.

Jamie ergueu uma das sobrancelhas para mim em sinal de alerta, depois se voltou para Colum.

– Pediu para nos ver, tio?

– Tenho uma pergunta para você, Jamie Fraser – disse Colum, sem preâmbulos. – Você me considera seu parente?

Jamie ficou em silêncio por um instante, analisando o rosto do tio. Em seguida, sorriu debilmente.

– O senhor tem os olhos de minha mãe – disse ele. – Devo negar isso?

Colum pareceu surpreso por um instante. Seus olhos tinham o cinza límpido e aveludado da asa de um pombo, orlado com espessas pestanas negras. Apesar de toda a sua beleza, podiam brilhar com a frieza do aço, e me perguntei, não pela primeira vez, como teria sido a mãe de Jamie.

– Lembra-se de sua mãe? Você era apenas um garotinho quando ela morreu.

A boca de Jamie contorceu-se ligeiramente diante dessas palavras, mas ele respondeu com toda a calma:

– Tinha idade suficiente. Quanto a isso, a casa de meu pai possui um espelho; dizem que me pareço um pouco com ela.

Colum deu uma risada breve.

– Mais do que um pouco. – Olhou com atenção para Jamie, os olhos ligeiramente apertados contra o sol brilhante. – Ah, sim, rapaz; você é filho de Ellen, não resta dúvida. Para começar, esses cabelos... – Gesticulou vagamente indicando os cabelos de Jamie, reluzindo castanho-avermelhados e âmbar, cobre e cinábrio, uma massa espessa, ondulada, com mil tons de vermelho e ouro. – ... e essa boca. – A própria boca de Colum ergueu-se no canto, como em relutantes reminiscências. – Larga como a de uma jarra noturna, eu costumava caçoar. Você poderia pegar insetos como um sapo, eu dizia à ela, se tivesse uma língua pegajosa.

Tomado de surpresa, Jamie riu.

– Willie me disse isso uma vez – contou ele, e em seguida os lábios fartos se trancaram; ele raramente falava de seu falecido irmão mais velho e nunca, eu imaginava, mencionara Willie a Colum antes.

Se Colum notou o deslize, não deu nenhum sinal disso.

– Escrevi para ela na ocasião – disse ele, olhando distraidamente para uma das lápides próximas. – Quando seu irmão e o bebê morreram de varíola. Foi a primeira vez, desde que ela deixara Leoch.

– Desde que ela se casara com meu pai, você quer dizer.

Colum meneou a cabeça devagar, os olhos ainda distantes.

– Sim. Ela era mais velha do que eu, sabe, uns dois anos; mais ou menos como sua irmã e você. – Os olhos cinzentos e fundos giraram de volta e fixaram-se em Jamie.

– Nunca conheci sua irmã. Vocês dois eram muito ligados?

Jamie não disse nada, mas assentiu de leve, analisando seu tio atentamente, como se procurasse a resposta a um enigma no rosto desgastado diante de si.

Colum assentiu, também.

– Era assim entre mim e Ellen. Eu era doente e ela sempre cuidava de mim. Lembro-me do sol brilhando através dos seus cabelos e ela me contando histórias enquanto eu estava deitado na cama. Mesmo mais tarde – os lábios cinzelados ergueram-se num leve sorriso –, quando minhas pernas começaram a ceder; ela ia e vinha, andava por Leoch inteira, e parava toda manhã e toda noite no meu quarto, para me contar quem vira e o que disseram. Conversávamos sobre os arrendatários e os sublocatários, e sobre como as coisas deviam ser feitas. Eu era casado na época, mas Letitia não se preocupava com essas coisas e não tinha interesse. – Abanou a mão, descartando sua mulher. – Conversávamos, às vezes com Dougal, às vezes a sós, sobre a melhor maneira de preservar as riquezas do clã; como a paz deveria ser mantida entre as famílias, que alianças poderiam ser feitas com outros clãs, como administrar as terras e a madeira... E então ela foi embora – disse ele bruscamente, fitando as mãos largas dobradas sobre o joelho. – Sem nenhum pedido de licença ou palavra de despedida. Ela simplesmente foi embora. E eu tinha notícias dela de vez em quando por outras pessoas, mas dela mesma... nada.

– E ela não respondeu à sua carta? – perguntei delicadamente, não querendo me intrometer. Ele balançou a cabeça, ainda olhando para baixo.

– Ela estava doente; perdera uma criança e tinha varíola. E talvez pretendesse escrever mais tarde; é uma tarefa fácil de adiar. – Sorriu brevemente, sem humor, e em seguida seu rosto relaxou numa expressão melancólica. – Mas, no Natal, ela estava morta.

Olhou diretamente para Jamie, que o fitou sem desviar os olhos.

– Fiquei um pouco surpreso, portanto, quando seu pai escreveu para me dizer que estava levando você para Dougal e queria que depois você ficasse comigo em Leoch para sua educação.

– Foi acordado assim, quando se casaram – respondeu Jamie. – Que eu deveria ficar com Dougal como pai adotivo e depois vir morar com você por algum tempo.

Os galhinhos secos de um pinheiro-larício farfalharam com um sopro do vento, e ele e Colum arquearam os ombros contra o frio repentino, a semelhança familiar ampliada pela similaridade do gesto.

Colum viu meu sorriso diante da semelhança entre eles e deu um sorriso de canto de boca em resposta.

– Ah, sim – disse ele para Jamie. – Mas os acordos só valem pelo que valem os homens que os fizeram, nada mais. E eu não conhecia seu pai na ocasião.

Abriu a boca para continuar, mas achou melhor repensar o que estivera prestes a dizer. O silêncio do cemitério da igreja fluiu de volta para o espaço que haviam criado com sua conversa, preenchendo a lacuna como se nenhuma palavra jamais tivesse sido pronunciada.

Foi Jamie, finalmente, quem quebrou o silêncio outra vez:

– O que achava de meu pai? – perguntou ele, e percebi em seu tom de voz aquela curiosidade de uma criança que perdera os pais muito cedo, procurando pistas da identidade dessas pessoas conhecidas apenas do ponto de vista restrito de uma criança. Compreendi o impulso; o pouco que eu sabia de meus próprios pais tinha vindo quase inteiramente das respostas breves e insatisfatórias de tio Lamb às minhas perguntas, ele não era um homem afeito à análise de caráter.

Colum, ao contrário, era.

– Como ele era, você quer dizer? – Analisou seu sobrinho atentamente, depois soltou a respiração com um pequeno ronco, achando graça.

– Olhe-se no espelho, rapaz – disse ele, um sorriso quase rancoroso pairando em seu rosto. – Se é o rosto de sua mãe que você vê, é o seu pai olhando para você com aqueles malditos olhos de gato dos Fraser.

Ele esticou-se e mudou de posição, ajeitando os ossos no banco de pedra coberto de líquen. Seus lábios estavam cerrados com força, por hábito, contra qualquer exclamação de desconforto, e pude compreender o que acarretara aqueles sulcos profundos dos dois lados do nariz e da boca.

– Para responder a você, entretanto – continuou ele, outra vez mais confortavelmente instalado –, eu não gostava muito do sujeito, nem ele de mim, mas logo reconheci nele um homem honrado. – Parou, depois disse, com muita brandura. – Reconheço o mesmo em você, Jamie MacKenzie Fraser.

A expressão de Jamie não se alterou, mas suas pálpebras adejaram levemente; somente alguém que o conhecesse tão bem quanto eu – ou fosse tão observador quanto Colum – teria notado.

Colum soltou a respiração num longo suspiro.

– Portanto, rapaz, foi por isso que eu quis falar com você. Devo decidir, sabe, se os MacKenzie de Leoch ficam do lado do rei James ou do rei George. – Sorriu melancolicamente. – É um caso, eu acho, do diabo que você conhece contra o diabo que não conhece, mas é uma escolha que preciso fazer.

– Dougal... – começou Jamie, mas seu tio interrompeu-o com um movimento brusco da mão.

– Sim, eu sei o que Dougal pensa. Ele tem me importunado com isso nos últimos dois anos – disse ele com impaciência. – Mas eu sou o MacKenzie de Leoch e cabe a mim decidir. Dougal obedecerá ao que eu disser. Queria saber o que você me aconselharia a fazer, em nome do clã cujo sangue corre em suas veias.

Jamie ergueu os olhos, azul-escuros e impenetráveis, protegidos contra o sol da tarde que iluminava seu rosto.

– Eu estou aqui, e meus homens comigo – disse ele. – Minha escolha é evidente, não?

Colum remexeu-se de novo em sua posição, a cabeça inclinada atentamente para seu sobrinho, como se quisesse captar quaisquer nuances de voz ou expressão que pudessem lhe dar uma pista.

– É mesmo? – perguntou ele. – Os homens empenham sua fidelidade por inúmeras razões, rapaz, e poucas têm a ver com as razões que alegam em voz alta. Eu conversei com Lochiel, Clanranald, Angus e Alex MacDonald de Scotus. Pensa que estão aqui apenas porque acham que James Stuart é seu rei legítimo? Agora, eu queria conversar com você... e ouvir a verdade, em nome da honra de seu pai.

Vendo Jamie hesitar, Colum continuou, ainda observando atentamente o sobrinho:

– Não pergunto por mim mesmo; se você tem olhos, pode ver que a questão não vai me preocupar por muito tempo. Mas por Hamish, o garoto é seu primo, lembre-se. Se haverá um clã para ele liderar, quando atingir a idade... então tenho que fazer a escolha certa agora.

Parou de falar e permaneceu imóvel, a cautela habitual em suas feições agora abandonada, os olhos acinzentados abertos e atentos.

Jamie permaneceu tão imóvel quanto Colum, paralisado como o anjo de mármore na sepultura atrás dele. Eu conhecia o dilema que o preocupava, embora nenhum sinal transparecesse no rosto austero e cinzelado. Era o mesmo que enfrentáramos antes, escolhendo vir com os homens de Lallybroch. A revolta de Charles equilibrava-se no fio de uma faca; a adesão de um clã das dimensões dos MacKenzie de Leoch poderia incentivar outros a se unirem ao precipitado Jovem

Pretendente e levá-lo à vitória. Mas se ainda assim terminasse em fracasso, os MacKenzie de Leoch poderiam muito bem deixar de existir.

Finalmente, Jamie virou a cabeça deliberadamente e olhou para mim, os olhos azuis fitando os meus sem vacilar. *Você tem participação nisso*, dizia seu olhar. *O que devo fazer?*

Eu podia sentir os olhos de Colum sobre mim também, e senti mais do que vi o arqueamento das sobrancelhas espessas e escuras num ar de interrogação. Mas o que eu via na minha mente era o jovem Hamish, um garoto ruivo de 10 anos que se parecia tanto com Jamie que poderia ser seu filho, em vez de seu primo. E o que a vida poderia ser para ele e para o restante do clã se os MacKenzie de Leoch apoiassem Charles em Culloden. Os homens de Lallybroch tinham Jamie para salvá-los do massacre final, caso a revolta chegasse a esse ponto. Os homens de Leoch não teriam. E, no entanto, a escolha não podia ser minha. Encolhi os ombros e abaixei a cabeça. Jamie respirou fundo e tomou sua decisão:

– Volte para casa em Leoch, tio – disse ele. – E mantenha seus homens lá.

Colum permaneceu imóvel, em silêncio, por um longo instante, fitando-me. Finalmente, sua boca curvou-se para cima, mas a expressão do seu rosto não era exatamente a de um sorriso.

– Eu quase detive Ned Gowan, quando ele partiu para impedir que você fosse queimada na fogueira – disse para mim. – Acho que estou feliz por não tê-lo feito.

– Obrigada – falei, no mesmo tom.

Ele suspirou, esfregando a nuca com a mão calosa, como se ela doesse sob o peso da liderança.

– Muito bem, então. Vou me reunir com Sua Alteza pela manhã e comunicar-lhe minha decisão. – A mão desceu, repousando inerte no banco de pedra, entre ele e seu sobrinho. – Obrigado, Jamie, por seu conselho. – Hesitou, depois acrescentou: – Que Deus os acompanhe.

Jamie inclinou-se para a frente e colocou a mão sobre a de Colum. Ele ofereceu o mesmo sorriso meigo e largo de sua mãe e disse:

– E a você também, *mo caraidh*.

A Royal Mile estava movimentada, apinhada de gente que aproveitava as poucas horas de calor. Caminhamos em silêncio em meio à multidão, minha mão enfiada na curva do cotovelo de Jamie. Finalmente, ele balançou a cabeça, murmurando algo para si mesmo em gaélico.

– Você agiu certo – disse-lhe, respondendo ao pensamento, não às palavras. – Eu teria feito o mesmo. O que quer que aconteça, ao menos os MacKenzie estarão a salvo.

– Sim, talvez. – Ele assentiu em retribuição ao cumprimento de um oficial que passou por nós, acotovelando-se pela multidão que cercava o World's End. – Mas e quanto aos demais, os MacDonald, os MacGillivray e os outros que vieram? Serão destruídos agora, quando talvez não o fossem, se eu tivesse a coragem de dizer a Colum para se unir a eles? – Balançou a cabeça, o rosto anuviado. – Não há como saber, não é, Sassenach?

– Não, não há – disse, apertando seu braço. – Não sabemos o suficiente. Ou talvez saibamos demais. Mas não podemos fazer nada a esse respeito, não é?

Ele retribuiu com um breve sorriso e apertou minha mão contra seu corpo.

– Não, Sassenach. Acho que não podemos. E agora já está feito e nada pode mudar isso, portanto não adianta ficar se preocupando. Os MacKenzie ficarão fora disso.

A sentinela no portão de Holyrood era um MacDonald, um dos homens de Glengarry. Ele reconheceu Jamie e, com um ligeiro movimento da cabeça, nos deixou entrar no pátio, mal erguendo os olhos, empenhado em catar piolhos do corpo. O tempo quente tornava os parasitas ainda mais ativos, e quando deixavam seus confortáveis ninhos nos pelos do púbis e das axilas, em geral podiam ser surpreendidos atravessando o perigoso terreno da camisa ou do tartã, sendo assim removidos do corpo de seu anfitrião.

Jamie disse-lhe algo em gaélico, sorrindo. O homem riu, pegou algo de sua camisa e lançou-o em cima de Jamie, que fingiu pegá-lo, examinar com ar grave a minúscula criatura imaginária e depois, com uma piscadela para mim, jogá-la dentro da boca.

– Ei, como vai a cabeça de seu filho, lorde Kilmarnock? – perguntei educadamente quando entramos juntos na pista de dança da Grande Galeria de Holyrood. Eu não me importava muito, mas achei que, já que o assunto não poderia ser totalmente evitado, talvez fosse melhor trazê-lo à baila em um lugar onde seria pouco provável que a hostilidade fosse demonstrada abertamente.

A Galeria atendia ao meu critério, pensei. O longo salão, de pé-direito alto, com duas enormes lareiras e imponentes janelas, tinha sido o cenário de frequentes bailes e festas desde a entrada triunfal de Charles em Edimburgo, em setembro. Agora, apinhado com as personalidades mais ilustres da alta classe de Edimburgo, todas ansiosas para prestar homenagens ao seu príncipe – já que parecia que ele de fato poderia sagrar-se vitorioso –, o aposento decididamente resplandecia. Dom Francisco, o convidado de honra, estava de pé no extremo oposto do salão junto a Charles, vestido ao deprimente estilo espanhol, com pantalonas escuras e fartas, casaco disforme e até mesmo um pequeno rufo – uma golinha de tufos engomados – que parecia provocar consideráveis risos reprimidos entre os indivíduos mais jovens e mais bem-vestidos.

– Ah, bastante bem, sra. Fraser – respondeu Kilmarnock, imperturbável. – Um galo na cabeça não incomoda um garoto dessa idade por muito tempo; mas seu orgulho pode demorar um pouco mais para se recuperar – acrescentou ele, com uma repentina contração bem-humorada de sua larga boca.

Sorri-lhe, aliviada ao ver sua expressão.

– Então não está zangado?

Ele balançou a cabeça, olhando para baixo para certificar-se de que seus pés não iriam pisar nas minhas saias ondulantes.

– Tenho tentado ensinar a John tudo que ele deveria saber como herdeiro de Kilmarnock. Parece que fracassei redondamente em ensinar-lhe humildade; talvez seu empregado tenha tido mais sucesso.

– Espero que não tenha lhe dado uma surra depois – disse distraidamente.

– Como?

– Nada – retruquei, enrubescendo. – Veja, não é Lochiel ali? Pensei que ele estivesse doente.

Dançar exigia quase todo o meu fôlego e lorde Kilmarnock não parecia inclinado a conversas, de modo que eu tinha tempo para olhar à volta. Charles não estava dançando; embora fosse um bom dançarino e as moças de Edimburgo competissem por sua atenção, esta noite ele estava inteiramente empenhado no entretenimento de seu hóspede. Eu vira um pequeno barril com a marca de um produtor português queimada em um dos lados sendo rolado para as cozinhas à tarde, e copos do líquido cor de rubi continuavam a surgir como por mágica ao lado da mão esquerda de dom Francisco durante toda a noite.

Cruzamos o caminho de Jamie, guiando uma das senhoritas Williams pelos passos da dança. Havia três delas, quase indistinguíveis uma da outra – jovens, de cabelos castanhos, atraentes e todas "terrivelmente interessadas, sr. Fraser, nesta causa nobre". Elas me cansavam insuportavelmente, mas Jamie, sempre a imagem da paciência, dançava com todas elas, uma por uma, e respondia às mesmas perguntas tolas sem parar.

– Bem, coitadas, para elas é uma oportunidade de sair da rotina – explicou ele amavelmente. – E o pai é um rico comerciante, de modo que Sua Alteza gostaria de angariar as simpatias da família.

A srta. Williams, a quem ele entretinha no momento, parecia encantada e eu me perguntava sombriamente até que ponto ele estava se esforçando para angariar simpatizantes. Em seguida, minha atenção desviou-se, quando Balmerino passou dançando com a mulher de lorde George Murray. Eu vira os Murray trocando olhares carinhosos ao se cruzarem, ele com outra das senhoritas Williams, e senti-me ligeiramente envergonhada por estar prestando atenção a quem Jamie tirava para dançar.

Como não era de se admirar, Colum não estava no baile. Perguntei-me se ele tivera a chance de falar com Charles anteriormente, mas concluí que talvez não; Charles parecia muito alegre e animado para ter recebido más notícias recentemente.

Em um dos lados da Galeria, avistei duas figuras troncudas, quase idênticas em trajes formais desconfortáveis. Eram John Simpson, chefe da Associação dos Fabricantes de Espadas de Glasgow, e seu filho, também John Simpson. Tendo chegado no começo da semana para presentear Sua Alteza com uma das magníficas espadas de lâmina larga com guarda-mão no cabo, pelas quais eram famosos em toda a Escócia, os dois artesãos obviamente haviam sido convidados para o baile desta noite para mostrar a dom Francisco até onde ia o apoio do qual os Stuart desfrutavam.

Ambos possuíam barbas e cabelos espessos e escuros, ligeiramente entremeados de branco. Os do Simpson pai eram grisalhos, enquanto os do Simpson filho davam a impressão de uma encosta escura de colina com uma orla de neve endurecida ao redor, os fios brancos confinados às têmporas e à parte superior das faces. Enquanto eu observava, o fabricante de espadas cutucou o filho fortemente nas costas e meneou a cabeça significativamente na direção de uma das filhas do comerciante, pairando junto à pista de dança sob a proteção do pai.

Simpson filho lançou um olhar cético a seu pai, mas depois deu de ombros, adiantou-se e ofereceu o braço com uma reverência para a terceira srta. Williams.

Fiquei observando, entretida e fascinada, à medida que eles rodopiavam nos passos da dança, porque Jamie, que fora apresentado aos Simpson antes, dissera-me que Simpson filho era totalmente surdo.

– De tanto martelar na forja, eu imagino – dissera ele, mostrando-me com orgulho a bela espada que ele comprara dos artesãos. – Surdo como uma porta; seu pai é quem conversa, mas o filho vê tudo.

Vi os astutos olhos escuros saltitarem rapidamente pelo assoalho agora, avaliando com precisão a distância de um casal para o seguinte. O jovem fabricante de espadas tinha uma pisada um pouco pesada, mas acompanhava o ritmo da dança muito bem – ao menos tão bem quanto eu. Fechando os olhos, senti a batida da música vibrar pelo assoalho de madeira, dos violoncelos apoiados nele, e presumi que era isso que ele seguia. Depois, abrindo os olhos para não colidir em ninguém, vi o Simpson filho contrair-se com uma falha dissonante de um dos violinos. Talvez ele conseguisse ouvir alguns sons, afinal.

A circulação dos pares de dançarinos levou Kilmarnock e a mim mesma para perto do lugar onde Charles e dom Francisco estavam, aquecendo as abas de seus casacos diante da lareira enorme e azulejada. Para minha surpresa, Charles olhou para mim de cara feia por cima do ombro de dom Francisco, fazendo um sinal furtivo com uma das mãos para que eu me afastasse. Vendo o movimento quando nos viramos, Kilmarnock soltou uma risadinha.

– Então Sua Alteza está com medo de ter que apresentá-la ao espanhol! – disse ele.

– É mesmo? – Olhei para trás enquanto rodopiávamos, mas Charles retornara à sua conversa, agitando as mãos com expressivos gestos italianos conforme falava.

– Creio que sim. – Lorde Kilmarnock dançava com habilidade, e eu estava começando a relaxar o suficiente para conseguir falar, sem me preocupar o tempo inteiro em não tropeçar nas minhas saias.

– Viu aquele cartaz tolo que Balmerino estava mostrando a todo mundo? – perguntou ele, e quando meneei a cabeça afirmativamente, continuou: – Imagino que Sua Alteza o tenha visto também. E os espanhóis são suficientemente supersticiosos para serem ridiculamente sensíveis a idiotices desse tipo. Nenhuma pessoa de bom senso ou educação poderia levar tal coisa a sério – afirmou-me –, mas sem dúvida Sua Alteza acha melhor não correr o risco. O ouro espanhol vale um considerável sacrifício, afinal – acrescentou ele. Aparentemente, isso incluía o sacrifício de seu próprio orgulho; Charles ainda tratava os nobres escoceses e os chefes de clãs das Terras Altas como mendigos em sua mesa, embora tivessem ao menos sido convidados para as festividades desta noite, sem dúvida para impressionar dom Francisco.

– Notou os quadros? – perguntei, querendo mudar de assunto. Havia mais de cem deles ao longo das paredes da Grande Galeria, todos retratos de reis e rainhas. E todos com uma impressionante semelhança.

– Ah, o nariz? – disse ele, um sorriso divertido substituindo a expressão contrariada que tomara conta de seu rosto ao ver Charles e o espanhol. – Sim, claro. Sabe qual a história desses quadros?

Os retratos, parecia, eram todos obras de um único pintor, Jacob DeWitt, que fora incumbido por Charles II, após a restauração de sua dinastia, de produzir retratos de todos os ancestrais do rei, desde Robert Bruce em diante.

– Para assegurar a todos a antiguidade de sua linhagem e a absoluta propriedade de sua restauração – explicou Kilmarnock, um ricto amargo em sua boca. – Será que o rei James empreenderá um projeto semelhante quando recuperar o trono?

De qualquer modo, ele continuou, DeWitt pintara furiosamente, terminando um retrato a cada duas semanas a fim de atender a exigência do monarca. A dificuldade, é claro, era que DeWitt não tinha como saber como eram na realidade os ancestrais de Charles e havia, assim, usado como modelo qualquer pessoa que ele pudesse arrastar para seu estúdio, simplesmente equipando cada retrato com o mesmo nariz proeminente, a fim de garantir uma semelhança familiar.

– Aquele é o próprio rei Charles – disse Kilmarnock, indicando com a cabeça um retrato de corpo inteiro, resplandecente em veludo vermelho e chapéu de plumas.

Lançou um olhar crítico ao Charles mais jovem, cujo rosto afogueado evidenciava que, por força da hospitalidade, ele andara fazendo companhia a seu hóspede nas doses de bebida.

– Pelo menos tem um nariz melhor – murmurou o lorde, como se falasse consigo. – A mãe dele era polonesa.

Estava ficando tarde e as velas nos candelabros de prata começavam a tremular e a se apagar antes que as boas famílias de Edimburgo tivessem se saciado de vinho e dança. Dom Francisco, provavelmente não tão acostumado como Charles a beber sem rédeas, meneava a cabeça dentro de seu rufo.

Jamie, tendo, com uma óbvia expressão de alívio, devolvido a última srta. Williams a seu pai para a jornada de volta para casa, veio unir-se a mim num canto onde eu encontrara uma cadeira que me permitira tirar os sapatos sob o abrigo de minhas saias espraiadas. Esperava não ter que calçá-los outra vez apressadamente.

Jamie sentou-se numa cadeira desocupada ao meu lado, enxugando o rosto brilhante com um grande lenço branco. Estendeu a mão acima de mim para alcançar uma mesinha onde ainda restavam alguns bolos.

– Estou morto de fome – disse ele. – Dançar dá um apetite terrível e conversar é pior ainda. – Lançou um bolinho inteiro na boca de um só golpe, mastigou-o depressa e pegou outro.

Vi o príncipe Charles inclinar-se sobre a figura desmoronada do convidado de honra e sacudi-lo pelo ombro, em vão. A cabeça do embaixador espanhol estava caída para trás e sua boca frouxa sob o bigode arriado. Sua Alteza levantou-se, um pouco cambaleante, e olhou ao redor em busca de ajuda, mas Sheridan e Tullibardine, ambos cavalheiros idosos, haviam eles próprios adormecido, apoiando-se amistosamente um no outro como uma dupla de velhos beberrões do vilarejo, vestidos em rendas e veludo.

– Não seria melhor você dar uma mãozinha a Sua Alteza? – sugeri.

– Hummm.

Resignado, Jamie engoliu o restante do bolo, mas antes que pudesse se levantar, eu vi o jovem Simpson, que logo percebera a situação, cutucar seu pai nas costelas.

O Simpson pai adiantou-se e inclinou-se cerimoniosamente para o príncipe Charles e, antes que o príncipe de olhar vidrado pudesse reagir, os fabricantes de espadas já haviam segurado o embaixador espanhol pelos pulsos e tornozelos. Com um impulso de músculos enrijecidos na forja, levantaram-no de sua cadeira e o levaram embora, sacudindo-o delicadamente entre eles como um grande animal abatido numa caça. Desapareceram pela porta no extremo oposto do salão, seguidos de forma instável por Sua Alteza.

Essa saída pouco cerimoniosa assinalou o fim do baile.

Os outros convidados começaram a relaxar e a andar de um lado a outro, as senhoras desaparecendo em uma sala de entrada para pegar seus xales e mantos, os cavalheiros de pé, em pequenos grupos impacientes, reclamando entre si sobre o tempo que as mulheres estavam levando para se aprontarem para partir.

Como estávamos hospedados em Holyrood, saímos pela outra porta, no extremo norte da galeria, atravessando as salas de visitas da manhã e da tarde, até a escadaria principal.

O patamar e o alto vão da escada estavam recobertos de tapeçarias, suas figuras turvas e prateadas à luz de velas. E abaixo delas estava a forma gigantesca de Angus Mhor, sua sombra imensa na parede, tremulando como uma das figuras de tapeçaria conforme se agitavam na corrente de ar.

– Meu senhor está morto – disse ele.

– Sua Alteza disse – reportou Jamie – que talvez tenha sido melhor assim. – Falou com um tom de sarcástica amargura. – Por causa de Dougal – acrescentou ele, vendo meu espanto e perplexidade diante dessa declaração. – Dougal sempre esteve mais do que inclinado a unir-se a Sua Alteza no campo. Agora que Colum se foi, Dougal é o chefe. E assim os MacKenzie de Leoch marcharão com o exército das Terras Altas – disse calmamente – para a vitória... ou não.

As rugas de tristeza e cansaço marcavam seu rosto profundamente e ele não resistiu quando me aproximei por trás e coloquei as mãos sobre seus ombros largos. Emitiu um pequeno som de alívio incoerente quando as pontas dos meus dedos pressionaram com força os músculos da base de seu pescoço, então deixou a cabeça pender para a frente, descansando nos braços cruzados. Ele estava sentado diante da mesa em nosso quarto, e pilhas de cartas e despachos estavam perfeitamente arrumadas à sua volta. Entre os documentos, havia um pequeno caderno de notas, um pouco gasto, encadernado em couro marroquino vermelho. O diário de Colum, que Jamie pegara nos aposentos de seu tio na esperança de que contivesse uma anotação recente confirmando a decisão de Colum de não apoiar a causa jacobita.

– Não que seja provável que isso fizesse Dougal mudar de ideia – dissera ele, melancolicamente folheando as páginas densamente escritas –, mas não há mais nada a tentar.

Na verdade, entretanto, não havia nada escrito no diário de Colum pelos últimos três dias, exceto por um breve registro, obviamente feito ao retornar do pátio da igreja no dia anterior.

Encontrei-me com o jovem Jamie e sua esposa. Fiz as pazes com Ellen finalmente.

E isso era, é claro, importante – para Colum, para Jamie e provavelmente para Ellen –, mas de pouca utilidade para abalar as convicções de Dougal MacKenzie.

Jamie endireitou-se após um instante e virou-se para mim. Seus olhos estavam escuros de preocupação e resignação.

– O que isso significa é que agora nós estamos comprometidos com ele, Claire... com Charles, quero dizer. Há menos chance do que já houve. Temos que tentar assegurar sua vitória.

Minha boca estava seca de tanto vinho. Umedeci os lábios antes de responder.

– Imagino que sim. Droga! Por que Colum não podia ter esperado um pouco mais? Até ao menos pela manhã, quando poderia ter se encontrado com Charles?

Jamie exibiu um sorriso enviesado.

– Acho que ele não teve muita escolha nessa questão, Sassenach. Poucos homens podem escolher a hora de sua morte.

– Colum pretendia fazê-lo. – Eu não conseguia decidir se devia contar a Jamie o que se passara entre mim e Colum em nosso primeiro encontro em Holyrood, mas agora já não adiantava guardar os segredos de Colum.

Jamie balançou a cabeça, incrédulo, e suspirou, os ombros sucumbindo sob a revelação de que Colum pretendia tirar a própria vida.

– Isso me faz pensar – murmurou ele, em parte consigo mesmo. – Seria um sinal, você acha, Claire?

– Um sinal?

– A morte de Colum agora, antes que pudesse fazer o que pretendia e recusar o pedido de ajuda de Charles. Seria um sinal de que Charles está destinado a vencer esta luta?

Lembrei-me da minha última visão de Colum. A morte viera para ele quando estava sentado na cama, um copo de conhaque intocado perto de sua mão. Então ele a encontrara como desejava, com a mente desanuviada e alerta; sua cabeça caíra para trás, mas seus olhos estavam arregalados, alheios às visões que deixara. Sua boca estava cerrada com força, as costumeiras rugas em sulcos profundos do nariz ao queixo. A dor que era sua companheira constante o acompanhara até onde lhe fora possível.

– Só Deus sabe – falei finalmente.

– Sim? – disse ele, a voz outra vez abafada em seus braços. – Sim, bem. Espero que alguém saiba.

38

UM PACTO COM O DIABO

O catarro instalou-se em Edimburgo como a nuvem de chuva fria que encobria a vista do castelo em sua colina. Uma torrente pluvial escorria dia e noite pelas ruas, e se as pedras do calçamento estivessem temporariamente limpas da imundície e do esgoto, o alívio do mau cheiro era mais do que compensado pelos escarros de expectorações que enlameavam cada quintal e cada beco, além da nuvem sufocante de fumaça das lareiras que ocupava todo aposento da altura da cintura ao teto.

Apesar de frio e desolador como o tempo estava do lado de fora, eu me vi passando um bom período andando pelos terrenos de Holyrood e de Canongate. O rosto encharcado de chuva parecia preferível a pulmões impregnados de fumaça e de ar empestado de germes. Os barulhos de tosses e espirros percorriam o palácio, embora a restrição da presença refinada de Sua Alteza fizesse com que a maioria dos encatarrados cuspisse em lenços imundos ou nas lareiras de azulejos de Delft, em vez de fazê-lo nos lustrosos assoalhos escoceses de carvalho.

A luz cessava cedo nesta época do ano e eu comecei a voltar, do meio da High Street, a fim de chegar a Holyrood antes do anoitecer. Eu não tinha absolutamente nenhum medo de um ataque na escuridão; mesmo que eu ainda não fosse conhecida a essa altura por todas as tropas jacobitas que ocupavam a cidade, o horror dominante ao ar fresco mantinha todos dentro de casa.

Os homens que ainda estavam suficientemente saudáveis para deixar suas casas a trabalho terminavam seus afazeres apressadamente antes de mergulhar com satisfação no santuário da taverna de Jenny Ha. Ali permaneciam, aconchegados e aninhados no ambiente quente e abafado, onde o cheiro de madeira úmida, de corpos não afeitos ao banho, de uísque e cerveja quase conseguia sobrepujar a fumaça fétida da lareira.

Meu único temor era o de tropeçar em meio à penumbra e quebrar um tornozelo nas pedras escorregadias. A cidade estava iluminada apenas pelos lampiões fracos das sentinelas e esses tinham o hábito desconcertante de abrigarem-se de um vão de porta para outro, aparecendo e desaparecendo como vaga-lumes. E, às vezes, sumindo completamente por meia hora de cada vez, quando o portador do lampião arremessava-se para dentro do World's End no fim de Canongate para um gole salvador de cerveja quente.

Olhei para a fraca claridade acima da igreja de Canongate, estimando quanto tempo restaria até escurecer. Com sorte, eu teria tempo de dar uma passada na farmácia do sr. Haugh. Embora não oferecesse nenhuma das variedades encontradas no empório de Raymond em Paris, o sr. Haugh tinha um bom comércio de castanheiro-da-índia e casca de um tipo de olmo empregado como emoliente, e em geral era capaz de me fornecer menta e uva-espim também. Nesta época do ano, sua principal fonte de renda vinha da venda de bolas de cânfora, considerada um excelente remédio para resfriados, catarro e tuberculose. Se não era mais eficaz do que os remédios modernos para gripes, refleti, não era pior, e ao menos possuía um cheiro saudável e revigorante.

Apesar do predomínio de narizes vermelhos e rostos pálidos, as festas eram realizadas no palácio várias noites por semana enquanto a nobreza de Edimburgo saudava seu príncipe com entusiasmo. Mais duas horas e os lampiões dos criados que acompanhavam os convidados em seu caminho para o baile começariam a tremular na High Street.

Suspirei à ideia de mais um baile, frequentado por cavalheiros espirrando, prestando suas homenagens com vozes roucas de muco. Talvez fosse melhor eu acrescentar um pouco de alho à lista; usado num medalhão para perfume em volta do pescoço, acreditava-se afastar doenças. O que realmente fazia, eu imaginava, era manter os amigos doentes a uma distância segura – igualmente satisfatório, do meu ponto de vista.

A cidade estava ocupada pelas tropas de Charles, e os ingleses, embora não sitiados, estavam ao menos isolados no castelo acima. Ainda assim, notícias – de duvidosa veracidade – tendiam a vazar em ambas as direções. Segundo o sr. Haugh, o boato mais recente era de que o duque de Cumberland estava reunindo tropas ao sul de Perth com a intenção de marchar para o norte quase imediatamente. Eu não fazia a menor ideia se isso era verdade; na realidade, duvidava, não me lembrando de nenhuma menção à atividades de Cumberland antes da primavera de 1746, que ainda não chegara. Ainda assim, era impossível ignorar o boato.

A sentinela no portão cumprimentou-me com um sinal da cabeça, tossindo. O som foi reproduzido pelos guardas de serviço nos corredores e patamares. Resistindo ao impulso de balançar minha cesta de alho diante deles como um incensório enquanto eu passava, subi as escadas para a sala de visitas da tarde, onde fui admitida sem reservas.

Encontrei Sua Alteza com Jamie, Aeneas MacDonald, O'Sullivan, o secretário de Sua Alteza e um homem sombrio chamado Francis Townsend, que ultimamente havia caído nas boas graças de Sua Alteza. A maioria espirrava e tinha os narizes vermelhos. Escarradas lambuzavam a lareira diante de seu gracioso consolo. Lancei um olhar penetrante para Jamie, que estava desmoronado, exausto, em sua cadeira, o rosto pálido e desanimado.

Acostumados às minhas incursões à cidade e ansiosos por qualquer informação referente aos movimentos dos ingleses, os homens ouviram-me com grande atenção.

– Estamos imensamente agradecidos por suas informações, sra. Fraser – disse Sua Alteza, com uma reverência cortês e um sorriso. – Por favor, diga-me se existir um modo pelo qual eu possa recompensá-la por seus generosos préstimos.

– Há, sim – disse, aproveitando a oportunidade. – Quero levar meu marido para a cama. Agora.

Os olhos do príncipe arregalaram-se ligeiramente, mas ele logo se recompôs. Não tão contido, Aeneas MacDonald irrompeu num acesso de tosse estranhamente abafada. O rosto branco de Jamie ficou repentinamente vermelho. Ele espirrou e enterrou o rosto em um lenço, os olhos azuis lançando faíscas em minha direção por cima das dobras do linho.

– Ah... seu marido – disse Charles, recompondo-se galhardamente e enfrentando o desafio. – Hummm. – Um leve rubor tingiu suas bochechas.

– Ele está doente – disse, com certa aspereza. – Certamente pode ver isso, não? Quero que ele vá para a cama repousar.

– Ah, *repousar* – murmurou MacDonald, como se falasse consigo mesmo.

Busquei palavras suficientemente educadas.

– Lamentaria privar Vossa Alteza temporariamente da presença de meu marido, mas se ele não puder descansar o suficiente agora, é provável que não continue a servi-lo por muito mais tempo.

Charles, recuperado de seu desconforto momentâneo, agora parecia estar achando divertido o evidente embaraço de Jamie.

– Sem dúvida – disse ele, observando Jamie, cujo semblante agora desbotara em uma espécie de palidez matizada. – A contemplação de tal perspectiva, como descrita pela senhora, madame, nos deixaria profundamente aborrecidos. – Inclinou a cabeça em minha direção. – Que seu desejo seja cumprido, madame. *Cher* James está dispensado de nossa companhia até se recuperar por completo. Por favor, leve seu marido para o quarto imediatamente e, hã... empregue o tratamento que parecer... hã... mais adequado. – O canto da boca do príncipe contraiu-se repentinamente e, tirando um grande lenço do bolso, seguiu o exemplo de Jamie e enterrou a metade inferior do rosto no lenço, tossindo delicadamente.

– É melhor tomar cuidado, Alteza – avisou MacDonald um tanto zombeteiro. – Pode pegar a indisposição de Jamie.

– Pode-se desejar ter *metade* das queixas do sr. Fraser – murmurou Francis Townsend, sem nenhum esforço para esconder o sorriso irônico que o fazia parecer uma raposa num galinheiro.

Jamie, agora lembrando fortemente um tomate queimado pelo frio, levantou-se bruscamente, fez uma reverência para o príncipe com um breve: "Obrigado, Alteza", e encaminhou-se para a porta, segurando-me pelo braço.

– Solte-me – rosnei, depois que passamos pelos guardas na antessala. – Está quebrando meu braço.

– Ótimo – murmurou ele. – Assim que estivermos a sós, vou quebrar seu pescoço. – Mas eu notei o canto torcido de sua boca e percebi que a raiva era apenas de fachada.

Uma vez em nossos aposentos, com a porta bem trancada, puxou-me para si, recostou-se contra a porta e soltou uma risada, o rosto apoiado no topo da minha cabeça.

– Obrigado, Sassenach – disse ele, ligeiramente ofegante.

– Não está zangado? – perguntei, a voz um pouco abafada no peito de sua camisa. – Não tive a intenção de constrangê-lo.

– Não, não tem importância – disse ele, soltando-me. – Meu Deus, eu não teria me importado nem se você tivesse dito que pretendia me deixar pegando fogo no meio da Grande Galeria, desde que eu pudesse largar Sua Alteza e vir descansar um pouco. Estou morto de cansaço do sujeito e todos os meus músculos estão doendo. – Um repentino acesso de tosse sacudiu-o e ele recostou-se contra a porta novamente, desta vez para se apoiar.

– Você está bem? – Fiquei na ponta dos pés e coloquei a mão em sua testa. Não fiquei surpresa, mas um pouco alarmada ao sentir como sua testa estava quente sob a palma de minha mão. – Você está com febre! – disse em tom acusador.

– Sim, bem, todo mundo está com febre, Sassenach – disse ele, um pouco irritado. – Só que uns estão mais quentes do que outros, certo?

– Não tente se esquivar – censurei, aliviada ao ver que ele ainda estava bastante bem para tentar argumentar. – Tire a roupa. E não diga nada – acrescentei energicamente, vendo o riso que se formava enquanto ele abria a boca para retrucar. – Não tenho absolutamente nenhum plano em relação à sua carcaça doente além de enfiá-la num camisolão.

– Ah, é? Não acha que o exercício iria me fazer bem? – Caçoou, começando a desamarrar a camisa. – Pensei que você tivesse dito que os exercícios eram saudáveis. – Sua risada transformou-se de repente num acesso de tosse rouca que o deixou afogueado e sem ar. Ele deixou a camisa cair no chão e quase imediatamente começou a tremer de frio.

– Saudáveis demais para você, meu caro. – Enfiei o camisão de lã grossa pela sua cabeça, deixando que se debatesse para vesti-lo, ao mesmo tempo que eu tirava seu kilt, sapatos e meias. – Santo Deus, seus pés parecem blocos de gelo!

– Você podia... aquecê-los... para mim. – Mas seus dentes batiam e ele mal conseguia pronunciar as palavras. Assim, não fez nenhum protesto quando eu o conduzi para a cama.

Ele tiritava demais para falar quando consegui tirar um tijolo quente do fogo com o auxílio de tenazes, envolvê-lo em uma flanela e enfiá-lo sob as cobertas, junto a seus pés.

Os tremores de frio foram intensos, mas breves, e ele estava sereno outra vez quando coloquei uma panela de água para ferver com um punhado de menta e groselha-preta.

– O que é isso? – perguntou ele, desconfiado, fungando o ar quando abri outro recipiente de minha cesta. – Não espera que eu beba isso, não é? Tem cheiro de um pato que ficou pendurado tempo demais.

– Quase acertou – disse. – É gordura de ganso misturada a cânfora. Vou esfregá-la em seu peito.

– Não! – Puxou as cobertas até o queixo para se proteger.

– Vou, sim – disse com firmeza, avançando com determinação.

Em meio aos meus esforços, percebi que tínhamos uma plateia. Fergus estava parado do outro lado da cama, observando os procedimentos com grande fascínio, o nariz escorrendo livremente. Retirei o joelho da barriga de Jamie e estendi-lhe um lenço.

– E o que você está fazendo aqui? – perguntou Jamie, tentando puxar a frente de seu camisolão para baixo outra vez.

Sem parecer desconcertado pelo tom pouco amistoso dessa saudação, Fergus ignorou o lenço oferecido e limpou o nariz na manga da camisa, fitando com arregalada admiração o peito brilhante, largo e musculoso, à mostra.

– O senhor magro me mandou vir buscar um pacote que ele diz que o senhor tem para ele. Todos os escoceses têm tanto pelo assim no peito, milorde?

– Santo Deus! Esqueci-me completamente dos despachos. Espere, eu mesmo vou levá-los a Cameron. – Jamie começou a tentar sentar-se na cama, um processo que levou seu nariz até bem perto do local de meus recentes esforços. – Cruzes! – Abanou-se com a aba do camisão, numa tentativa de dissipar o cheiro pungente, depois me olhou fixamente, com ar acusador. – Como é que eu vou tirar esse fedor de mim? Espera que eu saia na companhia de outras pessoas cheirando a ganso morto, Sassenach?

– Não, não espero – disse. – Espero que você fique deitado quietinho na cama, repousando, ou *você* será um ganso morto. – Eu mesma produzi um olhar furioso de bom tamanho.

– Posso levar o pacote, milorde – assegurava-lhe Fergus.

– Não vai fazer nada disso – disse, notando o rosto afogueado e os olhos excessivamente brilhantes do menino. Coloquei a mão em sua testa.

– Não me diga – disse Jamie sarcasticamente. – Ele também está com febre?

– Está, sim.

– Ah! – exclamou para Fergus com sombria satisfação. – Agora você vai ver o que é ser besuntado.

Um breve período de intenso esforço resultou em Fergus enfiado sob as cobertas em seu catre junto à lareira, gordura de ganso e chá medicinal quente profusamente administrados aos doentes e um lenço limpo depositado sob o queixo de cada um.

– Pronto – concluí, lavando as mãos escrupulosamente na bacia. – Agora *eu* vou levar esse precioso pacote de despachos para o sr. Cameron. Vocês dois vão repousar, tomar chá quente, repousar, assoar o nariz e repousar, nessa ordem. Entenderam?

A ponta de um nariz longo e vermelho surgiu, quase invisível, acima das cobertas. Oscilou devagar de um lado a outro conforme Jamie balançava a cabeça.

– Embriagada de poder – observou o teto com reprovação. – Uma atitude bem pouco feminina.

Dei um beijo em sua testa quente e tirei meu manto do gancho.

– Como você conhece pouco as mulheres, meu amor – disse.

Ewan Cameron era encarregado do que passava como "operações de inteligência" em Holyrood. Suas dependências ficavam no final da ala oeste, escondidas perto das cozinhas. De propósito, eu imaginava, já tendo testemunhado seu apetite voraz em ação. Provavelmente uma tênia, pensei, vendo o semblante cadavérico do oficial enquanto ele abria o pacote e examinava os despachos.

– Tudo em ordem? – perguntei após alguns instantes. Tive que conter a necessidade automática de acrescentar "senhor".

Arrancado de seus pensamentos, ele ergueu bruscamente a cabeça dos despachos e piscou em minha direção.

– Hein? Ah! – De volta a si, sorriu e apressou-se a pedir desculpas. – Sinto muito, sra. Fraser. Que indelicadeza a minha me distrair e deixá-la aí de pé. Sim, tudo parece estar em ordem... muito interessante – murmurou consigo mesmo. Em seguida, repentinamente tomando consciência de minha presença outra vez, disse: – Poderia fazer a gentileza de dizer a seu marido que eu gostaria de discutir esses despachos com ele o mais breve possível? Sei que ele está doente – acrescentou ele com cautela, evitando meus olhos. Aparentemente, Aeneas MacDonald não precisara de muito tempo para fazer um relatório de nossa entrevista com o príncipe.

– Está, sim – confirmei laconicamente.

A última coisa que eu desejava era que Jamie saísse da cama e ficasse analisando despachos da inteligência a noite inteira com Cameron e Lochiel. Isso seria tão ruim quanto ficar dançando a noite toda com as damas de Edimburgo. Bem, provavelmente não tão ruim assim, eu me corrigi, lembrando-me das três senhoritas Williams.

– Tenho certeza de que ele virá vê-lo assim que estiver em condições – disse, juntando as pontas de meu manto. – Direi a ele. – E o faria... amanhã. Ou talvez depois de amanhã. Onde quer que as forças inglesas estivessem no momento, eu tinha certeza de que não estavam a menos de 200 quilômetros de Edimburgo.

Uma rápida espiada no quarto ao voltar mostrou dois montículos, imóveis sob as cobertas, e os sons de respiração – lenta e regular, ainda que um pouco congestionada – enchiam o aposento. Tranquilizada, retirei o manto e sentei-me na sala de estar com uma xícara preventiva de chá quente, ao qual adicionei uma boa dose medicinal de conhaque.

Bebericando devagar, senti o calor do líquido fluir pelo meio do meu peito, espalhar-se confortavelmente pelo meu abdômen e começar a abrir caminho com firmeza em direção aos meus pés, congelados após uma corrida atravessando o pátio, empreendida preferencialmente à tortuosa passagem interna, com suas infindáveis voltas e escadarias.

Segurei a xícara sob o queixo, inalando o cheiro agradável e amargo, sentindo os vapores aquecidos do conhaque purificarem os seios da minha face. Enquanto inspirava, admirei-me, imaginando exatamente *por que*, numa cidade e num prédio assolados com gripes e resfriados, minhas próprias cavidades nasais permaneciam desobstruídas.

Na verdade, com exceção da febre puerperal, depois do parto, eu não ficara doente nem uma vez desde minha passagem pelo círculo de pedras. Aquilo *era* estranho, pensei; considerando-se os padrões de saneamento e higiene, e o amontoamento em que com frequência vivíamos, eu deveria sem dúvida ter adoecido ou pelo menos ter pegado uma gripe a essa altura. Mas continuava tão acintosamente saudável como sempre.

Obviamente, eu não era imune a todas as doenças, ou não teria tido febre. Mas e quanto às doenças facilmente transmissíveis? Algumas eram explicáveis com base na vacinação, é claro. Eu era imune, por exemplo, à varíola, ao tifo, à cólera e à febre amarela. Não que febre amarela fosse uma possibilidade por ali, mas ainda assim. Coloquei a xícara de volta na mesinha e apalpei meu braço esquerdo por cima do tecido da manga. A marca de vacina se abrandara com o tempo, mas ainda era bastante proeminente para ser detectável; uma cicatriz mais ou menos circular de pele marcada, com pouco mais de um centímetro de diâmetro.

Estremeci ligeiramente, lembrando-me outra vez de Geillis Duncan, depois afastei o pensamento, mergulhando de novo na contemplação do meu estado de saúde, a fim de evitar pensar tanto na mulher que morrera numa fogueira quanto em Colum MacKenzie, o homem que a mandara para lá.

A xícara estava quase vazia e eu me levantei para enchê-la outra vez, pensando. Uma imunidade adquirida, talvez? Eu aprendera durante o curso de enfermagem que os resfriados são causados por diversos vírus, cada qual distinto do outro e em contínua evolução. Uma vez exposto a um determinado vírus, o instrutor explicara, você tornava-se imune a ele. Você continuava a pegar resfriados conforme se deparava com novos e diferentes vírus, mas as chances de se deparar com algum ao qual não tivesse sido exposta antes diminuíam à medida que você envelhecia. Assim, ele dissera, enquanto as crianças pegavam uma média de seis resfriados ao ano, as pessoas de meia-idade pegavam apenas dois e os idosos podiam ficar anos sem pegar resfriados, simplesmente porque já haviam se deparado com a maioria dos vírus comuns e se tornado imunes.

Havia uma possibilidade, pensei. E se alguns tipos de imunidade se tornassem hereditários, à medida que os vírus e as pessoas evoluíssem? Os anticorpos a muitas doenças podiam ser passados de mãe para filho, isso eu sabia. Via placenta ou leite materno, de modo que a criança ficasse imune – temporariamente – a qualquer doença à qual a mãe já tivesse sido exposta. Talvez eu nunca pegasse resfriados porque eu guardava anticorpos ancestrais a vírus do século XVIII, beneficiando-me dos resfriados dos meus ancestrais nos últimos duzentos anos.

Eu ponderava sobre essa interessante ideia, tão absorta em meus pensamentos que não me preocupara em sentar, mas bebericava meu chá de pé no meio do aposento, quando ouvi uma leve batida na porta.

Suspirei com impaciência, aborrecida com a interrupção. Não me dei ao trabalho de colocar a xícara na mesa, mas dirigi-me para a porta preparada para receber – e repelir – as indagações esperadas a respeito da saúde de Jamie. Era provável que Cameron tivesse se deparado com uma passagem enigmática em um dos despachos ou que Sua Alteza tivesse reconsiderado sua generosidade em liberar Jamie do comparecimento ao baile. Bem, eles só iriam conseguir tirar Jamie da cama esta noite por cima do meu cadáver.

Abri a porta com um safanão e as palavras de saudação morreram em minha garganta. Jack Randall estava parado nas sombras do vão da porta.

A sensação de umidade causada pelo chá derramado infiltrando-se pela minha saia me devolveu os sentidos, mas ele já dera um passo para dentro da sala.

Olhou-me de cima a baixo com seu ar costumeiro de desdenhosa avaliação, depois relanceou o olhar pela porta fechada do quarto de dormir.

– Está sozinha?

– Sim!

O olhar cor de mel pestanejou de mim para a porta, calculando a verdade da minha resposta. Seu rosto estava marcado por rugas de uma saúde precária, pálido de má nutrição e de um inverno passado dentro de casa, mas não mostrava nenhuma redução de seu estado de vigilância. O cérebro ágil e cruel havia recuado um pouco mais, encoberto pela cortina daqueles olhos glaciais, mas continuava lá; quanto a isso não havia dúvidas.

Tomando sua decisão, agarrou-me pelo braço, pegando meu manto com a outra mão.

– Venha comigo.

Eu teria permitido que ele me cortasse em pedacinhos antes de produzir qualquer ruído que fizesse a porta do quarto se abrir.

Estávamos no meio do corredor quando achei seguro falar. Não havia guardas de serviço dentro dos limites das dependências dos oficiais, mas as áreas externas eram fortemente patrulhadas. Ele não poderia esperar me conduzir pelos pátios de pedras ou pelos portões laterais sem ser detectado, quanto mais através da entrada principal do palácio. Portanto, o que quer que ele quisesse comigo tinha que ser um assunto conduzido dentro dos recintos de Holyrood.

Assassinato, talvez, por vingança do ferimento que Jamie lhe causara? Com o estômago revirando diante desse pensamento, inspecionei-o o mais atentamente que pude enquanto atravessávamos depressa as poças de luz lançadas pelos castiçais nas paredes. Não sendo destinadas à decoração ou beleza, as velas nesta parte do palácio eram pequenas e bem espaçadas, e as chamas fracas serviam apenas para fornecer luz suficiente para ajudar os hóspedes a retornarem a seus aposentos.

Ele não estava de uniforme e parecia completamente desarmado. Vestia um indefinível tecido rústico, com um grosso casaco sobre calças marrons simples e meias compridas. Nada, exceto a altivez de sua postura e a inclinação arrogante de sua cabeça sem peruca, denunciava sua identidade – ele poderia facilmente ter se infiltrado nas dependências do palácio com um dos grupos que chegavam para o baile, fazendo-se passar por um criado.

Não, concluí, examinando-o atentamente enquanto passávamos da escuridão para a luz, ele *não* estava armado, embora a mão que agarrava meu braço fosse dura como aço. Ainda assim, se ele estivesse pensando em estrangulamento, não iria me achar uma vítima fácil; eu era quase tão alta quanto ele e muito mais bem-nutrida.

Como se lesse meus pensamentos, parou perto do fim do corredor e virou-me para encará-lo, as mãos segurando meus braços com força, acima dos cotovelos.

– Não quero lhe fazer nenhum mal – disse ele, a voz baixa, mas firme.

– Conte-me outra – disse, avaliando as chances de alguém me ouvir se eu gritasse ali. Eu sabia que deveria haver um guarda ao pé das escadas, mas isso ficava do outro lado de dois aposentos, um pequeno patamar e uma longa escadaria.

Por outro lado, estávamos num beco sem saída. Se ele não podia me levar dali, eu também não conseguiria ajuda onde estava. Essa ponta do corredor era quase desabitada e os poucos residentes sem dúvida estariam na outra ala agora, ou participando ou prestando serviços no baile.

Ele falou com impaciência.

– Não seja idiota. Se eu quisesse matá-la, poderia fazê-lo aqui mesmo. Seria muito mais seguro do que levá-la para fora. Quanto a isso – acrescentou ele –, se quisesse lhe fazer algum mal, dentro ou fora, por que teria trazido seu manto? – Ergueu a peça de vestuário do braço, ilustrando seu ponto de vista.

– Como eu poderia saber? – disse, embora me parecesse um ponto definitivo. – Por que você o trouxe?

– Porque quero que saia comigo. Tenho uma proposta a lhe fazer e não vou correr o risco de ser ouvido. – Olhou para a porta ao final do corredor. Como todas as demais em Holyrood, era construída ao estilo de cruz-e-Bíblia, os quatro painéis superiores dispostos de modo a formar uma cruz, os dois painéis inferiores mais altos, dando a impressão de uma Bíblia aberta. Holyrood já havia sido uma abadia.

– Poderia vir até a igreja? Lá poderemos conversar sem medo de interrupção. – Era verdade; a igreja ao lado do palácio, parte da abadia original, estava abandonada, considerada insegura por falta de manutenção ao longo dos anos. Hesitei, sem saber o que fazer.

– Pense, mulher! – Sacudiu-me levemente, depois me soltou e recuou um passo. A luz das velas o colocava em silhueta, de modo que suas feições não passavam de uma mancha escura me encarando. – Por que eu correria o risco de entrar no palácio?

Era uma boa pergunta. Depois de deixar a proteção do castelo, disfarçado, as ruas de Edimburgo estavam abertas para ele. Poderia ter percorrido furtivamente os becos e vielas até me avistar em minhas expedições diárias e me atacado. A única razão possível para não tê-lo feito era a que ele me deu; precisava falar comigo sem risco de ser visto ou ouvido.

Viu a conclusão tornar-se clara em meu rosto e seus ombros relaxaram ligeiramente. Abriu meu manto, segurando-o para mim.

– Tem minha palavra de que voltará de nossa conversa sem ser molestada, madame.

Tentei ler sua expressão, mas as feições delgadas e cinzeladas nada deixavam transparecer. Seus olhos estavam fixos e não me revelavam mais do que os meus próprios, vistos em um espelho.

Vesti o manto.

– Está bem – cedi.

Saímos para a escuridão do jardim de pedras, passando pela sentinela com nada além de um rápido cumprimento com a cabeça. O guarda me reconheceu e não era incomum para mim sair à noite para atender um caso urgente de doença na cidade. Ele olhou atentamente para Jack Randall – em geral, era Murtagh quem me acompanhava, caso Jamie não pudesse –, mas vestido como estava, não havia nenhum indício da verdadeira identidade do capitão. Ele devolveu o olhar do guarda com indiferença e a porta do palácio fechou-se atrás de nós, deixando-nos na escuridão fria do lado de fora.

Havia chovido, mas a tempestade já havia cessado. Nuvens carregadas se rasgavam e voavam acima de nós, levadas por um vento que abria as abas do meu manto e fazia minhas saias grudarem em minhas pernas.

– Por aqui.

Segurei com força o veludo pesado em volta do corpo, abaixei a cabeça contra o vento e segui a figura magra de Jack Randall pelo caminho do jardim de pedras.

Saímos na outra extremidade e, após uma pausa para uma rápida olhada ao redor, atravessamos rapidamente o gramado até o portal da igreja.

A porta havia entortado e travara escancarada; não era usada há vários anos por causa de falhas estruturais que tornavam o prédio perigoso, e ninguém se dera ao trabalho de consertá-la. Abri caminho através de uma barreira de escombros e folhas mortas, passando agachada do bruxuleante luar do jardim posterior do palácio para a absoluta escuridão da igreja.

Ou nem tão absoluta; à medida que meus olhos se acostumavam à escuridão, pude ver as linhas altas das colunas que se alinhavam de cada lado da nave e a delicada estrutura em pedra da enorme janela na extremidade oposta, a maior parte dos vitrais já desaparecida.

Um movimento nas sombras mostrou-me para onde Randall fora; passei entre os pilares e o encontrei em um espaço onde um recesso antes usado como pia batismal deixara uma laje de pedra ao longo da parede. De cada um dos lados, havia manchas claras nas paredes; as placas em memória daqueles que estavam enterrados na igreja. Outras dispunham-se no chão, embutidas no piso de cada lado do corredor central, os nomes desgastados pela passagem de pés.

– Muito bem – disse. – Não podemos ser ouvidos agora. O que deseja de mim?

– Sua habilidade médica e sua absoluta discrição. Em troca de informações que possuo com relação às manobras e planos das tropas do eleitor – respondeu ele prontamente.

Quase fiquei sem ar. O que quer que eu estivesse esperando, não era isso. Ele não podia estar querendo dizer...

– Está buscando tratamento médico? – perguntei, sem fazer nenhum esforço para disfarçar a mistura de horror e espanto em minha voz. – De mim? Eu entendi que você... hã, quero dizer... – Com um esforço supremo, parei de tropeçar nas palavras e falei com firmeza. – Você com certeza já recebeu todo tratamento médico possível, não? Parece estar em condições razoavelmente boas. – Externamente, ao menos. Mordi o lábio, reprimindo uma vontade incontrolável de rir histericamente.

– Fui informado de que tenho sorte de estar vivo, madame – respondeu ele friamente. – A questão é discutível.

Colocou o lampião em um nicho na parede, onde a bacia escavada de uma pia de água benta jazia seca e vazia em seu retiro.

– Presumo que sua inquisição seja motivada por curiosidade médica em vez de preocupação com o meu bem-estar – continuou ele.

A luz do lampião, projetada na altura da cintura, iluminava-o das costelas para baixo, deixando a cabeça e os ombros escondidos. Colocou a mão na cinta de suas calças, virando-se ligeiramente para mim.

– Quer examinar o ferimento, a fim de julgar a eficácia do tratamento? – As sombras ocultavam seu rosto, mas as farpas de gelo em sua voz tinham veneno nas pontas.

– Talvez mais tarde – disse, tão friamente quanto ele. – Se não para si mesmo, para quem solicita minhas habilidades?

Ele hesitou, mas era tarde demais para reticências.

– Para meu irmão.

– Seu irmão? – Eu não pude evitar o choque em minha voz. – Alexander?

– Já que meu irmão mais velho, William, está, até onde eu saiba, virtuosamente empenhado na administração das propriedades da família em Sussex, e sem nenhuma necessidade de ajuda – disse ele secamente. – Sim, meu irmão Alex.

Espalmei as mãos sobre a fria pedra de um sarcófago para me amparar.

– Conte-me a respeito – disse.

Era uma história bastante simples, e triste. Se fosse qualquer outra pessoa que não Jonathan Randall que a tivesse contado, eu teria sucumbido à compaixão.

Privado de seu emprego com o duque de Sandringham por causa do escândalo em torno de Mary Hawkins, e de saúde frágil demais para arranjar outro trabalho, Alexander Randall fora forçado a pedir ajuda a seus irmãos.

– William enviou-lhe 2 libras e uma carta de fervorosas exortações. – Jack Randall recostou-se contra a parede, cruzando os tornozelos. – Receio que William seja um tipo muito diligente. Mas não estava preparado para ter Alex em casa em Sussex. A mulher de William é um pouco... radical, digamos assim. Em suas opiniões religiosas. – Houve uma nuance de humor em sua voz que me fez apreciá-lo por um momento. Em circunstâncias diferentes, ele poderia ter sido como o bisneto com quem se parecia fisicamente?

A lembrança repentina de Frank transtornou-me de tal forma que eu perdi sua observação seguinte.

– Desculpe-me. O que foi que disse? – Agarrei minha mão esquerda com a direita, os dedos segurando com força minha aliança de ouro. Frank se fora. Eu precisava parar de pensar nele.

– Eu disse que procurei acomodações para Alex perto do castelo, de modo que eu mesmo pudesse lhe dar assistência, já que meus recursos financeiros não eram suficientes para me permitir empregar um criado adequado para ele.

No entanto, a ocupação de Edimburgo havia, é claro, tornado tal atendimento difícil e Alex Randall ficara mais ou menos entregue à própria sorte no último mês, fora os serviços esporádicos de uma mulher que ia fazer a limpeza de vez em quando. Com a saúde abalada desde o início, sua situação piorou com o clima frio, a dieta pobre e as condições esquálidas em que vivia, até que, seriamente abalado, Jack Randall resolvera buscar minha ajuda. E a oferecer em troca dessa ajuda a traição a seu rei.

– Por que você viria a mim? – perguntei finalmente, virando-me da placa honorífica.

Ele pareceu ligeiramente surpreso.

– Por você ser quem é. – Seus lábios curvaram-se num pequeno sorriso cheio de escárnio. – Se uma pessoa quer vender a alma, não é certo recorrer aos poderes das trevas?

– Você realmente pensa que sou um poder das trevas, não é? – Obviamente, ele achava; ele era mais do que capaz de sarcasmo, mas não havia nenhum em sua proposta original.

– Fora as histórias a seu respeito em Paris, você mesma me disse isso – ressaltou ele. – Quando deixei que se fosse de Wentworth. – Virou-se no escuro, remexendo-se na laje de pedra. – Foi um erro grave – disse ele serenamente. – Você jamais deveria ter deixado aquele lugar viva, criatura perigosa. E no entanto, eu não tinha escolha; sua vida foi o preço que ele estabeleceu. E eu teria corrido riscos ainda maiores do que esse pelo que ele me deu.

Emiti um leve som sibilante, que abafei imediatamente, mas tarde demais para impedir que ele me ouvisse. Ele ficou parcialmente sentado na laje, um dos quadris repousando sobre a pedra, uma perna esticada para baixo para dar-lhe equilíbrio. A lua surgiu lá fora, através das nuvens que passavam rapidamente, iluminando-o por trás, pela janela quebrada. Na semiobscuridade, a cabeça ligeiramente virada e os sulcos da crueldade ao redor da boca apagados pela escuridão, eu podia confundi-lo outra vez, tal como acontecera anteriormente, com o homem que eu amara. Com Frank.

Entretanto, eu traíra esse homem; por causa da minha escolha, esse homem jamais existiria. *Porque os filhos deverão pagar pelos pecados dos pais... e você o destruirá, completamente, de modo que seu nome não mais seja conhecido entre as tribos de Israel.*

– Ele lhe contou? – perguntou a voz descontraída, agradável, das trevas. – Ele lhe contou tudo que se passou entre nós, entre mim e ele, naquele cubículo em Wentworth? – Através do meu choque e do meu ódio, notei que ele obedecia à imposição de Jamie; nem uma vez usou o nome dele. "Ele." Nunca "Jamie". Esse era meu.

Meus dentes estavam cerrados com força, mas obriguei as palavras a saírem.

– Ele me contou. Tudo.

Ele emitiu um pequeno som, uma espécie de suspiro.

– Quer a ideia lhe agrade ou não, minha cara, nós estamos ligados, você e eu. Não posso dizer que isso me agrada, mas admito a verdade dessa afirmação. Você conhece, como eu, a sensação do toque da pele dele... tão quente, não é? Quase como se ele queimasse por dentro. Você conhece o cheiro do seu suor e a aspereza dos pelos de suas coxas. Você sabe o som que ele faz no final, quando se perde. Eu também sei.

– Cale-se – ordenei. – *Fique quieto!*

Ele me ignorou, reclinando-se, falando pausadamente, como se falasse sozinho. Reconheci, com uma nova onda de ódio, o impulso que o conduzia a isto, não a intenção, como eu pensara, de me perturbar, mas uma necessidade incontrolável de falar de alguém amado; rememorar em voz alta e reviver detalhes desaparecidos. Porque, afinal, com quem ele poderia falar de Jamie dessa forma, senão comigo?

– Vou embora! – disse em voz alta, dando meia-volta.

– Vai embora? – disse a voz calma atrás de mim. – Posso entregar o general Hawley em suas mãos. Ou você pode deixá-lo tomar o exército escocês. A escolha é sua, madame.

Senti uma vontade incontrolável de responder que o general Hawley não valia o preço. Mas pensei nos chefes de clãs escoceses agora aquartelados em Holyrood – Kilmarnock, Balmerino e Lochiel, a apenas alguns metros de distância, do outro lado da parede da abadia. No próprio Jamie. Nos milhares de escoceses que eles conduziam. A chance de vitória valeria o sacrifício de meus sentimentos? Seria este um momento decisivo, novamente um hora de escolha? Se eu não o ouvisse, se eu não aceitasse a proposta de Randall, o que aconteceria?

Virei-me, devagar.

– Fale, então – disse. – Já que precisa. – Ele não parecia perturbado com minha raiva, nem preocupado com a possibilidade de que eu recusasse a barganha. A voz na igreja escura soou regular, controlada como a de um professor.

– Imagino, sabe – disse ele. – Se você teve dele tanto quanto eu. – Inclinou a cabeça para o lado, as feições marcantes entrando em foco conforme ele saía das sombras. A luz fugidia alcançou-o momentaneamente pela lateral, iluminando o tom castanho-claro de seus olhos e fazendo-os brilhar, como os de um animal selvagem vislumbrado no meio de arbustos.

O tom de triunfo em sua voz era fraco, mas inconfundível.

– Eu – continuou ele calmamente –, eu o tive de uma maneira que você jamais o terá. Você é mulher; não pode compreender, mesmo sendo a bruxa que é. Eu tive a alma de sua masculinidade, tirei dele o que ele tirou de mim. Eu o conheço, como ele agora me conhece. Estamos ligados, ele e eu, pelo sangue.

Dou-lhe meu corpo, para que nós dois sejamos um só...

– Você escolheu uma forma muito estranha de obter minha ajuda – disse, a voz trêmula. Meus punhos estavam cerrados nas pregas da minha saia, o tecido frio e embolado entre meus dedos.

– É mesmo? Acho melhor você compreender, madame. Eu não suplico sua piedade, não me submeto a seu poder como um homem poderia buscar a compaixão de uma mulher, na dependência do que as pessoas chamam de compreensão feminina. Para isso, você poderia socorrer meu irmão por ele mesmo. – Uma mecha de cabelos escuros caiu sobre sua testa; afastou-a com uma das mãos. – Prefiro que seja um trato feito diretamente entre nós, madame; por serviço prestado e preço pago. Perceba, madame, que meus sentimentos em relação a você são muito semelhantes ao que os seus em relação a mim devem ser.

Foi um choque; enquanto eu me esforçava para encontrar uma resposta, ele continuou:

– Estamos ligados, você e eu, pelo corpo de um homem... *ele*. Eu não teria tal vínculo formado através do corpo de meu irmão; busco sua ajuda para curar o corpo dele, mas não corro nenhum risco de que a alma dele caia em seu poder. Diga-me, então; o preço que lhe ofereço é aceitável para você?

Virei-me e caminhei pelo centro da nave ressonante. Eu tremia tanto que sentia os passos incertos, e o choque da pedra dura sob a sola dos meus sapatos me sacudia. O rendilhado de pedra da grande janela acima do altar abandonado destacava-se, escuro, contra o branco das nuvens velozes, e tênues raios de luar iluminavam meu caminho.

No final da nave, o mais longe que eu podia ficar dele, parei e pressionei as mãos contra a parede para me apoiar. Estava escuro demais até mesmo para ver as letras da placa de mármore sob minhas mãos, mas eu podia sentir as linhas frias, afiadas, do entalhe. A curva de um pequeno crânio, descansando sobre fêmures cruzados, uma versão piedosa da famosa bandeira dos piratas. Deixei minha cabeça pender para a frente, testa contra testa do crânio invisível, muito liso contra a minha pele.

Esperei, os olhos cerrados, que minha ânsia de vômito se aplacasse e a pulsação intensa que latejava em minhas têmporas abrandasse.

Não faz diferença, disse a mim mesma. Não importa o que ele seja. Não importa o que ele diga.

Estamos ligados, você e eu, pelo corpo de um homem...

Sim, mas não pelo corpo de Jamie. *Não por ele!*, insisti, para ele, para mim. Sim, você o possuiu, seu canalha! Mas eu o tomei de volta, eu o libertei de você. *Você não possui nenhuma parte dele!* Mas o suor que escorria pelas minhas costelas e o som da minha própria respiração ofegante desmentiam a minha convicção.

Seria esse o preço que eu teria de pagar pela perda de Frank? Mil vidas que poderiam ser salvas, talvez, em compensação por essa única perda?

A forma escura do altar assomava à minha direita e desejei de todo o coração que pudesse haver alguma presença lá, qualquer que fosse sua natureza; algo ao qual recorrer em busca de uma resposta. Mas não havia ninguém aqui em Holyrood; ninguém, a não ser eu. Os espíritos dos mortos guardavam os próprios conselhos, silenciosos nas pedras da parede e do assoalho.

Tentei tirar Jack Randall da mente. Se não fosse ele, se fosse qualquer outro homem a pedir, eu iria? Havia Alex Randall a considerar, independentemente de todo o resto. "Para isso, você poderia socorrer meu irmão por ele mesmo", dissera o capitão. E certamente eu o faria. Eu podia negar o que quer que eu pudesse lhe oferecer em termos de cura por causa do homem que pedira?

Um longo tempo decorreu até eu me endireitar, forçando meu corpo exausto a se aprumar, as mãos úmidas e escorregadias na curva do crânio. Sentia-me exaurida e fraca, a nuca doendo e a cabeça pesada, como se a doença da cidade tivesse finalmente se apoderado de mim.

Ele continuava lá, paciente na escuridão fria.

– Sim – disse abruptamente, assim que cheguei ao alcance da voz. – Está bem. Irei amanhã, pela manhã. Onde?

– Alameda Ladywalk – disse ele. – Conhece?

– Sim. – Edimburgo era uma cidade pequena, nada além da High Street, de onde partiam vielas e becos minúsculos e mal iluminados. A alameda Ladywalk era uma das mais pobres.

– Eu a encontrarei lá – disse ele. – Terei a informação para você.

Levantou-se e deu um passo à frente, depois parou, esperando que eu me movesse. Vi que ele não queria passar perto de mim para alcançar a porta.

– Está com medo de mim? – perguntei, com uma risada contrafeita. – Acha que vou transformá-lo em um cogumelo?

– Não – disse ele, examinando-me calmamente. – Eu não a temo, madame. Você não pode ter duas verdades, sabe. Você procurou me aterrorizar em Wentworth dando-me o dia da minha morte. Tendo me dito isso, agora não pode me ameaçar, pois se devo morrer em abril do próximo ano, você não pode me matar agora, não é?

Se eu tivesse uma faca comigo, talvez lhe mostrasse, num momento de gratificante impulso, que ele estava enganado. Mas a maldição da profecia me esmagava, bem como o peso de mil vidas escocesas. Ele estava a salvo de mim.

– Mantenho distância, madame, apenas porque eu preferia não correr o risco de tocá-la.

Ri outra vez, agora genuinamente.

– E esse, capitão, é um impulso com o qual estou inteiramente de acordo. – Virei-me e saí da igreja, deixando que me seguisse como bem entendesse.

Eu não precisava perguntar-lhe ou temer que ele não mantivesse a palavra. Ele me libertara uma vez de Wentworth porque dera sua palavra que o faria. Sua palavra, uma vez dada, era sua fiança. Jack Randall era um cavalheiro.

O que você sentiu quando entreguei meu corpo a Jack Randall?, perguntara-me Jamie.

Raiva, dissera. *Nojo. Horror.*

Apoiei-me contra a porta da sala de estar, sentindo tudo isso outra vez. O fogo se apagara e o aposento estava frio. O cheiro de gordura de ganso canforada ardia em minhas narinas. Tudo estava em silêncio, a não ser pela respiração pesada e áspera que vinha da cama e o longínquo sopro do vento correndo pelas paredes de 1,50 metro de espessura.

Ajoelhei-me junto à lareira e comecei a reacender o fogo. Apagara-se por completo, e empurrei para dentro a lenha parcialmente queimada, afastando as cinzas antes de iniciar o fogo em uma pequena pilha de gravetos no centro. Tínhamos lenha em Holyrood, e não turfa. Infelizmente, pensei; um fogo de turfa não teria se apagado tão facilmente.

Minhas mãos tremiam um pouco e deixei cair a caixa de sílex duas vezes antes de conseguir produzir uma faísca. O frio, disse a mim mesma. Fazia muito frio ali.

Ele lhe contou tudo que se passou entre nós?, disse a voz zombeteira de Jack Randall.

– Tudo que eu preciso saber – murmurei sozinha, encostando um pedaço de papel torcido na minúscula chama e levando-o de ponto em ponto, ateando fogo à lenha em seis lugares diferentes. Um de cada vez, acrescentei pequenos gravetos, enfiando-os na chama e segurando-os ali até que pegassem fogo. Quando a pilha de gravetos queimava alegremente, peguei a tora grande pela ponta, levantando-a com todo o cuidado e colocando-a no meio da fogueira. Era madeira de pinho; verde, mas com um pouco de seiva, borbulhando de uma rachadura na madeira numa gota pequena e dourada.

Cristalizada e congelada com o tempo, formaria uma gota de âmbar, dura e permanente como uma pedra preciosa. Agora ela brilhava por um instante com o calor repentino, depois inflando e explodindo numa chuva de centelhas minúscula, rapidamente desaparecidas.

– Tudo que eu preciso saber – murmurei. A cama de Fergus estava vazia; tendo acordado com frio, arrastara-se da cama em busca de um paraíso aquecido.

Ele estava enroscado na cama de Jamie, a cabeça escura e a ruiva pousadas lado a lado no travesseiro, as bocas ligeiramente abertas conforme roncavam pacificamente juntos. Não pude deixar de sorrir diante da cena, mas eu não pretendia dormir no chão.

– Saia daí – murmurei para Fergus, empurrando-o para a ponta da cama e tomando-o nos braços. Ele era magro e seus ossos leves para uma criança de 10 anos, mas ainda assim terrivelmente pesado. Levei-o até seu catre de palha sem dificuldade e ajeitei-o sob as cobertas, ainda inconsciente, voltando em seguida para a cama de Jamie.

Despi-me devagar, parada junto à cama, fitando-o. Ele virara de lado e se enroscara contra o frio. Suas pestanas repousavam longas e curvas sobre a face; eram castanho-avermelhadas, quase pretas nas pontas, mas louro-claras nas raízes. Isso lhe dava um ar estranhamente inocente, apesar do nariz longo e reto e das linhas firmes do queixo e da boca.

Vestida em minha camisola, entrei na cama por trás dele, aconchegando-me contra as costas largas e quentes em seu camisão de lã. Ele remexeu-se um pouco, tossindo, e eu coloquei a mão sobre seu quadril para acalmá-lo. Ele se mexeu, enroscando-se ainda mais e empurrando-se para trás, contra meu corpo, com um pequeno suspiro de consciência. Passei o braço em torno de sua cintura, minha mão roçando a maciez de seus testículos. Eu podia excitá-lo, eu sabia, mesmo dormindo como estava; era necessário muito pouco para excitá-lo, não mais do que alguns movimentos firmes de meus dedos.

Mas eu não queria perturbar seu repouso e me contentei em bater delicadamente em sua barriga. Ele estendeu a enorme mão para trás e de modo desajeitado devolveu os tapinhas em minha coxa.

– Eu amo você – murmurou ele, semiacordado.

– Eu sei – disse. E adormeci imediatamente, abraçada a ele.

39

LAÇOS DE FAMÍLIA

Não era propriamente um barraco, mas estava bem próximo de ser. Pisei cuidadosamente para o lado a fim de evitar uma grande poça de imundície, deixada ali pelo esvaziamento de urinóis das janelas, à espera de remoção pela próxima chuva forte.

Randall segurou meu cotovelo para impedir que eu escorregasse nas pedras viscosas do calçamento. Enrijeci-me ao toque de sua mão, e ele retirou-a imediatamente.

Viu meu olhar à ombreira da porta caindo aos pedaços e disse defensivamente:

– Não tive condições financeiras para removê-lo para instalações melhores. Não é tão ruim lá dentro.

Não era – não inteiramente. Algum esforço fora feito em mobiliar o aposento confortavelmente, ao menos. Havia um grande jarro com uma bacia, uma mesa sólida, com pão, queijo e uma garrafa de vinho em cima, e a cama tinha um colchão de penas e vários cobertores grossos.

O homem deitado na cama havia afastado as cobertas, acalorado pelo esforço de tossir, imaginei. Seu rosto estava muito vermelho e a força de sua tosse sacudia a estrutura da cama, apesar de robusta.

Atravessei o aposento até a janela e a escancarei, sem dar ouvidos às exclamações de protesto de Randall. Com o ar frio que varreu o quarto abafado, o mau cheiro de corpo suado, lençóis sujos e urinol cheio arrefeceu um pouco.

A tosse foi diminuindo gradualmente e o semblante afogueado de Alexander Randall desbotou até um branco sem viço. Seus lábios estavam azulados e seu peito subia e descia no esforço de recuperar o fôlego.

Olhei à volta do aposento, mas não vi nada adequado aos meus propósitos. Abri meu estojo médico e retirei uma folha rígida de pergaminho. Estava um pouco esfarrapada nas pontas, mas ainda serviria. Sentei-me na beira da cama, sorrindo da maneira mais tranquilizadora possível.

– Foi... bondade sua... ter vindo – disse ele, esforçando-se para não tossir entre uma palavra e outra.

– Vai se sentir melhor daqui a pouco – disse. – Não fale e não reprima a tosse. Eu preciso ouvi-la.

Sua camisa já estava aberta na frente; afastei-a ainda mais para expor o peito assustadoramente afundado. Era praticamente pele e osso; as costelas estavam claramente visíveis do abdômen à clavícula. Ele sempre fora magro, mas a doença do último ano deixara-o emaciado.

Enrolei o pergaminho formando um tubo e coloquei uma das extremidades contra seu peito, meu ouvido junto à outra. Era um estetoscópio rústico, mas surpreendentemente eficaz.

Ouvi atentamente em vários pontos, instruindo-o para respirar fundo. Não precisei dizer-lhe para tossir, pobre rapaz.

– Deite-se de barriga para baixo por um instante. – Levantei sua camisa e ouvi, depois bati delicadamente em suas costas, testando a ressonância em ambos os pulmões. As costas nuas estavam pegajosas e suadas sob meus dedos. – Muito bem. De costas outra vez. Apenas permaneça deitado agora, quieto, e relaxe. Não vai doer nada.

Mantive a conversa amena enquanto verificava o branco de seus olhos, as glândulas linfáticas intumescidas no pescoço, a língua recoberta com placas e as amídalas inflamadas.

Dei meu parecer:

– Você tem um pouco de catarro. – Bati de leve em seu ombro. – Vou preparar um remédio que vai abrandar a tosse. Enquanto isso... – Apontei o dedo do pé desagradavelmente para o recipiente de louça, com tampa, sob a cama, e lancei um olhar para o homem parado à porta, à espera, as costas empertigadas e rígidas como se estivesse de prontidão.

– Livre-se disto – ordenei. Randall olhou-me furiosamente, mas adiantou-se e inclinou-se para obedecer.

– Não pela janela! – falei incisivamente, quando ele fez um movimento naquela direção. – Leve-o lá para baixo. – Ele deu meia-volta e saiu sem olhar para mim.

Alexander inspirou, uma respiração superficial, quando a porta fechou-se atrás de seu irmão. Sorriu para mim, os olhos cor de mel brilhando no rosto pálido. A pele era quase transparente, distendida sob os ossos da face.

– É melhor andar depressa antes que Johnny volte. O que eu tenho?

Seus cabelos escuros estavam desalinhados pela tosse; tentando reprimir os sentimentos que essa visão despertava em mim, ajeitei-os para ele. Eu não queria lhe dizer, mas obviamente ele já sabia.

– Você está com catarro. Também está com tuberculose.

– E?

– E insuficiência cardíaca – disse, fitando-o nos olhos.

– Ah. Achei que... devia ser algo assim. Meu coração palpita no peito de vez em quando... como as asas de um pássaro bem pequeno. – Colocou a mão de leve sobre o coração.

Eu não conseguia suportar a aparência de seu peito, arfando sob seu fardo impossível; fechei sua camisa delicadamente e amarrei o laço no pescoço. A mão longa e branca agarrou a minha.

– Quanto tempo? – disse ele. Seu tom de voz era calmo, quase despreocupado, não revelando mais do que uma leve curiosidade.

– Não sei – disse. – Esta é a verdade. Eu não sei.

– Mas não muito tempo – disse ele, com convicção.

– Não. Não muito tempo. Meses talvez, mas certamente menos de um ano.

– Você pode... parar a tosse?

Peguei meu estojo.

– Sim. Posso ao menos abrandá-la. E as palpitações cardíacas; posso preparar-lhe um extrato de digitalina que ajudará. – Encontrei o pequeno pacote de folhas secas de dedaleira; levaria algum tempo para preparar a infusão. – Seu irmão... – disse, sem olhar para ele. – Quer que eu...

– Não – disse ele categoricamente. Um dos cantos de sua boca se curvou para cima e ele se pareceu tanto com Frank que por um instante tive vontade de chorar por ele. – Não – repetiu. – Ele já deve saber. Nós sempre... soubemos o que se passa um com o outro.

– É mesmo? – perguntei, encarando-o. Ele não desviou os olhos dos meus, mas sorriu debilmente.

– Sim – disse ele à meia-voz. – Sei tudo a respeito dele. Não importa.

Ah, não? Pensei. Não para você, talvez. Não podendo confiar nem no meu rosto nem na minha voz, virei-me e procurei me ocupar, tentando acender um pequeno fogareiro de álcool que tinha trazido comigo.

– Ele é meu irmão – lembrou-me a voz branda atrás de mim. Respirei fundo e firmei as mãos para medir a quantidade de folhas.

– Sim – disse –, ao menos isso ele é.

Desde que a notícia da surpreendente derrota de Cope em Prestonpans se espalhara, ofertas de apoio, de homens e dinheiro fluíram do norte aos borbotões. Em alguns casos, essas ofertas até se materializaram: lorde Ogilvy, o filho mais velho do conde de Airlie, trouxe seiscentos arrendatários de seu pai, enquanto Stewart de Appin apareceu à frente de quatrocentos homens dos distritos de Aberdeen e Banff. Lorde Pitsligo sozinho era responsável pela maior parte da cavalaria escocesa. Ele trouxe um grande número de cavalheiros e seus criados dos condados do nordeste, todos bem montados e bem armados – ao menos em comparação a alguns membros de clãs diversos, que vinham armados com antigas espadas de dois gumes salvas por seus avôs da revolução de 1715, machados enferrujados e forcados retirados das tarefas mais domésticas de limpar currais.

Formavam um grupo diversificado, mas nem por isso menos perigoso, refleti, abrindo caminho em meio a um grupo de homens reunidos em torno de um amolador de facas itinerante, que amolava adagas, facas e foices com absoluta indiferença. Um soldado inglês que se defrontasse com eles estaria arriscado a morrer de tétano em vez de uma morte instantânea, mas os resultados provavelmente seriam os mesmos. Embora lorde Lewis Gordon, o irmão mais novo do duque de Gordon, tenha vindo prestar suas homenagens a Charles em Holyrood, anunciando a esplêndida perspectiva de trazer todo o clã Gordon, havia um longo caminho a ser percorrido entre o beija-mão e o real fornecimento de homens.

E as Terras Baixas, embora perfeitamente dispostas a celebrar ruidosamente as notícias de vitória de Charles, eram estranhamente avessas a enviar homens para apoiá-lo; quase todo o exército Stuart era composto de escoceses das Terras Altas, e talvez assim permanecesse. Entretanto, as Terras Baixas não tinham sido um fracasso total; lorde George Murray dissera-me que o recolhimento de alimentos, mercadorias e dinheiro nos burgos do sul havia resultado em uma contribuição muito significativa aos cofres e suprimentos do exército, capaz de mantê-lo por algum tempo.

– Só de Glasgow, temos 5.500 libras. Embora seja uma ninharia, comparada às quantias prometidas pela França e Espanha – confidenciara Sua Excelência a Jamie. – Mas não estou inclinado a virar o nariz para ela, particularmente porque Sua Alteza não recebeu nada da França além de palavras tranquilizadoras, mas nenhum ouro.

Jamie, que sabia exatamente o quanto era improvável que o ouro francês se materializasse, simplesmente assentiu.

– Descobriu mais alguma coisa hoje, *mo duinne*? – perguntou-me ele quando entrei. Tinha um despacho parcialmente redigido diante de si e enfiou a pena no tinteiro para molhá-la de novo. Tirei o capuz úmido dos cabelos com um estalido de eletricidade estática, meneando a cabeça afirmativamente.

– Há um boato de que o general Hawley está formando unidades de cavalaria no sul. Ele tem ordens para a formação de oito regimentos.

Jamie rosnou. Considerando-se a aversão dos escoceses das Terras Altas à cavalaria, essa não era uma boa notícia. Distraidamente, esfregou as costas, onde a contusão feita pela pata de um cavalo em Prestonpans ainda não havia desaparecido.

– Registrarei isso para o coronel Cameron, então – disse ele. – Até que ponto acha que o boato pode ser verdadeiro, Sassenach? – Quase automaticamente, ele olhou para trás, para certificar-se de que estávamos a sós. Ele agora só me chamava de Sassenach quando estávamos nós dois, usando a formalidade de "Claire" em público.

– Pode apostar nele – disse. – Quer dizer, acho que é verdadeiro.

Não se tratava em absoluto de um boato; era a mais recente informação da inteligência britânica, fornecida por Jack Randall, a mais nova prestação do pagamento da dívida que ele insistiu em assumir para que eu cuidasse de seu irmão.

Jamie sabia, é claro, que eu visitava Alex Randall, assim como todos os doentes do exército jacobita. O que ele não sabia, e que eu jamais poderia lhe contar, era que uma vez por semana – às vezes, com mais frequência – eu me encontrava com Jack Randall para tomar conhecimento das notícias que se infiltravam no Castelo de Edimburgo, provenientes do sul.

Às vezes, ele ia ao quarto de Alex quando eu estava lá; outras vezes, eu voltava para casa na penumbra do crepúsculo de inverno, andando com cuidado pelas pedras escorregadias do calçamento da Royal Mile, quando repentinamente um vulto empertigado como uma vara, em roupas de tecido rústico marrom, acenava da entrada de um pátio ou uma voz calma surgia da neblina atrás do meu ombro. Era assustador; como ser assombrada pelo fantasma de Frank.

Seria bem mais simples para ele deixar uma carta no alojamento de Alex, mas ele não colocava nada por escrito e eu conseguia entender sua cautela. Se tal carta fosse encontrada, mesmo sem assinatura, poderia comprometer não só o próprio Jack, como Alex também. No momento, Edimburgo fervilhava de estranhos; voluntários para o estandarte do rei James, visitantes curiosos do sul e do norte, enviados estrangeiros da França e da Espanha, espiões e informantes em abundância. As únicas pessoas nas ruas que não eram de fora eram os oficiais e homens da guarnição militar inglesa, que permanecia reclusa no castelo. Desde que ninguém o ouvisse conversando comigo, ninguém o reconheceria pelo que ele era, nem acharia nada de estranho em nossos encontros, ainda que fôssemos vistos – e raramente o éramos, tais eram suas precauções.

De minha parte, estava igualmente satisfeita; eu teria tido que destruir qualquer coisa colocada por escrito. Embora eu duvidasse que Jamie reconhecesse a caligrafia de Randall, eu não poderia explicar uma fonte regular de informações sem mentir abertamente. Era bem melhor fazer parecer que as informações que ele me dava eram somente parte da coleção de novidades que eu adquiria nas minhas rondas diárias.

A desvantagem, é claro, era que ao tratar as contribuições de Randall à mesma luz dos outros boatos que eu coletava, elas podiam ser menosprezadas ou ignoradas. Ainda assim, embora eu acreditasse que Randall estivesse fornecendo informações em boa-fé – presumindo-se que fosse possível manter tal conceito em relação ao sujeito –, não significava necessariamente que estivessem sempre corretas. Nem que devessem ser encaradas com ceticismo.

Transmiti as notícias dos novos regimentos de Hawley com a costumeira pontada de culpa devido à minha quase fraude. Entretanto, eu chegara à conclusão de que embora a honestidade entre marido e mulher fosse essencial, não devia ser levada a terríveis extremos. E eu não via nenhuma razão pela qual o fornecimento de informações úteis para os jacobitas devesse causar mais sofrimento a Jamie.

– O duque de Cumberland ainda está esperando suas tropas retornarem de Flandres – acrescentei. – E o cerco do Castelo Stirling não está indo a lugar nenhum.

Jamie grunhiu, escrevendo rapidamente.

– Isso eu sabia; lorde George recebeu um despacho de Francis Townsend há dois dias; ele domina a cidade, mas as trincheiras que Sua Alteza tanto insiste que sejam cavadas estão desperdiçando tempo e homens. Não há necessidade delas; seria melhor simplesmente atacar o castelo de longe com artilharia de canhão, e depois invadi-lo.

– Então por que estão cavando trincheiras?

Jamie abanou a mão distraidamente, ainda concentrado em seu documento. Suas orelhas estavam róseas de frustração.

– Porque o exército italiano cavou trincheiras quando tomaram o Castelo Verano, que é o único cerco que Sua Alteza já viu, portanto, obviamente, é assim que deve ser feito, cerrrrto?

– Ah, cerrrrto – disse, imitando seu sotaque.

Funcionou; ele ergueu os olhos para mim e riu, os olhos oblíquos quase se fechando.

– Boa tentativa, Sassenach – disse ele. – O que mais você sabe dizer?

– Contente-se com o padre-nosso em gaélico, está bem? – disse.

– Não – retrucou ele, espalhando areia sobre o despacho. Levantou-se, beijou-me rapidamente e pegou seu casaco. – Mas me contentarei com um jantar. Vamos, Sassenach. Encontraremos uma taverna aconchegante e confortável e eu lhe ensinarei um monte de coisas que você não deve dizer em público. Estão fresquinhas em minha cabeça.

Por fim, o Castelo Stirling caiu. O preço foi alto, as probabilidades de manter a ocupação eram pequenas e o benefício de mantê-la, questionável. Ainda assim, o efeito em Charles foi eufórico – e desastroso.

– Consegui finalmente convencer Murray... aquele teimoso idiota! – aparteou Charles, franzindo o cenho. Em seguida, lembrou-se de sua vitória e sorriu, radiante, à volta da sala outra vez. – Mas eu venci. Marcharemos para a Inglaterra daqui a uma semana, para reclamar *todas* as terras do meu pai!

Os chefes de clã escoceses reunidos na sala de visitas da manhã se entreolharam e viu-se um considerável ataque de tosse e agitação de pés. O estado de espírito geral não parecia ser de grande entusiasmo com a notícia.

– Hã, Alteza – começou lorde Kilmarnock, cautelosamente. – Não seria mais prudente considerar...?

Tentaram. Todos eles tentaram. A Escócia, ressaltaram, já pertencia a Charles, com tudo que tinha de melhor. Do norte, continuavam a chegar homens em grandes números, embora do sul parecesse haver pouca esperança de apoio. E os lordes escoceses tinham plena consciência de que os homens das Terras Altas, ainda que guerreiros ferozes e leais partidários, também eram fazendeiros. Os campos tinham que ser trabalhados para o plantio na primavera; o gado precisava de provisões para passar o inverno. Muitos dos homens resistiriam a seguir avançando na direção sul nos meses de inverno.

– E esses homens não são meus súditos? Não vão aonde eu lhes ordenar? Tolice – disse Charles com firmeza. E ponto final. Ou quase. – James, meu amigo! Espere, quero falar com você um instante em particular, por favor. – Sua Alteza virou-se de uma áspera troca de palavras com lorde Pitsligo, o queixo longo e determinado abrandando-se um pouco ao acenar para Jamie.

Achei que eu não estivesse incluída no convite. Entretanto, não tinha a menor intenção de sair dali e instalei-me com mais firmeza em uma das cadeiras douradas e adamascadas, enquanto os lordes e chefes de clã jacobitas saíam em fileira, conversando uns com os outros em voz baixa.

– Ah! – Charles estalou os dedos desdenhosamente na direção da porta que se fechava. – Parecem umas velhas, todos eles! Eles vão ver. Meu primo Luís também, e Filipe. Preciso da ajuda deles? Vou mostrar a todos eles. – Vi os dedos pálidos, manicurados, tocarem rapidamente em um ponto logo acima do peito. Podia-se ver um leve contorno retangular através da seda de seu casaco. Ele carregava o retrato em miniatura de Louise; eu o vira.

– Desejo a Vossa Alteza toda boa sorte no empreendimento – murmurou Jamie –, mas...

– Ah, muito obrigado, *cher* James! Ao menos *você* acredita em mim! – Charles lançou um dos braços em volta dos ombros de Jamie, massageando seus deltoides afetuosamente.

– Estou desolado por você não me acompanhar, por você não estar ao meu lado para receber os aplausos de meus súditos quando entrarmos marchando na Inglaterra – disse Charles, apertando vigorosamente os músculos do ombro de James.

– Não vou? – Jamie parecia perplexo.

– Ah, *mon cher ami*, o dever exige de você um grande sacrifício. Sei como seu enorme coração anseia pelas glórias da batalha, mas preciso de você para outra tarefa.

– Precisa? – disse Jamie.

– O quê? – perguntei sem rodeios.

Charles lançou um olhar de desagrado, embora bem-educado, em minha direção, em seguida voltou-se novamente para Jamie e retomou a cordialidade.

– É uma tarefa das mais importantes, James, e que só você pode executar. É verdade que os homens estão aderindo em massa à luta de meu pai; chegam mais a cada dia. Ainda assim, não devemos descuidar da segurança, não é?

– Não – disse Jamie, uma expressão de horror assomando ao seu rosto.

– Mas claro que sim – disse Charles, com um aperto final no ombro de Jamie. Virou-se para encarar o amigo, com um sorriso radiante. – Você irá para o norte, para a terra de seus pais, e retornará para mim à frente dos homens do clã Fraser!

40

A TOCA DA RAPOSA

– Você conhece bem seu avô? – perguntei, abanando a mão para afastar uma mutuca fora de estação que parecia incapaz de decidir-se se eu ou o cavalo daríamos uma refeição melhor.

Jamie balançou a cabeça.

– Não. Ouvi dizer que ele age como um terrível monstro velho, mas você não deve ter medo dele. – Sorriu para mim enquanto eu atacava a mutuca com a ponta do meu xale. – Eu estarei com você.

– Ah, velhos rabugentos não me incomodam – assegurei-lhe. – Vi muitos desses na minha época. No fundo são como manteiga, a maioria deles. Imagino que seu avô seja bem parecido.

– Hummm, não – retrucou ele, pensativamente. – Ele *realmente* é um terrível monstro velho. Só que, se você demonstrar medo dele, fica pior ainda. Como uma fera farejando sangue.

Lancei um olhar para a imensidão à nossa frente, onde as colinas distantes que ocultavam o Castelo Beaufort repentinamente assomaram de uma forma um pouco sinistra. Aproveitando-se de minha momentânea falta de atenção, a mutuca deu um voo rasante junto à minha orelha esquerda. Soltei um gritinho agudo e esquivei-me para o lado, e o cavalo, assustado com o movimento repentino, deu uma guinada brusca.

– Ei! *Cuir stad!* – Jamie lançou-se para o lado para agarrar as rédeas das minhas mãos. Mais bem treinado do que minha montaria, seu cavalo relinchou, mas acomodou a manobra, apenas estremecendo as orelhas, de um jeito complacente e arrogante.

Jamie enfiou os joelhos nas laterais de seu cavalo, puxando o meu para uma parada ao lado do seu.

– Bem – disse ele, os olhos estreitados seguindo o voo em zigue-zague da mutuca, que zumbia desafiadoramente. – Deixe-a pousar, Sassenach, e eu a pegarei. – Ele esperou, as mãos erguidas na posição certa, os olhos apertados contra a luz do sol.

Fiquei parada como uma estátua ligeiramente nervosa, semi-hipnotizada pelo zumbido ameaçador. O inseto de asas pesadas, enganadoramente lento, continuava zumbindo de um lado a outro entre as orelhas do cavalo e as minhas. As orelhas do cavalo torciam-se de modo frenético, um impulso que eu podia compreender muito bem.

– Se essa coisa pousar na minha orelha, Jamie, eu vou... – comecei a dizer.

– Shhh! – ordenou ele, inclinando-se para a frente na expectativa, a mão esquerda curvada como a pata de uma pantera pronta para o ataque. – Mais um segundo e eu a pegarei.

Nesse instante, eu vi a pequena mancha escura pousar em seu ombro. Outra mutuca, procurando um lugar para se refestelar. Abri a boca outra vez.

– Jamie...

– Silêncio! – Bateu as palmas das mãos triunfalmente sobre meu torturador, uma fração de segundo antes que a mutuca em seu colarinho enfiasse os ferrões em seu pescoço.

Os homens dos clãs escoceses lutavam de acordo com suas antigas tradições. Desdenhando a estratégia, a tática e a sutileza, seu método de ataque era simplesmente a própria simplicidade. Detectando o inimigo dentro de seu alcance, deixavam cair os xales, sacavam a espada e avançavam para cima do inimigo, berrando a plenos pulmões. A gritaria gaélica sendo como é, este método em geral era bem-sucedido. Muitos inimigos, vendo a multidão de *banshees* cabeludos, seminus, lançando-se sobre eles, simplesmente acovardavam-se e fugiam.

Apesar de bem treinado como deveria ser, nada havia preparado o cavalo de Jamie para um grito gaélico classe A, proferido no mais alto volume de um ponto a 60 centímetros acima de sua cabeça. Apavorado, arremessou as orelhas para trás e disparou como se o próprio diabo estivesse atrás dele.

Minha montaria e eu ficamos parados, paralisados, no meio da estrada, observando uma impressionante exibição da arte escocesa de equitação, conforme Jamie, os dois estribos perdidos e as rédeas soltas, quase lançado de sua sela pela brusca arrancada do cavalo, arremessava-se desesperadamente para a frente, procurando agarrar-se à crina do animal. Seu xale xadrez tremulava loucamente ao seu redor, agitado pelo deslocamento do vento provocado por sua passagem, e o cavalo, completamente em pânico a essa altura, considerava o esvoaçante tartã colorido um pretexto para correr mais ainda.

Com uma das mãos agarrada à longa crina, Jamie içava-se assustadoramente ereto, as pernas longas pressionadas com força contra os flancos do cavalo, ignorando os estribos de metal que se sacudiam sob a barriga do animal. Fragmentos do que até meu gaélico limitado reconhecia como linguagem de baixíssimo calão flutuavam de volta até mim trazidos pela brisa.

Um som vagaroso, de batidas de cascos de cavalos, me fez olhar para trás, para onde Murtagh, conduzindo o cavalo de carga, surgia no cimo da pequena elevação que eu e Jamie tínhamos acabado de descer. Avançou com cuidado pela estrada, até o local onde eu o esperava. Devagar, levou o animal a uma parada total, protegeu os olhos com a mão e olhou para a frente, para onde Jamie e sua montaria em pânico acabavam de desaparecer no topo da colina seguinte.

– Uma mutuca – disse, à guisa de explicação.

– Já é tarde para elas. Ainda assim, não pensei que ele estivesse com tanta pressa de reencontrar-se com seu avô a ponto de deixá-la para trás – observou Murtagh, com sua frieza habitual. – Não que eu ache que uma mulher vá fazer muita diferença em sua recepção.

Pegou as rédeas e esporeou seu pônei, fazendo-o começar a se locomover com relutância, e o cavalo de carga amistosamente o acompanhou. Minha própria montaria, animada com a companhia e tranquilizada pela ausência temporária de mutucas, alegremente pôs-se a caminho ao lado deles.

– Nem mesmo uma mulher inglesa? – perguntei com curiosidade. Pelo pouco que eu sabia, as relações de lorde Lovat com qualquer coisa inglesa eram muito animadoras.

– Inglesa, francesa, holandesa ou alemã. Provavelmente, não faria muita diferença; vai ser o fígado do rapaz que a raposa velha vai comer no desjejum, não o seu.

– O que quer dizer com isso? – Olhei fixamente para o circunspecto escocês, muito parecido a uma de suas próprias trouxas, sob as dobras frouxas de seu xale e de sua camisa. Por alguma razão, toda roupa que Murtagh vestia, por mais nova ou bem talhada que fosse, imediatamente assumia a aparência de algo salvo por um triz de um monte de lixo.

– Em que pé estão as relações de Jamie com lorde Lovat?

Captei um olhar de soslaio de um olho preto, pequeno e astuto, e em seguida a cabeça de Murtagh virou-se para o Castelo Beaufort. Deu de ombros, de resignação ou expectativa.

– Absolutamente nenhum, até agora. O garoto nunca falou com seu avô em toda a sua vida.

– Mas como você sabe tanto sobre ele se nunca se encontraram?

Ao menos, eu estava começando a compreender a relutância inicial de Jamie em buscar a ajuda de seu avô. Novamente ao lado de Jamie e seu cavalo, este último com ar de quem foi severamente repreendido, e o primeiro um pouco irritado, Murtagh olhara especulativamente para Jamie, oferecendo-se então para seguir na frente até Beaufort com o animal de carga, deixando Jamie e a mim para trás, almoçando à beira da estrada.

Enquanto fazíamos uma restauradora refeição de cerveja e pão de aveia, ele por fim contou-me que seu avô, lorde Lovat, não aprovara a escolha de seu filho para esposa. Assim, achara melhor não abençoar a união nem se comunicar mais com o filho – ou com os filhos de seu filho – depois do casamento de Brian Fraser e Ellen MacKenzie, há mais de trinta anos.

– Mas ouvi falar muito dele, de uma forma ou de outra – disse Jamie, mastigando um pedaço de queijo. – Ele é o tipo de homem que causa uma forte impressão nas pessoas.

– Foi o que ouvi.

O idoso Tullibardine, um dos jacobitas de Paris, me regalara com várias opiniões isentas de censura relativas ao líder do clã Fraser, e pensei que talvez Brian Fraser não tivesse ficado desolado com o afastamento de seu pai. Disse isso a Jamie e ele meneou a cabeça, concordando.

– Ah, sim. Não me lembro de meu pai ter muitos elogios a fazer ao velho, mas ele nunca foi desrespeitoso. Apenas não falava dele com frequência.

Esfregou a lateral do pescoço, onde uma marca vermelha produzida pela picada da mutuca começava a empolar. O tempo estava estranhamente quente e ele estendera seu xale para eu me sentar. A missão junto ao chefe do clã Fraser foi considerada merecedora de algum investimento na dignidade da aparência, por isso Jamie usava um kilt novo, de corte militar, preso com fivela, o xale uma tira de pano em separado. Menos apropriado para se abrigar das intempéries do que o modelo antigo, um longo xale preso apenas por um cinto era bem mais eficiente para ser vestido às pressas.

– Eu às vezes me perguntava – prosseguiu ele, pensativamente – se meu pai era o tipo de pai que era por causa da maneira como o Velho Simon *o* tratara. Eu não percebia isso na época, é claro, mas não é muito comum para um homem demonstrar seus sentimentos em relação aos filhos.

– Você pensou muito sobre isso. – Ofereci-lhe mais cerveja e ele retribuiu com um sorriso que se demorou sobre mim, mais quente do que o sol fraco do outono.

– Sim, pensei. Eu imaginava que tipo de pai eu seria para meus próprios filhos e, fazendo um retrospecto, meu pai era o melhor exemplo que eu tinha. No entanto, eu sabia, pelo pouco que ele dissera, ou que Murtagh me dissera, que seu próprio pai não era absolutamente como ele. Assim, pensei em como ele deve ter decidido fazer tudo diferente, quando tivesse a chance.

Suspirei, deixando meu pedaço de queijo.

– Jamie – disse. – Você realmente acha que nós um dia...

– Acho – disse ele, com segurança, sem me deixar terminar a frase. Inclinou-se e beijou-me na testa. – Eu sei que sim, Sassenach, e você também sabe. Você nasceu para ser mãe e eu certamente não pretendo deixar ninguém mais ser o pai de seus filhos.

– Bem, isso é ótimo – respondi. – Eu também não.

Ele riu e ergueu meu queixo para me beijar nos lábios. Correspondi ao seu beijo, depois levantei a mão para tirar um farelo de pão que grudara ao redor de sua boca, nos pelos curtos da barba por fazer.

– Você deveria fazer a barba, não acha? – disse. – Em homenagem ao primeiro encontro com seu avô.

– Ah, eu já o vi uma vez antes – disse ele despreocupadamente. – E ele me viu, também. Quanto ao que ele possa achar da minha aparência agora, ele pode me aceitar como sou e ir para o inferno.

– Mas Murtagh disse que você nunca se encontrou com ele!

– Hummm. – Ele limpou o resto dos farelos do peito da camisa, franzindo a testa ligeiramente, como se decidisse o quanto deveria me contar. Finalmente, deu de ombros e deitou-se na sombra de um arbusto de tojo, as mãos entrelaçadas atrás da cabeça, fitando o céu. – Bem, nós nunca nos *encontramos* de verdade. Bem, não exatamente. Foi assim...

Aos 17 anos, o jovem Jamie Fraser zarpou para a França, a fim de concluir sua educação na Universidade de Paris e para aprender outras coisas que não são ensinadas nos livros.

– Parti do porto de Beauly – disse ele, meneando a cabeça na direção da colina próxima, onde uma estreita faixa cinza no horizonte longínquo marcava a beira do estuário Moray. – Havia outros portos por onde eu poderia sair, Inverness seria o mais provável, mas meu pai reservou minha passagem e era de Beauly. Ele cavalgou comigo até lá, para me ver partir para o mundo, pode-se dizer.

Brian Fraser raramente deixara Lallybroch nos anos subsequentes ao seu casamento e, enquanto cavalgavam, comprazia-se em mostrar vários locais a seu filho, onde ele havia caçado ou viajado quando era menino ou rapaz.

– Mas ele ficou muito quieto quando nos aproximamos de Beaufort. Ele não falara sobre meu avô nessa viagem e eu sabia que era melhor eu mesmo não tocar no assunto. Mas sei que ele tinha uma razão para me fazer partir de Beauly.

Vários pardais pequenos aproximaram-se cuidadosa e paulatinamente, entrando e saindo das moitas baixas, prontos para voar como uma flecha de volta para a segurança ao mais leve indício de perigo. Vendo-os, Jamie pegou um pedaço de pão que sobrara e atirou-o com grande precisão no meio do bando, que explodiu como metralha, todos fugindo da repentina intrusão.

– Eles voltarão – disse ele, indicando os pássaros espalhados. Colocou o braço sobre o rosto, como para protegê-lo do sol, e continuou com sua história: – Ouviu-se um barulho de cavalos ao longo da estrada que saía do castelo e, quando nos viramos para ver, havia um pequeno grupo se aproximando, seis cavaleiros com uma carroça, e um deles carregava o estandarte de Lovat; assim, eu sabia que meu avô estava entre eles. Olhei rapidamente para meu pai, para ver se ele pretendia fazer alguma coisa, mas ele apenas sorriu, deu um leve aperto no meu ombro e disse: "Vamos embarcar, então, rapaz." Eu podia sentir os olhos de meu avô em mim enquanto descia pela costa, com meus cabelos e minha altura berrando: "MacKenzie", e fiquei satisfeito de estar com as minhas melhores roupas e não parecer um mendigo. Não olhei à volta, mas mantive-me o mais aprumado possível e tive orgulho de ser meia cabeça mais alto do que o homem mais alto lá. Meu pai caminhou ao meu lado, com seu jeito quieto, e também não olhou para os lados, mas pude senti-lo ali, orgulhoso de ter me gerado.

Ele sorriu para mim, um sorriso enviesado.

– Essa foi a última vez que eu tive certeza que o fiz ter orgulho de mim, Sassenach. Tempos depois, eu não tive tanta certeza, mas fiquei feliz com aquele dia.

Enlaçou os joelhos com os braços, olhando fixamente para a frente, como se revivesse a cena no cais.

– Entramos no navio e fomos recebidos pelo mestre, depois ficamos junto à balaustrada, conversando um pouco à toa, ambos tomando cuidado para não olhar para os homens de Beaufort que embarcavam a carga, ou olhar para a costa onde estavam os cavaleiros. Então o mestre deu as ordens para soltarem as amarras. Beijei meu pai e ele saltou por cima da balaustrada para a doca e caminhou para seu cavalo. Ele só olhou para trás quando estava montado e a essa altura o navio já partia para a enseada. Eu acenei e ele acenou de volta, depois se virou, puxando meu cavalo, e pegou a estrada de volta a Lallybroch. Então o grupo de Beaufort virou-se também e começou a retornar. Pude ver meu avô à frente do grupo, aprumado na sela. E eles cavalgaram, meu pai e meu avô, a 20 metros de distância um do outro, pela colina acima e depois dela, fora do alcance de minha vista, e nenhum dos dois voltou-se para o outro nem agiu sequer como se o outro estivesse ali.

Virou a cabeça para a estrada, como se buscasse sinais de vida da direção de Beaufort.

– Nossos olhos se encontraram uma única vez. Esperei até meu pai chegar ao seu cavalo, depois me virei e olhei para lorde Lovat, o mais ousadamente que eu pude. Queria que ele soubesse que não queríamos nada dele e que eu não tinha medo dele. – Sorriu para mim, de canto de boca. – Mas eu tinha.

Coloquei a mão sobre a dele, acariciando os nós de seus dedos.

– Ele estava olhando para você?

Soltou um riso irônico.

– Sim, estava. Acho que ele não tirou os olhos de mim do momento em que desci a colina até meu navio zarpar; podia senti-los perfurando minhas costas como verrumas. E quando olhei para trás, lá estava ele, com seus olhos negros sob as sobrancelhas, fitando os meus.

Ficou em silêncio, ainda olhando para o castelo, até eu cutucá-lo delicadamente.

– Como ele era, então?

Tirou os olhos da massa de nuvens escuras no horizonte longínquo para olhar para mim, a habitual expressão de bom humor ausente da curva de sua boca, das profundezas de seus olhos.

– Frio como pedra, Sassenach. Frio como pedra.

Nós tivemos sorte com o tempo; esteve quente o dia inteiro, desde Edimburgo.

– Não vai durar muito – previu Jamie, estreitando os olhos em direção ao mar adiante. – Está vendo o aglomerado de nuvens lá longe? Estará em terra firme até hoje à noite. – Farejou o ar e enrolou o xale nos ombros. – Sente o cheiro? Pode-se sentir a chuva se aproximando.

Não tão experiente em meteorologia olfativa, ainda assim achei que eu realmente podia sentir o cheiro; uma umidade no ar, aguçando os aromas comuns de resina de pinheiro e urzes secas, misturados a um odor leve e úmido de algas-marinhas da orla distante.

– Será que os homens já chegaram de volta a Lallybroch? – perguntei.

– Duvido. – Jamie balançou a cabeça. – Eles têm uma distância menor a percorrer do que nós, mas estão a pé, e deve estar sendo difícil todos prosseguirem juntos. – Ergueu-se em seus estribos, protegendo os olhos para examinar a distante camada de nuvens. – Espero que seja apenas chuva; não vai atrapalhá-los muito. De qualquer forma, não deverá ser uma forte tempestade. Talvez não chegue tão longe ao sul.

Puxei meu *arisaid*, um xale quente de tartã, mais apertado em volta dos ombros, em reação à brisa crescente. Eu havia considerado o tempo ameno daquela viagem de poucos dias um bom presságio; esperava que não tivesse sido um engano.

Jamie passara uma noite inteira sentado junto à janela em Holyrood depois de receber a ordem de Charles. Pela manhã, ele primeiro foi ver Charles, para dizer a Sua Alteza que ele e eu cavalgaríamos sozinhos para Beauly, acompanhados apenas de Murtagh, para transmitir as saudações de Sua Alteza a lorde Lovat e seu pedido de que Lovat honrasse sua promessa de homens e ajuda.

Em seguida, Jamie convocou Ross, o ferreiro, ao nosso quarto e lhe deu suas ordens, numa voz tão baixa que não consegui compreender o que ele dizia de meu lugar junto à lareira. Mas vi os ombros do ferreiro musculoso se aprumarem e permanecerem firmes enquanto ele absorvia suas instruções.

O exército das Terras Altas viajava com pouca disciplina, um bando desordenado de gente comum do povo, que dificilmente poderia ser dignificado com o título de "coluna". No decurso de um dia de marcha, os homens de Lallybroch deveriam ir abandonando o grupo, um a um. Desgarrando-se para dentro de um bosque como se fossem descansar por um instante ou se aliviar, não deveriam voltar para o grupo principal, mas afastarem-se silenciosamente e seguirem seu caminho para um local de encontro junto aos outros homens de Lallybroch. Uma vez reunidos novamente sob o comando do ferreiro Ross, deveriam ir para casa.

– Duvido que a ausência deles seja percebida durante algum tempo, se é que será percebida. – dissera Jamie, discutindo o plano comigo antes de falar com Ross. – A deserção é grande em todo o exército. Ewan Cameron disse-me que havia perdido vinte homens de seu regimento na última semana. É inverno e os homens querem preparar suas casas e tomar as providências para o plantio na primavera. De qualquer forma, os comandantes não podem abrir mão de ninguém para ir atrás deles, mesmo que sua ausência seja notada.

– Então você desistiu, Jamie? – perguntei, colocando a mão em seu braço. Ele esfregou o rosto de modo cansado antes de responder.

– Não sei, Sassenach. Pode ser tarde demais; pode não ser. Não sei dizer. Foi tolice ir para o sul tão perto do inverno; e mais tolice ainda perder tempo no cerco a Stirling. Mas Charles não foi derrotado e alguns chefes estão vindo, atendendo à sua convocação. Os MacKenzie, agora, e outros por causa deles. Ele tem o dobro de homens hoje do que tinha em Preston. O que isso significará? – Jogou as mãos para o alto, num gesto de frustração. – Não sei. Não há oposição. Os ingleses estão aterrorizados. Bem, você sabe; você viu os cartazes. – Sorriu, um sorriso forçado. – Colocamos criancinhas no espeto e assamos na brasa e desonramos as mulheres e filhas de homens honestos. – Fez um muxoxo de irônica repugnância. Embora crimes como roubo e insubordinação fossem comuns no exército das Terras Altas, o estupro era de fato desconhecido.

Suspirou, um som breve e irado.

– Cameron ouviu um boato de que o rei George está se preparando para fugir de Londres, com medo de que o exército do príncipe vá tomar a cidade em breve. – Ele ouvira, na verdade, um boato que chegara a Cameron através de mim, que ouvira de Jack Randall. – E lá estão Kilmarnock e Cameron. Lochiel e Balmerino, e Dougal, com seus MacKenzie. Guerreiros do príncipe, todos eles. E se Lovat enviar os homens que prometeu... meu Deus, talvez seja suficiente. Se invadirmos Londres... – Encolheu os ombros, depois esticou-os repentinamente, estremecendo como se quisesse sair de uma camisa muito apertada. – Mas não posso correr o risco – disse ele simplesmente. – Não posso ir para Beauly e deixar meus homens aqui para serem levados Deus sabe para onde. Se eu estivesse lá para comandá-los, seria diferente. Mas não vou deixá-los para que Charles ou Dougal os atirem sobre os ingleses, e eu a 160 quilômetros de distância, em Beauly.

Assim ficou planejado. Os homens de Lallybroch – inclusive Fergus, que protestara clamorosamente, mas fora rejeitado – desertariam e partiriam para casa discretamente. Logo que nossa missão em Beauly estivesse terminada e tivéssemos voltado a nos reunir com Charles – bem, então já teria havido tempo suficiente para ver como a situação estava evoluindo.

– É por isso que estou levando Murtagh conosco – explicara Jamie. – Se tudo parecer bem, eu o enviarei a Lallybroch para levar os homens de volta. – Um breve sorriso iluminou seu rosto sombrio. – Ele não parece grande coisa sobre um cavalo, mas é um excelente cavaleiro. Veloz como um raio.

Ele não parecia, refleti, por outro lado, não havia nenhuma emergência no momento. De fato, ele avançava mais devagar do que de costume; quando chegamos ao topo de uma colina, pude vê-lo lá embaixo, parando o cavalo. Quando o alcançamos, ele havia apeado e examinava a sela do cavalo de carga.

– O que houve? – Jamie fez menção de descer da sela, mas Murtagh desencorajou-o com um gesto irritado.

– Não, não, nada com que se preocupar. Uma das cordas se partiu. Vão em frente.

Apenas com um sinal da cabeça em concordância, Jamie puxou as rédeas e continuou, e eu o segui.

– Ele não está muito bem-humorado hoje, não é? – observei, abanando a mão rapidamente para trás, em direção a Murtagh. De fato, o pequeno escocês ficava mais irritado e impaciente a cada passo na direção de Beauly. – Não está muito animado com a perspectiva de visitar lorde Lovat, não é?

Jamie sorriu, com um breve olhar para trás, para a figura pequena e sombria, inclinada em profunda concentração sobre a corda que estava emendando.

– Não, Murtagh não é nem um pouco amigo do Velho Simon. Ele amava meu pai – sua boca curvou-se num trejeito enviesado – e minha mãe também. E não gostava do tratamento que Lovat lhes dispensava. Ou dos métodos de Lovat de obter esposas. Murtagh tem uma avó irlandesa, mas ele tem parentesco com Primrose Campbell pelo lado de sua mãe – explicou ele, como se isso tornasse tudo muito claro.

– Quem é Primrose Campbell? – perguntei, confusa.

– Ah. – Jamie coçou o nariz, pensando. O vento que soprava do mar intensificava-se e açoitava seus cabelos, soltando-os da tira que os amarrava e fazendo pequenas mechas ruivas tremularem pelo seu rosto. – Primrose Campbell foi a terceira mulher de Lovat... ainda é, suponho, embora ela o tenha deixado há alguns anos e voltado para a casa de seus pais.

– Popular com as mulheres, hein? – murmurei.

Jamie soltou um riso desdenhoso.

– Suponho que possa dizer que sim. Arranjou sua primeira mulher com um casamento forçado. Arrancou a viúva e herdeira lady Lovat da cama no meio da noite, casou-se com ela ali mesmo e voltou direto para a cama com ela outra vez. Mesmo assim – acrescentou ele, com imparcialidade –, ela mais tarde concluiu que o amava, de modo que talvez ele não fosse tão ruim.

– Deve ter sido especial na cama, pelo menos – disse, de forma irreverente. – É de família, eu acho.

Ele me lançou um olhar ligeiramente chocado, que se dissolveu num sorriso tímido.

– Sim, bem – disse ele. – Se era ou não, isso não o ajudou muito. As criadas da viúva o denunciaram e Simon foi obrigado a fugir para a França.

Casamentos forçados e fugitivo da lei, hein? Abstive-me de fazer mais comentários sobre semelhanças familiares, mas particularmente confiava que Jamie não seguiria os passos do avô com relação a esposas subsequentes. Aparentemente, uma não fora suficiente para Simon.

– Ele foi visitar o rei James em Roma e jurou sua fidelidade aos Stuart – continuou Jamie. Depois virou as costas e foi direto falar com William de Orange, rei da Inglaterra, que estava em visita à França. Fez com que James lhe prometesse seu título e propriedades, caso uma restauração da dinastia Stuart ocorresse, e depois, só Deus sabe, obteve um perdão total de William e pôde voltar para casa na Escócia.

Agora foi a minha vez de erguer as sobrancelhas. Aparentemente, não se tratava apenas de atração pelo sexo oposto, então.

Simon continuara suas aventuras voltando posteriormente para a França, desta vez para espionar os jacobitas. Tendo sido descoberto, foi atirado na prisão, mas conseguiu fugir, retornou à Escócia, engendrou a reunião dos clãs sob o disfarce de uma caçada em Braes of Mar em 1715 – e depois conseguiu obter todo o crédito junto à Coroa inglesa por sufocar a revolução resultante.

– Um velhaco mentiroso, hein? – disse, completamente intrigada. – Embora eu suponha que ele não pudesse ser muito velho na época, talvez uns 40 e poucos anos. – Tendo ouvido que lorde Lovat estava agora com cerca de 75 anos, eu esperava alguém bastante envelhecido e decrépito, mas estava revendo rapidamente minhas expectativas em vista dessas histórias.

– Meu avô – observou Jamie sem se alterar – possui, segundo todos que o conhecem, um caráter que lhe permitiria esconder-se convenientemente atrás de uma escada em espiral. De qualquer modo – continuou ele, descartando o caráter de seu avô com um abano da mão –, ele então se casou com Margaret Grant, filha de Grant o' Grant. Depois que ela morreu, ele se casou com Primrose Campbell. Ela devia ter mais ou menos 18 anos na época.

– O Velho Simon era um partido tão bom para sua família forçá-la a casar-se com ele? – perguntei, compreensivamente.

– De modo algum, Sassenach. – Ele fez uma pausa para afastar os cabelos do rosto, enfiando as mechas soltas atrás das orelhas. – Ele sabia muito bem que ela não iria querê-lo, ainda que fosse rico como Creso, o que ele não era. Assim, ele enviou-lhe uma carta, dizendo que a mãe dela adoecera em Edimburgo informando então o endereço da casa aonde ela deveria ir.

Dirigindo-se às pressas para Edimburgo, a jovem e bela srta. Campbell encontrou não sua mãe, mas o velho e engenhoso Simon Fraser, que lhe informou que ela estava numa famosa casa de prazer e que sua única esperança de preservar seu bom nome era casando-se com ele imediatamente.

– Ela devia ser muito idiota para cair nessa cilada – observei sarcasticamente.

– Bem, ela era muito jovem – disse Jamie, defendendo-a –, e não era uma ameaça vazia, não; se ela o tivesse recusado, o Velho Simon teria arruinado sua reputação sem pensar duas vezes. De qualquer forma, ela se casou com ele... e se arrependeu.

– Humpf. – Eu estava ocupada, fazendo contas mentalmente. O encontro com Primrose Campbell havia sido há apenas alguns anos, dissera ele. Então... – Sua avó foi a viúva lady Lovat ou Margaret Grant? – perguntei, curiosa.

As maçãs proeminentes do rosto dele estavam ressecadas pelo vento e pelo sol; nesse momento, uma vermelhidão, repentina e penosa, inundou-as.

– Nenhuma das duas – disse ele. Não olhou para mim, mas manteve o olhar fixo à frente, na direção do Castelo Beaufort. Seus lábios estavam cerrados com força. – Meu pai era bastardo – disse ele finalmente. Sentou-se ereto como uma espada na sela e os nós de seus dedos ficaram brancos, a mão agarrada às rédeas. – Reconhecido, mas bastardo. Filho de uma das criadas do Castelo Downie.

– Oh – disse. Não parecia haver muito a acrescentar.

Ele engoliu em seco; pude ver a ondulação em sua garganta.

– Devia ter lhe contado antes – disse ele, com dificuldade. – Desculpe-me.

Estendi a mão e toquei em seu braço; estava duro como aço.

– Não tem importância, Jamie – disse, sabendo, no mesmo instante em que falava, que nada do que eu dissesse poderia fazer diferença. – Não ligo a mínima.

– Ah, é? – disse ele finalmente, ainda com o olhar fixo à frente. – Bem... eu ligo.

O vento cada vez mais fresco que soprava do estuário Moray murmurava por uma encosta de pinheiros escuros. A região era uma estranha combinação de vertentes de montanhas e litoral. Uma densa extensão de carvalhos, larícios e vidoeiros cobria o terreno dos dois lados do caminho estreito que seguíamos, mas quando nos aproximamos da figura escura do Castelo Beaufort, o eflúvio de lamaçais e algas marinhas cobria tudo.

Éramos, de fato, aguardados; as sentinelas de guarda no portão, trajando seus kilts e armadas com machados, não opuseram nenhum obstáculo à nossa entrada. Olharam-nos com muita curiosidade, mas aparentemente sem nenhuma animosidade. Jamie sentava-se empertigado como um rei em sua sela. Ele assentiu uma vez para o homem ao seu lado e recebeu um sinal semelhante em resposta. Eu tinha a distinta sensação de que tínhamos entrado no castelo levando uma bandeira branca de trégua; só não sabíamos quanto tempo essa trégua iria durar.

Continuamos a cavalgar, sem sermos interpelados, pelo pátio do Castelo Beaufort, um edifício pequeno em se tratando de um castelo, mas ainda assim bastante imponente, construído com as pedras da região. Não tão fortificado quanto alguns dos castelos que eu vira ao sul, mesmo assim parecia capaz de resistir a uma boa dose de abrasão. Havia aberturas para canhões a intervalos ao longo da base das muralhas externas, e a fortaleza ainda ostentava uma entrada de estábulo aberta para o pátio.

Vários dos pôneis das Terras Altas estavam abrigados ali, as cabeças projetando-se das meias-portas de madeira para relinchar em boas-vindas aos nossos próprios cavalos. Junto à parede, viam-se várias trouxas, pacotes e malas, recentemente descarregados dos pôneis no estábulo.

– Lovat convocou alguns homens para nos receberem – observou Jamie asperamente, observando as bagagens. – Parentes, espero. – Deu de ombros. – Ao menos, no começo serão bem amistosos.

– Como sabe?

Ele deslizou para o chão e estendeu os braços para me ajudar a descer.

– Deixaram as espadas com a bagagem.

Jamie entregou as rédeas para um cavalariço que saiu do estábulo e veio em nossa direção, limpando as mãos nas calças.

– Hã, e agora? – murmurei para Jamie. Não havia nenhum sinal de uma castelã ou de um mordomo; nada semelhante à figura alegre e investida de autoridade da sra. FitzGibbons que nos recebera no Castelo Leoch há dois anos.

Os poucos cavalariços e ajudantes de estábulo que estavam por ali nos olhavam de vez em quando, mas continuavam com seus afazeres, assim como os criados que atravessavam o pátio, carregando cestos de roupa lavada, maços de turfa e todas as outras volumosas parafernálias que a vida em um castelo de pedras exigia. Olhei com ar de aprovação para um homem musculoso suando sob o fardo de dois vasilhames de cobre, de cinco galões cada, de água. Quaisquer que fossem as deficiências no departamento de hospitalidade, o Castelo Beaufort ao menos dispunha de uma banheira em algum lugar.

Jamie ficou parado no centro do pátio, os braços cruzados, inspecionando o local como um possível comprador de propriedades que alimentava sérias dúvidas quanto aos drenos.

– Agora nós esperamos, Sassenach – disse ele. – As sentinelas devem ter mandado avisar que estamos aqui. Ou alguém virá nos receber... ou não.

– Hummm – disse. – Bem, espero que se decidam logo; estou com fome e precisando de um banho.

– Está mesmo – concordou Jamie, com um breve sorriso enquanto me examinava. – Está com uma mancha de fuligem no nariz e várias flores de cardo emaranhadas em seus cabelos. Não, deixe-as – acrescentou ele, quando levei a mão aos cabelos, horrorizada. – Estão bonitos, você fez isso de propósito ou não?

Definitivamente, não, mas deixei-as. Mesmo assim, afastei-me furtivamente até um cocho de água para inspecionar minha aparência e remediá-la até onde fosse possível usando apenas água fria.

Era uma situação um pouco delicada, no que dizia respeito ao Velho Simon Fraser, pensei, inclinando-me sobre o cocho e tentando descobrir quais manchas na minha imagem refletida eram realmente de sujeira e quais eram causadas por pedacinhos flutuantes de feno.

Por um lado, Jamie era um emissário formal dos Stuart. Se as promessas de Lovat de apoio à causa eram sinceras ou apenas conversa fiada, as chances eram de que ele se sentiria obrigado a dar as boas-vindas ao enviado do príncipe, ainda que apenas por cortesia.

Por outro lado, o dito representante era um neto de ascendência ilegítima que, se não exatamente ele mesmo um renegado, com certeza não era tampouco um membro íntimo da família. E, a essa altura, eu conhecia o suficiente a respeito dos feudos das Terras Altas para saber que hostilidades desse tipo eram improváveis de diminuir com o passar do tempo.

Passei a mão molhada pelos meus olhos fechados e pelas têmporas, alisando alguns tufos de cabelos desgrenhados. Tudo considerado, eu não achava que lorde Lovat iria nos deixar esperando de pé no pátio. Ele poderia, entretanto, deixar-nos ali por tempo suficiente para compreendermos inteiramente a natureza dúbia de nossa recepção.

Depois disso – bem, quem poderia saber? Seríamos muito provavelmente recebidos por lady Frances, uma das tias de Jamie, uma viúva que, de tudo que ouvíramos de Tullibardine, administrava os assuntos domésticos para seu pai. Ou, se ele decidisse nos receber como uma representação diplomática em vez de conexões familiares, imaginei que o próprio lorde Lovat apareceria, formalmente escudado pela panóplia de secretário, guardas e criados.

Essa última possibilidade parecia a mais provável, tendo em vista o tempo que estava levando; afinal, você não iria manter uma comitiva paramentada o tempo todo de prontidão – era necessário algum tempo para reunir adequadamente as pessoas necessárias. Visualizando a repentina aparição de um nobre seguido de um séquito completo, fiquei em dúvida sobre deixar flores de cardo emaranhadas em meus cabelos e inclinei-me sobre o cocho outra vez.

Nesse momento, fui interrompida pelo som de passos no caminho atrás das manjedouras. Um homem de idade, troncudo, com a camisa aberta e as calças desafiveladas, entrou no pátio, afastando para o lado uma égua gorda de cor castanha com uma cotovelada e uma exclamação irritada. Apesar da idade, tinha as costas retas como uma vareta de arma de fogo e ombros quase tão largos quanto os de Jamie.

Parando junto ao cocho dos cavalos, olhou ao redor do pátio como se procurasse alguém. Seus olhos passaram por mim sem registrar minha presença, depois voltaram de repente, obviamente espantados. Deu um passo adiante e empurrou o rosto belicosamente para a frente, a barba grisalha por fazer espetada como um porco-espinho.

– Quem diabos é você? – perguntou ele.

– Claire Fraser, hã, quero dizer, lady Broch Tuarach – disse, tardiamente me lembrando de minha posição. Reuni todo o meu autocontrole e limpei uma gota d'água do meu queixo. – Quem diabos é *você*? – perguntei.

A mão firme de Jamie agarrou meu cotovelo por trás e uma voz resignada de algum lugar acima de minha cabeça disse:

– Este, Sassenach, é meu avô. Senhor, posso apresentar-lhe minha mulher?

– Hein? – exclamou lorde Lovat, concedendo-me o benefício de um olhar gélido e azul. – Ouvi dizer que você se casou com uma inglesa. – Seu tom de voz deixou claro que esse ato confirmava suas piores suspeitas a respeito do neto que ele nunca conhecera.

Ele ergueu uma sobrancelha espessa e grisalha em minha direção e voltou o olhar de verruma para Jamie.

– Tão sem juízo quanto o pai, ao que parece.

Pude notar as mãos de Jamie contorcerem-se ligeiramente, resistindo à necessidade de cerrar os punhos.

– Pelo menos, não tive necessidade de arranjar uma mulher por estupro ou trapaça – observou ele sem alterar a voz.

Seu avô grunhiu, sem se deixar abalar pelo insulto. Pensei ter visto o canto de sua boca enrugada se torcer, mas não tive certeza.

– Sim, e de pouco lhe valeu esse negócio que você fez – observou ele. – Embora, quanto a isso, esta é menos cara do que aquela vagabunda MacKenzie por quem seu pai se enrabichou. Se esta vadia *sassenach* não lhe traz nada, ao menos tem a aparência de quem lhe custa pouco. – Os olhos oblíquos azuis, tão parecidos com os de Jamie, percorreram meus trajes sujos da viagem, observando a bainha desfeita, a costura arrebentada e os respingos de lama na saia.

Pude sentir uma leve vibração percorrer o corpo de Jamie e não soube ao certo se era raiva ou riso.

– Obrigada – disse, com um sorriso amistoso para o senhor de Lovat. – Não como muito, também. Mas gostaria de me lavar um pouco. Apenas água; não se preocupe com sabão, se for muito caro.

Desta vez, tive certeza a respeito do movimento do canto da boca.

– Sim, sei – disse o senhor de Lovat. – Mandarei uma criada atendê-la em seus aposentos, então. *E* lhe fornecerei o sabão. Nós os veremos na biblioteca antes do jantar... neto – acrescentou ele para Jamie e, dando meia-volta, desapareceu de novo sob a passagem em arco.

– Quem é *nós*? – perguntei.

– O Jovem Simon, eu suponho – respondeu Jamie. – O herdeiro do senhor de Lovat. Um ou dois primos desgarrados, talvez. E alguns colonos, eu imagino, a julgar pelos cavalos no pátio. Se Lovat pensa em mandar tropas para se unir aos Stuart, seus colonos e arrendatários devem ter algo a dizer sobre o assunto.

– Já viu uma minhoca pequena no terreiro, no meio de um bando de galinhas? – murmurou ele enquanto percorríamos o corredor uma hora mais tarde, atrás de um criado. – Sou eu... ou nós, melhor dizendo. Fique perto de mim, agora.

As várias conexões do clã Fraser estavam de fato reunidas; quando fomos apresentados à biblioteca do Castelo Beaufort, deparamo-nos com mais de vinte homens sentados pelo aposento.

Jamie foi adequadamente apresentado e fez um discurso formal, em nome dos Stuart, transmitindo os cumprimentos do príncipe Charles e do rei James a lorde Lovat, e solicitando sua ajuda. Ao discurso, lorde Lovat respondeu de forma rápida, eloquente e evasiva. Uma vez cumpridas as formalidades da etiqueta, fui então levada à frente e apresentada, depois do que o ambiente ficou mais relaxado.

Fui cercada por vários cavalheiros das Terras Altas, que se revezavam trocando palavras de boas-vindas comigo enquanto Jamie conversava com alguém de nome Graham, que parecia ser primo de lorde Lovat. Os colonos me olhavam com certa reserva, mas todos mostraram-se gentis – com uma única exceção.

O Jovem Simon, muito parecido com seu pai na silhueta troncuda, mas quase cinquenta anos mais novo, adiantou-se e fez uma mesura sobre minha mão. Endireitando-se, examinou-me de alto a baixo com uma intensidade que chegou às raias da falta de educação.

– Mulher de Jamie, hein? – perguntou ele. Possuía os mesmos olhos rasgados de seu pai e de seu sobrinho, mas os dele eram castanhos, da cor de um lamaçal. – Acho que isso significa que posso chamá-la de "sobrinha", não? – Tinha aproximadamente a idade de Jamie, claramente alguns anos mais novo do que eu.

– Aham – disse educadamente, enquanto ele ria da própria esperteza. Tentei retirar minha mão, mas ele não queria soltá-la. Em vez disso, sorriu jovialmente, lançando-me aquele olhar de cima a baixo outra vez.

– Já ouvi falar de você, sabe – disse ele. – É bastante famosa nas Terras Altas, madame.

– Ah, é mesmo? Que gentileza. – Puxei a mão discretamente; em resposta, sua mão apertou-se ainda mais em torno da minha, quase a ponto de doer.

– Ah, sim. Ouvi dizer que é muito popular entre os homens sob o comando de seu marido – disse ele, sorrindo com tanta ênfase que seus olhos transformaram-se em duas fendas marrom-escuras. – Eles a chamam de *neo-geimnidh meala*, eu soube. Significa "senhora dos lábios de mel", traduziu ele, vendo meu olhar confuso diante do gaélico pouco familiar.

– Ora, obrigada... – comecei, mas foi tudo que consegui dizer antes de o punho de Jamie atingir em cheio o maxilar de Simon filho e enviar seu tio girando de encontro a uma mesa de tortas, espalhando doces e talheres pelas pedras polidas do assoalho com uma barulhada terrível.

Ele se vestia como um cavalheiro, mas possuía os instintos de um lutador. O Jovem Simon girou sobre os joelhos, os punhos em riste, e ficou ali paralisado. Jamie olhou-o de cima, os punhos cerrados, porém abaixados, seu silêncio e imobilidade mais ameaçadores do que palavras ou gestos.

– Não – disse ele sem se alterar –, ela não compreende bem o gaélico. E agora que você o demonstrou para satisfação de todos, vai pedir desculpas gentilmente a minha mulher, antes que eu enfie seus dentes goela abaixo.

O Jovem Simon olhou para cima, para Jamie, com raiva, depois olhou para o lado, para o pai, que assentiu imperceptivelmente, parecendo impaciente com a interrupção. Os cabelos negros e cheios do Jovem Simon haviam se soltado da fita que os prendia e espalhavam-se como musgo ao redor de seu rosto. Analisou

Jamie cautelosamente, mas também com uma estranha nuança de divertimento, mesclado a respeito. Limpou a boca com as costas da mão e fez uma solene reverência para mim, ainda de joelhos.

– Perdão, madame Fraser, e minhas desculpas por qualquer ofensa que possa ter sofrido.

Eu não pude fazer nada além de assentir educadamente em resposta, antes de Jamie me conduzir para fora do aposento. Já havíamos quase alcançado a porta ao fim do corredor quando eu falei, olhando para trás para me certificar de que não éramos ouvidos:

– *O que*, afinal, *neo-geimnidh meala* significa? – perguntei, puxando sua manga para que ele andasse mais devagar. Olhou para baixo, como se acabasse de ser lembrado de minha presença.

– Hein? Ah, significa lábios de mel, sim. Mais ou menos.

– Mas...

– Não era à sua boca que ele estava se referindo, Sassenach – disse Jamie secamente.

– Ora, que... – Fiz menção de voltar à biblioteca, mas Jamie apertou meu braço com mais força.

– Não se preocupe, Sassenach. Eles só estão me testando. Tudo vai ficar bem.

Fui deixada aos cuidados de lady Frances, irmã do Jovem Simon, enquanto Jamie retornava à biblioteca, os ombros empertigados, prontos para a luta. Esperava que ele não batesse em mais nenhum de seus parentes; embora os Fraser não fossem, de um modo geral, tão grandes quanto os MacKenzie, possuíam uma espécie de vigilância agressiva que era um sinal de agouro para qualquer um que tentasse alguma coisa em sua vizinhança imediata.

Lady Frances era jovem, talvez 22 anos, e inclinada a me ver com uma espécie de aterrorizado fascínio, como se eu fosse saltar sobre ela se não fosse incessantemente aplacada com chá e doces. Tentei ser o mais agradável e inofensiva possível e, após algum tempo, ela relaxou o suficiente para confessar que nunca conhecera uma mulher inglesa antes. "Mulher inglesa" sendo, pelo que pude apreender, uma espécie exótica e perigosa.

Tive o cuidado de não fazer movimentos bruscos e, depois de algum tempo, ela sentiu-se suficientemente à vontade para apresentar-me timidamente a seu filho, um garotinho robusto de mais ou menos 3 anos, mantido em um estado de limpeza artificial pela vigilância permanente de uma criada de ar severo.

Eu conversava com Frances e sua irmã mais nova, Aline, sobre Jenny e sua família, que elas não conheciam, quando se ouviu um barulho repentino e um grito no corredor. Levantei-me num salto e cheguei à porta da sala de estar a tempo de ver uma trouxa de roupas tentando ficar de pé no corredor de pedra. A pesada porta da biblioteca estava aberta e a figura troncuda do Velho Simon Fraser emoldurada nela, maligno como um sapo.

– Vai ser pior ainda, mulher, se não puder fazer um serviço melhor do que esse – disse ele. Seu tom de voz não era particularmente ameaçador; apenas uma declaração. A figura embolada levantou a cabeça e vi um rosto estranho, anguloso, mas bonito, os olhos escuros arregalados acima da mancha cada vez mais vermelha em sua maçã do rosto. Ela me viu, mas não deu nenhuma atenção à minha presença, apenas pondo-se de pé e saindo às pressas, sem nenhuma palavra. Ela era muito alta e extremamente magra, e movimentava-se com a estranha e um pouco desajeitada elegância de uma grua, sua sombra seguindo-a pelas pedras.

Fiquei parada, olhando espantada para o Velho Simon, a silhueta recortada contra a luz do fogo da lareira na biblioteca atrás dele. Ele sentiu meus olhos em si e virou a cabeça para me fitar. Os velhos olhos azuis pousaram em mim, frios como safiras.

– Boa noite, minha cara – disse ele, fechando a porta.

Fiquei ali parada, olhando atônita para a porta de madeira escura.

– O que foi aquilo? – perguntei a Frances, que surgira atrás de mim.

– Nada – disse ela, passando a língua pelos lábios nervosamente. – Vamos, prima. – Deixei que ela me afastasse dali, mas estava decidida a perguntar a Jamie mais tarde o que acontecera na biblioteca.

Havíamos chegado ao quarto que nos destinaram para passar a noite e Jamie dispensou amavelmente nosso pequeno guia com um tapinha em sua cabeça.

Deixei-me afundar na cama, olhando à minha volta desamparadamente.

– *Agora* o que vamos fazer? – perguntei. O jantar transcorrera sem maiores incidentes, mas eu sentira os olhos de Lovat sobre mim de vez em quando.

Jamie deu de ombros, tirando a camisa pela cabeça.

– Não faço a menor ideia, Sassenach – disse ele. – Perguntaram-me sobre as condições em que estava o exército das Terras Altas, as condições das tropas, o que eu sabia sobre os planos de Sua Alteza. Eu lhes contei. Então perguntaram tudo de novo. Meu avô não acredita que alguém possa lhe dar uma resposta franca – acrescentou secamente. – Ele acha que todo mundo deve ser tão ardiloso quanto ele próprio, com uma dúzia de motivos diferentes; um para cada ocasião.

Balançou a cabeça e jogou a camisa sobre a cama, ao meu lado.

– Ele não consegue saber se eu posso estar mentindo sobre o estado do exército das Terras Altas ou não. Porque se eu quisesse que ele se unisse aos Stuart, então eu devia dizer que as condições eram melhores do que de fato eram; ao passo que se eu pessoalmente não me importasse, de um modo ou de outro, então eu devia falar a verdade. E ele não pretende se comprometer nem de um jeito nem de outro enquanto não souber qual a minha posição.

– E exatamente como ele pretende saber se você está de fato dizendo a verdade? – perguntei com ceticismo.

– Ele tem uma vidente – respondeu ele distraidamente, como se isso fosse parte do mobiliário de um castelo das Terras Altas. Até onde eu sabia, era.

– É mesmo? – Sentei-me na cama, intrigada. – É aquela mulher estranha que ele atirou no corredor?

– Sim. O nome dela é Maisri e ela tem o dom da vidência desde que nasceu. Mas ela não conseguiu lhe dizer nada... ou não quis – acrescentou ele. – Ficou bem claro que ela sabia *alguma coisa*, mas não fazia nada além de balançar a cabeça e dizer que não conseguia ver. Foi quando meu avô perdeu a paciência e a agrediu.

– Velho miserável! – disse, indignada.

– Bem, ele não é nenhum exemplo de cavalheirismo – concordou Jamie.

Ele encheu a bacia de água e começou a lavar o rosto, jogando água em abundância. Ergueu os olhos, surpreso e com água escorrendo pelo queixo, quando me ouviu bufar.

– Hein?

– Sua barriga... – disse, apontando. A pele entre o esterno e o kilt exibia uma grande mancha roxa, espalhada como uma flor enorme e feia sobre a pele clara.

Jamie olhou para a barriga com ar de pouco caso e depois continuou lavando o rosto.

– O que aconteceu? – perguntei, aproximando-me para examinar melhor.

– Não foi nada – disse ele, a fala vindo quase indistinta através da toalha. – Falei um pouco impensadamente esta tarde e meu avô fez o Jovem Simon me dar uma pequena lição.

– Então ele fez dois dos Fraser menos importantes o segurarem enquanto ele o socava na barriga? – disse, sentindo-me ligeiramente enjoada.

Atirando a toalha para o lado, Jamie pegou seu camisolão de dormir.

– Muito lisonjeiro de sua parte supor que foram necessários dois para me segurar – disse ele, rindo enquanto sua cabeça surgia pela abertura. – Na verdade, havia três; um estava por trás, me estrangulando.

– Jamie!

Ele riu, balançando a cabeça pesarosamente enquanto pegava o kilt que estava em cima da cama.

– Eu não sei o que é que você tem, Sassenach, que sempre me faz querer me exibir para você. Vou acabar sendo morto um dia desses, tentando impressioná-la. – Suspirou, cuidadosamente alisando o camisão de lã sobre a barriga. – É só encenação, Sassenach. Não precisa se preocupar.

– Encenação! Pelo amor de Deus, Jamie!

– Nunca viu um cachorro de fora tentando se juntar a um bando de cachorros, Sassenach? Os outros o cheiram, mordiscam suas canelas e rosnam, para ver se ele vai se acovardar ou rosnar de volta para eles. E às vezes chegam mesmo a se morder, às vezes não, mas, no final, cada cachorro no bando fica sabendo seu lugar e quem é o líder. O Velho Simon quer ter certeza de que eu sei quem lidera esse bando; só isso.

– Ah, é? E você sabe? – Deitei-me, esperando-o vir para a cama. Ele pegou a vela e riu para mim, a luz bruxuleante captando um brilho azul em seus olhos.

– Au au – disse ele, soprando a vela.

Vi Jamie bem pouco nas duas semanas seguintes, exceto à noite. Durante o dia, ele estava sempre com seu avô, caçando ou cavalgando – pois Lovat era um homem vigoroso, apesar da idade –, ou bebendo no gabinete, enquanto a Velha Raposa lentamente tirava suas conclusões e traçava seus planos.

Eu passava a maior parte do tempo com Frances e as outras mulheres. Longe da sombra assustadora do pai, Frances adquiria coragem suficiente para expressar seus pensamentos, e demonstrou ser uma companhia interessante e inteligente. Ela era responsável pelo andamento sem atropelos do castelo e de seus empregados, mas quando o pai surgia em cena, ela reduzia-se à sua insignificância, raramente erguendo os olhos ou falando mais do que um sussurro. Não sei se poderia culpá-la.

Duas semanas após nossa chegada, Jamie foi me buscar na sala de visitas, onde eu estava sentada com Frances e Aline, dizendo que lorde Lovat queria me ver.

O Velho Simon gesticulou displicentemente na direção das garrafas de bebidas na mesa junto à parede, depois se instalou numa grande cadeira de braços de nogueira entalhada com estofamento em um veludo azul desbotado. A cadeira encaixava-se em sua forma atarracada e troncuda, como se tivesse sido construída ao seu redor; imaginei se de fato havia sido feita sob encomenda ou se, após longo uso, ele tivesse se adaptado à forma da cadeira.

Sentei-me sossegadamente a um canto com meu copo de Porto, e permaneci em silêncio enquanto Simon interrogava Jamie outra vez sobre a situação e as perspectivas de Charles Stuart.

Pela vigésima vez em uma semana, Jamie pacientemente repetiu todas as informações: o número de tropas disponíveis; a estrutura de comando – admitindo-se que havia uma; o armamento disponível e suas condições – em sua maior parte, precárias; as perspectivas de Charles receber o apoio de lorde Lewis Gordon ou dos Farquharson; o que Glengarry dissera depois de Prestonpans; o que Cameron soube ou deduziu a respeito das manobras das tropas inglesas; por que Charles resolvera marchar para o sul; e assim por diante. Eu me flagrei meneando a cabeça por cima do copo em minha mão e, com um sobressalto, despertei repentinamente, bem a tempo de impedir que o líquido cor de rubi entornasse em minha saia.

– ... e lorde George Murray e Kilmarnock ambos acham que Sua Alteza faria melhor retirando-se para as Terras Altas durante o inverno – concluiu Jamie, bocejando. Espremido na cadeira estreita que tinham lhe dado, ele ergueu-se e espreguiçou-se, sua sombra tremulando nas tapeçarias claras que cobriam as paredes de pedra.

– E o que você pensa mesmo? – Os olhos do Velho Simon cintilaram sob as pálpebras semicerradas enquanto ele se reclinava na cadeira. As chamas ardiam altas e luminosas na lareira; Frances havia abafado o fogo no salão principal, cobrindo-o com turfas, mas este fora aceso de novo por ordem de Lovat, e com lenha, não turfa. O aroma de resina de pinheiro da lenha queimada era penetrante, misturado ao cheiro mais pesado de fumaça.

A luz lançava a sombra de Jamie bem alto na parede enquanto ele se movia sem parar, não querendo sentar-se outra vez. O ambiente estava confinado e escuro no pequeno gabinete, com as cortinas cerradas – muito diferente do pátio da igreja aberto e ensolarado onde Colum lhe fizera a mesma pergunta. E a situação agora mudara; não mais a figura popular e bem-amada a quem os chefes de clãs se submetiam, Charles agora estava enviando recados aos chefes, exigindo implacavelmente que cumprissem suas obrigações. Mas a natureza do problema era a mesma – uma natureza amarga e obscura, pairando como uma sombra sobre nós.

– Eu lhe disse o que penso... mais de uma dezena de vezes – falou Jamie rispidamente. Ele movia os ombros com impaciência, encolhendo-os como se o casaco estivesse apertado demais.

– Ah, sim. Você me disse. Mas desta vez eu acho que devemos saber a verdade. – O Velho Simon acomodou-se melhor em sua cadeira estofada, as mãos entrelaçadas no colo.

– É mesmo? – Jamie soltou uma breve risada e virou-se para encarar seu avô. Apoiou-se contra a mesa, as mãos entrelaçadas às costas. Apesar das diferenças de figura e de postura, havia uma tensão entre os dois homens que revelava uma semelhança fugaz entre eles. Um alto e o outro atarracado, mas ambos fortes, teimosos e determinados a vencer aquele embate.

– Não sou seu parente? E seu chefe? Eu comando sua lealdade, não?

Então essa era a questão. Colum, tão acostumado à fraqueza física, aprendera o segredo de usar a fraqueza de outro homem em proveito próprio. Simon Fraser, forte e vigoroso mesmo na velhice, estava acostumado a ser acatado por meios mais diretos. Eu podia ver pelo sorriso amargo no rosto de Jamie que ele, também, estava comparando o apelo de Colum à exigência de seu avô.

– Você pode? Não me lembro de ter lhe feito nenhum juramento.

Vários pelos longos e hirsutos eriçaram-se nas sobrancelhas de Simon, como acontece com homens idosos. Eles estremeceram à luz do fogo, embora eu não soubesse dizer se de indignação ou divertimento.

– Juramento, hein? E não é o sangue dos Fraser que corre em suas veias?

A boca de Jamie contorceu-se ironicamente ao responder.

– Dizem que uma criança é sábia quando conhece o próprio pai, não? Minha mãe era uma MacKenzie; disso eu sei.

O rosto de Simon ficou roxo e suas sobrancelhas uniram-se. Em seguida, sua boca abriu-se e ele soltou uma sonora gargalhada. Riu até ser forçado a endireitar-se na cadeira e inclinar-se para a frente, lançando perdigotos e se engasgando. Finalmente, batendo uma das mãos no braço da cadeira num riso incontrolável, enfiou a outra na boca e retirou os dentes postiços.

– Deus – disse ele, salpicando cuspe e respirando com um chiado.

Com lágrimas e saliva pelo rosto, tateou cegamente em direção à mesinha junto a sua cadeira e largou a dentadura no prato de bolo. Os dedos nodosos fecharam-se em um guardanapo de linho que ele apertou contra o rosto, ainda emitindo roncos sufocados de riso enquanto conduzia a limpeza.

– Nossa, rapaz – disse ele finalmente, ciciando os esses. – Passe-me o uísque.

Com as sobrancelhas erguidas, Jamie pegou a garrafa da mesa atrás dele e passou-a a seu avô, que tirou a rolha e tomou um grande gole da bebida sem se incomodar com a formalidade de um copo.

– Você acha que não é um Fraser? – disse ele, abaixando a garrafa e expirando com uma rajada. – Ah! – Reclinou-se na cadeira outra vez, a barriga subindo e descendo rapidamente enquanto ele recuperava o fôlego. Apontou um dedo longo e descarnado para Jamie.

– Seu próprio pai ficou bem aí onde você está, rapaz, e me disse a mesma coisa no dia em que deixou o Castelo Beaufort para sempre. – O Velho Simon estava mais calmo agora; tossiu várias vezes e limpou o rosto outra vez.

– Sabia que eu tentei impedir o casamento de seus pais alegando que o filho de Ellen MacKenzie não era de Brian?

– Sim, eu sabia. – Jamie apoiava-se na mesa outra vez, inspecionando seu avô através de olhos estreitados.

Lorde Lovat fez um muxoxo.

– Não vou dizer que sempre houve boa vontade entre mim e os meus, mas eu conheço meus filhos. *E* meus netos – acrescentou ele explicitamente. – Que diabos me carreguem se eu não acho que qualquer um deles poderia ser um corno, tanto quanto eu.

Jamie não moveu um fio de cabelo, mas não pude deixar de desviar os olhos do Velho Simon. Vi-me fitando sua dentadura descartada, a madeira de faia manchada estava brilhando molhada entre os farelos de bolo. Felizmente, lorde Lovat não notou minha ligeira distração.

Ele continuou, novamente sério:

– Bem, então. Dougal MacKenzie de Leoch declarou-se a favor de Charles. Você o considera seu chefe? É isso que você está me dizendo, que prestou um juramento a ele?

– Não. Não prestei juramento a ninguém.

– Nem mesmo a Charles? – A reação do velho foi rápida, lançando-se sobre isso como um gato sobre um rato. Eu quase podia ver sua cauda torcer-se enquanto observava Jamie, os olhos rasgados e fundos brilhando sob as pálpebras enrugadas.

Os olhos de Jamie estavam fixos nas chamas saltitantes, sua sombra imóvel na parede às suas costas.

– Ele não me pediu.

Isso era verdade. Charles não precisara exigir um juramento de Jamie, tendo eliminado a necessidade ao assinar o nome de Jamie em sua Lista de Adesão. Ainda assim, eu sabia que o fato de não ter dado sua palavra era importante para Jamie. Se tivesse que trair o homem, que não fosse como um chefe reconhecido. A ideia de que o mundo inteiro achasse que tal juramento existia era uma questão de menor importância.

Simon resmungou outra vez. Sem seus dentes postiços, seu nariz e seu queixo quase se uniam, tornando a parte de baixo de seu rosto estranhamente reduzida.

– Então nada o impede de fazer um juramento a mim, como chefe de seu clã – disse ele serenamente. A cauda abanando era menos visível, mas ainda estava lá. Eu quase podia ouvir os pensamentos em sua cabeça, deslizando de um lado para outro em pantufas. Com a lealdade de Jamie jurada a ele, e não a Charles, o poder de Lovat aumentaria. Assim como sua riqueza, com uma parte da renda de Lallybroch, a qual ele poderia reivindicar como um imposto do chefe. A perspectiva de um ducado aproximava-se um pouco, brilhando através do nevoeiro.

– Nada, a não ser minha vontade – concordou Jamie amavelmente. – Mas este é um obstáculo pequeno, não é? – Seus próprios olhos enrugaram-se nos cantos ao se estreitarem ainda mais.

– Hummm. – Os olhos de Lovat estavam quase fechados e ele balançou a cabeça devagar. – Ah, sim, rapaz, você é mesmo o filho de seu pai. Teimoso como uma mula e duas vezes mais idiota. Eu devia saber que Brian não geraria nada além de estúpidos daquela vagabunda.

Jamie adiantou-se e pegou a dentadura de madeira de faia do prato.

– É melhor colocar isto de volta, velho idiota – disse ele rispidamente. – Não consigo entender uma palavra do que diz.

A boca de seu avô abriu-se num sorriso contrafeito que mostrava o toco amarelado de um único dente quebrado na arcada inferior.

– Não? – disse ele. – Mas você entenderia um acordo? – Lançou um breve olhar para mim, não vendo nada além de outra ficha no jogo. – Seu juramento pela honra de sua esposa, que tal?

Jamie deu uma sonora risada, ainda segurando os dentes em uma das mãos.

– Ah, é? Quer dizer, subjugá-la diante dos meus olhos, então, vovô? – Inclinou-se relaxadamente para trás, com ar de desdém, a mão sobre a mesa. – Vá em frente, e quando ela tiver acabado com você, mandarei tia Frances vir para varrer os pedaços.

Seu avô examinou-o calmamente.

– Eu não, rapaz. – Um dos lados da boca desdentada ergueu-se num sorriso enviesado quando ele virou a cabeça para olhar para mim. – Embora eu tenha tido meu prazer com vagabundas. – A malícia fria nos olhos escuros me fez desejar puxar meu manto sobre meus seios como forma de proteção; infelizmente, eu não o estava usando.

– Quantos homens há em Beaufort, Jamie? Quantos gostariam de colocar sua *sassenach* para o único uso que ela serve? Não pode protegê-la noite e dia.

Jamie aprumou-se devagar, a enorme sombra imitando seus movimentos na parede. Ele olhou para seu avô de cima a baixo, sem nenhuma expressão.

– Ah, acho que não tenho com que me preocupar, vovô – disse ele serenamente. – Porque minha mulher é uma pessoa rara. Uma mulher sábia. Uma dama branca, como *dame* Aliset.

Eu nunca tinha ouvido falar nessa tal *dame* Aliset, mas lorde Lovat obviamente havia; virou a cabeça subitamente para me olhar, os olhos arregalados de choque e espanto. Ficou boquiaberto, mas antes que pudesse falar, Jamie continuou, uma malícia subjacente claramente audível em sua fala macia:

– O homem que a tomar num abraço profano terá suas partes privadas ulceradas como uma maçã destruída pela geada – disse ele, com notória satisfação –, e sua alma arderá para sempre no inferno. – Exibiu um ricto de sarcasmo para seu avô e recolheu a mão. – Como isso. – Os dentes de madeira aterrissaram no meio do fogo com um baque seco e imediatamente começaram a queimar com um chiado.

41

A MALDIÇÃO DA VIDENTE

A maioria dos escoceses das Terras Baixas havia aderido ao protestantismo nos dois séculos anteriores. Alguns dos clãs das Terras Altas se juntaram a eles, mas outros, como os Fraser e os MacKenzie, mantiveram a fé católica. Especialmente os Fraser, com seus estreitos laços familiares com a França católica.

Havia uma pequena capela no Castelo Beaufort para atender às necessidades religiosas do conde e de sua família, mas o convento de Beauly, em ruínas como estava, continuava a ser o local de sepultamento dos Lovat, e o assoalho da capela-mor, de teto desmoronado, estava densamente pavimentado com as lajes planas dos túmulos daqueles que estavam debaixo delas.

Era um lugar tranquilo e eu costumava caminhar por ali às vezes, apesar do tempo frio e tempestuoso. Eu não fazia a menor ideia se o Velho Simon falara a sério em sua ameaça contra mim ou se o fato de Jamie me comparar à *dame* Aliset – que vinha a ser uma lendária "mulher branca" ou curandeira, a equivalente escocesa a *La Dame Blanche* – tinha sido suficiente para anular essa ameaça. Mas eu achava que ninguém teria a coragem de se aproximar de mim entre os túmulos de antepassados dos Fraser.

Certa tarde, poucos dias depois da cena no gabinete, atravessei uma brecha na parede em ruínas do convento e descobri que desta vez eu não a tinha só para mim. A mulher alta que eu vira fora do gabinete de Lovat estava lá, reclinada em um dos túmulos de pedra vermelha, os braços cruzados sobre o peito para se proteger do frio, as pernas longas atiradas para fora como as de uma cegonha.

Fiz menção de dar meia-volta, mas ela me viu e fez sinal para que eu fosse me unir a ela.

– É a sra. Broch Tuarach? – disse ela, embora não houvesse mais do que uma leve nuance de interrogação em sua voz suave das Terras Altas.

– Sou. E você é... Maisri?

Um pequeno sorriso iluminou seu rosto. Possuía feições muito intrigantes, ligeiramente assimétricas, como uma pintura de Modigliani, e longos cabelos negros, soltos pelos ombros, entremeados de fios brancos, embora ela obviamente ainda fosse jovem. Uma adivinha, hein? Achei que ela se parecia mesmo uma adivinha.

– Sim, eu tenho o dom da vidência – disse ela, o sorriso ampliando-se um pouco em sua boca torta.

– Também lê a mente? – perguntei.

Ela riu, o som perdendo-se no vento que gemia pelas paredes em ruínas.

– Não, madame. Mas eu leio rostos e...

– E o meu é um livro aberto. Eu sei – disse, resignada.

Ficamos lado a lado por alguns instantes, observando minúsculos respingos de uma chuva fina misturada com neve que se lançava contra o arenito, bem como a grama espessa e queimada que cobria o cemitério da igreja.

– Dizem que você é uma dama branca – mencionou Maisri de repente. Podia senti-la observando-me intensamente, mas sem nenhum sinal do nervosismo que parecia comum a tal observação.

– Realmente, é o que dizem – concordei.

– Ah. – Ela não voltou a falar, ficou apenas olhando para baixo, fitando os pés, longos e elegantes, calçados em meias de lã e sandálias de couro. Os próprios dedos dos meus pés, mais agasalhados, estavam ficando dormentes, e imaginei que os dela deviam estar como uma pedra de gelo, caso ela estivesse ali há algum tempo.

– O que está fazendo aqui? – perguntei. O convento era um lugar belo e tranquilo no tempo bom, mas não era propriamente um abrigo na chuva fina e gelada do inverno.

– Eu venho aqui para pensar – disse ela. Deu um leve sorriso, mas estava obviamente preocupada. O que quer que estivesse em sua mente, seus pensamentos não eram dos mais agradáveis.

– Pensar em quê? – perguntei, alçando o corpo para sentar-me ao lado dela na tumba. Via-se a figura desgastada de um cavaleiro na tampa, sua espada de dois gumes presa junto ao peito, o punho formando uma cruz sobre seu coração.

– Quero saber por quê! – explodiu ela. Seu rosto fino iluminou-se repentinamente de indignação.

– Por que o quê?

– Por quê? Por que posso ver o que vai acontecer quando não há nada que eu possa fazer para mudar ou impedir o futuro? De que adianta um dom como esse? Aliás, não é um dom, é uma desgraçada maldição, embora eu não tenha feito nada para ser amaldiçoada assim!

Ela virou-se e olhou com ódio para Thomas Fraser, sereno sob seu elmo, com o punho de sua espada agarrado sob as mãos cruzadas.

– Sim, e talvez seja praga *sua*, velho idiota! Sua e do restante de sua maldita família. Você alguma vez já pensou sobre isso? – perguntou ela de repente, virando-se para mim. Suas sobrancelhas arquearam-se bem alto acima dos olhos castanhos que faiscavam com furiosa inteligência.

– Você já pensou que talvez não seja absolutamente o seu destino que faz você ser quem é? Que talvez você tenha o dom ou o poder da vidência apenas porque é necessário para outra pessoa, que isso não tem nada a ver com você, exceto que é você quem tem e deve sofrer pelo fato de possuir esse dom? Já pensou?

– Não sei – respondi devagar. – Ah, sim, agora que mencionou, eu tenho me perguntado. Por que eu? Você se pergunta isso o tempo todo, é claro. Mas nunca encontrei uma resposta satisfatória. Você acha que talvez tenha o dom da vidência porque essa é uma maldição sobre os Fraser... saber sua morte antes da hora? É uma ideia infernal.

– Infernal é a palavra certa – concordou ela com amargura. Reclinou-se contra o sarcófago de pedra vermelha, olhando fixamente para fora, para a mistura de chuva e neve que pulverizava por cima da parede em ruínas.

– O que você acha? – perguntou ela repentinamente. – Devo contar a ele?

Fiquei perplexa.

– A quem? Lorde Lovat?

– Sim, ele mesmo. Ele me pergunta o que eu vejo e me bate quando eu lhe digo que não há nada para ser visto. Mas ele sabe; ele nota em meu rosto quando eu tenho uma visão. Esse é o único poder que tenho: o poder de não dizer. – Os dedos longos e brancos deslizaram de modo sinuoso de dentro do seu manto, brincando nervosamente com as dobras de tecido molhado. – Há sempre a chance, não é? – disse ela. Sua cabeça estava inclinada de modo que o capuz do manto escondia seu rosto do meu olhar. – Há a chance de o fato de eu contar fazer alguma diferença. E faz, de vez em quando, sabe. Eu contei a Lachlan Gibbons quando vi seu genro enrolado em algas marinhas e as enguias remexendo-se embaixo de sua camisa. Lachlan ouviu; ele saiu imediatamente e fez um rombo no barco do genro. – Ela riu, lembrando-se. – Meu Deus, foi a maior confusão! Mas quando veio a grande tempestade na semana seguinte, três homens morreram afogados e o genro de Lachlan estava a salvo em casa, ainda consertando o barco. E na vez seguinte que o vi, sua camisa estava seca em seu corpo e as algas marinhas haviam desaparecido de seus cabelos.

– Então pode acontecer – falei num sussurro. – Às vezes.

– Às vezes – disse ela, assentindo, ainda olhando fixamente para o chão. Lady Sarah Fraser jazia a seus pés, a lápide da senhora coroada por um crânio em cima de ossos cruzados. *Hodie mihi cras tibi*, dizia a inscrição. *Sic transit gloria mundi*. Minha vez hoje, a sua amanhã. E assim morre a glória do mundo. – Às vezes, não. Quando vejo um homem enrolado em sua mortalha, a doença vem em seguida... e não há nada que se possa fazer a respeito.

– Talvez – disse.

Olhei para minhas mãos, espalmadas na lápide ao meu lado. Sem medicina, sem instrumentos, sem conhecimento, sim, então a doença era destino e nada podia ser feito. Mas se houvesse um curandeiro por perto e tivesse os recursos necessários para curar... seria possível que Maisri visse a sombra de uma doença iminente como um sintoma real, embora geralmente invisível, como uma febre ou uma erupção? E então apenas a falta de recursos médicos fizesse a leitura desses sintomas uma sentença de morte? Eu jamais saberia.

– Nós nunca vamos saber – continuei, voltando-me para ela. – Não temos como saber. Temos conhecimento de coisas que outras pessoas não têm, mas não sabemos por que ou como. Mas temos esse dom... e você está certa, é uma maldição. Mas se você tem o conhecimento e esse conhecimento *pode* evitar danos... acha que ele poderia *causar* danos?

Ela balancou a cabeça.

– Não sei dizer. Se você soubesse que iria morrer em breve, há coisas que faria? E seriam apenas coisas boas que você faria ou iria aproveitar a última chance que poderia ter para fazer o mal a seus inimigos, mal que de outra forma poderia ser deixado em paz?

– Não faço a menor ideia. – Ficamos em silêncio por algum tempo, observando a chuva transformar-se em neve e os flocos soprados pelo vento girarem em rajadas pelos adereços arruinados da parede do convento.

– Às vezes, eu sei que há alguma coisa lá – disse Maisri repentinamente –, mas posso bloqueá-la da minha mente, não olhar. Foi assim com lorde Lovat; eu sabia que havia algo, mas conseguira não ver. Mas ele me ordenou que olhasse e dissesse as palavras mágicas que fazem a visão clarear. E eu o fiz. – O capuz de seu manto escorregou para trás quando ela inclinou a cabeça, erguendo os olhos para a parede do convento que assomava acima de nós, ocre, branca e vermelha, com a argamassa esfarelando entre as pedras. Cabelos negros entremeados de branco derramaram-se pelas suas costas, livres ao vento. – Ele estava lá, de pé diante do fogo, mas era dia e podia-se ver com clareza. Um homem estava de pé atrás dele, imóvel como uma árvore, o rosto coberto de preto. E sobre o rosto do lorde recaía a sombra de um machado.

Ela falava com naturalidade, mas ainda assim um calafrio percorreu minha espinha. Ela suspirou finalmente e virou-se para mim:

– Bem, eu lhe contarei, então, e deixarei que faça o que achar melhor. Condená-lo ou salvá-lo, isso eu não posso fazer. A escolha é dele e que o Senhor Jesus Cristo o ajude.

Virou-se para ir embora e eu deslizei de cima da tumba, aterrissando na laje de lady Sarah.

– Maisri – chamei. Ela virou-se para olhar para mim, os olhos negros como as sombras entre os túmulos.

– Sim?

– O que você vê, Maisri? – perguntei e fiquei parada, à espera, encarando-a, as mãos abandonadas junto às laterais do corpo.

Ela fitou-me intensamente, acima e abaixo, atrás e dos lados. Por fim, sorriu debilmente, meneando a cabeça.

– Não vejo nada além de você mesma, senhora – disse ela serenamente. – Há apenas você.

Ela se virou e desapareceu pela trilha entre as árvores, deixando-me entre os flocos de neve esvoaçantes.

Condenar ou salvar. Isso eu não posso fazer. Porque não tenho poder além do conhecimento, nenhuma capacidade de submeter os outros à minha vontade, nenhum modo de impedi-los de fazer o que *eles* desejarem. Há apenas eu.

Sacudi a neve das dobras do meu manto e virei-me para seguir Maisri pela trilha, compartilhando seu amargo conhecimento de que havia apenas eu. E eu sozinha não era suficiente.

• • •

O comportamento do Velho Simon não se alterou muito nas duas ou três semanas seguintes, mas eu imaginei que Maisri tivesse mantido sua intenção de contar-lhe sobre suas visões. Enquanto ele parecia, até então, a ponto de convocar seus arrendatários e colonos para sair em marcha, acabou por recuar repentinamente, dizendo que não havia pressa, afinal. Esse adiamento enfureceu o Jovem Simon, que estava mordendo os freios de impaciência para ir à guerra e cobrir-se de glória.

– Não é uma questão urgente – disse o Velho Simon, pela centésima vez. Ergueu um pão de aveia, cheirou-o e colocou-o de volta na mesa. – Talvez seja melhor esperarmos o plantio na primavera.

– Eles já poderão estar em Londres na primavera! – O Jovem Simon olhou colericamente para o pai do outro lado da mesa de jantar e estendeu a mão para pegar a manteiga. – Se você mesmo não quiser ir, então me deixe levar os homens para nos unirmos a Sua Alteza!

Lorde Lovat rosnou.

– Você tem a impaciência do diabo em pessoa – disse ele –, mas não tem a metade de seu juízo. Nunca vai aprender a esperar?

– A hora de esperar já passou há muito tempo! – irrompeu Simon. – Os Cameron, os MacDonald, os MacGillivray, todos estão lá desde o primeiro instante. Vamos chegar no final, encolhidos de medo, como suplicantes, ficando atrás de Clanranald e Glengarry? Grande chance você terá de um ducado então!

Lovat possuía uma boca larga e expressiva; mesmo na velhice, ela conservava traços de humor e sensualidade. Nenhum dos dois era visível no momento. Ele pressionava os lábios com força, examinando seu herdeiro sem entusiasmo.

– Case-se com pressa e vai se arrepender devagar – disse ele. – E isso é mais verdade ainda na escolha de um chefe do que de uma garota. De uma mulher é possível se livrar.

O Jovem Simon resfolegou e olhou para Jamie em busca de apoio. Nos últimos dois meses, sua desconfiada hostilidade inicial esvaíra-se num respeito relutante pela óbvia competência de seu parente bastardo na arte da guerra.

– Jamie diz que... – começou ele.

– Sei muito bem o que ele diz – interrompeu o Velho Simon. – Ele já repetiu muitas vezes. Tomarei minha decisão no devido tempo. Mas não se esqueça, rapaz: no que diz respeito a você se declarar em uma guerra, pouco se perde em esperar.

– Esperar para ver quem vence – murmurou Jamie, limpando o prato diligentemente com um pedaço de pão. O velho lorde levantou os olhos abruptamente, mas evidentemente decidido a ignorar essa contribuição.

– Você deu sua palavra aos Stuart – continuou o Jovem Simon obstinadamente, sem prestar atenção à contrariedade de seu pai. – Com certeza, não pretende faltar com a palavra, não é? O que as pessoas dirão de sua honradez?

– O mesmo que disseram em 1715 – respondeu lorde Lovat calmamente. – Muitos daqueles que "disseram coisas" na ocasião, agora estão mortos, falidos ou pobres na França. Mas eu ainda estou aqui.

– Mas... – O Jovem Simon estava vermelho, o resultado habitual desse tipo de conversa com seu pai.

– Basta – interrompeu o velho chefe incisivamente. Balançou a cabeça, olhando colericamente para o filho, os lábios contraídos em reprovação. – Santo Deus. Às vezes, eu chego a desejar que Brian não tivesse morrido. Ele pode ter sido um tolo também, mas ao menos sabia quando parar de falar.

Tanto o Jovem Simon quanto Jamie ruborizaram-se de raiva, mas depois de trocarem um olhar cauteloso, voltaram a atenção para o prato de comida.

– E o que está olhando? – grunhiu lorde Lovat, quando desviou os olhos do filho e flagrou meus olhos sobre ele.

– O senhor – respondi rispidamente. – Não está com uma aparência nada boa.

Não estava, mesmo para um homem de 70 e poucos anos. Pouco acima de uma altura mediana, ele normalmente ainda era um homem de aparência sólida, dando a impressão de que seu peito e sua barriga arredondados eram firmes e saudáveis sob a camisa de linho. Mas ultimamente começara a parecer flácido, como se tivesse encolhido um pouco dentro da pele. As bolsas enrugadas sob os olhos acentuavam as olheiras e a pele apresentava uma palidez doentia.

– Hummm – grunhiu ele. – E por que não? Não obtenho nenhum descanso quando durmo, nem consolo quando estou acordado. Não seria de se admirar se eu não estivesse parecendo um noivo.

– Ah, mas você está, pai – disse o Jovem Simon maliciosamente, vendo ali uma chance de revide. – E um noivo no fim da lua de mel, com toda a sua seiva drenada do corpo.

– Simon! – disse lady Frances. Ainda assim, ouviu-se uma onda de risadinhas ao redor da mesa e até a boca de lorde Lovat contorceu-se ligeiramente.

– Ah, é mesmo? – disse ele. – Bem, eu preferia que a causa do meu sofrimento fosse essa, sabe, rapaz. – Remexeu-se desconfortavelmente em sua cadeira e afastou o prato de nabos cozidos que estava sendo servido. Pegou seu copo de vinho, levou-o ao nariz para sentir o aroma e, em seguida, recolocou-o devagar na mesa.

– É falta de educação olhar fixamente para as pessoas – observou ele friamente para mim. – Ou talvez os ingleses tenham padrões diferentes de cortesia.

Fiquei um pouco ruborizada, mas não abaixei os olhos.

– Eu só estava pensando... o senhor não tem apetite e não bebe. Que outros sintomas tem?

– Quer provar que vale alguma coisa, hein? – Lovat reclinou-se para trás, cruzando as mãos sobre o largo ventre como uma rã velha. – Uma curandeira, meu neto diz. Uma dama branca, hein? – Lançou um olhar reptiliano para Jamie, que simplesmente continuou a comer, ignorando o avô. Lovat grunhiu e inclinou a cabeça ironicamente em minha direção. – Bem, eu não bebi, dona, porque não consigo mijar e não pretendo explodir como a bexiga de um porco. E não descansei porque me levanto uma dúzia de vezes por noite para usar meu urinol e quase não consigo usá-lo. Então, o que tem a dizer sobre isso, *dame* Aliset?

– Pai – murmurou lady Frances –, francamente, não acho que deveria...

– Poderia ser uma infecção de bexiga, mas me parece prostatite – respondi. Peguei meu copo de vinho e tomei um bom gole, saboreando-o antes de deixar que deslizasse pela minha garganta. Sorri com recato para lorde Lovat por cima do meu copo enquanto o abaixava.

– Ah, é mesmo? – disse ele, as sobrancelhas muito arqueadas. – E o que é isso, por favor?

Empurrei minhas mangas para trás e ergui as mãos, flexionando meus dedos como uma mágica prestes a realizar um ato de prestidigitação. Ergui o indicador esquerdo.

– A glândula da próstata nos homens – disse instrutivamente – envolve o tubo da uretra, que é a passagem que vai da bexiga ao exterior. – Juntei dois dedos da minha mão direita em um círculo em torno do meu indicador esquerdo, para ilustrar. – Quando a próstata fica inflamada ou aumentada, e quando isso acontece é que se chama de prostatite, ela comprime a uretra – estreitei o círculo dos meus dedos –, interrompendo o fluxo da urina. Muito comum em homens mais velhos. Entendeu?

Lady Frances, não tendo conseguido causar nenhuma impressão em seu pai com suas opiniões sobre conversas apropriadas à mesa de jantar, sussurrava agitadamente com sua irmã mais nova, ambas me olhando com mais desconfiança do que o normal.

Lorde Lovat observou minha pequena demonstração, fascinado.

– Sim, entendo – disse ele. Os olhos rasgados de gato estreitaram-se ainda mais, olhando especulativamente para os meus dedos. – E o que se pode fazer a respeito, então, já que sabe tanto sobre o assunto?

Pensei, franzindo a testa enquanto rebuscava a memória. Eu na verdade nunca vira – muito menos tratara – um caso de prostatite, e não era uma condição que afligisse jovens soldados. Ainda assim, eu lera textos médicos onde era descrita; lembrei-me do tratamento porque causara muita hilaridade entre as estudantes de enfermagem, que haviam se debruçado com um horror fascinado sobre as ilustrações gráficas no texto.

– Bem – disse –, eliminando-se a cirurgia, há apenas duas coisas que se pode fazer. Inserir uma varinha de metal pelo pênis e subir até a bexiga para forçar a abertura da uretra – enfiei meu dedo indicador pelo círculo contraído – ou massagear a própria próstata para reduzir o inchaço. Pelo reto – acrescentei prestativamente.

Ouvi um leve ruído sufocado perto de mim e ergui os olhos para Jamie. Seus olhos ainda estavam fixos no prato, mas a onda rubra subia de seu colarinho e as pontas das orelhas ardiam, vermelhas. Ele estremeceu ligeiramente. Olhei ao redor da mesa e encontrei uma falange de olhares fascinados sobre mim. Lady Frances, Aline e as outras mulheres me fitavam com expressões variadas, que iam da curiosidade à repugnância, enquanto todos os homens exibiam variações de horror revoltado.

A exceção à reação geral era o próprio lorde Lovat, que esfregava o queixo pensativo, os olhos semicerrados.

– Hummm – disse ele. – Uma escolha infernal. Uma vara pelo pau ou um dedo por trás, hein?

– Mais provável dois ou três – esclareci. – Repetidamente. – Ofereci-lhe um sorriso leve, conveniente.

– Ah. – Um sorrisinho semelhante decorava a boca de lorde Lovat e ele ergueu o olhar lentamente, fixando os olhos azuis e fundos nos meus com uma expressão de zombaria tingida de provocação. – Isso parece... engraçado – observou ele serenamente. Os olhos rasgados desceram pelas minhas mãos, avaliando. – Você tem mãos lindas, minha querida – disse ele. – Bem-cuidadas e com dedos elegantes, delgados e longos, não?

Jamie colocou as duas mãos fragorosamente sobre o tampo e levantou-se. Inclinou-se sobre a mesa, aproximando o rosto a uns 30 centímetros do avô.

– Se o senhor está precisando de tais atenções, vovô, eu mesmo farei isso. – Espalmou as mãos, grandes e sólidas, cada longo dedo com o diâmetro aproximado de um cano de pistola. – Não seria nada agradável para mim enfiar os dedos pelo seu cu velho e cabeludo – informou ele ao avô –, mas imagino que seja meu dever filial salvá-lo de explodir num chuveiro de urina, não é?

Frances emitiu um guincho débil.

Lorde Lovat olhou para o neto com considerável desaprovação, depois se ergueu lentamente de sua cadeira.

– Não precisa se incomodar – disse ele secamente. – Uma das criadas fará isso. – Abanou a mão para o grupo, dando sinal para que continuássemos a refeição e deixou o salão, parando para olhar especulativamente para uma jovem criada que entrava com uma bandeja de faisão fatiado. Os olhos arregalados, ela desviou-se para o lado ao passar por ele.

Um silêncio mortal recaiu sobre a mesa de jantar depois da saída de Lovat. O Jovem Simon olhou para mim e abriu a boca. Depois, olhou para Jamie e fechou-a outra vez. Pigarreou.

– Passe-me o sal, por favor – disse ele.

– "...e em consequência da lamentável enfermidade que me impede de atender pessoalmente a Vossa Alteza, envio pelas mãos de meu filho e herdeiro uma prova da lealdade", não, substitua por "apreço", "uma prova do apreço que há muito nutro por Vossa Majestade e Vossa Alteza". – Lorde Lovat parou, franzindo a testa para o teto.

– O que devemos mandar, Gideon? – perguntou ao secretário. – Que pareça suntuoso, mas não tanto que eu não possa dizer que se trata apenas de um presente insignificante de nenhuma importância.

Gideon suspirou e limpou o rosto com um lenço. Um homem de meia-idade, robusto, com cabelos rareando e bochechas vermelhas e gorduchas, ele obviamente achava opressivo o calor da lareira do quarto.

– O anel que o senhor ganhou do conde de Mar? – sugeriu ele, sem esperança. Uma gota de suor caiu de seu queixo duplo na carta que escrevia e ele a enxugou disfarçadamente com a manga.

– Não é suficientemente caro – julgou lorde Lovat – e carrega muitas associações políticas. – Os dedos salpicados de pintas tamborilavam pensativamente sobre o cobertor enquanto ele pensava.

O Velho Simon havia se esmerado, pensei. Usava seu melhor camisão de dormir e estava recostado na cama com uma impressionante panóplia de remédios dispostos sobre a mesa, providenciados por seu médico pessoal, dr. Menzies, um homem baixinho com os olhos apertados, que ficava me examinando com considerável ar de dúvida. Suponho que o velho lorde simplesmente não confiava nos poderes de imaginação do Jovem Simon e montara aquela elaborada cena teatral para que seu herdeiro pudesse relatar com credibilidade o estado de decrepitude de lorde Lovat quando se apresentasse a Charles Stuart.

– Ah! – exclamou o Velho Lovat com satisfação. – Enviaremos o faqueiro de piquenique de ouro e prata. É bastante rico, mas frívolo demais para ser interpretado como apoio político. Além do mais – acrescentou de modo prático –, a colher está defeituosa. Muito bem, então – disse ao secretário –, vamos continuar com: "Como é do conhecimento de Vossa Alteza..."

Troquei um olhar significativo com Jamie, que disfarçou um sorriso em resposta.

– Acho que você deu a ele o que ele precisava, Sassenach – dissera-me ele enquanto nos despíamos após nosso fatídico jantar na semana anterior.

– E o que foi? – perguntei. – Uma desculpa para molestar as criadas?

– Duvido que ele se preocupe muito com desculpas desse tipo – disse Jamie secamente. – Não, você lhe deu um jeito de caminhar dos dois lados, como sempre. Se ele tem uma doença aparentemente importante e que o mantém na cama, então não pode ser culpado por não comparecer em pessoa com os homens que prometeu. Ao mesmo tempo, se ele envia seu herdeiro para a guerra, os Stuart darão a Lovat o crédito de ter cumprido a palavra e, se tudo der errado, a Velha Raposa alegará aos ingleses que ele não pretendia dar nenhuma ajuda aos Stuart, mas que o Jovem Simon seguiu em frente por conta própria.

– Soletre "prostatite" para Gideon, por favor, dona. – chamou-me lorde Lovat, interrompendo meus pensamentos. – E trate de escrever isso corretamente, idiota – disse ele ao secretário –, não quero que Sua Alteza interprete errado.

– P-r-o-s-t-a-t-i-t-e – soletrei devagar, em favor de Gideon. – E como está hoje de manhã, por falar nisso? – perguntei, aproximando-me e parando junto à cama do Velho Simon.

– Muito melhor, obrigado – disse o velho lorde, rindo para mim com grande exibição de dentes falsos. – Quer me ver mijar?

– Agora não, obrigada – recusei educadamente.

Foi num dia límpido e gélido em meados de dezembro que deixamos Beauly para nos unirmos a Charles Stuart e ao exército das Terras Altas. Contra todos os conselhos, Charles continuara a pressionar e entrara na Inglaterra, desafiando o tempo e o bom senso, bem como seus generais. Mas finalmente, em Derby, os generais prevaleceram, os chefes das Terras Altas recusaram-se a prosseguir e o exército estava voltando na direção norte. Uma carta urgente de Charles a Jamie insistia para que viajássemos para o sul "sem demora" para nos encontrarmos com Sua Alteza quando ele retornasse a Edimburgo. O Jovem Simon, com toda a aparência de um chefe de clã em seu tartã carmesim, cavalgava à frente de uma coluna de homens. Os homens que possuíam montaria o acompanhavam enquanto o número maior ia mais atrás, a pé.

Estando montados, cavalgamos com Simon à frente da coluna até alcançarmos Comar. Ali, nos separaríamos, Simon e as tropas Fraser dirigindo-se a Edimburgo, Jamie escoltando-me ostensivamente a Lallybroch antes de voltar ele mesmo a Edimburgo. Ele não tinha, é claro, nenhuma intenção de retornar, mas isso não era da conta de Simon.

No meio da manhã, emergi de um pequeno grupo de árvores ao lado do caminho e encontrei Jamie aguardando-me impacientemente. Cerveja quente fora servida aos homens de partida a fim de animá-los para a jornada. E embora eu mesma tivesse descoberto que cerveja quente era um desjejum surpreendentemente bom, também descobri que tinha um efeito marcante sobre os rins.

Jamie resmungou.

– Mulheres... Como vocês podem levar tanto tempo para fazer uma coisa simples como mijar? Você faz tanta confusão a respeito disso quanto meu avô.

– Bem, da próxima vez você pode vir junto e observar – sugeri asperamente. – Talvez possa me dar algumas sugestões úteis.

Ele simplesmente resmungou outra vez e virou-se de costas para observar a coluna de homens que passava, mas sorria ainda assim. O dia claro e luminoso levantava o ânimo de todos, mas Jamie estava particularmente de bom humor naquela manhã. Não era de se admirar; estávamos indo para casa. Eu sabia que ele não se enganava achando que tudo corria bem; esta guerra teria seu preço. Mas se fracassáramos em impedir Charles, ainda poderia ser que salvássemos aquele pequeno canto da Escócia mais querido para nós – Lallybroch. Isso talvez ainda estivesse dentro de nosso poder.

Olhei para a coluna de homens do clã que vinha atrás.

– Duzentos homens causam uma impressão considerável.

– Cento e setenta – corrigiu-me Jamie distraidamente, pegando as rédeas de seu cavalo.

– Tem certeza? – perguntei, curiosa. – Lorde Lovat disse que estava enviando duzentos homens. Eu o ouvi ditando a carta e afirmando isso.

– Bem, não enviou. – Com uma guinada do corpo, Jamie montou na sela, em seguida ficou de pé sobre os estribos, apontando para baixo da encosta à frente, para o ponto distante onde o estandarte dos Fraser com a cabeça de veado em seu brasão tremulava à frente da coluna. – Contei-os enquanto a esperava – explicou ele. – Trinta homens montados lá na frente com Simon, depois cinquenta com espadas largas e escudos, que são os homens da Guarda local, e atrás os colonos, com todo tipo de arma, de foices a martelos, em seus cintos, e esses são noventa.

– Suponho que seu avô esteja apostando que o príncipe Charles não irá contá-los pessoalmente – observei cinicamente. – Tentando receber o mérito de ter mandado mais homens do que de fato mandou.

– Sim, mas os nomes entrarão nas listas do exército quando chegarem a Edimburgo – disse Jamie, franzindo o cenho. – É o que vou ver.

Segui-o mais serenamente. Meu cavalo devia ter cerca de 20 anos e não era capaz de nada além de um trote moderado. O cavalo de Jamie era um pouco mais vivo, embora ainda assim não pudesse ser comparado a Donas. O enorme garanhão fora deixado em Edimburgo, pois o príncipe Charles queria cavalgá-lo em ocasiões públicas. Jamie atendera seu pedido, já que abrigava suspeitas de que o Velho Simon pudesse muito bem ser capaz de se apropriar do belo animal caso Donas ficasse ao alcance de suas garras vorazes.

A julgar pela cena que se desenrolara diante de mim, a avaliação de Jamie da personalidade de seu avô não estava errada. Jamie primeiro cavalgara ao lado do secretário do Jovem Simon, e o que parecia do meu privilegiado ponto de observação uma discussão acalorada terminou quando Jamie inclinou-se de sua sela, agarrou as rédeas do cavalo do indignado secretário e arrastou-o para fora das linhas, para a beira do caminho enlameado.

Os dois homens desmontaram e ficaram parados frente a frente, obviamente exaltados. O Jovem Simon, vendo a altercação, aproximou-se em seu cavalo, fazendo sinal para que o restante da coluna prosseguisse. Seguiu-se uma discussão acalorada; estávamos perto o suficiente para ver o rosto de Simon, vermelho de contrariedade, o riso preocupado no semblante do secretário e uma série de gestos mais ou menos violentos da parte de Jamie.

Observei essa pantomima fascinada, conforme o secretário, dando de ombros num gesto de resignação, desamarrava seu alforje, remexia no fundo e surgia com várias folhas de pergaminho. Jamie arrancou-as de sua mão e folheou-as depressa, o dedo indicador seguindo as linhas escritas. Pegou uma das folhas, deixando as demais caírem ao chão, e sacudiu-a na cara de Simon Fraser. A Jovem Raposa pareceu desconcertada. Pegou a folha, examinou-a, depois ergueu os olhos, perplexo. Jamie pegou a folha de volta e, com um repentino esforço, rasgou o forte pergaminho ao meio, depois novamente, e em seguida enfiou os pedaços na bolsa de seu kilt.

Eu havia parado meu pônei, que se aproveitou do recesso para fuçar entre os ralos resquícios de vida vegetal que ainda podiam ser encontrados. A nuca do

Jovem Simon estava de um vermelho vivo quando ele se virou para voltar ao seu cavalo e eu resolvi me manter à distância. Jamie, novamente montado, veio trotando de volta ao longo da beira do caminho para se juntar a mim, os cabelos ruivos voando como um estandarte ao vento, os olhos brilhando de raiva acima dos lábios cerrados com força.

– O velhaco nojento – disse ele sem nenhuma cerimônia.

– O que ele fez? – perguntei.

– Relacionou os nomes de meus homens em suas próprias listas – disse Jamie. – Como se fizessem parte do seu regimento Fraser. Verme miserável! – Seus olhos deslizaram pela trilha acima. – Pena que já tenhamos chegado até aqui; estamos longe demais para voltar e confrontar o impostor desgraçado.

Resisti à tentação de incentivar Jamie a continuar xingando o avô e, em vez disso, perguntei:

– Por que ele faria isso? Só para fazer parecer que estava dando uma contribuição maior aos Stuart?

Jamie assentiu, a onda de fúria diminuindo ligeiramente de suas faces.

– Sim, isso mesmo. Dar uma impressão ainda melhor, sem custo algum. Mas não apenas isso. O velho canalha ordinário quer tomar minhas terras de volta, é o que quer desde que foi obrigado a abrir mão delas quando meus pais se casaram. Agora ele acha que se tudo der certo e ele for nomeado duque de Inverness, poderá alegar que Lallybroch sempre foi dele e eu apenas um arrendatário, a prova sendo que ele levantou homens da propriedade para atender ao apelo dos Stuart aos clãs.

– Ele realmente pode escapar impune de algo assim? – perguntei, em dúvida.

Jamie inspirou fundo e soltou o ar, a nuvem de vapor de seu hálito erguendo-se como fumaça das narinas de um dragão. Ele sorriu com raiva e bateu de leve na bolsa à sua cintura.

– Agora, não, não pode – disse ele.

Era uma viagem de dois dias de Beauly a Lallybroch, com tempo bom, cavalos vigorosos e terreno seco, não parando para nada além das necessidades de comida, sono e higiene pessoal. Nas condições em que viajávamos, um dos cavalos ficou manco a 9 quilômetros de Beauly, a chuva, a neve e o vento revezavam-se, e o solo pantanoso congelou-se parcialmente em placas de gelo escorregadio. Assim, entre um problema e outro, levamos quase uma semana até começar a descer a última encosta que levava à casa da fazenda de Lallybroch – enregelados, cansados, famintos e imundos.

Estávamos sozinhos, apenas nós dois. Murtagh fora enviado a Edimburgo com o Jovem Simon e os soldados de Beaufort, para avaliar a situação do exército das Terras Altas. A casa erguia-se orgulhosa entre as construções anexas, branca como os campos cobertos de neve que a cercavam. Lembrei-me vividamente das emoções que sentira quando vi aquele lugar pela primeira vez. Na verdade, eu a vira pela primeira vez sob a luminosidade de um belo dia de outono, não através de rajadas de neve e gelo, mas mesmo naquela ocasião parecera um refúgio acolhedor. A impressão de solidez e serenidade da casa era intensificada agora pela cálida luz de lampião que se derramava pelas janelas do térreo, um amarelo suave no cinza cada vez mais escuro do começo da noite.

A sensação de boas-vindas aumentou ainda mais quando segui Jamie através da porta da frente, deparando-me com o cheiro de dar água na boca de carne assada e pão fresco.

– Jantar – disse Jamie, fechando os olhos de felicidade enquanto inalava os deliciosos aromas. – Meu Deus, eu poderia comer um cavalo. – Gelo derretido pingava da bainha de seu manto, fazendo pequenas poças no assoalho de madeira.

– Eu achei que íamos *ter* que comer um deles – observei, desatando os cadarços do meu manto e sacudindo os flocos de neve já meio derretidos dos meus cabelos. – Aquela pobre criatura que você trocou em Kirkinmill mal conseguia mancar.

O barulho de nossas vozes atravessou o vestíbulo e uma porta abriu-se acima, seguida do ruído de pés miúdos correndo e de um grito de alegria quando o pequeno Jamie avistou seu xará embaixo.

A algazarra do encontro dos dois chamou a atenção do restante do pessoal da casa e, antes que nos déssemos conta, estávamos rodeados de abraços e cumprimentos, conforme Jenny e o bebê, a pequena Maggie, Ian, a sra. Crook e várias criadas chegavam ao vestíbulo.

– Que bom vê-lo, querido! – disse Jenny pela terceira vez, na ponta dos pés para beijar Jamie. – Pelas notícias que tivemos do exército, temíamos que muitos meses se passariam antes de retornarem para casa.

– Sim – disse Ian –, você trouxe algum dos homens de volta com você ou trata-se apenas de uma visita?

– Se eu trouxe de volta? – Interrompido no ato de cumprimentar sua sobrinha mais velha, Jamie olhou espantado para seu cunhado, momentaneamente esquecendo-se da menina em seus braços. Trazido à realidade de sua presença por um puxão em seus cabelos, beijou-a distraidamente e entregou-a a mim. – O que quer dizer, Ian? – perguntou ele. – Todos os homens deveriam ter retornado há um mês. Alguns deles não voltaram para casa?

Abracei Maggie com força, uma terrível sensação de mau agouro abatendo-se sobre mim enquanto eu observava o sorriso desaparecer do rosto de Ian.

– Nenhum deles voltou, Jamie – disse ele devagar, o rosto comprido e bem-humorado repentinamente espelhando a expressão sombria que viu no rosto de Jamie. – Não vimos nenhum deles desde que partiram com você.

Ouviu-se um grito no pátio de entrada, onde Rabbie MacNab pegara os cavalos para guardar. Jamie virou-se e dirigiu-se para a porta, escancarou-a, inclinando-se para a tempestade do lado de fora.

Por cima de seu ombro, pude ver um cavaleiro aproximando-se através das rajadas de neve. A visibilidade não era suficiente para ver seu rosto, mas aquela figura pequena, musculosa, agarrada como um macaco à sela, era inconfundível. "Veloz como um raio", dissera Jamie, e obviamente tinha razão; fazer a viagem de Beauly a Edimburgo e depois a Lallybroch em uma semana era uma verdadeira façanha de resistência. O cavaleiro que se aproximava era Murtagh, e não era preciso o dom de profecia de Maisri para nos dizer que as notícias que ele trazia não eram boas.

42

REENCONTROS

Branco de raiva, Jamie escancarou a porta da sala de estar matinal de Holyrood com um estrondo. Ewan Cameron pôs-se de pé num salto, virando o tinteiro que estivera usando. Simon Fraser, senhor de Lovat, estava sentado do outro lado da mesa, mas meramente ergueu as espessas sobrancelhas negras à entrada de seu meio-sobrinho.

– Droga! – disse Ewan, remexendo na manga à procura de um lenço para enxugar a poça de tinta que se espalhava. – Qual é o seu problema, Fraser? Ah, bom dia, sra. Fraser – acrescentou ele, vendo-me atrás de Jamie.

– Onde está Sua Alteza? – perguntou Jamie sem preâmbulos.

– Castelo Stirling – respondeu Cameron, sem conseguir encontrar o lenço que procurava. – Tem um lenço aí, Fraser?

– Se tivesse, eu o sufocaria com ele – disse Jamie. Ele relaxara ligeiramente depois de descobrir que Charles Stuart não estava na casa, mas os cantos de seus lábios ainda estavam contraídos. – Por que deixou meus homens presos em Tolbooth? Acabo de vê-los, mantidos em um lugar em que eu não deixaria porcos viverem! Certamente você poderia ter feito alguma coisa!

Cameron ficou vermelho, mas seus olhos castanho-claros enfrentaram os de Jamie com firmeza.

– Eu tentei – disse ele. – Disse a Sua Alteza que eu tinha certeza que era um erro. Claro, os trinta homens a 16 quilômetros do exército quando foram encontrados, só podia ser um engano! Além disso, ainda que tivessem realmente pretendido desertar, ele não tinha tantos homens a ponto de se dar ao luxo de prescindir deles. Foi apenas isso que o impediu de ordenar que todos eles fossem enforcados na mesma hora, sabe – disse, começando a se enfurecer, conforme o choque da entrada de Jamie se esvaía. – Deus do céu, homem, é traição desertar em tempo de guerra!

– É mesmo? – disse Jamie ceticamente. Meneou a cabeça rapidamente para o Jovem Simon e empurrou uma cadeira em minha direção antes de ele mesmo se sentar. – E você enviou ordens para enforcar os vinte de seus homens que foram para casa, Ewan? Ou será que agora já são quarenta?

Cameron ficou ainda mais vermelho e abaixou os olhos, concentrando-se em enxugar a tinta com o lenço que Simon Fraser lhe dera.

– Não foram apanhados – murmurou ele finalmente. Ergueu os olhos para Jamie, o rosto fino ansioso. – Vá ver Sua Alteza em Stirling – aconselhou. – Ele ficou furioso com a deserção, mas afinal foram as ordens dele que o enviaram a Beauly e deixaram seus homens sem chefe, não é? E ele sempre teve muita consideração por você, Jamie, e o chama de amigo. Pode ser que perdoe seus homens. Sugiro que suplique pela vida deles.

Pegando o lenço encharcado de tinta, olhou-o de forma duvidosa e, em seguida, murmurando um pedido de licença, saiu para jogá-lo fora, obviamente ansioso para se afastar de Jamie.

Jamie permaneceu esparramado em sua cadeira, respirando através dos dentes cerrados com um leve assobio, os olhos fixos na bandeirola bordada na parede ostentando o brasão dos Stuart. Os dois dedos rígidos de sua mão direita tamborilavam devagar sobre a mesa. Ele estava nesse mesmo estado desde que Murtagh chegara a Lallybroch com a notícia de que os trinta homens sob seu comando tinham sido detidos no ato de deserção e encarcerados na famosa prisão de Tolbooth de Edimburgo, sentenciados à morte.

Eu mesma não acreditava que Charles pretendesse executar os homens. Como Ewan Cameron ressaltara, o exército das Terras Altas precisava de todo homem em boa forma física de que pudesse dispor. A invasão da Inglaterra que Charles defendera tivera um preço alto e o influxo de apoio que ele previra das zonas rurais inglesas não se materializara. Não apenas isso; executar os homens de Jamie em sua ausência seria um ato de idiotice política e traição pessoal grande demais até para Charles Stuart cogitar.

Não, eu imaginava que Cameron tivesse razão e que os homens seriam finalmente perdoados. Jamie indubitavelmente também chegara a essa conclusão. Entretanto, isso não serviu de grande consolo para ele, defrontado com a correspondente conclusão de que, em vez de retirar seus homens em segurança dos riscos de uma campanha em deterioração, suas ordens os levaram a uma das piores prisões de toda a Escócia, marcados como covardes e sentenciados a uma morte vergonhosa por enforcamento.

Isso, associado à perspectiva iminente de deixar os homens em sua prisão imunda e escura, para ir a Stirling e enfrentar a humilhação de implorar a Charles, era mais do que suficiente para explicar a expressão no rosto de Jamie – a de um homem que acabara de engolir vidro moído.

O Jovem Simon também permaneceu em silêncio, franzindo as sobrancelhas, a testa larga enrugando-se de preocupação.

– Irei com você até Sua Alteza – disse ele repentinamente.

– Irá? – Jamie olhou com surpresa para seu meio-tio, depois seus olhos estreitaram-se para Simon. – Por quê?

Simon exibiu um sorriso contrafeito.

– Sangue é sangue, afinal de contas. Ou você acha que eu tentaria reclamar seus homens para mim como papai fez?

– Tentaria?

– Talvez – disse Simon com franqueza –, se eu achasse que houvesse uma chance de isso ser vantajoso para mim. Mas penso que o mais provável é que só me trouxesse dor de cabeça. Não tenho nenhuma vontade de lutar com os MacKenzie... nem com você, sobrinho – acrescentou ele, o riso ampliando-se. – Por mais rica que Lallybroch possa ser, fica muito longe de Beauly e provavelmente seria uma luta encarniçada para se apoderar dela, seja pela força ou nos tribunais. Eu disse isso a meu pai, mas ele só ouve o que quer ouvir.

O Jovem Simon balançou a cabeça e ajeitou o cinto de sua espada em torno dos quadris.

– Deve haver uma escolha melhor com o exército; certamente haverá com um rei restaurado. E – concluiu ele –, se o exército lutar outra vez como lutou em Preston, vão precisar de todo homem que puderem arregimentar. Irei com você – repetiu com firmeza.

Jamie assentiu, um leve sorriso desenhando-se em seu rosto.

– Obrigado, então, Simon. Será uma boa ajuda.

Simon assentiu.

– Sim, bem. Além disso, seria bom se você pedisse também a Dougal MacKenzie que intercedesse por você. Ele está em Edimburgo no momento.

– Dougal MacKenzie? – As sobrancelhas de Jamie ergueram-se de forma inquiridora. – Sim, suponho que não faria mal algum, mas...

– Não faria mal algum? Rapaz, você não sabe? O MacKenzie é o mais novo favorito do príncipe Charles. – Simon reclinou-se para trás em sua cadeira, olhando zombeteiramente para seu sobrinho.

– Por que razão? – perguntei. – O que ele fez? – Dougal trouxera duzentos e cinquenta soldados para lutar pela causa Stuart, mas vários chefes de clã haviam dado contribuições ainda maiores.

– Dez mil libras – disse Simon, saboreando as palavras enquanto as deixava rolar na língua. – Dez mil libras em boa prata foi o que Dougal MacKenzie trouxe para colocar aos pés de seu soberano. E bem na hora certa – disse de maneira prática, abandonando sua pose relaxada. – Cameron acabou de me dizer que Charles já esgotou o que restava do dinheiro espanhol e bem pouco tem entrado dos partidários ingleses com que ele contava. Os dez mil de Dougal manterão o exército com armas e alimento por mais algumas semanas, ao menos e, com sorte, até lá ele terá obtido mais dinheiro da França. – Percebendo finalmente que seu imprudente primo estava lhe propiciando uma excelente distração para os ingleses, Luís estava concordando, embora de forma relutante, em contribuir com algum dinheiro. Entretanto, já estava há muito tempo a caminho.

Olhei espantada para Jamie, seu rosto refletindo minha própria perplexidade. Onde Dougal MacKenzie teria arranjado 10 mil libras? De repente, lembrei-me de onde ouvira essa quantia ser mencionada antes – no buraco dos ladrões em Cranesmuir, onde eu passara três dias e três noites infindáveis, à espera de julgamento sob a acusação de bruxaria.

– Geillis Duncan! – exclamei. Senti um calafrio à lembrança daquela conversa, ocorrida na escuridão absoluta de um fosso lamacento, minha companhia nada mais do que uma voz nas trevas. O fogo crepitava na lareira da sala de estar, mas puxei meu manto com mais força ao redor do corpo.

"Eu consegui desviar perto de 10 mil libras", dissera Geillis, vangloriando-se dos roubos realizados pela judiciosa falsificação da assinatura de seu falecido marido. Arthur Duncan, a quem ela havia assassinado com veneno, fora o procurador fiscal do distrito. "Dez mil libras pela causa jacobita. Quando houver a Revolução, saberei que dei minha contribuição."

– Ela o roubou – esclareci, sentindo um tremor percorrer meus braços à lembrança de Geillis Duncan, condenada por bruxaria, morta numa fogueira sob os galhos de uma sorveira. Geillis Duncan, que conseguira escapar da morte apenas por tempo suficiente para dar à luz a criança que havia gerado de seu amante, Dougal MacKenzie. – Ela o roubou e o deu a Dougal; ou ele tomou-o dela, não sei dizer como aconteceu. – Agitada, levantei-me e comecei a andar de um lado a outro diante da lareira. – O filho da mãe! – disse. – Era isso que ele estava fazendo em Paris há dois anos!

– O quê? – Jamie franzia a testa para mim, Simon fitava-me, boquiaberto.

– Visitando Charles Stuart. Ele foi verificar se Charles estava realmente planejando uma rebelião. Talvez ele tenha prometido o dinheiro na ocasião, talvez tenha sido esse o incentivo de Charles a arriscar-se a vir para a Escócia: a promessa do dinheiro de Geillis Duncan. Mas Dougal não podia dar o dinheiro abertamente a Charles enquanto Colum estivesse vivo. Colum teria feito perguntas; era um homem honesto demais para usar dinheiro roubado, independentemente de quem tivesse cometido a fraude.

– Compreendo. – Jamie meneou a cabeça, os olhos velados, pensativo. – Mas agora Colum está morto – disse ele serenamente. – E Dougal MacKenzie é o favorito do príncipe.

– O que é ótimo para você, como venho dizendo – interpôs Simon, impaciente com a conversa sobre pessoas que ele não conhecia e assuntos que só entendia em parte. – Vá procurá-lo; é provável que esteja no World's End a esta hora do dia.

– Acha que ele intercederá junto ao príncipe em seu favor? – perguntei a Jamie, preocupada. Dougal fora o pai adotivo de Jamie durante um certo período, mas o relacionamento sem dúvida tivera altos e baixos. Dougal poderia não estar disposto a arriscar sua recente popularidade com o príncipe tomando a defesa de um bando de covardes e desertores.

A Jovem Raposa podia não ter os anos de experiência de seu pai, mas possuía uma boa dose de sua perspicácia. As grossas sobrancelhas pretas ergueram-se.

– MacKenzie ainda quer Lallybroch, não? E se ele achar que papai e eu podemos estar de olho nas terras, estará mais ansioso em ajudá-lo a recuperar seus homens, certo? Vai lhe custar muito mais lutar conosco por elas do que lidar com você quando a guerra tiver terminado. – Assentiu, mordendo alegremente o lábio enquanto contemplava as ramificações da situação.

– Vou esfregar uma cópia da lista de meu pai no nariz de Dougal antes de você falar com ele. Você entra e lhe diz que prefere me mandar para o inferno a me deixar reclamar seus homens, e então iremos todos juntos a Stirling. – Abriu um largo sorriso para Jamie, com ar de cumplicidade.

– Eu sempre achei que a Escócia era a terra da conspiração – observei.

– O quê? – Os dois homens ergueram os olhos, espantados.

– Deixem pra lá – disse, balançando a cabeça. – O sangue não mente.

Permaneci em Edimburgo enquanto Jamie e seus tios rivais viajavam a Stirling para resolver a questão com o príncipe. Naquelas circunstâncias, eu não podia permanecer em Holyrood, mas encontrei alojamento em uma das vielas acima de Canongate. Era um aposento acanhado, frio e pequeno, mas eu não ficava muito tempo ali.

Os prisioneiros de Tolbooth não podiam sair, mas nada impedia a entrada de visitantes. Fergus e eu visitávamos a prisão diariamente e um pouco de suborno permitia-me passar alimentos e remédios aos homens de Lallybroch. Teoricamente, eu não tinha permissão para conversar em particular com os prisioneiros, mas também nisso o sistema podia ser um pouco escorregadio, quando adequadamente lubrificado. Consegui falar a sós com Ross, o ferreiro, em duas ou três ocasiões.

– Foi culpa minha, madame – disse ele imediatamente, na primeira vez em que o vi. – Eu devia ter tido o bom senso de fazer os homens debandarem em pequenos grupos de três ou quatro, não todos juntos como fizemos. Mas eu receava perder alguns; a maioria deles nunca havia estado a mais de 8 quilômetros de casa antes.

– Não tem que se culpar – assegurei-lhe. – Pelo que ouvi dizer, foi por pura má sorte que vocês foram apanhados. Não se preocupe; Jamie foi ver o príncipe em Stirling; logo ele vai tirá-los daqui.

Ele meneou a cabeça, arrumando uma mecha de cabelo para trás, com ar cansado. Estava imundo e desgrenhado, e reduzido a uma fração do artesão robusto e musculoso que fora alguns meses atrás. Ainda assim, sorriu para mim e agradeceu-me pela comida.

– Vem bem a calhar – disse ele francamente. – Tudo que comemos aqui é um caldo ralo. Acha que pode... – Hesitou. – Acha que pode conseguir alguns cobertores, madame? Eu não pediria, mas é que quatro dos homens têm febre e...

– Vou dar um jeito – disse.

Deixei a prisão, perguntando-me exatamente como eu daria um jeito. Embora o exército principal tivesse marchado para o sul para invadir a Inglaterra, Edimburgo ainda era uma cidade ocupada. Com soldados, lordes e parasitas constantemente entrando e saindo, artigos de qualquer espécie eram caros e escassos.

Cobertores e roupas de lã podiam ser encontrados, mas custariam muito e só restavam precisamente dez xelins em minha bolsa.

Havia um banqueiro em Edimburgo, um tal sr. Waterford, que no passado administrara alguns negócios e investimentos de Lallybroch, mas Jamie retirara todos os fundos do banco há alguns meses, temendo que bens guardados em bancos pudessem ser confiscados pela Coroa. O dinheiro foi convertido em ouro, parte foi enviada para Jared na França por segurança, o restante foi escondido na fazenda. Tudo igualmente inacessível para mim no momento.

Parei na rua para pensar, os transeuntes empurrando-me nas pedras do calçamento ao passarem. Embora não tivesse dinheiro, eu ainda tinha algumas coisas de valor. O cristal que Raymond me dera em Paris – embora o cristal em si não tivesse nenhum valor especial, seu engate e cordão de ouro tinham. Minhas alianças de casamento – não, não queria me desfazer delas, ainda que temporariamente. Mas as pérolas... enfiei a mão no bolso, verificando se o colar de pérolas que Jamie me dera no dia de nosso casamento ainda estava costurado em segurança na bainha de minha saia.

Estava; as contas pequenas, irregulares, das pérolas de água doce eram duras e lisas sob meus dedos. Embora não fossem tão caras quanto pérolas orientais, ainda assim formavam um fino colar, com pequenas peças de ouro lavrado entre as esferas. Pertencera à mãe de Jamie, Ellen. Achei que ela teria gostado de vê-lo usado para dar algum conforto aos homens dele.

– Cinco libras – falei com firmeza. – Vale dez e eu poderia obter seis por ele, se quisesse me dar ao trabalho de subir toda a colina e ir a outra loja. – Eu não fazia a menor ideia se o que eu estava dizendo era verdade ou não, mas estendi a mão como se fosse pegar o colar do balcão de qualquer forma, fingindo estar prestes a ir embora da loja de penhores. O dono da casa de penhores, sr. Samuels, colocou a mão rapidamente sobre o colar, sua ânsia me dizendo que eu deveria ter pedido 6 libras desde o começo.

– Três libras e dez, então – disse ele. – Isso é empobrecer minha própria família, mas para uma senhora tão fina...

O pequeno sino acima da porta da loja soou atrás de mim quando esta se abriu. Ouviu-se o som de passos hesitantes nas tábuas gastas do assoalho da loja de penhores.

– Com licença – começou uma voz feminina quase infantil, então virei-me, o colar de pérolas esquecido, para ver a sombra das três bolas, o símbolo das casas de penhores, recair sobre o rosto de Mary Hawkins. Ela crescera no último ano e também ganhara mais corpo. Havia uma nova maturidade e dignidade em seus modos, mas ainda era muito jovem. Piscou uma vez e em seguida jogou-se sobre mim com um gritinho de alegria, sua gola de pele fazendo cócegas no meu nariz enquanto me abraçava com força.

– O que está fazendo aqui? – perguntei, desvencilhando-me finalmente.

– A irmã de meu pai mora aqui – respondeu ela. – Estou na casa dela. Ou você quer saber por que estou aqui? – Abanou a mão, indicando as instalações encardidas e escuras do empório do sr. Samuels.

– Bem, também – disse. – Mas isso pode esperar um pouco. – Virei-me para o penhorista. – Quatro libras e seis ou vou subir a colina – disse a ele. – Decida-se, estou com pressa.

Resmungando consigo, o sr. Samuels enfiou a mão sob o balcão para pegar o dinheiro enquanto eu me voltava outra vez para Mary.

– Tenho que comprar alguns cobertores. Pode vir comigo?

Ela olhou para fora, onde um homenzinho de uniforme postava-se junto à porta, obviamente esperando por ela.

– Sim, se você vier comigo depois. Ah, Claire, estou *tão* feliz em vê-la! Ele me enviou uma mensagem – confidenciou Mary, conforme descíamos a rua. – Alex. Uma amiga me trouxe sua carta. – Seu rosto se iluminou ao pronunciar o nome dele, mas também havia um pequeno sulco de preocupação entre suas sobrancelhas. – Quando descobri que ele estava em Edimburgo, f-fiz papai me mandar em visita à tia Mildred. Ele não se importou – acrescentou ela amargamente. – Ele ficava doente só de me olhar depois do que aconteceu em Paris. Ficou feliz em me ver longe de sua casa.

– Então você viu Alex? – perguntei. Imaginei como o jovem padre teria passado desde que o vira pela última vez. Também perguntei-me como ele encontrara coragem para escrever a Mary.

– Sim. Ele não me pediu para vir – acrescentou ela rapidamente. – V-vim por conta própria. – Seu queixo ergueu-se desafiadoramente, mas estremeceu ligeiramente ao falar. – Ele... não teria escrito para mim, mas achou que estava m-morrendo e queria que eu soubesse... soubesse...

Passei o braço em torno de seus ombros e entrei rapidamente em um dos pátios fechados, fugindo do fluxo agitado do trânsito na rua.

– Está tudo bem – disse, dando uns tapinhas de consolo em suas costas, mas sentindo-me impotente, sabendo que não havia nada que eu pudesse fazer para que tudo ficasse bem. – Você veio e o viu, isso é o que importa.

Ela meneou a cabeça, incapaz de falar, e assoou o nariz.

– Sim – disse ela com voz rouca, finalmente. – Nós tivemos... dois meses. Repito para mim mesma que isso é mais do que a maioria das pessoas já teve, dois meses de felicidade... mas perdemos tanto tempo que poderíamos ter t-tido e... não basta. Claire, não basta!

– Não – falei serenamente. – Nem uma vida inteira basta para esse tipo de amor. – Com uma pontada de dor repentina, imaginei onde Jamie estaria e como estaria passando.

Mary, agora mais controlada, agarrou-se à manga do meu vestido.

– Claire, você pode vir comigo para vê-lo? Sei que não há muita coisa que você possa fazer... – Sua voz fraquejou e ela firmou-a com visível esforço. – Mas talvez você pudesse... ajudar. – Ela percebeu meu olhar para o lacaio, que permanecia de pé impassivelmente na entrada do beco, indiferente à movimentação do trânsito. – Eu o pago – disse ela simplesmente. – Minha tia pensa que eu saio para c-caminhar toda tarde. Você virá?

– Sim, claro. – Espreitei entre os prédios altos, avaliando o nível do sol sobre as colinas fora da cidade. Ficaria escuro dentro de uma hora; eu queria que os cobertores fossem entregues na prisão antes que a noite tornasse as paredes de pedra de Tolbooth ainda mais frias. Tomando uma súbita decisão, virei-me para Fergus, que aguardava pacientemente ao meu lado, observando Mary com interesse. Levado de volta a Edimburgo com o restante dos homens de Lallybroch, escapara da prisão em função de sua cidadania francesa e sobrevivera corajosamente voltando à sua ocupação de costume. Eu o encontrara rondando fielmente a prisão de Tolbooth, onde levava uma ou outra porção de comida para seus companheiros presos.

– Pegue este dinheiro – disse, entregando-lhe minha bolsa – e encontre Murtagh. Diga-lhe para comprar tantos cobertores quanto o dinheiro der e fazer com que sejam entregues ao carcereiro de Tolbooth. Ele já foi subornado, mas guarde alguns xelins, por via das dúvidas.

– Mas madame – protestou ele –, eu prometi a milorde que não a deixaria sozinha...

– Milorde não está aqui – disse com firmeza –, e eu estou. Vá, Fergus.

Ele olhou de mim para Mary, evidentemente concluiu que ela era uma ameaça menor para mim do que meu temperamento era para ele e partiu, dando de ombros e resmungando em francês sobre a teimosia das mulheres.

• • •

O quartinho no alto do prédio havia mudado consideravelmente desde minha última visita. Estava limpo, para começar, com todas as superfícies horizontais enceradas e brilhantes. Havia comida no armário, um acolchoado na cama e inúmeros pequenos confortos propiciados ao paciente. Mary confidenciara-me no caminho que andara penhorando discretamente as joias da mãe para garantir que Alex Randall tivesse todo o conforto que o dinheiro pudesse comprar.

Havia limites para o que o dinheiro podia conseguir, mas o rosto de Alex brilhou como a chama de uma vela quando Mary atravessou a porta, obscurecendo temporariamente a devastação da doença.

– Trouxe Claire comigo, querido. – Mary largou o manto sobre uma cadeira e ajoelhou-se ao lado dele, tomando a mão magra, de veias azuladas, nas suas.

– Sra. Fraser. – Sua voz era fraca e ofegante, embora ele sorrisse para mim. – É bom rever um rosto amigo.

– Sim, é. – Sorri para ele, notando quase inconscientemente a pulsação rápida visível em sua garganta e a transparência de sua pele. Os olhos cor de mel eram meigos e cordiais, retendo a maior parte da vida que restava em seu corpo frágil.

Não tendo remédios, não havia nada que eu pudesse fazer por ele, mas examinei-o com todo o cuidado e depois esperei até vê-lo instalado de modo confortável sob as cobertas, os lábios ligeiramente azulados pelo pequeno esforço do exame.

Ocultei a ansiedade que senti diante do seu estado e prometi visitá-lo no dia seguinte com algum remédio que o ajudasse a dormir melhor. Ele mal notou minhas promessas; toda sua atenção estava voltada para Mary, sentada ansiosamente ao seu lado, segurando sua mão. Eu a vi olhar para a janela, onde a luz esvaía-se rapidamente, e percebi sua preocupação; ela precisava voltar para a casa de sua tia antes de anoitecer.

– Vou sair agora – disse a Alex, afastando-me o mais educadamente possível para deixar-lhes alguns preciosos momentos a sós.

Ele olhou de mim para Mary, depois sorriu de novo para mim de gratidão.

– Deus a abençoe, sra. Fraser – disse ele.

– Vejo-o amanhã – despedi-me, e saí, esperando poder realmente voltar.

Fiquei muito ocupada nos dias seguintes. As armas dos homens de Lallybroch haviam sido evidentemente confiscadas, quando foram detidos, e fiz o melhor possível para recuperar o que pude, perturbando e ameaçando, subornando e convencendo onde necessário. Penhorei dois broches que Jared me dera como presente de despedida e comprei comida suficiente para garantir que os homens comessem tão bem quanto o exército em geral – embora fosse uma alimentação pobre.

Consegui convencer os guardas a me deixarem entrar nas celas da prisão e passei mais tempo tratando as doenças dos prisioneiros – desde escorbuto e a mais generalizada desnutrição comum no inverno, até feridas causadas por fricção, frieiras, artrite e diversas doenças respiratórias.

Fui visitar os chefes de clã e lordes ainda em Edimburgo – não muitos – que poderiam ajudar Jamie, caso a visita a Stirling fracassasse. Não acreditava nisso, mas pareceu-me de bom alvitre tomar medidas de precaução.

Entre todas as atividades, eu arranjava tempo para visitar Alex Randall diariamente. Esforçava-me para ir de manhã, a fim de não usar seu tempo com Mary. Alex dormia pouco e esse pouco, mal; em consequência, estava sempre cansado e abatido de manhã, sem vontade de falar, mas sempre sorrindo em sinal de boas-vindas quando eu chegava. Eu lhe dava uma mistura leve de hortelã e lavanda com algumas gotas de xarope de papoula misturadas; isso normalmente lhe concedia algumas horas de sono, de modo que pudesse estar alerta quando Mary chegasse à tarde.

Além de mim e de Mary, eu não vira nenhuma outra visita no topo do prédio. Assim, fiquei surpresa quando, ao subir as escadas para seu quarto certa manhã, ouvi vozes por trás da porta fechada.

Bati uma vez, rapidamente, como havíamos combinado, e entrei. Jonathan Randall estava sentado junto à cama de seu irmão, trajando seu uniforme de capitão, vermelho e castanho-claro. Levantou-se quando entrei e fez uma reverência adequada, a expressão fria.

– Madame – disse ele.

– Capitão – respondi. Ficamos, então, parados e indecisos, no meio do quarto, entreolhando-nos fixamente, nenhum dos dois querendo dar o primeiro passo.

– Johnny – disse Alex da cama, com sua voz rouca. Havia um tom de persuasão, bem como de comando, e seu irmão encolheu os ombros com irritação ao ouvi-lo. – Meu irmão me convocou para lhe dar algumas notícias – disse ele, os lábios cerrados.

Não usava peruca nesta manhã e, com seus cabelos escuros amarrados na nuca, sua semelhança com o irmão era surpreendente. Fraco e pálido como Alex estava, ele parecia o fantasma de Jonathan.

– Você e o sr. Fraser sempre foram bondosos comigo e com Mary – disse Alex, virando-se de lado para olhar para mim. – Eu... soube da barganha do meu irmão com você – um rubor quase imperceptível subiu ao seu rosto –, mas sei também o que você e seu marido fizeram por Mary em Paris. – Umedeceu os lábios, rachados e ressecados do calor permanente no quarto. – Acho que deveria ouvir as notícias que Johnny trouxe do castelo ontem.

Jack Randall olhou-me com antipatia, mas era um homem de palavra.

– Hawley sucedeu a Cope, conforme eu havia lhe dito anteriormente – disse ele. – Hawley não tem o dom da liderança, a não ser uma certa confiança cega nos homens sob seu comando. Se isso vai colocá-lo em melhor situação do que o fez o canhão de Cope... – Deu de ombros com impaciência. – Seja como for, o general Hawley recebeu ordens de marchar para o norte para retomar o Castelo Stirling.

– É mesmo? – disse. – Sabe quantas tropas ele tem?

Randall assentiu brevemente.

– Ele possui oito mil soldados no momento, mil e trezentos da cavalaria. Também está na expectativa diária da chegada de seis mil soldados mercenários de Hesse. – Franziu as sobrancelhas, pensando. – Ouvi dizer que o chefe do clã Campbell está enviando mil homens para se unirem às forças de Hawley também, mas não sei dizer se essa informação é confiável; não parece haver nenhum jeito de prever o que os escoceses vão fazer.

– Entendo.

Isso era grave; o exército das Terras Altas neste momento tinha entre um e dois mil homens. Contra Hawley, sem os reforços esperados, eles poderiam conseguir. Esperar até que os hessianos e os Campbell chegassem era obviamente loucura, isso sem mencionar o fato de que as habilidades guerreiras dos soldados das Terras Altas eram muito mais adequadas ao ataque do que à defesa. Era melhor que essas notícias chegassem a lorde George Murray imediatamente.

A voz de Jack Randall chamou-me de volta de minhas ruminações.

– Tenha um bom dia, madame – disse ele, formal como sempre, e não houve nenhum traço de humanidade nas feições belas e duras quando ele se inclinou numa mesura para mim e saiu.

– Obrigada – disse a Alex Randall, esperando que Jonathan descesse a longa escadaria em caracol antes de eu mesma ir embora. – Fico-lhe muito grata por isso.

Ele meneou a cabeça. Suas olheiras estavam pronunciadas; outra noite ruim.

– Não há de quê – disse ele simplesmente. – Suponho que deixará um pouco de remédio para mim? Imagino que eu não vá vê-la tão cedo.

Parei, impressionada por sua suposição de que eu mesma iria a Stirling. Isso é o que cada fibra do meu corpo exigia que eu fizesse, mas havia a questão dos homens na prisão Tolbooth a ser considerada.

– Não sei – disse. – Mas, sim, deixarei os remédios.

• • •

Caminhei devagar de volta ao meu alojamento, a mente ainda acelerada. Obviamente, eu tinha que mandar um recado a Jamie de imediato. Murtagh teria que ir, eu imaginava. Jamie acreditaria em mim, é claro, se eu lhe escrevesse um bilhete. Mas ele conseguiria convencer lorde George, o duque de Perth ou os outros comandantes do exército?

Eu não poderia lhe dizer onde eu conseguira essas informações; os comandantes estariam dispostos a acreditar na palavra escrita e sem provas de uma mulher? Mesmo a palavra de uma mulher popularmente tida como detentora de poderes sobrenaturais? Pensei em Maisri subitamente, e estremeci. *É uma maldição*, dissera ela. Sim, mas que escolha havia? *Não tenho nenhum poder além do poder de não dizer o que eu sei.* Eu tinha esse poder também, mas não ousava me arriscar a usá-lo.

Para minha surpresa, a porta do meu pequeno quarto estava aberta e ouvia-se uma barulhada vinda lá de dentro. Eu andara armazenando as armas recuperadas sob minha cama e empilhando espadas e lâminas de diversos tipos junto à lareira quando o espaço sob a cama ficou cheio, até que literalmente não havia mais lugar livre no assoalho, exceto pelo pequeno quadrado de tábuas onde Fergus colocava seus cobertores.

Fiquei parada na escada, espantada com a cena visível pela porta aberta acima. Murtagh, de pé na cama, supervisionava a entrega de armas aos homens que apinhavam o quarto – os homens de Lallybroch.

– Madame! – virei-me diante do grito e vi Fergus junto ao meu cotovelo, radiante, um sorriso largo e falhado no rosto amarelado. – Madame! Não é maravilhoso? Milorde recebeu o perdão de seus homens. Um mensageiro veio de Stirling hoje de manhã, com a ordem de soltá-los, e devemos nos juntar a milorde imediatamente em Stirling!

Abracei-o, eu mesma rindo.

– Que maravilha, Fergus!

Alguns dos homens haviam percebido minha presença e começavam a se virar para mim, sorrindo e puxando a manga um do outro. Um ar de regozijo e excitação enchia o pequeno aposento. Murtagh, empoleirado no estrado da cama como o Gnomo Rei sobre um cogumelo chapéu-de-sapo, me viu e, em seguida, sorriu para mim – uma expressão que o deixava absolutamente irreconhecível, de tal forma transformava seu rosto.

– O sr. Murtagh levará os homens a Stirling? – perguntou Fergus. Ele ganhara uma espada curta, como sua parte na distribuição de armas, e praticava sacando--a e embainhando-a outra vez enquanto falava.

Meus olhos depararam-se com os de Murtagh e balancei a cabeça. Afinal, pensei, se Jenny Cameron podia liderar os homens de seu irmão a Glenfinnan, eu podia levar as tropas de meu marido à Stirling. Queria ver lorde George e Sua Alteza tentarem ignorar minhas informações, entregues pessoalmente.

– Não – disse. – Eu o farei.

43

FALKIRK

Eu podia sentir os homens por perto, ao meu redor na escuridão. Havia um tocador de gaita de foles caminhando ao meu lado; podia ouvir o rangido do saco de couro sob seu braço e ver o contorno dos bordões, projetando-se para trás no odre. Eles moviam-se conforme o gaiteiro andava, de modo que ele parecia estar carregando um animal pequeno que lutava debilmente.

Eu o conhecia, um homem chamado Labhriunn MacIan. Os gaiteiros dos clãs revezavam-se para tocar a alvorada em Stirling, andando de um lado a outro no acampamento com o passo calculado de um gaiteiro, de modo que os lamentos longos e monótonos dos bordões ricocheteassem das tendas frágeis, chamando todos que estivessem em seus interiores para a batalha do novo dia.

Novamente ao fim da tarde, um único gaiteiro sairia, atravessando o pátio devagar, e o acampamento pararia para ouvir, as vozes silenciando-se e o clarão do pôr do sol dissipando-se das lonas das tendas. As notas altas e lamuriosas do *pibroch* – peça musical escocesa para gaita de foles – chamavam as sombras da charneca, e quando o gaiteiro terminava a noite já caíra.

Manhã ou noite, Labhriunn MacIan tocava com os olhos fechados, marchando devagar e com firmeza de um lado ao outro do pátio, o cotovelo apertado contra o odre e os dedos ágeis sobre os buracos dos tubos. Apesar do frio, às vezes me sentava para observar ao anoitecer, deixando o som trespassar meu coração com suas estacas. MacIan andava de um lado para o outro, ignorando tudo ao seu redor, fazendo meias-voltas na ponta do calcanhar, deixando todo o seu ser transbordar pelos tubos da gaita de foles.

Existem as pequenas gaitas de foles irlandesas, usadas em interiores para tocar música e as gaitas de foles Great Northern usadas ao ar livre para o toque de alvorada, para chamar os clãs à ordem e para incitar os homens à luta. Eram as gaitas de foles Northern que MacIan tocava, passeando com os olhos cerrados.

Certa noite, ao me levantar do lugar onde estava sentada quando MacIan terminou, esperei até vê-lo pressionar o último resquício de ar de seu odre com um gemido agonizante e coloquei-me ao seu lado quando ele atravessou o portão de Stirling com um sinal da cabeça para o guarda.

– Boa noite, madame – disse ele. Sua voz era suave e seus olhos, agora abertos, mais suaves ainda sob o feitiço continuado de sua música.

– Boa noite, MacIan – cumprimentei. – Estava me perguntando, MacIan, por que você toca com os olhos bem fechados?

Ele sorriu e coçou a cabeça, mas respondeu prontamente.

– Acho que é porque meu avô me ensinou, madame, e ele era cego. Sempre o vejo quando toco, andando pela praia com a barba voando ao vento e os olhos cegos fechados contra o aguilhão da areia, ouvindo o som da gaita descer até ele depois de ricochetear das rochas do penhasco e sabendo daí em que ponto de sua caminhada ele estava.

– Então você o vê e você toca também para os penhascos e o mar? De onde você vem, MacIan? – perguntei. Sua fala era baixa e sibilante, de uma forma ainda mais acentuada do que a da maioria dos escoceses das Terras Altas.

– Venho das Shetlands, madame – respondeu ele, fazendo a última palavra soar quase como "Zetlands". – Muito longe daqui. – Sorriu novamente e fez uma reverência para mim quando chegamos à ala dos hóspedes, onde eu iria ficar. – Mas estou pensando que a senhora veio ainda de mais longe, madame.

– É verdade – disse. – Boa noite, MacIan.

Mais tarde nessa mesma semana, perguntei-me se sua habilidade em tocar sem ver iria ajudá-lo aqui no escuro. Um grande grupo de homens locomovendo-se faz bastante barulho, por mais silenciosamente que se desloquem, mas achei que quaisquer ecos que criassem seriam abafados pelo uivo do vento cada vez mais forte. Era uma noite escura de lua nova, mas o céu estava claro de nuvens e caía uma gélida mistura de chuva e neve, ferroando minhas faces.

Os homens do exército das Terras Altas avançavam em pequenos grupos de dez ou vinte, movendo-se por um terreno irregular de protuberâncias e áreas planas, como se a terra empurrasse para cima pequenas elevações aqui e ali ou como se os bosques de larício e carvalho estivessem caminhando pelas trevas. Minhas informações não chegaram sem suporte; os espiões de Ewan Cameron também relataram as manobras de Hawley e o exército escocês estava agora a caminho de um encontro com ele, em algum lugar ao sul do Castelo Stirling.

Jamie desistira de insistir para que eu voltasse. Eu prometi ficar fora do caminho, mas se havia uma batalha a ser travada, então os médicos do exército também tinham que estar a postos. Eu sabia quando sua atenção voltava-se para seus homens e as perspectivas à frente pela inclinação de sua cabeça. Montado em Donas, sua figura elevava-se o suficiente para ser vista como uma sombra, mesmo no escuro, e quando ele levantou um dos braços, duas sombras menores destacaram-se da massa em movimento e aproximaram-se de seu estribo. Houve um momento de conversa sussurrada; em seguida, ele empertigou-se em sua sela e virou-se para mim.

– Os batedores dizem que fomos vistos; guardas ingleses voaram à Casa Callendar para avisar o general Hawley. Não devemos esperar mais; estou levando meus homens e dando a volta pelas tropas de Dougal para o lado mais distante do monte Falkirk. Desceremos por trás enquanto os MacKenzie entram pelo oeste. Há uma pequena igreja no topo do monte à sua esquerda, talvez a uns 400 metros. Esse é o seu lugar, Sassenach. Vá agora e fique lá. – Tateou em busca do meu braço no escuro, encontrou-o e apertou-o. – Irei ao seu encontro assim que puder ou enviarei Murtagh se eu não puder ir. Se as coisas derem errado, entre na igreja e alegue que aquele é um santuário. É o melhor que consigo pensar.

– Não se preocupe comigo – disse. Meus lábios estavam gelados e esperava que minha voz não soasse tão trêmula quanto eu me sentia. Reprimi o "tome cuidado" que teriam sido minhas palavras seguintes e contentei-me em tocá-lo rapidamente, a superfície gélida de sua face dura como metal sob minha mão e o roçar de uma mecha de cabelos fria e macia como a pele de um cervo.

Desviei meu cavalo para a esquerda, escolhendo meu caminho devagar conforme os homens que chegavam fluíam ao meu redor. O meu cavalo castrado estava inquieto com a movimentação; balançava a cabeça, resfolegando e agitando-se nervosamente sob mim. Puxei-o bruscamente, como Jamie me ensinara, e mantive as rédeas curtas quando o terreno elevou-se de repente sob os cascos do cavalo. Olhei para trás uma vez, mas Jamie desaparecera dentro da noite e eu precisava de toda minha atenção para encontrar a igreja no escuro.

Era uma construção minúscula, de pedra, com telhado de palha, incrustada numa pequena depressão da colina, como um animal encolhido de medo. Tive uma sensação forte de empatia com o lugar. As fogueiras das sentinelas inglesas eram visíveis daqui, cintilando através da chuva com neve, e eu podia ouvir gritos ao longe – escoceses ou ingleses, era impossível dizer.

Então as gaitas de foles começaram a soar, um grito agudo e estranho na tormenta. Ouviram-se guinchos dissonantes, sobrenaturais, erguendo-se de vários pontos na colina. Tendo visto essa cena antes de perto, podia imaginar os gaiteiros soprando e enchendo seus odres, o peito inflando com arfadas rápidas e lábios azulados pressionados com força na boca dos tubos, dedos rígidos de frio tateando para guiar os sopros de forma coerente.

Eu quase podia sentir a resistência teimosa do saco de couro, mantido quente e flexível sob um xale, mas relutante em se deixar inflar completamente, em seguida adquirindo vida subitamente, parte do corpo do gaiteiro, como um terceiro pulmão, respirando por ele quando o sopro roubava seu ar, como se os gritos dos homens próximos o enchessem.

A gritaria estava mais alta agora e alcançava-me em ondas à medida que o vento mudava de direção, carregando rajadas de chuva e neve em redemoinho. Não havia nenhuma entrada para servir de abrigo ou quaisquer árvores na encosta da colina para quebrar o vento. Meu cavalo virou-se e abaixou a cabeça, enfrentando-o, e sua crina açoitava meu rosto com força, áspera de gelo.

A igreja oferecia um santuário contra os elementos, bem como contra os ingleses. Empurrei a porta e, puxando a brida, reboquei o cavalo para dentro, atrás de mim.

Estava no interior da igreja, com a única janela de pele de animal oleada não mais do que uma mancha turva na escuridão acima do altar. Parecia acolhedora, em contraste com o tempo do lado de fora, mas o cheiro rançoso de suor tornava-a sufocante. Não havia bancos que pudessem fazer o cavalo tropeçar; nada, exceto um pequeno santuário embutido em uma das paredes e o próprio altar. Oprimido pelo forte cheiro de gente, o cavalo parou, imóvel, resfolegando e bufando, porém sem muita agitação. Vigiando-o atentamente, voltei para a porta e enfiei a cabeça para fora.

Ninguém saberia dizer o que se passava no monte Falkirk. Os lampejos de armas de fogo espocavam aleatoriamente na escuridão. Eu podia ouvir, fracos e intermitentes, o tinir de metais e a pancada surda de uma ou outra explosão. De vez em quando, ouvia-se o grito de um homem ferido, alto e agudo como um guincho da gaita de foles, diferente dos brados gaélicos dos guerreiros. Então o vento mudava de direção e eu não ouvia nada ou imaginava ouvir vozes que nada mais eram do que o vento uivante.

Eu não vira a luta em Prestonpans; subconscientemente acostumada aos movimentos ponderados de enormes exércitos refreados por tanques e morteiros, eu não percebera exatamente a rapidez com que as coisas podiam acontecer em uma batalha diminuta e fixa, de luta corpo a corpo e armas leves e pequenas.

O primeiro aviso que tive foi um grito bem próximo a mim.

– *Tulach Ard!*

Ensurdecida pelo vento, eu não os ouvira subir a colina.

– *Tulach Ard!*

Era o grito de batalha do clã MacKenzie; alguns soldados de Dougal, forçados a recuar na direção do meu santuário. Abaixei a cabeça e entrei novamente, mas mantive a porta aberta, de modo que eu pudesse olhar para fora.

Eles estavam subindo a colina, um pequeno grupo de homens em fuga. Homens das Terras Altas, tanto pelo som quanto pela visão deles, xales xadrez, barbas e cabelos voando ao redor, de modo que pareciam nuvens escuras contra a encosta gramada, movimentando-se com rapidez ladeira acima, à frente do vento.

Saltei para dentro da igreja quando o primeiro deles irrompeu pela porta. Escuro como estava, eu não podia ver seu rosto, mas reconheci sua voz quando ele colidiu em cheio com meu cavalo.

– Santo Deus!

– Willie! – gritei. – Willie Coulter!

– Santa Mãe de Deus! Quem está aí?

Não tive tempo de responder antes de a porta bater com força contra a parede e mais duas formas escuras lançarem-se dentro da minúscula igreja. Enraivecido por essa intrusão barulhenta, meu cavalo recuou e relinchou, erguendo as patas. Isso provocou gritos de alarme dos intrusos, que obviamente achavam que o prédio estava desocupado e ficaram desconcertados com a constatação de que não era verdade.

A entrada de vários outros homens apenas aumentou a confusão e eu desisti de tentar dominar o cavalo. Forçada para os fundos da igreja, me espremi no pequeno espaço entre o altar e a parede e esperei que as coisas se resolvessem por si.

Quando tudo parecia dar sinais de se acalmar, uma das vozes confusas na escuridão ergueu-se acima das outras.

– SILÊNCIO! – gritou, num tom que não tolerava nenhum protesto. Todos, exceto o cavalo, obedeceram, e quando a confusão desvaneceu-se até o cavalo aquietou-se, retirando-se para um canto e resfolegando ruidosamente, em meio a guinchos queixosos de insatisfação.

– Somos os MacKenzie de Leoch – disse a voz imperiosa. – Quem mais está aqui?

– Geordie, Dougal e meu irmão comigo – disse uma voz próxima, em tom de profundo alívio. – Trouxemos Rupert conosco também; ele está ferido. Meu Deus, achei que fosse o diabo em pessoa que estivesse aqui!

– Gordon McLeod de Ardsmuir – disse outra voz que não reconheci.

– E Ewan Cameron de Kinnoch – disse outra. – De quem é este cavalo?

– Meu – respondi, saindo cautelosamente de trás do altar. O som de minha voz causou nova confusão, mas Dougal mais uma vez a extinguiu erguendo a voz acima do tumulto.

– SILÊNCIO, bando de tolos! É você, Claire Fraser?

– Bem, não é a rainha – disse com irritação. – Willie Coulter está aqui também, ou estava há um minuto. Ninguém tem uma caixa de sílex?

– Nada de luz! – disse Dougal. – Há poucas chances de que os ingleses examinem este lugar se nos seguirem, mas seria tolice chamar sua atenção.

– Está bem – disse, mordendo o lábio. – Rupert, consegue falar? Diga alguma coisa para eu saber onde você está. – Eu não sabia o que poderia fazer por ele no escuro; do jeito que estava, não conseguia sequer pegar minha caixa de remédios. De qualquer maneira, eu não podia deixá-lo sangrar até a morte no chão.

Ouviu-se uma tosse terrível do lado oposto da igreja em relação a mim e uma voz rouquenha disse, tossindo outra vez:

– Aqui, senhora.

Fui tateando na direção da voz, praguejando em voz baixa. Eu podia saber simplesmente pelo som borbulhante daquela tosse que seu estado era grave; o tipo de gravidade para a qual minha caixa de remédios pouco adiantaria. Agachei-me e caminhei abaixada os últimos passos, abanando os braços em movimentos amplos para sentir o que poderia estar no meu caminho.

Uma das minhas mãos tocou um corpo quente e outra mão, grande, agarrou-me. Tinha que ser Rupert; podia ouvi-lo respirar, um som estertoroso, com um débil gorgolejar por trás.

– Estou aqui – disse, tentando reconfortá-lo com uns tapinhas num lugar que eu esperava que fosse tranquilizador. Acredito que tenha sido, porque ele deu uma espécie de risadinha ofegante e arqueou os quadris, pressionando minha mão com força contra ele.

– Faça isso outra vez, dona, e eu esquecerei tudo a respeito da bala de mosquete – disse ele.

Retirei a mão bruscamente.

– Talvez mais tarde – falei secamente. Levei a mão para cima, deslizando pelo seu corpo à procura de sua cabeça. A barba áspera e espessa disse-me que eu alcançara meu alvo e coloquei a mão com cuidado sob os pelos densos para sentir sua pulsação na garganta. Rápida e superficial, mas ainda bastante regular. A testa estava escorregadia de suor, embora a pele fosse pegajosa ao toque. A ponta do nariz estava fria quando a rocei, enregelada pelo ar lá de fora.

– Pena que não sou um cachorro – disse ele, um fio de risada emergindo entre as arfadas em busca de ar. – Nariz frio... seria um bom sinal.

– Seria melhor se parasse de falar – disse. – Onde a bala o atingiu? Não, não me diga, pegue minha mão e coloque-a sobre o ferimento... e se colocá-la em qualquer outro lugar, Rupert MacKenzie, pode morrer aqui como um cão e boa passagem para você.

Pude sentir o peito largo vibrar sob minha mão com uma risada reprimida. Conduziu minha mão devagar embaixo do seu xale e eu afastei o tecido do caminho com a outra mão.

– Está bem, já senti – murmurei. Pude sentir o pequeno rasgo em sua camisa, úmido de sangue ao redor das bordas. Coloquei ambas as mãos na abertura e rasguei a camisa de alto a baixo. Rocei os dedos de leve pela lateral de seu corpo, sentindo os poros arrepiados, depois o pequeno buraco da entrada do ferimento. Parecia um orifício excepcionalmente pequeno, comparado ao volume de Rupert, que era um homem forte e musculoso.

– Ela saiu por algum lugar? – perguntei. O interior da igreja estava silencioso, exceto pelo cavalo, que se remexia nervosamente em seu canto. Com a porta fechada, os sons da batalha lá fora ainda eram audíveis, mas difusos; era impossível dizer a que proximidade estavam.

– Não – disse ele, tossindo outra vez. Pude sentir que ele levava a mão à boca e a segui com uma dobra de seu xale. Meus olhos já estavam tanto quanto possível acostumados à escuridão, mas ele ainda não passava de uma figura escura, curvada à minha frente. Para algumas coisas, entretanto, o toque era suficiente. Havia pouco sangramento no local do ferimento, mas o tecido que levei à sua boca encharcou minha mão com um calor repentino e úmido.

A bala atingira-o em um dos pulmões, pelo menos, provavelmente ambos, e seu peito enchia-se de sangue. Ele poderia durar algumas horas nestas condições, talvez um dia se um dos pulmões continuasse em funcionamento. Se o pericárdio tivesse sido perfurado, ele morreria mais rápido. Entretanto, somente a cirurgia de um tipo que eu não tinha como fazer poderia salvá-lo.

Senti uma presença cálida às minhas costas e ouvi uma respiração normal quando alguém veio tateando até chegar perto de mim. Estendi o braço para trás e senti minha mão ser agarrada com força. Dougal MacKenzie.

Continuou avançando até posicionar-se a meu lado e colocou a mão no corpo inerte de Rupert.

– Como está, companheiro? – perguntou ele à meia-voz. – Consegue caminhar? – Minha outra mão ainda estando sobre Rupert, pude sentir sua cabeça balançar em resposta à pergunta de Dougal. Os homens atrás de nós na igreja começaram a falar em sussurros entre si.

A mão de Dougal pressionou meu ombro.

– Do que precisa para ajudá-lo? Sua caixa? Está no cavalo? – Ele já havia se levantado antes que eu pudesse lhe dizer que não havia nada na caixa que pudesse ajudar Rupert.

Um estalo sonoro e repentino do altar calou todos os sussurros e houve uma movimentação geral por toda parte, conforme os homens pegavam as armas que haviam deixado no assoalho. Outro estalo, um barulho de algo se rasgando, e a cobertura de pele oleada que cobria a janela deu lugar a uma rajada de ar limpo e frio, além de alguns flocos de neve em redemoinho.

– Sassenach! Claire! Está aí? – A voz baixa que vinha da janela me fez ficar de pé, momentaneamente esquecida de Rupert.

– Jamie! – Ouviu-se uma exalação coletiva de alívio ao meu redor e o barulho estridente de espadas e escudos sendo largados. A nova claridade que vinha de fora foi obstruída por um instante pelo volume da cabeça e dos ombros de Jamie. Ele desceu sem esforço do altar, a figura recortada contra a janela aberta.

– Quem está aí? – perguntou ele, olhando em torno. – Dougal, é você?

– Sim, sou eu, rapaz. Sua mulher e alguns homens. Viu os malditos ingleses em algum lugar aí fora?

Jamie emitiu uma pequena risada.

– Por que acha que entrei pela janela? Há pelo menos uns vinte deles no sopé da colina.

Dougal emitiu um ronco de insatisfação do fundo da garganta.

– Os miseráveis que nos separaram do grosso das tropas. Vou ficar preso aqui.

– É verdade. *Ho, mo cridh! Ciamar a tha thu?* – Reconhecendo uma voz familiar no meio da loucura, meu cavalo empinara o focinho com um sonoro relincho de boas-vindas.

– Silêncio, seu tolo! – Dougal disse bruscamente para o cavalo. – Quer que os ingleses ouçam?

– Não creio que os ingleses enforcassem *ele* – observou Jamie serenamente. – Quanto a eles saberem que vocês estão aqui, não vão precisar de ouvidos, se tiverem olhos; a encosta lá fora está lamacenta e as pegadas de vocês são bem visíveis.

– Hummm. – Dougal lançou um olhar em direção à janela, mas Jamie já balançava a cabeça.

– Não adianta, Dougal. A parte principal das tropas está ao sul e lorde George Murray foi ao seu encontro, mas há os poucos ingleses do grupo que enfrentamos que ainda estão deste lado. Um bando deles me perseguiu pela colina acima; esquivei-me para o lado e vim me arrastando de barriga pela grama até a igreja, mas acho que ainda estão vasculhando a encosta. – Estendeu a mão em minha direção e eu a tomei. Estava fria e úmida do contato com a grama, mas fiquei feliz só de poder tocá-lo, de tê-lo ali ao meu lado.

– Veio rastejando, hein? E como planejava sair outra vez? – perguntou Dougal.

Pude sentir Jamie dar de ombros. Inclinou a cabeça na direção do meu cavalo.

– Pensei em irromper daqui e passar por eles em disparada; não sabem do cavalo. Isso causaria perturbação suficiente talvez para Claire conseguir escapar.

Dougal fez um muxoxo.

– Ah, e eles o arrancariam do cavalo como uma maçã madura.

– Pouco importa – disse Jamie secamente. – Não vejo como todos vocês poderiam se esgueirar daqui em silêncio sem que ninguém notasse, por mais barulho e confusão que eu provocasse.

Como em confirmação às suas palavras, Rupert deu um gemido alto junto à parede. Dougal e eu caímos de joelhos ao lado dele imediatamente, seguidos por Jamie, mais devagar.

Ele não estava morto, mas tampouco estava indo bem. Suas mãos estavam frias e sua respiração era acompanhada de um chiado.

– Dougal – murmurou ele.

– Estou aqui, Rupert. Fique quieto, companheiro, logo estará bem. – O chefe do clã MacKenzie rapidamente tirou seu próprio xale, dobrou-o como um travesseiro, que enfiou sob a cabeça e os ombros de Rupert. Um pouco erguido, sua respiração parecia mais fácil, mas um toque sob sua barba revelou-me manchas úmidas em sua camisa. Ele ainda possuía algumas forças; estendeu a mão e agarrou o braço de Dougal.

– Se... vão nos encontrar de qualquer modo... me dê uma luz – disse ele, arfando. – Eu veria seu rosto mais uma vez, Dougal.

Estando muito perto de Dougal, pude sentir o choque percorrê-lo diante dessas palavras e suas implicações. Sua cabeça virou-se abruptamente em minha direção, mas obviamente ele não podia ver meu rosto. Murmurou uma ordem e, após alguns sussurros e movimentações, alguém cortou um punhado da palha do telhado, torceu-o formando uma tocha e acendeu-o com uma fagulha de sílex. Queimou rápido, mas forneceu luz suficiente para que eu examinasse Rupert enquanto os homens tentavam cortar uma longa lasca de madeira das vigas do teto, para servir como uma tocha mais durável.

Ele estava branco como a barriga de um peixe, os cabelos grudados de suor e uma pequena mancha de sangue ainda era visível no grosso lábio inferior. Havia pontos escuros na lustrosa barba negra, mas ele sorriu debilmente para mim quando me curvei para verificar sua pulsação outra vez. Mais superficial, mas muito rápida, com batimentos irregulares. Afastei os cabelos de sua testa e ele tocou minha mão em agradecimento.

Senti a mão de Dougal no meu cotovelo e sentei-me sobre os calcanhares, virando-me para fitá-lo. Eu o fitara assim uma vez, sobre o corpo de um homem mortalmente ferido por um javali. Ele me perguntara na ocasião: "Ele vai sobreviver?", e vi a lembrança desse dia cruzar seu rosto. A mesma pergunta estampava-se em seus olhos novamente, mas desta vez em olhos vidrados de medo pela minha resposta. Rupert era seu melhor amigo, o parente que cavalgara e lutara ao seu lado direito, como Ian fizera por Jamie.

Desta vez eu não respondi; Rupert o fez por mim.

– Dougal – disse ele, sorrindo quando seu amigo inclinou-se ansiosamente sobre ele. Ele cerrou os olhos por um instante e respirou o mais profundo que pôde, reunindo forças para o momento. – Dougal – repetiu ele, abrindo os olhos. – Não lamente por mim, companheiro.

O rosto de Dougal contorceu-se à luz da tocha. Pude ver a negação da morte aflorar aos seus lábios, mas ele a conteve e a afastou.

– Sou seu chefe, amigo – disse ele, com um sorriso trêmulo. – Não pode me dar ordens; vou lamentar sua perda, sim. – Agarrou a mão de Rupert, inerte sobre o peito, e ficou segurando-a com força.

Ouviu-se uma risadinha fraca e chiada de Rupert e outro acesso de tosse.

– Bem, chore por mim se assim você quiser, Dougal – disse ele, ao terminar. – E fico contente por isso. Mas não pode sentir pesar por mim enquanto eu estiver vivo, não é? Quero morrer em suas mãos, *mo caraidh*, não na mão de estranhos.

Dougal deu um solavanco, e Jamie e eu trocamos olhares horrorizados pelas suas costas.

– Rupert... – começou Dougal, com voz desamparada, mas Rupert interrompeu-o, agarrando sua mão e sacudindo-a delicadamente.

– Você é meu chefe, companheiro, é seu dever – sussurrou ele. – Vamos. Faça-o agora. Estou sofrendo, Dougal, e gostaria de acabar com isso. – Seus olhos moveram-se nervosamente, pousando em mim.

– Pode segurar minha mão enquanto eu parto, dona? – perguntou ele. – Eu gostaria muito.

Não parecia haver mais nada a fazer. Movendo-me devagar, sentindo como se tudo aquilo fizesse parte de um sonho, tomei a mão grande de pelos negros entre as minhas, pressionando-a como se eu pudesse transmitir meu calor à carne cada vez mais fria.

Com um grunhido, Rupert ergueu-se ligeiramente sobre um dos lados e ergueu os olhos para Jamie, sentado junto à sua cabeça.

– Ela devia ter se casado comigo, rapaz, quando teve escolha – disse com a respiração ruidosa. – Você é um palerma, mas faça o melhor que puder. – Um dos olhos se fechou numa piscadela significativa. – Dê-lhe uma boa vida por mim, rapaz.

Os olhos negros giraram de volta para mim e um sorriso final se propagou pelo seu rosto.

– Adeus, bela moça – disse ele à meia-voz.

A adaga de Dougal pegou-o sob o esterno, direta e com firmeza. O volumoso corpo sacudiu-se com um espasmo, virando-se de lado com uma golfada de ar e sangue, mas o breve som de agonia veio de Dougal.

O chefe do clã MacKenzie permaneceu paralisado por um instante, os olhos fechados, as mãos cerradas em torno do cabo da adaga. Em seguida, Jamie levantou-se, segurou-o pelos ombros e afastou-o dali, murmurando alguma coisa em gaélico. Jamie olhou para mim, eu assenti e estendi os braços. Ele conduziu Dougal delicadamente até mim e eu o tomei em meus braços, enquanto nós dois nos prostrávamos no chão, abraçando-o enquanto ele chorava.

O próprio rosto de Jamie estava banhado em lágrimas e eu podia ouvir os breves soluços e suspiros dos outros homens. Pensei que era melhor que chorassem por Rupert do que por si mesmos. Se os ingleses realmente viessem em nosso encalço ali, todos nós seríamos enforcados por traição. Era mais fácil chorar por Rupert, que se fora em segurança, o caminho abreviado pela mão de um amigo.

Eles não vieram em nenhum momento na longa noite de inverno. Aconchegamo-nos uns contra os outros juntos a uma única parede, sob mantos e xales, à espera. Cochilei em espasmos, reclinada no ombro de Jamie, com Dougal curvado e silencioso do outro lado. Creio que nenhum dos dois dormiu, mas se mantiveram em vigília a noite inteira sobre o corpo de Rupert, imóvel sob seu próprio xale drapeado, do outro lado da igreja, do outro lado do abismo que separa os mortos dos vivos.

Falamos pouco, mas eu sabia o que estavam pensando. Perguntavam-se, como eu, se as tropas inglesas teriam ido embora, reunindo-se com o grosso do exército na Casa Callendar mais abaixo, ou se ainda vigiavam do lado de fora, esperando a aurora antes de atacarem, com medo de que alguém na minúscula igreja escapasse, tirando proveito da escuridão.

A questão foi resolvida com a chegada dos primeiros raios de luz.

– Ei, aí na igreja! Saiam e entreguem-se! – A ordem veio do sopé da colina, com um forte sotaque inglês.

Houve uma agitação entre os homens no interior da igreja e o cavalo, que dormitava no canto, ergueu a cabeça bruscamente, bufando de surpresa com a movimentação próxima. Jamie e Dougal trocaram um olhar, em seguida, como se tivessem planejado aquilo juntos, levantaram-se e ficaram parados, ombro a ombro, diante da porta fechada. Um sinal da cabeça de Jamie me mandou para os fundos da igreja, de volta ao meu refúgio atrás do altar.

Outro grito vindo do lado de fora foi recebido com silêncio. Jamie sacou a pistola do cinto e verificou a carga, descontraidamente, como se tivesse todo o tempo do mundo. Apoiou-se em um dos joelhos e preparou a arma, apontando-a para a porta, ao nível da cabeça de um homem.

Geordie e Willie tomavam conta da janela nos fundos, as espadas e pistolas a postos. Mas o mais provável é que o ataque viesse da frente; a colina atrás da igreja subia de forma muito íngreme, quase não deixando espaço entre a encosta e a parede da igreja para um homem passar.

Ouvi o ruído de passos no terreno enlameado, aproximando-se da porta, e o leve retinir de armas brancas carregadas à cintura. Os passos pararam a alguma distância e ouviu-se uma voz outra vez, mais perto e mais forte.

– Em nome de Sua Majestade o rei George, saiam e entreguem-se! Sabemos que estão aí!

Jamie disparou. O barulho da detonação dentro da igreja foi ensurdecedor. Devia ter sido muito impressionante do lado de fora também; eu podia ouvir os sons apressados de uma rápida retirada, acompanhada de imprecações abafadas. O projétil fez um pequeno buraco na porta; Dougal aproximou-se de lado e espreitou pelo buraco.

– Maldição – disse ele num murmúrio. – Há um bando deles.

Jamie lançou um olhar para mim, depois cerrou os lábios e concentrou-se no recarregamento da pistola. Obviamente, os escoceses não tinham nenhuma intenção de se renderem. Igualmente óbvio, os ingleses não tinham nenhuma vontade de invadir a igreja, considerando-se que as entradas podiam ser facilmente defendidas. Será que pretendiam nos deixar morrer de fome? Certamente, o exército das Terras Altas enviaria homens para buscar os feridos na batalha da noite anterior. Se chegassem antes que os ingleses tivessem oportunidade de trazer um canhão para atacar a igreja, poderíamos ser salvos.

Infelizmente, havia alguém pensando do lado de fora. Ouviu-se o barulho de passos outra vez e, em seguida, uma voz inglesa pausada, carregada de autoridade:

– Vocês têm um minuto para sair e se render – disse ele –, ou atearemos fogo à palha.

Olhei para cima totalmente apavorada. As paredes da igreja eram de pedra, mas a palha do telhado arderia em poucos minutos, mesmo estando encharcada de chuva e neve, e quando o fogo tivesse se alastrado, lançaria uma chuva de labaredas e brasas fumegantes que nos engolfariam. Lembrei-me da terrível velocidade com que a tocha de palha torcida queimara na noite anterior; os remanescentes carbonizados jaziam no chão, junto ao corpo coberto de Rupert, um terrível lembrete na luz cinzenta do amanhecer.

– Não! – gritei. – Miseráveis! Malditos! Esta é uma igreja! Nunca ouviram falar em santuário?

– Quem é? – veio a voz incisiva do lado de fora. – É uma mulher inglesa que está aí?

– Sim! – gritou Dougal, saltando para junto da porta. Abriu-a de par em par e berrou para os soldados ingleses na encosta mais abaixo: – Sim! Mantemos uma senhora inglesa prisioneira! Ateiem fogo ao telhado e ela morre conosco!

Ouviu-se uma explosão de vozes no sopé da colina e uma movimentação repentina entre os homens na igreja. Jamie virou-se para Dougal com uma expressão ameaçadora.

– O que...!

– É nossa única chance! – sibilou Dougal em resposta. – Deixe que eles a levem, em troca de nossa liberdade. Não irão lhe fazer mal se souberem que é nossa prisioneira e nós a resgataremos quando estivermos livres!

Saí do meu esconderijo e aproximei-me de Jamie, agarrando a manga de sua camisa.

– Faça isso! – disse com urgência. – Dougal tem razão, é nossa única chance!

Ele olhou para mim com ar de desamparo, raiva e medo misturados em seu rosto. E sob tudo isso, um traço de humor diante da ironia subjacente da situação.

– Sou uma *sassenach*, afinal de contas – disse, percebendo a ironia.

Ele tocou meu rosto de leve com um sorriso melancólico.

– Sim, *mo duinne*. Mas você é *minha sassenach*. – Virou-se para Dougal, aprumando os ombros. Respirou fundo e fez um sinal com a cabeça. – Está bem. Diga que nós a sequestramos – pensou rápido, passando a mão pelos cabelos – na estrada de Falkirk, ontem no final da tarde.

Dougal assentiu e, sem mais delongas, deslizou para fora pela porta da igreja um lenço branco erguido bem acima da cabeça em sinal de trégua.

Jamie virou-se para mim, a testa franzida, olhando para a porta da igreja, onde os sons de vozes inglesas ainda eram audíveis, embora não pudéssemos distinguir o que diziam.

– Não sei o que você vai lhes dizer, Claire; talvez seja melhor fingir-se em tal estado de choque que não consegue falar. Talvez seja melhor do que inventar uma história; porque se descobrirem quem você é... – Parou de repente e esfregou a mão com força no rosto.

Se descobrissem quem eu era, seria Londres e a Torre de Londres – seguida certamente por uma rápida execução. Mas embora os cartazes tivessem feito muito alarde sobre "a Bruxa dos Stuart", ninguém, até onde eu soubesse, havia descoberto ou publicado o fato de que a bruxa era inglesa.

– Não se preocupe – falei, percebendo a tolice dessa observação, mas incapaz de pensar em algo melhor. Coloquei a mão sobre a manga de sua camisa, sentindo seu pulso acelerado. – Você vai me resgatar antes que tenham qualquer chance de descobrir alguma coisa. Acha que me levarão para a Casa Callendar?

Ele assentiu, recuperando o autocontrole.

– Sim, creio que sim. Se puder, tente ficar sozinha perto de uma janela, logo depois do anoitecer. É quando irei buscá-la.

Não houve tempo para nada mais. Dougal esgueirou-se de novo para dentro, fechando a porta cuidadosamente atrás de si.

– Está feito – disse ele, olhando de mim para Jamie. – Nós lhes damos a mulher e poderemos partir sem sermos molestados. Nenhuma perseguição. Ficamos com o cavalo. Precisaremos dele, para Rupert, sabe – disse-me, como se pedisse desculpas.

– Tudo bem – disse a ele. Olhei para a porta, com seu pequeno furo negro onde a bala a atravessara, o mesmo tamanho do buraco no corpo de Rupert. Minha boca estava seca e eu engoli com força. Eu era um ovo de cuco, prestes a ser colocado no ninho errado. Nós três hesitamos diante da porta, todos relutantes em dar o passo final.

– É-é melhor eu ir – disse, tentando controlar minha voz e minhas pernas trêmulas. – Vão se perguntar o que está nos detendo.

Jamie fechou os olhos por um instante, assentiu, depois deu um passo em minha direção.

– Acho melhor você desmaiar, Sassenach – disse ele. – Talvez assim seja mais fácil. – Inclinou-se, pegou-me nos braços e carregou-me pela porta que Dougal mantinha aberta.

Seu coração batia com força sob meu ouvido e eu podia sentir o tremor de seus braços enquanto me carregava. Depois do ar abafado da igreja, com seus cheiros de suor, sangue, pólvora e excremento de cavalo, o ar frio e limpo do começo da manhã tirou meu fôlego e eu aconcheguei-me junto a ele, tremendo. Suas mãos apertaram-se com mais força sob meus joelhos e ombros, rígidos como uma promessa; jamais me deixaria ir.

– Meu Deus – disse ele uma vez, num sussurro, e então os alcançamos. Perguntas incisivas, respostas murmuradas, o afrouxamento relutante de suas mãos quando me colocou no chão. Em seguida, o ruído de seus pés, afastando-se pela grama molhada. Eu estava sozinha, nas mãos de estranhos.

44

NO QUAL MUITAS COISAS DÃO ERRADO

Encolhi-me mais perto do fogo, estendendo as mãos para aquecê-las. Estavam sujas de segurar as rédeas o dia inteiro e perguntei-me se valia a pena percorrer a distância até o córrego para lavá-las. Manter padrões modernos de higiene na ausência de todas as formas de encanamento às vezes parecia muito mais trabalho do que valia a pena. Não era de se admirar que as pessoas adoecessem e morressem com frequência, pensei de mau humor. Morriam de pura sujeira e ignorância mais do que de quaisquer outros males.

A ideia de morrer na sujeira foi suficiente para me fazer levantar, apesar do cansaço. O minúsculo córrego que cortava o acampamento era pantanoso nas margens e meus sapatos afundaram-se na vegetação alagadiça. Tendo trocado mãos sujas por pés molhados, arrastei-me de volta até a fogueira e encontrei o cabo Rowbotham esperando por mim com uma tigela do que ele disse ser um ensopado.

– Com os cumprimentos do capitão, madame – disse ele, na verdade ajeitando o topete enquanto me entregava a tigela –, e ele me pediu para dizer-lhe que estaremos em Tavistock amanhã. Há uma estalagem lá. – Hesitou, o rosto redondo, rude, de meia-idade, preocupado. Em seguida, acrescentou: – O capitão pede desculpas pela falta de acomodações adequadas, madame, mas erguemos uma tenda para a senhora passar a noite. Não é grande coisa, mas talvez assim não se molhe na chuva.

– Agradeça ao capitão por mim, cabo – disse, o mais amavelmente que consegui. – E obrigada a *você* também – acrescentei, com mais entusiasmo. Eu tinha plena consciência de que o capitão Mainwaring me considerava um peso incômodo e que de modo algum teria se preocupado com um abrigo para eu passar a noite. A tenda, um pedaço de lona cuidadosamente dobrado por cima de um galho de árvore e preso dos dois lados, fora sem dúvida uma ideia exclusiva do cabo Rowbotham.

O cabo foi embora, e eu fiquei sentada sozinha, comendo devagar batatas queimadas e carne fibrosa. Eu encontrara uma touceira de mostarda perto do córrego, as folhas murchando e marrons nas bordas, e trouxera um punhado no bolso, juntamente a alguns frutos do zimbro que eu colhera durante uma parada no meio do dia. As folhas de mostarda estavam velhas e muito amargas, mas consegui fazê-las descer pela minha garganta comendo pedaços entre porções de batata. Terminei a refeição com os zimbros, mordendo cada um ligeiramente para evitar ficar engasgada, e em seguida engolindo a fruta dura, achatada, com semente e tudo. A oleosa explosão de sabor enviava vapores do fundo da minha garganta e fazia meus olhos lacrimejarem, mas realmente limpava minha língua do gosto de gordura e queimado e, com as folhas de mostarda, talvez fossem suficientes para evitar o escorbuto.

Eu tinha um bom estoque das folhas comestíveis, novas e enroladas, de samambaias, frutos de roseira-brava, maçãs secas e sementes de endro na maior das duas caixas de remédios, cuidadosamente coletadas como defesa contra a desnutrição durante os longos meses de inverno. Esperava que Jamie as estivesse comendo.

Coloquei a cabeça sobre os joelhos; achei que ninguém estivesse olhando para mim, mas não queria que vissem meu rosto quando eu estivesse pensando em Jamie.

Permaneci no meu falso desmaio no monte Falkirk o maior tempo possível, mas fui acordada pouco depois por um soldado dos dragões tentando forçar um pouco de conhaque de um pequeno frasco pela minha garganta. Sem saberem o que fazer comigo, meus "salvadores" levaram-me para a Casa Callendar e entregaram-me à equipe do general Hawley.

Até então, tudo correra conforme o plano. No entanto, no desenrolar da última hora as coisas haviam degringolado seriamente. Por ficar sentada em uma antessala, ouvindo tudo o que era dito à minha volta, logo fiquei sabendo que aquilo que eu achava ter sido uma grande batalha durante a noite, na verdade não passara de uma pequena escaramuça entre os MacKenzie e um destacamento das tropas inglesas a caminho de se juntar ao corpo principal do exército. Este exército estava agora se reunindo para enfrentar o esperado ataque dos escoceses no monte Falkirk; a batalha à qual eu achava ter sobrevivido não havia, de fato, acontecido ainda!

O próprio general Hawley supervisionava o processo e como ninguém parecia ter nenhuma ideia do que fazer comigo, fui consignada à custódia de um jovem soldado raso, junto a uma carta descrevendo as circunstâncias do meu resgate e despachada para o quartel-general temporário de um certo coronel Campbell, em Kerse. O jovem soldado, um sujeito troncudo chamado Dobbs, era zeloso de uma forma enervante na ânsia de desempenhar suas funções e, apesar de várias tentativas ao longo do caminho, eu não conseguira me livrar dele.

Chegamos a Kerse e descobrimos que o coronel Campbell não estava lá, mas fora convocado a Livingston.

– Olhe – sugeri ao meu acompanhante –, obviamente o coronel Campbell não vai ter tempo nem vontade de conversar comigo e de qualquer forma não tenho nada a lhe dizer. Por que eu não encontro uma hospedaria aqui na cidade, até poder fazer alguns arranjos para continuar minha viagem para Edimburgo? – Por falta de uma ideia melhor, eu dera ao inglês basicamente a mesma história que dera a Colum MacKenzie, há dois anos; que eu era uma viúva de Oxford, viajando para visitar um parente na Escócia, quando fui emboscada e sequestrada por bandidos das Terras Altas.

O soldado Dobbs balançou a cabeça, ruborizando teimosamente. Ele não devia ter mais de 20 anos e não era muito inteligente, mas quando metia uma ideia na cabeça, não a largava.

– Não posso deixá-la fazer isso, sra. Beauchamp – disse ele, pois eu usara o meu próprio nome de solteira como nome falso. – O capitão Bledsoe vai comer meu fígado se eu não levá-la a salvo ao coronel.

Assim, fomos para Livingston, montados em dois dos mais lamentáveis pangarés que eu já vira. Finalmente, fui liberada das atenções do meu acompanhante, mas sem que isso implicasse nenhuma melhoria nas minhas circunstâncias. Em vez disso, vi-me confinada em um quarto superior de uma casa em Livingston, contando a história mais uma vez, a um certo coronel Gordon MacLeish Campbell, um escocês das Terras Baixas no comando de um dos regimentos do eleitor.

– Sim, compreendo – disse ele, com a espécie de tom que sugeria que ele não compreendia absolutamente nada.

Era um homem pequeno, de feições de raposa, meio calvo, com cabelos ruivos penteados para trás. Ele estreitou ainda mais os olhos, voltados para baixo, para a carta amassada em cima do mata-borrão em sua escrivaninha.

– Esta carta diz – falou ele, colocando no nariz pequenos óculos de lentes pela metade, a fim de olhar com mais atenção a folha de papel – que um dos seus captores, madame, era um membro do clã Fraser, grande, de cabelos ruivos. Essa informação é correta?

– Sim – disse, perguntando-me aonde ele pretendia chegar.

Ele inclinou a cabeça, de modo que seus óculos deslizaram pelo nariz, para melhor fixar em mim um olhar penetrante por cima das lentes.

– Os homens que a resgataram perto de Falkirk disseram ter a impressão de que um de seus captores não era outro senão o famoso chefe das Terras Altas conhecido como "Jamie, o Ruivo". Bem, soube também, sra. Beauchamp, que a senhora estava... perturbada, devo dizer? – repuxou os lábios, mas não foi um sorriso –, durante o período de seu cativeiro e talvez sem condições mentais de fazer observações detalhadas, mas notou em algum momento se os outros homens presentes referiam-se a esse homem pelo nome?

– Sim. Chamavam-no de Jamie. – Não achei que haveria nenhum mal em dizer-lhe isso; os cartazes que eu vira deixavam bem claro que Jamie era um partidário da causa Stuart. A localização de Jamie na batalha de Falkirk era provavelmente de interesse para os ingleses, mas dificilmente poderia incriminá-lo ainda mais.

"Eles não podem me enforcar mais de uma vez", dissera ele. Uma já seria mais do que suficiente. Olhei para a janela. A noite já caíra há mais de meia hora e lampiões brilhavam na rua lá embaixo, carregados por soldados que passavam de um lado para o outro. Jamie devia estar na Casa Callendar, procurando a janela onde eu deveria estar aguardando-o.

Tive a absoluta certeza, repentinamente, de que ele me seguira, de que soube de alguma forma para onde eu estava sendo levada, e que estaria esperando na rua lá embaixo que eu me apresentasse.

Levantei-me abruptamente e dirigi-me à janela. A rua embaixo estava vazia, a não ser por um vendedor de arenque em conserva, sentado em um banco com um lampião aos pés, à espera de algum freguês. Não era Jamie, obviamente. Ele não tinha como me encontrar. Ninguém no acampamento Stuart sabia onde eu estava; e eu estava completamente sozinha. Pressionei as mãos com força contra a vidraça num súbito ataque de pânico, sem me preocupar se poderia quebrá-la.

– Sra. Beauchamp! Está se sentindo bem? – A voz do coronel atrás de mim soou aguda, assustada.

Cerrei os lábios com força para impedir que tremessem e respirei fundo várias vezes, enevoando o vidro, de modo que a rua abaixo desapareceu na névoa. Externamente calma, voltei-me para encarar o coronel.

– Estou bem – disse. – Se já acabou de fazer perguntas, gostaria de ir agora.

– É mesmo? Hummm.

Examinou-me com ar de dúvida, depois balançou a cabeça decididamente.

– Vai passar a noite aqui – declarou ele. – Pela manhã, eu a enviarei para o sul.

Senti um espasmo de choque contrair minhas entranhas.

– Sul? Para que diabos? – deixei escapar abruptamente.

Suas sobrancelhas ergueram-se de perplexidade e ele ficou boquiaberto. Em seguida, estremeceu ligeiramente e fechou a boca com força, entreabrindo-a apenas numa fenda para enunciar suas próximas palavras.

– Tenho ordens de enviar qualquer informação pertencente ao criminoso das Terras Altas conhecido como Jamie Fraser, o Ruivo – disse ele. – Ou qualquer pessoa associada a ele.

– Eu não estou associada a ele! – disse. A menos que queira contar casamento, é claro.

O coronel Campbell permaneceu indiferente. Voltou-se para a sua escrivaninha e remexeu numa pilha de despachos.

– Sim, aqui está. O capitão Mainwaring será o oficial que a escoltará. Virá aqui buscá-la pela manhã. – Tocou uma pequena sineta de prata no formato de um gnomo e a porta abriu-se, revelando o rosto inquiridor de seu ordenança particular. – Garvie, acompanhe a senhora aos seus aposentos. Tranque a porta. – Virou-se para mim e fez uma ligeira mesura. – Creio que não nos veremos outra vez, sra. Beauchamp. Desejo-lhe um bom descanso e vá com Deus. – E isso foi tudo.

Não sei qual exatamente era a velocidade de Deus, mas provavelmente devia ser mais rápida do que o lento cavalgar do destacamento do capitão Mainwaring. O capitão estava encarregado de uma caravana de carroças de suprimentos destinadas a Lanark. Após a entrega dessas carroças e de seus condutores, deveria prosseguir para o sul com o restante de seu destacamento, entregando despachos de pouca importância ao longo do caminho. Aparentemente, eu estava enquadrada na categoria de despachos sem urgência, pois estávamos há mais de uma semana na estrada e não havia sinal de estarmos chegando a nenhum lugar ao qual eu era destinada.

"Sul." Significaria Londres?, perguntei-me, pela milésima vez. O capitão Mainwaring não me dissera qual o meu destino final, mas eu não conseguia pensar em nenhuma outra possibilidade.

Erguendo a cabeça, dei de cara com um dos soldados dos dragões olhando fixamente para mim. Devolvi o olhar diretamente, até que ele enrubesceu e abaixou os olhos para a tigela em suas mãos. Eu estava acostumada a olhares desse tipo, embora a maioria não fosse tão ousada.

Começara desde que eu fora "resgatada", com um certo constrangimento reservado por parte do jovem idiota que me levara a Livingston. Não precisei de muito tempo para perceber que o que causava a atitude de distante reserva por parte dos oficiais ingleses não era desconfiança, mas uma mistura de desprezo e horror, mesclada a traços de pena e uma noção de responsabilidade oficial que impedia que seus verdadeiros sentimentos fossem abertamente demonstrados.

Eu não só fora resgatada de um bando de escoceses vorazes e predadores. Eu fora entregue de um cativeiro durante o qual eu passara uma noite inteira em um único aposento com vários homens, que eram, de acordo com determinado conhecimento de todos os ingleses de bem, "pouco mais do que bestas selvagens, culpados de pilhagem, roubo e incontáveis outros crimes hediondos". Inimaginável, portanto, que uma jovem inglesa tivesse passado a noite na companhia de tais animais e emergido incólume.

Refleti com raiva que o fato de Jamie ter me carregado para fora aparentemente desmaiada podia ter facilitado as coisas no início, mas sem dúvida contribuíra para a impressão geral de que ele – e os demais escoceses do bando – haviam me violentado. E graças à carta detalhada escrita pelo capitão do meu grupo original de salvadores, todos a quem eu fora repassada – e todos com quem eles conversaram, eu imagino – sabiam a respeito. Instruída em Paris, eu conhecia muito bem os mecanismos dos mexericos.

O cabo Rowbotham certamente ouvira histórias, mas continuara a tratar-me amavelmente, sem nenhum indício da especulação mal disfarçada que eu de vez em quando surpreendia nos rostos dos outros soldados. Se eu fosse inclinada a oferecer preces antes de dormir, teria incluído seu nome.

Levantei-me, bati a poeira do meu manto e entrei em minha tenda. Vendo-me sair, o cabo Rowbotham também se levantou e, dando a volta à fogueira discretamente, sentou-se junto a seus companheiros outra vez, as costas voltadas diretamente para a entrada da minha tenda. Depois que os soldados se retirassem para suas camas, sei que ele procuraria um local a uma distância respeitável do meu lugar de descanso, mas ainda assim ao alcance de minha voz. Ele fizera isso nas últimas três noites, quer dormíssemos numa estalagem ou no campo.

Há três noites, eu tentara mais uma fuga. O capitão Mainwaring sabia muito bem que eu estava viajando com ele por imposição e, embora eu representasse um fardo, era um soldado consciencioso demais para se livrar da responsabilidade. Dois guardas haviam sido destacados para me vigiar atentamente, cavalgando comigo, um de cada lado, durante o dia.

À noite, a guarda era relaxada, o capitão evidentemente achando improvável que eu fugisse a pé pela região pantanosa e deserta nos rigores do inverno. O capitão tinha razão. Eu não tinha a menor intenção de cometer suicídio.

Na noite em questão, entretanto, havíamos atravessado um vilarejo há umas duas horas antes de pararmos para passar a noite. Mesmo a pé, eu tinha certeza de que poderia voltar pelo mesmo caminho e chegar à vila antes do amanhecer. A vila possuía uma pequena destilaria, de onde carroças carregadas de barris partiam para várias cidades nas regiões adjacentes. Eu vira o pátio da destilaria, com pilhas de barris, e achei que tinha ali uma boa chance de me esconder e partir com a primeira carroça.

Assim, depois que o acampamento ficou silencioso e os soldados estavam amontoados, roncando em volta da fogueira, eu saíra sorrateiramente de baixo do meu cobertor, cuidadosamente estendido à beira de um bosque de salgueiros, e abri caminho através de suas enormes copas com as folhagens arrastando pelo chão, sem nenhum ruído mais alto do que o murmúrio do vento.

Ao sair do bosque, pensei que fosse o barulho do vento atrás de mim, também, até que a mão de alguém agarrou meu ombro.

– Não grite. Não vai querer que o capitão saiba que saiu sem permissão. – Não gritei, apenas porque, com o susto, todo o ar se exaurira dos meus pulmões. O soldado, um homem consideravelmente alto chamado carinhosamente de "Jessie" por seus companheiros, por causa do cuidado que tomava em pentear seus cachos louros, sorriu para mim e eu devolvi o sorriso de modo incerto.

Seus olhos recaíram sobre meus seios. Suspirou, ergueu os olhos para os meus e deu um passo em minha direção. Dei três passos para trás, rapidamente.

– Na verdade, não importa, não é, docinho? – disse ele, ainda sorrindo sem pressa. – Não depois do que já aconteceu. Que diferença faz mais um, não é mesmo? E além do mais, sou um inglês – tentou me persuadir. – E não um escocês imundo.

– Deixe a pobre mulher em paz, Jess – disse o cabo Rowbotham, emergindo silenciosamente da proteção dos salgueiros às suas costas. – Ela já teve muitos problemas, a pobre senhora. – Falou com voz bastante calma, mas Jessie fitou-o com raiva. Depois, pensando melhor em relação ao que quer que fosse que tivesse em mente, virou-se sem mais nenhuma palavra e desapareceu sob as folhas dos salgueiros.

O cabo esperou, calado, até eu pegar meu manto caído no chão, depois me seguiu de volta ao acampamento. Ele foi pegar seu próprio cobertor, fez sinal para que eu fosse me deitar e posicionou-se a alguns passos de distância, sentando-se com seu cobertor em volta dos ombros, como um índio. Sempre que eu acordava durante a noite, eu o via ainda sentado lá, olhando fixa e distraidamente para o fogo.

Tavistock realmente possuía uma estalagem. Mas eu não tive muito tempo para desfrutar de suas comodidades. Chegamos ao vilarejo ao meio-dia e o capitão Mainwaring saiu na mesma hora para entregar sua atual safra de despachos. Entretanto, retornou depois de uma hora e me disse para pegar meu manto.

– Por quê? – perguntei, confusa. – Para onde vamos?

Olhou para mim com indiferença e disse:

– Para a Mansão Bellhurst.

– Certo – disse. Parecia um pouco mais imponente do que meu ambiente atual, que incluía vários soldados jogando dados no chão, um vira-lata pulguento dormindo junto ao fogo e um forte cheiro de lúpulo de cerveja.

A mansão, indiferente à beleza natural do lugar, teimosamente virava-se de costas para as campinas abertas e encolhia-se para dentro da terra, de frente para o íngreme penhasco.

Seu acesso era reto, curto e sem adornos, ao contrário dos acessos graciosos e sinuosos das mansões francesas. Mas a entrada da mansão era guarnecida com dois úteis pilares de pedra, cada qual ostentando o símbolo heráldico do proprietário. Fitei-o quando meu cavalo passou perto, tentando localizar de quem era aquele brasão. Um gato – talvez um leopardo? – agachado com a cabeça levantada e um lírio na pata. O brasão era-me familiar, eu tinha certeza. Mas de quem seria?

Ouviu-se um movimento no capim alto junto ao portão e eu vislumbrei dois pálidos olhos azuis quando uma trouxa de trapos corcunda fugiu rapidamente para as sombras, longe da agitação dos cascos dos cavalos. Algo a respeito do mendigo em farrapos também me pareceu familiar. Talvez eu estivesse simplesmente enlouquecendo; agarrando-me a qualquer coisa que não me lembrasse de soldados ingleses.

O meu acompanhante ficou aguardando no pátio de entrada, sem se dar ao trabalho de desmontar, enquanto eu subia os degraus da entrada com o capitão

Mainwaring e esperava enquanto ele batia à porta, imaginando o que haveria do outro lado.

– Sra. Beauchamp? – O mordomo, se isso é o que ele era, tinha um ar de quem esperava o pior. Sem dúvida, ele tinha razão.

– Sim – disse. – De quem é esta casa?

Mas enquanto eu perguntava ergui os olhos e espreitei a semiobscuridade do vestíbulo interior. Um rosto fitava-me, os olhos de corça arregalados e espantados.

Mary Hawkins.

Quando a jovem abriu a boca, eu também abri a minha. E gritei o mais alto que pude. O mordomo, pego de surpresa, recuou um passo, tropeçou num canapé e caiu de lado como um pino de boliche. Pude ouvir os ruídos de surpresa dos soldados lá fora, subindo os degraus da entrada.

Arrematei minhas saias e gritei esganiçadamente, saindo correndo em direção à sala de visitas, berrando como uma *banshee*.

– Um rato! Um rato!

Contagiada pela minha aparente histeria, Mary gritou também e agarrou-me pela cintura quando colidi com ela como uma bala de canhão. Empurrei-a para trás, para os recessos da sala de visitas comigo, e agarrei-a pelos ombros.

– Não diga a ninguém quem eu sou – sussurrei em seu ouvido. – Ninguém! Minha vida depende disso! – Achei que estava sendo melodramática, mas me ocorreu, enquanto falava, que eu podia muito bem estar dizendo a mais pura verdade. Ser casada com Jamie Fraser, o Ruivo, era provavelmente um problema arriscado.

Mary teve tempo apenas de assentir de forma atordoada quando a porta no outro extremo do aposento abriu-se e um homem entrou.

– Que barulheira terrível é essa, Mary? – perguntou ele. Apesar de ser um homem gordo, com um ar satisfeito, ele também tinha um queixo firme e lábios apertados num ar de contentamento, próprios de alguém que está satisfeito porque em geral consegue o que quer.

– N-nada, papai – disse Mary, gaguejando de nervosismo. – Apenas um r-r-rato.

O baronete cerrou os olhos com força e respirou fundo, buscando paciência. Tendo encontrado um simulacro desse estado, abriu-os e olhou fixamente para sua filha.

– Repita isso, menina – ordenou ele. – Mas direito. Não vou aceitar que fique murmurando ou balbuciando incoerentemente. Respire fundo, controle-se. Agora. Outra vez.

Mary obedeceu, inspirando até que os cadarços de seu corpete esticaram-se em cima de seu peito estufado. Seus dedos enrolaram-se no brocado de seda de sua saia, em busca de apoio.

– Era um r-rato, papai. A sra. Fr... hã, esta senhora assustou-se com um rato.

Descartando essa tentativa como meramente satisfatória, o baronete aproximou-se, examinando-me com interesse.

– Hã? E quem é você, madame?

O capitão Mainwaring, chegando atrasado à cena após a busca pelo mítico rato, surgiu junto ao meu cotovelo e apresentou-me, entregando a carta do coronel MacLeish.

– Hummm. Então parece que Sua Excelência deverá ser seu hospedeiro, madame, ao menos por enquanto. – Entregou a carta ao mordomo que aguardava discretamente e pegou o chapéu que este último havia tirado do cabide próximo. – Lamento que nosso conhecimento deva ser tão breve, sra. Beauchamp. Eu já estava de saída. – Olhou para trás, para um pequeno lance de escadas que partia do vestíbulo. O mordomo, com a dignidade restaurada, já subia as escadas, a carta encardida descansando em uma salva conduzida à sua frente. – Vejo que Walmisley foi comunicar sua chegada a Sua Excelência. Devo ir ou perderei a carruagem do correio. *Adieu*, sra. Beauchamp.

Voltou-se para Mary, parada, hesitante, junto aos lambris de madeira.

– Adeus, minha filha. Tente... bem. – Os cantos de sua boca viraram-se para cima no que pretendia ser um sorriso paternal. – Adeus, Mary.

– Adeus, papai – murmurou ela, os olhos no chão. Olhei de um para o outro. O que diabos Mary Hawkins, de todas as pessoas possíveis, estava fazendo ali? Obviamente, ela estava hospedada na casa; imaginei que o proprietário devia ser um conhecido da família.

– Sra. Beauchamp? – Um criado de libré, gordo e baixo, fazia uma mesura junto ao meu cotovelo. – Sua Excelência vai recebê-la agora, madame.

As mãos de Mary agarraram a minha manga quando me virei para seguir o criado.

– M-m-m-mas... – começou ela a dizer. Em meu estado de tensão, não achei que conseguiria reunir paciência suficiente para esperar até que ela conseguisse dizer o que pretendia. Sorri vagamente e bati de leve em sua mão para tranquilizá-la.

– Sim, sim – disse. – Não se preocupe, tudo vai ficar bem.

– M-mas é meu...

O criado inclinou-se e empurrou a porta no final do corredor. A luz interior recaía sobre a riqueza de brocados e madeira polida. A cadeira que eu podia ver em um dos lados possuía um brasão de família bordado no encosto; uma versão mais clara da desgastada insígnia de pedra que eu vira lá fora.

Um leopardo agachado, segurando na pata um ramo de lírios – ou seriam flores de açafrão? Sinais de alarme soaram em minha mente quando o ocupante da cadeira se levantou, sua sombra recaindo sobre o polido umbral da porta quando ele se virou. Mary conseguiu finalmente pronunciar sua angustiada palavra final, simultaneamente ao anúncio do criado.

– Meu *p-p-padrinho*! – disse ela.

– Sua Excelência, o duque de Sandringham – anunciou o criado.

– Sra... Beauchamp? – disse o duque, boquiaberto de surpresa.

– Bem – falei debilmente. – Algo assim.

A porta da sala de visitas fechou-se atrás de mim, deixando-me a sós com Sua Excelência. A última visão que tive de Mary foi ela de pé no corredor, os olhos parecendo dois pires, a boca abrindo-se e fechando-se silenciosamente como um peixinho dourado.

Havia grandes jarros chineses flanqueando as janelas e mesas marchetadas debaixo deles. Uma Vênus de bronze posava provocantemente sobre o consolo da lareira, acompanhada por um par de tigelas de porcelana de bordas douradas e candelabros de prata, iluminados com velas de cera. Um tapete felpudo que eu reconheci como um Kermanshah de excelente qualidade cobria quase todo o assoalho, e em um dos cantos destacava-se uma espineta; o pouco espaço que sobrava era ocupado por móveis incrustados e uma ou outra estátua.

– Belo lugar você tem aqui – observei amavelmente para o duque, que estava parado diante da lareira, as mãos entrelaçadas sob a aba do casaco, observando-me com uma expressão de cauteloso divertimento no rosto largo e avermelhado.

– Obrigado – disse ele, na voz alta de tenor que saía tão estranhamente daquele peito em forma de tambor. – A sua presença o adorna, minha cara. – A diversão venceu a suspeita e ele sorriu, um riso fanfarrão e encantador. – Por que Beauchamp? – perguntou ele. – Esse não é, por acaso, seu verdadeiro nome, é?

– Meu nome de solteira – respondi, estimulada a dizer a verdade. Suas grossas sobrancelhas louras levantaram-se abruptamente.

– Você *é* francesa?

– Não, inglesa. Mas eu não podia usar Fraser, não é?

– Compreendo. – As sobrancelhas ainda erguidas, ele indicou com um sinal da cabeça um pequeno canapé de dois lugares forrado de brocado, convidando-me a sentar. Era ricamente esculpido e magnificamente proporcionado, uma peça de museu, como tudo o mais no aposento. Puxei minhas saias ensopadas para o lado, o mais graciosa possível, ignorando as profusas manchas de lama e pelo de cavalo, e delicadamente sentei-me sobre o cetim amarelo-claro.

O duque começou a andar de um lado a outro diante do fogo, observando-me, ainda com um leve sorriso nos lábios. Eu lutava contra a crescente sensação de calor e conforto que se espalhava pelas minhas pernas doloridas, ameaçando me arrastar para o abismo de fadiga que se abria aos meus pés. Não era absolutamente hora de baixar a guarda.

– Qual delas você é? – perguntou o duque de repente. – Uma refém inglesa, uma jacobita fervorosa ou uma agente francesa?

Esfreguei dois dedos sobre a dor entre meus olhos. A resposta correta era "nenhuma das respostas acima", mas achei que isso não me levaria muito longe.

– A hospitalidade desta casa parece deixar um pouco a desejar em relação às pessoas que recebe – disse, tão arrogante quanto possível naquelas circunstâncias, o que não era muito. Ainda assim, o exemplo de Louise como grande dama não fora totalmente em vão.

O duque riu, uma espécie de risada alta e trinada, como um morcego que tivesse acabado de ouvir uma boa piada.

– Mil perdões, madame. Tem toda a razão; devia ter pensado em lhe oferecer um lanche antes de ousar interrogá-la. Uma grande falta de consideração de minha parte.

Murmurou alguma coisa para o criado que apareceu em resposta ao toque da sineta, depois aguardou calmamente diante da lareira até que a bandeja chegasse. Permaneci sentada em silêncio, olhando em torno do aposento, ocasionalmente lançando um rápido olhar ao meu anfitrião. Nenhum de nós dois estava interessado em conversas amenas sobre assuntos gerais. Apesar de sua cordialidade exterior, aquela era uma trégua armada e nós dois sabíamos disso.

O que eu queria saber era por quê. Já acostumada a que as pessoas se perguntassem quem diabos eu era, imaginava onde o duque se encaixava. Ou onde ele achava que *eu* me encaixava. Ele já se encontrara comigo duas vezes antes, como sra. Fraser, mulher do senhor de Lallybroch. Agora eu surgia na soleira de sua porta, posando como uma refém inglesa chamada Beauchamp recentemente resgatada de uma gangue de jacobitas escoceses. Era suficiente para qualquer um desejar saber. Mas essa atitude em relação a mim ia muito além da simples curiosidade.

O chá chegou, completo com pãezinhos e bolo. O duque pegou sua própria xícara, indicou a minha com um sinal da sobrancelha e tomamos chá, ambos ainda em silêncio. Em algum lugar do outro lado da casa, eu podia ouvir umas batidas surdas, como as de alguém martelando. O leve tilintar da xícara do duque contra o pires foi o sinal para a retomada das hostilidades.

– Muito bem – disse ele, com tanta firmeza quanto possível para um homem que soava como o Mickey Mouse. – Deixe-me começar, sra. Fraser... posso chamá-la assim? Obrigado. Deixe-me começar dizendo que eu já sei muito a seu respeito. Pretendo saber mais. Fará bem em me responder de maneira completa e sem hesitações. Devo dizer, sra. Fraser, que é uma pessoa surpreendentemente difícil de matar – inclinou-se um pouco em minha direção, o sorriso ainda nos lábios –, mas tenho certeza de que isso poderá ser feito, desde que se tenha suficiente determinação.

Encarei-o, sem me mexer; não por algum sangue-frio inato, mas por simples estupefação. Adotando outro dos maneirismos de Louise, ergui as duas sobrancelhas inquisitivamente, bebi um pequeno gole do chá, depois sequei meus lábios delicadamente com o guardanapo bordado com um monograma.

– Receio que me ache estúpida, Excelência – disse educadamente –, mas não faço a menor ideia do que está dizendo.

– Não mesmo, minha cara?

Os olhos azuis, pequenos e alegres, não piscaram. Estendeu a mão para a sineta de prata sobre a bandeja e tocou-a uma única vez.

O homem devia estar esperando no aposento ao lado pela convocação, pois a porta abriu-se quase imediatamente. Um sujeito magro e alto, com as vestimentas escuras e a camisa de linho de boa qualidade de um criado de alto escalão, aproximou-se do duque e fez uma profunda reverência.

– Excelência? – Ele falava inglês, mas o sotaque francês era inconfundível. O rosto era francês, também; nariz longo e branco, com lábios finos e cerrados e um par de orelhas que se destacavam de sua cabeça como uma pequena asa de cada lado, as pontas fragorosamente vermelhas. O rosto delgado ficou ainda mais pálido quando ele ergueu os olhos e me viu. Instintivamente, deu um passo para trás.

Sandringham observou-o com uma carranca de irritação, depois voltou sua atenção para mim.

– Não o reconhece? – perguntou ele.

Eu estava começando a balançar a cabeça quando a mão direita do sujeito contorceu-se de repente contra o tecido de suas calças. O mais discretamente possível, ele fazia o sinal de chifres, os dedos médio e anular dobrados, o indicador e o dedo mínimo apontados para mim. Compreendi, então, e no instante seguinte tive a confirmação do que já sabia – um pequeno sinal, uma pinta falsa usada para embelezamento, acima da forquilha do polegar.

Não tive a menor dúvida; era o homem da camisa de manchas escuras que atacara a mim e a Mary em Paris. E obviamente a mando do duque.

– Seu miserável *filho da mãe*! – exclamei. Levantei-me num salto, virando a mesinha de chá, e agarrei o objeto mais próximo, um jarro de tabaco de alabastro esculpido. Arremessei-o na cabeça do sujeito, que se virou e fugiu precipitadamente, o pesado jarro errando o alvo por apenas alguns centímetros e indo espatifar-se contra o batente da porta.

A porta bateu quando comecei a correr atrás do sujeito e eu parei bruscamente, arfando. Olhei furiosa para Sandringham, as mãos nos quadris.

– Quem é ele? – perguntei.

– Meu camareiro – disse o duque calmamente. – Seu nome é Albert Danton. Um bom sujeito ao lidar com echarpes e meias, mas um pouco excitável, como são tantos franceses. Incrivelmente supersticioso, também. – Franziu o cenho e olhou com ar de desaprovação para a porta fechada. – Malditos papistas, com todos esses santos e incensos e coisas semelhantes. Acreditam em qualquer coisa.

Minha respiração abrandou-se, embora meu coração ainda martelasse contra as barbatanas do meu espartilho. Tive dificuldade para respirar fundo.

– Seu imundo, nojento, desgraçado... *pervertido*!

O duque pareceu entediado com minha reação e meneou a cabeça negligentemente.

– Sim, sim, minha cara. Tudo isso, tenho certeza, e mais ainda. Um pouco azarado também, ao menos naquela ocasião.

– Azarado? É assim que chama a isso? – Tropegamente, voltei para o canapé e sentei-me. Minhas mãos tremiam de nervoso e eu as entrelacei no colo, escondendo-as sob as pregas da minha saia.

– Por diversos motivos, minha cara senhora. Veja bem. – Espalmou as mãos em sinal de súplica. – Enviei Danton para dar cabo de você. Ele e seus companheiros resolveram se divertir um pouco primeiro; até aí, tudo bem, mas no processo eles a olharam com mais atenção, saltaram inexplicavelmente à conclusão de que você era algum tipo de bruxa, perderam completamente a cabeça e fugiram. Porém, não antes de deflorar minha afilhada, que estava presente por acaso, assim arruinando todas as chances de um excelente casamento que eu tive muito trabalho em arranjar para ela. Considere a ironia da situação!

Os choques vinham avassaladores e rápidos e eu nem conseguia saber a qual reagir primeiro. No entanto, havia uma declaração particularmente surpreendente naquele discurso.

– O que quer dizer com "dar cabo de mim"? – perguntei. – Está querendo dizer que você tentou mesmo me *matar*? – O aposento pareceu oscilar um pouco e tomei um grande gole de chá como se fosse um tônico fortificante. Não foi muito eficaz.

– Bem, sim – disse Sandringham afavelmente. – Era isso que eu estava tentando dizer. Diga-me, minha cara, gostaria de tomar um pouco de xerez?

Fitei-o com os olhos semicerrados por um instante. Tendo acabado de afirmar que ele tentara mandar me matar, ele agora esperava que eu aceitasse um copo de xerez de suas mãos?

– Conhaque – disse. – Muito conhaque.

Ele deu uma risadinha naquele tom estridente outra vez e dirigiu-se ao bufete, observando por cima do ombro.

– O capitão Randall disse que você era uma mulher muito divertida. Um elogio e tanto vindo do capitão, sabe. Ele normalmente não tem muita paciência com as mulheres, embora elas fervilhem sobre ele como um enxame. Por sua aparência, imagino, não pode ser por seus modos.

– Então Jack Randall *realmente* trabalha para você – disse, pegando o copo que ele me entregou. Eu o vira servir dois copos e tinha certeza de que ambos continham apenas conhaque. Tomei um grande e terrivelmente necessitado gole.

O duque acompanhou-me, piscando diante do efeito do líquido cáustico.

– Claro – disse ele. – Em geral, a melhor ferramenta é a mais perigosa. Por essa razão, não se hesita em usá-la; é preciso apenas tomar certas precauções.

– Perigoso, hein? Exatamente o quanto você sabe a respeito de Jonathan Randall? – perguntei, com curiosidade.

O duque riu baixinho.

– Ah, literalmente tudo, eu diria, minha cara. Talvez muito mais do que você, na realidade. Não adianta empregar um homem como esse sem ter à mão os meios de controlá-lo. E o dinheiro é uma boa brida, mas uma rédea fraca.

– Ao contrário da chantagem? – disse secamente.

Ele recostou-se confortavelmente na cadeira, as mãos cruzadas sobre a proeminente barriga, e olhou-me com um interesse superficial.

– Ah. Está pensando que a chantagem pode funcionar nos dois sentidos, suponho? – Balançou a cabeça, deslocando algumas partículas de grãos de rapé que flutuaram até pousar no colete de seda. – Não, minha cara. Para começar, existe uma certa diferença em nossas posições. Embora boatos desse tipo possam afetar a maneira como sou recebido em alguns círculos da sociedade, isso não é uma questão que me preocupe muito. Enquanto para o bom capitão... bem, o exército tem uma visão muito turva de tais predileções anormais. Na verdade, a penalidade em geral é a morte. Não, não há muita comparação, realmente.

Inclinou a cabeça para o lado, até onde as múltiplas papadas permitiam.

– Mas não é nem a promessa de riqueza nem a ameaça de exposição que prendem John Randall a mim – disse ele. Os olhinhos azuis, lacrimosos, brilharam nas órbitas. – Ele me serve porque eu posso lhe dar o que ele deseja.

Examinei a compleição corpulenta com um asco indisfarçável, fazendo Sua Excelência sacudir-se de rir.

– Não, isso não – disse ele. – Os gostos do capitão são um pouco mais refinados do que isso, ao contrário dos meus.

– O quê, então?

– Castigo – disse ele calmamente. – Mas você sabe disso, não? Ou ao menos seu marido sabe.

Senti-me suja simplesmente por estar perto dele e levantei-me para ir embora. Os cacos do jarro de tabaco de alabastro jaziam espalhados pelo assoalho e eu chutei um deles inadvertidamente, de modo que ele voou, bateu na parede, ricocheteou e girou, indo se alojar embaixo do canapé e me fazendo lembrar de Danton.

Eu não tinha certeza se queria discutir o assunto do meu assassinato abortado com ele, mas no momento a questão parecia preferível às alternativas.

– Por que quis me matar? – perguntei bruscamente, virando-me para encará-lo. Passei os olhos brevemente pela coleção de objetos em uma mesinha redonda, à cata de uma boa arma de defesa, para o caso de ele ainda nutrir tais sentimentos.

Não parecia. Em vez disso, inclinou-se com grande esforço e pegou o bule de chá – milagrosamente intacto –, colocando-o de novo em pé sobre a mesinha de chá agora restabelecida à sua posição original.

– Pareceu-me vantajoso na época – disse ele calmamente. – Eu soubera que você e seu marido estavam tentando frustrar um negócio particular no qual eu mesmo estava interessado. Pensei em eliminar seu marido, mas pareceu-me perigoso demais, considerando-se seu parentesco próximo a duas das maiores famílias da Escócia.

– Considerou eliminá-lo? – Uma luz acendeu-se em minha mente, uma das muitas que espocavam em meu crânio como fogos de artifício. – Foi você quem enviou dois marinheiros que atacaram Jamie em Paris?

O duque meneou a cabeça, confirmando.

– Pareceu-me o método mais simples, ainda que um pouco grosseiro. Por outro lado, Dougal MacKenzie apareceu em Paris e eu me perguntei se na verdade seu marido não estaria trabalhando *a favor* dos Stuart. Fiquei sem saber de que lado ele estava.

O que eu me perguntava era exatamente de que lado o *duque* estava. Esse estranho discurso fazia parecer que ele na verdade era um jacobita secreto – e se assim fosse, havia conseguido fazer um trabalho de mestre em guardar seus segredos.

– Depois – continuou ele, delicadamente colocando a tampa no bule outra vez –, havia sua crescente amizade com Luís da França. Mesmo que seu marido fracassasse com os banqueiros, Luís poderia fornecer a Charles Stuart o que ele precisasse, desde que você mantivesse seu lindo nariz fora disso.

Franziu a testa para o pãozinho que segurava, removeu com um peteleco uns fiapos de sua superfície, em seguida concluiu que era melhor não comê-lo e atirou-o de volta na mesinha.

– Quando ficou claro o que estava realmente acontecendo, tentei atrair seu marido de volta à Escócia com a oferta de um perdão. Tal solução provou-se muito cara. E tudo para nada, outra vez! Mas então me lembrei da aparente devoção de seu marido por você... muito tocante – disse ele, com um sorriso benevolente que eu particularmente detestava. – Imaginei que sua morte trágica poderia muito bem distraí-lo do esforço no qual estava engajado, sem provocar o tipo de interesse que seu próprio assassinato teria envolvido.

Lembrando-me de algo, virei-me para olhar para a espineta no canto da sala. Várias folhas de partituras adornavam o suporte, escritas numa caligrafia elegante e clara. *Cinquenta mil libras, na ocasião em que Sua Alteza colocar o pé na Escócia.* Assinado S. "S", é claro, de Sandringham. O duque riu, aparentemente encantado.

– Isso foi muito inteligente de sua parte, minha cara. Deve ter sido você; eu tinha ouvido falar da infeliz incapacidade de seu marido com música.

– Na verdade, não foi – retruquei, afastando-me do piano. A mesa ao meu lado não ostentava nada útil como abridores de cartas ou objetos rombudos, mas apoderei-me apressadamente de um vaso e enterrei o rosto no aglomerado de flores de estufa que ele continha. Fechei os olhos, sentindo o roçar das pétalas frias contra minhas faces repentinamente quentes. Não ousava levantar os olhos, por medo de que meu rosto revelador me entregasse.

Porque, atrás do ombro do duque, eu vira um objeto redondo, curtido como couro, no formato de uma abóbora, emoldurado pelas cortinas de veludo verde como um dos exóticos objetos de arte do duque. Abri os olhos, espreitando cautelosamente por entre as pétalas, e a boca larga, de dentes quebrados, abriu-se num riso como uma lanterna de abóbora do Dia das Bruxas.

Eu estava dividida entre o terror e o alívio. Estivera certa, então, sobre o mendigo perto do portão. Era Hugh Munro, um velho companheiro de Jamie dos dias em que viveu como um fora da lei nas Terras Altas. Um ex-diretor de escola, ele fora capturado pelos turcos no mar, desfigurado por torturas e levado à mendicância e à perambulação – profissões que ele incrementava com uma bem-sucedida espionagem. Eu ouvira dizer que ele era um agente do exército das Terras Altas, mas não percebera que suas atividades o haviam trazido tão longe ao sul.

Há quanto tempo ele estaria ali, empoleirado como um pássaro na hera do lado de fora da janela do segundo andar? Não ousei tentar me comunicar com ele; tudo que pude fazer foi fixar os olhos em um ponto logo acima do ombro do duque, fitando o espaço com aparente indiferença.

O duque olhava-me com interesse.

– É mesmo? Não Gerstmann, sem dúvida. Eu não imaginaria que ele tivesse uma mente suficientemente tortuosa.

– E acha que eu tenho? Estou lisonjeada. – Mantive o nariz nas flores, falando distraidamente para o centro de uma peônia.

A figura do lado de fora soltou a trepadeira o suficiente para erguer uma das mãos. Privado de sua língua pelos seus captores sarracenos, as mãos de Hugh falavam por ele. Fitando-me com intensidade, ele apontou deliberadamente, primeiro para mim, depois para si próprio, em seguida para um dos lados lá fora. A mão larga inclinou-se e os dois primeiros dedos transformaram-se num par de pernas em movimento, fugindo para leste. Um último piscar de olhos, o punho cerrado numa saudação, e ele havia desaparecido.

Relaxei, tremendo ligeiramente em reação, e respirei fundo, recuperando o fôlego. Espirrei e devolvi as flores ao seu lugar.

– Então você é um jacobita? – perguntei.

– Não necessariamente – respondeu o duque, animado. – A pergunta é, minha cara: *você* é? – Completamente à vontade, tirou a peruca e coçou a cabeça loura e meio calva antes de colocá-la de novo.

– Você tentou frustrar o esforço de restituir o rei James ao poder quando estava em Paris. Tendo fracassado, você e seu marido parecem agora ser os mais leais partidários de Sua Alteza. Por quê? – Os pequenos olhos azuis não demonstravam mais do que um ligeiro interesse, mas não foi um ligeiro interesse que fez com que tentasse mandar me matar.

Desde que descobrira quem era meu anfitrião, eu tentava com todas as forças lembrar-me do que Frank e o reverendo Wakefield haviam falado a respeito dele. Seria *realmente* um jacobita? Até onde eu conseguia me lembrar, o veredito da história – nas pessoas de Frank e do reverendo – era inconcludente. O meu também.

– Acho que não vou lhe contar – disse, devagar.

Com uma sobrancelha loura arqueada bem alta, o duque pegou uma pequena caixa esmaltada do bolso e retirou uma pitada do conteúdo.

– Tem certeza de que essa é uma decisão sábia, minha cara? Danton ainda está ao alcance da voz, sabe.

– Danton não me tocaria nem com uma vara de 3 metros – disse asperamente. – Aliás, nem você. Não – acrescentei apressadamente, vendo sua boca se abrir – pela mesma razão. Mas se você quer tanto saber de que lado estou, não vai me matar antes de descobrir, não é?

O duque engasgou-se com sua pitada de rapé e tossiu estrondosamente, batendo no peito de seu colete bordado. Levantei-me e fitei-o friamente de cima a baixo enquanto ele espirrava e lançava perdigotos.

– Está tentando me assustar para me fazer falar e contar-lhe o que sei, mas não vai funcionar – disse, com muito mais confiança do que realmente sentia.

Sandringham enxugou delicadamente os olhos lacrimejantes com um lenço. Por fim, inspirou fundo e expirou por entre os lábios carnudos, franzidos, enquanto olhava-me, furioso.

– Muito bem, então – disse ele, com muita calma. – Imagino que meus criados a essa altura já tenham terminado de preparar os seus aposentos. Vou mandar vir uma criada para levá-la ao seu quarto.

Devo ter olhado para ele com um ar pasmo e estúpido, porque ele sorriu desdenhosamente enquanto levantava-se com esforço.

– De certa forma, sabe, não importa – disse ele. – O que quer que você seja ou qualquer informação que possa ter, você possui um atributo de valor incalculável como hóspede da casa.

– E qual é? – perguntei. Ele parou, a mão na sineta, e sorriu.

– Você é a mulher de Jamie, o Ruivo – disse ele serenamente. – E ele gosta de você de verdade, minha cara, não é?

No que dizia respeito a prisões, eu já vira piores. O quarto media uns 9 metros de lado e era mobiliado com uma suntuosidade ultrapassada somente pela sala de visitas no térreo. A cama de dossel assentava-se em uma pequena plataforma, com penas de avestruz brotando dos cantos do baldaquim e pesadas cortinas de tecido adamascado. Um par de cadeiras forradas com o mesmo brocado das cortinas plantava-se confortavelmente diante de uma enorme lareira.

A criada que me acompanhara colocou a bacia e o jarro de água que carregava sobre a mesa e apressou-se a acender o fogo da lareira, já preparado. O criado de libré colocou sua enorme bandeja coberta sobre a mesa junto à porta, depois ficou parado impassivelmente na entrada, frustrando quaisquer pensamentos que eu pudesse ter de tentar uma pequena corrida pelo corredor. Não que me adiantasse tentar, pensei com melancolia; ficaria irremediavelmente perdida na casa depois da primeira volta no corredor; o maldito lugar era tão grande quanto o palácio de Buckingham.

– Tenho certeza de que Sua Excelência espera que fique confortável, madame – disse a criada, com uma mesura gentil antes de sair.

– Ah, aposto que sim – disse, de forma nada gentil.

A porta fechou-se atrás dela com um baque surdo e sólido, bastante desencorajador. E o som rangente da enorme chave girando pareceu raspar o último resquício de isolante que cobria meus nervos esfolados.

Tremendo no frio do vasto aposento, agarrei os cotovelos e aproximei-me do fogo, onde me deixei cair em uma das cadeiras. Meu impulso era o de aproveitar a privacidade para ter um pequeno ataque histérico. Por outro lado, receava que, se eu desse qualquer vazão às minhas emoções contidas a rédeas curtas, jamais conseguiria refreá-las outra vez. Fechei os olhos com força e observei o tremular vermelho da luz do fogo na parte posterior das minhas pálpebras, esforçando-me para me acalmar.

Afinal, eu não corria nenhum perigo no momento, e Hugh Munro estava indo ao encontro de Jamie. Ainda que Jamie tivesse perdido minha pista no decurso da viagem de uma semana, Hugh o encontraria e o conduziria até aqui. Hugh conhecia cada camponês e cada funileiro, cada fazenda e cada mansão em quatro paróquias. Uma mensagem do homem mudo viajaria pela rede de notícias e boatos com a rapidez com que as nuvens levadas pelo vento passavam pelas montanhas. Quer dizer, se ele tivesse conseguido sair em segurança de seu elevado poleiro na hera e deixado as terras do duque sem ser capturado.

– Não seja ridícula – disse em voz alta –, o sujeito é um invasor profissional. É claro que conseguiu. – O eco de minhas palavras contra o teto de gesso ornamentado era de certa forma reconfortante. – E sendo assim – continuei com firmeza, ainda falando para ouvir a mim mesma –, Jamie virá.

Certo, pensei repentinamente. E os homens de Sandringham estarão à sua espera quando ele chegar. *Você é a mulher de Jamie, o Ruivo*, o duque dissera. Meu único atributo de valor. Eu era a isca.

– Sou um ovo de salmão! – exclamei, sentando-me empertigada na cadeira. A absoluta indignidade da imagem provocou uma pequena, mas bem-vinda explosão de cólera que fez o medo recuar um pouco. Tentei atiçar as chamas da raiva levantando-me e andando a passos largos de um lado a outro, pensando em novos nomes para xingar o duque na próxima vez em que nos encontrássemos. Em minhas composições, eu chegara até "pederasta traiçoeiro", quando um grito abafado vindo do lado de fora distraiu minha atenção.

Afastando as pesadas cortinas de veludo da janela, vi que o duque cumprira sua palavra. Sólidas barras de madeira cruzavam-se no caixilho da janela, numa treliça tão fechada que eu mal conseguia enfiar o braço entre elas. Entretanto, eu podia ver.

Anoitecera e as sombras sob as árvores do parque eram negras como tinta. A gritaria vinha de lá, acompanhada por gritos de resposta provenientes dos estábulos, onde duas ou três figuras surgiram repentinamente, portando tochas acesas.

As figuras escuras e pequenas correram em direção ao bosque, as chamas de suas tochas de pinho ondeando para trás, sua luz laranja flamejando ao vento úmido e frio. Quando alcançaram os limites do bosque, um amontoado de vultos humanos quase indistinto tornou-se visível, caindo na grama em frente à casa. O terreno estava molhado e a força da luta deixava cortes negros e profundos no gramado castigado pelo inverno.

Fiquei na ponta dos pés, agarrando-me às barras e pressionando a cabeça contra a madeira num esforço para ver melhor. A luz do dia esvaíra-se completamente e, à luz das tochas, eu não conseguia distinguir mais do que um ou outro braço ou perna arremessando-se do tumulto lá embaixo.

Não pode ser Jamie, disse a mim mesma, tentando engolir o bolo em minha garganta que era meu coração. Não assim tão cedo, não agora. E não sozinho, certamente ele não teria vindo sozinho? Porque eu já podia ver que a luta concentrava-se em um único homem, agora de joelhos, não mais do que uma figura escura arqueada sob os punhos e paus dos guardas de caça e dos cavalariços do duque.

Em seguida, a figura agachada estatelou-se no chão e a gritaria cessou, embora mais alguns golpes tenham sido desfechados por precaução antes do pequeno bando de criados do duque recuar. Algumas palavras de conversa foram trocadas, inaudíveis do meu ponto de observação, e dois homens abaixaram-se e seguraram a figura por baixo dos braços. Quando passaram embaixo de minha janela do terceiro andar a caminho dos fundos da casa, a luz das tochas iluminou um par de pés calçados com sandálias sendo arrastado pelo chão e os farrapos de um casaco encardido. Não era Jamie.

Um dos rapazes do estábulo corria ao lado, triunfalmente carregando uma grossa bolsa de couro em uma correia. Eu estava muito acima para ouvir o tilintar dos minúsculos ornamentos de metal pendurados na correia, mas eles brilhavam na luz das tochas e todas as forças abandonaram meus braços numa precipitação de horror e desespero.

Eram moedas e botões, os pequenos objetos metálicos. E *gaberlunzies.* Os minúsculos selos de chumbo que davam a um mendigo licença de pedir esmolas por uma determinada paróquia. Hugh Munro possuía quatro desses, uma concessão especial por seus sofrimentos nas mãos dos turcos. Não era Jamie, mas Hugh.

Eu tremia tanto que minhas pernas mal me obedeciam, mas corri para a porta e soquei-a com todas as minhas forças.

– Deixem-me sair! – gritei. – Tenho que ver o duque! Deixem-me sair!

Não houve nenhuma resposta aos meus incessantes gritos e socos na porta, e eu voltei correndo para a janela. A cena lá embaixo era eminentemente pacífica agora; um rapaz segurava uma tocha para um dos jardineiros, que estava ajoelhado na beirada do gramado, cuidadosamente substituindo os tufos de grama que haviam sido arrancados durante a luta.

– Ei! – berrei.

Cobertos como estavam por barras, eu não podia girar a manivela e abrir os postigos para fora. Atravessei o quarto correndo e peguei um dos pesados castiçais de prata, corri de volta e estilhacei uma das vidraças da janela, indiferente aos estilhaços que voaram em todas as direções.

– Socorro! Ei, vocês aí embaixo! Digam ao duque que preciso vê-lo! Agora! Socorro!

Achei que uma das figuras virou a cabeça na minha direção, mas nenhum dos dois fez qualquer movimento em direção à casa, continuando seu trabalho como se tivesse sido apenas o grito de um pássaro perturbando a escuridão que os cercava.

Corri de volta para a porta, batendo e gritando, e de novo para a janela e de volta para a porta outra vez. Gritei, implorei e ameacei até que minha garganta ficou rouca e dolorida, e soquei a porta inflexível até meus punhos ficarem machucados e roxos, mas ninguém apareceu. Pelo que eu podia ouvir, era como se estivesse sozinha na casa. O silêncio no corredor era tão profundo como o da noite lá fora; como o de uma sepultura. Todo o controle que eu mantinha sobre meu medo desapareceu e eu finalmente caí de joelhos diante da porta, soluçando incontrolavelmente.

•••

Acordei, com frio e os músculos enrijecidos, com uma dor de cabeça latejante, sentindo algo grande e sólido empurrando-me pelo chão. Despertei completamente com um sobressalto quando a beirada da pesada porta que se abria beliscou minha coxa contra o assoalho.

– Ai! – rolei sobre mim mesma desajeitadamente, depois me ergui de maneira atabalhoada sobre as mãos e os joelhos, os cabelos caídos sobre o rosto.

– Claire! Ah, fique quieta, p-por favor! Querida, você está machucada? – Com um farfalhar de tecido engomado, Mary ajoelhou-se ao meu lado. Atrás dela, a porta fechou-se e eu ouvi o clique da fechadura.

– Sim... quero dizer, não. Estou bem – disse, aturdida. – Mas Hugh... – Cerrei os lábios com força e balancei a cabeça, tentando desanuviá-la. – O que você está fazendo aqui, Mary?

– Subornei a governanta para ela me deixar entrar – sussurrou ela. – Tem que falar tão alto assim?

– Não faz muita diferença – disse, num tom normal de voz. – Esta porta é tão grossa, só um jogo de futebol poderia ser ouvido através dela.

– Um o quê?

– Deixe pra lá. – Minha mente começava a clarear, embora meus olhos estivessem inchados e pegajosos e minha cabeça ainda latejasse como um tambor. Levantei-me com dificuldade e arrastei-me até a bacia, onde lavei o rosto com água fria. – Subornou a governanta? – questionei, enxugando o rosto com uma toalha. – Mas ainda estamos trancadas aqui dentro, não estamos? Eu ouvi a chave girar na fechadura.

Mary estava pálida na obscuridade do aposento. A vela derretera completamente enquanto eu dormia e não havia nenhuma luz, exceto o intenso clarão vermelho das brasas na lareira. Ela mordeu o lábio.

– Foi o m-melhor que pude fazer. A sra. Gibson estava com muito medo do duque para me dar a chave. Tudo que ela concordou em fazer foi me trancar aqui com você e me deixar sair de manhã. Achei que você precisasse de c-companhia – acrescentou ela timidamente.

– Ah – disse. – Bem... obrigada. Foi muita bondade sua. – Peguei uma nova vela na gaveta e dirigi-me à lareira para acendê-la. O castiçal estava coberto de cera da vela apagada; inclinei o castiçal e entornei uma pequena poça de cera derretida sobre a mesa e fixei uma nova vela, indiferente aos danos causados à superfície marchetada do móvel do duque.

– Claire – disse Mary. – Você está... está em dificuldades?

Mordi o lábio para estancar uma resposta impensada. Afinal, era uma menina de apenas 17 anos e sua ignorância de política era provavelmente ainda mais profunda do que fora sua falta de conhecimento sobre homens.

– Hã, sim – disse. – Em grandes dificuldades, receio.

Meu cérebro começava a trabalhar outra vez. Ainda que Mary não tivesse condições de ser uma grande ajuda para uma fuga, ela podia ao menos ser capaz de me fornecer informações sobre seu padrinho e as rotinas da casa.

– Você ouviu a algazarra lá fora perto do bosque algumas horas atrás? – perguntei. Ela balançou a cabeça. Estava começando a tremer; num aposento tão grande, o calor do fogo morria muito antes de chegar à plataforma da cama.

– Não, mas ouvi uma das cozinheiras dizendo que os guardas haviam capturado um mendigo no parque. Está terrivelmente frio. Não podemos entrar debaixo das c-cobertas?

Ela já engatinhava por cima da colcha, enfiando a mão sob o travesseiro para pegar a beirada do lençol. Seu traseiro era redondo e bonito, infantil sob a camisola branca.

– Não era um mendigo – disse. – Ou melhor, era um mendigo, mas era também um amigo. Ele estava indo ao encontro de Jamie para dizer-lhe que eu estava aqui. Sabe o que aconteceu depois que os guardas o levaram?

Mary virou-se bruscamente para mim, o rosto uma mancha pálida sob as sombras das cortinas da cama. Mesmo nessa luz fraca, pude ver que os olhos escuros arregalaram-se.

– Ah, Claire! Sinto muito!

– Bem, eu também – disse, com impaciência. – Mas sabe onde está o mendigo? – Se Hugh tivesse sido preso em algum lugar acessível, como os estábulos, havia uma pequena chance de Mary facilitar sua fuga de algum modo pela manhã.

O tremor de seus lábios, fazendo sua gagueira normal parecer compreensível em comparação, devia ter me alertado. Mas as palavras, uma vez que ela as pronunciou, trespassaram meu coração, afiadas e repentinas como uma adaga arremessada.

– E-eles o en-en-forcaram – disse ela. – No p-portão do p-parque.

Passou-se algum tempo até eu conseguir prestar atenção à minha volta. A onda de choque, dor, medo e esperanças destroçadas inundou-me, dominando-me completamente. Tive a vaga consciência da pequena mão de Mary batendo de leve em meu ombro e de sua voz oferecendo lenços e goles d'água, mas continuei encolhida numa bola, sem falar, tremendo e esperando o relaxamento do desespero avassalador que crispava meu estômago como um punho cerrado. Por fim, exauri o pânico, se não a mim mesma, e abri os olhos debilmente.

– Vou ficar bem – acabei dizendo, sentando-me na cama e assoando o nariz de forma nada elegante na manga.

Peguei a toalha que me era oferecida e enxuguei os olhos com ela. Mary pairava ao meu redor, com ar preocupado, e eu tomei sua mão e apertei-a para tranquilizá-la.

– De verdade – disse. – Estou bem agora. E estou muito feliz por você estar aqui. – Uma ideia ocorreu-me e eu larguei a toalha, olhando-a com curiosidade. – Por falar nisso, por que você está aqui? – perguntei. – Nesta casa, quero dizer.

Ela abaixou a cabeça, enrubescendo, e começou a torcer a ponta da coberta.

– O d-duque é meu padrinho, sabe.

– Sim, foi o que ouvi dizer – retruquei. – Mas duvido que ele simplesmente quisesse o prazer de sua companhia.

Ela sorriu um pouco diante da observação.

– N-não. Mas ele, o duque, quero dizer, ele acha que encontrou outro m-m-marido para mim. – O esforço para pronunciar "marido" deixou-a com o rosto vermelho. – Papai me trouxe aqui para conhecê-lo.

Compreendi pelo seu comportamento que aquela não era uma notícia que requeresse congratulações imediatas.

– Você conhece o sujeito?

Verificou-se que o conhecia apenas de nome. Um sr. Isaacson, um importador, de Londres. Ocupado demais para viajar até Edimburgo para conhecer sua prometida, ele concordara em vir a Bellhurst, onde o casamento seria realizado, todas as partes estando de acordo.

Peguei a escova de cabelos de cabo de prata da mesinha de cabeceira e distraidamente comecei a me pentear. Assim, tendo fracassado em assegurar uma aliança com a nobreza francesa, o duque pretendia vender sua afilhada a um judeu rico.

– Tenho um novo dote – disse Mary, tentando sorrir. – Quarenta e três anáguas bordadas, duas com fio de o-ouro. – Parou abruptamente, os lábios cerrados com força, fitando sem ver a mão esquerda vazia. Coloquei minha mão sobre a dela.

– Bem. – Tentei encorajá-la. – Talvez ele seja um bom homem.

– É isso que eu t-temo. – Evitando meu olhar inquiridor, ela abaixou os olhos, contorcendo as mãos no colo. – Não contaram ao sr. Isaacson... sobre Paris. E também disseram que eu não devo contar. – Seu rosto anuviou-se de tristeza. – Trouxeram uma velha horrível para me dizer como eu deveria agir na m-m-minha noite de núpcias, par... para fingir que é a primeira vez, mas eu... ah, Claire, como posso fazer isso? – gemeu ela. – E Alex... eu não contei a ele; não pude! Fui tão covarde, n-nem sequer me despedi!

Atirou-se em meus braços e eu bati de leve em suas costas, perdendo um pouco da minha própria dor no esforço para reconfortá-la. Finalmente, ela acalmou-se, mas estava com soluços e aprumou-se para tomar um pouco de água.

– Você vai levar isso até o fim? – perguntei. Ela ergueu os olhos para mim, as pestanas úmidas e espetadas.

– Não tenho escolha – disse ela simplesmente.

– Mas... – comecei, e parei em seguida, impotente.

Mary tinha toda razão. Jovem e mulher, sem nenhum recurso próprio e nenhum homem que pudesse resgatá-la, simplesmente não havia nada a fazer senão acatar os desejos de seu pai e de seu padrinho e casar-se com o desconhecido sr. Isaacson de Londres.

Acabrunhadas, nenhuma de nós duas tinha apetite para a comida na bandeja. Enfiamo-nos sob as cobertas para nos aquecermos e Mary, exausta de emoção, estava dormindo profundamente em poucos minutos. Não menos exausta, vi-me incapaz de adormecer, sofrendo de pesar por Hugh, preocupada com Jamie e curiosa a respeito do duque.

As cobertas estavam frias e meus pés pareciam blocos de gelo. Evitando os pensamentos mais perturbadores em minha mente, voltei-me para Sandringham. Qual era o lugar dele em todo esse caso?

Segundo todos os indícios, o sujeito era um jacobita. Ele se dispôs, segundo as próprias palavras, a cometer assassinato – ou ao menos, encomendá-lo –, a fim de assegurar que Charles conseguisse o apoio de que precisava para lançar sua campanha na Escócia. E a prova do código musical apenas confirmava que fora o duque quem finalmente induzira Charles a viajar para a Escócia em agosto com sua promessa de ajuda.

Sem dúvida, havia muitos homens que se esforçavam arduamente para ocultar suas simpatias jacobitas; considerando-se as penalidades por traição, não era de se admirar. E o duque tinha muito mais a perder do que outras pessoas, caso apoiasse uma causa malograda.

Ainda assim, Sandringham não me parecia um partidário entusiasmado da monarquia Stuart. Considerando-se suas observações a respeito de Danton, obviamente ele não simpatizaria com um governante católico. E por que esperar tanto para dar apoio quando Charles precisava tão desesperadamente de dinheiro agora – na verdade, desde sua chegada à Escócia?

Eu só conseguia imaginar duas razões plausíveis para o comportamento do duque, nenhuma delas particularmente honrosas para o cavalheiro, mas ambas bem dentro dos limites de seu caráter.

Ele podia de fato ser um jacobita, disposto a patrocinar um intragável rei católico em compensação pelos benefícios futuros que ele pudesse antever como principal patrocinador da monarquia Stuart. Eu podia entender isso; o termo "princípios" não constava do vocabulário do duque, ao passo que "interesses próprios" obviamente era uma expressão que ele conhecia bem. Ele poderia querer esperar até que Charles chegasse à Inglaterra, a fim de que o dinheiro não fosse desperdiçado antes do ataque crucial, definitivo, do exército das Terras Altas a Londres. Qualquer um que conhecesse Charles Stuart podia compreender o bom senso em não confiar-lhe dinheiro demais de uma só vez.

Ou ele pode ter desejado se assegurar de que os Stuart de fato possuíam algum apoio substancial à sua causa antes de se envolver financeiramente; afinal, contribuir para uma rebelião não é a mesma coisa que financiar um exército inteiro sozinho.

Por outro lado, eu podia ver uma razão muito mais sinistra para as condições da oferta do duque. Condicionar seu apoio ao exército jacobita à chegada ao solo inglês assegurava que Charles iria continuar lutando contra a crescente oposição de seus próprios líderes, arrastando seu exército relutante, desordenado, cada vez mais para o sul, longe das montanhas onde poderiam encontrar refúgio.

Se o duque podia esperar benefícios dos Stuart pela ajuda em restaurá-los, o que poderia esperar dos Hanover, em troca de atrair Charles Stuart até colocá-lo ao alcance deles – e trair a ele e seus seguidores entregando-os nas mãos do exército inglês?

A história não conseguiu dizer quais eram as verdadeiras inclinações do duque. Isso me pareceu estranho; sem dúvida, ele teria que revelar suas verdadeiras intenções mais cedo ou mais tarde. Claro, ponderei, a Velha Raposa, lorde Lovat, conseguira enganar os dois lados na última revolução jacobita, insinuando-se ao mesmo tempo junto aos Hanover e continuando nas boas graças dos Stuart. O próprio Jamie fizera isso durante um período. Talvez não fosse tão difícil assim para alguém esconder sua lealdade no lamaçal movediço da política real.

O frio subia pelos meus pés e eu agitava as pernas sem parar, a pele parecendo dormente conforme eu esfregava as panturrilhas uma na outra. As pernas obviamente geravam muito menos fricção do que galhos secos; nenhum calor perceptível resultava dessa atividade.

Deitada insone, irrequieta, úmida e pegajosa, repentinamente tomei consciência de um barulhinho estalado e rítmico ao meu lado. Virei a cabeça, ouvindo, depois me ergui sobre o cotovelo e espreitei, incrédula, a minha companheira. Ela estava curvada de lado, a pele delicada corada do sono, de modo que parecia uma flor completamente desabrochada na estufa, o polegar enfiado nos recessos róseos e macios de sua boca. Seu lábio inferior movia-se enquanto eu a observava, em delicados movimentos de sucção.

Eu não sabia se ria ou chorava. Por fim, não fiz nem uma coisa nem outra; apenas puxei o polegar delicadamente de sua boca e coloquei a mão lânguida curvada sobre seu peito. Apaguei a vela com um sopro e aconcheguei-me junto a Mary.

Quer tenha sido a inocência daquele pequeno gesto, com a distante lembrança de confiança e segurança que evocava, o simples conforto de um corpo quente próximo ou apenas a exaustão da dor e do medo, meus pés descongelaram, finalmente relaxei e adormeci.

Enrolada num quente casulo de acolchoados, dormi profundamente e sem sonhos. Foi um choque maior ainda, então, quando fui abruptamente arrancada da escuridão tranquila e silenciosa do esquecimento. Ainda estava escuro – na realidade, escuro como breu, já que o fogo havia se apagado –, mas o ambiente não estava nem tranquilo nem silencioso. Algo pesado aterrissara de repente sobre a cama, batendo em meu braço, e parecia estar tentando assassinar Mary.

A cama se elevou e o colchão inclinou-se bruscamente de baixo de mim, a estrutura da cama estremecendo com a força da luta que ocorria ao meu lado. Grunhidos agonizantes e ameaças sussurradas vinham bem de perto e um braço arremessado – de Mary, eu acho – atingiu-me no olho.

Rolei apressadamente para fora da cama, tropeçando no degrau da plataforma e estatelando-me no chão. Os sons da luta acima de mim intensificaram-se, com um horrível guincho agudo que entendi como sendo o melhor esforço de Mary para gritar enquanto era estrangulada.

Houve uma repentina exclamação de surpresa, numa grave voz masculina, em seguida mais uma convulsão de cobertas e a gritaria parou bruscamente. Movendo-me rápido, encontrei uma caixa de sílex sobre a mesa e acendi a vela. Sua chama bruxuleante fortaleceu-se e ergueu-se, revelando o que eu suspeitara pelo som daquele vigoroso palavrão em gaélico – Mary, invisível a não ser por um par de mãos debatendo-se desesperadamente, o rosto sufocado sob um travesseiro e o corpo achatado pela forma prostrada de meu enorme e agitado marido. Apesar da vantagem de seu tamanho, o invasor parecia estar tendo um grande trabalho para dominar Mary.

Absorto em subjugar Mary, ele não erguera os olhos para a vela que eu acabara de acender, mas continuou tentando capturar suas mãos, enquanto ao mesmo tempo segurava o travesseiro sobre seu rosto. Reprimindo a necessidade de rir histericamente diante do espetáculo, em vez disso eu coloquei a vela sobre a mesa, inclinei-me sobre a cama e bati de leve em seu ombro.

– Jamie? – disse.

– Santo Deus! – Ele saltou como um salmão, pulando da cama e aterrissando agachado no chão, a adaga já parcialmente desembainhada. Viu-me, então, e relaxou, aliviado, fechando os olhos por um instante. – Meu Deus, Sassenach! Nunca mais faça isso, ouviu? Fique quieta – disse ele sucintamente para Mary, que escapara do travesseiro e agora estava sentada completamente ereta na cama, os olhos esbugalhados e tossindo. – Não pretendia machucá-la; pensei que fosse minha mulher.

Contornou a cama a passos largos e decididos e beijou-me com força, como se quisesse se certificar que agora tinha encontrado a mulher certa. Encontrara, e eu retribuí o beijo com considerável fervor, deliciando-me na aspereza da barba por fazer e no seu cheiro quente e penetrante; lã e linho úmidos, com uma forte insinuação de suor masculino.

– Vista-se – disse ele, soltando-me. – A maldita casa está fervilhando de criados. É como um formigueiro lá embaixo.

– Como entrou aqui? – perguntei, olhando à volta à procura do meu vestido.

– Pela porta, é claro – disse ele impacientemente. – Tome. – Pegou meu vestido das costas de uma cadeira e atirou-o para mim. De fato, a porta maciça estava escancarada, um grande molhe de chaves pendurado na fechadura.

– Mas como... – comecei a perguntar.

– Mais tarde – disse ele bruscamente. Avistou Mary, fora da cama e lutando para entrar em seu robe. – É melhor voltar para a cama, menina – avisou. – O chão está frio.

– Vou com vocês. – As palavras foram abafadas pelas dobras de tecido, mas sua determinação era evidente quando sua cabeça despontou pela gola do robe e emergiu, descabelada e desafiadora.

– De jeito nenhum – disse Jamie. Fitou-a furioso e notei as marcas recentes, vermelhas, de unhas em seu rosto. Vendo o tremor em seus lábios, entretanto, ele dominou seu temperamento com esforço e falou de forma tranquilizadora: – Não se preocupe, menina. Você não terá nenhum problema com isso. Trancarei a porta atrás de nós e de manhã você poderá contar a todo mundo o que aconteceu. Ninguém vai culpá-la.

Ignorando as palavras de Jamie, Mary enfiou os pés apressadamente nos chinelos e correu para a porta.

– Ei! Aonde você pensa que vai? – Surpreso, Jamie deu meia-volta e foi atrás dela, mas não suficientemente rápido para impedi-la de alcançar a porta. Parou no corredor logo depois da porta, parecendo uma corça.

– Eu vou com vocês! – disse ela ferozmente. – Se não me levar, sairei correndo, gritando a plenos pulmões. E então?

Jamie fitou-a, os cabelos refletindo um brilho de cobre à luz da vela e o sangue subindo às suas faces, obviamente dividido entre a necessidade de silêncio e a vontade de matá-la com as próprias mãos, e para o inferno com o barulho. Mary o encarou de volta, uma das mãos segurando as saias, pronta para correr. Agora vestida e calçada, cutuquei-o nas costelas, quebrando sua concentração.

– Leve-a – disse sucintamente. – Vamos.

Lançou-me um olhar muito semelhante ao que lançara a Mary, mas não hesitou mais do que um instante. Com um curto meneio de cabeça, pegou meu braço e nós três saímos para a escuridão fria do corredor.

A casa estava ao mesmo tempo mortalmente parada e cheia de barulhos; tábuas rangiam alto sob nossos pés e nossas roupas farfalhavam como folhas numa ventania. As paredes pareciam respirar com o assentamento de madeiras e pequenos sons, quase inaudíveis, além do corredor, sugeriam as escavações secretas de animais subterrâneos. E acima de todos os sons estava o silêncio profundo e assustador de uma casa grande e escura, mergulhada em um sono que não devia ser interrompido.

A mão de Mary agarrava-se com força ao meu braço conforme deslizávamos pelo corredor atrás de Jamie. Ele movimentava-se como uma sombra, colado à parede, mas veloz, apesar de seu silêncio.

Ao passarmos por uma porta, ouvi o ruído de passos leves do outro lado. Jamie também os ouviu e achatou-se contra a parede, fazendo sinal para que Mary e eu seguíssemos à sua frente. Senti a argamassa da parede fria contra as palmas de minhas mãos quando tentei comprimir-me de encontro a ela.

A porta abriu-se cautelosamente e uma cabeça numa touca branca alta e inflada projetou-se para fora, espreitando pelo corredor na direção oposta à nossa.

– Olá? – disse a voz num sussurro. – É você, Albert? – Um fio de suor gelado desceu pela minha espinha. Uma criada, aparentemente esperando a visita do camareiro do duque, que parecia estar mantendo a reputação dos franceses.

Não achei que ela fosse considerar um escocês das Terras Altas armado um substituto adequado a seu amante ausente. Podia sentir Jamie tenso ao meu lado, tentando superar seus escrúpulos contra golpear uma mulher. Mais um instante e ela iria virar-se, avistá-lo e trazer a casa abaixo com seus gritos.

Dei um passo para fora da parede.

– Hã, não – disse em tom de desculpas –, receio que seja apenas eu.

A criada começou a agitar-se de forma convulsiva e eu dei um passo rápido passando por ela, de modo que ela ficasse de frente para mim, com Jamie ainda atrás dela.

– Desculpe-me por tê-la assustado – disse, sorrindo alegremente. – Não conseguia dormir, sabe. Pensei em tentar um pouco de leite quente. Diga-me, estou na direção certa para a cozinha?

– Hein? – A criada, uma senhorita gorda de 20 e poucos anos, abriu a boca de maneira muito inconveniente, expondo a prova de uma perturbadora falta de preocupação com a higiene dos dentes. Felizmente, não era a mesma criada que me acompanhara ao quarto; ela não devia saber que eu era uma prisioneira e não uma hóspede.

– Sou hóspede na casa – disse, tentando ser mais convincente. Continuando com o princípio de que a melhor defesa é um bom ataque, fitei-a com um olhar acusador. – Albert, hein? Sua Excelência sabe que você tem o hábito de receber homens em seu quarto à noite? – perguntei. Isso pareceu tocar um ponto sensível, porque a mulher empalideceu e caiu de joelhos, agarrando-se à minha saia. A perspectiva de ser descoberta era tão assustadora que ela não parou para perguntar exatamente por que uma hóspede deveria estar vagando pelos corredores de madrugada, usando não vestido e sapatos, mas um manto de viagem também.

– Ah, senhora! Por favor, não diga nada a Sua Excelência, está bem? Posso ver que tem um rosto bondoso, madame, certamente não vai querer que eu seja despedida, não é? Tenha pena de mim, milady, tenho seis irmãos e irmãs ainda em casa e eu...

– Vamos, vamos – disse, tentando acalmá-la, batendo de leve em seu ombro. – Não se preocupe com isso. Não vou contar ao duque. Volte para sua cama e... – Falando no tom de voz que se usa com crianças e doentes mentais, fui conduzindo-a, ainda falando sem parar, protestando sua inocência, de volta ao seu pequeno quarto.

Fechei a porta e reclinei-me nela em busca de apoio. O rosto de Jamie assomou das sombras diante de mim, rindo. Ele não disse nada, mas bateu de leve na minha cabeça, felicitando-me, antes de tomar meu braço e me puxar pelo corredor outra vez.

Mary nos aguardava sob a janela do patamar, seu robe branco resplandecente ao luar que brilhou momentaneamente através das nuvens ligeiras que passavam lá fora. Ao que parecia, uma tempestade estava se formando, e eu me perguntava se isso iria ajudar ou atrapalhar nossa fuga.

Mary agarrou o xale de Jamie quando ele pisou no patamar.

– Shhh! – sussurrou ela. – Alguém está vindo!

De fato, vinha alguém; pude ouvir ruídos abafados de passos vindos de baixo e a claridade fraca de uma vela acesa no vão da escada. Mary e eu olhamos desesperadas à nossa volta, mas não havia absolutamente nenhum lugar onde pudéssemos nos esconder. Essa era uma escada de fundos, destinada ao uso dos criados, e os patamares eram simples quadrados de piso, inteiramente desprovidos de móveis ou convenientes tapeçarias penduradas nas paredes.

Jamie suspirou de resignação. Então, fazendo sinal para que eu e Mary voltássemos para o corredor de onde viéramos, ele sacou sua adaga e esperou, parado no canto escuro do patamar.

Os dedos de Mary agarravam-se e entrelaçavam-se aos meus, apertando com força numa agonia de apreensão. Jamie tinha uma pistola pendurada do cinto, mas obviamente não podia usá-la dentro da casa – e um criado iria perceber isso, tornando-a inútil como ameaça. Teria que ser a adaga e meu estômago tremeu de pena do azarado criado que estava prestes a ficar frente a frente com 96 quilos de um musculoso escocês e a ameaça de sua lâmina.

Eu estava fazendo um inventário da minha indumentária e pensando que podia dispensar uma das minhas anáguas para ser usada para amarrar, quando a cabeça abaixada do portador da vela tornou-se visível. Os cabelos escuros eram divididos ao meio e emplastrados com uma pomada de cheiro adocicado e enjoativo que imediatamente trouxe de volta a lembrança de uma rua escura de Paris e a curva de lábios finos e cruéis sob uma máscara.

A arfada que soltei ao reconhecê-lo fez Danton erguer os olhos abruptamente, um degrau abaixo do patamar. No instante seguinte, ele foi agarrado pelo pescoço e atirado contra a parede com uma força que lançou o castiçal pelos ares.

Mary também o vira.

– É ele! – exclamou ela, esquecendo-se, com o choque, tanto de sussurrar quanto de gaguejar. – O homem de Paris!

Jamie manteve o camareiro, que se debatia debilmente, esmagado contra a parede, preso por um braço musculoso pressionado contra seu peito. O rosto do francês, surgindo e desaparecendo com a luz que se esvaía ou inundava o patamar, de acordo com as nuvens céleres, estava pálido como o de um fantasma. Ficou ainda mais pálido no instante seguinte, quando Jamie encostou a ponta da lâmina na sua garganta.

Entrei no patamar, sem saber ao certo o que Jamie pretendia fazer ou o que eu desejava que ele fizesse. Danton emitiu um gemido estrangulado ao me ver e fez uma tentativa infrutífera de se benzer.

– *La Dame Blanche!* – murmurou ele, os olhos arregalados de pavor.

Jamie moveu-se com uma violência repentina, agarrando os cabelos do sujeito e dando um puxão tão forte em sua cabeça para trás que ela se chocou contra os lambris.

– Se eu tivesse tempo, *mo garhe*, você iria morrer devagar – sussurrou ele e sua voz, apesar de serena, não deixava dúvidas sobre sua intenção. – Agradeça a Deus por eu estar com pressa.

Puxou a cabeça de Danton bruscamente ainda mais para trás, de modo que pude ver o subir e descer do seu pomo de adão, conforme ele engolia em seco convulsivamente, os olhos aterrorizados fixos em mim.

– Você a chama de *Dame Blanche* – disse Jamie, entre dentes. – Eu a chamo de minha mulher! Então que o rosto dela seja sua última visão!

A faca rasgou a garganta do sujeito com tal violência que fez Jamie grunhir com o esforço e uma cortina escura de sangue jorrar sobre sua camisa. O cheiro fétido de morte súbita encheu o patamar, com um som chiado e gorgolejante do montículo desmoronado no chão, que pareceu se prolongar por um longo tempo.

Os sons às minhas costas finalmente me fizeram recobrar os sentidos: Mary, vomitando convulsivamente no corredor. Meu primeiro pensamento coerente foi o de que os criados iriam ter uma sujeira infernal para limpar de manhã. Meu segundo pensamento foi por Jamie, visto num lampejo fugaz de luar. Seu rosto estava salpicado e seus cabelos emplastrados de sangue em alguns lugares. E ele respirava pesadamente. Parecia que também estava prestes a vomitar.

Voltei-me para Mary e vi, no final do corredor, uma fenda de luz por trás de uma porta que se abria. Alguém estava vindo investigar o barulho. Agarrei a bainha de seu robe, passei-o grosso modo pela sua boca e segurei-a pelo braço, arrastando-a em direção ao patamar.

– Vamos! – disse. – Vamos sair daqui!

Despertando de sua atordoada contemplação do corpo de Danton, Jamie sacudiu-se repentinamente e, recuperando os sentidos, virou-se para a escada.

Ele parecia saber para onde estávamos indo, conduzindo-nos pelos corredores escuros sem hesitação. Mary acompanhava-me aos tropeções, arquejante, sua respiração alta como uma máquina a vapor no meu ouvido.

Quando chegamos à porta da copa, Jamie parou e deu um assobio baixo. Isso foi imediatamente correspondido e a porta abriu-se para uma escuridão habitada por formas indistintas. Uma delas destacou-se das trevas e apressou-se à frente. Algumas palavras murmuradas foram trocadas e o homem – quem quer que fosse – estendeu a mão para Mary e puxou-a para as sombras. Uma corrente de ar frio informava-me que havia uma porta aberta em algum lugar à frente.

A mão de Jamie em meu ombro guiava-me pelo meio dos obstáculos da copa escura e um aposento menor que parecia ser uma espécie de quartinho de despejo; raspei o queixo contra alguma coisa, mas contive uma exclamação de dor.

Finalmente do lado de fora, na noite fria, o vento apoderou-se do meu manto e o fez rodopiar num exuberante balão. Depois do difícil e tenso percurso pela casa escura, senti que podia criar asas e voar para os céus.

Os homens ao meu redor pareciam compartilhar da sensação de alívio; houve uma pequena erupção de comentários sussurrados e risos abafados, logo silenciados por Jamie. Um de cada vez, os homens atravessaram depressa o espaço aberto em frente à casa, não mais do que sombras sob a lua volúvel. Ao meu lado, Jamie observava-os desaparecer nos bosques do parque.

– Onde está Murtagh? – murmurou ele, como se falasse consigo mesmo, franzindo a testa depois que o último homem passou. – Acho que foi procurar Hugh – disse, em resposta à própria pergunta. – Sabe onde ele pode estar, Sassenach?

Engoli em seco, sentindo o vento frio sob meu manto, a lembrança eliminando a repentina alegria da liberdade.

– Sim – respondi e dei-lhe a má notícia, da forma mais breve possível. A expressão dele anuviou-se sob a máscara de sangue, e quando terminei seu rosto estava rígido como pedra.

– Pretende ficar aí parado a noite toda – perguntou uma voz atrás de nós – ou devemos soar um alarme para que eles saibam onde procurar primeiro?

A expressão de Jamie desanuviou-se um pouco quando Murtagh surgiu das sombras ao nosso lado, silencioso como um fantasma. Carregava um pacote envolvido em panos debaixo do braço; um pedaço de carne da cozinha, pensei, vendo a mancha de sangue escura no pano. Essa impressão advinha do enorme presunto que ele trazia enfiado debaixo do outro braço e as cordas de salsichas penduradas em volta do pescoço.

Jamie franziu o nariz com um leve sorriso.

– Você está fedendo a açougueiro, meu camarada. Não consegue ir a lugar nenhum sem pensar no seu estômago?

Murtagh inclinou a cabeça para o lado, analisando a aparência respingada de sangue de Jamie.

– Melhor se parecer com um açougueiro do que com sua mercadoria, rapaz – retrucou ele. – Vamos?

A travessia do parque foi escura e assustadora. As árvores eram altas e muito espaçadas, mas havia mudas crescendo entre elas que transformavam-se bruscamente nas figuras ameaçadoras de guardas de caça à luz incerta. Ao menos, as nuvens se adensavam e a lua cheia fazia poucas aparições, e agradecíamos por isso. Quando alcançamos o outro lado do parque, começou a chover.

Três homens haviam sido deixados com os cavalos. Mary já estava montada à frente de um dos homens de Jamie. Obviamente constrangida com a necessidade de ter de cavalgar montada com uma perna de cada lado, ela não parava de enfiar as pontas de seu robe embaixo das coxas, na vã tentativa de esconder o fato de que possuía pernas.

Mais experiente, mas ainda assim amaldiçoando as dobras pesadas de minhas saias, segurei-as para cima e coloquei um pé na mão estendida de Jamie, impulsionando o corpo com agilidade e montando o cavalo com um baque na sela. O cavalo resfolegou com o impacto e inclinou as orelhas para trás.

– Sinto muito, companheiro – disse, sem compaixão. – Se você acha que isso foi ruim, espere até *ele* montar.

Olhando à minha volta, à procura do "ele" em questão, encontrei-o sob uma das árvores, a mão no ombro de um rapaz desconhecido de aproximadamente 14 anos.

– Quem é aquele? – perguntei, inclinando-me para a frente para atrair a atenção de Geordie Paul Fraser, que estava ocupado amarrando sua sela ao meu lado.

– Hein? Ah, ele. – Lançou um rápido olhar para o garoto, depois de volta ao obstinado cinturão de sua sela, franzindo o cenho. – Seu nome é Ewan Gibson. O enteado mais velho de Hugh Munro. Ele estava com o pai, ao que parece, quando os guardas do duque os atacaram. O garoto conseguiu fugir e nós o encontramos à beira da charneca. Ele nos trouxe aqui. – Com um derradeiro e desnecessário puxão, fitou o cinturão com raiva, como se o desafiasse a dizer alguma coisa, depois ergueu os olhos para mim. – Sabe onde está o pai do garoto? – perguntou ele abruptamente.

Meneei a cabeça afirmativamente e a resposta deve ter sido evidente em meu rosto, porque ele se virou para olhar para o rapaz. Jamie abraçava o menino, apertando-o forte contra o peito e batendo de leve em suas costas. Conforme observávamos, ele afastou o rapaz, as mãos em seus ombros, e disse alguma coisa, fitando-o intensamente. Não pude ouvir o que ele dizia, mas após alguns instantes o rapaz aprumou-se e assentiu. Jamie espelhou o gesto e, com um aperto final em seus ombros, virou o rapaz na direção de um dos cavalos, onde George McClure já estendia a mão para o jovem. Jamie caminhou a passos largos até nós, a cabeça baixa, com a ponta do seu xale esvoaçando livremente atrás de si, apesar do vento frio e da chuva fustigante.

Geordie cuspiu no chão.

– Pobre coitado – disse ele, sem especificar de quem ele falava, e montou em seu cavalo.

Paramos perto do canto sudeste do parque, os cavalos batendo as patas no chão e remexendo-se enquanto dois dos homens desapareciam de volta no meio das árvores. Não devem ter se passado mais do que vinte minutos até eles voltarem, mas pareceu o dobro.

Os dois homens cavalgavam em um só cavalo agora e o outro animal carregava uma forma longa, atravessada na sela e amarrada, envolvida num tartã dos Fraser. Os cavalos pareceram não gostar; o meu ergueu a cabeça com um safanão, as narinas dilatadas, quando o cavalo que conduzia o corpo de Hugh aproximou-se. Mas Jamie deu um puxão na rédea e disse algo rispidamente em gaélico e o animal desistiu.

Senti Jamie erguer-se nos estribos atrás de mim, olhando para trás como se contasse os remanescentes do seu bando. Em seguida, passou o braço pela minha cintura e partimos, na direção norte.

Viajamos a noite toda, com apenas algumas paradas para descanso. Durante uma dessas paradas, escondendo-se sob uma castanheira, Jamie abraçou-me, depois parou repentinamente.

– O que foi? – perguntei, sorrindo. – Com medo de beijar sua mulher na frente de seus homens?

– Não – disse ele, provando-o. Em seguida, deu um passo para trás, sorrindo. – Não, por um instante tive medo de que fosse gritar e arranhar meu rosto. – Passou a mão de leve nas marcas de unhas que Mary deixara em sua face.

– Coitadinho – disse, rindo. – Não foram as boas-vindas que você esperava, hein?

– Bem, a essa altura, na verdade, foram – disse ele, rindo. Ele tirara duas salsichas de uma das cordas de Murtagh e estendeu uma para mim. Não me lembrava da última vez que eu havia comido, mas devia ter sido há muito tempo, porque nem mesmo meu medo de botulismo impediu que a carne gordurosa e bem temperada parecesse deliciosa.

– O que quer dizer com isso? Achou que eu não iria reconhecê-lo depois de apenas uma semana?

Ele balançou a cabeça, ainda sorrindo, e engoliu um pedaço de salsicha.

– Não. É que assim que entrei na casa, eu soube onde você estava, mais ou menos, por causa das barras em suas janelas. – Arqueou uma das sobrancelhas. – A julgar por elas, você deve ter causado uma forte impressão em Sua Excelência.

– Causei, sim – disse sucintamente, não querendo pensar no duque. – Continue.

– Bem – disse ele, dando mais uma mordida na salsicha e transferindo-a habilmente para a bochecha enquanto falava –, eu sabia qual era o quarto, mas precisava da chave, certo?

– Ah, sim – disse. – Você ia me contar sobre isso.

Ele mastigou rápido e engoliu.

– Peguei-a com a governanta, mas não sem dificuldade. – Esfregou a barriga de leve, alguns centímetros abaixo do cinto. – Ao que parece, eu diria que a mulher já foi acordada em sua cama outras vezes antes... e não gostou da experiência.

– Ah, sim – disse, divertindo-me com a imagem mental que seu relato provocou. – Bem, eu diria que você veio como uma fruta rara e revigorante para ela.

– Duvido muito, Sassenach. Ela berrou como uma *banshee* e deu uma joelhada nas minhas bolas, depois quase conseguiu golpear minha cabeça com um castiçal enquanto eu gemia, dobrado ao meio.

– O que você fez?

– Dei-lhe um soco, eu não estava me sentindo muito cavalheiresco naquele momento, e amarrei-a com as tiras de sua touca de dormir. Em seguida, enfiei uma toalha em sua boca para pôr um fim aos xingamentos que ela me dirigia e dei uma busca no quarto até encontrar as chaves.

– Bom trabalho – disse, ocorrendo-me uma dúvida –, mas como você sabia onde a governanta dormia?

– Eu não sabia – disse ele calmamente. – A lavadeira me disse, depois de eu lhe dizer quem eu era e ameaçar estripá-la e assá-la num espeto se ela não me dissesse o que queria saber. – Lançou um sorriso enviesado para mim. – Como eu lhe disse, Sassenach, às vezes é uma vantagem ser considerado um bárbaro. Imagino que a essa altura todos eles já tenham ouvido falar em Jamie Fraser, o Ruivo.

– Bem, se não ouviram, vão ouvir – disse. Olhei-o de cima a baixo, da melhor maneira que pude na luz turva. – E então, a lavadeira não o espancou também?

– Ela puxou meu cabelo – disse ele, pensativamente. – Arrancou um punhado pela raiz. Vou lhe dizer, Sassenach; se eu algum dia tiver necessidade de mudar de emprego, acho que não vou começar a atacar mulheres... é um meio desgraçado de ganhar a vida.

A mistura de neve e chuva começou a cair pesadamente com a proximidade do amanhecer, mas nós continuamos cavalgando por mais algum tempo até que Ewan Gibson fez seu pônei parar, ergueu-se desajeitadamente nos estribos para olhar em volta, depois fez sinal para que subíssemos a encosta que se erguia à esquerda.

Escuro como estava, era impossível subir a encosta a cavalo. Tivemos que apear e conduzi-los passo a passo por poças e lama, seguindo a trilha quase invisível que ziguezagueava pelas urzes e pedras. A luz do dia começava a clarear o céu quando paramos no topo da colina para recuperar o fôlego. O horizonte estava encoberto por grossas nuvens, mas um cinza turvo, proveniente de nenhuma fonte visível, começava a substituir o cinza mais escuro da noite. Agora, eu ao menos podia ver os arroios parcialmente congelados onde eu afundava os pés até a canela, evitando assim torcer o tornozelo nas piores saliências das rochas e arbustos que encontrávamos na descida da colina.

Encravada no sopé, via-se uma pequena área plana com seis casas – embora "casa" fosse uma palavra suntuosa demais para as rústicas construções agachadas sob os larícios. Os telhados de palha quase tocavam o chão, deixando apenas um pedaço de parede de pedra à mostra.

Paramos em frente a uma dessas cabanas. Ewan olhou para Jamie, hesitando, como se esperasse instruções, depois, diante do sinal que Jamie fez com a cabeça, agachou-se e desapareceu sob o teto baixo da choupana. Aproximei-me de Jamie, colocando a mão sobre seu braço.

– Esta é a casa de Hugh Munro – disse ele, a voz muito baixa. – Eu o trouxe de volta para sua mulher. O garoto entrou para contar-lhe.

Desviei os olhos da entrada escura e baixa do casebre para o fardo flácido, envolto em tecido xadrez, que dois dos homens desamarravam do cavalo. Senti um pequeno tremor percorrer o braço de Jamie. Ele fechou os olhos por um instante e vi seus lábios moverem-se; em seguida, deu um passo à frente e estendeu os braços para o fardo. Inspirei fundo, afastei os cabelos do meu rosto e o segui, agachando-me sob a verga da porta.

Não foi tão ruim quanto eu temia, embora bastante desolador. A mulher, a viúva de Hugh, permaneceu em silêncio, aceitando o suave discurso de condolências de Jamie, em gaélico, com a cabeça baixa, as lágrimas escorrendo pelo rosto como chuva. Estendeu a mão, hesitante, na direção do xale que recobria o corpo, como se pretendesse abaixá-lo, mas não teve coragem. Permaneceu ali parada, uma das mãos pousada, sem jeito, na curva da mortalha, enquanto a outra apertava uma criança junto à sua coxa.

Havia várias crianças amontoadas junto ao fogo – os enteados de Hugh – e um bebê enfaixado num berço tosco mais perto da lareira. Senti um pequeno consolo ao olhar para a criança; ao menos, restara um pedaço de Hugh. Depois, o sentimento foi sobrepujado por uma fria sensação de medo quando olhei para as outras crianças, os rostinhos sujos mesclando-se às sombras. Hugh fora o principal esteio desta família. Ewan era corajoso e determinado, mas tinha apenas 14 anos e a criança mais velha depois dele era uma menina de aproximadamente 12 anos. Como eles iriam sobreviver?

O rosto da mulher era desgastado e enrugado, quase sem dentes. Percebi com um choque que ela devia ser apenas alguns anos mais velha do que eu. Fez um sinal com a cabeça indicando a única cama e Jamie depositou o corpo nela cuidadosamente. Falou outra vez em gaélico para a mulher; ela balançou a cabeça desamparadamente, ainda fitando a longa forma sobre o leito.

Jamie ajoelhou-se ao lado da cama, inclinou a cabeça e colocou uma das mãos sobre o corpo. Suas palavras eram baixas, mas pronunciadas com clareza, e até mesmo eu, com meu parco gaélico, era capaz de acompanhá-las.

– Juro a você, meu amigo, e que Deus seja testemunha. Em nome de seu amor por mim, nunca os seus passarão necessidade enquanto eu puder ampará-los. – Permaneceu imóvel por um longo instante e não se ouvia nenhum ruído no casebre, senão o estalar da turfa na lareira e o tamborilar abafado da chuva no telhado. A umidade havia escurecido os cabelos de Jamie; gotículas de chuva brilhavam como joias nas pregas de seu xale. Em seguida, sua mão apertou o corpo do amigo uma vez numa despedida final, e ele se levantou.

Jamie cumprimentou a sra. Munro com uma inclinação do corpo e depois virou-se para tomar meu braço. Entretanto, antes que pudéssemos sair, o couro de boi que encobria a entrada da casa foi afastado para o lado e eu recuei um passo para dar passagem a Mary Hawkins, seguida de Murtagh.

Mary parecia tanto desalinhada quanto desnorteada, um xale úmido em volta dos ombros e os chinelos enlameados projetando-se por baixo da bainha encharcada de seu robe. Avistando-me, apertou-se contra mim, como se estivesse grata pela minha presença.

– Eu não queria entrar – sussurrou ela para mim, lançando um olhar tímido na direção da viúva de Hugh Munro –, mas o sr. Murtagh insistiu.

As sobrancelhas de Jamie ergueram-se numa indagação quando Murtagh cumprimentou a sra. Munro respeitosamente com um aceno da cabeça e disse-lhe algumas palavras em gaélico. O pequeno escocês tinha a aparência de sempre, circunspecta e competente, mas achei que havia um indício extra de dignidade em seu comportamento. Carregava um de seus alforjes à frente, bojudo e pesado com alguma coisa. Talvez um presente de despedida para a sra. Munro, pensei.

Murtagh colocou o alforje no chão, aos meus pés, depois se aprumou e olhou de mim para Mary, para a viúva de Hugh Munro e finalmente para Jamie, que parecia tão intrigado quanto eu. Tendo dessa forma se assegurado da atenção de sua plateia, Murtagh inclinou-se numa mesura formal para mim, uma mecha de cabelos escuros e molhados caindo livremente sobre sua testa.

– Trago-lhe sua vingança, senhora – disse ele, de uma forma tão serena como eu nunca o ouvira falar. Endireitou-se e inclinou a cabeça para Mary e para a sra. Munro. – E justiça pelo mal que lhes causou.

Mary espirrou e limpou o nariz apressadamente com uma dobra de seu xale. Olhava fixamente para Murtagh, os olhos arregalados e atônitos. Abaixei o olhar para o alforje bojudo, sentindo um calafrio profundo e repentino, que nada tinha a ver com o tempo lá fora. Mas foi a viúva de Hugh Munro quem caiu de joelhos e, com mãos firmes, abriu a sacola e retirou de dentro a cabeça do duque de Sandringham.

45

MALDITOS SEJAM TODOS OS RANDALL

Foi uma viagem torturante para o norte, rumo à Escócia. Tínhamos que nos esquivar e esconder, sempre com medo de sermos reconhecidos como um bando das Terras Altas, sem podermos comprar ou pedir comida, tendo que roubá-la de cabanas momentaneamente vazias ou arrancar as poucas raízes comestíveis que eu conseguisse identificar nos campos.

Devagar, avançamos para o norte. Não tínhamos a menor ideia de onde o exército escocês estaria, exceto que viera para o norte. Sem informações, resolvemos nos dirigir a Edimburgo; lá, pelo menos, haveria notícias da campanha. Estivéramos desligados de tudo por várias semanas; eu soubera que a tentativa dos ingleses de recuperar o Castelo Stirling havia fracassado, Jamie sabia que a batalha de Falkirk fora um sucesso, terminando com a vitória dos escoceses. Mas o que acontecera depois?

Quando finalmente entramos no caminho de pedras cinza da Royal Mile, Jamie dirigiu-se imediatamente para o quartel-general do exército, deixando-me com Mary para irmos ao quarto de Alex Randall. Subimos a rua apressadamente, mal falando, ambas receosas demais com o que poderíamos encontrar.

Ele estava lá, e eu vi os joelhos de Mary cederem quando entrou no quarto e deixou-se cair junto à cama. Subitamente acordado de um sono leve, ele abriu os olhos e piscou uma vez, depois o rosto de Alex Randall iluminou-se como se ele tivesse recebido uma visita celestial.

– Ah, meu Deus! – murmurava ele sem parar, as palavras entrecortadas em meio aos cabelos da jovem. – Ah, meu Deus! Eu pensei... ah, Senhor, eu rezei... queria vê-la mais uma vez. Apenas uma. Ah, Senhor!

Simplesmente desviar meus olhos não me pareceu suficiente; saí para o patamar e sentei-me nas escadas por meia hora, descansando minha exausta cabeça sobre os joelhos.

Quando me pareceu decente retornar, voltei ao pequeno quarto, que se tornara sujo e triste outra vez nas semanas de ausência de Mary. Examinei-o, minhas mãos suaves sobre a carne devastada. Eu estava surpresa por ele estar durando tanto; não iria demorar muito mais.

Ele viu a verdade em meu rosto e meneou a cabeça, sem surpresa.

– Eu esperava – disse ele em voz baixa, recostando-se, exausto, sobre os travesseiros. – Eu esperava... que ela viesse mais uma vez. Eu não tinha nenhuma razão... mas rezei. E minhas preces foram ouvidas. Posso morrer em paz agora.

– Alex! – O grito de angústia de Mary irrompeu como se as palavras dele a tivessem atingido como um soco, mas ele sorriu e apertou sua mão.

– Sabemos disso há muito tempo, meu amor – sussurrou ele. – Não se desespere. Estarei sempre com você, observando-a, amando-a. Não chore, minha querida. – Ela limpou obedientemente as faces rosadas, mas nada pôde fazer para estancar as lágrimas que escorriam pelo seu rosto. Apesar de seu óbvio desespero, ela nunca parecera tão viçosa.

– Sra. Fraser – disse Alex, obviamente reunindo suas forças para pedir mais um favor. – Preciso pedir-lhe... amanhã... poderá vir outra vez e trazer seu marido com a senhora? É importante.

Hesitei por um instante. O que quer que Jamie descobrisse, ele iria querer partir de Edimburgo imediatamente para unir-se ao exército e ao restante de seus homens. Entretanto, com certeza mais um dia não faria diferença para o desfecho da guerra – e eu não podia negar o apelo nos dois pares de olhos que me fitavam com tanta esperança.

– Nós viremos – disse.

– Sou um idiota – resmungou Jamie, subindo as ruas íngremes, de calçamento de pedras, para o beco onde ficava o quarto de Alex Randall. – Devíamos ter partido ontem, imediatamente, assim que conseguimos reaver suas pérolas do penhor! Não sabe como Inverness é distante? E nós com pouco mais do que pangarés para nos levar até lá?

– Eu sei – disse com impaciência. – Mas prometi. E se você o tivesse visto... bem, você o verá em instantes e então compreenderá.

– Hummm. – Mas ele segurou a porta da rua para mim e seguiu-me pela escada em caracol do prédio decrépito sem maiores reclamações.

Mary estava recostada, quase deitada na cama. Ainda trajando suas esfarrapadas roupas de viagem, segurava Alex, apertando-o com força contra seu peito. Ela deve ter permanecido com ele assim a noite toda.

Ao me ver, ele delicadamente se liberou de seu abraço, batendo de leve em suas mãos conforme as colocava de lado. Ergueu-se apoiado no cotovelo, o rosto mais pálido do que os lençóis de linho onde estava deitado.

– Sra. Fraser – disse ele. Sorriu debilmente, apesar da película de suor doentio e da palidez acinzentada que sinalizavam um ataque sério. – Foi muita bondade de vocês terem vindo – disse ele, arfando um pouco. Olhou além de mim. – Seu marido... ele está com você?

Como em resposta, Jamie entrou no quarto, atrás de mim. Mary, arrancada de sua infelicidade pelo barulho de nossa chegada, olhou de mim para Jamie, depois se levantou, colocando a mão timidamente no braço de Jamie.

– Eu... nós... p-precisamos de você, lorde Tuarach. – Achei ter sido a gagueira, mais do que o uso de seu título, o fator responsável por comovê-lo. Embora ele ainda estivesse carrancudo, uma parte de sua tensão esvaiu-se. Inclinou a cabeça cortesmente para ela.

– Eu pedi à sua esposa que o trouxesse, senhor. Estou morrendo, como pode ver. – Alex Randall endireitou-se com esforço e sentou-se na beira da cama. Suas pernas descarnadas brilhavam muito brancas sob a bainha puída do camisão de dormir. Os dedos dos pés, longos, delgados e exangues, estavam azulados pela má circulação.

Eu já vira a morte muitas vezes antes, em todas as suas formas, mas isso era sempre o pior – e o melhor; um homem que ia ao encontro da morte com conhecimento e coragem, enquanto as artes vãs do curandeiro desmoronavam. Vãs ou não, remexi o conteúdo da minha caixa em busca da digitalina que eu preparara para ele. Eu tinha várias infusões, de concentrações variadas, um espectro de líquidos marrons em frascos de vidro. Escolhi o frasco mais escuro sem hesitação; eu podia ouvir sua respiração borbulhar por causa da água em seus pulmões.

Não era a digitalina, mas sua força de vontade que o sustentava agora, iluminando-o com um brilho como se uma vela queimasse por trás da pele semelhante à cera de seu rosto. Eu também já vira isso algumas vezes antes; o homem – ou mulher – cuja vontade era forte o suficiente para sobrepujar durante algum tempo os imperativos do corpo.

Pensei que talvez fosse assim que alguns fantasmas se formavam; onde uma vontade e um propósito sobreviviam, indiferentes à carne frágil que caía à beira da estrada, incapaz de sustentar a vida por mais tempo. Eu não queria ser assombrada por Alex Randall; essa, entre outras, fora a razão que me fizera trazer Jamie comigo.

O próprio Jamie parecia estar chegando às mesmas conclusões.

– Sim – disse ele brandamente. – Compreendo. Deseja algo de mim?

Alex assentiu, fechando os olhos por um momento. Ergueu o frasco que lhe dei e bebeu, estremecendo um pouco com o gosto amargo. Abriu os olhos e sorriu para Jamie.

– A indulgência de sua presença apenas. Prometo que não vou detê-lo por muito tempo. Estamos esperando por mais uma pessoa.

Enquanto aguardávamos, fiz o que pude por Alex Randall, o que, nas atuais circunstâncias, não era muito. A infusão de dedaleira outra vez e um pouco de cânfora para facilitar a sua respiração. Ele pareceu um pouco melhor depois da administração dos remédios, mas colocando o estetoscópio improvisado contra seu peito fundo, eu podia ouvir as batidas esforçadas de seu coração, interrompidas por calafrios e palpitações tão frequentes que eu achava que iria parar a qualquer momento.

Mary segurava sua mão o tempo todo e ele mantinha os olhos fixos nela, como se memorizasse cada traço de seu rosto. Parecia quase uma intrusão estar no mesmo quarto que eles.

A porta abriu-se e Jack Randall ficou parado na soleira. Olhou para mim e para Mary por um instante, sem compreender, depois seu olhar recaiu sobre Jamie e ele ficou paralisado. Jamie encarou-o sem desviar os olhos, depois se virou, meneando a cabeça em direção à cama.

Vendo aquele rosto emaciado, Jack Randall atravessou o quarto correndo e caiu de joelhos ao lado da cama.

– Alex! – exclamou ele. – Meu Deus, Alex...

– Está tudo bem – disse seu irmão. Segurou o rosto de Jack entre suas mãos frágeis e sorriu para ele, tentando tranquilizá-lo. – Está tudo bem, Johnny.

Coloquei a mão sob o cotovelo de Mary, instando-a delicadamente a sair da cama. O que quer que Jack Randall fosse, ele merecia algumas derradeiras palavras com seu irmão. Atônita de desespero, ela não resistiu, mas acompanhou-me para o outro lado do aposento, onde eu a fiz sentar-se em um banco. Despejei um pouco de água do jarro e molhei meu lenço. Tentei dar-lhe o lenço para ela limpar os olhos, mas ela simplesmente continuou sentada, agarrando-o, inerte. Suspirando, peguei-o e limpei seu rosto, alisando seus cabelos o quanto pude.

Ouviu-se um som entrecortado, sufocado, de trás, que me fez olhar na direção da cama. Jack, ainda de joelhos, enterrara o rosto no colo do irmão, enquanto Alex acariciava sua cabeça, segurando uma de suas mãos.

– John – disse ele. – Você vai saber que não lhe peço isso sem motivo. Mas pelo amor que você tem por mim... – Um acesso de tosse o interrompeu, o esforço ruborizando seu rosto com uma cor febril.

Senti o corpo de Jamie retesar-se ainda mais, se é que isso era possível. Jonathan Randall também se enrijeceu, como se sentisse a força do olhar de Jamie sobre si, mas não ergueu os olhos.

– Alex – disse ele serenamente. Colocou a mão no ombro do irmão caçula como se quisesse lhe acalmar a tosse. – Não se atormente, Alex. Sabe que não precisa pedir; farei qualquer coisa que você quiser. É a respeito da... da garota? – Olhou na direção de Mary, mas não conseguiu realmente encará-la.

Alex assentiu, ainda tossindo.

– Tudo bem – disse John. Colocou as mãos nos ombros de Alex, tentando levá-lo a se deitar no travesseiro outra vez. – Não deixarei que nada lhe falte. Descanse sua mente.

Jamie olhou para mim, os olhos arregalados. Balancei a cabeça devagar, sentindo meus pelos arrepiarem-se da nuca à base de minha espinha. Tudo fazia sentido agora; o viço no rosto de Mary, apesar de seu sofrimento, e sua aparente concordância em se casar com o rico judeu de Londres.

– Não se trata de dinheiro – falei. – Ela está grávida. Ele quer... – parei, pigarreando. – Acho que ele quer que você se case com ela.

Alex meneou a cabeça, confirmando, os olhos ainda cerrados. Respirou profundamente por um instante, depois os abriu, brilhantes poças cor de mel, fixas no rosto perplexo que o olhava sem compreender.

– Sim – disse ele. – John... Johnny, preciso que você cuide dela por mim. Quero... que meu filho tenha o nome Randall. Você pode... lhes dar certa posição no mundo, muito mais do que eu pude.

Estendeu a mão, tateando, e Mary segurou-a, prendendo-a contra o peito, como se quisesse lhe preservar a vida. Ele sorriu-lhe ternamente e estendeu a mão para tocar os cachos escuros, brilhantes, que caíam ao redor de seu rosto, ocultando-o.

– Mary. Desejo-lhe... bem, você sabe o que lhe desejo, minha querida; tantas coisas. E tantas coisas pelas quais lamento. Mas não posso lamentar pelo amor que nos une. Tendo conhecido essa alegria, poderia morrer feliz, a não ser pelo meu medo de que você possa ficar exposta à vergonha e à desgraça.

– Não me importo! – irrompeu Mary ferozmente. – Não me importo que fiquem sabendo!

– Mas eu me preocupo com você – disse Alex, meigamente.

Estendeu a mão para seu irmão, que a segurou após um instante de hesitação. Ele então as uniu colocando a mão de Mary na de Randall. A de Mary permaneceu inerte e a de Jack Randall rígida, como um peixe morto em uma prancha de madeira, mas Alex envolveu-as com suas mãos e pressionou-as com força, obrigando-as a se juntarem.

– Eu os entrego um ao outro, meus queridos – disse ele calmamente. Olhou de um rosto para o outro, cada qual refletindo o horror da sugestão, submersos na dor avassaladora da perda iminente.

– Mas... – Pela primeira vez em nosso conhecimento, eu vi Jonathan Randall completamente sem palavras.

– Ótimo. – Foi quase um sussurro. Alex abriu os olhos e deixou escapar a respiração que estava prendendo, sorrindo para seu irmão. – Não resta muito tempo. Eu mesmo devo casá-los. Agora. Foi por isso que pedi à sra. Fraser que trouxesse seu marido... se concordar em ser testemunha com sua esposa, senhor?

– Ergueu os olhos para Jamie, que, após um instante de perplexa imobilidade, assentiu como um autômato.

Creio que jamais vi três pessoas com uma expressão tão completamente aniquilada.

Alex estava tão fraco que seu irmão, o rosto quase pétreo, teve que ajudá-lo, prendendo o colarinho alto e branco de padre em volta do seu pescoço pálido. O próprio Jonathan parecia pouco melhor que ele. Emaciado da doença, as rugas em seu rosto eram tão profundas que ele parecia anos mais velho do que sua idade real, e seus olhos espreitavam de órbitas fundas como ossos de um crânio. Vestido de modo impecável como sempre, ele parecia um manequim malfeito de um alfaiate, as feições negligentemente talhadas de um bloco de madeira.

Quanto a Mary, permanecia sentada na cama, chorando inconsolavelmente nas dobras de seu manto, os cabelos desalinhados e arrepiados de estática. Fiz o que pude por ela, ajeitando seu vestido e penteando seus cabelos. Ela ficou sentada, soluçando tristemente, os olhos fixos em Alex.

Apoiando a mão na cômoda, Alex tateou na gaveta, retirando finalmente seu enorme livro de preces. Era pesado demais para ele segurar aberto diante de si como deveria fazer. Não conseguia ficar de pé, mas sentou-se o mais empertigado possível na cama, mantendo o livro aberto sobre os joelhos. Fechou os olhos, respirando pesadamente, e uma gota de suor pingou de seu rosto, manchando a página.

– Meus entes queridos – começou Alex, e eu desejei, pelo seu próprio bem, como pelo de todos os demais, que ele estivesse usando a forma abreviada da cerimônia.

Mary parara de chorar, mas seu nariz estava vermelho e brilhante no rosto claro e a coriza escorria sobre seu lábio superior. Jonathan notou isso e, sem nenhuma expressão, puxou um grande lenço de linho da manga e ofereceu-o a ela silenciosamente.

Ela pegou-o com um leve aceno da cabeça, sem olhar para ele, e limpou o rosto indiferentemente.

– Sim – disse ela quando chegou o momento, como se não mais se importasse com qualquer coisa que dissesse.

Jack Randall fez seus votos com voz firme, mas distante da cena. Tive a estranha sensação de estar presenciando um casamento contratado entre duas pessoas que nem se davam conta da presença uma da outra; toda a atenção de ambos concentrava-se no homem sentado diante deles, os olhos fixos nas páginas de seu livro.

Estava feito. Congratulações aos noivos não parecia ser o próximo passo apropriado e seguiu-se um silêncio constrangedor. Jamie olhou para mim com ar de interrogação e eu encolhi os ombros. Eu desmaiara logo depois de me casar com ele e Mary parecia prestes a seguir meu exemplo.

Terminada a cerimônia, Alex permaneceu absolutamente imóvel por um instante. Sorriu levemente e olhou deliberadamente à sua volta, os olhos repousando por alguns instantes em cada rosto, um de cada vez. Jonathan, Jamie, Mary e eu. Vi o brilho naqueles suaves olhos cor de mel quando seu olhar encontrou-se com o meu. O toco de vela diminuía cada vez mais, mas o fim do pavio ardia, por um instante forte e luminoso.

Seu olhar demorou-se no rosto de Mary, em seguida ele cerrou as pálpebras rapidamente, como se não suportasse olhar para ela, e eu pude ouvir o ronco de sua respiração lenta e laboriosa. O brilho de sua pele se embotava e se esvaía, a vela derretendo-se.

Sem abrir os olhos, ele estendeu a mão, tateando cegamente. Jonathan segurou-a, pegou-o por trás dos ombros e deitou-o devagar sobre os travesseiros. As mãos longas, lisas como as de um garoto, contorceram-se agitadamente, mais brancas do que a camisa onde se apoiavam.

– Mary.

Os lábios azulados moveram-se num sussurro e ela envolveu as mãos nervosas nas dele, segurando-as contra o peito.

– Estou aqui, Alex. Ah, Alex, estou aqui! – Inclinou-se para mais perto dele, murmurando em seu ouvido. O movimento forçou Jonathan a recuar um pouco, de modo que ele se afastou da cama. Ficou parado, os olhos fixos no chão, o rosto inexpressivo.

As pálpebras pesadas, convexas, ergueram-se mais uma vez, apenas parcialmente agora, buscando um rosto e encontrando-o.

– Johnny. Tão... bom para mim. Sempre, Johnny.

Mary inclinou-se sobre ele, a sombra de seus cabelos soltos escondendo seu rosto. Jonathan Randall permaneceu imóvel como uma pedra de um círculo megalítico, observando seu irmão e sua esposa. Não havia nenhum som no quarto, exceto o sussurro do fogo e os soluços abafados de Mary Randall.

Senti um toque em meu ombro e ergui os olhos para Jamie. Ele indicou Mary com um sinal da cabeça.

– Fique com ela – disse ele à meia-voz. – Não vai demorar muito mais, não é?

– Não.

Ele meneou a cabeça. Em seguida, inspirou fundo, soltou a respiração devagar e atravessou o aposento, aproximando-se de Jonathan Randall. Segurou a figura paralisada pelo braço e virou-o gentilmente na direção da porta.

– Vamos – disse ele serenamente. – Eu o levarei em segurança até o seu alojamento.

A porta empenada rangeu quando ele saiu, acompanhando Jack Randall ao lugar onde ele iria passar sua noite de núpcias, sozinho.

Fechei a porta de nosso quarto na hospedaria e apoiei-me contra ela, exausta. Acabara de escurecer lá fora e os gritos dos vigias noturnos ecoavam pela rua.

Jamie estava junto à janela, aguardando minha chegada. Veio até mim imediatamente, apertando-me com força contra seu peito antes mesmo de eu tirar meu manto. Deixei-me aconchegar junto a ele, grata pelo calor e solidez de seu corpo. Ele passou um dos braços sob meus joelhos e carregou-me até o banco da janela.

– Tome uma bebida, Sassenach – insistiu ele. – Você está abatida e não é de se admirar. – Pegou o frasco de bebida de cima da mesa e preparou uma mistura que parecia conhaque e água, mas sem a água.

Passei a mão, exausta, pelos cabelos. Fomos ao quarto em Ladywalk Wynd logo depois do desjejum; agora já passava das seis da tarde. Parecia que eu estivera dias ausente.

– O pobre coitado não demorou muito. Foi como se ele só estivesse esperando para vê-la em segurança. Mandei um recado à casa da tia dele; a tia e dois primos vieram buscá-lo. Eles cuidarão... dele.

Tomei um pequeno gole de conhaque com grande satisfação. Queimou minha garganta e os vapores elevaram-se dentro de minha cabeça como neblina nas charnecas, mas eu não me importei.

– Bem – disse, tentando sorrir –, ao menos sabemos que Frank está a salvo, afinal de contas.

Jamie olhou-me, furioso, as sobrancelhas ruivas quase se tocando.

– Dane-se Frank! – disse ele, ferozmente. – Danem-se todos os Randall! Dane-se Jack Randall e dane-se Mary Hawkins Randall e dane-se Alex Randall... hã, que Deus o tenha, quero dizer – corrigiu-se apressadamente, benzendo-se.

– Pensei que você não guardasse rancor... – comecei a dizer.

Ele me fitou com raiva.

– Eu menti.

Agarrou-me pelos ombros e sacudiu-me levemente, segurando-me com os braços estendidos.

– Falando nisso: e dane-se você também, Claire Randall Fraser! – exclamou ele. – Pode ter certeza de que guardo rancor! Tenho ciúmes de cada lembrança sua que não me inclua e de cada lágrima que você verteu por outra pessoa e de cada segundo que passou na cama de outro homem! Danem-se todos!

Ele derrubou o copo de conhaque de minha mão – acidentalmente, creio –, puxou-me para si e beijou-me com força. Afastou-se o suficiente para sacudir-me outra vez.

– Você é minha, Claire Fraser! Minha, e eu não vou compartilhá-la, nem com outro homem nem com uma lembrança, nem com coisa nenhuma, enquanto nós vivermos. Não mencione o nome desse homem para mim outra vez. Você me ouviu? – Beijou-me impetuosamente para enfatizar suas palavras. – Você me ouviu? – perguntou ele, desligando-se bruscamente de mim.

– Sim – disse, com alguma dificuldade. – Se você... parasse... de me sacudir, eu poderia... responder.

Um pouco timidamente, ele soltou as mãos dos meus ombros.

– Desculpe-me, Sassenach. É que... Deus, por que você... bem, sim, vejo por que... mas você tinha que... – Interrompi aquela fala entrecortada e incoerente colocando a mão em sua nuca e puxando sua cabeça para mim.

– Sim – falei com firmeza, soltando-o. – Eu precisava. Mas agora acabou. – Desamarrei meu manto e deixei-o cair dos meus ombros ao chão. Ele inclinou-se para pegá-lo, mas eu o interrompi. – Jamie – disse. – Estou cansada. Pode me levar para a cama?

Ele inspirou fundo e expirou devagar, fitando-me intensamente, os olhos fundos de cansaço e tensão.

– Sim – concordou ele brandamente, por fim. – Sim.

Ele ficou em silêncio e foi rude no começo, os resquícios de sua raiva embrutecendo seu amor.

– Aai! – exclamei a certa altura.

– Santo Deus, desculpe-me, *mo duinne*. Eu não...

– Tudo bem. – Interrompi suas desculpas com minha boca e abracei-o com força, sentindo a cólera esvair-se à medida que a ternura crescia entre nós. Ele não se esquivou do beijo, mas permaneceu imóvel, explorando meus lábios delicadamente, a ponta de sua língua acariciando, mal me tocando.

Toquei sua língua com a minha e segurei seu rosto entre minhas mãos. Ele não se barbeara desde de manhã e os minúsculos pelos ruivos raspavam agradavelmente as pontas dos meus dedos.

Ele abaixou o corpo e rolou um pouco para o lado, para não me esmagar sob seu peso. E continuamos, nos tocando em toda a extensão de nossos corpos, intimamente ligados, falando em idiomas silenciosos.

Vivos e unidos num único ser. Somos um só e, enquanto nos amarmos, a morte jamais nos alcançará. "A sepultura é um lugar belo e reservado / Mas acho que ninguém ali se abraça." Alex Randall jazia, frio, em sua cama e Mary Randall sozinha em outra. Mas nós estávamos ali juntos e nada nem ninguém importava além deste fato.

Ele agarrou meus quadris, as mãos grandes e quentes em minha pele, e puxou-me para si. O calafrio que me percorreu, também percorreu seu corpo, como se compartilhássemos a mesma carne.

Acordei durante a noite, ainda em seus braços, e percebi que ele estava acordado.

– Volte a dormir, *mo duinne* – Sua voz era suave, baixa e reconfortante, mas com um travo que me fez estender a mão para sentir as lágrimas em seu rosto.

– O que foi, meu amor? – sussurrei. – Jamie, eu o amo muito.

– Eu sei – disse ele serenamente. – Eu realmente sei, querida. Deixe que eu lhe diga em seu sono o quanto eu a amo. Porque as palavras que lhe digo quando está acordada são sempre as mesmas, não são suficientes. Enquanto você dormir em meus braços, posso dizer-lhe coisas que soariam tolas e loucas, e seus sonhos entenderão a verdade delas. Volte a dormir, *mo duinne*.

Virei a cabeça, o suficiente para que meus lábios roçassem a base de seu pescoço, onde seus batimentos cardíacos pulsavam calmos sob a pequena cicatriz triangular. Depois, repousei a cabeça sobre seu peito e entreguei meus sonhos em suas mãos.

46

TIMOR MORTIS CONTURBAT ME

Havia homens e vestígios de sua passagem por toda parte à medida que avançávamos para o norte, seguindo a retirada do exército das Terras Altas. Passamos por pequenos grupos de homens a pé, caminhando tenazmente, as cabeças abaixadas contra o vento e a chuva. Outros jaziam nas trincheiras e sob as cercas vivas, exaustos demais para prosseguir. Equipamentos e armas haviam sido abandonados ao longo do caminho; aqui uma carroça derrubada, os sacos de farinha rasgados e estragados na umidade, ali um par de pequenas colubrinas sob uma árvore, os canos gêmeos brilhando sinistramente nas sombras.

O tempo estivera inclemente o dia inteiro, atrasando-nos. Era 13 de abril e eu cavalgava e caminhava com uma sensação constante e atormentadora de horror em meu coração. Lorde George e os chefes de clã, o príncipe e seus principais conselheiros – todos estavam na Casa Culloden, ou assim haviam nos informado por um dos MacDonald que encontramos ao longo do caminho. Ele pouco sabia além disso e nós não o detivemos; o homem afastou-se tropegamente na neblina, andando como um zumbi. As rações estavam escassas quando fui capturada pelos ingleses um mês atrás; a situação havia claramente ido de mal a pior. Os homens que vimos se moviam devagar, muitos cambaleando de exaustão e inanição. Mas prosseguiam obstinadamente na direção norte, todos seguindo as ordens de seu príncipe. Caminhavam para o lugar que os escoceses chamavam de Drumossie Moor. Para Culloden.

Em determinado ponto, a estrada ficou ruim demais para os pôneis trôpegos. Tivemos que contornar o trecho inviável, conduzindo-os pela borda externa de um pequeno bosque, através das urzes úmidas da primavera, até onde a estrada tornava-se transitável outra vez, a uns 800 metros de distância.

– Será mais rápido atravessar o bosque – disse-me Jamie, tomando as rédeas da minha mão dormente. Fez um sinal com a cabeça indicando o pequeno bosque de pinheiros e carvalhos, onde o cheiro fresco e adocicado de folhas molhadas elevava-se do solo encharcado. – Vá por ali, Sassenach. Encontraremos você do outro lado.

Eu estava cansada demais para discutir. Colocar um pé na frente do outro era um óbvio esforço, mas seria indubitavelmente menor na camada macia de folhas e agulhas de pinheiros caídas no bosque do que através das urzes pantanosas e traiçoeiras.

Estava silencioso no bosque, as lamúrias do vento abrandadas pelos galhos dos pinheiros acima. A pouca chuva que atravessava os ramos tamborilava de leve sobre as camadas de folhas de carvalho caídas, curtidas como couro, estalando e sussurrando, mesmo quando molhadas.

Ele jazia a apenas alguns metros da borda mais remota do bosque, ao lado de uma enorme rocha cinza. O líquen verde-claro da rocha era da mesma cor do seu tartã e os marrons do xadrez de suas roupas misturavam-se às folhas mortas que o vento soprara sobre seu corpo. Ele parecia tanto fazer parte do bosque que eu poderia ter tropeçado nele caso não tivesse sido interrompida pela mancha de um azul brilhante.

Macio como um veludo, o estranho fungo espalhou seu manto sobre os membros nus, brancos e frios. Seguia a curva dos ossos e dos tendões, lançando pequenas chamas trêmulas, como o mato e as árvores de uma floresta, invadindo terrenos desertos.

Era um azul vívido e elétrico, puro e estranho. Eu nunca o vira, mas já ouvira falar, de um velho soldado de quem eu cuidara e que lutara nas trincheiras da Primeira Guerra Mundial.

– Chamávamos de fogo-fátuo – dissera-me ele. – Azul, azul fosforescente. Você não o vê em lugar nenhum, a não ser no campo de batalha... em homens mortos. – Ele havia erguido o olhar para mim, os olhos cansados estarrecidos sob a bandagem branca. – Sempre me perguntei onde ele vive, entre uma guerra e outra.

No ar, talvez, seus esporos invisíveis à espera de uma oportunidade à qual se agarrar, pensei. A cor era brilhante, incongruente, luminosa como o anil com que os ancestrais deste homem se pintavam antes de ir para a guerra.

Uma brisa atravessou o bosque, perturbando os cabelos do guerreiro morto. Agitaram-se e levantaram-se, sedosos e parecendo cheios de vida. Ouvi um ruído de folhas esmagadas atrás de mim e comecei a sair convulsivamente do transe em que mergulhara, olhando o cadáver.

Jamie estava ao meu lado, fitando-me. Não disse nada; apenas segurou-me pelo cotovelo e conduziu-me para fora do bosque, deixando o morto para trás, envolto nos tons sapróbios da guerra e do sacrifício.

Chegamos à Casa Culloden no meio da manhã de 15 de abril, tendo arrastado a nós mesmos e aos pôneis implacavelmente com supremo esforço para alcançá-la. Nós a abordamos pelo lado sul, primeiro atravessando um aglomerado de construções externas. Havia uma agitação – quase um frenesi – entre os homens na estrada, mas o pátio do estábulo estava curiosamente deserto.

Jamie desmontou e entregou as rédeas a Murtagh.

– Espere aqui um momento – disse ele. – Parece haver algo de errado.

Murtagh olhou para a porta dos estábulos, parcialmente aberta, e balançou a cabeça. Fergus, montado atrás do escocês, teria seguido Jamie, mas Murtagh impediu-o com uma palavra ríspida.

Com os músculos enrijecidos da viagem, deslizei do meu cavalo e segui Jamie, escorregando na lama do pátio. Realmente havia alguma coisa estranha a respeito do estábulo. Somente quando o segui cruzando a porta é que percebi o que era – estava silencioso demais.

Tudo ali dentro estava quieto demais; o prédio estava frio e escuro, sem o calor e a agitação habituais de um estábulo. Ainda assim, o lugar não estava completamente isento de vida; uma figura escura moveu-se na obscuridade, grande demais para ser um rato ou uma raposa.

– Quem está aí? – perguntou Jamie, dando um passo à frente para me colocar automaticamente atrás dele. – Alec? É você?

A figura no feno ergueu a cabeça devagar e seu xale caiu. O chefe da estrebaria do Castelo Leoch tinha apenas um olho; o outro, perdido em um acidente há muitos anos, era coberto com uma venda preta. Em geral, bastava-lhe um olho; de um azul vivo e brilhante, era suficiente para angariar a obediência de todos igualmente – dos rapazes do estábulo, dos cavalos, dos cavalariços e dos cavaleiros.

Agora, o olho de Alec McMahon MacKenzie estava embaciado como uma ardósia empoeirada. O corpo volumoso, um dia vigoroso, estava curvado e as faces encovadas com a apatia da inanição.

Sabendo que Alec sofria de artrite no tempo úmido, Jamie agachou-se ao seu lado para que ele não tivesse que se erguer.

– O que aconteceu por aqui? – perguntou ele. – Acabamos de chegar; o que aconteceu?

O velho Alec pareceu levar um longo tempo para absorver a pergunta, assimilá-la e colocar sua resposta em palavras; talvez fosse apenas a quietude do estábulo vazio e escuro que fez suas palavras soarem ocas quando ele finalmente falou.

– Tudo deu errado – disse ele. – Marcharam sobre Nairn há duas noites e voltaram correndo ontem. Sua Alteza disse que eles iam fincar posição em Culloden; lorde George está lá agora, com as poucas tropas que conseguiu reunir.

Não pude reprimir um pequeno gemido ao ouvir o nome Culloden. Então era ali. Apesar de tudo, iria acontecer, e nós estávamos ali.

Um tremor percorreu o corpo de Jamie também; vi os pelos ruivos se arrepiarem em seus braços, mas sua voz não traiu nada da ansiedade que ele devia estar sentindo.

– As tropas... elas estão sem provisões para lutar. Lorde George não vê que elas têm que ter descanso e alimentos?

O som rangente que o velho Alec emitiu podia ter sido o espectro de uma risada.

– O que Sua Excelência sabe faz pouca diferença, rapaz. Sua Alteza assumiu o comando do exército. E Sua Alteza diz que devemos enfrentar os ingleses em Drumossie. Quanto a alimentos...

As sobrancelhas do idoso eram grossas e arrepiadas, tendo ficado inteiramente brancas no último ano, com pelos ásperos projetando-se. Uma das sobrancelhas erguia-se agora, pesadamente, como se mesmo essa pequena mudança de expressão fosse exaustiva. Uma das mãos tortuosas e nodosas da artrite remexeu-se em seu colo, indicando as baias vazias.

– Comeram os cavalos no mês passado – disse ele simplesmente. – Quase não houve mais nada para comer depois disso.

Jamie levantou-se bruscamente e apoiou-se contra a parede, a cabeça abaixada, em choque. Eu não conseguia ver seu rosto, mas seu corpo estava rígido como as tábuas do estábulo.

– Sim – disse ele finalmente. – Sim. Meus homens... eles tiveram sua parte da carne? Donas... ele era... um cavalo de grande porte. – Falou serenamente, mas eu vi pela repentina agudeza do olhar de um só olho de Alec que ele também ouviu, assim como eu, o esforço que impediu a voz de Jamie de alquebrar-se.

O velho ergueu-se lentamente do feno, o corpo aleijado movendo-se com dolorosa deliberação. Colocou uma das mãos tortuosas no ombro de Jamie; os dedos deformados pela artrite não conseguiam se fechar, mas a mão continuou pousada ali, um peso morto, mas reconfortante.

– Não mataram Donas – disse ele serenamente. – Pouparam-no, para o príncipe *Tcharlach* montar, em seu retorno triunfal a Edimburgo. O'Sullivan disse que não seria... apropriado... que Sua Alteza marchasse a pé.

Jamie cobriu o rosto com as mãos e ficou tremendo contra as tábuas do estábulo vazio.

– Sou um tolo – disse ele finalmente, arquejante, tentando recuperar o fôlego. – Ah, meu Deus, eu sou um tolo. – Deixou cair as mãos, mostrando o rosto, as lágrimas escorrendo pela sujeira da viagem. Passou as costas da mão pela face, mas as lágrimas continuavam a brotar de seus olhos, como se fosse um processo inteiramente fora do seu controle. – A causa está perdida, meus homens estão sendo levados a um massacre, há homens mortos apodrecendo no bosque... e eu estou chorando por um cavalo! Ah, meu Deus – sussurrou ele, balançando a cabeça. – Sou um idiota.

O peito do velho Alec ergueu-se com um suspiro e sua mão deslizou pesadamente pelo braço de Jamie.

– Ainda bem que você consegue chorar, rapaz – disse ele. – Eu mesmo já passei disso.

O velho dobrou uma perna desajeitadamente no joelho e abaixou-se outra vez. Jamie ficou parado por um instante, olhando para baixo, fitando o Velho Alec. As lágrimas ainda rolavam incontidas pelo seu rosto, mas era como a chuva lavando uma superfície de granito polido. Em seguida, ele tomou meu cotovelo e afastou-se sem uma palavra.

Olhei para trás, para Alec, quando chegamos à porta do estábulo. Ele permanecia sentado absolutamente imóvel, uma forma sombria, corcunda, envolta em seu xale, o único olho azul tão cego quanto o outro.

Os homens espalhavam-se pela casa, exaustos, procurando o esquecimento da fome torturante e do conhecimento do desastre certo e iminente. Não havia nenhuma mulher ali; aqueles chefes cujas mulheres do clã os haviam acompanhado já as haviam mandado de volta em segurança – a ruína iminente lançava uma longa sombra.

Jamie deixou-me com uma palavra apenas murmurada ao chegarmos à porta que levava aos aposentos temporários do príncipe. Minha presença de nada adiantaria. Caminhei silenciosamente pela casa, sussurrante com a respiração pesada de homens dormindo, o ar carregado do embotamento do desespero.

Na parte mais alta da casa, encontrei um pequeno quarto de despejo. Abarrotado de ferro-velho e móveis descartados, não era ocupado por ninguém. Deslizei para dentro deste depósito de velharias, sentindo-me um pequeno roedor, buscando refúgio de um mundo em que forças misteriosas e poderosas estavam soltas para fazer grassar a destruição.

Havia uma única e minúscula janela, cheia da manhã cinza e nebulosa. Esfreguei a sujeira de uma das vidraças com a ponta do meu manto, mas não havia nada a ser visto além da neblina onipresente. Encostei a testa contra o vidro frio. Em algum lugar lá fora estava o Campo de Culloden, mas eu não via nada além da silhueta turva de meu próprio reflexo.

As notícias da morte misteriosa e macabra do duque de Sandringham haviam chegado ao príncipe Charles, eu soube; ouvíramos isso da boca de quase toda pessoa com quem falamos durante o trajeto para o norte e tornou-se seguro para nós nos apresentarmos outra vez. O que exatamente nós havíamos feito?, perguntava-me. Havíamos arruinado de maneira definitiva a causa jacobita na aventura daquela única noite ou havíamos inadvertidamente salvo Charles Stuart de uma armadilha inglesa? Corri o dedo com um rangido agudo pelo vidro enevoado, marcando mais um fato que eu jamais iria descobrir.

Pareceu que um longo tempo transcorrera até eu ouvir um passo nas tábuas sem tapete da escada do lado de fora de meu refúgio. Dirigi-me à porta e encontrei Jamie chegando ao patamar. Um olhar para seu rosto foi suficiente.

– Alec tinha razão – disse ele, sem preâmbulos. Os ossos de sua face destacavam-se sob a pele, mais proeminentes pela fome e mais aguçados pela raiva. – As tropas deslocam-se para Culloden... do jeito que podem. Não comem nem dormem há dois dias, não há munição para o canhão... mas eles continuam em frente. – A raiva eclodiu repentinamente e seu punho cerrado abateu-se violentamente sobre uma mesa frágil. Uma cascata de pequenas vasilhas de latão de uma pilha de entulho doméstico acordou os ecos do sótão com uma barulhada infernal.

Com um gesto impaciente, arrancou a adaga do cinto e fincou-a violentamente na mesa, onde ela ficou espetada, tremendo com a força do golpe.

– Os camponeses dizem que se você vir sangue em sua adaga, isso significa morte. – Respirou fundo com um som sibilante, o punho cerrado sobre a mesa. – Bem, eu vi! E todos eles também viram. Eles sabem... Kilmarnock, Lochiel e todo o resto. E de nada adianta saber disso!

Abaixou a cabeça, as mãos agarradas à mesa, olhando fixamente para a adaga. Ele parecia grande demais para o aposento acanhado, uma presença furiosa, ardendo em brasa, que podia irromper em chamas a qualquer momento. Em vez disso, lançou os braços para o alto e jogou-se sobre um velho banco de madeira, onde ficou sentado com a cabeça enterrada nas mãos.

– Jamie – disse, engolindo em seco. Mal conseguia pronunciar as palavras seguintes, mas tinham que ser ditas. Eu já conhecia as notícias que ele traria e havia pensado no que ainda poderia ser feito. – Jamie. Resta apenas uma coisa... uma última possibilidade.

Sua cabeça estava abaixada, a testa pousada nos nós dos dedos. Ele balançou a cabeça, sem olhar para mim.

– Não há nenhum jeito – disse ele. – Ele está decidido. Murray tentou dissuadi-lo, Lochiel também. Balmerino. Eu. Mas os homens estão de pé lá na planície neste mesmo instante. Cumberland partiu para Drumossie. Não há jeito.

As artes da cura são poderosas e qualquer médico versado no uso de substâncias que curam também conhece o poder daquelas que causam dano. Eu dera a Colum o cianureto que ele não teve tempo de usar e tomara de volta o frasco mortífero da mesa junto à cama onde seu corpo repousava. Estavam em minha caixa agora, os cristais grosseiramente destilados de um pálido branco-acastanhado, enganadoramente inofensivos na aparência.

Minha boca estava tão seca que não consegui falar imediatamente. Havia um resto de vinho em meu frasco; bebi-o, o gosto acre como bile em minha língua.

– Há um único modo – disse. – Apenas um.

A cabeça de Jamie continuou afundada entre as mãos. Fora uma longa viagem e o choque das notícias de Alec havia acrescentado depressão ao seu cansaço. Havíamos nos desviado para encontrarmos seus homens, ou a maior parte deles, um bando maltrapilho, desgraçado, indistinguíveis dos esqueléticos Fraser de Lovat que os rodeavam. A entrevista com Charles foi muito além da última gota.

– Sim? – disse ele.

Hesitei, mas eu tinha que falar. A possibilidade tinha que ser mencionada; quer ele – ou eu – pudéssemos executá-la ou não.

– É Charles Stuart – disse, finalmente. – É ele... tudo. A batalha, a guerra... tudo depende dele, não vê?

– Sim? – Jamie olhava para mim agora, os olhos vermelhos curiosos.

– Se ele estivesse morto... – murmurei finalmente.

Os olhos de Jamie cerraram-se e os últimos vestígios de sangue drenaram de seu rosto.

– Se ele morresse... agora. Hoje. Ou esta noite. Jamie, sem Charles, não há nada pelo qual lutar. Ninguém para ordenar que os homens marchem para Culloden. Não haveria batalha.

Os longos músculos de sua garganta ondularam brevemente quando ele engoliu em seco. Ele abriu os olhos e fitou-me, horrorizado.

– Santo Deus – murmurou ele. – Santo Deus, você não pode estar falando sério.

Minha mão fechou-se sobre o cristal esfumaçado, em seu engaste de ouro, pendurado em meu pescoço.

Haviam me chamado para atender o príncipe, antes de Falkirk. O'Sullivan, Tullibardine e os outros. Sua Alteza estava doente – uma indisposição, disseram. Eu examinara Charles, fiz com que desnudasse o peito e os braços, examinei sua boca e o branco de seus olhos.

Era escorbuto e diversas outras doenças de desnutrição. Disse isso a eles.

– Bobagem! – disse Sheridan, ultrajado. – Sua Alteza não pode sofrer de comichão como um camponês comum!

– Ele tem comido como um deles – retorqui. – Ou talvez pior do que um deles. – Os camponeses eram obrigados a comer cebolas e repolho, não tendo mais nada. Desdenhando a comida barata, Sua Alteza e seus conselheiros comiam carne... e quase nada além disso. Olhando ao redor do círculo de rostos assustados, indignados, vi poucos que não apresentavam sintomas da falta de alimentos frescos. Dentes moles ou faltando, gengivas inchadas, sangrando, os folículos cheios de pus, coçando, que tão abundantemente decoravam a pele branca de Sua Alteza.

Eu detestava abrir mão de qualquer porção dos meus preciosos frutos de roseira-brava e frutas silvestres secas, mas me ofereci, com relutância, para fazer um chá com eles para o príncipe. A oferta fora rejeitada, com um mínimo de cortesia, e eu compreendi que Archie Cameron fora convocado, com sua tigela de sanguessugas e sua lanceta, para ver se uma liberação do sangue real aliviaria a coceira real.

– Eu poderia fazê-lo – disse. Meu coração batia com tanta força que eu mal conseguia respirar. – Eu poderia lhe preparar uma poção. Acho que conseguiria persuadi-lo a bebê-la.

– E se ele morresse depois de tomar seu remédio? Santo Deus, Claire! Eles a matariam ali mesmo.

Enfiei minhas mãos sob os braços cruzados, tentando aquecê-las.

– I-isso importa? – perguntei, procurando desesperadamente estabilizar minha voz. A verdade é que importava, sim. Neste momento, minha própria vida pesava bem mais na balança do que as centenas que eu pudesse salvar. Cerrei os punhos, tremendo de pavor, um camundongo nas mandíbulas da armadilha.

Jamie surgiu ao meu lado no mesmo instante. Minhas pernas não me obedeciam; ele praticamente me carregou para o banco quebrado e se sentou comigo, os braços envolvendo-me com força.

– Você tem a coragem de um leão, *mo duinne* – murmurou ele no meu ouvido. – De um urso, de um lobo! Mas sabe que eu não vou deixar você fazer isso.

Os tremores abrandaram-se, embora eu ainda sentisse frio e náuseas com a gravidade daquilo que eu estava propondo.

– Deve haver algum outro modo – continuei. – Há pouca comida, mas o pouco que há vai para o príncipe. Acho que não seria difícil acrescentar alguma coisa ao seu prato sem ser notada; tudo está completamente desorganizado. – Isso era verdade; por toda a casa, os oficiais dormiam sobre mesas e no assoalho, ainda calçados com suas botas, cansados demais para largar suas armas. A casa estava um caos, com constantes idas e vindas. Seria simples distrair um criado por tempo suficiente para acrescentar um pó mortal à refeição da noite.

O terror imediato havia aplacado um pouco, mas o horror da minha proposta demorava-se, como veneno, esfriando meu sangue. O braço de Jamie apertou-se por um instante em torno dos meus ombros, depois se afastou, conforme ele contemplava a situação.

A morte de Charles Stuart não poria fim à questão da revolta; as coisas haviam ido longe demais para isso. Lorde George Murray, Balmerino, Kilmarnock, Lochiel, Clanranald – todos nós éramos traidores, vidas e propriedade penhoradas à Coroa. O exército das Terras Altas estava em frangalhos; sem a figura de Charles à frente para unir as tropas, ele se dissiparia como fumaça. Os ingleses, aterrorizados e humilhados em Preston e Falkirk, não hesitariam em perseguir os fugitivos, buscando recuperar sua honra perdida e lavar o insulto com sangue.

Era pouco provável que Henry de York, o piedoso irmão mais novo de Charles, já obrigado pelos votos eclesiásticos, tomasse o lugar de seu irmão para continuar a guerra pela restauração da monarquia Stuart. Não havia nada à frente, a não ser catástrofe e devastação, e nenhuma forma de evitá-las. Tudo que poderia ser salvo agora eram as vidas dos homens que iriam morrer na charneca no dia seguinte.

Foi Charles quem escolheu lutar em Culloden, Charles, cuja autocracia míope e teimosa desafiara os conselhos de seus próprios generais e levara adiante a invasão da Inglaterra. E se a oferta de Sandringham seria para o bem ou para o mal, a resposta morrera com ele. Não havia nenhum suporte proveniente do sul; os ingleses jacobitas que existissem não acorreram como se esperava ao estandarte de seu rei. Forçado a recuar, Charles escolhera aquele último e obstinado posto de resistência para colocar homens famintos, exaustos e mal equipados numa frente de batalha na charneca alagada pela chuva e enfrentar a ira do fogo dos canhões de Cumberland. Se Charles estivesse morto, a batalha de Culloden não aconteceria. Uma vida, contra duas mil. Uma vida – mas uma vida real, e tirada não em combate, mas a sangue-frio.

O pequeno aposento onde estávamos sentados tinha uma lareira, mas o fogo não fora aceso – não havia combustível. Jamie permaneceu sentado, fitando-a, como se buscasse uma resposta em chamas invisíveis. Assassinato. Não apenas assassinato, mas regicídio. Não apenas assassinato, mas a morte de quem já foi um amigo.

E no entanto – os homens dos clãs das Terras Altas já tremiam na charneca descampada, remexendo-se em suas fileiras cerradas enquanto o plano de batalha era ajustado, reorganizado, reordenado, conforme outros homens chegavam para se unir às tropas. Entre eles, estavam os MacKenzie de Leoch, os Fraser de Beauly, quatrocentos homens do mesmo sangue de Jamie. E os trinta homens de Lallybroch, seus próprios homens.

Seu rosto estava pálido, imóvel, enquanto ele pensava, mas as mãos entrelaçadas sobre o joelho crispavam-se com força, evidenciando a luta que ele travava. Os dedos aleijados e os sãos contorciam-se, enlaçados. Sentei-me ao lado dele, mal ousando respirar, aguardando sua decisão.

Finalmente, exalou o ar dos pulmões com um suspiro quase inaudível e voltou-se para mim, com um olhar de indescritível tristeza.

– Não posso – sussurrou ele. Sua mão tocou meu rosto de leve, envolvendo minha face. – Quisera Deus que eu pudesse, Sassenach. Não posso fazer isso.

A onda de alívio que me inundou deixou-me sem fala, mas ele viu o que eu sentia e segurou minhas mãos entre as suas.

– Ah, Deus, Jamie, ainda bem, fico feliz com isso! – sussurrei.

Ele abaixou a cabeça sobre minhas mãos. Virei o rosto para colocar minha face contra seus cabelos, e congelei.

Na soleira da porta, observando-me com um olhar de absoluta repugnância, estava Dougal MacKenzie.

Ele envelhecera nos últimos meses; a morte de Rupert, as noites insones de discussões estéreis, as tensões da difícil campanha e agora a amargura da derrota iminente. Havia cabelos grisalhos na barba castanho-avermelhada, um tom acinzentado na pele e profundos sulcos no rosto que não estavam lá em novembro. Com um choque, compreendi que ele estava se parecendo com seu irmão, Colum. Ele quis ser o líder, Dougal MacKenzie. Agora ele herdara a chefia do clã e estava pagando o preço.

– Imunda... traiçoeira... vagabunda... *bruxa*!

Jamie deu um salto como se tivesse levado um tiro, o rosto branco como a neve do lado de fora. Pus-me de pé num pulo, virando o banco com um barulho que ecoou pelo quarto.

Dougal MacKenzie avançou lentamente em minha direção, afastando as pregas do seu manto de modo que o punho de sua espada ficasse livre para sua mão. Eu não ouvira a porta abrir-se atrás de mim; deve ter ficado aberta. Há quanto tempo ele estivera do outro lado, ouvindo?

– Você – disse ele baixinho. – Eu devia ter sabido; desde a primeira vez que a vi, eu devia ter sabido. – Seus olhos estavam fixos em mim, algo entre o horror e a fúria nas profundezas verdes e enevoadas.

O ar agitou-se repentinamente ao meu lado; Jamie estava ali, a mão em meu braço, puxando-me para trás dele.

– Dougal – disse ele. – Não é o que você pensa. É...

– Não? – interrompeu-o Dougal. Seu olhar abandonou-me por um instante e eu encolhi-me atrás de Jamie, grata pela trégua. – Não é o que eu penso? – disse ele, ainda falando brandamente. – Ouço a mulher instando-o a cometer um terrível assassinato, o assassinato de nosso príncipe! Não só um vil assassinato, mas traição também! E você me diz que eu não ouvi o que ouvi? – Balançou a cabeça, os cachos marrom-dourados embaraçados, lânguidos e oleosos, caídos sobre os ombros. Como todos nós, ele estava passando fome; os ossos saltavam do seu rosto, mas os olhos ardiam das órbitas escuras. – Eu não o culpo, rapaz – disse ele. Sua voz soou cansada e eu me lembrei que ele era um homem de mais de 50 anos. – Não é culpa sua, Jamie. Ela o enfeitiçou, qualquer um pode ver isso.

Sua boca contorceu-se quando olhou de novo para mim e ele continuou com as acusações:

– Sim, eu sei muito bem como tem sido para você. Ela me lançou o mesmo feitiço, um dia. – Seus olhos varreram-me de cima a baixo, em brasa. – Uma vadia, assassina e mentirosa, pegaria um homem pelo pau e o levaria à sua desgraça, com as garras cravadas em suas bolas. Esse é o feitiço que lançam em você, rapaz, ela e a outra bruxa. Levam você para as suas camas e roubam a sua alma enquanto você dorme com a cabeça em seus seios. Elas tomam sua alma e devoram sua masculinidade, Jamie.

Colocou a língua para fora e umedeceu os lábios. Ainda me fitava intensamente e sua mão apertou-se no punho da espada.

– Afaste-se, rapaz. Vou livrá-lo da vagabunda *sassenach*.

Jamie deu um passo adiante e colocou-se à minha frente, momentaneamente bloqueando minha visão de Dougal.

– Você está cansado, Dougal – disse ele, falando baixo e devagar, procurando acalmá-lo. – Cansado e ouvindo coisas. Desça agora. Eu vou...

Não teve chance de terminar. Dougal não o ouvia; os olhos verdes e fundos estavam fixos em meu rosto, e o chefe dos MacKenzie sacara a adaga da bainha em sua cintura.

– Vou cortar sua garganta – disse-me ele num sussurro. – Eu devia ter feito isso desde a primeira vez que a vi. Teria poupado muito sofrimento a todos nós.

Eu não tinha certeza se ele não estava certo, mas isso não significava que eu tivesse a intenção de deixar que ele remediasse a questão. Dei três passos rápidos para trás e esbarrei na mesa.

– Para trás, Dougal! – Jamie atirou-se à minha frente, o braço erguido como um escudo quando Dougal avançou para mim.

O chefe dos MacKenzie balançou a cabeça, como um touro, os olhos vermelhos fixos em mim.

– Ela é minha – disse ele com voz rouca. – Bruxa. Traidora. Saia do caminho, rapaz. Não quero feri-lo, mas, juro por Deus, se proteger essa mulher, eu o matarei também, filho adotivo ou não.

Ele empurrou Jamie, agarrando meu braço. Apesar de exausto, faminto e mais velho como estava, ele ainda era um homem colossal e seus dedos penetraram fundo em minha carne.

Dei um grito de dor e chutei-o freneticamente quando ele me puxou para si com um safanão. Ele agarrou-me pelos cabelos e forçou minha cabeça para trás violentamente. Eu sentia seu hálito quente e acre. Gritei e o ataquei, enfiando as unhas em seu rosto num esforço para me libertar.

O ar explodiu dos seus pulmões quando o punho de Jamie golpeou-o nas costelas e a mão que agarrava meus cabelos soltou-se quando o outro punho de Jamie desceu num soco sobre seu ombro, deixando-o dormente. Inesperadamente livre, caí para trás, contra a mesa, gemendo de choque e de dor.

Dougal virou-se para encarar Jamie, agachando-se na posição de luta, brandindo a adaga, a lâmina apontando para cima.

– Que assim seja, então – disse ele, respirando pesadamente. Oscilou um pouco de um lado a outro, deslocando o peso do corpo, procurando uma posição vantajosa. – O sangue não mente. Fraser desgraçado. A traição corre em suas veias. Venha, cria de raposa. Vou matá-lo rápido, em consideração a sua mãe.

Havia pouco espaço para manobra no pequeno sótão. Não dava para sacar uma espada; com sua adaga fincada no tampo da mesa, Jamie estava efetivamente desarmado. Ele adotou a mesma postura de Dougal, os olhos vigilantes, fixos na ponta da ameaçadora adaga.

– Abaixe a arma, Dougal – disse ele. – Se tem consideração por minha mãe, então me escute, por ela!

O MacKenzie não respondeu, mas atacou repentinamente, um golpe de baixo para cima, destinado a estripar o adversário.

Jamie esquivou-se para o lado e esquivou-se de novo do amplo giro do braço armado que veio do outro lado. Jamie possuía a agilidade da juventude a seu favor – mas Dougal tinha a arma.

Dougal investiu para a frente e a adaga deslizou pela lateral do corpo de Jamie, rasgando sua camisa e cortando uma linha escura em sua carne. Com um silvo de dor, ele deu um salto para trás, tentando agarrar o pulso de Dougal, segurando-o quando a lâmina desceu num golpe fulminante.

O brilho fosco da lâmina fulgurou uma única vez e desapareceu entre os corpos em luta. Continuaram o embate, unidos como amantes, o ar impregnado do cheiro de suor masculino e fúria. A lâmina ergueu-se outra vez, duas mãos agarradas ao cabo redondo. Uma mudança de posição, um puxão, um repentino grunhido de esforço, um de dor. Dougal recuou, aturdido, o rosto congestionado e escorrendo suor, o cabo da adaga se projetando da base de sua garganta.

Jamie desequilibrou-se, arfando, e apoiou-se na mesa. Seus olhos estavam escuros de choque e seus cabelos encharcados de suor, as beiradas do rasgo de sua camisa tintas de sangue do corte.

Ouviu-se um som terrível de Dougal, um som de choque e respiração interrompida. Jamie segurou-o quando ele cambaleou e caiu, o peso de Dougal derrubando-o de joelhos. A cabeça de Dougal apoiou-se no ombro de Jamie, os braços de Jamie enlaçando o corpo de seu pai adotivo.

Caí de joelhos ao lado dos dois, tentando ajudar, estendendo os braços para segurar Dougal. Era tarde demais. O enorme corpo ficou flácido, depois estremeceu com um espasmo, deslizando do abraço de Jamie. Dougal ficou encolhido no chão, os músculos sacudindo-se em convulsões involuntárias, lutando como um peixe fora d'água.

Sua cabeça ficou apoiada na coxa de Jamie. Um espasmo para cima deixou seu rosto à mostra. Estava contorcido, roxo, os olhos apenas duas fendas. Sua boca articulava continuadamente, dizendo alguma coisa, falando com grande esforço – mas sem som, a não ser pelo ruído áspero e borbulhante de sua garganta arruinada.

O rosto de Jamie estava lívido; aparentemente, ele conseguia compreender o que Dougal dizia. Jamie lutava com todas as forças, tentando segurar o corpo que se debatia violentamente. Houve um último espasmo, seguido de um terrível som chocalhante, e Dougal MacKenzie ficou imóvel, as mãos de Jamie agarradas a seus ombros, como se quisesse impedi-lo de sacudir-se outra vez.

– Que Deus nos acuda! – O murmúrio rouco veio da porta. Era Willie Coulter MacKenzie, um dos homens de Dougal. Olhava com horror e estupefação para o corpo de seu chefe. Uma pequena poça de urina formava-se sob o corpo, escorrendo por baixo do xale esparramado. O homem benzeu-se, sem desviar os olhos arregalados.

– Willie. – Jamie levantou-se, passando a mão trêmula pelo rosto. – Willie. – O homem parecia mudo de choque. Olhou para Jamie completamente aturdido, a boca aberta. – Eu preciso de uma hora, Willie. – Jamie havia colocado a mão no ombro de Willie Coulter, conduzindo-o para dentro do aposento. – Uma hora para colocar minha mulher em segurança. Então eu voltarei para responder por isso. Dou-lhe minha palavra, pela minha honra. Mas preciso de uma hora. Uma hora. Você me dá uma hora, Willie, antes de falar?

Willie umedeceu os lábios secos, olhando do corpo de seu chefe para o sobrinho do líder dos MacKenzie, obviamente apavorado. Por fim, assentiu, claramente sem saber o que fazer, preferindo atender seu pedido porque nenhuma alternativa razoável se apresentava.

– Ótimo. – Jamie engoliu com força e limpou o rosto em seu xale. Bateu de leve no ombro de Willie. – Fique aqui, rapaz. Reze pela alma dele – indicou a forma imóvel no chão com um movimento da cabeça, sem olhar em sua direção – e pela minha. – Inclinou-se para trás de Willie para arrancar sua adaga da mesa, depois me empurrou à sua frente, pela porta e pelas escadas abaixo.

No meio do lance de escadas, ele parou, apoiando-se contra a parede, os olhos fechados. Respirou fundo várias vezes, de maneira entrecortada, como se estivesse prestes a desmaiar, e eu coloquei a mão em seu peito, assustada. Seu coração batia como um tambor e ele tremia, mas após alguns instantes, ele aprumou-se, meneou a cabeça para mim e segurou meu braço.

– Preciso de Murtagh – disse ele.

Encontramos o escocês logo ao sair, a cabeça coberta com o xale para se proteger da chuva misturada a neve, sentado em um lugar seco sob as calhas da casa. Fergus estava enroscado ao seu lado, cochilando, cansado da longa viagem.

Murtagh olhou o rosto de Jamie e levantou-se, sinistro e austero, pronto para o que fosse necessário.

– Matei Dougal MacKenzie – disse Jamie de uma só vez, sem rodeios.

O rosto de Murtagh ficou lívido por um instante, depois sua expressão normal, desconfiada e ameaçadora, se refez.

– Sim – disse ele. – O que é preciso fazer, então?

Jamie remexeu na bolsa de seu kilt e retirou um papel dobrado. Suas mãos tremiam enquanto ele tentava desdobrá-lo e eu o tirei de suas mãos, estendendo-o sob o abrigo das calhas.

"Transferência de propriedade", lia-se no alto da folha. Era um documento curto, escrito em algumas poucas linhas pretas, transferindo a posse da propriedade conhecida por Broch Tuarach a James Jacob Fraser Murray, a ser mantida em custódia e administrada pelos pais do referido James Murray, Janet Fraser Murray e Ian Gordon Murray, até a maioridade do referido James Murray. A assinatura de Jamie estava embaixo e havia dois espaços em branco abaixo, cada qual com a palavra "Testemunha" escrita ao lado. Estava datado de 1º de julho de 1745 – um mês antes de Charles Stuart deslanchar sua rebelião nas praias da Escócia e fazer de Jamie Fraser um traidor da Coroa.

– Preciso que você assine isso, você e Claire – disse Jamie, pegando o documento das minhas mãos e entregando-o a Murtagh. – Mas isso significa cometer perjúrio; não tenho nenhum direito de lhe pedir isso.

Os pequenos olhos negros de Murtagh varreram o documento rapidamente.

– Não – disse ele secamente. – Não tem direito nem necessidade tampouco.

Cutucou Fergus com o pé e o garoto sentou-se completamente ereto, piscando.

– Vá lá dentro e traga tinta e uma pena para o seu chefe, garoto – disse Murtagh. – E seja rápido, ande!

Fergus balançou a cabeça uma vez para clareá-la, lançou um olhar para Jamie em busca de um sinal de confirmação – e partiu.

A água da chuva pingava da calha e descia pela minha nuca. Estremeci e puxei o *arisaid* de lã mais apertado em volta dos meus ombros. Perguntei-me quando Jamie redigira o documento. A data falsa fazia parecer que a propriedade fora transferida antes de Jamie tornar-se um traidor, com seus bens e terras sujeitos a confisco – se não fosse questionado, a propriedade passaria em segurança para o pequeno Jamie. Ao menos a família de Jenny ficaria a salvo, ainda de posse das terras e da casa da fazenda.

Jamie antevira a possível necessidade daquela transferência; entretanto, ele não executara o documento antes de deixarmos Lallybroch; de algum modo, ele esperara que pudéssemos retornar e reclamar seu próprio título outra vez. Agora isso era impossível, mas a propriedade ainda podia ser salva do confisco. Não havia ninguém para dizer quando o documento realmente fora assinado – a não ser as testemunhas, eu e Murtagh.

Fergus retornou, arquejante, com um pequeno tinteiro de vidro e uma pena em mau estado. Assinamos, apoiados contra a parede da casa, tomando o cuidado de sacudir a pena antes para impedir que a tinta respingasse. Murtagh assinou primeiro; vi que seu primeiro sobrenome era FitzGibbons.

– Quer que eu leve isso a sua irmã? – perguntou Murtagh enquanto eu sacudia o papel cuidadosamente para secá-lo.

Jamie balançou a cabeça. A chuva fazia nódoas molhadas, do tamanho de uma moeda, em seu xale e brilhava em suas pestanas como lágrimas.

– Não. Fergus a levará.

– Eu? – Os olhos do garoto arregalaram-se de surpresa.

– Você mesmo, rapaz – Jamie pegou o documento de minhas mãos, dobrou-o, depois se ajoelhou e enfiou-o dentro da camisa de Fergus.

– Isso tem que chegar às mãos de minha irmã, madame Murray, sem falta. Vale mais do que a minha vida, rapaz... ou a sua.

Praticamente sem ar com a enormidade da responsabilidade que lhe era confiada, Fergus aprumou-se, as mãos apertadas sobre o peito.

– Não o desapontarei, milorde!

Um sorriso débil atravessou os lábios de Jamie e ele pousou a mão por um breve instante nos cabelos lisos de Fergus.

– Eu sei disso, rapaz, e sou-lhe grato – disse ele. Tirou o anel da sua mão esquerda; o cabochão de rubi que pertencera a seu pai. – Tome – disse, entregando-o a Fergus. – Vá ao estábulo e mostre isso ao velho que encontrará lá. Diga-lhe que eu disse que você deve levar Donas. Monte o cavalo e parta para Lallybroch. Não pare para nada, exceto para o que for necessário, para dormir, e quando dormir, esconda-se bem.

Fergus estava sem fala de ansiedade e empolgação, mas Murtagh franziu a testa para ele, com ar de dúvida.

– Acha que o menino pode controlar aquele seu animal perverso? – perguntou ele.

– Sim, pode – disse Jamie com firmeza. Emocionado, Fergus gaguejou, depois se prostrou de joelhos e beijou a mão de Jamie fervorosamente. Pondo-se de pé num salto, saiu correndo em direção ao estábulo, sua figura mirrada desaparecendo na neblina.

Jamie umedeceu os lábios secos, então, virou-se, decidido, para Murtagh.

– E você, *mo caraidh*, preciso que reúna os homens.

As sobrancelhas delineadas de Murtagh se ergueram, mas ele simplesmente assentiu.

– Sim – disse ele –, e quando terei de fazer isso?

Jamie olhou para mim, depois se voltou para seu padrinho.

– Já devem estar na charneca agora, eu acho, com o Jovem Simon. Reúna-os em um único lugar. Vou deixar minha mulher a salvo e depois... – Hesitou, em seguida deu de ombros. – Eu o encontrarei. Espere por mim.

Murtagh assentiu mais uma vez e virou-se para ir embora. Então parou e voltou-se para encarar Jamie. A boca fina torceu-se ligeiramente e ele disse:

– Eu só lhe pediria uma coisa, rapaz... que sejam os ingleses. Não o seu próprio povo.

Jamie hesitou um pouco, mas após um instante, assentiu. Depois, sem falar, estendeu os braços para o escocês mais velho. Abraçaram-se rapidamente, com força, e Murtagh também foi embora, com um giro do tartã esfarrapado.

Eu era a última providência a ser tomada na agenda.

– Vamos, Sassenach – disse ele, segurando-me pelo braço. – Precisamos ir.

Ninguém nos deteve; havia tanto movimento de ida e vinda pelas estradas que mal fomos notados enquanto estávamos perto da charneca. Mais longe, quando deixamos a estrada principal, não havia ninguém para nos ver.

Jamie estava mergulhado no mais completo silêncio, concentrando-se unicamente na tarefa a ser executada. Eu também não lhe disse nada, ocupada demais com meu próprio estado de choque e pavor para querer conversar.

“Vou deixar minha mulher a salvo.” Eu não sabia o que ele queria dizer com isso, mas tornou-se óbvio depois de duas horas, quando ele virou a cabeça de seu cavalo mais para o sul e a colina íngreme e verde chamada Craigh na Dun surgiu no horizonte.

– Não! – exclamei ao vê-la e perceber para onde estávamos nos dirigindo. – Jamie, não! Eu não vou!

Ele não me respondeu, apenas esporeou o cavalo e galopou à frente, não me deixando outra opção senão segui-lo.

Meus sentimentos agitavam-se num turbilhão; além da desgraça da batalha prestes a ser travada e do horror da morte de Dougal, agora havia a expectativa das pedras. Aquele círculo maldito, através do qual eu viera parar ali. Obviamente, Jamie pretendia enviar-me de volta, de volta ao meu próprio tempo – se isso fosse possível.

Ele podia pretender o que quisesse, pensei, trincando os maxilares de determinação enquanto o seguia pela estreita trilha através das urzes. Não havia nada neste mundo que pudesse me fazer deixá-lo agora.

Ficamos parados na encosta, no pequeno pátio de entrada da cabana em ruínas que ficava abaixo do cume da colina. Há anos ninguém morava ali; os habitantes do local diziam que o pequeno monte era assombrado – a colina das fadas.

Jamie em parte me empurrara, em parte me arrastara colina acima, sem dar ouvidos a meus protestos. Mas ao chegarmos à cabana, ele parou e deixou-se cair no chão, o peito arfando enquanto se esforçava para respirar.

– Está tudo bem – disse ele finalmente. – Temos um pouco de tempo agora. Ninguém nos encontrará aqui.

Sentou-se no chão, enrolado em seu xale para aquecer-se. Parara de chover agora, mas o vento soprava frio das montanhas próximas, onde a neve ainda encobria os picos e obstruía as passagens. Deixou a cabeça pender para a frente, sobre os joelhos, exausto da fuga.

Sentei-me ao seu lado, encolhida dentro do meu manto, e senti sua respiração gradualmente se normalizar enquanto o pânico diminuía. Permanecemos sentados em silêncio por um longo tempo, com medo de nos movermos no que parecia ser um posto precário acima do caos abaixo. Caos que eu sentia que ajudara a criar.

– Jamie – disse, finalmente. Estendi a mão para tocá-lo, mas retirei-a e deixei-a pender. – Jamie... eu sinto muito.

Ele continuou a fitar o vazio cada vez mais escuro da charneca embaixo. Por um instante, achei que ele não tivesse me ouvido. Ele fechou os olhos. Em seguida, balançou a cabeça muito levemente.

– Não – disse ele num sussurro. – Não é preciso.

– É preciso, sim. – A tristeza quase me sufocava, mas eu sentia que devia falar; dizer-lhe que eu sabia o que lhe causara. – Eu devia ter voltado. Jamie... se eu tivesse ido embora, naquela ocasião, quando você me trouxe aqui de Cranesmuir... talvez então...

– Sim, talvez – interrompeu ele. Virou-se abruptamente para mim e pude sentir seus olhos penetrando-me. Havia nostalgia ali e uma tristeza que se igualava à minha, mas nenhuma raiva, nenhuma reprovação.

Ele balançou a cabeça outra vez.

– Não – disse ele novamente. – Sei o que quer dizer, *mo duinne*. Mas não é assim. Se tivesse ido naquela vez, talvez as coisas ainda acontecessem do mesmo jeito. Talvez sim, talvez não. Talvez tivessem acontecido antes ou de modo diferente. Talvez... apenas talvez... não tivessem absolutamente acontecido. Mas outras pessoas além de nós dois contribuíram para os acontecimentos e não quero que você assuma a culpa.

Sua mão tocou meus cabelos, afastando-os dos meus olhos. Uma lágrima rolou pelo meu rosto e ele pegou-a em seu dedo.

– Não é isso – falei. Lancei a mão à frente, para a escuridão, englobando os exércitos, Charles, os homens famintos no bosque e o massacre que viria. – Não é isso. É o que eu fiz a você.

Ele sorriu, com grande ternura, e deslizou a palma da mão pelo meu rosto, quente em minha pele enregelada pelo ar frio da primavera.

– É mesmo? E o que eu fiz a você, Sassenach? Tirei você de seu lugar, levei-a à pobreza e a uma vida fora da lei, levei-a através de campos de batalha e arrisquei sua vida. Você me culpa por isso?

– Sabe que não.

Ele sorriu.

– Sim, bem; nem eu a culpo, Sassenach. – O sorriso desapareceu de seu rosto quando ele ergueu os olhos para o topo da colina acima de nós. As pedras eram invisíveis de onde estávamos, mas eu podia sentir sua ameaça, bem próxima.

– Eu não vou, Jamie – repeti teimosamente. – Vou ficar com você.

– Não. – Ele balançou a cabeça. Falou delicadamente, mas sua voz era firme, não admitindo nenhuma espécie de recusa. – Eu tenho que voltar, Claire.

– Jamie, você não pode! – Agarrei seu braço ansiosamente. – Jamie, eles já devem ter encontrado Dougal a essa altura! Willie Coulter já deve ter contado a alguém.

– Sim, deve. – Colocou a mão em meu braço e bateu nele de leve, tentando me confortar. Ele tomara sua decisão na viagem para a colina; eu podia ver isso em seu rosto anuviado, uma mistura de resignação e determinação. Havia dor ali, e tristeza também, mas haviam sido afastadas; ele não tinha tempo para lamentação agora.

– Podíamos tentar fugir para a França – sugeri. – Jamie, temos que fazer isso! – Mas mesmo enquanto eu falava, sabia que não conseguiria dissuadi-lo do curso que ele traçara.

– Não – disse ele outra vez, serenamente. Virou-se e ergueu a mão, indicando o vale cada vez mais escuro abaixo, as colinas quase invisíveis ao longe. – O país está em guerra, Sassenach. Os portos estão fechados. Nos últimos três meses O'Brien tem tentado trazer um navio para resgatar o príncipe, para levá-lo em segurança de volta à França. Dougal me contou... antes. – Um tremor percorreu seu rosto e um repentino espasmo de dor e pesar uniu suas sobrancelhas. Entretanto, ele afastou esses sentimentos e continuou, explicando com voz firme: – Somente os ingleses estão perseguindo Charles Stuart. Serão os ingleses e os chefes de clã que me perseguirão. Sou duplamente traidor, um rebelde e um assassino. Claire... – parou ele, esfregando a mão na nuca, depois disse suavemente. – Claire, eu sou um homem morto.

As lágrimas congelavam em meu rosto, deixando traços de gelo que queimavam minha pele.

– Não – disse outra vez, em vão.

– Não sou precisamente uma pessoa que possa passar despercebida, sabe disso – disse ele, tentando fazer um gracejo, enquanto corria a mão pela mechas ruivas de seus cabelos. – Jamie, o Ruivo, não iria longe, eu acho. Mas você... – Tocou minha boca, traçando o contorno dos meus lábios. – Eu posso salvá-la, Claire, e o farei. Isso é o mais importante de tudo. Mas depois devo voltar... pelos meus homens.

– Os homens de Lallybroch? Mas como?

Jamie franziu o cenho, distraidamente tocando o punho de sua espada enquanto pensava.

– Acho que consigo tirá-los de lá. Estará a maior confusão na charneca, com homens e cavalos indo e vindo de um lado a outro, ordens sendo gritadas e contrariadas; as batalhas são algo muito confuso. E mesmo que já saibam a essa altura o que eu... o que eu fiz – continuou ele, com um tremor momentâneo na voz –, ninguém me deteria então, com os ingleses à vista e a batalha prestes a começar. Sim, eu posso fazer isso – disse.

Sua voz se firmara e seus punhos cerraram-se junto às laterais do corpo com determinação.

– Eles me seguirão sem questionar... que Deus os ajude, foi isso que os trouxe até aqui! Murtagh deverá tê-los reunido para mim; eu os conduzirei para fora do campo de batalha. Se alguém tentar me impedir, devo dizer que reclamo o direito de liderar meus próprios homens na luta; nem mesmo o Jovem Simon me negará isso.

Respirou fundo, a testa franzida ao visualizar a cena no campo de batalha quando amanhecesse.

– Eu os levarei embora em segurança. O campo é bastante amplo e há muitos homens para que ninguém perceba que não estamos apenas mudando de posição. Eu os tirarei da charneca e os colocarei na estrada rumo a Lallybroch.

Calou-se, como se seus planos só tivessem chegado até esse ponto.

– E depois? – perguntei, sem querer saber a resposta, mas incapaz de silenciar.

– Depois voltarei a Culloden – disse ele, soltando a respiração ruidosamente. Ofereceu-me um sorriso trêmulo. – Não tenho medo de morrer, Sassenach. – Sua boca contorceu-se ironicamente. – Bem... não muito, de qualquer forma. Mas de algumas formas de encontrar a morte... – Um estremecimento breve, involuntário, percorreu-o, mas ele tentou continuar a sorrir. – Duvido que eu seja considerado digno dos serviços de um verdadeiro profissional, mas imagino que neste caso, tanto monsieur Forez quanto eu mesmo iríamos achar... estranho. Quero dizer, ter o coração arrancado por alguém com quem tomei vinho...

Com um som incoerente de desespero, lancei os braços ao seu redor, envolvendo-o com todas as minhas forças.

– Está tudo bem – sussurrou ele em meus cabelos. – Está tudo bem, Sassenach. Uma bala de mosquete. Talvez uma lâmina de espada. Vai ser rápido.

Eu sabia que era uma mentira; eu já vira o suficiente de ferimentos de batalha e de mortes de guerreiros. A única verdade é que era melhor do que esperar pelo laço da forca. O terror que me acompanhara desde a propriedade de Sandringham erguia-se agora ao nível mais elevado, sufocando-me, devastando-me. Meus ouvidos latejavam com as próprias batidas do meu coração e um nó fechava minha garganta de tal forma que eu não conseguia respirar.

Então, de repente, o medo desapareceu. Eu não podia deixá-lo, e não o faria.

– Jamie – disse, nas dobras de seu xale. – Eu vou voltar com você.

Ele recuou com um sobressalto, olhando-me fixamente.

– De jeito nenhum! – exclamou ele.

– Vou, sim. – Sentia-me muito calma, sem nenhum vestígio de dúvida. – Posso fazer um kilt de meu *arisaid*; há muitos rapazes bem jovens no exército para que eu possa me passar por um deles. Você mesmo disse que haverá uma grande confusão. Ninguém notará.

– Não! – exclamou ele. – Não, Claire! – Seu maxilar estava cerrado e ele me fitava intensamente com uma mistura de raiva e horror.

– Se você não tem medo, eu também não tenho – disse, cerrando meu próprio maxilar. – Tudo... terminará rápido. Você mesmo disse. – Meu queixo começava a tremer, apesar de minha determinação. – Jamie... eu não vou... eu não posso... eu decididamente não vou viver sem você e ponto final!

Ele abriu a boca, sem fala, em seguida fechou-a, balançando a cabeça. A luz acima das montanhas esvaía-se, pintando as nuvens com uma fosca claridade vermelha. Finalmente, ele estendeu os braços, puxou-me para bem junto de seu peito e abraçou-me com força.

– Acha que eu não sei? – perguntou ele num sussurro. – Sou eu quem vai ficar com a parte mais fácil agora. Porque se sente por mim o que eu sinto por você, então estou lhe pedindo para arrancar seu coração e viver sem ele. – Suas mãos alisaram meus cabelos, a aspereza dos nós de seus dedos agarrando-se aos fios esvoaçantes. – Mas você tem que fazer isso, *mo duinne*. Minha leoa corajosa. Você tem que fazer.

– Por quê? – perguntei, afastando-me para fitá-lo. – Quando você me resgatou do julgamento de bruxas em Cranesmuir você disse que teria morrido comigo, que iria para a fogueira comigo, se chegasse a esse ponto.

Ele segurou minhas mãos, fitando-me com um olhar azul e firme.

– Sim, eu o faria – disse ele. – Mas eu não estava carregando seu filho.

O vento me congelara; era o frio que me fazia tremer, eu disse a mim mesma. Era o frio que me deixava sem ar.

– Você não sabe disso – disse, finalmente. – É cedo demais para termos certeza.

Ele suspirou ruidosamente e um minúsculo lampejo de humor iluminou seus olhos.

– Ah, e eu não sou um fazendeiro? Sassenach, você nunca atrasou nem um dia em suas menstruações durante todo o tempo em que me levou para a sua cama. Você não menstrua há 45 dias.

– Seu filho da mãe! – disse, indignada. – Você contou! No meio de uma maldita guerra, você contou!

– E você não?

– Não! – Eu não havia mesmo contado; tive medo demais de reconhecer a possibilidade de que aquilo pelo qual eu mais ansiara e rezara durante tanto tempo viesse a acontecer agora, tão terrivelmente tarde. – Além do mais – continuei, ainda tentando negar a possibilidade –, isso não significa nada. A inanição pode causar isso; em geral acontece.

Ele ergueu uma das sobrancelhas e colocou a mão delicadamente sob meu seio.

– Sim, você está muito magra; mas apesar de descarnada, seus seios estão cheios... e os mamilos adquiriram a cor de uvas de champanhe. Você se esquece que eu já vi isso acontecer antes. Eu não tenho a menor dúvida... nem você.

Tentei conter a ânsia de vômito – tão facilmente tributável ao medo e à inanição –, mas senti o pequeno peso, repentinamente queimando em meu útero. Mordi o lábio com força, mas a náusea me dominou.

Jamie soltou minhas mãos e postou-se diante de mim, as mãos ao lado do corpo, a figura nitidamente em silhueta contra o céu turvo.

– Claire – disse ele serenamente. – Eu vou morrer amanhã. Esta criança... é tudo que restará de mim. Eu lhe peço, Claire, eu lhe imploro, proteja-a.

Permaneci imóvel, a visão embaciada, e naquele instante ouvi meu coração se partir. Foi um pequeno som, nítido, como o estalido da quebra do caule de uma flor.

Finalmente, abaixei a cabeça, o vento lamentando-se em meus ouvidos.

– Sim – murmurei. – Sim. Eu irei.

Já era quase noite. Ele ficou atrás de mim e me enlaçou. Recostei-me contra seu corpo enquanto ele olhava por cima do meu ombro, fitando o vale distante. As luzes de fogueiras das sentinelas haviam começado a surgir, pequenos pontos brilhantes ao longe. Permanecemos em silêncio por um longo tempo enquanto a noite se aprofundava. Tudo estava quieto e silencioso na colina; eu não ouvia nada além da respiração de Jamie, um som precioso.

– Eu a encontrarei – murmurou ele em meu ouvido. – Eu prometo. Ainda que tenha que suportar duzentos anos de purgatório, duzentos anos sem você, esse será meu castigo, que eu mereci pelos meus crimes. Porque eu menti, matei e roubei; traí e quebrei a confiança. Mas há uma única coisa que deverá pesar a meu favor. Quando eu ficar diante de Deus, eu terei uma única coisa a dizer para contrabalançar o resto.

Sua voz diminuiu, até quase se transformar num sussurro, e seus braços apertaram-me com mais força.

– Meu Deus, o Senhor me deu uma mulher especial e, Deus!, eu a amei demais.

• • •

Ele foi vagaroso e cuidadoso; eu também. Cada toque, cada momento precisava ser desfrutado, guardado na lembrança – apreciado como um talismã contra um futuro sem ele.

Toquei cada cavidade macia, os lugares ocultos de seu corpo. Senti a graciosidade e a força de cada curva de seus ossos, o deslumbramento de seus músculos firmemente entrelaçados, delgados e flexíveis pela largura de seus ombros, lisos e sólidos pela extensão de suas costas, rígidos como carvalho envelhecido nas colunas de suas coxas.

Provei o suor salgado na cavidade de sua garganta, senti o cheiro almiscarado e quente dos pelos entre suas pernas, a doçura da boca larga e macia, com um leve sabor de maçã seca e o gosto acre dos frutos do zimbro.

– Você é tão linda, meu amor – sussurrou ele para mim, tocando a maciez escorregadia entre minhas pernas, a pele fina e macia da parte interna de minhas coxas.

Sua cabeça era somente uma mancha escura e indistinta contra a mancha branca dos meus seios. Os buracos no telhado admitiam apenas uma leve claridade do céu carregado; o ronco distante de uma trovoada de primavera murmurava constantemente nas colinas além de nossas frágeis paredes. Ele estava rígido, tão rijo de desejo que o toque de minha mão o fez gemer de uma necessidade próxima à dor.

Quando ele já não podia mais esperar, possuiu-me, uma faca em sua bainha, e nos movemos juntos, com força, pressionando, desejando, ansiando por aquele momento de união derradeira, e temendo alcançá-lo, por saber que depois dele só restaria a separação eterna.

Ele me levou repetidas vezes ao êxtase, contendo-se, parando, arfando e estremecendo. Até que finalmente eu toquei seu rosto, enfiei os dedos em seus cabelos, apertei-o com força e arqueei minhas costas e quadris de baixo dele, forçando, incitando.

– Agora – disse-lhe num sussurro. – Agora. Venha comigo, venha para mim, agora. Agora!

Ele rendeu-se a mim e eu a ele, o desespero tomando conta da paixão, de modo que o eco de nossos gritos parecia extinguir-se lentamente, ressoando na escuridão da fria cabana de pedras.

Permanecemos abraçados, imóveis, seu corpo um peso abençoado, um escudo e um consolo. Um corpo tão sólido, tão cheio de vida e calor; como era possível que ele deixasse de existir dentro de poucas horas?

– Ouça – disse ele finalmente, baixinho. – Está ouvindo?

No começo, não ouvi nada a não ser o zumbido do vento e o pingar da chuva, gotejando pelos buracos do teto. Depois ouvi o baque firme, lento, de seu coração, pulsando contra mim, e o meu contra ele, os dois no mesmo compasso, no ritmo da vida. O sangue corria pelo seu corpo, e através de nosso frágil elo, por mim e de volta para ele.

Permanecemos deitados assim, aquecidos sobre a coberta improvisada com xale e manto, numa cama de nossas roupas, entrelaçados. Finalmente, ele se afastou e virando-me de costas para ele, segurou meu ventre, sua respiração cálida na minha nuca.

– Durma um pouco agora, *mo duinne* – murmurou ele. – Eu quero dormir mais uma vez assim... abraçando você, abraçando o bebê.

Achei que não conseguiria dormir, mas a força da exaustão era grande demais e deslizei quase instantaneamente para as profundezas da inconsciência. Acordei quase ao alvorecer, os braços de Jamie ainda à minha volta, e fiquei observando o desabrochar imperceptível da noite se transformando em dia, inutilmente desejando que o abençoado refúgio da noite não se esvaísse.

Virei-me de lado e ergui o corpo para observá-lo, para ver a luz tocar os contornos arrojados de seu rosto, inocente no sono, para ver o sol nascente incendiar seus cabelos – pela última vez.

Uma onda de angústia irrompeu dentro de mim, tão aguda que eu devo ter emitido algum som, porque ele abriu os olhos. Sorriu ao me ver e seus olhos vasculharam meu rosto. Compreendi que ele estava memorizando minhas feições, como eu gravava as suas.

– Jamie – disse. Minha voz estava rouca de sono e lágrimas reprimidas. – Jamie. Quero que você deixe uma marca em mim.

– O quê? – disse ele, espantado.

A pequena *sgian dhu* que ele carregava na meia estava à mão, o cabo de chifre de veado esculpido contra a pilha de roupas. Peguei-a e a entreguei a ele.

– Corte-me – disse com premência. – Bastante fundo para deixar uma cicatriz. Quero levar a marca do seu toque no meu corpo, ter alguma coisa sua que ficará para sempre comigo. Não tem importância se doer; nada pode doer mais do que deixá-lo. Ao menos, quando eu tocá-la, onde quer que eu esteja, poderei sentir seu toque em mim.

Sua mão cobriu a minha sobre o punho da faca. Após um instante, ele apertou-a e assentiu. Hesitou por um instante, a lâmina afiada na mão, e eu ofereci-lhe a mão direita. Estava quente sob nossas cobertas, mas sua respiração vinha em delicados fios encaracolados de vapor, visíveis no ar frio da cabana.

Ele virou a palma de minha mão para cima, examinando-a cuidadosamente, depois a levou aos lábios. Um beijo terno no centro da palma e, em seguida, ele prendeu a base do meu polegar numa mordida forte. Ao soltá-lo, ele cortou a carne dormente com destreza. Não senti mais do que uma leve sensação de ardência, mas o sangue brotou imediatamente. Ele levou minha mão rapidamente à boca outra vez, mantendo-a ali até o fluxo de sangue diminuir. Amarrou o corte, agora queimando, cuidadosamente com um lenço, mas não antes de eu ver que o corte tinha o formato de um pequeno e ligeiramente torto "J".

Ergui os olhos e vi que ele oferecia a pequena faca para mim. Peguei-a e, com certa hesitação, peguei também a mão que ele me estendia.

Ele fechou os olhos rapidamente e cerrou os lábios, mas deixou escapar um pequeno grunhido de dor quando pressionei a ponta da faca na parte mais carnosa da base de seu polegar. O Monte de Vênus, dissera-me uma adivinha que lia as linhas da mão; indicador de paixão e amor.

Somente quando terminei o pequeno corte semicircular é que percebi que ele me dera a mão esquerda.

– Eu deveria ter pegado a outra mão – disse. – O punho de sua espada pressionará o corte.

Ele sorriu debilmente.

– Eu não poderia pedir mais do que sentir seu toque em mim em minha última luta, onde quer que ela ocorra.

Desenrolando o lenço manchado de sangue, pressionei o corte em minha mão firmemente sobre o dele, nossos dedos entrelaçados com força. O sangue era morno e escorregadio, ainda não pegajoso em nossas mãos.

– Sangue do meu sangue... – murmurei.

– ... e carne da minha carne – respondeu ele baixinho. Nenhum de nós dois conseguiu terminar o voto, "até o fim de nossas vidas", mas as palavras não pronunciadas pairaram dolorosamente entre nós. Por fim, ele deu um sorriso enviesado.

– Além. Muito além disso – disse ele com firmeza, puxando-me para si mais uma vez.

– Frank – disse ele finalmente, com um suspiro. – Bem, deixo por sua conta o que você dirá a ele sobre mim. Provavelmente ele não vai querer ouvir. Mas se quiser, se você achar que pode conversar com ele a meu respeito, como conversou comigo a respeito dele, então diga a ele... que eu agradeço. Diga-lhe que confio nele, porque preciso. E diga-lhe... – suas mãos apertaram meus braços repentinamente e ele falou com uma mistura de humor e absoluta sinceridade. – Diga-lhe que eu o odeio até o último fio dos seus cabelos, até a medula de seus ossos!

Estávamos vestidos e a luz da aurora transformara-se em pleno dia. Não havia nada para comermos, nada para minorar nossa fome. Nada mais a fazer... e nada mais a dizer.

Logo ele teria que partir, para chegar à charneca de Drumossie a tempo. Era nossa despedida final e não conseguíamos encontrar um jeito de dizer adeus.

Finalmente, com um sorriso enviesado, inclinou-se e me beijou ternamente nos lábios.

– Diziam... – começou ele, e parou para limpar a garganta. – Diziam, antigamente, quando um homem partia para uma grande façanha, que ele encontraria uma "mulher sábia" e lhe pediria para abençoá-lo. Ele deveria ficar parado, olhando para a frente, na direção para onde iria, e ela iria por trás dele, para dizer as palavras mágicas sobre ele. Ao terminar, ele seguiria direto em frente, sem olhar para trás, porque isso traria azar à sua jornada.

Tocou levemente meu rosto e virou-se, de frente para a porta aberta. O sol da manhã filtrava-se para dentro da cabana, iluminando seus cabelos com fogo. Ele aprumou os ombros largos sob o xale e respirou fundo.

– Abençoe-me, então, mulher sábia – disse ele baixinho –, e vá.

Coloquei a mão em seu ombro, em busca de palavras. Jenny me ensinara algumas das antigas preces célticas de proteção; tentei evocar as palavras mentalmente.

– Jesus, Filho de Maria – comecei, com voz rouca –, suplico-Vos em Vosso nome; e em nome do abençoado apóstolo João, e em nome de todos os santos do domínio vermelho, para protegê-lo na batalha que virá...

Parei, interrompida por um som vindo do sopé da colina. O som de vozes, e de passos.

Jamie ficou paralisado por um instante, o ombro rígido sob minha mão, depois virou-se, empurrando-me para os fundos da cabana, onde a parede havia desmoronado.

– Por ali! – disse ele. – São ingleses! Claire, vá!

Corri para a abertura na parede, o coração na boca, enquanto ele voltava para a porta, a mão na espada. Parei, por um instante, para vê-lo pela última vez. Ele virou a cabeça, avistou-me, e repentinamente estava a meu lado, empurrando-me com força contra a parede numa agonia de desespero. Agarrou-me com toda força. Eu podia sentir sua ereção pressionando meu ventre e o punho de sua adaga machucando minha costela.

Ele falou com voz rouca em meus cabelos:

– Mais uma vez. Eu preciso! Mas rápido!

Prendeu-me contra a parede, eu arregacei minhas saias enquanto ele erguia seu kilt. Não se tratava de fazer amor; ele possuiu-me rápida e impetuosamente e tudo terminou em segundos. As vozes estavam mais próximas; a apenas uns 100 metros.

Ele beijou-me mais uma vez, com força suficiente para deixar o gosto de sangue em minha boca.

– Dê-lhe o nome de Brian – disse ele –, por meu pai.

Com um empurrão, conduziu-me para a abertura na parede. Enquanto corria para ela, virei-me e o vi de pé na soleira da porta, a espada parcialmente sacada, a adaga pronta na mão direita.

Os ingleses, sem saber que a cabana estava ocupada, não pensaram em enviar um batedor pelos fundos. A encosta atrás da cabana estava deserta quando corri por ela e entrei no bosque de carvalhos abaixo do topo da colina.

Abri caminho entre os galhos e arbustos, tropeçando em pedras, cega pelas lágrimas. Atrás de mim, podia ouvir gritos e o embate de metais que vinha da cabana. Minhas coxas estavam úmidas e escorregadias do sêmen de Jamie. O topo da colina parecia nunca se aproximar; certamente eu iria passar o restante da vida lutando para abrir caminho pelas árvores asfixiantes!

Ouviu-se um estalo no mato atrás de mim. Alguém me vira correr da cabana. Limpei as lágrimas e me arrastei pela subida, tateando e rastejando à medida que o terreno ficava mais íngreme. Estava na clareira agora, a plataforma de granito de que eu me lembrava. O pequeno pé de corniso que crescia do rochedo estava lá, bem como as pequenas rochas tombadas.

Parei na borda do círculo de pedras, olhando para baixo, tentando desesperadamente ver o que estava acontecendo. Quantos soldados haviam chegado à cabana? Jamie conseguiria livrar-se deles e alcançar seu cavalo manco lá embaixo? Sem ele, jamais chegaria a Culloden a tempo.

Imediatamente, os galhos abaixo de mim abriram-se com um lampejo vermelho. Um soldado inglês. Virei-me, corri, arquejante, pela grama do círculo e atirei-me pela fenda na rocha.

PARTE VII

Retrospecto

47

DETALHES

– Ele estava certo, é claro. Desgraçado, ele quase sempre estava certo. – Claire parecia contrariada enquanto falava. Um sorriso triste atravessou seu rosto, depois ela olhou para Brianna, sentada no tapete em frente à lareira, envolvendo os joelhos, o rosto completamente insondável. Somente um leve movimento de seus cabelos, erguendo-se e esvoaçando ligeiramente no calor crescente do fogo, demonstrava qualquer movimento. – Foi uma gravidez de risco, novamente, e um parto perigoso. Se eu tivesse arriscado ter a criança lá, provavelmente nós duas teríamos morrido.

Ela falava diretamente para a filha, como se estivessem a sós na sala. Roger, acordando lentamente do fascínio do passado, sentiu-se um intruso.

– A verdade, portanto, toda ela. Eu não suportava deixá-lo – continuou Claire calmamente. – Nem mesmo por você... eu a odiei um pouco, antes de você nascer, porque foi por sua causa que ele me fez partir. Eu não me importava de morrer... não com ele. Mas ter que continuar vivendo, sem ele... ele tinha razão, eu fiquei com a pior parte do trato. Mas eu o cumpri, porque o amava. E sobrevivemos, você e eu, porque ele a amava.

Brianna não se mexeu; não tirou os olhos do rosto de sua mãe. Somente seus lábios se moveram, rigidamente, como se não estivessem acostumados a falar.

– Por quanto tempo... você me odiou?

Os olhos dourados encontraram-se com os azuis, inocentes e implacáveis como os olhos de um falcão.

– Até você nascer. Quando a segurei nos braços, amamentei-a e a vi olhar para mim com os olhos de seu pai.

Brianna emitiu um som fraco, estrangulado, mas sua mãe continuou, a voz abrandando-se um pouco enquanto olhava para a jovem aos seus pés.

– E então comecei a conhecê-la, alguém à parte de mim mesma ou de Jamie. E eu a amei por você mesma e não apenas pelo homem que a gerou.

Houve um movimento agitado no tapete e Brianna pôs-se de pé num salto. Seus cabelos eriçaram-se como a juba de um leão e os olhos azuis flamejaram como as chamas na lareira.

– Meu pai era Frank Randall! – disse ela. – Era ele! Eu sei! – Com os punhos cerrados, fitou a mãe furiosamente. Sua voz tremia de raiva. – Não sei por que você está fazendo isso. Talvez você realmente me odiasse, talvez ainda odeie! – Lágrimas começavam a rolar pelo seu rosto, incontidas, e ela as limpou irritadamente com as costas da mão. – Papai... papai me amava. Ele não teria me amado se eu não fosse dele! Por que está tentando me fazer acreditar que ele não era meu pai? Você tinha ciúmes de mim? É isso? Incomodava-a tanto assim que ele me amasse? Ele não amava *você*, disso eu sei!

Os olhos azuis estreitaram-se como os de um gato, chamejando no rosto mortalmente lívido.

Roger sentiu um grande desejo de esconder-se sorrateiramente atrás da porta antes que ela notasse sua presença e voltasse sua ira incandescente contra ele. Mas além de seu próprio desconforto, ele tinha consciência de uma sensação de crescente assombro. A jovem que estava de pé em frente à lareira, esbravejando em defesa de sua paternidade, ardia com a força selvagem que levara os guerreiros das Terras Altas a caírem sobre seus inimigos como *banshees* estridentes. Com seu nariz longo e reto, prolongado ainda mais pelas sombras, os olhos rasgados como os de um gato enfurecido, ela era a imagem do pai – e evidentemente seu pai não era o acadêmico moreno e tranquilo cuja foto adornava a contracapa do livro sobre a mesa.

Claire abriu a boca uma vez, mas fechou-a em seguida, observando a filha com absorto fascínio. Aquela poderosa tensão do corpo, o arco das maçãs do rosto largas e planas; Roger percebeu que ela já vira tudo aquilo muitas vezes antes – mas não em Brianna.

Com uma imprevisibilidade que fez ambos se encolherem, Brianna deu meia-volta, agarrou os recortes de jornal amarelados de cima da mesa e atirou-os ao fogo. Agarrou o atiçador e empurrou-o ferozmente no monte de brasas, sem se importar com a chuva de fagulhas que voava da lareira e chiava em volta das botas em seus pés.

Virando-se da massa de papéis em chamas e rapidamente se enegrecendo, bateu um dos pés na lareira.

– Desgraçada! – gritou para a mãe. – Você me odiava? Bem, eu odeio *você*!

Levou para trás o braço que segurava o atiçador e os músculos de Roger retesaram-se instintivamente, pronto a se atirar sobre ela. Mas Brianna se virou, o braço ainda para trás como uma lançadora de dardo, e arremessou o atiçador por toda a extensão da janela, onde as vidraças escuras da noite refletiram a imagem de uma mulher enfurecida por um último instante antes de se estilhaçarem e se transformarem num buraco negro.

• • •

O silêncio no gabinete era devastador. Roger, que se pusera de pé num salto para ir atrás de Brianna, acabou parado no meio do aposento, embaraçosamente paralisado. Abaixou os olhos para as próprias mãos, como se não soubesse ao certo o que fazer com elas, depois olhou para Claire. Ela continuava sentada perfeitamente imóvel no santuário da poltrona *bergère*, como um animal paralisado pela sombra fugaz de uma ave de rapina.

Após longos momentos, Roger atravessou o aposento e apoiou-se na escrivaninha.

– Não sei o que dizer – murmurou ele.

A boca de Claire torceu-se ligeiramente.

– Nem eu.

Permaneceram em silêncio por vários minutos. A velha casa estalava, acomodando-se ao redor deles, e um ruído distante de panelas desceu o corredor, proveniente da cozinha onde Fiona preparava o jantar. A sensação de choque e constrangimento de Roger gradualmente cedeu lugar a outro sentimento, que ele não sabia definir bem. Suas mãos estavam geladas e ele esfregou-as nas pernas, sentindo a aspereza quente do veludo cotelê nas palmas das mãos.

– Eu... – começou a falar, depois parou e balançou a cabeça.

Claire respirou fundo e ele percebeu que esse era o primeiro movimento que ele a vira fazer desde que Brianna saíra. Seu olhar era límpido e direto.

– Você acredita em mim? – perguntou ela.

Roger olhou pensativamente para ela.

– Juro que não sei – disse ele por fim.

Isso provocou um sorriso trêmulo.

– Foi o que Jamie disse quando lhe perguntei pela primeira vez de onde ele achava que eu viera.

– Não posso dizer que o culpo. – Roger hesitou, e então, tomando uma decisão, desceu da escrivaninha e atravessou o aposento até Claire. – Permite-me?

Ajoelhou-se e tomou sua mão, virando-a para a luz. Você pode distinguir o marfim verdadeiro do sintético, lembrou-se de repente, porque o verdadeiro tem um toque quente em sua mão. A palma da mão de Claire era suavemente rosada, mas a fina cicatriz do "J" na base de seu polegar era muito branca.

– Isso não prova nada – disse ela, observando seu rosto. – Poderia ter sido um acidente; eu mesma poderia tê-la feito.

– Mas não fez, não é? – Ele recolocou a mão de Claire muito delicadamente em seu colo outra vez, como se fosse um frágil artefato.

– Não. Mas não posso prová-lo. As pérolas – sua mão dirigiu-se ao colar reluzente em seu pescoço – são autênticas; isso pode ser verificado. Mas posso provar onde as obtive? Não.

– E o retrato de Ellen MacKenzie... – começou ele.

– O mesmo. Uma coincidência. Algo em que basear meu delírio. Minhas mentiras.

Havia um leve tom amargo em sua voz, embora falasse muito calmamente. Via-se um pouco de cor em cada face agora e ela abandonava aquela rigidez absoluta. Era como ver uma estátua adquirir vida, ele pensou. Roger levantou-se. Andou devagar de um lado a outro, passando a mão pelos cabelos.

– Mas é importante para você, não é? Muito importante.

– Sim.

Ela levantou-se e se dirigiu à escrivaninha, onde estava a pasta de sua pesquisa. Colocou a mão na capa de papel manilha com reverência, como se fosse uma sepultura; e para ela era, pensou Roger.

– Eu tinha que saber. – Havia um pequeno tremor em sua voz, mas ela viu seu queixo firmar-se instantaneamente, reprimindo-o. – Eu tinha que saber se ele conseguira... se ele salvara seus homens... ou se ele se sacrificara por nada. E eu tinha que contar a Brianna. Ainda que ela não acreditasse... ainda que nunca acredite. Jamie era seu pai. Eu tinha que contar a ela.

– Sim, eu compreendo. E não podia fazer isso enquanto o dr. Randall... seu mari... quer dizer, Frank – corrigiu-se, enrubescendo – fosse vivo.

Ela sorriu debilmente.

– Tudo bem; você pode chamar Frank de meu marido. Ele foi, afinal, por muitos anos. E Bree tem razão, de certa forma. Ele era pai dela, assim como Jamie. – Abaixou os olhos para as próprias mãos e abriu os dedos de ambas, de modo que a luz refletisse nas duas alianças que usava, prata e ouro. Um pensamento ocorreu a Roger.

– Sua aliança – disse ele, aproximando-se de Claire outra vez. – A de prata. Ela tem a marca do fabricante? Alguns artistas escoceses do século XVIII que trabalhavam com prata costumavam usá-las. Pode não ser uma prova definitiva, mas já é alguma coisa.

Claire pareceu espantada. Sua mão esquerda cobriu a direita protetoramente, os dedos esfregando a larga aliança de prata com seu desenho de entrelace escocês e flores de cardo.

– Não sei – disse ela. Um leve rubor tomou conta de suas bochechas. – Nunca a olhei por dentro. Eu nunca a tirei do dedo. – Ela girou a aliança lentamente por cima do nó do dedo; seus dedos eram delgados, mas pelo longo tempo de uso, a aliança deixara uma marca funda em sua carne.

Ela estreitou os olhos, observando a parte de dentro da aliança, depois se levantou e levou-a à mesa, onde parou ao lado de Roger, inclinando o aro de prata para que refletisse a luz do abajur da mesa.

– Há palavras gravadas aqui – disse ela, admirada. – Eu nunca percebi que ele havia... Ah, meu Deus.

Sua voz alquebrou-se e a aliança escorregou de seus dedos, tilintando na mesa com um pequeno retinido metálico. Roger logo a pegou, mas Claire se virara, os punhos cerrados apertados com força contra o estômago. Ele sabia que ela não queria que ele visse seu rosto; o controle que ela conservara através das longas horas do dia e da cena com Brianna a abandonava agora.

Ele ficou parado por um instante, sentindo-se insuportavelmente deslocado e constrangido. Com a terrível sensação de estar violando uma privacidade mais profunda do que ele jamais conhecera, mas sem saber o que mais fazer, ergueu o minúsculo aro de metal para a luz e leu as palavras gravadas no lado interno:

– *Da mi basia mille...*

Mas foi a voz de Claire que enunciou as palavras, não a dele. Sua voz estava trêmula e ele podia sentir que ela estava chorando, mas aos poucos recuperava o controle. Ela não podia extravasar por muito tempo; a força do que mantinha sob controle podia facilmente destruí-la.

– É de Catulo. Um trecho de um poema de amor. Hugh... Hugh Munro, ele me deu o poema como presente de casamento, enrolado em volta de um pedaço de âmbar com uma libélula em seu interior. – Ainda com os punhos cerrados, deixara as mãos penderem ao lado do corpo. – Eu não sei o poema de cor, mas este trecho... este eu sei. – Sua voz ficava mais firme à medida que ela falava, mas continuou de costas para Roger. O pequeno aro de prata brilhava na palma de sua mão, ainda quente do calor do dedo que acabara de deixar. – ... *da mi basia mille...*

Ainda de costas, ela continuou, traduzindo:

– Permita, então, que beijos apaixonados permaneçam
Em nossos lábios, comece a contagem
Até mil e cem
E mais cem e mais mil.

Quando terminou, permaneceu imóvel por um instante, depois virou-se devagar para ele outra vez. Seu rosto estava afogueado e molhado, e seus cílios grudados de lágrimas, mas ela estava aparentemente calma.

– E mais cem e mais mil – disse ela, com uma débil tentativa de sorriso. – Mas nenhuma marca do fabricante. Então isso também não é uma prova.

– É, sim. – Roger sentia como se houvesse alguma coisa entalada em sua garganta e apressadamente tentou clareá-la. – É prova absoluta. Para mim.

Algo se acendeu no fundo de seus olhos e o sorriso tornou-se real. Então as lágrimas afloraram e transbordaram, conforme ela perdia seu autocontrole de uma vez por todas.

– Desculpe-me – disse ela finalmente.

Estava sentada no sofá, os cotovelos nos joelhos, o rosto parcialmente enterrado em um dos enormes lenços brancos do reverendo Wakefield. Roger sentou-se ao seu lado, bem próximo, quase a tocando. Ela parecia muito pequena e vulnerável. Ele teve vontade de afagar seus cachos castanho-acinzentados, mas sentia-se muito tímido para isso.

– Nunca pensei... nunca me ocorreu – disse ela, assoando o nariz outra vez. – Eu não sabia o quanto significaria ter alguém que acreditasse em mim.

– Ainda que não seja Brianna?

Ela sorriu ligeiramente diante dessas palavras, afastando os cabelos para trás com uma das mãos enquanto se aprumava.

– Foi um choque – disse ela, defendendo a filha. – Naturalmente, ela não poderia... ela gostava tanto de seu pai... de Frank, quero dizer – corrigiu-se apressadamente. – Eu sabia que provavelmente ela não conseguiria digerir tudo isso no começo. Mas... com certeza depois que tiver tido tempo para pensar, para fazer perguntas... – Sua voz esvaiu-se e os ombros de seu conjunto de linho branco sucumbiram sob o peso das palavras.

Como para distrair-se, ela olhou para a mesa, onde a pilha de livros de capa brilhante ainda permanecia, intocada.

– É estranho, não é? Viver vinte anos com um estudioso dos jacobitas e ter tanto medo do que eu podia vir a saber que nunca tive coragem de abrir um desses livros? – Balançou a cabeça, ainda fitando os livros. – Não sei o que aconteceu com muitos deles... eu não podia suportar descobrir. Todos os homens que eu conhecia; eu não conseguia esquecê-los. Mas eu podia sepultá-los, mantê-los longe da lembrança. Por algum tempo.

E esse tempo agora terminara e um outro começava. Roger pegou o livro no alto da pilha, pesando-o nas mãos, como se fosse uma responsabilidade. Talvez ao menos isso tirasse sua cabeça de Brianna.

– Quer que eu lhe conte? – perguntou ele serenamente.

Ela hesitou por um longo instante, mas depois meneou a cabeça rapidamente, com medo de vir a se arrepender se parasse para pensar mais.

Roger umedeceu os lábios ressecados e começou a falar. Não precisava consultar o livro; esses eram fatos conhecidos de qualquer estudioso do período. Ainda assim, segurou o livro de Frank Randall contra o peito, sólido como um escudo.

– Francis Townsend – começou ele. – O homem que manteve o domínio de Carlisle para Charles. Foi capturado. Condenado por traição, enforcado e estripado.

Parou, mas o rosto lívido já estava exangue, não era possível ficar ainda mais branco. Ela sentou-se do outro lado da mesa, em frente a ele, imóvel como uma estátua de sal.

– MacDonald de Keppoch atacou a pé no campo de Culloden, com seu irmão Donald. Ambos foram abatidos pela artilharia inglesa. Lorde Kilmarnock caiu no campo de batalha, mas lorde Ancrum, identificando os feridos, reconheceu-o e salvou sua vida dos homens de Cumberland. Não foi nenhum grande favor; ele foi decapitado no mês de agosto na Torre de Londres, junto com Balmerino. – Hesitou. – O filho pequeno de Kilmarnock perdeu-se no campo de batalha; seu corpo nunca foi recuperado.

– Sempre gostei de Balmerino – murmurou ela. – E a Velha Raposa? Lorde Lovat? – Sua voz era pouco mais do que um sussurro. – A sombra de um machado...

– Sim. – Os dedos de Roger afagaram a capa lisa e brilhante do livro inconscientemente, como se ele lesse as palavras em seu interior por Braille. – Foi julgado por traição e condenado à decapitação. Morreu dignamente. Todos os relatos afirmam que ele enfrentou sua morte com grande dignidade.

Uma cena atravessou a mente de Roger; uma anedota de Hogarth. Recitou de memória, o mais fielmente possível.

– Carregado através dos gritos e vaias de uma turba inglesa no trajeto a caminho da Torre, o velho chefe do clã Fraser parecia descontraído, indiferente aos objetos arremessados que passavam zunindo por sua cabeça e quase de bom humor. Em resposta ao grito de uma mulher idosa – "Vai ter a sua cabeça decepada, velho canalha escocês!" –, ele inclinou-se para fora da janela de sua carruagem e gritou jovialmente em resposta: "Assim espero, megera inglesa velha e feia!"

Ela sorria, mas o som que emitia era um misto de riso e soluço.

– Tenho certeza que sim, o patife filho da mãe!

– Quando foi levado ao cadafalso – continuou Roger cautelosamente –, pediu para inspecionar a lâmina e instruiu o executor para que fizesse um bom serviço. Ele disse ao sujeito: "Faça direito, porque vou ficar realmente furioso se não fizer!"

As lágrimas escorriam sob suas pálpebras fechadas, cintilando como pedras preciosas à luz da lareira. Ele fez menção de aproximar-se dela, mas ela pressentiu seu movimento e balançou a cabeça, os olhos ainda fechados.

– Estou bem. Continue.

– Não há muito mais. Alguns deles sobreviveram, você sabe. Lochiel fugiu para a França.

Ele teve o cuidado de não mencionar o irmão do chefe do clã, Archibald Cameron. O doutor foi enforcado, estripado e decapitado em Tyburn, o coração arrancado e atirado às chamas. Ela não pareceu notar a omissão.

Roger terminou a lista rapidamente, observando-a. Suas lágrimas haviam estancado, mas ela permanecia sentada, com a cabeça baixa, os cabelos cacheados e cheios ocultando sua expressão.

Ele ficou parado por um instante quando terminou de falar, em seguida levantou-se e segurou-a com firmeza pelo braço.

– Venha – disse ele. – Você precisa de um pouco de ar. Parou de chover; vamos lá para fora.

O ar do lado de fora era fresco e frio, quase embriagante depois do ambiente abafado do gabinete do reverendo. A chuva forte parara ao pôr do sol e agora, no começo da noite, apenas o barulho dos pingos de água que gotejavam das árvores e arbustos lembrava o aguaceiro anterior.

Senti um grande alívio em sair da casa. Eu temera tudo isso por tanto tempo e agora estava feito. Ainda que Bree nunca... mas não, ela iria entender. Ainda que levasse muito tempo, ela certamente aceitaria a verdade. Tinha que aceitar; a verdade a fitava todos os dias de manhã no espelho; corria no próprio sangue em suas veias. Por enquanto, eu lhe contara tudo e sentia a leveza de uma alma absolvida, saindo do confessionário, ainda sem o peso do pensamento da penitência.

É como dar à luz, pensei. Um curto período de grande dificuldade e dor dilacerante, aliado à certeza de noites sem dormir e dias estressantes no futuro. Mas por enquanto, por um instante abençoado e tranquilo, não havia nada além de uma serena euforia que enchia a alma e não deixava espaço para apreensão. Até mesmo a dor recente pelos homens que eu conhecera estava amortizada ali fora, abrandada pelas estrelas que brilhavam através de brechas nas nuvens esgarçadas.

A noite do começo da primavera estava úmida e os pneus dos carros que passavam na rodovia principal ali perto zuniam no asfalto molhado. Roger conduziu-me em silêncio pela descida atrás da casa, em seguida por uma subida, passando por uma pequena clareira coberta de musgo, e por outra descida, onde havia um caminho que levava ao rio. Uma ponte preta de ferro da ferrovia atravessava o rio neste ponto; havia uma escada de ferro no caminho, presa a uma das vigas mestras. Alguém de posse de uma lata de spray de tinta branca escrevera ESCÓCIA LIVRE na extensão do vão da ponte com uma ousadia fortuita.

Apesar da tristeza da lembrança, eu me sentia em paz, ou quase. Eu já fizera a parte mais difícil. Agora, Bree já sabia quem ela era. Esperava ardentemente que, com o tempo, ela viesse a acreditar – não apenas para o seu próprio bem, eu sabia, mas também para o meu. Mais do que eu jamais teria admitido, nem para mim mesma, eu queria ter alguém com quem me lembrar de Jamie; alguém com quem pudesse conversar sobre ele.

Senti um cansaço devastador, de tal natureza que atingia o corpo e a mente. Mas empertiguei minhas costas mais uma vez, forçando meu corpo além dos seus limites, como já fizera tantas vezes. Em breve, prometi às minhas juntas doloridas, minha mente sensível, meu coração recém-partido. Em breve, eu poderia descansar. Poderia sentar-me sozinha na pequena e aconchegante sala de estar da pensão, sozinha com meus fantasmas. Poderia chorá-los em paz, deixando o cansaço esvair-se com as lágrimas e, finalmente, buscar o esquecimento temporário do sono, onde talvez pudesse encontrá-los vivos uma vez mais.

Mas ainda não. Ainda havia mais uma coisa a ser feita antes de eu dormir.

Caminharam em silêncio por algum tempo, sem nenhum ruído além do tráfego distante e da agitação mais próxima das pequenas ondas do rio em suas margens. Roger sentia-se relutante em iniciar qualquer conversa, com receio de fazê-la se lembrar de coisas que desejava esquecer. Mas as comportas tinham sido abertas e não havia mais como impedir.

Ela começou a fazer-lhe pequenas perguntas, hesitantes e entrecortadas. Ele respondia a elas da melhor forma possível e, por sua vez também hesitante, fez-lhe algumas perguntas próprias. A repentina liberdade de falar, após tantos anos de segredo guardado, parecia agir como uma droga sobre ela, e Roger, ouvindo fascinado, estimulava-a, apesar da relutância dela. Quando chegaram à ponte da ferrovia, ela já havia recuperado o vigor e a força de caráter que identificara nela quando a vira pela primeira vez.

– Ele era um idiota, um bêbado, um homem tolo e fraco – declarou ela apaixonadamente. – Todos eles eram uns tolos: Lochiel, Glengarry e o resto. Bebiam demais e enchiam-se dos sonhos tolos de Charles. Falar é fácil, e Dougal tinha razão: é fácil ser corajoso sentado com um copo de cerveja numa sala aconchegante. Estavam todos estupidificados de bebida e, depois, eram orgulhosos demais de sua maldita honra para recuar. Açoitavam e ameaçavam seus homens, subornavam-nos e seduziam-nos, levavam todos eles à desgraça e à ruína... em nome da honra e da glória.

Ela expirou fazendo ruído pelo nariz e ficou em silêncio por um instante. Em seguida, surpreendentemente, riu.

– Mas sabe o que é realmente engraçado? Aquele pobre, tolo beberrão e seus auxiliares estúpidos e gananciosos; e os homens honrados e tolos que não admitiam recuar... tinham uma única virtude: eles acreditavam. E o engraçado é que isso é tudo que permaneceu deles. Toda a tolice, a incompetência, a covardia e a vaidade, tudo isso desapareceu. Tudo que resta agora de Charles Stuart e seus homens é a glória que eles buscavam e nunca encontraram.

– Talvez Raymond tivesse razão – acrescentou ela num tom mais suave. – É apenas a essência de um fato que conta. Quando o tempo arranca todo o resto, sobra apenas a rigidez do osso.

– Imagino que você deva sentir uma certa amargura em relação aos historiadores – arriscou Roger. – Todos os autores que entenderam tudo errado, que o retrataram como um herói. Quer dizer, não se pode ir a nenhum lugar nas Terras Altas sem vermos o príncipe Charles em latas de balas e canecas de suvenir para turistas.

Claire balançou a cabeça, o olhar distante. A neblina da noite estava cada vez mais densa, os arbustos começando a gotejar outra vez das pontas da folhas.

– Não os historiadores. Não, eles não. Seu maior crime é que eles acham que sabem o que aconteceu, como os fatos se sucederam, quando tudo que têm é o que o passado escolheu deixar. A maioria deles acha o que foram condicionados para acreditar e é raro encontrar um historiador que veja o que realmente aconteceu por trás da cortina de fumaça de artefatos e documentos.

Ouviram um ronco fraco à distância. O trem noturno de passageiros, proveniente de Londres, Roger sabia. Podia-se ouvir seu apito da casa da paróquia em noites límpidas.

– Não, a culpa é dos artistas – continuou Claire. – Os escritores, os cantores, os contadores de histórias. São eles que tomam o passado e o recriam a seu gosto.

São eles que podem pegar um tolo e o devolver como um herói, pegar um beberrão e torná-lo um rei.

– São todos mentirosos, então? – perguntou Roger. Claire deu de ombros. Apesar do ar frio, ela tirara o casaco de seu terninho; a umidade moldara a camisa de algodão, revelando a elegância da sua clavícula e das suas omoplatas.

– Mentirosos? – perguntou ela. – Ou feiticeiros? Será que veem os ossos na poeira da terra, veem a essência de algo que existiu e o revestem com uma nova carne, de modo que a besta surja de novo como um monstro fabuloso?

– Então eles estão errados em fazê-lo? – perguntou Roger. A ponte da via férrea estremeceu quando o trem se aproximou. As letras trêmulas e brancas sacudiram-se com a vibração: ESCÓCIA LIVRE.

Claire ergueu os olhos para as letras, o rosto iluminado pela fugidia claridade das estrelas.

– Você ainda não consegue compreender, não é? – disse ela. Estava irritada, mas a voz aveludada não se ergueu acima do tom normal. – Você não *sabe* o porquê – disse ela. – Você não sabe, e eu não sei e nós nunca saberemos. Não percebe? Você não sabe porque não pode dizer qual é a finalidade, não há nenhuma finalidade. Você não pode dizer: "Este acontecimento em particular foi 'predestinado' a acontecer e, portanto, todas as outras coisas aconteceram." O que Charles fez ao povo da Escócia... era isso que tinha que acontecer? Ou isso era "predestinado" a acontecer como aconteceu, e a real finalidade de Charles era ser o que ele é agora: um símbolo, um ícone? Sem ele, a Escócia teria suportado duzentos anos de união com a Inglaterra e ainda assim, *ainda assim* – ela sacudiu a mão indicando as letras espalhadas acima – ter conservado sua própria identidade?

– Não sei! – disse Roger, tendo que gritar conforme o holofote oscilante iluminava as árvores e os trilhos e o trem rugia na ponte acima deles.

Passou-se um minuto inteiro de um barulho retumbante e ensurdecedor que os manteve imóveis. Finalmente passou e o ruído estrondoso definhou, transformando-se num lamento solitário conforme a luz vermelha do último vagão era varrida para fora de suas vistas.

– Bem, esse é o mal, não é? – disse ela, desviando o rosto. – A gente nunca *sabe*, mas temos que agir de qualquer modo, não é?

Ela espalmou as mãos de repente, flexionando os dedos fortes de modo que suas alianças brilharam na luz.

– Você aprende isso quando se torna um médico. Não na faculdade, pelo menos, não é lá que se aprende, de qualquer forma, mas quando coloca as mãos nas pessoas e presume que vai curá-las. Há tanta gente lá fora do seu alcance. Tantas que você nunca conseguirá tocar, tantas cuja essência não consegue encontrar, tantas que escorregam entre seus dedos. Mas você não pode pensar nelas. A única coisa que pode fazer, a *única*, é tentar salvar aquela que está à sua frente. Agir como se aquele paciente fosse a única pessoa no mundo, porque agir de outra forma é perder este também. Em determinado momento, isso é tudo que se pode fazer. E você aprende a não se desesperar por todos aqueles que não pode ajudar, mas apenas a fazer o que pode.

Voltou-se novamente para ele, o rosto abatido de cansaço, os olhos brilhando com a chuva e a luz, cristais de água enfeitando os cachos de seus cabelos. Sua mão pousou no braço de Roger, inexorável como o vento que infla a vela de um barco e o obriga e seguir em frente.

– Vamos voltar para a casa, Roger – disse ela. – Tenho algo muito particular para lhe contar.

Claire permaneceu em silêncio no trajeto de volta para a residência paroquial, evitando as especulações de Roger. Ela recusou o braço que ele lhe ofereceu, caminhando sozinha, a cabeça abaixada, absorta em seus pensamentos. Não como se estivesse tomando uma decisão, Roger pensou; já fizera isso. Ela pensava no que dizer.

O próprio Roger refletia. O silêncio dava-lhe uma trégua do tumulto das revelações do dia – o suficiente para imaginar precisamente por que Claire decidira incluí-lo nos acontecimentos. Ela poderia facilmente ter contado a Brianna sozinha se quisesse. Seria apenas o fato de ter temido a reação da filha e hesitado em enfrentá-la sozinha? Ou teria apostado que ele iria – como o fez – acreditar nela e, assim, procurou alistá-lo como um aliado na causa da verdade – a verdade dela e de Brianna?

Sua curiosidade quase atingira o ponto de ebulição quando finalmente chegaram à casa. No entanto, ainda havia trabalho a ser feito primeiro; juntos, descarregaram uma das estantes mais altas e empurraram-na para frente da janela estilhaçada, bloqueando a entrada do ar frio da noite.

Corada com o esforço, Claire sentou-se no sofá enquanto ele foi servir duas doses de uísque da pequena mesa de bebidas no canto do aposento. Quando a sra. Graham estava viva, sempre trazia bebidas numa bandeja, adequadamente forrada com paninhos de renda e adornada com guardanapos e biscoitos para acompanhar. Fiona, se lhe permitissem, teria de bom grado feito o mesmo, mas Roger preferia a simplicidade de servir seu próprio drinque sozinho.

Claire agradeceu, tomou um gole de seu copo, depois o deixou de lado e ergueu os olhos para ele, cansada, mas serena.

– Você deve estar se perguntando por que eu queria que você ouvisse toda a história – disse ela, com aquela habilidade assustadora de ler seus pensamentos. – Por duas razões. Logo lhe contarei a segunda, mas quanto à primeira, achei que você tinha certo direito de ouvi-la.

– Eu? Que direito?

Os olhos dourados eram francos, perturbadores como o olhar fixo e direto de um leopardo.

– O mesmo que Brianna. O direito de saber quem você é.

Ela atravessou o aposento, até a parede no extremo oposto. Era forrada de cortiça do chão ao teto, coberta com camadas de fotografias, mapas, anotações, um ou outro cartão de visitas, antigas tabelas de horários da paróquia, duplicatas de chaves e outras quinquilharias presas na cortiça.

– Lembro-me desta parede. – Claire sorriu, tocando a foto da escola primária local. – Seu pai alguma vez tirou alguma coisa daqui?

Roger balançou a cabeça, intrigado.

– Não, acredito que não. Ele sempre dizia que jamais conseguiria encontrar nada guardado em gavetas; se era alguma coisa importante, ele a queria bem à vista.

– Então é provável que ainda esteja aqui. Ele o considerava importante.

Erguendo a mão, ela começou a folhear levemente as camadas superpostas, separando delicadamente os papéis amarelados.

– Este aqui, eu creio – murmurou ela, após remexer acima e abaixo. Estendendo o braço mais alto e por baixo do entulho de anotações de sermões e notas do posto de gasolina, ela destacou uma única folha de papel e colocou-a sobre a escrivaninha.

– Ora, é minha árvore genealógica – disse Roger, surpreso. – Não vejo este velho documento há anos. Também nunca prestei nenhuma atenção a ele quando o examinei – acrescentou ele. – Se vai me dizer que sou adotado, já sei disso.

Claire meneou a cabeça, absorta no gráfico.

– Ah, sim. É por isso que seu pai, o sr. Wakefield, quero dizer, desenhou este mapa. Ele queria ter certeza de que você conheceria sua verdadeira família, embora ele tivesse lhe dado o próprio nome.

Roger suspirou, pensando no reverendo e na pequena fotografia na moldura de prata sobre sua escrivaninha, com a sorridente semelhança de um jovem desconhecido, de cabelos escuros e uniforme da RAF na Segunda Guerra Mundial.

– Sim, sei disso também. O nome de minha família era MacKenzie. Vai me dizer que estou ligado a alguns dos MacKenzie que você... hã, conheceu? Não vejo nenhum daqueles nomes no mapa.

Claire agiu como se não o tivesse ouvido, correndo o dedo pelas linhas interligadas, desenhadas à mão, da genealogia.

– O sr. Wakefield era obcecado por precisão – murmurou ela, como se falasse consigo mesma. – Não iria tolerar nenhum erro. – Seu dedo parou em um ponto do documento. – Aqui está – disse ela. – Foi aqui que aconteceu. Abaixo deste ponto – seu dedo varreu a página para baixo – tudo está correto. Estes eram seus pais e seus avós, e seus bisavós e assim por diante. Mas não acima. – O dedo moveu-se para cima.

Roger inclinou-se sobre o mapa, depois ergueu os olhos verde-musgo, pensativo.

– Este aqui? William Buccleigh MacKenzie, nascido em 1744, de William John MacKenzie e Sarah Innes. Morto em 1782.

Claire balançou a cabeça.

– Morreu em 1744, com dois meses de idade, vítima de varíola. – Ela levantou a cabeça e os olhos dourados encontraram-se com os dele com uma força que fez um calafrio percorrer sua espinha. – Você não foi a primeira adoção na família, sabe? – disse ela. Seu dedo bateu de leve na inscrição. – Ele precisou de uma ama de leite – continuou. – Sua própria mãe estava morta, então ele foi doado a uma família que perdera um bebê. Deram-lhe o nome da criança que haviam perdido, isso era comum, e suponho que ninguém queria chamar atenção para sua verdadeira origem registrando a nova criança nos livros da paróquia. Afinal, ele teria sido batizado ao nascer; não era necessário fazê-lo de novo. Colum disse-me onde o haviam colocado.

– Filho de Geillis Duncan – disse ele devagar. – Filho da bruxa.

– Isso mesmo. – Olhou-o de forma avaliadora, a cabeça inclinada para o lado. – Achei que devia ser, quando o vi. Os olhos, sabe. São os olhos dela.

Roger sentou-se, sentindo-se repentinamente enregelado, apesar de a estante estar bloqueando a corrente de ar e de fogo da lareira ter sido reativado há pouco tempo.

– Tem certeza disso? – perguntou ele, mas obviamente Claire tinha certeza. Presumindo-se que toda a história não fosse uma invenção, a construção elaborada de uma mente doentia. Ele ergueu os olhos para ela, tranquilamente sentada com seu uísque, serena como se estivesse prestes a solicitar uns salgadinhos.

Mente doentia? A dra. Claire Beauchamp-Randall, médica-chefe da equipe de um hospital grande e importante? Insanidade avassaladora, delírios desenfreados? Era mais fácil acreditar que ele estivesse louco. Na realidade, estava começando justamente a acreditar nessa possibilidade.

Ele expirou fundo e colocou as duas mãos espalmadas sobre o gráfico, ocultando a inscrição de William Buccleigh MacKenzie.

– Bem, é muito interessante e creio que estou feliz por ter me contado. Mas isso na verdade não muda nada, não é? Exceto que eu suponho que possa arrancar a parte de cima desta árvore genealógica e jogá-la fora. Afinal, não sabemos de onde Geillis Duncan surgiu, nem o homem que gerou o seu filho; você parece ter certeza de que não foi o pobre e velho Arthur.

– Ah, não, não foi Arthur Duncan. Foi Dougal MacKenzie quem gerou o filho de Geilie. Essa foi a razão real de ter sido morta. Não foi por bruxaria. Mas Colum MacKenzie não podia permitir que se soubesse que seu irmão tivera um caso extraconjugal com a mulher do fiscal. O que ela queria era se casar com Dougal; creio que talvez tenha ameaçado os MacKenzie com a verdade a respeito de Hamish.

– Hamish? Ah, o filho de Colum. Sim, lembro-me. – Roger esfregou a testa. Sua cabeça estava começando a girar.

– Não era filho de Colum – corrigiu-o Claire. – Era filho de Dougal. Colum não podia ter filhos, mas Dougal podia... e o fez. Hamish era o herdeiro do comando do clã MacKenzie; Colum teria matado qualquer um que ameaçasse Hamish... e o fez.

Ela respirou fundo.

– E isso – disse ela – nos leva à segunda razão pela qual eu lhe contei essa história.

Roger passou as mãos nos cabelos, os olhos fixos na mesa, onde as linhas do mapa genealógico pareciam contorcer-se como cobras, zombando dele, as línguas bifurcadas agitando-se entre os nomes.

– Geillis Duncan – disse ele com voz rouca. – Ela possuía uma cicatriz de vacina.

– Sim. Foi isso, finalmente, que me fez voltar à Escócia. Quando parti daqui com Frank, jurei que jamais voltaria. Eu sabia que nunca poderia esquecer, mas poderia enterrar o que sabia; podia me manter distante e nunca procurar saber o que aconteceu depois que parti. Parecia o mínimo que eu poderia fazer, por ambos, Frank e Jamie. E pela criança que eu estava esperando. – Seus lábios cerraram-se com força por um instante. – Mas Geilie salvou minha vida no julgamento em Cranesmuir. Talvez ela estivesse condenada de qualquer forma; creio que ela acreditava nisso. Mas ela jogou fora qualquer chance que pudesse ter tido a fim de me salvar. E deixou-me uma mensagem. Dougal a deu para mim, numa caverna nas Terras Altas, quando me levou a notícia de que Jamie estava na prisão. Havia duas partes na mensagem. Uma frase: "Acho que é possível, mas não sei ao certo", e uma sequência de quatro números: um, nove, seis, oito.

– Mil novecentos e sessenta e oito – disse Roger, com a sensação de que tudo aquilo era um sonho. Certamente, logo iria acordar. – Este ano. O que ela quis dizer com acreditar que era possível?

– Voltar. Através das pedras. Ela não tentara, mas achou que eu poderia. E tinha razão, é claro. – Claire virou-se e pegou seu uísque da mesa. Olhou fixamente para Roger por cima do aro de seus óculos, os olhos da mesma cor do conteúdo do copo. – Estamos em 1968; o ano em que ela voltou no tempo. Exceto que eu acho que ela ainda não voltou.

O copo escorregou da mão de Roger e ele quase não conseguiu agarrá-lo a tempo.

– O quê... aqui? Mas ela... por que não... você não pode saber... – Ele balbuciava de forma incoerente, os pensamentos embaralhados.

– Eu não *sei* – ressaltou Claire. – Mas eu creio que sim. Tenho quase certeza de que ela era escocesa e as possibilidades são grandes de que ela tenha saído das Terras Altas. Considerando-se que há uma grande quantidade de círculos de pedra, nós sabemos que Craigh na Dun *é* uma passagem para os que podem usá-la. Além do mais – acrescentou ela, com ar de quem apresenta o argumento definitivo –, Fiona a viu.

– *Fiona?* – Isso, Roger sentiu, era simplesmente demais. O maior dos absurdos. Em qualquer outra coisa, ele conseguiria acreditar: viagens no tempo, traição de clãs, revelações históricas, mas trazer Fiona para dentro dessa história era mais do que sua razão podia aguentar. Olhou para Claire com ar de súplica. – Diga-me que você não quis dizer isso – implorou ele. – Não Fiona.

A boca de Claire contorceu-se em um dos cantos.

– Receio que sim – disse ela, não sem compaixão. – Eu lhe perguntei... sobre o grupo druida ao qual sua avó pertencia. Ela jurou segredo, é claro, mas eu já sabia muito sobre ele e... – Encolheu os ombros, como se pedisse desculpas. – Não foi muito difícil fazê-la falar. Ela me disse que havia outra mulher fazendo perguntas... uma mulher alta, loura, com impressionantes olhos verdes. Fiona disse que a mulher a fazia se lembrar de alguém – acrescentou delicadamente, evitando com todo o cuidado olhar para ele –, mas ela não sabia quem.

Roger apenas grunhiu e, curvando-se na cintura, deixou-se cair lentamente para a frente até sua testa encostar-se na mesa. Fechou os olhos, sentindo a rigidez fria da madeira sob sua cabeça.

– Fiona sabe quem é ela? – perguntou ele, os olhos ainda fechados.

– Seu nome é Gillian Edgars – respondeu Claire. Ele ouviu-a levantar-se, atravessar o aposento e acrescentar nova dose de uísque ao seu copo. Ela voltou e parou junto à mesa. Podia sentir seu olhar em sua nuca.

– Deixo a você a decisão – disse Claire serenamente. – É seu direito decidir. Devo procurá-la?

Roger ergueu a cabeça da mesa e olhou para ela, incrédulo, piscando.

– Se você deve procurá-la? – perguntou ele. – Se isso... se tudo isso for verdade... então temos que achá-la, não? Se ela vai voltar no tempo para ser queimada viva? É claro que precisa achá-la! – exclamou. – Como você poderia cogitar qualquer outra possibilidade?

– E se eu realmente encontrá-la? – observou ela. Colocou a mão delgada sobre o gráfico sujo e ergueu os olhos para ele. – O que acontece com você? – perguntou brandamente.

Ele olhou ao redor, desamparado, para o gabinete abarrotado, iluminado, com a parede de miscelâneas, o velho bule de chá lascado sobre a antiga mesa de carvalho. Sólida como... Agarrou as coxas, fechando as mãos sobre o veludo cotelê áspero como se buscasse se assegurar de que ele era tão sólido quanto a cadeira onde estava sentado.

– Mas... eu sou *real*! – irrompeu ele. – Eu não posso simplesmente... evaporar!

Claire ergueu as sobrancelhas, considerando suas palavras.

– Não sei se você evaporaria. Não faço a menor ideia do que poderia acontecer. Talvez você nunca viesse a existir? E nesse caso, não precisasse estar tão agitado agora. Talvez a parte de você que o torna único, sua alma ou como quer que queira denominá-la... talvez esteja fadado a acontecer de qualquer modo e você ainda seria você mesmo, embora nascido de uma linhagem ligeiramente diferente. Afinal, quanto de sua aparência física pode ser atribuído a ancestrais de seis gerações atrás? Metade? Dez por cento? – Deu de ombros e contraiu os lábios, examinando-o cuidadosamente. – Seus olhos descendem de Geilie, como eu lhe disse. Mas eu vejo Dougal em você também. Nenhum traço em particular, embora tenha as maçãs do rosto dos MacKenzie; Bree também as tem. Não, é algo mais sutil, algo na maneira como você caminha; uma graciosidade, uma imprevisibilidade... não... – Ela balançou a cabeça. – Não consigo descrever. Mas está aí. É algo de que você *precisa*, ser quem você é? Poderia passar sem essa parcela de Dougal?

Ela levantou-se pesadamente, demonstrando sua idade pela primeira vez desde que a conhecera.

– Passei mais de vinte anos buscando respostas, Roger, e só posso lhe dizer uma coisa: não há respostas, apenas escolhas. Eu mesma fiz muitas e ninguém pode me dizer se foram certas ou erradas. Mestre Raymond, talvez, embora não creia que o fizesse; era um homem que acreditava em mistérios. Só consigo ver a opção certa até o ponto de saber que devia contar-lhe... e deixar a escolha para você.

Ele pegou o copo e esvaziou-o.

O Ano de Nosso Senhor de 1968. O ano em que Geillis Duncan entrou no círculo de pedras sagrado. O ano em que ela foi ao encontro de seu destino sob as sorveiras nas colinas próximas a Leoch. Um filho ilegítimo... e a morte na fogueira.

Ele ergueu-se e caminhou de um lado a outro, ao longo das fileiras de livros que recobriam as paredes do gabinete. Livros cheios de história, esse assunto mutável e escarnecedor.

Nenhuma resposta, apenas escolhas.

Inquieto, Roger correu a mão pelos livros na prateleira mais alta. Compreendiam a história do movimento jacobita, a história das rebeliões, de 1715 e de 1745. Claire conhecera muitos dos homens e mulheres descritos nesses livros. Lutara e sofrera com eles para salvar um povo que lhe era estranho. No processo, perdera tudo que lhe era caro. E, no final, fracassara. Mas a escolha fora dela, e agora era dele. Haveria uma chance de tudo isso não passar de um sonho, de um delírio de alguma espécie? Olhou furtivamente para Claire. Ela estava recostada em sua poltrona, os olhos fechados, imóvel, a não ser pela pulsação de seus batimentos cardíacos, quase invisíveis na base da garganta. Não. Ele podia, por um instante, convencer-se de que tudo era um faz de conta, mas somente enquanto não olhasse para ela. Por mais que quisesse acreditar no contrário, não podia olhar para ela e duvidar sequer de uma palavra do que ela dissera.

Espalmou as mãos sobre a mesa, depois virou as palmas para cima, observando o labirinto de linhas que as cruzavam. Seria apenas seu próprio destino que jazia ali em suas mãos ou conteriam o destino de uma desconhecida também?

Nenhuma resposta. Fechou as mãos devagar, como se prendesse algo pequeno dentro dos punhos cerrados, e fez sua escolha.

– Vamos procurá-la – disse ele.

Não se ouviu nenhum ruído da figura silenciosa na poltrona *bergère* e nenhum movimento, a não ser o subir e descer de seu peito arredondado. Claire dormia.

48

CAÇA À BRUXA

A velha campainha soou em algum lugar nas profundezas do apartamento. Não era a melhor parte da cidade, mas também não era a pior. Em sua maioria, eram casas de classe operária, algumas, como esta, divididas em dois ou três apartamentos. Uma nota escrita à mão sob a campainha dizia MCHENRY – TOQUE DUAS VEZES. Roger cuidadosamente tocou a campainha de novo, depois limpou as mãos nas calças. Suas palmas estavam suadas, o que o aborrecia consideravelmente.

Havia um vaso comprido de narcisos amarelos junto ao degrau da porta, quase mortos por falta de água. As pontas das folhas em forma de lâminas estavam ressequidas e crispadas, e os brotos amarelos e enrolados inclinavam-se desoladamente junto aos seus sapatos.

Claire também os viu.

– Talvez não haja ninguém em casa – disse ela, parando para tocar o solo seco do vaso. – Essa planta não é aguada há mais de uma semana.

Roger sentiu uma leve onda de alívio com o pensamento; quer ele acreditasse que Geillis Duncan era Gillian Edgars ou não, não estava ansioso por esta visita. Já se virava para ir embora quando a porta abriu-se repentinamente atrás dele, como um rangido de madeira empenada que fez seu coração subir à boca.

– Sim? – O homem que atendeu estreitou os olhos para eles, olhos inchados num rosto vermelho e congestionado, escurecido pela barba por fazer.

– Hã... desculpe incomodá-lo, senhor – disse Roger, esforçando-se para se acalmar. Sentia um vazio na boca do estômago. – Procuramos a srta. Gillian Edgars. Esta é a residência dela?

O homem esfregou a mão curta e rude, recoberta de pelos pretos, pela cabeça, fazendo os cabelos eriçarem-se como espinhos beligerantes.

– É *senhora* Edgars, rapaz. E o que você quer com minha mulher? – Os vapores etílicos do hálito do sujeito fizeram Roger desejar dar um passo para trás, mas permaneceu onde estava.

– Só queremos falar com ela – disse ele, da maneira mais conciliadora possível. – Ela está em casa, por favor?

– Ela está em casa, por favor? – disse o homem que devia ser o sr. Edgars, contraindo a boca numa imitação estridente e grosseira do sotaque de Oxford de Roger. – Não, ela não está em casa. Cai fora – avisou ele, batendo a porta com tal força que deixou a cortina de renda tremendo com a vibração.

– Entendo por que ela *não está* em casa – observou Claire, erguendo-se na ponta dos pés para espreitar pela janela. – Eu também não estaria, se fosse isso o que me esperava.

– Sem dúvida – disse Roger sucintamente. – Tem outras sugestões para encontrar esta mulher?

Claire afastou-se do peitoril da janela.

– Ele está instalado em frente à televisão – relatou ela. – Vamos deixá-lo, ao menos até depois que o pub abrir. Enquanto isso, podemos ir a este instituto. Fiona disse que Gillian Edgars fazia cursos lá.

O Instituto de Estudos do Folclore e de Antiguidades das Terras Altas ficava no andar superior de uma casa estreita logo depois da zona comercial. A recepcionista, uma mulher baixa e gorda, com um casaquinho marrom e um vestido estampado, pareceu encantada em conhecê-los; ela não deve receber muita gente aqui em cima, refletiu Roger.

– Ah, sra. *Edgars* – disse ela, depois de ouvi-los. Roger achou que um repentino tom de dúvida havia se insinuado na voz da sra. Andrews, mas ela continuou alegre e comunicativa. – Sim – continuou –, ela é frequentadora assídua do instituto, tudo pago por suas aulas. Ela vem aqui regularmente, a sra. Edgars. – Muito mais do que a sra. Andrews realmente desejaria, pelo tom de sua voz.

– Ela não estaria aqui agora, por acaso, estaria? – perguntou Claire.

A sra. Andrews balançou a cabeça, fazendo as dezenas de cachinhos dançarem em sua cabeça.

– Ah, não – respondeu ela. – Hoje é segunda-feira. Somente eu e o dr. McEwan estamos aqui às segundas-feiras. Ele é o diretor, sabe. – Olhou para Roger com ar de reprovação, como se ele na verdade já devesse saber disso. Em seguida, aparentemente tranquilizada pela evidente respeitabilidade dos dois visitantes, relaxou um pouco. – Se querem perguntar pela sra. Edgars, deveriam falar com o dr. McEwan. Vou dizer a ele que estão aqui, está bem?

Quando começou a tentar sair de trás de sua mesa, Claire a interrompeu, inclinando-se para a frente.

– Por acaso você teria uma fotografia da sra. Edgars? – perguntou ela sem rodeios. Diante do olhar de surpresa da sra. Andrews, Claire sorriu sedutoramente, explicando: – Não vamos querer desperdiçar o tempo do diretor se não for a pessoa que estamos procurando, não é mesmo?

A boca da sra. Andrews abriu-se ligeiramente e ela piscou, confusa, mas assentiu após um instante e começou a remexer pela escrivaninha, abrindo gavetas e falando sozinha.

– Sei que estão aqui em algum lugar. Eu as vi ontem mesmo, portanto não podem ter ido... ah, pronto! – Sacudindo os cachos, brandiu uma pasta retangular de fotografias em branco e preto, selecionando-as rapidamente.

– Aqui está – disse ela. – Esta é ela, em uma das expedições de escavação, fora da cidade, mas não dá para ver seu rosto, não é? Deixe-me ver se há alguma outra...

Retomou sua busca, murmurando consigo, enquanto Roger espreitava com curiosidade por cima do ombro de Claire para a fotografia que a sra. Andrews colocara sobre a escrivaninha. Mostrava um pequeno grupo de pessoas de pé junto a um Land Rover, com um monte de sacos de juta e pequenas ferramentas no chão junto a eles. Era uma foto instantânea e várias das pessoas do grupo não estavam de frente para a câmera. Claire estendeu o dedo sem hesitação, tocando a imagem de uma jovem alta, de cabelos louros, lisos e longos, até o meio das costas. Bateu de leve na fotografia e assentiu silenciosamente para Roger.

– Você não pode ter certeza – murmurou ele para ela quase inaudivelmente.

– O que foi, meu bem? – disse a sra. Andrews, olhando distraidamente por cima dos óculos. – Ah, não estavam falando comigo. Tudo bem, então, achei outra um pouco melhor. Ainda não mostra seu rosto inteiro, parece que ela se virou de lado, mas é melhor do que a anterior. – Ela deixou a nova fotografia cair abruptamente sobre a outra com um estalido triunfante.

Essa mostrava um homem mais velho com óculos de leitura e a mesma jovem de cabelos louros, inclinada sobre uma mesa, segurando o que, para Roger, parecia ser uma coleção de partes enferrujadas de um motor, mas que sem dúvida eram artefatos valiosos. Os cabelos da jovem caíam ao lado de seu rosto, que estava virado para o homem mais velho, mas a linha de um nariz reto e curto, um queixo adoravelmente redondo e a curva de uma bela boca apareciam com clareza. O olho visível na foto estava voltado para baixo, escondido sob pestanas longas e espessas. Roger reprimiu o assovio de admiração que se ergueu de modo espontâneo aos seus lábios. Ancestral ou não, ela era uma verdadeira beldade, pensou ele irreverentemente.

Ele olhou para Claire. Ela meneou a cabeça, sem falar. Estava ainda mais pálida do que o habitual e ele podia ver sua pulsação rápida na garganta, mas ela agradeceu à sra. Andrews com sua costumeira serenidade.

– Sim, é ela. Creio que, então, nós realmente gostaríamos de conversar com o diretor, se ele estiver disponível.

A sra. Andrews lançou um olhar breve para a porta de painéis brancos atrás da escrivaninha.

– Bem, vou perguntar a ele, querida. Mas eu poderia lhe dizer do que se trata?

Roger já começara a abrir a boca, em busca de um pretexto, quando Claire inseriu-se habilmente na brecha.

– Na verdade, somos de Oxford – disse ela. – A sra. Edgars fez um pedido de bolsa de estudos ao Departamento de Antiguidades e deu o instituto como referência junto às suas credenciais. Portanto, se não se importar...

– Ah, compreendo – disse a sra. Andrews, impressionada. – Oxford. Imagine! Vou pedir ao dr. McEwan para atendê-los agora mesmo.

Quando ela desapareceu atrás da porta de painéis brancos, parando apenas para uma leve batida antes de entrar, Roger inclinou-se para sussurrar no ouvido de Claire.

– Não existe um Departamento de Antiguidades em Oxford – sibilou ele –, e você sabe disso.

– Você sabe disso – retrucou ela com ar sério – e eu também, como tão sabiamente destacou. Mas há muita gente no mundo que não sabe e nós acabamos de encontrar uma delas.

A porta de painéis brancos começou a se abrir.

– Esperemos que eles não conheçam nada fora daqui – disse Roger, enxugando a testa – ou que você saiba mentir rápido.

Claire levantou-se, sorrindo para a figura da sra. Andrews que os chamava, enquanto falava pelo canto da boca:

– Eu? Eu, que li almas para o rei da França? – Alisou a saia e a fez rodopiar. – Vai ser moleza.

Roger inclinou-se ironicamente, gesticulando em direção à porta.

– *Après vous*, madame.

Quando ela deu um passo à sua frente, ele acrescentou, num sussurro:

– *Après vous, le déluge.*

Os ombros de Claire se empertigaram, mas ela seguiu em frente sem se virar para trás.

Para uma certa surpresa de Roger, foi realmente fácil. Não sabia ao certo se fora a habilidade de Claire em representar ou a preocupação do próprio dr. McEwan, mas a boa-fé de ambos não foi questionada. Não pareceu ocorrer ao diretor de que fosse altamente improvável que grupos de inspetores de Oxford se aventurassem pelas áreas incultas de Inverness para fazer indagações sobre a formação de uma possível estudante de pós-graduação. Por outro lado, pensou Roger, o dr. McEwan parecia ter alguma preocupação em mente; talvez ele não estivesse pensando com tanta clareza como de costume.

– Beeeem... sim, a sra. Edgars sem dúvida é muito inteligente. Muito inteligente – disse o diretor, como se procurasse se convencer. Era um homem alto, magro, com o lábio superior longo como o de um camelo, que se balançava conforme ele procurava hesitantemente pela próxima palavra. – Vocês... ela... quer dizer... – Sua voz definhou, o lábio superior contorcendo-se, depois perguntou finalmente: – Vocês já se encontraram com a sra. Edgars?

– Não – disse Roger, examinando o dr. McEwan com certa austeridade. – É por isso que estamos fazendo perguntas sobre ela.

– Existe alguma coisa... – pausou Claire delicadamente, instigando o diretor a falar – que ache que talvez o comitê devesse saber, dr. McEwan? – Ela inclinou-se para a frente, arregalando os olhos. – O senhor sabe, investigações como esta são *absolutamente* confidenciais. Mas é muito importante que sejamos completamente informados; há uma posição de confiança envolvida. – Abaixou a voz sugestivamente. – O ministério, sabe.

Roger teria adorado estrangulá-la, mas o dr. McEwan meneou a cabeça sabiamente, o lábio balançando sem parar.

– Ah, sem dúvida, minha cara senhora. Sim, é claro. O ministério. Compreendo perfeitamente. Sim, sim. Bem, eu... hã, talvez... não quero de forma alguma lhes dar uma impressão errada. E é uma oportunidade maravilhosa, sem dúvida...

Agora Roger queria estrangular os dois. Claire deve ter notado suas mãos contorcendo-se no colo com um desejo irresistível, porque colocou um fim nos resmungos do diretor com firmeza.

– Estamos basicamente interessados em duas coisas – disse ela rapidamente, abrindo o caderno de notas que carregava e posicionando-o sobre o joelho como se fosse usá-lo para referência. *Comprar garrafa de xerez para a sra. T.*, Roger leu pelo canto do olho. *Presunto fatiado para piquenique.* – Queremos saber, primeiro, sua opinião sobre o grau de conhecimentos da sra. Edgars e, segundo, sua opinião sobre sua personalidade de um modo geral. O primeiro, é claro, nós mesmos avaliamos – ela fez uma pequena marca em V no caderno de notas, ao lado de uma anotação que dizia *Trocar cheques de viagem* –, mas o senhor possui uma noção muito maior e mais detalhada, sem dúvida. – A essa altura, o dr. McEwan assentiu sem parar, hipnotizado.

– Sim, bem... – Ele arfou um pouco, então, com um rápido olhar em direção à porta para certificar-se de que estava fechada, e inclinou-se confidencialmente por cima da mesa. – A qualidade de seu trabalho... bem, sobre isso acho que posso satisfazê-los completamente. Vou lhes mostrar algumas coisas nas quais ela vem trabalhando. A outra... – Roger achou que ele estava prestes a ter que aturar outra rodada de tremores labiais e inclinou-se para a frente com ar ameaçador.

O dr. McEwan reclinou-se para trás bruscamente, parecendo surpreso.

– Não é nada de mais, na verdade – disse ele. – É apenas que... bem, ela é uma jovem muito *intensa.* Talvez seu interesse pareça às vezes um pouco... obsessivo? – Sua voz ergueu-se num tom de pergunta. Seus olhos lançaram-se de Roger a Claire, como um rato preso numa armadilha.

– A direção desse interesse intenso estaria por acaso focalizada em monumentos monolíticos? Em círculos de pedras? – sugeriu Claire educadamente.

– Ah, então isso ficou claro em seu pedido de bolsa? – O diretor puxou um lenço grande e encardido do bolso e enxugou o rosto com ele. – Sim, isso mesmo. Claro, muita gente se deixa impressionar por eles – observou ele. – As histórias sobre eles, o mistério. Vejam essas almas ignorantes em Stonehenge no solstício de verão, envoltas em mantos e capuzes. Entoando cânticos... toda essa bobagem. Não que eu fosse comparar Gillian Edgars a...

Ele ainda continuou falando por um longo tempo, mas Roger parou de ouvir. Parecia abafado no escritório acanhado e seu colarinho estava apertado demais; podia ouvir seu coração batendo, pulsando incessantemente nos ouvidos de forma irritante.

Simplesmente não era possível!, pensou ele. *Decididamente impossível.* É verdade, a história de Claire Randall era convincente – terrivelmente convincente. Mas, por outro lado, veja o efeito que ela está causando neste pobre velho, que não saberia o que é erudição acadêmica ainda que lhe fosse servida numa bandeja com pepinos em conserva. Ela sem dúvida era capaz de convencer o mais cético dos mortais. Não que ele, Roger, fosse tão suscetível quanto o dr. McEwan, é claro, mas...

Transtornado pela dúvida e pingando de suor, Roger prestou pouca atenção quando o dr. McEwan pegou um molhe de chaves de sua gaveta e levantou-se para conduzi-los por uma segunda porta até um longo corredor salpicado de portas.

– Saletas de estudo – explicou o diretor. Ele abriu uma das portas, revelando um cubículo de aproximadamente 1,20 metro de lado, mal comportando uma mesa estreita, uma cadeira e uma pequena estante. Sobre a mesa, perfeitamente empilhadas, via-se uma série de pastas de arquivo em cores diferentes. Ao lado, Roger viu um grande caderno de notas com capa cinza e uma etiqueta cuidadosamente escrita à mão na frente – MISCELÂNEA. Por alguma razão, a visão da caligrafia fez um calafrio percorrer sua espinha.

Aquilo estava ficando cada vez mais pessoal a cada instante. Primeiro, fotografias, agora, as anotações da mulher. Foi assaltado por um momento de pânico à ideia de realmente se encontrar com Geillis Duncan. Quer dizer, Gillian Edgars. *Quem quer que ela fosse.*

O diretor abria várias pastas, apontando e explicando a Claire, que convincentemente fazia crer que tivesse alguma noção do que ele estava falando. Roger espreitou por cima de seu ombro, meneando a cabeça e dizendo: "Aham, muito interessante", a intervalos, mas as linhas inclinadas e volteios do manuscrito eram-lhe incompreensíveis.

Ela escreveu isso, ele não parava de pensar. *Ela é real. Carne e osso e lábios e longos cílios.* E se ela voltar no tempo através da pedra, morrerá queimada – esturricada e enegrecida, com os cabelos acesos como uma tocha na obscuridade da aurora. E se não voltar, então... eu não existo.

Balançou a cabeça violentamente.

– Discorda, sr. Wakefield? – O diretor do instituto olhava-o perplexo.

Ele balançou a cabeça outra vez, desta vez de constrangimento.

– Não, não. Quero dizer... é apenas que... seria possível me dar um copo de água?

– Claro, claro! Acompanhe-me, há um bebedouro logo ao virar o corredor, eu lhe mostrarei. – O dr. McEwan empurrou-o para fora da saleta e ao longo do corredor, expressando sua preocupação loquaz, desarticulada, com o seu estado de saúde.

Uma vez fora do confinamento claustrofóbico da saleta e da proximidade dos livros e pastas de Gillian Edgars, Roger começou a se sentir ligeiramente melhor. Ainda assim, a ideia de voltar para aquele minúsculo compartimento, onde todas as palavras de Claire sobre seu passado pareciam ecoar das finas paredes... não. Tomou uma decisão. Claire podia terminar com o dr. McEwan sozinha. Ele passou depressa pela saleta, sem olhar para dentro, e atravessou a porta que levava de volta à sala de recepção.

A sra. Andrews olhou-o espantada quando ele entrou, os óculos brilhando de preocupação e curiosidade.

– Nossa, sr. Wakefield. Não está se sentindo bem? – Roger esfregou a mão no rosto; devia estar com uma aparência péssima. Sorriu debilmente para a secretária gorda e baixa.

– Não, muito obrigado. Só estava meio abafado lá atrás. Achei melhor descer para tomar um pouco de ar fresco.

– Ah, sim. – A secretária meneou a cabeça compreensivamente. – Os aquecedores. Eles emperram, sabe, e não desligam. É melhor eu verificar. – Levantou-se de sua escrivaninha, onde a fotografia de Gillian Edgars ainda podia ser vista. Olhou para a foto, depois ergueu o olhar para Roger. – Não é estranho? – disse ela em tom de conversa. – Eu estava olhando esta fotografia e imaginando o que havia no rosto da sra. Edgars que me chamou a atenção de repente. E não conseguia atinar com o que era. Mas ela tem os seus traços, sr. Wakefield, especialmente em torno dos olhos. Não é uma coincidência? Sr. Wakefield?

A sra. Andrews olhou, espantada, na direção da escada, onde o barulho dos passos de Roger ecoavam dos degraus de madeira.

– Apertado para ir ao banheiro, eu acho – disse ela amavelmente. – Pobre rapaz.

O sol ainda estava acima do horizonte quando Claire reuniu-se a Roger novamente na rua, mas a tarde terminava; as pessoas voltavam para casa para tomar o chá e havia uma sensação de relaxamento geral no ar – uma expectativa de paz e descanso após um longo dia de trabalho.

Roger, entretanto, não compartilhava de tais sentimentos. Adiantou-se para abrir a porta do carro para Claire, consciente de tal mistura de emoções que ele não conseguia decidir o que dizer primeiro. Ela entrou, erguendo os olhos para ele compreensivamente.

– Um choque e tanto, hein? – foi tudo que ela disse.

O labirinto diabólico de novas ruas de mão única tornava a travessia do centro da cidade uma tarefa que demandava toda sua atenção. Já estavam bem adiantados em seu trajeto até ele finalmente poder tirar os olhos da estrada o suficiente para perguntar:

– E agora?

Claire estava recostada no banco, os olhos fechados, os anéis dos cabelos desprendendo-se de sua presilha. Ela não abriu os olhos diante da pergunta, mas espreguiçou-se ligeiramente, ajeitando-se no banco.

– Por que não convida Brianna para ir jantar em algum lugar? – perguntou ela. Jantar? De certa forma, parecia-lhe errado parar para jantar em meio a um esforço de investigação de vida ou morte, mas por outro lado, Roger percebeu de repente que a sensação de vazio em seu estômago não se devia inteiramente às revelações da última hora.

– Certo, está bem – disse ele devagar. – Mas amanhã...

– Por que esperar até amanhã? – interrompeu-o Claire. Estava sentada ereta agora, penteando os cabelos. Eram cheios e rebeldes, e assim, caídos em cachos sobre seus ombros, faziam-na parecer por um momento muito jovem, pensou Roger. – Você pode ir falar com Greg Edgars depois do jantar, não é?

– Como sabe que o nome dele é Greg? – perguntou Roger, curioso. – E se ele não quis falar comigo esta tarde, por que o faria à noite?

Claire olhou para Roger como se de repente duvidasse de sua inteligência.

– Sei o nome dele porque vi numa carta na caixa de correio – disse ela. – Quanto a por que ele falaria com você esta noite, ele o fará porque você vai levar-lhe uma garrafa de uísque quando for lá desta vez.

– E você acha que isso o fará nos convidar para entrar?

Ela ergueu uma das sobrancelhas.

– Você viu a coleção de garrafas vazias na lata de lixo dele? Claro que convidará. Na mesma hora. – Recostou-se novamente, as mãos enfiadas nos bolsos do casaco e olhando para fora, para a rua que passava.

– Você pode perguntar se Brianna quer ir com você – disse ela descontraidamente.

– Ela disse que não quer ter nada a ver com isso – observou Roger.

Claire olhou-o com impaciência. O sol desaparecia atrás dela e fazia seus olhos brilharem na cor âmbar, como os de um lobo.

– Nesse caso, sugiro que não lhe diga o que tem em mente – disse ela, num tom de voz que fez Roger se lembrar que ela era médica-chefe da equipe de um grande hospital.

Suas orelhas queimavam, mas ele disse teimosamente:

– Não será possível esconder isso, se você e eu...

– Eu, não – interrompeu-o Claire. – Você. Eu tenho outra coisa a fazer.

Isso já era demais, pensou Roger. Freou o carro sem sinalizar e deslizou até parar por completo no acostamento. Olhou-a furiosamente.

– Tem outra coisa para fazer, não é? – perguntou ele. – Gosto disso! Você está me incumbindo de tentar convencer um beberrão que provavelmente vai me atacar assim que me vir *e* atrair sua filha comigo para observar! O que é? Acha que vou precisar dela para me levar para o hospital depois que Edgars tiver acabado de me dar uma pancada na cabeça com uma garrafa?

– Não – disse Claire, ignorando o tom de sua voz. – Acho que você e Greg Edgars juntos podem ter sucesso onde eu não tive, em convencer Bree que Gillian Edgars é a mulher que eu conheci como Geillis Duncan. Ela se recusa a me ouvir. É provável que não queira ouvi-lo também, se tentar contar a ela o que descobrimos no instituto hoje. Mas ela ouvirá Greg Edgars. – Seu tom de voz era calmo e inflexível, e Roger sentiu seu aborrecimento declinar ligeiramente. Deu partida no carro de novo e voltou ao fluxo do trânsito.

– Está bem, vou tentar – disse ele de má vontade, sem olhar para ela. – E exatamente onde você estará enquanto eu faço isso?

Houve um pequeno barulho arrastado ao seu lado enquanto ela remexia no bolso outra vez. Então retirou a mão do bolso e a abriu. Os olhos dele avistaram o brilho prateado de um pequeno objeto na escuridão da palma de sua mão. Uma chave.

– Vou arrombar o instituto – disse ela calmamente. – Quero aquele caderno de notas.

Depois de Claire ter pedido licença para ir cuidar de sua "missão" – fazendo Roger estremecer ligeiramente –, ele e Brianna dirigiram-se ao pub, mas resolveram adiar um pouco o jantar, já que a noite estava inesperadamente límpida. Caminharam pelo estreito passeio junto ao rio Ness, e ele esqueceu seus temores e preocupações a respeito da noite diante do prazer da companhia de Brianna.

Conversaram com cautela no começo, evitando qualquer assunto controverso. Depois a conversa voltou-se para o trabalho de Roger e gradualmente se tornou mais animada.

– E como você sabe tanto sobre isso? – perguntou Roger, parando bruscamente no meio de uma frase.

– Meu pai me ensinou – respondeu ela. Diante da palavra "pai", ela ficou um pouco tensa e recuou, esperando que ele dissesse alguma coisa. – Meu *verdadeiro* pai – acrescentou explicitamente.

– Bem, ele com certeza sabia – observou Roger brandamente, deixando de lado a contestação. Haveria muito tempo para isso mais tarde, minha jovem, pensou cinicamente. Mas não serei eu a comprar essa briga.

Logo abaixo na rua, Roger notou uma luz na janela da casa de Edgars. A presa estava na toca, portanto. Sentiu um inesperado fluxo de adrenalina à ideia do confronto iminente.

A adrenalina deu lugar a uma onda de sucos gástricos que sobreveio quando entraram na atmosfera agradável do pub, impregnada do cheiro de comida. A conversa girou em torno de assuntos gerais e amistosos, com um acordo subentendido de evitar qualquer referência à cena na residência paroquial no dia anterior. Roger notara a frieza entre Claire e sua filha, antes de deixá-la no ponto de táxi, a caminho do pub. Sentadas lado a lado no banco de trás, pareciam dois gatos estranhos um ao outro, as orelhas abaixadas e as caudas abanando, mas ambas evitando o contato olho a olho, que levaria a garras e pelos arrancados.

Após o jantar, Brianna foi buscar seus casacos enquanto ele pagava a conta.

– Para que é isso? – perguntou ela, notando a garrafa de uísque na mão de Roger. – Planejando uma festa de arromba mais tarde?

– Festa de arromba? – disse ele, rindo para ela. – Você está progredindo mesmo, hein? E o que mais você aprendeu em seus estudos linguísticos?

Ela abaixou os olhos numa encenação exagerada de modéstia.

– Ah, bem. Há uma dança nos Estados Unidos chamada *shag*. Mas acredito que não deva pedir a você para dançá-la comigo aqui.

– Não, a menos que essa seja sua intenção – disse ele. Ambos riram, mas ele achou que o rubor de suas faces se intensificara e percebeu em si mesmo uma certa excitação à ideia de sexo que o nome da dança sugeria. Assim sendo, deixou o casaco pendurado sobre o braço, em vez de vesti-lo.

– Bem, depois desse negócio aí, tudo é possível – disse ela, indicando a garrafa de uísque com um sorriso levemente malicioso. – Mas o gosto é terrível.

– Tem que ser adquirido, menina – informou-a Roger, carregando no sotaque. – Somente os escoceses já nascem com o gosto pelo uísque. Vou lhe comprar uma garrafa para você praticar. Mas esta aqui é um presente que eu prometi entregar. Quer vir comigo ou devo ir mais tarde? – perguntou ele. Não sabia se queria que ela o acompanhasse, mas sentiu uma onda de felicidade quando ela assentiu e encolheu os ombros dentro de seu casaco.

– Claro, por que não?

– Ótimo. – Estendeu a mão e ajeitou a gola do casaco de Brianna, que estava dobrada. – Fica logo aqui, mais abaixo nesta mesma rua. Vamos andando, está bem?

A vizinhança parecia um pouco melhor à noite. Um pouco de sua aparência suja e desgastada era escondida pela escuridão e as luzes que brilhavam das janelas nos minúsculos jardins conferiam à rua um ar de aconchego que não se via durante o dia.

– Não vai levar mais do que um minuto – disse Roger a Brianna quando tocou a campainha. Não tinha certeza se queria estar certo ou não. Seu primeiro temor passou quando a porta foi aberta; alguém estava em casa, e ainda consciente.

Edgars havia obviamente passado a tarde na companhia de uma das garrafas alinhadas ao longo da borda do aparador velho e abaulado visível atrás dele. Por sorte, ele não pareceu ligar os visitantes noturnos à intrusão da tarde. Estreitou os olhos à apresentação de Roger, criada no caminho para a casa.

– Primo de Gilly? Não sabia que ela tinha um primo.

– Bem, tem, sim – disse Roger, aproveitando-se ousadamente dessa admissão. – Sou eu. – Lidaria com a própria Gillian quando a visse. Se a visse.

Edgars piscou uma ou duas vezes, depois esfregou um olho inflamado com o punho cerrado, como se quisesse vê-los melhor. Seus olhos se focalizaram com alguma dificuldade em Brianna, pairando timidamente atrás de Roger.

– Quem é esta? – perguntou ele.

– Hã... minha namorada – improvisou Roger. Brianna estreitou os olhos para ele, mas não disse nada. Obviamente ela começava a desconfiar de que algo não estava certo, mas passou à sua frente sem protestar quando Greg Edgars abriu mais a porta para que entrassem.

O apartamento era pequeno e abafado, entulhado de móveis de segunda mão. O ar fedia a cigarro velho e lixo não removido, e os restos de comida pronta espalhavam-se negligentemente por toda a superfície horizontal da sala. Brianna lançou um olhar enviesado a Roger que dizia *Belos parentes você tem*, e ele encolheu ligeiramente os ombros. *Não é culpa minha.* A dona da casa obviamente não estava e já há algum tempo.

Ao menos, não no sentido físico. Virando-se para pegar a cadeira que Edgars lhe ofereceu, Roger deparou-se com uma grande foto de estúdio, com moldura de metal, bem no centro do minúsculo consolo da lareira. Ele mordeu a língua para reprimir uma exclamação de espanto.

A mulher parecia estar olhando da fotografia diretamente para ele, um leve sorriso mal levantando o canto de sua boca. Asas de cabelos louro-claros caíam, cheios e lustrosos, pelos seus ombros, emoldurando um rosto em formato perfeito de coração. Os olhos verde-escuros como musgo de inverno brilhavam sob pestanas escuras e espessas.

– Boa semelhança, não? – Greg Edgars olhou para a foto, a expressão uma mistura de nostalgia e hostilidade.

– Hã... sim. Exatamente como ela é. – Roger sentiu-se um pouco sem ar e virou-se para retirar uma embalagem amassada de peixe com fritas de sua cadeira. Brianna fitava o retrato com interesse. Olhou da foto para Roger e de novo para a foto, claramente fazendo comparações. Primos, hein? – Gillian não está aqui, está? – Roger começou a abanar a mão recusando a garrafa que Edgars inclinara inquisitivamente em sua direção, depois mudou de ideia e assentiu, aceitando a oferta. Talvez uma bebida compartilhada angariasse a confiança de Edgars. Se Gillian não estava em casa, ele precisava saber onde ela estava.

Ocupado em remover a tampa com os dentes, Edgars balançou a cabeça, depois delicadamente retirou um pedaço de cera e papel do lábio inferior.

– Quase nunca, companheiro. Não há tanta bagunça aqui quando ela está em casa. – Um gesto largo abrangeu os cinzeiros abarrotados e os copos de papel caídos por toda parte. – Um pouco, talvez, mas não tanto assim. – Tirou três copos da cristaleira, espreitando desconfiadamente o fundo de cada um deles, para verificar se estavam empoeirados.

Serviu o uísque com o cuidado exagerado de um verdadeiro bêbado, levando os copos um de cada vez para suas visitas. Brianna aceitou o dela com igual cuidado, mas recusou uma cadeira, apoiando-se, ao invés disso, graciosamente contra o canto do armário de louças.

Edgars afundou-se finalmente em um sofá cheio de calombos, ignorando os entulhos, e ergueu o copo.

– Saúde, companheiro – disse ele rapidamente, tomando um grande e barulhento gole. – Qual é mesmo seu nome? – perguntou, emergindo abruptamente de seu mergulho. – Ah, Roger, certo. Gilly nunca o mencionou... mas ela não o faria – acrescentou, de mau humor. – Nunca soube nada de sua família e ela não contava nada. Acho que tinha vergonha de todos eles... mas você não parece nenhum idiota – disse generosamente. – Sua garota é uma beldade, pelo menos. – Riu estrondosamente, aspergindo gotículas de uísque para todo lado.

– Sim – disse Roger. – Obrigado. – Tomou um pequeno gole de sua bebida. Brianna, ofendida, virou-se de costas para Edgars e fingiu examinar o conteúdo da cristaleira pelas portas de vidro bisotado.

Não fazia nenhum sentido ficar fazendo rodeios, Roger concluiu. A essa altura, Edgars não iria reconhecer nenhuma sutileza ainda que ela mordesse seu traseiro. Além disso, parecia haver o perigo considerável de que ele pudesse perder a consciência a qualquer momento, pelo andar da carruagem.

– Sabe onde Gillian está? – perguntou ele sem rodeios. Toda vez que pronunciava seu nome, ele soava estranho em sua boca. Desta vez, não pôde deixar de lançar um olhar para o retrato no consolo da lareira, onde a foto sorria serenamente para a desordem abaixo.

Edgars balançou a cabeça lentamente acima do copo, como um boi sobre o cocho de comida. Era um sujeito atarracado e corpulento, mais ou menos da idade de Roger, talvez, mas parecendo bem mais velho por causa da barba crescida e dos cabelos negros desgrenhados.

– Não – disse ele. – Achei que talvez você pudesse saber. Deve estar no Nacs ou no Rosas, provavelmente, mas não tenho notícias. Não saberia dizer em qual dos dois, especificamente.

– Nacs? – O coração de Roger acelerou-se. – Quer dizer, os nacionalistas escoceses?

As pálpebras de Edgars começavam a cair, mas ele piscou e as abriu outra vez.

– Ah, sim. Os malditos Nacs. Foi onde conheci Gilly, sabe?

– Quando foi isso, sr. Edgars?

Roger ergueu os olhos, surpreso com a voz macia que vinha de cima. Não foi a fotografia que falou, mas Brianna, olhando intensamente para Greg Edgars. Roger não sabia se ela estava apenas puxando conversa ou se suspeitava de alguma coisa. Seu rosto não demonstrava nada além de educado interesse.

– Não sei... há uns dois, três anos. Foi divertido no começo, sabe? Expulsar os malditos ingleses, unir-se ao Mercado Comum por conta própria... cerveja no pub e um amasso no banco de trás na volta dos comícios. Hummm. – Edgars balançou a cabeça outra vez, os olhos sonhadores com a visão. Em seguida, o sorriso desapareceu de seu rosto e ele franziu a testa, olhando para seu copo. – Isso foi antes de ela ficar maluca.

– Maluca? – Roger lançou outra olhada rápida à foto. Determinada, sim. Parecia ser. Mas não doida varrida, certamente. Ou não seria possível saber por uma foto?

– Sim. Sociedade da Rosa Branca. Do príncipe Charles, meu caro. Se ele não vai voltar outra vez e toda essa besteira. Um monte de idiotas vestidos de kilts e perucas, com espadas e tudo o mais. Tudo bem, se você gosta disso, é claro – acrescentou ele, com uma tentativa vesga de objetividade. – Mas Gilly sempre levou tudo longe demais. Sempre falando no *Bonnie Prince* e em como seria maravilhoso se ele tivesse vencido a rebelião de 1745. Uns caras na cozinha até altas horas, bebendo cerveja e discutindo os motivos por que ele não vencera. Em gaélico, ainda por cima. – Revirou os olhos. – Um monte de besteira. – Esvaziou seu copo para enfatizar essa opinião.

Roger podia ver os olhos de Brianna penetrando no lado de seu pescoço como verrumas. Puxou a gola da camisa para afrouxá-la, embora não estivesse usando gravata e o botão do colarinho estivesse desabotoado.

– Por acaso sua mulher também se interessava por monumentos de pedras, sr. Edgars? – Brianna já não se importava muito com o interesse educado; sua voz era cortante o suficiente para fatiar queijo. O efeito perdeu-se quase por completo em Edgars.

– Pedras? – Pareceu confuso e enfiou o dedo em um dos ouvidos, girando-o laboriosamente, como se esperasse melhorar sua audição.

– Os círculos de pedras pré-históricos. Como o Clava Cairns – acrescentou Roger, citando um dos marcos locais mais famosos. Desgraça pouca é bobagem, pensou ele com um suspiro mental de resignação. Brianna nunca mais iria querer falar com ele de qualquer forma, de modo que era melhor descobrir logo tudo que pudesse.

– Ah, esses. – Edgars soltou uma risada curta. – Sim, e toda sorte de bobagens antigas de que você puder se lembrar. Essa foi a última gota, e a pior. Enfiada lá no instituto dia e noite, gastando todo o meu dinheiro em cursos... cursos! É de fazer rir, não? Contos de fadas é o que ensinam lá. Não se pode aprender nada de útil naquele lugar, moça, eu disse a ela. Não quer aprender datilografia? Arrume um emprego se está entediada. Foi o que eu disse. Então ela foi embora – disse ele com voz arrastada. – Não a vejo há duas semanas. – Olhou fixamente dentro de seu copo como se estivesse surpreso por encontrá-lo vazio.

– Mais um? – ofereceu ele, levando a mão à garrafa, mas Brianna balançou a cabeça decididamente.

– Não, obrigada. Temos que ir. *Não é*, Roger?

Vendo o perigoso brilho em seus olhos, Roger não sabia se não seria melhor para ele ficar e dividir o resto da garrafa com Greg Edgars. De qualquer modo, era uma longa caminhada até em casa, se ele deixasse Brianna levar o carro. Levantou-se com um suspiro e apertou a mão de Edgars em despedida. Sua mão era quente e surpreendentemente firme, ainda que um pouco úmida.

Edgars acompanhou-os até a porta, segurando a garrafa pelo gargalo. Espreitou-os através da porta de tela, gritando repentinamente pelo caminho de entrada:

– Se encontrar Gilly, diga-lhe para vir pra casa, sim?

Roger virou-se e acenou para a figura indistinta no retângulo iluminado da porta.

– Vou tentar! – gritou ele de volta, as palavras grudando-se em sua garganta.

Chegaram à calçada e percorreram metade da distância até o pub antes de Brianna interpelá-lo.

– Que diabos você está tramando? – Sua voz soou com raiva, mas não histérica. – Você me disse que não tem família nas Terras Altas, então que história é essa de primos? Quem é aquela mulher na foto?

Ele olhou ao redor da rua escura em busca de inspiração, mas não havia ajuda possível. Respirou fundo e segurou-a pelo braço.

– Geillis Duncan – disse ele.

Ela parou completamente imóvel e o choque da parada repentina repercutiu pelo braço dele. Com grande deliberação, ela tirou o cotovelo de sua mão. O delicado tecido da noite rasgara-se ao meio.

– Não... me... toque – disse ela entre os dentes. – Trata-se de algo que minha mãe inventou?

Apesar de sua determinação em ser compreensivo, Roger também sentiu a raiva crescer.

– Olhe, você só consegue pensar em si mesma nessa história? Sei que foi um choque para você. Santo Deus, como poderia não ser? E se não consegue nem pensar no assunto... bem, eu não pretendo forçá-la. Mas há sua mãe a considerar. E a mim também.

– Você? O que você tem a ver com isso? – Estava escuro demais para ver seu rosto, mas a surpresa em sua voz era evidente.

Ele não pretendia complicar ainda mais a situação contando-lhe a respeito do seu envolvimento, mas obviamente era tarde demais para guardar segredos. E era evidente que Claire percebera isso quando sugeriu que saísse com Brianna naquela noite.

Em um lampejo revelador, ele compreendeu pela primeira vez exatamente o que Claire pretendera. Ela de fato tinha uma forma de provar sua história a Brianna, sem deixar dúvidas. Ela contava com Gillian Edgars, que – talvez – ainda não tivesse partido ao encontro de seu destino como Geillis Duncan, amarrada a um poste em chamas sob as sorveiras de Leoch. O mais teimoso dos céticos se convenceria, acreditava, ao ver alguém desaparecendo no passado diante de seus olhos. Não era de se admirar que Claire desejasse encontrar Gillian Edgars.

Em poucas palavras, ele contou a Brianna sobre seu relacionamento com a suposta bruxa de Cranesmuir.

– E assim parece que é a minha vida ou a dela – terminou ele, estremecendo, terrivelmente consciente do quanto soava ridiculamente melodramático. – Claire... sua mãe... ela deixou para mim a decisão. Mas achei que precisava encontrá-la, no mínimo.

Brianna parara de andar para ouvi-lo. A luz turva de uma loja de esquina refletia o brilho de seus olhos enquanto ela o fitava.

– Então você acredita? – perguntou ela. Não havia nenhuma incredulidade ou desprezo em sua voz; estava absolutamente séria.

Ele suspirou e tomou-a pelo braço outra vez. Ela não resistiu, mas começou a acompanhar seus passos.

– Sim – disse ele. – Tinha que acreditar. Você não viu o rosto de sua mãe quando ela leu as palavras inscritas dentro da aliança. Aquilo foi real... suficientemente real para partir meu coração.

– É melhor você me contar – disse ela, após um curto silêncio. – Que palavras?

Quando terminou de contar a história, haviam chegado ao estacionamento atrás do pub.

– Bem... – disse Brianna, hesitante. – Se...

Parou outra vez, fitando-o nos olhos. Ela estava bastante perto para que ele sentisse o calor de seus seios, junto ao seu peito, mas ele não a abraçou. A igreja de Santa Kilda estava muito longe e nenhum dos dois queria se lembrar da sepultura sob os teixos, onde os nomes dos pais de Brianna estavam inscritos na pedra.

– Não sei, Roger – disse ela, balançando a cabeça. O letreiro de néon acima da porta dos fundos do pub conferia reflexos roxos a seus cabelos. – Eu não posso... não consigo pensar nisso ainda. Mas... – Faltaram-lhe as palavras, mas ela ergueu a mão e tocou seu rosto, levemente, como o roçar do vento da noite. – Pensarei em você – murmurou.

No fim das contas, cometer arrombamento com uma chave não é uma proposta muito difícil. A probabilidade de a sra. Andrews ou de o dr. McEwan voltarem e flagrarem-me no ato era infinitamente pequena. Ainda que ambos aparecessem, tudo que eu precisaria fazer era dizer que tinha retornado para procurar uma caderneta que havia perdido e encontrara a porta aberta. Eu estava sem prática, mas a fraude já fora como uma segunda natureza para mim. Mentir era como andar de bicicleta, pensei; não se esquece.

Assim, não era o ato de apoderar-me do caderno de notas de Gillian Edgars que estava fazendo meu coração disparar e minha respiração soar alta aos meus próprios ouvidos. Era o caderno em si.

Como mestre Raymond dissera-me em Paris, o poder e o perigo da magia residem nas pessoas que acreditam nela. Pelo vislumbre que eu tivera do conteúdo anteriormente, as reais informações registradas naquele caderno de capa dura eram uma extraordinária mistura de fatos, especulação e completa fantasia que só podia ser importante para o escritor. Mas eu senti uma repugnância quase física ao tocá-lo. Conhecendo quem o escrevera, sabia o que ele representava: um *grimoire*, o livro de segredos de um bruxo.

Ainda assim, se houvesse qualquer pista do paradeiro e das intenções de Geillis Duncan, estaria ali. Reprimindo um tremor ao tocar a capa escorregadia, enfiei o caderno sob meu casaco, mantendo-o preso com o cotovelo para a descida das escadas. A salvo na rua, eu ainda mantinha o livro preso sob meu cotovelo, a capa tornando-se pegajosa de suor enquanto eu andava. Sentia como se estivesse transportando uma bomba, algo que devia ser manipulado com extremo cuidado para evitar uma explosão.

Caminhei durante algum tempo, finalmente entrando no jardim de um pequeno restaurante italiano com um terraço perto do rio. A noite estava fria, mas um pequeno aquecedor elétrico tornava as mesas do terraço suficientemente aquecidas para serem usadas; escolhi uma e pedi um copo de Chianti. Tomei-o em pequenos goles, o caderno pousado na pequena toalha de papel à minha frente, na camuflagem da sombra de uma cestinha de pão de alho.

Era final de abril. A apenas alguns dias do Beltane, o festival da primavera. Foi quando eu mesma fiz minha viagem inesperada ao passado. Seria possível que houvesse alguma coisa a respeito da data – ou apenas a época geral do ano? Era meados de abril quando retornei – isso tornara possível a assustadora passagem. Ou talvez não; talvez a época do ano não tivesse nada a ver com isso. Pedi outro copo de vinho.

Poderia ser que somente algumas pessoas tivessem a capacidade de furar uma barreira, sólida para todas as demais – talvez alguma coisa na formação genética? Quem saberia? Jamie não conseguira penetrá-la, embora eu pudesse. E Geillis Duncan obviamente conseguira – ou conseguiria. Ou talvez não, dependendo. Pensei no jovem Roger Wakefield e senti-me ligeiramente enjoada. Achei melhor pedir um prato para acompanhar o vinho.

A visita ao instituto me convencera de quem quer que fosse Gillian/Geillis, ela ainda não havia feito sua própria passagem fatal. Qualquer um que tivesse estudado as lendas das Terras Altas saberia que o festival de Beltane estava se aproximando; certamente, qualquer um que estivesse planejando tal expedição procuraria realizá-la nessa ocasião. Mas eu não tinha a menor ideia de onde ela poderia estar se não estivesse em casa. Escondida? Realizando algum estranho ritual de preparação aprendido com o grupo de novos druidas ao qual Fiona pertencia? O caderno de notas podia conter alguma pista, mas só Deus saberia.

Também só Deus saberia qual era a minha motivação em tudo isso; eu pensei que soubesse, mas não tinha mais certeza. Teria eu envolvido Roger na busca por Geillis porque me parecera a única maneira de convencer Brianna? Entretanto... ainda que a encontrássemos a tempo, meu próprio objetivo só seria alcançado se Gillian conseguisse voltar no tempo. E assim, morrer na fogueira.

Quando Geillis Duncan foi condenada como feiticeira, Jamie me dissera: "Não chore por ela, Sassenach; é uma mulher má." E se ela era má ou louca, pouca diferença fizera na ocasião. Eu deveria ter deixado esse assunto em paz, deixá-la ir ao encontro de seu próprio destino? Ainda assim, pensei, ela salvara minha vida um dia. Independentemente de quem ela fosse – ou viria a ser –, eu tinha o dever moral de tentar salvar sua vida? E assim, talvez, condenar Roger? Que direito eu tinha de interferir ainda mais?

Não é uma questão do que é certo, Sassenach, ouvi a voz de Jamie dizendo, com um tom de impaciência. *É uma questão de dever. De honra.*

– Honra, não é? – disse em voz alta. – E o que é isso? – O garçom com meu prato de tortellini olhou-me espantado.

– Hein? – exclamou ele.

– Deixe pra lá – disse, distraída demais para me importar muito com o que ele pensasse de mim. – É melhor você trazer o resto da garrafa.

Terminei minha refeição cercada de fantasmas. Finalmente, fortalecida pela comida e pelo vinho, afastei meu prato vazio e abri o caderno cinza de Gillian Edgars.

49

ABENÇOADOS SEJAM AQUELES...

Não há nenhum lugar mais escuro do que uma estrada das Terras Altas no meio de uma noite sem lua. Eu podia ver o clarão de faróis que passavam de vez em quando, colocando em silhueta a cabeça e os ombros de Roger com uma repentina explosão de luz. Eles estavam curvados para a frente, como em atitude de defesa contra um perigo próximo. Bree também estava curvada, enroscada no canto do banco ao meu lado. Nós três estávamos pouco comunicativos, isolados uns dos outros, fechados em pequenas bolsas individuais de silêncio, dentro do silêncio maior do carro e de sua corrida veloz.

Meus punhos cerravam-se nos bolsos do meu casaco, distraidamente segurando moedas e pequenos fragmentos de objetos; um pedaço de lenço de papel, um toco de lápis, uma minúscula bola de borracha deixada no chão do meu consultório por uma pequena paciente. Meu polegar circundou e identificou a borda frisada de uma moeda americana de 25 cents, a face larga, em alto-relevo, de uma moeda inglesa de um penny e a ponta serrilhada de uma chave – a chave da saleta de estudos de Gillian Edgars, que eu não me dei ao trabalho de devolver ao instituto.

Eu tentara outra vez telefonar para Greg Edgars, logo depois de deixarmos a velha casa paroquial. O telefone tocara incessantemente, sem que ninguém atendesse.

Olhei fixamente para o vidro escuro da janela ao meu lado, não vendo nem meu próprio reflexo difuso nem as formas maciças de muros de pedras e árvores dispersas que passavam a toda a velocidade na noite. Em vez disso, via a fileira de livros, arrumados na única prateleira em uma linha tão perfeita quanto uma fileira de frascos de um boticário. Embaixo, o caderno de notas repleto com a escrita cursiva e elegante, dispondo de forma absolutamente organizada deduções e alucinações, misturando mito e ciência, citando sábios e lendas, tudo com base no poder dos sonhos. Para qualquer observador superficial, tanto poderia ser uma confusão de bobagens irrefletidas ou, na melhor das hipóteses, o esboço de um romance tolo. Apenas para mim parecia um plano cuidadoso e deliberado.

Numa paródia do método científico, a primeira seção intitulava-se "Observações". Continha referências desconexas, desenhos bem organizados e tabelas cuidadosamente numeradas. "A posição do sol e da lua no Festival de Beltane" era uma delas, com uma lista de mais de duzentos pares de figuras desenhados abaixo. Tabelas semelhantes existiam para o Hogmanay e o Midsummer's Day – o solstício de verão –, e outra para o Samhainn, o festival de All Hallows. As festividades antigas do fogo e do sol... e o sol de Beltane se levantaria no dia seguinte.

A seção central do caderno de notas intitulava-se "Especulações". Essa, ao menos, era precisa, refleti ironicamente. Uma das páginas ostentava esta inscrição em letras manuscritas inclinadas e perfeitamente desenhadas: "Os druidas queimavam vítimas de sacrifícios em gaiolas de vime no formato de um homem, mas indivíduos eram mortos por estrangulamento e tinham a garganta cortada de forma a drenar todo o sangue do corpo. Seria o fogo ou o sangue o elemento necessário?". A curiosidade fria da pergunta trouxe o rosto de Geillis Duncan com clareza diante de mim – não a estudante deslumbrada, de cabelos lisos e compridos, cujo retrato adornava o instituto, mas a mulher do fiscal, furtiva, dissimulada, dez anos mais velha, versada no uso de drogas e do corpo, que seduzia os homens para seus propósitos e matava friamente para atingir seus fins.

E as últimas páginas do caderno, cuidadosamente intituladas "Conclusões", que nos levara àquela sombria viagem, na véspera do festival de Beltane. Dobrei os dedos sobre a chave, desejando de todo o coração que Greg Edgars tivesse atendido o telefone.

• • •

Roger diminuiu a marcha, entrando no caminho de terra, cheio de depressões, que passava pelo sopé da colina denominada Craigh na Dun.

– Não vejo nada – disse ele. Ele não falava há tanto tempo que a declaração veio brusca e rouca, soando beligerante.

– Bem, claro que não – disse Brianna com impaciência. – Não se pode ver o círculo de pedras daqui.

Roger resmungou em resposta e diminuiu ainda mais a velocidade do carro. Obviamente, os nervos de Brianna estavam tensos, mas os dele também estavam. Somente Claire parecia calma, sem se deixar afetar pelo crescente ar de tensão no carro.

– Ela está aqui – disse Claire de repente. Roger pisou nos freios com tanta força que tanto Claire quanto sua filha foram lançadas para a frente, batendo no encosto do banco dianteiro.

– Cuidado, idiota! – Brianna repreendeu Roger furiosamente. Passou a mão pelos cabelos, afastando-os do rosto com um gesto rápido e nervoso. Engoliu em seco, com um movimento visível em sua garganta enquanto se inclinava para espreitar pela janela escura.

– Onde? – perguntou ela.

Claire fez um movimento com a cabeça, indicando à frente e à direita, mantendo as mãos enfiadas nos bolsos.

– Há um carro parado ali, logo atrás dos arbustos.

Roger umedeceu os lábios e estendeu a mão para a maçaneta da porta.

– É o carro de Edgars. Vou dar uma olhada. Fiquem aqui.

Brianna escancarou sua porta com um rangido estridente de metal das dobradiças não lubrificadas. Seu olhar silencioso de desdém fez Roger ficar vermelho à fraca claridade da luz do teto do carro.

Ela já estava de volta quase antes de Roger conseguir sair do carro.

– Não há ninguém lá – informou ela. Ergueu os olhos para o topo da colina. – Vocês acham...?

Claire terminou de abotoar seu casaco e entrou na escuridão sem responder à pergunta de sua filha.

– A trilha é por aqui – disse ela.

Seguiu na frente, impetuosamente, e Roger, observando a figura pálida vagar como um fantasma encosta acima à sua frente, foi forçosamente lembrado da viagem anterior pela encosta íngreme de outra colina, até o cemitério de Santa Kilda. Brianna também se lembrou; ela hesitou e ele a ouviu murmurar algo com raiva à meia-voz, mas depois sua mão segurou seu cotovelo e o apertou com força – se para encorajá-lo ou suplicar seu apoio, ele não sabia. O gesto deu coragem *a ele*, de qualquer forma, e ele bateu de leve na mão da jovem e a enfiou na curva de seu braço. Apesar de todas as suas dúvidas, e da inegável esquisitice de toda a expedição, sentiu uma grande empolgação quando se aproximaram do cume da colina.

Era uma noite límpida, sem lua e muito escura, sem nada além dos minúsculos pontinhos brilhantes dos flocos de mica à luz das estrelas servindo para distinguir as pedras verticais no antigo círculo monolítico da noite ao seu redor. O trio parou no topo suavemente arredondado da colina, aconchegando-se uns contra os outros como um grupo de ovelhas desgarradas. A respiração de Roger soava estranhamente alta para si mesmo.

– Isto – disse Brianna entre os dentes – é uma *tolice*!

– Não, não é – disse Roger. Sentiu-se repentinamente sem fôlego, como se uma faixa constringisse seu peito, retirando todo o ar contido ali. – Há uma luz lá adiante.

A luz mal tremeluziu – não passou de uma centelha que prontamente desapareceu –, mas ela a viu. Ele ouviu sua repentina tomada de ar.

E agora?, perguntou-se Roger. Deveriam gritar? Ou o barulho de visitantes assustaria a caça, precipitando sua ação? E se assim fosse, que ação seria essa?

Viu Claire balançar a cabeça subitamente, como se tentasse enxotar um inseto zumbindo em seu ouvido. Ela recuou um passo, afastando-se da pedra mais próxima e colidiu contra ele.

Ele a segurou pelo braço, murmurando: "Cuidado, cuidado", como se falaria com um cavalo. O rosto de Claire não passava de uma mancha indistinta à luz das estrelas, mas ele pôde sentir o tremor que percorreu seu corpo, como eletricidade através de um arame. Ficou paralisado, segurando-a pelo braço, sem saber o que fazer.

Foi o repentino cheiro de gasolina que o fez entrar em ação. Teve uma vaga percepção de Brianna, a cabeça levantada bruscamente quando o cheiro atingiu suas narinas, virando-se para o extremo norte do círculo. Então ele já havia largado o braço de Claire e atravessado os arbustos à volta e as próprias pedras, correndo para o centro do círculo, onde uma figura negra agachada parecia uma mancha de tinta contra a grama mais clara.

A voz de Claire veio de trás dele, forte e imperiosa, estilhaçando o silêncio.

– Gillian! – gritou ela.

Ouviu-se um sopro forte e repentino e a noite iluminou-se com um brilho intenso. Ofuscado, Roger recuou um passo, tropeçando e caindo de joelhos.

Por um instante, não viu nada a não ser a luz em suas retinas e a chama esplendorosa que ocultava tudo que houvesse por trás dela. Ouviu um grito ao seu lado e sentiu a mão de Brianna em seu ombro. Ele piscou com força, os olhos lacrimejando, e a visão começou a retornar.

A figura esbelta erguia-se entre eles e o fogo, em silhueta, como o desenho de uma ampulheta. Quando sua visão clareou, ele percebeu que ela vestia uma saia longa e ampla e um espartilho apertado – roupas de outra época. Ela virara-se com o grito de Claire e ele teve a breve impressão de olhos arregalados e cabelos louros esvoaçantes, agitados e arrepiados pelo vento quente do fogo.

Ele ainda teve tempo, enquanto se esforçava para se levantar, de se perguntar como ela arrastara uma tora daquele tamanho até ali. Em seguida, o cheiro de pele e cabelos queimados atingiu seu rosto como um soco e então ele se lembrou. Greg Edgars não estava em casa esta noite. Sem saber se sangue ou fogo era o elemento necessário, ela resolvera usar ambos.

Passou por Brianna, concentrado apenas na figura esbelta e alta diante de si e na imagem de um rosto que refletia o seu próprio. Ela o viu se lançando em sua direção, virou-se e correu como o vento para a pedra fendida no final do círculo. Carregava uma mochila de lona grossa, pendurada no ombro; ouviu-a soltar um gemido quando a mochila girou pesadamente e bateu na lateral do seu corpo.

Ela parou por um instante, a mão estendida para a rocha, e olhou para trás. Ele podia jurar que seus olhos pousaram nele, fitaram os seus sem se desviar, do outro lado da barreira de chamas. Ele abriu a boca num grito sem som. Então deu meia-volta, leve como uma fagulha esvoaçante, e desapareceu na fenda da rocha.

O fogo, o corpo, a própria noite desapareceram subitamente num som agudo atordoante. Roger viu-se de rosto no chão, agarrando-se à terra na busca frenética de uma sensação familiar à qual ancorar sua sanidade. A procura foi inútil; nenhum dos seus sentidos parecia funcionar – até mesmo o toque do solo não tinha consistência, era amorfo, como se ele estivesse deitado em areia movediça, e não sobre granito.

Cegado pela claridade, ensurdecido pelo grito da pedra dilacerada, ele tateou, debatendo-se freneticamente, desconectado de suas próprias extremidades, consciente apenas de uma força imensa que o puxava e da necessidade de resistir a ela.

Não havia nenhuma sensação de passagem do tempo; ele tinha a impressão de estar se debatendo no vazio eternamente, quando por fim percebeu algo fora de si. Mãos que agarravam seus braços com uma força desesperada e a maciez esmagadora de seios sobre seu rosto.

A audição começou a retornar gradualmente e com ela o som de uma voz chamando-o. Na realidade, xingando-o, arfando entre uma expressão e outra!

– Seu idiota! Seu... imbecil! Acorde, Roger, seu... estúpido! – Sua voz estava abafada, mas o sentido de suas palavras o atingia claramente. Com um esforço sobre-humano, estendeu os braços e a agarrou pelos pulsos. Rolou no chão, sentindo-se pesado, e viu-se piscando estupidamente para o rosto banhado em lágrimas de Brianna Randall, os olhos escuros como cavernas na luz agonizante do fogo.

O cheiro de gasolina e carne tostada era devastador. Ele virou-se, nauseado, e vomitou convulsivamente na grama molhada. Estava ocupado demais até para se sentir agradecido por seu olfato ter retornado.

Limpou a boca na manga e tateou sem firmeza em busca do braço de Brianna. Ela estava encolhida no chão, tremendo.

– Ah, meu Deus – disse ela. – Ah, meu Deus. Achei que não iria conseguir segurá-lo. Você estava se arrastando direto para dentro da pedra. Ah, meu Deus.

Ela não resistiu quando ele a puxou para si, mas também não correspondeu ao seu abraço. Apenas continuou tremendo, as lágrimas escorrendo dos olhos vazios e arregalados, repetindo: "Ah, meu Deus", de quando em quando, como um disco quebrado.

– Calma – disse ele, batendo de leve em suas costas. – Tudo vai ficar bem. Calma. – A sensação de tontura em sua cabeça estava arrefecendo, embora ele ainda sentisse como se tivesse sido dividido em inúmeros pedaços e espalhado violentamente entre os quatro pontos cardeais.

Ouviu-se um leve estalido do objeto enegrecido no chão, mas acima disso e das exclamações mecânicas de Brianna, a quietude da noite retornava. Ele colocou as mãos nos ouvidos, como se quisesse silenciar os ecos do ruído mortífero.

– Você também ouviu? – perguntou ele. Brianna continuou chorando, mas meneou a cabeça, aos solavancos, como uma marionete. – Sua... – começou ele, ainda esforçando-se para reordenar seus pensamentos, depois se empertigou com um pulo, quando um deles o assaltou com absoluta clareza. – Sua mãe! – exclamou ele, agarrando Brianna com toda a força pelos dois braços. – Claire! Onde ela está?

Brianna ficou boquiaberta com o choque e levantou-se tropegamente, varrendo os olhos em desespero pelos confins do círculo vazio, onde as pedras da altura de um homem assomavam, parcialmente ocultas nas sombras do fogo moribundo.

– Mamãe! – gritou ela. – Mamãe, *onde você está*?

– Está tudo bem – disse Roger, tentando soar convincente e tranquilizador. – Ela vai ficar bem agora.

Na verdade, ele não fazia a menor ideia se Claire Randall viria a ficar bem algum dia. Ela estava viva, ao menos, e isso era tudo que ele podia garantir.

Eles a encontraram, sem sentidos e inerte, na grama perto da borda do círculo, branca como a lua que nascia, sem nada além da lenta e escura exsudação de sangue das palmas de suas mãos para atestar que seu coração ainda batia. Da descida infernal pela trilha até o carro, o peso morto de Claire pendurado em seu ombro, sacudindo-se desastradamente conforme pedras rolavam sob seus pés e galhos agarravam-se às suas roupas, ele preferia não se lembrar de nada.

A descida da colina assombrada o deixara exausto; foi Brianna, os ossos da face proeminentes de concentração, quem dirigira de volta até a residência paroquial, as mãos agarradas ao volante como braçadeiras. Derreado no banco ao seu lado, Roger teve a última visão, pelo espelho retrovisor, da claridade no topo da colina atrás deles, onde uma pequena e luminosa nuvem flutuava como a fumaça de um canhão, prova muda de uma batalha ali travada.

Agora Brianna pairava pelo sofá onde sua mãe estava deitada, imóvel como uma estátua de sarcófago. Com um estremecimento, Roger evitara a lareira onde a lenha já estava amontoada e preferira ligar o pequeno aquecedor elétrico com que o reverendo costumava aquecer os pés nas noites de inverno. Suas barras brilhavam incandescentes e ele fazia um zumbido alto e agradável que encobria o silêncio no gabinete.

Roger sentou-se num banquinho ao lado do sofá, sentindo-se fraco e abatido. Reunindo os últimos resquícios de força de vontade, estendeu o braço para a mesinha do telefone, a mão pairando a alguns centímetros acima do aparelho.

– Deveríamos... – Teve que parar para pigarrear. – Deveríamos... chamar um médico? A polícia?

– Não. – A voz de Brianna soou decidida, mas distante, enquanto se inclinava sobre a figura imóvel no sofá. – Ela está acordando.

As pálpebras cerradas estremeceram, contraíram-se levemente à lembrança renovada de dor, em seguida relaxaram-se e abriram-se. Seus olhos estavam límpidos e suaves como mel. Vagaram de um lado a outro, deslizaram por Brianna, empertigada e rígida ao seu lado, e fixaram-se no rosto de Roger.

Os lábios de Claire estavam pálidos como o restante de seu rosto; ela precisou de mais de uma tentativa antes de conseguir fazer as palavras saírem num sussurro rouco.

– Ela... voltou?

Seus dedos estavam contorcidos no tecido de sua saia e Roger viu os traços leves e escuros de sangue que deixaram para trás. Suas próprias mãos crispavam-se instintivamente sobre os joelhos, as palmas latejando. Então, ela também resistira, agarrando-se à grama e aos cascalhos, a qualquer coisa que a impedisse de ser engolida pelo passado. Fechou os olhos contra a lembrança da força de atração daquela fenda, assentindo.

– Sim – respondeu ele. – Ela se foi.

Os olhos claros voltaram-se imediatamente para o rosto da filha, as sobrancelhas arqueadas num gesto de interrogação. Mas foi Brianna quem perguntou:

– Era verdade, então? – disse ela, hesitante. – Era tudo verdade?

Roger sentiu o pequeno tremor que percorreu o corpo da jovem e, sem pensar duas vezes, estendeu o braço para segurar sua mão. Contraiu-se involuntariamente quando ela a apertou com força e lembrou-se de um dos textos do reverendo: "Abençoados os que não viram e acreditaram." E aqueles que *precisam* ver para acreditar? O efeito da crença obtida através da visão tremia assustada a seu lado, aterrorizada por tudo o mais em que agora tinha que acreditar.

Mesmo enquanto a jovem retesava os músculos, preparando-se para enfrentar a verdade que já constatara, os contornos do corpo tenso de Claire no sofá relaxaram-se. Os lábios pálidos curvaram-se num arremedo de sorriso e uma expressão de profunda paz suavizou o rosto lívido e tenso, acendendo o brilho dos olhos dourados.

– É verdade – disse ela. Suas bochechas pálidas recuperaram um pouco de cor. – Sua mãe mentiria para você? – E fechou os olhos outra vez.

Roger estendeu o braço para desligar o aquecedor elétrico. A noite estava fria, mas ele não podia mais permanecer no gabinete, seu santuário temporário. Ainda se sentia debilitado, mas não podia mais adiar. A decisão tinha que ser tomada.

Já era quase dia quando a polícia e o médico terminaram seu trabalho da noite anterior, preenchendo seus formulários, tomando depoimentos, colhendo pistas vitais e fazendo o melhor para explicar a verdade. "Abençoados os que não viram", pensou, com devoção, "e acreditaram." Especialmente nesse caso.

Finalmente, foram embora, com seus formulários e distintivos e carros com suas luzes piscando, para supervisionar a remoção do corpo de Greg Edgars do círculo de pedras, para emitir uma ordem de prisão contra sua mulher, que, tendo atraído o marido para a morte, fugira da cena do crime. Para colocar a questão de forma branda, pensou Roger, atordoado.

Cansado física e mentalmente, Roger deixara as Randall aos cuidados do médico e de Fiona e fora se deitar, sem se dar ao trabalho de se despir ou de afastar as cobertas, apenas deixando-se cair num esquecimento abençoado. Acordado quase ao pôr do sol por uma fome corrosiva, descera as escadas tropegamente, encontrando suas hóspedes igualmente silenciosas, embora mais arrumadas, ajudando Fiona a preparar o jantar.

Fizeram uma refeição silenciosa. A atmosfera não era tensa; era como se a comunicação acontecesse de forma invisível entre as pessoas à mesa. Brianna sentara-se ao lado da mãe, tocando-a de vez em quando ao passar um prato, como se quisesse se assegurar de sua presença. Olhara para Roger de vez em quando, olhares breves e tímidos por baixo das pestanas, mas não falara com ele.

Claire falou pouco e não comeu quase nada, permanecendo sentada absolutamente quieta, silenciosa e serena como um lago ao sol, os pensamentos voltados para o interior. Após o jantar, pediu licença e foi sentar-se no banco fundo sob a janela ao final do corredor, alegando cansaço. Brianna lançara um rápido olhar para a mãe, o rosto voltado para a janela, a figura recortada em silhueta contra a última claridade do sol poente, e em seguida fora ajudar Fiona com a louça na cozinha. Roger dirigira-se ao gabinete, a boa refeição de Fiona pesando agradavelmente em seu estômago, para pensar.

Duas horas mais tarde, ele ainda estava pensando, quase sem nenhum proveito. Havia livros empilhados desordenadamente sobre a escrivaninha e sobre a mesa, deixados abertos nos assentos das poltronas e no encosto do sofá. Grandes espaços vazios nas estantes abarrotadas testemunhavam o esforço de sua pesquisa aleatória.

Fora necessário um bom tempo, mas conseguira encontrá-lo – o curto trecho de que se lembrava da última pesquisa que fizera para Claire Randall. Os resultados da pesquisa haviam lhe trazido paz e consolo; este não traria – se ele contasse a ela. E se ele tivesse razão? Mas devia ter; explicava aquela sepultura fora de lugar, tão distante de Culloden.

Passou a mão pelo rosto e sentiu a aspereza da barba. Não era de se admirar que tivesse se esquecido de se barbear com tudo que acontecera. Quando fechava os olhos, ainda podia sentir o cheiro de fumaça e sangue; ver o clarão das chamas na pedra escura e mechas de cabelos louros, esvoaçando fora do alcance de seus dedos. Estremeceu com a lembrança e sentiu uma onda repentina de ressentimento. Claire destruíra sua própria paz de espírito; não lhe devia o mesmo? E Brianna – se sabia a verdade agora, não deveria saber *toda* a verdade?

Claire continuava lá no final do corredor; as pernas dobradas, os pés sob o corpo no banco da janela, o olhar distante, fitando a escuridão vazia através da vidraça.

– Claire? – Sua voz soou áspera e rouca por falta de uso; pigarreou e tentou outra vez. – Claire? Eu... tenho algo a lhe dizer.

Ela virou-se e ergueu os olhos para ele, nada além de uma leve curiosidade visível em suas feições. Sua expressão era calma, a fisionomia de alguém que sofreu o terror, o desespero e o luto, e o fardo desesperador da sobrevivência – e resistiu. Olhando para ela, sentiu repentinamente que não conseguiria.

Mas ela contara a verdade; ele devia fazer o mesmo.

– Descobri uma coisa. – Ergueu o livro num gesto breve e inútil. – Sobre... Jamie. – Pronunciar aquele nome em voz alta pareceu preparar seu corpo, como se o enorme escocês em pessoa tivesse sido evocado pelo seu chamado, surgindo sólido e imóvel no corredor, entre sua mulher e Roger. Roger respirou fundo, preparando-se.

– O que é?

– A última coisa que ele pretendeu fazer. Acho... acho que ele não conseguiu.

Seu rosto ficou lívido subitamente e ela fitou o livro com os olhos arregalados.

– Seus homens? Mas pensei que você tivesse descoberto...

– Sim, descobri – interrompeu-a Roger. – Não, tenho certeza absoluta que ele foi bem-sucedido nisso. Ele conseguiu retirar seus homens. Ele os salvou de Culloden e os colocou na estrada rumo a Lallybroch.

– Mas então...

– Ele pretendia voltar... voltar ao campo de batalha... e acredito também que tenha conseguido. – Estava cada vez mais relutante, mas era preciso que fosse dito. Sem encontrar palavras, abriu o livro e leu em voz alta:

> *– Após a batalha final em Culloden, dezoito oficiais jacobitas, todos feridos, refugiaram-se na velha casa e, durante dois dias, permaneceram ali, sofrendo, sem socorro para seus ferimentos; depois foram levados para fora, para serem fuzilados. Um deles, um Fraser do regimento do senhor de Lovat, escapou ao massacre; os outros foram enterrados na margem do parque ao lado da casa.*

– *Um deles, um Fraser do regimento do senhor de Lovat, escapou...* – repetiu Roger em voz baixa. Ergueu a cabeça da página e fitou os olhos dela, arregalados, sem nada ver, como os de um cervo hipnotizado pelos faróis de um carro que avança.

– Ele pretendia morrer no campo de batalha de Culloden – murmurou Roger. – Mas não morreu.

AGRADECIMENTOS

Às três Jackies (Jackie Cantor, Jackie LeDonne e minha mãe), anjos da guarda dos meus livros; aos quatro Johns (John Myers, John E. Simpson, Jr., John Woram e John Stith) pela leitura constante, pela miscelânea escocesa e pelo entusiasmo geral; a Janet McConnaughey, Margaret J. Campbell, Todd Heimarck, Deb e Dennis Parisek, Holly Heinel e todos os outros membros do Literary Forum que não começam com a letra J – em especial, Robert Riffle, pelo plantago, epítetos franceses, teclados de ébano e seu olhar sempre perspicaz; Paul Solyn, pelos nastúrcios tardios, valsas, bela caligrafia e orientação em botânica; a Margaret Ball, por referências, sugestões úteis e pela excelente conversa; a Fay Zachary, pelo almoço; ao dr. Gary Hoff, por conselhos e orientação médica (ele não teve nada a ver com as descrições de como estripar alguém); ao poeta Barry Fogden, por traduções do inglês; a Labhriunn MacIan, pelas imprecações em gaélico e pelo uso de seu nome muito poético; a Kathy Allen-Webber, pela assistência geral com o idioma francês (se houver um tempo verbal errado, a culpa é minha); a Vonda N. McIntyre, por compartilhar dicas da profissão; a Michael Lee West, pelos maravilhosos comentários sobre o texto e pelos tipos de conversas telefônicas que fazem minha família gritar: "Largue esse telefone! Estamos mortos de fome!"; à mãe de Michael Lee, pela leitura dos originais, erguendo os olhos de vez em quando para perguntar à sua filha e escritora famosa: "Por que *você* não escreve algo assim?"; e a Elizabeth Buchan, pelas indagações, sugestões e conselhos – o esforço envolvido foi quase tão colossal quanto a ajuda prestada.

CONHEÇA OS PRÓXIMOS LIVROS DA SÉRIE

O resgate no mar

LIVRO TRÊS

Há vinte anos Claire Randall voltou no tempo e encontrou o amor de sua vida: Jamie Fraser, um escocês do século XVIII. Mas, desde que retornou à própria época, ela sempre pensou que ele tinha sido morto na Batalha de Culloden.

Agora, em 1968, Claire descobre, com a ajuda de Roger Wakefield, evidências de que seu amado pode estar vivo. A lembrança do guerreiro escocês não a abandona... Seu corpo e sua alma clamam por ele em seus sonhos. Claire terá que fazer uma escolha: voltar para Jamie ou ficar com Brianna, a filha dos dois.

Jamie, por sua vez, está perdido. Os ingleses se recusaram a matá-lo depois de sufocarem a revolta de que ele fazia parte. Longe de sua amada e em meio a um país devastado pela guerra e pela fome, ele precisa retomar sua vida.

As intrigas ficam cada vez mais perigosas e, à medida que tempo e espaço se misturam, Claire e Jamie têm que encontrar a força e a coragem necessárias para enfrentar o desconhecido. Nessa viagem audaciosa, será que eles vão conseguir se reencontrar?

Os tambores do outono
LIVRO QUATRO

Após tomar a difícil decisão de deixar a filha no século XX e viajar no tempo novamente para reencontrar seu grande amor, Claire Randall tem mais um desafio: criar raízes na América colonial do século XVIII ao lado de Jamie Fraser. Eles partem rumo à Carolina do Norte para encontrar um novo lar e contam com a ajuda de Jocasta Cameron, tia de Jamie e dona de uma propriedade na região.

Enquanto isso, em 1969, Brianna Randall se une a Roger Wakefield, professor de história e descendente do clã dos MacKenzie, para encontrar as respostas sobre as próprias origens e sobre Jamie, o pai biológico que nunca conheceu.

Em meio às buscas, ambos encontram indícios de um incêndio fatal envolvendo os pais de Brianna. Mas Roger não pode lhe contar isso, porque sabe que a namorada tentaria voltar no tempo e salvá-los. Por outro lado, Brianna também não compartilha sua descoberta, pois tem certeza de que Roger tentaria impedi-la.

Neste livro emocionante, repleto de ação, intrigas e detalhes históricos, as barreiras do espaço e do tempo são postas à prova pelo amor de um casal e pela coragem de sua filha em mudar o destino para salvá-los.

CONHEÇA A COLEÇÃO OUTLANDER

LIVRO 1
A viajante do tempo

LIVRO 2
A libélula no âmbar

LIVRO 3
O resgate no mar

LIVRO 4
Os tambores do outono

LIVRO 5
A cruz de fogo

LIVRO 6
Um sopro de neve e cinzas

LIVRO 7
Ecos do futuro